한국 문단 작가 연구 총서

作家研究

1

작가연구 편

국학자료원

작가연구 제1호

특집 : 손창섭

이 작가의 이 작품

오늘의 문화 이론

1996년 상반기

기획대담

일반논문

고전문학 작가론 1

부 록

작가연구

제1호

새 미

■책을 내면서

문학의 근원적인 힘과 역사적 논리의 확보

우리는 급변하는 시대의 격류 한가운데 서 있다. 국 내, 외에 걸쳐 일어나는 급격한 변화의 파고가 우리를 사로잡고 있다. 그 변화의 파고는 크게 '민주 개혁'과 '정보화'라는 이름으로 우리에게 다가온다. 이 두 가지는 나라마다 편차가 있지만, 우리가 피할 수 없는 과제이다. 그 결과 문학에 대한 일반인의 인식에 변화가 예견되기도 하며, 문학의 위기까지 말해지기도 한다. 그러나 인간이 본질적으로 사고 작용을 필요로 한다는 점에서 볼 때, 문학의 환기 기능과 비판 기능이 상실되는 것은 아니다. 그러므로 그 변화의 파고가 아무리 거세다 하더라도 예민한 촉수를 준비하고 있는 자에게는 발전의 계기가 되기도 한다. 특히 구소련의 붕괴 이후 민족 간의 갈등이 더욱 심화되고 있는 상황에서, 아직도 분단 상황에 놓여 있는 우리의 특수한 현실을 간과할 수 없다. 이런 점에서 문학 행위가 가변적인 정치 논리와 시류적인 문화 현상에 이용되지 않으면서, 현실의 여러 가지 문제점을 직시하고, 그 해결 가능성을 전망해 보는 작업이 더욱 요구되고 있다.

문학은 본질적으로 '인간'을 대상으로 한다. 문학이 대상으로 하는 인간은 내면, 외면 모두를 포괄하는 전체성을 지닌다. 그러므로 문학 행위는 그 속성상 크게 보아 인간의 심리 내면과 현실적인 측면을 다함께 다루지 않을 수 없다. 다만 정도의 차이가 있을 뿐이다. 심리만이 중요한 것도 아니고, 현실만이 중요한 것도 아니다. 더욱이 '현실'의 의미를 천착하는 것은 그렇게 손쉬운 일도 아니다. 그것을 이해하는 데는 많은 노력이 필요하며, 무엇보다 당대의 현실에 대한 예리한 현실 감각을 갖추고 있어야 한다. 그러기에 이 두 측면을 떠난 그 어떤 요소, 즉, 이데올로기와 이념, 언어, 성(性)만이 중요한 것은 아니다. 문학은 그렇게 단순하지 않으며, 오히려 다양한 요소들의 상호 얼크러짐을 통해 살아 있는 실체이기 때문이다. 바로 이 근원적인 힘이 그 어떤 시대에도 살아남을 수 있는 문학의 힘인지도 모른다.

우리는 이런 관점에서 문학이 인간의 전체적인 삶의 문제를 대상으로 한다는 근본적인 측면을 항상 염두에 둘 필요가 있다. 문학을 시대의 일시성과 가변성에 매몰시키지 않으려는 의도 때문이다. 그러므로 『작가연구』는 '작가에 대한 연구'라는 자구상의 의미로 한정되지 않는다. 오히려 '비평' 행위를 토대로 폭넓은 문학사적 시각에서 '연구'에 임하고자 한다. '비평'과 '연구'는 서로를 견인하고 추동하는 관계에 있음은 주지의 사실이다. 연구 행위가 처음부터 '현실적인 발언'을 염두에 두지 않는다는 점에서는 '비평' 행위와 구별되지만, '연구'가 상아탑의 고아함을 벗어나 자신의 논리를 현실화시키기 위해서는 '비평' 행위의 도움이 절실히 요구된다. 그러나 비평 행위에 나타나는 시류성과 '편가르기', 그리고 '인정주의'의 폐해는 용납되어서는 안된다.

『작가연구』는 기존 연구 성과를 토대로, 작가론, 작품론, 비평론을 포괄한 연구 대상의 보다 깊이 있는 논의를 통해 문학사의 체계화에 이바지하고자 한다. 현상적인 측면보다 현실의 변화를 직시하면서, 기존 연구 대상의 재검토와 아울러 새로운 연구 대상의 정립을 통해 문학이 나아갈 방향의 가늠자 역할을 하고자 한다. 이런 맥락에서 고전문학 작가, 작품에 대한 검토와, 최근 문화 이론에 대한 점검도 병행될 것이다. 이번 창간호에는 50년대 전후 작가 중 손창섭을 검토하였다. 손창섭은 전후의 어두운 현실을 특유의 모멸과 연민을 통해 가장 날카롭게 문제삼고 있다. 그리고 50년대 이후 그의 미미한 문학적 성과를 염두에 둘 때도, 그를 50년대의 대표적 작가로 특징짓게 한다. 50년대 문학은 이제

사적 연구 대상으로 자리매김함직하다. 50년대 문학은 오늘날 진행되고 있는 문학 현상의 원류로 작용하고 있기 때문이다. 그러므로 이제는 50년대 문학을 그 이전 시기 문학과 이후 60년대 문학과의 긴밀한 관련성에서 보다 체계적으로 규명해야 할 필요가 있다. 이런 맥락에서 한수영의 글은 전후 문학을 바라보는 시각과 함께, 사적 연관성과 맥락을 파악하는 데 좋은 참고가 될 것이다. 그리고 정호웅과 하정일의 글도 각기 다른 관점에서 작가를 포괄적으로 이해하는 데 도움이 될 것이다. 개별 작품에 대한 분석을 행하고 있는 송하춘, 이동하, 김동환, 강진호의 글과, 일반 논문에 실린 김윤태, 우응순, 이상갑, 이현식의 글도 모두 이런 관점에서 진행되고 있다. 곽근의 글은 기존 연구 대상을 재검토, 심화시키고 있으며, 윤평중의 글은 근대 속에 내재한 반대담론의 성과에 주목한 하버마스의 이론을 통해 '근대'의 의미를 검토하고 있다. 이외에도 이번에 마련한 유종호/이남호 교수의 대담은 한국 전후 문학의 전반적인 분위기와 지적 흐름을 살펴볼 수 있다는 점에서, 연구성과 이상의 읽을거리를 제공해 준다. 특히 이 대담은 문단의 산 증거를 확보하고, 이후 논의를 심화시킬 수 있다는 점에서 좋은 자료가 될 것이다. 아울러 연구자의 편의를 위해 최근 1년 간 발표된 국문학 관계 박사학위 논문을 수록하였다.

『작가연구』는 참신한 시각과 열의를 가진 모든 연구자에게 개방되어 있다. 이번 호는 창간호의 성격상 필자의 선정에 상대적으로 많은 제약이 따를 수밖에 없었다. 이는 앞으로 개선될 것이다. 『작가연구』는 연구의 공론화를 통해 국문학 연구를 활성화하는 데 도움이 되고자 한다. 이런 취지에 이번 호가 얼마나 충실했는지 두렵기만 하다. 독자들의 질정을 바라면서 더욱 힘쓸 것을 다짐한다.

1996년 4월 1일

『작가연구』 편집위원 일동

특집 손창섭

1950년대 문학의 재인식　한수영
전쟁세대의 자화상　하정일
손창섭 소설의 인물성격과 형식　정호웅
전후 시각으로 쓴 첫 일제 체험　송하춘
—손창섭의 「낙서족」론—
손창섭의 『길』에 대한 한 고찰　이동하
『부부』의 윤리적 권력 관계와 그 의미　김동환
재일 한인들의 수난사　강진호
—손창섭의 『유맹』론—
• 손창섭 연보(생애, 작품, 연구사 목록)

1950년대 문학의 재인식

한 수 영

1. 서 론

1950년대의 문학은 오랜 동안 연구 영역에서 방치되어 있었다. 이때의 '방치'란 이중적 의미를 띤다. 우선 다른 시기의 문학에 관한 연구성과에 비해 양(量)의 측면에서도 이 시기에 대한 연구는 눈에 띄게 적은 편이기도 하지만, 무엇보다도 우리가 1920년대나 30년대의 문학을 중심으로 하여, 해방 전 문학의 역사적 성격을 규명하기 위해 쏟아부은 노력에 비한다면, 50년대 문학의 역사적 성격에 대한 논의는 거의 찾아보기 힘들고, 그나마 이루어진 논의들도 연구 대상에 대한 개별적 접근에 그칠 뿐, 이 시기 문학을 근현대문학의 역사적 전개과정에서 어떻게 틀지울 것인가에 대한 논의는 깊이있게 진행되지 못했던 것이다.

사정이 그렇게 된 데에는 몇 가지 요인이 복합적으로 작용한 것으로 보인다. 우선 이 시기에 활동하던 수많은 작가와 시인들이 아직 생존해 있어 객관적인 평가가 어렵다는 연구자들의 신중함이 작용했기 때문이라고 볼 수 있다. 그러나 그보다 좀더 근본적인 이유는 이 시기의 문학에 대한 연구자들의 선입관 때문이 아닌가 한다. 이 선입관은 이 시기 문학이 지닌 독특한 문학사적 위치와 관련되는 것인데, 이를테면 해방 전 1930년대의 우리 문학이 한 차례 꽃을 피웠던 근대문학으로서의 성숙함이나, 아주 짧은 시간이었지만 해방 직후의 문학이 유지했던 문학과 정치 사이의 팽팽한 긴장과 탄력이 50년대 문학의 전사(前史)로서 그 앞을 막아서고 있다면, 60년대 이후 본격적으로 전개된 산업화나 반민주적인 독재권력의 횡포에 맞서 우리 문학이 보여주었던 놀라운 응전력과 통찰의 깊이가 50년대 문학의 등뒤에 거대한 산처럼 버티고 서 있어서, 이 사이를 비집고 힘겹게 서 있는 50년대 문학의 위상은 왜소하고 초라해 보였을 수도 있다는 점이다. 그래서 아주 이채를 띠는 개성적인 작가 몇몇을 제외하고 나면 이 시기의 문학은 '보잘것 없다'는 것이 연구자들의 일반적인 인식태도였다고 할 수 있다.

그러나 이러한 태도는 50년대 문학이 지닌 그 나름의 다양성과 역동성에 비추어 볼 때 사실과도 어긋나며, 무엇보다도 이 시기의 문학에 대한 연구성과가 부족한 현실에 대해 한 평론가가 날카롭게 지적한 바 있듯이, '연구대상의 진보성이 연구내용의 진보적 성격을 결코 담보하지 못한다'[1]는 점을 생각해 보면, 50년대 문학에 대한 연구자들의 홀대는 어떤 이유로든지 정당한 태도가 아니었다. 거기에 덧붙여, 새롭게 이 시기를 공부하고자 애쓰는 연구자들에게 금세 다가오는 어려움은, 분단 이후 각기 독립적으로 전개된 남북한의 문학을 전체적으로 조망할 수 있는 새로운 통일문학사적 안목과 시각을 마련해야 한다는 문학사적 요청에 직면해 있다는 사실이다. 더욱이 1950년대는 전쟁 이후에 각기 독자적으로 전개된 문학사의 첫머리에 해당하므로, 50년대 문학을 민족문학사적 시각으로 조망하기 위해서는 새로운 시각과 방법론이 요청되는 것이다.

늦어지기는 했지만, 90년대에 접어 들면서 이 시기의 문학에 대한 국

---

1) 염무웅, 「5,60년대 남한문학의 민족문학적 위치」, 『창작과 비평』, 1992년 겨울, 52쪽.

문학 연구자들의 관심이 높아지고, 그에 따라 연구 성과들도 어느 정도 쌓이기 시작한 것은 매우 다행스러운 일이 아닐 수 없다.[2] 그러나 한편으로는, 쌓이기 시작한 연구 성과의 양(量)만큼 이 시기 문학을 조망하는 문학사적 시각이나 안목의 질(質)은 크게 나아지지 않고, 그동안 간헐적으로 이루어져 오던 50년대 문학에 대한 평가를 답습하거나, 앞에서 말했던 선입관의 틀에서 멀리 벗어나지 못한 점을 자주 발견하게 된다. 그런 점에서, 이 글은 50년대 문학을 새롭게 이해할 필요가 있다는 점을 전제로 하여, 이 시기 문학에 대한 기왕의 연구에서 발견되는 방법론상의 문제점이나 연구 태도의 편향성 등을 검토하고, 50년대 문학에서 우리가 새롭게 읽어내야 할 문학사적 의의가 무엇인지를 살펴보려는 의도로 쓴다.

2. 50년대 문학에 대한 기존의 평가와 연구 방법론의 몇 가지 문제점

50년대 문학에 관한 문학사적 평가에서 우리가 가장 먼저 문제삼아야 할 것은, 앞절에서 언급한 바 있듯이, 연구자나 비평가들이 지니고 있는 일종의 '선입관'일 것이다. 이 '선입관'의 내용을 좀더 구체적으로

2) 50년대 문학 전반에 대한 최근의 연구성과로 꼽을 수 있는 것은 다음과 같다.
현대문학연구회 편, 『한국전후문학연구』, 태학사, 1991.
한국문학연구회 편, 『1950년대 남북한 문학』, 평민사, 1991.
문학사와 비평연구회 편, 『1950년대 문학연구』, 예하, 1991.
『한국전후문학의 형성과 전개』, 『문학과 논리』, 제3호. 태학사.1993.
송하춘, 이남호 편, 『1950년대의 소설가들,시인들』, 나남, 1994.
조건상 편, 『한국의 전후 문학』, 성대 출판부, 1994.
구인환 외, 『한국전후문학 연구』, 삼지원, 1995.

들여다 보면, 50년대를 우리 근현대문학의 역사적 전개과정에서 하나의 '단절기'이거나 '역사적 반동기'로 규정하는 입장임을 알 수 있다. 물론 이러한 '단절기론'이나 '반동기론'은 이 시기의 문학에 대해 자세한 실증을 거치지 않고 막연한 인상만으로 '보잘것이 없다'고 판단해버리는 것에 비한다면 한층 합리적이고 비판적인 태도이며, 어떤 점에서는 이 시기 문학의 역사적 성격을 나름대로 규정하려는 태도라고도 할 수 있다. 이 시기를 문학사의 '단절기'라고 규정하는 가장 큰 이유는 우선 '민족의 현실을 외면하고 서구문학에 맹종(盲從)한 오류를 범했다'[3]는 것이다. 그러한 오류의 좀더 구체적인 실상은 50년대의 문학이(특히 소설이) '체험의 직접성에 함몰되거나 탈역사적인 추상적 보편주의로 치닫는 두 가지의 편향'[4]을 드러낸다는 점이다.

이러한 '단절론'의 근거가 50년대 문학에 어느 정도 편재하지 않는 바는 아니다. 그러나, 전자의 경우 모더니즘이나 실존주의가 이 시기 문학에 끼친 영향을 너무 절대적인 것으로 상정하고 있으며, 실제로 50년대 모더니즘과 실존주의의 내용에서 발견되는 일련의 '토착화'의 내적 논리를 전혀 고려하지 않았다는 점에서 문제가 된다.[5] 후자의 경우는 리얼리즘적 관점에서 50년대 소설의 양상을 이해한 것이다. 이러한 태도는 반드시 필요한 것이지만, 50년대 문학의 전반적인 전개과정을 하

3) 정현기, 「문학비평의 충격적 휴지기(休止期)」, 감태준 외, 『한국현대문학사』, 현대문학사, 1989에 수록.

4) 김 철, 「냉전체제의 고착과 50년대의 문학」, 민족문학사연구소 엮음, 『민족문학사 강좌, 하』, 1995에 수록.

5) 우리는 이 시기의 모더니즘이나 실존주의에 대해서도 두 가지의 편향된 시각을 지녀왔다. 그 하나는, 지금 살펴본 것과 같이 당시의 모더니즘이나 실존주의는 맹목적인 서구추종일 뿐이며, 그래서 일고의 가치도 없는 지식인의 겉멋과 '댄디이즘'에 지나지 않았다는 부정적인 평가이다. 다른 하나는 모더니즘과 실존주의가 서구의 그것과 얼마나 닮은 것인가를 확인하기에 급급한 태도이다. 그래서 닮은 것은 얼만큼이며, 또 결여된 것은 얼만큼인지를 따지는 데에만 골몰하는 경우이다.

나의 '운동'으로 파악하지 않음으로 해서, 경직된 반공 이데올로기와 탈정치적인 관제미학으로서의 순수문학론이 지배하는 50년대의 척박한 토양 속에서 문학이 어떻게 현실과 접목하게 되는가 하는 '과정'을 놓치고 있다.

이 '단절론'보다 비판적 입장이 한결 강화된 논리가 이른바 '반동기론'이다.

> 한국 근대문학의 여러 시기 중에서도 가장 침체된 시기가 50년대의 문학이었다고 할 수 있다. 1945년 민족해방이 되었어도 우리의 경우 '해방문학'이라고 부를 수 있는 성숙된 시기를 갖지 못했다. 민족분단에 앞선 문학 분열 때문이었다. 작가들은 남북으로 갈린 뒤를 이어 6.25전쟁은 문학과 문학인을 완전히 마비시켜버렸다. 50년대의 문학은 이러한 진공 상태에서 국적불명의 허무 극단주의의 문학으로 <모더니즘>에다가 실존주의 문학으로 정신의 공백을 더욱 탈색시켜버렸다. 정치인이 아닌 정치깡패들이 온갖 부패와 타락으로 놀아나고 무법천지의 농촌의 폐허와 도시의 파괴된 잿더미 속에서 동포들이 굶어 죽고 매맞아 죽는 자유당 독재치하에서 문학은 이러한 현실을 직시하기는커녕 문학을 위한 문학으로 놀아나기만 했던 것이다. 민족, 민주, 민중운동에 보조를 맞추기는커녕 이른바, 만송족(晩松族)이라 하여 이기붕의 선거유세에 찬조 연설 따위로 정권의 앞잡이 노릇까지 하면서 민중의 실상과는 상관이 없는 문학을 해왔음이 사실이었다. 문학인은 이런 형편이었지만 민중은 4.19를 가지게 되었으니, 민중이 일으킨 이 4.19에 대하여 한국문학은 할 말이 없는 것이고 없어야 하는 것이다.[6)]

추상처럼 단호한 이 태도는, 그러나 문학의 논리라기보다는 정치의 논리에 가깝다. 일인 장기집권과 일당 독재에 의해 자유민주주의가 허울만 남고 실종된 50년대의 정치적 상황에 대한 부정의 논리가 50년대의 문학에 고스란히 덧씌워진 셈이다. 우선 실증적인 면에서도 이 극단적인 부정론은 성긴 곳이 많다. 50년대의 문학이 상대적으로 다른 시기

6) 박태순, 「4.19의 민중과 문학」, 『4월혁명론』, 한길사, 1983, 280쪽.

에 비해 문학의 사회적 기능이나 정치적 기능의 측면에서 무력했다고 지적한다면 모르되, 이 시기를 한마디로 '반동기'로 규정하기에는, 민주주의나 전후 사회의 부정적인 현실에 대한 50년대 문학의 대응이 그리 간단한 것이 아니었다. 그러므로 이러한 논리와 태도는, 단호하되 정교하지 못하다.

이 시기를 문학사의 단절기와 반동기로 규정하는 논리가 우선 실증적으로 정밀한 검토의 과정을 놓치고 있으며, 50년대 문학의 전개과정을 하나의 '변화'와 '운동'이라는 관점에서 파악하지 못하는 한계를 안고 있다고는 하더라도, 그것이 50년대의 문학을 당대 현실에 대입시키고, 구체적인 현실과의 연관관계를 따지려는 비판적 성찰로부터 비롯되었다는 점은 일견 수긍해야 할 부분이라고 본다. 그런데 이와는 또 다른 방식으로, 즉 이 시기의 우리 문학을 세계의 전후문학과 연결시켜 그 동질성을 찾아내고 그를 통해 세계문학과 공유하는 우리 문학의 보편성을 확인하려는, '반동기론'이나 '단절기론'과는 또다른 편향을 이 시기 문학 연구에서 발견하게 된다. 우선 이러한 태도는 연구자들보다도 당대의 작가나 비평가들이 50년대 문학의 성격을 규정하는 데에서 먼저 비롯된 것이다.

이른바 '전후'란, 그것이 세계 제 2차 대전이든 한국전쟁이든, 또는 승전국이든 패전국이든 가릴 것없이, 전통의 파괴와 기존가치의 붕괴, 일체의 기성 질서에 대한 도전으로 상징되는 것이며, 자기 환멸과 희망의 부재, 성윤리의 혼란, 또다른 전쟁에 대한 불안과 공포, 생존의 절대적인 위기로부터 건져올리게 되는 실존에 대한 자각 등으로 항목화할 수 있는 새로운 의식으로 대변되는 것이기도 했다. 이를테면 전후문학으로서의 세계문학적 동질성을 확인하려는 태도는, '세계적 동시성'이라고 당대의 모더니스트들이 이름붙였던 보편성으로의 함몰이 후대의 연구자들에 의해 확대재생산된 것이라고 할 수 있다. 『세계전후문학전집』(1960)이나 『전후문학의 새물결』(1961)과 같은 일련의 기획들은, 그러한 전후문학의 동질성을 구체적으로 확인해보고자 하는 의도로 마련된 것이라 할 수 있다.

> 전후의 세계문학을 고찰하는 데 있어서 먼저 작품 소재의 조건등이 직접 그 전쟁에서 파생된 전후의 현실과 관련된 것이라든가 그 주조의 하나가 휴매니즘이라든가......하고 할 때에 그런 것들과의 유사성이 한국소설 위에 나타나는 것은 분명히 한국전란 이후, 더 구체적으로는 54년의 휴전조약 이후에 된 것으로 알고 있다. 또한 세계문학적으로선, 그 전후현실의 국제적인 위기가 해소되지 않고 오히려 불안스럽기만 하는 가운데서 오는 절망의 의식, 죽음의 의미, 니힐리즘 사상등이 또 하나의 포퓰러리티였다면 한국소설 위에 그런 의식이 여러 가시 바리이어티로서 반영되어진 것도 근년 54년 내외의 사실인 줄 기억한다. 만일 이런 것을 전후의 세계문헉의 브리프스트리로 한다면 저쪽의 전후문학이 15년 내외인 것에 비하여 한국의 전후문학은 그 연한이 훨씬 감해져서 불과 5년 내외의 사실이 아니던가 보여지는데 이것이 전후 한국문학의 외형상의 차이인 것과 함께 또한 전후문학의 성질상 일치되는 사실이기도 한 것이다.[7]

전쟁의 원인과 성격이 어떻게 다르든 간에, 우선 '전쟁'이라는 상황 자체가 끔찍한 폭력과 살상의 경험을 안겨다 주며, 이러한 폭력과 파괴의 실행자이면서 동시에 그 폭력과 파괴 앞에 무력한 피해자일 수밖에 없는 '인간'이라는 존재에 대해 궁극적으로 존재론적인 의문이 제기될 수밖에 없다는 점을 감안한다면, 이러한 태도 역시 동의할 여지는 많다. 그런 점에서 2차 대전을 겪은 서구인이나 일본인과 한국인은 체험의 기반을 공유하고 있다는 것은 틀린 말이 아니다. 그러나 이러한 태도가 구체적인 현실을 바탕으로 자기성찰을 수반하지 않는 한, '전쟁'이라는 폭력적 상황만이 부각될 뿐이며, 따라서 우리가 문학을 통해 확인할 수 있는 것이라고는 추상적인 휴머니즘이나 그에 기반한 반폭력과 반전(反

---

7) 백철, 「전후 15년의 한국소설」, 『한국전후문제작품집』, 1960, 신구문화사, 374쪽.

戰)의 공허한 외침뿐이고, 실제 한국전쟁이 한민족에게 어떤 역사적 의미를 가지는가하는 물음은 깊은 어둠 속에 묻히고 만다.[8] 그러므로 한국전쟁에서 '전쟁'이라는 보편성에만 주목하고, 그것이 한국에서 일어난 전쟁이며, 따라서 2차 세계대전이나 여타의 전쟁과 구별되는 '특수성'은 지나쳐버리는 것이다. 따라서 우리의 전후 현실이 서구나 일본의 전후 현실과 어떻게 다른가, 그리고 문학은 이것을 어떻게 반영해내는가 하는 점에는 관심을 기울이지 못하게 되는 것이다.

'전후문학'이라는 용어를 쓰는 것이 다소 주저되는 이유도 여기에서 비롯된다. 이 용어가 표면적으로는 그야말로 '전쟁 이후'의 문학이라는 시간적 의미를 나타낼 뿐이지만, 이 말이 일반화된 것은 '전후'라는 뜻을 가진 '아프레 게르après guerre'라는 말의 번역어로서였으며, '아프레 게르'란 제2차 세계대전이 끝난 후에 서구사회에 나타난 새로운 문화적 환경과 사회질서, 젊은 세대의 새로운 지향들을 두루 포괄하기 위해 사용되기 시작한 말이며, 단순히 '전쟁 이후'라는 시간적 의미보다는 2차 세계대전 이후에 형성된 특수한 정서와 관습, 생활환경과 철학사조를 통칭하는 개념으로 쓰이던 것이었다. 일본의 경우도 '전후파(戰後派)'문학이란 단순히 전쟁 직후의 문학을 가리키는 개념은 아니다.[9] 사실상 이 말이 1950년대의 우리 지식인 사회에서 사용된 맥락은 그러한 세계

8) 역사적 구체성이 매개되지 않은 반전론이나 반폭력주의가 얼마나 공허한 것인지는, 베트남전쟁을 다룬 우리 소설들을 고찰하면 확연히 드러난다. 정도의 차이는 있지만, 베트남전쟁이 세계사에서 지니는 의미가 생략되고 추상적인 '전쟁'만이 돌출됨으로 해서, 우리의 '베트남전 소설'은 미국의 제국주의적 음모에 편승해 베트남 민족에게 저질렀던 침략행위에 대한 자기반성이 빠져있다.

9) 이를테면 다자이 오사무(太宰 治)의 소설 「사양(斜陽)」이나 이시와라 신타로오(石原愼太郎)의 소설 「태양의 계절」의 주인공들을 모방한 이른바 '사양족(斜陽族)'이나 '태양족(太陽族)' 등과 같은 유행어가 전후의 일본사회를 풍미한 것을 보더라도, '전후파'란 시기보다도 문학의 일정한 성격을 반영한 용어라는 점을 알 수 있다.

적 상황과의 동시성을 강조하기 위한 의도가 은연중에 깔려있는 것이어서, 1950년대 당대에나 지금이나 가릴 것 없이 세계대전과 뚜렷이 구별되는 한국전쟁의 의미, 그리고 서구와는 다른 한국의 전후현실을 제대로 밝히는 데에 경우에 따라서는 걸림돌이 되기도 했던 것이다.

50년대의 연구 방법론에서 우리가 비판적으로 검토해야 할 또하나의 사항은 이른바 세대론적 접근태도이다. 이는 물론 50년대의 작가와 비평가들을 신구세대로 구분하여, 세대별로 현실의식이나 문학의식에 어떤 차이를 나타내는가를 살펴보려는 관점을 말한다. 세대의 교체와 대립을 통해 일정한 시기의 문학의 변화와 그 의미를 조망하는 연구방법은 그리 낯선 것이 아니다. 어떤 점에서는 세대론이란, 연구 방법으로서보다는 오히려 당대의 젊은 신인들의 의도에 의해, 기성세대와 구별되는 자신들의 문학을 부각시키는 작업의 일환으로 나타나기도 했던 것이다. 50년대의 경우도 기성세대 작가들과 신세대 작가들의 비교를 통해 50년대 문학의 지형을 인식하는 방법이 일반화되어 있다. 1950년대 후반에 등장한 신세대 그룹이 당시의 문단에 커다란 활력을 불어넣고, 다양한 쟁점을 제기했다는 점에서 이들의 의미와 역할은 상당히 중요한 것이 사실이다.

그러나 50년대의 경우, 전후에 등장한 이른바 신세대그룹(여기에는 작가와 시인, 비평가가 다 망라된다)을 하나로 묶어낼 수 있는 동질성이 확보될 수 있는가가 의문이며, 무엇보다도 당대의 신세대그룹이 기성세대와 구별되는 신세대의 정체성에 관한 자기의식이 통일되어 있지 않았다는 점에서, 이러한 세대론적 접근은 50년대 문학의 성격을 규명하는데 그리 생산적인 연구방법이 아니라고 생각한다. 이들이 확보할 수 있었던 자기의식의 최대공약수는 '기성세대의 문학정신과 방법으로는 더 이상 안된다'는 것 정도(이것이 문학사 전체로 확대되는 것이 이른바 '전통단절론' 또는 '전통부정론'이라고 할 수 있다)였고, 실제로 신세대의 작가군과 비평가군의 다양한 스펙트럼은 이들의 정체성을 한마디로 규정하는 것을 어렵게 만든다. 당시 신세대에 속했던 한 비평가가 '신인이란 단지 새로운 인물이면 되지만, 신세대란 새로운 방법과 정신을 갖추지 않으면 안된다. 그런 의미에서 우리 문단에 신인은 많지만, 신세대는 없다. 전자가 문단적 신인이라면 후자는 문학사적 신인이다'[10]라고 신세대그룹에 대해 언급한 것은 음미할 만한 것이다.

짐작컨대, 50년대 문학의 세대론은, 당대의 신진들에 의해 촉발된 점도 분명히 있지만, 4 · 19세대에 의해 소급규정된 면이 적지 않다.

> 50년대 문학인들이 해방과 전쟁이라는 한국 현대사의 큰 인각(印刻)을 몸으로 체험하지 않을 수 없었다는 사실은 50년대 문학의 문맥을 이해하는 데 없어서는 안될 사실이다. 우선 20세를 전후해서라는 연대기적 사실의 중요성은 아무리 강조해도 부족함이 없다. 20세를 전후해서 해방과 전쟁을 맞이했다는 것은 50년대의 문학인들이 세계와 현실을 보는 세계 전망의 확고한 기반 위에서 사태를 이해하지 못했으리라는 것을 추측케한다. 위의 진술은 두 가지 면으로 이해되어야 한다. 하나는 언어의 급변으로 인한 의식 조정의 곤란이다(······) 20세를 전후해서 해방과 전쟁을 맞이했다는 사실은 또한 감정의 극대화 현상을 유발케한다. 논리적으로 사태를 파악할 수 없을 때에는, 감정적인 제스처만이 극대화되지 않을 수 없다. 그 현상은 구체적인 사실에 대한 냉철한 인식 · 판단보다도, 추상적인 당위에 대한 무조건의 찬탄을 낳는다. 위의 진술은 증명될 수 없는 논리에 대한 찬탄이라는 진술이다. 왜 해방이 되었는지, 왜 전쟁이 있었는지, 그리고 그것이 한국과 자아에게 어떤 의미를 갖는지에 대한 냉정한 성찰 · 반성보다는 그러한 것을 추상적이고 보편적인 개념으로 파악하려는 논리적 야만주의가 팽대하게 되었다는 말이다.[11]

위의 인용문은 전후의 신세대 문학에 대한 김현의 날카로운 분석이자, 동시에 4 · 19세대가 전후세대에 대해 내린 문학사적 규정의 선편에

---

10) 최일수, 「우리 문학에 있어서의 신인의 위치 - 민족문학의 현대화를 중심으로」, 『문학예술』, 1956, 2.

11) 김 현, 「테러리즘의 문학」, 『사회와 윤리』, 일지사, 1974, 100-101쪽. (······)는 중략했음을 뜻한다.

속하는 것이다. 이미 앞에서 언급한 바 있듯이, 이 시기의 문학과 비평은 보편성에의 함몰이나, 체화되지 않는 서구이론에 대한 지나친 자의식에 빠져있었다는 혐의에서 자유로울 수가 없다. 그런 점에서 김현의 이 재치있고 날카로운 분석이 빛나는 것인데, 그러나 한편으로는 이 세대론의 미망은 동시대 작가들, 혹은 일정한 문학사적 발전의 연속선상에 있는 작가들을 질적으로 구별시켜주고, 그 세대내에 존재하는 편차를 설명할 도리가 없게 되는 난관에 봉착한다. 더욱이 세대론이란 대체로 신세대의 활동상에 그 초점이 맞추어지기가 십상이어서, 기성세대의 활동은 논의의 범주에서 종종 제외되곤 한다. 그런 점에서, 세대론적 접근이 지닌 이러한 난점을 제대로 지적하고 있는 다음의 논리가 좀더 역사적 사실에 근접한 것이라 할 수 있다.

> 그런 의미에서 필자는, <60년대 문학>(혹은 <65년대 문학>)의 대변자들과 <50년대 문학>내지 <전후문학> 옹호자 간의 최근의 논쟁은 우리 문학을 위해 별로 보탬이 된 바 없다고 본다. 아니 진정한 문학적 쟁점이 없는 곳에 무엇이 있는 듯한 인상을 주어 문단의 빈곤을 감추는 결과가 되었고 10년도 채 안되는 시기적 차이에 집착하여 동시대 작가간의 보다 중대한 질적 차이를 소홀히 했다는 점에서 적지 않은 해독마저 끼쳤다 하겠다. 예컨대 김수영 · 손창섭 · 하근찬 · 최인훈 등과 몇몇 역량있는 신인들이 전혀 무시되거나 예외적으로만 거론된 데 반해 50년대에 나왔건 60년대에 나왔건 적어도 지금까지의 업적으로는 도저히 사줄 수 없는 시인 · 소설가 · 평론가 들이 그래도 업적이 있는 문인들과 나란히 자기 세대 대표단의 명단에 올라 있는 것이다.
>
> 3 · 1운동 세대의 문학으로 우리가 1910년 이전에 활동을 시작했던 작가 · 시인들의 작품을 들 수 있었다면 4 · 19로 시작된 1960년대의 문학에 4 · 19 이전, 즉 4 · 19준비기에 등단한 다수 문인들이 포함될 수 있음은 당연한 일이다. 그런 의미에서 <60년대 문학>을 <전후문학>의 연속으로 보자는 주장은 타당한 것이다.[12)]

---

12) 백낙청, 「시민문학론」, 『민족문학과 세계문학』, 창작과비평사, 1978, 60-61쪽. 원래는 『창작과 비평』, 1969년 여름호에 실린 글이다.

백낙청의 지적은, 등단시기나 체험의 공유가 결코 세대의 문학적 정체성을 결정적으로 조건지우지 못한다는 것을 지적하는 것이기도 하다. 실제로 전후세대의 작품에서 우리는 이러한 사실을 확인하게 된다. 무엇보다도, 위의 두 인용문이 보여주는 차이는, 단순히 세대론에 국한되는 것이 아니라, 궁극적으로 50년대 문학을 인식하는 태도의 차이이며, 그것은 4·19 이후의 문학의 성격규정에 대한 차이로도 곧바로 연결되는 것이기도 하다. 우리는 여기서, 백낙청이 말한 바 <전후문학>과 <4·19문학>의 내재적 연속성에 대해 좀더 천착할 필요가 있다. 이 '내재적 연속성'이야말로 세대론의 미망을 극복하는 길인 동시에, 이 글의 목표이기도 한, 50년대 문학을 재인식하는 문학사적 방법이기도 하기 때문이다.

이상에서, 우리는 50년대 문학에 대한 기존의 연구방법이나 평가에서 드러나는 몇 가지 문제점을 지적해 보았다. 이 외에도, 거론할 만한 사항이 한 두 가지 더 있는데, 이를테면 50년대의 문학을 지나치게 한국전쟁에 종속시켜 이해하려는 소재주의적 태도를 꼽을 수 있다. 전쟁이 50년대 문학에 끼친 영향이야 새삼 거론할 필요가 없는 것이지만, 이 시기에 이루어진 모든 작품을 전쟁이라는 '작용'에 대한 하나의 '반작용'으로 해석하는 것은, 전쟁체험의 직접성으로부터 일정한 거리를 가지려 애쓰는 작품들이나, 더러는 냉전논리의 두꺼운 벽을 깨고 새롭게 전쟁과 분단현실을 이해하려는 문학적 노력들을 제대로 평가하지 못하는 난점을 드러낸다. 이러한 문제점도 앞으로 깊이있게 검토되어야 할 사항이지만 여기서 더이상 자세히 논의하지는 않겠다.

평가와 방법론에 대한 이상의 지적과 비판이, 60년대 이후부터 최근까지 이루어진 50년대 문학연구 모두에 해당하는 것은 물론 아니다. 우선 실증의 차원에서도 이 시기에 대한 개별적인 작가론이나 작품론은 좀더 풍성해지는 것이 필요한 일이며, 기존의 평가나 선입관에 의해 잘

못 이해되고 있었던 부분이 이러한 연구에 의해 바로잡힐 수 있다면, 이 시기에 대한 개별적인 연구는 더 진척되어야 할 것이다. 다만, 그러한 실증적 차원의 연구나 개별 작품론과 작가론이 기존의 방법론이 지닌 한계를 제대로 극복하지 못하고, 그 테두리 안에 안주하거나, 기존의 평가를 확대재생산하는 형태로 이루어진다면, 이것은 경계해야 할 일이다. 그런 의미에서, 다음에 논의하는 것은 기왕의 연구에서 간과되어 왔거나, 또는 새롭게 찾아야 할 50년대 문학의 몇 가지 역사적 의미에 대한 문제제기에 해당한다.

3. 50년대 문학의 새로운 이해를 위하여

1950년대 10년 간의 문학은 전반부와 후반부의 성격이 확연히 달라진다. 전반부는 그야말로 전란의 소용돌이 속에서 생존 자체가 절박한 위기에 몰려 있던 때였고, 문인들도 비록 전선에 나가 있지는 않았지만, 의식 속에서는 전쟁으로 인한 생존의 위기를 절감하고 있었다. 문화공간의 확보는 불가능했고, 무엇보다도 책이나 잡지를 만들어낼 종이가 없어 문학 활동은 소연해질 수밖에 없었다. 전시판 『문예』는 미군부대의 지원을 받아 겨우 찍어낼 수 있었다. 이 무렵 가능했던 문학은 '전선문학'류 뿐이었다. 그러나 1955년을 고비로 50년대의 후반에 접어 들면서 양상은 많이 달라지게 되었다. 전장으로부터 사람들이 그들의 살림터로 돌아오고, 폐허로 변한 집터이나마 다시 살아갈 엄두를 추스리게 되었다. 문학쪽에서도 『현대문학』과 『문학예술』, 『자유문학』 등의 문예지가 속속 창간되거나 복간되고, 『신태양』 『사상계』 등의 잡지가 문예쪽에 많은 지면을 할애하여, 창작과 비평이 다시 활기를 띠도록 만드는 데 커다란 역할을 했다. 다양한 문학매체는 신인들이 등장하는 통로가 되었다. 1955년 이전에는 해방 전에 등단한 소수의 기성작가들과 비평가들에 의해 문단이 꾸려지고 있었는데, 50년대 후반기 들어 신인들이 대거 등장하면서 인력에 허덕이던 문단에 급격한 수혈이 이루어진다. 그리고 이러한 새로운 세대의 출현은 기존의 고답한 문단지형을 여러 방향과 성격으로 재편하는 계기가 된다.

이러한 변화는 문단에 국한된 것이 아니었다. 1954년, 초대 대통령의 재선 제한 철폐를 골자로 하는 '제5차 개헌'파동(이른바 '4사5입개헌')을 본격적인 계기로 하여 이승만과 자유당의 독재권력이 그 모순성을 분명히 드러내는 것과 동시에, 이에 대한 국민적 저항 역시 좀더 확실하고 조직적인 형태로 나타나기 시작했다. 1955년에는 4사5입개헌 파동을 계기로 광범위한 반(反)자유당 성격을 지닌 단일 야당이 결성되었고, 이 해에 또한 조봉암을 중심으로 한 진보당이 구체적인 창당 작업을 추진하고, 이와 또다른 방향에서 혁신계의 대동단결 운동이 추진되고 있었다.[13]

---

13) 1950년대 남한의 진보적 정치세력의 움직임에 대한 개괄적 정리는 박태균의 『조봉암 연구』, 창작과 비평사, 1995, 214-265쪽의 내용을 참조할 것. 진보당 운동을 비롯한 혁신계의 연대나 통합야당인 민주당의 정치활동에서 우리가 주목해야 할 부분은, 50년대의 정치적 지형에서 가지는 정치활동의 성패 여부를 떠나, 적어도 50년대 후반의 정치동향이 이승만과 자유당의 독재에 일방적으로 패퇴하거나 무력한 것이 아니었음을 확인하는 일이다. 진보당을 포함한 혁신계의 움직임이 이 시기 문학에 어떤 직접적인 영향을 끼쳤는지는 아직 확인할 수 없지만, 50년대 후반의 문학에 민주주의나 자유의 문제가 본격적으로 다루어지기 시작한다는 사실은 이런 일련의 정치적 동향과 무관하지 않다고 보인다. 진보당과 관련해 필자가 발견한 흥미로운 사실 하나는 『후반기』동인의 한 사람이며, 시인이자 비평가로 활동했던 이봉래(李奉來)가 출판위원회 사무국 소속으로 중앙당 위원회 임원 명단에 올라 있다는 사실이다. 그는 50년대 중반까지 시인으로서보다는 비평가로 꽤 활발한 활동을 펼쳤는데, 57년에 영화쪽으로 전업한 까닭에 정당 가입 이전의 직업난에는 '영화인'으로 기재되어 있다. 정당 가입 이전의 직업난에 '시인'으로 올라있는 박지수는 중앙당 부서의 교양부 부간사로 이름이 올라 있는데 어떤 인물인지 구체적으로 확인을 하지 못했다. 박태균, 앞의 책, 292-309쪽의 진보당 조직표와 당원명부 참조.

나라 바깥에서는 이 해에 인도네시아의 반둥에서 인도와 중국의 주도 아래 제 2차 세계대전 이후 제국주의로부터 독립한 아시아와 아프리카의 신생독립국 29개 국이 참가했던 '아시아 · 아프리카 회의(일명 반둥회의)'가 개최되어, 냉전체제를 탈피하려는 국제적 연대가 모색되고 있었다. 이 회의는 '반식민주의'와 '비동맹주의'를 표방하였는데,[14] 당시 국내의 지식인과 문인들에게도 적지않은 파장을 불러 일으켰다. 물론 당시의 지식인들은 이른바 '집단안보체제'로 상징되는 진영테제에 깊이 침윤되어 있었기 때문에 '반둥회의'와 비동맹운동에 대해서는 상당히 비판적이었고, 심지어는 비동맹회의에 참가하는 것은 세계 지배를 위한 '소련'의 국제음모에 휘말리는 것일 뿐이라고 생각하고 있었다.[15] 그러나 반둥회의뿐만 아니라, 티토 · 낫세르의 동서군사블록화에 대한 비난 성명발표나 알제리의 민족해방운동 등에 대해, 그 긍부(肯否)의 여부는 접어두고라도 국내 지식인들의 반응이 나타나고 있다는 사실은 냉전논리에 대한 외부적 자극이 50년대 후반 들어 부쩍 활발해지기 시작했음을 의미하는 것이다.

문단 안팎의 이러한 역동적인 변화는 50년대 문학에도 적지 않은 영향을 끼쳤다. 그러나 그동안 50년대 문학을 우리가 너무 정태적이고 평면적으로 이해해 왔던 탓에 50년대 후반부터 4 · 19의 전야에 이르는 이 시기 문학의 내재적인 발전과 변화, 그리고 그나름의 현실에 대한 문학적 응전력을 제대로 돌아볼 수가 없었던 것이다.[16] 모순이 있는 곳에는

14) 김성용, 『제3세계와 비동맹운동』, 고려서적주식회사, 1978, 6-16쪽.

15) 남궁곤, 「1950년대 지식인들의 냉전의식 -『사상계』지에 나타난 국제질서관을 중심으로」(『1950년대 한국사회와 4 · 19혁명』, 태암, 1991에 수록)를 참조.

16) 최근 50년대 문학을, 특히 그 후반기에 주목하여 새롭게 이해하려는 일련의 연구성과들이 나오기 시작했다. 그 중에 대표적인 것으로 박헌호의 「50년대 비평의 성격과 민족문학론으로의 도정」(조건상 편, 『한국전후문학연구』, 성균관대출판부, 1993에 수록)과 윤여탁의 「1950년대 한국시단의 형성과 참여시의 형태」(『한국전후문학의 형성과 전개』, 태학사, 1993에 수

그 모순을 극복하려는 운동이 있게 마련이다. 이것이 사물과 자연이 변화하는 이치이며, 동시에 인간의 사회와 역사가 변화하는 근본이치이기도 한 것이다. 그런 점에서, 50년대 후반기에 접어들수록 그 모순성이 점증하는 이승만과 자유장 정권의 독재적 전횡에 대해 문학이 일정한 변화를 나타내지 않을 수 없다. 4·19가 비록 조직적으로 치밀하게 준비되지 못했고 그래서 밑으로부터 솟구쳐 올라오는 민중의 변혁에 대한 열망을 온전히 역사적 결실로 일구어내지 못한 미완의 혁명으로 그치기는 했지만, 그것은 이미 50년대의 모순으로부터 배태되고 있었던 것이다. 그러므로, 우리는 50년대 문학이 이 시기의 모순에 어떻게 대응하고 있었으며, 그러한 대응이 어떻게 4·19에 이르고, 어떻게 60년대로 계승되는가 하는 점을 좀더 면밀하게 살펴봄으로써 이 시기의 문학을 새롭게 이해하는 계기를 마련할 수 있다.

55년을 넘어서면서 4·19에 이르는 50년대 후반기 문학에서 우리가 주목해야 할 사실 중의 하나는 분단과 전쟁을 거치면서 거의 명맥이 끊어졌던 리얼리즘의 전통이 일련의 작품들을 통해 다시 회복되기 시작한다는 점이다. 손창섭을 비롯해 박연희·이범선·하근찬·이호철·송병수·오상원 등에 의해 50년대 소설은 그 무거운 관념의 껍질을 벗고 구체적인 현실의 문제를 반영해내기 시작하는 것이다.[17] 소설에 비한다

록)이 있다. 50년대 문학을 새로운 관점에서 연구해야 한다는 문제를 제기하고 있다는 점에서 염무웅의 앞의 글도 이 범주에 넣을 수 있다. 필자의 「1950년대 한국 소설연구」(『1950년대 남북한 문학연구』, 평민사, 1991에 수록)와 「1950년대 한국문예비평론연구」(연세대학교 박사학위논문, 1995)도 각각 이 시기의 소설과 비평을 민족문학의 연속성 발견이라는 관점으로 연구하고자 한 것이다.

17) 50년대 소설의 리얼리즘적 성취에 대해서는 졸고 「1950년대 한국소설 연구」(앞의 책)에서 비교적 자세하게 고찰한 바 있다. 이 글에서 나는 손창섭을 모더니즘으로 분류하여 다루고, 그 이유로 그의 소설이 원근법을 상실한 자연주의적 편향을 드러내기 때문이라고 한 바 있다. 그의 소설을 리얼리즘 소설의 원류라고 보기는 어렵지만, 그럼에도 50년대 현실에 대한 소설적 반영에서 일정한 리얼리즘적 성취는 인정할 수 있다고 생각한다.

면 시는 다소 소연한 느낌이 없지 않다. 당시의 시단은 분화가 너무나 확연해서 서정주와 청록파로 대표되는 기성은 시의 언어적 완성도에서 상대적으로 높은 수준을 유지한 반면 현실인식은 그에 걸맞는 치열함을 보여주지 못했으며, 신진들이 주축을 이룬 모더니스트들은 어떤 형태로든 현실에 대한 시적 관심의 끈을 놓치지 않으려는 치열함을 견지하고는 있었지만, 그것이 시적 완성도로 이어지지 못하는 한계를 드러내고 있었다. 그러나 자유에 대한 자각이 점차 구체화되는 김수영의 변모나 분단 현실을 시적 주제로 감싸안았던 박봉우의 출현, 그리고 50년대 막바지의 신동엽의 등장은 이 무렵의 시단에서 주목할 부분임은 분명하다.

리얼리즘 전통의 회복과 더불어 이 무렵에는 문학의 사회적 기능에 대한 자각과 그 실천 의지가 전반기에 비해 훨씬 강화되고 있다는 점도 주목할 부분이다. 특히 이러한 자각은 비평 쪽에서 두드러진 흐름으로 나타났는데, 이른바 순수문학론의 탈현실적이고 탈사회적인 논리의 허구성을 공격하는 신진비평가들의 적극적인 문제제기가 그것이다. 이 시기의 '민족문학론'은 비평쪽에서 이루어진 진보적 변화의 가장 빛나는 부분으로서, 60년대 참여·순수 논쟁의 전단계에 해당할 뿐 아니라, 70년대 비평의 여러 가지 문제의식을 맹아적 형태로 이미 선취하고 있음을 알 수 있다.

50년대의 소설에서 관심을 쏟아 살펴봐야 할 부분은 자유와 민주주의의 문제를 다루는 방식이다. 50년대는 익히 알다시피 이승만과 자유당 정권이 독재권력을 휘두를 때이니, 만약 소설이 그에 저항한다면 당연히 자유나 민주주의의 문제가 주제로 다루어질 법한 일이겠지만, 50년대의 상황이 그렇게 간단하지 않다는 데에 문제가 있다. 특히, 이러한 문제는 50년대에 거의 문단을 장악하다시피 한 월남작가들(50년대에 활동하는 전후 세대의 작가들 중에서 월남작가가 차지하는 비중은 숫자와 작품의 질 두 측면에서 거의 절대적이다)에게서 심각한 문제로 나타나게 된다.[18] 남북한이 분단된 상황에서, 양 쪽은 체제경쟁을 의식하지 않을 수 없다. 이를테면 자유와 민주주의는 남한 체제의 비교우위를 입증할 수 있는 일종의 내적 동의(同意)[19]에 해당하는 것이다. 더구나 월남민에게 있어 '자유'란 삶 자체와 맞바꾼 가치이기도 한 것이다. 이것이 훼손당했다고 곧바로 자유의 회복을 부르짖을 수 없는 것은 그래도 북쪽에 비해서는 낫지 않겠는가 하는 비교우위의 논리가 의식의 다른 한쪽에서 작동하기 때문이다. 그런 점에서, 50년대의 '자유'에 관한 문제는 일종의 딜레머이며, 특히 월남작가에게 이 문제는 여러 모순이 중첩되고 착종된 문제로 나타나게 되는 것이다. 이범선의 「오발탄」이 이 시기에 발표된 작품들 중에서도 가장 독특한 방법으로 50년대 남한 사회의 '자유와 체제의 문제'를 다루고 있다는 점은 다시 주목할 부분이다. 이 작품이 수작인 이유는, 흔히 말하듯이 전후 사회의 궁핍과 부조리, 뿌리뽑힌 월남민의 참담한 삶을 잘 그렸다는 점에서도 찾을 수 있지만, 그보다는 '자유'라는 체제유지의 내적 동의가 전후의 한국 사회에서 심각한 모순에 봉착해 있음을 한 월남민의 의식을 통해 절묘하게 포착한 점에서 확인할 수 있다.

> 죽어도 고향에 돌아가서 죽고 싶다는 철호의 어머니였다. 그러고는,
> "이게 어디 사람 사는 게냐? 하루 이틀도 아니고"하며, 한숨과 함께 무릎을 치며 꺼지듯이 풀썩 주저앉곤 하는 것이었다.
> 그럴 때마다 철호는,
> "어머니, 그래도 남한은 이렇게 자유스럽지 않아요?"하고, 남한이니까 이렇게 생명을 부지하고 살 수 있지, 만일 북한 고향으로 간다면 당장 죽는 것이라고, 자유라는 것이 얼마나 소중한 것인가를, 갖은 이

18) 이에 대해서는 졸고, 「월남작가의 작품세계에 나타난 반공이데올로기와 1950년대 현실인식」, 『역사비평』, 1993, 여름을 참조.
19) 이것은 그람시의 용어다. 동의(同意, contento)란 피지배계급이 지배계급의 헤게모니를 인정하도록 만들어, 투쟁국면이 아니라 유화국면을 존속시키는 체제유지의 조건을 말한다.

야기를 다 예로 들어가며 어머니에게 타일러 보는 것이었다.(밑줄 - 인용자)[20]

이 대화는 「오발탄」 가운데에서 가장 냉소적인 부분이다. 주인공 송철호의 이 설득은 그 자신조차 움직이지 못하는 무력한 것이다. 실성한 어머니와 임신중독에 걸린 아내, 영양실조로 말라가는 어린 딸, 상이용사로 제대해 은행강도를 하다가 총에 맞아 죽는 아우, 양공주인 누이들에게도 이 설득은 효력상실이다. 요컨대, 이 독백에 가까운 설득은, 삶과 송두리째 맞바꾼 자유의 가치가 남한 사회에서 발견되지 않는다는 월남민 주인공의 역설(逆說)이며, 체제 유지의 내적 동의가 심각하게 흔들리고 있음을 보여주는 50년대적 아이러니에 해당한다.

4사5입 개헌을 정면에서 비판한 박연희의 「증인」도 민주주의의 문제를 다루고 있다. 대체로, 적대 세력의 힘이 너무 강할 때, 그에 대해 미약한 힘으로 저항하는 길은 두 가지가 있는데, 그 하나는 풍자이며, 다른 하나는 비극이다. 박연희의 「증인」은 비극을 택한 쪽이다. 이 소설은 4사5입 개헌을 비판한 기사 때문에 신문사에서 해직당한 기자 장준이 다시 국제간첩단 사건에 연루되어 고문을 치르고 나온 뒤 고문의 휴유증으로 정신과 육체가 황폐해져 결국 죽음에 이르고 만다는 줄거리로 되어 있다. 4사5입 개헌파동이 민주주의에 관한 것이라면, 국제간첩단 사건에 장준이 억울하게 연루되는 것은 당시 남한을 지배하고 있던 매카시즘의 횡포를 비판한 것이다. 무혐의로 처리될 수도 있었던 장준이 과거 신문사에서 해직될 때의 사유가 다시 문제되어 곤욕을 당하는 과정을 보면 작가는 광적(狂的) 반공주의와 민주주의의 파행이 50년대 현실에서 어떻게 하나의 고리로 이어져 있는가를 소설을 통해 보여주려 했던 것임을 알 수 있다. 「그레이구락부전말기」를 통해 50년대의 막바지에 등장한 최인훈의 관심도 '자유'에 있었다. 그는 앞의 두 경우보다

---

20) 이범선, 「오발탄」, 『한국대표문학전집 9』, 삼중당, 1973, 560쪽.

훨씬 관념적으로 이 문제에 접근한다. 그가 관심을 기울이는 것은 자유라는 '가치'의 현실태(現實態)보다도 그 원형인 이념태(理念態)에 대한 탐색이다.

민중의 현실에 대한 소설적 관심의 증대도 50년대 후반의 중요한 변화라고 할 수 있다. 전쟁의 상흔이나 또는 그것을 치유해 나가는 과정, 전후 현실의 혼란과 궁핍상이 지식인의 관념과 의식을 통해서가 아니라, 구체적인 민중의 생활현실을 통해 그려지기 시작했다는 것은 리얼리즘 전통의 회복에서 아주 중요한 요소라고 할 수 있는데, 하근찬의 「수난이대」나 「흰종이 수염」, 송병수의 「쇼리킴」, 오상원의 「부동기」, 이범선의 「사망보류」, 황순원의 「인간접목」 등이 이러한 특징들을 잘 보여주는 작품에 해당한다.

냉전논리의 허구를 벗고 분단현실에 대한 통찰이 가능해지는 것도 50년대 후반의 문학에서 주목할 부분이다. 특히 시에서 박봉우의 「휴전선」이나 신동엽의 「진달래 산천」과 같은 작품이 분단된 조국의 현실을 새롭게 환기시키는 역할을 했다. 56년 진보당이 창당되면서 그들은 분단상황을 극복하는 통일방안으로 그동안 이승만에 의해 주장되던 '북진통일론'에 정면으로 대응하는 '평화통일론'을 제출했다. 이 '평화통일론'은 끔직한 전쟁체험을 치른 국민들에게 전쟁없이도 통일할 수 있다는 새로운 전망을 환기시켰다는 점에서도 그러했지만, 일단 북쪽에 있는 우리 민족을 무력으로 응징해야 할 '적'으로 규정하지 않고, 평화적으로 통일을 모색해야 할 동반자로 설정했다는 점에서 당시에 적지 않은 파장을 불러일으켰다. 이승만과 조봉암이 맞섰던 3대 대통령선거에서의 실질적인 쟁점은 바로 이 '통일론'에 있었다고 해도 크게 틀린 말이 아니다. 4·19 직후에도 통일논의가 적극적으로 제기되었던 점을 미루어 볼 때, 50년대 후반부터 분단 현실을 극복하기 위한 다각적인 모색이 움트고 있었고, 그것은 특히 냉전체제가 낳은 적대적인 '대북(對北)의식'을 완화하는 쪽으로 진행되고 있었다고 보인다.

박봉우의 「휴전선」이 매카시즘과 백색테러가 횡행하는 50년대의 한복판에서 분단상황의 비극성을 환기시켰다면, 신동엽의 「진달래 산천」은 당시의 금기를 과감히 깨고 빨치산을 등장시켜 해방 직후와 전쟁 기간에 우리 민족이 겪은 비극적 진실에 접근하고자 애쓴 작품이다.

길가엔 진달래 몇 뿌리
꽃펴 있고,
바위 모서리엔
이름모를 나비 하나
머물고 있었어요

잔디밭엔 長銃 버려 던진 채
당신은
잠이 들었죠.

햇빛 맑은 그 옛날
후고구렷적 장수들이
의형제를 묻던,
거기가 바로
그 바위라 하더군요.

기다림에 지친 사람들은
산으로 갔어요
뼛섬은 썩어 꽃죽 널리도록.

남햇가,
두고 온 마을에선
언제인가, 눈 먼 식구들이
굶고 있다고 담배를 말으며
당신은 쓸쓸히 웃었지요.

지까다비 속에 든 누군가의
발목을
果樹園 모래밭에선 보고 왔어요.

꽃 살이 뛰는 산허리를 무너
온종일
탄환을 퍼부었지요.

길가엔 진달래 몇 뿌리
꽃펴 있고,
바위 그늘 밑엔
얼굴 고운 사람 하나
서늘히 잠들어 있었어요

꽃다운 산골 비행기가
지나다
기관포 쏟아 놓고 가 버리더군요.

기다림에 지친 사람들은
산으로 갔어요.
그리움은 회올려
하늘에 불붙도록.
뼛섬은 썩어
꽃죽 널리도록.

잔디밭엔 담배갑 버려 던진 채
당신은 피
흘리고 있었어요.[21]

이 시에 등장하는 인물이 어느 쪽 군인인지 분명하진 않지만, '지까다비'가 등장하고 대오에 편성된 것이 아니라 고립적인 활동을 하는 것으로 보아 정규군이 아님을 짐작할 수 있다. '지까다비를 신은 발목'의 임자는 아마도 주인공의 동료일 것이다. 신원을 규명하는 결정적인 시어는 '산으로 갔어요'이다. 그러나 이 시에 등장하는 인물의 신원보다도

21) 신동엽, 「진달래 산천」, 『조선일보』, 1959.3.24. 여기에서는 『신동엽전집』(창작과 비평사, 1985)에서 인용함.

더 중요한 것은, 너무도 차분한 어조로 노래하는 이 시에 전쟁과 분단의 비극이 단단히 농축되어 있을 뿐 아니라 해방 이후에 우리 민중이 가졌을 법한 소박한 희망이 전쟁과 분단으로 인해 무참히 꺾여버린 비극이 훌륭하게 형상화되어 있다는 사실이다. 이 시의 어느 구절에도 전쟁의 비참함이나 그 상흔에 대한 묘사가 없지만, 오히려 '꽃살'이나 '꽃죽' '꽃다운' '꽃 펴'와 같은 '꽃'의 이미지들이 바로 이어 나오는 죽음의 음울한 이미지들을 중화시키고 있으며, 이 중화작용을 통해 '죽음'의 비극성이 역설적으로 강화되는 효과를 낳고 있다. 그리고 '잔디밭'이나 봄햇살 등과 같은 따사로운 이미지들이 산(山)사람의 죽음을 '잠들었다'는 일상행위의 표현으로 이끌어내, 비범하고 영웅한 인물의 죽음이 아니라 바로 곁에서 호흡하던 이웃과 민중의 죽음임을 실감나게 만들고 있다. 이 시는, 봄잔디밭의 바위 옆에 앉아 장총을 어깨에서 풀어내린 한 빨치산 청년의 영상을 떠올리도록 만든다. 그는 담배를 말아 피면서 고향에 두고온 식구들의 얼굴을 떠올리는 앳된 얼굴의 소유자다. 곧이어 요란한 기총소사 소리와 함께 비행기가 사라진 뒤, 바로 그 자리에서 담배갑을 손에서 떨군 채 피흘리며 죽어있는 청년의 영상이 겹쳐진다.

신동엽은 물론 60년대의 시인으로 포괄되는 것이 더 적절하겠지만, 언어의 조탁과 탈역사적인 서정성에만 함몰되어 있던 전통서정시와, 시적 완성도로 이어지지 못한 모더니즘의 실험성 그 어느 쪽의 영향으로부터도 자유로우면서, 우리 시가 지닌 리얼리즘의 전통을 훌륭하게 복원해 내는 가능성을 이미 50년대 말에 보여주었던 것이다. 50년대 시의 이러한 성과를 돌보지 않고, 4·19를 분수령으로 하여 50년대와 60년대의 연속성을 부정하는 것은 문학사의 실상을 외면한 일종의 독단론이라고 할 수 있다.

50년대 문학의 성과는 무엇보다도 비평 쪽에서 뚜렷했다고 할 수 있는데, 특히 이 시기에 최일수나 정태용, 김우종 등의 비평가들에 의해 제기된 '민족문학론'의 선구적인 면은 그동안 문학사나 비평사에서 제대로 평가받지 못했던 것으로, 이 시기의 비평적 성과를 바르게 이해하기 위해서는 반드시 검토해야 할 대목이다.[22)]

이 무렵 진보적인 '민족문학론'의 성과를 간추리면, 첫째로 분단현실에 대한 관심을 적극적으로 환기시키고, 민족문학이 지향해야 할 최대의 과제를 분단극복과 통일지향으로 설정하고 있다는 점이며, 둘째는 우리 민족문학의 위상을 제3세계[23)]의 문학에 놓고 이해해야 하며, 2차 세계대전이 끝난 후 세계문학의 진보성은 서구문학보다도 제3세계 문학에서 구현될 가능성이 더 많다는 것, 셋째로는 문학의 사회적 기능의 강조와 적극적인 현실 참여의 주장이며, 넷째로는 민족문학의 방법론으로 소박한 형태의 '리얼리즘론'을 제시한다는 점 등이다.

> (1) 현대에 있어서 민족의식의 문제는 곧 우리 문학의 고유성의 확립 문제와 일치된다. 현대적인 민족의식이 없고서는 우리 문학의 무엇이 고유한 것인가를 알 수 없을 것이다. 그러므로 우리 문학의 고유성을 확립하기 위해서는 오늘 이 시점에서 우리 민족이 서 있는 분단된 상황부터 의식해야 할 것이다.
>
> 오늘의 분단된 상황을 먼저 의식하지 않고서는 우리가 무엇인지 알 수가 없는 것이다(……)오늘의 분단된 현실을 인식하지 않고

---

22) 이 시기의 '민족문학론'에 관해서는 필자의 논문, 「1950년대 한국문예비평론 연구」(앞의 책)의 제 3장 '민족문학론의 전개양상'을 참조할 것. 50년대 비평은 전기철의 「한국 전후문예비평의 전개양상」(서울대 박사학위논문, 1992)에서 일차 정리된 바가 있다. 전기철의 논문에서는 50년대 '민족문학론'의 위상과 의의가 너무 가볍게 처리되고 있어, 이 점에서 '민족문학론'의 위상과 의의를 적극적으로 평가하려는 필자의 견해와 크게 다르다고 할 수 있다.

23) 물론 '제 3세계'라는 용어가 이 당시에도 사용되었던 것은 아니다. 이런 뜻으로는 '약소민족' '아시아민족' 등의 용어가 통용되었고, 그 뜻은 식민지경험을 가진 신생국가와 그 민족을 가리키는 것이었다. 그러나 그 내포적 개념은 70년대 이후 널리 쓰이게 된 '제3세계'와 거의 일치한다고 볼 수 있다.

오늘과 단절된 박물관 유적 속에서 찾아낸 그 어떠한 것도 그것은 진보적인 고유성은 되지 못한다.(……)우리 문학의 고유성은 그러한 반역사적인 운동 속에서 찾아지거나 확립될 수는 없다. 요는 우리 문학의 모든 유산이 오늘의 분단된 현실의 시점에서 재정리하고 재통일을 함으로써 참된 고유성이 무엇이며 그것이 어디에 있는가를 찾아내야 할 것이다. 그리하여 확립된 우리의 고유성을 분단에서 통일로 지향하고 역사적 현실의 발전과정에서 키워 나가야 할 것이다. 그러므로 우리 문학의 고유성은 분단의식 다시 말하면 통일로 향하는 그 정신풍토에서부터 이야기되어야 할 것이다.[24)]

(2) 오늘날 전통을 어떻게 하면 올바르게 이어받는가 하는 문제가 외국문학을 어떻게 비판적으로 섭취할 수 있는가의 문제와 더불어 비약기에 들어선 동남아 문학에 제시된 문학사적 과제인데(……) 그것은 동남아 문학이 세계문학사상에 있어서 독일이나 영국이나 프랑스 또는 중국과 인도 등의 문학보다도 전통이 약하고 보잘것없는 것임에도 불구하고 민족의식의 고유한 독자성의 흐름은 그것이 비단 창조적 기능이 미약했다할지라도 앞의로의 비약의 토대가 될 하나의 전통으로선 충분한 요소를 지니고 있으며 그것은 모방과 종속성없는 자기민족화한 형태의 줄기를 찾는 데 있다고 본다(……)오늘날 서구의 현대문학이 자아와 문명과의 부조리한 현실 속에 상호분열하고 대결하고 있는 가운데 문명의 낡은 인습적 제약을 극복하려 하고 있는 반면에 동남아의 민족문학은 민족과 민족이 상호공통된 계기를 지니고 외래 제약과 대결하고 그것을 극복하는 데 있는 것이다. 이런 점에서 동남아 문학은 세계문학사적인 위치에서 볼 때 서구의 분열과 대결보다는 보다 커다란 동적인 계기를 지니고 있다고 본다.[25)]

위의 두 인용문은 당시의 신진평론가 최일수의 글에서 뽑은 구절이다. (1)은 전통논쟁에 참가하면서 고답적인 전통론자들을 비판하고 진정한 전통은 현재의 역사를 올바로 인식하는 데에서부터 시작하지 않으면

24) 최일수, 「우리 문학의 고유성」, 『현실의 문학』, 형설출판사, 1976, 79-80쪽.
25) 최일수, 「동남아의 민족문학」, 『시와 비평』, 1956.1. 이 글은 발표 당시에 동남아의 여러 민족의 전통문학과 현대문학을 개관하는 내용이 많은 분량을 차지하고 있었으나, 평론집 『현실의 문학』을 펴낼 때 그 부분이 모두 빠진 채 글의 앞과 뒤만을 발췌해서 실었다.

안된다는 것을 역설하는 내용이다. 전통논쟁은 우선 전통단절론자와 전통계승론자 사이에 쟁점이 형성되었지만, 전통계승론자 사이에서도 과연 한국문학의 전통을 무엇으로 이해할 것인가를 둘러싸고 서로 다른 견해가 제시된 바 있었다. 전통계승론자들 중에는 우리 문학의 전통이란 곧 시대를 초월해서 면면히 이어지는 문학의 '고유성'이라고 보고, 그것을 '은근과 끈기' '맛과 멋' '얼과 넋' 등으로 특질화하고자 했다. 최일수를 비롯한 신진 평론가들 중의 일부는 그러한 정태적인 전통론을 비판하고, 진정한 전통이란 현재의 역사로부터 추구되어야 한다고 주장했다. 전통의 추구란 올바른 역사인식을 가질 때 가능하며, 지금 우리에게 필요한 역사인식이란 바로 분단된 조국의 현실을 직시해야 한다는 것이다.

(2)는 서구문학보다 아시아 민족의 문학이 훨씬 더 현대문학으로서의 진보성을 구현할 수 있다고 전망하는 이른바 50년대 '제3세계 문학론'의 한 구절에 해당한다. 50년대의 비평에서는 최일수를 비롯하여, 정태용과 김우종 등이 김동리 등의 민족문학론에 맞서 역사적이고 진보적인 민족문학론을 전개하는 데 중요한 역할을 담당했다. 어떤 면에서 보면, 60년대의 참여·순수논쟁은 50년대의 이러한 문제제기에서 몇 걸음 뒤로 후퇴한 것이 아닌가 생각될 정도로 논의의 예각이 무뎌진 느낌을 떨칠 수 없다. 물론 50년대의 이러한 민족문학론을, 튼튼한 창작의 기반 위에서 당시의 사회운동과 발을 맞추어 진행되었던 70,80년대의 민족문학론이 일구어낸 성과와 곧바로 비교할 수는 없지만, 위의 두 인용문에서도 나타나듯이 7,80년대 민족문학론의 진보성을 이미 50년대의 민족문학론이 여러 가지 의미에서 선취하고 있다는 사실은 분명히 확인할 수 있다.

4. 맺음말

이 글은 50년대 문학을 새롭게 보자는 문제제기의 차원에서 씌어졌다. 그런 점에서 구체적인 작품이나 일관된 창작자의 작업을 통해 새로운 이해를 검증하는 일은 충분하게 이루어지지 못했다. 이것은 다시 개별적인 연구를 통해 더 보완해야 할 부분이다. 또, 50년대 문학의 의의에서 언급하지 못한 몇 가지 사항들, 특히 그 중에서도 이 시기에 절대적인 영향력을 끼쳤다고 평가받고 있는 모더니즘이나 실존주의 문학의 재해석의 필요성 등에 대해서는 다시 논의해야 할 것이다.

그러나 그동안 우리가 50년대의 문학을 너무 정태적이고 평면적으로 이해해 왔다는 점에 대해서 비판적 성찰이 있어야 한다. 특히, 4·19를 중심으로 해서 50년대와 60년대의 문학이 지니는 내재적 연속성의 문학사적 의미에 대해 진지하게 검토할 필요가 있다.

50년대의 문학, 특히 55년을 시작으로 하는 50년대 후반의 문학은 경직된 반공이데올로기가 지배하고, 창작의 자유가 안팎으로 제한되는 척박한 환경 속에서도, 분단 현실에 대한 자각과 실종된 민주주의의 회복을 꿈꾸면서 분단 이후 끊기다시피 한 우리 근대문학의 진보적 전통을 잇고, 그것을 60년대 이후의 문학에 계승하는 문학사의 징검다리였다고 할 수 있다.

한수영
• 연세대 강사 • 주요 논문으로 「1950년대 한국 문예비평론 연구」와 「1920-30년대 한국 농민문학론 연구」 등이 있다.

전쟁 세대의 자화상

하 정 일

1. 전쟁, 분단, 가난

손창섭은 1950년대 문학의 자화상이다. 그만큼 전후 한국 사회의 정서와 분위기를 절실하게 표한한 작가가 없기 때문이다. 고은은 특유의 과장법으로 50년대를 '아아 50년대!'라고 명명한 바 있다.[1] "모든 논리를 등지고 불치의 감탄사로서 말하지 않으면" 안되는 시대, 그것은 한마디로 해결 불가능한 절망과 전망이 부재한 허무의 늪에 빠져 허우적거리던 시대였다. 이런 상황에서 냉철한 논리란 한갓 사치품일 뿐 '불치의 감탄사'만이 자신을 표현할 수 있는 유일한 방법일 수밖에 없었던 것은 어쩌면 당연한 일이었을지도 모른다. 손창섭은 바로 전후 한국인―특히 지식인―이 느꼈던 해결 불가능한 절망과 전망 부재의 허무 그 자체를 소설의 주제로 삼았던 작가였다.[2] 그를 50년대 문학의 자화상이라고 한 것도 그때문이다.

손창섭 문학의 주제가 절망과 허무 그 자체라는 사실은 50년대 문학의 본질을 설명해주는 중요한 단서가 된다. 엄격히 따지자면, 절망감이나 허무감같은 정서가 곧 작품의 주제를 이룬다는 것은 소설의 장르적

1) 고 은, 『1950년대』, 청하, 1989, 19쪽.
2) 이기인, 「개인의 생존과 인간다운 삶에의 집념」, 『1950년대의 소설가들』, 나남, 1994, 41쪽-46쪽.

성격에 어긋나는 현상이라 할 수 있다. 오히려 절망과 허무를 다루더라도 그런 정서가 생기게 된 연원을 추적하는 것이 소설의 장르적 성격에 보다 잘 어울린다. 하지만 손창섭에게 그같은 문제는 관심사가 아니다. 따라서 소설적 제재나 사건들도 삶의 제반 연관을 규명하기 위한 장치가 아니라 절망감과 허무감을 효과적으로 표현하기 위한 소도구에 불과하다. 물론 손창섭의 작품에도 절망의 연원이 전혀 나타나지 않는 것은 아니다. 아니 그와는 반대로 그의 모든 소설에는 절망의 연원이 뚜렷하게 각인되어 있다. 그것은 전쟁과 분단과 가난이다. 그의 소설의 주요 인물들은 예외없이 전쟁과 분단과 가난의 상처와 고통 속에서 살아가는 사람들이다. 가령 「사연기」의 동식과 성규 부부나 「비오는 날」의 원구와 동욱 남매는 월남한 사람들이고, 「생활적」의 동주나 「혈서」의 달수 등은 극도의 가난으로 신음하는 사람들이다. 또한 「잉여인간」의 봉우라든가 「사연기」의 동식은 전쟁과 이데올로기 투쟁의 상처 때문에 정신적으로 방황하는 군상이다. 여타의 작품들에서도 전쟁과 분단과 가난은 언제나 절망적 삶의 우울한 배경을 이루고 있다.

하지만 배경이 곧 환경은 아니다. 예컨대 한 남자가 설악산에 갔다고 할 때, 설악산이 배경이 될 수는 있지만 곧바로 환경이 되지는 않는다. 적어도 환경이 되기 위해서는 그의 삶과 설악산 사이에 구체적 연관이 맺어져야 한다. 그러한 구체적 연관이 없이는 설악산은 한갓 공간적 배경에 불과할 뿐인 것이다. 손창섭 문학의 예술적 성취도를 평가하는 데 있어 이 문제는 대단히 결정적인 의미를 지닌다. 절망과 허무가 주제가 되지 말란 법은 없다. 전쟁 직후의 피폐상을 감안하면 절망과 허무를 표현하는 것이야말로 삶에 대한 정직한 태도라고도 할 수 있다. 고은의 말처럼 50년대는 감탄사의 시대 아닌가. 그러나 감탄사를 어떻게 표현하느냐는 또 다른 차원의 문제다. 말하자면 소설에는 소설 특유의 방식이 있다는 것이다. 환경과의 상호 연관이 중요한 것은 이때문이다. 50년대 문학이 보여주는 근거 없는 허무주의도 따지고 보면 환경과의 상호 연관이 결여된 데서 기인하는 경우가 많다. 그렇다면 50년대 문학의 자화상인 손창섭의 경우는 어떠한가. 우리가 지금부터 추적해야 할 문제가 바로 그것이다.

2. 성격의 비극

손창섭 문학에 환경이 존재하는가라는 문제를 풀기 위해서는 먼저 그의 소설에 등장하는 인물들부터 살펴볼 필요가 있다. 손창섭 문학의 인물들에 나타나는 가장 두드러진 특징은 비정상성이다. 그의 소설은 비정상적 인간들의 박람회라 해도 과언이 아닐 정도로 비정상인으로 가득차 있다. 「생활적」의 동주, 「혈서」의 달수, 「미해결의 장」의 나, 『낙서족』의 도현 등 그의 소설에 등장하는 거의 모든 인물들이 그러하다. 그의 작품 중 비교적 정상적인 삶의 세계를 그리고 있는 것으로 평가받는 「잉여인간」의 경우도 마찬가지이다. 무슨 일에나 흥분하는 익준과 아무 일에도 관심 없는 봉우가 정상적인 성격의 소유자가 아닌 것은 분명하다. 주위의 모든 여자들에게 짝사랑 받는 남편을 보면서도 아무런 질투심도 느끼지 않는 만기의 아내나 "한평생 만기만을 생각하고 사랑하며 깨끗이 혼자 늙겠다는" 처제도 정상적인 인간이라고 보기는 좀 어렵다. 게다가 가장 정상적인 듯한 만기 역시 사실은 누구 못지 않게 비정상적이다. 세상에 그처럼 완전한 인간이 과연 존재할 수 있을까. 악마가 비정상인 만큼 천사도 비정상이다. 만기는 바로 현실에 존재할 수 없는 천사라는 점에서 비정상적 인간인 것이다.

물론 문학 작품에 비정상적 인간이 등장하면 안된다는 법은 없다. 아니 오히려 소설 속의 인물은 현실의 인물들에 비해 비정상적인 경우가 훨씬 많다. 왜냐하면 현실의 농축인 문학에서는 평균치를 벗어나는 극단적 인물을 그리는 것이 문학적 실감과 핍진성을 살리는 데 보다 용이

하기 때문이다. 그러나 손창섭 소설의 인물들은 극단적이라기보다는 예외적이다. 극단성이란 다른 말로 하면 가능성의 최대치라고 할 수 있다. 다시 말해 삶의 제반 조건이 허용하는 최대치를 벗어나지 않을 때 문학적 극단성은 유지된다. 반면에 그러한 최대치를 벗어나는 순간 그것은 예외성으로 전락한다. 손창섭은 후자에 가깝다. 손창섭 문학의 등장 인물들은 삶의 조건이 허용하는 최대치를 벗어난 경우가 허다하다. 『낙서족』의 박도현이 전형적인 예이다. 겉으로만 보면 박도현은 독립 운동가를 아버지로 두고 있는 민족주의자이고 청운의 뜻을 품고 일본에 온 유학생이지만, 그의 사고 방식이나 행동은 민족주의적 유학생에게 기대할 수 있는 내용과는 거리가 멀다. 그는 상희에게 잘 보이기 위해 툭하면 엉뚱한 일을 벌이고 강간 행위를 일본에 대한 복수라고 강변하는, 지극히 비정상적인 성격의 소유자이다. 그의 비정상성은 현찰 일만 원을 내놓지 않으면 은행 중역들을 몰살시키겠다고 협박하거나 일본 천황을 암살하고 경찰서도 습격하겠다고 호언하는 데서도 잘 드러난다. 그러나 문제는 박도현의 비정상성이 아니라 그것이 그가 처한 삶의 조건을 십분 감안하더라도 도저히 가능성의 최대치로 볼 수 없는, 그야말로 예외적인 비정상성이라는 점이다. 『낙서족』에서 소설적 현실성을 전혀 느낄 수 없는 것은 이때문이다.

이러한 비현실성은 같은 전쟁 세대인 이범선의 「사망보류」와 비교해도 분명하게 드러난다. 「사망보류」의 철 역시 곗돈을 타기 위해 자신의 죽음을 숨기는 비정상적 행태를 보여준다. 하지만 철의 비정상적 행동은 자신이 죽은 후에도 가족이 최소한의 생계를 유지할 수 있도록 하려는 심리적 동기에서 나왔다는 점에서 가능성의 최대치를 벗어나지 않는다. 따라서 극단적이긴 하지만 예외적이지는 않다. 그래서 독자들은 철의 삶과 죽음을 통해 50년대의 극한적 궁핍상을 실감나게 추체험하게 되는 것이다. 여기서 중요한 것이 개연성이다. 즉 철이 극단적이지만 예외적이지는 않은 인물로 그려질 수 있었던 것은 그의 비정상성이 개연성-최소한의 생계를 유지하려는 심리적 동기와 그같은 강박관념을 만들어낸 극한적 가난-있는 비정상성이었기 때문인 것이다.

반면에 박도현의 비정상성에는 이러한 개연성이 결여되어 있다. 무엇보다 박도현이 왜 그런 성격의 인간이 되었는지가 불분명하다. 이에 대한 결론은 박도현은 원래부터 그런 인간이었다는 것인데, 이런 식의 성격화로는 결코 개연성을 확보할 수 없는 법이다. 손창섭 문학의 인물들은 예외없이 왜 그렇게 되었는지에 대해 아무런 해명도 해주지 않는다. 「혈서」의 달수는 법대생이면서도 왜 아무데나 들어가서 "학비와 식비만 당해 준다면, 무슨 일이든 목숨을 걸고 충성을 다하겠습니다"라고밖에 취직 운동을 못할까. 「미해결의 장」의 지상은 어째서 미국 유학병에 걸린 가족들에게 아무런 항변도 하지 못하는 걸까. 「신의 희작」의 S는 왜 lifework를 끝까지 worklife라고 우겼을까. 어디서도 이에 대한 단서는 발견되지 않는다. S의 유년기 체험과 야뇨증도 만족스러운 설명을 제공해 주지는 못한다. S와 비슷한 체험을 했으면서도 S와는 다른 삶을 살아간 사람들이 얼마든지 있기 때문이다. 마지막으로 남는 유일한 설명이 그들은 원래부터 그런 인간이었다는 것이다.

> 얼른 어떻게든 해야겠는데 하고 초조해 하면서도 어떻게 하는 도리가 없었다. 송장처럼 외계의 힘을 빌리지 않고는 적극적으로 자신을 움직여 보지 못하는 위인이었다. 이북에 있을 때만 해도 가까운 친구들이 모두 재빠르게 월남을 했건만 동주만은 만날 벼르기만 하다가 종시 못넘어오고 만 것이라든지, 사변이 터지자 남들은 죽기를 기쓰고 공산군에 나가기를 기피했건만, 그는 끝끝내 숨어 견디지 못하고 마침내 끌려 나가고야 말았던 것도 **결국은 동주 자신의 이러한 성격에 원인이 있었던** 것이다.(진하게-인용자) 곤경에 직면하게 되면 그것을 극복하기 위해 끝까지 버둥거려 보는 것이 아니라, 어떻게든 될 대로 되겠지 하고 막연히 시간의 해결 앞에 내어맡겨 버리고 마는 동주였다.[3]

---

3) 손창섭, 「생활적」, 70쪽, 『잉여인간』(한국소설문학대계 30), 동아출판사,

동주가 비슷한 처지의 친지들과 달리 '송장' 같은 삶을 살아가고 있는 근본적인 까닭은 결국 동주 자신의 '성격' 때문이다. 다시 말해 동주의 소극적이고 자폐적인 성격이 동주로 하여금 현실에 순응하지도 저항하지도 못한 채 "어떻게든 될 대로 되겠지 하고 막연히 시간의 해결 앞에 내어맡겨 버리고" 살아가도록 만든 것이다. 손창섭 문학의 인물들은 이처럼 언제나 성격이 미리 '주어져' 있다.[4] 그러니 성격화의 과정이 생략될 수밖에 없고, 왜 그렇게 되었는지가 불분명할 수밖에 없다. 성격이 미리 주어질 경우 상황이 아무리 바뀌더라도 성격의 변화를 기대하기가 힘들어진다. 이때 가능한 것은 상황이 어떻게 변하든간에 원래의 성격을 일관되게 밀어부쳐 나가거나(『낙서족』) 현실과의 접촉을 끊고 내면으로 칩거하는(「미해결의 장」) 길이다. 양자는 주어진 성격의 변화 불가능성이 빚어낸 동전의 앞뒷면이라 할 수 있는데, 손창섭 문학에서 보다 주된 경향은 후자이다. 이러한 내면화 경향에서 손창섭의 모더니즘적 지향을 확인할 수 있거니와 이와 관련하여 지상의 다음과 같은 독백은 음미할 만하다.

> 언제나처럼 어이없는 공상에 취해보는 것이다. 그 공상에 의하면, 나는 지금 현미경을 들여다보고 있는 병리학자인 것이다. 난치(難治)의 피부병에 신음하고 있는 지구덩이의 위촉을 받고 병원체의 발견에 착수한 것이다. 그것이 '인간'이라는 박테리아에 의해서 발생되는 질병이라는 것은 알았지만, 아직도 그 세균이 어떠한 상태로 발생 번식해 나가는지를 밝히지 못하고 있는 것이다. 그러니 치료법에 있어서는 더욱 캄캄할 뿐이다. 나는 지구덩이에 대해서 면목이 없는 것이다. 나는 아이들을 들여다보며 한숨을 쉬는 것이다. 아직은 활동을 못하지만, 고것들이 완전히 성장하게 되면 지구의 피부에 악착같

1995.

4) 한수영, 「1950년대 한국소설 연구:남한편」, 『1950년대 남북한 문학』, 평민사, 1991, 57쪽-59쪽.

이 달라붙어 야금야금 갉아먹을 것이다. 인간이라는 병균에 침범당해, 그 피부가 는적는적 썩어들어 가는 지구덩이를 상상하며, 나는 구멍에서 눈을 떼고 침을 뱉었다. 그것은 단순한 피부병이 아니라 지구에게 있어서는 나병과 같이 불치의 병일지도 모른다는 생각을 안고 나는 발길을 떼어 놓는 것이다.5)

지상의 독백은 손창섭 문학의 내면화 경향과 관련해 다양한 시사를 던져준다. 우선 지상은 지구-즉 현실-와 멀리 떨어져 관조하는 관찰자이다. 지상이 실제 생활에서 받는 갖은 모욕에도 불구하고 자신의 성격을 일관되게 유지할 수 있는 것은 바로 이처럼 현실과의 연관을 끊고 스스로를 철저한 관찰자로 유폐시킨 덕택이다. 현실을 마음대로 조소하고 내면과의 독백적 대화를 즐길 수 있는 것도 이때문이다. 지상의 독백에서 또 한 가지 주목할 것은 인간관이다. 지상의 분석에 따르면, 인간은 '박테리아'이다.(물론 그 '인간'에서 지상은 제외된다) 요컨대 인간이란 존재는 지구에 전혀 보탬이 안되는 일개 병균에 불과한 것이다. 손창섭 문학의 인물들이 어째서 하나같이 비정상적인지가 이로써 분명해진다. 인간은 원래부터 비정상적 존재-병균-인 것이다. 게다가 이러한 비정상성 혹은 악마성은 워낙 근원적이어서 바뀔 가능성마저 없다. 그래서 아이들을 바라보면서도 그들이 커서 지구를 갉아먹으리라는 섬뜩한 공상만을 계속하는 것이다. 아이들에게서마저 아무런 가능성도 기대할 수 없다면 그 절망과 허무란 바닥 없는 늪이나 다름없다. 여기서 우리는 손창섭 문학의 허무주의가 환경이 아니라 '인간성'에서 기인한 것이라는 사실을 어렵지 않게 짐작할 수 있다. 따라서 전쟁과 분단과 가난은 손창섭의 허무주의를 더욱 그럴 듯하게 장식해주는 소도구에 불과할 뿐이다.

전쟁과 분단과 가난은 손창섭 문학 전체를 둘러싸고 있는 암울한 배경이다. 그럼에도 불구하고 그것이 환경으로까지 나아가지 못한 채 절

5) 손창섭, 「미해결의 장」, 같은 책, 129쪽-130쪽.

망과 허무의 정서를 장식해주는 소도구에 머물고 만 것은 인간이 본원적으로 악마적 존재이고 그것은 변화 불가능하다는 인간관 때문이라 할 수 있다. 이러한 손창섭의 인간관이 극명하게 표현된 작품이 「인간동물원초」이다. 「인간동물원초」는 제목부터 의미심장하다. 이 제목의 밑바닥에는 인간은 결국 동물이라는 사고가 깔려 있는데, 그 까닭은 인간 또한 동물과 마찬가지로 욕망덩어리 그 자체이기 때문이다. 이 작품이 감옥이라는 밀폐된 공간을 설정한 것은 감옥과 같은 특수한 환경이 인간의 심성을 어떻게 변화시키는가를 관찰하기 위해서가 아니라 감옥이야말로 인간의 본성이 가장 순수하고도 명료하게 표출되는 공간이기 때문이다. 그런 점에서 감옥은 현실의 알레고리이다. 이 밀폐된 공간에서는 동물적 욕망을 충족시키기 위한 대립과 투쟁만이 난무한다. 감옥의 구성원들은 욕망의 주체거나 객체이다. 따라서 욕망 이외의 논리가 끼여들 여지라곤 전혀 없다. 자유를 말하는 통역관이 오히려 예외적 존재로 취급되는 것도 그때문이다. 물론 감옥의 권력자인 방장도 통역관만은 어려워 한다. 그러나 통역관에 대한 경원(敬遠)은 지식인에 대한 일반대중의 경원 이상도 이하도 아니다. 감옥 안의 삶에서 통역관은 철저히 소외되어 있고, 감옥 구성원들에게 아무런 영향력도 발휘하지 못한다. 다시 말해 통역관은 경원이란 이름으로 소외되어 있는 것이다. 당연히 통역관과 다른 이들과의 의사소통은 단절되어 있을 수밖에 없다. 그런 점에서 통역관은 「미해결의 장」의 지상과 같은 무력한 관찰자인 셈이다. 따라서 실재하는 것은 동물적 욕망들이며, 인간이란 그러한 욕망의 상징일 뿐이다.

손창섭 문학이 보여주는 현실도 이 연장선상에 놓여 있다. 손창섭에게 현실이란 욕망의 충족을 위한 투쟁의 장이다. 게다가 그 욕망이란 것도 단지 돈·섹스·권력에 대한 욕망일 따름이어서 어떤 인간적이고 고상한 의미는 결코 찾아볼 수 없다. 그러므로 인간과 인간 사이의 합리적 의사소통은 불가능하며, 욕망의 주체와 주체 혹은 욕망의 주체와 객체들간의 대립과 굴종만이 존재한다. 가령 「공포」를 보자. 대식과 병우의 관계는 철저한 지배/복종의 관계이다. 지배와 복종의 원칙이 얼마나 철저한가 하면, 병우가 대식의 명령을 거부하자 손가락을 잘라버릴 정도이다. 그런데도 병우는 그에 대해 아무런 저항도 하지 못한다. 그 까닭은 공포 때문이다. 하지만 그 공포가 잔인한 보복에 대한 공포만은 아니다. 그보다는 오히려 지배/복종의 관계에서 소외되는 데 대한 공포가 더욱 중요하다. 그래서 병우는 아버지가 대식을 고소했다는 얘기를 듣고 "난 나쁜 놈예요. 장댈 배신한 난 정말 나쁜 놈이란 말예요. 그러니까 난 죽어야 해요. 당장 죽어 없어져야 해요."라고 울부짖는 것이다. 나쁜 일을 시킨 병우에게 맞선 행위를 정의가 아니라 배신이라고 확신하는 병우의 모습에서 우리는 옳고/그름의 기준이 지배/복종의 원칙에 대한 충실성 여부가 되어버린 전도된 상황을 목격하게 된다. 이를 통해 손창섭이 말하고자 하는 바는 지배와 복종이 단순히 외적인 억압과 그에 대한 어쩔 수 없는 굴종만을 의미하지는 않는다는 사실이다. 지배/복종의 관계 속에는 복종이 제공해주는 '편안함'이 숨어 있다. 병우의 공포는 바로 그러한 '편안함'을 잃게되는 것에 대한 공포이다. 왜냐하면 '편안함'을 잃게 된다는 것은 일종의 소외를 의미하고, 소외에 대한 공포야말로 인간에게 가장 근원적인 공포이기 때문이다. 따라서 문제는 옳으냐 그르냐가 아니라 편안함이냐 소외냐이다. 병우는 당연히 '편안함'을 선택한 것이고, 그 결과 옳고 그름의 기준마저 뒤바뀌게 된 것이다. 그런 점에서 병우의 복종은 타율적인 동시에 자발적이다. 자발적 복종이 제공하는 편안함은 마침내 대식에게 굴복한 병우 아버지의 심리 변화에서도 잘 나타난다.

> 모래 위에 펄썩 주저앉은 채, 꼼짝을 않고, 점점 작아져가는 대식의 뒷모습을 겁에 질린 듯, 취한 듯 바라보고 있던 오씨는 그 표정이 차차 체념으로 변하며 마음속 한구석에서는 뜻하지 않게 은근한 자랑과 우쭐해지는 기분마저 느껴 보는 것이었다.[6)]

공포가 체념으로, 체념이 자랑으로 변해 가는 병우 아버지의 심리 상태는 타율적 복종이 자발적 복종으로 바뀌면서 느끼는 편암함에 다름아니다. 다시 「인간동물원초」로 돌아오면, 방장과 주사장의 성적 학대에 대한 핑핑이와 양담배의 복종 또한 자발적 복종이 제공하는 편안함과 관련되어 있다. 다시 말해 방장과 주사장이 성적 욕망의 충족을 위해 지배력을 행사한다면, 핑핑이와 양담배는 편암함에 대한 욕망 때문에 자발적인 복종을 계속하는 것이다. 결국 지배와 복종의 관계는 욕망이 낳은 산물이며, 그런 점에서 지배하는 자이건 지배당하는 자이건 너나 할 것 없이 모두 '동물'인 셈이다. 반면에 이리한 현실 원리를 수용하지 않을 경우 그에게 주어지는 것은, 통역관에게서 볼 수 있듯이, 소외이다. 하지만 좀더 꼼꼼히 들여다보면, 통역관은 이같은 '인간동물원'의 종속 변수일 뿐이다. 왜냐하면 그는 감옥의 전도된 질서를 냉소할 뿐 거기에 저항하지는 않기 때문이다. 통역관이 할 수 있는 최대치는 「유실몽」의 '나'나 「잉여인간」의 서만기 혹은 「미해결의 장」의 지상처럼 현실과의 단절을 통해 자신의 정체성을 유지하는 것이다. 그러니 현실에 개입할 여지가 없는 것이 당연하다. "저 하늘을 차지하고 싶거든 용감해져야 합니다"라는 통역관의 발언이 공허하게 느껴지는 것도, 그리고 통역관과 감옥 구성원 사이에서 아무런 긴감감도 찾아볼 수 없는 것도 그때문이라 할 수 있다. 그런 점에서 통역관은 존재(存在)하되 실재(實在)하지는 않는 인물이다. 심하게 말하면, 있으나 마나한 인물이란 것이다.

이렇듯 현실이란 손창섭에게 단지 인간의 악마적 욕망이 외화(外化)된 공간에 불과하다. 요컨대 현실이 현실로서의 상대적 자율성도 갖지 못하고 있는 것이다. 인간성이 선험적으로 주어진 것이고 현실은 한갖 욕망의 외화라면, 주체와의 구체적 교섭체로서의 환경은 존재할 수 없

6) 손창섭, 「공포」, 같은 책, 578쪽.

다. 그렇다면 환경이 실종된 소설에서 남는 것은 무엇일까. 그것은 성격의 비극이다. 손창섭 문학은 한마디로 말해 비정상적 인간들의 욕망이 빚어낸 비극의 세계이다. 게다가 그 욕망이란 것도 환경과의 상호작용을 통해 생겨난 것이 아닌, 인간의 악마성 혹은 속물성으로부터 유래한 본원적인 것이다. 요컨대 환경은 실종되고 모든 것은 인간성으로 환원된다. 손창섭 문학의 절망감은 그런 점에서 인간의 본언적 악마성에 기인한 존재론적 절망감이라 할 수 있다.

3. 서사 미달의 문학

손창섭의 문학이 존재론적 절망의 세계라는 말은 결국 그의 소설에 서사성이 부족하다는 것을 의미한다. 물론 손창섭의 묘사력은 치밀하기로 정평이 나있다. 50년대 문학의 전반적인 수준을 감안할 때 이 점은 분명 손창섭이 이루어낸 중요한 성취이다. 특히 대상에 대한 적확하면서도 냉정한 묘사는 감탄할 정도이다. 그런 점에서 손창섭 문학의 힘은 실로 여기에 집약되어 있다 해도 과언이 아닐 것이다. 그러나 묘사가 서사의 전부는 아니다. 묘사가 서사의 기초임에는 틀림없지만 서사는 묘사 이상인 것이다. 소설적 서사의 핵심은 무엇보다 삶의 연관에 대한 인식이라 할 수 있다. 따라서 묘사가 아무리 치밀하더라도 그것들이 서로 아무런 연관도 맺지 못한 채 따로따로 떨어져 있다면 소설로서는 낙제일 수밖에 없다. 손창섭 문학에 부족한 것이 바로 이 점이다. 즉 삶의 연관에 대한 깊은 통찰을 손창섭의 작품에서는 찾아보기 어렵다는 것이다. 성격이 미리 주어진 채 고정되어 있는 것, 환경이 실질적으로 부재한 것, 모든 것이 인간성의 문제로 환원되는 것, 성격의 예외성이 도드라지는 것 등의 문제점도 이와 관련이 깊다. 왜냐하면 삶의 연관이란 성격과 환경의 상호작용을 통해 드러나는 법인데, 성격이 미리 주어진 채 고정되어 있고 환경이 실질적으로 부재하는 한 성격과 환경의 상호작용은 불가능하기 때문이다.

앞에서 확인한 것처럼, 손창섭 문학에서는 그래서 성격의 비극만이 가능하다. 그러므로 이제 우리의 관심사는 왜 그렇게 되었냐는 점이다. 우선 지적할 것이 인과성의 결여이다. 손창섭에게 삶이란 인과성이 결여된, 지극히 우연적이고 존재론적인 공간이다.

> 아무리 궁리해 보아도 나는 집을 떠나야만 할까 보다. 그것만이 우선 나에게 있어서 하나의 해결일 듯싶게 생각되는 것이다. 그 '해결'이라는 말은 더할 나위 없이 내 맘에 꼭 드는 것이다. 그 말은 충분히 나를 취하게 하는 것이다. 그러나 도대체 나는 언제나 되면 노상 집을 떠날 수 있을 것인가? 하루에 몇 번씩 혹은 몇십 번씩 '해결'을 생각하고 거기에 도취하면서도 종시 나는 해결을 짓지 못한 채 지금까지 이러고 있는 것이다. **나는 도무지 주위와 나를 어떠한 필연성 밑에 연결시키지 못하는 것이다.**(진하게-인용자) 당장 이 방 안에 있어서의 내 위치와 식구들과의 관계부터가 그렇다.[7]

이 귀절에서 주목해야 할 사항은 두 가지이다. 하나는 집을 떠나는 것이 유일한 해결책인 줄 뻔히 알면서도 주인공은 집을 떠나지 못하고 있다는 점이다. 이는 '집'이 주인공에게 일종의 존재론적인 공간, 즉 자신의 의지와는 상관없이 선험적으로 주어진 운명적 세계임을 뜻한다. 그래서 주인공은 가족들과 주위 사람들에게 그토록 모욕을 당하고 현실의 속물성에 진저리치면서도 끝내 집을 떠나지 못하는 것이다. 다른 하나는 "주위와 나를 어떠한 필연성 밑에 연결시키지 못하는" 점이다. 심지어는 가족들과의 관계조차도 주인공에게는 지극히 우연적인 것으로만 느껴진다. 가족들과의 관계가 그럴 정도면 다른 것은 더 말할 나위도 없다. 결국 주인공이 바라보는 세상은 직접적이건 간접적이건 간에 주인공과 아무런 인과적 연관도 갖지 않는, 절대적 타자인 셈이다. 서두에

7) 손창섭, 「미해결의 장」, 같은 책, 122쪽.

서 손창섭 문학은 절망 자체만을 표현할 뿐 절망의 연원에 대한 천착은 보여주지 않는다고 지적했는데, 그 까닭이 이로써 분명해진다. 인과적 연관에 대한 인식을 결여한 손창섭 문학에서 절망의 연원에 대한 추적은 애당초 불가능할 수밖에 없는 것이다. 환경이 존재하지 않는 것도 궁극적으로 이때문이다. 우연적이고 존재론적인 환경이란 주체와의 상호작용을 결코 허용하지 않는다는 점에서 실제로는 아무것도 아니란 말과 같다.

이러한 인과적 연관의 결여가 낳은 가장 심각한 폐해는 추상화이다. 손창섭 문학의 추상성은, 50년대의 대다수 작가가 그러하듯, 시공간적 구체성이 부족하다는 사실에서 쉽게 확인된다. 전쟁 직후의 분위기가 강하게 느껴지긴 하지만, 그것은 분위기일 뿐 실체화되지는 못한 상태이다.[8] 그때문에 시간과 장소를 바꾸어도 의미의 변화가 별로 나타나지 않는다. 물론 삶의 우연성은 어쩌면 50년대의 뿌리 뽑힌 삶의 반영이라고 할 수 있다. 전쟁으로 모든 것이 폐허가 된 데다 가족과 고향마저 잃고 어디에도 정착하지 못한 자에게 삶이란 그야말로 횡액이었을 것이다. 손창섭이 바로 그런 처지였기에 삶이 어처구니 없는 횡액이란 느낌의 정도는 더욱 컸으리란 점은 짐작하기 어렵지 않다. 하지만 삶의 논리와 소설의 논리는 다르다. 다시 말해 소설에서는 체험의 직접성에 지나치게 긴박되어서는 곤란하다는 것이다. 왜냐하면 그래서는 체험을 '객관화'할 수 없고, 따라서 자신의 주관적 체험과 당대의 보편적 현실을 연결시킬 수 없기 때문이다. 삶의 추상화는 이러한 딜레마를 해결하기 위해 손창섭이 찾아낸 편법이라 할 수 있다.[9] 말하자면 '나의 삶이나

8) 전쟁 직후의 분위기가 실체화되지 못했다는 것은 다른 말로 하면 전쟁 직후의 한국 사회라는 시공간이 단지 배경에 머물러 있을 뿐 주체의 삶과 구체적으로 연관된 환경으로까지 나아가지 못했다는 의미이다.
9) 삶의 추상화가 극대화되면 그것은 일종의 알레고리가 된다. 장용학이나 김성한이 대표적인 예이며, 손창섭의 경우에도 때때로 알레고리화 경향이 나타난다. 가령 「인간동물원초」나 「공포」가 그런 경우에 해당된다. 「미해결의

너의 삶이나 존재론적으로 동일하다, 그러므로 삶의 우연성은 시공간을 뛰어넘는 보편적 진실이다'라는 식으로 문제를 해결하려 한 결과가 바로 추상화란 것이다. 하지만 이것은 결코 소설의 논리라고 할 수 없다. 시공간적 구체성은 근대소설의 인식론적 출발점이다. 따라서 적어도 소설에서는 시공간적 구체성을 초월한 보편적 진실이란 도대체 존재할 수 없다. 혹자는 그것이 모더니즘소설의 특징이라고 강변할지도 모르겠다. 그러나 예컨대 최인훈의 『광장』만 보더라도 6·25전쟁과 분단이라는 시공간적 구체성이 이명준의 운명을 규율하는 최종 심급으로 작용하고 있음을 읽어낼 수 있거니와 그런 점에서 모더니즘소설 역시, 매우 간접적이고 복잡하긴 하지만, 나름대로의 방식으로 시공간적 구체성을 담아낸다고 할 수 있다.[10] 반면에 손창섭에게서는 그 정도의 시공간적 구체성도 찾기 힘들다. 그래서 손창섭의 소설이 온전한 의미에서의 근대적 서사성에 미달한 상태라고 평가할 수밖에 없는 것이다.

서사성의 부족과 관련하여 비합리성의 문제도 빼놓을 수 없다. 삶이 인과적 연관을 결여한 우연적 존재라면, 그것에 대한 합리적 인식은 애당초 불가능하다. 아니 좀더 정확히 얘기하면, 합리적 인식이 먼저다. 다시 말해 삶을 합리적으로 바라보지 않았기 때문에 그것이 우연적인 존재로 보이게 된 것이다. 어느쪽이 되었든 별 차이가 없을 것 같은데도 굳이 선후를 따지는 이유는 선후 문제가 의외로 중요하기 때문이다. 삶이 우연적이냐 필연적이냐는 삶 자체에 달려 있는 것이 아니라 인식 주체의 시각에 달려 있다. 인식 주체가 삶을 합리적으로 바라보려 노력할 경우 삶은 언제나 필연적이다. 이 말이 삶의 우연적 계기들을 부정하는 것은 아니다. 요는 합리적 인식을 견지하는 한 삶의 우연성 또한 필연성의 큰 테두리 내에 자리매김할 수 있다는 것이다.[11] 따라서 손창

장」의 박테리아 비유도 마찬가지이다.

10) 하정일, 「후기 자본주의와 근대 소설의 운명」, 『현상과인식』, 1995, 봄, 39쪽-43쪽.

11) 물론 이런 태도가 합리성의 절대화로 이어져서는 곤란하다. 그럴 때 합리

섭 문학이 삶의 우연성을 절대화하게 된 것은 삶의 실상이 그렇기 때문이라기보다는 그가 합리적 인식 가능성을 처음부터 포기했기 때문이라고 해석하는 것이 더욱 적절하다.

이처럼 합리적 인식 가능성을 포기할 경우 당연히 합리적 해결책의 모색 역시 불가능해진다. 손창섭 문학에서는 환경에 의해 성격이 변화하고 그러한 성격 발전을 기반으로 환경을 변화시켜 나가는, 이른바 주체와 객체의 변증법을 볼 수 없다. 주객 변증법이 합리성의 원리를 기반으로 한다는 점에서 이는 당연한 귀결인데, 여기서 강조하고 싶은 것은 주체와 객체의 이원화이다. 합리적 인식 가능성의 포기는 주객의 분리로 이어지고, 양자는 서로에게 절대적 타자가 된다. 앞에서 사용한 표현을 빌리면, 환경은 실종되고 배경만 존재한다. 배경은 단순한 시공간적 조건일 수도 있고 인간의 힘으로는 어찌해 볼 도리가 없는 절대 상수(常數)일 수도 있다. 그러나 어느쪽이건 항상 고정된 채 변화의 여지가 없고 주체와의 구체적 연관이 결여되어 있다는 점에서 그것이 소설에서 갖는 의미는 동일하다. 따라서 손창섭의 소설에서는 고정되어 있는 상황에 대한 주체의 '반응'만이 문제가 된다. '반응'이란 표현을 쓴 까닭은 상황에 대한 주체의 대응이 다분히 즉자적이고 반사적이기 때문이다. 그래서 상황에 쉽사리 매몰되거나 아니면 무모하게 뛰어넘으려 할 뿐 자신을 둘러싼 상황을 차분히 분석하고 성찰하는 모습을 보여주지 못한다. 이는 상황이 절대적 타자로서 주체와의 교섭을 허용하지 않고 있는 조건에서는 당연한 현상이라 하겠는데, 이러니 합리적 해결책

적으로 설명되지 않는 현상은 무조건 비정상으로 매도하는 계몽주의적 폭력이 나타나게 된다. 그래서 합리성의 원리가 제대로 구현되기 위해서는 무엇보다 합리성의 한계를 정직하게 인정할 줄 아는 겸손이 절실하다. 그러나 합리성의 한계를 인정한다는 것이 곧 합리적 인식 가능성의 포기를 의미하지는 않는다. 합리적 인식 가능성을 포기하는 순간 삶의 우연성은 절대화된다. 우연성의 절대화는 합리성의 절대화 이상으로 위험하다. 왜냐하면 그것은 진리 허무주의에 다름아니기 때문이다.

의 모색은 기대하기 힘든 주문일 수밖에 없다. 손창섭의 거의 모든 작품이 전망 부재의 허무주의에 빠져 있는 것은 이때문이거니와 설사 문제 해결을 지향하더라도 『낙서족』의 박도현처럼 돈키호테식의 좌충우돌이 되기 십상이다.

4. 전쟁 세대의 자화상

손창섭 문학의 세계를 여행하면서 내리게 된 결론은 손창섭의 소설은 결국 서사 미달의 문학이라는 것이다. 이렇게 된 가장 근본적인 이유는 손창섭이 6.25전쟁에 너무도 깊이 긴박되어 최소한의 거리도 유지하지 못했기 때문이다. 이런 사정은 이른바 '전후작가' 전체에 똑같이 해당되는데, '전후문학'의 단명(短命)은 그런 점에서 필연이었다고 할 수 있다. 여기서 필자는 손창섭을 비롯한 장용학·김성한·이범선·오상원 등에게 붙여져 있는 '전후 세대'라는 명칭을 '전쟁 세대'로 바꿀 것을 제안한다. 왜냐하면 이들의 문학은 전쟁 체험의 자장에서 끝내 벗어나지 못했고 우리 사회가 6.25의 굴레에서 벗어나려는 노력을 본격화하기 시작하는 순간 문학사적 생명력을 잃어버렸기 때문이다. 그런 점에서 이들의 문학은 6.25에 대한 객관적 거리 감각을 기반으로 현실을 서사적으로 탐구하는 새로운 소설의 기운이 나타나기 전까지 남한문학사의 공백을 메워준, 일종의 과도기적 문학이라 할 수 있다. 전후 세대라는 명칭은 그러므로 오히려 이호철, 하근찬, 최인훈, 박경리 등에게 붙여져야 합당하다. 이들 역시 전쟁 세대와 마찬가지로 절망을 얘기한다. 하지만 이들이 전쟁 세대와 다른 점은 절망의 연원이 무엇인지를 치열하게 추적하고 있다는 점이다. 다시 말해 삶의 인과적 연관을 성찰하고 주체와 환경의 상호작용을 그려내려 노력하고 있는 것이다. 그래서 이들의 문학 역시 여전히 사적(私的) 체험에 강하게 연루되어 있음에도 불구하고

그것의 '객관화'를 지향할 수 있었던 것이다.[12)]

이호철이나 최인훈의 등장은 50년대 후반의 문학사적 변화와 맥을 같이 한다. 따라서 전쟁 세대의 문학에서도 이 시기를 전후하여 일련의 변화상이 나타난다. 그것은 무엇보다 주체와 환경의 상호연관을 따지면서 절망의 극복 가능성을 모색하는 데서 확인된다. 「설중행」, 「유실몽」, 「잉여인간」 등이 그것인 바, 이들 작품은 인간에 대한 신뢰를 바탕으로 새로운 삶의 가능성을 진지하게 묻고 있다는 공통점을 보여준다. 특히 「유실몽」에서 주인공이 행하는 다음과 같은 다짐은 이와 관련하여 자못 의미심장하다.

> (...) 이제는 어디로든 나도 떠나야 할 때가 왔다고 생각했다. 그 집에 내가 월여를 머물러 있은 것도 누이가 있었기 때문이다. 그렇다고 해서 다시 누이를 찾아갈 생각은 아예 없었다. **차라리 나는 누이와는 반대방향으로 가야 한다고 생각하며 대합실을 나섰다.** (진하게-인용자) 밖에는 어둠을 뚫고, 자동차가 수없이 질주하고 있었다. 나는 될 수 있는 대로 어두운 쪽을 골라서 걸었다. 십여 살짜리 조무래기 한 놈이 앞을 막아 섰다.
> "아저씨, 하숙 안 가셔요?"
> "오냐 가자! 가구말구. 어디라두 가자!"
> 나는 소년을 따라 걸었다. 어두운 골목으로 들어섰다. 불현듯 창백한 춘자의 얼굴이 눈앞을 얼찐거렸다. 뒤이어 여자의 가느단 울음소리가 들려 오는 것 같았다. 그것은 분명히 숨죽여 우는 젊은 여자의 울음 소리였다. 이러한 착각을 끝까지 견디어 내야 한다고 생각하며 자꾸만 어둠 속을 헤치고 소년을 따라 걸었다.[13)]

"누이와는 반대방향으로 가야 한다"는 다짐은 상황에 매몰된 채 절망만을 곱씹으며 무위도식하던 과거와는 다른 삶을 살겠다는 분명한 의지의 표현이다.[14)] 이러한 결단은 손창섭 문학에서 일찌기 볼 수 없었던

---

12) 이에 대한 좀더 자세한 설명으로는 졸고, 「세계의 속물성에 맞선 기나긴 저항의 여정-박경리론」(『환상의 시기』, 솔, 1996)을 참조하시오.

13) 손창섭, 「유실몽」, 같은 책, 199쪽.

새로운 면모임에 틀림없다. 재미있는 것은 '가자!'라는 말이다. 이 '가자!'라는 표현은 이범선의 「오발탄」에서도 등장하거니와 이같은 떠남 혹은 결별의 모티브는 50년대 후반의 소설에서 꽤 빈번하게 등장한다. 그런 점에서 이 모티브는 전쟁의 상처를 딛고 새로운 삶의 가능성을 적극적으로 탐색하기 시작한 50년대 후반의 문학사적 변화를 표상한다고 할 수 있다. 손창섭 역시 그러한 문학사적 변화의 도도한 흐름에 동참하고 있는 것이다. 하지만 손창섭의 변신은 다른 전쟁 세대 작가들과 마찬가지로 결국 실패로 끝나고 만다. 「유실몽」이나 「잉여 인간」에서 보여준 자기 갱신의 가능성을 가로막은 장벽은 전쟁이었다. 전쟁의 잔혹함은 손창섭을 끝내 놓아주지 않았던 셈이다. 서두에서 손창섭을 50년대 문학의 자화상이라고 했다가 결론에 와서는 전쟁 세대의 자화상이라고 수정한 것도 그때문이다. 손창섭에게 6.25란 자신의 의지로는 어찌해 볼 도리가 없는 절대적 운명이었던 것이다. 따라서 전쟁 체험의 극복은 다음 세대의 작가들이 감당해야 할 몫이었다.

하정일
• 문학평론가 • 주요 저서로 『한국 근대 민족문학사』(1993)와 『민족문학의 이념과 방법』(1993) 등이 있다.

---

14) 하정일, 「전후 단편소설의 세계관과 장르적 특성」, 『민족문학의 이념과 방법』, 태학사, 1993, 397쪽-399쪽.

손창섭 소설의 인물성격과 형식

정 호 웅

1. 인간 모멸주의와 추상적 무시간성의 형식

손창섭은 객관 현실에 대한 탐구와 반영에는 거의 관심 두지 않았던 작가이다. 해방 이전의 일본이나 만주, 해방과 전쟁통, 그리고 전쟁 이후의 서울이나 부산이 작품의 배경으로 설정되어 있어 당대 현실의 구체적 면면들이 그려지긴 하지만 그것들 자체로 특별한 의미를 지니는 것은 아니다. 그것들은 대체로 소설 속 등장인물들의 의식이나 정서와는 거의 무관한 하나의 배경일 뿐, 등장인물의 성격과 유기적 관련을 맺고 있지는 않다. 특히 주인공의 관계에서 더욱 그러한데, 말하자면 특정한 시기 특정한 공간의 구체성은 손창섭 소설에서 별다른 의미를 지니고 있지 않은 것이다.

그러므로 시간적, 공간적 배경과 관련지워 손창섭 소설을 이해하려는 독법은 효과적이지 않다. 예컨대 1930년대 말 일본을 무대로, 조선인 유학생들을 중심으로 한 장편 『낙서족』의 경우, 그들이 조선인이라는 것, 일본에 유학 와 차별당하고 핍박받는다는 것, 그들 중의 누구가 독립지사의 아들이라는 것 등은 소설의 핵심과는 별다른 관련이 없다. 핵심은 주인공 박도현의 특이한 성격이다. 자굴감(自屈感), 그것과 짝을 이루는 자기과시욕, 그리고 둘 사이의 부조화로 인해 생겨나는 충동적, 자기파괴적, 폭력적 행동으로의 폭발, 따뜻한 여성의 품에 대한 유아적 그리움

등으로 나타나는 그의 혼란스럽고 불안정한 성격의 안팎이 중심이지 배경은 부차적인 것에 지나지 않는다.

손창섭 문학을 일관하는 근본은 두루 아는 대로 삶의 무의미함에 대한 인식과 인간 모멸의 사상이다.

> (ㄱ) 그러나 그보다도 나는 주위와 자신의 중압감을 감당해 나갈 수 없는 것이다. 이 대가리가, 동체가, 팔다리가, 그리고 먼지와 함께 방안에 배꼭 차 있는 무의미가 나는 무거워 견딜 수 없는 것이다.[1]

> (ㄴ) 나는 오늘도 걸음을 멈추고 그 구멍으로 운동장을 들여다보는 것이다. 마침 쉬는 시간인 모양이다. 어린애들이 넓은 마당에 가득히 들끓고 있다. (중략) 나는 아이들을 들여다보며 한숨을 쉬는 것이다. 아직은 활동을 못 하지만 그것들이 완전히 성장하게 되면 지구의 피부에 악착같이 달라붙어 야금야금 갉아 먹을 것이다. 인간이라는 병균에 침범당해, 그 피부가 썩어 들어가는 지구덩이를 상상하며, 나는 구멍에서 눈을 떼고 침을 뱉았다. 그것은 단순한 피부병이 아니라 지구에게 있어서는 나병과 같이 불치의 병일지도 모른다는 생각을 안고 나는 발길을 떼어놓는 것이다.[2]

(ㄱ)은 '군소리의 意味'란 부제를 달고 있는 「미해결의 장」의 주인공 지상의 이불 속 독백이다. 삶에서 어떤 의미도 발견하지 못해 그 무의미성의 중압으로 고통스러워하는 그는 우리 소설에서는 처음 나타나는 새로운 유형인데, 전에는 없었던 이른바 '맨얼굴'[3] 그 자체이다.

인간 삶, 심지어는 인간 존재 자체의 무의미함을 가장 잘 드러낸 작품은 걸작 「인간동물원초」이다. 해방 직후 서울 길거리에서, 미군 부대의 통역을 받아 넘기고 일개월 간 서대문 형무소에서 복역했던 체험[4]에 근거한 것으로 짐작되는 작품이다. 이 작품의 핵심은 두 가지이다.

---

1) 「미해결의 장」, 『한국 현대 문학 전집 26』(삼성출판사, 1978), 194쪽.
2) 「미해결의 장」, 같은 책, 197쪽.
3) 김윤식, 「6.25와 소설의 내적 형식」, 『우리 소설과의 만남』(민음사, 1986), 135쪽.
4) 「신의 희작」, 앞의 책, 400-401쪽.

하나는 폐쇄된 방이란 상황. 다른 하나는 그 속 생활의 무의미함. 한 감방에 갇힌 잡범들의 생활이란 "먹고, 배설하고, 자는 일 이외에는 고작 잡담만이 공식처럼 날마다 되풀이되는"[5] 것이니 당연히도 거기에는 어떤 의미도 깃들어 있지 않다. 무의미 그 자체인 것. 「인간동물원초」는 수감자들의 닫힌 상황과 무의미한 삶을 통해 인간 존재의 일반성을 상징적으로 드러낸 작품이다. 인간 존재란 감방에 갇혀 먹고 배설하고 자고 잡담만을 반복해 일삼는 동물에 지나지 않는다는 것이 이 작품의 전언이다.

인간 삶의 무의미함에 대한 인식은 손창섭 소설에서 인간이란 존재에 대한 모멸주의와 나란히 놓여 있다. (ㄴ)이 그것을 잘 드러내고 있는데 인간이란 난치 또는 불치의 '병원체'라는 것, 그 속에 담긴 것은 인간이란 멸절되어야 할 존재라는 의미일 것이다.

운동장에서 환호하며 뛰노는 어린이들의 약동을 보면서 '병원체'를 연상하는 시각은 이미 완성된 것, 또는 더 나아갈 수도 변화될 수도 없는 마지막 지점에 고착된 것이다. 당연하게도 그 내부에는 미래를 향해 열린 시간성이 없다.

미래를 향해 열린 시간성만이 아니다. 삶의 무의미함이란 절대적, 최종적 인식에 붙박혔기 때문에 거기에는 과거와 연결된 시간성도 부재한다. 이미 절대적이고 최종적인 지점에 도달했는데 왜, 어떤 과정을 밟아서 지금 여기에 이르렀는가를 따지는 일 자체가 무의미하기 때문이다. 이렇듯 과거에 연결된 시간성도 미래를 향해서 열린 시간성도 부재하는, 말하자면 인과성이 부재하는 세계의 주인공은 다만 고정된 한 점으로 존재한다. 다만 고정된 한 점으로 존재한다는 것은 그가 삶의 무의미함을 드러내는 하나의 기호, 추상적 관념임을 뜻한다. 비록 그가 전쟁 중 또는 전쟁 직후의 서울이나 부산과 같은 구체적인 시공간 속에서 가족들, 이웃들, 친구들과 함께 생활하고 있는 인물로 그려져 있음에도 불

5) 「인간동물원초」, 같은 책, 224쪽.

구하고 이같은 진술은 정당하다. 그와 다른 사람들과의 관계, 그리고 그의 일상은 그 자체로서 의미를 지니는 것이 아니라 다만 삶의 무의미함이란 추상적 관념을 전달하기 위한 배경에 지나지 않는 것이기 때문이다.

어떤 추상적 관념을 체현하고 있는 고정된 한 점으로서의 존재이기에 그는 다른 사람들 속에 있지만 그와 다른 사람들 사이에는 어떤 관계도 부재한다. 그는 누구의 아들이고 오빠이고 친구이지만 그는 누구의 아들도 오빠도 친구도 아니다. 그는 그들과는 전혀 무관한 하나의 사물일 뿐이다. "나는 도무지 주위와 나를 어떤 필연성 밑에 연결시키지 못하는 것이다"[6]라고 「미해결의 장」의 주인공은 말한다.

삶의 무의미함이란 완성된, 최종적인 관념이 전부인 세계, 그같은 관념을 체현하고 있는 주인공이 다만 고정된 한 점일 뿐인 세계이기에 어떤 가치 척도도 무의미하다. 당연하게도 가치를 재는 척도는 없다. 가치 척도가 없으므로 판단도 대립도 있을 수 없다. 손창섭 소설에서 우리는 어떤 척도에 따라 다른 사람을, 사건이나 상황에 대해 판단내리는 인물도 화자도 거의 찾을 수 없다. 중심이 부재하는 것이다.

추상적 무시간성, 관계성, 그리고 중심의 부재란 손창섭 소설의 핵심 특성으로 인해 기승전결이 없는 독특한 형식이 성립하였다. 이른바 "일정한 사건의 시말이 없는"[7] 형식, 필자는 이것을 추상적 무시간성[8]의 형식이라 부른다.

---

6) 「미해결의 장」, 같은 책, 192쪽.

7) 이주형, 「채만식의 생애와 작품세계」, 『채만식전집 10』(창작과 비평사, 1989), 628쪽.

8) 이에 대해서는 게오르그 루카치(반성완, 임홍배 역), 『독일문학사』(심설당, 1987), 256쪽 이하 참조.

2. 감각의 이중 의미

삶의 무의미함이란 관념만이 전부인 추상적 무시간성의 세계를 사는 주인공은 어떤 가치 척도도 지니고 있지 않기에 사유하지도 판단하지도 않는다. 어떤 것이든 그에게는 무의미한 것이니 긍정도 부정도 있을 수 없는 것이다. 사유하지도 판단하지도 않지만 그러나 손창섭 소설의 주인공이 자기 밖의 대상에 대해 전혀 반응하지 않는 것은 아니다. 사물화되어 한 점으로 경화된 그들을 움직이는 것이 있다.

(ㄱ) 나는 불시에 기름이 자르르 흐르는 쌀밥과 김이 떠오르는 만두국을 생각하는 것이다.[9)]

(ㄴ) 얼마나 웃기 잘 하는 여자냐? 志淑이와는 꼭 반대인 것이다. 光順의 낯에는 언제든 눈부신 미소가 사라진 적이 없다. 근심도, 애수도, 그 미소의 바닥으로 흘러가 버릴 뿐, 결코 그것을 지워 버리거나 흐려 버리지는 못하는 것이다.[10)]

(ㄷ) 어렸을 때 애기가 나서 어딜 가나 강아지 새끼처럼 좇아다니는 東玉이가 귀찮았다는 말을 하고 중중 때때중을 자랑스레 부르고 다녔다니까 동옥의 눈이 처음으로 티없이 빛나는 것이었다. 갑자기 동욱이가 중중 때때중 하고 부르기 시작하자 동옥도 가느다란 소리로 따라 부르는 것이었다.[11)]

(ㄹ) 남편과 東植의 사이를 가리듯이 하고 앉아, 남편을 거들어주는 貞淑의 뒷 모습을 어루만지듯이 흐르고 있던 東植의 시선이 貞淑의 오른편 귓바퀴에서 멈추어졌다. 거기에는 참새 눈깔만한 기미가 희미한 불빛에도 또렷이 빛나고 있었다. 그것은 「빛난다」고밖에 형용할 수 없을이만큼 東植의 눈에는 생생한 기억과 매력으로 반영되곤

---

9) 「미해결의 장」, 앞의 책, 294쪽.
10) 「미해결의 장」, 같은 책, 197쪽.
11) 「비오는 날」, 같은 책, 142쪽.

하는 기미였다.[12)]

(ㄱ)은 미각, (ㄴ)은 시각, (ㄷ)은 시각과 청각, (ㄹ)은 시각과 관련되어 있는데, 모두가 감각적이라는 점에서 동질적이다. (ㄴ)의 핵심은 '눈부신 미소'라는 시각적 대상이지만 거기에는 편안하게 감싸안는 모성적 여성성의 따뜻하고 부드러운 촉감도 함께 깃들어 있다. 이처럼 감각적인 어떤 무엇이 사물화한 인물들을 일깨워 움직이게 만든다. 그럴 때 그들은 삶의 무의미함이란 추상적 관념을 드러내는 기호에서 피와 살을 지닌 인간으로 소생한다. 그러나 다만 그것뿐 그 한순간이 지나면 그들은 다시 추상적 관념을 전달하는 기호로 사물화한다.

어떻든 손창섭 소설 속 이 특이한 인물들을 움직여 사물화 상태에서 한순간이나마 깨어나게 만드는 것은 이같은 감각적 대상들이다. 이 사실은 1장에서의 우리 판단이 정당함을 입증하는 유력한 근거이다. 추상적 관념을 표상하는 기호로서 이미 최종적으로 완성된 의미 속에 갇혀 있는 인물들이기에 논리적 이성에 의해 스스로를 검증할 필요도 변화시킬 필요도, 그럴 가능성도 없는 것, 다만 어떤 특정의 감각만이 그들을 일시적으로 움직일 수 있을 뿐인 것이다.

그러나 손창섭 소설 속 인물들이 이같은 감각에 의해 움직인다는 사실은 다른 한편 손창섭 문학에 대한 다른 해석으로 우리를 이끈다. 그 감각적 대상들은 하나같이 현재의 고통과 결핍을 위무하고 채워주는 성격의 것들이다. 현재의 결핍과 고통을 채워주고 위무하는 것들에 민감하게 반응하여 사물화 상태에서 깨어난다는 것은 그들의 현재가 고통과 결핍으로 시달리고 있음을 뜻하는 것일 터이다. 말하자면 그들은 한편으로는 삶의 무의미함이란 추상적 관념에 짓눌려 사물화된 존재들이면서 동시에 현재의 고통과 결핍으로 괴로워하는 인간적 존재들이기도 한 것이다. 작가는 애써 후자를 감추면서 전자만을 강조하여 드러내고자

---

12) 「사연기」, 같은 책, 127쪽.

하였지만 두 측면이 함께 어울려 손창섭 문학세계를 구축하고 있는 것이다.

3. 객관 현실의 반영과 비판 정신

이 사실을 염두에 둘 때 우리는 손창섭 소설 속 곳곳에 빛나는 다른 유형의 인물들이 지닌 의미를 이해할 수 있다. 앞에서 우리는 손창섭이 객관 현실의 탐구나 반영에는 별다른 관심이 없었고 따라서 그같은 측면에 주목해서는 손창섭 문학 세계를 정확하게 이해할 수 없다고 했지만 이 지점에 이르러서는 그 판단을 수정해야만 한다.

앞에서 내린 판단에 따르면 손창섭에게는 현실세계의 실상을 관찰하고 그 속성을 파악하는 작가적 능력이 결여되어 있었다는 추론으로 나아갈 수 있는데 사실은 그렇지 않다. 우리는 손창섭의 소설 곳곳에서 작품의 배경이 된 당대 현실의 맥점을 정확하고 날카롭게 드러내는 인물들을 만난다. 몇 가지 예를 들어 살펴 보겠다.

> 저이 오빠는 하나님을 배반하구, 모친의 사랑에 반역하는 사람예요. 조국의 기대와 사회의 요구에 역행하는 방탕아예요. 저는 오빠를 경멸해요. 증오해요.[13)]

「낙서족」에 나오는 동경 유학생 한상혁을 두고 동생인 한상희가 내린 진단이다. 독실한 기독신자이며 포목점을 경영하는 홀어머니와 식민지 조국에 대한 안타까운 사랑을 지닌 그녀가 이처럼 '방탕아'로 진단한 한상혁은 우리 소설에서는 찾아 보기 어려운 인물이다. 대체로 우리 소설 속 일본 유학생은 "네 칼로 너를 치리라"라는 명제를 가슴 속 깊

---

13) 「낙서족」, 같은 책, 27쪽.

이 품고 적국 일본의 심장부로 뛰어든, 우국충정에 불타는 지사적 성격으로 설정되어 있다. 그러나 어디 그런 인물들뿐이었겠는가. 한상혁처럼 술과 여자에 얼혼을 놓은 유학생의 숫자도 만만치 않았을 것이다. 우리는 널리 알려진 정지용의 시 「카페 프랑스」에서 이 부류에 속하는 인물을 만날 수 있다.

옮겨다 심은 棕櫚나무 밑에
빗두루 선 장명등
카페 프랑스에 가자.

이놈은 루바시카
또 한놈은 보헤미안 넥타이
뻿적 마른 놈이 앞장을 섰다.

밤비는 뱀눈처럼 가는데
페이브먼트에 흐늙이는 불빛
카페 프랑스에 가자.

이놈의 머리는 빗두른 능금
또 한놈의 心臟은 벌레 먹은 薔薇
제비처럼 젖은 놈이 뛰어 간다.

「오오 패롤(鸚鵡) 서방! 굳 이브닝!

「굳 이브닝!」(이 친구 어떠하시오?)

鬱金香 아가씨는 이밤에도
更紗 커-튼 밑에서 조시는구료!

나는 子爵의 아들도 아무것도 아니란다.
남달리 손이 희여서 슬프구나!

나는 나라도 집도 없단다.

大理石 테이블에 닿는 내뺨이 슬프구나!

오오, 異國種 강아지야
내발을 빨아다오.
내발을 빨아다오.
(정지용, 「카페 프랑스」 전문)

널리 알려진 정지용의 「카페 프랑스」이다. 전반부는 묘사, 후반부는 화자의 독백으로 구성되어 있다. 등장인물은 세 명인데 2연과 4연에 그들의 특성이 밝혀져 있다. 혁명을 통해 반봉건 식민지 현실을 일거에 뛰어넘고자 하는 루바시카 입은 사회주의자와 보헤미안 넥타이를 멘 퇴폐적 향락주의자, 그리고 "나라도 집도" 잃어버린 데다 "남달리 손이 흰" 백수라 슬픈, 그 슬픔으로 '뺏적' 마른 화자. 정지용은 「슬픈 인상화」 등의 작품에서 일본에 유학와 공부하는 식민지 청년의 고뇌와 슬픔을 거듭 드러낸 바 있는데, 이 사실과 연결지워 생각하면 윗 시의 화자가 정지용 자신임을 짐작할 수 있다. 이렇게 살피면 「카페 프랑스」는 1920년대 후반 일본에 유학했던 조선 청년의 세 유형을 골격으로 짜여진 작품이라 말할 수 있는 것이다.

정지용이 1926년에 몇 마디 시구로 증언했던 당대 조선인 휴학생의 한 유형을 손창섭은 그로부터 30년이 지난 1959년에 소설 속 인물로 구체화하였다. 그 사이에 쓰여진 무수한 시나 소설에서 이같은 인물을 찾기는 대단히 어려운데 이 사실은 중요하다. 우리 문학의 편향성 하나를 드러내는 것이기 때문이다.

아무러기로 청년들이
평안이나 행복을 구하여,
이 바다 험한 물결 위에 올랐겠는가?
첫번 항로에 담배를 배우고,
둘쨋번 항로에 연애를 배우고,
그 다음 항로에 돈맛을 익힌 것은,

하나도 우리 青年이 아니었다.
(임화, 「현해탄」의 5연)

'희망과 결의와 자랑'을 품고 현해탄을 건넜던 청년들의 높은 뜻과 고결함을 기리고자 하는 시인의 간절한 마음은 '평안이나 행복'을 구해 다른 길을 걸었던 청년들의 존재를 애써 부정하고자 한다. 시인은 이 시의 다른 곳에서 "그 중에 희망과 결의와 자랑을 욕되게도 내어판 이가 있다면, 나는 그것을 지금 기억코 싶지는 않다"라고 직접적으로 그런 마음을 드러내기도 하였다. 이처럼 좋은 것, 가치있는 것, 선한 것, 아름다운 것만을 강조하여 드러내고 그렇지 않은 것은 애써 무시하고 지나치고자 하는 마음의 움직임이 일반화되어, 우리 문학의 한 편향성을 형성하였다. 좋은 것, 가치있는 것, 선한 것, 아름다운 것만을 강조하여 드러내려는 편향성은 대상의 일면만을 부각시키게 마련이며, 주관의 침투로 인해 대상을 왜곡시키거나 대상에 그 속성과는 전혀 무관한, 당연하게도 전혀 다른 의미를 지니는 가공의 이미지를 덮어씌운다. 일면적이지 않고 전면적인, 주관에 의해 왜곡되지 않고 객관적인 대상 파악을 제약하는 것이다.

물론 예외도 있지만 돌아보면, 그런 경우는 손으로 꼽을 수 있을 정도에 지나지 않는다. 예컨대 채만식의 「탁류」에 나오는 고태수, 장형보와 같은 악당, 김남천의 「이리」에 나오는 인신매매업자 권가와 서상호, 이기영의 「고향」 속 안승학, 채만식의 「태평천하」에 등장하는 윤직원 등의 악당 또는 편집광들[14]. 당대 현실의 핵심 속성을 온몸에 체현하고 있거나 인간 본성의 어떤 측면을 날카롭게 반영하는 이들 인물의 성공적 창조는 예거한 작품들로 하여금 대상에 대한 전면적 진실의 획득을 가능하게 하였다. 이렇게 살필 때 「낙서족」에서 손창섭이 그려 낸 퇴폐적 향락주의자의 의미는 우리 문학의 편향성 하나를 근본에서 비판하고

14) 정호웅, 『우리 소설이 걸어온 길』(솔, 1994) 참조.

반성하는 것이라는 점에서 대단히 크다.

바로 위에서 「탁류」에 나오는 악당 고태수와 장형보를 들었거니와 손창섭의 「생활적」에도 비슷한 성격의 인물이 등장한다. "돈과 여자라면 사족을 못 쓰는"15) 아편 장사 봉수라는 사낸데 그는 다음과 같은 세계관의 소유자이다.

> 인간이란 시대의 추세에 민감하지 않아서는 안 된다는 것이다. 시대가 어떻게 움직이는가를 보아가지고, 언제나 그 시대에 맞게 행동해야 한다는 것이다. 시대에 뒤떨어져서 허덕이거나, 시대의 중압에 눌려 버둥거리지만 말고, 시대와 병행하며, 그 시대를 최대한으로 이용해야만 된다고 했다. 결국 인간이란 수하를 막론하고, 종국적인 목적은 돈 모으는 데 있다는 것이다.(중략) 그러기 자기는 어떠한 시대에나 돈 모으는 데는 자신이 있다는 것이었다. 왜정 시대에는 만주에서 북지로 넘나들며, 엄금되어 있는 아편장사를 대대적으로 했고, 이북에 있을 때에는 그렇게 악착같이 들볶는 공산주의자를 통해서 그래도 고래등 같은 기와집이 일 년에 한두 채씩은 꼭꼭 늘어갔노라고 했다. 이제 앞으로 일이 년이면 자기도 또 여기서도 판을 치고 돌아갈 것이니 두고 보라는 것이다.16)

시대의 추세를 앞질러 파악해 그것에 자신의 삶을 전적으로 일치시키는 인물, '돈'을 위해서는 어떤 행위도 서슴지 않고 저지를 수 있는 냉혈한, 윤리도덕이니 관습이니 법이니 하는 인간 사회를 규율하는 것들의 의미망에 구속당하지 않고 오직 자신만을 생각하는 개별자, 당연하게도 다른 사람이나 자신이 속한 사회에 대한 배려의 마음이 전적으로 결여되어 있으며, 자신을 뒤돌아 살피는 반성의 정신도 그것의 바탕인 자의식도 전혀 갖고 있지 않은 인물. 그는 말하자면 '돈'에 영혼을 앗긴 욕망 그 자체이다. 그 욕망을 충족시키기 위해서는 어떤 짓도 거침없이 저지를 수 있음은 물론이니 그는 파괴적 폭력 그 자체이며 철두

---

15) 손창섭, 「생활적」, 앞의 책, 149쪽.
16) 「생활적」, 같은 책, 150쪽.

철미 완전한 악 그 자체이다. 어느 시대 어느 곳에나 있기 마련인 이같은 인물을 포착, 적확한 언어로 그려내는 손창섭의 대상 투시력과 형상력은 놀라운 수준의 것이다. 봉수와 같은 인물형은 손창섭 소설 곳곳에 등장하는데 다음 인용에서 보듯 "지금 세상에 경멸받는 걸 누가 겁내는 줄 압네까? 덮어놓구 속셈 차려야 해요"라고 거침없이 말하는 「설중행」의 관식, 미국병에 들려 입만 열면 미국 타령, 영어 타령인 「비오는 날」의 주인공인 지상의 가족(지상은 제외) 등등.

> 「난 내가 하구 싶은 거이 뭔지, 내게 필요한 거이 뭔지 그런 걸 똑똑히 알구 있이요.」
> 「네가 안다는 게 고작 그거야?」
> 「암만해두 선생님은 틸레시요. 지금 세상에 경멸받는 걸 누가 겁내는 줄 압네까? 덮어놓구 속셈 차려야 해요.」[17)]

「설중행」의 중심인물은 고선생과 관식이다. 고선생은 관식의 중학교 은사, 지금은 잡지 삽화 그리기와 여학교 그림 지도로 간신히 호구하는 처지이다. 스물 다섯 가량인 관식은 올데갈데없는 실업자, 10여년만에 우연히 만난 은사에게 막무가내로 들러붙어 식객으로 주저앉았다. 위 인용은 두 사제 사이의 대화 한 토막이다. 총체적 혼란에 빠진 해방 직후의 현실과 그 가운데 돋아나 급속도로 증식했던 무서운 세계관 하나를 선명하게 드러내 보여주고 있다.

관식은 채만식의 「치숙」에 나오는 소년과 동질적인 인간형이다. 「치숙」의 소년은 자본주의 식민지 현실의 질서를 적극적으로 좇아 살고자 하는 세계관의 소유자인데 그런 그의 눈에 그 질서에 맞섰다가 패배한 이념인이 어리석은 인간으로 보이는 것은 당연한 것, '치숙'인 것이다. 식민지 질서가 공고화되고 자본주의적 질서가 점차 그 뚜렷한 형체를 갖추기 시작했던 1930년대 후반의 이념인은 그같은 질서를 체득한 신인

---

17) 「설중행」, 같은 책, 254쪽.

간의 비판 앞에 할 말을 찾지 못했다. 이미 허무주의의 독수에 침윤되기 시작한 그의 정신은 그같은 질서에 맞설 수 있는 힘을 거의 상실했기 때문이다.

관식의 세계관을 비판적으로 바라보는 「설중행」의 고선생은 어떠한가. 그 또한 마찬가지이다. "인간으로서 사내로서 또는 화가로서, 제 구실"[18]도 못 하는 처지이니 인정하고 싶지도 인정할 수도 없지만 그같은 현실 질서에 맞서 싸울 수는 없다. 주변으로 밀려나 사라져갈 뿐이다.

> 高先生은 분을 가라앉히기 위해 밖으로 나갔다. 밖에는 눈이 내리고 있었다. 펑펑 쏟아지는 함박눈이었다. 高先生은 눈을 맞으면서 한참 걸어갔다. 얼마 뒤 발 밑에 한강이 내려다 보였다. 한강 얼음판 위에도 눈은 내렸다. 高先生은 한강을 끼고 길 없는 언덕을 눈 속에 사라지듯 한없이 걸어갔다.[19]

4. 손창섭 문학의 이면

우리는 앞에서 손창섭이 객관 현실의 탐구와 반영에는 거의 관심 두지 않은 작가이며 따라서 특정한 시기와 공간의 구체적 세부는 별다른 의미를 지니지 못한다고 지적하였다. 물론 그렇다. 그러나 「설중행」에서 보듯, 손창섭이 당대 현실 질서의 근본을 꿰뚫어보고 그것에 대한 부정적, 비판적 입장을 지녔음 또한 명백하다. 어떤 특정 대상에 대해 부정적, 비판적 입장을 갖는다는 것은 그 밖의 다른 어떤 것에 대해 긍정적인 의미를 부여하고 있음을 의미한다. 앞에서 살핀 대로 손창섭은 삶의 무의미를 역설하였고 더 나아가서는 인간 존재를 나병균과 같은 난치 또는 불치의 병원체와 같은 것으로 인식하였다. 그러나 그것만일 수는

18) 「설중행」, 같은 책, 254쪽.
19) 「설중행」, 같은 책, 259-260쪽.

없는 것, 만약 그것만이라면 존재 자체가 무의미한 것이거나 죄악이니 자살해야 할 것이며, 더 이상의 지평은 존재하지 않으니 글쓰기 자체가 불가능할 것이다. 그러나 손창섭은 자살하지 않았고 글쓰기 또한 계속 하였다. 말하자면 그같은 과격한 무의미 사상과 인간 모멸주의는 작가 손창섭이란 정신의 한 부분이었지 전부는 아니었던 것이다. 6.25를 겪으며 병든 한 사내의 비참한 현실을 응시하는 다음과 같은 눈길에는 역사의 폭력성에 상처입은 한 인간에 대한 깊은 연민과 폭력적인 역사에 대한 커다란 분노가 가득차 있다.

> 그러한 봉우는 언제나 수면 부족을 느끼고 있다고 한다.(중략) 말하자면 봉우는 오관(五官) 중 다른 감각기관들은 다 자지만은 청각만은 늘 깨어 있는 셈이다. 그러니까 자연 깊은 잠을 이루지 못한다. 그렇게 된 연유를 그는 六.二五 사변으로 돌리는 것이다. 피난 나갈 기회를 놓치고 적치(敵治) 삼개월을 꼬박 서울에 숨어 지낸 봉우는 빨갱이와 공습에 대한 공포감 때문에 잠시도 마음 놓고 잠들어 본 적이 없다고 한다. (중략) 그처럼 불안한 긴장 상태가 어느덧 고질화되어 오늘날까지 지속되고 있다는 것이다. 그러기에 꼬집어 말하면 그는 자면서도 깨어 있고 깨어 있으면서도 자고 있는 상태인 것이다. (중략) 중학 시절에는 그토록 재기발랄하고 야심가였던 그가 일단 사회에 몸을 잠그고 부대끼기 시작하면서부터 차츰 무슨 일에나 시들해지기 시작하더니 전란 통에 양친과 형제를 잃고 난 다음부터는 영 딴 사람처럼 인간 만사에 흥미를 잃은 사람이 되어 버리고 말았다.[20]

우리 문학에서 적치하 삼개월을 그린 작품은 손에 꼽을 정도로 적다. 소설로는 염상섭의 『취우』, 곽학송의 『철로』, 조정래의 『태백산맥』, 박완서의 『그 산이 정말 거기 있었을까』 등을, 회고록으로는 백철의 『문학 자서전』을 겨우 떠올릴 수 있을 정도이다. 체험의 강도가 묘사나 설명을 불가능하게 할 정도로 높았다는 점, 지난 시대 우리 사회를 규율

---

20) 「잉여인간」, 같은 책, 328쪽.

해 온 핵심 이데올로기 중의 하나인 반공 이데올로기의 강압이 붓길을 가로막았다는 것 등을 그 이유로 들 수 있을 것이다.

「잉여인간」에서 손창섭은 적치 삼개월 동안의 그 엄청났던 불안한 긴장 상태에서 헤어나지 못해 무기력해진 봉우라는 인물을 통해 상황의 폭력성을 날카롭게 증언하였다. 특정 이데올로기가 아니라 휴머니즘에 근거한 증언이었던 것인데 이 점은 손창섭이 삶의 무의미함이란 메마른 관념에 폐쇄되었던 작가만은 아니라는 사실을 증거하는 것이다.

그렇다면 손창섭에게 긍정적인 삶의 방식 또는 양태, 긍정적인 현실 질서는 무엇이었을까. 그의 소설은 이 물음에 아무런 대답도 하지 않는다. 그러나 그렇다고 해서 지금까지 살펴온 바, 객관 현실의 핵심적 한 단면을 날카롭게 반영하는 인물들의 의미가 무화되는 것은 아니다. 부정적이거나 안타까운 피해자인 그들을 통해 손창섭은 그런 인물들을 낳은 역사를, 현실세계의 폭력성을 증언하고 비판하였기 때문이다.

정호웅
▪홍익대학교 국어교육과 교수 ▪주요 저서로 『우리 소설이 걸어온 길』(1994), 『반영과 지향』(1995) 등이 있다.

전후 시각으로 쓴 첫 일제 체험

손창섭의 「낙서족」론

송 하 춘

1.

손창섭 소설의 현주소는 대부분 6.25전쟁 직후의 피난지다. 그가 다룬 일제시대의 민족수난과 해방 직후의 좌우대립과 전쟁으로 인한 간난은 시대와 관심에 따라 성격이 조금씩 다르더라도, 모든 이야기가 피난민의 삶이라는 점에서 한 가지로 공통적이다.

그러나 그의 첫 장편소설인 「낙서족」은 이 점에서 예외다. 같은 피난 시기에 썼지만, 「낙서족」은 일제시대인 1938년 일본의 동경이 무대이다. 1950년대 그의 소설이 피난지로 즐겨 채택하던 서울이나 부산이 아니다. 그만큼 시대를 거슬러 올라 간 것은 이 작가에게 한 가지 변화로 지적될 만하다. 1950년대 피난민 생활만을 집중적으로 조명하던 그에게 이런 변화는 당대적 조명을 일탈한 것이기 때문이다.

「낙서족」은 1959년 3월 『사상계』에 발표된 장편소설이다. 이것으로써 6.25 전쟁과 관련된 손창섭의 소설은 물론 1950년대 피난민 성격의 소설이 마감되는 현상을 보인다. 그만큼 손창섭이 전후 소설사에 미친 영향은 컸다.

1950년대가 마감되는 그 해에 「낙서족」이 겪은 변화를 우리는 주목할 필요가 있다. 무엇보다 소설 영역의 확대라는 점에서 그것은 중요한 변화로 인식된다. 손창섭은 더이상 전쟁으로 인한 불구의 세계에 머물러 있기를 거부한다. 그리고 관심의 영역을 넓혀 일제시대의 체험 속으로 뛰어들었다.

이제 우리는 손창섭 소설의 형성과 변모라는 시각에서 「낙서족」을 해명하기로 한다. 「낙서족」은 일제시대에 쓰여진 많은 소설과 같은 맥락에서 검토될 성질의 것이 아니다. 그것은 해방이 되고, 6.25전쟁을 겪고 난 뒤에 일제시대라는 한 시대가 역사적 거리를 두고 물러앉은 시기에 쓰여졌기 때문이다. 일제시대에 그 당대를 쓰는 것과, 일제시대가 마감된 시기에 그 시대를 쓰는 것과는 차이가 있다. 「낙서족」은 그 시대가 일단 마감되고 나서 지나간 시대를 문제삼은 소설이다. 이 점에서 「낙서족」은 해방 이후 일제시대를 본격적으로 다룬 첫 번째 소설이며, 이 연구는 당연히 그런 관점에서 이루어져야 마땅하다고 본다.[1)]

모든 손창섭 소설의 현장은 '피난지'다,라고 말할 때, 그것은 전쟁이 휩쓸고 간 자리의 특수상황을 의미하였다. 고향을 버리고 어디론가 밀려와서 펼쳐야 하는 임시적인 삶, 그렇게 보면 「낙서족」의 현장도 '피난지'이기는 마찬가지다. 「낙서족」의 피난지는 식민지 현실로 인한 삶의 상실 지역이다. 일본 동경, 우리 민족에게 그곳은 경제적인 궁핍과 정신적인 불안과 인간적인 모멸이 있을 뿐이다. 손창섭 소설은 이런 문제에 대한 불만이나 고발이 아니다. 결핍된 삶 자체를 보여주는 것으로 그는 작가의 임무를 다할 뿐이다.

원래 손창섭 소설은 전후의 왜곡된 상황에 대한 하나의 전형이었다. 맨처음 발표된 「사선기」부터 「비오는 날」 「생활적」 「혈서」 「미해결의

---

1) 손창섭 소설에 대한 연구로는 다음 글들을 참고할 수 있다. 조연현, 「병자의 노래」(『현대문학』, 1955.4), 윤병로, 「혈서의 내용」(『현대문학』, 1958,12), 김상일, 「손창섭 또는 비정의 신화」(『현대문학』, 1961,7), 김현, 「테러리즘의 문학」(『문학과 지성』, 71년, 여름), 정창범, 「손창섭론―자기모멸의 신화」(『문학춘추』, 1965,2) 등.

장」「설중행」「잉여인간」에 이르기까지 전체가 하나의 모습이다. 소설의 현장이 하나이고, 인물들끼리의 관계가 하나이고, 가난이 하나이고, 사랑이 하나이다.

먼저, 손창섭 소설의 등장인물은 기본적으로 네 사람이다. 남자가 세 사람, 여자가 한 사람. 그들은 대개 한 집에 모여 지낸다. 때로는 방 한 칸에 모여 살기도 하지만, 그들은 한 집안 식구가 아니다. 각각이 남남이거나, 최소한 두 가구 이상이 모여 이룬 복합형 취락구조다. 그 집 혹은 그들의 방은 동굴 속처럼 어둡고 칙칙하다. 그 안에서 그들은 부조화의 조화를 이루면서 생활한다. 손창섭 소설의 전체 이미지는 불협화음이다. 가족끼리 어울려 살면서도 남남처럼 서먹하고, 남남끼리 어울려 살면서도 가족처럼 끈끈한 것이 손창섭 소설의 특징이다. 다음은「잉여인간」의 첫 장면이다.

> 만기 치과의원(萬基齒科醫院)에는 원장인 <서만기>씨와 간호원 <홍인숙>양 외에도 거의 날마다 출근하다싶이 하는 사람 둘이 있다. 그 한 사람은 비분강개(悲憤慷慨)파 <채익준>씨요, 다른 한 사람은 실의의 인간 <천봉우>씨다. 두 사람은 다 같이 서만기 원장의 중학교 동창생이다.[2)]

여기서도 주요 작중인물은 세 남자와 한 여자 모두 넷이다. 서만기와 채익준과 천봉우와, 그리고 홍인숙. 그 가운데 서만기 혼자만 생업이 있고, 채익준과 천봉우는 무직이다. 벌이가 없기 때문에 그들은 자연 벌이가 있는 서만기에게 생계를 의지할 수밖에 없다. 그리고도 손창섭 소설은 벌이가 없는 이 두 사람을 중심으로 이야기를 벌리는 것이 특징이다. 그들의 어울려 살기란 모두 정상적인 얽힘이 아니다. 서로 얽힐 수 없는 관계이지만, 전쟁이 그것을 가능케 한다는 것이 손창섭의 시각이다. 손창섭은 처음부터 가능한 인간의 관계들을 주목하지 않는다. 오히

---

2) 손창섭,「잉여인간」,『현대한국문학전집3』(신구문화사, 1981), 339면.

려 불가능한 관계들이 서로 어떻게 얽혀 지내는가를 그는 주목한다. 「잉여인간」의 인물들은 목적없이 만나는 생활의 낙오자들이지만, 중학교 동창이라는 인연으로 하나의 가족적인 틀을 형성한다. 혹은 군대 동기인 경우도 있다. 혹은 이북에서 같이 지내다가 피난나온 사람들이기도 하다. 「혈서」의 세 젊은이들, 「설중행」의 옛 제자와 은사, 「비 오는 날」의 동욱 남매, 「인간동물원초」의 죄수들, 그들은 모두 방 한 칸에 여자를 사이에 두고 위험한 혼숙을 한다. 「사선기」처럼 옛 애인의 집에 함께 기거하기도 한다. 「생활적」의 동주부부와 봉수부녀, 「유실몽」의 상근부부와 처남도 어울릴 수 없는 관계들의 어울림으로써, 전후 피난생활에 대한 풍속도를 이룬다.

손창섭 소설의 인물들은 대부분 무력증 환자다. 「잉여인간」의 천봉우처럼 모두 실의에 빠져 있다. 천봉우는 늘 말이 없고, 방금 자다 깬 사람처럼 가수상태에서 허덕인다. 그가 그렇게 된 이유를 작가는 6.25 때문이라고 적고 있다. 피난 나갈 기회를 놓치고 적치 삼개월을 꼬박 서울에 숨어 지내다 보니, 빨갱이와 공습에 대한 공포감 때문에 그렇게 되었다는 것이다. 전쟁은 끝났지만, 아직도 불안한 긴장상태가 지속되고 있음을 의미한다. 중학시절의 그는 재기발랄한 야심가였다. 그러던 것이 전란통에 양친과 형제를 잃고 나자 인간만사에 흥미를 잃고 말았다.

2.

「낙서족」의 인물도 본질적으로 피난민들이다. 아버지가 독립운동가이고, 숙부가 공산당원인 박도현이 발 붙일 곳이라고는 이 세상에 아무데도 없었다. 자기 자신마저 독립자금을 마련하기 위해 '은행 협박 소동'을 벌인 죄로 일본 형사에게 쫓기는 입장이다. 그만큼 그는 민족적 불행과 깊이 관련되어 있다. 그에게는 언제나 보이지 않는 감시가 따른다. 감시를 피해 그는 자주 거처를 옮겨야 하고, 그 때마다 형사에게 불려가 심한 구타와 고문을 당한다. 감시와 고문으로 인한 불안과 초조는 식민지 시대 피난민들의 심적 상태를 반영한다.

도현과 상희와 노리꼬의 관계 또한 부조화의 조화를 이룬다. 도현과 상희는 동포애로 만나고, 도현과 노리꼬는 적개심으로 만난다. 그것이 동포애이건 적개심이건 간에 그들의 사랑은 그 어느 것도 완전한 사랑일 수 없다. 도현의 상희에 대한 사랑은 너무 이상적이어서 불완전하고, 도현의 노리꼬에 대한 사랑은 너무 복수적이어서 불완전하다.

도현이 J 중학교 사학년에 편입하고, 거기서도 감시를 피해 하숙을 옮겨다녀야 하는 삶의 궤적은 손창섭의 또 다른 피난민적 상황을 반영한다. 손창섭이 청소년기에 고향을 떠나 동경에서 방황해야 했던 것은, 6.25때 고향을 떠나 서울이나 부산에서 방황해야 했던 것과 같은 문제로 파악되고 있다. 일제시대는 손창섭의 청소년기 체험이다. 일제시대에 우리 민족이 고향을 포기하는 데는 두 가지 길이 있을 수 있다. 아버지나 숙부처럼 중국이나 만주로 가는 길과, 또 하나는 도현처럼 동경으로 가는 길이다. 그러나 도현처럼 동경으로 가는 길은 어떤 의미에서 중국이나 만주로 가는 길과 다를 수 있다. 중국이나 만주에서 독립운동을 하는 사람들과 달리 동경에서 도현은 개인적으로 행복을 추구할 수도 있기 때문이다. 도현은 처음부터 독립운동을 하러 동경에 간 사람은 아니다. 개인의 행복을 찾아 다만 고향을 떠났을 뿐이다. 「낙서족」의 상황은 이처럼 개인의 의지와 민족적 현실이 괴리된 데서 찾을 수 있다. 도현은 언제 어디서나 아버지와 밀접하게 관련되어 있었다. 그것이 도현의 민족적 현실이다. 도현은 그런 민족적 현실과 무관하고 싶어한다. 그렇지만 그의 현실은 그를 절대로 분리시켜 두지 않는다. 이 점에서 「낙서족」은 독립운동에 관한 소설이 아니라, 독립운동을 하지 않을 수 없는 상황으로 걸어가고 있는 한 인물의 성장소설이라고 할 수 있다.

「낙서족」의 성장소설적인 면은 옆방의 하숙생 한상혁과, 한상혁의 동생 상희와의 만남을 통해서 드러난다. 상희의 표현에 따르면 상혁은 '하나님을 배반하고 모친의 사랑에 반역하는 사람이고, 조국의 기대와 사회의 요구에 역행하는 방탕아'다. 그러나 이런 상혁의 성생활을 통해 도현은 자신의 육체를 발견한다. 그리고 상희를 사랑하게 된다. 인간은 성장하면서 죄악을 발견한다. 그러나 그 죄악이 인간을 성장시킨다고 믿는 점이 바로 성장소설의 특징이다. 도현이 자신의 육체를 발견했을 때 그가 새로운 죄악에 직면함은 말할 것도 없다. 도현은 성공이 뭔지도 모르는 사람이지만 '기어코 성공해야 한다'는 욕망에 사로잡힌 사람이다. 그것은 자신을 위한 길이지만 더 나아가 고향에 계신 모친을 위한 길이고, 만주에 계신 아버지를 위한 길이어서 조국과 민족을 위한 길이기도 하지만, 이런 욕망이 절망적인 상황과 겹칠 때 희화화되는 건 당연하다.

손창섭 소설의 상황은 대부분 절망적이다. 그의 인물들도 대부분 절망적인 인물들 뿐이다. 이와같이 절망적인 상황 속의 인물들이 희망을 가질 때 그 희망은 어처구니 없이 희화화될 수밖에 없는 것이다.

> 그것은 모친이나 자신이 어떤 거대한 바위 밑에 짓눌리어 있는 것 같은 숨가쁨을 느끼게 했다. 도현은 그 압박감에서 벗어나 보기 위해서 두 차례나 만주로 탈출하려다가 굴욕적인 실패를 맛보고 말았던 것이다. 그렇게 되자 도현은 하루라도 조선에 머물러 있을 마음의 여유를 가질 수가 없어 미칠듯이 초조한 나날을 보내다가 새로운 앞길을 뚫어 보자는 의욕에서 마침내 위험을 무릅쓰고 일본에 밀항해 왔던 것이다. 「새로운 앞길」 그것도 역시 「기어코 성공해야 된다」는 생각이나 마찬가지로 너무나 막연한 의욕과 관념에 지나지 않았다. 그래도 도현이 거의 무모할 만큼 구체적인 현실의 장벽에 전신으로 부닥쳐 갈 수 있는 것은 그렇듯 막연한 관념이 말하는 냇적 명령에 의해서였다. 거기에가다 「나는 조국 광복에 헌신하고 있는 독립투사의 아들」이라는 정신적인 과중한 부채(負債)의식과 혈통적인 연관성은 결국 그로 하여금 눈물 겨운 넌센스를 연출케 하고야 마는 것이다.[3)]

손창섭의 인물은 모험적이지만 지사적이 아니다. 「새로운 앞길」을 찾아 왔다지만 사실은 새로운 앞길이 막힌 상태를 의미한다. 「기어코 성공해야 된다」고 말하지만 결코 성공할 수 없는 인물이다. 「독립투사의 아들」이라고 하지만 자신이 독립투사는 아니다. 모든 길이 막혀 버린 상태의 희화화된 인물이다. 도현은 여러 면에서 모멸감에 차 있다. 형사의 심문에서 '우리 아버지는 일본의 손아귀에서 조국을 다시 찾으려고 싸우고 있는 혁명투사요! 그래 어쩔 테요?'라고 대들지 못한 점, 상희의 '냉철하고 침착한 태도, 그리고 조리 있는 화술' 등에 심리적으로 압도당한점. 그러나, 도현의 아버지가 독립투사라는 점과, 상희 부친이 삼일운동 때 학살 당했다는 사실 때문에 둘이는 '동류적(同類的)인 공감이 나날이 깊어갔다.' 도현의 은행협박사건이란 것도 그가 무슨 민족애가 있어서 그런 것이 아니라, 독립단원의 흉내를 내 보거나 혹은 아버지의 복수심리에서 나온 해프닝에 지나지 않는다. 망명투사의 아들, 공산당원의 조카. 이런 일련의 행위는 이념 없이 다만 단순하게 살아가는데, 외부의 여건이 그 단순함을 걸어 늘 바보스럽게 만드는 데서 나온 인물이다. 상희는 자신의 부친이 삼일운동 때 학살 당했다는 데 자부심을 갖고 자기도 그렇게 살려고 노력한다고 한다. 이 말에 감동한 도현의 태도는 존경과 사랑으로 변하는데, 이 점에서 「낙서족」의 민족주의란 유아적이고 환상적이다.

손창섭의 희화화된 인물은 모두가 전쟁의 후유증으로부터 나온 것인데, 그 증세는 다시 두 가지로 압축된다. 하나가 경제적인 무력감이라면, 다른 하나는 애욕의 무력감이다. 「잉여인간」에서 천봉우의 무력감은 일종의 성적 편집 증세로 나타난다. 간호원 인숙에 대한 천봉우의 연애감정이 그 예다. 경제적으로나 육체적으로나 항상 무력감에 빠져있던 그가 인숙한테만은 유난히 강렬한 애욕을 느끼는데, 그것은 정상적인

---

3) 손창섭, 『낙서족』(일신사, 1959), 30면.

관계의 사랑이 아니라, 일방적이고도 충동적인 욕구일 뿐이다. '인숙양을 바라볼 때만은 잠에서 덜 깬 사람같이 언제나 게슴츠레하던 그의 눈이 깨어있는 사람의 눈다웁게 빛나는 것이었다.' 그것은 그가 살아있음에 대한 존재의 확인이다. 식욕과 성욕은 인간의 원초적인 본능에 값한다. 손창섭은 성적 욕구를 통해서 인간본능의 밑바닥을 훑어 보고자 한다. 그것은 인간의 위선을 벗겨 내는 일이기도 한다. 「생활적」의 '그날 밤 동주는 그냥 수컷이었을 뿐이다.'와 같은 동물적 행위는 손창섭 소설의 전편에 깔려 있다. 전쟁으로 인한 경제적 궁핍과 인간의 훼손을 식욕과 성욕이라는 리트머스 시험지를 통해 반응해 보는 것이다. 「잉여인간」에서 이 점은 만기를 둘러싼 봉우처의 맹목적인 애욕과, 처제 은주가 형부에게 바치는 순결한 사랑과, 간호사 인숙이의 헌신적인 사랑에서도 나타난다. 그것들은 모두 정상적인 사랑이 아니라, 극단적이고도 병적인 상태의 인간상을 말해 준다. 상호 이해와 신뢰에서 생기는 정상적인 인간관계가 아니라, 위기의 상황에서 자행되는 자기 존재에 대한 충동적인 확인이다.

상희에 대한 도현의 사랑도 병적임은 말할 것도 없다. 도현은 상희를 사랑하지만, 그 사랑은 너무 이상적이다. 그 이상이 조국과 민족과 지고지순한 순결이라는 점에서 하나로 인식되기 때문이다.

> 「전, 전, 조국을 위해 죽을 결심입니다!」 도현은 그 말만으로는 자기의 벅찬 감동을 표현하기가 부족해서, 「상희씬 정말 천사같이 고상한 분입니다. 전 상희씨를 존경합니다. 정말입니다.」 했다. 그러나 도현은 그 말이 천박한 애정의 고백으로 오해 받을까 봐 후회도 되었다.[4)]

도현에게 아버지와 어머니와 상희는 지고지순한 이상이라는 점에서 자기가 도달하기 어려운 목표점이 된다. 그리고 그가 도달할 수 없기

---

4) 『낙서족』, 59면.

때문에 그것은 열등감을 야기하기도 한다. 도현이 세 번째 붙잡혔을 때, 형사들은 그의 모친이 미국인 선교사 집에서 일하고 있다는 점을 문제로 삼는다. 일본의 고립된 제국주의를 비난하는 대목인데, 그럼에도 불구하고 도현은 당당하지 못하고 죄의식에 사로잡힌다. 아버지는 만주에서, 어머니는 미국 선교사 집에서, 상희는 죽은 독립운동가의 딸로서, 그들은 도현과 깊이 관련되어 있는 것이다.

이와같이 개인과 세계가 타의적으로 얽혀 있음을 확인할 때, 행동의 윤리문제가 제기된다. 체포와 고문은 계속되었고, 그때마다 '도현은 모른다고 내답할 수밖에 없었다. 정말 하나도 모르는 사실이었던 것이다.' 이때 행동의 윤리가 요구되지만, 그것을 실천하지 못할 때 받는 열등감은 심각하다. 도현은 고문을 당할 때마다 '지끈 딱' 받아 버리지 못하고 당하기만 한 자신을 무가치하게 여길 수밖에 없다. 자기는 빈 껍대기에 불과한 것이다.

> 경찰은 빈 껍데기인 줄 뻔히 알면서도 혹시나 무슨 알맹이가 나오지나 않을까 해서 심심하면 두들겨 보는 판이다. 그것은 자신의 무가치를 말해 주는 것이다. 도현은 생각했다. 인간의 가치란 경찰이 중요시 하느냐 않느냐에 따라서 결정되는 것이라는 묘한 해석을 갖게 되었다. 도현은 우선 자기가 유가치한 존재가 되기 위해서는 이 빈 껍데기에 알맹이를 마련해야 한다고 생각했다. 그 알맹이는 더 말할 나위도 없이 눈부신 「행동」이다. 대 사회적인 행동. 대 국가적인 행동. 도현은 흥분하기 시작했다. 상희가 나에게 친밀감과 호의를 베푸는 것은 구국 투사의 아들로서다. 나 자신의 가치를 인정하고서가 아닐 게다. 나 자신의 가치를 갖다 빈 껍데기 속에 알맹이를 채우자. 행동인이 되자.[5)]

이 말은 도현이 아버지와 숙부의 뒤를 따라 자기도 독립투사가 되겠다는 행동적 자각을 의미하는데, 그러나 그 결심을 상희에게 말했을 때

---

5) 『낙서족』, 69면.

상희는 그것을 곧 무위로 끝내고 만다. 도현의 감상적 영웅주의를 또한 차례 희화화하는 것이다. 시대적 절망의 극복을 지고지순한 목표로 설정했을 때 이와같은 희화화는 계속될 수밖에 없다. 가령, 상희의 어머니는 타락한 상혁한테 주던 학비를 도현한테 주겠다고 한다. 그 이유는 독립투사의 아들을 돕기 위해서라는 것이다. '그리고 견딜수 없는 모욕과 울분두 꾹 누르구 착실히 공부만 하시는 게 현명한 방법일 거예요. 제일 목표는 대학교를 졸업하시는 일 그것이예요. 대학을 졸업하구 나서 그 때의 국내 형편과 국제 사정을 고려해 가지구 가장 효과적이구 실천성 있는 데에 이 목표를 세우시는 거예요.(110)' 상희는 이성적이고 합리적이다. 이런 합리성을 도현이 도달하기 어려운 목표로 설정할 때 그것은 비현실적일 수밖에 없다.

손창섭의 소설이 전후의 가장 비참한 현실을 포착하면서도 그것들이 비현실적으로 표현될 수밖에 없었던 것은 바로 이 점 때문이다. 절망적인 상황 속의 절망적인 인물들로 하여금 최소한의 이상을 갖게 할 때 그것은 실현 불가능한 비현실적 대상이 되고 마는 것이다. 그것은 전적으로 전쟁이 휩쓸고 간 자리에서만 보게 되는 피해의식 때문이다.

3.

손창섭의 피해의식은 그가 삶의 현장에 뛰어들려고 할 때 훨씬 민감하게 나타난다. 손창섭에게 삶의 현장이란 곧 가정을 의미하기도 한다. 그가 연애를 하고, 약혼을 하고, 결혼을 하고자 하는 것도 다름아닌 가정을 꾸리자는 일로써, 삶의 현장을 마련하는 일과 같다. 맨처음 추천작인 「공휴일」에서 이미 이 문제는 제기된다. 도일이 바로 그 '생활' 때문에 연애와 약혼과 결혼이라는 문제에 직면한 것이다. 그러나 도일은 '이성이나 결혼 문제 같은 데 대해서 남들처럼 홍미를 갖지 못하는 인물'

이다. '결혼을 해도 그만 안해도 그만이고, 약혼을 해도 그만 안해도 그만이고, 파혼을 해도 그만 안해도 그만'이어서, 마침내 사회적 결속력이 결려된 성격으로 전락하고 마는 것이다. 이런 성격은 극단적인 허무주의의 산물로써, 일상과 괴리될 수밖에 없다. 어머니가 어머니같아 뵈지 않고, 아내가 아내같아 뵈지 않고, 여동생이 여동생같아 뵈지 않는 것도 바로 그 때문이다. 그래서 그들은 일상적인 삶의 현장으로부터 늘 격리되어 있다.

> 아침이 되어도 동주는 일어날 생각을 하지않는다. 송장처럼 그는 움직일줄을 보르는 것이다. 그만큼 그의 몸은 지칠대로 지쳐버린 것이다. 몸 뿐이 아니다. 마음도 곤비할 대로 곤비해 있었다. 심신이 걸레조각처럼 되는대로 방안 구석에 놓여져 있는 것이다. 걸레조각처럼![6]

「생활적」의 현장은 이처럼 비생활적이다. 이 폐칩된 공간 속에 두 가구 네 식구가 불협화음을 내며 산다. 동주와 수자부부. 봉수와 순이 부녀. 그 가운데 특히 실의에 빠진 동주와 옆방에서 신음하는 순이와의 '생활적'인 관계는 그대로 전쟁 직후의 '생활'이다.

> 순이는 밤에도 자는 것 같지 않았다. 밤낮없이 누워서 신음소리만을 내는 것이었다. 그것은 마치 신음소리를 내기 위해서 장치한 기계와도 같았다. 동주는 종내 어느날 순이에게 물어 보았다. '너 어째서 그렇게 밤낮 신음소리를 지르니? 그렇게 죽어오게 아프냐?' 순이는 얼굴을 찡그렸다. '그럼 어떻게요. 그냥은 심심해서 못 견디겠는걸.' 그 때부터 동주는 무겁고 암담한 순이의 신음소리를 아껴주기로 한 것이다. 그 신음소리는 머지않아 죽을지도 모르는 순이의 최선을 다한 생활이었기 때문이다.[7]

---

6) 손창섭, 「생활적」, 앞의 『현대한국문학전집3』, 152면.
7) 「생활적」, 153면.

이런 ‘비생활적’인 ‘생활’의 공간은 자주 ‘동굴속’으로 표현된다. 그 동굴속은 어둡고, 그 안에 불구자가 누워 있고, 그 옆에 할 일 없는 실업자가 그것을 지켜보고, 그래서 그 곳은 가난과 사랑의 위험지대로써 모든 손창섭 소설을 하나의 암울한 폐허로 그려내는 것이다. 「혈서」의 비생활적인 생활 공간도 같은 풍경이다.

> 이 겨울 들어 불이라고는 지펴본 적 없는 방 한 가운데 다리 하나 없는 준석은 이불을 쓰고 누워 있는 것이다. 그는 낮이나 밤이나 한장밖에 없는 이불속에 엎드린 채 일어나려 하지 않는 것이다. 첫째 춥기도 하려니와 일어나 앉아 그에게는 아무것도 할 일이 없는 것이었다. 준석이가 누워있는 발치쪽으로 취사도구가 놓여 있는 석유풍로와 나란히 창애는 언제나 그 자리에 그렇게 자리잡고 있는 것이었다.[8)]

그 안에 한쪽 다리가 없는 불구자 준석과, 그 곁에 또 간질병 환자인 창애가 누워 있는 동굴속같은 풍경은 모든 손창섭 소설을 하나로 모습 짓는 전후 피난생활의 음화다. 「유실몽」의 강노인도 같은 분위기의 동굴속에서 신경통을 앓고 있다. 「비오는 날」의 움막집은 낡은 목조건물이다. ‘한쪽 귀퉁이에 버티고 있는 두 개의 통나무 기둥이 모으로 기우러지려는 집을 간신히 지탱하고 있었다. 개와를 얹은 지붕에는 두세 군데 잡초가 반 길이나 무성해 있었다. 나중에 들어 알았지만 왜정 때는 무슨 요양원으로 사용되어 온 건물이라는 것이었다. 전면은 본시 전부가 유리창 문이었는데 유리는 한장도 남이 있지 않았다. 들이치는 비를 막기 위해서 오른편 창문 안에는 가마니때기가 느리워 있었다.’ 그 안에 ‘왼쪽 다리가 어린애의 손목같이 가늘고 짧은’ 동옥과 ‘목사가 되겠노라고 하면서도 술을 사랑하는’ 동욱이 함께 기거한다.

「낙서족」의 상희도 도현이 결혼을 염두에 둘 때 비현실적인 인물이

---

8) 「생활적」, 169-170면.

된다. 그리고 그 또한 도현의 피해의식 때문임은 말할 것도 없다.

> 도현은 푸뜩 상희와 자기가 결혼하는 장면을 상상해 보았다. 그러나 그는 이내 낯을 붉히며 당치도 않은 공상이라고 자신에게 화를 냈다. 그런 공상조차가 상희를 모독하는 일 같았다. 다시 없이 고상하고 순결한 상희와 어떤 의미에서나 결혼할 자격이 자신에게는 없다고 그는 단정하였다.[9]

피해의식은 자기 모멸적인 인물을 낳고, 그것은 행동과 절망의 양극을 헤매게 만든다. 상희가 형사들한테 불려가는 사건이 생긴다. 이 일로 도현은 천황을 죽이고 경찰서를 습격하겠다고 분개한다. '순박한 우국청년'의 행동을 자각하게 되는 계기이다. '그들은 조국이니 동포니 하는 말에 지배 당하고 있었다.' 도현은 다이나마이트를 만드는 일에 열중한다. 그 때문에 도현은 날이 갈수록 친구들의 우상이 되어 간다. 그러나 이런 행동의 자각도 상희 앞에서는 다시 무의미져 버리는 것이다. 그의 행동을 상희가 맹렬히 비난하며, 미국 아니면 상해로 가라고 권한다. 모두들 이에 동의하며 그들의 독립운동은 새로운 국면으로 접어든다. 이 때 또 엉뚱한 사건이 생겨 그들의 이념을 혼란하게 만드는데, 그것은 노리꼬의 자살이다. 상희의 만류건 노리꼬의 자살 때문이건 어쨌든 도현의 행동은 희화화되고 마는 것이다.

> 그러나 도현은 필사적으로 이렇게 항변해 보았다. 「난 복수를 한 거다. 난 일본 연놈을 모조리 짓밟아 주고 싶었던 것이다. 뒈져서 잘 했다. 속이 시원하다!」 억지였다. 속이 시원하지 않았다. 그 반대였다. 도현은 자신을 저주했다.[10]

손창섭 소설의 영웅주의는 이만큼이나 소아적이다. 상희는 죽은 노리

---

9) 『낙서족』, 111면.
10) 『낙서족』, 214면.

꼬의 아이를 자기가 길러내겠다고 하는데, 그것은 자기가 그 만큼 도현을 사랑하기 때문이며, 그것이 또한 도현의 독립운동을 돕는 일이어서 자기도 그만큼 조국과 민족을 위해 헌신하는 셈이 된다는 것이다.

전후 세대가 직면한 행동의 윤리는 인간 실존의 문제와 깊이 관련되어 있었다. 「혈서」의 달수는 어느 날 문득 길을 걷다가 다음과 같은 문제에 직면한다.

> 한번은 거리에서 바루 자기 앞을 걸어가던 사람이 미군 추럭에 깔려 즉사했다. 그때 달수 자신도 하마트면 추럭 앞대가리에 이마빼기를 들이받을 뻔했다. 그날 이후 달수는 자기가 살아있다는 데 불안을 느끼게 되었다. 이상하게도 대량 살륙이 자행되었던 6.25 때가 아니라, 그러한 불안은 실로 그날부터였다. 따라서 자기는 왜 죽지 않고 이렇게 멀쩡히 살아있을까가 문제되기 시작했다. 그 생각은 납덩어리처럼 무겁게 잠시도 쉬지 않고 그를 짓누르는 것이었다. 그러한 달수에게는 준석이가 살아있다는 것은 더욱 믿을 수 없는 일이었다.11)

'살아있음'에 대한 실감은 인간 위기의 자각을 의미한다. 전후세대들이 갖는 절망감 속에서 실존의 문제가 제기된 것도 바로 이 때문이다. 전쟁을 겪고 났을 때, 그들은 '우연히 살아있는 인간'이었다. 그들의 인생은 스스로 선택한 삶이 아니라, 그렇게 선택된 삶이었다. 전쟁의 와중에서는 오히려 그것을 깨닫지 못하였다. 훗날 전쟁이 휩쓸고 간 피난지에서 그들은 자신이 살아있음을 실감한 것이다.

손창섭 소설에서 인간 실존의 문제는 허무주의로 이어진다. 그리고 이때 허무의 정체는 책임의 부재 현상으로 나타난다.

> 이 자식아. 창애의 배가 불렀건 꺼졌건, 그게 나하고 무슨 상관이 있단 말이냐? 창애의 배는 어디 까지나 창애의 배지, 내 배는 아니

---

11) 「혈서」, 『현대한국문학전집』, 178면.

다. 창애 배가 부른 게 어째서 내 죄란 말야.[12)]

「혈서」에서 창애라는 여자를 사이에 두고 준석과 달수가 벌이는 한판의 논리다. 창애 부친은 이 집 주인인 규홍이가 창애와 결혼해 주기를 바란다. 그러나 달수는 창애가 간질병 환자이기 때문에 절대로 그럴 수 없다고 한다. 준석은 결혼할 수도 있다고 주장한다. 그들 두 사람에게는 어디까지나 자기의 생각과 주장만이 문제인 것이다. 그러던 어느 날, 창애가 준석의 애를 배는 사건이 생긴다. 달수가 볼 때 그것은 절대 있을 수 없는 일이다. 그러나 준석은 그게 뭐 문제가 되냐는 것이다. 전후세대들은 전쟁이 바로 자기 책임이 아니듯, 어떤 일도 자기 책임이 아니라는 생각을 갖는다. 심지어는 자기가 저지를 일까지도 자기 책임이 아니라는 논리적인 강변을 낳게 된다. 극단의 부조리 상황이 극단의 허무주의를 야기한다. 「유실몽」에서도 이런 허무주의는 비슷하게 나타난다.

> 하나두 나의 죄는 아닙니다. 그러다구 물론 춘자씨 죄두 아닙니다. 정말입니다. 누구의 탓두 아닙니다. 춘자씨의 부친이나 우리 누이의 잘못두 아닙니다. 그저 명확한 사실은 우선 나에게는 한 벌의 신사복이 필요하다는 것 뿐입니다. 그뿐입니다. 나는 언제까지나 염색한 군복만을 입구 있을 수는 없으니까요.[13)]

이런 허무주의가 극단화하면 준석처럼 '비분강개파'가 되지만, 세상을 향해 부르짖음을 포기할 때 그의 인물은 오히려 '실의에 빠진 인물'이 되고 만다. 준석에 비해 달수가 그런 인물이다. 손창섭 소설의 인물들은 작가 자신이 표현한 대로 '비분강개파'와 '실의에 빠진' 두 가지 유형의 인물로 나뉜다. 비분강개파는 세상을 향해 적극적이지만 오히려 불합

---

12) 「혈서」, 『현대한국문학전집』, 182면.
13) 「유실몽」, 『현대한국문학전집』, 236면.

리한 데가 많고, 실의에 빠진 인물은 합리적이지만 그 대신 세상으로부터 한 발짝 물러나 있다. 비분강개파나 실의에 빠진 인물이나 전후 세대라는 점에서는 같다. 합리적인 행동도 전쟁 때문에 무기력해졌고, 불합리한 행동도 전쟁 때문에 가능해졌다. 손창섭 소설은 이 두 가지 유형의 극단적인 인물들이 꾸려내는 전후 사회의 풍속도다. 달수처럼 순리대로 살아도 세상은 절망적이고, 준석처럼 억지로 살아도 세상은 굴러간다. 6.25가 그들의 의식세계에 그만큼 큰 피해의식으로 자리잡고 있는 것이다.

4.

「낙서족」의 피해의식이 허무주의로 흐르는 대신 행동의 윤리를 자각한 것은 손창섭 소설이 보여준 커다란 변화 가운데 하나다. 노리꼬와의 관계에서 그 점은 상희와 대조된다.

노리꼬는 일본인 하숙집의 딸이다. 도현은 감시를 피해 자주 이사를 다녀야 했고, 방을 구할 때마다 조선인이라는 점 때문에 구하기가 어려웠고, 그래서 하층민들이 사는 지역으로 갈 수밖에 없었는데, 거기서 노리꼬양을 만난다. 상희에게 갖는 존경심과 애욕을 감히 접근하지 못하다가 어느 날 노리꼬를 겁탈하는데, 그것은 묘한 민족적 감정으로 호도된다. 상희가 독립투사의 딸이어서 존경스럽던 것과 달리 노리꼬가 일본인이어서 복수심을 불러 일으킨 것이다.

> 노리꼬는 무릎을 모으고 앉아 조심스레 물었다. 도현은 주저했다. 그러나 이내 알맞는 핑계를 발견했다. 도현은 자기 속에서 일종의 복수심을 찾아낸 것이다. 일본경찰에 대한 아니 일본인 전체에 대한 복수심. 어쩌면 그것은 단순한 핑계만은 아닐지도 모른다. 도현의 가슴 속에는 비록 구체성은 띠지 못했을 망정 그러한 복수심이

끈기있게 타오르고 있었기 때문이다. 사건은 결정적이었다. 도현은 자기에게 노리꼬를 정복할--- 혹은 유린할 권리가 당당히 있다고 생각했다.[14]

상희를 범접하지 못할 만큼 지고지순한 민족감정도 소아적이지만, 적개심을 빙자한 고리꼬에 대한 범접도 소아적이다. 이런 연애감정은 소아적이기 때문에 희화화될 수밖에 없었다. 반복되는 검문과 감시와 노동, '그만큼 도현은 초조와 울분과 불안의 하루하루를 보내고 맞이해야 했던 것이다.' 그것은 상희 앞에 열등감을 자아내지만, 노리꼬 앞에서는 '행동'을 유발하는 계기가 된다.

그는 또 다시 자신이 할 수 있는 어떤 「행동」을 생각해 보았다. 그 행동과 하천 공사장에서 자갈을 메어 나르는 일과는 너무도 거리가 멀었다. 그는 몹시 초조했다. 이러고 있을 수만은 없을 것 같았다. 이러다가는 자기도 모르는 사이에 힘을 뺏겨 버린 「삼손」의 꼴이 되고 말 것 같았다. 어이없게도 그는 자신의 힘을 과신하고 있었다. 그 까닭에 그는 격렬한 「행동」에의 유혹을 느끼고 있는 것이었다.[15]

그러나 도현의 행동은 곧 노리꼬에 대한 성적 보복일 뿐이다. 상희 앞에서는 좌절 뿐이던 독립운동에 대한 의무가 고작 노리꼬를 범하고 마는 일로 끝날 때, 우리는 「낙서족」의 한계를 보게 된다. 도현은 마침내 노리꼬를 아내로 위장시켜 만주로 튈 계획을 꾸민다. 그러나 그때는 노리꼬가 이미 형사한테 매수당한 뒤였다. 마음이 나빠서가 아니라, 너무 착하기 때문에 도현을 돕다가 그렇게 된 것이다. 하숙집 주인마저 형사한테 매수되고 만다. '마침내 그는 복수심과 욕정을 동시에 만족시키기 위해 옆방으로' 간다.

---

14) 『낙서족』, 92면.
15) 『낙서족』, 102면.

그는 변명하듯 「나는 일본년에게 복수를 하는 거야!」 그렇게 게정거리며 되는 대로 밤 거리를 걸었다. 소변이 마려웠다. .... 도현은 때에 따라 오줌발로 의미있는 글자를 쓰기도 했다. 그 글자는 조국, 자유, 행복, 투쟁, 그런 것이기도 했다. 그런 때는 그 글자가 지닌 엄청난 의미가 몽둥이로 머리를 때리듯이 도현을 반격해 오는 것이었다.[16)]

손창섭의 인물이 성적인 보복을 통한 개인적 욕망의 카타르시스로만 일관할 때 「낙서족」의 희화화는 면할 길이 없게 된다.

이 점에서, 감옥으로부터 나온 뒤 도현이 보여준 일련의 행동은 또 다른 의미를 지닌다. 감옥에서 나올 때 형사들은 도현이 상희 집에 기거하도록 주거를 제한한다. 상희도 그렇게 하기로 약속하고 도현을 맞으러 왔지만, 도현은 거절하고 차행준의 집으로 간다. 이유는 또 다시 상희에 대한 자신의 열등감 때문이라는 것이다.

겨우 중학교 사학년 중퇴라는 빈약한 학력. 그러니 상희와 모친이 실망한 나머지 자기를 대수롭지 않게 여길 것이다. 어서 모만 추세면 잃어진 자기의 「가치」를 회복해야 하겠다고 그는 속으로 다짐하는 것이었다. 그에게 있어서 인간의 가치란 조국을 위해 투쟁하는 용맹성 여하에 귀결되는 것이었다.[17)]

도현이 상희와 노리꼬와의 상반된 연애감정에 예속되지 않고 광욱 일행의 새로운 동지들을 만나게 된 것은 또 하나의 캐리커쳐다. 광욱 일행에 휩싸여 도현은 차츰 독립투사가 되어간다. 그것은 도현의 의지에 의해서가 아니라, 주위의 여건 때문이다. 자신의 의지와는 관계없이 광욱 일행이 그를 독립투사로 존경하는 것이다.

---

16) 『낙서족』, 113면.
17) 『낙서족』, 128면.

「언제나 말이 없이 함부로 아무나와 사귀지 않구 무슨 생각에 늘 잠겨 지내기에 난 벌써 형이 보통사람이 안닌 줄 짐작하구 있었어!」 도현은 자신에게서 새로운 가치를 발견한 것 같았다. 자기에게도 남을 감동시키고 남에게 존경받을 수 있는 요소가 있다는 것을 느끼었다. 부친이나 숙부의 여덕으로서가 아니라 진짜 자기 자신의 가치로서 만이다. 도현은 누구를 위해서 보람있는 행동을 할 수 있는 능력이 자기에게 있다고 생각했다. 「누구」란 말할 것도 없이 조선사람인 것이다.18)

소아적이고 희화화되기는 했을 망정 「낙서족」에 이런 영웅적 인물이 나온 것은 손창섭 소설의 또 다른 변화라고 할 수 있다.

손창섭 소설의 모든 인물은 육체적 불구자이거나 정신적으로 자기 모멸적이다. 「미해결의 장」에서 이런 폐허의 장면은 전쟁과 직결되며, 그것은 곧 지구상의 병리적 대상으로 확대되기도 한다.

전차길을 건너고, 국민학교 담장을 끼고 돌아서 육이오 때 파괴된 채로 버려둔 넓은 공터를 가로건너 나는 또 문선생네 집을 찾아가는 것이다. 국민학교의 그 콘크리트 담장에는 사변통에 총탄이 남긴 구멍이 숭숭 뚫어져 있었다. 나는 오늘도 걸음을 멈추고 그 구멍으로 운동장을 들여다 보는 것이다. 마침 쉬는 시간인 모양이다. 어린애들이 넓은 마당에 가득히 들끓고 있다. 나는 언제나처럼 어이없는 공상에 취해 보는 것이다. 그 공상에 의하면 나는 지금 현미경을 드려다 보고 있는 병리학자인 것이다. 난치의 피부병에 신음하고 있는 지구덩이의 위촉을 받고 병원체의 발견에 착수한 것이다. 그것이 <인간>이라는 박테리아에 의해서 발생되는 질병이라는 것은 알았지만, 아직도 그 세균이 어떠한 상태로 발생 번식해 나가는지를 밝히지 못하고 있는 것이다.19)

국민학교 교정을 보는 시선이 마치 동굴속처럼 어둡다. 어린 학생들을 보는 그의 시선도 마치 그 안의 불구자들처럼 불결하다. 동굴속과

---

18) 『낙서족』, 130면.
19) 『낙서족』, 198-199면.

같은 움막집, 불구자와 같은 그 속의 인간들, 난치의 피부병에 신음하고 있는 지구덩이, 박테리아로 표현되는 어린 학생들까지, 그의 시선은 마치 세균을 드려다보는 현미경처럼 한 가지다. 그는 사물을 개체적으로 파악하지 않는다. 모든 사물을 하나의 현미경으로 관찰할 때, 보이는 것은 한 가지로 불순한 것들 뿐이다.

그러나 불구자가 있는 풍경은 음산하지만, 그 불구자를 향한 시선은 따뜻하다는 점이 또한 손창섭 소설의 특징이기도 하다. 이것이 그의 휴머니즘이다. 그들은 불구자와 함께 어울려 산다. 그의 소설 속에 어차피 완벽한 인물은 없다. 경제적으로 궁핍하거나 정신적으로 육체적으로 결핍된 인물들 뿐이다. 결핍된 인물이 결핍된 인물을 돕는 모습은 괴기스럽지만 훈훈하다. 「비오는 날」의 원구는 가난하지만 동옥의 불구를 보는 마음이 아프다. 동욱이 군대에 끌려가고, 동옥이 창녀촌에 팔아 넘겨졌을 때, 원구는 마치 자기가 팔아 넘기기라도 한 것 같은 죄책감에 젖는다. 간질병자인 「혈서」의 창애는 달수가 돌본다. 달수는 가난한 고학생으로 취직을 하지 못하여 실의에 빠져 있지만, 준석으로부터 끝내 창애를 지켜내지 못하였을 때 그는 손가락을 잘리우는 불행을 겪기도 한다. 「생활적」의 죽어가는 순이는 동주가 보살핀다. 순이의 신음소리를 들을 때마다 동주는 생명의 소중함을 느낀다. 신경통 환자인 「유실몽」의 강노인은 옆방의 사내가 보살피고, 「포말의 의지」에서 창녀 옥화는 종배가 돕는다. 그러나 여기서는 돕는다는 표현이 적절하지 않다. 돕는 사람이나 도움을 받는 사람이나 다같이 궁핍한 사람들이기 때문이다. 그의 소설은 다만 궁핍한 사람들끼리 한데 모여 견디는 것이다. 이것이 바로 손창섭 소설의 휴머니즘이다.

「사선기」는 지금까지 언급한 손창섭 소설의 거의 모든 특징들이 한데 어우러져 이룬 한 편의 감동적인 인간 드라마다. '생을 향락하다니? 생의 어느 구석에 조금이라도 향락할 수 있는 대견한 요소가 있단 말인가?' 이런 절규도 그 동안 빠짐없이 들을 수 있었던 그의 절망적 표현이다. '해방 이래 한결같이 계속되는 초조, 불안, 울분, 공포, 그리고 권태 속에서, 물심 어느 편으로나 잠시도 안정감을 경험해 본 적 없는 동식은, 결혼에 대한 특별한 관심도 느껴보지 못한 채 앞으로 몰아가노라면 어떻게든 자기의 <생활>이라는 것이 빚어지려니 싶어 어물어물 지내오다 보니 오늘날까지 남들같이 출세도 못하고 돈도 못 모으고 따라서 궁상스런 홀애비의 신세를 면하지 못하고 있는 것이다.' 이러한 무기력증은 모두 전쟁과 무관하지 않다. 해방 전에 동식과 정숙은 사랑하는 사이였다. 그 사이에 성규가 정숙을 좋아하면서 불행은 시작되었다. 동식의 집은 지주였다. 그 때문에 해방 직후, 동식의 부자는 끌려가 매를 맞고 아버지가 죽는다. 이때 성규는 좌익의 세력자였으므로 정숙이 만일 자기와 약혼을 해 주면 무사히 동식을 풀어 주고, 만일 그렇지 않으면 시베리아로 유형 보내겠다고 한다. 동식을 위해 정숙은 성규와 약혼한다. 「사선기」는 그 성규와 정숙 부부, 그리고 옛 애인 동식이 함께 기거할 수밖에 없는 운명적인 피난살이를 다룬다. 이 소설의 현장도 다른 소설과 마찬가지로 동굴속 같다. '먼지와 끄림과 파리똥으로 까맣게 쩔은 창 하나 없는 벽과 천장 구석구석에는 거미줄이 얽히어 있고, 때고 또 때고 한 장판 바닥에는 먼지가 풀석풀석 이는 음침한 단간방이었다. 이 방에 들어설 때마다 동식은 어느 옛날 얘기에나 나옴즉한 끔찍스러운 괴물이라도 살 것 같은 우중충한 동굴을 연상하는 것이었다.' 그 안에 '언제나처럼 성규는 그러한 방 아랫목 벽에 등을 기대고 앉아' 죽어가고 있다. 동식을 보는 성규의 시선은 아내의 옛 사랑에 대한 질투와 죄책감이다. 그 질투와 죄책감이 오늘의 비참한 현실과 교차될 때 그는 패배적인 인간상을 형성한다. 정숙을 보는 동식의 시선은 옛 사랑에 대한 연민과 죄책감이다. 그 연민과 죄책감도 오늘의 비참한 현실 앞에서는 승리자일 수 없다. 해방과 좌우 이데올로기의 대립과 전쟁을 겪고난 이들 젊은이에게 남은 건 절망과 좌절일 뿐이다.

5.

「낙서족」이 이런 자기 모멸적인 인물을 그나마 영웅적 인물로 희화화할 수 있었던 것은 손창섭 소설의 또 다른 변화다. 손창섭이 그만큼 전쟁의 피해의식으로부터 벗어나고 있음을 의미하기 때문이다. 손창섭은 어느덧 전쟁의 폐허로부터 자신을 털고 일어나 개관화 된 역사 속으로 몰입하고 있었던 것이다.

> 도현은 이제부터 지도적인 역량과 인간적인 중량을 길러야겠다고 생각했다. 지도적 역량이나 인간적 중량이 무엇이냐 하는 것은 명확히는 이해할 수 없었고, 더구나 그것을 어떻게 길러야 한다는 것은 더욱 막연했지만 아무튼 그러한 중량과 역량만 갖추면 자기는 과연 기울어진 조국을 위해서 큰 일을 할 수 있을 것 같았다. 그는 스스로 자신에세 총명성을 기대하지는 않았다. 모친을 뤄시해서 남들이 그렇게 보듯이 자기는 정말 좀 둔하고 미련한 편인지는 모른다. 그 대신 내게는 용감성이 있닷고 그는 자부했다.[20]

행준의 집에 기거하면서, 상희는 매일 도현을 와서 보살피고, 도현앞에 그런 행숙은 날로 높아만 보이고, 너무 높아서 사랑할 수 없는 그 앞에 행준이 상희를 욕심내고, 상희의 이상에 맞추고자 도현은 행동적인 투쟁으로 보답할 것을 꿈꾸고, 그런 적극적 투쟁방법 앞에 상희는 실망하고, 그때 행준이 끼어들고.... 논리는 이런 식이다. 민족주의에 관한 한 얼간이 자기 도취형. 확고한 이념에 의해 행동하는 게 아니라, 아버지를 자랑하다가 함께 휩쓸리는 환상형 독립투사. 행동하지 못하는 독립투사. 그러면서도 도현은 막중한 책임감을 느끼었다.

---

20) 『낙서족』, 131면.

> 광욱이 단순한 개인으로 느껴지지 않고 한없는 복수로 발전하여 마침내 왼 동포의 애끓는 호소와 열광적인 지지와 기대를 지니고 있는 자신을 보았기 때문이다. 그는 자신에게 위대한 가능성을 찾으려 서둘렀다. 「그렇다. 나는 불행한 동포와 조국을 위해 끝까지 싸우자! 오직 내 앞에는 위대한 행동이 있을 뿐이다.」이런 구호식의 부르짖음 소리를 도현은 자기 속에서 들었다.[21]

상희와 도현, 노리꼬와 도현, 그리고 광욱 일행과 도현의 관계는 「낙서족」의 세 가지 얼굴이다. 도현은 상희앞에서 자기 모멸적이다. 순결이라는 면에서도 그렇거니와, 교육적인 면에서도 그렇다고 생각한다. 이 섬을 민회하여 상희 앞에 떳떳할 수 있는 길을 그는 '조국의 이름 아래 잔학한 지배 세력과 과감히 싸우는 일'이라고 생각한다.

> 그러면서도 그의 마음 한 구석에 자리잡고 있는 허전한 느낌은 왜 그런지 메꾸어지지 않았다. 보드라운 손길 따뜻한 체온이 그리웠다. 상희의 모습이 눈앞을 흘러갔다. 그러자 뜻하지 않고 노리꼬의 육체가 눈앞에 다가섰다. 노리꼬에게는 처음부터 어딘가 정신성과 순결을 거부하는 육체만이 있었다.[22]

그래서 상희에 대한 자기 모멸감을 복수하기 위한 방법으로 도현은 노리꼬를 택한다. 노리꼬는 도현의 아이를 갖게 된다. 그런가 하면 도현은 광욱, 조병호 등 친구들로부터 독립운동가의 우상으로 부각된다. 그럴수록 김구나 상해정부 아버지 등을 연결시켜 거짓말을 하게 되고, 거짓말은 다시 친구를 홀리는 결과를 낳고, 홀릴수록 도현은 영웅이 되고, 이런 식으로 거짓말의 부피는 커 가는 것이다.

마침내 도현의 부친이 국내에 잠임했다는 소식을 듣고 도현은 또 한 차례 행동을 자각한다. 그러나 이번에는 노리꼬의 부친한테 피소되어 경찰서에 붙들려 감으로써 다시 좌절된다. 이런 식으로 「낙서족」은 행

---

21) 『낙서족』, 145면.
22) 『낙서족』, 163면.

동과 좌절의 반복이다. 그 행동과 좌절을 통해 손창섭의 인간 모멸성이 제시된다. 도현은 노리꼬와 함께 산다는 조건으로 석방된다. 노리꼬는 아내처럼 행동한다. 억지 부부생활이 계속된다. 이때 또 한 차례 행동을 결심한다. 광욱 용재 등 친구의 도움으로 비밀 아지트를 만드는 것이다. 거기서 그는 다이나마이트를 만든다. 그러나 덕기의 형이 경찰의 밀대여서 그 동안 덕기와 도현이 주고 받은 편지가 모조리 그 형을 통해 탄로났음이 밝혀지고, 그래서 덕기가 형을 독살하려다가 실패하여 덕기는 경찰에 붙들려 갔다. 또 한 차례 좌절을 의미한다. 도현은 더욱 분개하여 다이나마이트로 일본천황을 죽여야 한다는 환상에 빠진다. 그러나 이런 영웅적 환상도 상희에 의해 깨어질 수밖에 없다. 노리꼬의 임신을 계기로 상희가 다시 도현을 모멸하기 시작하는 것이다.

> 「건, 건, 복수를 한 겁니다. 단순한 복숩니다!」
> 「그건 하나님을 노엽게 하는 비열한 행위예요. 하필이면 그런 엉뚱한 복수를 하시는 거예요. 하나님이 아끼시는 한 인간의 영혼에 상처를 입힐 권리는 도형씨에겐 없으셔요. 복수란 오직 악마에게 대해서만 허락되는 최후 수단예요. 순진하고 무력한 한 여자를 유린하는 게 어째서 명분 있는 복수예요?」[23)]

끝내 상희와는 사랑하는 사이로 남고, 노리꼬는 죽고 이 소설은 끝이 난다. 도현을 미국으로 보내기 위해서, 우선 중국까지만 가면 거기서 미국인 선교사가 나오도록 되어 있다.

전후 사회의 풍속도로써, 손창섭 소설에 나타난 일본 혹은 미국에 대한 부정적인 태도를 우리는 주목할 필요가 있다. 먼저 미국을 보면, 첫 작품인 「공휴일」에서 도일의 약혼녀인 아미는 '미국유학의 장래'가 약속되어 있는 청년에게로 달아난다. 미국은 그녀에게 우월적이고, 그에게 열등감을 유발하는 곳이기도 한다. 「미해결의 장」에서 나의 일가는 미

---

23) 『낙서족』, 204-205면.

국유학병에 걸린 사람들이다. 움츠린 움막으로부터 어떤 해결의 실마리를 미국으로의 창구로 설정하는 것이다. '어이없게도 우리집 식구들은 왼통 미국유할열에 들떠 있는 것이다.' '오냐, 다섯 놈이 모두 박사, 석사 자격을 얻어가지고 미국서 돌아만 와 봐라. 오남매가 당장 미국서 박사 석사 자격을 얻어 가지고 귀국하게 된 것처럼 대장은 신이 나는 것이다.' 그러다가 '문득 웃목에 누워 있는 나를 발견하고 나서 대장은 무슨 모욕이라고 당한 듯이 노려보는 것이다.' 그에게 미국은 선망의 대상이지만, 미국화가 곧 성공이라고 믿는 당시의 풍조에 대해서는 대단히 조소적이다. 미국에 대해 그는 비판적이기까지 하다. 이에 비하면 일본은 그에게 우월적인 대상도 아니고, 그렇다고 비판적이지 않다. 다만 그 곳이 우리에게 불행의 원천일 수 있다는 것만은 분명히 인식하고 있는 것 같다. 한국 유학생을 따라잡는 일제의 검은 그림자를 그는 「낙서족」에서 주목한다. 주인공 박도현은 독립투사의 아들로써, 「낙서족」은 지금까지 검토한 손창섭의 다른 소설과 달리 일본에서 겪는 우리 유학생의 수난기이다. 「생활적」의 수자는 일본여인이다. '해방되던 해 봄에 한국 청년과 결혼해 가지고 해방이 되자 곧 남편을 따라 한국으로 나왔다는 것이다. 남편의 고향인 전라도에 가 살다가 여수 순천 반란사건통에 경찰에서 일보던 남편은 학살 당했다. 그뒤 일본에 돌아가려고 부산에 오기는 했으나 호적초본이 있어야 외무부에 정식수속을 밟을 수 있는데, 친정과 연락이 취해지지 않아서 여태 돌아가지 못하여' 여기 눌러 산다는 것이다. 이 점은 아무 비판없이 일본의 잔재가 소설 속에 투영되는 경우다. 그런가 하면 「설중행」에서 귀남의 어머니는 일본으로 돌아가 버렸기 때문에 그 자녀에게 불행을 끼친 경우가 된다. 해방 다음 다음 해에 그녀는 남편과 자식을 떼어 두고 본국으로 돌아가 버린다. 귀남에게 이런 비극은 다시 좌우대립을 거쳐 6.25까지 이어진다. 모친이 떠나간 지 석달 만에 이번에는 부친이 덜컥 죽는다. 부친은 주욱 청년단에 관계하고 있었으므로 좌익계열에 의해 죽은 것이라고 해석된다.

귀남은 다시 고모네에게 맡겨지지만그 고모네는 육이오 사변통에 죽고 만다. 일제와 해방과 좌우 대립과 육이오는 그에게 어떤 식으로든지 동시적인 피해자로 기록되고 있음을 알 수 있다. 「생활적」에서는 전후 사회에 번져가는 일본적인 것과 미국적인 것을 동시에 비판한다. '동주는 그 <미스터 高상>이 질색이었다.' <미스터 高상>은 미국말과 일본말이 동시에 합쳐진 언어사용으로써, 그 당시 천박한 외래문명의 범람을 지적한다. 「낙서족」에서도 미국은 이상적 낙원이지만, 그러나 절망적인 상황에서 희화화될 수밖에 없었던 것은 역시 손창섭의 피해의식을 입증하는 바다.

손창섭 소설의 현장은 삶과 죽음이 교차하는 벼랑끝이다. 전쟁 직후의 절박한 상황이 그것이다. 그의 인물들은 모두가 벼랑끝에서 만난 사람들이다. 그들은 혈연이 아니면서 혈연보다 더 끈끈하게 얽혀 지낸다. 얽힐 수 없는 관계들끼리 얽히고도 끝내 절연하지 못하고 지내는 모습들이 인간적이다. 피난민의식의 표상이다. 손창섭은 남의 이야기를 자기 이야기처럼 소설 속에 끌어들이지 않는다. 철저히 자기를 살다가 소진하면 끝이다. 그 때문에 그의 소설은 피난민 생활로 시작해서 피난민 생활로 끝이었다. 그의 작중인물들은 대부분 대학생들이다. 엄밀히 말하면 대학 중퇴자들이다. 그럼에도 불구하고 전혀 대학생을 연상할 수 없을 만큼 밑바닥 삶을 살게 한 점은 손창섭만의 큰 특징이다. 이 점은 그가 상식선에서 소설을 쓰지 않았다는 점을 입증한다. 혹은 삶의 본질론에 입각했음을 의미한다. 전쟁을 일으킨 기성세대에 대하여 직접 전쟁에 끌려갈 수 밖에 없었던 전후세대들이 갖는 공통적인 인식은 그들의 삶이 스스로 선택한 삶이 아니라는 점이다. 그렇게 선택된 삶이라는 것이다. 이 점은 전후세대들이 갖는 실존의 문제에 닿아 있다.

「낙서족」은 전후 세대의 시각으로 쓴 최초의 일제시대 체험이다. 그것은 해방이 되고, 6.25전쟁을 겪고 난 뒤에 일제시대라는 한 시대가 역사적 거리를 두고 객관화된 시기에 쓰여졌다는 점에서 의의을 찾을 수 있다. 일제시대에 그 당대를 쓰는 것과, 일제시대가 마감되고 나서 그 시대를 쓰는 것과는 차이가 있다. 「낙서족」은 그 시대가 마감되고 나서 지나간 시대를 문제삼은 소설이다. 이 점에서 「낙서족」은 해방 이후 일제시대를 본격적으로 다룬 첫번째 장편소설이며, 손창섭의 다른 전후 소설과 같이 피난지의 절망적인 상황, 자기 모멸적인 인물이 펼치는 삶인데도 그 역사를 객관적으로 희화화할 수 있었다는 데에 의의를 찾을 수 있는 것이다.

송하춘
• 고려대 국문과 교수 • 주요 저서로 『1920년대 한국소설연구』, 『발견으로서의 소설기법』, 『채만식』 등이 있다.

손창섭의 『길』에 대한 한 고찰

이 동 하

1

오늘날의 독자들이 손창섭의 이름을 기억한다면 대부분의 경우 그것은 「공휴일」(1952)에서 「청사에 빛나리」(1968)에까지 이르는 일련의 단편소설들과 『낙서족(落書族)』(1959)이라는 제목의 장편소설을 통해서일 것이다. 다른 측면에서 보자면 이것은 오늘날 다수의 독자들이 손창섭 하면 떠올리는 작품들의 목록 속에 그의 또다른 장편소설 『길』(1969)이 포함되어 있지 않다는 사실을 의미한다. 『길』에 대한 평문으로 씌어진 김병익의 「현실의 도형과 검증」이라는 글—이것은 제대로 된 『길』론으로서 지금까지 내가 알고 있는 유일무이한 글이다—속에 <『길』이 연재될 때 그처럼 많은 인기를 얻으며 엮어나간 줄거리란(…)>[1] 운운의 표현이 나오는 것을 보면 이 작품이 처음 발표될 당시에는 상당히 많은 사람들의 관심을 모았던 모양인데, 바로 그 작품이 오늘날에 와서는 이처럼 잊혀진 작품이 되어 버리고 만 것을 보면 격세지감이 있다고 말하지 않을 수 없다.

그런데 이처럼 손창섭의 문학을 생각하는 자리에 설 경우 그의 장편

---

1) 김병익, 「현실의 도형과 검증」, 김병익 외 3인, 『현대한국문학의 이론』(민음사, 1972), p.344.

소설로서는 『낙서족』 하나만을 떠올릴 뿐 『길』과 같은 작품은 아예 고려에 넣을 마음을 먹지 않는다는 점에서는 사실 나 자신도 예외가 아니다. 아니, 조금 더 정확하게 말하자면, 바로 얼마 전까지만 해도 예외가 아니었다. 내가 손창섭의 주요 작품들을 처음으로 접한 지는 벌써 20년이 넘고 있으며 10년쯤 전에는 내나름의 손창섭론을 한 편 쓴 일까지 있지만 그런 나로서도 그의 『길』이라는 소설을 읽어 본 것은 솔직히 말해 이번이 처음이었으니, <바로 얼마 전까지만 해도 예외가 아니었다>라는 말이 가장 정확한 표현이라고 할 수 있는 것이다.

그러면 이번에 처음으로 이 『길』이라는 작품을 읽어 보고, 나는 어떤 생각을 하게 되었던가. 이 물음에 대한 답을 제시하는 것이 바로 지금 나에게 주어진 과제의 요체인 셈이다. 그러나, 이 물음에 대한 답을 제시하기 전에, 먼저, 그전부터 잘 알고 있었던 손창섭의 작품들—「공휴일」에서부터 「청사에 빛나리」에까지 이르는 일련의 단편소설들과 『낙서족』이라는 제목의 장편소설—에 대하여 내가 가진 생각이 지난 20년의 세월 동안 어떤 변화의 과정을 거쳐 왔는가를 조금 이야기해 두고 지나가지 않을 수 없다.

20년 전, 처음으로 손창섭의 여러 단편들과 장편 『낙서족』을 읽었을 때 내가 느꼈던 감정은 한 마디로 말해서 신선한 흥미라고 일컬을 만한 것이었다. 두루 알다시피 그의 대표적인 단편소설 가운데 하나는 「인간동물원초(人間動物園抄)」라는 제목을 갖고 있으며 그의 가장 잘 알려진 장편소설은 『낙서족』이라는 제목을 갖고 있거니와, 이러한 제목들만 보고서도 대충 짐작할 수 있는 바와 같이 <인간은 결국 동물 이상도 이하도 아니다> 그리고 <인생은 결국 낙서 이상도 이하도 아니다>라는 두 개의 명제로 집약될 수 있는 태도가 그 당시 나의 손에 잡힌 그의 많은 작품들을 일관되게 꿰뚫고 있었던 것인데, 인간을, 그리고 인생을 도대체 이런 시각으로 볼 수도 있다는 사실 자체가 20세의 청년이었던 나에게는 참으로 새로운 것, 인상적인 것, 오래 기억해 둘 만한 것으로 다가 왔던 셈이다. 하지만 그뿐이었다. 손창섭의 소설들은 나의 마음속에서 어떤 공감의 불길을 깨워 일으키지는 못했다. 손창섭과 같은 방식으로 인간을, 그리고 인생을 보고 싶다는 생각은 나에게 조금도 들지 않았던 것이다. 그렇다고 해서 그의 시각이 나에게 무슨 강한 반발을 불러일으켰느냐 하면 그런 것도 아니었다. 나는 그의 시각에 대하여 굳이 공감해야 할 이유를 느끼지 못했던 것과 꼭 마찬가지로 굳이 반발해야 할 이유도 느끼지 못했다. 그저 <새로운 것, 인상적인 것, 오래 기억해 둘 만한 것을 하나 알았다>라는 발견의 즐거움, 그것만이 손창섭으로부터 내가 느낀 전부였던 셈이다.

그 후 오랫동안 손창섭의 문학은 내 관심의 주된 대상에서 벗어나 있었다. 처음에 그의 작품들을 읽었을 때 느꼈던 신선한 흥미도 시간의 흐름과 더불어 차차차차 퇴색해 가기만 했다. 그 후의 세월 가운데 대부분을 나는 비판적 합리주의의 열렬한 지지자로 시종하였는데, 손창섭의 단편소설이니 『낙서족』이니 하는 것들은 비판적 합리주의의 시각으로 보자면 별로 흥미를 느낄 만한 존재가 아니었다. 그런가 하면 그 후의 세월 가운데 대부분을 나는 또 진보적 기독교의 착실한 지지자로 시종하였는데, 손창섭의 단편소설이니 『낙서족』이니 하는 것들은 진보적 기독교의 시각으로 볼 때에도 별로 흥미를 느낄 만한 존재가 되지 못했다. 또 다른 측면에서 보면 그 후의 세월 가운데 대부분을 나는 한국인의 정체성을 밝혀내는 데에 집요한 관심을 쏟는 한 국학도로 시종하기도 했는데, 손창섭의 단편소설이니 『낙서족』이니 하는 것들은 한국인의 정체성을 밝혀내는 일에 관심을 가진 국학도의 시각으로 볼 때에도 별로 흥미를 느낄 만한 존재가 아니었다. 그러니 그 후의 세월 가운데 대부분의 기간 동안 손창섭의 문학이 내 관심의 주된 대상에서 벗어나 있었던 것은, 아니 내 관심의 주된 대상에서 벗어난 정도가 아니라 거의 완전하게 잊혀져 버린 존재가 되다시피 했던 것은, 도무지 피할 수 없는 귀결에 다름아니었던 셈이다.

그런데, 바로 최근 수년 사이에, 손창섭 문학과 나 사이의 이처럼 소원한 관계에는, 썩 눈에 띄게 두드러지지는 않지만 그래도 전적으로 무시할 수만은 없는, 상당히 의미있는 변화가 일어나기 시작했다. 수년 전 그 어느 때인가부터 나에게는, 손창섭의 많은 단편소설들과 내가 아는 그의 유일한 장편 『낙서족』 속에 나타나 있는, 인간을, 그리고 인생을 바라보는 저 독특한 시각을, 그전에 없었던 애정과 공감을 가지고 다시 떠올려 보는 일이, 비록 어쩌다 가끔씩이기는 하지만, 그래도 어쨌든 분명히, 생기기 시작한 것이다.

이러한 변화는, 내 마음 속에서 비판적 합리주의의 무게가 줄어들기 시작한 것과 동시에 발생한 것이다. 또한 이러한 변화는, 내 마음 속에서 진보적 기독교의 무게가 줄어들기 시작한 것과 동시에 발생한 것이기도 하다. 그런가 하면 이러한 변화는, 내가 한국 이외의 지역을 직접 나의 눈으로 관찰해 보고 나의 발로 밟아 보는 일이 늘어나기 시작한 것과 동시에 발생한 것이기도 하며, 우주라든가 생태계라든가 유전자라든가 하는 것들에 대하여 이전과는 비교가 되지 않을 만큼 강렬한 관심을 쏟기 시작한 것과 동시에 발생한 것이기도 하다. 그리고 이 모든 일들의 배후에는, 90년대에 들어와서 우리 한국사회가 겪게 된 거대한 지각변동의 체험이 공통의 배경으로, 혹은 근원으로, 자리잡고 있다.

90년대에 들어와서 우리 한국사회가 겪게 된 거대한 지각변동이란 무엇인가. 그것은 말할 나위도 없이 마르크스주의, 혁명, 역사의 진보, 계급투쟁 등등의 말들이 위력을 상실해 버리고 만 일이며, 세계가 넓다는 것, 그 넓은 세계 어디에나 인간이 산다는 것, 그 넓은 세계 어디에나 살고 있는 인간들이란 다 비슷비슷하게 복잡한 존재라는 것 등등을 만인이 생생한 실감으로 깨닫게 된 일이다.

이러한 지각변동의 드라마 속에 휩쓸리면서, 또 어떤 경우에는 이러한 지각변동의 드라마를 앞질러 가면서, 나는, 내 마음 속에서 비판적 합리주의가 차지하는 무게를 줄여 나갔고, 진보적 기독교가 차지하는 무게를 줄여 나갔으며, 한국 이외의 지역을 직접 나의 눈으로 보고 나의 발로 밟아 보는 기회를 늘려 나갔고, 우주라든가 생태계라든가 유전자라든가 하는 것들에 대하여 공부하고 생각하는 시간을 늘려 나갔다. 그러는 동안에 인간을, 그리고 인생을 보는 나의 시각에는 나도 모르는 사이에 상당한 변화가 생기기 시작했는데, 그러한 변화는, 한 마디로 말해서, 일찍이 손창섭이 그의 많은 단편들과 『낙서족』이라는 장편에서 보여주었던 시각에로 조금이나마 가까이 다가가는 것에 다름아니었다. 손창섭이 그의 많은 단편들과 『낙서족』이라는 장편에서 보여준 <인간은 결국 동물 이상도 이하도 아니다>라는 명제나 <인생은 결국 낙서 이상도 이하도 아니다>라는 명제를 오늘 이 시간 이 자리에서 대할 때 나의 가슴 속에서 일어나는 공감의 파장은, 아직 그렇게 강력한 것이라고 말할 수는 없지만, 그래도 20년 전, 혹은 10년 전의 시점에서 내가 느낄 수 있었던 공감의 파장보다는 비교도 안 될 만큼 커진 것이 사실이다. 이 점은 부정할 도리가 없다. 손창섭이 그의 소설들을 통해 제시한 두 개의 명제를 지금의 시점에서 곰곰이 음미하다 보면, 다음과 같은 생각이 저절로 떠오르곤 하는 것이다: <따지고 보면 손창섭은 오늘을 살고 있는 많은 지식인들이 흔히 그들에게 따라붙기 쉬운 '운명적 자만심(fatal conceit)'[2]이라는 것을 떨쳐 버리고 냉정하게 인간과 세상을 직시할 경우 어렵지 않게 발견할 수 있는—그러나 대개의 경우 바로 그 '운명적 자만심' 때문에 발견을 거부하고 있는—진실의 한 모습을 1950년대에 일찌감치 발견해 내고 사람들에게 널리 알려준 것에 불과하지 않을까. 그러니만큼 손창섭의 소설을 논하면서 그의 많은 소설이 창작된 시대적 배경 즉 1950년대라는 배경을 지나치게 강조하고, 그렇게 함으

---

2) 하이에크가 만들어 제시한 이 <운명적 자만심>이라는 개념은 많은 지식인들이 두루 보여주고 있는 심각한 문제점을 해명하는 데 아주 유용한 도구로 활용될 수 있다. 기 소르망, 『20세기를 움직인 사상가들』(강위석 역, 한국경제신문사, 1991), p. 287 참조.

로써, 그 작품들에 들어 있는 두 가지 중요한 명제의 의의가 마치 1950년대에만 유효한 것처럼, 혹은, 최소한, 1950년대에만 그 명제들이 분명한 현실적합성을 가지는 것처럼 암암리에 시사하는 것은 잘못된 태도가 아닐까.>

오늘의 시점에서 나의 마음 속에 가끔가끔 이러한 생각이 떠오르곤 한다는 사실을 출발점으로 해서 조금 더 일반론적인 방향으로 논의를 진전시켜 보면, 지난 수년 동안 거대한 지각변동을 겪는 바람에 이제는 사뭇 새로운 지형도를 보여주게 된 90년대 중반 현재의 시점에서 볼 때, 「공휴일」을 위시한 일련의 단편들과 장편소설 『낙서족』로 대표되는 손창섭의 문학세계는 나 아닌 다른 많은 사람들에게 있어서도 지난 70년대나 80년대와는 조금 다른, 좀더 큰 절실성을 지니고 다가들 수 있는 존재라고 하는 결론이 나옴직하다. 마르크스주의, 혁명, 역사의 진보, 계급투쟁 등등의 말들이 위력을 상실해 버리고 만 자리에서, 그리고 세계는 넓고 인간은 많으며 그 인간들이란 다 비슷비슷하게 복잡하다는 사실을 생생한 실감으로 깨닫게 된 자리에서 새로이 인간을, 그리고 인생을 생각할 때 <인간은 결국 동물 이상도 이하도 아니다>라는 명제와 <인생은 결국 낙서 이상도 이하도 아니다>라는 명제가 지난 70년대나 80년대와는 상당히 다른 울림을 가지고 스며들어 오는 것을 느끼는 사람은 나 말고도 얼마든지 있을 수 있기 때문이다.

물론, 위와 같은 두 개의 명제가 전과는 다른 울림을 가지고 스며들어 오는 것을 느낀 사람이 그 느낌을 바탕으로 하여 다시 어떤 사유, 어떤 행동, 어떤 삶에로 나아갈 것인가, 어떤 사유, 어떤 행동, 어떤 삶에로 나아가는 것이 바람직한가 하는 것은, 결코 일률적으로 답할 수 없는 문제이다. 그러나 어쨌든, 위와 같은 두 개의 명제가 전과는 다른 울림을 가지고 스며들어 오는 것을 느끼는 사람이 적지않게 존재할 수 있다는 사실 그 자체만 해도, 이미 상당한 의의를 가지는 것이 아닐 수 없다. 이러한 두 개의 명제와 마주쳤을 경우 그것들을 아예 무시하고 지나가 버릴 것이 틀림없는 사람들로 가득찬 사회의 모습과, 그랬을 경우 그 두 개의 명제를 도저히 무시할 수 없다고 생각하며 잠깐이라도 가던 걸음을 멈추고 음미해 본 다음에 다시 자기의 갈 길을 계속할 것이 틀림없는 사람들이 적지 않게 존재하는 사회의 모습은, 어디가 달라도 다를 수밖에 없는 것이다.

2

내가 그전부터 잘 알고 있었던 손창섭의 작품들을 대상으로 해서 진행된 이야기의 분량이 애초의 예정보다 꽤 길어지고 말았다. 그러면 이제는 나에게 주어진 과제의 요체에로 돌아와서, 『길』에 대한 논의를 시도해 보기로 하자. 그런데 이 글의 첫부분에서 이미 언급되었던 바와 마찬가지로 이 『길』이라는 작품은 오늘날에 와서는 대부분의 독자들에게 있어서 생소한 존재가 되고 말았다. 그러니만큼 이 작품에 대한 논의를 제대로 진행하기 위해서는 무엇보다 먼저 이 작품에 대한 조금 구체적인 소개가 전제되어야 할 것으로 판단된다.

『길』의 주인공은 최성칠이라는 소년이다. 시골의 가난한 집안에서 태어난 데다가 어려서 부친을 잃은 그는 결국 국민학교밖에 나오지 못하고 말았다. 그보다 먼저 서울로 올라가 어느 여관의 종업원이 된, 어린 시절 소꿉동무였던 봉순의 주선으로 그도 그 여관에 취직이 되어, 난생 처음 서울행 기차를 타는 데서 소설은 시작된다. 이때 그의 나이는 열여섯 살. 3년 동안은 집안과 연락을 끊고 지낼 것을 남은 가족들과 약속한 데서도 짐작할 수 있듯 실로 비상한 결심을 품고 서울로 올라와 생활전선에 뛰어든 그는 여관의 종업원에서 자동차 부속품 공장의 직공으로, 또 구두닦이로, 과일 행상으로 전전하면서 2년 8개월이라는 세월을 보낸다. 그 세월 동안 그는 세상의 온갖 혼란스러운 세태를 생생하게 목격하며, 끊임없이, 그 혼란스러운 세태 속에 적극적으로 동참하라는 유혹 또는 압력을 받는다. 처음 취직한 여관에서 그는 문란한 성풍속의 만화경을 날마다 보게 된다. 그 중에서도 특히 그에게 충격적이었던 것은, 국장급의 관직을 역임하고 차관이 될 뻔한 일도 있으며 앞으로는 국회의원에 출마할 계획이라는, 그래서 성칠에게는 훌륭한 인생의 모범을 보여준 것으로 생각되어 존경심의 표적이 되는 강이사라는 사람과 여관의 여주인 진옥여사 사이에서 벌어지는 치정관계이다. 어느 날 술에 취한 진옥여사의 노골적인 성적 유혹을 뿌리친 것이 원인이 되어 여관을 그만둔 후 어렵게 취직한 자동차 부속품 공장에서도 그는 압도적인 위력을 가지고 다가오는 세상의 추악상을 보고서 당혹감을 금하지 못한다. 입지전적인 인물로 여겨졌던 그 공장 사장의 성공 역시 어디까지나 <도둑놈 수법>에 힘입어 이루어진 것이었는가 하면, 인간다운 삶에 대한 최소한의 배려도 그곳에는 존재하지 않았던 것이다. 참다 못해 그 공장을 나와 버린 후에도 여전히 성칠은 혼란스러운 세태의 한복판에 갇힌 채 힘든 삶을 계속하지 않을 수가 없다. 악착스러운 노력 끝에 겨우 저축하게 된 10만원의 돈을 남에게 빌려 주었다가 떼이기도 한다. 순수한 애정으로 맺어져 있으며 장래를 약속한 것이나 다름없다고 믿었던 봉순이 자기를 버리고 다른 남자에게로 가 버리는 의외의 사태를 당하고 마음의 상처를 입기도 한다. 그런가 하면 어색하게 헤어진 후에도 성칠이 그의 마음 한편에서 존경심을 가지고 대해 오던, 그리고 사실 그렇게 대할 만한 가치를 가진 인물인 진옥여사가 자살인지 타살인지 모를 죽음으로 일생을 마감하는 것을 목격하게 되기도 한다. 자기 부친인 강이사의 추악한 행태에 대하여 과감한 비판을 서슴지 않는 반면 성칠에게는 순수한 호의를 품고 도와 주곤 하던 남주라는 여대생이 바로 그 아버지가 고용한 폭력배들에게 습격당하여 중상을 입었는데 정작 딸에 대한 폭력을 사주한 강이사 자신은 국회의원 선거에서 당당히 승리하는 꼴을 목격하게 되기도 한다. 그러고 보면 성칠이 서울에서 보낸 2

년 8개월의 기간은 그를 절망 속에 빠뜨리거나 아니면 타락한 세태에 적극적으로 영합하는 비도덕적 인간으로 만들거나 하기에 충분한 세월이라고 말하지 않을 수 없다. 그러나 성칠은 결코 절망에 빠지지 않으며, 결코 비도덕적 인간이 되지도 않는다. 그는 어떠한 유혹도 물리치고 어떠한 압력도 이겨내는 것이다. 그가 그렇게 할 수 있는 이유는, 일차적으로는, 그가 비상한 성실성과 인내심과 용기의 소유자이기 때문이다. 다시 말해, 세상에서 흔히 일컫는 바 <좋은 성격>을 타고난 사람이기 때문이다. 하지만 좀더 자세히 살펴보면, 성칠이 이처럼 꿋꿋한 <인간승리>의 궤적을 그려갈 수 있도록 만든 가장 큰 원동력은, 이른바 선천적으로 타고난 좋은 성격이라는 것이 아니라 사실은 다른 것임을 알 수 있다. 그 다른 것의 이름은 <희망>이다. 성칠은 바로 이러한 희망의 힘을 최대의 에너지원으로 삼고 그 자신이 타고난 좋은 성격을 부차적인 에너지원으로 삼아, 그에게 닥쳐 오는 모든 유혹과 압력을 뚫고 나아가는 것이다. 그렇다면 그 희망은 구체적으로 말해서 어떤 종류의 희망인가? 그것은 바로 <돈을 벌어서 성공한 사람이 되고 싶다는 희망>이다.

「너, 정말 그렇게 돈을 벌고 싶으냐?」
「그러문요. 세상에서 돈이 젤 아닙니까.」
「넌, 틈만 있으면 책을 읽는 걸 보니까, 공부를 많이 해가지구, 그걸로 출세하려는 줄 알았는데.」
「아닙니다. 공부는 그저 살아나가는 데 불편하지 않을 만치 해 두려는 거애요. 공부로 출셀 하려면 대학을 나와야 하지 않습니까. 중학교에도 못 가는 제가 어디 대학교에 갈 팔잔가요. 그러니까 돈을 벌어야 해요. 돈 버는 걸루 성공해야겠어요. 아주머니만큼 성공하면 한이 없겠어요.」

그것은 성칠의 솔직한 심정이다. 그가 지금까지 듣고, 읽고, 생각해 온 바에 의하면 사람이 성공하는 길에는 세 가지가 있다.

첫째는 부자가 되는 길, 둘째는 대통령이라든지, 장관이라든지 국회의원 같은 것이 되어서 권세를 잡는 길, 셋째는 공부를 많이 해서 유명한 학자가 되는 길이다.

이 중에서, 국민학교 밖에 못 나온 자기가 성공할 수 있는 길은 부자가 되는 길밖에 없다고 생각하고 있는 그였다.[3)]

위에 인용된 대목은 성칠이 서울로 올라올 당시에 지녔던 희망이 도대체 어떤 것이었는가를 독자들에게 분명히 알려 주고 있다. 우리는 위에 인용된 대목을 보고서 성칠이 지닌 희망의 기본적인 방향을 파악할 수가 있다. 그런가 하면, 이 무렵까지만 해도 그가 지닌 희망은 아직 구체적인 세목을 갖추지 못한, 상당히 막연한 수준의 것이었다는 사실도 아울러 알아낼 수가 있다. 그렇다면, 바로 이 시점에서 성칠에게 주어진 과제는, 첫째로는 그 희망 자체를 잃지 않고 계속 굳게 지켜 나가는 일이요, 둘째로는 그 희망에다 구체적인 세목을 부여하는 일이라고 할 수 있으리라. 위에 인용된 대목에 뒤이어서 계속 전개되는 『길』의 그 다음 내용들은, 성칠이 바로 이 두 가지 과제를 어떻게 수행해 나갔는가를 추적하고 기록하는 과정이라고 규정해도 좋을지 모른다. 이 중 첫번째의 과제에 관해서는 이미 위에서 충분히 언급한 셈이라 할 수 있거니와, 그럼 두번째의 과제는 작품 속에서 어떻게 처리되고 있는가? 이 물음에 대한 답은 다음 두 군데의 인용문을 참고해 보면 금방 얻을 수 있다.

(1) 「무슨 장살 하든, 처음엔 어려운 일도 있겠지만 거래처와 고객에게 신용만 얻어 놓으면 그게 또한 자본금 이상의 큰 밑천이란다. 그리 되면 망하고 싶어도 망하지 않고 점점커지는 거야. 세금 관계가 골치거리긴 하지만.」
「장사도 아저씨 말씀처럼 양심적으로만 하면 존 일이죠?」
「암, 존 일이지. 손님이 절실히 필요로 하는 좋은 물건을 싼값에 구입해다가 적절한 이윤을 붙여서 친절하고 성의있게 수요자에게 공급해 주는 일은 훌륭한 사회적 봉사란다.」
「아저씨, 전 꼭 그렇게 될 테얘요. 가장 신용있고 양심적이고 친

---

3) 손창섭, 『길』, 『한국대표문학전집』 제10권(삼중당, 1973), p. 46.

절한 상인으로 반드시 성공하고야 말겠어요. 두고 보세요.」

성칠은 전신에서 새로운 힘과 자신이 샘솟는 것을 느끼었다. 성칠에게는 이제는 뚜렷한 목표가 섰기 때문에 자신을 갖고 앞날을 설계할 수가 있었다.[4)]

(2)「그런데 말입니다. 아저씨. 전 서울서 이러고 떠돌아다니기보다 차라리 시골로 아주 내려가 버리면 어떨까 하는데, 아저씨 생각엔 어떻습니까?」

성칠은 자신의 문제로 화제를 바꾸었다.

「농살 짓게? 시골 가서.」

「한 이십만원 있는데, 그걸 찾아갖고 내려가서 농살 시작해 볼까 해요. 그만 돈 가지구 서울선 가게 하나도 낼 수 없잖아요. 그렇다구 달리 성공할 길이 있는 것도 아니구요.」

「글쎄, 그건 너 자신이 정할 문제겠지. 어디서 무엇을 하든 바로 사는 길이란, 그리구 성공에의 길이란 험하구 먼 거야. 다만 어디 가서 무얼 하든 취미와 성격에 맞는 직업을 골라, 끈기있게 한 우물을 파. 지금의 나로선 네게 이 한 마디밖에 할 말이 없다.」

약국 주인은 엄숙하게 말하고 성칠의 어깨를 한 손으로 만져주었다. 그것은 성칠의 마음 속에 깊이 새겨지는 말이었다.[5)]

위에 인용된 두 개의 대목 중 먼저 (1)의 대목을 보면, 성칠이 처음에 품었던 막연한 희망은 이 단계에 이르러 <유능하고 양심적인 상인으로 성공하는 일>이라는 세목을 갖추게 되었음을 알 수 있다. 그리고 다시 (2)의 대목을 보면, (1)의 대목에서 성칠이 품었던 희망의 세목이 그 후 그에게 밀려닥친 여러 가지 시련 때문에 애초의 광채를 상당부분 잃어버린 후, <농사를 지어서 성공하는 일>이라는 세목이 그 자리를 대신하게 되었음을 알 수 있다. 그리고 이 소설은, 성칠의 마음 속에 간직된 희망의 구체적인 세목이 이처럼 <농사짓는 일>로 잡혀갈 즈음 그의 고향으로부터 어머니의 부음이 날아오고, 이에 따라 그가 귀향길을

4) 같은 책, p. 167.
5) 같은 책, pp. 237~238.

서두르면서, 다음과 같은 상념에 잠기는 모습을 보여주는 것으로 끝나고 있다.

> 이제 고향에 닿아서 모친의 장례를 치르고 나면 어린 두 동생을 데리고 전보다 더 무거운 새출발을 해야 한다. 그것은 신명약국 주인의 말대로 험하고 먼 길이 될지 모른다. 그러나 이번만은, 이제부터는 경험을 살려 실패 없고 후회 없는 전진을 하리라고 차창에 비친 자신의 침통한 얼굴을 쏘아보며 그는 몇번이나 다짐하는 것이었다. 진실한 의미에서의 출세나 성공이란 과연 무엇인가에 대하여 새로운 의문을 느끼면서.[6)]

3

지금까지, 『길』이라는 작품에 대하여 조금 상세한 소개를 시도해 본 셈이다. 그러면 위에서 소개된 내용을 바탕으로 하여, 이제부터 이 작품에 대한 몇 가지 논의를 진행해 보기로 한다.

위에서 소개된 내용을 바탕으로 삼아 이 작품의 성격을 규정해 보고자 할 경우 우선 한번쯤 떠올려 볼 수 있는 것은 세태소설이라는 개념이다. 이 작품의 주인공 성칠은 서울에 올라와 여관으로, 자동차 부속품 공장으로, 또 어디로 어디로 떠돌아 다니는 동안 참으로 다양한 세태풍속을 목격하게 되고 또 적지 않은 경우 그 세태풍속의 소용돌이에 휘말려 곤욕을 치르기도 하는데, 바로 이처럼 때로는 단순한 관찰의 대상으로 그의 눈앞에 나타나 다가서고 때로는 심각한 체험의 소재로 그의 발앞에 나타나 달겨드는 수많은 세태풍속의 명세표에다가 초점을 맞추면서 이 작품을 조명해 나갈 경우, 자연스럽게 세태소설이라는 명칭이 떠오를 수 있는 것이다. 그리고 세상의 많고 많은 세태풍속들 중 이 작품

---

6) 같은 책, p. 238.

에서 특별히 주된 관심의 표적이 되고 있는 것이 바로 성과 돈에 관련된 세태풍속이라는 사실도 우리들로 하여금 한번쯤 이 작품은 세태소설로 규정될 수 있지 않을까 하는 생각을 가져 보도록 만드는 요인이 된다. 소설사 속에 세태소설이라는 명찰을 달고 등재되어 있는 작품들 중 대다수가 성과 돈에 관련된 세태풍속을 그 주된 관심의 표적으로 삼고 있다는 사실을 우리는 진작부터 잘 알고 있기 때문이다.

그러나, 성급한 결론을 피하고 다시한번 『길』의 본문에로 돌아가 이 작품의 실제적인 면모를 자세하게 점검해 나가다 보면, 이 작품을 세태소설로 규정하고 들어감으로써 우리가 정말로 얻을 수 있는 것은 아무래도 별 것이 없겠다는 판단에 도달하지 않을 수가 없다. 우선, 이 작품이 제대로 된 세태소설에 해당한다고 보기에는, 여기에 나타나 있는 세태풍속의 양상들이 너무나 단조롭고 표피적이다. 단순히 가짓수만을 세어 보는 방식으로 접근하는 사람이라면 여기에 나타나 있는 세태풍속의 양상들이 꽤 풍성한 면모를 자랑한다는 결론을 내릴지도 모르지만, 작품 속에서 이 세태풍속이라는 것이 도대체 얼마만큼이나 밀도 있게, 깊이 있게, 생동감 있게 다루어지고 있는가를 좀더 본격적으로 따져 보고자 하는 사람이라면, 이 작품이 제대로 된 세태소설에 해당한다는 말은 아마 좀 하기 어려울 것이다. 그런가 하면 논자에 따라서는 세태소설이라는 말을 다분히 부정적인 의미로—그러니까 세태풍속의 실감나는 묘사라는 목적 이외의 좀더 진지한 주제의식을 결여한 소설이라는 의미로—사용하기도 한다는 점을 감안해서 『길』이 바로 이처럼 부정적인 의미에서의 세태소설에 해당하는가 하는 질문을 던져볼 수도 있을 텐데, 이러한 질문에 대해서 우리가 제시할 수 있는 답변 역시, 그렇지 않다는 쪽이다. 『길』이라는 소설은 분명히 세태풍속의 실감나는 묘사라는 목적 이외의 좀더 진지한 주제의식을 갖추고 있는 작품으로 판단되기 때문이다. 물론 그 좀더 진지한 주제의식이 도대체 무엇인가, 그리고 그 좀더 진지한 주제의식을 가지고 이 작품의 작가는 과연 좋은 소설을 만들어

낸 셈인가 하는 것들은 별도로 해답을 찾아 보아야 할 문제들이지만 말이다.

4

세태소설이라는 개념을 가지고서 『길』이라는 작품의 참모습을 조명하고자 하는 시도를 포기하고 다른 각도에서의 접근을 모색할 경우 우리가 무엇보다 먼저 관심의 초점으로 삼아야 할 것은 이 작품의 주인공인 성칠이 가지고 있는 개성적인 면모이다. 앞서 이 작품을 소개하는 자리에서 충분히 드러났던 바와 같이 성칠은 첫째, 도덕적인 인간이며, 둘째, 강인한 생활력을 가진 인간이고, 셋째, 아직 나이 어린 <소년>이다. 바로 이 세 가지 항목이 성칠이라는 한 사람의 인물에게 빠짐없이 해당되도록 만든 결과, 성칠은, 그때까지 이룩되었던 손창섭의 소설세계 전체를 통해 비슷한 예를 하나도 찾아볼 수 없는, 그러니까 <전대미문>이라고 불러서 조금도 과장이 아닌, 그런 인물이 되었다. 이것은 우리가 정신을 바짝 차리고 주목해 보지 않으면 아니될 사실이다.

손창섭이 『길』 이전에 이룩해 놓은 소설세계를 한번 돌이켜 보자. 그 세계에는 도덕적인 인간이 있었던가? 물론 있었다. 꽤 많이 있었다고 할 수도 있다. 그런데 그 도덕적 인간들이란, 거의 예외없이, 생활력이 박약한 인간들이었다. 그 세계에는 강인한 생활력을 가진 인간이 있었던가? 물론 있었다. 꽤 많이 있었다고 할 수도 있다. 그런데 그 강인한 생활력을 가진 인간들이란, 거의 예외없이, 반도덕적인 인간이거나, 도덕 따위와는 아랑곳없이 살아가는 인간, 그러니까 도덕의 피안에 서 있는 인간들이었다. 특히, 손창섭이 그때까지 쓴 작품들에서 주인공의 자리에 세워 놓은 인물 가운데에는, 도덕적이면서 동시에 강인한 생활력을 가진 인간은, 단 한 명도 나온 일이 없다 하여 과언이 아니다. 손창섭이 모처럼 단단히 작정하고 자기가 생각하는 이상형에 가까운 인물을 부조하고자 시도한 결과로 간주되는 「잉여인간」(1958)의 서만기조차도 강인한 생활력을 가진 인간이라고 평가될 만한 존재는 아니었다. 그런데 『길』에 이르러 드디어 그런 인간—도덕적이면서 동시에 강인한 생활력을 가진 인간—이 나온 것이다. 최성칠이라는 이름을 갖고서. 이런 점으로만 보아도 이미 최성칠은 전대미문의 존재라는 칭호를 부여받기에 아무런 손색이 없음을 알 수 있다.

그 다음, 최성칠이 가지고 있는 중요한 면모 가운데서 세번째의 항목으로 들었던, <소년>이라는 면모를 생각해 보자. 손창섭이 그때까지 쓴 소설 가운데, 소년을 비중 있는 인물로 등장시킨 작품이 있었던가? 물론 있었다. 여러 편 있었다. 그러나 『길』의 최성칠과 마찬가지로 도덕적이면서도 강인한 생활력을 가진 소년은 그때까지 손창섭의 소설세계 속에 등장한 일이 없다. 「치몽(稚夢)」(1957)의 세 소년들? 그들은 착하기는 하나 너무 미숙한 존재들이다. 최성칠과는 전혀 동떨어진 존재들이다. 「소년」(1957)의 이창훈? 그는 전혀 도덕적이지 못한 존재이다. 역시 최성칠과는 거리가 먼 존재이다. 「저녁놀」(1957)의 인갑이? 그는 도덕적이기도 하고 제법 의젓하기도 하다. 장차 더 크면 최성칠과 비슷한 존재가 될 가능성도 없지 않은 것으로 보인다. 하지만 「저녁놀」의 이야기 자체가 전개되는 시점에서는, 그는 아직, 너무 어리다. 생활력이 강인한지 그렇지 못한지를 따져 보기에도 아직 지나치게 어린 상태이다. 이렇게 보면, 『길』의 최성칠은, 주인공이냐 아니냐를 불문하고 <소년>이라는 지표만을 갖다 대어 따져 볼 경우에도, 역시, 전대미문의 존재라는 평가를 받기에 모자람이 없는 셈이다.

이처럼 여러 가지 측면에서 전대미문의 존재라는 평가를 받아도 좋은 인물인 『길』의 주인공 최성칠은, 그러나 물론 완전무결한 인물은 아니다. 아니, 완전무결이라는 말과는 도무지 거리가 먼 인물이라고 해야 마땅한 존재이다. 그가 지니고 있는 다소 지나치게 고지식한 면이나 다소 지나치게 성급한 면을 볼 때 우리는 그가 완전무결이라는 말과는 도무지 거리가 먼 인물이라는 판단을 내리지 않을 도리가 없다. 하지만 그는 아직 어린 <소년>이기에, 소년 중에서도 도덕적인 성품을 지닌 데다가 강인한 생활력까지 구비한 소년이기에, 우리는 그의 다소 지나치게 고지식한 면이나 다소 지나치게 성급한 면을 모두 가벼운 미소로 넘겨 버릴 수가 있다. 소년에 대해서라면, 그 중에서도 도덕적인 성품을 지닌 데다가 강인한 생활력까지 구비한 소년에 대해서라면, 우리는 당연히 그의 현재보다 그의 미래에 대하여 더 큰 관심을 갖게 되고 더 큰 기대를 걸게 되는 터이기에, 현재의 시점에서 그가 보여주는 여러 가지 약점들은 도무지 심각한 의미를 띤 것으로 받아들여지지가 않는 것이다.

그리고, 이처럼 주인공의 역할을 담당하고 있는 인물이 소년, 그 중에서도 특히 도덕적인 성품을 지닌 데다가 강인한 생활력까지 구비한 소년일 경우, 그래서 독자의 입장에서는 그 소년의 현재보다 그의 미래에 대하여 더 큰 관심을 갖게 되고 더 큰 기대를 걸게 되는 경우, 부수적으로 또 한 가지 효과가 발생하는 것을 우리는 간과할 수 없다. 그 부수적 효과란, 작품 속에 묘사되어 있는 타락한 세태라든가 시대적 암운이라든가 하는 것들 역시 그것이 원래 갖고 있는 심각성을 상당부분 경감당하게 된다는 효과이다. 이러한 효과가 발생하게 되는 것은, 주인공에게서부터 퍼져 나오는 다분히 낙관적인 전망의 광채가 그 타락한 세태라든가 시대적 암운이라든가 하는 것들 속으로까지 파고들어, 그것들이 원래 갖고 있는 어둠의 색조를 다만 얼마만큼이라도 지워 버리는 힘을 발휘하기 때문이다. 우리 나라의 소설사 속에서 이러한 현상을 잘 보여준 대표적 실례로 금방 떠오르는 것이 바로 채만식의 유작 「소년은 자란다」(1949, 공개는 1972)이거니와, 바로 이런 측면에서 보면 『길』은 「소년은 자란다」의 동생과 같은 면모를 보여준다고 해도 그다지 틀린 말이 아닐 것이다(작중의 사건이 진행될 당시 그 주인공의 나이가 몇

살이냐 하는 점에서 보면 『길』의 성칠이 「소년은 자란다」의 영호보다 형뻘에 해당하지만).

지금까지 우리는 『길』의 주인공인 최성칠에게 초점을 맞추어 놓고 일련의 논의를 전개해 본 셈이거니와, 이러한 논의의 과정을 통해서 드러난 사실들을 종합하고 다시 그 결과를 확대해서 정리해 보면, 결국 『길』이라는 작품 자체가 손창섭의 문학세계 속에서는 전례를 찾을 수 없는 존재—좀더 거창하게 말하자면, 전대미문의 존재—에 해당하는 것이라는 결론이 자연스럽게 내려진다. 이러한 나의 진술을 앞에 놓고, 도대체 어떤 의미에서 전대미문이란 말인가? 라는 질문을 제기하는 사람은, 아마 이 글을 지금까지 읽어 온 독자들 중에서는 없을 것이라고 생각한다. 도대체 어떤 의미에서 『길』이 손창섭의 문학세계 속에서 전대미문의 작품으로 규정될 수 있는가 하는 물음에 대한 답은 지금까지 내가 해 온 이야기 속에서 이미 지나칠 정도로 자세하게 드러난 셈이라 하여 과언이 아닐 터이기 때문이다. 그렇기 때문에 여기서는 위의 질문에 대한 직접적인 답을 제시하는 일은 생략하기로 한다. 그 대신에, 김병익이 『길』을 대상으로 삼아 쓴 글 중에서 이와 관련하여 참고가 될 만한 부분을 인용해 두기로 한다.

> 손창섭에게서 『길』을 발견할 수 있다는 것은 반가운 일이다. 왜냐하면 바라크의 음울한 골방 속에서 거의 환상적이리만큼 고통스런 신음과 악몽으로 자신의 몸과 마음을 삭이어 오던 그가 현실이란 문밖의 거리로 나섰기 때문이며 제나름으로 지겨운 삶을 거느리면서도 오늘의 우리 사회 속에 자신의 위치를 부감해 볼 겨를을 갖지 못한 우리에게 종횡의 축을 세워 혼돈의 좌표를 설정해 주었기 때문이다. (…) 전후에 혜성처럼 등장하여 왕성한 저력으로 10년 동안 발표해 온 그의 작품들을 통해 그는 자신이 외곬의 공간을 파고 드는 작가임을 보여주었을 뿐이지 선을 남기는 동작을 조작하지 않았기 때문에 실상 그의 『길』을 접한다는 것은 의외였다.[7]

7) 김병익, 앞의 글, p. 339.

김병익이 위에 인용된 대목에서 <반가운 일>, <의외> 등의 표현을 쓰고 있는 것은 『길』이라는 작품이 손창섭의 문학세계 속에서 전례를 찾을 수 없는 존재라고 한 나의 단정이 올바른 것임을 말해 주는 하나의 방증자료로 인정되어 무리가 없을 것이다.

그런데, 위에 인용된 김병익의 발언을 보면, 지금까지 우리가 논의의 초점으로 삼아 온 것과는 조금 다른 맥락에서, 흥미를 끄는 점이 있다. 그가 『길』의 출현에 대하여 하필이면 <반가운 일>이라는 표현을 써서 분명한 환영의 뜻을 표시하였다는 사실이 바로 그것이다. 왜 이런 사실이 흥미를 끄느냐 하면, 내가 이 글의 첫머리에서 언급하였던 바와 같이, 『길』이라는 소설에 대하여 본격적인 검토를 행한 사람은 김병익 이외에는 거의 없을 정도로 이 작품은 대다수 평론가들의 냉대를 받은 셈이고, 그런 냉대가 후일까지 계속된 결과 이 작품은 오늘날 거의 잊혀진 존재가 되고 말았다는 사실이, <반가운 일>이라는 김병익의 발언을 보는 순간 새삼 강렬하게, 인상적으로 되살아나기 때문이다. 도대체 왜 김병익을 제외한 대다수의 평론가들은 그처럼 싸늘한 태도로 『길』을 맞이하고 또 보내 버렸던 것일까? 이것은 분명 한번쯤 탐구해 볼 만한 가치가 있는 물음이다. 그러나 섣불리 그럴 듯한 해답을 찾아보겠다고 덤벼들었다가는 어설픈 추측이나 상상 이상의 아무 것도 보여주지 못하고 말 가능성이 큰 물음이기도 하다. 나로서는 이 물음에 대하여 자신 있는 모범답안을 제시할 능력이 없음을 시인하고 단지 『길』이라는 작품에 대한 나 자신의 개인적인 소감을 밝히는 것으로써 해답을 대신하기로 한다. 그러나 이 작품에 대한 나 자신의 개인적인 소감을 구체적으로 밝히기 이전에, 먼저 짚고 넘어가야 할 문제가 있다. 그것은 이 작품에 나타나 있는 성칠의 <희망>—<돈을 벌어서 성공한 사람이 되고 싶다>는 희망—과 관련하여 떠오르는 문제이다. 따지고 보면, 이 문제를 제대로 짚고 난 다음에라야, 『길』에 대한 나의 개인적인 소감을 구체적으로 밝히는 일도 온전하게 이루어질 수가 있을 것이다.

5

앞서 『길』이라는 작품의 내용을 소개하는 자리를 마련했을 때 나는 이 작품에 나타나 있는 성칠의 희망 즉 돈을 벌어서 성공한 사람이 되고 싶다는 희망과 관련되는 부분에 대하여 조금 이례적이라는 느낌을 줄 만큼 상세한 언급을 행한 바 있다. 오로지 그 부분에 한해서만 소설의 본문을 제법 길게, 그것도 여러 차례나 인용하는 특전(?)을 베풀었던 것이 그 단적인 증거이다. 내가 그렇게 했던 것은 말할 나위도 없이 이 부분이 『길』이라는 작품 속에서 비상한 중요성을 가지고 있으며 바로 이런 부분이야말로 『길』이라는 작품이 그나름의 독자적인 개성을 확보하도록 만드는 데에 결정적인 기여를 한 부분이라는 판단이 있었기 때문이다. 그렇다면 도대체 어떤 점에서 이와 같은 판단이 가능한가? 이 물음에 대한 해답의 단서는 다음과 같은 김병익의 말 속에 들어 있다.

> 그의 섹스에 대한 퓨리턴적 태도의 근저에는 돈에 대한 근대적 <경제인>의 요소도 뿌리 박혀 있다. 가난에 시달려 상경한 그의 제일의적 목표는 돈 버는 일이었고 그 목적을 위해도에 지나칠 정도로 엄격한 에코노믹 애니멀이 된다. (…) 그러나 그의 돈에 대한 집념, 돈을 버는 방법은 다른 경제적 동물과 질적으로 다르다. 진옥여사나 미옥이, 부속품 공장 사장이나 강이사처럼 돈을 탐하는 점에서는 성칠이 역시 똑같지만 그는 결코 부정한 방법, 도둑질과 다름없는 불의의 돈벌이는 거부한다. (…) 그가 부를 희망한 것은 어머니와 동생을 돌봐야 한다는 이유와 배우지 못했기 때문에 선택할 수 있는 것은 그것뿐이라는 이유에서였다. 그리고 돈과 권력, 학문에는 기본적으로 인격이 병행해야 한다는 것을 굳게 믿고 있었다. 그가 많은 <성공한> 사람에게 실망하는 것은 그같은 인격의 결여 때문이었다.

그는 정말 서구자본주의의 주체가 되었던 칼빈주의자의 합리주의 혹은 근대경제학이 설정한 이상적 경제인의 소지를 갖는 것이다.[8)]

앞의 작품 소개에서 이미 자세하게 밝혀진 바와 같이 성칠은 돈을 벌어서 성공한 사람이 되고 싶다는 희망을 처음부터 끝까지 흔들림 없이 간직해 나간다. 서울에 올라온 이후의 그에게 있어서는, 시간의 흐름에 따른 성장의 과정이라는 것은, 처음에는 상당히 막연했던 그 희망에다가 차츰차츰 구체적인 실현의 방략을 구비시켜 나가는 과정 바로 그것이기도 했다. 이러한 과정의 모든 단계에 걸쳐서 그는 강인한 생활력을 갖춘 도덕주의자의 면모를 견지하거니와, 이와 같은 성칠의 면모는 김병익이 말한 바 그대로 <서구자본주의의 주체가 되었던 칼빈주의자의 합리주의 혹은 근대경제학이 설정한 이상적 경제인>에 접근하고 있는 것이다. 그렇다면, 이와 같은 면모를 갖춘 성칠이라는 인물을 긍정적 주인공으로 내세워 놓고 그에게 아낌없는 애정을 쏟아 부은 『길』의 작가는, 결국, 자본주의적 경제인의 이념형에 대해 아낌없는 긍정을 표시한 것이 되며, 더 나아가서는, 이런 자본주의적 경제인의 이념형에 해당하는 사람들을 주역으로 해서 이루어지는 사회, 즉 자본주의 사회의 이념형에 대해서도, 역시 아낌없는 긍정을 표시한 것이 되는 셈이다. 대표적인 예로, 앞서 이 작품의 내용을 소개할 때 내가 직접 인용해 보인, 성칠과 약국 주인 사이의 대화 장면 (1)을 보라. 거기에 나타나 있는 것은, 자본주의 사회의 이념형에 대한, 가능한 최대치의 긍정, 바로 그것이 아닌가.

물론, 『길』의 그 다음 전개양상을 보면, 성칠은 약국 주인과의 대화 장면 (1)에서 드러내었던 포부를 실제로 성취시키지 못하고, 약국 주인과의 대화 장면 (2)에서 보듯 농사짓기로 방향을 전환하며, 후일 실제로 귀향의 길에 올랐을 때에는 <진실한 의미에서의 출세나 성공이란 과연

8) 같은 글, pp. 346~347.

무엇인가에 대하여 새로운 의문을 느끼>게 되기까지 한다. 그렇기는 하지만, 작품의 뒷부분이 이런 식으로 전개된다 하여, 이 작품이 자본주의적 경제인의 이념형에 대하여, 그리고 자본주의 사회의 이념형에 대하여 아낌없는 긍정을 표시한 것으로 간주된다고 한 앞서의 결론이 어떤 위협을 받게 된다고 보기는 어렵다. 성칠이 장사에 대한 꿈을 버리고 농사짓기에 관심을 기울이게 된 것은 어디까지나 구체적인 실현 방략의 차원에서 이루어진 방향 전환일 뿐 그가 간직하고 있는 희망의 근간 그 자체에는 아무런 변화도 없는 터이기에 우선 그러하며, 귀향의 차중에서 잠시 그를 사로잡은 <새로운 의문>이라는 것이 그 동안 그가 간직해 온 희망의 근간 그 자체에까지 어떤 위협적인 영향을 줄 가능성은 전무하다고 보아야 하겠기에 또한 그러하다.

『길』이라는 작품에서 손창섭이 자본주의적 경제인의 이념형에 대하여, 그리고 자본주의 사회의 이념형에 대하여 아낌없는 긍정을 표시한 셈이라는 사실 그 자체는 지금까지의 논의를 통해 충분히 밝혀진 것으로 보고 더 이상의 부연 설명을 생략하고자 하거니와, 이러한 태도에 기초하여 손창섭은, 다시 성칠과 신명약국 주인—성칠의 정신적 교사라 할 수 있는 인물이며, 어떤 의미에서는 작가 자신의 대변자라고 할 수도 있는 인물—사이에 다음과 같은 대화가 교환되도록 만들고 있기도 하다.

> 「그래도 근래에 와선 건설도 잘되고 질서도 잡히고, 차차 조금씩 나아져 가고 있지 않아요.」
> 「그건 나도 인정한다. 오일륙 혁명 이후, 어쨌든 표면상으로는 점점 나아지고 있는 게 사실이지. 그러나 대부분의 국민이 다 잘 살 수 있게 되려면 아직 요원한 얘기야. 지금은 특수층만이 기적적으로 나날이 비대해 가고 있지 않니. 이게 문제란 말이다.」
> 「그럼 어떻게 하면 국민이 다 잘 살 수 있게 될까요?」
> 「결론은 간단하지. 첫째는 부정 부패의 일소, 둘째도 부정 부패의 일소, 셋째도 부정 부패의 일소다. 여기에 협동과 단결과 노력까지

첨가된다면 우리는 세계에서 으뜸가는 나라축에 들 거다. 그렇지만 이게 안 되면 아무리 건설 건설 해도 밑 빠진 독에 물 부어넣은 결과 밖엔 안 될 거다.」[9]

이러한 장면을 읽으면서 우리는 『길』의 작자가 5·16 이후의 한국 현실에 대하여 세부적인 차원에서는 많은 불만을 품으면서도 그 <자본주의적 근대화>의 기본 방향 자체에 분명한 지지의 태도를 취하고 있음을 확인할 수 있거니와, 성칠이라는 주인공의 설정 자체를 통해 이미 자본주의적 경제인의 이념형에 대하여, 그리고 자본주의 사회의 이념형에 대하여 아낌없는 긍정을 표시한 바 있는 그이고 보면, 이는 실로 당연한 일이라 하지 않을 수 없다.

바로 이 지점에서 나는, <바로 이런 부분(돈을 벌어서 성공한 사람이 되고 싶다는 성칠의 희망과 관련되는 부분)이야말로 『길』이라는 작품이 그나름의 독자적인 개성을 확보하도록 만드는 데에 결정적인 기여를 한 부분>이라고 했던 나의 앞서의 발언을 다시한번 독자들에게 상기시키고 싶다. 앞서의 그 발언에 담겨 있었던 진정한 의미는 결국 <돈을 벌어서 성공한 사람이 되고 싶다는 성칠의 희망과 관련되는 부분들을 통하여 드러나는, 자본주의적 경제인의 이념형 및 자본주의 사회의 이념형에 대한 작가의 아낌없는 긍정이야말로 이 작품이 그나름의 독자적인 개성을 확보하도록 만드는 데에 결정적인 기여를 한 측면>이라는 것이 되는 셈인데, 이제는 나의 이와 같은 생각을 좀더 구체적으로 명시해 두어도 무방한 지점에까지 이르렀다는 느낌이 드는 것이다.

『길』에 나타나 있는, 자본주의적 경제인의 이념형 및 자본주의 사회의 이념형에 대한 작가의 아낌없는 긍정이 이 작품으로 하여금 그나름의 독자적인 개성을 확보하도록 해 주었다는 지적은, 우선 손창섭 자신이 『길』 이전에 내놓았던 많은 작품들—「공휴일」에서 「청사에 빛나리」에까지 이르는 많은 단편들과 장편소설 『낙서족』 등등—과 이 『길』을

9) 손창섭, 앞의 책, p. 237.

비교해 보는 작업에 의하여 그 정당성이 어렵지 않게 입증될 수 있다. 그리고 그 다음으로는, 해방 후 한국소설문학의 주류에 해당하는 존재로 부각된 다수의 작가·작품들이 자본주의적 경제인의 이념형에 대하여, 자본주의 사회의 이념형에 대하여, 또 5·16 이후 한국 현실의 대세를 이룬 자본주의적 근대화의 기본 방향에 대하여 과연 어떤 자세로 대응해 왔던가를 조사해 보는 작업에 의하여, 역시 어렵지 않게, 그 정당성이 입증될 수 있다. 과문한 나로서는, 자본주의적 경제인의 이념형에 대하여, 자본주의 사회의 이념형에 대하여, 또 5·16 이후 한국 현실의 대세를 이룬 자본주의적 근대화의 기본 방향에 대하여 이 『길』만큼 적극적인 긍정의 자세를 가지고 임한 경우를, 이른바 본격문학의 테두리 속에 포함되는 작품들 가운데서는, 별로 잘 알지 못하고 있는 것이다. 나 자신이 잘 알지 못한다 하여 그런 작품이 반드시 전무하리라고 단정짓는 것은 물론 위험한 노릇이지만, 최소한, 그런 작품이 아주 드물다는 정도의 단정은, 아무런 위험도 느끼지 않는 상태에서, 자신 있게 내려도 좋을 듯 싶다. 그리고 이런 정도만으로도, 『길』이 바로 이와 같은 측면에서 그나름의 독자적인 개성을 확보한 작품이라는 평가를 내리는 데에는 전혀 부족함이 없을 것이다.

6

이제까지의 논의에 의해, 『길』 속에 나타나 있는 성칠의 <희망>과 관련하여 떠오르는 문제를 짚어 보는 작업은 대충 다 수행이 된 셈이다. 그렇다면 이제는 앞에서 약속했던 대로 이 작품에 대한 나의 개인적인 소감을 밝혀 둘 차례이다.

이 글의 첫부분에서 이미 언급했던 바와 마찬가지로, 내가 이 『길』이라는 소설을 직접 읽어 본 것은 이번이 처음이다. 손창섭의 많은 단편들과 『낙서족』을 이미 읽어 본 상태에서 처음으로 『길』을 접하는 사람이라면 아마 거의 대부분이 <아, 같은 작가의 작품이, 아무리 그 사이에 얼마쯤의 시간적 거리가 있다 하더라도, 정말, 이렇게 다를 수가……> 하는 느낌에 사로잡힐 테지만, 나 역시 여기서 예외가 되지 않았다. 그리고 나를 사로잡은 그러한 느낌은 당연히 <왜 손창섭은 『길』에 이르러서 이처럼 커다란—거의 과격하다고 표현해도 무방할 것 같은—변모를 보여주게 된 것일까?>라는 의문을 낳았고, 나로 하여금, 이러한 의문에 대한 내나름의 해답을 이것저것 생각해 보며 한동안 제법 자유분방한 상상의 공간을 비행하도록 만들었다. 이 때 내가 생각해 본 내나름의 이런저런 해답이란 구체적으로 어떤 것이었던가를 여기에 적을 필요는 없으리라. 어차피 그 중 어느 것도 객관적인 자료의 뒷받침을 받고 있는 것은 아니며, 또 <자유분방한 상상의 공간>이라고 표현하긴 했지만 따지고 보면 상식적으로 상정 가능한 추론의 범주를 벗어나는 것은 하나도 없으니까 말이다.

방금 언급한 느낌 이외에 또 어떤 소감을 말할 수 있을까. 재미? 『길』은 나에게 소설 읽는 재미를 느끼게 해 주었던가? 그렇지 않았다고 말할 수는 없다. 그러나, 솔직하게 말해서, 『길』이 나에게 제공해 준 재미는, 그의 여러 훌륭한 단편들이나 「낙서족』을 처음으로 대면하였을 때 내가 느꼈던 저 <신선한 홍미>에 비하면 상당히 약한 것이었음을 부정할 수 없다. 후자의 <신선한 홍미>라는 것은 이야기 자체의 진진한 재미 위에 다시 <인간을, 그리고 인생을 도대체 이런 시각으로 볼 수도 있는 것이로구나!> 하는 충격적 발견이 결합된 것이기에 상당히 강렬한 에너지를 동반할 수 있었던 것이지만, 『길』을 읽으면서 내가 느낄 수 있었던 재미라는 것에는 그런 충격적 발견의 광휘가 따르고 있지 않았으니, 후자의 <신선한 홍미>를 따라가기에는 어림도 없는 노릇이었을 수밖에 없다.

그러면, 대충 이런 정도의 이야기만으로 『길』에 대한 나의 소감을 마무리지어도 좋을까? 그렇지는 않다고 여겨진다. 왜냐하면 내가 바로 앞에서 거론하였던 사실 즉 이 『길』이라는 소설은 자본주의적 경제인 및 자본주의 사회의 이념형을 아낌없이 긍정하는 입장에 서 있는 드문 작품이라는 사실의 존재 때문이다. 이러한 사실은 앞에서 이미 충분하게 언급하였던 바와 마찬가지로 객관적인 시각에서 볼 때 이 작품이 그나름의 독자적인 개성을 가진 존재로 인정될 수 있게 만든 중요한 원인을 이루고 있거니와, 객관적인 시각의 차원으로부터 단순히 개인적인 소감의 차원으로 초점을 이동시킬 경우에도, 이러한 사실은 역시 중차대한 의미를 가진 것으로 살아나 움직이면서 나에게 다가오는 것 같은 느낌을 받지 않을 수가 없다. 왜 그런가. 나 자신 자본주의적 경제인의 이념형이라든가 자본주의 사회의 이념형에 대하여 개인적으로 전폭적인 지지를 보내고 있는 것은 아니지만, 우리 나라의 문학인들 가운데 꽤 많은 수가 저 <운명적 자만심>에 근거해서, 혹은 이런저런 다른 이유들(그리고, 계산들)에 근거해서, 자본주의적 경제인 및 자본주의 사회의 현실태뿐 아니라 자본주의적 경제인 및 자본주의 사회의 이념형 자체에 대해서까지 조금의 망설임도 없이, 조금의 진지한 자기회의도 없이, 온통 허점투성이의 논리를 가지고 비난을 퍼붓는가 하면, 그 반대의 자리에 서는 이데올로기의 이념형 및 현실태에 대하여서는 또 온통 허점투성이의 논리를 가지고 찬양과 동경의 언어를 헌납하는 모습을 보면서는, 참으로 착잡한 감회를 느껴 오지 않을 수가 없었기 때문이다. 그런 사람들 중의 상당수가 정작 그들 자신의 삶은 어디까지나 <현명하게>, <자본주의적으로> 영위하고 있다는 사실까지 감안해 보면, 방금 말한 나의 착잡한 감회라는 것은 다시 몇 배로 증폭되지 않을 수 없는 터이기도 하다. 그런 사람들에 비하면, 『길』을 쓴 손창섭은 얼마나 다른가. 그가 창조해 낸 주인공 최성칠의 좋은 점 가운데 일부를 그 또한 얼마나 분명하게 공유하고 있는가. 그런 사람들을 생각하다 보면, 저 「공휴일」에서부터 「청사에 빛나리」에까지 이르는 일련의 단편들과 장편소설

『낙서족』이, 그 작품들에서 거듭거듭 부각되고 있는 두 개의 인상적인 명제들이, 새삼 강한 현실감을 동반하면서 떠오르는 것을 어찌할 수 없다. 데즈먼드 모리스의 다음과 같은 말이, 반드시 전폭적인 공감을 수반하지는 않은 채로, 마음의 한쪽에서 편뜻 떠올랐다 스러지는 것을 어찌할 수 없다.

> 나는 인간을 동물로 간주하는 동물학자로서, 현재 상황에서는 이데올로기의 차이를 심각하게 받아들이기가 어렵다. 말로 표현된 이론이 아니라 실제 행동이라는 관점에서 집단 사이의 상황을 평가한다면, 이데올로기의 차이는 그보다 훨씬 기본적인 조건 옆에서는 의미를 잃어버린다. 그 차이는 수천 명의 생명을 죽이는 것을 정당화해 줄 만큼 어마어마한 이유를 대기 위해 일부러 찾아낸 핑계일 뿐이다.[10)]

마지막으로, 한 마디만 덧붙이고 이 글을 끝내기로 하자. 앞에서 나는 왜 대다수의 평론가들이 『길』을 싸늘한 태도로 맞이하고 또 보내 버렸던 것일까라는 물음을 제기한 다음, 이 물음에 대한 답은 내가 가진 능력의 한계 때문에 제시하지 않겠다는 뜻을 밝힌 바 있다. 그런데 내가 그런 말을 하고 난 뒤에 계속해서 진행된 논의의 내용을 잘 살펴보는 사람이라면, 위의 물음에 대한 답의 조그마한 일부는 그 논의의 진행과정 속에서, 나 자신도 미처 깨닫지 못하는 사이에, 제시되어 버린 셈임을 알 수 있을 것이다.

이동하
·서울 시립대 국문과 교수 ·주요 저서로 『우리문학의 논리』와 『현대소설의 정신사적 연구』 등이 있다.

---

10) 데즈먼드 모리스, 『인간동물원』(김석희 역, 한길사, 1994), p. 150.

『부부』의 윤리적 권력 관계와 그 의미

김 동 환

1. 서 론

손창섭의 『夫婦』는 그의 첫 번째 장편 신문 연재소설이다. 1962년에 『동아일보』에 연재되었고 곧바로 정음사에서 단행본으로 간행되었다. 전후의 대표적 작가로서 많은 연구자들의 관심의 대상이 되었던 그의 작품치고는 지금까지 별다른 주목을 받지 못했던 작품[1]이기도 하다. 아마도 신문 연재소설이라는 발표 형식 때문에 연구자들의 외면을 받은 것이 아닌가 하는 생각이 든다. 우리의 통념상 신문 연재소설은 대체로 통속성과 대중성을 강하게 지니고 있다고 보기에, 문학성을 탐구하는 연구자들로서는 그리 적절치 않는 연구 대상이었을 것이기 때문이다. 여기에 덧붙여 거의 대부분의 연구자들이 손창섭의 작품 세계가 전후의 사회상 속에 놓여 있는 인간의 실존적 성격과 삶의 양상들을 다루었다는 측면을 그 문학사적 의미부여의 핵심으로 삼고 있었기에 60년 이후의 작품[2]에 대해서는 논외로 했던 경향도 작용했으리라 본다.

---

1) 『부부』를 집중적으로 조명한 연구물로는 다음 논의 정도를 들 수 있다.
최희영, 「손창섭 장편 '낙서족' '부부'의 작중 인물 연구」, 한국외국어대 석사논문, 1985.

2) 60년 이후의 작품 중 「신의 희작」은 작가의 자전적 소설로 알려져 많은 논의의 대상이 되었지만 그 외의 작품들은 제목 정도가 언급되고 있다. 참고

사실 『부부』는 전체적인 줄거리로 보건대 신문 연재소설로 썩 잘 어울리는 내용으로 되어 있다. 그리 문제적이지 못한 부부를 주인공으로 내세워 그들을 둘러싸고 벌어지는 일련의 사건들을 서술하고 있다. 경우에 따라서는 시간이 좀 오래 걸린 부부싸움이라 볼 수도 있을 그런 내용이다. 그렇다고 매우 흥미진진하거나 기이한 것이어서 독자들의 폭발적인 관심을 끌었을 것 같지도 않다. 그렇지만 이 작품을 조금은 색다른 접근법으로 꼼꼼히 읽어가다 보면, 자의적이라는 해석이라는 비판을 받을 수도 있겠지만 어떤 독특한 의미구조를 이끌어 낼 수 있는 가능성을 지니고 있음을 알게 된다. 본고의 의도는 바로 이러한 해석을 시도해 보고자 하는 데 있다. 본론에 앞서 우선 이 작품을 텍스트화하기 위한 전제적인 사실들을 검토해 보기로 한다.

이 작품은 제목 그대로 한 부부와 그들과 관계를 맺고 있는 주변 인물들이 주요 구성요소로 되어 있다. 여기서 주요 구성 요소라 함은 사건 중심보다는 인물 중심의 소설이라는 의미이다. 많은 연구자들이 지적한 바와 같이 손창섭 작품의 특징은 인물의 형상을 중시한 데 있다. 손창섭에 대한 논의들 중 상당수가 작품에 등장하는 인물들의 유형이나 그 존재 양상들을 논의의 중심 범주로 삼고 있음이 그것을 말해 준다. 그런 점에서 이 소설은 그의 작품 경향에서 크게 벗어나지 않는다. 그런데 그가 주로 다루고 있는 인물 형상은 '병자'나 '동물'[3]로 대표되는

로 60년 이후의 작품들을 보면 다음과 같다.

「신의 희작」(1961. 현대문학), 「육체추」(1961. 사상계), 『부부』(1962. 동아일보 연재 장편), 『인간교실』(1963. 경향신문 연재 장편), 「공포」(1965. 문학춘추), 「장편(掌篇)소설집」(1966. 신동아), 「환관」(1968. 신동아), 「청사에 빛나리」(1968. 월간중앙), 『길』(1969. 동양출판사), 『3부녀』(1970. 주간여성 연재 장편), 「흑야」(1970. 월간문학), 『봉술랑』(1978. 한국일보 연재 장편)

3) '병자'는 당대의 대표적인 평론가였던 조연현이 언급한 이래 많은 논자들이 동의하고 있는 개념이며 '동물'은 「인간동물원초」라는 작품에서 원용되어 왔다.

조연현, 「병자의 노래 -- 손창섭의 작품세계」. 『현대문학』, 1955. 4.

부정적인 인간군[4]들이다. 「剩餘人間」의 서만기나 인숙, 『落書族』의 상희 정도를 제외하고는 전쟁으로 인해 정신적·물질적 질환을 앓고 있는 인물들로 형상화되고 있다. 그의 작품에 대한 논의들이 실존주의적이나 정신분석적인 용어들을 유난히 많이 동원하고 있는 것도 이 때문이다. 주된 작품의 내용은 이런 인물들이 우연히 또는 때로는 작위적으로 어울려 살아가는 모습이다. 그래서 그 인물들은 사회상의 반영이기도 하면서 종종 그 반영 양상이 필연적이지 못하다는 평을 듣기도 한다. 손창섭이 이 작품에서 '부부'를 주인공으로 설정하고 있다는 사실이 주목되는 이유는 이러한 맥락에 있다. 사회를 구성하는 기본 조직체라 할 수 있는 가정의 중심 인물들이 그가 지금까지 보여 준 작품 질서 속에 어떻게 편입될 것인가 하는 문제가 제기되기 때문이다.

두 번째로 검토할 문제는 작가의 이력과 신문 연재 소설이라는 발표 형식에 관계된다. 손창섭은 평양에서 출생하여 10대 후반부터 만주를 거쳐 일본으로 건너가 고학을 하는 등 평탄치 않은 소년기를 보냈으며, 해방 후에는 귀향하였다가 월남한 작가이다. 정상적인 가정 생활을 경험하지 못했고 어린 시절 일본에서 수학했다는 사실은 그의 창작 활동에 많은 영향을 주었을 것으로 판단되는데 그의 소설이 일본의 사소설적인 분위기와 무관하지 않은 것은 그 한 예로 볼 수 있을 것이다.[5] 이 작품 역시 부부 사이의 비밀스런 이야기가 주 내용을 이루고 있다는 점에서 이와 관련된다. 한 편 이 작품이 5·16 군사 쿠테타 이후 『동아일보』 지상에 연재된 점도 고려의 대상이 될 수 있다. 전쟁을 겪고 전후 사회의 중심에 서서 창작 활동을 한 작가이며, 그것이 어떤 맥락에서 해석되든, 인물 형상을 통해서이긴 하지만 사회에 대한 비판적 시각을 지니고 있음을 부정할 수 없는 그이기에 이 시점에서의 연재 소설은 그

4) 김윤식 · 김현, 『한국문학사』(민음사, 1973), p. 247.
5) 손창섭의 소설의 사소설적 면모에 대해서는 졸고, 「한국 전후소설에 나타난 현실의 추상화 방법 연구」, 『한국의 전후문학』(태학사, 1991) 참조.

자체로만 머무를 수 없다는 생각을 하게 한다. 당시의 언론들이 군사정권에 어떤 자세로 임했는지 여기에서 논할 바도 아니고 검토할 만한 실제적인 자료[6]도 없지만, 어쨌든 정통 언론임을 자부해 온 일간지에 소설을 연재하는 그가 신변잡기적인 차원의 작품을 보여주는데 머무르고자 했다고 보기에는 어려움이 많다. 물론 이같은 태도는 문학 연구의 그것으로는 그리 바람직한 것은 아니겠지만 전연 도외시될 문제만은 아닐 것이다.

2. 서사 구조의 검토

이 작품[7]의 서사 단위는 그리 복잡하지 않다. 주인공인 나와 아내를 중심으로 두 개의 스토리 라인이 병행되고 있다. 나를 중심으로 한 스토리 라인은 아내와의 별거-재결합을 위한 노력-예기치 않은 사건들의 발생-재결합으로 구성되어 있다. 반면 아내를 중심으로 한 스토리 라인은 남편과의 별거-사회 생활에 전념-사건들의 발생-재결합으로 되어 있다. 두 개의 스토리 라인은 그 구체적인 서사 단위를 구성하는 내용들이 상당 부분 일치하고 있지만 그 주체의 입장에서 전혀 상반되게 받아들여 지고 있다는 점에서 변별된다. 여기에 부수적으로 전개되는 사건을 정리하면 한박사와 그 아내 운영 여사의 이혼-나의 처제와 한박사의 결혼으로 요약될 수 있다.

---

6) 당시의 언론 관계 자료들을 검토해 보았지만 이 점과 관련된 내용들은 발견할 수 없었다. 언론사들이 자체적으로 펴낸 자료집들은 자기 변호적이고 선전적이어서 신뢰할 수 없었다. 다만 당시 신문 연재 소설이 구독자들을 확보하는데 많은 영향을 미쳤음을 방증하는 몇가지 자료는 본고에 참고가 되었다.

7) 텍스트는 1971년에 예문관에서 간행된 『손창섭 대표작 전집』 제 2권을 선택했다. 이하 작품의 인용은 이책의 해당 면수만 제시한다.

그런데 이 작품의 서사 구조는 그 표면상의 구조와 내포적인 구조가 팽팽하게 긴장감을 유지하며 전개되고 있다는 특징을 지니고 있다. 여기에서 내포적인 구조란 작품의 서술상 드러나지는 않지만 작품의 전개 과정에서 핵심적인 문제인 한박사와 아내의 결혼 성사 여부를 다루고 있는 구조이다. 한박사와 아내의 결혼 문제는 나의 생각이나 처제인 정숙과의 대화, 한박사의 아내 운영 여사의 말을 통해서만 제시될 뿐 정작 당사자들인 아내와 한박사를 통해서는 전혀 언급되지 않고 있다. 이 내포적인 구조는 작품의 마지막 부분에서 정숙과 한박사가 약혼을 하는 장면에 이르러 소멸되기까지 나의 머리 속에서만 존재할 뿐이다. 궁극적으로는 이 구조가 작품의 갈등의 핵심적인 요소를 이루는 것이지만 스토리 라인 선상에는 그 모습을 드러내지 않는다는 데에 이 작품의 서사 구조의 특성이 있다. 그래서 이 작품이 부부간의 싸움을 다룬 소설 정도로 매도될 가능성이 있는 것이다.

"여사의 설명에 의하면, 여간 내기가 아닌 정숙이, 한박사 비서로 들어갈 때부터 어딘가 수상하다 했더니 그 동안에 가려운데 손이 가듯이 해서 한박사를 홀딱 녹여놓는 일방, 박사의 친척들이 나의 아내와 박사와의 접근을 노골적으로 경계하고 반대하게 되자, 정숙은 그 기회를 놓치지 않고 박사의 외숙과 이모에게 찰싹 붙어서, 그 노인들의 호감과 신뢰를 일신에 모으기에 성공하였는데, 그래도 당자인 한박사가 명확한 태도를 보이지 않으니까, 마침내 부친을 설복해서 정식으로 한박사에게 청혼을 했다는 것입니다." [8)]

"「언니, 내일 참석해 주시지?」
애가 쓰이는 듯이 물었습니다. 아내는 잠시 생각에 잠겨 있다가,
「너나 원장님께서 진정으로 원하신다면 참석해야지.」
잔잔히 말하고, 정숙을 마주보며 쓸쓸히 웃었습니다.
「진정으로 원하지 않구, 그럼. 원장님도 얼마나 걱정하신다구.」"[9)]

---

8) p. 268.
9) pp. 273-274.

앞의 인용문은 내가 운영 여사로부터 한박사와 정숙의 결혼에 대해 들은 이야기를 정리한 부분이고, 뒤의 인용문은 약혼식 전날 처제인 정숙이 아내를 찾아 와 약혼식에 참석해줄 것을 간곡히 부탁하는 장면이다. 이 인용문을 통해서 알 수 있듯이 아내와 한박사의 결혼 문제는 다른 사람의 입을 통해 비로소 표면화되고 있으며 아내는 여전히 그 문제에 대해 제삼자와 같은 태도를 취하고 있다. 이 문제에 대해 그토록 갈등해 왔던 나도 적극적으로 대응하지 않고 슬그머니 넘어감으로써 내포구조로 남는데 일조를 하고 있다.

이처럼 내포 구조가 존재할 수 있었던 것은 서술자가 1인칭으로 설정된 데서 가능했다고 할 수 있다. 일인칭 서술 시점이 지닌 특성을 잘 살리고 있는 셈인데, '나'의 화법은 이전에 작가가 보여 주었던 문체와는 확연히 다른 것이어서 흥미롭다. 흔히 손창섭의 문체는 '점착력있는 집요한 문장'이라는 견해[10]나 "지적 판단이나 서정적·시적 묘사를 목적하지 않고 정서 환기를 목적한다"는 견해[11]로 대표되는 쪽으로 설명되고 있다. 특히 후자의 견해가 주목하는 '것이(었)다'라는 종결어미의 사용은 그의 문체의 가장 큰 특징이기도 하다. 그런데 이 소설의 서술자는 전례없이 '－습니다'체를 사용하고 있다. 이 어투는 서술자가 소극적인 관찰자인 것처럼 보이게도 하고 때에 따라서는 냉철한 판단을 할 수 없는 성격으로 보이게도 하는 효과를 줌으로써 작가의 의도에 충실히 부합하고 있다. 예를 들면 아내와 한박사의 관계를 의심하면서도 그러한 의사가 단지 자신의 자격지심에서 비롯되는 것 정도로 느껴지게끔 작용함으로써 그 문제가 스토리 라인의 표면상으로 떠오르는 것을 방지해 주고 있다. 이는 다른 말로 하면 일종의 독자들에 대한 호소구조[12]

---

10) 김병익, 「현실의 원형과 검증」, 『현대한국문학의 이론』(민음사, 1972), p. 341.
11) 김윤식·김현, 앞의 책, pp. 249-250.
12) 독자들에게 '내 이야기를 좀더 주의깊게 들어 달라'며 작품 속으로 깊숙하

의 창출이라 할 수 있을 것이다.

그렇다면 자신이 당사자이면서도 독자들에게는 흡사 관찰자로 느껴지게 한데는 어떤 의도가 있는 것일까? 이제 그 내포 구조의 존재를 특성으로 하는 작품의 서사 구조를 통해 무엇을 말하고자 하는 것인지를 검토해 보자.

3. 윤리적 권력 관계의 성격

『부부』의 부부 관계는 아내의 일방적인 우위를 보여주고 있다는 점에서 좀 특이하다. 나는 아내가 어떤 요구를 하더라도 들어줄 수밖에 없는 입장에 놓여 있고 아내는 지속적으로 당당하게 부당한 요구를 하고 있다. 둘 사이의 관계는 힘 있는 자와 힘 없는 자의 관계와 같아서 일종의 권력 관계에 놓여 있는 것으로 볼 수 있다. 그리고 그러한 관계가 형성될 수 있었던 것은 나의 '과거' 때문이다.

나는 기생의 사생아로 태어났으며 그 사실을 감추고 아내와 결혼을 하지만 우연히 그 비밀이 밝혀지면서 아내와의 관계에서 일방적으로 열세에 놓이게 된다.

> "「나는 당신 때문에 부모에게조차 버림을 받은 자식이 되고 말았어요. 그러니 당신이라도 이제부터는 정말 단단히 마음을 바로 잡아 가지고 욕된 과거를 탕감할 수 있는 고결한 인격자가 되어 주셔야 해요.」
>
> 아내가 말하는 '단단히 마음을 바로잡아 가지고'나 '고결한 인격자가' 되라는 뜻은 말하자면 애욕에 사로잡히지 말고, 자기가 시키는

게 끌어 들이는 역할을 한다. 호소구조에 대해서는 다음 참조.
볼프강 이저(차봉희 역), 「텍스트의 호소구조」, 『현대사조』(12장), 문학사상사, 1981.

대로의 금욕생활, 아내의 표현으로는 육욕 본능의 절제를 지키라는 단순한 의미인 것입니다.

아내는 나를 마치 표본적인 호색한으로 보고 있는 모양입니다. 전부터도 그랬지만 내가 기생의 사생아라는 사실을 안 다음부터는 나를 색정에만 눈이 어두운 치한으로 단정하고 있는 것이 거의 틀림없습니다." 13)

이 인용문은 아내가 나에게 부당한 요구를 하기 시작하는 부분에 해당한다. 이전까지는 그저 평범한 부부관계로 살아왔지만 나의 '과거'를 빌미로 두 사람의 관계는 아내가 우위를 점하는 관계로 전화하게 되고 그 힘의 원천은 윤리적인 문제에 있었다.

그러나 두 사람의 관계에 힘의 원천으로 작용하게 된 것이 본질적인 것이 아니라는 데에 문제가 있다. 아내는 분명히 나의 과거를 안 뒤부터 나를 호색한 취급하는 것이다. 만일 '나'가 원래부터 비윤리적인 사람이었다면 지금껏 아무런 소리없이 살아 온 이유가 설명되지 않는다. 이 작품에 나타나는 부부 관계를 권력 관계에 있다고 보는 것은 바로 이러한 이유에서이다. 어떤 계기에 위해 힘의 우위에 오르고자 하며 그 우위를 지키고자 하는 것이 권력의 특성이기 때문이다. 이렇듯 한 번 계기를 마련한 아내는 나에게 '3개월 동안 잠자리를 같이 할 수 없다'는 등의 내가 감당할 수 없는 '부당한' 요구를 하기 시작한다. 그런데 문제는 여기에서 그치지 않는다. '나'의 태도 또한 예사롭지 않다.

"그 태도는 정히 나를 남편이나 아비로 대하는 것이 아니라 마치 변태적인 치한과라도 동거하는 듯한 극도의 경계심과 공포심을 노골적으로 나타내는 것이었습니다.

이쯤 되면 나로서는 견딜 수 없는 모욕이라, 울화가 치밀기도 했지만 나 스스로 생각해 보아도, 커다란 엉덩이를 하늘로 치꼬고 거꾸로 서듯 하면서 옹이 구멍을 들여다본 것은 역시 점잖지 못한 짓임에 틀림없는 데다가 그 밖에도 여러 가지 쌓여 온 약점들이 있었

---

13) p.31.

기 때문에 그때도 나는 꾹 눌러 참는 수밖에 없었던 것입니다.

그날밤 아내는 애들을 다 다 재워 놓고 나서 마침내 나에게 심각한 조건을 제시해 왔습니다.

「당신이 끝내 부모에게서 물려 받은 불순한 유전을 자제하고 청산하지 못하신다면 당분간 우리는 별거해 보는 것이 좋을 것 같아요.」

잔잔히 체념하듯 말하는 아내의 말 가운데 '불순한 유전'이라는 말과 특히 '별거'라는 말에 나는 정신이 번쩍 드는 것 같은 긴장을 느꼈습니다."[14]

자신에게 모멸감을 주는 아내에 대해 나는 아무런 반박이나 자기 주장을 하지 못하고 수용하고 있다. 나에게는 '과거'가 일종의 원죄 의식과도 같은 것이다. 아내는 교장의 딸이라는 조건만으로도 이미 도덕적 우위를 점하고 있는 셈이다. 그 우위를 바탕으로 아내는 나에게 금욕을 통보하곤 한다. 이런 이유로 나에게는 아내의 목욕 장면을 훔쳐보고 싶다든가, 자기도 모르게 이상한 육욕이 생겨난다든가 하는 상황이 벌어진다. 그러면 아내는 이제야 본색을 드러내는 것이라며 더욱 나에 대한 공세를 강화하는 것이다. 처벌에서 생겨난 새로운 죄(아내의 표현으로라면)가 생겨나는 것이다. 자신의 행위는 아내의 과민반응 내지 독단에서 나온 것이기에 그리 잘못된 것이 아니라고 생각하면서도 나의 생각은 이미 아내의 가치체계를 좇아 가고 있다. '점잖지 못한 행동'이라고 규정하는 대목이나 약점이 있다고 생각하는 대목이 그러하다. 무엇이 약점인지는 잘 모르지만 대체로 경제적인 무능력과 출신 성분을 숨긴 일 정도이다. 이미 아내의 담론은 심판자 내지 권력을 쥔 자의 그것이다. 자기가 쳐 놓은 윤리적 내지는 감각적 테두리로 나를 옭아 매고 있는 것이다.

아내의 부당한 요구에 대해 정당한 반발을 할 수 있는 것이지만 아내의 지시에 '순응'하면서 가끔씩 어쩔 수 없이 불거져 나오는 자신의

---

14) p.34.

행동을 인간의 심리 탓으로 돌리는 대목에서 지배와 피지배의 논리를 발견할 수 있다. 아내의 요구를 숫제 지시로 받아들이는 대목도 그러하다. 그리고 자학의 기미도 엿보인다. 아내와의 결혼 생활에서 '자신의 불순한 피에 대한 속죄의 희망'[15] 같은 것을 느끼기조차 한다는 대목에서이다. 그리고 자신이 '아내에게 완전히 도취하듯 반해버렸다'[16] 는 표현을 통해 자신의 그러한 수그림을 애써 자위하고 있는 것이다. 어쩌면 아내와의 타협을 통해 정신적인 면죄부를 얻고 싶은 것인지도 모른다. 그리고 자학과 자위는 아마도 내가 아내의 불륜의 현장을 목격하기까지 계속될 것이다. 자신의 출생의 비밀은 분명 자신의 죄가 아닐진대, 또 아내의 주장대로 '잠자리에서 무질서하고 난잡하다'고 생각하지 않으면서도 그러한 정신적 고통을 감내해야 하는가?[17] "아내와 헤어진다는 것은 나에게 있어서는 삶의 의미를 반 이상 박탈당하는 것과 다름이 없는 일입니다."[18] 라는 정도에 까지 이르게 된 이유는 무엇일까?

여기에서 우리는 앞 절에서 살펴 본 내포 구조를 떠올릴 필요가 있다. 아내는 결단코 그것을 인정하지 않고 있지만 이 작품의 내포 구조는 아내가 한박사와 결혼을 전제로 나를 멀리했음을 말해 주고 있다. 결국 아내는 나의 출생의 비밀이 드러난 것을 계기로, 친구 운영의 농간으로 포기해야 했던 한박사와의 결혼이라는 꿈을 이룩하기 위해 음모

---

15) p.37.

16) p.38, p.114.

17) 이 부분에서는 사소설적인 영향을 생각할 수도 있다. 부부간의 관계는 비밀스러운 부분이며 더욱이 그것이 부부간의 성과 관련된 문제일 때 비밀스러운 상황의 극대화라 할 수 있기 때문에 '비밀 만들기'와 그것의 폭로를 주된 내용으로 하는 사소설을 떠올릴 수 있다. 그러나 '나'는 그러한 점을 인정하지 않고 있다. 아내와의 대화에서는 어쩔 수 없이 인정하고 있지만 그의 서술시각을 통해 은밀하게 그것을 인정할 수 없다는 태도가 분명히 드러나고 있다. 따라서 사소설의 영향이라고만 보기에는 어려움이 많다. 사소설의 특성에 대해서는 다음 참조.
小林秀雄,『Xへの手紙·私小説論』, 新潮社, 1975

18) p.35

를 꾸민 것이라고 할 수 있다. 물론 그 음모는 절대 겉으로는 드러나지 않는다. 그것을 찾아내는 것은 독자의 몫이며 의무이기도 하다. 예를 들어 다음과 같은 구절은 아내의 일련의 행위가 음모로 성립될 수 있음을 방증해 주는 한 자료로 볼 수 있다.

> "「그래요. 부부간의 애정이란 따지고 들어가면 종족 보존의 목적에서만 의미가 있는 거지, 그 이상 향락 행위로 흐르는 건 죄악에요. 여기에 자연 고등 동물로서의 엄격한 자제가 필요해지는 거예요. 그런 절제를 모른다면 그건 한쌍의 개나 돼지지 부부는 아녜요.」" 19)

인간이 내세우는 금욕주의적 이상은 실은 의지에 있어서의 공허에 대한 공포의 표현이며 어떤 은밀한 목표에 대한 위장된 접근법이라는 니체의 말20)을 빌지 않더라도, 아내의 이 말은 분명 '가면' 속의 목소리로 들릴 수밖에 없다. 본고의 판단으로는 『부부』의 의미는 이 가면과 관련된 맥락을 무엇으로 전위시킬 수 있느냐에 달려 있다고 본다.

이 단계에 이르러 필자는, 작가가 다른 작품에서는 보기 힘든 긴 서장(序章)의 마지막 부분에서 다음 구절을 통해 그 '가면 벗기기'의 단초를 우회적으로 마련해 주고 있었던 것은 아닌가 하는 생각을 하게 되었고, 그것을 한 출발점으로 삼아 텍스트의 의미 층위를 전위시킬 수 있었다. 이 대목의 어조는 매우 확신에 찬 것으로 느껴지며, 그 어조는 아내의 윤리적 강점이 사실은 꾸며진 것일 수 있다는 믿음을 갖게 해주기 때문이다.

> "나의 아내는 어느 편인가 하면 이도 저도 아니요(몸매는 예쁘지 않지만 어질고 착한 여자라든가, 늘씬한 몸매가 완벽한 미인이라든가도 아닌-인용자) 철두철미 그 육체의 율동적이며 자극적인 매력이

---

19) p.36.
20) 프리드리히 니체(김태현 역), 「금욕주의적 이상은 무엇을 말하는가」, 『도덕의 계보/이 사람을 보라』(청하, 1982), pp. 105-170.

특징적이라고나 할까, 어쨌든 더할 나위없이 육감적이요, 고혹(蠱惑)적이요, 선정적이기조차 한 미묘한 타입인 것입니다. 만일 아내가 화류계에 몸을 던졌더라면 뭇 사내를 녹초가 되도록 완전히 녹여 버리고 말았을이만큼 그 육체는 창부형의 극치를 타고 난 것입니다."[21]

4. 관계의 전위 해석의 가능성과 그 의미

『부부』의 아내는 부부간의 애정을 종족 본능에만 국한시키고 있으며, 자신은 처녀때부터 향락 위주의 결혼을 생각해 본 적이 없다라는 가치관을 나의 비밀을 안 연후에 새삼스럽게 밝히고 있다.[22] 그러면서 나의 과거를 철저히 부정적인 것으로 몰아 별거를 선언한 후 자신의 음모를 진행시킨다. 기실 아내의 그러한 선언은 한박사와의 애정관계를 회복하기 위한 치밀한 계획이었음을 우리는 알 수 있지만 나는 말을 하지 않고 있다. 오히려 나도 어느덧 아내의 생각을 이제야 알게 되었노라는 생각을 하게 된다. 철저히 아내의 담론 속에 담긴 힘에 빠져들어가는 것이다. 그녀의 말은 철저히 윤리적이요 선의 표명에 다름아니기 때문이다. 아내는 나를 추잡하고 야욕과 같은 애정을 요구하는 사람이며 자기는 순결하고 진실하고 신성한 것을 추구하는 사람으로 규정하여 차별화를 시도하고 있다. 비록 어쩔 수 없이 결혼을 했다하더라도 나의 과거를 안 이후에 단 한번이라도 나의 처지를 이해해 주지 않고 무조건 몰아 붙이는 데서 권력의 생리와 같은 느낌이 난다. 어떤 빌미를 잡기 위해 별러 왔는데 때마침 그 기회가 잘 찾아주었다는 식이다. 적어도 부부로서 그럴 수는 없지 않은가. 남편의 상처를 어루만져 줄 수 있는 아내의 모습은 아무데도 없다. 제도의 희생자(기생은 분명 사회제도의 산물이다)에 대해서는 끝까지 가해를 하는 것이다. 이 장면에서 우리는

21) p.39.
22) p.38.

어떤 정치적인 분위기를 다분히 느끼게 된다. 아내는 기회를 잘 포착해 힘을 얻었고 나는 어느새 아무런 주장도 할 수 없는 힘없는 사람으로 전락해 있었다. '출생에 관한 나의 비밀이 탄로난 이래 나의 모든 행위를 음탕한 부모의 피를 물려받은 탓이라고 해석하게 된 것은 나로서는 가장 불쾌하고 불리한 약점임에 틀림없었'기 때문이다.

이미 이 부부간의 관계는 정치적 권력 관계와 전화시켜 볼 수 있는 단계에 와 있다. 그런데 이 작품에는 우리 정치사에서 익숙하게 들어온, '은인자중'이라는 단어와 함께 다음과 같은 구절이 있어 관심을 끈다.

> "「다만 국가 민족의 보다 큰 이익에 직결되는 자신의 전 인격적 역량, 생명까지도 걸고 분투하는 그 숭고한 인간적인, 정신적인 자세가 부러울 뿐예요. 쥐꼬리만한 월급에 목이 매달려 좌천이나 해고가 되지 않을까 전전긍긍하면서 그 불안감을 술집에 가서 음담패설로 겨우 풀고 집에 돌아와선 여편네의 육체에만 연련히 매달려 세월을 보내는 졸장부와는 근본적으로 다르단 말예요.」"[23)]

우리 근대사의 왜곡된 구조의 심화를 의미하는 군사 쿠테타를 처음 알리기 시작한 흥분된 목소리의 아나서운서를 통해 반복적으로 방송되던 그 용어들이 그대로 드러나 있다. 이러한 용어를 자신있게 사용하던 아내의 행태도 그 주역들과 매우 흡사하다. 그리고 이 작품은 군사 쿠테타가 발발한 그 이듬해에 연재되고 있었다. 그 해에는 소위 4대 의혹 사건이 일어나 그 '순수성'과 '애국심'이 여지없이 훼손당하고 있었다. 지금까지 그들을 있게 해준 인물들을 부정 부패의 척결이라는 미명하에 격리시키고 매도하여 자신들의 야욕을 달성하고자 하였던 그들이었기에 비난을 면키 어려웠다. <부부>의 나와 아내의 관계와 매우 적절하게 대비되는 상황이다. 아내의 완강한 부인에도 불구하고 한박사와의 애정관

---

23) p.64.

계가 사실로 드러났다.

그렇다면 나의 태도는 어떠했는가? 다음 인용 부분은 역시 당시의 정치적 상황을 연상케 한다.

> "그래서 나는 아내의 통제에 불만이 이만저만 아니면서도 할 수 없이 순응해 왔고 현재도 순응하고 있습니다만 그러한 통제를 가하면 가할수록 억압된 감정이 누적되어 부지불식간에 그 통제를 깨뜨리게 되는 것이 인간의 심리인 모양이라, 나도 아내의 지시를 엄수하느라고 무척 애를 쓰다가도 그만 깜박 실수를 하게 되고 그리되면 으레 통제는 더욱 강화되게 마련인 것입니다." 24)

흡사 피지배자의 행동 양태를 묘사한 듯 하다. 나중에 아내가 한박사와 비밀스런 애정을 유지하고 있었음이 나의 눈에 목격될 때가지 아내의 말은 나의 말보다 늘 우위에 있었다. 사실 나의 약점이라는 것이 아내의 추단에서 나온 것이지만 효력을 가지고 있었고, 나의 아내에 대한 의심은 눈으로 목격되었을 때만 입 밖으로 나올 수 있었던 데서 나와 아내의 관계를 새삼 확인할 수 있다. 물론 아내의 가면을 확인하고서도 단호하고 적극적으로 나서 가면을 벗기지는 못한다. 어찌 보면 선천적인 또는 어쩔 수 없은 과거로 인해 약점을 잡히고 그래서 주도권을 빼앗긴 힘없는 사람은, 아주 어렵겠지만 힘있는 자의 결정적인 부정을 목격을 해야만 그것을 겨우 말할 수 있을 뿐이라는 사실은 당시의 정치적 성격의 한 단면을 보여주는 것이기도 하다.

자신의 욕망이 수포로 돌아간 뒤의 아내의 태도 또한 정치적이다. 가면 벗기기가 이루어졌지만 그에 개의치 않고 슬그머니 돌아와 아무일 없었던 것같이 생활을 유지한다. 아무런 변명도 죄책감도 별로 없다. 자신이 그처럼 높게 기치를 올렸던 도덕성은 어느새 남의 이야기가 되었다. 그런 아내에 대해 나는 또 속아 주고 받아들일 수밖에 없다. 아내

---

24) p.37.

가 자기를 한박사로 생각하고 전에 없는 열정으로 성관계를 가지는 것인 줄을 알면서도 오랜만에 아내가 보여 주는 일이라서 거기에 반응해 주는 것이다. 쿠테타의 주역들도 그러했다. '구국의 일념'이라는 말에 혹시나 하고 기대를 하던 대중들을 기만하고서도 몇 사람을 속죄양으로 삼고 그만이다. 대중들 역시 속는 줄 알면서 망각의 편리함에 기대어 받아 들인다. 아내가 나의 심리를 이용하여 원상 회복을 하는 것처럼, 정치 군인들도 대중들의 심리를 이용하여 권력을 유지하고 있다.

그러나 이 작품의 의미는 여기에서 머무르지 않는 데 있다. 당대는 물론 그 이후의 정치적 상황까지도 은유적으로 표현한 것으로 읽어 낼 수 있기 때문이다. 작품의 마지막 부분에서 아내의 동생 정숙이 한박사와 약혼식을 올린다. 그 동안 아내의 모든 노력이 수포로 돌아가는 순간이다. 그것도 자기 혈육에게 '당한 것'이므로 그 비극성이 더하다. 이는 작가의 메시지에 가깝다. 가면을 쓰고 나서서 이루고자 하는 것은 결코 달성할 수 없거나 오래갈 수 없다는 경고성 메시지일 것이다. 아이러니칼 하게도 그 군사정권의 종말은 이 작품의 결말과 너무나 흡사하다. 너무 많은 세월이 흘러 버리긴 했지만 수족과도 같은 사람에게 '당한 것'이기에 그러하다. 그리고 그 종말이 있은 5년 후 작가는 일본으로 귀화를 했다. 무슨 생각에서였는 지는 알려져 있지 않다.

김동환
• 한성대 국문과 교수 • 주요 논문으로 「1930년대 한국 장편소설 연구」가 있으며, 저서로는 『한국소설의 내적 형식』이 있다.

재일 한인들의 수난사

손창섭의 『유맹(流氓)』론

강 진 호

1.

손창섭 소설을 병자의 신음소리, 모멸과 연민의 미학, 수인(囚人)의 문학[1] 등으로 이해하고 있는 사람들에게 『유맹』[2]은 매우 낯설게 느껴진다. 『유맹』에는 일본을 배경으로 정상적이고 안정된 가정 생활을 하는 주인공이 등장하여 그의 따사롭고 치밀한 시선에 의해서 주변이 관찰되고, 이전 소설에서 볼 수 있었던 모멸과 자학의 감정이 전혀 드러나지 않기 때문이다. 이런 사실은, 이 작품이 전쟁의 끔직한 체험을 바탕으로 쓰여진 50년대 작품들과는 달리 사회가 안정된 1976년에 쓰여졌고, 또 손창섭이 한국 생활을 청산하고 일본에 정착한 뒤에 발표한 것이라는 환경의 변화로 이해할 수도 있지만, 근본적으로는 작가가 현실에 대해서 일정한 거리감을 확보했음을 의미한다. 주변 인물들을 사실적으로 관찰하고 현재와 과거를 동시에 조망한다는 것은 작가가 역사주

---

1) 그간 손창섭에 대해서 많는 연구성과가 축적되었는데, 이 글에서는 주로 다음 글들을 참고하였다. 「모멸과 연민」(유종호), 「희화화된 애국자」, 「자기 모멸의 초상화」(정창범), 「수인의 미학」(이어령), 「긍정에의 의욕」(김우종), 「손창섭 소설연구」(정은경, 고려대 석사, 1993), 출전은 부록의 연구사 목록 참조.

2) 손창섭, 『유맹』, 『한국일보』, 1976, 1.1 - 10.28.

의적 시각을 견지하고, 과거의 체험에서도 자유로워졌음을 말해주는 것이다. 이런 점에서 『유맹』은 손창섭의 다른 장편들, 예컨대 『길』이나 『여자의 전부』 등과도 구별되는 독특한 면모를 갖고 있다.

손창섭 소설의 대부분이 그렇듯이, 이 작품에도 작가의 자전적 체험이 강하게 투사되어 있다. 「신의 희작」에서 고백한 것처럼, 자신의 '의식 세계를 단적으로 표현한' 것이 손창섭의 소설이라면, 『유맹』에는 도일(渡日) 후의 심경이 담겨져 있다. 화자인 '나'가 2년 전에 한국 생활을 청산하고 일본인 아내를 따라 도일하여 동경에 살고 있는 점이나, 작품 곳곳에서 언급되는 개인사에 대한 언술은 작가의 실제 삶과 거의 일치한다. 그런데 「낙서족」이나 「신의 희작」이 자신의 부끄러운 개인사를 숨김없이 고백하는 형식이었다면, 『유맹』에서는 주변 인물들을 관찰하고 기록하여 작가의 주장은 상대적으로 약화되어 드러난다. 더구나 화자는, 한국에 있는 친구의 부탁으로 재일 동포들의 의식을 조사하는 일까지 맡고 있어서, 작품은 마치 재일 한인들의 의식을 독자에게 보고하는 듯한 느낌마저 주며, 그런 관계로 기존의 평가를 바탕으로 이 작품을 보자면 낯설 수밖에 없다.

그 동안 「신의 희작」이나 『낙서족』은 손창섭을 이해하는 대표적인 작품으로 평가되어 왔다. 「신의 희작」(61)은 비정상적인 성장 과정과 모멸적 인간관을 그린 작가의 자전소설로, 유곽에서 어린 시절을 보내고 홀어머니 밑에서 성장하면서 갖게 된 성에 대한 왜곡된 인식과 야뇨증, 까닭 모를 공포심과 복수심 등을 내용으로 하는데, 여기서 우리는 작가의 독특한 성장 과정과 내면세계를 이해할 수 있었다. 한편 『낙서족』(59)은 과거의 역사를 제재로 했다는 점에서 전쟁의 끔직한 체험에서 벗어난 작가의 모습을 보여준 작품이지만, 주인공 '도현'의 행동은 상식 이하의 것이어서 지극히 희화적이었다. 독립을 위해서 조직을 결성하고 다이너마이트를 만들지만 독자들은 그의 행동에 공감할 수 없었는데, 이는 작가가 도현의 우스꽝스러운 행동을 통해서 민족이나 역사와 같은 지고의 가치마저 조롱했기 때문이다. 이렇듯 손창섭 소설의 중요한 특성은 비정상적이고 모멸적인 인간상과 사회의 가치, 규범에 대한 부정이었다. 그의 작품이 아이러니를 특징으로 하는 것은 이같은 역설의 방법으로 정상적인 삶을 갈망했기 때문이고, 손창섭이 전후 소설사에서 중요한 평가를 받는 것 역시 이러한 특성이 전후의 황폐한 현실을 상징적으로 대변해 주었기 때문이다. 사회적 가치와 규범이 흔적도 없이 사라지고 모든 합리적인 것이 파괴된 현실에서 남은 것이라곤 환멸과 허무뿐이었고, 손창섭 소설은 이같은 폐허에서 토해낸 처절한 신음소리나 다름없었던 셈이다.

그런데 「잉여인간」 이후 간헐적으로 드러난 삶에 대한 욕망과 의지가 이후 작품에서 점차 구체화되는데, 『유맹』(76)은 이러한 변화의 마지막에 놓이는 작품이다. 69년에 발표한 『길』은 정상적인 삶에 대한 작가의 강렬한 의지를 표현한 것으로, 최성칠이라는 소년이 혼탁한 현실에 대항하면서 건전한 가치관을 형성해 간다는 내용이다. 전쟁과 무관한 이런 내용을 통해서 작가는 산업사회의 부정성과 진정한 가치관에 대해서 새로운 관심을 보였고, 뒤이어 쓰여진 『여자의 전부』(일명 『삼부녀』)(70)에서도 타락한 세태의 혼란스러운 가치관을 문제삼은 바 있다. 이 글의 대상이 되는 『유맹』은 이런 변화를 보인 뒤 6년간의 침묵 끝에 발표한 작품으로, 여기서 작가가 주목한 것은 재일 한인들의 수난사였다. 최원복 노인을 중심으로 전개되는 재일 한인들이 겪는 차별 대우와 사회적 갈등은 우리 소설사에서 전례를 찾을 수 없었던 재일 동포들의 이야기라는 점에서도 의미를 찾을 수 있거니와, 무엇보다는 중요한 것은 이를 통해서 작가의 정신적 궤적을 동시에 확인할 수 있다는 점에 있다. 말하자면 작가의 창작을 관통하는 일관된 내용은 정상적인 삶을 가로막는 현실의 제반 부정적 요소이며, 그것을 작가는 시기별로 독특한 서사원리를 통해서 그려냈던 것이다. 50년대에는 비정상적인 인물군상을 통해서 환멸스러운 현실을 조소하다가, 60년대 들어서는 산업화와 타락한 세태의 문제에 관심을 보였으며, 도일 후에는 재일 한인들의 과거와 현재를 역사주의적 시각으로 조망하는데[3], 이런 점에서 보자면 손창섭의 창작을 규율하는 가치의 중심은 다분히 리얼리스트적인 것이라고 할 수 있다.

그런 관계로 『유맹』에서 우리가 주목할 수 있는 것은 재일 동포들의 정상적인 삶을 가로막는 여러 장애 요소들이다. 떠돌이 백성을 뜻하는 '유맹(流氓)'이라는 말처럼, 『유맹』은 일본에서 생활하지만 거기에 정착하지 못하고 그렇다고 한국으로 돌아갈 수도 없는 재일 한인들의 슬픈 이야기를 내용으로 하고 있다. 이들의 대부분은 일제치하에서 강제노역에 동원되어 비참하게 목숨을 이어오다가 해방이 되어도 귀국하지 못하고 그냥 눌러 앉게 된 사람들로, 그래서 하루라도 빨리 고국에 돌아가고자 하는 간절한 꿈을 안고 살아간다. 『유맹』에는 이들의 신산스러운 삶이 현재와 과거의 대비를 통해서 그려지는 까닭에 작품에서는 무엇보다 작가의 역사주의적 시각이 돋보이게 된다. 역사주의적 시각이란 현재와 과거를 바라보는 작가의 역사관이고, 동시에 현실을 대상화하는 거리감각이다. 최원복을 중심으로 펼쳐지는 재일 한인들의 과거사는 그렇기 때문에 현재의 전사(前史)로서의 의미를 갖게 되며, 우리가 이 작품을 통해서 재일 한인들의 현재와 과거를 실감나게 느낄 수 있는 것도 사실은 이러한 역사주의적 시각이 투영되어 있기 때문이다.

이글에서 주목하고자 하는 것은 작가의 사실적이고 역사주의적인 시각에 의해서 포착된 재일 한인들의 현재와 과거사의 내용이 무엇이며, 그것을 통해서 알 수 있는 작가의 새로운 모습이 무엇인가 하는 점이다. 이를 위해서 우선 『유맹』의 내용을 분석적으로 살펴보고 그것이 어떠한 의미를 지니는가를 서술한 뒤, 마지막에서 그것이 손창섭 소설에서 갖는 의미를 묻게 될 것이다. 미리 말하자면 『유맹』은 손창섭의 사

3) 이후 작가는 역사소설 『봉술랑』을 마지막으로 더 이상 작품활동을 하지 않은 것으로 알려진다.

실적이고 역사주의적인 시선에 의해서 포착된 재일 한인들에 대한 문학적 보고서이자 동시에 리얼리스트로서 작가의 완숙한 경지를 보여준 작품이다.

2.

『유맹』은 1976년 1월 1일부터 10월 28일까지 10개월간 『한국일보』에 연재된 장편으로, 작품은 현재와 과거가 번갈이 서술되는 두 개의 플롯으로 이루어져 있다. 현재의 이야기는 화자인 '나'가 일본서 알게 된 주변 인물과의 만남을 기술한 것이고, 과거에 대한 서술은 최원복과 고광일이 일제치하에서 겪은 수난과 해방후의 정착 과정을 다룬 것이다. 이 두 개의 이야기가 번갈아 진행되면서 작품의 내용이 구체화되는 까닭에 인물의 성격은 역사성을 갖게 되고, 평이한 내용 역시 입체감을 부여받는다. 이 과정에서 작가의 탁월한 스토리 텔러적 수완이 작품의 홍미를 더욱 돋구는데, 작가는 우선 신문소설의 특성을 효과적으로 이용한다. 매회마다 다음 회를 기다리게 하는 긴장과 호기심을 유발하는 구절을 삽입하여 독자들의 시선을 고정시키고, 그것을 통해서 작품의 완급을 조절한다. 또 인물의 배치 역시 치밀하여 한 인물의 내력을 말하다가 또 다른 인물을 연결하고, 그것이 계기가 되어 새로운 인물이 등장하는, 마치 인물이 고리처럼 연결되는 독특한 구성법을 사용하고 있다. 그리고 최원복과 고광일의 과거사를 회상하면서 작품의 시간을 현재에서 과거로 급전시켜 역사적인 원근법을 확보하며, 이런 시·공간을 배경으로 인물 하나하나의 숨은 사연이 들추어지는 까닭에 현재에서 과거로, 과거에서 현재로 이야기가 전환됨에도 불구하고 내용이 무리없이 연결되고, 독자들은 자연스럽게 재일 한인들의 현재와 과거의 숨은 역사 속으로 빠져들게 된다.

2-1

작품의 한 축을 형성하는 현재의 이야기에는 화자인 '나'의 목격담과 심경이 서술되는데, 여기서 특기할 점은 화자를 2년전에 도일하여 아직 일본 생활에 익숙하지 않은 인물로 설정한 점이다. 일본 생활이 낯설다는 것은 그만큼 현실을 대상화할 수 있다는 말로, 화자가 비록 젊은 시절을 일본에서 보냈고 일본인 아내를 두고 있지만, 해방 이후 급격히 변모한 일본 사회가 예전처럼 익숙할 리는 없다. 그렇기 때문에 이러한 인물을 화자로 설정했다는 것은 현실을 객관화하려는 작가의 의도를 반영한 것으로 볼 수 있다. 『유맹』에서 재일 한인들의 수난사가 사실적으로 제시되는 것은 이와같은 관찰자적 인물에 의해 주변 인물과 사건이 서술되기 때문이다.

'현재'의 이야기에서 우선 주목되는 것은 재일 한인들의 정상적인 삶을 가로막는 여러 장애 요인들이다. 이 다양한 요소들이 체계적으로 서술되어 드러나는 것은 아니지만, 그것은 대체로 다음과 같은 세 가지 내용으로 정리할 수 있다. 하나는 일본인들의 민족적 편견과 차별 대우이고, 둘은 한인 동포들 간의 이념적 분열과 대립이며, 나머지 하나는 고국에 대한 향수이다. 이 복합적 요소들이 재일 한인의 정상적인 삶을 가로막고 현재를 질곡하는데, 먼저 일본인들의 차별 대우는 교포들의 삶을 왜곡하는 가장 심각한 문제로 등장한다.

취직은 말할 것도 없거니와, 진학이나 결혼 등 생활의 모든 면에서 교포들은 차별 대우를 받고 있다. 성적이 우수하고 일류대학을 졸업했다 하더라도 사회적으로 출세하기가 쉽지 않으며, 기반을 잡았다 하더라도 주변으로부터 따돌림을 당하기가 일쑤이다. 최노인의 아들 인기, 성기 군이나, 며느리 후미꼬, 백도선 등이 그런 경우로, 이들은 모두 대학에 진학하지 못했거나 중도에 포기한 인물들이며, 그래서 정상적인 사회구조 속에 편입하지 못하고 기껏 택시 운전을 하거나 아버지 사업을 도와주는 등의 신세를 벗어나지 못하고 있다. 일본인들이 보기에 조선인들은 게으르고 불결하며 협잡성이 뛰어나서 믿을 수 없는 존재들이고, 따라서 신뢰할 수 없다. 그런 관계로 주변에서 좋지 않은 일이 일어나면 조선인에게 덮어 씌우는 차별과 멸시가 다반사로 일어나는데, 작가가 보기에, 1923년의 관동 대지진 사건 역시 이같은 편견이 빚어낸 역사적 비극이었다.

관동 대지진 당시 재일 한인 8만 중에서 6천 여명이 끔직하게 학살되었는데, 그 직접적인 원인은 일본인들이 의도적으로 유언비어를 유포하여 군중들의 잘못된 심리를 조장했기 때문이지만, 바탕에는 '도둑이 발이 저리듯, 조선을 약탈한 지배국인의 지레겁과 조선인에 대한 잠재적 적대의식'이 깔려 있었다. 말하자면 일본인들의 편견과 오만은 과거 식민통치 기간에 형성된 지배자로서의 보복에 대한 두려움으로 더욱 강화되었고, 그것이 역사 이래의 잠재된 적대의식과 결합하여 오늘날과 같은 태도를 보이게 되었다는 것이다. 실제 자료를 참고하자면, 개화기 이전까지만 하더라도 일인들은 조선 사람들을 선망의 대상으로 인식했고 상당히 우호적인 태도를 갖고 있었지만, 그것이 한일합방을 거치면서 점차 부정적으로 변했다고 하는데[4], 이런 사실에 비추자면 작가의 인식은 상당히 정확한 것이라고 할 수 있다.

다까무라 형제의 납치소동과 최성기 군의 자살사건 역시 이같은 차별 대우가 빚어낸 민족적 비극이었다. 다까무라 다께오는 여중 2년 생인 화자의 딸과 같은 반 급우인데, 묘하게 뒤틀린 성격을 갖고 있어서, 조선인이라는 이유로 딸에게 도둑의 누명을 씌우기도 하며 마늘 냄새가 난다고 따돌리기도 하는 인물이다. 그런데 그는 뜻밖에도 일인이 아니라 귀화한 한국인이었다. 이를테면 다까무라는 한국인임에도 불구하고 귀화하여 철두철미 일본인처럼 행세하고 조선인을 가장 멸시하는 소년이다. 이 다께오가 형과 함께, 이복동생을 납치하여 인질극을 벌이면서

4) 송건호, 「일본인의 한국관」, 『현대일본의 해부』, 한길사, 1983년판.

‘아프리카’로 보내달라고 요구한 것은 한국인으로서 당한 모멸과 희망없는 미래에 대한 불안감 때문이었다. 난잡한 생활과 타산적인 행동으로 가정을 돌보지 않는 아버지에 대한 반항심과 조선인으로서의 자굴감 때문에 이들은 일본에서 살 수도 없고, 그렇다고 한국에 돌아갈 수도 없는 절망감을 느꼈고, 그것을 제 삼국행을 통해서 해결하려 한 것이다.

최원복 노인의 셋째 아들인 성기의 자살 역시 같은 맥락의 사건이었다. 섬세한 그는 분단된 조국의 현실에 늘 가슴아파했던 인물이다. ‘나’에게 찾아와서 남한에서 쓰여진 한국사 관련 책자를 빌려가기도 하고, 남한의 현실에 대해서 깊은 관심을 보이기도 했지만 내심으로는 조국이 분단되어 갈등과 반목을 되풀이 하는 데 큰 실망감을 갖고 있었고, 더구나 한인으로서 당하는 굴욕감과 민족적 고아의식에서 헤어나지 못하고 있었다. 그런 와중에 아버지의 영구 귀국 문제가 발생하고, 한인이라는 이유로 교제를 끊어 달라는 여자측의 요구를 받게 되자, 절망과 무력감에서 헤어나지 못하고 꽃다운 청춘을 마감한 것이다.

이 두 사건을 목격하면서 작가는 일본이라는 이방사회에서 겪어야 했던 심한 차별과 멸시, 거기서 오는 견딜 수 없는 민족적 울분을 느끼게 된다.

> 이런 것으로 보아 성기군의 자살 동기는 간단하지가 않았다. 아무도 그것을 한마디로 말하기는 어려웠다. 여러 가지 복합적인 요인이 그로 하여금 마침내 기세(棄世)의 골짜기로 몰아 넣었던 것이다.
>
> 다만 분명히 말할 수 있는 것은 「그가 일본이라는 특수 상황 속에서 사는 한국인이 아니었더라면 죽지 않았을 것」이라는 점이다.
>
> (중략)
>
> 성기군의 자살이 나의 가슴 속에 이중의 아픔을 남겨 준 것도 이런 까닭에서였다. 풀리지 않는 한같은 것이 독한 연기처럼 가슴 속을 자욱히 메웠다.[5)]

---

5) 『유맹』, 221회.

이렇듯 작가는 주변 현실을 역사적이고 사실적인 시선으로 포착하는데, 이는 일본에 대한 적개심을 폭력과 증오로 표시했던 「낙서족」과는 확연히 구별되는 모습이다. 그리고 이전 소설이 역설과 아이러니의 기법을 활용하여 작가의 의도를 우회적으로 제시했다면 여기서는 그런 모습 또한 보이지 않는데, 이 역시 작가의 변화를 보여주는 대목이다.

다음으로 한인들 사이의 이념적 갈등 역시 일본인들의 편견 못지 않게 이들을 괴롭히는 요인으로 제시된다. 1976년 당시 재일 동포들은 4할 정도가 민단 계열이고, 3.5할 정도가 조련계이며, 나머지 2.5할 정도가 중간파였다. 숫적으로는 민단이 많았지만 여전히 조련계가 무시못할 정도로 실력을 행사하고 있으며, 일본의 매스컴 역시 북한에 동조하는 상황이었다. 그래서 상당수 한인들이 친북한적인 태도를 보이거나 아니면 기회주의적인 태도를 취하는데, 과거 북한에서 2년동안 고생한 경험이 있는 주인공이 보기에 이러한 태도는 도저히 용납할 수 없는 일이다. 철저한 통제와 억압으로 자유가 전혀 존재하지 않는 곳이 북한인데, 그와는 정반대로 북한을 지상천국으로 생각한다는 것은 작가가 보기에는 하나의 망상에 불과한 것이다. 화자가 백도선의 처와 대화를 나누다가 거침없이 흥분하는 것이나, 한창일 노인과 주먹다짐까지 벌이는 민감한 반응을 보이는 것은 모두 이같은 심리를 드러낸 것이다.

백도선의 부인은 원래 조련계 고등학교를 나왔고, 현재에도 여전히 북한이 지상천국이라는 생각을 갖고 있는 인물이다. 그렇기 때문에 그녀는 남한은 소수의 반동 부르조아가 지배하는 사회이고, 6.25는 북침이라는 주장을 굽히지 않으며, 심지어 화자를 남조선의 앞잡이라고 서슴없이 매도하기까지 한다. 한창일 노인 역시 같은 생각을 가진 인물이다. 그는 식민지 이래 가난한 노동자로 전전하면서 지상낙원이라는 북한의 주장에 동조하게 되었고, 더구나 자식들이 모두 조련계에 관여하고 있었던 까닭에 입장을 바꿀 수도 없는 처지였다. 그래서 이들은 남한에서 건너온 화자를 적대시하고, 화자 역시 이들에게 강한 거부감을 보인 것이다. 그런데, 여기서 우리는 화자의 반응이 지나치게 민감하다는 사실을 알 수 있는데, 이것은 화자가 이 시기까지도 공산주의에 대한 적개심에서 벗어나지 못하고 있었음을 말해준다. 작가는 전쟁이 끝난지 25년이나 지난 이 시점에서도 전쟁의 강박관념에서 완전히 벗어나지 못했고, 그래서 백도선의 처나 한창일과 같은 주변 인물들의 한맺힌 사연을 이해하려 하기보다는 부정하는 과민한 반응을 보였던 것이다.

> 부르좌 계급이니, 착취니, 제국주의니, 열렬한 지지니, 혁명이니 하는 말은 북한에 있을 때 귀에 못이 박히도록 들어온 말이다. 나는 지금 북한에 와 있는 게 아닌가 순간 착각할 정도였다.
>
> (중략)
>
> 「여보쇼, 부인. 무슨 말을 그렇게 하우?」
>
> 부지중 나는 버럭 고함을 질렀다. 흥분으로 자신의 가슴이 벌렁거리고, 낯이 달아오르는 걸 느꼈다. 그러나 다음 순간 이래선 안된다고 마음을 내리눌렀다.[6]

그런데 한창일 노인이 공산주의에 동조했던 것은, 그 이념을 정확히 이해하고 그런 것이라기보다는 일본에 건너 온 이래 가난과 천대를 면하지 못했기 때문이라고 할 수 있다. 가난한 노동자로 한 평생을 살아오면서, 누구나 평등하고 풍족하게 살 수 있다는 주장은 관심을 끌기 마련이었고, 그런 이유로 한창일은 남,북한의 정확한 실상도 알지 못한 채 북한을 지지하는 태도를 보였던 것이다. 백도선의 처 역시 한인으로서의 수모와 시련을 견디지 못하고 위안처럼 북한의 주장에 동조한 것이고, 따라서 그것은 현실의 어려움을 만회하려는 보상심리와도 같은 것이었다. 이런 사실이 숨어 있음에도 불구하고 화자가 이들에게 극단적인 반감을 갖는 것은 언급한 대로 북한 체험에서 비롯된 공산주의에 대한 강한 거부감이 숨어 있었기 때문이다. 여기서 우리는 공산주의에 대한 적개심이 작가를 지배하는 원체험과도 같은 것임을 다시 한번 확

6) 『유맹』, 98회.

인할 수 있다.

마지막으로 작가가 주목하는 것이 재일 한인들의 고독과 향수이다. 특히 노인들이 느끼는 그것은 더욱 절박한 것으로 서술된다. 한 평생을 천대와 멸시 속에서 살아 온 이들에게 더없이 그리운 것은 고향이다. 그래서 이들은 뼈만이라도 고국에 묻히고자 하는 간절한 소망을 간직하고 오늘날까지 살아 왔다. 그런데 고국은 이들을 받아줄 준비를 하지 않으며, 오히려 남북으로 분단되어 통일의 가능성은 요원하기만 하다. 그런 까닭에 남한으로 귀환할 것이냐 아니면 북한을 택할 것이냐 하는 문제 역시 이들에게는 간단한 문제가 아니다. 최원복이나 한창일 노인처럼 자식이 북송선을 탔거나 조련계에 관여하고 있다면 문제는 더욱 복잡해진다. 남한으로 귀국한다면 북한의 스파이로 몰릴 가능성이 있으며, 귀환 후에도 감시 속에서 여생을 마쳐야 한다는 불안감을 떨칠 수 없기 때문이다.

화자가 한창일 노인에게 반감을 갖고 있으면서도, 작품 말미에서 연민의 시선을 보냈던 것은 그가 이러한 곤란한 입장에 놓여 있음을 이해했기 때문이다. 한창일은 고향이 남한이지만 자식이 조련계에 관여하고 있었던 까닭에 남한으로의 귀향을 엄두도 못내고 있었다. 최원복의 귀향을 지켜보면서 토해내는 절규는 이런 심리를 단적으로 표현한 것이다.

> 「최가야, 너 혼자 돌아가기냐. 너무 야속하다 이놈아. 날 두고 너 혼자 조국에 돌아갈테냐. 내 고향은 남조선인데두 난 가고 싶어두 못간다, 이놈아.」
>
> 넋두리를 하며 한씨는 울기 시작했다. 모두들 어리둥절한 낯으로 한씨를 바라보았다.
>
> 「난 생전에 내나라엔 못가보구 죽는다. 억울하다, 억울해.」[7]

---

7) 『유맹』, 249회.

이런 절망과 탄식 속에서 최 노인을 비롯한 동포들은 30년을 기다려 왔는데, 이 오랜 기다림 동안 최원복 노인을 위로했던 것은 고향 음식이었다. 최노인은 고향이 그립거나 명절날이면 고향 음식을 만들면서 향수를 달래왔는데, 말하자면 '고향 음식 만들기'는 '조국에 대한 애정'이자 '취미요 도락이며 위안'이었다.

> 남북한과 일본의 설음식 이야기를 나누며 노인과 나는 취한 듯이 만두를 빚었다. 노인의 손에서 이루어지는 것은 한결같이 쭉 고르고 예뻤다 그것을 빚는 노인의 솜씨에는 예술가가 작품을 창작할 때처럼 생명력이 부어지는 것 같았다. 그것은 어쩌면 조국에 대한 애정인지도 모른다.[8)]

최노인이 신정보다 구정을 고집하는 것이나, 김치 공장을 하면서도 대규모로 사업을 확장하지 않고 수공업으로 고유의 맛을 유지하고자 하는 것은 모두 이러한 심리를 표현한 것이다.

결국 최노인은, 아들 성기의 죽음을 계기로 영구 귀국을 결심하고 아내와 자식의 유해를 가방에 숨긴 채 귀항선에 오르는데, 이는 작가가 재일 한인들의 오랜 꿈이자 귀소본능을 표현한 것이라고 할 수 있다. 작품의 말미에서 화자가 최노인을 통해서 자신의 쓸쓸한 미래를 보는 것은 작가 역시 최노인과 다를 바 없는 이방인이었기 때문이다. 화자가 최노인과 스스로를 동일시하는 데서 이점은 더욱 확연해지거니와, 화자가 일본의 기모노에 대해서 생리적 거부감을 보이는 것이나, 딸을 한국 청년과 결혼시키겠다고 고집하는 점, 또 한인촌의 소박하고 정감있는 분위기에 젖어드는 행위 등은 최노인의 취향과 흡사하다. 화자가 최노인의 귀환을 적극 주선했던 것도 이같은 동병상련의 그리움이 교감되었기 때문이다. 한국 생활을 청산하고 도일했지만 화자 역시 고향을 잊지 못하는 이방인이며, 최노인과 하등 다를 바 없는 한국인이었다. 그래서

---

8) 『유맹』, 127회.

최노인과의 만남을 통해서 화자는 여기가 한국의 시골 농가가 아닌가 하는 착각을 갖게 되고, 최노인의 귀향을 통해서 작가 자신의 원초적 회귀의식을 표현한 것이다. 이 작품이 손창섭의 이전 작품과는 다른 모습을 보여주는 것은 이같은 작가의 우울한 심경이 사실적으로 그려져 있기 때문이다.

2-2.

『유맹』의 또 다른 축을 형성하는 것은 재일 한인들의 과거사이다. 최원복 노인을 중심으로 식민치하 강제노역의 일화들이 소개되면서 재일 한인들의 뼈아픈 과거사가 드러나는데, 과거사의 전반부는 식민치하 강제노동과 관련된 서술이고 후반부는 해방후 이들이 일본에 뿌리내리는 과정에 대한 기술이다. 이런 치밀한 구성에 의해 이 부분이 서술되는 까닭에 우리는 한인 노역자들의 고통과 부침(浮沈)의 역사를 실감나게 이해할 수 있다. 더구나 작가가 역사주의적 시각을 견지하면서 인물들의 수난사를 서술하는 까닭에 개별 인물들은 시대를 대변하는 전형성을 갖게 되고, 동시에 당대 상황에 대한 소상한 정보를 제공해준다.

최원복을 비롯한 한인 노동자들은 모두 일제의 토지수탈과 고리대를 이기지 못하고 일본에 건너온 사람들이다. 일제가 식민정책을 본격화하면서 제일 먼저 착수한 것은 토지조사사업이었고, 그것을 통해서 일제는 거의 대부분의 토지를 일인의 소유로 전환시켰다. 또 높은 이자로 돈을 빌려주어 기간 내에 갚지 못하면 집과 땅을 사정없이 몰수하였다. 이 와중에서 최원복도 반강제로 토지를 뺏겼고, 생계를 꾸릴 수 없는 막막한 처지로 전락하여 인부 모집광고를 보고 일본에 건너온 것이다. 당시 많은 한국인들이 식민치하의 고통을 견디지 못하여 실날같은 희망을 안은 채 일본의 노동판으로 몰려들었던 사실을 상기하자면, 최원복의 개인사는 한인 노동자들의 행로를 전형적으로 대변하는 셈이다. 당시 일제는 부족한 노동자를 충원하기 위해서 대규모의 조선인 노동자를 모집하거나 징집하였는데, 그것은 크게 네 단계의 변화를 보여주었다. 즉 1910년대의 조정기, 1920년대의 사회,경제적 수탈정책을 통한 구조적 노동력 동원기, 1930년대의 적극적 노동력 동원기, 30년대 말 이후 40년대의 전시 노무 동원기인데, 여기서 세 번째 단계는 일제가 필요한 노동력을 주재소를 통해서 모집한 것이고, 네 번째는 강제로 동원한 것을 말한다. 이런 사실에 비추자면 최원복은 세번째 단계에 도일한 인물로, 농사로는 더 이상 생계를 유지할 수 없게 되자 주재소의 모집광고를 보고 도일한 경우였다. 후술하겠지만, 최원복이 도일 후 생활이 안정되자 아내 선화를 일본으로 데려 올 수 있었던 것은 이처럼 강제 징집에 의해 끌려온 노동자가 아니었기 때문이다. 당시 무수히 많은 몰락 농민이 주재소를 찾아가거나, 아니면 이미 일본에 건너간 친척, 지기의 주선으로 도일했는데[9], 여기에 비추자면 작가의 기록은 역사적 사실에 부합하는 것이다.

그런데 한인 노동자들의 일본 생활은 시간이 갈수록 어려워졌는데, 일제가 침략정책을 본격화하면서 한인들은 더욱 혹독한 노동에 시달리게 되고 감시 속에서 하루하루를 보내야만 했다. 작가는 이런 과정을 최노인의 회고를 통해서 서술하면서 한인 노동자들에 대한 일제의 가혹한 노동 착취를 고발한다. 일제는 한인들에게 '대동아 전쟁의 성전 완수를 위해 목숨을 바쳐 싸우는 군인'과 같은 강도의 노동을 요구했고, 그것을 게을리 할 경우 모진 매와 처벌을 내렸다. 연소자나 노약자들이 할당량을 미처 못 채우면 밥도 굶긴 채 밤늦게까지 일을 시켰으며, 다음날도 꼭같은 일정을 되풀이 하였다. 오랫 동안 농사를 지었기 때문에 육체 노동에는 자신이 있었던 한인들이었지만 이런 혹독한 노동에는 도저히 견딜 수 없었던 것이다. 게다가 일인들의 차별 대우와 인권유린

9) 김민영, 『일제의 조선인노동력수탈 연구』, 한울, 1995, pp.27-31.

역시 이들을 더욱 궁지로 몰아넣었다. 작업 도중에 부상자가 발생하면 일인 감독들은 한인들을 얼씬도 못하게 한 뒤 그대로 방치하는 경우가 다반사였고, 부상의 정도가 심하면 곧바로 매장하는 경우도 있었다. 당장 응급조치를 취해도 살까 말까 한 환자들을 그대로 방치하니 십중팔구는 죽기 마련이었다. 그렇지만 일인 노동자들이 부상을 당하면 법석을 피우고 바로 병원으로 옮겼다. 이같은 차별 대우와 부당한 죽음을 목격하고 한인 노동자들은 치를 떨었지만, 총과 몽둥이 앞에서는 역부족이었고, 간혹 탈출을 시도했다가도 사살되는 경우가 대부분이었다. 이런 지옥과도 같은 상황에서 조선인 노동자들은 하나하나 죽고 병들어 갔던 것이다.

당시 한인 노동자들은 무상노동에 가까운 저임금, 장시간 노동의 강요, 높은 노동 상해율 등 참혹한 노동조건 밑에서 고혈을 강요당했으며, 또 노동징용령에 의해서 강제로 동원된 노무자는 광산 지대와 군수 공장 그리고 위험한 토목공사에 동원되어, 병영적, 이데올로기적 통제 아래 실로 육체소모적인 참혹한 희생을 강요당했는데,[10] 이런 사실에 비추자면 최원복을 중심으로 서술된 노역장의 모습은 실제 사실과 그대로 부합되고, 따라서 이 작품은 인간 이하의 노동조건, 인권 유린, 차별대우 등의 강제 노동자들에 대한 생생한 증언이 되는 것이다.

이런 재일 한인들의 운명이 새롭게 결정된 것은 해방 이후였다. 이들은 대부분 고향에서 더 이상 견딜 수 없어서 도일한 경우였기 때문에 해방이 되었다고 바로 귀국할 수도 없는 처지였다. 돌아가더라도 당장 경작할 땅이나 일할 장소가 없었기 때문이다. 오늘날까지 일본에 남아 있는 재일 한인들의 대부분은 이같은 이유에서 일본에 그대로 눌러앉게 된 사람들이다. 최원복과 고광일도 같은 이유에서 귀국하지 못하고 일본에 정착한 사람들로, 이들 중 해방후의 혼란을 교묘히 이용한 사람들은 일본 사회에 뿌리내릴 수 있었지만, 그렇지 못하고 양심을 지켰던

10) 앞의 책, pp. 150-153.

부류는 일인의 천대 속에서 사회의 주변으로 밀려나야 했다. 작품의 두 주인공 고광일과 최원복은 이 부침의 역사를 대변하는 인물들이다.

현재 동경에서 호텔과 한식당을 경영하면서 출세한 고광일은 원래 최원복과 함께 북해도 공사판에서 일했던 인물이다. 그는 원래 주변 사람들의 비위를 잘 맞추었고, 일인 감독들로부터도 미움을 받지 않는 빼어난 수완을 갖고 있었다. 쉬는 시간이면 감독들에게 다가가 안마를 해주고, 또 맡은 일도 솔선 수범하는 부지런함을 보여 주변 사람들로부터 빈축을 사기도 했다. 그렇지만 그는 이러한 수완으로 감독들의 신뢰를 얻을 수 있었고, 마침내 최원복과 함께 노역장을 탈출할 수 있었다. 전후 혼란을 틈타 고광일이 엄청나게 치부할 수 있었던 것은 모두 이와같은 타고난 수완 때문이었다. 미군 부대에서 설탕을 빼돌리고, 밀주를 만들어 팔며, 심지어 고급 창녀를 끼고 마약까지 밀매하면서 엄청난 부를 거머쥐는데, 고광일의 가치 기준이란 철저하게 이해 타산적이어서, 이익이 되는 일이면 뭐든지 가리지 않았던 것이다.

> 나같은 사람이 애들(일인)한테 당해 온 억울한 수몰 갚으려면, 큰 소리치며 보란 듯이 뻐길 수 있게 되려면, 결국 돈밖에 더 있습니까. 결국 돈이 있어야 사람 대접을 받구 사람 구실을 합니다. 그래서 나는 주위에서들 손가락질을 하든 말든 침을 뱉든 말든, 욕을 하든 말든, 돈되는 것이라면 뭐든지 비위 좋게 해왔읍니다.[11]

현재 그가 경영하고 있는 호텔이나 한식당은 모두 이같은 수완의 결과물이었다. 식당 이름을 남북장(南北莊)으로 지은 것도 고광일의 특출난 수완에서 비롯된 것이다. 남북장에서 남은 남한을, 북은 북한을 뜻하는 말로, 이렇게 해 놓으면 남북 어느 쪽으로도 기울지 않을 뿐 아니라, 장차 어느 쪽으로 통일이 되더라도 걱정이 없다는 계산이다. 또 일본에 귀화한 것도 앞으로 남북 관계가 어떻게 될지 모르는 상황에서 차라리

11) 『유맹』, 76회.

일본 국적을 갖는 것이 장래를 위해서 좋으리라는 이유에서였다. 민단계나 조련계 중 어느 한군데 붙기보다는 일단 일본인으로 귀화했다가 통일이 되면 그때 다시 한국 국적을 획득하면 되지 않겠느냐는 생각이다.

이 과정에서 고광일은 파렴치한 일도 서슴지 않았는데, 그 하나가 최원복의 처 '선화'를 성폭행한 일이다. 사건은 최원복과 노역장을 탈출한 뒤에 일어났다. 탈출 도중 고광일은 발을 다쳤고, 그것이 계기가 되어 최원복의 집에서 상당 기간을 숨어서 지내야 했다. 그런데 최원복은 일본으로 건너온 지 2년이 지나자 다소간의 생활의 안정을 찾았고 그래서 아내 선화를 데리고 와 있었던 까닭에, 고광일은 이 젊은 부부와 같은 방을 쓰게 되었고, 이 사소한 일이 계기가 되어 고광일은 선화에게 평생 씻지 못한 한을 심어준 것이다. 사실 최노인의 첫째 아들은 사실 고광일의 핏줄이었다. 또 고광일의 두번째, 세 번째 부인 역시 협잡을 통해서 동거하게 된 인물들이다. 고리자금을 빌려 쓴 뒤 갚지 못하자 고광일은 돈 대신에 사람을 사들였는데, 그것이 현재의 부인들이다.

이같은 고광일의 개인사는 해방후의 혼란을 틈탄 모리배이자 기회주의자의 전형을 보여준다. 혼란을 이용하여 기반을 잡았고, 한반도의 분단이 고착화되자 그것을 교묘하게 이용하였으며, 심지어 한국인이라는 사실이 사회적 진출을 가로막을 것이라는 생각에서 귀화까지하였다. 또 고광일은 많은 재산을 가지고 있음에도 불구하고 그것을 보람있게 사용할 줄 모르는 사람이다. 본부인과 자식들에게도 인색하여 빈축을 살 정도이며, 그렇다고 가난한 한인들을 도와주는 것도 아니다. 작가는 이같은 파렴치한 행동이 오늘날 일본인에게 한국에 대한 잘못된 인식을 심어준 것이라고 생각한다. 일본인들이 조선인을 멸시하는 것은, 대부분의 한국인이 고광일처럼 협잡에 능하고 간사하며 불결하다는 이유 때문이다. 물론 일본인들의 생각에는 많은 편견이 개입되어 있지만, 한편으로는 고광일과 같은 인물들이 그만큼 많았다는 사실을 반증하는 것이기도 하다. 이런 점에서 고광일은, 작가가 부정하는 인물이지만, 혼란과 격변의 세월 속에서 형성된 한국인의 일그러진 자화상을 대변한다고 볼 수 있다.

한편 최원복은 고광일과는 전혀 다른 모습으로 살아온 인물이다. 그는 한때 고광일을 도와주기도 했으나, 사기와 협잡을 일삼는 고광일에게 호감을 가질 수 없었고, 성격 또한 맞지 않아서 그 곁을 바로 떠났다. 더구나 아내가 고광일을 싫어하여 같이 일하는 것 자체를 완강히 만류하였다. 고광일은 최원복의 처 선화에게 성적인 관심을 갖고 있었기 때문에 계속 접근했지만, 최원복은 그것을 끝내 거절하고 농촌으로 들어가 남의 농사를 도와주며 근근히 생활을 유지해 왔는데, 이 과정에서 최원복 일가의 생계 수단이 되었던 것이 바로 '김치 장사'였다. 맛에 대한 남다른 감각을 지녔던 최노인은 채소를 직접 가꾸어서 김치를 담갔고, 그 맛이 워낙 뛰어나서 주변 사람들의 인기를 독차지하였다. 그래서 최노인의 아들 성기는 김치 공장을 기업화해야 한다는 주장을 내세웠으며, 사실 주변에서는 대규모의 김치공장들이 하나 둘 들어서고 있는 중이었다. 그런데 최노인에게 김치 장사는 단순한 생계 수단 이상의 의미를 갖고 있었다. 최노인에게 있어서 김치는 상업적 도구라기보다는 고향에 대한 그리움과 자부심의 근거였다. 김치는 전통적인 고향의 맛을 간직한 것이고, 그것을 일본인에게 맛보인다는 것은 한국의 고유한 문화를 과시하는 것이다. 그래서 최노인은 김치 공장을 기업화하지 않고 수공업으로 고유의 맛을 유지해 왔던 것이다. 최노인이 주변 사람들로부터 '투박한 한국인' 소리를 들으며 인심을 잃지 않았던 것은 이같은 완고한 신념과 성실함을 지니고 있었기 때문이다. 이런 점에서 최노인은, 고광일과 대비되는 한국인의 긍정적 모습을 상징하는 셈이다.

이 두 인물이 의미를 갖는 것은 그들 각각이 재일 한인의 영욕과 부침의 역사를 대변하기 때문이다. 한 사람은 전후의 혼란과 뛰어난 수완으로 일본 사회에 뿌리를 내렸고, 한쪽은 조선의 전통을 간직하면서 귀환의 일념으로 한평생을 살아왔다. 전자는 인심을 잃어서 가족으로부터도 배척당했고, 후자는 주변 일인들로부터도 신망을 얻었다. 이 두 인물을 대비하면서 작가는 패덕한 전자보다는 투박한 후자에 따스한 애정을 보이는데, 비록 가난하고 고통스럽지만 조선인으로서의 자존심을 유지하고 귀환의 날을 기다리면서 사는 게 훨씬 아름답다는 생각이다. 작품의 말미에서 작가가 스스로를 최노인과 동일시하는 데서 이점은 더욱 분명해지거니와, 이런 점에서 이 작품은 재일 한인들의 과거사에 대한 생생한 기록인 셈이다.

3.

이상에서 『유맹』의 내용과 의미를 소략하게 살펴보았는데, 이를 통해서 우리는 작가의 서술 방법과 시각이 이전과는 매우 달라졌음을 알 수 있었다. 두 집안의 일화를 통해서 재일 한인들의 과거와 현재에 주목하는 서술방법이나 시각은 모멸과 부끄러운 개인사의 고백이었던 이전 작품과는 현저히 달라진 모습이다. 이 작품이 우리에게 의미를 갖는 것은 이같은 변화가 작가에 대한 기존의 평가를 보완하고 새로운 평가를 가능하게 해준다는 점에 있다.

문학사에서 손창섭을 전후 대표작가로 평가했던 것은, 이미 언급했듯이, 그의 작품이 전후의 황폐한 현실과 가치부재의 혼란을 전형적으로 보여주었기 때문이다. 손창섭은, 인간이란 모두가 정신병자이고 무의미하게 쳇바퀴만을 돌리는 다람쥐 같은 존재들이며,[12] 따라서 삶이란 신의 장난이거나 낙서(落書)일지도 모른다는 충격적인 메시지를 제시했는데, 이는 전쟁이 가져다준 엄청난 충격과 황폐화된 현실에 대한 강렬한

12) 김우종, 앞의 글, pp.465-467.

거부감을 표현한 것이었다. 그간 손창섭에 대한 평가는 대체로 이 범주를 벗어나지 않았다고 할 수 있다. 물론 이같은 평가가 손창섭의 한 측면을 정확히 지적한 것은 사실이지만, 그것이 손창섭 문학 전부를 지시한다고는 볼 수 없다. 문제가 되는 것은 평가의 근거가 되는 작품들이 대부분 50년대에 쓰여졌고, 60년대 이후에 쓰여진 장편을 대상으로 한 것이 아니라는 점이다. 「신의 희작」이나 「포말의 의지」가 긍정적 인간상을 다루었다고 관심을 끌었던 것도 사실은 기존의 평가로는 손창섭을 온당히 이해할 수 없었기 때문이다.

손창섭은 사회가 안정되고 시간이 흐르면서 점차 새로운 모습을 보여주었는데, 이를테면 「잉여인간」 이후 간헐적으로 드러난 삶에 대한 욕망과 의지가 이후 작품에서 점차 구체화되어 작품의 새로운 축을 형성한다. 서두에서 언급했듯이 69년에 발표한 『길』이나, 뒤이어 쓰여진 『여자의 전부』(70) 등은 모두 이러한 변화를 보여준 작품들이다. 『유맹』이 손창섭 소설에서 중요한 의미를 갖는 것은, 이 작품이 손창섭의 새로운 면모를 거의 완숙의 경지로 보여주었다는 점에 있다.

그것은 우선 현실에 대한 사실적 묘사력에서 나타난다. 『유맹』에는 재일 한인들의 생활상이 소상하게 소개되어 있다. 민족적 차별 대우로 인한 직업 선택이나 결혼의 어려움 등이 실감나게 그려지며, 한민족 고유의 전통을 지키고자 하는 정겨운 모습도 제시된다. 일본의 신정(新正)을 따르지 않고 우리 고유의 구정을 지키는 모습이나 고향의 맛을 간직하기 위해 기계화를 거부하는 등의 서술은 작가의 남다른 관찰안을 보여주는 대목들이다. 또 분단된 현실을 반영하듯 조련계와 민단계가 나누어져 대립하는 장면은 작품이 발표된 지 20여년이 지난 오늘날까지도 유효한 풍경이다. 작품 속에서 우리가 한인들의 독특한 개성을 만날 수 있는 것도 이같은 사실적 관찰력에서 비롯된 것이라 할 수 있는데, 백도선이나 그의 처, 최원복, 한창일, 고광일 등의 인물이 작품을 읽고서도 오랫동안 뚜렷한 인상을 남기는 것은 이들 모두가 실감나는 묘사력에 의해 성격화되었기 때문이다. 아울러 이 작품에서 우리는 일본 사회에 대한 소상한 정보 또한 제공받을 수 있다. 가령 일본 젊은이들의 자유분방한 성문화나 70년대 접어들면서 보편화된 자가용 문화, 신간센(新幹線)이 개통되어 인기를 끄는 장면 등은 일본 사회에 대한 안내문과도 같은 셈이다.

역사주의적 원근법은 작가의 이같은 묘사력을 더욱 돋보이게 하는 요소라고 할 수 있다. 『유맹』에서 우리가 재일 한인들의 수난사를 역사적 맥락에서 이해할 수 있는 것은 이런데 원인이 있거니와, 이를테면 최원복과 고광일의 과거사는 재일 한인들의 현재를 말해주는 전사(前史)로서의 의미를 갖고 있다. 역사소설을 범박하게 '과거의 역사를 소재로 한 소설'이라고 정의한다면, 이는 단순한 과거사의 서술을 뜻하는 것이 아니라 오늘을 사는 독자들에게 현재적 관심거리가 되어야 한다는 말이다. 루카치는 이점을 '현대사의 전사(前史)'라는 말로 명징하게 표현한 바 있거니와, 이는 과거와 현재를 잇는 역사적 원근법의 확보가 역사소설의 요체가 됨을 말하는 것이다. 그렇지만 역사에 대한 시각이 감각이나 역사 현상에 대한 추상적이고 일반적인 인식의 형태로서가 아니라, 경제와 물질에서 역사의 근본 동력을 찾는 과학적 태도에 기반을 두었을 때만이 과거 인물의 성격과 운명은 역사성을 부여받고 당대 현실과 필연적인 연관성을 확보하게 된다[13]. 이런 규정에 비추어보자면, 최원복의 과거사, 예컨대 식민치하 일제의 토지수탈과 그로 인한 유랑농민화, 도일(渡日)과 하층 노동자로의 편입 등은 작가가 역사주의적 시각을 견지하고 있음을 보여주는 구체적인 사례들로, 특히 일인들의 근거없는 차별 대우와 그것의 역사적 근원을 설명하면서 보여준 관동 대지진에 대한 언술은 작가의 시각이 상당히 정확한 것임을 알 수 있다.

---

13) 역사소설과 역사주의에 대해서는 루카치의 『역사소설론』(이영욱 역, 거름, 1987) 및 아우얼바하의 『미메시스』(근대편)(김우창·유종호 역, 민음사, 1984년) 참조.

물론 작가의 태도가 엄밀한 의미의 역사주의적 시각을 견지한 것인가에 대해서는 이견이 있을 수 있다. 『유맹』에는 재일 한인들의 생존투쟁이나 경제투쟁이 제시되지 않는다. 일제치하에서 한인 노동자들은 가혹한 노동 현실에 직면하여 생존과 근로조건의 개선을 위한 다양한 투쟁을 전개했고, 또 상당한 효과를 거두었던 것으로 알려지는데,[14] 작품에서 이점에 대한 언술은 거의 찾아 볼 수 없다. 이는 『유맹』이 작가가 목격한 주변 인물들의 일화를 소개하는 서술방식을 취한 점과도 무관한 것은 아니지만, 근본적으로는 작가가 공산주의에 대한 본능적인 적대감을 갖고 있었고, 따라서 그들의 집단주의적이고 이념적인 행동에 대해서 공감하지 못했던 데서 원인을 찾을 수 있다. 실제로 해방전 재일 한인운동을 주도했던 인물들은 대부분 공산주의자였는데 여기에 비추어 보자면 작가의 태도는 수긍이 가고도 남는다. 이런 점에서 공산주의 체험과 전쟁의 상흔은 작가를 구속하는 올가미와도 같았음을 다시 한번 확인하게 되지만, 그렇다고 『유맹』이 재일 한인들의 최근세사에 대한 상세한 보고서라는 사실을 부인할 수는 없다.

마지막으로 『유맹』에서 주목할 수 있는 것은 삶에 대한 긍정적 자세와 성실한 태도를 갖고 있는 최원복이라는 긍정적 인물의 제시이다. 『유맹』이 작가의 다른 작품들과 구별되는 요소의 하나는 여기에 있다고 할 수 있거니와, 그는 인정많고 성실한 한국인의 전형이자 동시에 작가의 인간관이 가탁된 인물이다. 최원복은 남다른 수완을 갖고 있는 것도 아니며, 그렇다고 재산이 넉넉한 인물도 아니다. 또 남을 속이거나 부당한 방법으로 이익을 취하지도 않는다. 단지 성실하게 주어진 길을 살아갈 뿐인데, 이런 점에서 최원복은 『여자의 전부』에서 제시된 성실하고 가식없는 동천이나, 혼탁한 현실에 맞서서 양심을 지키고 살려는 『길』의 최성칠 등과 통하고, 멀리는 「잉여인간」의 서만기와도 이어져 있다. 『유맹』 이후 발표한 『봉술랑』에서도 이같은 인물이 등장하거니와, 주인

---

14) 카지무라 히데키, 『재일조선인운동』(김인덕 역, 현음사, 1994) 참조.

공 '봉술랑'은 당대 최고의 무술인으로 조국을 침탈한 몽고족에 대항하고, 타락한 관리들을 징벌하는 의협심 강한 인물로 등장한다. 이 일련의 인물들을 통해서 우리는 손창섭의 궁극적 관심이 삶에 대한 긍정이고, 아울러 양심을 간직하고 살아 가는 성실한 태도라는 사실을 알 수 있다. 『유맹』의 최원복은 이같은 작가의 인간관이 역사적 현실과 결합하면서 빚어낸 것으로, 작가가 갖고 있는 본래적 인간관을 그대로 반영한 것이다. 이런 점에서 초기작들은 정상적인 삶에 대한 강렬한 희구를 아이러니와 희화적 태도로 표현한 것이고[15], 60년대 이후의 작품은 현실에 대한 거리감각을 바탕으로 작가 본래의 가치관을 보여준 것이라고 할 수 있다.

이상의 소략한 고찰을 통해서 우리는 『유맹』이 작가의 새로운 면모를 보여준 작품이라는 사실을 알 수 있었다. 현실을 대상화하고 역사적 맥락에서 이해한다는 것은 그만큼 작가가 전후의 혼돈에서 벗어났음을 의미하고, 정상적인 가치와 규범에 대한 신뢰를 갖고 있음을 뜻한다. 그렇기 때문에 병자의 신음소리, 모멸과 연민의 미학, 수인의 문학이라는 기존의 평가와는 달리, 60년대 이후의 손창섭 소설은 사실주의적 경향에 바탕을 둔 진지한 삶의 모색을 특징으로 하며, 『유맹』은 이러한 시각에서 쓰여진 재일 한인들에 대한 최초의 심도있고 사실적인 보고서인 것이다. 이 작품으로 하여 우리 소설사는 재일 한인들을 서사적 공간 속으로 끌어 안게 되었고, 한층 풍요로운 내실을 갖게 된 것이다.

강진호
・고려대 강사 ・주요 논문으로 「1930년대 후반기 신세대 작가연구」가 있으며, 저서로는 『한국근대문학 작가연구』가 있다.

---

15) 이런 점에서 초기작들은 다분히 기존의 사회적 가치와 규범을 부정하는 모더니즘적인 특징을 보여준다.

◆손창섭 연보◆

1. 생애 연보

1922 평안남도 평양에서 빈한한 집안의 2대 독자로 출생.
1935 만주로 건너감.
1936 일본으로 건너감.
일본 경도(京都)와 동경(東京)에서 고학으로 중학교를 전전하다가 니혼(日本) 대학에 수년간 적을 둠.
1943 니혼(日本) 대학을 중퇴.
1946 귀국하여 월북(越北).
1948 월남하여 교사, 잡지 편집기자, 출판사원 등으로 일함.
1949 단편 「얄궂은 비」(연합신문) 발표.
1952 단편 「공휴일」 발표.
1953 단편 「사연기」(死緣記), 「비오는 날」을 발표하여 문예지의 추천을 완료하고 문단에 공식 데뷔.
1955 단편 「혈서」로 제1회 현대문학 신인 문학상 수상.
1959 단편 「잉여인간」으로 제4회 동인 문학상 수상.
창작집 『비오는 날』(일신사), 『낙서족』(일신사) 출간.
1962 장편 『부부』(정음사) 출간.
1969 장편 『여자의 전부』(국민문고사) 출간.
1970 『손창섭 대표작전집』(5권)(예문관) 출간.
1972 일본으로 건너감.
1976 장편 『유맹』(流氓) 발표.
1978 장편 『봉술랑』(棒術娘) 발표.
1996 현재, 일본 동경 거주.

* 도일(渡日) 후의 손창섭에 대하여

손창섭에 관한 특집을 준비하는 과정에서 우리 편집진들을 가장 난감하게 만들었던 것은 일본으로 건너 간 이후의 손창섭의 행적이 묘연하다는 사실이었다. 그러나 연보를 작성하면서 도일 이후의 부분을 물음표로 남겨둔다는 것은 손창섭의 면모를 새롭게 살펴보사는 애초의 기획의도와도 어긋날 뿐 아니라, 편집진을 포함해서 손창섭에 관해 관심이 있는 모든 연구자들의 궁금증에 대해 무책임한 행동이라고 생각되어 편집진들은 가능한 방법과 통로를 통해 일본의 손창섭과 접촉해 보려고 시도했다. 그러나 국내에서 한창 활동할 때에도 손창섭은 작품 활동 이외에는 매체나 지면을 통해 사생활이 노출되는 것을 몹시 꺼렸고, 문단의 교우관계도 극히 제한적이어서 그를 잘 아는 사람이 거의 없다시피 한 작가였는데, 일본에 건너간 이후에는 아예 국내와 연락을 끊다시피 하여 접촉할 수 있는 방도가 없었다. 어렵사리, 손창섭과 교분을 쌓고 있던 국내의 지인(知人) 몇 사람을 만날 수 있었지만, 그분들도 일본의 손창섭과 연결시켜 달라는 우리의 부탁에는 난색을 표명했다. 무엇보다도 손창섭은 국내에서 어떤 이유로든지 자신이 논의의 대상이 되는 것을 극도로 싫어하기 때문이라는 것이었다. 그래서 손창섭에 관한 이야기를 들려주는 그분들의 태도도 퍽 조심스러웠다. 그나마 다행스러웠던 것은, 몇 분들의 이야기를 통해 도일 이후의 손창섭의 단편적인 모습들을 재구성해 낼 수 있었다는 것인데, 다시 이것의 처리를 놓고 우리는 고민을 했다. 단편적으로 재구성한 이 사실들이 '연보'에 해당하는 자료적 가치를 가질 수 있느냐에 대한 회의와, 이 정도만이라도 정리해서 손창섭의 도일 이후를 궁금해 하는 독자나 연구자들에게 소식을 알리는 것이 필요할지도 모른다는 의무감이 서로 상충했기 때문이다. 고민 끝에, 우리들은 성글은 형태나마 최근의 소식을 알리기로 작정을 하고, 가능한 한 빠른 시간 내에 직접 손창섭과 접촉하여 그에 관한 여러 가지 사실들을 정리할 기회를 갖기로 잠정적인 결정을 내렸다. 우리에게 그런 결정을 재촉했던 또 하나의 일은, 손창섭의 도일 후 행적을 수

---

* 이 자리를 빌려 손창섭에 관해 도움말씀을 주신 여러분들게 감사드리며, 특히 이우경 화백과 동서문화사의 고정일 사장께 감사의 말씀을 드린다.

소문하는 과정에서, 그의 문학에 큰 관심을 가지고 있던 한 일본인 유학생이 몇 년 전 그가 작고했다고 우리에게 알려왔기 때문이었다. 나중에야 이것은 잘못된 소식임이 지인들을 통해 밝혀졌지만, 긍정적이든 부정적이든 한 시대를 이채롭게 빛낸 현대작가의 생사조차 알지 못하고 우왕좌왕했다는 사실은 우리를 심한 자책에 빠뜨리게 만들었다. 우리가 그의 연보에, 특히 도일 후의 행적에 관심을 갖는 것은 그를 우상화하거나, 그가 50년대를 통틀어 가장 유니크한 작가였다는 저널리즘적 평가에 발맞추기 위한 것이 아니다. 적어도 현대문학을 연구하는 사람들로서, 작가의 생사조차 제대로 모르고 있다는 것은 관심이나 애정 이전의 일이라고 생각했기 때문이다.

손창섭은 현재 토쿄에 부인과 단 둘이 살고 있다고 한다. 대부분 손창섭이 일본으로 귀화한 것으로 알고 있지만, 이 문제에 관해서 그와 오랜 친분을 가지고 있는 한 지인은 그가 일본으로 귀화하지 않고 한국 국적을 그대로 간직하고 있다고 확인해 주었다. 생계는 부인이 일을 해서 꾸려 나가고 있고, 손창섭은 전혀 벌이가 없는 상태다. 일본 정부에서 약간의 보조금이 나오고, 병원 같은 것은 거의 무료이기 때문에 사는 데는 크게 어려움이 없다고 한다. 한국 국적을 포기하지 않았는데도 일본 정부로부터 보조금이 나오는가에 대해 의문이 들었지만, 그의 부인이 일본인임을 생각하면 그럴 수도 있다는 생각이 든다.

손창섭이 최근에 하고 있는 일은, 성경이나 불경, 기타 세계의 여러 경전에서 좋은 구절들을 뽑아 그것을 손수 인쇄하여 공원이나 거리에서 사람들에게 나눠주는 일이라고 한다. 물론 인쇄 및 기타 제작비는 전부 스스로 부담한다. 그 지인이 2,3년 전쯤 토쿄에서 손창섭을 만났을 때, 그가 이런 일을 열심히 하고 있더라는 것이다. 왜 이런 일을 하느냐고 묻자, 그는 '사람들의 심성을 바로 잡아 좋은 세상을 만들고 싶기 때문이다'고 대답했다. 다시 '이런 일은 한국에서 하는 게 더 좋지 않은가?'라고 묻자, '한국에서도 물론 이런 일을 해야겠지만 그러고 싶지 않다'고 대답했다.

손창섭이 왜 절필하고 일본으로 건너갔는가에 대해서는 사람들의 이야기가 조금씩 달랐다. 한 지인은, 손창섭의 도일(渡日)은 그가 소설창작에 너무

지쳐 있었기 때문이었다고 말했다. 한국에 있을 때 다른 수입이 전혀 없었고 오로지 원고료 수입에 의지해 생활했는데, 원고료가 넉넉지 않아서 언제나 힘들어 했다는 것이다. 사실상 그 당시 작가의 원고료는 일제 시대보다도 더 낮은 것이었다고 술회했다.

또 다른 지인은 손창섭이 도일하기 직전에 잠시 안양 부근에서 파인애플 농장을 운영한 적이 있다고 일러주었다. 당시 파인애플의 소비자는 대부분 부유층들이었는데, 손창섭은 도둑놈들을 상대로 장사한다는 것이 스스로 용납이 안돼 곧 작파하고 일본으로 건너가고 말았다는 것이다. 이 이야기를 들려준 지인은, 손창섭의 도일 이유가 복합적이어서 꼭 꼬집어 말할 수 없다고 전제한 후, 도일을 결심하게 만든 가장 큰 이유는 5.16 이후 군사정권 아래에서의 타락하고 부패한 현실에 대한 환멸이었을 것이라고 했다. 한편으로는, 손창섭은 일본으로 건너가 여생을 마치는 것이 일본인 아내에 대한 마지막 봉사라는 생각을 했다고 한다.

소설쓰는 일에 지쳐서 도일했든 또 다른 이유에서든, 도일 후에는 일체의 원고청탁에 응하지 않았고, 한국 사람과도 만나려 하지 않았다. 특히, 한국일보의 장기영씨는 손창섭과 각별한 사이여서, 그가 일본에 갈 적마다 손창섭과 만나려고 시도했지만, 번번히 손창섭이 피하고 거절했다고 한다. 장기영이 일본에 가서 다시 손창섭에게 전화를 걸어 만나자고 하고, 손창섭이 거절한 후 얼마 지나지 않아 장기영이 별세하고 말았다. 장례식에 참석한 손창섭은, '그렇게 만나자고 할 때 한번이라도 만나줄 것을... 너무 했던 것 같다'고 후회했다고 한다. 손창섭은 장기영을 만나지 않는 대신, 전화통화로 장기영의 끈질긴 소설연재 청탁을 수락하고, 한국일보에 신문연재 소설을 쓰기로 했다고 한다. 장기영은 최고의 고료를 지급하겠다고 그에게 약속했다고 한다.

손창섭이 일본으로 건너 간 것이 1972년이고 그 뒤로 계속 작품을 발표하지 않다가, 1976년에 『한국일보』에 장편 『유맹(流氓)』을 연재하기 시작하는 것과, 장기영이 1977년에 작고하는 시기를 비교해 보면 위의 회고는 엇비슷하게 맞아 떨어진다. 소설 연재 부탁을 받아들이면서도 굳이 만나주지 않은 속사정이 무엇인지 우리로서는 짐작할 수 없지만, 국내 사람들을 만나고 싶어 하지 않았다는 것은 분명한 사실로 확인된다. 그는 『유맹』에 대한 반응이

씩 좋지 않자 이듬해인 1977년에는 다시 『봉술랑』을 같은 신문에 연재하게 된다. 『봉술랑』(1977-1978)이 지금 확인할 수 있는 그의 국내 발표 작품으로서는 마지막 작품이다.

도일 직후에는 출판사에서 편집과 교정 일을 보면서 아주 가끔씩 한국을 다녀가기도 했다고 하는데, 귀국의 이유는 과거 어려웠던 시절에 신세진 사람들을 만나보고 싶었기 때문이었다고 한다.

그가 한국을 다녀간 것은 1988년이 가장 최근의 일이다. 그 때, 『조선일보』사에서 '동인문학상'을 부활시켰는데, 고(故) 김동리씨가 손창섭이 시상식에 참가했으면 좋겠다는 의견을 관계자들에게 냈고, 그런 연유로 손창섭이 잠깐 국내를 다녀가게 되었다고 한다. 이 때 그는 처남과 부인을 데리고 와서 한국의 이곳저곳을 관광했다. 그 무렵, 그는 어느 책방에 우연히 들렀다가 자신의 작품집이 꽂혀 있는 것을 발견하고, 그 출판사로 전화를 걸어 '왜 내 허락도 없이 내 작품집을 찍어 내느냐?'고 항의한 일이 있었다고 한다. 출판사에서는 '판권을 A출판사에서 샀으니 따지려거든 A출판사에 따지라'고 도로 큰소리를 쳤고, 손창섭이 A출판사로 수소문했더니 이미 그 출판사는 문을 닫고 없어진 지 오래 되었다는 것이다. 손창섭은 가까운 지인에게 이 일을 얘기하면서, 이런 경우없고 비양심적인 일이 또 없을 것이라며 몹시 분개했다고 한다.

현재로서는 한두 사람만이 일본의 손창섭과 연락이 닿는 것 같다. 그나마도 정기적인 연락이 아니라 아주 가끔씩 서로의 안부를 확인하는 정도다. 그에 관해 여러 가지 이야기를 들려준 한 지인은 이렇게 말했다.

"손창섭을 연구한다니 반갑다. 그러나 그 사람은 자신이 다시 한국에서 회자되고 거론되는 것을 결코 반기지 않을 것이다. 만약 내가 자신의 도일 후 행적을 이런 식으로라도 이야기한다는 사실을 알면 당장 절교하자고 나설 것이다. 그러니, 손과 연락할 수 있도록 다리를 놓아 달라는 당신들의 부탁은 도저히 들어줄 수 없다. 설사 내가 시도한다고 해도 그가 절대 응하지 않을 것이다."

일본에 건너 간 후에는 일본 이름으로 일본의 문학 잡지에 몇 번 작품을 발표한 적도 있다고 하는데, 사실 여부를 확인할 수 없었다.

손창섭의 개인사에 관해서는 비단 도일 후만이 아니라, 그의 성장기에 관해서도 확실하게 밝혀진 것이 없는 실정이다. 연구자들도 대개 그의 자전적 작품이라고 알려진 「신의 희작(戱作)」에 기대고 있는데, 이 작품이 사실과 얼마나 일치하며, 어느 정도가 픽션인지에 대해 자신있게 이야기하기 무척 어렵다. 들은 이야기를 정리해보았지만, 미흡하기 짝이 없다. 확인한 것이라곤 그가 아직 생존해 있고, 스스로 세상으로부터 잊혀지기를 원하고 있다는 사실 정도다.

2. 작품 연보

1949 「알구진 비」, 『연합신문』, 3.29-3.30

1952 「공휴일」, 『문예』, 5·6월 합본

1953 「사연기(死緣記)」, 『문예』, 여름호

「비오는 날」, 『문예』, 11월

1954 「생활적」, 『현대공론』, 11월

1955 「혈서」, 『현대문학』, 1월

「피해자」, 『신태양』, 3월

「미해결의 장」, 『현대문학』, 6월

「저어(齟齬)」, 『사상계』, 7월

「인간동물원초(人間動物園抄)」, 『문학예술』, 8월

「STICK씨」, 『학도주보』, 9월

1956 「유실몽(流失夢)」, 『사상계』, 3월

「설중행(雪中行)」, 『문학예술』, 4월

「광야」, 『현대문학』, 4월

「미소」, 『신태양』, 8월

「사제한(師弟恨)」, 『현대문학』, 10월

「층계의 위치」, 『문학예술』, 12월

1957 「치몽(稚夢)」, 『사상계』, 7월

「소년」,『현대문학』, 7월

「조건부」,『문학예술』, 8월

「저녁놀」,『신태양』, 9월

1958 「가부녀(假父女)」,『자유문학』, 1월

「고독한 영웅」,『현대문학』, 1월

「침입자」,『사상계』, 3월

「인간계루(人間繫累)」,『희망』, 5월

「잡초의 의지」,『신태양』, 8월

「잉여인간(剩餘人間)」,『사상계』, 9월

「미스테이크」,『서울신문』, 8.21-9.5

1959 「반역아」,『자유공론』, 4월

「낙서족(落書族)」,『사상계』, 3월

「포말(泡沫)의 의지(意志)」,『현대문학』, 11월

1960 「저마다 가슴 속에」,『민국일보』(현『세계일보』), 6.15-61,1.31

1961 「신의 희작(戱作)」,『현대문학』, 5월

「육체혼」,『사상계』, 증간호(101호)

1962 「부부」,『동아일보』, 7.2-12.29

1963 「인간교실」,『경향일보』, 4.22-64,1.10

1965 「공포」,『문학춘추』, 1월

1966 「장편(掌篇)소설집」,『신동아』, 1월

1968 「환관(宦官)」,『신동아』, 1월

「청사에 빛나리」,『월간중앙』, 5월

「길」,『동아일보』, 7.29-69,

1969 「흑야(黑夜)」,『월간문학』, 11월

1970 「삼부녀(三父女)」(『여자의 전부』로 개제),『주간여성』, 69,12.30-70,6.24

1976 「유맹(流氓)」,『한국일보』, 1.1-10.28

1977 「봉술랑(棒術娘)」,『한국일보』, 6.10-78,10.8

3. 연구사 목록

* 손창섭 관련 논문 ·

조연현, 「병자의 노래」(손창섭의 작품세계), 『현대문학』, 1955,4

윤병로, 「혈서의 내용」(손창섭론), 『현대문학』, 1958,12

백철 · 김우종 · 유종호 · 이어령, 「『낙서족』을 읽고」, 『사상계』, 1959,4

유종호, 「모멸과 연민-손창섭론」, 『현대문학』, 1959,9.10

김우종, 「동인상 수상작품론」, 『사상계』, 1960.2

송기숙, 「손창섭론」, 『전남대국문학보』, 1960,12.24

김상일, 「손창섭 또는 비정의 신화」, 『현대문학』, 1961.7

유종호, 「고백이라는 것」, 『현대문학』, 1961.12

이광훈, 「패배한 지하실적 인간상-손창섭초기작품고」, 『문학춘추』, 1964.8

송기숙, 「창작과정을 통해서 본 손창섭」, 『현대문학』, 1964.9

김충신, 「손창섭 연구-작품을 중심으로」, 『고대국문학』, 1964.11

정창범, 「허구의 시도-손창섭적 '공포'를 중심으로」, 『대한일보』, 1965.1.25

정창범, 「손창섭론」, 『문학춘추』, 1965.2

윤병노, 「월평(자리잡히는 사소설)」, 『현대문학』, 1966.2

임중빈, 「실락원의 카타르시스-손창섭과 새로운 가능성」, 『문학춘추』, 1966.7

이선영, 「아웃사이더의 반항－손창섭, 장용학을 중심으로」, 『현대문학』, 1966.12

김영기, 「현실부정 정신의 미학-이인직 이광수 손창섭 최인훈」, 『현대문학』, 1967.12

유종호, 「작단시대 ; 『환관』－'일급의 애기'로 빈틈없어 고담풍 엿보이고」, 『동아일보』, 1968.1.25

손창섭, 「소설 『길』을 끝내고－만인에 맞는 기성복 있을 수 없다」, 『동아일보』, 1969.5.24.

백낙청, 「재출발한 단색화가－손창섭의 『청사에 빛나리』」, 『한국일보』, 1968.5.28

김윤식, 「앓는 세대의 문학」, 『현대문학』, 1969.10

고 은, 「실내작가론(9)－손창섭」, 『월간문학』, 1969.12

조기원, 「손창섭의 문제론적 고찰」, 『선청어문』(서울대 사대), 1970.3

최상윤, 「성격학에서 본 손창섭의 작중 인물고-특히 자화상 「신의 희작」을 중심으로」, 동아대, 1971.2

이선영, 「한국현대 소설과 인간 소외－50년대의 손창섭과 60년대의 이호철의 경우」, 『연세대 인문대논집』, 1971.6
김 현, 「테러리즘과 문학」, 『문학과 지성』, 1971.여름
김병익, 「손창섭 작품해설 『길』」, 삼중당, 1975
백상창, 「절망적인 밀리 외－손창섭의 「신의 희작」」, 『한국문학』, 1976.6
이봉희, 「손창섭론－작중인물의 소외현상을 중심으로」, 경기대, 1977.1
김영화, 「손창섭론－권태형 인간상과 그 소설사적 의미」, 『월간문학』, 1978.4
신경득, 「반항과 좌절의 미학」, 『월간문학』, 1978.12
신상성, 「손창섭론」, 『새국어교육』(한국국어교육학과), 1982.12
윤병노, 「혈서의 의미-손창섭의 「잉여인간」」, 『광장』, 1983.6
곽학송, 「정한숙과 손창섭」, 『월간문학』, 1983.12
이용남, 「손창섭론」, 『한국현대작가론』, 민지사, 1984
이동하, 「손창섭 소설의 세 단계」, 『한국현대소설연구』, 민음사, 1984
김해옥, 「손창섭의 「공휴일」에 나타나는 소외의식과 문학적 언어의 표현론적 기능에 관한 연구」, 『연세어문학』, 1986.12
김종회, 「손창섭론-체험소설의 발화법, 그 특성과 한계」, 『문학사상』, 1989.3
조남현, 「손창섭 소설의 의미매김」, 『문학정신』, 1989.6~7
이기인, 「손창섭 소설의 구조」, 『한국현대소설 연구』, 새문사, 1990
정창범, 「희화화된 애국자(「낙서족」론)」, 『손창섭』(현대한국문학전집3), 신구문화사, 1981년판.
이어령, 「四人의 미학－유실몽, 설중행」, 『손창섭』(현대한국문학전집3), 신구문화사, 1981년판.
김우종, 「긍정에의 의욕－잉여인간」, 『손창섭』(현대한국문학전집3), 신구문화사, 1981년판.

* 전후문학 관련 자료

곽종원, 「상반기 작단 총평」, 『현대문학』, 1956.7
곽종원, 「1950년도 창작계 총평」, 『현대문학』, 1957.1
백 철, 「한국문단십년」, 『사상계』, 1960.2
백 철, 「전후 십오년의 한국소설」, 『한국전후문제작품집1』, 신구문화사, 1962
천이두, 「피해자의 미학과 이방인의 미학」, 『전북대 논문집』(5), 1963

이광훈, 「현대소설의 모험」, 『문학춘추』, 1964.6
(좌담), 「1950년대 문학을 말한다」, 『자유문학』, 1969.12
이유식, 「전후소설의 문장변천고」, 『현대문학』, 1970.7
이유식, 「한국소설의 모두, 종지부론」, 『현대문학』, 1970.8
정치훈, 「전후한국문학의 양상」, 『상명여사대논문집』, 1975
김상선, 『신세대작가론』, 일신사, 1982
천이두, 「상황과 에고」, 『한국현대소설론』, 형설출판사, 1983
천이두, 「50년대 문학의 재조명」, 『현대문학』, 1985.1
신경득, 『한국전후소설연구』, 일지사, 1988
한수영, 「1950년대 한국소설연구」, 『1950년대 남북한 문학』, 한국문학연구회 편, 평민사, 1991
최유찬, 「1950년대 비평연구」(1), 『1950년대 남북한 문학』, 한국문학연구회 편, 평민사, 1991
김윤식, 「6 · 25전쟁문학」, 『1950년대 문학연구』, 예하, 1991
정호웅, 「50년대 소설론」, 『1950년대 문학연구』, 예하, 1991
김동환, 「한국전후소설에 나타난 현실의 추상화 방법 연구」, 『한국의 전후문학』, 태학사, 1991
송하춘·이남호 편, 『1950년대 소설가들』, 나남, 1993.
송하춘·이남호 편, 『1950년대 시인들』, 나남, 1993.
구인환외, '한국전후문학연구', 삼지원, 1995.

* 학위 논문 목록

이춘희, 「전후소설의 새양상」, 중앙대 석사논문(이하 석사), 1966.
배정은, 「아웃사이더적 의식에 비추어본 이상, 손창섭, 장용학의 작품고」, 이화여대 석사, 1973.6.
이상숙, 「한국전후소설의 양상」, 고려대 석사, 1976.
우선덕, 「손창섭론-작품에 투영된 작가의 인생관을 중심으로」, 경희대 석사, 1978.2.
박계정, 「1950년대 소설에서 본 피해자 의식 소고-손창섭, 서기원, 이범선을 중심으로」, 이대 교육대학원 석사, 1979.
정규진, 「손창섭 소설의 자의식 연구」, 서울대 석사, 1982.

최갑진, 「손창섭 초기작품연구」, 동아대 석사, 1982.
최철호, 「손창섭 문학에 나타난 인간관 고찰」, 조선대 교육대학원, 1984.
최희영, 「손창섭 장편 「낙서족」, 『부부』의 작중인물 연구」, 외대 석사, 1985.
유선희, 「손창섭 소설의 문체론적 연구」, 전북대 교육대학원, 1985.
최영수, 「손창섭 소설의 신화비평적 연구」, 중앙대 석사, 1985.
김완신, 「1950년대 한국소설 연구-손창섭 장용학을 중심으로」, 연세대 석사, 1985.
하정일, 「1950년대 단편소설연구」, 연세대 석사, 1986.
김성수, 「손창섭 소설의 작중인물연구」, 고려대 교육대학원, 1986.
박재선, 「손창섭의 「신의 희작」 연구」, 홍익대 교육대학원, 1987.
이대욱, 「손창섭소설에 나타난 풍자 연구」, 서울대 석사, 1987.
이은자, 「1950년대 소설 연구」, 숙명여대 석사, 1987.
유학영, 「1950년대 한국소설연구」, 성균관대 박사, 1987.
이중수, 「손창섭 소설론」, 전북대 교육대학원, 1989.
송춘섭, 「손창섭 소설연구」, 성균관대 교육대학원, 1989.
이명란, 「손창섭 단편소설연구」, 숙명여대 석사, 1989.
이화경, 「손창섭 소설의 문체연구」, 전남대 석사, 1989.
이지연, 「전후소설에서의 허무주의와 저항의 성격-손창섭 장용학 소설의 주제를 중심으로」, 성균관대 석사, 1990.
강춘삼, 「손창섭의 1950년대 단편소설연구」, 전남대 교육대학원, 1990.
임채우, 「손창섭 소설의 특질 연구」, 건국대 교육대학원, 1990.
홍상기, 「손창섭 소설연구」, 연세대 교육대학원, 1992.
최병우, 「한국일인칭 소설연구」, 서울대 박사, 1992.
손미경, 「손창섭소설의 작중인물 연구」, 외대 교육대학원, 1992.
최종민, 「손창섭소설에 나타난 인간형 연구」, 서울대 석사, 1992.
김현희, 「손창섭소설의 서술자 양상연구」, 충남대 석사, 1992.
엄해영, 「한국전후세대 소설연구(장용학,손창섭,김성한을 중심으로)」, 1992.
정은경, 「손창섭소설연구」, 고려대 석사, 1993.
김숙영, 「손창섭론」, 고대 교육대학원, 1993.
정춘수, 「1950년대 소설의 문체적 특징과 화자 양상(손창섭, 추식의 작품을 중심으로)」, 성대 대학원, 1993.
김미란, 「손창섭 소설연구」, 동덕여대, 1993.

손순분, 「손창섭소설의 공간설정에 관한 연구」, 경북대 교육대학원, 1993.
손경란, 「손창섭의 50년대 소설연구(작중 지식인을 중심으로)」, 숙명여대, 1993.
문화라, 「손창섭소설에 나타난 인물의 욕망구조 연구」, 이대 대학원, 1994.
박현선, 「손창섭 연구」, 경원대 대학원, 1994.
최강인, 「자의식 소설의 공간대비연구(이상, 최명익, 손창섭 작품을 중심으로)」, 중앙대 대학원, 1994.
송현숙, 「손창섭 소설연구(1950년대 단편의 서사담화기법과 세계인식을 중심으로)」, 서강대 대학원, 1994.
이강현, 「손창섭 소설연구」, 세종대 박사학위, 1994.
정문권, 「한국전후소설의 휴머니즘 연구(김성한,손창섭,선우휘,하근찬을 중심으로)」, 한남대 박사논문, 1995.
김춘기, 「1950년대 소설연구(손창섭,이범선,선우휘를 중심으로)」, 영남대 교육대학원, 1995.
우혜선, 「손창섭 소설연구」, 숙대 대학원, 1995.
최미진, 「손창섭 소설의 욕망구조 연구」, 부산대 대학원, 1995.

이 작가의 이 작품

식민지 상황의 올바른 진단

최서해의 『호외시대』론

곽 근

Ⅰ. 서 론

『호외시대』는 조선총독부 기관지 『매일신보』에 1930년 9월 20일부터 1931년 8월 1일까지 연재된 최서해의 유일한 장편소설이다. 총 20장 310회로 대단원의 막을 내리는 것으로 되어 있지만 실제는 총 303회 분량이다. 실제 303회의 분량이 310회로 늘어난 것은 신문의 교정 문제와 관련이 있는 듯하다. '행운'장 10회분을 '행운' 9회, '번민'장 11회분을 '번민' 13회, 175회분을 179회로 적는 등 잘못된 곳이 다수 발견되기 때문이다. 연재 중 소설 중간에 200자 원고지 1-2매 분량의 '독자의 소리'가 115회, 116회, 122회, 123회, 128회, 166회 등 6회에 걸쳐 삽입된 것도 특색이다. 본문에 삽입되는 만큼의 소설 분량이 줄어드는 셈이지만 요즈음의 장편 신문소설에서 흔히 볼 수 있는 '지금까지의 줄거리'는 보이지 않는다. '독자의 소리'는 일종의 감상문이라고 할 수 있는데 이 소설과 작가 최서해에 대한 찬사로 편지 형식을 취하고 있는 것이 공통적이다. 정말 독자의 편지인지 아니면 신문사측의 독자 유인 수단인지 확인할 길은 없지만 신문사측의 각별한 배려는 감지할 수 있다.

> ①…귀보의 소설 崔曙海氏의 號外時代를 애독하옵는데 貞愛의 련애에 대하야는 눈물과 감격이 업시는 읽을 수 업습니다. 崔선생의 글을 만히 보앗사오나 이번 것은 더욱이 우리 녀성을 잘 리해한 것이어서 존경에 더욱 감사를 드립니다. (중략) 죄송하오나 비오며 아무쪼록 쉬지 마시오. 오래 써 주시기 비옵나이다. (안국동 전란주 상)
>
> ② 謹啓 貴報 連載中의 小說 號外時代 則 近來 稀有의 優秀 新聞小說로 .... 每日 貴報의 配達을 苦待中이오며 作者 崔先生의 健康을 仰祝不已하나이다. 不備禮(東大門外 朴南甫)

이것들은 지방과 서울의 지역별 안배, 남녀의 성별 고려, 한문투와 한글투의 문장별 구분으로 그만큼 각계 각층에서 이 소설을 읽고 있음을 암시해 주려 하고 있다.

『호외시대』는 발표 뒤 문단의 주목을 거의 받지 못하고 오히려 도외시되거나 부정적 평가만을 받은 듯하다. 이것은 작품을 면밀히 읽은 후의 결과라기보다 작품 외적 요소가 더 많이 작용한 듯한 인상이다. 박상엽의 <감상의 칠월>[1], 김동인의 <소설가로서의 서해>[2], 김동환의 <생전의 서해 사후의 서해>[3] 등에서 이를 확인할 수 있다. 박상엽과 김동환은 서해의 만년이 작가로서 타락하였으며, 그 원인을 생활고로 돌린다. 생계를 위해 작품을 억지로 썼으며, 그 결과 이전의 서해 모습을 발견할 수 없다는 것이다. 이 주장 속에는 서해 만년의 작인『호외시대』는 졸작일 수밖에 없다는 의미가 포함되어 있다. 이들이 말하는 타락은 작가적 입장을 의미할 터이고, 그것은 작품이 입증해 주어야 한다. 과연 서해는 만년에 작가로서 타락했는가. 만년에 해당하는 1930년부터

---

1) 곽근 편,『최서해전집』(하), 문학과 지성사, 1987, p.390.
2) 앞의 책, p.371.
3) 앞의 책, p.403.

1932년 7월까지 약 2,3년 동안 서해는 단편소설 1편, 장편소설 1편, 수필 6편, 평론 1편, 잡문 5편, 탐방기사(모범농촌순례) 1편을 남긴다. 1926년 한 해 동안 단편소설 23편, 수필 5편, 평론 2편을 발표한 것과 비교할 때 양적인 저조함으로 당시 문단인들에게 비칠 수밖에 없다. 그러나 이 기간에 그는 『매일신보』의 학예부장으로, 한편 심한 병고에 시달리면서 결코 붓을 놓지 않았다. 200자 원고지 삼천매 분량의 비교적 성공한 『호외시대』가 이를 잘 말해준다. 그렇다면 박상엽과 김동환이 서해 만년을 작가적 타락으로 비난한 근본적 이유는 무엇일까. 이들은 아마도 작품의 진정한 의미는 도외시한 채 자신의 이데올로기 잣대로 작품을 평가하려 한 듯하다. <탈출기>, <기아와 살륙>, <홍염> 등 경향적 작품만을 서해의 긍정적 특질로 파악하고 있던 박상엽에게 '프로문학의 작법에 흐르지 않도록 필요 이상의 암시'[4)]를 받고 쓴 『호외시대』는 처음부터 거부하고 싶은 작품으로 비쳤는지 모른다. 김동환은 서해의 『매일신보』 입사 자체가 벌써 작가로서의 타락한 징조요, 타락한 작가의 작품은 당연히 우작, 태작(愚作, 駄作)일 수밖에 없다고 판단했던 것 같다. 이 무렵 김동환은 한 때 기울어졌던 계급주의 문학에서 민족주의 문학으로 전향하여 있을 때였다. 이들의 주장이 객관적 판단을 상실했다고 여겨지는 이유가 여기에 있다. 김동인은 관점을 달리하여 '현재의 비교적 안정된 생활이 방해를 하여' 작품 창작에 지장을 주었다고 말하여 가난하고 방황하는 삶에서만 훌륭한 작품이 나온다는 것을 은근히 암시한다. 김동인식의 독단이 엿보이는 주장이다. 원인이야 어떻든 『호외시대』는 발표 당시 계급주의나 민족주의 양 진영으로부터 외면당한 때문인지 후대에도 논자나 연구자의 관심권을 벗어나 본격적인 조명을 받지 못하였다. 단행본으로 미간행된 신문 연재소설이었던 만큼 손쉽게 접근할 수 없었던 원인도 물론 생각할 수 있겠다. 그러나 이러한 현상은 서해의 한국 근대문학사적 위치와 지금까지의 그에 대한 관심과

---

4) 앞의 책, p.409.

연구 결과에 비해 볼 때 기이하다고 하겠다. 조남현의 <최서해의 『호외시대』, 그 갈등구조>(한국문학, 1987.5)와 한수영의 <돈의 철학, 혹은 화폐의 물신성(物神性)을 넘어서기>(한국문학연구회 편, 『1930년대 문학연구』, 평민사, 1993)가 고작인 듯하다. 이에 앞서 손영옥은 단편적이나마 자선(慈善)과 보은의 의미가 복합되어 펼쳐진 인도주의 세계와 선량한 인간들이 황금의 위력 아래 하나하나 낙오되어 가는 과정을 보여준 작품이라고 요약한 바 있다.[5] 이런 내용을 포함하고 있는 것은 사실이나 부분적 사실만을 강조하여 의미를 너무 축소시킬 우려가 없지 않다. 조남현은 위의 논고에서 이 소설이 조명받지 못한 이유를 신문 연재소설에 대한 당시의 부정적 통념 때문으로 돌리고, 이 소설을 일축해 버리거나 도외시한 논자들이 그 근거를 제시하지 못한 점을 꼬집는다. 아울러 이 소설이 연구되어야만 할 당위성을 역설한 뒤 그 가치를 다음처럼 지적해 준다.

> 『호외시대』는 1920년대 조선경제계의 극도의 취약상을 배경음으로 깔아 놓음으로써 일제통치가 당시의 한국인들에게 가져다 준 절망감과 갈등심리를 암시할 수 있었고, 허약하기 짝이 없는 경제구조로 말미암아 전락과 희생의 길을 걸어간 인물들을 제시함으로써 갈등의 심화현상을 내비칠 수 있었고, 상록수형 인간에의 의지를 다지는 인물에게 서술의도의 초점을 맞춤으로써 갈등, 모순, 알력 등으로 점철된 현실은 언젠가는 극복될 수 있을 것이라는 신념을 입증한 결과를 보일 수 있었다.[6]

한수영은 상기 논문에서 '현실의 환멸스러움과 부정성에 대한 새로운 저항과 극복의 방안으로서 인간 품성의 고유한 미덕과 이타주의'를 보여준 작품으로 평가한다. 조동일은 '사회상의 총체적 움직임을 치열하게 작품화'했다고 보기에는 좀 미흡하지만 '돈의 부정적인 구실과 긍정

5) 손영옥, 「최서해연구」, 서울대 현대문학연구 23집, 1977, p.37.
6) 조남현, 「최서해의 『호외시대』, 그 갈등구조」, 『한국문학』, 1987. 5, p.379.

적인 구실을 함께 문제삼으려' 했기 때문에 '관심을 가질 필요가 있'는 작품이라고 말한다.[7] 조남현이 '<가진 자>의 몰인정한 횡포를 강조하는 대신 한 걸음 더 나아가 <돈>의 작용과 반작용을 살피려는 단계까지 간 것'[8] 이라고 긍정적 평가를 한 것과 궤를 같이 한다. 조남현이나 한수영, 조동일 역시 이 작품의 부분적 사실이나 일면적 진실만을 강조한 감이 없지 않다. 필자는 지금까지의 연구태도를 지양하여 한국 근대소설사에서 이 작품이 정당하게 자리매김될 수 있는 계기를 마련하고자 본고를 시도하였다.

Ⅱ. 산업자본의 침투 혹은 개인의 파멸

이 작품의 중요 인물인 홍재훈은 사생아로서, 태어난지 한 달도 안돼 고아가 된다. 홍씨 성의 늙은 농부가 거두어 홍가라는 성을 얻게 되고 홍씨 내외가 죽자 등짐장수를 따라 15세에 마을을 떠나 서울로 가게 된다. 서울서 일본인의 집 고용을 살고, 구루마끌기, 지게지기, 노역 등에 종사하다가 이대감의 인력거를 끄는 구종(驅從)노릇을 하게 된다. 그의 신임을 얻은 터에 화재로 인해 타죽을 뻔한 그의 둘째 며느리를 구출하고 그 덕분에 '백석 추수의 논과 집 한 채'를 받고 속량된다. 속량 후에는 '추수는 받아서 땅을' 사고 인력거도 여전히 끌면서 꼬박 15년을 일하여 돈을 모으고 이를 바탕으로 53세 되던 해 가을부터 반도 인쇄사와 함께 학교를 경영하게 된다. 그가 배운 것도 없이 '개미만도 못한 미미한 존재'로서 노비나 다름없는 신분에 속하지만 부(富)를 축적하고 사업을 벌일 수 있었던 것은 당시 사회가 신분사회에서 경제사회로 전환되었기 때문이다.[9] 그는 경제사회에서 비로소 노력과 성실에 대한 응

7) 조동일, 『한국문학통사5』, 지식산업사, 1989, p.149.
8) 조남현, 앞의 책, p.368.

분의 대가를 획득할 수 있었다. 그러나 그것은 6년 전의 일이다. 이 소설의 현재 상황은 1925년이고 따라서 6년 전이라 함은 1919년이 된다. 그때는 일반 경제계가 풍성하고 출판계도 활기가 넘쳤다(p.56).[10] 이러한 현상은 당시 경제계나 문화계가 국가나 제도권의 간섭에서 비교적 자유로왔음을 의미한다. 당시 번창하던 홍재훈의 사업이 기울기 시작하여 1925년에는 완전히 파산된다. 이 소설은 그러므로 홍재훈의 사업 파산후의 후일담에 속한다고 할 수 있다. 다시 말해 54세 되던 1919년까지는 그가 노력하고 의도한 만큼은 결실이 맺히는 시기였다. 비록 한때 가난과 시련 때문에 괴로워하고 몸부림쳤지만, 그것은 그의 장차의 삶을 빛나게 하고 밑거름이 되게 하였다. 그 가난과 시련은 미래의 꿈과 희망을 간직한 것이었고, 장래를 보장할 수 있는 것이었으며, 많은 세월이 흐른 뒤에는 즐거운 추억거리가 될 수도 있는 것이었다. 즉 이 시기는 홍재훈이 외부세계에 순응하기만 하면 되는 것이며, 세계와 자신 속에 이미 주어져 있는 생의 의미를 새삼스럽게 찾아다닐 필요가 없었던 것이다.[11] 그러나 1920년 이후로 외부상황이 변하여 그의 어떠한 의지와 성실과 노력도 더 이상 반영되지 않는 시대가 도래한다. 외국의 대자본이 물밀듯이 서울에 밀려 들어온 것이 가장 큰 원인이었다. 외국자본이란 구체적 언급은 없을지라도 일본자본을 일컬을 터이다. 제1차 세계 대전 중 전시 초과이윤(戰時 超過利潤)으로 비대하여진 일본 자본주의는 1920년 회사령 철폐로 일본 자본의 일부를 한반도에 산업자본으로 끌어들임으로써 공업화를 촉진시켰기 때문이다.[12] 여기서 우리는 서해의 시대인식을 읽을 수 있다. 그는 일제(日帝)의 강압과 통제로 더 이상 개인의 의지나 능력이 허용되지 않는 시대, 일본 자본의 침투로 인한 국내 자본시장이 재편성되는 시대, 국내 중소기업의 파산이 속출하

9) 임종국, 『한국문학의 사회사』, 정음사, 1974, p.60.
10) 이하 쪽수는 곽근 편, 『호외시대』(문학과 지성사, 1994)의 그것을 가리킴.
11) 김현, 『문학사회학』, 민음사, 1991, p.74.
12) 윤홍노, 『한국근대소설연구』, 일조각, 1981, p.216.

는 시대가 1920년부터 시작된다고 본다. 서해의 시대인식이 비교적 타당했음은 한국의 사회경제사에서 시대적 전환점이 이 무렵이라는 이 방면 논자들의 공통된 주장에서도[13) 시사받을 수 있다. 서해는 같은 식민지 기간이지만 1920년부터 한국은 이전 상황보다 더욱 암울하고 참담했다고 인식한다. 이러한 상황을 홍재훈 사업의 파산을 통해서 암시하려 했던 것같다.

그러나 일본 자본의 침투로 인하여 야기된 결과를 놓고 서해가 정작 관심을 둔 것은 기업의 파산보다도 개인의 파멸인 듯하다. 이 작품의 중요 인물들인 홍재훈, 홍찬형, 양두환, 이정애 등이 돈에 집착한 나머지 파멸에 이르는 것에서 이를 짐작할 수 있다. 홍재훈이 사업에 실패하자 그에게 은혜를 입은 양두환은 그를 위해 은행에서 4만원을 횡령한다. 그 돈은 화재로 인하여 잿더미로 변하고, 양심의 가책에 번민하던 양두환은 자수하기로 결심한다. 홍찬형은 양두환에게 정신적 감화를 입어 개과천선(改過遷善)했던 만큼 그를 대신하여 감옥에 간다. 감옥에서 병을 얻은 때문에 홍찬형은 죽게 되고, 그의 죽음에 충격을 받은 홍재훈도 곧 죽는다. 이정애는 홍재훈의 학교를 재건시킬 의도로 돈이 많다는 사람과 마음에도 없는 결혼을 하게 되고, 이와 함께 그녀의 희망과 꿈도 무참히 깨지고 만다. 모두 돈 때문에 야기된 사건이며 홍재훈의 사업이 번창했다면 발생하지 않았을 비극이다. 지식층이며 냉철한 이성적 판단의 소유자들이라 할 수 있는 홍찬형과 양두환도 돈 앞에서는 이성을 잃거나 무력해지고 왜소해진다. 홍찬형은 돈을 건져야겠다는 일념으로 목숨을 돌보지 않고 불길 속에 뛰어들고, 양두환도 '불을 보는 그 순간 식구들의 생명보다 돈을 먼저 생각'한다. 이들의 평상시 논리는 돈보다 인간을 중시했으며 인간이 필요로 하기 때문에 돈은 존재가치가 있다는 것이었다. 그러나 이것은 관념에 지나지 않았고 정작 사람과 돈이 동시에 위기에 처했을 때 그들은 사람보다 돈의 안전을 우선 생각했

13) 임헌영, 『한국근대소설의 탐구』, 범우사, 1974, p.27.

던 것이다. 돈에 대한 집착은 이들뿐만이 아닌 당시의 보편적 현상이었던 듯하다. '돈 있는 놈들은 첩 얻고 계집애들은 돈있는 남자에게 첩으로 들어가는 사회'(p.508), '황금이라 하면 한 몸의 영화를 꿈꾸고 물인지 불인지 헤아리지 않고 덤벙거리는 여성이 많은 이 세상'(p.556)에서 이것은 확인된다. 이처럼 당시는 남녀의 구별없이 돈에 의해 이성이 마비되고 무력해지거나, 비도덕적이고 비윤리적인 행위도 감행한다. 인간의 본질적인 가치가 훼손된 타락한 시대, 위기의 시대가 아닐 수 없다. 일본 자본의 침투로 당시 우리 민족이 물질적으로는 물론 도덕적, 윤리적으로도 철저히 파멸되었다고 진단한 것은 서해의 올바른 시대인식의 결과인 듯하다.

Ⅲ. 혼란된 현실과 겨울의 상황

소설과 사회의 관계규명에서 소위 내용사회학파는 "소설은 사회를 반영한다", "소설은 사회의 거울이다"라는 단순 반영이론을 내세웠다. 이들의 주장은 사회 현상에 대한 작가의 선택이 조직적, 보편적이지 못하고 한 부분에 치우칠 우려가 있으며, 사회적 현실을 작품에 그대로 재현하는 경우 그것은 작가의 창조력의 부재 혹은 문학적 환치(換置)에의 실패를 입증하는 것뿐이라는 한계를 지닌다. 골드만(L. Goldmann)으로 대표되는 발생론적 구조주의(genetic structuralism)파는 종내의 이러한 주장을 극복하고 소설사회학(Sociology of the novel)의 새로운 방향 전환을 꾀한다. 이들은 '소설 작품이 집단의식의 단순한 반영이 아니라, 사회구조와 소설구조 사이에는 '동질성(同質性)'이 있고, 그렇기 때문에 소설의 구조분석을 통해서 사회의 구조분석에 도달할 수 있'다고 본다.[14)]

---

14) 김치수, 『문학사회학을 위하여』, 문학과 지성사, 1980, p.260.

실제로 『춘향전』의 구조분석을 통해서 나타난 이중적 성격, 즉, 근대적 성격과 전근대적 성격은 곧 당대 사회의 이중적 성격에 상응하는 것임을 추출한 경우도 있다.[15] 그러나 사회적 현실은 언어매체로 말미암아 소설이란 공간 속에서 허구적 현실로 굴절 변모됨을 인식해야 한다. 이를 무시한 채 사회와 소설의 상동성(homology)을 문제삼을 경우 자칫 내용면에서의 그것을 발견하려는 속류사회학(俗流社會學)으로 전락할 위험이 있다. 소설에 표출된 사회의 모습은 실제 내용과는 매우 다른 상상적 내용일 수도 있으므로[16] 소설사회학은 존재하고 있는 소설의 숨은 의미와 구조를 찾아내어 드러내는 것[17] 이라고 할 수 있다.

『호외시대』의 구조와 당시 사회구조와의 상동성은 어떠한 양상인지 구체적으로 살펴보자. 먼저 홍재훈의 이력을 정리하다 보면 매우 혼란됨을 알 수 있다. "나이로 말하면 육십 노인이었으나 혈색이라든지 피부로 말하면 삼사십 뒤 중년으로도 오히려 못따를 만치 좋아 보였다.(p.114)"에서 보면 홍재훈은 1925년 현재 60세가 된다. 그러나 "홍재훈은 삼십 년 전에 일본 사람의 짐을 지고 타박타박 서울을 찾아들었다."(p.59)를 기준으로 하면, 그는 1925년 현재 51세가 된다. 홍재훈이 서울로 간 것이 15세 때이고(p.58), 그후 30년이 지나면 45세가 되는데, 이때 홍재훈은 반도 인쇄사를 시작하기 때문이다. 지금은 그로부터 6년이 지난 상태이다. 또 '혈혈 고아로 온갖 풍진을 다 겪고 칠십 년이나 끌어오던 그의 목숨'(p.537)이라는 구절을 기준으로 하면 70세가 된다. 홍재훈이 현재 60세가 되었다가 51세도 되고 70세도 되는 등 나이에서 혼란되어 있다. 이러한 혼란은 이 작품 여러 곳에서 다양하게 발견된다. 양두환이 대구에서 상경(上京)하여 홍재훈이 이사한 사실을 알고 그 시기를 묻자(p.24) 홍재훈은 '전 달 초생'이라 하여 8월 초순을 말하고 홍

---

15) 앞의 책, p.51.
16) 구인환·구창환, 『신고 문학개론』, 1990, p.194.
17) 김치수, 앞의 책, p.17.

재훈의 아내는 '6월 30일' 쯤이라고 말한다. 이사 날짜를 놓고 홍재훈 부부 사이에 한 달 이상의 차이를 보이고 있다. 대구에 내려갔던 양두환이 서울에 왔다간 사실을 두고 화자는 "지나간 구월 그믐 어떤 토요일날 아침차로 서울에 왔던 두환이가 이튿날 밤차로 도로 대구를 향하여 떠나간 것은 아직도 독자 여러분의 기억에 새로울 것이다."(p.264)고 하여 양두환의 상경 일자를 9월 30일로 전한다. 그러나 양두환이 서울에 왔다간 후 일주일 뒤 홍찬형과 이정애가 의정부 운동회에 다녀오고(p.139) 그 후 한 달 뒤인 십일월 초이튿날에는 학교가 폐쇄된(p.143) 사실을 바탕으로 판단하면 양두환의 상경 일자는 9월 24일이 된다. 이 사실을 양두환은 1927년 여름 홍경애의 죽음을 확인하러 가는 진주행 열차 속에서 두번씩(p.608, p.609)이나 '3년 전 이른 가을'에 상경했다고 회상한다. 2년이 채 되지 않았는데도 3년 전이라고 한 것이다. 양두환이 삼성은행에서 4만원을 횡령하기 위해 이리를 거쳐 상경한 경우도 혼돈되기는 마찬가지다. "이리하여 그는 상경까지는 무사히 하였다. 이 날은 일천구백 이십오 년 십이 월 열아흐렛 날(토요일)이니"(p.334)한 구절을 보면 양두환이 서울 도착한 날은 1925년 12월 19일이 된다. 그러나 '대구에 내려갔던 두환은 넉 달만에 다시 서울 땅을 밟게 되었다.'(p.264)고 한 구절로 미루어 보면 1926년 1월 24일 상경한 셈이 된다. 그는 지난 해 9월 24일 내려갔기 때문이다. 이 사실을 두고 다른 두 곳(p.392, p.431)에서는 '섣달 그믐날' 상경했다고 적고 있다. 홍찬형이 철창에 들어간 시기도 두 곳에서 약 2개월의 차이를 보인다. 이처럼 정확한 사건일지를 구성할 수 없게 하는 혼란된 작품구조는 무엇을 의미하는 것일까. 이것은 곧 혼돈되고 혼란된 당시 사회의 모습이 반영된 것을 뜻한다. 혼란된 당시의 현실은 이처럼 숨겨진 작품구조 속에서 찾아질 수 있으므로 작품구조와 사회구조는 상동성을 이루는 것이다. 서해는 이처럼 숨겨진 구조 속에서 뿐만 아니라 직접적으로도 당시 현실의 혼란상을 폭로하는 데 주저하지 않는다.

① 두환은 나날이 전하는 그들의 소문은 귀가 아프도록 들었다. 그는 사건의 내용과는 천리 만리나 틀리는 그 소문을 듣는 때마다 어이없는 코웃음을 치지 아니치 못하면서도...(p.387)

② 한편으로는 신문에서 바로 홍찬형의 뱃속에나 들어갔다 나온듯이 없는 사실 있는 사실을 보도하여 이야기꺼리를 전파하는 동시에... (p.450)

③ 여기저기서 얼어 죽은 시체가 났다고 벌써부터 신문은 소문을 퍼쳤다.(p.481)

④ ...남의 말이라고 하면 바늘같은 것이라도 홍두께같이 전하는 세상의 풍문(p.500)

⑤ 신문에는 유서를 품에 품고 바다에 몸을 던졌다고 보도하였지만 실상은 그런 것이 아니었다.(p.611)

①은 홍찬형이 감옥에 갇힌 뒤 헛된 소문이 자자함을 양두환이 비웃는 대목이다. 수사당국은 진범(眞犯)을 밝혀내지 못하고 세상에는 사실과 유리된 소문만 무성하게 전파된다. 작품이 끝날 때까지 진범이 밝혀지지 않는 것도 진실이 얼마든지 왜곡될 수 있는 사회라는 것을 암시하기에 충분하다. ②는 ③ ⑤와 더불어 공공 언론 매체의 보도가 얼마나 왜곡되었는가를 전해준다. 특히 신문 보도에 대해 화자가 매우 부정적이고 민감한 반응을 보이는데, 이는 서해가 신문기자로서 당시 신문의 왜곡보도를 생생하게 체험한 때문으로 생각된다. ④는 헛소문이 과대포장되어 유포됨이 당시의 일반적인 상황이었음을 말해준다. 항간이건 신문에서건 이렇게 유포되는 유언비어(rumors)는 정보의 단순한 왜곡적 차원에서 다루어져서는 안되며 불투명한 상황에 대해 정의를 내리려는 집단적 노력의 결과로 보아야 한다. 이것은 정보의 근원이 차단되고 공식적인 정보가 신뢰성을 잃었을 때에 발생하며, 상황이 불투명한 사회에 항상 있게 마련이다.[18] 사회 혼란의 또 다른 양상이다. 불투명한 사회는 익명성의 사회와도 무관하지 않다. 양두환이 한때나마 홍찬형에게 온갖

18) 권태환 외, 『사회학개론』, 서울대출판부, 1981, p.255.

모욕과 조소를 받을 때 '큰 목적'을 가졌으니 사소한 일에 집착하지 말자고 한(p.91) 적이 있는데, '큰 목적'이 무엇인지, 양두환이 은행횡령을 도모하면서 함께 일할 적임자로 떠올린 정군도 과거에 어떤 일을 했으며, 왜 지금은 감옥에 있는지 알 길이 없다(p.267). 이정애의 아버지도 명망있던 사나이로서 '큰 뜻을 품고 그것을 실현하려다가 뜻을 이루지 못하고 비명에 횡사한 사람이었'(p.461)는데, 그의 큰 뜻과 횡사의 원인이 무엇인지, 홍경애를 죽인 '어떤 검은 그림자'(p.620)는 또 그 정체가 무엇인지 알 수 없다. 자본금 이천만원을 자랑하는 삼성은행이지만 외부에 알려지지 않은 '남모를 설움'(p.35) 때문에 어려움을 겪는데, 거기에는 '깊은 이유'(p.36)가 내재해 있다. '남모를 설움'이나 '깊은 이유'도 끝내 밝혀지지 않는다. 진실과 사실을 은폐할 수밖에 없는 사회는 그만큼 허위와 날조가 기승을 부리므로 역시 혼미하고 혼란하기는 마찬가지다. 이러한 현실의 반영은 이 작품에서 가장 많이 반복되는 단어 중의 하나가 '어떻게'라는 점에서도 확인된다. '어떻게'는 꼭 집어서 말하기 어려워 막연하게 말할 때 쓰인다.[19] ① 그러면 어쩔테야?(p.432) \ ② 그러나 어떻게 보내나?(p.473) \ ③ 이 일을 어쩌면 좋을까?(p.474) \ ④ 어떠세요? 늘 와 뵙는다구 하면서두...(p.476) \ ⑥ 보석운동은 어떻게 되었어요?(p.485) 단지 몇 쪽에서 작위적으로 뽑아본 이와 같은 유형의 의문사를 동반한 '어떻게'의 쓰임이 작품의 전반적인 상황을 '꼭 집어서 말하기 어려운' 상황으로 만들면서 당시 사회의 불투명함 및 혼돈과 혼란을 그대로 반영하고 있다고 하겠다.

이 소설의 자연적 배경 또한 당시 사회구조의 또 다른 면과 상동성을 이룬다. 이 소설의 시대적 배경은 1925년 초가을부터 1927년 여름까지이다. 회상이나 홍재훈의 탄생까지 염두에 두면 1886년까지도 거슬러 올라 갈 수 있다. 그러나 소설의 골격이 홍재훈과 양두환이 각각 관계

---

19) 한글학회 편, 『우리말 큰사전』(제2권), 어문각, 1992, p.2841.

된 사건에 있는 만큼 1919년부터 1925년 가을까지와, 1925년 가을부터 1927년 여름까지의 두 부분으로 나누어 생각해 볼 수 있다. 소제목을 중심으로 이를 세분하면 다음과 같다.

① '그날'부터 '검은 구름'까지 : 1925년 초가을
② '행운'부터 '결심'까지 : 1919년 늦은 봄 -- 1925년 초가을
③ '폐교'부터 '일을 위하여'까지 : 1925년 10월 -- 1926년 2월
④ '외로운 그림자'부터 '희생된 그들'까지 : 1926년 10월 -- 1926년 12월
⑤ '거미줄'부터 '고독'까지 : 1927년 여름

②의 기간에 발생한 사건은 홍재훈을 중심으로 전개되며, ① ③ ④ ⑤의 기간에 발생한 사건은 양두환을 중심으로 전개된다. 전자가 이 소설의 기본 구조를 이루는 사건의 원인에 해당한다면, 후자는 그 결과에 해당한다고 할 수 있다. 그 사이 4계절의 순환이 몇 번 이루어졌음에도 불구하고 봄, 여름은 거의 배제된 채 가을, 겨울이 주된 배경을 이룬다. 소설의 끝부분('거미줄', '고독')에서만 잠깐 여름을 배경으로 하지만 무시해도 될 정도다. 가을을 배경으로 한 장면도 계절만 가을이지 실제의 느낌과 분위기는 겨울 이미지가 훨씬 강하다. 따라서 이 소설의 전반적인 배경은 겨울이라고 해도 무방하다.

① 새벽 비 개인 뒤 유리알같이 맑은 초가을 하늘로 흘러내리는 쌀쌀한 바람에 찬 기운이 싸르르 몸에 스며들든 수원역(p.11)
② 찬 기운이 넘치는 실내에 들어선 학부형들은 서로 얼굴을 바라보면서 낯설은 집에 처음 들온 것처럼 앉을 자리를 몰라 하였다. (중략) "그 날 대단히 쌀쌀한데!"(p.149)
③ 그 봄도 지나고 그 여름도 지나갔다. 아침 저녁 산들산들한 바람은 겹옷을 재촉하는 가을이 되었다. 찬형을 철창으로 보낸지도 벌써 팔삭이 되었다.(p.452)

①은 9월임에도 '쌀쌀한 바람', '찬 기운이 싸르르' 등의 구절이 암시하듯 겨울의 느낌이다. ②는 홍재훈이 폐교를 선언한 날이 11월 2일

임에도 한 겨울의 느낌을 주며 폐교라는 사건과 맞물려 스산함을 더한다. ③은 세월의 흐름을 보여주는 대목으로 지금까지 비교적 느리게 전개되던 스토리가 두 계절이나 지나쳐서 가을을 배경으로 한다. 작가가 의도적으로 봄, 여름의 배경을 배제한 인상이다. 가을과 겨울의 배경에다 눈과 비를 동반하는 것도 주목을 요한다. 홍재훈이 태어나던 순간에도(p.56), 홍재훈과 양두환이 처음 만나던 날도(p.65), 홍경애가 바다에 몸을 던질 때도(p.610), 홍경애가 김준원의 수욕(獸欲)에 희생되던 날도(p.613), 양두환이 은행횡령을 위해 암호를 알아낸 날도 비가 나린다(p.292). 이러한 비는 만물에 활력을 부여하고 삶에 생동감을 불어넣는 비의 이미지가 아니고 절망과 비애, 우수 및 죽음의 의미와 깊은 상관관계를 가진 파괴적인 정조를 지닌 궂은 비다. 강순철이 교통사고로 죽은 때는 눈이 푸실푸실 날리고(p.179), 홍찬형이 홍경애를 찾아 인천으로 갈 때와(pp.251-252), 양두환이 이리에서 범행 후 상경 중에는 많은 눈이 나린다(pp.331-335). 양두환이 범행에 성공한 뒤 서울에 도착한 날도(p.259), 홍찬형이 보석(保釋)으로 감옥에서 나올 때도 눈이 나리고, 홍찬형이 죽던 날은 눈이 많이 쌓여 있었다(p.526). 눈 내리는 정경도 낭만적이거나 정감어린 것이 되지 못하고, 절망과 고난, 불길의 이미지로 사용되고 있다. 양두환이 자신의 삶을 돌아보며 회한에 젖어 중얼거린 구절중 "한 평생에 맑은 날을 못보는구나"(p.293)하는 탄식은 굳이 기상조건으로서의 날씨가 나쁨만을 가리키지 않는다. 희망과 전망이 차단되고 절망과 우울뿐인 삶을 객관적 상관물로써 표출한 것이다. 사건 전개상 결정적인 순간이나 중요한 계기에 추운 겨울을 배경음으로 하고 비와 눈을 장치한 작품구조는 당시 현실의 죽음과 같은 불모의 상태와 동족성(同族性)을 이룬다. 이것은 당시의 사회상을 겨울로 바라본 작가의 의식으로부터 기인한다. 겨울은 죽음과 동결(凍結), 폐쇄와 어둠을 상징하며 시련과 고통, 고난과 횡포의 심상으로 작용하기 때문이다. 주지하다시피 당시의 사회적 현실은 일제의 수탈과 폭압으로 살벌하고 삭막하기 그지 없었다. 원인이야 어디에 있든 작중인물들이 한결같이 애정 획득에 실패하는 것도 살벌하고 삭막한 당시 현실의 반영으로 볼 수 있다. 양두환은 조실부모하고 누님과는 어려서 갈렸으며, 아내와 어린 것도 몇 해 전에 죽어서 부모와 처자식과의 기본적인 인간적 사랑마저 상실한 상태다. 홍경순과의 마음속 사랑도 갑작스런 그녀의 죽음으로 결실을 맺지 못하고 유숙경에 대해서도 은근한 사랑의 감정이 없지 않지만 그 이상의 진전은 없다. 유숙경은 유부녀라서 어쩔 수 없다고 하지만 기생인 홍련과의 관계도 예외는 아니다. 홍련에게는 사랑하는 감정이 있으면서 끝까지 애정을 고백하지 못한다. 홍경애, 이정애와도 얼마간의 애정관계를 유지할 수 있었을텐데 결과는 무위로 끝난다. 홍찬형은 아내에게 애정이 없어 미워하고 이혼하기를 원한다. 아내의 갸륵한 마음씨를 대할 때마다 자책과 동정심이 일기는 하지만 사랑하는 마음은 생기지 않는다. 이 소설 중 가장 농도짙게 애정관계를 유지한 경우라면 홍찬형과 이정애일텐데 이들의 사랑마저도 겨우 변죽을 울리고 만다. 이외에 허성찬과 이정애, 홍경애와 김홍준 등이 남녀의 관계로서 연관되어 있지만 애정이 없는 억지 상태이거나 일방적인 배신으로 끝난다. 애정의 실패로 인물들은 외롭고 쓸쓸한 삶을 영위할 뿐이다. 따라서 이들은 끊임없이 갈등을 일으키며 정신적 육체적으로 방황할 수밖에 없다. 홍경애가 김홍준의 꾐에 빠져 서울을 떠나 수원에 잠시 머물다 창녀가 되어 전주, 인천, 광주, 군산, 부산(동래)를 거쳐 통영에 이르러 자살하고야 마는 것과, 홍련이 대구를 시작으로 진주, 마산을 거쳐 이곳저곳을 유랑 후 광주에 머물다 부산(동래)까지 이르게 되는 것은 육체적 방황의 예에 속할 것이다. 이에 비해 홍찬형이 '안동 네거리로 빠져 종로 네거리까지 걸어나온 그는 한참 주저하다가 동대문행 전차를 타고' (p,243), 정애가 '바로 갈 데나 있는 듯이 나서기는 하였으나 대문 밖에 나서니 갈 데가 없었다. 한참 망설이다가'(p.226) 하는 수없이 친구의 집을 찾아 나서는 것은 정신적 방황의 예라 할 수 있다. 젊은이들이 한

결같이 애정을 상실하고 육체적, 정신적으로 방황하는 현실은 삭막하고 황량하며 절망적인 당시 사회상황을 또 다른 모습으로 표현한 것이다. 이와 함께 양두환과 홍찬형을 비롯한 젊은 남성 인물들이 자주 술을 마시는 것도 이들이 도취되어 괴로움을 망각하고 현실도피를 꾀하려는 경향을 보인 것으로 당시가 삭막하고 절망적인 겨울의 상황임을 반영해 주는 데 일조를 했다고 볼 수 있다.

Ⅳ. 우민화 교육의 극복

이 소설에서 서해는 혼란하고 삭막한 사회에서 우리 민족의 진로란 일제의 식민지화, 우민화(愚民化) 교육을 극복한 야학(夜學) 교육뿐이라고 주장한 듯하다. 이 점을 좀더 자세히 살펴보자. 홍재훈이 인쇄업과 동시에 학교 경영을 시작했음은 이미 지적한 바와 같다. 그는 개교식날 학부형들에게 학교설립의 취지와 학교 경영에 대한 소신을 피력한다(p.61). 이를 요약하면 첫째, 가난한 집 자제를 위해 학교를 세웠다는 것, 둘째, 밤이나 낮이나 틈있는 때 누구나 학교에 와서 공부하라는 것, 셋째, 자신은 삶의 터전이 없어지더라도 학교를 경영하겠다는 것, 넷째, 학생들의 장래가 빛나고 행복하기를 염원한다는 것 등이다. 언뜻 그는 희생정신이 강한 육영사업가요, 봉사정신이 투철한 교육자이며, 교육에 대한 집착이 매우 강렬한 것처럼 보인다. '지금 세상은 알아야 훌륭한 사람이 되지 모르면 살 수 없는 세상'(p.146)이오, "아무쪼록 부모되시는 분들은 배를 주리시고 헐벗더라도 전정이 만리같은 자제교육을 잊지 말어 주십시오."(p.146)라고 말하는 것도 이를 입증해 준다. 그렇다면 과연 당시에 교육이 이토록 절실했고, 꼭 배워야만 살 수 있으며, 배를 주리면서까지 교육을 해야만 했던가. 대답에 앞서 홍재훈의 면모를 살펴볼 필요가 있다. 그는 찬형이 '좀더 지위도 있고 학식도 비범한 사람과 접촉치 않고 자기가 부리는 가운데서도 가장 미미한 두환이와 접촉하는 것'(p.74)을 섭섭하면서도 든든하게 생각한다. 양두환이 지위와 학식이 없어서 섭섭한 것이고 부랑자들보다는 그래도 낫다고 생각되어서 든든한 것이다. 이것은 홍재훈이 인품이나 인격보다는 지위나 학식으로 인간을 평가하고 있음을 의미한다. 그는 '돈을 만져야 일이 되고 일이 돼야 돈두 생기는 것'(p.78)이라고 주장하고 사람은 출세해야 하는데 출세의 수단이 돈이라고 본다. 양두환을 상업학교에 입학시키고 장사 방면으로 나가기를 권하는 것도(p.78) 먼저 돈을 번 후에 이를 바탕으로 출세하라는 것이다. 평상시 그가 자주 말하는 출세란 훌륭한 사람, 장래가 빛나는 사람이 되는 것인데, 그의 논리대로라면 학식과 지위가 높은 사람 곧 관리나 위정자가 되는 것임을 알 수 있다. 이것은 그가 교육을 중시한 것이 민족의식과는 무관하다는 의미도 된다. 경순과 경애를 정규학교에 보내고 찬형을 동경유학까지 시킨 것도 민족의식에서 연유한 것 같지는 않다. 따라서 그가 학교를 세운 것은 가난하여 못배운 아이들을 출세시킨다는 의도가 고작이었고, 이것은 단지 그의 못배운 한풀이에 지나지 않았다고 할 수 있다. 그가 세운 학교도 어쨌든 당시 제도권 안에서 일제의 지침에 그대로 따랐을 것이라는 추측은 가능하다. 학교는 비록 동대문밖 서편 산 밑에 목제(木製) 단층 건물로 되어 있지만 그리 좁지 않은 교정에(p.29) 200 여명의 재학생이 있고(p.61), 상당한 유자격자인 4명의 교사까지 확보하고(p.229)있으며, 교과목에 대해 자세히는 알 수 없지만 체조와 창가(唱歌) 과목도 있는 것으로 보아(p.31) 정규 사립 학교로 봄이 타당할 듯하다. 이미 밝힌 홍재훈의 학교 설립 취지와 학교의 실제 운영은 거리가 있는 것처럼 보인다. 이 학교에서 행해지는 교육이 '절름발이 교육이거나 왜곡된 교육'으로 "식민지 사태의 진원을 정확하게 보는 것을 오히려 막으며 공부해서 출세해야 한다는 환상만으로 그 질곡상태를 견디게 만든다"는[20] 생각을 갖게 하는 이유

20) 김현, 앞의 책, pp. 171-172.

도 여기에 있다. 홍재훈이 인쇄업이 망하자 그렇게 집착하던 교육사업마저 쉽게 포기하는 것도 이를 말해 준다.

홍재훈이 설립한 학교가 문을 닫게 된 그해(1925년) 섣달 그믐부터 홍찬형과 이정애가 안자작의 별장 한 칸을 세(貰)없이 얻어 야학을 설립한다(p.419). 이 야학은 오후 8시 30분에 수업이 시작되고(p.585), 하루 3시간 수업이(p.490) 고작이며, 홍재훈이 세운 학교에 비해 교육환경도 훨씬 열악하다.

① 말이 학교이지 모든 것은 옛날 글방 같았다. 걸상이며 책상이 있을 리가 없었다. 조각보 모양으로 군데군데 빈틈없이 기운 장판 방에 그대로 앉게 되었다. 북편 벽에 옛날 쓰던 칠판을 갖다 걸고 그 앞에 칠이 벗어지고 한 귀퉁이가 상한 헌 책상 하나를 갖다 놓았다.(p.420)
② 찬형과 정애는 한 교실에서 반을 갈라 가지고 가르치기에 분주하였다. 한쪽에서는 질문, 한쪽에서는 대답, 한쪽에서는 커다란 소리로 글을 읽노라고 어느 것이 누구의 소리인지 알아듣기 어렵도록 수선스럽던 교실...(p.423)

이 야학의 학생수는 29명에, 20세가 넘는 청년, 가정부인도 몇 사람 있으며, 모두 3,40전의 월사금도 못낼 형편인 빈한한 계급의 자식들이 모이지만(p.422) 홍재훈이 설립한 학교보다는 바람직한 교육을 하는 곳인 듯하다. 원래 야학은 비정규적 교육기관으로 주로 민간단체나 학생 등이 근로 청소년이나 정규 교육을 받지 못한 성인을 대상으로 운영하였고, 민족실력양성운동 혹은 애국계몽운동의 성격으로 설립되었기 때문이다.[21] 그래서 설립자나 경영자들은 민족의식이 강하였다. 홍찬형이나 이정애, 조금 나중에 가담한 양두환 등 야학 설립자와 경영자의 민족의식이 구체적으로 나타나 있지는 않다. 아마도 당시의 검열을 의식한 까닭일 것이다. 이 야학은 비방과 간섭이 많았는데, 비방이란 일부

---

21) 정신문화연구원 편, 『한국민족문화대백과사전』(제14권), 1991, pp.632-633.

몰지각한 학부모들이 야학 실정을 이해하지 못하고 야학이 기대효과에 미치지 못함을 불평하는 것이므로 차치하더라도, 간섭은 일제의 횡포에 대한 다른 표현일 것이다. 이 시대 일제는 관립의 경우 외에는 불법 혹은 무인가라 하여 수시로 중지시키거나, 폐쇄 명령을 내리는 등 온갖 방법으로 야학을 탄압하였다. 이런 사실을 역시 검열을 의식한 나머지 간접적으로 표현한 듯하다. 이 야학을 운영하는 데 따른 내·외적인 어려움에도 불구하고 이를 생의 궁극적 목표로 정하고 집착하는 모습에서 이들의 민족의식을 읽을 수 있다. 당시 교육에 대한 서해의 관심은 이미 「폭풍우 시대」(『동아일보』, 1928.4.4-4.12)에서 민족교육이 독립운동의 한 방법임을 암시하는 것으로 표출된 적이 있다.[22] 『호외시대』에서 서해는 다시 식민지 시대 우리 교육을 문제삼는데, 정규학교에서보다는 야학에서 그 바람직함을 발견한 듯하다. 그 결과인 듯 김정자와 방선생 등 정규 학교 교사들을 부정적으로 그리고 있다. 정규 교육에 대한 혐오감이 정규 교사에 대한 그것으로 연결되는 것은 자연스럽다. 이들은 제자들을 감언이설(甘言利說)로 꾀어 남의 첩으로 만드는 데 주동적 역할을 한다. 특히 김정자는 처자식이 있는 남편의 친구와 정을 맺고 남편이 죽자 바로 그와 살림을 차리는 등 표리부동하고 도덕적 윤리적 타락의 화신으로 그려져 있다. 서해가 정규 교사에 대해 얼마나 혐오감을 가지고 있나를 충분히 전해주고 있다. 김정자의 이중적 모습은 현진건이 「B사감과 러브레터」에서 B사감을 희화화시킴으로써 식민지 교육을 암시적으로 비판한 것과 동일 수법이라 할 수 있다. 양두환이 야학 교사로 처음 참여한 것은 홍찬형의 구속으로 인한 자리 메꿈의 의미가 크지 진정한 교육적 사명 때문은 아니었다. 단지 홍재훈, 홍찬형, 이정애 등이 "그립고 사랑스러울수록 그들이 위하고 사랑하던 야학생들을 위해야 한다"는 생각 때문에(p.538) 일종의 도덕적 책임으로 야학에 임하였다. 생전의 그들과 끈끈한 인정으로 묶여 있던 양두환으로서는 당연한

---

22) 졸고, 「최서해의 항일문학고」, 『대동문화연구』(26집), 1991, 12, p.192.

현상인지 모른다. 그는 또한 일찍이 이 땅의 교육이 바람직하지 못함을 지적한 적이 있다(p.332). 여기서 홍경애를 타락시킨 요인 중에 비현실적 교육도 포함된다는 판단은, 양두환이 식민지 교육을 비판적 안목으로 인식한 결과다. 정으로 맺어졌던 사람들에 대한 도덕적 책임과 당시의 교육에 대한 비판적 인식에서 시작한 야학을 통해서 그는 점차 교육에 대한 진정한 의미와 이념을 깨닫는다. 그는 야학에서 '가갸거겨나 1 2 3 4를 가르치는 것이 문제가 아니'고 "사람이 사람을 가르치는 것이 문제다."(p.597)라고 주장한다. 이러한 주장은 막연하지만 평소 그의 사상에서 그 실체의 윤곽을 추론해 낼 수 있다. 그는 부처의 진리를 체득했더라도 산중에 있으면 뭐하겠느냐고 힐난하고(p.46), 절이나 수도원에서의 독선 생활보다는 '현실의 세상에서 실인간의 이상을 가지고 싸우는 것이 괴로워도 더욱 유리하고 또 유쾌하기도 할 것'(p.47)이라고 역설한다. 그가 여승을 보고 불쾌해 하는 것도(p.48) 여승은 세상을 아랑곳하지 않는 고립된 존재인 때문이고, 홍재훈이 시켜준 상업 학교 교육에 대해 불만을 느낀 것도 이 교육이 개인의 영달을 위한 것이기 때문이다(p.79). 이로 볼 때 양두환은 사회봉사와 사회개혁에 뜻을 둔 인물이다. 그는 홍찬형의 집으로 들어오기 전에 고학생, 공장직공, 실직자들이 모여서 조직한 삼우회(三友會)에 가담하였었고(p.80), '우리의 행복과 만족을 희생하더라도 전사회의 행복과 만족을 위해야 할 것'(p.188)이라고 주장한 적도 있다. 야학의 교사로서 비로서 그는 지금까지 품어온 자신의 사상과 이념을 성취하기로 작정한다. 이 야학에의 종사는 양두환의 일시적이고 즉흥적인 현실 대처방안이 아닌 듯하다. 이것은 남의 돈을 횡령하여 학교를 살린다는 사고방식이 활빈당식 의협논리로, 한때나마 홍재훈을 비롯한 몇몇 사람은 만족시킬 수 있어도 당시 사회의 구조적 모순을 해결할 수 없다는 인식에서 출발한 것이다. 이것은 긴 모색과 방황, 시행착오 끝에 도달한 길이다. 그러므로 그는 야학생도들로부터 그윽한 법열을 느끼고 충동을 받을 수 있게 되는 것이다.

야학생도들의 그림자가 떠올랐다. '오오 위대한 자취다! 이 목숨도 그들을 위하여 바쳐야 한다!' 두환은 붉은 석양에 물들은 천지를 휘둘러 보며 긴 한숨을 쉬었다. 바로 목전의 새로운 천지가 열릴듯이 슬픈 중에도 그윽한 법열과 충동을 받았다.(p.636)

당시의 교육을 모두 우민화, 식민지화 교육이라고 몰아부치는 것은 옳지 않다. 서해가 주장하는 것은 이를 극복한 교육을 말한다. 홍재훈이 설립한 학교를 폐쇄시키고 긍정적 인물 양두환의 최종 귀착점을 야학으로 정함으로써 서해는 이 점을 짙게 암시해 주었다고 할 수 있다.

Ⅴ. 결 론

『호외시대』는 느슨하고 지리한 느낌을 주는 사건 전개와 긴요하지도 않은 대화의 남용이 없지 않다. 그 결과 탄탄한 짜임새나 팽팽한 긴박감이 결여되어 구성의 집중화에서 문제점을 노출시키고 있다. 이것은 신문 연재를 염두에 둔 부득이한 처사였는지 모른다. 중요한 사건을 자주 예시하여 긴장미를 감소시키는 것도 약점으로 작용한다. 다시 말해 홍경순의 죽음을 예견시켜주는 양두환의 꿈(pp.92-93), 사만원이 불타버린 화재사건을 암시시켜준 양두환의 예감(p.348), 이정애의 앞날에 검은 그림자를 예고한 김정자가 놓고 간 50원이 든 봉투(p.473), 홍찬형의 죽음에 대한 양두환의 예측(p.514) 등이 대표적인 예라 하겠다. 중요사건의 예시 외에 홍경애의 자살을 확인한 양두환이 부산에 들러 벌이는 유홍판(pp.627-631)도 납득하기 어려운 장면이다. 그러나 서해는 이 작품에서 기존의 어느 소설에서보다도 인생과 사회에 대한 깊고 넓은 통찰력을 지닌 다성성(polyphonique)을 보여주었다. 장편소설은 단편소설과는 달리 인생과 사회에 대해 종합적이고 총체적인 묘사로 이루어진다는 것을 염두에 둔 듯하다. 이 작품에서는 아버지(홍재훈)의 작중 역할이 중요하며 비록 그가 당시 바람직한 교육에 대한 인식은 부족했지만 긍정적 인물로 등장한다. 그는 역경을 딛고 자수성가하여 사업가가 되고 시류에 밀려 파산했으면서도 좌절하지 않고 꿋꿋이 살아간다. 예의(禮義) 법도를 알고 선량하며 인정도 많다. 교육을 받은 인물이 별로 없는 이전 작품과는 달리 이 작품의 젊은이들은 대부분 중등학교 이상의 교육을 받았음도 특색이다. 어머니도 다소 고집이 세고 무지하며 남편한테 순종만 하지 않는 모습이다. 홍경순의 입원을 한사코 반대하고, 뭇구리로 병을 고치려 들며 홍경애의 가출에 대한 홍재훈의 힐난에 자식 교육은 에미에게만 국한된 것이 아니라고 자기 의사를 당당히 주장하기도 한다. 전형적인 한국의 여성상으로 아들과 며느리에게 헌신적이었던 기존 작품의 어머니와 차이가 있다. 아내의 경우는 남편이 아내를 대하는 태도에서 이전 작품과 차이를 보이고 있다. 이 작품에서 아내는 홍찬형을 따르나 홍찬형은 아내를 구식 여성이라고 배척한다. 홍경순, 홍경애를 포함한 이정애, 유숙경, 홍련, 김정자 등 여성의 역할이 두드러진 것도 특이하다. 신여성도 획일적으로 그려지지 않는다. 홍경애는 부정적 모습이지만 유숙경은 긍정적 모습이다. 『호외시대』에 이르러 서해의 여성관이 좀더 개방적이고 포괄적으로 변모됨을 볼 수 있다. 서해의 단편소설은 「박돌의 죽엄」, 「기아와 살육」 등 대사회적 경향인 작품과, 「십삼원」, 「동대문」 등 대개인적 성향을 보인 작품으로 구분된다. 전자가 사회상황에 경도된 나머지 개인적 측면을 소홀히 했다면, 후자는 개인적 측면에 치중한 나머지 현실 상황을 등한시한 것이 사실이다. 이에 비해 『호외시대』에서 서해는 사회적 상황, 개인적 문제에 다같이 관심과 비중을 둠으로써 단편소설의 한계를 극복하고 있다. 때문에 이 작품은 서해의 작가적 면모와 특질을 총체적으로 보여주었다고 할 수 있다. 서해를 연구하면서 이 소설을 제외시킬 수 없는 까닭이 여기에 있다.

이 소설에서 서해는 1920년대의 한국 현실을 정당한 안목으로 파악하여 일제의 자본 침투로 한국의 산업이 파멸할 수밖에 없었으며, 이와 함께 금전만능주의가 팽배하여 돈이 인간의 가치를 훼손시키는 위기의 시대, 호외의 시대가 도래했다고 주장한다. 서해는 이러한 당시의 현실상을 혼란되고 혼돈된 구조와 살벌하고 삭막한 겨울 이미지로 형상화하였다. 여기에서 그치지 않고 그는 자아와 세계의 갈등을 극복한 주인공의 최종 귀착점을 일제의 식민지화, 우민화 책동을 극복한 야학 교육에 둠으로써 우리 민족이 지향할 진로도 제시해 주었다. 야학과 관련시켜 볼 때 이 소설은 이광수의 『흙』(1932), 이기영의 『고향』(1933), 이태준의 『제2의 운명』(1934), 심훈의 『상록수』(1935)에 어떤 의미에서건 영향을 미쳤을 것으로 사료된다. 이들 작품들이 농촌 계몽소설적 측면을 가진데 비해, 『호외시대』는 도시 계몽적 소설의 면모를 보임으로써 도시 역시 식민지 시대에는 예외없이 암울한 공간이었음을 증언해 주었음도 간과할 수 없다. 이러한 사항들이 모두 서해의 투철한 사회인식의 결과임은 두 말할 나위도 없다. 이를 바탕으로 서해는 이 소설에서도 식민지 시대의 어둡고 답답한 세계를 그대로 그려내야 한다는 어려운 임무를 맡아서 그것을 성공적으로 수행한 작가의[23] 면모를 보여주었다. 이러한 점에서 이 소설은 한국 근대소설사에서 결코 소홀히 할 수 없는 위치에 놓여진다고 하겠다.

곽 근
• 동국대학교 국문과 교수 • 주요 논문으로 『유진오와 이효석의 전기(前期) 소설 연구』가 있으며, 저서로는 『일제하 한국문학 연구』가 있다.

---

23) 김윤식. 김현, 『한국문학사』, 민음사, 1973, p.153.

하버마스의 현대성 이론

윤 평 중

1. 머리말

현대성(Modernity)의 이념을 형상화시키려는 시도는 불가피하게 일정한 수준에서 일반론의 형태를 취할 수밖에 없다.[1] 그러나 매우 엉클어져 있고 어지러운 논의를 정리하면서 사태의 핵심에 다가가기 위해서는 이러한 접근법이 유용하다. 현대성의 철학적 이념에 대한 추적 작업은,

1) 현대성과 탈현대성, 모더니즘과 포스트 모더니즘의 대칭적 개념은 일단 방편적으로 다음과 같이 정리해 볼 수 있을 것이다. 현대성, 또는 모더니티는 세계관적 이념, 또는 시대정신으로 규정하고 모더니즘은 그러한 세계관과 시대정신이 특히 문화와 예술영역에서 발현되는 양상으로 이해하자는 것이다. 보통은 양자가 혼용되면서 거의 차이없이 쓰이기도 하지만 모더니즘을 모더니티(현대성)라는 이념의 하위 구성요소로 규정함으로써 용어상의 혼란을 줄일 수 있으리라 본다. 또한 모더니티는 근대성으로 옮겨지기도 하지만 철학적 이념으로서의 근-현대는 단절보다는 연결의 측면에서 주목되어야 한다고 생각된다. 따라서 모더니티를 근대로 옮기면 현대의 측면이 빠지기 때문에 근대의 유산까지를 포괄하는 의미에서 현대성이라고 번역하는 것이 더 적절할 것이다.

서양 근-현대를 꿰뚫고 흐르는 시대정신의 공분모를 이념형적으로 재구성하는 작업이다. 여기서 우리가 주의해야 될 점은 일반이론의 구성작업은 이른바 '인식적 지도 그리기'의 형태를 취할 수밖에 없다는 사실이다.

현대성의 이념에 관한 추적은 세기말의 불확실성을 철학적으로 헤쳐나가기 위한 준비 작업이면서 미래를 전망하는 시도이기도 하다. 이러한 맥락에서 살펴볼 때 가장 중요한 이론가가 비판이론의 전통을 새롭게 계승하고 있는 독일의 사상가 하버마스(J. Habermas)라고 할 수 있다. 현대성의 주제에 관해서 기든스(A. Giddens), 투랜느(A. Touraine), 벨(D. Bell) 등의 대가들이 나름대로 정리 작업을 하고 있지만, 철학과 사회이론의 영역을 자유롭게 넘나들면서 서양철학 사상의 핵심적 흐름을 방대하고 깊이있는 방식으로 현대성의 이념과 접합시키는데 있어서 하버마스가 탁월한 성취를 과시하고 있기 때문이다.

또한 하버마스는 현대성과 탈현대성 사이의 대립구도, 즉 포스트 모던 논쟁에 있어서도 가장 선명하고 강력한 현대성의 옹호자로 떠올랐기 때문에 중요하다. 아래에서 우리는 먼저 현대성의 이념적 뿌리를 나름대로 살펴볼 것이다. 이 부분은 현대성에 관한 하버마스의 철학적 논의를 정확하게 이해하고 그의 주장을 비판적으로 음미하기 위해 필요하다. 그 기초위에서 하버마스의 현대성 이론을 철학이론에 관한 서술과, 제도적 측면에서 본 현대성의 명암에 대한 분석이라는 두 차원으로 나누어 다룰 것이다. 이 두 차원은 서양사람들의 세계인식과 집단적 생활방식의 이념형을 각각 정확히 표현하면서 궁극적으로 이론과 실천의 관계처럼 서로 통합될 수밖에 없게 된다. 결론 부분에서는 하버마스의 현대성 이론이 우리에게 갖는 의미를 종합적으로 음미하게 될 것이다.

2. 현대성의 이념적 뿌리

일반적으로 역사가들은 서양의 근대가 15세기에 출발해서 18세기에 이르러 난숙한 형태로 꽃피웠다고 본다. 시대 구분의 근거가 되는 역사적 사건들로는 문예부흥, 종교개혁, 프랑스 혁명, 산업혁명 등이 주목된다. 이러한 일련의 사건들은 서양의 생활세계를 총체적으로 새롭게 규정하며, 그 결과 근대인들은 자신들의 시대가 고대와 중세와는 질적으로 판이하게 다르다는 날카로운 역사의식을 획득하게 된다. 근-현대의 시대정신을 집약하는 현대성을 이념형적으로 재구성하는데 있어서는 18세기의 계몽주의 운동이 결정적인 중요성을 갖는다. 계몽사상과 현대성 이념의 친화성과 일체성은 계몽사상의 특징을 다음과 같이 세가지로 요약함으로써 선명하게 드러난다.[2)]

첫째는, 18세기를 '이성의 시대'라고 부르는 데서도 나타나듯이, 이성의 능력에 대한 신뢰가 계몽사상을 특징짓는다는 것이다. 이성을 인간능력의 핵심으로 보고, 세계이해의 축점으로 삼는 합리주의적(이성 중심주의적) 태도는 플라톤이나, 더 거슬러 올라가서는 소크라테스 이전의 고대 희랍 자연철학자들에게까지 소급되는 혁명적 성과로 거론되기도 한다. 사실 뮈토스(신화)로부터 로고스(우주의 이법 또는 이성)로의 전환은 서양사상사의 여명을 다른 사상들과 차별화시키는 중요한 질적 전환이다.

그러나 이같이 뿌리깊은 이성 중심주의의 전통은 서양 근대에 이르러 매우 중요한 질적 변환을 경험하게 된다. 근대의 이성 중심주의가 그 이전의 합리주의와 차별화되는 이유는 근대철학에서 본격화된 실체

2) 계몽사상의 이념을 세가지로 압축하는데 있어서는 지성사가인 브린톤의 통찰에 힘입었다. 이성 중심주의, 자연관의 변화, 진보의 교의가 바로 그것들이다. C.Brinton, Ideas and Men : The Story of Western Thought(N.Y. : Prentice-Hall. 1950), p.334~408을 참조.

적 주체관의 도입때문이다. 이성의 담지자가 실체적 주체와 동일시되는 최초의 체계적 표현은 근대철학의 아버지라 불리우는 데카르트의 철학적 표어인 "나는 생각한다. 그러므로 나는 존재한다"라는 명제이다. 철학, 수학, 여러 자연과학들에서 뛰어난 재능을 과시했던 데카르트는 모든 학문적 탐구를 이끄는 보편적 원칙을 정초하려 했고, 그 원칙가운데서 가장 중요한 것이 바로 이성적 인간이 '명석 판명하게' 인지하는 것은 참이며 확실하다는 기준이다.

데카르트의 이러한 관점은 인간의 본질을 투명한 이성으로 규정한 근대적 인간관의 핵심을 극명하게 예시한다. 바꿔 말하면 근대에 와서야 비로소 이성이야말로 인간 자신과 객관세계를 이해하는데 있어 핵심적 기제이고, 그 능력은 원칙적으로 모든 사람들에게 부여되어 있다고 믿게 되었다는 것이다. 기독교의 오랜 지배나 미신의 유포때문에 그 능력이 일그러지기는 했지만, 이성을 바로 사용함으로써 가상과 실재를 구분할 수 있으며 자신과 세계에 관한 객관적 진리를 획득할 수 있으리라는 것이다.

근-현대를 주도한 서양의 이성적 인간관은, 명증한 의식을 갖추고 자연이나 실재를 반영, 또는 구성하는 주체가 인식과 행위의 원점이며 가장 중요한 좌표라고 주장한다. 이러한 인간관은 그후 다양한 변용 과정을 거치지만 크게 보아 근-현대적 의식의 뼈대를 이루고 있는 것이다. 무의식과 욕망의 중요성을 강조함으로써 이성의 범주에 쉽게 복속되지 않는 '이성의 타자'에 본격적으로 주목한 프로이트의 정신분석학도 이 같은 이념형으로부터 크게 이탈해 있는 것은 아니다. 왜냐하면 그도 인간 존재를 해명함에 있어 궁극적으로는 이성에 의한 비이성(무의식과 전의식의 영역을 포괄하는)의 제어를 지향했다고 볼 수 있기 때문이다. 어떤 대상에 대한 인식과 파악은 그것을 제어하기 위한 필수적 전 단계인 것이다.

이성 중심주의는 계몽사상의 두번째 특징인 자연관의 변화와 뗄 수 없이 맞물려 있다. 역사적으로 볼 때, 문예부흥기 우주론의 도입 이전 자연은 서양인들에 의해 거대한 유기체로 간주되었다. 그런데 이는 코페르니쿠스가 1543년에 태양계의 운동에 대한 논문을 발표함으로써 큰 타격을 받게 된다. 혹성의 운동을 태양 중심설적 체계로 설명함으로써 우주의 중심인 지구의 이미지는 붕괴되었다. 이 전환의 의미는 우주에는 중심이 존재하지 않는다는 사실을 암시한 데 있다고 볼 수 있다. 콜링우드가 적절히 묘사한 것처럼, 지동설의 의의는 "물질계의 중심은 존재하지 않는다는 사실을 보여주며, 이는 우주론의 혁명적 발전이다. 왜냐하면 코페르니쿠스의 학설은 자연계를 유기체로 간주하는 모든 기존 이론을 붕괴시키고"있기 때문이다.[3)]

유기체라는 말 자체가 그 안에 여러 다른 장기와 기관들이 있고, 이들 사이에 질적 차이가 있다는 사실을 암시한다. 간이 심장의 역할을 대신할 수는 없는 것이기 때문이다. 그러나 우주에 중심이 없다면 세계를 이루는 부분들을 질적으로 차별화시킬 수 있는 근거가 사라지게 된다. 고-중세의 자연관을 지배해 왔던 아리스토텔레스의 추론과는 달리 세계는 같은 물질로 구성되어 있고, 따라서 동일한 자연법칙이 세계를 규정하는 것이다. 이는 지수화풍의 4원소가 지상세계의 원질이며 천상계는 다른 물질로 구성되고, 다른 법칙이 규정한다는 전통적 자연관이 포기되어야 함을 뜻한다.

이제 자연은 계산과 측량으로 대표되는 수학적 방법론의 지도아래 이념화된다. 계몽주의 시대의 서양인들이 보기에는, 자연법칙은 기하학적 언어로 쓰여져 있으며, 양적이고 계량화될 수 있는 것만이 실재하는 것이다. 그 결과 자연은 물체들의 단순한 운동으로 이루어진 거대한 기계에 지나지 않게 되며, 이같은 뉴턴-데카르트적 자연관은 근-현대를 통틀어서 서양의 지배적 자연관으로 고착된다. 이같은 시각에서는 자연은

---

3) R.G. Collingwood, The Idea of Nature(London : Oxford Univ, Press, 1960). p.67.

이성적 인간이 자신의 목적을 달성하기 위해 이용하고 착취할 수 있는 대상으로만 간주된다. 헤겔의 말을 빌리자면, 유용성의 기준이 자연을 바라보는 데 있어서도 핵심적인 잣대 역할을 하게되는 것이다. 현대성의 이념과 매개된 이성 중심주의, 그리고 기계적 자연관의 연결이 오늘날의 전 지구적 생태위기를 야기한 철학적 뿌리임은 주지의 사실이다.

계몽사상의 세번째 특성인 진보의 교의도 이성 중심주의와 자연관의 변화와 긴밀하게 연결된다. 진보의 역사철학은 다른 무엇보다 현대성의 특징을 선명하게 보여준다. 서양 고-중세에는, 현대인들이 너무나 익숙해 있는 확신인, 역사가 선형적으로 발전해간다는 믿음이 발견되지 않으며 이는 기독교 사관에서도 마찬가지이다. 중동, 인도, 동아시아 등 다른 문화의 역사관을 보더라도 근대에 도입된 서양의 선형적 발전사관의 독특성을 쉽게 확인할 수 있다. 급격한 과학 기술의 발전과 생산력 확대는 진보의 교의를 근-현대의 대표적 역사철학으로 자리잡게 만들었다. 다윈의 진화론도 진보의 교의를 생물학 이론으로 표현한 것이라고 볼 수 있다. 우주안에서 이성적 인간이 차지하는 독점적 권능, 자연의 대상화로 가능하게 된 물질적 부의 천문학적 증대는 보통사람들이 진보의 교의를 내면화시키는데 결정적 역할을 하게 된다.

발전사관은 인간이 문화와 기술의 발전과 함께 더 행복해지고 품성도 좋아진다는 도덕론을 동반한다. 따라서 계몽주의 시대 사람들에게 현대성의 이념이란 매우 매력적인 것이었다. '모던(Modern)'이라는 말은, 기술적으로 앞서 있고, 물질적으로 윤택하며, 미망으로부터 자유로운 삶을 상징했다. 모던이라는 형용사는 무엇보다도 인간 이성에 대한 굳은 믿음과 더불어 삶과 사회가 전반적으로 합리화(이성화)되어간다는 것을 의미했다. 현대성의 이념은 이성적 인간, 인간의 인식에 의해 표상될 수 있는 실재, 실재를 구성하는 수학적 법칙, 그리고 세계의 합목적적 진보 가능성에 대한 신념으로 특징지워 진다. 이와 함께 이성적 주체의 활동을 중심으로 세계 자체를 이성의 원리가 지배하는 곳으로 바꿀 수 있다는 낙관적 역사철학이 확립된다. 현대성의 이같은 낙관주의는 자유-평등-박애의 원리를 내세운 프랑스 혁명의 발발을 보면서 드디어 이성이 세계를 지배한다는 원칙이 구체화되었다고 기뻐한 헤겔에게서 극적인 형태로 표현된다.

3. 하버마스의 현대성 이론

1) 철학적 지평에서 바라본 현대성 : 주체철학에서 상호주관성으로

하버마스의 현대성 이론이 투명하게 압축된 1985년의 역작 [현대성의 철학적 담론]이 독일 관념론의 완성자인 헤겔로부터 논의를 시작하는 것은 우연이 아니다.[4] 왜냐하면 헤겔은 현대성의 물꼬를 튼 데카르트 이후 서양 철학사상의 성취와 질곡을 징후적으로 담고 있는 대표적 이론가이기 때문이다. 데카르트가 그 단초를 연 근대의 실체적 주체관은 불가피하게 대상세계에 대한 인식의 투명성과 진리성을 어떻게 확보할 수 있는가의 난제와 마주치게 된다. 바꿔 말하면, 정신성으로 특징지워지는 이성적 주체와, 주체가 인식하는 인지적 대상인 객관세계(자연)의 이원론적 균열을 어떻게 메울 것인가 하는 점이 가장 중요한 철학적 '문제설정'으로 대두하게 된다는 것이다. 존재의 본질이 무엇인가를 묻는 형이상학(존재론)이나 정당함과 아름다움의 기준이 무엇인가를 따지는 가치론적 질문보다, 우리가 어떻게 아는가를 화두로 삼는 인식론이 근대 이후 서양철학의 압도적 우세종으로 부상하는 것은 이러한 맥락에서이다.

---

4) J. Habermas, Der Philosophische Diskurs der Moderne (Frankfurt : Suhrkamp, 1985). 앞으로 이 책에 대한 모든 인용은 신뢰할 수 있는 번역본인 이진우 옮김, 『현대성의 철학적 담론』(문예출판사, 1994)으로부터 할 것이다.

데카르트가 속한 대륙 합리론의 전통은 걸러지지 않은 자의적 사유 능력에 대한 과도한 의존때문에 독단론에 빠지게 된다. 합리론을 비판하고 인식론적 분석을 본격적으로 출범시킨 영국 경험론도 흄에 이르러 주체와 객관세계의 분열을 심리주의적으로 해소시킴으로써, 상식과 과학적 탐구에 필수적인 전제인 객관세계의 독립적 존재조차 철학적으로 설명할 수 없게 되는 불가지론의 함정에 빠지고 만다. 근세철학의 저수지 역할을 했다고 간주되는 독일 관념론자 칸트는 [순수이성비판]에서 합리론과 경험론의 성과를 종합함으로써 주-객관의 분열을 나름대로 극복하려고 시도한다. 그러나 칸트는 구성주의적 인식론을 제창하면서 그 전제와 결과인, 영원히 우리가 알 수 없는 물자체의 세계를 상정하게 된다. 우리가 아는 유일한 세계인 현상계는 인식주관의 능동적 구성의 산물이며, 따라서 주체와 접하기 이전의 본질계인 물자체의 영역은 해명될 수 없는 잉여로 남는다. 헤겔이 보기에 칸트의 작업은 주-객관의 분열을 재생산함으로써 근대 주체철학(또는 의식철학)의 딜레마에서 헤어나오지 못하고 있는 것이다.

현대성을 특징짓는 이성적 주체의 정체성은 자율성을 그 핵심으로 삼는다. 자율성(Autonomy)의 어원적 분석이 보여주는 것은 근대야말로 삶의 준칙인 규범적 법칙(Nomos)을 스스로(auto) 창출할 수밖에 없었던 최초의 시대였다는 사실이다. 근대인에게 삶의 의미와 방향성은 중세에서처럼 신으로부터 오거나 고대세계에서와 같이 과거의 전통이 제공해주지 않는다. 삶의 중심을 더 이상 밖에서 찾을 수 없는 상황에서 근대인은 데카르트에게서 나타나는 것 같이 내면의 빛인 이성에 의거했고, 그 결과 이론철학의 지평에서 인식론적 문제가 주요한 철학적 문제설정으로 떠오른다는 사실은 이미 지적했다. 실천철학의 맥락에서 이러한 근대의 문제설정은 공동체적 삶의 정화인 국가권력의 정당성을 자율적 주체(시민)들 사이의 자유로운 계약의 소산으로 보는 계약론적 사고로 형상화된다. 그 결과 근대이후의 세계는 기본적으로 합리화(이성화)된 삶과 사회체제를 지향한다. 이는 근대화와 합리화 과정이 긴밀하게 맞물려 왔다는 사실을 드러내며 사회학자 베버는 서양문명의 도정을 관류하는 이같은 흐름을 "세계의 탈미신화"라고 부르기도 한다.

하버마스는 헤겔 철학이 "근대의 시대의식과 자기확인의 욕구"를 최초로 체계적인 방식으로 정식화했다고 평가한다. 바꿔 말하면, 헤겔은 "새로운 시대의 원리를 주체성"으로 보고, 이 원리가 근대의 우월성과 병리를 동시에 내포한다는 사실을 정확히 이해한 것이다.[5] 헤겔은 근대적 삶의 질서가 주체의 자율성과 독립성으로 특징지워진다는 사실을 자신의 철학으로 해명함으로써 '자기 시대의 요구를 사상적으로 담아내야 하는' 철학의 임무를 실천에 옮겼다는 것이다. 따라서 헤겔은 현대성에 관한 철학적 담론의 최초의 시금석이다.

근대철학의 문제설정은 주체성을 시대의 원리로 승격시키고 자유로운 개인을 정치 행동의 주인으로 상승시킨다. 이것은 획기적인 인류 보편사적 성과며, 이제 인간은 명실공히 자신의 운명의 주체가 된 것이다. 그러나 이러한 찬란한 성과는 인식론 차원에서 주-객관세계 사이의 균열을 초래하고, 실천철학의 차원에서는 개인과 공동체의 분열이라는 딜레마를 생산한다. 헤겔은 자신의 시대를 "분열의 시대"로 간주했고 그러한 질병을 치유할 수 있는 '화해와 통일'을 절대적 관념론의 목표로 삼았다. 결론적으로 요약하자면, 다른 근대철학과는 달리 헤겔의 형이상학에서는 원천적으로 이원론적 분열이 존재하지 않는다. 왜냐하면 헤겔은 인식론적 문맥에서 객관세계는 절대자의 또 다른 모습(외화되고 자기소외된 형태)에 지나지 않으며, 개인과 공동체 사이의 간극은 인륜적 삶의 대표자인 국가에 의해 극복된다고 자부하기 때문이다.

그러나 하버마스는 헤겔 철학은 근대의 자기확신이라는 문제를 "너무 잘 해결함으로써" 자신이 극복하고자 했던 주체철학(의식철학)의 함정 속으로 다시 추락하고 있다고 비판한다.[6] 이는 헤겔이 주체성의 원리가

5) 하버마스, 『현대성의 철학적 담론』, 36쪽.

야기한 문제를 절대정신이라는 또 다른 거대주체를 끌어 들여 풀고 있기 때문이다. 따라서 헤겔의 대답은 사이비 해결책인 것이다.[7] 이러한 하버마스의 헤겔 비판에서 핵심적인 대목은 하버마스가, 주체성의 원리와 결합해서 삶과 세계의 합리화를 지향하는 현대성의 이념이 생산한 보편사적 성과를 자기 성찰적인 방식으로 긍정하면서도, 동시에 현대성의 딜레마가 바로 주체성의 원리 그 자체(주체철학)의 소산임을 분명히 하고 있다는 사실이다.

주체철학은 인식론의 영역에서는 기초주의(토대주의)와 연관된다. 투명한 의식은 진리의 기초며, 객관적 이해를 확보할 수 있는 토대적 준거이기 때문이다. 또한 기초주의는 역사와 사회현상을 다루는 실천철학적 지평에서는 본질주의적 입론과 동행한다. 왜냐하면 본질주의는 역사과정을 배후에서 추동하는 심층적 법칙이 존재하며, 그러한 법칙이 이성적 논변이나 과학의 이름 아래 명징하게 파악될 수 있다고 주장하기 때문이다. 이러한 시각에서 보자면, 헤겔이 주체철학의 난점을 주체철학적 범주를 가지고 해소시킬려고 했다는 하버마스의 논지가 이해될 수 있을 것이다. 헤겔이 역사철학에서 세계사를 절대자가 투명한 자기이해에 이르는 '세계심판'의 과정으로 묘사함으로써 본질주의의 부담을 지는 것은 부인할 수 없는 사실이다.

헤겔의 관념론을 극복한다고 자부했던 맑스의 유물변증법은 그렇다면 주체철학의 잔재로부터 자유로운가? 여기에 대해 하버마스는 부정적으로 본다. 맑스가 역사적 발전과정을 보편과학으로 정리-예측할려고 시도하는 과정에서 본질주의와 기초주의적 특색을 강하게 드러낸다는 이

---

6) 같은 책, 65쪽 참조.
7) 하버마스와는 달리 우리는 헤겔의 실천철학적 문제의식을 재구성된 시민사회론의 고전적 원천이라는 시각에서 적극적으로 평가한 바 있다. 이는 하버마스의 헤겔 독해가 일면적일 수 있다는 사실을 암시한다. 졸고, 「탈이데올로기 시대의 국가와 시민사회 : 헤겔, 맑스, 그리고 포스트 맑스주의의 정치철학」, 『철학』(제40집, 한국철학회, 1993, 가을).

유에서이다. 인식 주관의 반성능력을 강조하는 주체철학의 전통을 맑스는 노동하는 주체의 실천으로 변형시켰지만, 이는 어디까지나 주체철학적 기본구도안에서의 변화에 지나지 않는다는 것이다. 주-객의 이분법은 이제 더이상 의식의 지평안에서 수행되지는 않지만, 생산하는 주체가 설정한 목적 합리성의 원칙에 의거해 객관세계는 이용가능하고 조작가능한 대상으로 환원된다. 그 결과 행위주체와 대상들의 세계는 인지적-도구적 합리성에 의해 규정된다. 이는 맑스주의적 실천철학이 "헤겔과 마찬가지로 주체철학의 근본개념적 속박에 패배한" 사실을 증명한다고 하머마스는 확신한다.[8)]

헤겔과 맑스 모두 주체철학의 딜레마를 선명하게 꿰뚫어 보면서도 그것을 철학적 차원에서 근본적으로 극복할 수 있는 범주를 분명히 형상화시키지 못했다고 하버마스는 역설한다. 헤겔의 경우 초기 인륜성의 이념에서, 그리고 맑스에게서는 사회적 노동 개념안에 주체철학을 넘어설 수 있는 상호주관성의 중요성에 대한 맹아적 인식이 있었지만, 이는 각각 절대정신의 존재론과 정치경제학 비판의 동력속에서 질식될 수밖에 없었다. 특히 맑스의 경우, 이는 인류의 생산과 재생산 과정에서 노동만큼이나 중요한 상호작용의 범주에 대한 감수성의 결여로 나타나며, 궁극적으로 맑스주의적 패러다임안에서 계몽되고 해방된 삶의 정형을 "자유로운 생산자 연합"이라는 매우 불충분한 그림으로 구상화할 수밖에 없었던 근본 원인이다. 그 결과 맑스주의적 실천철학은 자본주의의 재생산구조에 관해 탁월한 비판능력을 과시하는 만큼, 사회주의적 삶의 지향성에 관해 빈곤한 상상력을 노정할 수밖에 없었던 것이다. 보다 구체적으로 표현해서 이 문제는 맑스주의의 지평에서 민주주의론의 결락상태로 이어진다.

현대성의 이념과 주관적 이성의 억압적 효과와 부작용을 최대한 부각시키면서 현대성을 근본적으로 전복시킬려고 하는 최초의 독창적 사

8) 하버마스, 같은 책 87쪽.

상가는 니체다. 그런 의미에서 니체는 "탈현대로의 진입"을 상징하는 인물이다. 현대성과 주체중심적 이성의 논의구도를 헤겔이나 맑스처럼 내재적으로 비판해서 재구성하는 대신, 니체는 현대성의 "기획을 전체적으로 포기"하는 수순을 밟는다. 그리고 "이성의 타자"를 불러 들인다.[9] 탈현대의 이론가들이 신 니체주의자로 불리우는 것은 이러한 맥락에서이다. 니체적 관점에서 볼 때 모든 사태와 사건들 속에서 작동하고 있는 권력에의 의지는 선과 악, 진리와 허위의 범주적 구분이 정당화될 수 없다는 사실이 분명하다. 나아가 진리와 선에 대항하는 힘으로서 예술과 심미적 경험이 찬양된다. 그 결과는 현대성이 갖는 해방적 잠재력이 예술 지상주의에 의해 완전히 대치되는 사태로 인도된다.

하버마스에 의하면, 니체의 현대성 비판은 두갈래의 길을 밟아 탈현대성으로 구체화된다. 권력의 형성과정과 주체중심적 이성을 역사적으로 추적하는 작업은 바타이유, 라캉, 푸코로 이어진다. 또 한편 주체철학의 발생을 서양사상의 시원까지 추적하는 형이상학 비판작업이 새로운 신비주의로 연결되는 행로는 하이데거와 데리다에게서 집중적으로 드러난다는 것이다.[10] 하이데거의 독창성은 주체의 근대적 지배를 형이상학의 역사안으로 편입시킨데 있지만 서양사상사 전체를 '존재 망각'의 역사라고 비난하는 과정에서 그는 "존재(Sein)"의 신비주의로 함몰하고 만다. [존재와 시간]의 해석학적 성과는 "부재하는 신"에 대한 묵시론적 기대로 퇴행한다고 하버마스는 주장한다. 그 결과는 파멸적인 것으로서, 나치에 대한 부역으로 상징되는 자신의 정치적 판단의 오류를 하이데거는 존재자 일반의 무능과 유한성의 소산으로 치환시킨다. 하이데거의 불행한 행로는 근본적으로 "주체철학의 사유모형을 단순히 전도"시킨데서 비롯되는 것이다.[11]

9) 같은 책, 113~114쪽.
10) 같은 책, 127쪽.
11) 같은 책, 195쪽.

존재의 운명에 대한 체념을 받아들이는 후기 하이데거와 비판적 거리를 유지하면서도, 음성 중심주의에 대한 데리다의 비판은 "유대교적 신비주의"의 유산에 가까이 서 있다고 하버마스는 주장한다.[12] 데리다의 해체주의는 아리스토텔레스 이래 서양사상의 우세종이었던 수사학에 대한 논리학의 우선성을 전복시키려 한다. 그러나 이러한 전복 작업은 '철학과 문학의 본질적 차이'를 해소시킴으로써 진리와 정당성에 관한 일상적 실천이 심미적 담론과 분명한 차이가 있으며 다른 임무를 갖는다는 사실을 애써 망각한다. 해체주의 이성비판은 수사학으로 변형됨으로써 실천적으로 현실의 모순을 은폐하는 보수주의적 효과를 생산할 가능성이 높아진다.

계보학자 푸코의 권력-지시 연계론은 주체철학의 형성사에 대한 현미경적 고발을 담고 있지만 결과적으로는 "절망적인 주관주의"로 귀결된다고 하버마스는 단언한다. 왜냐하면 푸코의 고고학과 계보학은 스스로의 출발상황에 얽매여 있는 자의적 역사서술의 현재주의와 상대주의, 그리고 자신의 비판의 규범적 토대를 해명할 수 없는 수행적 모순을 드러내기 때문이다.[13] 니체주의자에 특유한 푸코식의 관점주의는 의미, 타당성, 가치 등의 범주를 만족스럽게 설명할 수 없다. 그 결과 불가피하게 초래되는 무정부주의적 태도는 주체철학과 함께 주체철학을 좌초시켰던 문제들도 함께 제거해버림으로써 현대성의 딜레마로부터 벗어날 수 있는 어떠한 출구도 봉쇄해버리는 암담한 실천적 효과를 산출하는 것이다.

지금까지 우리가 추적한 현대성의 철학적 담론에 대한 재구성 작업은 물론 데리다나 푸코에게서 완결되지는 않으나 하버마스의 기본적 의도를 선명하게 드러내 보이는 데는 충분하다. 단적으로 얘기해서 하버마스는 주체철학은 이제 그 소명을 다 했다고 역설한다. 그것은 헤겔

12) 같은 책, 219쪽.
13) 같은 책, 328쪽.

이후 오늘에 이르기까지 서양 철학사상의 행로에 의해 반증된다는 것이다. 그러나 주체철학의 설득력이 소진되고, 이성의 억압적 기능이 강조된다고 해서 일부 탈현대론자들이 주창하는 것처럼 주체철학적 문제의식을 완전히 증발시키는 것은 책임있는 대안이라고 할 수 없다.

여기서 하버마스가 대안으로 제시하는 것이 상호주관성의 철학적 범주이다. 상호주관성은 자율성을 강조하고 계몽과 해방을 지향하는 주체철학의 합리적 핵심을 보존하면서도 인식론적 대응이론의 난점이나 도구적 합리성의 개념으로부터 자유롭다. 데카르트 이후 헤겔과 맑스를 거쳐 니체, 하이데거, 호르크하이머, 아도르노를 지나 푸코나 데리다같은 탈현대주의자 뿐만 아니라 류만 같은 현대의 체계이론가들까지도 미처 생각못한 것은, 사회생활의 재생산과정을 포괄적으로 설명하고 참으로 성숙한 인간적 성취를 지향하기 위해서는 의사소통적 이성의 정식화가 필수적이라는 사실이다.

주체철학의 도구적 합리성에 근거한 행위자는 효율성의 극대화라는 관점에서 행동을 선택하고 수단을 측량한다. 이에 비해 의사소통적 합리성의 영역에서는 행위자가 이기적 성공을 지향하지 않고 상호이해를 가장 중요한 목표로 삼는다. 여기에서는 합의를 통해 서로간의 행동을 조정하면서 상호작용하는 행위자들이 상황에 관한 공동의 이해에 이르는 것이 최우선의 목표이다. 따라서 의사소통적 행위야말로 가장 반성적이고 합리적인 행위양식인 것이다.

주체철학은 고립된 자아와 그 자아가 표상하고 제어할 수 있는 객관세계안의 대상간의 관계에 주목할 뿐이다. 그러나 인간의 삶은 외부세계를 도구적으로 취급하는 관점, 그리고 다른 자아를 전술적으로 다루는 관점에 의해서만 좌우되는 것은 아니다. 인류라는 종의 생산은 사람들 사이의 사회적 행위를 통해 유지되며, 사회적 행위의 통합은 의사소통적 합리성의 범주를 도입함으로써만 제대로 해명될 수 있기 때문이다.

의사소통적 합리성과 상호 주관성의 이념은 진리와 규범이 이성적인 주체들사이의 자유롭고 평등한 토론의 과정을 거쳐 잠정적으로 도출된다고 역설한다. 그리고 자유롭고 평등한 소통의 공간을 이념화한 '이상적 담화상황'은 자유, 평등, 정의의 언어적 표현인 것이다. 하버마스는 상호주관성의 철학만이 주체철학의 난점을 극복하면서, 탈현대론의 허무주의와 상대주의에 맞서 현대성을 비판적으로 재구성할 수 있는 대안이라고 단언한다. 현대성의 질곡에 대한 날카로운 감수성을 지니고 주체철학에 비판적이라는 의미에서 하버마스는 탈현대론자들에 가까이 간다. 그러나 그는 실천적으로 모순에 빠지고 마는 탈현대론자들의 총체적 비판을 경계하면서, 현대성에 대한 성찰적 비판작업과 계몽에 대한 계몽을 꾸준히 실천함으로써 현대성이란 "미완의 기획"이라고 역설하고 있는 것이다.

2) 제도적 맥락에서 본 현대성

난삽하게 들릴 수도 있는 철학적 현대성에 대한 논의는, 현대성의 이념이 사회제도적 차원에서 어떻게 구체화되고 있는가를 해명하는 하버마스의 분석을 살펴 봄으로써 훨씬 평이하게 다가온다. 현대성의 명암에 관한 제도적 분석이 집중적으로 개진된 저작들 가운데서 가장 중요한 두 작품은 1962년의 [공론공역의 구조변화]와 1981년에 출간된 [의사소통 행위이론]이다. 가장 최신작으로 1992년에 나온 [사실성과 타당성]은 이 두 저작의 성과를 법의 영역으로 확장하고 있는 저작이라고 할 수 있다.

서양 근대는, 국가와 시민사회의 분리가 가능하게 하고, 국가와 시민사회 사이에 독자적으로 위치한다는 부르조아 공론공역(Offentlichkeit)의 출현에 의해 규정된다고 하버마스는 본다. '여론이 창출되는 집합적 사회생활의 지평'인 공론영역은 서구사회에서 16세기부터 싹트기 시작해 계몽의 시대인 18세기에 난숙화된다. 봉건사회에서는 공적 질서인 국가와 사적 질서인 시민사회가 분리되지 않았고 봉건제후, 왕, 귀족세력들이 국가 권력의 공적 성격을 독점적으로 대표한다. 그 결과 지배집단에 대한 충성은 위로부터 강제되는 것이었고 그들의 정책결정에 대한 밑으로부터 오는 어떤 토론이나 논의과정도 부재했다.

부르조아 공론영역의 단초는 17~8세기에 본격화된 문예적 공론영역의 출현으로 소급된다. 자본주의의 발전과 함께 도시 인구가 급증하고 신문 및 소설 등의 문예적 출판물들이 광범위하게 보급된다. 시장제도 안에서 상당한 물질적 부를 축적한 근대 부르조아지는 살롱과 클럽들을 중심으로 문학과 예술에 대해 자유로운 토론을 즐긴다. 상대적으로 사적인 성격이 강했던 문예적 공론영역안의 토론은 점차 정치-사회적인 논제들로 지평을 확대함으로써 정치적 공론영역이 본격적으로 출현한다.[14] 18세기에 들어 부르조아지들은 시민혁명의 성과에 고무되어 자신들의 경제적 실력에 걸맞는 정치-사회적 권리를 정치적 공론영역을 통로로 해서 공공연하게 주장함으로써 근대 민주주의를 제도화시키는데 결정적 역할을 한다.

이러한 부르조아 공론영역의 형성은 영국의 경우 17세기 후반에, 프랑스의 경우는 18세기에 들어서, 1독일의 경우는 이보다 뒤에 이루어졌으며, 이는 제도적으로 의회 민주주의와 정당정치의 확립으로 구체화된다. 이는 이윽고 전 유럽대륙으로 확산되어 시민적 법치국가의 조직원리로 정착된다. 계몽사상과 연결된 현대성 이념의 보편적 성과를 하버마스가 높이 평가하는 근본적 이유는 여기서 발견된다. 비판이론의 일세대 이론가들이나, 베버의 합리화 논의, 그리고 푸코가 근대의 제도적

14) Habermas, Strukturwandel der Offentlichkeit (Neuwied : Luchtorhand, 1962), 45쪽의 도표 참조. 여기서 국가와 시민사회, 그리고 공론영역의 독립성이 이론의 여지없이 해명된다고 보기는 어렵지만 하버마스의 기본적 의도를 이해하기는 어렵지 않다.

성과를 부정적인 시각으로만 부각시킴으로써 현대성의 복합적 의의를 균형있게 판독하지 못한다는 것이다.

근대로부터 현대 자본주의 체제에 이르기가지 자본주의의 발달 과정과 민주주의의 확산과정은 일정한 긴장관계에 놓여있다. 이는 근대 시민들의 비판적 여론형성을 매개로 국정운영에 직접 참여하고자 하는 민주주의적 열망이 20세기에 들어 국가와 시민사회의 상호 침투때문에 급속히 약화되고 있다는 데서 상징적으로 드러난다. 서구 사회복지 국가는 국가가 공론영역을 거치지 않고 실업, 경기변동, 계층문제 때문에 발생하는 시민사회안의 갈등조정 역할에 직접 개입하게 된다. 또한 자본주의 발전때문에 생긴, 노동조합, 대기업 등의 거대 사회조직들은 자신들의 배타적 이해관계를 국가기구에 직접적으로 압력을 행사함으로써 관철시키려 한다. 그 결과 정당 및 의회를 통해 시민들이 자발적으로 국정에 참여하는 과정이 크게 약화된다.

동시에 문화산업으로 명명된 소비문화의 확산은 공중을 조작되는 수동적 대상으로 환원시키며 급속히 탈정치화시킨다. 공론영역의 이같은 해체와 파편화를 하버마스는 "정치적 공론영역의 재봉건화"라고 부르며 현대성의 제도적 딜레마가 극명하게 드러나는 부분으로 간주한다.[15] 이러한 맥락에서는 현대의 제도적 현실에 대한 날카로운 비판과 함께, 계몽과 해방에 대한 전망도 여전히 유효한 것이다. 하버마스에게 그것은 공론영역의 재활성화로 표현될 것이다.

이러한 분석은 [의사소통 행위 이론]에서는 체계와 생활세계의 개념틀로 정교화된다. 상징적으로 구조지워진 일상적 실천의 영역이 생활세계이고, 체계는 경제와 관료 행정의 영역이 대표하는 공간이다. 그런데 근대화 과정은 생활세계의 구조적 분화를 야기하면서 동시에 효율성의 원칙이 지배하는 재생산과정을 생활세계의 의사소통 행위로부터 분리시키게 된다. 따라서 사회 진화는 두 영역에서 분화의 진전으로 현현된다.

---

15) 하버마스. 위의 책, 273쪽 참조.

체계의 분화는 도구적 합리성과 복잡성의 증대를 초래하고 생활세계의 분화는 의사소통적 합리성의 제고를 지향한다.

자족적 하위체계로 독립한 경제와 관료행정 영역은 대상에 대한 도구적 제어에 전념하며, 행위자도 조작의 대상으로 화한다. 그 결과 체계는 의사소통에 수반되는 성찰적인 일상적 실천으로부터 멀어지며, 궁극적으로는 생활세계의 지평을 파괴하려 한다. 도구적 하위체계들이 생활세계에 침탈해 들어올때 체계와 생활세계의 분리는 "생활세계의 식민화"로까지 악화된다.[16] 이러한 개념틀을 동원함으로써 하버마스는 현대성의 역설을 포괄적으로 해명할 수 있게 되었다. 현대성의 병리의 핵심은, 화폐와 권력으로 상징되는 체계의 논리가 상호이해라는 생활세계적 통합구조를 무력화하는데 근본원인이 있다는 것이다. 따라서 체계적 합리화와 생활세계적 합리화 사이의 일그러진 균형관계를 회복시키는 것은, 해방과 계몽을 지향하는 비판사회이론의 새로운 목표로 부상한다.

후기 산업사회에서 침윤되고 왜곡된 생활세계의 의사소통적 합리성을 되살리려는 사회운동이 자주 일어남을 우리는 쉽게 관찰할 수 있다. 환경운동과 평화운동, 지역사회의 권익 찾기 운동이 그 범주에 속한다. 근래 우리 사회에서 주목받는 시민운동이 대표적인 예일 것이다. 왜냐하면 도구적 합리성이 문제되는 물질적 배분보다는 의사소통 행위의 구조적 왜곡이 이러한 사회갈등의 주요 원인이기 때문이다. 새로운 사회운동이라고 불리는 움직임이 삶의 질, 동등권, 자아실현, 의사결정 과정에의 적극적 참여, 인권신장 등에 주로 관심을 가지고 있는 것을 볼 때 그 성격이 한층 분명해진다. 이러한 사회운동을 공통적으로 규정하는 특징은 의사소통의 재활성화에 대한 욕구인 것이다. 바꿔 말하면 오늘날 사회비판의 주된 동력은 생활세계의 식민화에 대한 저항에서 찾아진다. 따라서 "생활세계와 체계사이의 전선은 오늘의 세계에서 새로운 의

---

16) Habermas, Theorie des Kommunikativen Handelns, 2권 (Frankfurt : Suhrkamp, 1981), 293쪽.

미를 획득한다"[17] 원전 반대 움직임, 소비자 운동, 신도시 주민들의 청원운동, 공명선거 감시운동 등은 모두 체계의 원리가 생활세계의 기반을 침탈-붕괴시키려는데 대항하는 풀뿌리 저항운동의 생생한 실례들인 것이다.

4. 맺는 말

공론영역의 재봉건화나 생활세계의 식민화같은 하버마스의 개념들은 현대성의 병리에 관한 폭넓은 전망을 우리에게 갖게 해준다. 이같은 논의를 적절히 원용하면서 하버마스는 실천적 의도를 지닌 비판철학을 활성화시키고 새롭게 이론과 실천을 통합하려는 꿈을 갖는다. 현대성의 철학적 이념과 제도적 표현을 정교하게 재구성하는 작업은, 서양 현대성의 이념과 실제적 현실 사이의 간극을 메울 수 있는 이론적 근거를 제공한다는 것이다. 따라서 이성적 사회를 건설하고 자율성과 연대성이 공존하는 계몽과 해방의 공간을 실현하려는 현대성의 목표는 우리에게 가능성으로 남겨진 미완의 기획이라는 것이다.

하버마스가 현존하는 최대의 서양 사상가 가운데 한 사람으로 평가되는 이유를 우리는 위의 서술에서 대강 짐작할 수 있다. 현대성에 관한 정교하고 포괄적인 논술을 통해 서양 철학사상의 합리적 핵심과 그 제도적 성과를 비판적으로 재구성하는 작업에 정열적으로 매진하는 그의 열정은 우리의 주목에 값한다.

하버마스가 우리에게 갖는 의미는 다층적이다. 우선 한국사회에서 수입사상으로서의 포스트 모더니즘에 대한 수용양태가 매우 일면적이고 조야한 것이었다는 사실을 확인할 수 있다. 문학과 예술영역으로 과도

---

17) Habermas. "The Dialectic of Rationalization" in Autonomy and Solidarity (London : Verso, 1986), 112쪽.

하게 집중된 포스트 모던 논쟁이 서양의 전체 정신사적 궤적을 감안해야만 제대로 이해될 수 있다는 사실이 분명해진 것이다. 또한 서양 근-현대를 관류하는 현대성의 철학이념과 제도적 성과에 대한 깊이있는 논의는 서양에 의해 강력하게 규정당해 온 우리의 현실에 대한 반성을 돕기도 한다. 실천적으로 하버마스의 패러다임은 80년대 한국사회에서 진보이론을 대표했던 맑스주의의 설득력이 현실 사회주의의 난파와 함께 크게 감소함으로써 빚어진 공백을 메우는데 도움을 준다. 물론 그의 이론은 철저하게 독일의 현실을 배경에 깔고 있지만 그런 국지적 경계를 넘어서는 보편성을 획득하는데 일단 성공한 것이다. 구체적으로 하버마스의 작업은 재구성된 시민사회론 패러다임 건설에 큰 도움을 줄 수 있다.

지식영역에서 우리가 항상적으로 고통당해 온 수입초과 현상의 부끄러운 현실을 극복하는 것이 쉬운 일은 아니다. 그 시도의 실마리는 세계사적 상황에서 우리의 물적-정신적 세계를 압도적으로 규정하고 있는 현대성의 구조와 함의를 정확하게 이해하는데서 발견된다. 이러한 기초 위에서만 현대성에 대한 비판적 성찰의 거리가 확보될 수 있을 것이다. 거대이론의 외양적 설득력에도 불구하고 중대한 허점이 적지않은 하버마스의 현대성 이론을 긍정적 시각에서 주로 조망한 것은 이때문이다.[18)]

윤평중
• 한신대 철학과 교수 • 주요 저서로 『푸코와 하버마스를 넘어서』 등이 있다.

18) 참고로 우리는 하버마스 이론의 중대한 한계를 담화이론의 지평에서 분석한 바 있다. 추상주의적이고 형식적 성격을 갖는 그의 의사소통 행위이론의 문제점에 대해서는 졸고, 「담화이론의 사회철학」, 『철학』(제46집, 한국철학회, 1996년, 봄)을 참고할 것.

▶기획대담

1950년대와 한국문학

대담 : 유종호 (연세대 석좌교수, 영문학, 문학평론가)
진행 : 이남호 (고려대 교수, 문학평론가)
일시 : 1996년 1월 4일
장소 : 유종호 선생 자택

이남호 : 이렇게 만나 뵙게 되어서 반갑습니다. 우선 새해를 맞이해서 올해에도 건강하시고 좋은 글로 우리 문단을 이끌어 주시길 바랍니다.

선생께서는 50년대 후반에 등단하시어 오늘날까지 약 40년 동안 변함없이 우리 비평 문학을 주도해 오셨습니다. 지난 40년 동안 선생님께서 쌓아오신 높은 비평적 업적은 차치하고서라도, 우리 문학의 현장을 누구보다도 가까이서 지킨 지난 40년이란 세월은 그 자체만으로도 소중한 의미를 지닌다고 생각합니다. 그래서 저희들은 선생님으로부터 많은 이야기를 듣고 싶습니다.

우선 현재 우리의 삶과 문학이 어디로 가야 할 것이며 사회와 문단의 많은 현안들을 어떻게 이해하고 풀어나아가야 할 것인가에 대해서도 묻고 싶습니다. 그리고 또 선생님의 기억 속에 있는 지난 시절의 문단에 대해서도 묻고 싶습니다. 그래서 오늘 이 자리에서는 우선 1950년대의 문학 및 문단에 대해서 선생님의 이야기를 먼저 듣고자 합니다.

그동안 우리 한국 현대 문학의 연구는 상당한 진척이 있었습니다.

지금도 각 대학에서 수많은 학위 논문들이 쏟아져 나오고 있습니다. 그런데 그 동안의 현대문학의 연구는 주로 식민지 시대의 문학만을 대상으로 하여 왔습니다. 그러나 80년대 후반부터 해방 후의 문학에 대해서도 조금씩 연구되기 시작하였고 최근에는 1950년대의 문학에 대한 학문적 관심이 점차 고조되고 있습니다. 이는 1950년대가 이제 동시대라기보다는 과거라는 의미를 갖게 되었음을 뜻하는 것이라고 할 수 있겠습니다. 50년대를 전혀 체험하지 못한 연구자들이 50년대를 연구함에 있어서, 50년대의 사회와 문학의 분위기를 먼저 이해한다는 것은 매우 중요한 의미를 갖는다고 하겠습니다. 50년대에 대한 이해의 지평을 가지지 못하거나 잘못된 이해의 지평을 가진 채 50년대를 연구할 경우, 매우 많은 오류와 시행착오의 가능성이 있을 것입니다. 그 반대로 50년대에 대한 적절한 이해의 지평 위에서 50년대 문학을 연구할 수 있게 된다면 그것은 매우 효율적이고 생산성이 높은 연구가 될 수 있을 것입니다. 이러한 생각에서 저희들은 그 당시로부터 지금까지 문학 현장에서 많은 활동을 하고 계신 선생님으로부터 50년대에 관한 여러 이야기를 듣고 싶은 것입니다. 이것이 오늘 대담의 목적입니다.

오늘 이 자리의 형식이 대담이라고는 하지만, 사실 저는 50년대에 태어났기 때문에 50년대에 대한 직접적인 체험이 전혀 없습니다. 제가 알고 있는 50년대와 50년대 문학이라는 풍문과 몇권의 책 그리고 당시에 발표된 얼마간의 문학 작품이 전부입니다. 따라서 저는 궁금한 것들을 몇가지 여쭈어 보는 것에 그치고 주로 선생님의 말씀을 많이 듣도록 하겠습니다.

우선 선생님의 기억의 문을 열기 위해서, 첫번째로 선생님의 등단 무렵에 대해서 여쭈어 보고 싶습니다. 선생님께서는 1957년에 등단하셨는데, 그 때 어떻게 해서 글을 발표하기 시작하셨고 또 그 당시 선생님께서 보신 문단 상황이나 그밖에 그 당시의 상황 등을 기억나시는대로 자유롭게 한번 말씀해 주시기 바랍니다.

'50년대 문단의 상황

유종호 : 저는 대학을 1957년에 마쳤는데, 1950년대라는 것이 1950년에 전쟁이 시작되고 53년에 휴전이 되지 않습니까? 53년도에 고등학교를 졸업하고 대학에 들어왔습니다. 그래서 우리 사회의 50년대라고 하는 것은 전쟁과 전쟁 직후였기 때문에 60년대나 70년대와는 상당히 다른 상황이었다고 이야기할 수 있습니다. 그런데 이것은 요즘 내가 간절히 간절히 느끼는 것인데, 자기가 살아보지 않은 세월이라고 하는 것은 아무리 상상해 보더라도 상상에 의해서 완성될 수 없는 어떤 여백의 부분이 있다는 느낌을 많이 받습니다. 예

컨대 신인 작가들이 6·25에 대해 소설을 쓴 것을 읽어보면 우리가 생각해 볼 때는 터무니없는, 허망한 장면들을 많이 보게 됩니다. 상상만 가지고는 안되고 또 이야기 들은 것만 가지고도 안되고 역시 당대의 현실 경험이라고 하는 것이 중요한 것이 아닌가 하는 느낌을 가지게 됩니다. 그러니까 제가 생각하기에는, 살아보지 않은 분들에게 살아보지 않은 시대를 이야기한다는 것은 어려운 일이라고 생각됩니다.

우리가 문단에 처음 나왔을 때는, 우선 잡지로는 『현대문학』이 있었고, 그리고 『자유문학』이 있었는데 『현대문학』에 비해 상당히 열세였습니다. 상업적으로나 고료로나 그랬습니다. 그러니까 여기서 열세였다는 것은 문학적인 질이 열세였다는 것이 아니라 양적

으로 열세였다는 이야기입니다. 그리고 『사상계』라는 잡지가 있었습니다. 이 잡지가 상당히 영향력도 크고 학생들에게 많이 읽히고 종합지로서—사실 어떤 의미에서는 지금은 『사상계』 같은 잡지가 없어진 셈입니다— 자리잡고 있었습니다. 결국 그 당시의 문단이라고 하는 것은 『현대문학』과 『자유문학』 등의 순수 문예지 그리고 『사상계』라고 하는 종합지가 있었고, 또 하나의 특징으로는 신문사의 문화부장들이 대개 문인들이어서 신문의 문화면이라는 것이 완전히 문학 중심이었다는 점을 말할 수 있을 것입니다. 그때만 하더라도 연극과 영화 같은 부문은 한 구석에 조그맣게 나는 것이 보통이었고, 문화면이라고 하는 것은 대개 문학면이었지요. 수필이나 월평뿐 아니라 잡문이 실리더라도 대개 문인들이 담당하던 시대였습니다.

그때 문학을 한다는 것이 무엇인지 사실 우리도 잘 몰랐습니다. 또 53년에 대학에 들어갔지만—한국에서 대학이 많이 생기기 시작한 것이 45년부터인데—가르치는 사람이나 배우는 사람이나 뚜렷하게 대학이란 것이 무엇을 하는 곳인지 분명한 생각을 가지고 있지 못했어요. 지금은 그래도 공부를 하든 안하든 대학이 어떤 곳인지는 분명한 이미지가 잡혀있는데, 그때만 하더라도 대학이라고 하는 곳은, 그냥 고등학교만 졸업을 해서는 안되니까 취직을 위해서 한 번 거쳐야 하는 관문이라는 정도의 막연한 생각 밖에는 없었고 특히 영문학 같은 것을 해 가지고는 무엇을 할 것이냐 하는 것이 명확하지 않았습니다. 영문과를 선택한 것은 다른 것이 아니고, 우리 나라에서는 어학 하나 정도는 제대로 해야 책이라도 읽을 수 있지 않느냐 하는 막연한 생각에서였습니다. 그래서 대학에 들어가서 영문과라는 데를 다녀보니까, 우리가 생각했던 것과는 달리 문학을 하는 것과는 아무 상관이 없는 동네같았습니다. 그 당시의 상황이 그러했고 우리 나라의 지적 역량이 아주 낮은 수준이었기 때문이기도 합니다. 사실 영어도 제대로 잘 모르는 교수들이 많았고 문학 같은 것은 더더군다나 모르는 사람들이 많은 상태였습니다.

그러나, 막연하게나마 문학을 하게 된 동기를 말해 보자면, 중학교 때 정지용의 시집를 처음 보고 감동을 받아 …… 시도 써 보고 그래서 막연하게 문학을 한다고는 했는데 구체적으로 무엇을 해서 어떻게 한다고 하는 생각은 없었지요. 시를 쓰고 어떻게 살아가느냐 하는 구체적인 생각은 없었던 겁니다. 다만 중학교 때 시를 많이 써보고 그러니 공부를 하게 되면 언젠가는 한번 쓰게 될 날이 있지 않을가 하는 막연한 생각을 가지고 왔는데, 대학에 와 보니까 참 무엇을 하는 곳인지 분명치가 않고 그래도 앞으로 살기 위해서는 영문과에 다니니까 영어 정도는 해야 되지 않겠느냐 하는 생각으로 책도 좀 보고 그랬죠.

그때나 지금이나 우리 나라 사람들이 참 궁했고 특히 50년대의 구차함은 참담한 지경이었지요. 그러니 우리야 돈될 것을 먼저 찾게 되었죠. 그래서 아르바이트 같은 것을 구해야 했는데 지금처럼 아르바이트 자리 구하기가 쉽지 않았습니다. 그때 영어 번역을 싸구려로 하는 것이 있었습니다. 지금 정부 청사 자리가 53,4년까지만 하더라도 폭격을 맞아 생긴 큰 웅덩이가 메워지지 않았었는데 거기에 콘세트로 만든 <중앙교육연구소>란 데가 있었어요. 여기에서 미국의 신교육에 관한 쉬운 계몽서 등을 많이 번역해서 일선 학교에 나누어주었습니다. 거기서 대학생들에게 아르바이트 번역를 주었었는데 그 일을 많이 했었습니다. 제목도 이상한 『정신의 가치』니 하는 것을 번역하고 그랬습니다. 보나마다 형편없는 수준이었지요. 이거 이야기가 너무 쇄말주의로 흐르는 것이 아닌가 싶은데 …

그러다가 『문학예술』이라는 잡지가 있었는데 여기서 번역에 관한 원고를 모집했었는데, 이왕이면 이런 것을 한번 해보자 해서 뉴욕 타임즈의 서평집에 실린 글을 투고해서 실렸습니다. 제가 모든 일들을 계획성있게 사고하는 성격이 못되기 때문에 무슨 일을 만들어 하기보다는 누가 옆에서 일을 만들거나 하면 그것을 따르곤 했는데 당시 천상병과 함께 문학청년들 사이에서 알려져 있었던 시인 송영택(독문학)이 (천상병과 함께 전시 부산에서 『이인』이라는 잡지도 낸 적이 있는데) 그러지 말고 글을 한번 써보라고 부추기고 자기가 직접 내 원고를 대학신문사에 갖다 주고 고료도 타다가 주고 해서 쓰게 되었습니다. 처음 글을 쓴 것이 『문학』이라는 학내 잡지였는데, 거기에는 이어령, 박맹호 등이 소설을 쓰고, 송욱, 성찬경이 시를 쓰고 김붕구가 평론을 쓰고 그랬지요. 이 잡지에 대한 평문을 대학신문에 썼는데, 그런데 이 글을 보고 당시 『문학예술』 편집인이자 시인이기도 했던 박남수씨가 시평을 하나 쓰라고 해서 「불모의 도식」이라는 시단 총평을 썼습니다. 그 당시만 하더라도 간행물이나 제대로 된 활자 매체가 없었기 대문에 대학 신문에 쓴 글을 여석기 선생 같은 분들이 기억해 주고 있었습니다. 그때만 하더라도 그렇게 매체가 적었고 또 그 당시의 글들이 대체로 의미가 통하는 글들이 거의 없었기 때문에 일단 이 글이 무슨 말을 하고 있는지 드러나기만 하면 주목이 될 정도였었습니다. 그 「불모의 도식」에 대한 평이 상당히 평이 좋았습니다. 특히 고려대 선생님들이 좋게 보아 주셨고 조지훈 선생님이 이건 대가의 솜씨라고 칭찬해 주셨다고 들었습니다. 그 분이 저를 처음 인정해 주셨고 저에게 시집도 주셨어요. 그러고부터는 자꾸 청탁이 들어와서 「언어의 유곡」을 냈더니 지난번하고는 다르게 이번에는 문학청년 같은 면이 보인다고 귀뜸을 해주더라고요. 그런데 그 당시만 해도 한 달 전에 기껏해야 30매, 50매 부탁을 하고 70매면 크게 대우를 해주는 셈이었고 요즘의 계간지처럼 석달 전에 100장씩 청탁하는 게 아니었으니까 좋은 글이 나오기 힘들었죠. 그래서 글을 쓰기 시작했는데, 저의 경우에는 제가 거절한 경우는 있어도 발표를 하지 못한 못한 적은 없었습니다.

한국일보에도 계속 월평을 2년 정도 썼고…. 이때 저널리즘적인 순발력이 길러졌다면 길러졌죠.

이 당시의 문단에는 김동리 서정주 조연현 등의 주류파인 『현대문학』파와 김광섭 모윤숙 이헌구 등의 『자유문학』파가 있었고 『문학예술』은 실제 문인들이라기보다는 박남수 등의 월남파들이 많았습니다. 이어령은 평론에 당선되어 활동하고 있었고 나는 번역으로 시작해서 쓰게 된 경우고…. 그런데 나에게 처음 원고 청탁을 해준 이가 바로 조연현 씨였습니다. 서울에 올라와 명동에서 천상병 씨와 조연현 씨를 만났는데 조연현 씨가 「언어의 유곡」을 보고 마침 원고 청탁을 하려고 했었다는 이야기를 했습니다. 그래서 「비평의 반성」을 약 120매 정도의 분량으로 썼고, 계속해서 「산문정신고」와 「비평의 제 문제」 등을 쓰게 되었죠.

그런데 「비평의 반성」이라는 글은, 내가 비평을 하려하면 어떤 좌표와 같은 것이 있어야 할 것이고 그렇다면 내가 좌표설정을 할 때 따져야 할 것이 무엇인가를 모색한 것입니다. 여기에서 당시 평단의 주류를 이루고 있던 분석적 경향이나 역사적 방법을 비판했었습니다. 이를테면 이어령 김우종 등이 이상의 시를 메타포 등으로 분석하고 있었는데 내가 보기에는 전혀 맞지 않는 분석이었습니다. 이건 제가 발전하지 못한 때문인지는 모르겠지만 10대에 시를 보던 것이나 지금 시를 보는 것이나 큰 변함이 없습니다. 지금은 설명을 조금더 잘 할 수는 있겠지만 느낌에는 별 차이가 없다는 말입니다. 얼마전에 나온 저서 『시란 무엇인가』에서도 이상의 「오감도」는 자구 해석을 해서는 본래의 시에 어긋날 뿐이라고 말한 적이 있는데 그것은 20대에 느낀 바 그대로입니다. 이를테면 김우종은 이 시를 천체가 이동하는 것으로 설명을 하고 있었고 이런 것들이 분석적이라고 했는데 저는 이러한 방법들이 분석적인 방법도 아니고 또 옳은 해석도 아니라고 지금도 생각을 하고 있습니다. 또 하나는 역사적인 방법이라는 것인데, 사실 역사적 방법이라는 것은 임화를 비롯하여 해방 전에 더 많았던 것이죠. 그런데 그 당시에도 문학에 대한 전문적 소양이 없는 일반 독자들에게는 이런 비평이 먹혀들었습니다. 사회적인 해석 등이 그럴 듯하니까요. 그래서 그 당시에는 최일수와 이봉래 등의 『후반기』 농인들, 홍사중 정창범 등이 역사적인 방법의 평론을 한다고는 했는데 제가 보기에는 문학에 대한 감수성이 억압되어 있었습니다. 그들의 글은 문학적인 글이 아니었습니다. 문맥도 잘 안 통하고 역사 운운하는 식으로만 몰아가고 있었기 때문에 이래서는 안 되겠다는 생각을 했던 것입니다. 여기서 해방 전에 좌파적인 발상 아래서 쓰여진 글이라는 것들도 사실은 별것 없다는 말을 했습니다.

이 : 그 당시에 선생님께서 분석적 비평이나 역사적 비평을 다 비판하셨는데, 그런 갈래를 떠나서 선생님께서 높이 평가하신 비평가들은 어떤 분들이 있습니까?

유 : 사실 그 당시에는 비평가들이 없었고, 제가 영향을 받은 비평가라면 김동석이라는 좌익 평론가를 들 수 있습니다. 김동석의 『예술과 생활』과 『부르조아의 인간상』은 제가 지금도 가지고 있는 평론집입니다. 또 조연현보다는 김동리의 『문학과 인간』이라는 평론집을 좋아하는데 지금도 「이효석론」이나 「김소월론」, 「청록파론」 등은 그 당시 우리 나라에서 쓰여진 작가론들 중에서는 가장 좋은 글들이라고 생각합니다. 임화의 시들은 읽었지만 그의 평론은 읽을 기회가 없었고 김문집의 책도 서울로 올라온 뒤인 1970년에 복간된 것을 읽기도 했습니다. 반면에, 백철 씨의 글에 대해서는 지금까지도 상당한 혐오감을 가지고 있습니다. 얼마전에 해방 후의 책들 중에서 『신문학사조사』가 귀중한 책들 중의 하나라고 말한 걸 본 적이 있는데, 자료로서의 가치는 있을지 몰라도 이 책은 근본적으로 책으로서의 위엄을 갖지 못한 채 스타일도, 안목도 없는 스

크랩 북에 불과하다고 생각했었지요. 조연현의 경우는 제가 우상으로 여기는 정지용의 시를 「수공예술의 말로」라 해서 매도해 버린 것 때문에 끌리지 않았어요. (모두 웃음)

이 : 김동석의 경우는 좌파 평론가인데 어떻게 선생님께서 …

유 : 그건 이렇게 생각해야 합니다. 좌파 평론가이기 때문이 아니라 글이 좋기 때문에 좋아하는 것입니다. 동갑내기인 김동석이 김동리를 신랄하게 공격하는데, 소설은 김동리를 좋아하고 평론은 김동석을 좋아한다면 좀 웃기는 일일지 모르겠지만 거기서 아무런 모순을 느끼지 못하고 있었습니다. 어떻게 보면 실제로 문학을 즐기는 사람의 입장에서는 그것이 더 옳은 일이 아닐까 합니다. 우리가 영화를 보더라도 가령 비현실적인 「나의 청춘 마리엔느」를 보면 그건 그것대로 좋은 것이고 「워터프론트」 같은 영화를 보면 또 그것대로 현실감 있고 좋은 거니까요. 같은 이유로 김동석을 좋아했던 것이지요.

좌파 평론가라 하지만 김동석이 시에 대해 쓴 글을 보면 그 당시의 우리 나라 어떤 평론가보다도 시에 대한 안목이 높았던 사람이었음을 알 수 있습니다.

이 : 김동석이 원래 제대 영문과 출신인데다가 처음에는 시도 좀 쓰고 그랬었을 겁니다.

유 : 예, 제가 김동석의 팬이었기 때문에 그의 시집 『길』(정음사 간)도 가지고 있는데, 그의 시는 아주 미숙한 수준이지요. 그에 비하면 수필은 좀더 괜찮았고, 평론은 꽤 잘 썼습니다.

이 : 선생님께서는 등단 후 57년 무렵에, 그러니까 50년대 후반에 글을 쓰시고 문단에 직접적으로 관심을 가지시게 되었는데, 대략 해방 후 48년까지는 좌파 문인들의 글들도 자유롭게 접하다가 48년 이후로는 상당히 압박을 많이 받았고 정전 후에는 거의 볼

수가 없게 되었다고 볼 수 있을까요?

유 : 48년까지는 좌파 문인들의 작품이 군정청에서 나온 국정 교과서에 실려 있을 정도였습니다. 이기영의 『고향』이 교과서에 실려 있었고 (소설의 한 부분이 실려 있었던 것으로 기억합니다) 이태준이나 정지용, 김기림 등은 문학가동맹에서 활동을 하긴 했지만 엄밀한 의미에서의 좌파는 아니었으니 당연히 실려 있었죠. 좌파 전위 시인들 가운데서도 이병철의 「나막신」은 서정시였던 관계로 수록되어 있기도 했습니다.

그런데, 48년 대한민국 정부 수립 이후 새로운 국정 교과서를 만들어야 했지만 미처 준비는 없었고 해서 국어 교과서에서 정지용이나 김기림 등의 시들을 순경 입회 하에서 각자 먹으로 지워서 사용하게 했습니다. 지금 생각해 보아도 전세계적으로 유례가 없는 우스운 일일 것입니다. 아마 겪어 보지 못한 사람들은 모를 겁니다. 그렇지만 일반 신문이나 잡지에서는 여전히 좌파의 활동이 있었고 책도 나오기는 했습니다. 물론 전쟁이 나면서부터는 공포 분위기가 몰려왔지요.

이 : 55년도 『문학예술』에 스티븐 스펜더의 글 「모더니스트에의 조사」를 번역하시고 그 뒤에 「현대비평론」이라는 역시 스펜더의 글을 번역하셨는데, 여기에 무슨 특별한 이유가 있었습니까?

유 : 그때 뉴욕 타임즈 북 리뷰란에 나오는 글들을 묶어 놓은 책이 있었는데, 그 책을 읽다 보니 「모더니즘운동은 죽었다」라는 글이 있었는데 그것을 번역한 것입니다. 정확하지는 않지만 제목을 좀 멋있게 바꾸어 번역했던 것이죠. (웃음) 그때에도 모더니즘이 무엇인가, 현대성이 무엇인가 하는 문제가 문단의 관심사여서 소박한 형태나마 논의가 있었습니다. 여기서 스펜더는 모더니즘의 특징을 현대 현실에 대한 관심이라든가 하는 몇가지로 요약했기 때문에 그 당시의 우리 나라의 모

더니즘 · 모더니티 논의에 좀 도움이 될 수 있을 것이라고 생각했었던 것이고, 또 한편으로는 이론적으로나 이념적으로 현실에 대한 관심을 시인 작가가 표현해야 한다고 늘 믿고 있었기 때문이지요. 그런데 실제로 그 사람들이 이루어 놓은 작품들을 보면 이건 시가 아니라는 생각이 들었습니다. 어떤 괴리가 있는 것이지요. 언젠가 이남호이, 내가 표방하는 건 그렇지 않은데 작품을 평가하는 것은 늘 문학주의적이라는 식으로 말한 적이 있는 것 같은데 물론 정확한 것은 아니지만 어느 정도는 인정을 합니다. 내가 머리 속에 그리고 있는 소설이라고 하는 것은 사회의 총체성이 잘 드러나 있고 사회의 모든 현실을 드러내는 소설이 이상이라고 생각하지만, 우리 나라에 그러한 소설은 없고 괜히 섣불리 현실이니 무어니 해서 소설이 안되는 것보다는 김동리나 황순원 등의 소설이 작품으로서는 더 나은 것이 아니냐 하는 생각을 늘 가지고 있습니다.

스펜더 같은 이는 사실 영국이나 미국에서도 50년대 이후에 이름이 많이 나왔지만, 실제로 읽을 만한 아티클이나 에세이를 쓴 것은 역시 시인이나 소설가들이었단 말입니다. 그런 사람들이 전문적인 비평가들이나 이론가들이 쓴 글보다는 아무래도 훨씬 더 호소력도 강하고 읽기 쉽고 직접 호소하는 것도 있었습니다.

그 글은 사실 번역이 잘 되어 실은 것이 아니라 당시 우리 나라서도 모더니즘이 등장하면서 시의성이 있었고, 스펜더의 모더니즘에 대한 입장도 "20년대의 모더니즘은 죽었다"는 것이었기 때문에 시의성이 있었던 셈이죠.

'50년대의 모더니즘과 실존주의

이 : 30년대 김기림 등이 주장한 모더니즘과 50년대 문단에서의 모더니즘의 차이점이 있다면 어떤 것이 있겠습니까?

유 : 물론 김기림의 경우도 30년대에 「기상도」 등을 통해서 제

국주의를 비판한다든가 현대 세계에 대한 비판을 했지만, 막연히 도시적 가능성에 대한 문학적 동경이지 실제로 현실에 대한 관심은 희박한데 비해서, 50년대는 직접 6·25를 경험한 세대들이기 때문에 전쟁의 공포감이 있었고 또 그것이 상당히 오랫동안 지속되고 있었습니다. 50년대의 전쟁과 그것을 통해 우리가 느낀 것은 어느 한쪽에 일방적으로 당하는 것을 피해야 한다는 일종의 피해의식이 이 고정관념 같은 것으로 남아있던 시기였고 그러니 현실에 대한 관심을 표명하는 문학을 간절히 기다리고 있었기 때문에 50년대의 모더니즘은 30년대의 김광균이나 김기림보다는 정치적 현실이나 사회적 현실에 대한 관심이나 반전적인 요소가 훨씬 더 많았다고 볼 수 있지요. 전봉건의 시를 보면 반전적인 요소가 상당히 많지요. 김춘수의 경우는 전봉건과는 다르기는 하지만 「부다페스트에서의 소녀의 죽음」 역시 (반공적인 요소도 있지만 그보다는) 탱크로 상징되는 무력에 대한 증오라든가 하는 것은 6·25 경험에서 나온 것이라 볼 수 있습니다. 그런 면에서 보자면 사회현실에 대한 관심이 50년대 문학에서는 현저히 드러납니다. 그러나 그것이 작품으로서 잘 되었느냐 아니냐의 문제는 전연 별개의 문제지요. 이를테면 반체체 시인으로 알려져있고 통일 문학을 주장하기도 하는 김규동의 경우 「나비와 광장」은 결국 시로서는 실패했다고 볼 수밖에 없습니다. 그러나 그들이 표방한 것 속에 전쟁이나 현대 사회현실의 부조리에 대한 강력한 반발 등이 있었던 것은 사실입니다.

이 : 30년대와 50년대의 모더니즘의 성격이 다르다는 말씀에는 저도 참 동감을 하는데, 스펜더에 관해 질문을 드렸던 것은, 제가 자료를 쭉 검토해 보니 『후반기』 동인들 뿐만 아니라 그 당시 모더니스트들에게 있어서 엘리어트 영향 못지 않게 스펜더, 오든 등 30년대 좌파 활동을 하다가 전향한 사람들의 시론들이 영향이 매우 강하고 그 이유 중의 하나가 선생

님께서 방금 말씀하신 현실에 대한 강한 관심이랄까 하는 것 같아서 질문을 드렸던 겁니다.

유 : 우리가 학부에서 배울 적에 송욱 선생이 20세기 영시를 가르치면서 오든 시를 많이 읽히기도 했었고 그 분의 『시학 평전』에 보면 오든의 시를 직접 분석하기도 했습니다. 오든이 기계문명과 현대 사회의 메카니즘을 이야기하는 부분 등을 보면서 영어를 잘 모르면서도 실감으로 느꼈습니다. 우리는 과연 자유인인가 하는 질문을 상기하면서 말이죠. 오든은 20세기의 아주 유능한 시인이고 엘리어트에 비하면 훨씬 쉽습니다. 엘리어트는 사실 일정한 문학적 교양을 필요로 하고 시를 이해하기 위해서는 많은 밑그림의 이해가 필요한 쪽인데, 그에 비하면 오든은 훨씬 진술적입니다. 스펜더는 시는 오든보다는 떨어지지만 역시 그와 함께 많이 알려져 있었고 김기림이 스펜더의 「급행열차」 등을 해설하면서 소개한 적도 있었습니다. 그의 시 자체는 그렇게 좋지 않지만, 현대 문명을 상징하는 급행열차의 기관차의 피스톨이라든가 등을 통해 20세기의 특징인 기계문명이 인간생활의 감수성에 어떤 영향을 미치는가 등을 보여주었기 때문에 소수 사이에서는 알려져 있었습니다.

이 : 전쟁의 절박한 현실에서 상식적으로 생각하면 모더니즘보다는 실존주의 쪽에 더 쉽게 빠지게 될 것 같은데, 실존주의 쪽도 이야기해야겠지만 모더니즘을 이렇게도 볼 수 있을 것 같습니다. 아마 당시의 전통론과도 바로 연결될 것 같습니다만, 『후반기』 동인들이 내세우는 것들이 그 부분과 닿아있다고 생각하는데, 과거는 이제 완전히 없고 새로 시작해야 하는데, 새로 시작하지 못했기 때문에 식민지도 겪었고 전쟁도 겪었고, 그래서 과거는 없다, 그런데 새것이란 그 당시 서구의 것이고 서구의 것과 모더니즘, 모던 지향이 다 일맥상통하는 것이니까 자연히 모더니즘 쪽으로 관심이 갈 수밖에 없었고 그 당시 현실 속에서 미국 혹은 서구의 문명이

나 상품들의 환상적인 모습들을 전쟁을 통해서 접하게 되니까 그런 속에서 모더니즘 지향이 더 강해졌다고 볼 수 있을 것 같습니다. 이러한 모더니즘의 문제와, 전쟁과 실존주의에 관한 이야기를 부탁드리겠습니다. 그 당시의 실존주의는 어느 정도로 이해되고 있었습니까?

유 : 실존주의라고 하는 것은 52,3년에, 말하자면 외국의 새 문학사조다 하는 식으로 막 소개가 되고 있었습니다. 전쟁과 불안 그리고 부조리가 한데 묶여서 말입니다.

이 : 그 소개는 주로 어떤 분들이 하셨습니까?

유 : 우선 이휘영 씨가 「이방인」을 번역했습니다. 이 번역은 그 당시 기억에 의하면 우리 나라 번역 문학 가운데 아주 빼어난 것이었습니다. 문장도 정확하고 단단한 문체입니다. 또 최초의 불문학자인 손우성 선생은 『존재와 무』를 번역하기도 했습니다.

그러나 실질적으로 실존주의의 책을 읽은 사람은 드문 편이었고 사르트트의 「벽」과 같은 단편 소설을 읽는다든지, 우리의 경우는 비평 지향이 좀 있었기 때문에 어떻게든 에세이를 구해서 읽고는 있었지만 사실 철학적으로 수용할 만한 텍스트는 거의 없었고 손우성과 같은 극소수의 사람들만이 텍스트를 가지고 있었을 뿐입니다. 다만 기분상으로 보아서 어떤 실존적인 무드가 있어서 … 실존의 무드에 대한 전염성이라는 것에 대해서는 개방이 되어 있었지만 하나의 사상으로 받아들이기에는 정식적인 통로를 거친 것은 아니었죠. 극소수의 예외자들만이 한정된 관심을 가질 수 있었던 셈이죠.

이 : 모더니즘의 경우에는 작품보다는 그 수준이야 어떻든 이론적인 논의가 더 많았다고 할 수 있는데, 실존주의의 경우에는 오히려 그 반대라고 볼 수 있을까요? 예컨대 손창섭의 소설 등을

보아도 그렇고 ….

유 : 손창섭의 소설을 실존주의 하고 보는 것은 좀 문제가 있습니다. 사실 손창섭의 소설들은 실존주의와는 별 관련이 없다고 봅니다. 비역사적이라는 점에서 맥이 닿아 있을지 모르지만.

이 : 장용학의 경우는 그 당시에는 실존주의라 해서 꽤 높이 평가되었었는데, 요즘에는 다소 낮게 평가되는 것 같은데…. 그 당시에는 제법 인기있던 작가가 아니었습니까?

유 : 장용학은 아주 괴팍한 작가인데, 당시 화제가 궁한 젊은 비평가들에게 화제를 제공해 주어 과대평가된 게 아닐까요?

장용학이나 정인영 모두 이어령의 영향이 많았던 것으로 보입니다. 그러나 어쨌든 지금까지도 장용학의 소설을 소설로서 인정해 본 적이 없고, 제가 한글주의자가 된 것도 사실은 장용학과 싸우면서 그렇게 된 면도 없지 않습니다. (모두 웃음) 한글이 발음부호지 글자냐 이러고 한자를 무분별하게 섞어 쓰고 그래서 크게 논쟁한 적이 있었습니다.

그의 소설 중에서 「현대의 야」라는 제목이 있는데, 이 제목은 「혈의 루」식이지 말도 제대로 안 되는 것 아닙니까? 장용학의 입장은 제가 생각하는 것처럼 「혈의 루」식의 제목이 아니라, 정사와 야사가 있고 그 중에서 야사라는 의미에서의 야를 썼다는 것이었습니다. 그러나 그 소설을 읽어보면 그렇지 않다는 것을 알 수 있지요. 그리고 제가 그 소설을 까뮈의 「이방인」과 카프카의 「소송인」과 「25시」가 짜깁기된 것이라고 했더니 자기는 카프카도 까뮈도 사르트르도 읽어본 적이 없었다고 하고 말더라구요. 그런데 이 말도 사실 작가로서는 좀 문제가 있는 말이지요.

어쨌든 장용학에 대해서는 지금도 작가로서 인정하지 못하고 있습니다. 우선 그의 글 스타일은 조선말을 모르기 때문에 생긴 것이지 자신의 스타일이 아닙니다.

그에 비하면 최인훈은 스타일이 있죠. 장용학을 추켜 올린 사람들은 사실 대부분 이상한 사람들이 좀 그랬죠. 이어령의 경우는 감수성은 있는데 과장과 과대포장이 심했고 또 어떤 사람들은 조그만 것을 부풀려 화제로 삼기 좋아한 경우지요. 그런데, 요즘 다시 장용학을 알레고리니 무어니 해서 서울대 국문과 쪽에서 높이 평가를 하고 있다는데, 저는 그의 소설들을 보면서 문장 속에서 한번도 실감을 느껴 본 적이 없고, 한국말을 모르는 사람이라는 것밖에는 느낄 수 없었습니다. 어쨌든 그의 작품들을 실존주의라 한다면 호사벽이 아닌가 하고 생각하게 됩니다.

또, 김동리가 소설 「실존무」를 발표하자 이어령은 춤추고 난장판 벌이는 것을 가지고 실존주의라 한다고 하면서 논쟁이 있었던 적도 있었습니다. 「실존무」는 사실 세태소설로써 실존주의를 야유한 것이었는데, 이어령은 김동리가 실존주의를 모르고 있다고 반박한 것이니까 사실 그것은 서로 논점이 어긋난 경우입니다. 김동리의 입장은 요즘의 청년들이 실존주의를 내세우고 있는데 그것은 한마디로 웃기는 일이다, 아무것도 아니라는 것입니다. 일종의 세태소설로 봐야합니다. 그런 소설에다가 실존주의를 모르면서 소설을 썼다고 했으니 결국 초점이 안 맞는 논쟁이었지요. 물론 이 논쟁을 통해서 이어령은 유명해지고 논객으로서 겁주는 존재가 되었지요.

이 : 모더니즘 이야기로 잠깐 돌아가면, 『비순수의 선언』에 보면 선생님께서는 전반적으로 모더니즘에 대해 상당히 비판적인 것 같은데…

유 : 비판적인데 결과적으로 보면 그 것은 옳았다고 생각합니다. 그 당시의 문학청년들은 말하자면 거의 전부 모더니스트들이었습니다. 그래서 저는 모더니스트이면서도 모더니즘에 대해 비판적이었기 때문에 조금은 외톨이였습니다. 당시 문리대 문학지에는 모더니즘시랍시고 많은 시들이 실렸는

데, 제가 보기에는 시로서 제대로 되어 있지 않았습니다.

이 : 제가 궁금한 것은, 선생님께서도 예술사에서의 모더니즘 운동 등의 필요성은 인정하지만 50년대 당시 우리 작품에서의 모더니즘이 실제로는 전혀 모더니즘다운 모더니즘도 아니고 단지 이름만을 빌렸다는 그런 뜻입니까?

유 : 제가 예술사를 잘 알아서 예술사적 필연성을 가지고 있다는 뜻은 아니고, 그 당시에 우리 사회가 변하고 있는데도 여전히 김동리의 소설이라든가 박목월, 서정주의 시와 같은 식이어서는 시대에 안 맞는 것이라는 생각을 하는 사람들이 많이 있었던 것은 사실입니다. 그런데 막상 그들이 쓰는 시들이란 시라기보다는 졸렬하기 짝이 없는 잡문에 불과했다는 것입니다. 이름은 쟁쟁했지만 시가 안되는 모더니스트들이 많았습니다.

그 중에서 제가 모더니스트들 중에서 그나마 인정할 수 있었던 사람들은 김수영이나 전봉건, 박인환 등이었습니다. 그 당시만 하더라도 김수영을 인정해 주는 사람이 없었습니다. 비평이나 시평을 쓰는 사람들 쪽에서 김수영에 대해 인정해 준 것은 거의 없었고 아마 제가) 거의 처음이었을 겁니다. 이어령도 김동리에 대한 반감 때문에 『자유문학』파로 분위기를 몰아갔지만 시에 대해서는 그다지 이야기한 것이 없었고…. 그래서 결국 김수영, 박인환, 그리고 조병화의 초기 시 등을 제외하면 시라고 할 수 있는 작품들은 없었던 셈입니다. 작품 성취도로 보아서 시라고 할 수 없는 것들은 모두 허영의 문자라고 생각하고 있었고 그 생각에 대해서는 옳았다고 생각합니다. 결국에는 시간이 증명해 주었다고 생각합니다.

이 : 「불모의 도식」에서 신경림의 시를 높이 평가했는데, 그것은 개인적 친분이 아니라 시를 좋게 보신 것인지요......?

유 : 그 시는 그렇게 좋은 시는

아니지만, 저는 시의 서정성을 나름대로 인정해야 한다고 생각했습니다. 그때만 하더라도 모더니스트들은 서정적인 것을 감상주의로 비판했지만 서정적인 것은 받아들일 필요가 있었던 겁니다. 그런 의미에서 박재삼이나 신경림 등을 인정할 수 있었던 것입니다.

이 : 그 당시에 혹시 고석규를 알고 계셨었습니까?

유 : 알고는 있었습니다. 당시 부산의 부유한 의사의 아들이었는데, 비평가라 볼 수는 없고 문학청년이라고나 할까요? 시도 유치하기 짝이 없고...

이 : 그런데, 그의 비평론을 보면 어떻게 보면 선생님의 생각과 상당히 일맥상통하는 부분도 있습니다. 서정성으로 모더니스트들을 비판하고 『후반기』 동인들을 신랄하게 공격하기도 하고요.

유 : 자세히 보지는 않았지만, 그의 스타일을 졸렬한 문학청년의 글이라고 보고 있었고 그의 산문도 인정하지 않았습니다. 지금도 그에 대한 제 생각은 별로 변한 것이 없습니다. 부산의 문단 사람들이 좀 추켜올린 면이 많습니다. 김윤식 선생의 경우 그를 50년대의 비평가로 높이 평가하고 있는데 그것 역시 어불성설에 불과하다고 봅니다. 그의 연구는 열정적이긴 하지만 선별력이 전혀 없습니다.

이 : 고석규의 글은 읽히는 부분보다는 잘 읽히지 않는, 난삽한 부분이 더 많은데, 그 속에서 어떤 중요한 의미가 내포되어 있다고 생각하고 보는 오류가 많지요.

유 : 제가 중학교 2,3학년 시절에 시를 쓰고 했는데, 그 당시 저의 안목으로 보아도 그의 시는 어이없는 수준에 불과했었습니다.

당시 고석규는 부산에 있었고 집안 형편도 상당히 부유했기 때문에 일본의 책을 구입하기에 용이했는데 일본 책을 베끼다시피 한 것이지 결코 제대로 소화시키지 못했던 것입니다. 그러다보니 자연히 어려운 말이 많아졌던 거죠. 또 「시인의 역설」이 월남한 시인 박남수가 주재하던 『문학예술』에 연재되었었는데 읽히지 않는 글이었지요.

기성세대의 활동

이 : 이야기를 좀 돌려서, 그 당시 많은 젊은 사람들이 모더니스트로 활동하고 있었을 때, 소위 원로 작가들 · 시인들은 어떤 식으로 활동하고 있었고 그들의 작품들은 어떤 평가를 받고 있었습니까?

유 : 시에서는 미당이 꾸준히 작품을 발표하고 있었고 또 좋은 시들을 쓰고 있었습니다. 저는 미당 시에 대해 끌리면서도 어떤 면에서는 거리를 두고 있었는데, 왜냐하면 그 시의 세계가 우리가 따라가기 어려운 세계였기 때문입니다. 이어령은 미당의 시를 완전히 무속이니 복고주의니 해서 비판했지만, 언어의 마술사인 것만은 사실이고 저는 따라가기는 어렵다는 유보를 가지면서도 계속 미당을 평가했고 또 미당이 사실 좋은 시들을 썼지요. 그리고 제 생각에는 박목월의 시가 역시 서정적인 자신의 특색을 유지하면서도 계속 자기 변모를 보여주고 시인으로서의 위엄을 유지한 경우라고 생각합니다.

소설에서는 김동리 선생이 좋은 작가인 것은 사실이지만, 또 초기작품들은 빼어나지만, 지나치게 문단에 관여하면서 후년에는 작품으로서는 좋은 작품이 그다지 많지 않습니다. 오히려 황순원의 소설이 더 높이 평가될 수 있다고 생각합니다. 『카인의 후예』는 그 정치적인 성격 때문에 다른 평가를 내리기도 하지만 그의 장편 소설 중에서 가장 훌륭한 작품이 아닌가 합니다. 특히 8·15 직후 이북의 실상에 대해서는 실감이 가지 않습니까? 또 그의 단편 소설들도 좋은 작품들이 있고.

한편 손창섭 등을 꼽을 수 있는데, 특히 손창섭은 5,60년대의 뛰어난 작가들 중의 하나입니다. 그는 세상을 바라보는 관점이랄까 눈이 다소 협소하고 냉소적이어서, 어떻게 보면 답답한 면도 있지만 그 당시에는 그만큼 좋은 작품을 쓴 사람도 드문 편이었으니까요.

손창섭이 일본으로 간 것은 부인 때문이라고들 흔히 말하고 있는데 제가 생각하기에는 이북 공포증 때문이 아닌가 합니다. 그의 단편 소설 「청사에 빛나리」를 잘 읽어보면 그런 생각이 드러납니다. 제가 보기에는 그의 도일은 일종의 피난이라는 측면이 강합니다.

이 : 당시의 50년대 전쟁 체험과 50년대 전후 사회를 배경으로 한 작품들은 크게 세 가지 정도로 나누어질 수 있다고 생각합니다. 첫째로는 염상섭과 황순원의 단편들에서 묘사된 해방 후 · 전쟁 · 전후의 세 시기가 있고, 두번째로는 손창섭이나 장용학 등 당대 실제로 체험했던 젊은 작가들이 이야기하는 경우, 그리고 마지막으로 그 이후에 조금 더 거리를 두면서 아주 어린 시절에 50년대를 체험하고 6,70년대나 혹은 80년대에서 회고 식으로 전쟁과 50년대를 다룬 작품들이 그것입니다. 이러한 작품들을 비교할 때 이들의 리얼리티 문제를 선생님께서는 어떻게 평가하고 계십니까?

유 : 가령 손창섭의 소설들은 전쟁이나 전쟁 직후의 한국 사회의 암울한 상황을 배경으로 하고 있기는 하지만 전쟁을 직접적으로 다루고 있지는 않습니다. 그래서 그의 작품 세계는 사회 속의 인간상이라기보다는 존재론적으로 파악된 인간상이 훨씬 더 많이 다루어져 있습니다. 인간이란 어떤 것인가, 인간이란 결국 동물이다, 사람의 이상이란 것은 사실 '치몽(稚夢)에 불과할 뿐이다' 라는 식이죠. 그래서 단편 소설 「치몽」의 제목은 손창섭을 가장 잘 드러내주고 있다고 봅니다. 결국 사람의 이상은 유치할 뿐이지 별것 아니라는 입장이지요. 그래서 그의 인간관은 단선적이고 단순하고 단조

합니다. 사회 속에서 변화하는 인간이 아니라 그야말로 존재론적으로 파악된 인간을 그리고 있는 것이지요.

오상원의 「유예」는, 그의 다른 소설들과는 달리 실감이 나고 전쟁을 잘 그리고 있는 소설입니다. 서기원의 단편은 다소 구투가 있어서, 나이든 사람들의 입장에서 보면 품위가 있고, 또 어떻게 보면(젊은 사람들의 입장에서 보면) 답답한 면이 있지만 그의 작품들에서도 전쟁 속에서의 청년들의 동향이 잘 나타나 있습니다.

그런데 근래에 많은 사람들이 쓰고 있는, 어린아이의 눈으로 전쟁을 바라보는 소설들은 사실 많이 읽어보지 못해서….

이 : 그 당시의 우리 사회가 황순원의 단편들과 염상섭의 단편들에서 잘 그려지고 있다고 생각되는데, 그들의 작품들을 선생님의 체험과 비교한다면 어떻습니까?

유 : 염상섭의 소설들이 상당히 실감이 있지요.

이 : 가령, 「취우」는 어떻습니까?

유 : 그 작품은 상당히 좋은 작품입니다. 그런데, 염상섭의 작품을 좋아하는 사람들이 별로 없었습니다. 애독자도 없었고.

이 : 당시 그 작품에 대한 문단의 평가는 어떠했습니까?

유 : 한마디로 말하자면 무관심일 뿐이었지요. 오히려 제가 단평이나 월평에서 생활의 리듬이 담겨 있는 고삽미가 풍기는 대가의 작품이라고 높이 평하곤 했었는데, 이때문에 이어령 등의 신진들과 의사소통이 잘 안되었지요. 문단에서는 오히려 조연현 등 구파가 염상섭에 대해 비교적 높은 평가를 하고 있었던 편입니다.

전통론의 파장

이 : 전통 문제에 관한 논쟁에

도 참여하셨었는데….

유 : 글쎄요, 지금 생각해 보면 스스로 참여했다기보다는, 전통 문제에 대해 이야기하려면 공부를 많이 해야 하는데, 충분한 공부 없이 미진한 상태에서 청탁을 받아 쓰여진 글들이 많았었기 때문에 지금 읽어보기에는 쑥쓰러운 글들도 참 많습니다.

전통 문제에 대해서는 저는 이렇게 생각합니다. 제가 전통 문제에 대해 감히 이야기한 것은 저 자신을 시를 쓰는 사람의 입장에 놓고, 시를 쓰는 사람의 입장에서 과거의 우리 문학이 시를 쓰는 시인한테 과연 살아있는 역사적 과거가 될 수 있는가 라고 질문을 했을 때입니다. 그에 대한 대답은 <아니다>였던 것입니다. 어느 나라의 시인이 시를 쓸 때라도 자기 나라의 과거의 문학 작품을 일단 섭취하지 않고서는 시를 쓸 수 없는 것입니다. 물론 누구를 좋아하고 그렇지 않고의 차이는 있을 테지만 말입니다. 그런데 우리 나라는 과연 그러한가, 저의 생각으로는 그렇지 않다 라는 것이었죠. 현실적으로 문학을 습작하고 시를 쓰려고 하고 소설을 쓰려고 하는 사람에게 있어서 우리의 과거의 문학이 살아있는 역사적 과거로서 하나의 전범이 되고 있지 못하다는 것입니다. 이것은 전통이 그 위력을 발휘하지 못하고 있다는 뜻이 되는 것입니다.

물론 이것은 전통론에 접근하는 하나의 관점이요 시각이라 할 수 있을 뿐이지, 전통을 그렇게만 이야기할 수는 없겠지요. 그러나 제가 당시에 전통에 대해 감히 이야기할 수 있었던 것은 제가 시를 쓴다는 입장에서였습니다. 당시에는 엘리옷 같은 이가 전통을 이야기하기 때문에 우리 나라에서도 전통을 이야기한다는 측면도 많았고, 처음에 전통의 함의도 국문학자들이 말하는 전통이나 민족주의적인 전통과는 달랐습니다. 이때 엘리옷이 말했던 전통도 바로 그런 것이 아니었습니까? 그의 입장은 시를 쓰려고 하는 사람의 입장에서는 과거의 구라파의 모든 시 문학이라 하는 것들이 살아있는 역사적 과거로서 시인에게 접목이 되어야 하고 시인이 그것을 의식해야 한다, 그것을 모르고 어찌 시인이라 할 수 있겠느냐 하는 것입니다. 그러니 저도 일단 그러한 입장에서 논의한 결과가, 우리 나라에 살아있는 역사적 과거가 있는가 라는 것이었습니다. 이점은 분명히 해야 합니다. 이것이 분명치 않으면 쟁점이 모호해지지요.

토착어 문제도 제가 이후에 쓴 글이 「토착어의 인간상」과 맞지 않는 것 같아서 다시 한번 읽어보았는데, 제가 이 글을 쓴 게 1959년이니까 스물 다섯 가량 되었을 때입니다. 그때만 하더라도 전통에 대해 본격적으로 이야기할 준비가 되어있지 않았던 때입니다. 그런데 지금도 이 글에 대해 느끼는 것은, 그 당시 젊은 사람들의 글들이 대부분 추상적이고 어렵게 썼던 것에 반해 저는 분명한 실감을 가지고 이 글을 썼기 때문에 그 이야기들이 아무리 유치하다 할지라도 그 실감이 분명히 나타난다는 것입니다.

그 당시의 문맥에서의 전통이란 김동리, 서정주, 조연현 등이 말하는 바에 따르면 한국적인 것이 전통적인 것이라는 것이고, 여기서 한국적인 것은 무엇인가 하면 김동리적인 것이나 서정주적인 것이라는 식으로 이야기되고 있을 때입니다. 그러니 그때 우리가 한국적인 것은 그것만이 아니다, 전통적이란 것은 그것만 가지고서는 논의할 수 없다 라고 한 것은 바로 그러한 그 당시 문단의 헤게모니를 가지고 있던 사람들의 비평 담론에 대한 암묵적인 하나의 저항이라는 측면도 있었다는 상황을 고려해야 할 것입니다. 그러니까 하나의 독립된 글만 따져 보아서는 안되며 그 당시 상황과의 연관 속에서 좀더 자세히 살펴야 할 문제입니다. 김동리, 서정주, 조연현 등의 논의는 한국적인 것이 전통적인 것이고 전통적인 것은 귀한 것이다, 그런데 한국적안 것은 무엇인가 하면 바로 김동리적인 것이나 서정주적인 것이라는 기본 전제를 깔고 있었기 때문에 그에 대해서 그런 것이 아니라는 이야기를 하다 보니, 지금 우리 사회에서 토착어라 하는 것이 정서적 공감을 많이 주는 것도 사실이지만 그것을 모태로 한 세계만을 그린다는 것은 발전하고 변화하는 근대를 제대로 포착하지 못한다는 뜻이 아닌가 하는 문제 제기를 한 것입니다. 그러다 보니 다소 모더니스트적인 입장이 되었죠. 이러한 보더니스트적인 입장은 제가 선택한 입장이라기보다는 당시의 지배적인 비평 담론에 대한 일종의 거리감을 유지하다 보니 그렇게 된 셈이죠. 사실 모순되는 부분도 있지만 제 입장은 그런 맥락에서 이해하시면 될 것입니다.

그리고 또 하나는, 제가 보기에 전통의 문제는 구체적인 맥락 속에서만 제대로 이야기될 수 있는데, 그렇다면 전통이 살아있는 것은 어떤 것인가, 한국인의 심성이 살아있는 것은 토착어의 세계라는 것입니다. 전통론에 대해 제가 부정적인 입장을 취했기 때문에 이 점을 보충하기 위해서 계속 토착어가 우리의 것이고 그것을 계발시키는 것이 중요한 문제라는 입장을 취하게 되었습니다. 다소 모순적인 것이 사실인데, 이것이 또 제 비평의 기본입니다.

예컨대, 현실의 중요성을 이야기하고 장편 소설을 써야 하고 사회 속에서의 인간을 그려야 한다는 것 등은 모두 제가 시평이나 월평에서 충분히 이야기한 것들입니다. 그런데 4·19 직후에 「비속의 미학」이라는 글에서, 현실에 적극적으로 참여할지라도 문학이 안되면 안된다는 말을 한 적이 있습니다. 이것은 당시 그러니까 4·19 직후의 언론의 자유를 타고 쏟아져 나오는 소설들이, 부정부패의 고발이나 경찰의 비리 고발 등을 다루면서 소설인지 르뽀르타지인지 분간할 수 없는 것들이 쏟아져 나오고 있었던 상황에서였습니다. 그래서 이런 것들은 도저히 문학이 아니다, 문학은 문학이어야 한다는 말을 했던 것입니다. 이러한 4·19 직후의 현실 폭로 신문기사 흐름의 글이 소설이라는 형태로 범람하고 있었던 상황적 맥락들이 고려되어야 제가 왜 이러한 발언을 하는가라는 게 설명이 되고 다소 상호 모순이라 생각되는 부분들도 이해가 되지 않을까 합니다.

이 : 방금 선생님께서 하신 말씀 중에 전통 문제가 한 개인으로서의 시인이나 소설가의 입장에서 우선 구체적으로 이야기되어야 한다는 말씀은 매우 설득력이 있는 말씀인 것 같습니다. 그 부분에 대해서 좀 더…

유 : 『사상계』에서 「현대시의 50년」이란 이름으로 조지훈 박목월 김종길 이어령씨등이 참석한 심포지움을 연 적이 있었는데, 시골에서 급히 쓰긴 했지만 이 심포지엄을 위한 텍스트를 쓴 적이 있었습니다. 여기에서 제가 말했던 것이, 실질적으로 시를 쓰는 사람이나 소설을 쓰는 사람의 입장에서 우리의 과거의 문학이 살아있는 역사적 과거가 되지 못하고 있는데 어떻게 우리가 전통을 이어받는다고 할 수 있겠는가 라는 논지였습니다.

이 : 그런데 그럴 때, 제가 선생님의 글을 읽을 때 좀 궁금했던 것 중의 하나가 전통을 이렇게 실존적인 차원으로 묶어 놓는다면 한 개인이 실존적인 개인사의 범위에서 그 이전 시대의 전통을 제대로 이어받을 수 있는 어떤 장치나 통로가 없었을 가능성도 있지 않겠는가 하는 것이었습니다. 예컨대 문화사적으로 보았을 때 우리 근대사는 충분히 우리 전통을 제대로 물려받을 수 있는 상태가 아닌 채로 엉겁결에 근대로 진입했기 때문에, 그런 역사적 과정을 두루 이해하고나서도 전통이 내 창작에서는 혹은 내 비평에서는 문제되지 않는다고 말하는 것과, 그 과정을 헤아리지 않고 일단 내가 쓰려고 하는데 나한테 영향을 미칠 만한 전통이 없다는 것하고는 다소 맥락이 다르지 않은가 하는 점입니다. 이 점에 대해서 선생님의 의견을 좀 듣고 싶습니다.

유 : 사실 그렇지 않습니까? 예를 들면, 우리가 과거의 한자로 되어 있는 한자 문화를 수용할 만한 능력도 없고 또 앞으로도 상당 기간 동안 그러할 것 같습니다.

그것을 제대로 이해하려면 한 생애를 바쳐야 하는 이러한 상황에서 제가 부딪히고 문제에 대해서 느끼는 바대로 말한 것입니다. 그것은 무조건 전통을 부정하는 것과는 다르다고 생각합니다.

'50년대 문학연구의 방향

이 : 연구자들이 50년대를 연구할 때 쉽게 빠지는 태도 중의 하나가, 어떤 이슈 중심으로 하나로 묶어 그에 관련된 사람들을 중시하는 경우인데, 그럼으로써 자연히 그런 사람들이 많은 주목을 받게 되는 경우가 있습니다. 가령, 50년대를 논의할 때 중요하게 언급되는 『후반기』 동인의 경우가 그러하다고 봅니다. 제가 보기엔 피난민들의 다방 모임이었을 뿐 별것이 없었던 것 같은데, 이들이 끊임없이 연구자들에게는 매력적이고 무언가 있는 것처럼 이야기되고 있는데, 아마 그러한 후광때문에 김규동, 박인환, 김수영 등이 다른 이들에 비해 더 많은 연구자들의 관심을 끌고 있는 것이 아닌가 합니다. 이런 것들이 연구자들이 빠지게 되는 함정 중의 하나인데 이런 점들을 감안하시면서, 그런 오류에 빠지지 않고 그 당시의 젊은 작가나 시인들 중에서 그 사람들과 대등하게 혹은 그 이상으로 주목받아야 할 사람들이 있다면 말씀해 주셨으면 합니다. 가령 이형기나 박재삼, 이동주 등은 50년대를 논의하면서 잘 언급되지 않는다든가, 신동집의 경우는 모더니스트이면서도 그 바운다리 바깥에 있었기 때문에 (그의 시가 떨어지는 것 같지는 않은데) 별 주목을 받지 못하고 있지 않습니까? 그런 바운다리 바깥에 있으면서도 연구자들이 관심을 놓쳐서는 안될 또다른 작가들이나 시인들이 있다면 어떤 분들이 더 있겠습니까?

유 : 제가 보기엔, 우리 나라 문학 연구자들, 특히 대학에서 교편을 잡고 있는 연구자들은 자신의 감수성에 의해 판단하고 좋은

작품들을 쓴 작가 · 작품들을 이야기해야 함에도 불구하고, 그저 풍문에 따라 몰려 다니듯 연구하는 사람들이 많은 것 같은데 이에 대해서는 비판적일 필요가 있다고 봅니다. 그런 의미에서 우리 나라에서 가장 많은 영향력을 발휘하고 있고, 또 좋은 업적을 많이 쌓아올렸음에도 불구하고, 어떤 의미에서는 아류를 양산하는 경우가 있다고 봅니다. 이러한 아류들의 글에는 선별 능력이 전혀 보이지 않습니다. 비평과 문학사의 가장 중요한 일은 선별 능력일 것입니다. 요즘 흔히들 (이 말을 그다지 좋아하는 것은 아니지만) '자리매김'이라고 말하는 것이 바로 그것입니다. 비평은 이러한 선별 능력의 발휘를 통해 읽을 만한 작가들과 읽을 만한 작품들을 가리고 왜 그러한가를 설명해 주어야 하는 것입니다. 단지 양적인 작품 수 등을 기준으로 한다든가 하는 식으로 모든 사람들을 평균화시키는 것은 평가가 아니고 따라서 비평도 문학사도 아닙니다. 그저 자료 수집가의 일에 불과합니다. 특히 요즘의 문학 연구자들이 조심해야 할 사항이 아닌가 합니다.

그리고 사실 김수영은 우리 나라 말도 제대로 마스터하지 못한 사람이라고 생각합니다. 그런데 자기 나라의 말을 제대로 마스터하지 못한 큰 시인이란 있을 수 없습니다. 물론 그렇기 때문에 서툴렀던 부분에서 오히려 매력이 생긴 부분도 있을 수 있고 또 한편으로는 김수영 자신이 과장해서 일부러 그렇게 그린 부분도 있습니다만 어쨌든 좋은 시들을 많이 썼고 괜찮은 시인이었다는 것은 사실이겠지요. 그러나 그렇다고 해서 지나치게 5,60년대에 김수영만 있었다는 식으로 이야기하는 것은 옳지 않은 것입니다. 가령 신동문 같은 경우는 몇 편의 좋은 시를 남기기도 했습니다. 사실 졸렬한 시 백편을 남긴 사람보다는 뛰어난 시 세 편을 남긴 사람이 더 시인이 아닐까 합니다. 앙드레 지드의 『좁은 문』에 보면, 키츠의 단시 몇 구절을 위해서는 쉴러 전부를 버려도 좋고 보들레르의 몇 줄을 위해서는 빅토르 위고 전부를 버려도 좋다는 대목이 나옵니다. 진정한 비평가의 자세란 바로 이런 것이 아닐까 합니다. 많이 썼다고 해서 높이 평가받는다면 그런 사람들이야 숱하지 않겠습니까?

이러한 선별력의 발휘없이 일률적으로 처리하는 것은 곤란하다고 생각합니다. 그리고 50년대의 시인들 중에서 가령 신동문은 시는 몇 편 없지만 좋은 시를 쓴 경우이고 반대로 이봉래의 경우에는 「지각기」라는 시 한 편 말고는 별로 좋은 시가 없는 경우입니다. 이 시는 당시의 모더니스트들이 내세우는 걸작이라 평가되고 있었지만 사실은 아무것도 아닙니다. 자신이 세계의 발전에서 지각(遲刻)했다, 즉 뒤쳐졌다는 뜻인데 이건 이상(李箱)의 아이디어에 불과한 거예요. 그에 비하면 다른 시인들의 시들 중에서도 실감이 있는 시들이 많이 있었습니다.

이형기의 초기 시의 경우는, 박목월의 후기 시를 연상케하는 시세계인데, 산뜻한 면도 있지만 시간의 풍화 작용에는 약한 편이 아닐까요? 교과서에 실리기도 해서 독자들이 좋아하기도 하고, 시로서의 서정적인 면은 좋은데 울림이 약한 편이고 제대로 평가받지 못한 것도 사실입니다. 상대적으로 논의 자체가 너무 안 되고 있다는 것은 사실입니다. 우리 나라 사람들이 정치적으로나 다른 면에서나 지나치게 한쪽으로 몰리고 있는 현상과 비슷하지요.

이 : 이러한 추세를 이야기하면서 제가 개인적으로 제일 여쭈어 보고 싶었던 것이 하나 있었습니다. 우리의 경우 직접 50년대를 체험한 것이 아니기 때문에 고은의 『1950년대』라는 책에 상당히 많이 의존하고 있는 편입니다. 이 책이 엉터리일 것이라고 생각하면서도 재미있고 입담있는 이야기들이 많이 나오기 때문에 그것에 많이 경사되어 있습니다. 선생님께서 혹시 읽어보셨는지 모르겠지만 아마 읽으셨을 것 같은데, 선생님께서 보시기에 그 책의 내용의 '순도'가 얼마나 되는지 (웃으면서) 여쭈어 보고 싶습니다.

유 : 읽어보지 못했는데… 물론 경험으로 썼겠지만 …

이 : 50년대 문학을 연구하는 연구자들에게 부탁하고 싶은 말씀이 있으시다면……

유 : 50년대를 실증적으로 연구하기 위해서이기도 한데, 결국 나중에는 개별 작가 연구가 가장 필요합니다. 작가를 시대별로 나누어 보는 방법은 실제에 맞지도 않을 뿐만 아니라 작가나 문학을 바라보는 프로스펙티브 자체를 왜곡시킬 위험이 매우 크기 때문에 피해야 한다고 생각합니다. 일본의 문학사를 보아도 시기별로 나누어 연구하지는 않고 있습니. 특히 우리 나라는 세계 역사상 유례가 없을 정도로 빠른 발전 속도를 가진 나라입니다. 1950년대와 지금의 소득 차가 무려 125배에 달합니다. 영국이 소득을 두 배로 늘리는 데 무려 150 년이 걸린 것을 생각하면 비교가 안 되는 빠르기란 말이죠. 이런 시기에 5년, 10년이란 시간은 엄청난 차이가 있는 것입니다. 그러니 50년대보다는 60년대가, 60년대보다는 70년대가 훨씬 더 향상되었다는 것은 당연한 일이 아니겠습니까? 여기에서 세대론 작업을 해서 60년대가 50년대를, 또 70년대가 60년대를 아무것도 아니라고 하고 80년대가 70년대를 또 그렇게 본다든지 하는 것은 역사를 바라보는 관점이 아니라 우스운 일일 뿐이지요. 그런데 암암리에 깔려있는 이런 점들에 대한 반성이 전혀 없습니다.

문학을 연대별로 나누어 보는 것은 잘못이예요. 이를테면 20년대와 30년대를 비교해보면 굉장한 차이가 존재합니다. 20년대의 대표작이라고 흔히들 말하는 조명희의 「낙동강」을 30년대 김유정의 소설들과 비교해 보면 금세 드러나지 않습니까? 더더군다나 해방 후의 변화라고 하는 것은 식민지 시대에 비하면 훨씬 더 큰 것인데, 이런 점들을 무시하고 연대별의 변화를 의도적으로 바라보게 하는 면이 강합니다. 그러니 50년대니 60년대니 하는 구분이라는 것 자체가 좀 문제가 있어요. 문화론이 아니라 문학론일 경우에는 살아남은 작품, 살아남은 작가를 이야기해야 하기 때문에 결국에는 개인별로 따져보아야 한다는 겁니다.

이 : 선생님은 시골에 계속 계셨었는데...

유 : 1975년에 서울로 올라왔습니다. 당시 나이가 사십이었죠. 좋게 말하면 제가 평론 활동을 사십여년 했다고 하지만, 그건 나쁘게 말하면 미련하다는 뜻도 되는 셈인데, 사실 중간에 쉬었던 때가 많았고, 활동에 블랭크가 많았어요. 처음 『비순수의 선언』 낸 것은 1962년이었는데, 그 이후에 『문학과 현실』을 낸 것은 1975년이었으니까, 13년이 비어있습니다. 그러나 이 책에 실린 글들은 한 편을 제외하고는 모두 62년에서 66년 사이에 쓰여진 글들이었으니까 실제로는 30대 후반의 7,8년 동안 공백기가 있었죠. 미국에 건너가서 뒤늦게 공부를 했고, 워낙 생산력이 빈약해요. 이때 번역을 많이 했기 때문에 실제로 작품의 양이 아주 적습니다.

이 : 『007』 같은 것도 많이 하셨죠? (웃음)

유 : 사실은 그런 것을 하지 말았어야 했는데 말이죠.

이 : 선생님의 『비순수의 선언』라는 첫평론집에서는 모더니스트에 대해 상당히 단호하게 비판하고 계신 것 같은데, 송욱의 시집 『하여지향』에 대해서는 그 실험정신 같은 것을 높이 평가하시니 다소 앞뒤가 맞지 않는다는 느낌이 들기도 합니다.

유 : 그건 그럴 수밖에 없는 게 제가 송욱 선생에게서 직접 배운 때문이기도 합니다. 송욱 선생이 전임 강사로 발령받은 게 우리가 대학에 들어간 것과 같은 해였습니다. 그 분은 그래도 문학에 대한 느낌을 준 분이었습니다. 제가

앞에서도 말한 바 있듯이, 우리가 대학에 들어가서 배운 것이라고는 아무것도 없지만 송욱 선생에게서는 무언가 배운 것이 있었다고 말할 수 있습니다. 이를테면 번역을 하는데, 'listen!'이라는 시구절를 번역하면서 그저 '들어라'라고 하지 않고 '귀 기울여라'라고 하더라구요. 그 때 번역이란 것은 이렇게 하는 것이구나 라는 신선함을 느낄 수 있었고 번역에 대한 느낌과, 언어 그리고 문학어에 대한 매력을 느낄 수 있었습니다. 다만 한 가지라도 가르쳐주는 사람은 선생입니다. 그때만 하더라도 그 하나를 얻을 수 있는 선생이 드문 때였으니까요. 그래서 저로서는 경의를 가지고 있었죠. 그런데 스승이니까 함부로 할 수는 없었고, 그래서 호의적으로 평가한 부분이 있었던 것은 사실입니다.

물론 비판을 하기도 했는데, 우리 민요의 "낙동강 700리 ……" 등을 인용하면서 민요에서 구사되고 있는 말놀음이나 재치에 비해 『하여지향』의 실험은 이만 못하다는 식으로 비판을 했었습니다. 이후에 조동일씨 등이 민요를 논하기는 했지만 민요를 비평에다 인용하면서 이야기하는 것은 아마 이것이 처음이 아닐까 합니다.

6 · 25체험과 전쟁문학

이 : 50년대를 말하면서 전쟁을 이야기하지 않을 수 없습니다. 전쟁이 끝난 후에는 그것을 소재로 한 이른바 '전쟁소설'들이 많이 등장했습니다만, 아직 우리는 이렇다 할 전쟁문학의 전통 같은 것을 세우지는 못하고 있는 것 같습니다.

유 : 훌륭한 전쟁 소설이 나와야 하는데, 왜 전쟁 소설이 나오지 않느냐 하는 문제도 많이 이야기되었습니다. 그래서, 10년이 지나야 나올 수 있다는 말도 하고. 20 년이 지나야 나온다고 하기도 하고…. 왜 훌륭한 전쟁 소설이 못 나왔느냐 하는 이유에 대해서는

약간은 부정적인 입장에서 생각해 볼 필요가 있습니다. 제가 보기에는 전쟁 소설 중에 정말 좋은 소설은 없습니다. 당시 일본에서, 비록 잡담식으로 이야기되긴 했지만, 한국에서 전쟁이 일어났기 때문에 한국인으로서는 불행한 일이지만 얼마 안되어 전쟁소설을 쓴 작가가 노벨상을 탈 거라는 이야기도 하곤 했습니다. 그러나 결국 별로 좋은 작품은 쓰여지지 못했고, 황순원의 「나무들 비탈에 서다」 정도가 있을까요? 그러나 제가 보기에는 이 소설은 그의 소설들 중에서는 제일 재미없는 소설이라고 생각합니다. 소설 앞 부분의 유리 이미지 같은 것은 조작적이고 재미없고. 결국 6·25의 비극이나 전쟁상황을 제대로 다룬 것은 나오지 못했다는 생각이 듭니다.

그 다음에 이념적으로 편향이 없는 소설이 나와야 합니다. 우리쪽 입장에서 볼 때, 특정 이념에 함몰되어 보는 것이 아니라 공정한 입장에서 보아야 합니다. 아주 공정하고 객관적인 입장에서 전쟁을 바라보는 것, 이건 앞으로 한번 연구해 보아도 좋을 만한 주제가 아닌가 생각해 보기도 합니다.

김성칠의 『역사 앞에서』를 보면 가족들에 의해 더러 가필이 된 흔적이 보이기니는 합니다만 (이를테면 6·25 중에 쓴 글들 중에서 '수복'이라는 말이 나오는데 사실 이 말은 훨씬 이후에 사용된 말이거든요.) 그러나 개중에는 정말 주목할 만한 것이 있습니다. 그 사람이 좌익이냐 우익이냐에 따라 어떤 평가를 내리고 있는 것이 아니라 살아 움직이는 인물들이 있습니다. 손우성씨나, 법무장관이었던 이인씨의 동생, 국문학자 이명선씨 등의 예들을 보면 바로 그렇지 않습니까? 바로 이러한 관점으로 소설을 써야 한국인이나 6·25 상황을 제대로 소설화될 수 있다고 봅니다. 어느 한편으로 치우쳐서는 안됩니다.

창비 초기에 글을 쓰기도 했지만 지금도 창비 초기의 중도 좌파적 입장에 공감하고 있습니다. 그러나 지금은 너무 한쪽으로 편향되어 있습니다.

심정적으로는 늘 저 자신이 정치적으로 중도 좌파라고 자처합니다. 그런데, 이건 제가 항상 문단의 비주류로 남아 있었기 때문이기도 합니다. 옛날 『현대문학』 시절에는 조연현씨를 중심으로 곽종원이니 김양수, 김우종씨 등이 단단한 파벌을 형성하고 있었고, 그 무렵 우리는 신문 문화면이나 『사상계』지에서 겨우 지면을 주는 정도였지요. 그 뒤에 다시 창비와 문지가 주도권을 잡았을 때에도 저는 역시 그 두 계열 어디에도 속하지 못하고 거리를 두었어요. 어떻게 보면 내 논리나 문학관은 자기분열적이라고 할 수 있는데, 아까도 말했지만, 작품으로선 김동리 소설은 좋아하면서도 이론으로선 김동석의 평론을 좋아하는 그런 것 말이지요. 그게 내 성향인 것 같아요. 내가 그리는 문학의 이상은 사회의 총체성을 구현하는 것인데, 실상 작품을 보면 그런 작품이 드무니까, 서정인이나 김승옥을 좋아하게 되는 거지요. 나는 미당의 시도 참 좋아하는데, 미당의 시에 변증법이 없다고 비판하면, 그건 참 곤란해져요. 서정시에서 변증법을 어떻게 구현하겠어요.

이 : 제가 선생님의 말씀을 쭉 듣다보니까 지금 막 재미있는 구절 하나가 떠오르는데, 『비순수의 선언』 어디에선가 '나는 급진적인 보수주의자, 보수적인 급진주의자로 남고 싶고, 그런 글을 쓰겠다' 고 스스로 다짐하신 부분입니다. 한 사십 여년 활동을 돌아보면, 결국 그 약속을 거의 지켜온 것이 아닌가 생각되는데요.

유 : 그렇습니다. 그건 여전히 제 신념이기도 하고.... 또 저는 체질상 다수의 무리에 섞이는 것을 잘 못합니다. 그것이 유행이나 한때의 풍조같기도 하고 그래서지요.

이 : 긴 시간 동안 대담에 응해주셔서 감사합니다. 끝으로 앞으로 전개될 우리 문학에 대한 전망에 대해 몇 말씀 듣고 싶습니다. 일전에 어느 신문의 신춘대담에서

도 김병익 선생과 말씀을 나누신 적이 있는데, 지금은 '문학의 위기'라는 말도 심심치않게 떠돌고, 영상예술이 문학의 위치를 대신할 것이라는 전망, 문학의 독자들이 사라진다는 암울한 전망들이 거침없이 제기되고 있는 상황인데, 이런 상황에 대해 어떻게 생각하시는지요.

유 : 저는 오히려 상당히 낙관적인 쪽입니다. 왜냐하면, 다들 문학이 위기라고 떠드는데, 실상 제대로 된 문학작품의 독자들은 언제나 소수였다는 사실을 잊어버리고 있는 것 같거든요. 그 점은 앞으로도 마찬가지라고 생각합니다. 아무리 영화나 영상예술 쪽에 문학의 독자들을 빼앗긴다고 하더라도, 결국 문학작품을 통해 얻을 수 있는 미적 체험과 감동의 몫은 또 그것대로 남아 있는 것이고, 그것을 알고 있는 사람들은 여전히 문학의 독자로 남게 되겠지요. 그것이 숫자가 얼마나 많은가 적은가가 큰 문제가 되지는 않으리라고 봅니다. 진정한 예술은 결국 소수에게 이해되고 받아들여질 수밖에 없었던 것이 그동안의 예술사가 보여주지 않습니까.

이 : 오랜 시간 동안 좋은 말씀 들려 주셔서 정말 고맙습니다. 앞으로도 건강하시고 왕성한 활동을 기대하겠습니다.

유 : 감사합니다.

일반 논문

일반논문

1930년대 후반의 문학적 상황과 이찬의 시세계

김 윤 태

1. 머리말

주지하다시피 일제의 탄압이 점차 가중되어가던 1930년대 후반의 시대적 상황은 아주 암울한 것이었다. 1937년 중국을 침략한 일제는 한반도를 대륙병참기지로 설정하고 국가체제를 전시총동원체제로 전환하였다. 그와 함께 조선민족을 말살하기 위하여 황국신민화정책을 추진하였는 바, 내선일체의 구호 아래 신사참배의 강요, 조선어의 사용 금지, 창씨개명 강요, 식량 통제 및 자원의 수탈 등 모든 분야에 걸쳐 조선을 파쇼적 총동원체제로 몰아넣었다. 이에 따라 친일파와 매판자본가를 제외한 전민족이 생존의 위기에 직면하였다.

이 위기는 문학에서도 예외일 수 없었다. 조선어 사용을 금지하였을 뿐만 아니라, 여러 친일문학단체를 결성하여 많은 문인들에게 참여할 것을 종용하고 일제를 찬양하는 글을 쓸 것을 강요하였다. 이것은 이념지향적인 문학인들에게만 국한되었던 것이 아니라 소위 순수파, 예술파 문인들에게도 거부할 수 없는 전문화적인 위기였던 것이다. 그래서 우리 말을 지키는 일조차 문인들에게는 버거운 일이 되었다. 이같은 당시 상황에 대한 위기의식과 관련하여 김기림은 그의 유명한 평문 「모더니즘의 역사적 위치」(『인문평론』, 1939.10)에서 다음과 같이 문학적 고뇌와 모색을 거듭하였다.

> 30년대 말기 수년은 어느 시인에게 있어서도 혼미였다. 새로운 진로는 발견되어야 했다. 그러나 어떤 길이던지간에 모더니즘을 쉽사리 잊어버림으로써만은 될 일은 결코 아니었다. 무슨 의미로든지 모더니즘으로부터의 발전이 아니면 아니되었다.[1]

모더니즘으로부터의 발전! 이 이론의 대표자로서의 김기림다운 전망이다. 그는 이즈음 '전체로서의 시'를 제창하면서, '모더니즘과 사회성(경향파)의 종합'을 내세웠다. 그러나 그것은 스스로 밝혔듯이 '어려운 길'이었을 뿐만 아니라 "시인들은 그 길을 스스로 버렸고 또 버릴 밖에 없"[2]었다. 당시 상황에서 민족의 운명은 어쩌면 영영 식민의 굴레를 벗어버릴 수 없는 절망의 형국에 처해 있었다 해도 과언이 아니었다. 전 민족의 목숨이 죽음에 직면해 있었던 이같은 현실적 조건 아래서, 견고한 이념적 기초 위에 변혁의 실천력까지 갖추어가던 사회주의 진영의 패배조차 분명해진 마당에(가령 조선공산당 재건의 실패와 지하화, 카프의 해산과 전향 풍조의 유행 등), 타락한 자본주의의 표피만을 부정하고 풍자하는 모더니즘 문학이론의 이념이 거대한 파쇼의 폭풍 앞에 온전할 수 있을 것인가. 모더니즘의 발전을 통해 과연 올바른 전망을 쉬이 획득해낼 수 있었겠는가는 심히 기대하기 어려운 일이었을 것이다.

알려진 바와 같이 모더니즘은 이념상으로 보자면 "과거 문명사의 종말과 새로운 문명사의 탄생을 준비하는 역사의식"[3]이다. 여기서 말하는

---

1) 김기림, 『시론』(백양당, 1947), p.78.
2) 위책, p.77.
3) 오세영, 『20세기 한국시 연구』(새문사, 1989), p.152.

과거 문명사는 말할 것도 없이 자본주의 문명이다. 역사적으로 당시 자본주의는 전쟁과 경제대공황으로 말미암아 위기와 종말을 예고하고 있었지만, 모더니즘이 그것을 능동적으로 극복해내기는 불가능한 상황이었다. 왜냐하면 모더니즘은 자본주의 문명의 모순을 현상적으로만 파악할 뿐이지, 역사 발전의 합법칙성을 모순의 본질로부터 파악할 수 없기 때문이다. 설령 낡은 자본주의 문명이 붕괴된다 하더라도, 새로운 문명사의 제시가 추상적인 데서 그치는 한, 모더니즘의 전망은 언제나 비관적일 수밖에 없다.

실제로 서구에서 자유주의적 지식인들조차 파시즘의 발호에 대처하기 위해 오히려 사회현실의 전면에 나섬과 동시에 사회주의와의 연대를 모색하지 않았던가? 반파시즘 인민전선의 결성은 그 구체적인 실현인 것이다. 다시 말해 1930년 이후 세계사의 상황은 서구에서조차 혼돈 그 자체였다. 당시 서구의 사회적 분위기, 즉 경제대공황과 파시즘의 등장, 스페인내란 등으로 인한 사회상황의 악화 가운데서 많은 작가와 지식인들이 가졌던 위기의식으로부터의 탈출은 정치적 신념의 중시와 행동주의에 의해 가능한 것이었다.[4)]

이런 사정을 고려해볼 때, 피상적인 현실인식과 문학적 기교에 기대고 있던 한국의 모더니즘이 드러낼 수 있는 문명사적 전망이란 사실상 '혼미'일 수밖에 없었을 것이다. 더구나 그 문명이란 식민지 현실에 처해 있던 1930년대 한국의 현실과는 상당한 거리가 있는 문명이 아닌가. 따라서 모더니즘이 암담한 시대현실로 인한 사회적 절망감과 위기의식을 담아낸다 하더라도, 당시 우리 현실에서 그것은 역사 발전에 대한 불투명한 전망 또는 전망의 부재에 다름아닌 것이었다. 그만큼 김기림의 논리는 현실적인 면에서 허약한 것이었다. 당시 대부분의 시들이 시인의 주관 속으로 깊숙히 내재화되거나 아니면 자연이나 객관세계의 정

---

4) Sammuel Hynes, The Auden Generation (New York : The Viking Press, 1977) 참조.

물을 그 시적 대상으로 한정하고 있음을 비추어볼 때, 김기림이 제시한 새로운 길이란 한낱 관념일 뿐인 셈이다. 모더니즘적 전망으로 시대상황을 돌파한다는 것은 사실 거의 불가능에 가까운 일이었다. 기교와 절망의 순환 회로 속에서 외롭게 죽어간 이상(李箱)은 이 점을 상징적으로 보여주는 하나의 사례가 될 수 있을 것이다.

그러나 불투명한 전망 속에서 혼미를 거듭하는 가운데 최소한이나마 그것을 극복하려 몸부림쳤던 적지 않은 시인들을 이 시대의 문학에서 종종 발견할 수 있음은 차라리 다행스러운 일이다. 임화, 이용악, 오장환, 백석, 이육사, 이찬, 안용만 같은 시인들이 그러한 시인들이 아닐까 싶다. 물론 이들은 정확히 말하면 모더니스트라고 하기 어렵다. 그러나 이들도 당시 유행하던 모더니즘의 자장으로부터 크든작든 자유롭지 않았던 것 또한 엄연한 사실이다.

본고에서는 이같은 1930년대 후반의 '혼미'를 뛰어넘고자 하였던 시인들의 한 정신적 단면을 이찬의 시세계를 통해 살펴보고자 한다. 이찬의 시세계는 크게 세 시기로 나눌 수 있다. 제 1기는 문단에 등단하는 1927-8년 경부터 감옥생활(1934)까지이고, 제 2기는 석방 이후부터 해방 이전까지의 시기이며, 제 3기는 해방 이후로 볼 수 있다.

그는 1927-8년 경 『조선일보』에 「나팔」, 『신시단』 창간호(28.8)에 「봄은 간다」「잃어진 화원」 등을 발표하여 등단하였다. 초기에 그는 「일군의 노래」(『학지광』, 30.4), 「가구야 말려느냐」(『조선일보』, 32.5.6), 「사과」(『제일선』, 32.10), 「지구야 말다니」(『신계단』, 32.11), 「잠 안오는 밤」(『제일선』, 32.11), 「너희들을 보내고」(『문학건설』, 32.12) 등에서처럼 계급의식에 입각하여 투쟁하는 현실을 슬로건으로 제시하는 시를 써왔다. 그러나 1932년 11월경 '별나라'사건으로 신고송과 함께 투옥됨에 따라 그는 더 이상 이런 종류의 시를 쓰지 못하고 말았다. 여기까지가 제 1기에 해당하는데, 주로 투쟁 현장의 슬로건으로 제시되는 프로시의 단

계이다.[5)]

제 2기는 석방과 귀향 이후에 전면적으로 나타나는 감상주의적 경향이 주조를 이루고 있다. 이는 다시 세 가지 주제로 방향지워져 나타나는 바, 그것은 ① 감옥생활과 석방 직후 동지들에 대한 회상, ② 일상적 생활로의 함몰과 거기로부터 오는 자기연민과 학대, ③ 고향과 북쪽 국경지방의 풍경과 민중의 운명, 즉 가난과 유랑이라는 주제로 요약된다. 또 제 3기는 해방 이후 북한에서의 활동기간으로, 프로시로의 복귀가 이루어지는 시기라 할 수 있다. 그는 해방 후에 잠시 서울에 다녀가기는 하나, 주로 북한 문학계에서 두드러진 활약을 보인다.

여기서는 이찬의 작품 전체에서 가장 많은 비중을 차지하고 있는 제 2기의 성과, 즉 시집 『대망』(1937), 『분향』(1938), 『망양』(1940)을 중심으로 그의 시세계를 살펴보고자 한다. 이 시집들은 더구나 앞서 말한 시대적 '혼미'의 시기에 나온 것들이기에, 당시 현실적 전망에 대한 고뇌와 모색이라는 시대적 과제와도 상당히 관련된다고 할 수 있다.

2. 현실에의 굴복과 소시민적 감상주의

그의 시 「만기」에 따르면, 이찬은 1934년 9월 4일 석방되어 고향으로 돌아온다. 3년에 걸친 감옥생활은 객관정세의 악화와 더불어 미래에 대한 혁명적 신념을 그에게서 앗아가버린 아주 중요한 요인이 되었다. 고향에 돌아온 그에게 기다리고 있는 것은 생활에 대한 압박감과 책임감이었다. 출옥을 목전에 둔 시적 화자의 기쁨과 희망찬 모습을 그린 「만

---

5) 이에 대해서는 윤여탁, 「이찬 시의 현실인식과 변모과정에 대한 연구」, 윤여탁 · 오성호 편, 『한국 현대 리얼리즘 시인론』(태학사, 1990), pp.92-102와 김응교, 「이찬 시 연구」, 한국문학연구회 편, 『1950년대 남북한 연구』(평민사, 1991), pp.184-190을 참조할 것.

기」나 출옥 후 귀향길에서 옛 동지들에 대한 그리움이 감격으로 승화한 「귀향」에서 나타나는 이찬의 가슴벅차오름은 따라서 이내 곧 현실의 고통을 동반해오는 것이었다.

투옥당한 아들을 면회하러 온 어머니에 대한 연민과 비통을 노래한 「면회」에서 보여지듯이, 그는 생활의 굴레를 짊어지지 않으면 안될 형편에 처한 것이다. 어머니와 가족에 대한 죄책감을 그는 벗어던질 수가 없었다. 출옥과 귀향은 그에게 기쁨과 희망을 안겨주기는커녕 가난과 병고, 생활에의 부담을 던져줄 뿐이었다. 생활의 압박은 그의 시집에는 실리지 않은 「독소」 「월야」 「동무의 회상」 등의 시에서 드러나듯이, 자신의 현실적 처지에서 오는 비애의 감정, 자기로 인하여 고통받아왔던 가족이나 자신과 절친했던 동지들에 대한 연민과 그리움을 증폭시킨다. 또 희망에 찼던 청춘의 시절(「녹음방초」)은 감옥을 거쳐오는 사이에 어느덧 '안타까운 가을'(「우후」)이 되어버렸다. 그때 그의 나이는 25-6세였다. 아직 중년의 나이에 이를 만큼은 아니나, 물리적 시간으로서가 아니라 심리적인 의미에서의 청춘의 종말이 그에게 다가온 것이다. 다시 말해 어느사이엔가 청춘의 열정은 모두 증발하여버리고, 대신 그 자리에 생활의 짐을 지지 않을 수 없는 중년의 운명이 들어찬 것이다. 그러한 정황을 과거와 현재의 대비를 통해 선명하게 드러낸 작품이 「가라지의 설움」(1936)이다.

꼽아보면 십삼년전 그해 이 철엔
급을 지고 유경가는 홍안의 소년
달리는 찻창을 향수의 달콤한 눈물로 드리우며
눈물 속에도 이 악물어 결심을 가지든 가애롭은 미래의 성공자였다

이러구로 육년 후 또다시 이 철에
거지반 빈주먹으로 현해탄을 건느는 키다리 청년
몰려드는 해풍을 결별의 비장한 한숨으로 흩날리며

한숨 속에도 주먹쥐며 맹세를 새롭하든 거룩한 내일의 일꾼이었다

오호 이리하야 내 청춘은 반넘어 늙었것만
행락도 사랑도 모르는채 반남어 늙었것만
오 모든 것은 지나간 세월과 함께 자최도 없는 꿈이든가
어이없다 기가 차다 내 오늘날 한 개의 가라지 신세될 줄이야

참으로 참으로 나는 한 개의 가라지
죽도 밥도 못되는 한 개의 가라지
아아 어느날 어느때 꺾어저도 쪼드러저도
누구 하나 원통해 할 이 없는 아까워할 이도 없는[6]

가족의 생계를 부담진 이찬은 양조장, 북청 문화 주식회사, 공홍자동차주식회사[7], 관납상회 등에 취직한 것으로 보이는데, "오늘도 왼 하로를 일에 부댓기다가 / 아아 솜처럼 피로하야 외로이 잠든 거리 터벅여"(「양춘」)올 정도로 격무에 시달리고, 잦은 출장으로 인해 글조차 쓸 여유를 갖지 못하였다고 한다. 청춘의 불타는 열정을 모두 무(無)로 돌리고 "상가의 한 개 충복이 되어" "오로지 주판알 튀김에 여념이 없는" 자신의 모습에서 "잃어지는 나를 발견"하는 고뇌와 체념이 깊어지고 마침내 그는 운명론적 늪 속으로 빠져든다(「조춘」 「기원」 「손길의 탄식」 「오열」 「잃어지는 나」 등).

이러한 자기상실은 극심한 좌절을 수반하여 때때로 그로 하여금 술과 아편, 연애 등에 취하게 함으로써, 시에서 퇴폐적인 성향을 유발시키도 하였다. 「대안의 일야」 「탐혹」 「주색」 「아편처」 등의 시가 그 극명한 예이다. 특히 「돌팔매」 「그가짓 것」 「진정」 「춘소읍」 등에서 보듯이 그는 실연의 아픔으로 고통한다. 그리하여 이같은 우울과 퇴폐, 고뇌와

---

6) 이찬, 『대망』(풍림사, 1937), pp.59-60.
7) 이곳을 다니지는 않은 듯하다. 이찬의 전기적 사실에 대해서는 윤여탁, 앞의 글 참조.

체념은 자기연민과 증오, 현실도피로 점증해간다. 이러한 경향은 시적 화자가 개인적인 체험세계라는 좁은 공간에 갇힘으로써 유발되는데, 이찬의 시에서는 일상적인 생활의 반복과 권태(매너리즘), 거기로부터 오는 자기자신에 대한 불만에 근거하고 있다. 이것이 바로 이찬의 '소시민적 감상주의'의 구체적인 모습이다. 따라서 아래 인용된 시에서 나타나는 자조적인 태도는 필연적인 결과이다.

> 차-단 베란다에 턱을 괴이고
> 저므는 거리 우에 그를 대한다
>
> 하룻날이 반수차를 밀고 머-ㄴ 구비로 살어진 뒤
> 소소히 띠끌처럼 젖어드는 어설픔이여
>
> 가망없는 비-ㄴ 거리를 어설픔만이 호을노
> 저를 못이겨 턱괴이고 그를 대한다
>
> 오늘도 무아-ㄴ 한 밤하늘을
> 기다림이 낯붉이고 돌아가거든
>
> 말거니 가신 방아 웃어라 웃어라
> 배를 쥐고 허리잡고 웃어라 웃어라
>
> 웃다가 지치거든 지혜론 벽아
> 달력처럼 이마를 네 가슴에 달어주렴
>
> 한장. 한장 ……
> 비통의 한밑바닥이 들어날 때까지
>
> 핫 핫 핫 핫
> 나도 웃고 싶단다 웃고 싶단다[8]
>
> (「나도 웃고 싶단다 웃고 싶단다」 전문)

---

8) 이찬, 『망양』(대동출판사, 1940), pp. 15-17.

이찬의 소시민적 감상주의에 대하여 임화는 그의 평론「담천하의 시단 일년」에서 호되게 비판하고 있다.[9] 임화는 당시 경향시인들의 "시의 대부분이 개인적 내성적인 자기추구로만 향하고" 있는 바, 이것은 곧 "탄식과 영탄에로 통하기 쉬운 것"이라고 하면서 그 내성적 경향이 지나친 나머지 "잘못하면 한 개 회고적 감상주의로 일탈하기 쉬운 위험"이 있다고 경고하고 있다. 특히 그는 이찬의 시를 주목하면서 이 위험성을 지적하였다. 즉 이찬의 시가 "시적 영역의 신변잡사적 한계로의 퇴각과 영탄적 운율에 의하여 표시되고 있다. 이곳에는 진실한 낭만주의 대신에 감상주의가 자리잡기 쉬운 것이다"라고 말하였다. 계속해서 임화는 우리 시가 나아가야 할 방향까지 제시하고 있는데, "시는 전진하고 있는 객관적 과정을 올바로 평가하여야 하며 또 개성을 사회적 전체 위에서 노래해야 한다"고 함으로써 리얼리즘적인 태도를 견지한다.

결국 이찬의 신변잡사적 또는 회고적 영탄, 바꾸어 말하면 소시민적 현실에의 굴복과 자기학대는 개인적 체험의 폐쇄회로를 맴돎으로써 내성화될 수밖에 없게 된다. 거기에 필연코 개인의 존재론적 고독이 틈입해 있는 것이다. 사적 체험의 폐쇄공간 속에서 번민하고 자조하는 가운데서 어떻게 현실의 전진하는 객관적 과정이 보일 리 있으며 사회적 전체와의 관련 하에서 현실을 노래할 수 있겠는가. 소시민적 감상주의는 시인 자신의 현실적인 처지라는 내적 조건과 함께, 객관적 현실의 악화라는 외적 조건으로부터 동시에 기인하는 바이다. 이는 전망의 부재를 의미한다. 바로 그 내성화 과정 속에 모더니즘의 씨앗이 자라날 수 있는 토양이 마련되는 것이다.

9) 임화, 『문학의 논리』(학예사, 1940), pp.639-640.

3. 내성화와 모더니즘적 경향

개인의 존재론적 고독, 이것은 루카치에 따르면 모더니즘의 이론적 본질이다. 이에 대한 루카치의 언급을 좀 자세히 보자.

> 이 모더니스트들에게는 인간이란 원래가 고독하고 비사회적이고 다른 존재와의 관계를 맺을 수 없는 존재이다. (중략) 이런 식으로 상정된 인간은 다만 피상적이고 우연적인 방식으로, 존재론적으로 말하면 회고적인 반성을 통해서만 다른 존재와 관계를 맺을 수 있다. 왜냐하면 타자들 역시 기본적으로 고독하고 의미있는 관계를 맺을 수 없기 때문이다.
>
> 인간의 이 기본적인 고독은 전통적인 리얼리즘 문학에서 보이는 개인적인 고독과 결코 혼동되어서는 안된다. (중략) 그것[리얼리즘 문학에서의 개인적인 고독－인용자]은 항상 전체로서의 공동체의 삶 속에서 하나의 단편, 하나의 국면, 하나의 수사적 점층법이나 점강법일 뿐이다. 그러한 개인들의 운명은 특정한 사회적, 역사적 상황 속에 있는 어떤 인간 유형의 특징이다. 그들의 고독과는 별개로 공동체의 삶과 다른 인간 존재들의 투쟁과 협력은 전처럼 계속된다. 다시 말하면 그들의 고독은 특수한 사회적 운명이지 보편적인 인간 조건은 아니다.[10]

이같이 루카치는 리얼리즘에서의 고독과 모더니즘에서의 고독을 전체성이라는 개념적 틀 속에서 날카롭게 구별해내고 있다. 모더니즘에서의 개인의 고독은 인간의 보편적 조건이다. 즉 그것은 공동체의 삶과는 전혀 관계없이 개인의 실존적인 존재 조건 하에서의 고독인 것이다. 그러하기에 이찬의 시에서 보았듯이, 회고적 반성을 통해서만 그는 대상세계(현실)를 바라본다. 임화의 지적처럼 이찬은 신변잡사의 영역 내에서 회고적 영탄을 거듭하고, 이에서 비롯한 감상주의는 시적 대상으로서 객관세계의 정물적 파악에 기초함으로서 모더니즘적 경향으로 나타

10) 루카치, 『우리 시대의 리얼리즘』(인간사, 1986), p.20.

나게 된다. 다시 말해 루카치가 강조한 바대로 "주인공이 그 자신의 경험의 한계 내에 엄격하게 갇혀 있"[11]을 때, 이찬의 시는 명료하게 내성화되는 양상을 드러내는 것이다.

따라서 이찬의 모더니즘적 경향은 그의 정신적 내면풍경으로부터 비롯된다고 보아도 크게 무리가 없을 듯하다. 끝없는 일상성에로의 매몰과 자기비애의 감정이 모더니즘적 편향을 내부로부터 준비하고 있었던 것이다. 그래서 이찬이 시적 대상의 선택에서 객관세계의 정물적 풍경을 그릴 때 대체로 감상주의적 분위기에 곧잘 빠져드는 것을 볼 수 있다.

> 저로도 무슨 영문인지 모르게
> 키 큰 포플라
>
> 키가 커서 포플라는
> 알로 모든 겨레의 영락을 보고
> 멀리 이웃의 무상조차 제겻으로 하나니
>
> 맛츰내 그의 심신에 좀이친 벌레
> 생이란 무엇인야 —
>
> 이로 인해 포플라는
> 그렇게 — 말나괭이가 되었단다[12]　　　　(「포플라」 전문)

'포플라'라는 객관적 대상물을 통하여 그는 자신의 모습을 자조하고 있다. 설령 그가 "이웃의 무상을 제 것으로" 한다고 해도, 그는 어찌하지도 못한 채 '생이란 무엇이냐'라고 형이상학적 물음을 되뇌면서 '말라깽이'가 되어간 것이다. 객관적 정물을 통해서 현실과 대면하고자 하나, 아무런 해답도 구하지 못하고 감상에 젖어들 뿐이다. 현실과의 연관고

---

11) 위책, p.21.
12) 이찬, 『분향』(한성도서주식회사, 1838), p. 10.

리를 찾지 못한 전망의 부재에 다름아니다.

그런데 이찬은 이러한 시적 경향의 변화에 대하여 최소한 자각적인 듯하다. 그의 시집 『분향』 서문을 보면, 이를 능히 확인할 수 있다.

> 그리고 제현은 일독 후 내 시풍의 일변을 의문할 필요가 없다. 그무슨 크게 깨달은 바 있어어도 아니요 그 누구의 아수한 추종으로도 아니다. 일언이폐지하면 시인은 한 개의 주형이 아닌 것이다. 여기 자명한 해답이 있다.
>
> 그러므로 명일의 내 시풍은 오늘의 이것과도 전혀 판이한 것이 될 지 모른다.[13)]

『분향』 이전의 시에 비해 시풍이 상당히 달라졌음을 스스로 밝힌 셈인데, 이 말은 그의 어느 시기 작품과의 비교에서 나온 판단일까? 아마도 그것은 프로시의 시기(제 1기)의 시가 아니라, 석방(1934) 이후에 쓴 『대망』(1937)의 시편을 말하는 것으로 보인다. 『대망』에서는 모더니즘적 취향의 시가 거의 발견되지 않는다. 단지 몇 편에서만이 그나마 정물적 대상에 대한 약간의 이미지가 동원되고 있을 뿐이다.

그러나 『분향』이나 『망양』에서는 『대망』에서와는 달리 시적 형식에 대한 배려가 두드러지고, 모더니즘풍의 시가 상당수 실려 있다. 대체로 2행 1연 구조의 중첩이나 연쇄법을 통한 반복형식이 빈번하게 동원되고 있다. 그러나 이 형태상의 변화는 자체 이상의 의미가 별로 없고, 오히려 이미지가 현저하게 동원한 이국정서의 시들이 두드러지게 나타난다는 점에 주목할 필요가 있다. 「Tearoom Elise」 「빠·상하이」 「The Rail」 「그리운 지역」 같은 시들이 그런 작품에 해당한다. 이들 작품 외에도 「분향」 「묘비」 「한 개의 시사」 「포플라」 「등대」 「호수」 「추모」 「밤차」 「연민」 등의 시들은 명징한 감각이 드러나는 회화풍을 느끼게 한다.

이들 작품에서 시적 대상은 일상성에서 벗어나 있다. 정물적이고 세

---

13) 위책, p.1.

부적인 대상들로 그의 시적 대상이 바뀌고 있음을 알 수 있다. 여기에 모더니즘적 감각이 동원되는 것은 그 대상들의 이미지를 견고하게 구축함으로써 의미의 실재를 확보하기 위한 방편인 셈이다.[14] 그러나 이러한 모더니즘의 방법이 그의 시에서 감상주의적 경향을 완전히 탈각시키기에는 충분치 않아 보인다. 단지 비애의 감정을 절제하는 데 어느 정도 성공하고 있을 따름이다.

> 파리 감히 콧등에 자웅하는 실예론 시절
> 묘지에 욱어선 풀. 나무 더욱 경건을 잃었다
>
> 뜨을새도 경원하는 삼복. 염천 아래
> 비석이여 우울히 슨채 무슨 애수에 잠기였는요
>
> 부질없는 세월이 빗두러진 네갓모를
> 소리없이 흐를제
> 따로 네 가슴에 슴이든 안으-7 한 추모의 향연조차
> 슬며시 자최를 감추었나니
>
> 아하 네 ― 이제야 상념하는가 무한―한 공막속에
> 갈온 인세의 그 ―아수한 정을 ―.[15]　　　(「묘비」 전문)

그러나 때로 이러한 비애의 절제 방식이 지나쳐서 냉소나 희화적인 풍자를 지향하기도 하는데,[16] 그것은 「연민」이나 「여자는 굳센 것」에서도 나타나지만 이른바 '사물시'적 경향을 띤 작품 가운데 두드러지게 보인다. 풍선에 자아의 이상과 현실을 빗대어 노래한 「아드·바루웅」이나, 앞날을 알 수 없는 상황 속에서 그래도 어쩔 수 없이 살아가고 있는 자아에 대한 냉소가 짙은 「농무」, 또 「휘장나린 메인·스트」 「항야」

---

14) 신범순, 「현실주의적 흐름과 비관적 낭만성」, 권영민 편, 『월북문인연구』(민음사, 1989), p. 344

15) 이　찬, 『분향』, pp.6-7.

16) 신범순, 앞의 글, p.344.

「낙화」「창망」「사용중 렌도겐실」 등의 작품이 이에 해당한다.

사실 냉소나 희화화는 감상주의와는 다르지만 소시민성의 또다른 표정일 수 있다. 이는 감상성을 절제하는 데는 어느 정도 성공적이었지만, 존재론적 고뇌의 한계를 완전하게 넘어선 것이라고 할 수는 없는 것이다. 여기서 이찬의 모더니즘이 단지 실험적인 차원에 그친 것일 뿐이라는 점을 새삼 확인할 수 있다.

4. 시적 영역의 확장과 현실주의의 가능성

그러나 이찬이 자신의 운명이라는 닫힌 회로에만 오로지 갇혀 있었다고 잘라 말할 수 없다. 그는 모더니즘적 편향에서 보인 정물적이고 세부적인 시적 대상에 대한 관심을 타자의 운명에 대한 관심에로 시적 영역을 옮겨가면서, 이것을 민족 현실의 차원과 결합시키려는 소중한 노력을 보이기도 하였다. 우선 이찬은 모던 취향의 시에서 부분적으로 나타났던 감정의 절제가 어느 정도 확보되면서, 아직은 확연한 형태를 띠고 있지 못하지만 어떤 새로운 가능성이나 기대감을 저버리지 않고 그것을 부여잡으려는 시도를 이 지점에서 보여준다.

가령 「갈망」에서 그는 쳇바퀴 도는 다람쥐의 운명을 슬퍼하면서도(왜냐하면 그것은 곧 시인 자신의 운명이기도 하기 때문이다), "그러나 다람쥐 / 안타까운 네 눈동자엔 / 아즉도 뜨을에의 갈망이 사러지지 않었구나"라고 하여 어떤 희망의 가능성을 찾고 있다. 아직도 자신에게 남아 있는 어떤 갈망은 절벽 앞에 표연히 나래치며 떨어지는 새를 통해 드러나기도 하고(「한 개의 시사」), 바다를 항해하는 선박에 길을 안내하는 '등대'를 통해 드러나기도 한다(「등대」).

여기 홀연 지구의 종언을 보는듯

깎아질넌 거령 까-마득한 절벽이여

(중 략)

불연듯 발기슭을 걷어차 내 상념을 깨우며
표연히 나래펴 떠러지는 한 적은 새여

눈을 꿈벅여 다시 찾으나 허공에 일말 흑선도 없고
아하 다만 한개 처연 시사이
쏜살같이 내가슴 한바닥에 꽂어지도다[17)]

(「한 개의 시사」 1,4,5연)

오오 무수한 선박의 생명을 생명삼고
오즉 그들의 일로순항에 생의 진의를 찾는

장하다 등대여
너는 지도자!

참다운 참다운 암해의 지도자[18)] (「등대」 마지막 부분)

이처럼 비록 분명치는 않지만 새로운 갈망을 찾는 이 두 편 시에서 현실의 전망을 모색하려는 조짐을 엿볼 수 있다. 여기서 다시 임화의 지적을 눈여겨볼 필요가 있다. 임화는 개인적 내성적 자기추구와 회고적 영탄만을 꼬집어 이찬을 일방적으로 비판한 것이 아니라, 새로운 길의 모색과 그러한 노력에도 주목하고 있다. 물론 임화는 이러한 모색과정을 안용만의 시 「강동의 품」에서 읽어내고 있지만, 이찬에게서도 역시 이 모색이 발견되고 있다.

위선 우리들의 시의 특징은 작금 이래로 강화된 시대적 중압을 가장 명확히 반영하고 있다는 점이다. 진화적인 제세력의 일체적인

17) 이 찬, 『분향』, pp.8-9.
18) 이 찬, 『대망』(풍림사, 1937), p.8.

후퇴의 그림자가 이들의 시에는 역력히 반영되어 있다. 이 반영은 대부분 비극적 패배에 대한 아픈 육감과 그 가운데서도 아직 모든 것을 방기하지 않고 자기의 약점을 추구하고, 그것으로 새롭은 길을 모색하고, 다시 역사적 전진의 대도로 이러서랴는 비장한 격투가 그 기본적 성격이 되어 있음은 불가피한 일이다.

물론 이 가운데는 깊은 암흑과 절망 가운데서 죽엄과 같은 패배의 슬픔을 노래한 것도 없지 않다. 그러나 자기의 약점에 대한 무자비한 추구는 그들을 미래에로의 용기를 가진 「히로이즘」을 환기치 않을 수가 없을 것이다.

그들은 역사적 과정 중에 자기(인텔리)의 위치를 잊어버리거나 과신치는 결코 않는다. 반대로 그 약점을 대담히 인식하고 그것을 시정할랴는 불같은 노력이 표현되어 있다.[19]

임화의 이같은 언급은 물론 자기 자신을 향한 것이기도 하지만, 이찬에게도 여실하게 들어맞는 지적이다. 자신의 약점에 대한 시정 노력은 이찬의 경우 자신의 불행한 처지와 타인(또는 민족)의 불행한 운명을 연결지어 파악하고자 하는 데로 발전해간다. 감상주의의 요소가 완전히 가셔진 것은 아니지만, 유랑하는 민중의 삶에 대한 연민과 동정 혹은 자기동일시, 민족 현실에 대한 시인의 고투가 잘 나타나고 있다. 해란강가의 어느 러시아 빠에서 우연히 만나 사귀었던 쏘냐라는 여자의 참담한 운명을, 자신의 불우한 처지와 이어놓으면서, 비관적으로 형상화한 「해후」에서 확인되는 타자인식 또는 현실인식의 가능성은 여러 유형의 시적 내용으로 발전하고 있다.

고용살이하는 어부들의 삶의 애환을 그린 「어화」 「출범」, 고기잡이 나간 남정네들을 기다리며 슬퍼하는 어촌 아낙네들의 처지를 그린 「대망」, 어유공장에서 일하는 여공들과 어항의 풍경을 스케치한 「소묘 북국어항」 등의 작품은 이찬의 시가 민중적 삶에 대한 관심으로 그 영역을 확장해가고 있음을 잘 보여준다. 또 북쪽 변경지방의 풍경을 정물적

---

19) 임　화, 앞의 책, p.639.

으로 묘사하거나 그곳으로 쫓기어 떠나가는 유이민들의 구차하고 가엾은 모습을 그리고 있는 「북방도」 「북만주로 가는 월이」 「북방의 길」 「떠나는 마을」 「북국전설」 「눈밤의 기억」 「국경의 밤」 등은 일제의 극심한 탄압 아래 생활의 터전을 잃어버리고 고향을 등진 채 국경지방으로, 만주로 이주해가는 민족의 현실을 비통하게 직시하고 있다. 유랑하는 민중의 삶에 깊이 동정하고 그것을 통해 당시 민족 현실을 정확하게 묘파해낸 이러한 시들은 흡사 이용악을 방불케 하는 바 있다.

특히 「눈나리는 보성의 밤」이나 「결빙기」에서는 도강이 금지된 압록강변의 살풍경과 도강자의 초조한 심정, 그리고 강변의 국경시역에서 일어나는 독립군에 대한 소문 등이 어우러져 있어 당시 현실의 추이에 예민하게 반응하고 있었음을 은연중에 드러내 보이고 있다. 북한에서 발행된 『조선문학사』에서는 이 작품들을 아주 높이 평가하고 있는데, 그것은 김일성의 항일혁명투쟁을 형상화한 것이라는 점 때문이다.[20)]

> 연변의 농가 점점한 오막사리엔
> 수심겨운 안악네들의 수군거림 높아가고
> 가가호호 보채는 어린이 타일러 가로대
> 그러믄 00당이 온단다
>
> 여저기 몇 개의 조그만 도시엔
> 오가는 행인들의 그림자도 드물고
> 다못 늘어가는 호상들의 비장한 이사짐과

---

20) 김하명 · 류만 · 최탁호 · 김영필, 『조선문학사(1926-1945』(평양, 과학백과사전출판사, 1981; 서울, 열사람, 1988)에 의하면, 「눈 내리는 보성의 밤」에 대해 "항일무장투쟁의 불패의 위력과 그에 대한 인민의 신뢰를 항일유격대의 적극적인 군사정치활동에 위압된 원수들의 불안과 공포상태에 대한 시적 형상을 통하여 노래하고 있다"(p.409)고 평가한다. 그러나 이는 개작을 통한 작품의 변개와 평가의 과잉이 분명하다. 이에 대한 자세한 내용은 졸고, 「1926-1945년의 시」, 민족문학사연구소, 『북한의 우리 문학사 인식』(창작과비평사, 1991), pp.328-329 참조할 것.

원래한 응원대의 매서운 자욱소리뿐

오호 진통을 앞둔 시악씨맘같이
얄누강안 팔백리 불안한 지역이여 (「결빙기」 6,7,9연)

시월중순이였만
함박눈이 펴-7 펵 ......
보성의 밤은 한치 두치 적설속에 깊어간다.

깊어가는 밤거리엔 수핫소리 잦어가고
압록강 구비치는 물결 귓가에 옮긴듯 우렁차다

강안엔 착잡하는 경비등. 경비등
그 빛에 섬섬하는 삼엄한 총검

포대는 산비랑에 숨죽은듯 엎드리고
그기슭에 나룻배 몇척 언제나의 도강을 정비코 있나

오호 북만의 심오도구 말없는 산천이여
어서 크낙한 네 비밀의 문을 열어라

여기 오다가다 깃드린 설음많은 한 사나이
맘껏 침통한 역사의 한 순간을 울어나 볼가 하노니
(「눈나리는 보성의 밤」 전문)

그리하여 이찬은 민중적 삶에 대한 애정과 현실 모색의 과정을 통하여 막연하나마 미래에 대한 희망을 기대하는 발전적인 면모를 보여주게 된다. 이른 봄의 풍경에서 명랑한 정서를 얻기도 하고(「조춘」), 봄바람을 통하여 새로운 날의 꿈을 엮어보고자 하기도 한다(「춘풍」). 즉 그는 "흐르는 강 천리원정의 우렁찬 노래에 귀기우려도 좋고 / (......) / 사랑보다도 뜨거운 대지의 정열을 난워 마히며 / (......) / 마음끝 색채도 화려한 우리 젊은 날의 새 항로를 그려보"고자 하는 열망에 부푼다.

5. 마무리를 대신하여

이상에서 본 바와 같이 전민족적 위기에 직면한 1930년대 후반기에 이찬은 두 가지의 상반되는 시적 고투를 보여주고 있다. 그는 전망이 전혀 보이지 않는 시대를 절망하면서도 한편 비참한 민족의 현실을 나름대로 직시하고자 애쓴 모습 또한 보여주었던 것이다. 절망과 모색, 이 양자 사이에서 부단히 동요하고 있었음이 당시 그의 문학적 실상이자, 1930년대 후반기를 견뎌내온 양심적인 시인들의 일반적 처지이었으리라. 그러나 민족 또는 민중의 삶에 대한 연민을 통해 점차 시적 영역을 확장해간 점과, 제한적이지만 현실과의 싸움을 완전히 포기하지 않았다는 점은 1930년대 후반 암울했던 시대상황에 비추어볼 때, 결코 부정하거나 쉽게 간과해버릴 수 없는 귀중한 민족문학의 자산이 아닐 수 없다.

바로 이 점에서 그의 시는 해방 이후에까지 하나의 연속성을 이룬다. 「아오라지 나루」(『우리문학』 1호, 1946.2)나 「피난민 열차」(『중앙신문』, 1946.4.21)같은 시들은 '북만주로 간 월이'가 돌아오듯이 유이민의 귀향 행렬을 해방의 감격과 더불어 노래하고 있는데, 이전에 노래한 민족의 유랑이라는 주제와 이어지고 있다.

> 차 대구리도 객실인 피난민 열차엔
> 주렴처럼 느러달린 무개화차 · 무개화차
> 무개화차도 용히 타볼 수 없는 일등화차엿다
>
> (중 략)
>
> 남으로 남으로
> 아 털리고 앗기고 00녀가는 보따리 속엔
> 보따리마다 이역천리 수십풍상의 무엇이 남엇느냐 무엇이 남엇

느냐

(「피난민 열차」 1,3연)

해방 직후 그는 서울에 잠시 다녀가긴 하지만 이내 곧 고향으로 돌아가 북한 문단에서 계속 활동하게 된다. '북조선 문학예술동맹', '조소문화협회' 등에 참여하여 사회주의 건설을 위한 혁명 사업에 앞장서는 등 북한 문학에서 중요한 위치를 점하게 된다.

본고는 이찬의 시세계 전반을 다루지 못하였다. 본격적인 시인론으로는 미달인 셈이다. 그것은 본고가 1930년 후반의 문학적 상황과 관련하여 이찬의 시를 보고자 하였던 데 원인이 있다. 그러나 그의 시세계에 대한 부분적인 조망을 통해서나마 1930년대 후반 한국 현대시의 실상을 이해하는 데 부족한 대로 다소의 의의를 찾을 수 있을 것이다.

김윤태
▪숭의여전 강사 ▪주요 논문으로 「프로레타리아 문학론의 비교문학적 고찰」과 「해방직후 민족문학론의 문학유산 계승 문제」 등이 있다.

해소(解消)의 논리와 실제와의 간극

이 상 갑

1. 머리말

1930년대 중, 후반 문학은 카프 해산을 전후로 하여 다양한 양상을 띠며 전개된다. 30년대 전반기 문학이 카프의 주도 하에 진행되었다면, 후반기 문학은 카프가 해산된 이후지만 실제로는 카프 해산과 그 상황의 타개책 중심으로 진행되고 있다. 이런 점에서 보면 카프의 망령이 여전히 문단의 중심에 자리잡고 있었다고 볼 수 있다. 특히 구카프 조직에 대한 작가들의 인식과 사회주의리얼리즘 논의는 그들의 내면을 엿볼 수 있는 중요한 근거가 되기도 한다. 그런데 기존 프로 문인들이 구카프 조직 내의 문제점에 대하여 심도 있게 논의하지 못한 채 흐지부지 논의가 종결되면서, 조직이 해체의 길로 접어들고 만다. 이런 현상을 초래한 것은 일차적으로 파시즘의 강압적인 분위기가 작용한 것이지만, 이에 못지 않게 조직 문제를 바라보는 구카프 소속 문인들의 인식 차이가 크게 작용한 것으로 보인다. 누구나 조직 문제를 거론할 처지도 아니지만, 해산의 위기에 처한 형편에서 조직 문제가 가장 민감한 사항이었음은 분명하다.

조직 문제는 작가들의 이전 조직 활동에 대한 근본적인 생각과 앞으로의 문학 활동의 방향을 암시하고 있다. 먼저 박영희, 이갑기 등이 조직의 경직성을 주로 비판하며, 이를 통해 자신들의 전향의 계기를 마련하고 있다는 점에서, 그들은 분명히 청산주의적 태도를 취한다. 그러나 김남천과 박승극은 조직 문제를 조직만의 문제가 아니라, 창작과 관련하여 언급하고 있다. 김남천은 카프 해산 이전 '물' 논쟁에서 드러나는 바와 같이 조직을 우위에 놓고 논의를 전개한다. 이 문제는 「문학적 치기를 웃노라—박승극의 잡문을 반박함」(『조선일보』, 1933.10.10.)에서도 잘 나타난다. 이 글에서 김남천은 창작평과 작가의 실천의 결부에 대한 임화의 평가를 정당하다고 인정한다. 그가 안함광과 박승극을 비판한 것도 이런 맥락에서이다. 즉, 안함광과 박승극은 김남천 자신이 임화의 평가를 반박한 것으로 파악하고 있기 때문이다. 김남천의 주장은 다만 임화의 창작평이 작가의 실천에 관하여 언급하지 않았다는 점으로, 「물」과 같은 작품을 쓴 작가의 오류의 원인 해명은 이를 초래한 작가의 실천과 결부시켜 논의해야 한다는 것이다. 즉, 김남천은 임화를 포함하여 안함광, 박승극 모두 이 사실을 모른다고 비판한 것이다. 여기에서 김남천이 말하는 '실천'은 조직과 격리된 개인적인 의미에서의 실천이지만, 궁극적으로 조직적 실천과의 연관성에서 이해해야 한다.

> 나는 나의 고민을 자백한다. 소부르조아 출신 그리고 미완성적 인테리겐차의 일 분자인 김남천 자신의 세계관의 불확고를 대중의 앞에 발표함에, 그리고 그것을 **엄격한 자기 비판에 의하여 청산하고자 노력함**에 아무러한 수치도 또한 정치가적 불안도 느끼지 않는다.[1)]

---

1) 김남천, 「문학적 치기를 웃노라—박승극의 잡문을 반박함」, 『조선일보』, 1933.10.12.
기존 논의에서 김남천의 전향의 계기를 밝히는 데 참고하고 있는 글은, 김남천이 이 글보다 세 달 앞서 발표한 「임화적 창작평과 자기 비판」(『조선일보』, 1933.7.29~8.4.)이다.
김동환(「1930년대 한국전향소설연구」, 서울대 석사학위 논문, 1987.2.)과 김외곤(「김남천 문학에 나타난 주체 개념의 변모과정 연구」, 서울대 박사학위 논문, 1995.2.)은 '물' 논쟁에서 김남천의 전향의 계기를 읽어 내고 있다. 그리고 카프 해산 문제에 대한 고찰로는, 임규찬의 글 「카프 해산 문이 대목에서 김남천의 전향의 계기를 읽어 내는 것은 일면적일 수 있다. 김남천의 위 발언은 단순히 전향의 계기로서가 아니라, 자신의 확고하지 못한 태도를 진정한 의미에서 청산하고자 하는 의도로 보아야 한다. 그러므로 이 대목은 소위 임화, 김남천 등의 전향파와 이기영, 한설야, 안함광, 한효 등의 비전향파의 도식적인 이분법의 한계를 지적하는 데도 의미가 있다. 즉, 김남천이 사회주의리얼리즘을 조선의 특수성을 고려하여 자기 나름의 해석의 입장에서 구체적으로 적용한 고발문학론과, 이후 창작과 이론 양면에서 그의 일관된 논의는, 바로 그의 세계관의 확립 과정에 다름 아니다. 이런 점에서 카프 해산계를 제출한 것이라든지, 작품에 나타나는 전향 지식인의 문제가 확대 해석되어서는 안 된다. 이 두 사실은 피상적이며 현상적인 차원일 수 있기 때문이다. 우리는 카프 해산 후 왕성하게 논의되는 사회주의리얼리즘 논의를 어떻게 이해해야 할까. 그러나 한 가지 분명한 것은, 이 논의가 단순히 시류적인 논의가 아니라, 일종의 국면 타개책의 성격이 강했다는 점에서 기존 프로 문인들의 의식 세계를 짐작할 수 있다. 그러므로 30년대 중, 후반 문학을 생산적으로 논의하기 위해서는 이론과 창작의 구체적인 관련 양상을 보다 면밀하게 검토하는 것이 중요하다. 이런 작업은 '전향(해소)/비전향(비해소)'의 도식적인 이분법을 극복할 수 있기 때문이다.[2)]

박승극 또한 조직 문제를 중심으로 논의를 전개하면서 이를 자신의 창작에서 구체화한다. 즉 박승극은 박영희, 이갑기 등의 카프 탈퇴를 비

제에 대하여」(김학성 · 최원식 외, 『한국 근대문학사의 쟁점』, 창작과비평사, 1990, pp.247~269.)

2) 필자는 이런 관점에서 카프 해산 후인 1930년대 중, 후반 프로 문학을 전향 문학으로 일괄하는 기존 논의를 비판하고, "전향의 의미 속에 이미 비전향의 본질적인 계기가 내포되어 있다."고 문제 제기한 바 있다(이상갑, 「1930년대 후반기 창작방법론 연구」, 고려대 박사학위 논문, 1994.8.).

판하면서, 조직 문제와 관련하여 조직 내의 당파성, 파벌을 문제삼고 있다. 그러므로 이 시기 박승극의 논의는 박영희, 백철, 이갑기, 신유인 등의 소위 전향파와는 근본적으로 구별된다. 박영희 등이 사회주의리얼리즘 논의를 자신의 전향을 합리화하는 계기로 삼고 있는데, 이는 원래 그들 자신의 문학이 박승극의 지적처럼 자유주의에 바탕을 두고 있었다는 사실을 반증해 준다. 그러므로 '전향/비전향'의 문제를 검토할 때, 이들 네 명의 논의는 중요한 근거가 되지 못한다. 따라서 '전향/비전향'의 이분법적인 도식에서가 아니라, 식민지라는 당대 조선의 특수성을 염두에 두고, 전향 소설의 의미를 이론과 창작의 관련 하에서 보다 깊이 천착할 필요가 있다. 특히 이들 네 명은 주로 비평 행위를 전문으로 하였기 때문에 그들의 창작 행위 속에서 '전향' 문제를 바라보는 미묘한 입장을 밝혀낼 수 없다. 그만큼 그들의 논의는 제한적일 수밖에 없다. 이런 점에서 박승극은 김남천과 함께 예외적인 존재이다. 그러므로 앞으로의 남, 북한 문학사 연구와 서로의 생산적인 논의를 위해 1930년대 중, 후반 프로 문학의 실상에 대한 인식이 더욱 요구된다 하겠다.

2. '전향'과 '비전향'의 동시성

1) 조직 문제에 대한 인식

조직 문제와 관련하여 박승극은 해산의 입장에 서 있다. 특히 그가 카프의 유명무실함과 무력함을 지적하며 적극적으로 해산을 주장하였다는 점에서, 그의 문학 행위에 대한 검토는 '전향/비전향'의 도식을 넘어설 수 있는 한 계기를 내포하고 있다. 즉, 그가 해산을 주장한 것은 형식상의 문제일 뿐, 그것이 작가 자신의 근본적인 변화를 초래할 만큼 영향을 미치지 못하고 있다. 박승극은 이갑기, 박영희 등이 사회주의리얼리즘을 전향의 빌미로 삼고 정산주의적 태도를 취한 것과는 분명 다르다. 이는 이후 그의 문학 전개 과정에서 분명히 드러난다. 박영희가 내세운 전향의 주요 근거는 카프의 섹트성, 즉, 종파주의이다. 이갑기의 해소론도 '지극히 곤란한 객관적 환경'과 '카프가 내포하고 있는 주체적 숙아' 두 가지를 들면서, 창작방법론상의 오류인 비속한 정치주의 내지 종파주의를 근거로 하고 있다.

이미 박승극은 「조선 문단의 회고와 비판—작금의 정황을 주로 하여—」(『신인문학』 제4호, 1935.3.)에서, 카프는 "해소가 아니라 해산이 있어야" 할 것이라고 주장하면서, 박영희의 전향선언문을 반박한 김기진의 「문예시평」(『동아일보』, 1934.1.27~2.6.)에 동조하고 있다. 이 글에서 그는 박영희의 '승려적 참회'를 '패배적 참회'로 파악한다. 또한 이갑기의 글 「예술 동맹의 해소를 제의함—문학 활동의 당면적 가능성을 구하여—」(『신동아』 제33호, 1934.7.)가 무장 해제식의 주장이라고 보면서, 물론 카프 해소의 원인을 '종파주의' 경향과 '천박한 정치 지상주의' 경향으로 볼 수 있지만, 이갑기의 주장처럼 카프가 정치적 대중 조직에로 문호를 개방한 일은 전연 없었다고 반박한다. 다만 위의 두 경향은 일부 성원에게 국한되어 있었기 때문에 그것을 과대 평가해서는 안된다고 주장한다. 또 일부 성원에 불과하지만 카프가 정치적 종파주의 경향으로 흘렀던 것도 당시 조선 정세가 요구한 필연적인 과오라고 본다. 그러므로 박승극은 발전적인 방향에서 '해산'이라는 용어를 사용하고 있다.

> 카프에 대한 가장 긴급한 문제는 조직의 지속 또는 해산이라고 하겠는데 즉 과거의 탁상 공론인 카프에의 도전적 태도 또는 우상화적 경향이나 젊은 동정자의 기계적 카프 중심주의로부터 초월한 근본 문제를 토구해야만 할 것이다. 병자든지 오랜 오늘의 카프는 무엇보다도 단체(조직)로서의 존폐가 선결 문제이니만치 다른 것은 모

두가 지류의 격(格)에 지나지 못할 때문이다.[3)]

박승극은 프로 문단을 '신사적 고급적인 무산계급운동'이라고 하면서, 무산계급운동이 타협적인 운동이었음을 지적하고 있다. 이 말 속에는 지식인이 주도한 프로문학 운동의 한계와, 대중과의 괴리에 의한 장벽이 암시되어 있다. 그러므로 그가 소장 지식인 임화, 김남천 등의 종파 행동을 지적하는 것은 단지 개인적인 감정 차원이 아니라, 조직의 발전적인 해소를 위한 것이다. 그가 고전 문학에 대한 애착을 '조선주의적 경향'이라고 하면서, "우선 그 회색빛의 갑옷을 거침없이 벗어버리고 좌단(左袒) 혹은 우단(右袒)을 하는 것이 급무"라고 말하는 것도 이런 이유에서이다. 그는 당면한 조선 문학의 재건설과 가장 긴요하게 관련되는 문제가 조직 문제라고 보고 있는데, 이런 맥락에서 정당한 조직적 활동을 통해 카프의 '지속'의 의미를 강조한 한효의 글(「1934년도의 문학 운동의 제동향－그의 비판과 전망을 위하여」 중 '『캅프』의 해소 문제', 『조선중앙일보』, 1934.1.2~1.11.)이 문제의 핵심에 접근한 것으로 평가하고 있다. 즉, 이갑기가 카프 해소의 원인을 카프의 내부적 오류에서 찾은 데 반해, 한효는 카프에 애착을 보인다는 것이다. 그러나 박승극은 한효와 달리 카프 해소의 원인을 내부의 모순과 외부의 충격이라는 양면을 모두 인정한다. 그 결과 그는 과거 카프의 오류를 지적하고 비판하는 것은 옳으나, 그렇다고 카프의 과거 활동을 모두 부인해서도 안 되며, 또한 거기에 쓸데 없는 애착을 두는 것도 곤란하다고 말한다. 그는 자신이 말하는 '해산'은 청산주의적 태도가 아니라, 회생을 위해 가장 바람직한 길이므로, 이전의 기계적인 카프 중심주의에서 벗어나야 한다고 주장한 것이다.

박승극은 동경에서 돌아온 후 수원을 중심으로 신간회, 청년동맹 등

3) 박승극, 「조선 문학의 재건설－상반기 창작 급 평론의 비판과 일반 문학 문제에 관한 토구－」, 『신동아』 제5권 6호, 1935.6.

에서 일하면서 예술 동맹 수원 지부 책임자 및 확대 위원회의 위원으로 활동하였다. 그가 회고조로 언급하고 있는 「예술 동맹 해산에 제(際)하여-단편적인 나의 회고와 전망-」(『신조선』 제4호, 1935.8.)은 카프 해체의 이유를 잘 알려진 다음 글에서 구체적으로 보여주고 있다.

> 나와서 보니 사회 정세는 격변했으며 예술 동맹도 침체 그대로 있었다.
>
> 그런데 내가 맡아보던 수원 지부는 그 동안 해체된 것과 마찬가지로 흐지부지되었던 것을 작년 여름에 경찰 당국의 요구도 있고 또 기왕 해소, 해체를 결정한 단체들이라 형식상 동맹원들에게 문의한 후 예술 동맹 지부와 함께 해체를 선언한 것이다.

실지 박승극은 이 글이 발표되기 두 달 전에 카프 해산을 주장한 글 「조선문학의 재건설」에서, 5월 중순에 임화로부터 경찰 당국에서 예술 동맹의 해산을 말해 온 것에 대해 회답을 하라는 편지 한 장을 받은 바 있다. 그런데 그는 해체는 당연하지만, 그 수단, 방법에 대해 강한 불만을 표시하고 있다.

그러면 그가 구체적으로 생각하는 문학의 방향은 어떠한가. 그 방향은 사회 발전의 과정에서 볼 때, 부르조아 문학을 계승할 진보적 문학이다. 그는 이런 방향을 '문학적 저수지와 광범한 문학적 경작지'의 확립, 즉, '근로 대중의 주체화'로 보고 있다. 특히 「<마음의 기사>여 눈초리를 돌리라-문예시평」(『신인문학』 제2권 10호, 1935.10.)에서는 카프 해산을 바라보는 박승극의 심적 자세가 구체적으로 언급되고 있어 주목된다. 그는 '진정한 의미의 근로 대중의 편이 되어 전 인류의 영원한 행복을 꾀하는 **그 어떤 공간 속에서라도 근본 '혼'만은 요지부동하는 문학가가 얼마나 될 것인가.**'고 반문한다. 그에 의하면 카프 해산은 이미 대중과의 거리로 인해 발전적인 의미에서 불가피했으며, 카프 해산이 서기장인 임화 개인의 손에 의한 것은 아니다. 그는 사실 카프의 해산이 시정의 화제거리조차 되지 못했다고 본다. 해산 이전 카프의 왕성한 활동을 염두에 둔다면 이런 주장이 용납될 수 없을 것 같지만, 카프가 대중과 격리된 예술 단체였으며, 그 결과 카프 해산이 당연시되는 풍조가 있어 왔음을 알 수 있다. 그러므로 카프 해산은 내, 외의 여건으로 인해 무력화된 카프에 대한 현실적인 판단에서이지, 여기에서 전향 대 비전향의 이분법을 적용하는 것은 피상적일 수 있다. 다시 말해 카프가 해산되었다는 형식상의 문제가 실질적인 면까지 규정한 것이 아님을 알 수 있다. 그 당시 한설야, 김남천의 창작 행위가 이 점을 분명히 보여주고 있으며, 이런 점에서 박승극도 예외가 아니다.

2) 이념의 지속－창작방법과 세계관의 분리 현상

박승극은 30년대를 자본주의 시기로 본다.[4] 이는 사회주의리얼리즘 도입 이후에도 마찬가지이다. 그는 그 연장선에서 자본주의 발달과 함께 성장해 온 '자유주의'에 대한 검토를 행한다. 자유주의는 근대 시민의 지배적 이데올로기로 어느 정도 진보적 사상임에도 불구하고, 이후 파시즘의 길로 나감으로써 소시민적 이데올로기라는 근본적인 한계를 노정했다는 것이다.[5] 특히 문학의 자유와 문학 유산의 계승 문제를 다루고 있는 「문학상 유산의 계승과 창조적 활동에 대하여」(『문학창조』 제1호, 1934.6.)는, 문학상의 자유는 인정하지만 그것이 이데올로기에 대한 포기는 아님을 분명히 밝히고 있다.

> 문학상 창조적 활동은 그 범위를 개방하여 문학가의 재질과 수완

4) 박승극, 「프로문학운동에 대한 감상－1932년에 대한 아등(我等)의 희구－」, 『비판』 제9호, 1932.1.
5) 박승극, 「조선에 있어서의 자유주의 사상－정당한 평가를 위하여－」, 『조선중앙일보』, 1934.3.13(1).

의 '자유'를 제한치 않는 데서만이 위대한 창조적 결과에로 접근할 수 있다고 생각한다.

그렇다고 전연 어떤 이데올로기를 포기한다거나, '구라파의 광견' 모양으로 무모하게 날뛰는 그런 '자유'라든가를 지칭하는 것은 아니다.

그는 지금 '문예부흥'이나 '순문학'의 강조와 함께 '문학 유산의 계승 문제'를 크게 강조하는 태도를 문학자의 직무 유기로 보고, 문학 유산의 계승 문제를 사회주의리얼리즘과 관련지어 논의한다. 그가 <부르, 푸르> 등 각층의 문학가와 작품을 똑같은 견지에서 비평하는 것은 무지의 소지이며, 프로레타리아 문학은 부르조아 문학과 부자비한 투쟁을 하는 원칙적 노선은 언제나 소유해야 한다고 주장하는 것도 이런 관점에서 이해할 수 있다.[6]

그러면 그의 사회주의리얼리즘에 대한 인식은 어떠한가. 박승극은 「서화」를 중심으로 전개된 임화, 김남천 간의 논의를 계기로 창작 기술 문제에 대해 관심을 기울일 것을 강조한다. 하지만, 그는 자신이 강조하는 바 농민문학과 관련하여 김남천의 견해에 동조하고 있다.[7] 즉, 농민의 비계급성이나 소소유자적 근성을 그대로 그려서는 안된다는 것이다. 그러므로 유물변증법적 창작방법에 대한 반성은 「레알리슴 소고－창박방법의 신음미－」(『조선중앙일보』, 1935.3.11.)에 와서이다. 물론 이 글에서도 사회주의리얼리즘이 세계관 자체를 폐기하는 것이 아님을 언급하고 있다.[8]

---

6) 박승극, 「<마음의 기사>여 눈초리를 돌리라－문예시평－」, 『신인문학』 제2권 10호, 1935.10.

7) 박승극, 「프로 작가의 동향－임화의 문예 시평을 논함」, 『조선일보』, 1933. 9.2. 그 결과 「BOOK REVIEW 농민 소설집-농민 문학 문제와 관련하여」(『조선일보』, 1933.12.12~13.)에서도 이기영의 「서화」보다 「홍수」와 「부역」을 높이 평가하고 있다.

8) 박승극은 이미 「문예와 정치－정치의 우월성 문제를 중심으로」(『동아일보』, 1934.6.5~6.9.)에서도 문학이 정치에서 분리되는 것, 또 문학과 정치를 동일

그런데 프롤레타리아 세계관을 파지한다고 해서 반드시 유물변증법에 의하여 작품을 써야만 한다던지, 프롤레타리아의 실천과 결부한다고 해서 그 또한 반드시 정치가적 '실천'에 가담해야 된다는 것은 아니다.

종래로 주장해 왔던 세계관, 즉 유물변증법으로부터 시작해야 된다는 창작상의 고정불변적 헌법에 관한 것은 벌써 그의 오류임을 발견하였거니와 **이에 말하는 세계관이란 그런 것이 아니라 작가는 창작의 실천을 통하여 사물을 정당히 인식하는 데 필요한 현대의 가장 진실적이고 현실적인 세계관을 가져야 된다는 것이다.**

그러므로 박승극은 세계관의 지속이라는 측면에서 창작방법과 세계관을 구분한다.[9] 즉, 유물변증법적 창작방법의 폐기는 '불충분한 창작방법'으로서의 유물변증법을 버리는 것일 뿐, 작가의 세계관인 유물변증법조차 부정하는 것은 아니다. 이런 입장에서 그는 한효와 김두용을 각각 비판한다. 즉, 한효가 유물변증법적 창작방법이 근본적으로 틀린 것이라고 주장한 것을 청산주의적인 견해로 비판하고, 원칙적으로 잘못된 것은 없지만 실천상의 오류를 주장한 김두용의 견해를 유물변증법적 창작방법을 고집하는 경향이라고 비판한다. 그러나 한효의 주장도 세계관의 폐기까지 의미하는 것은 아니다. 마찬가지로 박승극은 사회주의리얼리즘을 인정하면서 유물변증법적 창작방법을 도식적인 것으로 비판하지만, 창작방법과 세계관을 분리해서 파악한 결과 사회주의리얼리즘에 있어서도 세계관의 기반은 여전히 유물변증법에 근거를 두어야 한다고 본다. 그러나 그는 사회주의리얼리즘을 조선에 어떻게 적용해야 하는지에

시하는 것을 모두 거부하면서, 문학과 정치는 각기 자체의 역할이 다르면서도 서로 분리할 수 없다고 본다. 그러나 정치의 우월성을 폐기하는 것은 아니다. 그 결과 박영희가 사회주의리얼리즘을 문학 우위의 예술 지상주의적 태도로 파악하고 전향선언문을 발표한 것은, 문학과 정치의 완전 분리라고 비판한다.

9) 박승극, 「창작방법의 확립을 위하여」, 『조선중앙일보』, 1935.12.24.

대해서는 깊은 논의를 펴지 못하고 있다. 다만 사회주의리얼리즘이 소비에트동맹의 전위 작가들에 의해 먼저 제창되었을 뿐, 프로 문학의 가장 발달된 방법이기 때문에 다른 나라에 동일하게 적용될 수 있다는 것이다. 그가 그 근거로 들고 있는 것이, 사회주의리얼리즘의 <국제성>과 <프로문화(학)의 연대성>이다. 그러나 이 논의가 「창작방법론고」(『조선중앙일보』, 1936.6.3~6.9.)에 오면 사회주의리얼리즘을 조선의 특수성과의 관련에서 이해할 것을 촉구한다.

> 우리는 「사회주의리얼리즘」의 조선적 특수성을 획득하도록 힘써야 할 것이다. 「사회주의리얼리즘」은 원칙에 있어서는 동일한 것이지만 그곳과 때를 딸아서는 내용하는 바 그것의 특수성이 있어야만 할 것이다. 현재 조선의 객관 주관의 정세와 그 분위기 내에서 움직이는 문학 사업의 구체적 방계를 논구하고 앞으로 나갈 새로운 방향문제와 연결을 지어야 할 것이다. 이것 없이는 문학의 기본 방법인 「사회주의리얼리즘」의 활용이 불가능하며 다만 어리석은 자들의 신주를 위하는 것 같은 데 지나지 못할 것이다.(중략)
>
> 현재 우리들 문학가는 새로운 정세에 너무도 뒤떨어지고 있다. 무엇보다도 우리는 현실의 모든 「타잎」을 탐구하고 묘사할 요로에 다달아 있는 것이다. **현실을 억세게 밀치고 나가는 전형적인 「타잎」의 창조는 특히 긴요한 것이다. 이러한 「타잎」의 창조는 각층의 성격을 여실히 대응시키는 데서 일층 효능을 나타낼 수 있을 것이다.**

박승극은 이와 더불어 새롭고 위대한 성격을 묘사하기 위해 참된 인생관, 세계관의 확립과 창작 이론과의 불가분의 관계를 강조한다. 특히 위 인용문에서 강조한 부분은 한설야가 자신의 작품 『황혼』에서 발전적인 인물 준식과, 몰락하는 인물 경재를 대비시키면서 준식의 승리로 작품을 귀결시킨 것을 염두에 두면, 이 당시 박승극의 정신 자세를 짐작할 만하다. 이 부분은 이후 그의 창작 성향과 관련하여 주목된다.

당대 현실에 대한 박승극의 이같은 인식은 해방 이후 농민 문학의 특수성을 인식하는 데서 보다 심화되고 있다. 그는 농민 문학이 사회주의리얼리즘에 기초해야 한다는 홍효민의 주장[10]을 극좌적 논리로 비판하고, 또한 농민 문제를 봉건 잔재의 일부로만 간주하는 권환의 주장[11]을 다같이 오류라고 비판한다. 그는 농민이 지닌 한계에 대한 인식과 함께 토지 문제의 해결만이 도농 간의 모순을 해결할 수 있다고 주장한다. 이미 박승극은 해방 이전 김남천의 고발문학론을 시정 문학, 소비문학이라고 비판하면서 농민 문학을 제창한 바 있다.[12] 그의 이런 인식은 「농민 문학의 신과업」(『협동』 3호, 1947.1.)에서 보다 심화되고 구체화된다. 그리고 해방 이전, 40년대에 그가 제창한 농민 문학의 과제는 그 성과 여부를 떠나 당대의 현실적 토대를 염두에 둔다면, 급진성을 벗어나 현실에 밀착한 이론이였다는 점에서 의미있는 것이다. 한설야의 『황혼』이 내포하고 있는 강한 이념성은 한설야 개인이 지니고 있었던 기질에서 연유하는 바도 있지만, 당대의 미약한 노동자 계급의 선진성을 의도적으로 부각시킨 결과이기도 하다. 박승극이 해방 이후 농민 문학 문제를 다시 거론한 것은, 현실적인 측면을 고려할 때 여전히 의미있는 작업이라 할 수 있다. 그는 해방기 현실에서 전 인구의 7할 이상을 차지하는 농민에 대한 관심이 민족문학이 나아갈 방향임을 밝히고 있다.

10) 홍효민, 「농민 문학의 당면 진로－건국 운동을 중심으로 한 제문제」, 『개벽』, 1946.1.

11) 권　환, 「조선 농민 문학의 기본 방향」, 『건설기의 조선 문학』, 1946.6.

12) 박승극, 「농민 문학의 옹호」, 『동아일보』, 1940.2.24~28. <시정적인 것의 반성>(2.24)

박승극은 한 달 전에 발표한 「생활적인 문학」(『조광』 52, 1940.1.)에서도 농민 문학을 자신의 문학 행위의 버팀목으로 삼고자 한다.

"농민 문학의 길은 대자연, 전 인류와 사회, 과거 문학 유산의 섭취, 현재 소비적인 시정 문학에 대한 반성......이런 모든 구비된 조건 하에 그 성장을 약속하고 있다."

원체 조선과 같은 나라의 민족문학은 엄밀한 의미의 농민 문학일 것이다. **과거에 우리가 말하던 「프로레타리아 문학」과의 분리, 또는 「헤게모니」 문제는 나의 보는 바에 의하면 현순간에선 자기 비판해야 될 과거사거나, 또는 아직 오지 않은 미래사일 것이다.** 토지 문제......농민 문제가 전 민족의, 전 인민의 문제로서 등장한 오늘날, 농민 문학이 어찌 전 민족, 전 인민을 대표하는 것이라 볼 수 없을 것인가. 그렇다고 이것이 곧 농업 지상이나 농민 지상을 주장하는 것과 혼동되는 것이라 하는 성급은 버려야 할 것이다.

농업이 그 나라의 산업을 대표하고, 농민이 그 민족을 대표할 수 있는 오늘날 조선의 민족문학은, 당연히 농민적 성격을 띠게 될 것이며, 또 띠어야 마땅하다. 만일 우리가 전 민족적 당면 과업을 수행해야 될 이 마당에서 이것과는 거리가 떨어진 다른 성격의 문학이 있다면, 그것을 어찌 민족문학이라고 할 것인가.

해방 후 박승극은 카프의 적자(嫡子)임을 주장한 조선프롤레타리아예술동맹에 속해 있었다.[13] 그런 그가 노동자의 헤게모니를 관철하기보다 오히려 이를 부정하며 농민의 역할을 강조한 것은, 이념보다 현실 논리를 앞새운 그의 현실 인식의 결과라 할 수 있다. 그가 해방 후 프로예맹에 가입한 것은 해방 이전 그의 정신 자세를 암시하는 징표이기도 하지만, 그렇다고 해서 해방 후 이념 일변도로 치우치지 않고 있다는 점이 특징이다. 그가 농민 문학을 힘주어 강조하는 이유는, 민주 건설을 가로막는 적이 대부분 토지에 그 기반을 두고 있으므로 토지 개혁이 없이 자주 독립과 민주 건설이 불가능하다는 인식 때문이다. 이는 이후 북한에서 피상적으로 전개된 토지 개혁의 과정과 그 결과를 볼 때 더욱 그러하다. 이런 맥락에서 그는 농민 조합과 사회주의를 결부시키는 것에 반대하면서, 지금은 사회주의를 말할 단계가 아니며, 현 계단의 농민 문제의 사상적 기초는 '인민적 민주주의'라고 말한다. 새로운 시대의 농민 문학은 인민의 문학이어야 하며, 그 이념의 주체는 절대 다수의 근

13) 박승극은 조선프롤레타리아예술동맹의 중앙집행위원으로 되어 있다.(『예술운동』 창간호, 1945.12.)

로 인민인 농민에게 있으며, 새로운 노동 계급은 이를 토대로 성장하고 있다는 것이다. 박승극이 이렇게 주장하는 근거는, 당대의 노동 계급이 농민의 성격을 완전히 양기한 근대적 의미의 프롤레타리아가 못 되기 때문이다. 따라서 현 계단의 혁명은 프롤레타리아 혁명이 아니라, 부르조아민주주의 혁명이라 주장하며 문건의 논리에 접근한다.

> 영원한 자유와 행복의 길, 양양한 대해를 향해 나가는 농민에게 싸움과 건설과 희망을 고취하는 「혁명적 로맨티시즘」을 마땅히 우리의 창작방법의 근간으로 하여 현 계단의 혁명 성격에 적합한 「인민적 리얼리즘」으로써 변증법적 통일이 되어야겠다는 것이다. 「혁명적 로맨티시즘」과 「인민적 리얼리즘」이 우리 민족문학......농민 문학의 당면한 창작방법이 되어야 할 것이다.

이처럼 박승극은 토지 개혁을 위해 혁명적 로맨티시즘의 계기를 강조하고 있다고 할 수 있다. 특히 토지 개혁이 궁극적으로 농업의 공업화를 통해 도농 간의 모순을 청산하는 데 기여해야 한다는 그의 주장은 현재의 입장에서도 적용될 수 있는 선견이라 할 수 있다. 농민은 근대화, 기계화를 통해 궁극적으로 '대지의 노동자'로 비약하기 때문이다. 그가 사회주의리얼리즘의 창작방법을 거부하고 인민적 리얼리즘을 제기한 것도 당대의 미약한 노동자 계층과, 노동자 계층이 지닌 농민적 성격의 파악에 의해서 가능했다고 할 수 있다.

3. '파벌' 문제에 대한 인식과 '지속'의 의미

박승극은 카프가 해산된 30년대 중반 현실을 '비상 시기'로 보면서, 작품 수의 증가라는 피상적인 현상에 만족하지 말고 현실의 가능성을 포기하지 않도록 작가들에게 요구한다.14) 그가 말하는 참다운 문학 정신은 진정한 의미에서 근로 대중의 편에 서는 '문학의 당파성'이다. 이 문학적 당파성은 혼란의 와중에 진실하지 못한 문학과 문학가가 횡행하고 있는 현실에서 어떤 어려움이 있더라도 지켜야 할 사항이다. 그러면서 그는 "고난에 찬 문학도를 헤치고 나갈 사람이 몇 명이나 되는가?"15)라고 말하면서, 난류 속에서 프로 문학의 본류를 밝혀낼 것을 주문하고 있다.

이와 관련하여 그의 첫 평문인 「노국의 오개년 계획과 버-나-드 쇼우옹」(『조선일보』, 1931.12.3~4.)은 자신의 문학적 출발이 근본적으로 인도주의에 놓여 있음을 암시하고 있다. 그는, 이태리 여행 후 러시아 공산당에 입당한 막심 고리키, 공산주의자로 전향한 버-나-드 쇼우, 특히 인도주의 작가로 이후 소비에트동맹에 가입한 로망롤랑을 언급하면서 자신의 방향을 암시하고 있다. 이는 박승극이 근본적으로 인도주의 성향을 지니고 있었다는 점 외에도, 식민지라는 조선의 특수성을 염두에 둔다면, 카프 문학을 저항 문학의 한 범주로 파악할 수 있게 한다. 박승극은 이런 관점에서 의미있는 근거를 마련해 준다. 「풍진」(『신인문학』, 1935.4~), 「그 여인-<다홍저고리> 보정」(『신인문학』, 1935.8.), 「색등밑에서」(『신인문학』, 1935.10.), 「항간사」(『신인문학』, 1935.12.), 「화초」(『신조선』, 1935.12.) 등이 그것이다.

박승극은 우선 그의 첫 작품 「농민」(『조선지광』, 1929.6.)에서 자신의 관심사가 어디에 놓여 있는가를 잘 보여준다. 「농민」의 주인공 강촌은 나이가 서른 살이지만 영양 부족으로 사, 오십대로 보일 정도로 고난에 찬 소작 농민이다. 그는 그의 전 재산인 조그만 움막집에 거주하면서 늙어 병이 든 어머니를 모시고 있다. 한재가 없어도 마찬가지지만, 한재

---

14) 박승극, 「문예시론-전환기의 문학」, 『조선중앙일보』, 1935.11.2~8.

15) 박승극, 「금일의 문학도-어떤 것이 본류이냐?-」, 『비판』, 1937.2.
이기영은 이와 관련하여 박승극의 변함없이 강건한 사상성과 기개를 높이 평가하고 있다.(이기영, 「박승극 저 <다여집>」, 『동아일보』, 1938.9.18.)

가 겹친 데다가 어머니의 병까지 겹쳐 생계와 노모의 약값 마련을 위해 고리대금업자에게 집을 저당잡기에 이른다. 그럼에도 불구하고 생계 유지는 물론 소작료와 세금도 다 치르지 못한 상태에서 결국 어머니가 죽자, 가마니를 짜서 생계를 꾸리려고 한다. 그러나 이것마저 하는 사람이 많아 가격 폭락으로 소작하던 땅을 지주에게 빼앗기고 움막집조차 고리대금업자에게 빼앗긴 후 머슴으로, 도회지 부랑 노동자로 전락한다. 이런 점에서 이 작품은 소작 농민의 도회 부랑 노동자로의 전신 과정을 잘 보여준다. 그러나 어떤 과정을 거쳐 한 사람의 각성한 노동자로 전신하는지에 대해서는 구체적인 언급이 없어 작가의 작위성이 결점으로 지적될 수 있다. 단지 노동 조합에 있는 S라는 인물을 통해 '글자를 배우고 이야기를 들은' 것뿐이다. 그러나 「재출발」(『비판』 제3,4호, 1931.7.)은 노동자의 삶을 다루고 있다는 점에서 「농민」과 구별된다. 이 작품의 주인공 성철은 사회 단체의 간부로서 수천 명의 노동자가 일하고 있는 지방 제철공장에서 프롤레타리아의 전위로 활동하고 있다. 그가 공장으로 들어간 이유는, 룸펜 생활을 하면서 노동자, 농민의 전위가 되기에는 시대 상황이 너무나 험악하기 때문이다. 결국 그는 제사 공장의 전위인 순희, 고무 공장의 전위인 상춘과 연합하여 전체적 규모인 노동 조합을 조직하고, 대규모의 파업을 주도한다. 작가의 말대로, 이 작품은 30년대 현실을 염두에 두면 다소 현실감이 떨어진다고 볼 수 있지만, 작가가 노동자의 전위 활동을 형상화하고 있다는 점이 주목된다.

그러나 이런 경향은 카프 해산을 전후한 시기에 오면 사라지고, 그 대신 작품의 배경이 주로 감옥을 중심으로 전개된다. 감옥에 있는 사상가가 불굴의 의지를 불태우거나, 밖에 있는 가족들의 변함없는 의지를 형상화하고 있는 것이 이 작품들의 특징이다. 이런 작품이 지닌 성격은, 한설야가 36년 이후 전향 소설을 창작하고 있는 점에 비하면, 그만이 지닌 독특한 면모라 할 수 있다. 특히 이런 경향은 해방 이후까지 일관되고 있다는 점에서도 그러하다. 우리는 이 대목에서 카프 해산론을 주장한 박승극이 '발전적 해소론자'라는 점과, 동시에 "전향의 의미 속에 비전향의 본질적인 계기가 내포되어 있다."는 사실을 알 수 있다.

「풍진」은 인테리 운동자들의 파벌 의식의 폐해를 적발하고 있는 작품이다. 이 '파벌' 문제는 정치가로부터 문학가로 변신한 박승극의 주된 창작 계기로 작용한다. 주인공 상섭은 열 네 명이 들어 있는 감방에서, 동경 유학을 한 인테리겐차로 인정받고 있으며, 철식은 나이가 육십에 가까운 독서광이다. 이 두 사람이 무슨 이유로 잡혀 왔는지는 구체적으로 밝혀져 있지 않으나, 상섭은 문화 방면의 운동에 관계한 것으로, 그리고 철식은 치안유지법 위반으로 암시되고 있다. 상섭은 감방 동료가 "혼자만 글을 많이 알려고 하는 것도 프로레타리아운동에 위반되는 일이다."고 하자, 글을 적극적으로 가르쳐주는 것이 나은지, 재충전하여 사회에 나가 더 훌륭한 대중의 벗이 되는 것이 나은지 고민에 빠지지만, 결국 중용의 길을 택한다. 그러나 이것조차 용이하지 않게 되자, 그는 동료들이 자기를 인테리라고 비웃으며 사사건건 따지는 것이 아직도 운동자들 사이에 있는 파벌 관념 때문이라고 생각한다. 감옥 안에서까지 파벌 문제로 싸움이 빈번함을 이 작품은 잘 보여주고 있다. 지식인의 파벌 문제는 김남천의 「남편, 그의 동지」에서도 형상화되고 있지만, 무엇보다도 일제 하 계급운동이 지닌 지식인의 관념적인 한계를 반증하는 구체적인 사례이다. 「풍진」에서는 같은 인테리 출신이면서도 각자 자신들이 활동한 파(공작 위원회, 간도사건 관계자, 엠엘 계열)에 따라 지식인들이 서로 대립하고 있다. 그런데 공작 위원회의 성원이었던 철식의 행적이 주목된다. 철식은 다른 사람처럼 상섭을 비난하는 것이 오히려 파벌을 조성하는 행위라고 비판하면서도, 그렇다고 상섭의 편을 들지도 않는다. 그는 한때 김좌진과 함께 만주에서 활동하다가 공산주의자로 방향 전환한 후 야학 활동에 전념하지만, 이에 만족하지 못하고 조선으로 들어와 기회를 엿보다가 체포된 인물이다. 그는 자기가 갇혀 있는 바로 옆방에서 영어 생활을 하고 있는 동지인 아내를 생각하며,

자기의 현재 생활에 심각한 회의를 보이기도 한다.

> 여기에 있는 이 몸이 장차 어떠한 방식으로 어떠한 길로 나가야 될지 실로 막연한 데다가 근일에 일어나고 있는 이 방안의 여러 가지 난처한 일들이 앞길을 캄캄하게 해 주는 것 같았다. 첫째 똑같은 주의와 죄명 하에 모인 십 여 명의 의견이 세 평도 못되는 이 좁은 방안에서도 일치되지 않는 것을 보면 딱한 일이 아닌가? 여기에는 반드시 어떠한 모순(矛盾)이 있지 않으면 안 될 것이다. 만일 모순이 있다고 하면 그런 길을 그대로 밟을 수 없는 일이 아닌가?

그러나 철식은 이론으로 서로 우위에 서고자 논쟁하는 동료들의 행태를 보면서, 자신의 나갈 길에 단절이 있어서는 안된다고 더욱 다짐한다. 이미 전향을 선언한 사람, 집행유예로 나간 사람도 있지만, 철식, 상섭, 정수 세 사람은 전향을 선언한 <로시야>를 떠올리며 서로 간에 더욱 의지를 북돋운다. <로시야>는 평소에는 모든 것을 아는 체 하며 자기들을 지도하려고 하면서도, 정작 어려운 일에 나서야 할 때는 침묵으로 일관한 사람이다. 그러나 그들 세 사람은 "근본 문제와 지도자인 <로시야>의 행동을 분리"해야 한다고 생각하면서 어려운 상황을 발전의 계기로 파악하는 데까지 이른다.

「그 여인」 또한 '붉은 저고리'의 상징을 통해 박승극의 내면 자세를 잘 보여준다. 이 작품은 정철이라는 인물이 일 년이 넘도록 감옥에 갇혀 있는데, 붉은 저고리를 입은 한 여성이 반 년 동안이나 매일 저녁 집을 나와 감옥쪽을 바라보고 있는 상황을 구체적으로 형상화하고 있다. '붉은 저고리'의 주인공은 안혁순이라는 18세 처녀이다. 그녀는 성격이 순진하고, 지력이 뛰어나며, 얼굴도 예쁜 것으로 되어 있는데, 공황이 일던 시기에 자동차 운전수였던 큰 오빠와, 전차 차장이었던 작은 오빠가 실업자 사건으로 모두 감옥에 있다. 그녀는 이후 학업을 중단하고 갖은 고생을 하며 의식 있는 프롤레타리아의 한 성원으로 성장한다. 즉, 이 작품은 여동생이 오빠들 일로 인해 항상 감시를 받다가, 결국 자신도 감옥에 갇히게 되며, 그 소식을 궁금해 하는 정철의 말로 끝나고 있다. 우리는 이 부분에서 카프 해산 후 여전히 작품의 창작 원리로 작용하고 있는 '장악적 모티프'16)의 구체적인 적용을 엿볼 수 있다.

이런 점에서 「色燈 밑에서」와 「巷間事」도 예외는 아니다. 「色燈 밑에서」도 카페 여급이자 감상적인 성격의 소유자인 종죽이가 의지가 굳센 좌익 청년의 영향으로 훌륭한 의식 분자가 되는 과정을 서술하고 있다. 그리고 「巷間事」는 "「走狗烹」 改作"이라는 후기에서 알 수 있듯이, 이전에 창작한 작품을 토대로 농민들의 소작쟁의 과정과, 왜곡되고 위선적인 운동자의 삶의 병리 현상을 잘 지적하고 있다. 이 작품도 역시 소작쟁의를 둘러싸고 사회 운동가 내부에서 벌어지는 파벌과 음모를 문제 삼고 있다. 야마시꾼인 김상원이 직접 동네의 순진한 젊은이들과 서울 유학생을 모아 청년회를 조직하지만, 차츰 학생들의 새로운 조직에 의해 주도권을 빼앗기고, 결국 자신의 정체가 탄로나 사기죄로 감옥 생활을 하게 된다. 그는 그 후 서울에 가서도 여전히 야마시꾼과 사회 운동을 병행한다. 그러나 김상원은 자신을 절대 희생시키지 않으며, 단체 활동도 심심풀이거나 남을 이용하여 잘 살아보자는 데 불과하다. 그는 농민 조합에서 거행한 소작쟁의까지 염탐하여 자신의 이익을 챙기는 인물

---

16) 이 개념은 등장 인물의 행위나 생활 전반을 구속함으로써 작품 내용을 규제하는 것을 말한다. 특히 이 개념은 일제 강점기 프로 문학이 내포한 이념의 실체와, 그 이념이 작품 구조에까지 미친 영향 관계를 파악하는 데 중요한 계기가 된다. 이 개념은 1930년대 중, 후반 소위 전향소설을 검토하면서, 전향소설이 본질적으로 '비전향'의 계기를 내포하고 있음을 작품 구조상 증명하는 계기로 필자가 사용한 바 있다. 즉, 이 시기 발표된 전향소설의 대부분은, 소극적인 중심축이 또 하나의 적극적인 중심축을 찾아 의식의 전환을 보이며 끊임없이 나아가는 구조로 되어 있다. 그리고 이 개념은 해방 후 작품의 구조에까지 적용되고 있다. 그 대표적인 예로 임화를 들 수 있는데, 임화는 이 개념을 단편서사시 계열에서 일관하여 형상화하고 있다. 여기에는 해방 전, 후에 걸쳐 변함없이 전개된 식민지적 상황과, 이를 넘어서고자 하는 임화 자신의 인식이 개입되어 있다.(앞서 언급한 졸고 참조.)

이다. 즉, 그는 거짓으로 열변을 토해 농민들을 선동한 후 오히려 자기 이익만 챙긴다. 그러나 그는 돈 3원을 받은 것이 법정에서 발각되어 다른 사람과 같이 풀려나지 못하게 되고, 출옥 후에도 오히려 더 악하게 도박 상습자, 알부랑자로 전락하고 만다. 이처럼 이 작품은 박승극의 주된 관심사인 운동권 내부의 파벌을 문제삼고 있다.

특히 「花草」는 '풀'이 상징하는 끈질긴 생명력을 운동 노선의 지속성으로 해석하면서 카프 해산 후의 내적 의미를 엿보게 한다. 주인공 천호는 감옥에 있으면서도, 밖에 있는 친구들의 감상성을 염려할 정도로 기개 있고 정감 있는 사회 운동가이다. 빼스걸인 여동생의 타고난 감상성을 아직도 훈련이 부족한 때문이라고 생각하기도 한다. 그러나 이 작품의 묘미는 감옥에 핀 '꽃'과, 혁순의 편지 속에 나오는 '함박꽃'의 상징성에 있다. 꽃이 피고 진 자리에 곧 다시 꽃이 피는 모습에서 지속적인 삶의 운동성을 느낄 수 있다.

> 바로 창 앞에 파란 풀들이 덮인 눈을 이리 흔들 저리 흔들 하면서 있는 것이었다. (중략)
>
> 다른 풀들 같으면 벌써 말라서 없어졌을 것인데, 줄기도 없고 가지도 없이 다만 잎만 땅 위에 솟아 있는 적은 풀이 지독한 추위를 무릅쓰고 있는 것을 보면 더욱 절개가 굳은 것을 알 수 있다. 바람이 흑, 흑 날림을 딸아서 그 푸른 풀들은 자꾸 눈 위로 솟아올랐다.
>
> 온 감옥의 천지는 흰데도 이 풀들만은 푸르렀다. 현대의 어떤 학자들은 겨울에도 푸른 잎을 가지고 있는 솔나무와 잣나무는 꾀없는 것들이라고 말한 일이 있지만, **그래도 꿋꿋하게 자기의 본색을 그대로 가지고 나가는 것이 얼마나 훌륭한 것인지 모르겠다고 천호는 생각했다**.
>
> 세상의 수많은 사람들은 조그만 일에도 요래고 조래고 또 자기의 절개를 팔고 하지만 그중에는 **자기의 생명을 앗저가면서도 처음 「주장」을 고수해 내는 사람들이 있는 것**과 마찬가지로 이 푸른 풀도 다른 놈들은 다 말라서 없어졌지만 저 혼자만은 끝끝내 추위를 버티고 나가는 것이 너무도 안타까웠다.

이 인용문은 '풀'과 '눈'의 대비적 심상을 통해 이 당시 작가의 내면 자세를 보여준다는 점에서 특히 주목할 대목이다. 이런 정신 자세는 해방 이후에도 여전히 지속된다. 작품 속에 파벌을 문제삼고 있는 「길」(『문학평론』 3, 1947.4.)이 그것이다. 박승극은 해방 후 군정 포고 제2호 위반으로 구금당한 바 있다. 이 작품에는 작가의 이런 개인적 체험과 관련하여 인민항쟁이 일어나기 전, 조직 내에 침입한 분파주의자들의 책동이 구체적으로 형상화되고 있다. 해방이 되어도 여전히 해방 전과 변함없는 상황에서, "제2차 해방이 와야 한다."라는 말이 군중의 입에서까지 오르내리고 있는데도, 비열한 법 앞에 정치 운동은 심각한 위기에 직면하고, 애국 투사들은 감옥이나 유치장으로 끌려가며, 테로만이 기승을 부리고 있다. 이런 상황에서 책임자 이용배는 건강의 악화에도 불구하고 과감히 임무를 수행한다. 그런데 「길」은 그의 소설에 자주 등장하는 분파부의자 <강>에 대한 이야기가 중심이 되고 있다. <강>은 늘 용배의 의심을 받지만, 용배는 그를 너그럽게 조직 내에 포용하려 한다. 물론 용배는 <강>의 편협하고도 악의에 찬 일처리에 불만을 가지고 있다. 특히 이 작품에는 조직 문제와 관련하여 작가가 해방 이전 상황에서 해방 후 활동에 다시 복귀하는 이유와 계기가 언급되고 있어 주목된다.

> ---"희생 정신! 진리를 위해, 나라와 백성을 위해 나선 이 몸이 아니냐. 그를 위해 나의 청춘은 썩어빠졌다. 그 목적이 달성되려는 오늘날 이 순간 조금이라도 해음의 해이(解弛)가 있어야 될 것인가. 크고 적은 모든 원수에 대한 복수를 위해서도, 인민항쟁에 쓰러진 모든 용사를 위해서도, 전시에 쉬었던 죄를 속(贖)하기 위해서도, 닦아놓은 큰 기반을 확보하기 위해서도, 나의 갈 길은 그 길뿐이다.

작가로 암시되는 용배는 전시 체제에서 '쉬었음'을 고백하며, 그 죄를 속하기 위해 노력하겠다고 다짐하고 있다. 용배는 현 상황의 위기를 조직 내의 불협 화음으로 파악하는데, 그 이유는 기회주의자나 분파주의자들이 조직의 지도부를 장악하고 있기 때문이다. 나아가 일제 하 고등형사가 해방 후 오히려 승급되어 다시 활동하고 있는 상황이다. 더욱이 일제가 사상범에 행한 고문 방법보다 더 혹독한 고문이 자행되고 있다. 용배는 지구 조직 수습을 위해 백방으로 노력하지만, 경찰의 간섭 때문에 고향에서도 자신의 임무를 완수하지 못하고 새 길을 향해 떠나는 것이다. 그러므로 이 작품은 '길'의 상징적인 의미를 통해 앞으로 전개될 작가의 행로를 암시하는 것으로 끝나고 있다. 그리고 이 '길'의 의미는 이후 작가의 행로가 충분히 증명해 주고 있다. 그러나 이것은 박승극 개인만의 문제가 아니라, 이 당시 프로문학가들의 대체적인 행적이라 할 수 있다. 이런 점에서 그가 소련이 진정한 평화와 혁명을 완수할 것으로 보고 있다는 점에 주목할 필요가 있다.

4. 맺음말

지금까지 박승극을 논의의 중심으로 삼고 1930년대 중, 후반 해소의 논리를 작품과의 관련성에서 살펴보았다. 흔히 카프 해산계를 제출한 김남천과 임화를 해소파(전향파)로, 이기영, 한설야, 안함광, 한효 등을 비해소파(비전향파)로 분류한다. 그리고 조직 문제와 관련하여 해산론을 주창한 작가, 비평가들이 전향파로 분류되기도 한다. 그러나 현상적인 측면을 떠나 논의를 보다 깊이 전개하려면, 해당 비평가의 논리 전개 과정을 구체적으로 검토해야 하며, 특히 그가 작가를 겸하고 있다면, 그의 논리가 어떻게 창작과정으로 수용 또는 변용되는가를 함께 고찰해야 한다. 작품은 논리 이전에 작가가 지니고 있는 은밀한 부분까지 문제삼을 수 있기 때문이다. 이런 관점에서 김남천이 카프 해산 후 고발문학론을 위시하여 이후 일관된 논리 전개 과정을 창작과 관련시키고 있는 점이 특이하다. 특히 김남천의 모든 논의는 이전의 불확고한 세계관의 확립 과정에 다름 아니다. 박승극 또한 카프 해산론을 발전적인 의미에서 주장한 '발전적 해소론자'로서, 전향파의 일원이 아니다. 그는 사회주의리얼리즘 논의에서 세계관의 폐기를 주장하는 데 반대하며, '세계관의 지속'이라는 관점에서 창작방법과 세계관을 분리한다.

그런데 이같은 박승극의 이론 작업은 창작 과정에 구체적으로 연결되고 있다. 작품의 주된 배경은 감옥인데, '조직' 문제와 관련하여 감옥 안에서도 자행되는 '파벌' 문제를 비판적인 시각에서 다루고 있다. 이 조직 내 파벌 문제는 일제 하 지식인의 계급 운동이 지닌 관념적인 한계와 함께, 작가의 정상적인 조직에 대한 애착을 암시하는데, 이 조직 내 파벌 문제는 해방 후 작품에까지 지속되고 있다. 그러므로 해방기 문학과 관련하여 카프가 해산된 30년대 중, 후반 문학을 구체적으로 해명하기 위해서는 현상적인 측면보다 본질면에 대한 천착이 더욱 요구된다 하겠다. 즉, 조직적 측면에서 카프 해산을 언급한 것이나, 작품에서 전향 지식인이 나오는 현상적인 측면에 과도한 비중을 두기보다, 해당 비평가의 논리와 이후 전개 과정, 그리고 그것의 창작과의 구체적인 관련 양상을 고찰해야 할 것이다. 특히 박영희, 이갑기, 신유인, 백철 등을 전향파로 보는 관점은, '전향/비전향'의 구분을 피상적으로 만들 수 있다. 그들의 문학적 바탕은 자유주의에 놓여 있었으며, 따라서 그들은 다른 프로 문인들보다 더욱 계급 사상에 급진적으로 경도된 만큼 깊은 자각 없이 자신들의 입장을 바꿀 수 있었다. 그러나 식민지라는 당대 조선의 특수성을 염두에 둔다면, 전향 지식인을 포함한 대부분의 지식인에게 전향은 심정적인 측면에서 용인할 수 없는 것이었다. 즉, 전향의 의미 속에 이미 비전향의 계기가 내포되어 있다고 할 수 있다. 이런 점에서 해방기 '문건'과 '프로예맹' 간 노선의 차이는 본질적인 차이가 아니며, 문건의 논리 또한 궁극적으로는 프로예맹의 논리에 놓여 있다. 특히 박승극은 해방 후 노동자계급 당파성을 강조한 프로예맹 집행위원의 자리에 있으면서, 현 시기를 부르조아민주주의혁명 단계로 보고 있다. 이는 농민문학을 주장하는 연장선에서 당대 대다수의 인구를 점하고 있는 농민에 대한 그의 인식의 결과이며, 또 농민이 '대지의 노동자'로 성장한다는 점에서 그의 궁극적인 지향점을 알 수 있다.

그러므로 전향의 의미 속에서 비전향의 계기를 파악하는 것은, 단지 '이념의 지속'이라는 의미를 강조하는 데 의의가 있는 것이 아니라, '전향/비전향'의 피상적인 이분법과 소재주의를 넘어서서 남북한 문학사의 내적 논리를 보다 체계화하기 위해서도 의미가 있다 하겠다.

이상갑
• 고려대 강사 • 주요 논문으로 「1930년대 후반기 창작방법론 연구」가 있으며, 저서로는 『한국 근대문학과 전향문학』 등이 있다.

김동석(金東錫)연구 1[1]

역사 앞에 순수했던 한 양심적 지식인의 삶과 문학

이 현 식

1. 들어가는 말

김동석은 그동안 해방직후에 김동리, 김광균 등과 순수문학논쟁을 벌였던 좌익평론가로만 알려져 왔다. 그에 대한 지금까지의 연구도 이런 점에 촛점을 맞춰 단편적인 언급만 하고 지나친 경우가 대부분이었고, 그것도 대개 냉전이데올로기의 영향에서 벗어난 것이 아니었다.[2] 따라서 지금까지 우리가 문학평론가로서 김동석의 모습을 접한 것도 심하게 왜곡된, 극히 일부분에 지나지 않은 것이었다. 물론 그는 『예술과 생활』, 『부르조아 인간상』이라는 두 권의 평론집을 남겨놓음으로써, 우리

---

1) 이 글은 새얼문화재단에서 간행하는 『황해문화』 94년 여름호에 실렸던 글을 대폭 확충 보완해서 학술 논문의 형태로 만든 것이다.

2) 지금까지 그에 대한 언급은 조연현, 「해방문단 20년 개관」, 『한국신문학고』(1966), 김윤식, 『한국현대문학사』(일지사, 1976), 권영민, 『해방직후민족문학론 연구』(서울대출판부, 1986), 『한국민족문학론 연구』(민음사, 1988), 신형기, 『해방직후의 문학운동론』(제3문학사, 1988), 김용직, 『해방기 한국 시문학사』(민음사, 1989) 등에서 단편적으로 찾아볼 수 있다. 역시 단편적이긴 하지만 냉전적 시각을 탈피한 서술은 정과리-홍정선, 「한국현대문학사」(『문예중앙』 1988년 여름호)에서 찾아 볼 수 있다.

로 하여금 그의 비평에 다가서기 쉽게 만들기도 하였지만, 그에 대한 편견은 여전히 사라지지 않고 있다.

그런데 최근에 발표된 김동석에 대한 세 편의 논문은 그간의 단편적 서술에서 벗어나 김동석을 독립적으로 연구했다는 점에서 주목된다. 우선 채수영은 『해금시인의 정신지리(精神地理)』에서 이제껏 도외시 되었던 김동석의 시(詩)에 한 절(節)을 할애하여 그의 시에 나타나는 불안의식을 추적하고 있으며,[3] 송희복도 『해방기 문학비평연구』에서 김동석의 비평관과 그 변모를 본격적으로 다루고 있다.[4] 한편 홍성식 역시 김동석의 비평을 해방직후 비평사를 풍부히 한다는 문제의식에서 접근하고 있다.[5] 이런 연구들은 이제껏 단편적이고 부분적인 데 그쳤던 선행연구와 달리 그를 시인으로서, 혹은 비평가로서 독립적으로 조망했다는 점에서 의미를 지닌다. 그러나 김동석의 생애를 밝히지 못한 채, 문학사 전체의 논리로만 그를 재단하려고 들거나, 아니면 시대적 상황과 역사적 변화의 맥락으로부터 떼어내서 그를 고독한 한 개인으로만 연구하려는 것은 올바른 연구방법이라고 볼 수 없을 것이다. 요컨대 이들 연구에서는 문학가 김동석을 기존의 통념으로 재단하거나 개인의 상황논리로만 해석하는 데 그침으로써, 김동석 문학의 본령을 밝히는 데까지는 이르지 못했다는 생각이다. 게다가 그의 삶에 대한 실증적 조사 역시 턱없이 부족함으로 해서 그의 문학을 이해하고 평가하기 위한 기초 연구는 거의 전무한 실정이다.

물론 문학 연구에 있어서 문인들의 삶에 대한 실증적 접근이나 문학사적 평가가 중요하지 않은 경우가 없겠지만, 특히 김동석의 경우에는

---

3) 느티나무, 1991. 154-177쪽을 볼 것.
4) 문학과 지성사, 1993. 217-237쪽을 참조.
5) 「생활과 비평-김동석론」, 『명지어문학』 21집, 1994. 5.

기존의 단편적인 소개가 거의 왜곡된 것이라서 더 더욱 절실한 바가 있다고 할 것이다. 게다가 당시 문단에서 그가 차지하고 있던 세대적 위치나 해방 직후부터 월북에 이르는 삶의 편력만 보더라도 그는 매우 문제적이다. 다시 말해 김동석은 세대감각으로 보더라도 임화, 김남천, 안함광 같은 카프 소속의 문인들과 다른 시대적 감각 속에서 살아갔으면서도 해방직후에 문학가동맹에 가담하고, 급기야 월북까지 감행했던 것이다. 즉, 그는 대다수 월북자처럼 일제 하 카프(KAPF)의 맹원도 아니었고, 카프의 자장 안에 놓일 연령도 아니었으며, 세대 감각으로 본다면 오히려 카프와 격렬히 대립했던 서정주, 김동리와 같은 세대였던 것이다. 일제 말기 세대가 구 카프세대와 미의식에서 대립된다는 것을 근거로, 1930년대 후반무렵부터 해방직후의 대립, 그리고 50년대 분단체제에까지 이르는 문학사를 설명하려는 것이 최근 일부 연구자들의 시도라면,[6] 김동석이야말로 이른바 일제 말기 세대와 같은 시대, 같은 경험을 하며 살았던, 그러면서 그들과 삶의 지향을 전혀 달리 했던 문제적 인물인 것이다. 따라서 김동석의 삶과 문학을 연구하는 것은 한국 근대문학사의 중요한 한 부분을 해명하는 일과 밀접히 연관되어 있다. 물론 세대론의 측면에서 역사를 연구하는 것은 매우 위험한 선입관을 낳을 우려도 있다. 특정한 세대를 하나의 고정된 틀로만 평가하고 그것을 역사의 전체적 방향과 관련시켜 과잉해석을 함으로써, 궁극적으로는 역사 자체를 왜곡시킬 가능성이 있는 것이다. 본 연구가 김동석의 삶과 문학에 대해 일단 실증적으로 접근하려는 것도 단지 호사가의 취미가 아니라 이같은 연구자로서의 문제의식에서 비롯된 것이다.

그리하여 이 글은 위와 같은 문제의식 하에 실증적 자료를 기초로

---

6) 대표적인 경우가 한형구, 「일제 말기 세대의 미의식에 관한 연구」(서울대 박사학위 논문, 1992)이다.

김동석의 삶과 문학을 재구성하기 위해 쓰여진다. 그의 고민과 문학적 행적이 어떻게 시대상황과 결부되면서 변화되어 나갔고, 그리고 그 변화의 의미는 무엇이었는가를 알기 위해서는 우선 그의 삶의 편력이 규명되어야 하겠기 때문에, 필자는 부족하나마 지금까지 모으고 조사한 자료를 토대로, 이점에 촛점을 맞추어 서술해나가려고 한다. 따라서 이 글에서는 김동석의 평론에 중점을 두어 연구하기 보다는 일단 그의 삶과 문학에 대한 생각들을 기초적으로 정리함으로써 앞으로 본격적 연구를 위한 디딤돌로 삼고자 한다.

2. 성장과 수학(修學), 그리고 학자의 길

김동석(아명 - 金玉乭)은 1913년 9월 25일 경기도 부천군 다주면(多朱面) 장의리(長意里) 403번지(지금의 인천시 숭의동)에서 아버지 김완식(金完植:본관 경주)과 어머니 파평 윤(坡平 尹)씨 사이의 2남 4녀 중 장남으로 태어났다. 그러나 손위 누이와 남동생과 여동생이, 태어난지 얼마되지 않아 사망했으므로 실제 그의 형제로는 손아래 누이 둘만 있었던 셈이다.[7] 그의 출생을 놓고 업동이라는 말이 있지만[8] 정확한 사실인지 현재로서는 확인할 수 없다. 김동석과 학창시절을 함께 한 김진환옹

7) 金完植 제적등본(제적년도1943). 필자가 『황해문화』에 이 글을 발표했을 때만해도 김동석의 정확한 가족 관계나 출생지 등은 알 수 없었다. 그러나 1995년 2월, 인하대학교에서 「김동석 문학 연구」로 석사 논문을 쓴 이희환씨가 『황해문화』 소재의 필자 논문을 읽고 김동석의 가족 관계를 말해 주는 등본을 찾아 내었다. 이희환씨의 도움으로 미진했던 부분을 보완할 수 있게 되었다.

8) 이원규, 「국토와 문학 - 인천」(『문예중앙』 1988년 겨울호).

과의 인터뷰, 해방직후『상아탑』에서 함께 활동한 박두진 선생과의 인터뷰에서 이분들은 모두 그런 풍문을 들은 적이 있다고 술회했지만, 그것이 사실인지는 알 수 없다고 전했다. 그렇다고 그의 출생과 관련해 의문스러운 점이 전혀 없는 건 아니다. 예컨대 그는 35편이 넘는 많은 양의 수필을 발표하면서도 아버지나 아내, 친구, 심지어 옆집 아주머니를 글감으로 삼으면서도 어머니나 형제에 대한 언급은 거의 하지 않고 있는 것이다. 수필이란 것이 대개 주변의 일상적 사실들에서 글의 소재를 취한다고 할 때, 그가 어머니나 형제에 대한 언급을 거의 하지 않고 있다는 것은 역설적으로 그의 내면의식을 드러내주는 바가 있다고 할 것이다.[9)]

여하튼 김동석의 가족은 그가 아홉살때인 1921년 인천부 외리(仁川府外里:나중에 京町으로 개칭, 현재는 경동) 75번지로 이주했다가 다시 2년 뒤인 1923년 4월 같은 동네 134번지로 이사해 터를 잡는다. 그는 이곳에서 학창시절과 청년시절을 보낸다. 부친은 경동에 2층짜리 상가를 마련해 지물포를 경영했고, 다른 한 쪽은 냉면집에 세를 주었다. 살림집은 상가 뒤편, 볕도 안드는 방 두칸에 쪽마루가 전부인 작은 집이었다.[10)] 이 집에서 그는 17년 동안이나 공부방도 없이 살았다.[11)] 어렵지 않은 살림살이에도 그가 이렇게 궁핍한 생활을 한 이유는 부친의 남다른 검소함 때문이었다. 그가 쓴 수필에서도 부친의 이런 지나친 검소함을 어렵지 않게 찾아 볼 수 있다.

---

9) 어머니에 대한 언급이 나오는 유일한 글로 <태양신문> 1949년 5월 1일자에 실린 「봄」이라는 수필이 있는데, 그 중심 내용이 이미 어머니는 아니다.

10) 김진환옹과의 인터뷰. 그는 김동석과는 보통학교와 중학교를 함께 다닌 죽마고우 사이이다. 필자는 김진환 옹의 도움으로 김동석이 소년기와 청년기를 보냈던 경동의 집을 찾을 수 있었다.

11) 김동석, 『해변의 시』(박문출판사,1946), 9쪽 참조. 이 책에 대해서는 앞으로 서지사항을 따로 적지 않고 책이름만 적기로 함.

소년 김동석이 인천창영공립보통학교(현재의 인천창영국민학교)를 졸업한 것이 1928년 3월이었고,[12] 같은 해 곧바로 인천고등학교 전신인 인천상업학교에 진학한다. 그는 학창시절 내내 우수한 성적을 유지하면서도 조용하고 모나지 않은 성격에 많은 친구들을 거느리기도 했다. 바이올린을 즐겨 켜고 운동에도 다재다능했던 그는, 그러나 인천상업학교를 3학년 2학기까지만 다니고 그만둘 수 밖에 없는 사건을 맞는다. 그가 3학년 되던 1930년은 바로 광주학생사건이 일어난 1주년이 되던 해였고, 그는 이해 겨울 친구들과 더불어 광주학생의거 1주년 기념식을 주도했던 것이다.[13] 당시 기념식을 주도한 김기양(金基陽),[14] 안경복, 김동석 등은 학교에서 퇴학처분을 받아 1년 3학기제였던 당시 2학기만 수료하고 학교를 나오게 되었다. 그러나 김동석의 인간됨과 영특함을 아쉬워했던 일본인 교장 향정최일(向井最一)은[15] 자신이 직접 추천을 하여 김동석으로 하여금 서울중앙고보로 전학할 수 있는 길을 열어준다. 실업계학교였던 인천상업학교에서 3학년 2학기까지만 수료했던 그는 인문계인 중앙고보 4학년으로 전입하는데, 이것은 3학년 수료를 입증하는 시험을 무난히 통과했기 때문이었다.

---

12) 졸업 당시의 성적은 모든 과목에서 거의 만점에 가까웠다. 圖畵, 唱歌, 體操에서만 10점 만점에 9점을 받는데, 전체 평균은 10점 만점으로 나와 있다. 특히 算術과 朝鮮語 과목은 보통학교 6년 동안 한번씩만 9점을 받았을 뿐, 모두 10점을 기록하고 있다. 이희환 씨가 제공한 인천공립보통학교 학적부 참조.

13) 김진환옹과의 인터뷰. 중학시절의 김동석에 대해서는 대부분 김진환옹과의 인터뷰에 근거한 것이다. 한편 인고90년사 편찬위원회 편, 『仁高90年史』(1985)에는, 광주학생운동 당시의 사건만이 서술되고 1주년 기념식 사건은 나와 있지 않다.

14) 김기양은 해방직후 인천지구 노동조합평의회 위원장을 지냈다. 이윤희, 「미군정기 인천에서의 좌·우투쟁의 전개」, 『역사비평』(1989년 봄호) 참조.

15) 『인고90년사』, 455쪽 역대교장명단 참조.

경성제대에 김동석이 입학한 것은 1933년이었다. 그는 장차 법학을 전공하게 될 문과 A조에 입학하였으나, 예과를 마치고 본과에 진학할 때는 전공을 바꿔 영문학을 택하게 된다. 그가 이렇게 영문학을 택했던 것은 아마도 예술을 좋아했던 기질과[16] 식민지 관료로 가는 지름길이었던 법과에 대한 의식적인 거부감이 작용했던 듯 하다.

당시 경성제대 영문과의 학풍은 주임교수 사또 기요시(佐藤清)의 영향으로 낭만주의가 주류를 이루고 있었다.[17] 김동석이 대학을 다닐 무렵인 1934년 영문과 개설과목에서도 이런 학과 분위기가 느껴진다.[18]

> 佐藤 교수 - 19세기(초기)영문학, 비평의 원리, 영문학 강독과 연습(교재: Poems of Tennyson, 1.)[19]
> 寺井 교수 - 영문법, 영어학 강독과 연습.
> 中島 조교수 - S. Sassoon 강독, L.A.G. Strong 강독.
> Haworth 강사 - 영국문학사, 고대영문법, 영어음성학, 영어, 라틴어.[20]

특히 주임교수 사또는 셰익스피어와 밀턴시대, 그리고 18세기에서 19세기에 걸친 낭만주의 운동에 큰 관심을 가지고 있었고, 학생들 또한 여기에 영향 받지 않을 수 없었다. 김동석이 학부졸업 논문으로 매슈 아놀드(Matthew Arnold)를 연구했다는 것도 이런 점에 비추어 보면 이해

---

16) 그가 바이올린을 켰다는 것은 앞에서도 언급한 바가 있다. 게다가 그는 고전음악에도 깊이 심취해 바하를 즐겨 들었다. 『해변의 시』, 김철수, 김동석, 배호, 『3인수필집-토끼와 시계와 회심곡』(서울출판사, 1946) 참조. 앞으로는 서지사항을 제시하지 않고 『3인 수필집』으로 약칭하기로 한다.
17) 김윤식, 『한국근대문학사상연구』(일지사, 1984).
18) 필자는 김동석의 경성제대 학적부를 구하기 위해 서울대학교 학적과에 문의를 했으나, 유감스럽게도 그의 학적부는 남아 있지 않았다.
19) 앞으로 고딕 글씨는 인용자가 강조한 것을 나타낸다.
20) 경성제대 영문학회, 『경성제대 영문학회 회보』 14집, 1934. 5. 5., 28, 29쪽 참조.

할 수 있는 일이다. 매슈 아놀드는 19세기의 시인이요 평론가로서 낭만주의의 끄트머리에 놓여져 있는 문인이었던 것이다. 그러나 나라잃은 식민지 조선의 청년에게 지구 저편의 낯선 나라의 문학이란 과연 무엇이었겠는가? 사또교수는 경성제대 시절을 회고하는 한 글에서 이렇게 말하고 있다.

> 문학부에 오는 학생은 소수였으나 영문과에 모이는 학생이 제일 많았으며 수재도 적지 않았다. 특히 조선인 학생의 우수한 자들이 모인 것은 제국대학의 이름에 이끌렸다기보다도 외국문학에의 그들의 목마름을 풀어 주는 어떤 요소가 帝大 속에 있었던 탓이다. 20년간 조선인 학생과 교제하는 동안, 얼마나 그들이 민족의 해방과 자유를 외국문학 연구에서 찾고자 하고 있었는가를 알고 충격을 받지 않을 수 없었다.[21]

식민지 조선의 청년들이 근대적인 문학 연구의 대표격으로 영문학을 선택했다는 것, 그리고 거기에서 얼마쯤 자유의 정신을 익히며 민족의 해방을 꿈꾸었다는 것을 우리는 윗글에서 알아챌 수 있다. 수재 중의 수재로 소문난 김동석이[22] 매슈 아놀드를 통해 민주주의 정신과 빅토리아조 부패해가던 영국 자본주의를 맹렬히 비판한 교양정신, 그리고 비평과 시의 사회에 대한 역할을 터득했음도 이로 미루어 짐작할 수 있다.[23] 그리하여 아놀드 비평의 공과를 따지는 해방직후의 평론「생활의

---

21) 佐藤淸, 김윤식 옮김,「경성제대 문과의 전통과 그 학풍」, 김윤식, 앞 책, 부록, 406쪽 참조.

22) 그를 단편적으로라도 기억하는 사람들의 한결같은 지적이다. 사또 교수도 앞 글에서 기억나는 제자들 가운데 한사람으로 김동석을 들고 있으며, 이충우도 앞 책에서 김동석의 영어실력은 대학가의 화제가 될 정도로 뛰어났었다고 전하고 있다.

23) 매슈 아놀드에 대해서는 윤지관,「MATTHEW ARNOLD의 비평연구」(서울대 박사논문, 1993. 8)를 참조.

비평」에서도 그는 아놀드의 현실비판 정신을 높이 평가하는 한편, 객관적 실재를 있는 그대로 인식하는 아놀드의 비평관과 '시는 생활의 비평'이라는 그의 유명한 명제를 상기시키고 있다. 김동석이 이렇게 아놀드에 관심을 가졌다는 것은 그의 문학관을 이해하려는 우리에게 중요한 단서를 제공한다. 시는 인생의 비평이고 비평은 현실을 객관적으로 파악하려는 정신의 소산이라는 아놀드의 말은, 시와 비평이 사회 속에서 나름대로의 역할을 갖고 있다는 것을 의미하기 때문이다. 즉 아놀드의 문명비판적인 대사회적 관심과 더불어 현실을 사심없이 파악하려는 비평정신으로서의 '무사심성'(disinterestedness), 그리고 높은 수준의 인생비평으로서 시에 대한 이해는[24] 김동석의 문학관이 형성되는 데 큰 영향을 끼쳤다. 이렇게 김동석은 아놀드로부터 현실비판 자세와 함께 문학, 특히 시와 비평의 독자적 영역과 역할에 대해서 배우게 되는 것이다. 그가 해방직후에 잡지 『상아탑』을 창간하여 문학의 순수성에 집착해 문학의 독자적 영역을 고수한 것도 이런 점과 무관하지 않을 것이다.

한편 그는 경성제대 졸업 무렵인 1937년 9월 동아일보 지상에 「조선시의 편영(片影)」이라는 글을 발표한다.[25] 조선의 한시와 시조로부터 현대시의 전통을 확인하면서, 동시대의 정지용, 김기림, 임화 등의 시를 간략히 소개하는 소품인 이 글은 식민지시대에 그가 유일하게 발표한 평론이다. 그는 이 글에서 한시의 철학과 시조의 한글을 현대시의 전통으로 해석한다. 물론 과거로부터 현재에 이르기까지 조선시의 흐름을 체계적인 이론으로 규명하고 있는 것은 아니지만, 우리는 여기에서 그가 어느 정도의 한문교양을 갖고 있다는 것과 한글의 아름다움을 소중

---

24) Sangsup, Lee, ed. *Selected English Critical Texts*. Shinasa, 1982.

25) 『동아일보』 1937. 9. 9-14. 이선영 편, 『한국문학논저 유형별 총목록』이나, 권영민 편. 『한국근대문인대사전』에는 이 글이 모두 김영석의 것으로 되어 있으나, 이것은 명백한 착오이다.

히 여기고 있다는 것을 알 수 있다.[26] 이런 그의 태도는 해방 이후에도 그대로 이어져, 동양정신이 무르녹고 재기발랄한 한글 문장이 살아 움직이는 평론으로 나타난다. 그의 영문학 연구도 한국문학에 대한 애정에서 비롯된 것이었다.[27]

이듬해 3월 대학을 졸업한 그는 곧 모교인 중앙고보에 촉탁교사로 부임하여 영어를 가르치게 된다. 당시 중앙고보에는 동료 교사로 시인인 김여제(金與濟)와 이찬(李燦)이 있었고, 중앙고보, 경성제대 선배인 유명한 맑시스트 철학자 신남철(申南澈)도 재직하고 있었다.[28] 아울러 그는 이무렵 대학원에 진학해 셰익스피어를 공부하면서, 학자의 길을 걷기도 한다.[29] 그의 총명함을 남달리 아꼈던 중앙고보 교주 김성수가 그를 보성전문학교 강사로 초빙해 갔던 것도 이 무렵이다.[30] 그가 정확히 언제 보성전문 강사로 부임했는지는 모르지만, 중앙고보에서 촉탁교사로 일한 점을 보나, 해방직후에 대학의 이념을 논하는 글에서 "보성전문에서 10년 가까이 대학을 꿈꾸"었다고 말한 점을 고려해 볼 때,[31] 아마도 1938년이나 1939년 사이였을 것이다. 이 때부터 해방될 때까지

26) 참고로 그의 보통학교 학적부, '입학전의 경력(入學前ノ經歷)' 난에 書堂이라고 적혀있음을 볼 때 그가 한문에 대한 교양을 이미 갖고 있었다고 짐작할 수 있다.
27) 「나의 영문학관」, 『예술과 생활』, (박문출판사, 1946)
28) 中央校友會 編, 『회원명부』(1938), 16, 17쪽 참조.
29) 그는 스스로 "대학을 마치고 또 5년동안이나 대학원에서 책을 읽고 벗과 茶를 마실 수 있었다"라고 자신의 수필집 『해변의 시』 끝 말에 적어 놓고 있다. 또 그의 절친한 친구 배호(裵澔)도 김동석평론집 『예술과 생활』 서문에서 "졸업 후에는 섹스피어에서 시와 산문의 원리를 발견했다고 생각한다"고 말하고 있다.
30) 그가 보성전문 교수로 재직한 사실은 고려대학교 교우회, 『교우명부』(1982) 10쪽의 보성전문학교 교수, 전임강사 명단에서 확인하였다. 인촌 김성수와의 관계는 해방직후 『상아탑』에서 함께 활동했던 박두진선생과의 전화인터뷰를 통해 알게 되었다.
31) 「대학의 이념」, 『부르조아인간상』(탐구당, 1949).

줄곧 그는 보성전문 촉탁강사와 교수로 재직한다. 문과가 없던 당시 보성전문학교에서 그는 영어와 논리학을 가르치며, 셰익스피어도 연구하고 시도 쓰고 수필도 썼다.[32] 해방 이후에 출간된 시집이나 수필집들에 실린 작품들은 대개 이때 쓰여진 것들이다. 실제로 그는 대학동창인 노성석(盧聖錫)의 소개로 1940년 무렵부터 수필전문잡지 『박문』에 몇 편의 수필을 발표하기도 한다.[33] 그러나 그가 시와 수필을 썼던 것은 꼭 발표를 목적으로 했던 것은 아니다. 일제가 마지막 발악적인 행동을 하던 1940년대에 그는 홀로 골방에서 한글로 시를 쓰고 수필을 썼다. 절망적인 상황을 애써 이겨내려는 지식인의 힘겨운 몸부림이었던 것이다. 그래서 이 때 썼던 대부분의 시와 수필에서는 그런 정조가 주조를 이루고 있다.

> 상처입은 나뭇잎 흩어져 눕고
> 뼈만 남은 가지는 바람에 떠는데
> 까마귀 떼 까악 까악 지저귄다.
>
> 불길한 새 까마귀야 죽음을 노래하라.
>
> 살무사도 땅 속에 숨는 겨울
> 나무는 조각달 하나 없는 밤에
> 산 넘어 붉은 태양을 꿈꾼다.
>
> 불길한 새 까마귀야 죽음을 노래하라.

---

32) 1940년에 간행된 『보성전문학교일람』에 의하면 그의 담당과목은 영어와 논리학이었고, 이때에도 그는 촉탁강사로 재직하고 있었다. 그가 영어말고도 논리학을 강의했다는 사실이 그의 학문적 관심사와 관련해 시사해주는 바가 있다.

33) 그가 『박문』에 발표한 수필로는 「고양이」(16호, 40년 3월호), 「꽃」(19호, 40년 7월호), 「녹음송」(20호, 40년 8월호), 「나의 豚皮靴」(23호, 41년 1월호) 등이 있다. 모두 해방 후에 출간된 『해변의 시』에 수록되어 있다.

푸른 잎잎이 나비가 되는 유월
햇빛은 은어 떼처럼 춤 추리니
그 때를 바라고 수난하는 나무들,
억눌린 생명은 숨어 꿈틀거리어라[34)]

이런 까닭에 배호(裵澔)는 『토끼와 시계와 회심곡』 발문에서 그의 수필을 들어 "8.15이전에 김동석은 소위 지하운동으로 써 둔" 것이라고 말하기도 했고, 그 스스로도 해방 이후에 나온 평론집 『예술과 생활』 후기에서 "나는 일제의 검열과 고문이 무서워서 남몰래 글을 써 모아놓고는 때를 기다렸던 것이다"라고 적고 있는 것이다.

한편 그의 셰익스피어 연구도 주목할 만하다. 우리는 해방직후에 발표된 두 편의 논문에서 김동석의 연구 방향을 짐작할 수 있는데,[35)] 원래 시극(詩劇)인 셰익스피어 극에서, 그는 독특하게 산문적 대사만을 구사하는 인물에 관심을 보여 이를 폴스타프적(「헨리4세」에 등장하는 희극적 성격의 인물 - 필자) 인물로 유형화 시킨다. 그가 이렇게 폴스타프적 인물이 구사하는 산문대사에 관심을 기울이는 이유는 산문이야말로 바로 근대적인 자본주의 정신의 표상이고, 나아가 그런 인물들에게서 부르주아적인 인간상을 발견할 수 있었기 때문이다.

> 폴스타프는 '부르주아의 인간상'인 것이다. 현실의 속박을 받지 않는 자유—그런 자유란 자본가 사회엔 있을 수 없는 자유인데—를 구현하는 것이 폴스타프이며, 따라서 인간의 이상적 타입이라는 것이다. 이것은 확실히 부르주아가 셰익스피어의 거울 속에서 자기의 얼굴을 발견한 것이라 하겠다.[36)]

---

34) 「나무」, 『길』, (정음사, 1946), 30, 31쪽.
35) 「시극과 산문」, 「부르조아의 인간상」, 『부르조아의 인간상』, (탐구당, 1949)
36) 「부르조아의 인간상」, 『부르조아의 인간상』, 164-165쪽.

이런 인용에서도 보듯이 그는 셰익스피어에서 자본주의의 발전을 보았고, 이것은 셰익스피어의 작품을 역사주의적으로 파악하려는 노력의 결과였다. 특히 그의 역사주의는 시와 산문을 구별하는 구체적인 장르의식으로 연결된 것이었다. 이같은 셰익스피어에 대한 관심은 자연스럽게 연극에 대한 관심으로도 이어져 인천 출신의 유명한 연극인 함세덕(咸世德)과 교유하는 계기가 되기도 하였다. 그래서인지는 몰라도 그가 일제 말에 어용단체인 조선연극협회 상무이사를 역임했다는 기록도 찾아볼 수 있다.[37)]

1940년은 그의 일신 상에도 많은 변화가 있었다. 우선 경기여고를 졸업한 스물 두살의 활달한 엘리트 여성, 주장옥(朱掌玉)과 결혼을 한다. 그는 아내와 월미도 해변을 걸으며 천진난만한 어린아이가 되기도 하고, 한 시대를 느끼기도 한다.

> 점심을 먹고 있는 동안에 물이 퍽 밀었다. 우리는 노란 미깡 껍질을 남겨놓고 물가로 내려 갔다. 나는 돌을 집어 가벼이 물 위에 튀겼다. 돌은 방아개비같이 톡 톡 톡 튀어가서 물방울 셋이 나란히 생겼다. 아내는 그것을 신통히 여기는 눈치더니 돌을 집어 나의 흉내를 냈으나 돌은 퐁당 가라앉아 버렸다. 그래도 몇 번인가 거듭한 후 물방울 둘을 튀겼을 때, 아내의 얼굴에는 장난군 아이같은 득의의 빛이 떠 올랐다. 하지만 내가 수평으로 쏜 납작돌이 물방울 일곱을

---

37) 백철은 그의 자서전 『진리와 현실 下』(박영사, 1975)에서 이런 사실을 언급하고 있다. 최근에 간행된 『仁川市史』에서도 같은 내용이 기록되어 있다. 『인천시사 하』(인천직할시, 1993), 359-360쪽 참조. 그러나 필자가 조사한 바로, 조선연극협회는 1940년 12월 22일 결성되어 회장에 이서구(李瑞求), 상무이사에 김관수(金寬洙)를 뽑았으며, 평이사로는 박진, 유치진, 최상덕이 있을 뿐이었다. 『매일신보』, 1940. 12. 23. 기사 참조. 게다가 이 단체는 1942년 7월 26일에 조선연예협회와 통합하여 새롭게 조선연극문화협회를 결성한다. 이 단체의 상무이사 역시 김관수가 맡고 있다. 이두현, 『한국신극사연구(증보판)』(서울대 출판부, 1971), 274쪽 참조, 따라서 김동석이 일제 말에 연극협회 상임이사를 맡았다는 것은 앞으로 조사가 더 요청되는 부분이다.

튀겼을 때 아내는 아연한 표정이었다. 늘 남자라고 뽐내던 보람을 보여준 것 같아서 나는 속으로 흐뭇한 느낌이었다.

오른 편에서 하루의 종막(終幕)을 보자마자 왼편에 등장해 있는 밤의 여왕을 본 것이었다. 우리는 밤과 낮의 경계선을 걸어가고 있었던 것은 아닐까? 달이 개고랑 물을 헤엄쳐서 우리가 걷는대로 따라 왔다. 물이 얕고 좁아서 달은 그 둥근 형태를 갖추지 못했다.

하늘에는 아직 별 하나 보이지 않는다. 그래도 수평선 멀리서 등대불이 반짝 하는 것이 보였다.[38]

17년이나 살던 볕도 안드는 컴컴한 오막살이 생활을 청산하고, 자그마한 마당이 딸린 아담한 집으로 이사한 것도 이 때이다. 그는 이 집에서 처음 자기만의 방도 갖게 되었고, 철따라 꽃을 기르며 아내와 더불어 소시민적 일상에 안주하기도 한다. 이듬해 태어난 장남 상국(相國)이 병으로 세상을 뜨는(1942) 씻을 수 없는 아픔을 겪고, 그는 이제 분가하여 서울 종로 당주동(唐珠洞)의 셋방으로 이사를 한다.

1943년에는 차남 상현(相玄)이 태어나는 한편, 부친이 세상을 뜬다.[39] 그는 평소 소원대로 물려받은 재산 4만 몇 천 원의 일부로 시흥군 안양읍 '안양풀(pool)' 앞 나무 많은 곳(지금의 안양유원지 근처)에 문화주택을 구입하여 이사한다. 그가 이렇게 시흥(시흥만 하더라도 당시로서는 시골이었다)을 택한 것은 혼란된 시절에 은둔하는 의미도 있었을 것이며, 시골에 묻혀 자연과 벗 삼으며, 문학과 학문을 하고 싶어하는 일종의 학자적인 선비정신의 발로이기도 했을 것이다.[40]

---

38) 각각 위부터 『해변의 시』, 104-105., 115쪽.

39) 가족 관계의 변화는 앞의 제적 증명서와 이희환, 「김동석 문학 연구」(인하대 대학원, 1995)를 참조.

40) 그는 안양에 거주하면서 해방 이전부터 박두진 등을 비롯한 청록파 시인들과 교유하게 된다. 박두진 선생도 당시 안양에 거주하고 있었다. 박두진 선생의 회고에 따르면 해방 이전 우연한 기회에 어느 상가집을 문상차 방

3. 해방과 문학, 그리고 월북

김동석은 해방을 안양에서 맞았다. 어느 곳이나 마찬가지였겠지만 해방직후의 안양도 퍽 혼란스러웠다. 일본군대가 많이 남아 있던 이곳에서 그는 일인 경찰에게 체포되어 생사가 불명인 조선청년 문제를 항의하러 결찰서에 갔다가 친일파와 방위대원들에게 테러를 당하기도 한다. 이후 두어 달 가량 그는 안양에서 제국주의 소탕을 위해 선전 삐라를 쓰는 등 정신 없이 활동한다.41) 그러니까 그가 다시 서울로 이사와 셋방살이를 시작하는 것은 아마 1945년 11월을 전후한 시기였을 것이다. 그는 서울에 올라오자마자 자신의 사재 일부와 당시 박문서관을 경영하던 대학동창 노성석의 도움을 받아 잡지 『상아탑』을 주재하기 시작한다.42) 이 잡지는 타블로이드판으로 1945년 12월 10일 창간되어 처음에

문했다가 김동석과 조우하게 되었다고 한다.

41) 『예술과 생활』 후기. 이런 기록으로 미루어 볼 때, 그가 안양에서 건준위나 인민위원회일을 맡아보았을 가능성도 추정할 수 있다. 필자는 시흥이나 안양지역의 건준위, 인민위원회 명단을 찾으려고 노력했으나, 유감스럽게도 발견할 수 없었다. 그러나 필자가 이 글을 『황해문화』에 발표하고 난 뒤, 박두진 선생을 직접 찾아 뵈었을 때, 김동석이 해방 직후 안양 지역 남로당의 거물(이름이 기억나지 않는)과 가깝게 지냈었다고 말씀해 주셨다.

42) 노성석은 아마도 박문서관의 창업주 노익형(盧益亨)의 자제였던 것 같다. 김동석이 노성석의 도움을 받은 것은 여러 곳에서 확인된다. 46년에 나온 수필집 『해변의 시』도 그의 도움으로 박문서관에서 간행했고, 잡지 『상아탑』의 사무실도 박문서관의 한 켠을 얻어 쓴 듯하다. 『상아탑』은 주소를 서울시 종로2가 86번지로 두고 있었는데, 이것은 박문서관의 주소이기도 했던 것이다. 『1947 예술연감』(예술문화사,1947. 5)과, 『출판대감』(조선출판문화협회, 1947. 9) 참조. 노성석의 박문서관 경영은 이충우, 앞의 책, 280쪽 참조. 『전집』의 연보와 송희복의 앞 논문에서는 김동석의 『상아탑』 발간이 모두 노성식의 도움에 의한 것이라고 적고 있으며, 채수영은 주성석에게 도움을 받았다고

는 주간으로 나오다가 5호부터는 월간으로 전환하여 1946년 6월 25일까지 모두 7호를 발간하였다.[43] 필진으로는 김동석 자신을 비롯하여, 그의 절친한 벗 배호,[44] 그리고 김철수,[45] 박두진, 조지훈, 박목월 등과 같은 신진 시인이 대부분이었다. 특히 박두진, 조지훈, 박목월 등은 여기에 발표한 시와 해방 전에 발표했던 시를 모아 『청록집』이라는 유명한 시집을 내놓기도 했다.[46]

이제 김동석은 『상아탑』을 중심으로 본격적인 문학활동을 펼친다. 그가 이 시기에 펼쳤던 문학논의는 해방직후라는 상황을 고려해 볼 때, 매우 독특한 것이었다. 그것은 그의 문학노선과 비평활동에서 기인한다. 그가 표방한 문학노선은 문학가동맹의 그것과도 구별되고, 우익측의 노선과도 구별되는, 그 자신의 말을 빌리자면 상아탑적인 것이요 순수문학이었던 것이다. 김동석이 즐겨 사용한 이 순수라는 말때문에 마치 그가 해방직후에는 우익측에서 순수문학을 표방하다가 갑자기 좌익으로 돌아선 것처럼 여겨지는 경우가 있는데,[47] 김동석이 의미하는 순수문학

하나, 이것은 잘못된 사실에 바탕을 둔 것이거나 연구자들의 착오일 것이다. 한편 조연현은 46년 6월에 발간된 『예술부락』 소재 「순수의 위치 - 김동석론」에서 『상아탑』 발간이 사재를 털어서 이루어진 것이라고 밝히고 있다.

43) 백철, 앞의 책과 채수영, 앞의 책 참조, 각각 312쪽, 155쪽을 볼 것.

44) 배호 역시 경성제대에서 중문학을 전공한 김동석의 대학 동기 동창이다. 그는 김동석의 첫 평론집 『예술과 생활』 서문에 "대학시대부터 김군의 문학론은 나의 모세관까지 젖어 있었"다고 말할 정도로 김동석과는 절친한 사이였다. 해방직후의 배호에 대해서는 최원식, 「이용악 연보-새자료 "좌익사건실록"을 중심으로」, 『陶谷 鄭琦鎬博士 華甲紀念論叢』(인하대 국문과,1991)과 정영진, 『문학사의 길찾기』(국학자료원,1993)을 참조할 것.

45) 김철수는 1930년대부터 간간이 순수계열의 시를 발표했던 사람이다. 그는 해방직후에 문학가동맹에 가담, 활발한 활동을 보인다. 김동석, 배호와 『3인수필집』을 간행하기도 한 그는, 남한 단독정부수립 이후 전향해 보도연맹에 가입한 바 있다. 그러나 6.25발발 이후 월북의 길을 택한다. 김용직, 『해방기 한국시문학사』(민음사, 1989) 212-215쪽 참조.

46) 『인천시사』 하권, 360쪽.

은 우익측의 순수와는 본질적으로 다른 것이다.

먼저 그가 당시 역사적 과제를 일제 잔재의 소탕과 봉건적 잔재 청산, 국수주의 배격을 핵심으로 하는 부르주아 민주주의 변혁단계로 생각한다는 점에서 그렇다. 당시 변혁과제를 부르주아 민주주의로 상정한 것은 원래 박헌영의 8월 테제였고, 문학가동맹도 이런 입장에 서 있었다. 이렇게 보면 김동석은 당시 조선 공산당과 정세인식을 함께 한 셈이다. 그러면서도 한편으로 김동석이 문학가동맹과 행동을 함께 하지 않는 이유는 문학에 대한 입장이 서로 달랐기 때문이다.[48] 그는 무엇보다도 문학의 독자적 역할을 강조하여, 문학인이 직접 정치에 뛰어 드는 것을 극력 배격하였다. 그가 보기에, 이점에 있어서는 문학가동맹이나 청년문학가협회는 매일반이었던 것이다. 그러나 김동석은 청년문학가협회가 표방한 순수의 의의를 어느 정도 인정하면서도 "정치에는 진보냐, 반동이냐. 민주냐, 반민주냐의 길밖에 없다. '순수'라는 샛길은 있을 수 없다. '문학정신'이니 '민족정신'이니 하는 추상적 관념을 가지고 정치이념을 삼는다면 '반동의 단순한 변호론자'가 되기가 십상팔구이다. 불연이면 반동진영에게 이용당하고 있는 것이다"[49]라고 경고하고, 오히려 문학가동맹에의 참여를 권유하고 있다. 그는 이렇게 문학가 동맹의 정치적 노선은 옹호하였지만, 문학자는 문학을 통해 역사적 과제에 참여해야 한다고 생각했다. 그리하여 그는 정지용이 임정요인들 앞에서 시

47) 조연현, 앞 글과 이헌구, 「해방4년문화사 - 문학편」, 『민족문화』(1948. 10)를 참조.

48) 김동석은 문학가동맹 시부 위원으로 이름이 올라 있긴 하지만, 말 그대로 이름만 걸쳐 놓고 활동은 전혀 하지 않았던 것으로 보인다. 일례로 1946년 2월 8, 9일 양일간 열렸던 '전국문학자대회' 참가자 명단에도 그의 이름은 보이지 않는다. 조선문학가동맹편, 『건설기의 조선문학』(조선문학가동맹중앙위원회 서기국, 1946) 참조.

49) 「비판의 비판」, 『예술과 생활』.

를 낭독하는 것도 반대하였고, 고려교향악단이 한민당결성식에 반주를 해주고 경성삼중주단이 프로예술을 표방한 것에 대해서도 못마땅하게 여긴다. 예술가는 무엇보다 순수해야 하는데, 정치와 결부되면 불순해지기 때문이라는 것이 그 핵심적 이유였다.[50] 그대신 그가 강조하는 것은 상아탑의 정신이다. 그러나 그가 말하는 상아탑이란 현실과 절연된 적막산중이 아니다. 그에게 상아탑은 '사회를 향해 시탄(詩彈)을 내쏘고, 전쟁을 공격하는 토치카이며, 문화의 씨를 뿌리는 온상'이었던 것이다. 결국 그는 문학과 예술이 다른 어떤 것에도 예속되지 않고 독자적인 자기영역을 구축할 터전으로 상아탑을 상징적으로 내세운 것이며, 거기에서 자유롭게 일제 잔재의 소탕과 봉건적 잔재를 일소하기 위해 매진해야 한다고 생각했던 것이다. 물론 이같이 생각하게 된 데에는 당시 사태를 낙관하고 있었던 그의 정세인식이 결정적으로 작용했을 것이다. 즉 그에게는 미, 소 양국이나 국내의 제반 정치세력들에게도 부르주아 민주주의는 거역할 수 없는 역사적 과제이고, 따라서 부르주아 민주주의 이념에 기반을 둔 국가 건설은 당연히 이루어질 순리로 보였던 것이다.

문학에 대해 이런 입장을 갖고 있었던 이유로 그는 해방이라는 상황에도 불구하고 나름대로 차분히 평필을 들 수 있었다. 그가 이 시기에 정지용, 이태준, 임화, 김기림, 유진오, 오장환 같은 굵직굵직한 문인들에 대해 본격 작가론을 쓸 수 있었다는 것이 그 사실을 입증한다. 당시 비평이란 것이 대개 정치노선이나 문학노선의 대결장으로 변화하고, 온전한 의미의 비평이란 것을 찾아보기 힘들었다는 것을 생각해볼 때, 김동석의 존재는 해방기 문학비평사에서 중요한 위치를 차지한다. 게다가 그는 영문학을 본격적으로 연구했을 뿐만 아니라 한문 교양까지 겸비한

50) 「시를 위한 시」, 「문화인에게」(『예술과 생활』) 등 참조.

인문주의자였고, 한글 사용을 금지했던 일제 말기에도 수필과 시를 통해 끊임없이 우리말을 갈고 닦음으로써 유려한 한글문장을 구사할 수 있었던 스타일리스트였다. 김동석이 자기 호흡을 가진 문장을 구사할 수 있었다는 것은 충분히 강조될 필요가 있다. 일제 하 우리비평사에서 자기 문장을 가졌던 비평가가 과연 얼마나 있었던가? 뛰어난 몇몇을 제외하고 대부분의 비평가는 일본 문장의 번역투를 탈피하지 못한 국적없는 문장을 구사하기 일쑤였다. 이런 형편에서, 더구나 한참 동안 일본어를 상용한 뒤끝인 해방직후에 자연스럽고 아름다운 한글을 써내려갔다는 것은 당연히 그만이 지닌 미덕이라 할 수 있을 것이다.

> 시집 『백록담』은 이가 저리도록 차디 차다 할 사람도 있을 게다. 아닌게 아니라 희랍의 대리석같이 차다. 하지만 춘원처럼 뜨건 체하는 사람이 아니면 현민처럼 미지근한 사람들이 횡행하던 조선문단에서 이렇게 깨끗할 수 있었다는 것은 축하하지 않을 수 없다.[51]

그는 유난히 실천비평이 취약한 우리 비평 풍토에서 실천 비평의 터전을 본격적으로 마련한 평론가로 평가될만 한 것이다. 이런 이유에서 인지는 몰라도 그는 해방직후에 촉망받는 신진 비평가가 된다. 그는 종이 사정이 좋지 않던 해방기에 단독저서 4권, 공동저서 1권, 총5권(시집 1권, 수필집 2권, 평론집 2권)의 책을 낼 만큼 이른바 잘 나가는 평론가였던 것이다. 실제로 그의 두번째 평론집 『부르조아의 인간상』은 날개 돋친 듯 팔려나갔다는 이야기도 있다.[52]

김동석이 첫번째 평론집 『예술과 생활』에서 작가론의 형태로 다루고 있는 작가는 이태준, 임화, 유진오, 김기림, 정지용, 오장환 등 여섯 명

51) 「시를 위한 시 - 정지용론」, 『예술과 생활』.
52) 이광현, 「김동석과 그의 인간상」, 『자유신문』, 1949. 3. 17.

이다. 김동석은 여기에서 날카로운 안목으로 각 작품이 지닌 문제점을 정확히 짚어내고, 그것이 과연 어디에서 발생하는가를 작가의 내면 깊은 곳에서 끄집어낸다. 그러나 김동석이 파악하는 작가의 내면이란 개인적이고 은밀한 성소(聖所)가 아니라 사회, 역사에 열려진 공간이다. 따라서 그가 작품을 바라보는 척도는 역사적이고 객관적인 것이다. 그는 이것을 자연스런 한글로 감싸고 촌철살인(寸鐵殺人)적인 비유로 표현하여 비평의 맛을 살린다. 내용 없이 멋만 부리려던 30년대 인상주의 비평이 아니라 철학과 이론적 토대를 가진 본격비평이었던 셈이다.

예컨대 이태준의 경우, 그가 소설가이지만 그 본질은 시인인데 있었다고 지적하면서 그의 소설에서 보이는 부르주아에 대한 거부감도 계급적 의식에서 비롯된 것이라기 보다는 시인적 이상을 가지고 그것을 부정한데 지나지 않음을 날카롭게 지적한다. 30년대 이태준 소설의 정곡을 찌르고 있는 것이다. 또 임화에 대해서도 그는 임화의 시가 추상적인 센티멘탈리즘에 빠져 있음을 혹독하게 꼬집는다. 우리나라의 대표적 시인이요 평론가였고, 해방직후 문단을 실질적으로 이끌고 있던 그의 시를 이렇게 비판한 것은 당시 김동석이 걸었던 문학노선을 우회적으로 보여준다. 김동석은 여기에서 멈추지 않고 임화 시에서 보이는 센티멘탈리즘의 근거를

> 시와 행동 새 중간에서 갈팡질팡하는 자의식이 임화로 하여금 시의 세계에 안주하지 못하게 하고 압력이 강한 현실을 시로써 움직여 보려는 청춘의 만용이 그를 시인으로서 오류를 범하게 한 것이었다.[53)]

라고 분석한다. 그리고는 이것이 임화가 순수하지 못했기 때문에 초래

53)「시와 행동」,『예술과 생활』.

된 것임을 지적한다. 그는 이와 아울러 당시 임화가 주도했던 문화건설 중앙협의회도 애초부터 한데 뭉치자식의 무원칙한 통일로 이뤄졌음을 비판한다. 이렇게 보면 그는 해방 직후, 문학이 자기영역을 가져야 함을 중요하게 여기고 있었고, 문인들도 일정한 원칙 하에 모여야 한다고 생각했음을 알 수 있다. 그는 잡지 『상아탑』을 주재하면서 이를 몸소 실천하고 있었기에 이런 비판도 당당할 수 있었다. 이외에 현민 유진오나, 김기림, 정지용 등을 논한 평론도 매우 날카로운 비평감각에 기댄 것이었다. 현민을 이러지도 저러지도 못하게 붙잡고 있는 것은 그의 태생적인 양반의식과 소시민적 자의식임을 아프게 꼬집는 한편으로, 김기림에 대해서는 과학정신에 토대를 둔 그의 지성이 어떻게 시와 결합될 수 있을 것인가가 향후 과제임을 가리키기도 한다. 김동석은 또 정지용의 맑은 순수는 찬양하나 그것은 동심의 꿈에 머무른 것이라고 그 한계를 지적하고는, 현재의 지용을 뛰려고 움추린 자세로 이해하고 싶다고 기대를 표명하기도 한다.

그가 이렇게 문단의 내로라하는 작가들을 신인답지 않게 과감히 비판할 수 있었던 것은 문학에 대한 확고한 입장과 아울러, 그의 학문적 경력이나, 이립을 훨씬 지난 중견의 나이때문이기도 했을 터이다.[54] 아무튼 이런 비판을 통해 그의 비평이 대상을 따뜻이 감싸안기 보다는 명철한 논리로 허를 찌르고 상처를 더 드러내려고 한 것도 사실이지만, 해방이후 문인들이 과거 행적에 대해 자기비판을 제대로 하지 못한 상황을 감안한다면, 이런 논리는 대중적 설득력을 얻기도 했을 것이다.

---

54) 김동석이 문단에 정식으로 등단한 것을 해방직후인 1945년으로 잡는다면 그는 이립(而立)의 나이도 훨씬 지난 33살의 나이로 문단에 첫 모습을 드러낸 셈이 된다. 참고로 우리나라 문인들의 등단연령은 20세부터 23세 사이가 가장 많은 것으로 조사되어 있다. 이선영, 『한국문학의 사회학』(태학사, 1993) 120쪽 참조.

이렇게 『상아탑』을 중심으로 왕성하게 활동하던 그는 1946년 중반을 넘어서면서 돌연 잡지 발간을 중지하고 지금까지의 노선과는 다르게 문학가동맹에 적극 참여하는 모습을 보인다. 1946년 8월에 결성된 문학가동맹 산하 문학대중화위원회의 위원으로 참가하고 있는 것이다. 이것은 최소한 이름만 걸친 수준이 아니라 그가 본격적으로 동맹 일에 참여하고 있음을 의미한다. 그렇다면 그의 이런 변신은 어떻게 이해될 수 있을까? 우선은 당시 정세의 변화에서 원인을 찾을 수 있다. 46년 5월에 1차 미소공동위원회가 결렬되면서 지금까지 미군정과 유화적 관계에 있던 조선공산당은 정판사 위조지폐사건으로 군정 당국의 탄압을 받게 된다. 여기에 6월 3일, 이승만은 정읍에서 남한단독정부수립을 주장하기에 이르고, 정국은 혼미에 빠진다. 급기야 7월 26일 조선공산당은 신전술을 채택해 미군정과 본격적인 싸움에 돌입하고, 좌우대립은 날로 심해져 간다. 이렇게 정세가 더 이상 낙관할 수만은 없게 되자, 그 또한 그토록 저어했던 정치판으로 뛰어들게 되는 상황을 맞게 되는 것이다. 홀로 『상아탑』에서 문학을 논할 만큼 사태가 평탄하지 못했던 탓이다. 『3인 수필집』에는 그의 이런 심정을 솔직하게 담은 「기차 속에서」라는 제목의 수필이 한 편 실려 있다.

> 나는 차창으로 뛰어 들어갔다. 수필가란 자기의 생활까지도 차창에서 흘러가는 풍경과 그 풍경 속에 점철된 인간을 바라보듯 하지만 때로는 스스로 몸을 던져 그 속에 들지 않고는 살 수가 없는 것이요, 살지 않고 어떻게 글을 쓸 수 있겠는가. 사실 내가 경남선(京南線) 차를 타게 된 것은 『상아탑』에서 뛰어나와 생생한 현실 속에 몸을 잠그려함이었다. 현실은 연극 구경하듯 해서는 알 수 없고 스스로 배우가 되어야 하는 것이다. 차창으로 뛰어 들어간 나는 수필가가 아니라 인생의 배우였던 것이 아닐까. … 중략 … 여기까지 생각했을 때 내가 시방 타고 가는 이 유리가 깨지고 걸상이 부서진 차가 시방 조선의 역사인 것같은 감상을 금치 못하였다. 다 같이 조선의

완전자주독립을 부르짖고 있지만 과연 걸상에 앉아 있는 사람까지 일어서서 건국노선을 일로매진하고 있는 것이라 할 수 있을까. 버티고 앉아서 흘러가는 풍경이나 바라보면서 차 속에서 티격태격 하는 사람들 보다는 자기는 나은 사람이라고 착각하고 있는 사람은 없는지. 혼자 깨끗하다는 문화인들 중에 이런 사람은 없을까. 얼굴에 개기름이 흐르고 내민 뱃속에 욕심밖에 들은 것이 없는 이른바 모리배는 문제시하지 않는다. 그들은 다른 사람을 다 내쫓고라도 저이만 편히 앉아서 가면 고만이다. 앉는 것만으로도 부족해서 누워서 가려는 것이다.

수필가의 생각으로선 좀 지나치게 나갔지만 창으로 뛰어들지 않고는 차를 탈 수 없는 시방 현실에서 수필가의 생각이 이렇게 되는 것도 무리가 아니다. 아니 이대로 가다가는 수필을 쓰게 될지 조차 의문이다.

인용이 길어졌지만 이를 통해 당시 김동석의 생각이 어느 정도는 드러났을 줄로 안다. 스스로를 수필가로 생각한 그는 더 이상 현실의 바깥에 놓이기를 거부하고 역사에 동참하게 되는 것이다. 그는 1946년 6월 『상아탑』폐간을 전후해 이제까지와는 달리 왕성한 사회활동을 하게 된다. 46년 5월 25일 연극동맹 보선위원으로 뽑히는 것을 시작으로, 8월에는 문학가동맹 대중화위원회 위원에 이름을 올리고, 9월에는 조선문화단체총연맹(문련)에서 주최한 민족문화강좌에 나가 '민주주의와 문화'라는 제목으로 강연을 하는 한편, 10월에는 문련 산하 분과 대표로 다른 문화인과 더불어 군정청의 러취장관을 방문하여 최근 벌어지는 사태에 대한 공개 항의서한을 전달하기도 하는 것이다.[55)]

이외에도 그는 다양한 사회활동에 바쁘게 참가하는데, 김동석의 이런 활동경력은 당시 급박하게 돌아가는 정세와 문화운동의 전개과정과도 맥을 같이 한다. 필자가 추적한 그의 이후 활동을 보면, 1946년 10월 20일부터 30일까지 무대예술연구회에서 주최한 제2회 추계연극강좌에서

---

55) 『독립신보』, 1946. 5. 29., 10. 31. 기사와 『조선일보』, 1946. 9. 24. 기사 참조.

'셰익스피어론'을 강의했고,[56] 47년에 들어서는 장택상 수도청장의 이름으로 발표된 「극장에 관한 고시」, 즉 정치성과 사상성을 배제한 공연만을 허가한다는 방침에 대해 『경향신문』 2월 4일자에 '사상없는 예술은 있을 수 없다'는 내용의 항의문을 발표하며, 이같은 문화탄압에 맞서기 위해 문련이 주최한 '문화옹호남조선문화예술가 총궐기대회'에 준비위원으로 참가해 실무를 담당한다.[57] 또 7월에는 문련주최 문화공작대 사업일을 맡아보다가 춘천지역으로 공연을 나갔던 문화공작대 제3대가 테러를 당하자, 함세덕과 더불어 중앙문련 파견 자격으로 춘천 현지를 방문하기도 한다.[58] 이렇게 보면 이무렵 김동석은 문련의 실무를 맡아보고 있었던 듯한데, 이런 사실로 그가 당에도 가입했을 가능성 또한 배제할 수 없다. 문련은 '민주주의 민족전선'에 소속되어 있는 남로당의 외곽단체였던 것이다. 한편 그는 11월로 넘어와서 우익 문단의 행동대격인 조선청년문학가협회의 수장 김동리를 비판한 「순수의 정체」를 『신천지』에 발표하여 유명한 순수논쟁에 불을 당기기도 한다.[59] 48년 4월에는 대표적인 좌익신문의 선봉 『서울신문』의 자매지인 『서울타임즈』 특파원 자격으로 평양에서 열린 남북 정당 및 사회단체 대표자 연석회의의 취재차 평양을 방문한다.[60]

그러나 단정수립 이후에는 사회 활동이 현저히 줄어들어 『문장』지 평론부분 추천위원을 지내거나, 매슈 아놀드를 다룬 장편 논문 「생활의 비평」을 쓰는 등 문학과 연구활동에만 전념하는 모습을 보인다.[61] 같은

56) 『예술연감』, 예술문화사, 1947. 140쪽.
57) 『독립신보』, 1947. 2. 5. 기사 참조.
58) 『독립신보』, 1947. 7. 22. 기사 참조.
59) 이에 대해서는 졸고, 「해방직후 순수문학논쟁 연구」, 『민족문학사연구』 제7호(창작과비평사, 1995)를 참조할 것.
60) 김동석, 「북조선의 인상」, 『문학』, 1948. 7.
61) 『문장』, 속간호, 1948. 10.

해 10월에는 조선영문학회에 참가, 셰익스피어가 창조한 극중인물 폴스타프의 성격적 면모를 다룬 논문 「부르주아의 인간상」을 발표하거나, '여성문화협회' 주최 여성문화강좌의 강사 일을 맡아보는 등 그의 활동범위는 현저하게 축소된다.62) 이런 와중에 49년 벽두에는 다시 김동리와 『태양신문』에서 대담을 통해 순수논의를 하지만63) 이미 그 열기는 과거와는 질이 다른 것이었다. 단정이 수립되고 난 뒤, 그는 일단 문학연구에 매진하면서 후일을 도모하려고 했던 듯하다.

그래서 1949년에 탐구당에서 낸 두번째 평론집 『부르조아의 인간상』의 머리말에서 그는 첫번째 평론집보다 일보 후퇴한 느낌이 있다고 하면서, 그것이 이 땅의 객관 정세와 스스로의 생활태도에서 기인한 것이라는 고백을 하게 된다. 그러나

> 내가 이 평론집에서 문학을 비평하는 방법이나 태도는 상아탑적이 아니다. 아니 『예술과 생활』에서 보다도 오히려 일보 전진했다고 자부한다.

라고 스스로의 변화 또한 명확히 자각하고 있다. 두번째 평론집은 그의 말대로 첫 평론집보다 상대적으로 사회나 문화 일반에 대한 발언이 적은 비중을 차지하고 있어 현실의 문제로부터 한 걸음 후퇴한 인상을 주는 것도 사실이지만, 대신 그의 전공인 셰익스피어와 매슈 아놀드에 대한 중후한 세 편의 논문 외에도, 안회남, 김동리, 이광수, 김광균에 대한 본격 평론을 싣고 있어서 인상적이다. 현실 정치로부터는 한 걸음 물러섰지만, 대상을 보는 시각은 훨씬 더 날카로와지고 진지해졌다.

첫번째 평론집과 비교하자면 안회남을 제외하고는 우익측 문인들에

62) 『서울신문』, 1948. 12. 14. 기사 참조.
63) 앞의 졸고, 부록에는 당시 김동석과 김동리의 지상 논쟁이 전재되어 있다.

대한 글들이 대부분인데, 이에 대해 그는 자기 내면에도 그들과 같은 소시민적 관념성의 잔재가 남아 있기 때문이라는 이유를 든다.[64] 그래서 그런지 김동리와 김광균 등과 같은, 동년배로서 다른 길을 걷고 있는 문학자들을 공격하는 그의 논리는 자못 날카롭다. 해방 전이나 해방된 지금이나 여전히 순수라는 외투를 둘러 쓰고 제3세계관이니, 인간성과 개성이니 하는 알 수 없는 논리로 일관하는 그들에 대해, 김동석은 그들 논리가 지닌 관념성을 꼬집어내고 그것이 왜 잘못되었는가를 조목조목 밝힌다. 그리하여 그는 모든 것을 물질적 토대로부터 사고하고 세계를 변증법적으로 인식할 것을 이들에게 촉구하게 되는 것이다.

> 호랑이를 그리려 해도 개가 되기 쉽겠거든 굳이 관련되는 모든 문제를 문제삼아 해결하려는 문학을 버리고 하필 왈(曰) 순수문학이냐? 그것은 다름 아니라 조선문학이 일제의 강압때문에 문제를 국한하지 아니치 못할 슬픈 운명에서 나온 것이다. 다시 말하면 일제의 압박에 못이겨 기형적 작가가 된 김동리 같은 위축된 '한개 모래알만한 생'에서 빚어진 것이 순수문학인 것이다. 그러나 8.15가 왔다. 조선문학이 무슨 문제든지 문제삼고 해결하려고 노력할 수 있는 다시 말하면 민족문학을 수립할 때는 왔다. … 중략 … 조선 누구나 '개성과 운명의 구경에서' 행동할 수 있는 조선이 바야흐로 도래하려다. 아니 반은 이미 도래하였다.
> - 가야 된다. 가야 된다! (김동리의 소설「婚衢」의 한 대목-인용자)
> 김동리 홀로 민족과 민족문학을 두고 어데로 가려는 것인가?[65]

이 글을 놓고 당사자 김동리를 포함해, 조연현 등과 같은 우익측의 빗발치는 공격을 받지만 김동석 스스로는 재반박을 하지 않는다. 김동리의 반박은 이미 논리를 벗어난 인신공격적인 발언이었고, 독설과 비아냥으로 일관하고 있었던 것이다.[66] 게다가 상황 자체가 논쟁을 허용

64) 『부르조아의 인간상』 머리말.
65) 「순수의 정체」, 『부르조아의 인간상』.

할 만큼 자유롭지도 못해서, 논쟁다운 논쟁을 기대하기 어려운 터였다.

한편 김동석의 작가론 가운데 가장 통렬한 것은 이광수론이다. 김동리나 김광균에 대한 비판의 목적이 그들의 잘못을 드러내기보다는 그들에게 올바른 길을 제시하는 데 있었다면, 「위선의 문학」이라는 제목의 이광수론은 말 그대로 이광수 문학의 위선을 만천하에 공개하려는 것이 주목적이었다. 그는 의식적으로 향산광랑(香山光郎)이라는 창씨를 개명했던 당시의 이름을 사용하면서, 그의 문학에 나타나는 민족지도자연하는 태도가 어디에서 비롯된 것이며, 얼마나 가식적인가를 내면의식으로부터 분석해 들어간다. 그가 내린 결론을 한마디로 정리하자면 이광수의 성인군자, 애국자연하는 태도는 나르시씨즘에 빠진 착각이거나 아니면 불타는 애욕을 누르기 위한 수단에 불과하다는 것이다. 이광수 문학을 정신분석적 방법으로 접근한 첫 시도로 보이는 이 글에서, 그는 이광수의 소설에 나오는 주인공들이 대부분 관념적으로는 민족과 국가를 생각하나 행동에서는 이기적이고 자기중심적임을 지적한다. 이같은 통렬한 비판은 아마 해방이후 친일파가 제대로 처단되지 못하는 상황에 대한 그 나름의 문학적 대응이었을 것이다.

그러나 김동석의 이런 활동도 49년을 넘어가면서는 자취를 감추게 된다. 상황이 그만큼 악화되었던 탓이다. 그의 절친한 벗 배호도 남로당 서울시 문련 예술과 책으로 활동하다가 49년 5월 경찰에 검거되었다.[67) 김동석 역시 단정 수립 전까지 표면적으로 문련활동을 한 것으로 미루어, 아마 단정 수립 이후에도 여전히 지하에서 문련이나 남로당 관련 사업에 관계하고 있었다는 추측도 해 볼 수 있다. 그렇다면 그는 언제

---

66) 김동리의 즉각적인 반박 「생활과 문학의 핵심 - 김동석군의 본질에 대해」(『신천지』, 1948. 1)는 논점이 이미 김동석의 인간적 됨됨이에 가 있어서 논쟁은 벌써 감정 싸움의 조짐이 엿보이고 있었다.

67) 최원식, 앞의 논문, 475쪽.

월북을 하였을까?[68] 이용악이 남로당 서울시 문련 예술과 사건으로 경찰에 검거된 것이 49년 8월 무렵이란 점을 감안한다면,[69] 그는 아마도 이 무렵에 신분 상의 위협을 느껴 월북했을 가능성이 크다. 그러나 그렇다 하더라도 그는 왜 월북을 할 수 있었을까? 물론 일신 상의 위협이 가장 크고 표면적인 이유였겠지만, 집도 친척도 없는 그곳에 가족까지 이끌고 월북을 하게 만든 건 단순히 일신 상의 위험으로만은 설명되지 않는다. 월북이란, 검거선풍에서 몸을 숨기는 이상의, 체제 선택이라는 심각한 의미가 담겨 있기 때문이다. 그렇다면 그가 북의 체제를 택하게 만든 진정한 이유는 무엇일까? 1948년 북한을 방문하고 나서 쓴 기행문 「북조선 인상기」에서 그 이유의 일단을 찾아볼 수 있다. 그는 이 글에서 북한을 감격 그 자체로 받아들이고 있다. 남한의 혼란스럽고 궁핍하며 반동적인 현실에 비하자면 북한은 착실하게 부르주아 민주주의 개혁을 진행시켜 발전되고 정리된 모습을 하고 있었던 것이다. 그리하여 그는 황해제철소를 관람하면서 끝내 눈물까지 흘린다. 그렇지만 도대체 무엇이 그로 하여금 눈물까지 흘리게 만들었던 것인가. 그가 북한을 너무 칭찬만 한다는 어떤 미국인에게 다음과 같이 설명하는 대목은 우리에게 그 이유를 시사해준다.

"그것은 북조선이 완전무결해서 그런 것이 아니라, 조선사람의 손

---

68) 1987년 8월 문공부에서 국회에 제출한 자료에 따르면 그는 6.25때 월북한 것으로 분류되어 있고, 권영민은 47년 이후 정부수립까지의 시기에 월북한 것으로 추정하고 있으나 모두 정확한 것 같지는 않다. 채수영, 앞의 논문. 164쪽. 그는 49년에도 『태양신문』에서 마련한 김동리와의 대담에도 나오고 있으며, 3월에는 『조선일보』에 「나의 투쟁」이란 수필을 발표한다. 그러다가 전쟁 이후에는 인민군 소좌 계급을 달고 서울에 나타났던 것이다. 김윤식, 『한국현대현실주의소설연구』(문학과지성사, 1991) 참조. 이로 미루어 볼 때, 그는 1949년 중반 어느 때인가 월북했을 것으로 추정된다.

69) 최원식, 앞의 논문, 475쪽 및 부록 참조.

으로 외국에 비해 손색없는 사회적 경제적 정치적 생활을 하는 것이 좋아서 그럴 수 밖에 있겠어요" 그렇다. 조선사람의 손으로 이만한 공장과 이만한 군대와 이만한 문화시설과 이만한 행정기구를 창설했다는 것은 조선민족의 한사람으로서 축복하지 않을 수 없는 바이다.[70)]

일제 강점기에 태어나서 국가란 것을 한 번도 체험하지 못한 그에게, 북한의 발전하는 모습은 진정한 국가와 민족이 무엇인지 가슴 벅차게 느끼게 했던 것이다. 더구나 당시 남한이 처해있던 상황을 염두에 둔다면, 그가 느낀 감동의 정도는 훨씬 컸을 것이다. 일제 하 나라잃은 설움을 수필과 시로 달래다가 해방을 맞아 새로운 민주주의의 나라를 건설하기 위해 온몸을 던진 그는 북에서 그 비전을 발견하고, 비로소 내 나라, 내 민족이란 것을 가슴으로 느꼈다. 결국 그는 친한 벗들이 하나 둘 검거되는 상황에서 주저없이 북을 택했던 것이다.

월북 이후, 김동석의 행적에 대해서는 알려진 바가 거의 없다. 다만 전쟁이 터지고 난 후 서울에 와서 문화정치 공작원 노릇을 했다는 기록이 보이며,[71)] 휴전회담 때 설정식과 북측의 통역장교로 나왔었다는, 확인되지 않은 소문이 있을 뿐이다. 더구나 전쟁 이후의 행적에 대해서는 전혀 오리무중이다. 필자의 과문인지는 몰라도 북에서 김동석의 활동을 단편적으로라도 언급한 자료를 찾아 볼 수 없었다. 그가 설정식처럼 김일성 종합대학 영문과 교수를 지냈는지, 아니면 남로당 숙청 때 다른 당원들과 더불어 어떤 형태로든 처벌을 받았는지 현재로서는 알 길이 없다.[72)]

---

70) 『문학』 8호, 1948. 7. 133쪽.
71) 김윤식, 『한국문학의 근대성비판』(문예출판사, 1993), 337쪽.
72) 필자는 최근(1996년 2월) 한학자 李九榮 선생(1958년에 남파, 1980년까지 국가보안법 위반으로 수감생활을 함)을 만날 기회가 있어서 이에 대해 알

4. 맺음말

이제 우리는 문학평론가 김동석의 삶과 문학관, 그리고 문학활동에 대해 개괄적인 검토를 끝낸 셈이다. 김동석은 한미한 집안에서 태어나 근대적인 제도교육 속에서 제대로 문학을 배우고 연구한 근대적인 지식인이었고, 해방직후에는 문학만의 독자적 영역을 고수하다가 문화운동에 뛰어들어 결국은 월북을 감행한 실천적 지식인이었다. 한편 그는 구카프 맹원과 세대를 달리 하면서, 영문학을 바탕으로 한 서구적 지성과 동양적 교양을 기초로 본격적인 실천비평의 문을 열어 놓았고, 생경한 이론만의 비평이 아닌 예술적 감각과 유려한 문장으로 무장된 온전한 의미의 비평을 몸소 실천했던 민족문학 계열의 평론가였다.

그러나 본고는 김동석 비평의 내적 논리와 민족문학적 함의, 그리고 나아가 비평사에서 차지하는 위치를 밝히는 데까지 나아간 것은 아니다. 필자는 김동석의 전기를 실증적으로 재구성하고, 그것을 통해 잘못 알려지고 잘못 평가된 부분을 바로 잡는 것에 일단 만족할 수 밖에 없다. 그의 비평에 대한 분석과 문학사적 평가는 앞으로의 과제로 남긴다.

이현식
▪연세대, 인하대 강사 ▪주요 논문으로 「1930년대 후반 한국 문예비평 연구」와 「한국 근대문학 형성의 사회사적 조건」 등이 있다.

아 볼 수 있었다. 확실한 것은 아니라는 단서 하에, '잘못 되었다'는 소식을 간접적으로 전해들은 기억이 난다는 말씀을 해주셨다.

■ 고전문학 작가론 1

봉건말기 지식인의 분화

방랑시인 김삿갓

우 응 순

죽장에 삿갓 쓰고 전국을 방랑하는 김삿갓! 삿갓 립(笠)자를 써서 김립(金笠)으로도 불리는 그는 19세기 중반 이래 무수히 많았던 방랑시인의 총칭이기도 하다. 방랑시인은 당대에는 과객(過客)으로 불려졌는데, 이들은 주로 농촌지역을 떠돌면서 시 한수 지어 주고 밥과 잠자리를 구걸한다. 물론 1, 2년 머물면서 훈장 노릇을 하는 경우도 있었다. 이들은 원래 어떤 존재들이었는가.

방랑문인의 출현 - 김삿갓

김삿갓은 방랑시인의 대명사이지만 실존 인물 김삿갓은 무명 시인이 아니다. 그의 이름은 김병연 (金炳淵 : 1807－1863)으로 안동 김씨이며 호는 난고(蘭皐)이다. 그는 생몰 연대가 확인되는 유일한 방랑시인이기도 하다. 이는 그가 생전에는 물론 생후에도 가짜 김삿갓을 나오게 할 만큼 대중적 인기가 있어서 가능했겠지만 가계가 알려진 집안 출신이기 때문이기도 하다.

그러면 엄연히 이름 있는 집안 출신의 사대부가 어떤 이유로 걸인과 다름없는 처지로 추락했는가. 이 문제는 김병연의 개인사와 함께 조선 후기 지식인층의 양산과 분화라는 사회적 변동을 살펴볼 때 그 실마리가 잡힐 것이다.

우리 시대의 지식인들은 대학을 나와 기업체에 취직하고, 유학도 가고, 넉넉한 집안의 아들, 딸이라며 가업도 이어받는다. 교육의 기회가 주어지는 중산층 이상의 지식인에게 해당되지만, 자신의 능력이나 집안 형편에 따라 선택할 수 있는 길이 다양한 편이다. 그러나 봉건시대 지식인들 앞에는 선택의 여지없는 외길이 놓여 있었다. 그들은 사서삼경(四書三經)을 배우고 달달 외워 급제할 때까지 과거에 응시해야 했다. 일단 합격하면 출세할 수 있는 기회를 잡아 볼 수 있다.

그러나 18세기 후반부터는 과거제도는 뿌리부터 썩어서 미리 합격자가 정해져 있기 마련이었다. 명문거족의 자제가 아니고는 관료사회에 진입할 수조차 없었다. 그런데도 『허생전』의 허생과 같이 아무 희망도 없이 일생 동안 책을 붙들고 있는 지식인의 숫자는 엄청나게 늘어났다. 이는 조선후기 인구 증가와 아울러 신분제의 변동으로 과거에 응시할 수 있는 자격을 갖춘 사람이 많아졌기 때문이다. 이들은 자신들이 어렵게 획득한 신분을 유지하고자 과거에 집착한다. 까다로운 과시체(科詩體)를 익히고 시험이 있을 때마다 과거를 '보기' 위하여 매번 서울로 몰려들지만 이들의 급제는 바늘구멍을 통과하기보다 어려웠다.

책을 읽으면 사(士)요, 벼슬길에 오르면 대부(大夫)라는 말이 있다. 사서삼경을 읽어 벼슬길에 오르는 길, 이것이 봉건 시대 사대부의 존재 형태인 것이다. 그런데 독서인에게 관인으로 진출하는 정상적인 출로가 막히면 대부분의 경우 경제적 몰락도 피할 수 없었던 것이 당시의 사정이다. 기술이 없어 공인(工人)도 못하고, 밑천이 없어 장사도 할 수 없다는 허생에게 굶주린 그의 아내는 기가 막혀 울부짖는다. "왜 도둑질은 못하는가?" 이제 무력한 지식인은 가정에서조차 외면 당하는 시대가 된 것이다. 정치에 참여할 가능성을 박탈당한 여건에서 극한의 경제적 궁핍까지 겹칠 때, 그들은 막다른 길에 몰려 자신들이 지닌 유일한 것을 팔 수밖에 없다. 그들이 팔 수 있는 것은 과거공부를 통해 익힌 지식이다.

봉건해체기의 떠돌이 지식인들! 그들은 자신들의 유일한 밑천인 지식을 팔았다. 그것도 상업자본이 움직이던 도시가 아니라 그때까지도 자신들의 지식에 외경심을 가지고 있었던 농촌의 부자, 향반들에게. 그러나 그들은 지식을 팔 수 있는 것으로 떳떳하게 인식할 수도, 제대로 인정받을 수도 없었던 시대에 살았다. 그들은 자신들의 삶에서 굴욕과 좌절만을 되씹어야 했다. 이것이 자본주의 시대에 살면서 자신의 지식, 능력이 임금으로 환산되는 것에 익숙해져 있는 우리 시대의 지식인과 다른 점이다.

지식을 판다는 부끄러움은 그들에게 몸과 아울러 정신도 피폐하게 했다. 그들의 시에 냉소와 회한이 짙게 묻어 있는 것은 이런 이유이다. 육체적 방랑은 정신적 방황이 끝나지 않는 한 계속될 수밖에 없는 것이다. 여기에 우리가 김삿갓을 김병연의 개인사를 넘어 그를 조선후기 지식인의 분화 과정에서 가장 낮은 곳까지 내려온 계층, 걸인과 다름없는 떠돌이 지식인의 전형으로 보아야 하는 필연적 이유가 있다.

명문의 후예 김병연에서 방랑시인 김삿갓으로

김병연 개인사를 보면, 그가 지체있는 집안 출신임에도 일생 동안 전국 방방곡곡을 떠돌다가 객사하게 된 것은 순조 11년(1811) 평안도에서 일어난 홍경래난(洪景來亂)과 관련이 있다.

그의 조부 김익순(金益淳)은 홍경래난 당시 선천부사(宣川府使)였는데, 농민군에게 항복하고 그들이 주는 벼슬까지 받았다. 그 후 농민군이 토벌되자 김익순은 모반 대역의 죄명으로 참형 당한다. 김병연의 나이

6살 때의 일이다. 김병연은 황해도 곡산에 있는 종의 집으로 피신했다가 자손은 처벌하지 않기로 된 것이 판명되자 집으로 돌아온다. 그러나 그에게는 이미 죄인의 후손이란 낙인이 찍혀 있었으며 벼슬길로 나갈 자격이 박탈된 상태였다. 폐허가 된 집안의 후손인 김병연은 그 모멸감, 절망을 이기지 못하고 22세부터 방랑생활을 한다.

그러나 김병연의 가출에 대한 민간의 구전은 매우 드라마틱하다. 김병연은 자신이 김익순의 손자임을 모르고 자란다. 그는 동헌의 백일장 혹은 초시에서 김익순의 죄가 하늘을 찌를 만큼 높다는 시를 지어 장원한다. 그 후 어머니를 통하여 김익순이 바로 자신의 조부임을 알게 된 김병연은 통곡하고 집을 떠난다. 조부를 매도한 손자로 하늘조차 보기 부끄러워 큰 삿갓을 쓰고. 이러한 내용의 구전은 그 사실성은 극히 의심스럽다. 기록에 의하면 김병연이 과장(科場)에서 지었다는 시는 다른 사람의 것으로 되어 있다. 그럼에도 이러한 구전이 광범위하게 전파된 데는 민중들이 김삿갓에 대해 통속적인 흥미와 함께 불우한 지식인에 대한 동정심을 지녔기 때문일 것이다.

가출한 김삿갓은 갓 대신 삿갓을 쓰고, 가죽 신발 대신 헤진 짚신을 신고, 하인배가 모는 말 대신 죽장을 짚음으로써 그가 사대부층의 모든 규범을 거부하고, 사대부 문화의 바깥에 서 있음을 보여준다. 그는 옷차림, 행동거지를 통해 자신이 아웃사이더임을 여실히 드러냈다.

조선시대의 지식인층이었던 사대부는 체신을 중시한다. 이들은 일생동안 삼강오륜을 비롯한 유가이념을 되뇌이며 산다. 엄숙한 이념에 걸맞게 몸가짐, 옷차림을 비롯한 일상 생활도 근엄했다. 느리고 무게가 실린 말투, 대자 걸음에 넓은 갓, 긴 도포, 가죽 신발. 대강 이러한 것들이 봉건시대에 사대부임을 공공연히 보여주는 매너와 패션이다. 그래서 몰락한 처지에도 헤진 것일 망정 도포와 갓은 챙겨 입고 밖에 나왔다. 아내의 질책에 쫓겨 나온 허생도 뒷굽이 자빠진 갖신과 쭈그러진 갓에 허름한 도포를 걸치고 있었다. 갓과 도포를 입은 한 그의 정신은 여전히 지식인이라는 자부심으로 꽉 차 있는 것이다.

가뿐할손 내 삿갓은 빈 배와 같은데　浮浮我笠等虛舟
한번 쓴지 40여년이 되었구나　一着平生四十秋
송아지를 따라가는 목동 아이도 쓰고　牧竪輕裝隨野犢
갈매기를 벗삼는 어부도 쓴다네　漁翁本色伴白鳩
술이 취해 건들대면 꽃가지에 걸어놓고　醉來脫掛看花樹
달을 보러 나설 때는 옆에 끼고 가는구나　興到携登翫月樓
세상사람 의관이란 겉을 꾸미기 위한 것　俗子衣冠皆外飾
비비람이 몰아쳐도 삿갓있어 근심없네　滿天風雨獨無愁

<「삿갓을 노래함」, 「詠笠」>

김병연이 사대부의 갓 대신 삿갓을 쓴 이유는 죄인의 후손으로 태양을 보려 하지 않았기 때문이라는 그럴듯한 이야기도 있다. 그러나 자신은 삿갓의 실용적 가치를 말하고 있다. 목동, 어부가 쓰는 삿갓은 햇빛도 막아주고 비바람이 불 때는 우산 대용도 된다. 의관의 속박에서 벗어난 김병연은 그 자유스러움을 빈배와 같이 가뿐한 삿갓에 비유하여 표현한다. 겉치레가 불필요한 처지가 된 김병연은 이제 김삿갓이 되어 사십여 년 동안 죽을 때까지 삿갓을 쓰고 곳곳을 떠돈다.

전국을 다니면서 조선후기 쓰러져가는 봉건왕조의 바퀴 밑에서 신음하는 민중의 현실을 목도하면서 김병연의 의식은 바뀌어갔다. 개인적 연민이 깔린 자조와 절망에서 벗어나 비분강개하는 지식인으로 변한 것이다. 농민난으로 인해 쑥대밭이 된 집안의 후손에서 민중의 고통을 이해하는 지식인으로의 변모는 아이러니를 느끼게도 한다.

그럼 이런 의식의 변모를 가져온 동인은 무엇일까. 외면할 수 없는 가혹한 현실이었다. 김삿갓이 방랑하면서 목격한 것은 지식이나 사람됨이 아니라 돈이 행세하는 세상이다. 그는 지금 세상의 영웅이 누구인가, 바로 돈이 항우(項羽)라고 한다. 돈을 읊은 시에서는 온 천하에 두루 통용되어 어디서나 환영받고, 나라와 집안을 일으킬 수 있으니 그 힘이 대단하다고 하면서 심지어는 산 사람을 죽게 하고, 죽은 이를 살릴 수도 있는 무한한 권능을 지녔음을 말한다. 이 세상을 움직이는 것이 돈의 흐름임을 뼈저리게 자각한 것이다.

지상에 신선 있으니 부자가 신선이요	地上有仙仙見富
사람에게 죄 없으니 가난이 죄	人間無罪罪有貧
부자와 가난뱅이가 따로 종이 있다고 말하지 말라	莫道貧富別有種
가난뱅이 부자되고, 부자가 가난뱅이 될 수도 있는 것을.	貧者還富富還貧

<「가난」, 「艱貧」>

김삿갓은 부자가 신선처럼 대우받는 세상에서 부자거나 빈자거나 근심하긴 마찬가지이니 자신이 원하는 것은 부유하지도 가난하지도 않은 사람(不富不貧人)이 되는 것이라 하기도 한다. 그러나 자신의 처지는 비참하기 그지없어 시를 읊어도 적을 종이가 없었고, 소금으로 술안주를 대신할 수밖에 없었다. 부유하지도 가난하지도 않은 중용(中庸)의 상태는 시 속에서나 염원할 수 있는 꿈이었다. "며느리와 시어머니가 같은 그릇에 밥을 먹고, 아버지와 아들이 바꿔가며 옷을 입을 수밖에 (姑婦食時同器食, 出門父子易衣行)" 없는 가혹한 현실! 이제 더 이상 명문의 후예 김병연은 없다. 가장 낮은 곳까지 내려온 지식인, 김삿갓이 있을 뿐이다.

19세기의 농촌은 오랜 삼정의 수탈과 수령의 탐학에 피폐해졌으며, 농촌까지 침투해 온 고리 대금, 상업자본은 소농, 빈농의 생활을 더욱 어렵게 했다. 반면 관과 결탁한 일부 양반, 평민부자들은 토지를 겸병하고 대규모 경영을 통해 부를 축적했다.

이런 도도한 역사의 흐름 앞에서 부자와 가난뱅이가 따로 종이 있다고 말하지 말라고 하는 김삿갓의 외침은 한없이 무력하게 느껴지기도 한다. 사실 그는 선천적 신분에 따라 부귀가 결정되던 구시대가 가고, 황금에 따라 신분이 달라지는 새로운 시대의 도래를 본 것이다. 이는 다름아닌 봉건국가의 붕괴이다. 수취 기반인 농촌이 지주, 전호 관계의 모순으로 무너져갈 때, 봉건국가도 그 밑바탕이 허물어져 갈 수밖에 없다. 물론 김병연은 이런 세태를 목도하는 과정에서 의식이 변모해 갔지만 받아들일 수는 없었다. 그는 여전히 봉건시대 안의 지식인이었던 것이다. 그가 바란 것은 시와 술로 시름을 잊고, 밝은 달이 뜨면 삿갓을 옆에 끼고 즐기는 한적한 삶이였다. 방랑 지식인 김삿갓에게는 일생 동안 이루어질 수 없는…

신선을 원치 않컨만 사흘을 굶네

김병연의 가출과 방랑은 지극히 개인적인 고뇌, 좌절에서 시작된 것이다. 그러나 일단 떠돌이 생활을 시작하자 그는 문전박대를 당하며 굶주림과 추위에 시달린다. 지는 해에 머뭇거리며 사립문은 두드리지만, 야박한 주인은 손을 저어 물리치고, 발밑에 눈이 쌓인 겨울에도 삼베옷을 걸치고 떨 수밖에 없었다. 그는 "사람이 사람의 집에 왔는데 사람 대접하지 않으니, 주인의 인사가 사람답지 못하다 (人到人家不待人, 主人人事難爲人)"고 각박한 세태를 한탄한다.

하늘은 드높지만 머리 둘 곳 없고 九萬長天擧頭難
땅은 넓지만 다리 펼 곳 없네 三千地闊未足宣
늦은 밤 누각에 오른 것, 달을 즐기기 위함이 아니요 五更登樓非翫月
사흘이나 굶은 것, 신선이 되고파서가 아니라네 三朝辟穀不求仙
<「탄식함」, 「自嘆」>

넓은 천지 하늘 아래 지친 몸 하나 뉘일 곳이 없는 김삿갓. 누각에 올라 노숙을 하는 그에게 달은 더 이상 완상의 대상이 아니다. 벽곡(辟穀)은 원래 신선을 꿈꾸는 자들이 하는 생식(生食)을 말한다. 그는 "여러 산천 방랑하여 보낸 세월 허다하며, 겪은 일도 많고 많아 웬만한 건 예사로다"라 했지만 사흘간의 굶주림은 참기 어려운 고통이었을 것이다. 그런데도 그는 자신의 굶주림을 벽곡이란 단어로 표현하여 그 비참

함을 애써 감소시키고자 한다.

그러나 굶주림에서 오는 육체적 고통은 구걸로 연명하는 자신의 처지에 대한 정신적 수치심과 결합되어 산다는 것에 회의를 느끼게도 한다. 그는 옥구(沃溝)에서 김진사라는 사람에게 두푼돈을 얻고는 그 모멸감을 "한번 죽어 없어지면 이런 일 없으련만, 평생에 몸뚱이 있음이 한이다 (一死都無事, 平生恨有身)"고 토로하였다. 비록 빈궁과 현달은 하늘에 달린 것이니 내 뜻대로 유유자적 하겠노라 자위하기도 하지만, 구걸하는 나그네 생활은 그를 한없이 누추하고 지치게 하였다. 김삿갓은 북쪽 고향을 그리워하며 남쪽에서 떠도는 자신의 신세를 물거품으로 표현하기도 하였다.

배고픔, 추위를 비롯한 온갖 고통을 느낄 수밖에 없는 몸의 존재가 무거운 짐이 되는 고달픈 나날. 창자에서 꾸룩꾸룩 천둥소리가 나고 아침 요기로 찬바람을 마셔야 했던 김병연. 굶주림에 시달린 끝에 어떡하면 벽곡(辟穀)하는 신선이 될 수 있나 묻고 싶다는 김병연. 이 단계에 이르면 그는 김병연이 아니라 김삿갓이다. 그는 죄인의 후손이라는 모멸감에서 벗어나 가난과 질병에 시달리는 주위의 인간을 본다.

그대의 성도 이름도 모르니	不知汝姓不識名
어느 좋은 곳이 그대의 고향인지…	何處青山子故鄉
아침에는 파리떼가 썩은 몸에 달려들고	蠅侵腐肉喧朝日
저녁 무렵 까마귀가 외로운 혼 불러주네	烏喚孤魂弔夕陽
한 자 남짓 지팡이는 뒤에 남긴 유물	一尺短笻身後物
두어 됫박 남은 쌀은 구걸하던 나머지라	數升殘米乞時糧
앞마을의 사람들아,	寄語前村諸子輩
한 삼태기 흙으로 풍상이나 가려주세	携來一簣掩風霜

<「죽은 거지」, 「見乞人屍」>

걸인, 자식을 잃은 노파, 남편 잃은 젊은 여인, 늙은 기생 등. 김삿갓이 방랑하며 본 것은 한결같이 궁핍한 현실 속에서 생존을 위해 발버둥

치는 군상들이다. 그는 이들을 따뜻한 시선으로 바라보며 떠도는 자신도 이들과 같은 처지임을 깨닫게 된다. 그는 길에서 죽은 거지의 시체를 연민의 시선으로 바라본다. 한 자 남짓 지팡이와 구걸한 두어 됫박 쌀을 남기고 타향에서 죽어간 걸인. 그에게서 김삿갓은 다름 아닌 자신의 모습을 보는 것이다.

현재 김삿갓의 시로 전해지는 200여수의 시는 이러한 고난의 여정에서 가혹한 자기부정의 과정을 거친 지식인의 초상이다. 김삿갓의 시가 주는 감동도 바로 여기에 있는 것이다. 다만 유의해야 할 것은 현재 김삿갓의 시로 전해지는 시들을 김병연이 지은 것으로 확정하기는 불가능하다는 사실이다. 동일 제목의 시도 부분적으로 시구가 다른 것이 많다. 이는 물론 김병연이 후세에 남기고자 하는 의도로 작품을 기록으로 남기지 않아서이기도 하지만 당대에 광범위한 공감층이 형성되면서 김삿갓의 이름으로 위작, 가탁이 행해졌기 때문이다. 김삿갓은 김병연 한 사람이 아니라 수많은 방랑시인의 이름이 되었으며 이들은 자신의 작품을 김삿갓의 것으로 만들기도 한 것이다. 이런 까닭에 김삿갓은 행적뿐 아니라 남겨진 작품을 통해서도 봉건 해체기의 불우했던 한 지식인이자 수많은 방랑문인들의 전형으로 볼 수 있는 것이다.

구름이 떠도는 죽 한 그릇

김삿갓의 것으로 전해지는 시를 그 주제의 측면에서 보면 세태에 대한 비판이다. 그는 시니컬한 태도로 여정에서 마주친 속물들의 모습을 재치있게 시화하였다. 우선 김삿갓은 학식이 없음에도 관을 쓰고 장죽을 들고 대단한 권세라도 지닌 양 행세하는 시골 양반, 좌수, 지관, 훈장을 야유하고 조롱한다.

김삿갓은 향촌에서 지식을 팔면서 시골 양반의 비위를 맞추는 서당

훈장들의 태도를 신랄하게 시화하였다. 김삿갓은 그들의 허위에 찬 모습을 "두메산골 훈장나리, 위엄떨쳐 대단하니 낡은 관을 높이 쓰고 가래침만 돋는구나"라 꼬집는다. 겨우 『사략(史略)』 정도를 읽은 그들은 모르는 글자를 만나면 눈 어둡다 핑계대고, 술자리가 벌어지면 나이를 빙자하여 술잔을 먼저 받는다. 이들은 헐값에 지식을 팔아야 하는 처지임에도 마치 대단한 인물이라도 되는 양 허위의식에 꽉 차 있는 가련한 존재인 것이다.

그러나 이들 훈장들은 지식을 팔아 연명한다는 점에서 그 생존 방식이 김삿갓 자신과 같았다. 그는 곳곳에서 훈장들과 시를 주고받기도 하며 은근히 자신의 탁월한 시재(詩才)를 과시하기도 했다. 김삿갓 자신도 한 곳에 머물면서 훈장을 하기도 했는데, 그 심정을 누가 훈장이 좋다고 하였나, 심화(心火)가 저절로 생겨났다고 토로하였다. 사실 훈장들은 학동들에게 하늘 천(天), 따 지(地)를 가르치면서 청춘을 다 보내면서도, 좋은 소리는 듣기 어려운 형편이었다.

얕은 지식과 얼마간의 땅덩이를 갖고 향촌에서 거들먹거리고 사는 시골 양반들. 김삿갓은 이들을 비웃고 희롱한다. 그러나 역설적이게도 과객들은 어느 곳에 가든 먼저 이들을 찾아가 하룻밤 묵을 자리와 한끼 밥을 부탁할 수밖에 없는 딱한 처지였다.

사당동에서 사당이 있는 집을 물으니	祠堂洞裡問祠堂
보국대광 벼슬지낸 강씨라고 하더라.	輔國大匡姓氏姜
선조의 유풍은 불교인데	先祖遺風依北佛
자손들은 어리석게도 오랑캐를 배웠구나.	子孫愚流學西羌
주인은 처마 아래 끼웃끼웃 걸객이 갔나 살피고	主窺簷下低冠角
나그네는 문 앞에서 지는 해를 탄식하네.	客立門前嘆夕陽
좌수, 별감 그나마도 분수에 넘치니	座首別監分外事
기병, 졸병 노릇이나 해야 어울리리.	騎兵步卒可當當

<「강좌수가 객을 내침」, 「姜座首逐客詩」>

사당까지 갖추고 조상자랑을 하며 사는 시골 양반들. 그러나 그들은 나그네에게는 아박하다. 위의 시에서 유풍을 거론한 것은 나그네에게 자비심을 베풀었던 선조들의 덕을 각박하기만 한 후손들의 지금 모습과 대비시키기 위해서다. 지금의 너희들은 왜 그만도 못하냐는 비난과 함께.

문전박대를 하고 돌아갔나 숨어서 살피는 모습에서 시골양반의 속물근성이 그대로 드러난다. 사실 그들에게는 좌수, 별감 같은 하찮은 칭호도 분수에 넘치다. 김삿갓은 시골 양반의 옷치레를 두둑하게 솜둔 버선, 가죽신을 꿰어신고 연두색의 두루마기는 땅을 쓸듯 치렁치렁하다고 표현하였다. 겨우 한권 책을 읽고서는 율시(律詩)를 짓는 흉내를 내는 그들이 하는 일이란 권문세가를 찾아다니며 굽실대면서 천만금을 써가며 청탁하는 것이다. 김삿갓은 향인(鄕人)에게는 의기양양하지만 세도가 앞에서는 비굴한 이들을 하루종일 머리를 굽실대는 사람(盡日垂頭客)이라 불러 그들의 가식에 찬 모습을 야유하였다.

김삿갓을 따뜻이 맞아주는 사람들은 자기 가족의 끼니꺼리도 넉넉치 못한 농민이었다.

개다리 소반에 죽 한 그릇	四脚松盤粥一器
하늘 빛, 구름 그림자가 떠도는구나	天光雲影共徘徊
주인은 면목없다 하지 마라	主人莫道無顔色
물에 비친 청산 풍경을 내 아끼니.	吾愛青山倒水來

<「무제」, 「無題」>

유랑 도중 가난한 시골집에서 죽 한 그릇을 얻어 먹으며 지은 시이다. 죽이 얼마나 묽으면 하늘과 구름이 비치겠는가. 김삿갓은 미안해 하는 주인을 위로하며 감사의 마음을 표한다. 사실 고단한 긴 방랑생활에서 김삿갓의 마음을 움직인 것은 시골부자들의 후대가 아니라 이런 농

민들의 호의였다.

그는 비를 피해 묵은 촌가(村家)의 주인에게도 정중하게 고마움을 표현한다. 비록 그 집이 서까래는 굽어 있고 처마는 땅에 닿아 있으며, 방이 좁아 다리 하나 펼 수 없이 불편한 잠을 잤음에도. 또 계곡따라 종일 가도 사람 하나 못 만난 끝에 강가에서 찾은 오두막집에서 붉은 보리밥을 얻어 먹고도 진심으로 감사한다.

희작(戱作)과 언문풍월(諺文風月)

김삿갓의 시는 내용도 파격적이지만 표현 기교의 측면에서 한문학의 정형성을 심하게 파괴시켰다. 그의 시는 대부분 사대부의 고상한 감회를 어려운 전고(典故)를 써서 우아하게 드러내는 한시의 전통에서 벗어나 있다. 파자(破字), 동음이어(同音異語)의 활용을 통해 비속하리만치 진솔한 민중의 생활을 적실히 드러내었다.

종래의 시각으로 본다면 도저히 한시라고 할 수 없는 희작(戱作)도 있다. 조좌수(趙坐首)를 새가 앉아서 존다는 조좌수(鳥坐睡)로, 문첨지(文僉知)를 모기가 처마에 이른다는 문첨지(蚊簷至)로 써서 뜻이 아니라 발음으로 읽어야만 작자의 의도를 알 수 있게 만든 것도 있다. 심지어 「부고(訃告)」라는 작품은 "유유화화(柳柳花花)"로 되어 있는데, "버들버들 꽃꽃"이라는 뜻으로만 본다면 어떻게 부고가 되는지 도저히 알 수 없다. 사람의 죽음을 살아서 부들부들하다가 죽어 꼿꼿해졌다고 표현한 것임을 알아야 제대로 의미 파악이 된다. 그는 탁주 내기를 하면서 지은 시에서는 "이번 내기에는 자네가 지네"를 "今番來期尺四蚣"이라 쓴 것도 있다. 이것도 "금번내기척사공"이라고만 읽으며 의미가 통하지 않는다. '내기'를 내기(來期)로 '자네'를 자 척자와 넷 사자로, 지네 공자를 '진다'는 의미로 희작한 것이다.

이런 작시법은 지금의 우리 시각으로 보면 생소하고 무슨 의미가 있을까 의심스러운 것도 있다. 그러나 도리어 이런 면이 김삿갓의 시가 한시의 형식을 취했음에도 대중들에게 널리 사랑받게 된 이유이기도 하다.

한글, 한자를 섞어서 5언이나 7언의 한시체에 끼워 맞춘 것을 언문풍월(諺文風月)이라 한다. 예를 들면 "菊秀寒槎發"은 뜻으로 파악하면 "아름다운 국화가 추운 그늘에서 핀다"의 의미가 된다. 그러나 이 시는 음으로 읽어야 하니, "국수 한 사발"을 달라는 뜻이다. 김삿갓의 널리 알려진 「죽시(竹詩)」도 이런 수법이 쓰였다. "此竹彼竹化去竹, 風打之竹浪打竹"은 한시구로 보고 해석하려 하면 의미가 통하지 않는다. 대나무 죽(竹)자를 그 뜻인 '대'에 '로'를 붙여 '대로'로 읽어야 한다. 그러면 위의 구절은 "이런 대로 저런 대로 되어 가는 대로, 바람부는 대로 물결치는 대로"로 파악된다.

한자 자체(字體)를 쪼개어 쓰거나 동음이어(同音異語)를 이용하는 것은 김삿갓이 개발해 낸 독창적인 수법은 아니다. 조선후기에 민간에 널리 퍼졌던 『정감록』류의 도참서와 농민전쟁과 관련된 참요에 이러한 기법이 많이 사용되었다. 갑오농민 전쟁 때 널리 불리워졌다는 "가보세(甲午才) 가보세 을미(乙未)적 을미적 병신(丙申)되면 못 가리" 라는 노래는 그 대표적인 예이다.

김삿갓의 희작시는 민간에서의 한자 사용 기법에서 나온 것이다. 그의 한시가 대중적 인기를 얻은 데는 해학, 풍자적 내용과 함께 이러한 정서적 끈도 큰 역할을 했다. 그는 엄숙한 사대부들에게는 비웃음과 경멸을 받았지만, 그 대신 궁벽한 촌 구석의 농민, 서당 아이들의 사랑을 받았다.

스무 나무 아래 서러운 나그네	二十樹下三十客
망할 놈의 집에서 쉰 밥을 먹는구나	四十家中五十食
인간 세상에 어찌 이런 일이 있는가	人間豈有七十事
돌아가 설은 밥을 먹느니만 못하네	不如歸家三十食

<「스무나무 아래에서」, 「二十樹下」>

널리 알려진 위의 시는 한자어를 가지고 순수한 우리말을 표기하는 파격적 실험을 잘 보여준다. 二十 → 스물 → 스무, 三十 → 서른 → 서러운, 설은, 四十 → 마흔 → 망할, 五十 → 쉰, 七十 → 일흔 → 이런의 방식을 거쳐야만 제대로 읽힌다. 그의 「언문시(諺文詩)」에는 "腰下佩 기역, 牛鼻穿 이응"으로 되어 한자와 한글이 섞여 있는 작품도 있다. 기역을 낫으로 이응을 코뚜레로 봐야만 해석이 된다. "허리에는 낫을 찼으며, 소 코에는 코뚜레를 꿰었구나"로.

물론 이런 형식의 시는 작가의 체험이 밑받침되지 않을 때 심심풀이를 위한 장난으로 떨어질 위험이 있다. 사실 김삿갓의 시로 전해지는 작품 중에서 희작적 성격을 가진 것들은 대부분 비속한 욕설이나 조롱으로 되어 있다. 허위에 찬 세태와 인물들의 거짓을 폭로하기 위한 수단이었지만 작품의 수준을 논한다면 긴장감이 떨어진다. 반드시 김삿갓의 것이라고 확정할 수 없는 경우도 많지만, 세태를 변혁의 시선이 아니라 야유와 조소의 눈길로 훑을 때 높은 수준의 작품은 기대할 수 없다. 이는 아무리 천재적 능력을 지녔던 김삿갓도 피할 수 없었을 것이다.

김삿갓 시의 또 다른 특징은 기존의 한시에서는 다루지 않았던 대상들을 과감히 시의 영역으로 끌어들인 것이다. 목침, 요강, 담뱃대, 콩, 닭, 이, 벼룩 등이 그것이다. 그는 「담뱃대(煙竹)」라는 시에서 그 모습을 "몸은 길어 배암같고 머리채는 솔개같다"고 형용하며, 같이 산을 넘기 몇번이고 배를 타기 몇번인가 되뇌인다. 담뱃대가 긴 객지 생활의 동반자로 고달픔을 잊게 해 줬음을 담담한 어조로 표현한 것이다. 차가운 화로(火爐)를 보고는 "머슴이 불을 넣어 활활 달게 한다면 호랑이, 고래도 구워낼 수 있을텐데"라 하여 아쉬움을 나타낸다. 「목침(木枕)」을 읊은 시에서는 "원앙 그림을 얻어 배게 마구리에 붙인다면, 평생 홀아비인 나에게 어울리리라"하여 의지할 곳 없는 외로운 마음을 토로하였다.

이런 소재의 확대는 필연적으로 미의식의 변모가 뒷받침될 때만 가능한 것이다. 빼어난 경치나 골동품을 완상할 때 느끼는 고상함만을 미적 대상으로 한정할 때 이런 일상 생활의 필수품들이 문학 안으로 들어올 수 없다. 매일의 일상 생활에서 삶의 가치를 찾고 아름다움을 느낄 수 있는 사람만이 이런 것들을 시화한다. 당연히 김삿갓의 시에는 전대 사대부들이 즐겨 읊었던 자연과의 합일이나 작자와 독자의 정신을 청정하게 하는 고답적 지향이 없다. 그 대신 우리 삶의 진실에 더 가까운 누추하고 고달픈 인생살이의 어두움, 외로움이 자리잡고 있다.

봉건말기 하층지식인의 모습, 가짜 김삿갓의 양산

김삿갓의 시는 당대는 물론 오늘날까지 대중의 사랑을 받는다. 이는 그의 작품 속에 깔려 있는 해학, 풍자 등이 대중의 정서와 닿아 있기 때문이다. 명문 집안 출신이었음에도 죄인의 후손으로 가출할 수밖에 없었다는 비극적 생애와 더불어 전국 곳곳을 다니며 뿌린 수많은 일화도 전한다. 그가 억울한 일을 당하고도 호소할 방법을 모르는 딱한 사람들을 위해 소장(訴狀)을 대신 써주었다는 이야기는 시 형식의 소장과 함께 전해져 그 사실감을 더하기도 한다. 또한 시골 서당의 어른, 아이들이 그에 얽힌 일화를 많이 이야기하고 그의 시를 외우며 모범으로 삼았다는 기록은 그의 대중적 인기와 아울러 그의 시를 즐긴 계층을 알 수 있다.

여기서 우리는 다시 한번 시야를 넓혀 김삿갓을 조선후기 지식인 계층의 분화, 확대과정에서 출현한 유랑문인의 전형으로 볼 필요가 있다. 김삿갓의 출현은 김병연 한 사람의 변모가 아니라 조선후기 몰락의 길을 걸을 수밖에 없었던 수많은 지식인의 삶의 궤적을 보여 준다. 그리고 그의 일탈적 행동과 한시 형식의 파괴는 사대부 계층의 존재 기반을 부정하고 봉건사회의 밖에 서고자 하는 부정정신의 발로이다.

18세기 후반부터 지식인의 분화는 그 상층과 하층에서 폭넓게 일어난다. 담헌 홍대용, 연암 박지원을 비롯한 실학자들은 노론벌열층과 맥이 닿아 있던 경화귀족 출신이다. 그럼에도 자의반, 타의반으로 벼슬길에서 소외되어 자신들의 불우한 처지를 새로운 지식을 통해 해소하였다. "기왓조각이나 똥거름에도 도가 있다" 며 낙후한 조선을 발전시킬 실용 학문의 가치를 주창한 이들의 존재는 상층 부분에서 일어났던 지배계급의 재편을 의미한다.

한편, 중앙정계와 어떤 줄도 닿아 있지 못하여 몰락의 길을 걷던 일군의 지식인들은 농사 지을 토지도 갖지 못하여 자신의 지식을 이용, 유랑하면서 생계를 유지하게 된다. 이들은 잠깐씩 머무를 때는 과객(過客)이며, 오래 머무를 때는 훈장 노릇을 하기도 했다. 이들이 지배계급 하층에서 분화되어 나온 계층이다. 농민적 지식인, 시골 훈장, 유랑 지식인들 중 일부는 유랑 농민들을 결집하여 명화적(明火賊), 녹림당(綠林黨) 같은 군도(群盜)를 이끌기도 하였다. 이에 그치지 않고 농민전쟁의 지도자가 되어 현실 개혁을 기도하기도 한다. 홍경래, 전봉준 등이 바로 이런 존재들이다.

뛰어난 지식인이 뜻을 펴지 못하고 몰락의 길을 걷고, 민중은 폭정에 신음하는 사회! 지식인들은 좌절하여 방랑하고 농민은 고향을 떠나 유랑민이 되고 일부는 반란세력으로 결집하였다. 19세기, 이런 과정을 거치면서 봉건국가는 그 역사적 생명을 다해가고 있었다. 그리고 이런 반봉건의 시대 속에 김삿갓의 궤적이 놓여 있다.

우응순
• 고려대 강사 • 주요 논문으로 「권호문의 시세계」와 「조선 중기 사대가의 문학론 연구」 등이 있다.

◆최근 학위논문 목록◆

(1995.2 - 1995.8)

1995.2. (가나다 순)

현대문학

강진호, 「1930년대 후반기 신세대작가 연구」, 고려대

김병로, 「한국 현대소설의 다성 담화기법 연구」, 한남대

김봉군, 「한국 소설의 기독교의식 연구」, 단국대

김외곤, 「김남천 문학에 나타난 주체 개념의 변모과정 연구」, 서울대

김용락, 「한국 민족문학론 연구:1950~1980년대 문학 논쟁을 중심으로」, 계명대

김유중, 「1930년대 후반기 한국 모더니즘 문학의 세계관 연구:김기림과 이상을 중심으로」, 서울대

김인섭, 「김현승 시의 상징체계 연구: '밝음'과 '어둠'의 원형상징을 중심으로」, 숭실대

김진기, 「일제 식민지하 희곡의 인물연구」, 청주대

동시영, 「노천명 시의 기호론적 연구」, 명지대

문영희, 「한설야 문학연구」, 경희대

박혜경, 「황순원 문학 연구」, 동국대

신웅순, 「육사시의 기호론적 연구」, 명지대

연용순, 「김기림시 연구:<태양의 풍속>을 중심으로」, 중앙대

유혜숙, 「서정주 시 연구:자기실현 과정을 중심으로」, 서강대

이경교, 「한국 현대 시정신의 형성과정 연구:한용운, 이육사, 그리고 이상을 중심으로」, 동국대

이경훈, 「이광수의 친일문학 연구:그의 정치적 이념과 연관하여」, 연세대

이미순, 「1920년대 한국 낭만적 자연시 연구」, 서울대

이은경, 「수산 김우진 연구」, 숙명여대

이은애, 「최재서 문학론 연구」, 서울대

이　중, 「김수영 시 연구」, 경원대
이필규, 「오장환 시의 변천과정 연구」, 국민대
전홍남, 「해방기 소설의 정신사적 연구」, 전북대
정문권, 「한국 전후소설의 휴머니즘 연구」, 한남대
정영길, 「한국 근대 역사소설 연구」, 원광대
정인문, 「김동인의 일본 근대문학 수용 연구」, 동아대
정희모, 「한국 전후 장편소설 연구:문학의식과 장편 양식의 변화를 중심으로」, 연세대
조두섭, 「1920년대 한국민족주의시 연구」, 대구대
조석구, 「조지훈 문학 연구」, 세종대
채희윤, 「한국 근대소설의 부상 연구: "대리부"의 유형을 중심으로」, 서강대
최두석, 「한국현대리얼리즘시연구:임화 오장환 백석 이용악의 시를 중심으로」, 서울대
최성심, 「소월시의 이미지 연구:물과 불의 융합양상을 중심으로」, 동국대
최정주, 「해방기의 이태준소설 연구」, 전주우석대
최학출, 「1930년대 한국 모더니즘시의 근대성과 주체의 욕망체계에 대한 연구:김기림, 백석, 이상의 시를 중심으로」, 서강대
한창엽, 「홍명희의 <임꺽정> 연구」, 한양대

고전문학

권순열, 「송천 양응정의 시문학 연구」, 전남대
권영문, 「화청의 서사문학적 변용」, 경기대
김수업, 「아기장수이야기 연구」, 경북대
김신연, 「인현왕후전 연구」, 숙명여대
김은수, 「매월당 시 연구」, 전남대
김정석, 「<단명담> · <추노담>의 소설적 변용과 그 성격」, 성균관대
김정주, 「조선조 유배시가의 연구:가사와 시조를 중심으로」, 한남대
김종환, 「사설시조의 서술구조와 현실인식의 표출양상 연구」, 경북대
김풍기, 「조선전기 문학론 연구:15세기 후반 문학론의 변화과정을 중심으로」, 고려대

노태조, 「불교계 효행 소설의 형성과 유통 연구」, 경상대

동 달, 「조선시가에 나타난 중국 시문학의 수용 양상 연구:송강, 노계, 고산을 중심으로」, 한남대

문무학, 「시조비평사 연구」, 대구대

박관수, 「판소리 차용가요의 성격과 기능 연구」, 한국외국어대

박삼찬, 「가사의 미적 요소와 그 기능 연구」, 영남대

박영완, 「황진이 문학 연구」, 충남대

박준원, 「<담정총서> 연구」, 성균관대

배영희, 「<구운몽>에 투영된 '구(九)'의 역학적 분석」, 경원대

서인석, 「가사와 소설의 갈래 교섭에 대한 연구:소설사적 관심을 중심으로」, 서울대

성충모, 「손곡 이달의 시 연구:풍격을 중심으로」, 인하대

송병상, 「조선후기 시조의 전개와 변모양상:가객의 활동을 중심으로」, 전주우석대

신경숙, 「조선후기 여창 가곡의 연구」, 고려대

신연우, 「조선조 사대부 시조의 이치-흥취 구현 양상과 의미 연구」, 한국학 대학원

신익철, 「유몽인의 문학관과 표현 수법의 특징」, 성균관대

아왕인부, 「한국 건국 시조신화의 비교 연구:일본신화 및 한국과 일본 현행 종교 의례를 중심으로」, 경기대

왕숙의, 「창강 김택영의 산문 연구」, 서울대

원선자, 「한국 고전소설의 여성상 연구」, 단국대

유달선, 「제주도 당신본풀이 연구」, 대구대

윤성현, 「고려 속요의 서정성 연구」, 연세대

이상설, 「삼국유사 인물설화의 소설화 과정 연구」, 명지대

이승복, 「처첩갈등을 통해서 본 가정소설과 가문소설의 관련 양상」, 서울대

이정주, 「가사문학의 사적 연구」, 원광대

이창헌, 「경판방각소설 판본 연구」, 서울대

김혜경, 「한·중·월 전기소설의 비교 연구:<전등신화>·<금오신화>·<전기만록>을 중심으로」, 숭실대

정형호, 「한국가면극의 유형과 전승원리 연구」, 중앙대

정홍모, 「19세기 사대부 시조 연구:주요 작가의 의식 지향을 중심으로」, 고려대

조만호, 「탈춤 <사설> 연구」, 성균관대

조병오, 「조선중기 애정한시 연구」, 동아대
조형호, 「향가의 '서정공간' 연구」, 서강대

1995. 8.

현대문학

고명수, 「한국 모더니즘시의 세계인식 연구」, 동국대
고현철, 「한국 현대시의 장르 패로디 연구」, 부산대
김만수, 「함세덕 희곡의 연극기호학적 연구」, 서울대
김주희, 「한국 현대 연작소설 연구」, 청주대
박귀례, 「다형 김현승 시 연구」, 성신여대
박찬두, 「김동리 소설의 시간의식 연구」, 동국대
박창원, 「장용학 소설 연구」, 세종대
박혜령, 「한국 반사실주의 희곡 연구」, 이화여대
안한상, 「해방기 소설의 현실인식과 형상화 연구」, 서울시립대
연용순, 「김기림 시 연구」, 중앙대
유문선, 「신경향파 문학비평 연구」, 서울대
이광수, 「1950년대 모더니즘 시 연구」, 고려대
이부순, 「한국 전후소설 연구」, 서강대
이선옥, 「이기영 소설의 여성의식 연구」, 숙명여대
임성조, 「만해 한용운시의 선해(禪解)적 연구」, 연세대
최규익, 「김동리의 소설 연구」, 국민대
한성봉, 「1930년대 도시소설 연구」, 원광대
홍의표, 「박목월시 연구」, 동아대

고전문학

강영순, 「조선후기 여성지인담 연구」, 단국대
권영호, 「장끼전 작품군 연구」, 경북대

김동수, 「한·일 강림신화의 비교 연구」, 성신여대
김수경, 「고려 처용가의 전승과정 연구」, 이화여대
김준기, 「신모, 신화 연구」, 경희대
문용식, 「가문소설의 인물 연구」, 한양대
박관수, 「판소리 처용가요의 성격과 기능 연구」, 한국외국어대
안기수, 「영웅소설 연구」, 중앙대
오영석, 「홍만종 비평의 연구」, 성신여대
이동연, 「19세기 시조의 변모 양상」, 이화여대
장인애, 「허난설헌의 시문학 연구」, 세종대
정병한, 「백호 임제의 시문학 연구」, 세종대
정형기, 「시조 시가론 연구」, 전북대
증천부, 「한국소설의 명대화본 소설 수용 연구」, 부산대
한태문, 「조선후기 통신사 사행문학 연구」, 부산대
허남욱, 「조선후기 문학사상 연구」, 성신여대

▷ 편집 후기

■ 요즘처럼 척박한 문화 풍토에서 한 권의 책을 세상에 내보낸다는 것은 많은 망설임을 요구한다. 그렇지만 경박한 저널리즘과 상업주의에 맞서 문학을 학문적으로 체계화하고 연구 풍토를 정착시킨다는 것은 두려움보다는 희망을 갖게 한다. 이 책은 진정한 아카데미즘의 부활을 꿈꾸는 문학 연구자들의 열린 공간이 될 것이다.

■ 손창섭의 도일 후의 행적을 조사하기가 쉽지 않았다. 손창섭의 결벽증과 그것을 소중히 여기는 국내외 지인들의 함구로 칩거 중인 손창섭을 독자들 앞에 다시 내세우기란 불가능했다. 이 자리를 빌어서, 간단한 행적이나마 알 수 있게 도와준 여러 분들께 감사드린다. 특히 동서문화사의 고정일 사장님께 심심한 고마움을 전한다.

■ 계획보다 한 달 가량 책이 늦어졌다. 원고가 예정보다 늦게 수합되었고, 출판사의 일정에도 다소의 차질이 있었다. 좋은 글을 보내주신 여러 선생님들께 죄송스러움을 금할 수 없으며, 차호부터는 이런 일이 없도록 노력할 것을 약속드린다. 아울러 어려운 여건에도 불구하고 책을 내준 출판사와 직원분들께도 감사를 드린다.

■ 책에 대한 비판적 견해를 겸허히 수용할 생각이다. 모쪼록 선배, 동학들의 아낌없는 편달과 질책을 부탁드린다.

작가연구

통권 제 1호

1996년 4월 10일 발행

발행인 김 태 범
편집인
주 간 서 종 택
발행처 새 미

등록번호 4247호
서울시 성동구 행당동 28-7번지
정우B/D 402호
2912-948, 2727-949, FAX: 291-1628

ISSN 1228-0852 정가 6,500원

작가연구 제2호

1996년 하반기

한국 현대시의 리얼리즘과 모더니즘

박민수 / (양장본)신국판 / 값 17,000원(국학자료원

우리 시에 대한 해석적 접근을 시도하면서 주로
음과 같은 흐름의 두 줄기—리얼리즘과 모더니즘—
관심을 가져왔다. 그 동안 논의되지 않은 문제들에
로 초점을 두고 있다.

신문소설이란 무엇인가?

임성래 外 / 신국판 / 값 9,000원(국학자료원

신문소설의 입장에서 본 <혈의 누>, 1930년대 한
신문소설의 존재방식, 프랑스의 신문소설, 소오세키
신문소설, 발자크와 신문소설, 프랑스 낭만주의와 대
문학, 프랑스 대중소설사 발생, 대중소설과 대중학문
문학으로 꾸며져 있다.

한국 현대 소설사론

정호웅著 / 신국판, 값13,000원(새미

1부는 이인직 · 현진건 · 엄홍섭 · 임화 · 김정한 · 손창
2부는 「흙」(이광수) · 「광분」(염상섭) · 「소시민」(이호철)을
분석했다. 3부에는 초기 경향소설의 전개 과정을 살핀
과 해방 이후 지금에 이르기까지의 한국 현대문학 50
연구사를 검토한 글을, 4부에서는 해방공간의 소설을 대
하는 자기비판소설을 다룬 논문을 각각 실었다

이카로스의 날개는 녹지 않았다(상 · 중 · 하)

강준희 / 전3책, 신국판 / 각권 값 6,500원(새미

예원아! 우리 그만 이카로스와 다이달로스처럼 백랍
로 만든 날개를 달고 이 미궁을 탈출해 태양을 향해 날
오를까? 그러다 태양열에 날개가 녹아 이카리아 바다
떨어져 죽더라도…

내 마음의 영원한 이마고인 예원아! 내 가슴의 영원
베아트리체인 예원아! 이제 우리는 눈앞에 물이 있어도
시지 못하고, 머리 위에 과일이 있어도 따먹지 못하는
탈로스처럼 영원한 기갈(飢渴) 속에서 살 수밖에 없구나.

TEL (02)272-7949 FAX (02)291-1628

작가연구

제2호

새 미

■ 책을 내면서

민족문학의 진보적 전통과 역사를 새롭게 인식하기 위하여

창간호에 보내준 여러 독자들의 관심과 격려에 대해 먼저 이 자리를 빌려 감사드린다. 부족하고 미진한 점이 많았음에도 불구하고 창간호가 여러 사람들의 관심을 모으고 또 호의적으로 평가받은 것에 대해 편집진들은 크게 고무되었던 것이 사실이다. 그런 만큼 창간호에 이어 2호를 내는 지금의 심정은 기쁜 한편으로 매우 무겁고 두렵다. 그러나 지난 여름 내내 작업한 결과를 이제 내보이게 되었으니 그 판단과 검증은 이제 독자 여러분들의 몫으로 남게 되었다.

'문학의 위기'라는 말이 넘쳐 흐르는 한편으로, 다른 한 쪽에서는 상업주의에 편승한 저열한 문학들이 판을 치는 형국이 오늘날 우리가 맞닥뜨리고 있는 상황이다. 더욱이 최근 우리 문학의 풍조는 인간 존재의 조건을 탈사회화와 탈역사화로 이끌어 고립되고 파편적인 인간만을 전면에 부각시키고 있다. 그리고 그러한 풍조는 마치 70년대와 80년대의 민족문학이 안고 있던 일정한 정치편향적 한계를 지양하는 새로운 경향으로 받아들여지기도 한다. 이는 걱정스러운 일이 아닐 수 없다. 인간의 삶을 규정하는 여러 가지 사회경제적 조건들은 너무도 쉽게 폐기되고, 그 자리를 대신 메꾸는 것이 '욕망'이나 '꿈' 또는 '존재의 근원'과 같은 형이상학이나 심리학적 상관물들이다. 이럴 때일수록 문학이 지닌 정당한 사회적 기능과 의미를 되살려, 그것이 인간의 삶과 역사를 바르게 꾸려나가는 데에 기여하도록 만들어야 한다.

『작가연구』가 문학사의 재해석과 새로운 발견을 통해 지향하고자 하는 바도 바로 이와 관련된다. 그러한 작업의 가장 밑뿌리에 해당하는 것이 작가와 작품에 대한 성실한 '읽기'일 것이다. 더구나 우리가 상대적으로 좀더 밀도있게 검토해 보고자 하는 한국전쟁 이후의 현대문학은, 지금으로부터 그리 멀지 않은, 가까운 과거임에도 그동안 이데올로기의 프리즘을 통해, 또는 세대간의 이해관계나 계파와 매체별로 형성된 주관적인 역사해석에 의해 정당하게 평가받지 못해 왔다.

'문학사는 늘 새롭게 써야 한다'는 명제가 다만 하나의 구두선(口頭禪)으로 그쳐서는 안되는 까닭은, 과거 문학의 재해석과 재평가가 현재와 미래의 문학에 큰 영향을 끼치기 때문이다. 우리는 늘 문학사를 통해 창작과 비평행위의 근거를 확보할 필요가 있다. 그럼으로써 성과는 이어받고 한계는 딛고 넘어서려는 노력을 기울여야 한다. 위에서 예로 든 최근 문학의 상황을 생각해 보더라도 문학사의 재해석을 통해 진보적인 우리 문학의 전통을 다시 확인하고 이를 바탕으로 민족문학의 재도약을 준비하는 일의 의미가 중요하지 않을 수가 없다.

'손창섭'에 이어 이번 호에는 '안수길'에 대한 집중적인 연구 논문을 싣는다. 50년대 문학을 이해하는 데에 손창섭이 하나의 시금석이라면, 안수길은 50년대 말부터 연재를 시작한 『북간도』를 통해 역사와 현실을 매개로 인간의 삶을 이해하는 서사문학의 전통을 되살리기 위해 애썼다는 점에서 이채로운 존재다. 그의 작품에 대한 평가는 긍정적일 수도 혹은 부정적일 수도 있을 것이다. 특집 원고들이 보여주는 고르지 않은 평가는 이 사실을 입증해 준다. 그러나 일제 강점기 민족 수난사로서의 간도 체험에 대한 집요한 그의 문학적 탐구는 이 시점에 이르러 재검토할 필요성이 있다. 무엇보다도 작금의 상황이 우리에게 '간도'라는 공간의 역사적 의미를 진지하게 되새기도록 만들고 있기 때문이다. '간도'라는 공간이, 투자에 대한 이윤의 극대화를 보장해 주는, 자본의 대륙진출의 교두보이거나, 백두산 관광을 위해 들러야 하는 중간 기착지일 수만은 없다. 또한, 불과 얼마 전까지 우리가 경험했던 가난과 초라함을 이제는 아득한 향수로 감상하도록 만드는 그런 공간으로 받아들여질 수만은 없다. 그곳은 가난과 핍박에 시달리던 우리 민족이 생존을 위해 최후로 선택할 수밖에 없었던 '유이민(流移民)'의 공간이며, 항일무장투쟁의 피어린 역사가 서린 공간이다.

근대문학에 나타난 간도체험의 의미를 전체적으로 검토한 이상경의 논문은 안수길의 간도체험의 문학사적 의미가 어디에 놓여 있는가를 분명히 짚어 주고 있다. 오양호는 안수길의 간도체험 문학을 가장 적극적으로 평가하는 연구자의 한 사람이다. 그의 관점이 다른 논자들과 뚜렷하게 구분되는 지점도 바로 여기인데, 그는 만주 시절 안수길의 초기 소설과 동인활동을 40년대 이후 암흑기 문학의 적극적인 성과로 이해하고 있다. 강진호는 『북간도』와 『을지문덕』의 집중 분석을 통해 안수길의 역사의식을 재구성하면서, 그것이 고구려 중심의 사관이며 동시에 영웅주의적 사관이란 점을 흥미롭게 분석해내고 있다. 윤석달은 가족사·연대기 소설의 맥락에서 『통로』와 『성천강』에 접근하고 있으며, 이주형은 안수길의 『북간도』가 '간도'라는 공간이 우리 역사에서 차지하는 의미와 그 공간에서 거주한 이주민의 삶을 제대로 형상화하는 데에는 이르지 못했다는 비판적 시각을 보여준다. 안수길의 단편을 통시적으로 읽고 분석한 이상갑의 논문도 주목할 필요가 있다. 대체로 이번 호를 준비하면서 우리가 부딪쳤던 어려움은 안수길의 작품 전체를 통독한 연구자를 무척 찾기 힘들었다는 사실이다. 그런 점에서 안수길의 단편을 통시적인 관점에서 고찰하는 이 작업의 의미가 새롭다. 안수길의 제자이며 그의 추천을 받아 『자유문학』을 통해 소설가로 등단한 박용숙의 회고는 작가 안수길의 인간적인 면모와 선비적 풍모를 엿보게 하는 소중한 글이다. 우리는 회고문을 통해, 평생 가난과 병고와 싸우면서 작가정신을 불태운 안수길의 또다른 면모를 발견하게 된다.

기획부분이 창간호보다 훨씬 다채롭고 풍부해졌다. 우선 '문학사의 쟁점'난을 새롭게 편성했다. '문학사의 쟁점'은 문학사 기술과 관련된 다양한 쟁점들을 집중적으로 다루게 될 것이다. 그만큼 이 기획은 '논쟁의 마당'으로서의 성격이 강하다. 연구자 여러분들의 큰 관심이 있기를 기대해 마지 않는다. 이번 호 '문학사의 쟁점'은 김영민의 「한말(韓末)의 <서사적 논설> 연구」를 싣는다. 구한말과 개화기로 이어지는 서사양식의 변천과정을 지금의 논의와는 전혀 다른 각도에서 이해하고자 하는 그의 글은 우리 서사문학의 발전과정에 대한 뜨거운 논쟁을 예감케 한다. 특히, 이식문학론에 맞서 소설양식의 내재적 발전과정을 더듬어 이를 실증해 보이고자 한 그의 시도는 근대 이전과 이후를 연결하는 중요한 이론적 작업이다. '오늘의 문화이론'에서는 소장 노문학자인 최건영이 초기 바흐찐의 이론을 중점적으로 검토·소개해 주었다. 한때 바흐찐이 국내 연구자들에게도 선풍적으로 읽히던 때가 있었으나, 이제야말로 유행과 시류적 관심을 벗어나 본격적으로 바흐찐을 연구해야 한다는 주장, 특히 바흐찐 해석에 나타나는 여러 오류를 비판하고 정확한 바흐찐 이해를 위해서는 초기 바흐찐을 철저히 연구해야 한다는 그의 문제제기는 매우 중요하고도 정당한 것이다. 김종균은 횡보의 『무화과』를 집중 분석하면서, 『삼대』와 『백구』 사이에 놓인 이 작품을 '식민지 민족의 훼손된 삶의 기록'으로 평가한다. 정우봉의 '이옥'에 대한 작가론도 흥미롭다. 그는 이옥을 이론과 실천 양면에서 조선 후기의 시정적 삶의 진실성을 중시하는 새로운 문학을 지향해 일대 혁신을 시도한 중요한 작가로 평가하고 있다.

기획 대담은 팔순을 눈앞에 둔 원로 시인 김경린 선생을 모시고 진행되었다. 김 시인은 해방 전부터 일본의 전위적인 모더니즘 시단에서 활동했고, 해방 이후에는 「신시론」「후반기」「다이알」 동인등을 거치면서 후기 모더니즘 시운동을 주도했던, 우리 모더니즘 시운동사의 산 증인이다. 그분의 여러 가지 역사적 증언은 이 시기 문학에 관심을 둔 여러 연구자들에게 많은 도움이 되리라 생각한다. 고령에도 불구하고 긴 시간 동안 대담에 응해 준 김경린 선생께 이 자리를 빌려 감사의 말씀을 드린다.

일반논문 다섯 편은 각기 김동인, 박태원, 최명익, 황순원, 남정현의 작품들을 새로운 시각과 방법론으로 접근하고 있다. 일반 논문의 필자들은 모두 삼십대 초중반에 해당하는 젊은 연구자들로서, 기존의 논의가 안고 있는 한계를 넘어서는 새로운 성과를 보여주고 있다.

이번 호부터는 연구자들에게 참여의 폭을 넓히기 위해 원고 모집 사고(社告)를 낸다. 수합된 원고는 일정한 절차를 거쳐 본지에 게재할 예정이다. 투고된 원고를 검토해야 하는 번거로움이나, 투고원고를 사정상 싣지 못했을 경우에 생겨날 불필요한 원성과 오해를 감안해 여러 차례 미루고 고민하다가 결정한 사항이다. 연구자 여러분의 활발하고 적극적인 투고를 기대한다.

끝으로 원고 마감일을 지켜 일찍 원고를 보내준 여러 필자들에게 예정보다 책 발간이 늦어진 점을 사과드린다. 2호에 독자 여러분의 많은 관심이 있으시길 기대한다.

1996년 9월

『작가연구』 편집위원 일동

특집 안수길

간도 체험의 정신사

이 상 경*

1. 머리말

우리 근대 문학에서 간도 체험이란 식민지 조선에서의 받는 억압으로부터의 탈출구이자 중국과 일본의 세력 다툼과 그에 맞선 반만항일운동이 첨예하게 벌어진 현장이라는 지역적 특수성을 전제한 자리에서 논의할 수 있는 것이다. 간도 지방은 조선 시대 후반부터 농토를 찾아 조선 농민의 이주가 조금씩 있었으나 그것이 본격화된 것은 개항 이후이다. 1905년부터 한일합방을 전후하여 항일무장세력이 이주하여 독립운동의 근거지를 건설하고자 했으며 일제의 토지조사사업이 진행되면서 땅을 빼앗긴 농민들이 대거 간도로 이주해 갔다. 그곳에서 조선의 이주민들은 일본과 중국 군벌의 관계 변화에 따라 한편으로는 일제의 보호 명목의 추적과 간섭을 받으며, 또 한편으로는 중국인 지주와 중국 관헌의 압박과 배척을 받아 이중의 고통을 겪어야 했다. 그러나 그런 만큼 항일무장독립운동과 반일자치운동이 활발했고 1920년대 중반이면 한인공산주의자단체도 생겨나면서 간도 지방에서의 반만 항일 투쟁은 더욱 격렬해졌고 그에 따른 중국 군벌과 일제의 대응도 더 무자비해졌다.[1] 1931년 일제의 본격적 만주 침략에 의한 만주 사변과 1932년의 만주국 건국은 새로운

* 李相瓊, 한국과학기술원 인문사회과학 과정 교수, 주요 저서로는 『이기영－시대와 문학』이 있음.

1) 스칼라피노 · 이정식 공저, 『한국공산주의운동사1』(돌베개, 1986), 198-233면. 김준엽 · 김창순 공저, 『한국공산주의운동사4』(청계연구소, 1986), 409-466면.

생존과 대응 방식을 요구했다. 1933년부터 일본은 대토벌을 벌여 소위 치안불량지역의 농촌을 불태우고 집단부락화하며 수많은 양민을 학살하는 참극을 벌였다. 1937년 중일전쟁이 발발하자 일제와 만주국은 전쟁 수행을 위해 각종 통제를 강화하는 한편 유축농업으로의 전환과 식량증산을 강요하였다.

우리 근대 문학에서 간도 체험이라고 하면 우리는 최서해, 강경애, 그리고 안수길의 간도 체험을 떠올릴 수 있다. 이 세 작가의 체험은 시기적으로 각각 3·1운동 직후의 1920년대, 간도 5·30폭동과 만주국 수립의 1930년대 전반, 그리고 중일전쟁기인 1930년대 말과 1940년대 초반의 것이며 당연히 그곳의 정세와 밀접히 관련되어 있다. 「탈출기」로 대표되는 궁핍의 간도, 「소금」으로 대표되는 반만항일무장투쟁 기지로서의 간도, 「목축기」로 대표되는 전시 생산 기지로서의 간도이다.

이들 중 안수길이 뒤에 장편 소설 『북간도』를 씀으로서 간도 체험을 가진 대표적인 작가로 부각되어 있지만 안수길의 그것은 간도의 일면일 따름이다. 특히 그는 1932-1945년까지 간도에서 살며 1940년대에 간도의 삶을 소재로 한 소설을 여러 편 썼음에도 불구하고 『북간도』(1959-1967)에서는 자신이 구체적으로 경험한 이 시기는 대충 건너뛰고 있음이 더 문제적일 수 있다. 안수길의 간도 체험이란 일제가 침략을 본격화하여 1932년 만주국을 세운 후 대규모의 항일 투쟁은 더 이상 없게 된 그러한 시기에 일제하의 만주에 아름다운 제 이의 고향을 건설한다는 '북향정신'이었고 해방 후의 시점에서는 그것의 허구성이 명백했기에 그랬던 것이다.

이 세 작가의 작품에서 간도 체험을 추적하고 비교해 보는 것은 식민지 시대 간도가 우리 민족에게 드리웠던 정신적 후광 혹은 그늘을 살피는 것이며, 식민지 시대 간도를 바라보는 세 관점을 밝혀보이는 것이기도 하다.

2. 최서해의 간도 체험 : 궁핍에 대한 계급적 인식

최서해는 1901년에 함경북도 성진에서 태어났고 1918년 간도에 들어가 유랑생활을 시작했다. 여기서 한때 아이들을 모아 놓고 글을 가르치기도 하고 부두 노동자, 음식적 심부름꾼 등등으로 최말단 생활을 하다가 1923년 봄에 귀국했다고 한다. 즉 최서해는 1918년부터 1923년 사이의 간도 체험을 가지고 그 이후 작가로 입신했다. 그의 처녀작 「토혈」과 등단작 「고국」을 비롯하여 「탈출기」, 「기아와 살육」, 「홍염」 등의 그의 대표작은 간도에서의 체험을 바탕으로 하고 있다. 이 작품들에서 최서해는 국내에서 살다 못하여 남부여대로 찾아든 사람들에게 간도 역시 궁핍의 땅이라는 것을 여실히 묘사하고 있다. 무산계급에게는 간도라고 해서 특별한 구원의 땅이 아니라는 것이다. 최서해는 자신이 겪은 궁핍의 체험을 계급적 모순의 인식으로 넓히면서 '신경향파'의 대표적 작가로 부각되었다. '신경향파'의 특징은 빈부의 계급적 대립 속에서 벌어지는 인간의 삶의 참담하고 비극적인 양상을 객관적으로 묘사하면서 결말 부분에서는 그런 상황에서 준비되지 않은 주관적 극복을 지향하는 것이다. 최서해가 그 이전의 작가와는 다른 새로운 작품 세계를 창조할 수 있었던 것은 바로 그의 간도 체험 덕분이었다. 국내와는 다를 것이라고 믿었던 간도에도 여전히 중국인 지주가 있고 소작인의 처지에서는 마찬가지라고 하는 민족을 넘어서는 궁핍의 계급적 체험에 최서해의 간도 체험의 특징이 있는 것이다.

최서해는 처녀작 「토혈」(1924)을 다듬어서 「기아와 살육」(1925)으로 다시 발표하였는데, 「기아와 살육」은 아내는 아프나 돈이 없어 치료받지 못하고 어머니는 좁쌀을 사오다가 중국인이 기르는 개에게 물리는 극도로 빈궁한 삶과 굶주리고 병든 가족을 바라보는 가장의 고통스런 심정을 매우 사실적으로 참혹하게 묘사하면서 그가 발광하여 식칼을 들고 가족을 찌르고 중국 경찰서로 쳐들어 가는 것으로 결말 처리를 한 신경향파의 전범같은 작품이다. 극한의 궁핍이 묘사되어 있는 것이다. 「고국」(1924)에서는 주인공 운심은 3·1운동 이후 큰 뜻을 품고 서간도로 건너갔다. 간도의 조선인은 "거개가 생활 곤란으로 와 있고 혹은 남의 돈 지고 도망한 자, 남의 계집 빼가지고 온 자, 순사 다니다가 횡령한 자, 노름질하다가 쫓긴 자, 살인한 자, 의병 다니던 자, 별별 흉한 것들이 모여서 군데군데 부락을 이루고 사냥도 하며 목축을 하며 농사도 하며 불한당질도 하는 곳이다." 그때에 남북 만주에 독립단이 벌떼같이 일어나 정탐꾼이라고 독립군 총에 죽은 사람이 많았는데 운심이도 그런 오해를 받아 독립당 감옥에 갇혔다가 나와서 독립군에 뛰어들었다. 처음에는 기뻤으나 날이 가면서 군인 생활에 염증이 나고 1920년 일본군의 대토벌을 겪은 후 독립군이 해산하게 되면서 운심이도 표랑하다가 1923년 실패자라는 느낌을 안고 귀국하게 되었다는 줄거리이다. 이것은 「토혈」과 더불어 최서해 자신의 체험을 근거로 한 것으로 보인다. 이 체험을 객관화하면서 최서해는 극한의 궁핍과 그것을 극복하는 방도로서 '독립단'에 투신한다고 하는 「탈출기」(1925)에서 국내나 간도나 똑같은 궁핍의 땅이라고 하는 것이 주인공의 입을 빌어 직접 토로한다.

> 내가 고향을 떠나 간도로 간 것은 너무도 절박한 생활에 시들은 몸에 새 힘을 얻을까 하여 새 희망을 품고 새 세계를 동경하여 떠난 것도 군이 아는 사실이다.
> – 간도는 천부금탕이다. 기름진 땅이 흔하여 어디를 가든지 농사를 지을 수 있고 농사를 지으면 쌀도 흔할 것이다. 삼림이 많으니 나무 걱정도 될 것이다.
> 농사를 지어서 배불리 먹고 뜨뜻이 지내자. 그리고 깨끗한 초가나 지어 놓고 글도 읽고 무지한 농민들을 가르쳐서 이상촌을 건설하리라. 이렇게 하면 간도의 황무지를 개척할 수 있다.
> ……
> 그러나 나의 이상은 물거품으로 돌아갔다. 간도에 들어서서 한 달이 못되어서부터 거칠은 물결은 우리 세 생령의 앞에 기탄없이 몰려

왔다.

> 나는 농사를 지으려고 밭을 구하였다. 그러나 빈 땅은 없었다. 돈을 주고 사기 전에는 한 평의 땅이니미 손에 넣을 수 없있다. 그렇지 않으면 지나인의 밭을 도조나 타조로 얻어야 한다. 일년 내 중국 사람에게서 양식을 꾸어 먹고 도조나 타조를 얻는대야 일년 양식 빚도 못될 것이고 또 나같은 시로도에게는 밭을 주지 않았다.2)

간도에 황무지를 개척하여 이상촌을 건설한다고 하는 것은 한일합방 전후와 3·1운동 이후 간도로 이주한 민족주의 계열의 항일 무장투쟁이 1920년 일본군의 대토벌을 겪으면서 세력이 약화되는 한편, 1918년 국내에서 토지조사사업이 완료되고 산미증식계획이 진행되면서 땅을 잃은 농민들이 간도 지방으로 대거 이주하는 상황에서 본격적으로 논의되기 시작한 것이다. 그러나 중국과 일본의 세력이 맞부딪치는 만주 지방에서 이상촌 건설이란 쉬운 일이 아니며, 나아가 허황한 생각이었다. 민족 단위의 국경을 넘어온 곳에서도 여전히 마주치는 궁핍한 현실에서 계급적 인식이 시작되는 것이다.

「홍염」(1927)은 중국인 지주의 첩으로 딸을 뺏긴 문서방이 지주에게 죽어 가는 아내가 딸의 얼굴을 한번만이라도 볼 수 있도록 해 달라고 애걸하다가 끝내 거절당하고 아내가 죽자, 지주집에 불을 지르고 지주를 죽이고 딸을 도로 찾아 나온다는 이야기이다. "언제나 이놈의 소작인 노릇 면하여 볼까? 경기도서는 소작인 10년에 겨죽만 먹다가 그것도 자유롭지 못하여 남부여대로 딸 하나 앞세우고 이 서간도로 찾아 들었더니 여기서도 그네를 맞아 주는 것은 지팡살이였다"는 문서방의 처지는 간도로 이주한 농민 생활의 전형적인 표현이다. 그리고 중국인 지주인 은가와 소작인 문서방 사이의 갈등에 세부 묘사의 초점이 맞춰지고 있다. 소작농민에게는 간도라고 해서 특별히 더 나은 곳은 아니라고 하는 간도 체험은 최서해에게는 계급적 모순의 깨달음을 주었으며, 작가 자신이 간

2) 곽근 편, 『최서해 전집 · 상』(문학과 지성사, 1987), 17면.

도에서 돌아와서 시작한 작품 활동이 '신경향파 문학'이라는 우리 근대 문학의 한 새로운 전기를 마련할 수 있었던 것도 간도 체험에서 비롯된 이 깨달음이었던 것이다.

3. 강경애의 간도 체험 : 반만항일무장투쟁의 기지

강경애는 1906년에 태어나 황해도 장연에서 성장했다. 평양숭의여학교를 다니다가 퇴학당하고 1920년대 후반에는 국내의 사회 운동 단체에 관련하면서 독자 투고를 통해서 문단에 나서고자 했던 강경애는 1931년 6월 만주로 갔다가 1932년 6월에 귀국한다. 그리고 1933년경 다시 간도 용정으로 이주하여 1939년 병으로 귀향할 때까지 용정에서 살면서 작품을 썼다. 1930년대의 간도에서 특히 1930년의 간도 5·30 사건을 정점으로 하는 한인공산주의자의 무장투쟁은 끊이지 않았으니 이와 관련하여 1931년 8월까지 일제의 간도 총영사관에 검거된 한인공산주의자만도 2000여 명을 돌파했고 그 가운데서 예심에 회부되어 유죄가 결정된 사람은 350명에 달하게 되었다.[3] 강경애는 이 시기에 간도 곳곳을 돌아다니며 각종 체험을 했다. 이 시기의 간도 체험은 강경애의 작품 세계 전체를 지배하고 있다. 강경애는 1931년 간도로 갔다가 일년만인 1932년 대대적으로 진행된 일본 군대의 토벌작전을 피해 일단 고향으로 돌아오는데 귀향길에 회령역에서 남부여대하여 중국 본토로 피난 가는 수백명의 중국인들, 훈춘 지방에 출정했다가 돌아오는 일본 군대와 그들을 환영하러 나온 어린 학생들의 만세 소리와 그들이 흔드는 일장기를 보고 일제의 간도 토벌에 희생된 많은 사람들을 떠올린다.

3) 김준엽 · 김창순 공저, 『한국공산주의 운동사 4』(청계연구소, 1986), 443면.

> 햇빛에 빛나는 총검에서는 피비린 냄새가 나는 듯 동시에 ××당의 혐의로 무참히도 원혼으로 된 백면 장정의 환영이 수없이 그 위를 달음질치고 있었다. 나는 발길을 너 옮실 용기가 나지 않았다.[4)]

1931년 7월 만주 사변을 일으키고 1932년 3월 만주국을 세운 일제에 의해 '무참히도 원혼이 된 백면 서생'의 환영은 이후 강경애의 소설에 늘 등장하며 그의 간도 체험의 핵심이 된다.

강경애는 1931-1932년 동안 중국 간도 용정 일대에 있으면서 때로는 임시교원으로 일하기도 하고 무직업과 가난의 고초를 겪기도 했다고 하며[5)] 또한 "강경애에 대한 친지들의 회상 자료에 의하면 그는 '간도에서 빨찌산의 진면목을 포촉하고저 유격대에 들어가려고 한 일도 있었다'한다. 이것은 강경애가 항일유격대를 무한히 동경하고 있다는 것을 말해준다."[6)]는 서술도 있다. 이런 기록들을 참고한다면 만 1년간의 간도 방랑 체험은 이후 그의 간도 이주의 계기가 되었으며 그의 작품 활동의 중요한 원천이 되었다고 볼 수 있다. 강경애는 1933년에 다시 간도로 가서 결혼 생활을 하는데 그의 생활은 간도지방의 반만항일운동과 일정하게 관련 맺고 있었던 것으로 보인다. 「원고료 이백원」에서 남편을 매개로 한 그런 사회운동과의 관련이 분명히 드러나며[7)] 소설 「번뇌」에도 남편의 친

---

4) 강경애, 「간도야 잘 있거라」, 『동광』 1932.10.

5) 김헌순, 「강경애론」, 『현대작가론 1』(조선작가동맹출판사, 1961)

6) 김창현, 「해설」, 『(현대조선문학 선집 30) 인간문제』(문학예술종합출판사, 1994), 8면.

7) 이렇게 강경애의 소설 속에는 '남편'의 친구인 많은 사회주의자들이 등장한다. 그런데 작가의 남편 장하일은 해방 후 황해도에서 인민위원회 위원장을 지냈다 하며, 1946년 8월 28일부터 열린 북조선 노동당 창립대회에 황해도 대표로 출석해서 발언하고 있다.(「북조선노동당 창립 대회 회의록」, 국토통일원 편, 『조선 노동당 대회 자료집』 제1집, 국토통일원, 1988, 41-42면) 이 대회는 북조선 공산당과 신민당이 합작하여 북조선 노동당을 창당하는 회의인데, 장하일은 북조선 공산당 쪽의 대표로 참석했다. 해방 후 이 대회에 대표로 참가할 정도이면 장하일은 일제 말까지 어떤 형태로든 운동에 관여하고 있었던 것으로 보인다. 또한 1947년과 1948년에는 북조선 노동당

구 R이 등장하는데 R은 '주의자'로서 7년간 감옥살이를 하고 나온 사람이다. 이런 생활의 체험 속에서 반만항일유격대를 형상한 작품 「소금」과 「어둠」이 나올 수 있었고, 간도 체험에서 획득된 역사 인식에서 식민지 시대 뛰어난 리얼리즘 소설의 하나로 평가받는 장편소설 『인간문제』의 창작이 가능했다.

강경애의 첫소설 「파금」(1931)은 이념적 갈등으로 번민하던 주인공이 경제적 궁핍에 내몰려 간도로 이주한다는 이야기인데, 작가가 간도로 가기 전의 작품인데도 작품 마지막 부분에 "그후 형철이는 작년 여름 XX에서 총살을 당하였고 혜경이는 XX 사건으로 지금 XX 감옥에서 복역 중이다"고 하는 후기를 덧붙여 놓았다. 작품 외부에 놓여 있는 작가의 의도로서 간도에서의 반만항일혁명운동에의 지향을 직설적으로 드러내 보이는 작품으로서의 의미를 가진다.

『소금』(1934)은 간도 지방에서 경제적 궁핍과 정치적 갈등을 겪는 조선 민중의 비참한 처지를 보여주면서 이런 불합리한 사회를 뒤엎기 위해 투쟁하는 반만항일 유격대의 모습과 그에 대한 민중의 감정을 암시적으로 반영한 작품이다.

일제의 식민지 정책이 진전될수록 조선 민중의 경제적 궁핍은 심해져서 견디다 못한 많은 사람들이 간도를 비롯한 만주 지방으로 이민을 떠났지만 대부분이 중국인 지주 밑의 소작농으로 그 생활이 아주 비참했다. 봉염이네 가족 역시 고향에서 빚에 쫓겨 만주로 와서 팡둥(중국인 지주)의 땅을 소작한다. 그러나 비참한 생활은 마찬가지이고 오히려 소금값은 쌀값의 세 배나 되어 소금 대신 고추가루로 식욕을 때우는 지경이며 공산당과 자×단 사이에서 민중들은 갈팡질팡하며 고난을 겪는다. 봉염 아

기관지인 『근로자』에 두 편의 글을 싣고 있으며, 특히 노동신문사의 부주필로 있으면서 (주필은 기석복) 노동신문사에서 1949년 강경애의 『인간문제』를 단행본으로 내었다. 이런 해방 후의 경력으로 미루어 간도에 있던 장하일이 단순하게 교사 노릇만 하지는 않았을 것임은 분명하다.

버지가 팡둥과 함께 자×단의 비위를 맞추다가 공산당에게 살해당하자 평소 아버지와 뜻이 맞지 않던 봉식이는 집을 나갔고 봉염 어머니는 팡둥의 집에서 일해주며 살게 되었다. 겁탈당하여 팡둥의 아이까지 가진 봉염 어머니를 팡둥은 봉식이가 공산당으로 사형당했다고 하면서 쫓아내었다. 봉염 어머니는 "봉식이는 똑똑한 아이다. 그러한 아이가 애비 원수인 공산당에 들었을 리가 없을" 것이라고 생각했다. 쫓겨난 봉염 어머니는 남의 집 헛간에서 아이를 낳았는데 먹을 것이 없어서 파를 씹어 먹는다. 이런 극도의 빈곤 상태에서 남의 집 유모 노릇을 하다가 전염병으로 봉염이와 아기를 잃은 봉염 어머니는 자기의 불행이 공산당 때문이라고 생각한다. 남편을 죽인 공산당은 그에게는 철천지 원수인 듯하고 봉식이가 공산당으로 죽었다는 것도 팡둥이 자기를 내쫓기 위한 더러운 핑계였다고 생각했다. 그는 자살을 생각하다가도 공산당에 대한 증오로 마음을 돌이킨다. "사는 날까지 살자. 그래서 봉식이도 만나보고 그놈들 공산당들도 잘되나 못되나 보구. 하늘이 있는데 그놈들이 무사할까부야. 이놈들 어디 보자."라고 치를 떨면서. 궁핍의 벼랑에서 소금 밀수길에 나선 봉염 어머니는 드디어 공산당들을 만났다. 당시 일제는 항일유격대를 끊임 없이 공비(共匪)라고 공격해대고 있었다. 봉염 어머니도 그렇게 믿고 있었다. 그런데 그들은 소금도 뺏지 않고 한바탕 연설만 하고는 보내주었다. 그들은 "쇳소리같이 웅장한 음성"으로 연설했는데 봉염의 어머니는 그것이 자기 가족을 배려해주던 싼드거우의 학교 선생 음성 같다고 생각한다. 그러면서도 아직 믿음은 가지 않는다.

> 저들이 말하는 것이 어쩐지 이 소금 자루를 빼앗으려는 수단 같기도 하고 저 말을 그치고 나면 우리를 죽이려는가 하는 의문이 자꾸 들었다.
>
> 어둠 속에서 연설이 끝난 후에 원로에 잘 다녀가라는 인사까지 받았다. 그들은 얼결에 또 다시 걸었다. 그러면서도 저들이 우리를 돌려보내는 것처럼 하고 뒤로 따라오며 총질이나 하지 않으려나 하

여 발길이 허둥거렸다. ……

동시에 한 가지 의문되는 것은 저들이 어째서 우리들의 소금짐을 빼앗지 않고 그냥 보내었을까가 의문이었다. 그렇게 사람 죽이기를 파리 죽이듯하고 돌과 쌀을 잘 빼앗는 그 놈들이 ……하며 그는 이제야 저주하기 시작하였다.

이 부분은 당시 일반 민중이 지니고 있던 공비에 대한 생각을 여실히 보여준다. 거의 마적단과 동일시하는 것이다. 그러나 풍문으로 듣던 것과는 달리 실생활에서 그들이 해를 입히지 않고 오히려 신뢰감을 주는 목소리로 다가오고, 고생을 하고 짊어지고 온 소금짐을 한줌도 팔지 못하고 순사들에게 빼앗겼을 때 어머니는 전날 밤 들은 연설을 새삼스럽게 생각해낸다. 아들 봉식이의 죽음은 만주사변 이후 전개된 일제의 대토벌작전 과정에서 일어난 사건임은 말할 것도 없다. 작가는 이런 인식 과정을 매우 암시적으로 제시하는데 검열을 뚫고 국내의 독자들에게 반만항일유격대의 참 모습을 전달하기 위한 작가의 조심스러운 배려가 깔려 있는 것이다.[8)]

8) 덧붙여 밝혀둘 것은 「소금」은 연재되면서 봉염 어머니가 순사에게 잡혀가는 순간 벌떡 일어서면서 공산당에 대해서 새로운 인식을 하게 된다는 맨 마지막 부분이 검열에 의해 먹칠되어 있는데 북한에서 이 작품을 출간하면서 먹칠된 부분을 다음과 같이 복원해두었다는 점이다.

봉염 어머니는 순사에게 끌려가며 밤의 산마루에서 무심이 듣던 말, "여러분, 당신네들이 왜 이 밤중에 단잠을 못자고 이 소금짐을 지게 되였는지 알으십니까" 하던 그 말이 문득 떠오르면서 비로소 세상일을 깨달은 것 같았다. 그리하여 이제는 공산당이 나쁘다는 왜놈들의 선전이 거짓 선전이며, 봉식이 아버지가 공산당의 손에 죽었다는 말도 새빨간 거짓말이라는 것을 똑똑히 알았다. 그리고 봉식이가 경비대에 잡혀가 사형을 당했다는 팡둥의 말 역시 믿을 수 없는 수작이며 봉식이는 틀림 없이 공산당에 들어가 그 산사람들과 같이 싸우고 있을 것이라고 생각되였다. 왜냐면 봉식이는 똑똑하고 씩씩한 젊은이이기 때문에! 봉염어머니는 벌써 슬픔도 두려움도 없이 순사들의 앞에 서서 고개를 들고 성큼성큼 걸어 갔다. (강경애, 『인간문제』, 평양 : 문예출판사, 1986)

사회주의 운동과 항일유격부대의 기세가 드높았던 1930년대 전반에 비해 일제의 극심한 탄압을 겪은 1930년대 후빈으로 들어서면서 간도 지방의 변화한 세태를 강경애는 「모자」(1935)에서 이미 다루었거니와 이처럼 변한 인심과 '주의자'들의 남은 가족이 겪는 고뇌는 「어둠」에서 생생하고 절실한 사건으로 형상화되었다.

「어둠」(1937)에서는 병원에서 간호부로 일하는 영실이가 주인공인데 영실이의 오빠는 "우리는 없는 놈이니까 같은 없는 놈들을 동정하여야 하고 보다도 이러한 생지옥을 벗어나기 위하여 싸우지 않으면 안된다"고 말하고 떠난 인물이다. 영실이가 일하는 병원의 의사는 십년 전에는 가난한 환자에게 무료 치료까지 해주며 영실이와 동지이자 애인의 관계를 가져왔다. 그러나 세상 인심이 변하니 그도 변하여 영실이를 버리고 다른 여자와 약혼을 하고 말았다. 그리고 그 의사가 전해주는 신문 쪽지에는 그 오빠가 사형당했다는 기사가 실려 있었다. 그날 의사가 맹장염 수술을 집도하는데 영실이의 눈에는 환자가 오빠처럼 보이고, 의사가 칼을 들고 오빠를 죽이려고 하는 것처럼 보여 의사에게 달려든다. 영실은 미친 것이다. 그러고서 영실은 병원에서 쫓겨난다. 정신착란이란 객관 세계의 존재를 주관적으로 부정 극복하는 방식이다. 영실이가 광란의 행동으로 오빠를 죽인 현실과 자기를 배신한 의사에게 공격성을 드러낸다는 것은 그만큼 객관 세계의 억압이 강고하고 반면 주체는 현실적으로 그것을 극복할 길이 막혀 있다는 것이다.

「어둠」이 중요한 것은 이 작품이 세칭 '간도 공산당 사건'을 증언하고 있다는 점에 있다. 그 누구도 감히 말하지 못하고 외면했던 사건을 강경애는 작품에서 되살리고 있는 것이다. 1930년-1932년 사이 일제는 대토벌

이러한 복원이 원작과 일치한다는 보장은 전혀 없다. 가령 '공산당'이나 '왜놈'이라는 단어를 공공연히 사용할 수는 없었기에 그렇게 작품에 직접적으로 드러내기는 어렵다. 그러나 소설의 전체 맥락상 이런 정도의 의미를 담았을 수는 있을 것이다.

을 통해 수많은 사람들을 잡아들여 4차례의 '간도 공산당 사건'을 만들어 내었다. 그 중에서 제4차의 사건은 1936년 2월에 재판이 종결되면서 치안 유지법 위반에 살인 방화 강도 등의 죄목이 곁들여져 18명의 사형수를 내었고 그들은 1936년 7월 사형당했다. 「어둠」의 주인공 영실이는 그런 사형수 중 한 명을 오빠로 둔 인물로 되어 있다. 이 사건이 있고 반년만인 1937년에 이 작품을 발표했으니 강경애는 간도에 살면서 간도에서의 현재적 체험을 증언하는 것, 그리고 그것은 민족해방과 계급해방을 위해 투쟁하는 투사들의 삶을 증언하는 것으로 작가적 임무를 삼았던 것이다. 반만항일운동의 기지였던 간도에서의 체험이 강경애로 하여금 국내의 어느 작가도 감히 다룰려고 하지 않고 다룰 수도 없었던 사건을 소재로 하고 절망적인 시대 분위기를 극한에까지 묘사하게 한 것이다.

강경애의 마지막 작품 「검둥이」(1938)는 제2회치부터는 발굴이 되지 않은 상태이지만 1937년 중일전쟁을 일으키고 일본이 승승장구하는 시점에서 간도 지방에 남아 있던 양심적 지식인의 고뇌를 표출한 작품이다.

이처럼 강경애는 간도 지방에 살면서 조선 민중의 궁핍한 삶과 그러한 삶을 강요하는 억압, 그 억압에 맞서 싸우는 반만 항일 운동 세력에 지속적인 관심을 가지면서 그거을 증언하고 형상화하는 노력을 기울이면서 독자적인 문학 세계를 만들어 나갔다. 궁핍의 땅이지만 국내에서는 가능하지 않았던 격렬한 무장 투쟁을 볼 수 있었던 것이 강경애의 간도 체험이었다.

4. 안수길의 간도체험 : 생존 유지를 위한 '북향정신'

안수길은 1911년 함흥에서 태어나서 1924년 14세의 나이로 아버지가 있는 간도에 갔다가 1926년 3월 다시 함흥으로 왔으며 그 사이 서울과 일본을 거쳐 다시 1931년에 간도로 갔다. 용정과 신경에서 교사와 신문 기자 생활을 하면서 1944년에는 작품집 『북원』을 내었다. 병으로 1945년 6월에 함흥으로 귀향했다. 안수길의 할아버지는 함경도, 간도, 아라사 등지로 객주를 정해두고 행상을 했던 것같고, 아버지는 시골의 소학교 선생을 하다가 1921년 경 간도로 먼저 이주하여 교사 노릇을 하고 있었다.[9] 이 대목에서 우리는 최서해나 강경애와는 다른 안수길의 간도 체험의 특수성을 감지하게 된다. 최서해는 국내의 궁핍을 벗어나기 위해 간도로 갔다가 마찬가지의 궁핍을 체험했고 강경애는 일정한 이념적 지향을 가지고 간도로 갔으며 거기서 반만항일무장투쟁을 경험했다. 반면 안수길에게 1924년의 간도행은 잠시 떨어져 있던 부모 곁으로 가는 것이었고, 1931년의 간도행은 아버지의 병구완이 목적이었으니, 그에게 간도란 낯설고 새롭거나 특별한 임무를 부과하는 땅이 아니라 이미 가족이 가서 정착하고 있는 곳이었다. 그래서 안수길에게 간도는 말 그대로 '제 이의 고향'이었으며 그곳에서의 삶은 굳이 특별하게 의미를 부여하지 않아도 되는 그런 일상적 생활이었다. 그곳에서 안수길은 한 사람의 생활인이었다. 물론 그 생활이 안온한 것은 아니다. 안수길이 성년의 나이로 생활하게 된 1931년 이후의 간도 사정은 앞장에서 본 바이다. 그런데 1930년 최고조에 달했던 폭동 형태의 반만항일운동에 대한 일제의 대대적인 검거로 무장 세력이 농촌 깊숙이 들어가면서 농촌 지역에는 대대적이고 무자비한 토벌작전이 행해졌지만 그런 만큼 도시 지역에서는 일본의 무력에 의한 강요된 표면적인 안정이 이루어지고 있었다. 만주국이 가져다준 평온이라고 할 만한 것이었다. 거기에서 만주를 자손에게 물려줄 아름다운 제이의 고향으로 가꾸자는 북향정신이 운위될 수 있는 것이다.

안수길의 초기 문학을 논하면서 김윤식 교수는 만주국 수립 후의 간도의 조선문학은 괴뢰 만주국을 받아들이는 현실적인 친일문학, '신천지'

9) 김윤식, 『안수길 연구』(정음사,1986), 13면.

만주국에서의 진정한 5개 민족협화를 꿈꾸는 이상적인 만주국 문학이 있을 수 있는데, 안수길은 둘 사이에서 만주국을 구성하는 각 민족이 각자 자기 민족의 생존과 이익을 도모하는 그런 이념, 구체적으로는 선택 불가능한 그런 상태에서 간도 지방 조선 민족의 살아 남기를 문학에서 구현하는 것으로 보았다.[10] 그러나 만주국에서 '진정한 민족협화'가 반일 문학의 이념이 될 수 있는 것인가 의문이며, 만주국에서 일본의 권력이 현실화된 1940년의 시점에서는 민족 협화 이념의 허구성은 이미 드러나 있는 상태이다. 친일문학과 만주국 문학 사이의 제3의 길이란 존재하지 않는 것이고, 친일문학이거나 쓰지 않거나, 써서 묻어두거나의 길이 있는 것이다. 국내의 많은 작가들이 살아 남기 위해서 친일의 길로 갔고 강경애는 쓰지 않았으며, 윤동주는 묻어두었다.

따라서 안수길을 비롯한 간도 지역 조선 문학인들이 두드러지게 내세운 '북향정신'[11]이란 만주국에서 조선 민중의 본능적 살아 남기일 뿐 아니라 작가로서 안수길의 일제 말기 전시 동원 체제 하에서의 생존 본능이기도 했다. 이렇게 생존을 위하여 만주국에서 만주국 정부의 기관지 『만선일보』를 통해서 이루어진 안수길의 활동은 친일문학일 가능성이 높으며, 이 점은 안수길이 1931년 이전을 배경으로 한 「새벽」이나 「벼」보다는 동시대의 간도를 배경으로 한 「목축기」나 『북향보』에서 두드러지게 나타난다.

안수길은 간도에서 1935년에 『조선문단』 속간 기념 현상문예에 「적십

10) 김윤식, 『안수길 연구』, 57-65면.
11) 간도 지역의 문학인들은 1935년 경 동인지 『북향』을 내었다. 서울 문단만 바라보는 기성 문인들을 비판하는 신인들의 동인지였다. 강경애도 고문격으로 참여하여 짤막한 시를 싣고 있기는 하나 적극적으로 관여한 것 같지는 않다. 강경애에게 간도란 반만항일 투쟁의 기지로서 의미를 가지는 것이고 국내의 독자들에게 그 동향을 알리는 것을 작가적 의무로 생각했기에 간도 문단이란 별 의미가 없었을 것이다. 그러나 간도를 국내와는 별개의 공간으로 여기는 입장에서는 간도 문단의 건설에서 명분을 찾고 주력할 수밖에 없을 것이니 역시 '북향정신'의 발로이다.

자 병원장」을 투고하여 일등 당선되었다고 하는데 실제 그 작품은 '일경의 검열 때문에' 잡지에 발표되지는 않았다. 안수길 자신의 회고로 그 작품의 개요를 접할 수 있을 따름이다.

> ……독립군의 적십자 병원장이었던 주인공이 일경의 눈을 속이기 위해 거짓 미치광이 노릇을 하다가 마침내 그 부락을 습격해온 공산 유격대의 손에 납치되어 간다는 줄거리였다.
>
> 이 작품은 당선되던 수년 전에 동경에서의 학업을 아버지의 병환에 따르는 경제 사정으로 계속할 수 없어 용정으로 돌아온 뒤 팔도구라는 곳에서 1년간 교편을 잡은 일이 있었는데 그때 내가 만난 한 인물에서 취재한 것이었다.[12)]

안수길의 처녀작인 이 작품에서 우리는 안수길의 간도 체험의 특수성과 안수길 문학의 방향성을 가늠할 수 있으니, 그것은 간도 조선인들의 삶을 일본군과 공산유격대 사이에서 부대끼면서 생존을 유지하는 것으로 그려내는 것이다. 최서해의 계급적 인식이나 강경애의 정치적 지향과는 사뭇 대조되는 출발이다.

「새벽」(1940)은 함경도의 한 바닷가 마을에서 두만강 건너 상류 산골짜기의 M골에서 사는 가족의 이야기이다. 이 마을은 호가네 지팡과 윤가네 지팡으로 이루어져 있다. 소설은 '나'의 아버지가 소금 밀수를 해놓았는데 그것을 호가네 지팡의 관리인인 박치만이 밀고하여 중국인 즙사대에 붙들려 가는 것으로 시작한다. 지주인 호씨는 "특히 조선 사람에게 이해가 많아 …… 작인들에게 후하게 하"는 사람이었다. 그런데 박치만은 원래 조선 태생이나 그런 티를 내려고 하지 않아 '얼되놈'이라고 손가락질을 받고 관리인의 지위를 이용해 소출이 적다고 작인들에게 말썽 부리기 일쑤요, 관청에 등을 대고 주민들을 위협 공갈하여 제 이익만을 취하며 주민들의 부녀자를 농락하는 악한이다. '나'의 가족은 간도로 이주한 후

12) 안수길, 「나의 처녀작 시절」, 『북간도에 부는 바람』(영언문화사,1987), 63면.

호가네 지팡에 정착하면서 빚을 졌고 그 빚을 갚기 위해 아버지는 위험하지만 이익이 많은 소금 밀수를 했다. 빚대신에 '나'의 누이 복동예를 끌어가려는 계획을 세운 박치만이는 아버지가 그 빚을 거의 다 갚으려고 하자 일을 꾸민 것이다.

아버지는 벌금 50원을 일년 기한으로 다시 빚지게 되었는데 온 식구가 달라 붙어 일을 해도 빚을 갚을 길은 없었다. 누이는 삼손이와 달아나려다가 붙잡혀서 아버지에게 뭇매를 맞기도 했다. 결국 누이는 박치만에게 시집가기로 된 날 낫으로 목을 찔러 자살하고 아버지는 박치만에게 달라들었다가 머리가 깨어지고 어머니는 미치고 말았다.

지주에게 딸을 빼앗기는 이 소설의 소재는 앞서 본 최서해의 「홍염」과 매우 유사하다. 서간도 지방을 배경으로 중국인 지주와 조선인 소작인 간의 갈등을 문제로 제기하면서 '방화'로 결말짓는 「홍염」은 초기 프로문학의 대표작이며 소설 결말에서 문서방이 느끼는 "그 기쁨! 그 기쁨은 딸을 안은 기쁨만이 아니었다. 적다고 믿었던 자기의 힘이 철통같은 성벽을 무너뜨리고 자기의 요구를 채울 때 사람은 무한한 기쁨과 충동을 받는다"고 하는 희열은 눌려살기만 하던 소작인이 새로운 자기 인식에로 나아가는 도정을 보여준다. 이와 비교하여 「새벽」은 중국인 지주 호가보다는 관리인인 조선인 악한과 소작농 사이에 갈등을 구성하면서 딸의 자살과 어머니의 발광이라는 지극히 패배주의적인 분위기를 풍기고 있다. 창작 시기가 8년 정도 차이 나는 두 작품은 같은 소재를 취급했으면서도 매우 다른 갈등 구성과 분위기를 빚어내었다. 그런 점에서 이 작품의 제목 '새벽'은 작품의 주제나 분위기를 대표하지 못한다. 1935년 '호가네 지팡'이었던 제목으로 써두었던 것을 고쳐서 1940년 '새벽'으로 발표했다고 하니, 만주국 수립 이전의 중국인 지팡살이의 고단함을 만주국 수립 이후 일본의 통제 하에서 제2등 국민으로서 얻게 된 강요된 질서와 전시생산 체제하의 여유를 여는 '새벽'으로 본 것이다.[13] 1937년의 강경애는 간도 공산당 사건의 주모자에 대한 대량 사형으로 군국주의가 날로 뻗어

가는 기세를 '어둠'이라 했고, 1940년의 안수길은 일제의 무자비한 치안 유지 정책으로 표면의 안정을 찾아가는 간도의 생활을 '새벽'이라 이름했으니 간도에서의 삶을 드러내는 두 작가의 시각이 이처럼 대척되고 있다.

빚에 팔려가는 소작인의 딸이라고 하는 소재로부터 안수길이 구성한 또 하나의 갈등은 봉건적 인습과 자유 연애 사이의 갈등이다. 호가네 지팡에서 유일한 선각자인 삼손이와 연애하는 복동예를 아버지가 봉건적인 생각으로 억압하는데 삼손이는 「민촌」의 창순이와 달리 아무런 미래상도 그리지 못하며 구체적인 인물로 나타나 있지도 않다. 그렇다고 아버지의 대책 없는 보수성 비판에 초점이 놓인 것도 아니다. 박치만이라고 하는 개인의 사악함과, "딸자식이 이웃 총각과 눈이 맞았다면 이것을 얼굴 못 들 망신으로만 알았고 도망하면 어디까지든지 쫓아가 붙잡아 오는" 농민의 무지와 붙잡아 왔댔자 별 수 없이 "볼모의 희생으로서 딸 자식을 바치는 데 지나지 않는 것이 고작"인 무기력만이 전면에 드러나 있다.

이 소설에서 간도 조선인의 특수한 처지를 드러내는 것은 소금 밀수이다. 간도 조선인의 삶 속에서 소금 밀수란 최후의 수단이었다. 앞서 강경애는 「소금」이란 제목으로 궁핍의 극에 달한 봉염 어머니가 소금 밀수에 나서는 모습을 그렸다. 자위단 편이었던 남편과 항일 유격대 편이었던 아들 사이에서 갈피를 잡지 못하며 극도의 궁핍에 빠졌던 봉염 어머니는 밀수길에 자기를 놓아준 공산주의자와 고생해서 져다 놓은 소금을 뺏아가는 중국 관헌을 비교하면서 아들이 옳았음을 깨닫는다. 「소금」에서 소금 밀수는 간도의 현실의 핵심을 깨닫게 해주는 매개 장치였다. 그런데 「새벽」에서 소금 밀수는 소금이 귀한 간도의 특수한 상황에서 돈벌이 수단일 뿐이다.

이런 점에서 안수길이 그려낸 간도 체험은 '북향정신'이라고 할 수 있

13) 이 작품의 후일담으로서 '왕도낙토' 사상을 드러내는 「새마을」(1942)이 이어지니, 새마을을 준비하는 '새벽'의 의미가 더욱 명료해진다. 「새마을」에 관해서는 김윤식, 앞의 책, 75면 참조.

다. 강경애가 더 이상의 작품 쓰기를 포기한 시점에서 안수길은 만주 땅에 아름다운 고향을 건설하겠다는 '북향정신'으로 작품활동을 본격적으로 벌이게 되었으니 「새벽」 이후 1940년부터 발표한 작품들은 만주국이 완전히 일제의 세력하에 들어가고 만주땅에 '왕도낙토'를 건설하자는 운동이 벌어지는 전시 생산 체제에서 쓰여진 것이다. 안수길은 그 분위기에서 자유롭지 못했으며 오히려 거기에 적극적으로 편승하기도 했다.[14)]

「벼」(1940)는 1929년의 간도 매봉둔이란 개척촌을 배경으로 했다. 간도로 이주해 와서 수로를 건설하고 논을 개간한 초기 이주민들의 굳센 의지가 주제이다. 갈등은 거기서 먼저 농사를 짓고 살던 중국인들의 몰이해와의 사이에서 일어난다. 중심인물인 찬수의 가족들이 간도로 이주하게 된 계기는 아버지 박첨지의 외도이다. 먹고 살 만하던 아버지는 우연히 전염병에 딸을 잃고 홧김에 오입하다가 가산을 탕진하고 이주를 결정하는 것이다. 이주 초기 박첨지의 큰 아들이 원주민에게 맞아 죽은 불상사를 제외하고는 지주 방치원의 호의에 힘입어 성공적으로 정착을 했다. "우리는 이를 갈면서 이곳 황무지를 개간해야 한다. 이 벌판이 모두 볏모로 시퍼렇게 될 때까지 버텨야 한다. 그리고 돈이라도 한 웅큼씩 긁어쥐고 빼젓이 고향에 돌아가야 된다. "(490면)는 것이 살아남은 사람들의 결심이다. 웬만큼 개간과 정착에 성공한 후 학교를 세우고 박첨지의 둘째 아들 찬수를 교사로 초빙해왔다. 이것이 1929년의 일이다. 그런데 중국이 배일 정책을 펴면서 새로 부임한 현장은 조선인 보호를 핑계로 매봉둔에 일본 영사관과 군대가 들어올 것을 우려하여 학교를 닫고 조선으로 돌아갈 것을 강요한다. 중국의 원주민이 학교에 불을 지르고 육군이 쳐들어

14) 이 시기의 안수길 작품에 대해서 망명문학으로서 암흑기를 메워주는 민족문학이라는 주장(오양호, 『한국문학과 간도』, 문예출판사, 1988)과 이주민의 현실을 외면하고 일제의 시책을 긍정한 문학이라는 주장(채훈, 『일제강점기 재만 한국문학 연구』, 깊은샘,1990)이 있다. 그리고 김윤식 교수는 민족의 생존을 문제삼았다는 한도 내에서의 민족문학이라 유보조건을 달았다.

오는데 맞서 "우리가 피땀으로 풀어논 땅, 꼼짝말구 이대루 엎드린 채 이곳에서 같이 죽자"는 다짐으로 맞서는 것으로 소설은 끝난다. 육군의 습격 앞에는 향옥이를 두고 티격태격하던 박첨지 부부의 갈등도 사라지고 만다. 간도로 이주하여 정착하려는 개척민의 '불굴의 의지'가 주제인 셈이나 그것은 일본과 같은 입장에 선 것이 되었다. 직접적으로 매봉둔 주민에 호의적인 나까모도라는 일본인이 등장하기도 한다. 중국 관헌은 매봉둔 주민이 나까모도를 매개로 일본 군대를 끌어들이려 한다고 의심하는 것이다. 또한 소설의 처음과 끝을 장식하고 있는 것은 기생 향옥이를 사이에 둔 찬수 부친과 모친의 갈등이다. 이 갈등은 원주민과 개척민 사이의 갈등과는 아무런 관련이 없다. 「새벽」에서도 보았지만 단편으로서의 일관성이 부족하다.

개척민의 생존 의지를 그린 「벼」에 이어지는 작품이 생산소설로서의 「목축기」와 『북향보』이다. 생산소설이란 한 마디로 '창조적인 생산노동의 찬양'을 주제로 하는 소설이다. 이런 소설에서는 생산관계는 도외시되고 생산력의 발전만이 문제가 되며 생산력 발전과 관련된 문제가 소설 구성의 중심 갈등을 이룬다. 생산장면 자체의 묘사에 역점을 두고 창조적 노동을 찬양하게 되는데 이것은 일제 말기 전시 동원 체제의 요구에 부응하는 것이었다.[15]

「목축기」(1942)는 일제가 만주국에 유축 산업을 장려한 것과 밀접히 관련되어 있다. 중심 인물은 오찬수와 라우숭 영감인데 이들이 돼지를 치면서 인간보다 나은 측면이 있는 돼지의 심성을 알게 되고 근로와 생산의 기쁨을 누린다는 이야기이다. 찬수는 만주국의 교육 방침이 근로의 방향으로 기울어질 때 거기에 순응하기 위하여 학교 당국이 청해온 농과 교사였다. 그는 말주변도 없고 망명지사도 아니기에 학생들에게 무시당한다. 그는 기회 있는 대로 농촌으로 돌아가야 된다고 눌변에 담아 이야

15) 이상경, 『이기영－시대와 문학』(풀빛, 1994), 286-287면.

기하였지만 아이들에게 한낱 웃음거리밖에 되지 못하였다.

> "농촌으로 돌아가라"
> "백 오십만 동포의 팔 할을 차지한 농촌은 배운 자를 목마르게 기다린다."
> 한 아이가 운을 떼면 뒤를 받아 다른 아이가 나섰다. 그의 말이 옳건 그르건 그것을 검토하거나 음미하려고 생각지 않고, 아이들은 실습 시간에 제멋대로 찬호의 흉내를 내었다.
> "날보구 듬직하게 생겼대서 촌으루 가 돼지 치구 소먹이구 그러래."
> "말은 옳지 뭐 그래."
> "부의 황제께 충성을 다하고 만주 건국에 초석이 되기 위해 농촌으로 가야 된단 말인가……?[16]

전시체제에 대한 학생들의 정당한 비판은 삽화로 처리되고 찬수는 학교를 그만 두고 오직 실행과 근실로 목장 경영에 성공하며 돼지와 함께 같은 화물차에서 8일간 뒹굴 정도로 목축에 열중하면서 돼지의 심성이 인간의 심성보다 못할 것이 없다는 깨달음에까지 이른다. 또한 그 목장에 돼지와 비슷한 심성을 가진 돼지 라우승이라 불리는 영감이 있다. 이 영감의 돼지에 대한 애정은 비할 수 없는 것이었다. "슬하에 혈육도 가족도 없는 그에게 돼지는 아들이고 손자고 딸이고 손녀였다. 철나서부터 사오십 년간 돼지만을 길러 내려온 그의 생리는 돼지를 닮아 갔고 돼지의 말을 알아듣는 듯했고, 돼지도 그의 말을 잘 들었다."[17] 라우승은 돼지를 지키다가 범에게 귀를 물어뜯긴 뒤 복수심에 불탄다.

이런 「목축기」에는 갈등이 없다. 굳이 찾자면 찬수와 학생의 갈등, 라우승과 범의 갈등이 있는 셈인데, 학생들의 정당한 비판은 부각되지 않고 찬수의 근로 정신이 전면에 나서 있으며 라우승과 범 사이는 사고일

16) 안수길, 「목축기」, 『(신한국문학전집 18) 안수길 선집』(어문각, 1983), 433면.
17) 위의 책, 435면.

따름이지 갈등이라 이름붙일 수 없다. 이렇게 갈등이 사라지는 것이 생산 소설의 한 특징이다.

장편소설 『북향보』(1944-1945)에서 갈등은 북향정신을 실천하고자 하는 숭고한 사람들과 자기 이익을 위해서 생산에 투자하고 이윤의 회수에만 관심 있는 탐욕스런 사람들 사이에 야기된다.

소설에서 이념적 지주 노릇을 하는 정학도의 뜻은 만주에 아름다운 고향을 건설하자는 북향정신이다.

> "(만주국) 건국 전을 선구 시대라 한다면 그때에는 이곳에 살림터를 마련하려고 부조들이 피와 땀을 흘린 시대라고 할 수 있을 것이고 오늘날은 그 피로 얻은 터전에다가 우리의 뼈를 묻고 그리고 우리의 아들과 손자와 그리고 증손자, 고손자들을 위하여 영원히 아늑하고 아름다운 고향을 이룩하지 않으면 안될 시대라고 생각하시어 그 아늑하고 아름다운 고향을 만드시자는 것이 선생의 뜻인 줄 압니다."18)

만주국 건국 전에 간도에 들어와 농민들이 호미와 방망이로 하는 일을 분필과 입으로 하겠노라 하였고 해왔던 이들의 돈을 모아 정학도가 세운 목장은 홍수 탓으로 적자가 났다. 그러자 그들은 돈을 돌려받기 위해 목장을 팔아 치우자고 주장한다. 특히 박병익이는 은행의 담보로 잡기 위해 목장을 인수하겠다고 나서기까지 한다. 정학도의 제자 오찬구는 목장을 살려나가기 위해 온갖 노력을 하면서 방병익의 흉계를 파헤치고 정학

18) 안수길, 『북향보』(문학출판공사, 1987), 25면. 이 시기에 쓰여진 이기영의 생산소설 『대지의 아들』(1939)에서 왕년의 항일 독립투사가 하는 다음의 말이야말로 만주국의 이념인 것이며 간도의 많은 문인들이 외치던 '북향정신'을 요약한 것이기도 하다. "우리는 다만 구복을 채우기 위해서 이 황량한 만주 벌판을 찾아온 것은 아니올시다. 그보다도 우리는 건실한 농민이 되기 위하여 이 동아의 대륙을 개발하는 만주국민의 한 분자로서 개척민의 사명을 다하여야 할 것이요. 따라서 우리의 자자손손까지 이 땅 우에 번영하도록 위대한 목적을 가져야 할 줄 압니다. 그것은 우리도 대지의 아들이 되고 제 이의 고향을 이땅에서 찾자는 것이외다."

도의 딸 애라의 기부금과 일본인 관리의 도움으로 목장을 살리게 되고 학교도 계속 유지하게 된다는 것이다.

이 소설에서 인물의 성격화라든가 구성의 필연성 등은 논할 여지가 없다. 다만 눈여겨 봐 둘 것은 이 작품이 1944년 12월 1일부터 1945년 4월까지 만주국 정부의 기관지 『만선일보』에 연재된 것으로 국책문학의 성격을 띨 수밖에 없다는 점을 염두에 둘 필요가 있다.[19] 정학도의 뜻을 따라 목장 재건에 힘쓰는 오찬구는 낙관적인 정신과 굳은 의지를 가졌고 끝내 목장의 유지에 성공한다. 북향정신으로 성실하게 노동하며 목장을 경영하는 과정에서 부정적 성격을 보이던 애라도 협조하고 이기철이나 마준영도 냉소적인 데서 벗어나 적극적인 성격으로 변화하며 찬구를 둘러싼 애라와 순임과의 애정갈등도 해소된다. 그러나 이들의 낙관성은 "부동성이 많은 조선 농민으로 하여금 한 농촌에 정착케 하여 농업 만주에 기여케 함은 건국 정신에 즉한 것이요 제 사는 고장에 애착을 붙임으로써 일로 증산에 매진하여 곁눈을 뜨지 않게 하는 것은 농촌 사람의 생각을 온건히 하고 똑바른 길로 인도하는 일"[20]이라는 믿음을 실천하는 사이비 계몽주의자의 낙관성이다. 무엇이라고 명분을 붙이더라도 그것은 자연인 안수길의 '생존하기' 이상의 작가 안수길의 이념은 될 수가 없었다. 소설 『북향보』의 미숙함은 작가의 기량 문제 이전에 작가로서의 자기 관점을 갖지 못한 작가 정신의 문제인 것이다.

---

19) 이 소설은 신문 스크랩 상태로 있다가 안수길 사후 단행본으로 출간되었다. 오양호 교수에 의하면 안수길은 스크랩에 추고 가필 정정을 하여 개작한 원고도 마련해두었는데 그 개작은 친일적인 부분을 삭제하고 민족주의적인 방향으로 이루어졌다는 것이다. (오양호, 「신개지의 기수들」, 『북향보』, 321-322면) 일제 말기 작품에 대한 해방 후 개작은 다른 작가들도 많이 행했기에 조심해서 읽어야 한다. 필자는 불행히도 신문 연재본과 단행본을 비교할 기회를 갖지 못하고 개작본인 단행본에 의해 논의를 펼쳤다. 개작을 하여도 이 소설이 가진 생산소설로서의 친일적인 경향은 여전히 남아 있기에 논의의 핵심은 신문 연재본에도 그대로 관철될 것으로 본다.

20) 『북향보』, 277면.

이상에서 초기 작품을 통해 살펴본 '본능적인 생존 의지'라고 하는 안수길의 간도 체험은 그가 해방 후 자신의 간도 체험을 돌아보면서 쓴 작품들을 통해서 더욱 명료해진다.

안수길의 회심의 작인 『북간도』(1959-1967)는 한말부터 해방까지의 간도 이민사를 예술적으로 개괄하고자 하는 의도로 쓰였는데 실제 소설의 구성은 1932년 만주국 수립 이후의 사정에 대해서는 건너 뛰고 해방 전후의 사정을 후일담처럼 덧붙이고 있다. 1932년 이후부터 1945년까지의 기간은 안수길이 간도에서 성인으로서 삶에 직접 부대낀 기간이었다. 그 시기의 사회와 역사를 안수길은 직접 체험했는데, 소설 『북간도』에서는 자신의 경험 시간대는 대충 건너 뛰고 오히려 할아버지와 아버지의 경험을 축으로 소설을 전개했다. 그리고 그 이후에 쓴 『성천강』과 『통로』는 그 시대적 배경을 『북간도』 이전 시기로 거슬러 올라가고 있다. 여기서 왜 안수길은 자기 자신의 직접적인 간도 체험을 형상화하지 않았을까 혹은 못했을까 하는 문제를 제기하게 된다.

쉽게 생각할 수 있는 이유는 안수길이 『북간도』에서 소설을 끌고나가는 중심 이념이 민족주의였기에 간도의 독립 운동이 공산주의자들이 주도권을 잡게 되고 민족주의 계열의 독립운동가들이 중경으로 가버린 시점에서 더 이상 소설을 끌고 나가기 어려웠기 때문이다. 그러나 생존의 위협이 벌어졌던 간도 민중의 삶은 여전히 계속된 것이기에 그리 타당한 설명으로 되기 어렵다. 그래서 겉으로 드러난 작가의 이념이 아니라 현실에 직면하는 작가의 시각을 문제삼을 수밖에 없게 된다. 안수길의 간도 체험의 핵심이 생존 유지였고 그것은 거의 본능적 상태였다고 하는 것이다. 이 점은 성인으로서의 안수길의 간도 체험에 바탕을 둔 「여수」(1949)와 「효수」(1966)에서 분명해진다.

해방 직후의 작가 자신을 암시하고 있는 「여수」의 주인공은 과거 만주에서 각종 감투를 썼던 황도겸이 친일파로 사형당했다는 소식을 접하고 당시에도 자기 아버지의 행적에 비판적이었던 황도겸의 딸 숙이 부산에서 빈대떡 장사를 하는 것을 만나면서, 생존과 생활을 구별하며 생활이 중요하다고 공감한다. 해방 후의 새로운 역사가 일제 말기의 생존 본능에 대한 반성을 불러 일으킨 것이다. 그러나 그 반성은 매우 미약한 것이었다. 일제말 간도를 시공간으로 설정한 「효수」에서 학교 선생 노릇을 하는 '나'는 주동산이나 왕선생이란 훌륭한 중국인과 사귄다. 그러나 그들은 모두 어느날 갑자기 종적을 감추었다. 그뒤 농촌 마을을 시찰하다가 나무가지에 효수되어 있는 머리를 보니 전에 알던 중국 사람의 얼굴 같았다. 그러나 다시 쳐다보니 단지 "말라 비틀어진 얼굴들. 감겨져 있는 눈들"이고 왕선생이나, 주동산이 연상될 아무 근거도 없었다. "오히려 푸줏간에 놓여 있는 소머리보다도 볼품이 없고 위엄성도 없는, 오랫동안 비바람에 바랜 목침 만한 나무를 매달아 놓은 것밖에 되지 않았다."[21] 1966년의 안수길은 여전히 과거의 간도 체험의 역사적 의미를 정리하지 못한 채 혼란스럽고 막연한 휴머니즘에 머물러 있는 것이다.

5. 맺음말

이상에서 우리 근대 문학에서 간도 체험을 작품 세계의 근간으로 삼은 대표적인 세 작가의 작품을 분석해 보았다. 최서해는 간도 체험을 통해 궁핍의 계급적 인식으로 나아갈 수 있었고 '신경향파 문학'을 열게 되었다. 강경애는 간도 체험을 통해 1930년대 항일 투쟁의 형상화라는 문학사적 기여를 했고 역사의 방향성에 대한 뚜렷한 인식으로 리얼리즘 소설 『인간문제』의 창작으로 나아갈 수 있었다. 안수길은 간도에 정착하고자 하는 이주민으로서의 생존 유지에 관심이 집중되었는데 역사 의식이 결핍된 그 체험은 일제 말기의 상황에서는 국책문학으로 나아갈 수밖에 없었다. 물론 그

21) 안수길, 「효수」, 『안수길 선집』, 214면.

간도 체험을 바탕으로 나중에 『북간도』를 썼지만 그것은 이주민의 삶에 대한 연대기적인 보고에 머무르고 새로운 인물 성격을 빚어내거나 세계에 대한 인식을 펼쳐 보이는 데까지는 이르지 못한 것으로 보인다. 물론 1960년대의 한국문학의 상황에서는 그것도 귀중한 것이었겠지만.

우리 근대문학에서 간도 체험의 정신사는 유사한 시공간의 체험이 어떻게 전혀 다른 예술적 결과물을 빚어내는가를 압축적으로 보여 주고 있다. 이는 식민지 시대 간도라는 지역이 각종 이념과 세력이 얽혀 서로 눈치보며 싸우던 시간적 공간적 특수성에 기인한다. 본능적인 생존에의 의지로는 도저히 헤쳐 나갈 수 없는 시대, 공간, 그런 곳에서야말로 더욱 투철한 현실인식이 요구되는 것임을 우리 근대문학의 세 작가의 간도 체험을 통해 새삼스럽게 확인하게 되는 것이다. 세미

만주, 그 황야와 고향

– 창작집 『북원』에 나타나는 '북향건설' 문제

오 양 호*

Ⅰ. 머리말

작가로서의 안수길의 생애는 크게 세 시기로 구분할 수 있다. 초기는 1935년 『조선문단』에 「적십자 병원장」과 「붉은 목도리」가 당선되면서부터 해방기까지이고, 중기는 1948년 월남 이후부터 1967년까지이다. 중기 20년을 하나로 묶는 것은 『북간도』가 이 시기에 가로놓여 있기 때문이다. 1959년에 시작된 대하 소설 『북간도』가 1967년에 와서야 그 제5부가 완성되었으니, 사실 이 작가에게 있어서 만주 체험 문제는 1935~1967년까지가 된다.

안수길에게 있어서 만주 체험이란 무엇인가.

이 문제는 1935년 천청송, 이주복 등과 동인지 『북향』을 만드는 데서부터 시작된다. 안수길의 공식적 문단 데뷔는 『조선문단』이지만, 실질적인 창작 활동의 시작은 『북향』에서부터이다. 단편 「장」과 「함지쟁이 영감」, 평론 「떠스터에브스키의 악령에 대하여」가 『북향』에 실린 시간이 모두 등단 다음 해인 1936년이다. 한편 안수길은 『북향』 제3호 편집후기에서 이런

---

* 吳養鎬, 인천대학교 국문과 교수, 주요 저서로는 『한국문학과 간도』 『한국현대소설과 인물형상』 등이 있음.

말을 하고 있다.

> 사항(四項)을 늘리고 내용도 무거워젓다고 감히 말한다. 부수도 훨신 늘엇다. 매호 진보의 자최 역연(歷然)하다. …(중략)…
> 본지를 위하야 심혈을 경주하든 천청송군(千靑松君)이 용정을 떠나서 본지로서는 큰 손실이다. 동인들의 역작을 기대린다.

위와 같은 사실들은 이 작가가 등단은 경성(京城)의 성가 높은 문예지를 통해서였지만, 실질적인 작품 활동은 생활 근거지인 간도 문단을 통해 이루어졌다는 사실을 말한다. 『북향』의 편집후기가 이러한 상황을 아주 잘 설명해 주고 있지 않은가.

『북향』에서부터 시작되는 만주 체험의 형상화는 「장」「함지쟁이 영감」을 이루는 기본 세계이고, 1944년에 간행된 창작집 『북원(北原)』에서도 이런 면이 확연히 드러난다. 소설 『북간도』는 또한 이런 안수길 문학의 중심부를 관통한다.

1967년 이후의 10년도 만주 체험이 여전히 작품의 주요 소재원이 되고 있다. 하지만 이 시기는 대체적으로 역사소설 성향의 신문연재 소설이 주류를 이룬다.

문단 생활 42년간 안수길은 약 25편의 장편소설, 10여편의 중편, 70여편의 단편소설을 발표하였다. 상당한 양이다. 작품의 양이 많다는 것은 작가의 창작 생활이 성실했다는 것을 의미한다. 하지만 작품의 양이 많다는 것과 작품이 질적으로 우수하다는 것은 관계가 없을 수도 있다. 그러나 안수길의 경우, 데뷔작 「적십자 병원」이 일제의 검열 대상이 되었고, 1940년대 초기에 발표한 소설들은 그 시기의 한국문학사를 이민 문학의 시각에서 접근할 수 있는 중요한 자료적 가치를 지니고 있다.

제2차 세계대전이 일어났던 1940년대 초의 우리의 현실은, 조선인이 일본의 국민이 되어 명분 없는 전쟁에 생명을 바쳐야 했고, 농민은 그 소출을 거의 다 공출로 빼앗겨야 하는 형세였다. 그래서 살 곳을 찾아

어딘가로 떠나지 않으면 생명을 부지하기가 어려웠다. 바로 그 땅이 간도, 서간도, 북간도, 또는 북만주 등으로 불리는 만주 천지이다. 우리 민족의 간도·만주 이주사는 이와 같이 약속의 땅을 찾아 떠났던 이스라엘 민족의 가나안 행과 흡사하다.

작가 안수길의 간도 시절은 15세 연장의 신형철(申瑩澈)을 만나, 척박한 땅에서 함께 문학의 길을 걷던 이주복, 김국진, 천청송 등과 동인지 『북향』을 만든 일과, 제1창작집 『북원』의 간행, 그리고 만선일보에 『북향보(北鄕譜)』를 해방 직전까지 연재한 것으로 대표된다. 그 후 해방, 귀국, 월남, 6·25와 부산 피난, 다시 서울 정착 등 격란을 겪고, 작가로서 가장 성숙된 경륜이 쌓인 1960년대에 와서는 다시 만주 체험이 바탕이 된 『북간도』를 10년에 걸쳐 집필함으로써 민족의 대재난 문제를 서사장르의 본질에 대입, 형상화함으로써 전문단의 주목을 받았다.

이 글은 안수길의 초, 중기 문학에 일관되게 나타나는 이러한 사실, 곧 『북향』 『북원』 『북향보』 『북간도』로 되풀이되는 작품의 발상과 배경, 그리고 유사한 모티프와 소재에 의해 형상화되는 작가 의식을 문제삼는다. '북향, 북원, 북향보, 북간도'라는 이름에서부터 드러나듯이 '북(北)'으로 되풀이되고 있는 이 북방 이미지는 1930년대 후반기 한국 문학 전반에 나타났던 현상인데, 안수길의 경우는 이 테마가 거의 그의 소설 세계의 시작이자 끝을 이루고 있다. 그렇다면 이것은 작가와 가장 중요한 관계에 있는 '그 무엇이' 아니겠는가! 이 글은 이런 단초로부터 시작된다.

Ⅱ. 동인지 『북향』과 1930년대 말 한국문학에 나타나는 북방 이미지

안수길, 이주복(李周福), 천청송(千青松), 김국진(金國鎭) 등이 모여 만든 동인지 『북향』은 안수길 소설의 화두가 되는 '북'의 원형이다. '북향' 이라는 말은 '북쪽 고향'이라는 뜻이 아니겠는가. 『북향』의 권두언은 이런 문제의 제일 앞자리에 선다.

> 인간은 삶의 지배를 밧되 그 삶이 인간을 살이지 못할 때 그 인간은 비로소 삶을 지배하지 않으면 안 될 것이다.
> 그럼으로 우리는 새로운 삶을 찾기 위하야 삶을 지배할 새로운 터전을 닥거야 할 것이다. 새해 맞는 인간은 모름즉이 황폐한 옛 터전에 새로운 터전을 닥금으로써…!
> 삶을 저주하는 인간아!
> 팔에 힘을 주어 삽을 잡고 문허진 성터로 나아가지 않으려는가?
> 새터를 닥끄려!

'새터를 닦는다'는 말은 새 고향을 닦는다는 말이다. 옛 고향은 빼앗기거나 쫓겨났거나 못살고 떠나왔으니, 이제 우리는 신천지에서 새 터를 닦아 삶의 근거를 마련하자는 것이 위 인용문의 요지이다. '삶이 인간을 살리지 못한'다는 말은 '삶의 조건이 아주 나빠서 사람이 살아갈 수 없다'는 뜻일 터이고, '새로운 삶을 찾기 위하야 삶을 지배할 새로운 터전을 닦는다'는 말은 간도 이주의 현실에 대한 다른 표현이다. 생활의 새 터전을 건설하는 일이 힘든다고 삶을 저주할 것이 아니라, 분발하여 새로운 고향을 닦아야 인간이 삶을 지배하는 것, 즉 살아 나갈 수 있다는 논리이다.

북쪽과 고향 문제는 물론 이 정도, 즉 『북향』 동인지와 안수길에 머물지 않고 당시의 여러 문학 작품에 두루 나타난다. 가장 대표적인 예를 몇 개 들어보자.

> 북쪽은 고향
> 그 북쪽은 여인이 팔려간 나라
> 머언 산맥에 바람이 얼어붙을 때
> 다시 풀릴 때

시름 만흔 북쪽 하늘에
마음은 눈감을 줄 몰으다.

(「북쪽」 전문)

눈 덥힌 철로는 더욱이 싸늘하였다.
소반 귀퉁이 옆에 앉은 농군에게서는 송아지의 냄새가 난다.
힘없이 우스면서 차만 타면 북으로 간다고
어린애는 운다 철마구리 울듯
차창이 고향을 지워 버린다.
어린애가 유리창을 쥐여 뜻으며 몸부림친다.

(「북방의 길」 전문)

북으로 칠백리 나르-ㄴ 한 여로에
시름은 조름인양 살포-시 안겨드노니
아하 가도 가도 무건 눈두던 거드러 주는 청신한 풍경도 없고
가도가도 막막한 가슴 열어주는 호활한 전야도 없고

울고 싶다 이 울울히 '먹이 쫓는 북방(北方)의 길'이여

(「북방의 길」에서)

1930년대의 한국시를 대표하는 시인의 반열에서 빼놓을 수 없는 오장환, 이용악, 이찬의 작품이다. 이 세 편의 시가 가지고 있는 공통점이 우선 제목에서부터 나타난다. 두 편은 똑같이 「북방의 길」이고, 하나는 「북쪽」이다. '북쪽'과 '북방의 길'이 똑같은 말은 아니나, 의미가 북에 가 있다는 점에서는 서로 같다. 또 당시의 현실—북방에의 이민 문제와 얼마나 심각하게 연관되었는가란 점에서도 다르지 않다. 다음으로는 이 세 편의 시를 지배하고 있는 떠남의 모티프이다. 그리고 그 떠남은 멀고 불확실하다. 오장환의 「북방의 길」은 눈이 덮인 싸늘한 길 위에 떨어진 송아지처럼 살아온 농민 일가이고, 이 찬의 「북방의 길」도 짐승처럼 먹이 쫓아 떠나는 북방의 길이다. 그런데 그 길이 막막한 칠백 리란다. 칠백 리가 단순한 이정으로 들리지 않는다. 시대고의 이미지가 겹쳐진 아득한

시공이 북쪽으로 터져 있기 때문이고, '먹이 좇는'이란 말이 겨울 광야를 헤매는 한대 지방의 금수를 연상시키기 때문이다. 「북쪽」의 서정적 자아도 바람이 얼어붙고, 풀리는 망막한 동토의 어딘 가로 팔려 간 여인이다. 낙백한 영혼이 되어 구천을 떠돌, 눈감을 줄 모르는 수심이, 동적 이미지 '바람'과 결합되어 끝없는 표박의 세월이 기다릴 것을 예고한다. 이 시가 긴장감을 주는 것은 짧은 시행 속에 내재한 이런 대립 구조 때문이다.

한편 '북쪽=여인이 팔려 간 나라'란 등식으로 나타난 시 의식은 무엇인가. '그 북쪽이 고향'이란 시행은 또 어떻게 인식해야 할 것인가. '북', '북쪽', '북방'은 바로 이런 문제와 내포 관계에 있다. '북'이 단초라는 말은 이 때문이다.

이런 현상이 시에서만 나타나는 것은 아니다. 소설, 수필, 기행문에서도 마찬가지이다.

> 내가 고향을 떠나 간도로 간 것은 너무도 절박한 생활에 시들은 몸이 새 힘을 얻을까 하여 새 희망을 품고 새 세계를 동경하여 떠난 것도 군이 아는 사실이다.
>
> — 간도는 천부 금탕이다. 기름진 땅이 흔하여 어디를 가든지 농사를 지을 수 있고, 농사를 지으면 쌀도 흔할 것이다. 삼림이 많으니 나무 걱정도 될 것이 없다.
>
> 농사를 지어서 배불리 먹고 뜨뜻이 지내자. 그리고 깨끗한 초가나 지어놓고 글도 읽고, 무지한 농민들을 가르쳐서 이상촌을 건설하리라. 이렇게 하면 간도의 황무지를 개척할 수도 있다.
>
> (최학송, 「탈출기」)

> 만주를 제2고향으로 알고 근간(勤艱) 착실히 영주할 목적을 첫째 결심한 뒤에 먼저는 혼자 들어와서 1, 2년간 경험을 쌓는 것이 좋다 한다.
>
> 그래서 그곳의 언어, 풍습, 습관도 알고 지반을 닦아 놓은 연후에 가족을 불러들이는 것이 실패율이 없다 한다.
>
> 이와 같이 착실한 농민이 들어온다 하면 그는 비록 방천살이를 할지라도 수삼년만 근고(謹苦)하면, 제 앞가림은 할 수 있다는 것이

다. 대 회사의 개척민은 회사에서 모든 것을 주선해주지마는 자유 농민은 모든 것을 자력으로 해야 되기 때문에 남보다도 더욱 신용을 얻어야 될 것이다. 그것은 고용살이를 할지라도 조선보다는 낫다 한다. 1년 새경이, 먹이고 보통 정조(正租) 12단(조선 석수로 약 17석)을 준다 하니 환산하면 3백원 내외의 연 수입이 된다. 이렇게 몇 해만 근고한대도 근 1천원이나 저축될 것이요, 그 돈으로 땅을 산다면 자작농은 될 수 있을 것 아닌가.

(이기영, 「대지의 아들을 차저」)

간도는 모두가 쌀밭이다.
간도는 모두가 기름진 땅이다.
그 넓은 기름진 땅에는 마음대로 농사를 즈을 수가 있다.

(지봉문, 「북극의 여인」)

한 시대의 문제가 압축된 글들이다. 「탈출기」는 생존권 문제와 바로 연결되어 있고, 1920년대부터 프로문학의 대표적 존재인 이기영의 글은 대지, 만주가 진출할 만한 곳이라는 것이다. 지봉문에게 있어서는 간도가 그야말로 젖과 꿀이 흐르는 땅으로 인식되어 있다.

지금까지의 언급은 '북', 곧 간도·만주가 안수길에게서만 문제가 되는 것이 아니라, 1930년대의 중요한 다른 문인, 다른 장르에서도 심각한 소재원이 되었다는 것이다. 작가 안수길은 이런 문제의 제일 앞자리에 서 있다. 이미 앞에서 언급했듯이 이 작가는 만주 체험이 문학의 시작이자 끝이고, 만주 공간이 주요 작품의 배경을 이루고 있기 때문이다. 이 글은 이런 점을 전제하면서 창작집 『북원』에 나타나는 고향 건설 문제를 「벼」, 「목축기」 두 작품을 중심으로 고찰해 보겠다.

Ⅲ. 『북원』과 '새고향', 타협인가 망명인가.

창작집 『북원』에 수록된 12편의 작품 중 앞 항에서 파악해 본 논제와 직접 관련되는 작품은 「벼」와 「목축기」이다. 「벼」는 간도로 이주해 온 조선인이 그 땅에서 뿌리를 내리기까지 원주민과 겪게 되는 갈등이 중심 테마이고, 「목축기」는 이민들이 간도에서 살아남기 위해서 생업을 시작하는 이야기이다. 나머지 10편 중, 「새벽」 「새마을」 「원각촌」 「토성」 등의 작품이 앞 항에서 제기한 문제와 관련이 없는 것은 아니다. 다같이 간도, 만주를 배경으로 한 이주민의 문제를 다루고 있기 때문이다. 하지만 이런 단편들은 입만(入滿)의 후일담에 중심이 가 있다는 점에서 「벼」와 「목축기」가 제기하고 나오는 새 고향 개척문제만큼 테마가 심각하지 않다. 「벼」와 「목축기」의 주인공이 '어떻게 살아남을 것인가'라는 본질론에 부딪혀 대거리를 하는 바로 그 뿌리내리기, 곧 이민의 생존권과 관련된 문제라면 다른 작품은 삶의 주변사에 체험이 가 있는 단편이다.

「벼」와 「목축기」를 읽으면 우리는 신개지를 개척하러 간 이민들의 실존에 대한 어떤 서사성을 먼저 감지하게 된다.

(가) 그는 바위의 모양이 고향의 매봉과 흡사하되 그것을 적게 꾸며 노흔 데 지나지 안흔 것을 발견하였다. 그리고 해몽에 여러 가지로 머리를 썩이고 있든 얼마 전의 꿈이 이 바위를 두고 꾼 것이 아닌가 무릎을 탁 쳤다. 화광(火光)은 발(發)－홍덕호는 이 바위 근방에서 무슨 흔수가 기어코 생길 것이라 생각하고 두리번 두리번 사방을 둘러보았으나 편편한 황무지에서 생길 것이라고 도무지 있을 것 같지 않었다. 그러는 중 청차는 W하에 이르러 약간 모래를 쌓아올린 방죽을 넘노라고 우에탄 사람들은 모다 몸이 뒤으로 잡아질번하였다. 반동에 몸을 앞으로 굽히면서 홍덕호는 그의 머리에 번적 한가닥 빛이 번적이는 것을 깨달었다. 그의 가슴은 두근거렸다. 말은 사간은 넉넉히 될 강물을 처벅처벅 네 발로 차며 청차를 끄을었다. 말굽에 채이는 물소리를 들으니 홍덕호는 그대로 청차 우에 안저 잇을 수 없었다.

이게다. 꼭 이게다!

그는 이 강물을 끄을어다 지금 지내온 황무지를 수전으로 풀자는 계획을 마음 가운데 다지고 다지었다.

(나) 찬호는 교육에 실패한 우울을 이 사업에서 깨끗이 씻을 수 있을 것이 무한이 기뻤다. 여기에는 웅변도 필요 없었고, 「귀농선생」의 별호도 불리울 리 없었다.

오직 실행과 근실 그거면 족하였다. 물론 많은 인부를 다루는 일, 그것이 역시 사람과의 접촉이라 골치 앓을 때도 있었으나 그들에게는 경제적으로 후하게 대접함으로서 문제가 해결될 수도 있었다. 더욱 주주들의 잔 간섭이 없는 것이 사업 실행상 좋았다.

같은 교원 출신인 주주들이라 찬호의 위인을 알고 전부를 그에게 맽겼다.

어떤 주주는 말하였다.

"노후에 와우산과 벗하여 주경야독 할 수 있도록 이상적 부락을 만드시오"

인용 (가)는 한 부족국가의 탄생 설화와 흡사한 구조를 한 에피소드이다. 특히 주요 인물 홍덕호의 입만 이후의 파란 많은 생애는 민중 영웅의 탄생 모티프를 띠고 있다.

홍덕호는 (1) 26세에 만주에 건너왔다.

(2) 장작림 군대의 고용병, 돈장사, 아편 밀매로 돈을 모음, 투전판에 출입, 한때 야회(押會)의 '주이상'이 됨, 그러나 돈을 다 탕진

(3) 시베리아 유랑, 다시 투전판에서 뒹굴다 귀향, 다시 입만

(4) 부호 한계운이 현장이 되자 그를 찾아감

(5) 한계운이 양아들 같은 총애를 베풀어 줌

(6) 부자가 됨

(7) 화광이 충천하는 꿈을 꿈, 그곳이 매붕둔임을 깨닫고, 현몽에 감탄

(8) 고향 웅봉리를 닮은 매붕둔, 그 길지에 한인촌을 건설

(9) 한인 지도자가 되어 여러 가지 여려운 일을 처리, 이민들의 존경을 받음

이러한 내력은 고난에 던져진 주인공이 능력자 한계운 현장을 만남으로써, 고난을 극복하고 마침내 부자가 되어 이민들에게 생활 터전을 잡아 주고, 그들의 지도자가 된다. 고대 건국 신화에 나오는 시조 설화와 유사하다. 모티프가 그만큼 민족적 서사양식과 닿아 있다.

인용 (나)는 1920년대부터 생성되어 왔던 이상 농촌 건설과 그 이념이다. 『개벽』지에서부터 각종 논설 형태로 제기되다가 1930년에 들어와서, 사상적으로는 브·나로드 운동이라는 민족운동과 결합되었고, 문학에서는 계몽형 농민소설로 수용, 지식인의 귀농과 잘사는 농촌 건설이라는 그 농민 운동 말이다. 이렇다면 「벼」의 찬수와 매붕둔은 곧 「흙」의 허숭이나 이상적 농촌 '살여울'과, 같은 위상에 선다.

이러한 근거 성립이 불가능하다면 창작집 『북원』을 제일 앞자리에 놓고 그런 체험이 안수길 문학의 처음이자 끝을 형성하고 있다는 식으로 묶을 수 없을 것이고, 『북간도』를 두고 서사성 운운하지도 못할 것이다. 그것은 「벼」, 「목축기」, 『북간도』가 민족의 큰 이동과 관련된 생존의 문제를 과제로 하고 있기 때문이고, 「벼」가 민족의 자강, 자활, 자주와 관련된 계몽운동을 구현한 「흙」과 모티프의 유사성을 가지고 있기 때문이다.

그렇지만 「벼」와 「목축기」에 나타나는 현실 인식의 시각이 이렇지만 않다. 전혀 상반되는 면이 나타나기도 한다.

> (다) 나까모도를 중간에 넣어 길림 영사관에 매붕둔 사정을 진정하여 문제를 정치적으로 해결짓는 것이 순서라 생각하였다. 이백여 호나 뫃아 살면서 지금까지 영사관과 연락이 없는 것은 여기에 그렇듯한 지도자가 없는 까닭이였다. 찬수 자신이 우선 그것에 생각이 밋히지 못한 것은 결국 본다면 적은 문제인 학교에 열중하기 때문이었다.
>
> 그는 스사로 뉘우쳤다. 그럼으로 지금이라도 무저항주의를 써서 그 사람들이 총을 쏘면 몇 사람 맞아 죽을 요량하고 뻗이고 있어

길림 영사관 하고만 연락이 되는 날이면 매봉둔에도 서광이 빛일 것이다.

(라) 지금은 암흑 시대가 아니다. 만주에는 아침이 왔다.

인용문 (다)는 이민들이 매봉둔에 일군 농토가 중국 원주민 손으로 넘어갈 위기에 처하자 매봉둔의 지도자 찬수가 일본의 힘을 빌어 위기를 넘기려는 계획이고, (라)는 교사가 된 찬호(「목축기」)가 만주에서의 성공적인 삶을 위해서는 농업을 일으켜야 한다고 역설하는 말 중의 한 대목이다. 이 밖에도 이 소설에는 '민국 건설 후 …년'과 같은 표현을 통해서 시대순응적 인상을 단편적으로 보여준다.

인용문 (다)를 소설 전체의 흐름에서 본다면 층위가 나는 담론이다. 일본 영사관이 매봉둔을 관리해 줄 것이라는 기대는 매봉둔의 조선 사람들이 일본 사람이라는 뜻이 아닌가. 그리고 나까모도라는 인물은, 매봉둔 사람들에게는 벼 잘 사주는 사람이고, 찬수가 나까모도를 만나면서 심리적 안정을 찾기 시작했다든가, 친중파로 불릴 만큼 중국과 가까워 세계동포애의 실현자라는 묘사 등은 인용문 (가)와는 정면 대립된다.

인용문 (라)도 귀농운동을 일본의 괴뢰 정부 만주국과 관련시키고 있다. 이것은 1930년대 초의 농민운동을 거꾸로 뒤엎는 꼴이다.

그러나 지금이 암흑 시대가 아니라는 말은 지금이 암흑 시대라는 인식을 전제로 했을 때 가능한 말이 아닐까. (다)에서도 매봉둔에서 쫓겨나지 않으려면 일인 아니라 일인 할아버지라도 섬겨야 할 판이다. 이런 점에서 (다), (라)와 같은 지문은 이 소설에 오히려 리얼리티를 제공한다. 작가 안수길이 독립군도 아닌데 그 시절 무슨 용기로 한쪽 이야기만 쓸 수 있었겠는가. 양쪽 현실을 다 쓰는 것이 당시의 현실을 사실대로 드러내는 것이 된다.

이러한 논리 전개는 다소 견강부회가 될 우려가 없지 않다. 그래서 이 문제를 주인공 찬수(「벼」), 찬호(「목축기」)를 중심으로 한 등장 인물들의 행장을 근거로 하여 고찰해 보겠다. 이것은 이들 인물이 바치는 새 고향 건설이 이 두 작품의 주제인데, 이 주제가 창작집 『북원』을 가로지르고 있음을 실증해 보이기 위해서이고, (다), (라)로 제기되는 문제를 뒤엎고, (가) (나) 인용문의 방향으로 논리를 이끌어가기 위해서이다.

중편 「벼」의 메인케릭터는 찬수로 대표되는 박첨지 일가이고, 그 밖의 주요 인물로 홍덕호, 한현장, 방치원, 나까모도, 오손이, 향옥이 등이 등장한다. 이 인물들은 만주 이주의 동기가 조금씩 다르다. 신천지에서 잘 살아 보자는 것이 대체적인 동기이긴 하지만, 찬수의 아버지 박첨지는 정혼을 한 딸이 돌림병으로 죽자 화류계의 여자 향옥이와 정분이 나 그로 인해 살림이 거덜난 것이 동기이고, 찬수는 고학, 야학, 교회 청강생 등으로 어렵게 교사가 되었지만, 교장 배척운동을 하다가 옥살이를 한 후 만주로 뛰어든 인물이다. 화류계의 여자 향옥이는 만주가 살기 좋다니까 거기까지 흘러갔다.

입만 이후 이런 인물들이 보여주는 반응은 두 가지이다. 아들 익수를 원주민에게 잃고, 향옥이 다시 매붕둔에 나타나자 박첨지의 처는 못살아도 좋으니 다시 고향으로 가자고 영감을 졸라 부친다. 오손이도 익수가 맞아 죽는 꼴을 보고 벼 농사 좋아하다가 좋은 친구 잃었다며 귀향을 주장한다. 그러면서 만주에 남자는 민식이에게 웃통을 벗어 던지며 나 때려 죽이라고 덤빈다. 고향으로 돌아가자는 대거리이다. 홍덕호, 방치원, 한계운도 발단, 전개에서 보여주던 우호적 태도가 위기에서는 원주민의 입장에 서는 변화를 가져온다.

그러나 위기에서의 대립과 갈등은 이민들의 목숨을 건 개간지 수호행동으로 극복하고 이들 인물은 매붕둔을 제2의 고향으로 만드는 데 성공한다. 이것을 주인공 찬수의 행적을 중심으로 정리하면 다음과 같다.

(1) 찬수는 한밤중에 빗 소리에 잠을 깨어 학교 지붕에 흙 올릴 일을 걱정하는데, 아버지 박첨지와 어머니가 또 싸우는 소리를 듣는다.

(2) 찬수는 근 10여 년만에 가족과 만났다. 면 서기가 되기 위해서 고향 응봉리에 남았다가 교사가 되고, 교장 배척운동에 가담, 옥살이 후 교직을 그만 둠. 길림성 ××현 H평야에 자리잡은 매봉둔 조선인 마을에 학교를 짓고 2세 교육을 걱정할 즈음에 입만한 것이다.

(3) 홍덕호가 현몽대로 자리잡은 길지 매봉둔을 고향이라 부르며, 제2의 응봉리(고향)를 만들기 위해 박첨지가 이끄는 이민들은 수전 개척에 온 힘을 모은다.

(4) 그러나 홍덕호가 주선하여 부호 방치원이 박첨지 일행에게 좋은 집을 주고, 수전 개척을 허락하자, 원주민들은 장차 자기들이 살아갈 집과 땅을 빼앗길 것을 우려 밤중에 매봉둔 조선인 마을을 습격. 이 때 익수가 이들과 싸우다 맞아 죽는다.

(5) 익수 어머니, 오손이 등은 다시 고향에 돌아갈 것을 주장, 민식이 등이 반대, 결국 이들은 화해하고 매봉둔을 제2의 응봉리로 만들자는 데 견해가 일치된다.

(6) 익수의 죽음 뒤 한계운 현장의 호의로 원주민과 대립이 해소되고, 첫 추위에도 불구하고 매봉둔 개척의 첫 광이가 내려 놓인다.

(7) 겨울의 추위를 무릅쓰고 땅을 파 이듬해 경칩 무렵에 드디어 수도 개척을 완성한다.

(8) 가을이 되어 쾌지나 칭칭을 부르며 풍년을 축하하는 풍물놀이를 하자 원주민들이 부럽게 쳐다본다. 벼는 송화양행의 일인 나까모도가 모두 사준다.

(9) 이민들의 살림이 어렵게 피어날 무렵 박첨지는 향옥이와 다시 정분이 난다. 박첨지 가정이 다시 위기를 맞는다.

(10) 매봉둔이 고향 응봉리처럼 되어가자 학교를 지어 2세를 교육해야 한다는 주장이 일어난다.

(11) 매봉둔에 한동안 평화가 깃든다.

(12) 그러나 한계운 현장이 물러나고, 젊은 배일(背日) 사상가 소현장이 H현 현장이 되면서 나까모도의 가택을 수색하여 탈을 잡고, 조선

인도 매붕둔에서 쫓아내려 한다. 조선인은 곧 일본인이고, 영사관이 설치되면 자기의 국권과 영토가 침해되니까 조선인을 몰아내어야 한다고 생각한다.

(13) 찬수는 방치원을 찾아가 원주민과 화해를 꾀하고, 나까모도를 찾아가 일본 영사관의 힘을 얻어 매붕둔에서 쫓겨나려 하지 않지만 그 협상은 실패한다.

(14) 소현장은 내일 안으로 모든 조선인은 매붕둔을 떠나라는 최후 통첩을 내린다. 그러나 매붕둔 조선인은 꼼짝 않는다.

(15) 방치원에게 구원을 청하러 갔던 박첨지, 민식, 오손이 등이 민국의 육군 편의대 공격을 받자, 노한 매붕둔 주민들이 수로 둑으로 달려나가 편의대와 대치, 싸움이 벌어진다.

(16) 학교가 불타고 총소리가 요란한 속에 찬수를 비롯한 매붕둔 주민들은 모두 벼 포기를 끌어 안은 채 수로에 머리를 박고 엎드려 죽기를 각오하고 버틴다.

이래서 결국 매붕둔을 쫓겨나지 않는다. 제2의 고향으로 가꾼 매붕둔을 지키는 데 성공한다.

위의 사건 요약은 다음 네 가지 내용으로 특징지워진다.

(A) 발단과 결말의 주요 사건이 모두 학교 문제이다.

(B) 찬수의 입만 이후 활동이 매붕둔 주민의 지도자로서 활동했고, 그 중에서도 조선인 2세 교육을 위한 학교 건립에 집중되어 있다.

(C) 찬수의 입만 동기가 교장 배척 사건 때문이다. 이것은 찬수라는 인물의 성분이 비판적 지식인이라는 말이다. 그리고 입만 후 나까모도와 한현장과의 관계도 매붕둔을 제2의 고향, 응봉리로 만들기 위한 목적 때문에 맺어졌다. 일인, 중국인과의 관계가 화해관계로 나타나는 게 사실이다. 그러나 그것은 매붕둔 조선인을 살리기 위한 수단으로서이다.

(D) 홍덕호의 매붕둔 발견이 고대 국가 설립과 유사한 발상적 모티프를 띠고 있다.

(E) 조선인은 일본으로부터도, 만주국으로부터도 보호를 받지 못한다.

모든 문제를 스스로 해결해야 하는 주권 없는 민족의 슬픔을 여기서 도 발견한다.

Ⅳ. 맺음말

이상의 논의를 한 말로 말하면 '살아 남기'의 문제이다. 모든 문제가 고향 응봉리를 닮은 매봉둔을 제2의 고향으로 개척하려는 동기 때문에 일어난다. 주인공 찬수가 타협적 노선을 취한 행동도 몰론 이 때문이다. 가족이 당하는 수난을 목도하면서 그가 취할 수 있는 최선의 길은 민족적 감정을 어떻게 하면 표면화시키지 않고, 자신들의 생존권을 확보하느냐의 문제였을 것이다.

만주의 수전 개척이 결과적으로 보면 당시의 일제 정책과 같다. 그러나 주권 잃고, 고향 잃고, 가족까지 잃는 현실에서 그들이 취할 행동은 타협을 하더라도 살아 남는 문제였을 것이다.

이런 점에서 「벼」, 「목축기」의 만주에서의 고향 건설은 타협을 통한 동족 생존권 쟁취 행위이다. 이 점은 이상과 같은 줄거리 요약과 주인공 찬수의 행동분석에서 드러났고, 안수길의 대표작 『북간도』를 바라보는 학계의 대체적 시각과도 일치한다.

따라서 안수길이 창조한 새 고향은 윤동주가 '별헤는 밤'에서 찾던 마을이고, 이용악이 전라도 가시네를 만났던 동네이며, 한얼생(백석)이 교외 풀밭길의 이슬을 차며 고독을 느꼈던 그 만주의 한인촌과 다른 곳이 아니다. 새미

체험 문학과 이상주의의 실제

이 상 갑*

1. 머리말

안수길은 흔히 일제하 만주의 대표적인 작가로 불린다. 그 이유는 크게 보아 두 가지로 볼 수 있을 것 같다. 그 하나는 「새벽」, 「벼」 등에서 초기 만주 개척이민의 정착 과정을 생생하게 형상화했다는 점이고, 또 하나는 해방 후 월남한 후에도 만주 문제를 줄곧 형상화했을 뿐 아니라 그것을 『북간도』로 결집시켜 놓고 있다는 점에서이다. 1940년 전후의 만주가 안수길의 지적처럼 비록 '망명문단'을 형성하고 있었다 하더라도 대부분의 작가들이 도피적이거나 한번 거쳐가는 과정에 불과했다면, 안수길은 상대적이지만 이들과는 변별된다. 물론 여기에는 그의 전가족이 만주에 정착하고 있었다는 점이 크게 작용했으리라 본다. 만주에서 이상촌을 건설하려는 과정을 형상화한 「원각촌」이 결코 우연한 산물이 아니다. 특히 그가 『북간도』를 창작하게 된 배경에는 그만이 만주를 가장 구체적으로 형상화할 수 있다는 자부심과, 또 해야만 한다는 당위감이 자리잡고 있다.

---

* 李相甲, 고려대 강사, 주요 저서로는 『한국근대문학과 전향문학』이 있으며, 논문으로는 「〈단층〉파 소설연구」 등이 있음.

그러나 그의 재만 시절 문학이 소위 '민족협화'라는 만주국의 이념으로부터 결코 자유로운 것은 아니다. 그가 비록 '개척의용군'이라는 용어를 사용하고 있지만, 『만선일보』를 가리켜 "재만 조선인의 정신적 훈련 도장이며 민족 협화의 일분자(一分子)로서 조선인의 문화 향상의 지도적 기관"이라고 할 때 그 한계는 분명히 드러난다. 그의 문학은 계급성과 사회혁명을 강조한 동북 항일 유격구의 문학도 아니며, 그렇다고 조선의용군 및 광복군의 문학도 아니다. 이는 그의 대표작 『북간도』의 등장인물들의 행로와 귀결에서도 잘 드러난다. '민족협화'를 강조한 염상섭이 새로 부임한 일인 편집장과의 불화로 신문사를 그만둔 것을 보더라도 '민족협화'의 허구성이 잘 드러난다. 그러므로 그의 재만 시절 작품은 초기 만주국의 풍토 즉 국책문학과 망명문학 사이에서 그의 문학과 삶 전체가 어떻게 살아남을 수 있을까하는 방향 모색의 결과라 할 수 있다. 여기에는 당연히 검열 체계가 국내보다 덜 엄격했다는 사실도 고려되어야 할 것이다. 이를 잘 반영해 주는 작품이 「목축기」와 함께 만주국 시절의 작품을 집대성한 『북향보』이다. 『북향보』는 '북향정신'이라는 용어가 암시하듯 협화정신을 반영하고 있다는 혐의에서 벗어날 수 없어 보인다. 그 이외에도 만주 건국을 찬양하거나 궁성요배 찬양, 건국신묘 요배와 제궁요배 등도 작품 속에 언급되고 있다.[1] 특히 「목축기」는 해방 후 『북원』(제1창작집)의 재판이 현실적으로 어렵게 되자 제2창작집인 『제3인간형』에 유일하게 수록되었을 뿐 아니라, 작가 사후 그 부인이 간추린 마지막 창작집 『초연』에도 재수록되는데, 이를 통해 볼 때 안수길이 생전에 「목축기」

1) 『북향보』의 주인공 찬구가 경찰서원에게 하는 말에서 '북향정신'의 본질이 드러난다.
"즉 부동성이 많은 조선 농민으로 하여금 한 농촌에 정착케 하여 농업 만주에 기여케 함은 건국 정신에 즉한 것이요 제 사는 고장에 애착을 붙임으로써 일로 증산에 매진하여 곁눈을 뜨지 않게 하는 것은 농촌 사람의 생각을 온건히 하고 똑바른 길로 인도하는 일이라고."(『북향보』, 문학출판공사, 1987, p.206.)

에 얼마나 강한 애착을 보였는지 짐작할 수 있다.[2] 그러므로 제5창작집 『벼』에 수록된 「새벽」, 「벼」, 「원각촌」, 「부억녀」 등은 「목축기」와 일단 구분해 볼 필요가 있다. 그 이유는 「목축기」가 작가 자신과 그의 작품이 지닌 특질의 이면을 예리하게 드러내고 있기 때문이다. 그리고 그 특질의 이면이란 작가와 작품이 지닌 만주에 대한 태도와 떨어질 수 없는 문제이다. 작품 내용면에서 보더라도 「새벽」, 「벼」, 「원각촌」 세 편은 제1기(1860~1910)에 해당하며, 「새마을」은 제2기(1910~1931)에, 그리고 「목축기」, 『북향보』, 「토성」 등은 만주국 건국 이후의 제3기(1932~1945)에 속한다.

안수길은 자신의 재만 시절의 작품 구조를 평론가들이 농민소설이라고 지적하는 것을 대체로 수긍하면서도, 자신의 소설은 국내에서 생산된 농민소설과 달리 "이주민인 농민들의 가리워졌던 생활을 발굴해 낸다는 점"과 "그 생활 속에는 민족정신이 팽배해 있다."고 주장한 바 있다. 지금까지 이루어진 대부분의 연구도 작가의 이같은 언급에서 크게 벗어나지 못하고 있다. 그러나 안수길 문학을 이런 시각에서만 바라볼 때 그 의미는 상대적으로 축소될 수밖에 없다. 그의 가장 큰 성과인 『북간도』를 중심에 두고 넓은 테두리에서 보는 일반적인 시각만이 아니라, 그의 문학을 보다 심층적으로 파악하는 미세한 눈금이 무엇보다 요구된다 하겠다. 그렇다고 해서 그의 문학의 총결산이라 할 수 있는 『북간도』의 성과를 과소평가하는 것은 아니다. 오히려 『북간도』를 염두에 두고 초기 중, 단편소설과 해방 이후 중, 단편소설을 단순히 시기와 소재의 변화에 따라 유형적으로 구분, 연구하는 시각에서 벗어나 초기와 후기 소설을 잇는 공통적인 특질을 규명해 보는 것도 의미있는 방법일 수 있다. 특히 단편은 주로 「제3인간형」 등 몇몇 중요 작품만을 중심으로 논의되어 왔는데, 전체 작품 수와 작품 내용으로 볼 때 중·단편소설이 지닌 의미를

2) 「목축기」에 대한 작가의 평:"노송은 이 작품과 함께 애착과 문학적인 향수를 느끼는 인물이다."(창작집 『제3인간형』, 을유문화사, 1954, p.256.)

과소평가할 수 없다. 이런 관점에서 흔히 지적되는 바 '어떻게 사느냐'와 관련된 안수길의 일관된 언급은 일단 주목할 필요가 있다.

> 만주 지방의 우리 농민과 민족의 생활을 발굴하는 것을 작품의 출발점을 삼은 나는 6년 전에 『북간도(北間島)』를 완결함으로써 재만 시절의 중단편적 단편(斷片)들의 규모를 크게 한 종합적인 것으로 마무리한 셈이었으나, (중략) 평가(評家)들은 나의 작품을 구분해, 해방 전 재만 시대의 것을 농민문학이라 하고 해방 후에는 도시 지식인의 세계를 주로 그렸다고 보고 있는 모양이다. 한 때의 나의 작품 과정을 그렇게 보는 것도 자유이고 그렇게 볼 수 있겠으나, 농민이 대상이든 도회지인을 취급했든 그 지조는 조금도 변함이 없다.[3)]

여기에서 '변함없는 지조'란 '어떻게 살 것인가'와 관련한 그의 삶의 태도와 연결되겠지만 보다 근원적인 것은 무엇일까? 이 글은 바로 이 점에 주목하고자 한다. 안수길은 인간에 대해 '그것이 무엇인가'라는 본질적인 면보다 '어떻게 살 것인가'라는 실천면에 더 관심을 가지고 있는데, 그에 의하면 이런 생활 태도를 갖게 된 결정적인 계기는 청년 시절에 기자로서 만주 지방 조선 농민들의 삶의 현장을 목격한 것이라고 한다. 그의 작품이 대부분 작가 개인의 직·간접 체험과 관련하여 자전적 성격이 강한 것도 이와 무관치 않다. 특히 특정 작품이 작가의 특정 시기의 체험을 형상화하고 있다고 구체적으로 지적할 수 있을 정도로, 안수길의 문학은 작가의 체험에 깊이 각인되어 있다. 이런 체험 때문에 그는 자신의 말처럼 본질적으로 종교가가 될 수 없고 리얼리스트로서의 자질을 구비할 수 있었다고 하겠다. 그러므로 이 글은 '어떻게 살 것인가'의 핵심 기제를 그의 초기와 후기 중, 단편소설을 계기적으로 살펴보면서 검토해 볼 것이다.[4)]

3) 안수길, 『명아주 한 포기』(유고 수필집), 문예창작사, 1977, pp.239~240.
4) 차봉희 편, 『루카치의 변증-유물론적 문학이론』, 한마당, 1987, p.86.

2. 만주에 대한 환상과 현실간의 긴장관계

안수길은 『조선문단』(1935.8)에 당선된 후 검열 관계로 발표되지 못한 「적십자병원장」에서 이미 만주에 대한 관심과 작가의 현실안을 내비친 바 있다. 이 작품은 작가의 말에 의하면, 독립군의 적십자병원장인 주인공이 일본 경찰의 눈을 속이기 위해 거짓 미치광이 노릇을 하고 지내다가 그곳을 습격해 온 공산 유격대의 손에 납치되어 간다는 줄거리로 되어 있다. 이 작품의 내용은 작가 자신이 말한 바 '사회소설', 즉 사회주의 계열의 문학 경향에 근본적으로 거부감을 보인 것과 일치한다. 안수길은 그의 첫 작품에서부터 현실을 날카롭게 파헤치는 힘을 강조하고 있는데, 그가 "신음하면서 더듬어 찾는 사람만을 시인할 수 있다."는 파스칼의 『팡세』에 나오는 한 구절을 평생 좌우명으로 삼게 된 것도 우연이 아니다.

「새벽」은 원래 조선 태생이지만 동족을 괴롭히는 박치만에 의해 고난 당하는 한 가족의 생활상을 형상화하고 있다. 박치만은 조선인 티를 내지 않으려고 의도적으로 중국말을 쓰기도 하는데, 『북간도』의 최삼봉과 그의 하수인 노덕심과 같은 인물이다. 고리로 인해 불어나는 빚, 딸과 아내를 담보로 잡힐 수밖에 없는 상황에서 박치만의 계속되는 농간 속에 고민하는 <나>의 가족들의 모습이 관찰자 <나>의 눈을 통해 회고조로 전개되고 있다. 특히 우리는 이 작품에서 안수길이 만주 체험을 증언해야 한다는 의무감 내지 강박감을 느낄 수 있다(cf. "이 광경을 생각하면 치가 떨리는 것이나 여기에서 흥분하고만 있을 것이 아니라 이야기를 앞으로 더 진행시켜야겠다."). 이런 점에서 안수길의 첫 중편소설이자 제3 창작집의 표제작이기도 한 『벼』는 「새벽」에서 부분적으로 다루어져 있는 만주 개척이민들의 실상을 『북간도』에 앞서 점검하고 있는 작품이다. 실제 작품의 몇몇 부분은 『북간도』의 해당 장면보다 더 생생하고 실감있게 형상화되어 있다. 「벼」의 중심 문제는 살기 위한 수단으로서의 농사를 제외한다면 학교 건축과 관련한 여러 가지 사건들이다. 초기 만주 정부에서는 자원 발굴과 국력 증강이라는 면에서 이방인의 이주, 개간에 적극적이었는데, 여기에는 조선인이 황무지를 이용하는 데 만주인이 갖지 않은 기술을 가지고 있다는 점도 작용했다. 그러나 원주민과 이주민의 갈등은 피할 수 없는 사실이다. 한밤중 원주민들의 몽둥이 세례로 첫 희생자가 생겼지만, 처음부터 생계를 위한 이주였기에 이주민들은 농토에 대한 강한 애착을 가지고 있다. 그후 이주민이 계속 늘어나자 밥 다음으로 절실한 학교 문제가 대두하게 된다. 그런데 「벼」는 지식인을 포함하여 그 당시 이주민들이 지니고 있었던 만주에 대한 환상과 현실간의 거리를 명확하게 보여준다. 찬수는 생활의 어려움 때문에 생긴 정신의 질식 상태를 극복하고 새 생활을 마련하기 위해 자원하여 만주로 온 지식인이다. 이런 그에게 만주는 구원의 땅이었다. 그러나 현실에 부딪치자 그의 생각이 얼마나 관념적이었는지 여지없이 드러난다. 지식인의 관념이 엄정한 현실에 의해 수정되는 부분은 만주 개척 이민의 실상을 부각하는 데 중요한 몫을 하고 있다.

만주. 하늘부터 툭 티웠을 만주. 땅은 물론 공기마저 시원할 만주, 그곳에 십 년간 이룩해 놓은 제이의 웅봉리. 아버지와 어머니, 형수며 부형의 친구, 동생들이 생활하고 있는 그곳에 가서 마음대로 뛰고 마음대로 부르짖고 부모와 형제들과 함께 일하자. 그들이 호미로 파서 쌓았다면 나는 어린이들을 가르치고 키워서 그들의 생활을 굳건히 해주고 빛나게 해주자. 그렇게 하는 것이 십 년간 흙을 판 고향사람들의 노고에 대한 보답이다. 생각만 해도 찬수의 가슴은 뛰었다.

그러나 그것은 역시 찬수의 마음 속에 내왕하는 한 덩어리의 관념에 지나지 않았다는 것을 그는 매봉둔에 도착한 후 며칠 되지 않아, 깨달을 수 있었다.

그것은 매봉둔 주민들의 생활과 과거의 고난이 결코 그가 책상에서 생각하고 있던 것처럼 시적인 것이 아니었다는 것을 눈으로 보고 느낀 까닭이었다.

그들의 고난, 그들의 굳은 의지, 그것에 비긴다면 그가 하려는 일은 너무도 빈약하고 허잘 것 없다는 것이라고 생각했다. 그저, 선배 이주민들의 거룩한 업적에 저절로 머리가 숙여져 아지 못할 위압에 눌리우는 것이었다.5)

일본과 중국의 틈바구니에서 서로의 이권 다툼의 희생양이 된 조선 민족에게 학교 건축은 어려운 일이다. 중국측은 원주민과 조선 농민 사이를 이간시키는 계략을 꾸며 학교를 방화하지만 찬수조차도 방화의 원인을 원주민들의 단순한 원한 때문이라고 생각하고 있을 정도다. 특히 찬수는 일본인 나까모도를 친중파로 보면서 그에게 상당한 기대를 가지고 있는데, 이는 그의 현실안이 그야말로 '민족협화' 정신에 구속되어 있음을 잘 보여준다. 여기에서 만주국이 일본의 괴뢰 정부라는 투철한 자각은 찾아볼 수 없다. 조선 농민들이 바라는 것은 오직 "평안하고 안온한 속에서 즐겁게 농사를 지을 수 있는 세상"뿐이다. 그러나 조선 농민들의 이같은 기대감은 여지없이 무너지고 말지만, 이런 기대감 내지 만주에 대한 환상과 현실간의 거리감을 보다 구체적으로 보여주는 작품이 「원각촌」이라 할 수 있다. 이 작품에도 「새벽」의 예외적 인물인 삼손에 비견되는 억쇠가 등장하지만, 그는 오직 자기 아내를 위하는 것일 뿐 조선 농민들의 고통이나 이상촌 건설에는 전혀 관심을 두지 않는다. 억쇠는 「새벽」에서 <나>가 기대한 영웅의 한 형상으로 등장하고 있지만 <나>의 기대에 미치지 못하고 있다. 이런 한계는 『북간도』에 와서야 전체적으로 수정, 보완된다는 점에서 초기 소설의 한계는 자명한 것으로 보인다. 이 점에서 볼 때 만주에 대한 환상과 현실간의 괴리는 초기 만주 체험을 형상화한 작품의 중요한 한 가지 특징이자 재만 시절 작가 안수길의 의식세계를 엿볼 수 있는 한 측면이기도 하다. 이같은 특징은 해방 후 작품에서도 지속된다.

5) 「벼」, 『벼』(창작집), 정음사, 1978, pp.338~339.

안수길은 해방 이후에도 만주 시절을 회상조로 쓴 작품을 다수 남기고 있다. 함흥고보 재학 시절의 기억담인 「맹아기」를 제외하면, 간도 용정 중학교 시절 스승과 친구의 이야기를 적고 있는 「소박한 인상」, 간도 시절 아버지의 친구인 김동화씨의 연애담인 「어떤 연애」가 그것이다. 이 외에도 부분적으로 재만 시절의 이야기가 삽화 형식으로 자주 등장한다. 「여수」의 한 대목이다.

> 이러한 만주기에 철은 하루의 피로를 늦추노라 다방에서 레코오드를 들을 때나 덕수궁 연못가에 호젓이 앉을 때나, 생각이 만주를 향하여 저절로 달음질쳤고, 만주와 관련된 추억을 더듬을 때, 희귀하게도 마음의 여유가 찾아들기도 하였다.6)

주인공 철이 바라보는 차창 밖 풍경은 만주 지방의 풍경과 동일시되기까지 한다. 「여수」의 주인공 철은 만주 M신문사 특파원으로 있을 때 지사장의 딸인 숙과 알게 되었다. 그 당시 철은 일본 동지사대에 다니던 숙이 지닌 "교양의 향기"에 매료당한 적이 있다. 그 당시 숙은 아버지의 허세를 비판하면서도 철에게 우선 급한 '생존'보다 '생활'을 내세우는 이상주의자였는데, 해방 후 몰락하여 빈대떡 장사로 변해 있다. 그러나 숙은 철을 만나자 부끄러움없이 건강한 말과 행동으로 철을 대한다. 오히려 철이 숙의 충실한 삶을 보고 자신의 무기력한 생활을 반성한다. 이로 볼 때 <숙>은 안수길이 재만 시절 만주에 대해 지니고 있었던 환상을 체현하고 있는 인물로, 그 환상이 해방 후에도 지속되고 있음을 잘 보여준다. 특히 「향수」에서 만주 진명학교의 백교장이 동창생들의 협력을 얻어 서울에 학교를 재건하여 만주에서 못다한 교육을 실천하고자 하는데, 이는 '만주와 서울의 동일시'라는 관점에서 해방 후 작가의 정신적 자세를 살펴볼 수 있는 작품이다.

---

6) 「여수」, 김윤식 편, 『안수길』, 벽호, 1993, p.88.(이하 『안수길』)

그러나 「삼인행」과 「망명시인」은 간도 체험이 부분, 또는 전면적으로 형상화된 작품과 달리 또다른 현대판 이주 생활의 두려움을 형상화하면서 작가와 조국의 관련성을 문제삼고 있다. 이 두 작품은 앞서 살펴본 바 만주를 이상화한 작품과 먼 거리에 있다는 점에서 음미할 만하다. 이런 작업은 『북간도』의 성과 이후에야 가능했다고 볼 수밖에 없는데, 그 이유는 『북간도』가 만주 체험을 총체적이고 객관적인 역사 안목으로 이미 정리한 수준이기 때문이다. 이럴 때 작가에게 부각되는 문제가 현대판 만주 이주 현상인 미국 이민 붐이다. 「삼인행」의 주인공 박영기는 월남자로 작가의 분신과도 같은 인물인데, 그는 미국에 가서 결혼한 후 정착하여 살고 있는 아들과 딸을 찾아간 아내가 돌아오지는 않고 들어오라는 편지를 받고 착잡한 심정에 빠진다.

> ……귀에 못이 박히도록 들려준 말 아닌가? 그걸 까먹다니? 할망구두 젊었을 적 함께 겪구, 뼈저리게 느꼈던 일 아닌가? 일정 시대, 만주 살 때 말이야. 실력이 있으면서두 일본놈 틈바구니에서 기를 펴지 못했던 일, 다른 외국 사람들에 대해서두 떳떳치 못했지, 만주 살 때에 비길 건 아니나 키작고 코낮은 황색 인종이 주눅이 잡힐 건 뻔한 일, 내 자손에게는 다시 어깰 펴지 못하는 심정 갖게 하구 싶지 않다는 주장, 어쩜 그렇게 쉽게 잊을 수 있을까?……7)

아내의 편지는 해방 전 만주에서 체험한 이주민의 고통이 되살아나는 계기를 마련한 것이다. 작가와 조국과의 관계를 보다 깊이 문제삼고 있는 「망명시인」도 예외가 아니다. 이 작품에서는 에스토니아의 망명시인 바이로이다와 그를 <나>에게 소개해 준 윤지수 시인, 그리고 이를 바라보는 <나>의 시각이 삼중으로 겹치고 있다. 바이로이다를 소개해 준 윤지수는 이후 미국으로 이민 간 상태이지만, 윤시인은 "떳떳치 못한 일인 듯 떠날 때에도 친구들에게 비밀에 붙였으나 간 뒤에도 소식을 전해오지

7) 「삼인행」, 『망명시인』(창작집), 일지사, 1976, p.66.

않고" 있다. 바이로이다가 13년 전 펜 대회 때 서울에 와 몇 마디 이야기를 나눈 술집 여인의 사진까지 보관하며 잊지 못하고 있는 모습은 윤지수 시인의 고독을 짐작케 한다. 특히 이 두 시인은 자기 언어로 시를 짓지 못하는 불구상태를 공유하고 있는데, 문학과 삶 모두가 불구상태다.

> 이렇게 가는 곳마다 엽서를 보내 왔다고 장시인은 그럴 때마다 나에게 전화로 알려 주곤 했다.
> 「그 친구, 어디 정착할 데가 없어 두루 방랑하는 게 아니오?」
> 「글쎄요, 그런지 모르겠읍니다.」
> 「문학도 안 되고 그렇다고……」
> 「그렇지요, 조그만 나라 출신의 무명시인을 누가 알아 주겠읍니까? 그렇다고 문학을 버릴 생각은 없고……정착지를 찾아 헤매는 것임에 틀림이 없습니다.」
> 「문학 버릴 수 없어 그런다면 무던한 편이기는 하나……」[8)]

윤지수와 바이로이다의 시각은 바로 이들 두 사람을 바라보는 <나>의 시각과 정도의 차이는 있지만 동궤의 것이며, <나>와 작가 안수길의 시각 또한 뗄 수 없는 친일성을 띠고 있다. 이는 안수길이 만주에서 뼈저리게 느낀 바이기 때문이다.

이것과 관련하여 안수길이 스스로 자신의 사상적 핵심을 드러내고 있는 다음 대목을 주목할 필요가 있다.

> 위선최락(爲善最樂), 착한 일을 하는 것이 가장 즐겁다. 내가 이 구(句)를 좋아하고, 늘 책상 앞에 걸어 놓고 눈으로, 마음으로 읽고 새기고 하는 것은 또한 착하게 살아보자는 염원에서일 것이다. 언제는 안 그랬으랴마는 착하게 살아보겠다는 생각은 한 해 한 해 연령이 쌓여갈수록 더욱 강렬해지고 있다.[9)]

---

8) 「망명시인」, 『안수길』, p.199.
9) 안수길, 『북간도에 부는 바람』(수필집), 영언문화사, 1987, p.14.

이같은 그의 '선'의 강조는 그를 줄곧 괴롭혔던 가난과 병마를 염두에 둘 때 더욱 돋보이는 측면이다. 그리고 이 '선'의 강조는 초기 작품을 총정리한 『북향보』나 『북간도』의 작품 구조와도 연결되어 있다.10) '이상과 현실'의 단순한 대립 구조가 그것이다. 『북향보』에는 이상파에 속하는 찬구, 준영, 현암, 순임과, 현실파에 속하는 박병익과 주주들, 그리고 이기철, 찬이, 애라 등의 중간파가 있으나, 이 중간파는 궁극적으로 이상파에 이바지한다. 마찬가지로 『북간도』에도 장현도가(친일파 상인)의 중도파를 제외하면 최칠성가(친중파 농민)의 현실파와 이한복가의 이상론이 맞서 있지만, 중도파는 궁극적으로 이상파에 이바지한다. 앞서 지적했듯이 안수길 문학이 동북 항일 유격구의 문학이 아니며, 조선의용군이나 광복군의 문학도 아닌 한 현실과의 타협에 직면하지 않을 수 없었다. 『북간도』 제5부에서 정수가 자수하는 장면이나, 정수가 자수 후 생활의 적극성을 잃고 안주하는 듯한 인상을 주다가 작품이 거의 끝나갈 무렵 일본의 패망의 조짐과 함께 활동을 재개하는 것도 이런 이유에서이다.

안수길이 해방 후 창작한 현실고발의 작품에도 만주 체험이 각인되어 있기는 하지만, 재만 시절과 현 시대의 모순을 결부시킨 결과 날카로운 비판의식이 돋보인다. 우선 만주체험과 관련되지 않은 작품들 중에서 「좁은 파동」은 4.19 이후 여전히 부정과 불의가 판을 치는 현상을 목격하면서 입시 과열경쟁의 폐해를 고발하고 있다. 법을 지키는 자가 오히려 고난을 당하고 권력에 빌붙어 법을 어기는 자가 더 잘되는 현상을 예리하게 비판한다. 그리고 조용한 마을에 술집과 여관의 증축, 집값 상승 등

10) 이런 점에서 『북향보』의 다음 구절이 주목된다.
"음악－물론 음치(音癡)는 아니었으나 모든 것을 농촌과 관련하여 생각하는 버릇이 있는 그는 서양적인 음악의 충분한 이해자는 못되었다.
그러한 그가 애라의 성악 공부에 찬의를 표하여 윤씨가 그 의논을 가져왔을 때 대뜸 그리하시오－한 것은 음악의 순수한 세계를 이해할 수 있고 그 경지에 도달할 수 있다면 그것은 바로 선(善)의 세계, 진(眞)의 세계에까지 도달할 수 있는 것이라 생각한 때문이었다.(『북향보』, p.119.)

서민들의 삶에 대한 세태 묘사가 두드러진 「집」, 5.16 후 직장에서 정리당한 후 무기력해진 지식인의 삶을 다룬 「새」와 「서장」, 난로를 둘러싼 소시민 가정의 이야기를 다룬 「기름」, 새롭게 형성된 한일관계를 두려움으로 바라보는 「타목」 등도 주목된다. 이와 달리 실향의 아픔과 통일에 대한 염원을 형상화한 작품도 주목되는데, 두고 온 고향을 그리워하는 「동태찌개의 맛」과 「고향바다」, 내무서원의 감시를 뚫고 3.8선을 넘어 남한 땅에 발을 디디면서 맡은 '자유의 냄새'를 형상화한 「불고기냄새」 등이 그것이다. 특히 「IRAQ에서 온 불온문서」는 분단상황에서 왜소한 소시민의 생활과 심리를 잘 반영하고 있다. 우연히 집으로 배달된 불온문서를 보고 두려워 떨며 안절부절 못하는 현상은 반공 이데올로기의 폐해와 지식인의 의식의 불구상태를 그대로 드러내면서 모순된 현실을 고발한다.

그러나 만주 체험과 관련한 작품에서는 해방 전 만주 시절 일제의 만행을 예리하게 비판하고 있다. 안수길이 해방 후 첫 작품인 「여수」에서 주인공의 입을 통해 "쓰고 싶던 것을 쓰고, 말하고 싶던 것을 말하"고자 한 데서도 이미 드러나지만, 재만 시절 작품과 「효수」를 비교하면 안수길이 재만 시절 실제로 형상화하고자 했던 바를 짐작할 수 있다. 「효수」는 1.해란강과 2.팔도구 3.산하둔의 세 이야기가 오버랩되면서 주제를 드러낸다. 용정의 중국인이 배일사상을 교시로 내걸고 세운 사립학교 교사인 중국 청년 주동산과, 중국인 왕선생은 모두 일경의 감시를 받고 종적을 감추는데, 이 두 사람의 최후가 효수로 짐작되고 있다. 허공에 매달린 효수는 중국과 동일 운명에 놓여 있는 조선의 처지를 깊이 생각하게 한다. 그런데 「꿰매입은 양복바지」는 만주 시절과 현재의 모순된 현실을 계기적으로 살펴보고 있다. 첫번째 이야기는 <나>가 13살 때 이야기로 '본부(本夫)독살사건'과 관련된 사람을 처형하는 내용이며, 두번째가 22살 때 이야기로 일본 영사관에서 중국인 3명을 처형하는 내용이다. 세 번째가 4.19 이후 현재와 접속된 이야기다. 군의관 훈련을 끝마치고 돌아온 아들이 <나>의 소설 원고를 보고 하는 말이다.

「저런, 대낮에? 아버지, 정말 그 장면 보았어요?」
밖에서 돌아오니, 대뜸 묻는 말이었다.
「거짓말일 것 같애?」
웃을 수밖에 없었다. 그러나 아들은 따라 웃지도 않고,
「삼십 사오 년 전의 만주라 그랬을 거예요.」
혼자 머리를 끄덕이면서 심각한 표정이었다. 그런 표정으로 말을 이었다.
「목격했을 거예요. 사오 년 전에도 광화문 네거리에서 회술레하는 현장을 본 일이 있었으니까.......」
그리고는 움찔 일어나 나가 버렸다.11)

이 말을 한 아들은 4.19 때 예과생으로 가운을 입은 채 시위에 참가한 바 있다. 그러므로 이 작품은 일제 시대의 상황과 1960년대 상황의 대동소이함을 보여준다.

3. 진선미의 세계에 대한 의욕

안수길의 작품 가운데는 '예술가(작가)와 교원'에 대한 문제가 자주 언급된다. 즉, 만주에 대한 환상과 현실간의 갈등구조가 '문학과 생활'이라는 동일한 갈등구조로 재생되고 있다. 달리 말하면 안수길이 교직을 생계 수단으로만 여길 뿐 별다른 의미를 부여하지 않는 것을 숨김없이 작품으로까지 형상화하고 있다는 것 자체가 그의 진실한 측면일 것이다. 이와 마찬가지로 그가 생활을 위해 신문소설을 쓰면서도, 신문소설이 통속문학이 아니라 순문학임을 주장한 것도 음미할 만하다.

이처럼 안수길이 해방 전후에 걸쳐 만주에 대한 환상과 현실간의 긴장관계 속에서 줄곧 만주 생활을 증언하고 있는 것은 그의 충실성의 측면

11) 「효수」, 『안수길』, 벽호, p.166.

에서 이해될 수 있다. 이 '순진성'은 작가 자신이 직, 간접으로 체험한 것을 숨김없이 드러내야 한다는 것과 관련되며, 궁극적으로 '선'의 추구와 연결된다.

안수길은 이미 「목축기」에서 작가와 교원 사이의 갈등과 모순을 변형적으로 보여준다. 「목축기」의 찬호는 인간에 대한 불신을 동물 세계의 긍정을 통해 극복하고자 한다. 찬호는 "저희를 생각해 주는 줄 알고 저희를 위하여 애쓰는 사람에 대하여 감사의 뜻을 표할 줄 아는 돼지"에 온갖 정성을 다한다. 그는 "내가 사람을 가르치는 것은 망발"이라고 생각하는데, 이런 그의 생각은 그가 학생들로부터 받는 불만의 결과라기보다 교사직에 대해 품고 있는 근본적인 자기 인식이라고 할 수 있다. 물론 찬호는 망명 지사도 웅변가도 아니며 훌륭한 교수방법도 갖추지 못하고 있고, 더욱이 그는 만주국의 교육방침에 순응하여 초빙되어 온 한계를 가지고 있기는 하다. 그러나 작가 개인을 두고 말한다면 안수길의 교사직에 대한 계속되는 갈등은 작품 제작만을 위한 것은 아니고 더 깊이 파들어가면 그의 양심적인 측면, 즉 단순히 생계 수단에 국한하여 교직을 수행할 수 없다는 자각이 큰 몫을 차지한다. 즉, 자기의 충실성을 다하고자 하는 작가의 자각이 주목된다고 하겠다. 이런 갈등 양상이 「목축기」, 외에도 「제3인간형」, 「유산」 등에서 잘 나타난다. 「목축기」의 찬호가 교사직일 거부하는 것은 자신의 충실성을 다하기 위한 길이며, 그 길이 「목축기」에서는 문학에 대한 열정이 아니라 동물에 대한 애정으로 변형되어 나타날 따름이다. 이 점은 특히 로우숭의 거의 병적이라 할 만한 동물애착에서 잘 나타난다. 이로 보면 안수길의 문학 행위는 작가 자신의 충실성을 지키거나 키워나가기 위한 유일한 과정으로 볼 수 있다. 그 이유는 문학 행위 자체가 작가 자신의 끊임없는 자기 반성을 요구하는 작업이기 때문이다. 그의 작품이 대부분 작가의 자전적 체험과 연관되어 있는 것도 바로 이런 이유에서 나온 결과이다. 이런 측면에서 '어떻게 살 것인가'라는 작가의 문학 태도는 작가 개인의 윤리성과 결부될 수밖에 없다. 이로 볼 때 이 연장선에 『북간도』가 위치해 있음도 분명하다. 즉, 시대의 변화와 함께 작가의 현실안이 깊어질수록 『북간도』에서 형상화된 바 있는 만주 개척이민의 실체를 보여주는 행위가 민족적, 거시적인 행위이면서, 무엇보다 작가 자신의 '충실성'을 드러내고 확인하는 유일한 방법이기 때문이다. 그가 『북간도』 출간 이후 계속해서 『통로』와 『성천강』을 쓰고 있는 것도 이와 무관하지 않다. 더욱이 그 자신이 만주를 구체적으고 형상화할 수 있는 대표적인 작가라는 자부심과 함께 작가 생활 초기부터 줄곧 그를 따라다녔던 병마가 그를 더욱 재촉한 것으로 보인다. 그가 『북간도』 제2부 집필시 자살 소동까지 일으킨 점에서도 그가 얼마나 심한 강박감에 시달리고 있었는지 짐작된다.[12]

「제3인간형」 역시 '문학과 생활'간의 갈등으로부터 '작가로서의 충실'이라는 길을 모색하고 있다. 그러니까 이 작품은 6.25의 엄청난 외적 충격이 던진 한 외상의 표출에 머문 소품이라 할 수 있다. 석은 오래만에 만난 조운이 스스로 타락했다고 말할 때 그를 한갖 장사꾼으로 파악한다. 그때 석은 갑자기 무엇인가 "제 마음이 꽉 차짐"을 느끼며, 말도 공격적인 어투를 띠게 된다. 조운이 문학을 떠나 경제적으로 성공하였다면, 미이는 경제적으로 몰락했으나 정신적인 성숙을 이루었다고 할 수 있다. 사실 미이는 초기 단순한 문학 지망자의 상태에서 보다 원숙한 경지로 성장해 있었다. 석이 조운에게 더 이상 아무런 흥미를 느끼지 못하는 반면 미이에게 강한 충격을 받는 것도 이 때문이다. 미이가 간호장교로 입대하는 길은, 석이 이전에 당연히 추구했어야 했고 또 앞으로 추구해야만 할 문학의 길과 동궤의 것이다.[13] 그러나 이 작품에서 정작 중요한

12) 오인문, 「민족문학의 웅지」, 한국현대문학전집 18, 삼성출판사, 1980, pp. 532~545.

13) 「두 개의 발정」(1952)은 작품 구조상 「제3인간형」(1953)의 전편이라 할 수 있다. 이 작품 역시 전쟁 시기 지식인의 삶의 세 가지 양태를 다루고 있다. 즉, 일차적으로 생활 문제를 해결하고 자신의 출세를 위해 유학을 떠나는 길(「제3인간형」의 조운의 길)과, 전쟁에 참여하는 길(−미이의 길),

것은, 조운의 형상이 실제 <나>의 내면에 도사리고 있는 또 하나의 <나>의 모습이라는 점이다. 바로 이 점이 '문학(작가)라 생활(교원)'간의 갈등 구조의 본질이다.

> 「교육도 사내의 보람있는 일이거니 차라리 훌륭한 교육자가 되자!」
>
> 그러나 교육가로서 석은 아직 애숭이였다. 아니 엑스트러의 자격밖에 없었다. 그러나 그렇게 생각하니, 또 이십 년, 마음의 지주였고 생활의 목표였던 그 길을 이제 일조에 분필로 바꾼다는 것이 자신을 배반하는 일밖에 되지 않았다. 더욱이 제 자신에 충실하여 학교를 그만둔다면, 또 그나마도 생활의 방편이 막히는 것이었다. 직업에도 충실하지 못하고 자신에도 엉거주춤하고, 이러한 자책의 채찍을 맞으면서 석은 점심밥 그릇과 원고지권이 함께 들어 있는 무거운 가방을 들고, 벌써 십여 개월 날마다 삭막한 통근 코오스를 흐리터분한 분위기 속에 학교에 왔다갔다하였다. 초조감만 북돋아졌다. 그러나 그럴수록 마음은 공허해 간다. 그리고 안일을 택하여 현실과 타협하려고 들었다.[14]

이같은 작가의 위기 의식은 「유산」에 와서야 겨우 극복된다. 「유산」의 주인공 현도는 화가로서 생활의 어려움에도 불구하고 그림에 대한 집념을 버리지 않는다. 그는 자신이 학교를 그만두고 본격적으로 그림을 그리려는 심정과 아내가 애기를 키우려는 심정이 동일하다고 생각하는데,[15]

그 사이에서 생활에 찌들려 우유부단하게 살고 있는 주인공(-석의 길)의 삶이 그것이다. 그런데 이 두 작품은 모두 군에 입대하는 것을 정신적인 갱생의 길로 보고 있는데, 여기에서 우리는 안수길이 반공 이데올로기에 침윤되어 있음을 알 수 있다. 바로 이 점이 같은 실향작가이면서 분단문제를 민족적인 시각에서 형상화하고 있는 이호철과 다른 측면이다.

14) 「제3인간형」, 『안수길』, p.119.

15) 「유산」에 대한 작가의 언급을 참조할 필요가 있다.
"「유산」-1957년 봄에 나는 병으로 쓰러졌다. 연재하던 신문소설을 일개월쯤에서 중단하지 않을 수 없었을 뿐더러 경제적으로도 극도의 궁지에 빠지지 않을 수 없었다. 안암동 집을 팔고 제기동 셋집으로 옮겼다. 절망의 심정이었다. 그러나 근 일개년의 겸허한 요양 뒤에 몸과 마음에 아지 우리는 여기에서 「제3인간형」에 나오는 석의 우유부단함을 찾아볼 수 없다. 「유산」과 관련하여 「부억녀」와 「취국」이 주목되는 것도 바로 이런 측면 때문이다. 「취국」의 분이가 내시 서방과 머슴인 이서방 사이에서 궁지에 빠진 자살로 생을 마감할 수밖에 없는 것이 과연 그녀가 선택할 수 있는 유일한 길인지 반문할 수도 있다. 그러나 분이의 자살은 이서방에게 순결을 짓밟혔다는 데 대한 자책이라기보다는 역설적이지만 주어진 자신의 삶에 최선을 다해 충실하려 한 결과이다. 이서방과 함께 도망가는 행위나, 한번 더럽혀진 몸으로 비록 내시 남편이지만 아무런 일도 없었던 것처럼 전과 같이 생활을 계속하는 행위는 모두 분이의 입장에서 용납될 수 없는 것이다. 더욱이 친정 어머니의 사랑에 버금가는 시어머니의 애정과, 자기와 동일한 처지에서 고락을 같이 해 온 시어머니를 양심상 바라볼 수 없는 상황에서 자살은 필연적인 것이다. 안수길이 「취국」을 창작할 때 얼마나 고심하였는가는 70매 분량의 작품에 무려 200매 정도 파지를 내었다고 고백하고 있음을 보아도 잘 알 수 있다.

안수길은 '엄격한 모랄리스트'[16]로 평가되기도 한다. 이 점 또한 그의 진실한 측면과 관련되어 있다. 그는 애정 문제를 다룬 소설을 다수 창작하고 있는데, 「사루비아 핀 정원」과 이 작품의 확대판인 『제2의 청춘』이 특히 주목된다. 이런 유형의 작품에는 노골적인 성 묘사가 없을 뿐 아니라, 등장인물들이 일시적인 방탕, 방황의 시기가 끝나면 모두 여지없이 정상적인 도덕 상태를 회복한다. 「사루비아 핀 정원」은 최지애가 손아래인 남편이 자신을 아내라기보다 어린애를 둔 어머님 같이 느끼며 스스로 독립 의지를 잃고 무기력해지면서 그 반항으로 젊은 여인을 사귀는 데도 어쩔 수 없어 한다. 그러던 중 그녀는 딸영희의 그림 지도를 부탁하기

못할 힘이 생기기 시작했다. 그때의 소산, 내 생애에서 잊을 수 없는 작품이다. <안수길, 『풍차』(창작집), 동민문화사, 1963, p.387.>

16) 신동한, 「안수길의 문학 세계-『제2의 청춘』을 중심으로」, 삼성당, 1988, pp. 529~534.

위해 찾아가서 알게 된 지세훈 화백에게 연정을 품는다. 지세훈 또한 아내에게 불만을 가지고 있는 차에 최지애를 좋아하지만, 최지애는 지세훈이 같은 학교를 졸업한 동창생 언니의 남편이라는 사실 때문에 고민한다. 그러나 결국 모든 인물은 자신의 잘못을 뉘우치고 정상을 회복한다. 특히 이 작품에서 화가로 등장하는 지세훈은 작가의 분신과 같은 인물이다.

> 철없는 어린 것들의 코 묻은 돈을 빼앗아 하루의 끼니를 끓여 먹는 목마 아저씨도 상대가 천진한 어린이고 보니 모르는 사이에 **순진성**을 가지게 된 것일까? 본래 갖고 있는 그의 **순진성**이 하고 많은 직업 중에서 그런 것을 택하게 된 것일까?[17]

이 대목은 지세훈이 최지애가 딸을 맡기러 왔을 때 주위에 있던 목마 아저씨를 보고 생각하는 부분이다. 지세훈이 처음에 영희를 선뜻 맡기를 꺼려한 것은 영희를 싫어해서가 아니라, 자기가 어릴 때부터 무척 아끼던 남녀 제자가 함께 자신의 전시회 수익금을 모두 챙겨 도망간 데 대한 강박관념 때문이다. 그러나 지세훈이 가장 아쉬워하는 것은 그들이 예술을 버리고 연정을 위해 달아났다는 점이다. 그러나 지세훈은 아내를 진실로 사랑하는 마음을 가질 때 진정한 예술가가 될 수 있을 것이라고 생각하면서 자신을 반성하는데, 이 때 '예술'과 '사랑'은 구별될 수 없는 개념이다. 다른 남자를 연모한 아내가 남편이 자신을 추궁할 줄 알았는데, 도리어 남편이 먼저 딴 여자에게 마음을 빼앗긴 것을 고백하므로써 서로 뉘우치는 과정을 그린 「밀회」도 예외가 아니다. 안수길은 이미 애정소설 『내일 피는 꽃』(글벗집, 1958.) 서문에서 다음과 같이 말해 놓고 있다.

> 이 소설에 나는 악한 사람은 한 사람도 등장시키지 않았다. 착하고, 아름답고, 진실한 마음을 가진 인물만을 다루어, 시대적인 배경 앞에 그들이 지닌 순결한 인간성이 피워 주는 깨끗하고, 진실하고,

---

17) 안수길, 「사루비아 핀 정원」, 한국문학전집 18, 삼성당, 1988, p.406.

감격에 넘치는 순정(純情)과 진정(眞情)과 애정(愛情)과 우정(友情)의 꽃을 엮어 보려고 하였다. 이렇게 함으로써 나는 순결한 인간성의 옹호를 측면적으로 부르짖어 보려고 한 것이다.

이처럼 순결하고 순진한 인간성의 옹호를 고집스러울 정도로 추구하고 있는 작품이 「선의」다. 이 작품은 남녀간의 애정 문제는 아니지만 인간 사이의 순수한 사랑이 어떠해야 할 지 우리에게 잘 보여준다. 주인공 혜숙은 전쟁으로 어머니를 잃은 소녀를 단지 한때 이웃에 살았다는 점 때문에 데려다 보살피지만, 이 소녀는 몇 번 가출하다 마침내 남편 옷까지 가지고 도망가버린다. 그후 혜숙은 버스 차장 소년에게 마음이 끌리는데, 그것은 그 소년이 의용군에 보낸 후 소식조차 모르는 아들과 닮았기 때문이다. 그런데 자기를 어머니라고까지 부르며 따르던 소년 역시 밀린 외상 음식값도 치르지 않고 사라진다. 며칠 후 신문에 그 소년이 소매치기로 구속되었다는 소식이 전해진다. 그러나 먼저 출감한 한 소년이 그녀를 찾아와, 버스 차장 소년이 자신을 소매치기로 볼 지 모른다는 것과 밥값을 떼먹었다고 생각할 지 몰라 매우 고민하고 있다는 말을 전하자, 그녀는 버스 차장 소년이 자기를 여전히 이용하려는 계획일지도 모르지만 금방 마음이 풀려 따뜻한 밥을 싸들고 소년이 갇힌 형무소로 달려간다.

혜숙은 속이 떠끔했다. 돼지 엄마 말이 들어 맞는다면? 돈이 문제가 아니었다. 마음 속에 자리잡으려는 한 개의 착한 영상(映像)이 허무러지는 무서움이었다.

차장 아이는 정녕 착한 혜숙의 마음이 빚어내는 산 이메이지에 지나지 않는 것이다. 그리고 혜숙은 그런 산 이메이지를 마음 속에 지니고 있지 않고는 배기지 못하는 성격의 소유자인 것이다. 정애가 할키고 간, 그 선의(善意)! 그 할퀴운 상처 때문에 반발하고 저항하려고 맹서한 선의, 그러나 그 테두리에서 벗어날 수 없는 생리적인 성격으로 화해버린 선의! 인간이 타고난 말쑥한 성품 중에서 혜숙에게 완강하고 과장되다 싶이 응결되어 있는 선의!

그 선의의 이메이지가 또 한번 허무러지려는 데 대한 무서움이었다.[18]

그러므로 이 작품은 무지하리만큼 순진한 혜숙의 인간성을 소박하게 잘 그려내고 있다. 그리고 이 '선의'는 애정 윤리 소설에 나오는 순수한 사랑의 모습과 다르지 않다. 안수길은 『내일은 풍우』, 『산을 바라보는 사람들』에서도 애정 문제를 주로 다루고 있는데, "악역은 있되 악인은 없다."라는 명제가 그의 애정 윤리 소설의 주된 창작동기가 되고 있다.

4. 맺음말

이 글은 우선 「제3인간형」과 『북간도』를 중심으로 한 기존 논의를 지양하고자 했다. 따라서 초기 작품을 총정리한 『북향보』나 『북간도』와 같은 전·후기의 대표적인 작품을 중심에 두고 초기 중, 단편소설과 해방 이후 중, 단편소설의 내적 특질을 계기적으로 살펴보았다. 특히 이 글은 이같은 문제의식을 작가가 강조한 바 있는 '어떻게 살 것인가'의 핵심 기제를 파악한다는 관점에서 검증해 보고자 하였다.

안수길의 작품에 형상화된 만주 개척이민들이 만주에 대해 느낀 감정의 요체는 만주에 대한 환상과 현실간의 거리감으로 요약될 수 있다. 더 정확히 말하자면 만주에 대한 환상쪽에 더 비중을 둔 것이었다. 안수길을 투철한 리얼리스트로 평가하기에 주저되는 것도 바로 이 때문이다. 이 지적은 '민족협화'에 호응한 「목축기」와 『북향보』를 제외하더라도 그의 해방 전 작품에서 부정되지 않는다. 그러나 만주에 대한 기대는 한갖 허상에 불과한 것이었으며, 이주민들은 거듭되는 혼란 가운데서 오직 생계를 위해 몸부림치게 된다. 그런 가운데서도 만주를 이상향으로 바라보

18) 「선의」, 『풍차』(창작집), 동민문화사, 1963, p.153.

며 새로운 고향을 구축하고자 한 그들의 욕망이 사라진 것은 아니다. 그 욕망이 「원각촌」의 억쇠로 형상화되지만, 그는 자신의 가정 문제에만 집착 할 뿐 조선 농민들의 고통이나 이상촌 건설에는 전혀 개의치 않는다. 이런 점에서 해방 전 작품의 한계는 자명하며, 만주에 대한 환상과 현실간의 괴리는 이 시기 작품의 중요한 한 가지 특징이자 재만 시절 작가 안수길의 의식 세계를 엿볼 수 있는 한 측면이기도 하다. 이같은 특징은 해방 후 작품에도 지속된다. 만주에 대한 애착을 보인 「여수」와, '만주와 서울의 동일시' 문제를 다룬 「향수」가 그것이다. 그러나 작가는 만주 체험을 객관적인 역사 안목으로 정리한 『북간도』의 성과 이후에 만주 체험의 이상화로부터 서서히 벗어나기 시작하는데, 이 문제를 다룬 작품이 「삼인행」과 「망명시인」이다. 「삼인행」은 현대판 만주 이주 현상이라 할 수 있는 미국 이민 붐을 두려운 눈길로 바라보고 있으며, 「망명시인」은 그 연장선에서 작가와 조국과의 관계를 심도있게 다루고 있다.

안수길이 해방 후 창작한 현실고발의 작품에도 만주 체험이 각인되어 있기는 하지만 재만 시절과 현 시대의 모순을 결부시킨 결과 날카로운 비판의식이 돋보인다.

그리고 만주에 대한 환상과 현실간의 갈등구조는 '문학(작가)과 생활(교원)'이라는 동일한 갈등구조로 재생되고 있다. 이 딜레마를 궁극적으로 작가의 길에 충실함으로써 극복하고자 하는 방향이 「제3인간형」의 추구하는 바이며, 「유산」에 와서야 비로소 그 극복 가능성이 드러난다. 이와 마찬가지로 안수길이 생활을 위해 신문소설을 쓰면서도 신문소설이 통속문학이 아니라 순문학임을 주장하는 것도 음미할 만다. 특히 애정윤리를 다룬 소설에 노골적인 성 묘사가 전혀 없을 뿐 아니라 등장인물들이 일시적인 방황 끝에 모두 정상적인 상태를 회복하는 것은 작가의 문학 태도의 진지함을 새삼 짐작하게 한다.■

『북간도』와 북간도 민족사의 인식

이 주 형*

1. '민족'과 『북간도』

애국계몽기 이래 우리 문학에서 '민족'만큼 압도적 무게를 지닌 테마는 없었다. 그것은 신성한 테마로 받들어졌으며, 그것을 말하는 작품이나 사람은 추앙을 받았다. 민족은 공통 이해의 단위였고, 민족을 말하는 것은 우리의 역사적 상황 때문에 모두의 가슴 속에 자신의 살아남음을 보장해 주는 것과 직결되는 것으로 간주되었기 때문이다. 애국계몽기의 문학도 민족을 위하는 것으로 시작했고, 『무정』도 민족을 간판으로 했다. 1920년대에는 우파가 재빠르게 '민족' 간판을 선점했고, 해방 후에는 서로들 자기 쪽 '민족' 간판이 진짜이며, 정통성이 있는 것이라고 싸웠다. 심지어 일제강점시대 말기의 이광수도 '민족을 위해서'를 말했다. 1970~80년대에도 '민족'은 문학에 있어 어쩌면 과거보다도 더 거대한 간판으로 내 걸렸던 것이다.

민족이 이렇게 중요한 테마로 인식되는 것은 당연하다. 우리에게 살아남는다는 문제가 너무나 큰 문제로 걸려 있었기 때문이다. 사리를 위해 민족을 말하는 가짜들도 있기는 했으나, 대부분의 '민족'론자들은 민족

* 李注衡, 경북대학교 사범대 국어교육과 교수, 주요 저서로는 『한국근대소설연구』가 있으며, 주요 논문으로 「1930년대 한국장편소설연구」 등이 있음.

모두의 살아남기를 위해 고민하는 훌륭한 사람들이었음에 틀림없다.

우리 근·현대 문학장르 가운데서는 장편소설이 '민족' 테마와 가장 친화력을 가졌다고 할 수 있다. 민족이라는 테마를 펼쳐 보이는 데는 아무래도 큰 서사규모가 필요하기 때문이다. 안수길의 장편 『북간도』는 우리 장편소설로서는 몇 손가락에 꼽을 만큼 커다란 서사규모를 확보하고 '민족' 테마를 다룬 작품이다. 이런 기본적인 것만으로도 이 작품은 높은 점수를 받기에 충분하다. 사실 지금까지 『북간도』는 1950년대 이후 우리 장편소설 가운데 몇몇 가장 중요한 작품의 하나로 간주되어 왔다. 논자들은 대부분 이 작품을 높이 평가하는 것으로 일관했으며, 일부의 경우 원칙적 긍정에 부분적 비판을 보이고 있다.[1] 이 작품은 만주에서의 민족문제를 다루었다는 점, 1950년대말~60년대 후반의 작품이었다는 점, 그리고 민족문제를 작품 전체를 통해 사적으로 다루고 있다는 점에서 특별한 중요성을 가진다.

만주의 민족문제는 매우 중요한 것이다. 해방 전까지 200만 명의 우리 민족이 만주에 이주해 있었는데, 이 숫자는 당시의 조선 인구의 1할에 육박해 가는 것이었다. 만주 이주민의 숫자에 있어서도 그러하거니와 그들이 처한 현실이 우리 민족 전체의 수난을 첨예하게 드러내고 있다는 점에서도 만주 민족문제의 중요성을 크지 않을 수 없다. 이 작품은 북간도를 현장으로 하고 있거니와, 북간도는 만주에서도 대표적인 조선인 거주지역으로, 만주 조선인의 역사와 현실을 가장 잘 보여주는 곳이다. 결국, 북간도의 민족문제를 본격적으로 다루었다는 것 자체로도 이 작품의 의의는 인정된다.

이 작품이 써진 시기는 1957년부터 1967년까지로, 제1부는 1959년, 제2

1) 『북간도』 연구의 대표적 업적으로 김윤식, 『안수길 연구』(정음사, 1986. 이 책의 100쪽에 거쳐 『북간도』를 다각적으로 분석했다.)와 김우창, 「민족주체성의 의미」(『궁핍한 시대의 시인』, 민음사, 1977 수록)를 들고 싶다. 이밖에 박창순, 「'북간도' 연구」(인하대 박사학위논문, 1990) 등 『북간도』만을 다룬 여러 석·박사학위논문들이 있다.

부는 1960년, 제3부는 1963년, 그리고 제4부 및 제5부는 1967년에 발표되었다. 자유당 정권 말기에서 4 · 19, 5 · 16을 거쳐 60년대 후반에 이른 것이다. 50년대 말은 문학이 전쟁의 상흔으로부터 벗어나지 못한 시기로, 과거의 역사를 침착하게 되돌아 볼 여유를 갖지 못했던 상황이었음을 상기할 필요가 있다. 5 · 16으로 생긴 군사정권이 '민족 중흥의 역사적 사명'을 내걸기 이전이다. 또한 반공이 모든 것에 우선하는 힘을 발휘하고 있었던 시기이기도 했던 만큼 휴전선 너머, 거기서 또 북한땅 너머인 '중공'땅 만주와 6 · 25 당시 북한을 지원한 '중공군' 병력의 많은 부분을 차지했던 '중공'의 '조선족'에 대해 착안하거나 이를 정면으로 다룬다는 것은 결코 낮게 평가할 일이 아니다. 분단 후 최초로 만주 조선인의 역사를 '민족'적 시각에서 다루었다는 점, 그리고 현실적으로 분단 가족 문제를 일깨워 주는 것이었다는 점은 중요한 것이다.

민족문제를 작품 전체를 통해 사적(史的)으로 다루어 나간 장편소설은 분단 이후 그때까지 없었다. 민족문제를 다루었다고 해도 일정한 짧은 기간만을 다루거나 혹은 작품의 일부분에서만 다룬 것들뿐이었다. 『북간도』 완간 당시 백철은 "문단적으로 모든 기성인들이 후퇴 부진하고 있는 이때에 맹렬히 반격해 오는 신예의 재군(才群)을 압도하고 혼자서 기성의 건재를 대변한" 작품이며, "오늘의 독자 대중과 같이 경박한 세태적인 소설에 값싼 흥미를 느끼고 마는 사람들에게 깊은 감명을 줄 것"이라고 말했거니와[2], 안수길이 신인을 압도할 수 있는 것은 바로 이 민족문제에 대한 인식과 경험이며, 또한 독자들에서 '감명'을 줄 수 있는 것 역시 이것이었다. 이런 점에서 이 작품의 중요성은 일단 인정되지만, 그러나 이것이 이 작품 평가의 필요충분조건은 물론 아니다. 민족현실 혹은 간도 조선인 역사의 반영, 인식 양상과 문학적 성취 문제를 따져 보아야 하는 것이다.

---

2) 백 철, 「우리 문학사에 남을 작품 '북간도' 서에 대하여」, 『북간도』(상), 三中堂, 1967.

2. 북간도와 『북간도』

이 작품은 만주의 소위 '봉금(封禁)시대'인 1870년부터 1945년 해방까지의 북간도 조선인의 역사를 소설로 꾸민 것이다. 1870년은 청조(淸朝)의 '봉금령'이 해제되고 본격적인 조선인의 이주가 시작된 1885년 이전이다.

이주 초기로부터 북간도 조선인 사회의 변천에 따라 작품은 5부로 나누어진다. 북간도 조선인사 변천을 다음과 같이 시기구분하기도 한다.

① 청국관헌의 통치와 횡포에 시달리던 시기(이주초~1903)
② 간도관리사 이범윤의 조선인 보호 시기(1903~1905)
③ 다시 청국만의 통치 시기(1905~1907)
④ 일제 통감부 간도 파출소 설치와 더불어 조선인 관리에 있서 일제와 청국의 대립 · 공존시기(1907~1909)
⑤ 「간도협약」에 따라 통감부 파출소 대신 일본 영사관이 설치되고, 개방지 이외의 조선인은 청국에 복종해야 했던 시기(1909~1912)
⑥ 북간도의 조선인 사회가 이주 후 처음으로 '자치'를 경험했던 시기(1912~1914)
⑦ 일제의 압력으로 조선인들의 민족운동이 국민당 정부에 의해 억압받으면서도 종교단체 등을 중심으로 지속되던 시기(1914~1918)[3]

작품의 제1부는 1870년에서 이범윤(李範允)의 사포대(私砲隊)가 등장한 시기까지를 다룬다. 위의 시기구분에서 ①②의 시기에 해당된다. 여기서 다루어진 중요 사건들은 간도에서의 함경도 지방 농민들의 도농(盜農),

3) 송우혜, 「북간도 '대한국민회'의 조직 형태에 관한 연구」, 『한국민족운동사연구』 제1집, 지식산업사, 1986, 115~117쪽.

조선 정부의 도농 묵인, 간도 이주 허가 후의 청국의 입적강요 등의 억압, 그리고 사포대의 활동이다. 간도 이주가 시작되기 전후의 이주 조선인이 처한 상황과 그들의 민족의식이 제1부에서의 서사의 초점이다. 이 작품은 이때의 상황을 실감있게 그려보이고 있거니와, 이를 그린 유일한 작품이기도 하다. 탐관오리가 아니라 애국·애민적인 존재로서의 한말 관료, 사포대의 활동, 청국입적 및 흑복변발에 대한 저항을 부각시킨 것은 이 작품이 처음부터 지향한 테마가 민족애, 민족정신이었음을 말해주는 것이다.

제2부는 1905년에서 1909년까지를 다룬다. 위의 시기구분으로 보면 ③④에 해당되는 것으로, 여기 그려진 사건들은 청국만의 통치 상황과 청일 양국의 통치경쟁 상황을 보여주는 것들이다. 여기서 강조되는 것은 이러한 통치 상황의 변화 속에도 '민족적 체면'[4]을 지킨다는 것이다. 제2부에서도 미묘한 정치 상황 하의 조선인의 일반적 수난상이 그려진다.

제3부는 「간도협약」이 이루어진 1909년에서 제1차 세계대전이 일어난 1914년까지를 다루었다. 앞의 시기구분에서 ⑤⑥에 해당하는 시기이다. 일본 영사관의 개관과 함께 조선인들에게 닥쳐오는 일제의 압력, 조선인들의 살아남기 위한 노력들, 그리고 지식층의 애국계몽활동이 그려지고 있다. 제3부의 끝에 신민회 계통 지식인들의 항일 애국계몽활동이 부각되며, 앞으로의 작품 전개는 그러한 활동이 중심을 이룰 것임을 예감케 한다.

제4부는 1914년 이후 1920년까지를 다룬다. 위의 ⑦의 시기에 해당한다. 여기서 그려진 사건들은 거의가 애국계몽·항일활동에 관한 것이다. 주인공들이 주체가 되지 않거나, 주인공들과 무관한 사건들이 많다. 제4부는 뒤의 제5부와 함께 항일운동상(相)에 서사초점이 놓여 있다. 제4부의 절정은 「대한국민회」가 주도한 1919년 3월 13일의 유혈 '간도조선인

4) 『북간도』(상), 235쪽. 2부의 대표적인 긍정적 주인공 창윤이를 통해 이것이 강조된다.

독립선언식' 사건이다. 작자는 북간도의 항일단체로 「대한국민회」와 「중광단(重光團)」을 대표적인 것으로 보고 작중 중심 가계의 두 인물을 이 두 단체에 하나씩 나누어 가입시키고 있다. 「대한국민회」는 기독교 장로교파 신도들이 주축이 된 것으로 북간도에서 최대 규모의 독립운동단체였고, 「중광단」은 대종교(大倧敎) 계통의 비밀결사였다. 「대한국민회」는 홍범도 부대와 안무(安武)부대 같은 군사 조직을 산하에 두고 있었는데, 김좌진 부대로 대표되는, 「중광단」계통의 「북로군정서」와는 대립적 관계에 있었다.[5] 이 작품의 중심 가문의 종손(宗孫)인 정수는 가장 큰 단체인 「대한국민회」에, 지손(支孫)인 창덕(정수의 삼촌)은 그 다음 규모의 단체인 「중광단」에 배당한 것이다.

제5부는 1920년부터 해방까지를 다루고 있는데, 여기 그려진 사건들은 항일무장부대들의 일본군 격파에 관한 것과 1920년 이후 만주에서 일어난 중요한 정치적 사건 및 항일운동이다. 여기서는 주인공들의 개인적인 일은 최소화시키고, 이 시기 북간도에서의 민족 상황과 항일 투쟁을 보여주는 데 서사의 초점을 두었다. 1920년의 홍범도 부대에 의해 수행된 봉오동전투로부터 시작한 제5부는 약 3분의 1의 분량이 홍범도 부대와 김좌진 부대의 승전의 모습을 그렸다.[6] 여기서 정수는 홍범도 부대의 전투에 참여하고, 창덕이는 김좌진 부대의 전투에 참여하여 전사한다.

홍범도 부대의 활동에 대하여는 이 작품이 쓰이기 이전에도 알려져 있

5) 송우혜, 앞의 글, 123~125쪽.

6) 홍범도 부대와 김좌진 부대의 전투에 대해서 역사 기록에서 밝혀지고 있는 것과 이 작품에서의 기술에서는 차이가 있다. 1920년 10월 21일부터 22일 사이의 완루구전투는, 일본군끼리의 자상을 유도한 것으로 유명한 전투인데, 이 작품에서는 백운평 전투에서 대승을 거둔 후 철수하던 북로군정서의 김좌진 부대가 수행한 것으로 되어 있으나, 한 연구에 따르면 홍범도와 안무의 부대가 연합해서 수행한 것으로 밝혀지고 있으며, 1920년 10월 22일 하루 종일 벌어진 어랑촌 전투는 이 작품에서는 김좌진의 북로군정서 부대의 단독 전투로 되어 있으나, 위의 연구에 따르면 김좌진 부대와 홍범도 부대가 연합하여 수행한 것으로 밝혀지고 있다.(신용하, 「홍범도의 대한독립군의 항일무장투쟁」, 『한국학보』43집, 1986, 26~37쪽 참조)

기는 했으나, 공간된 것으로는 교양적인 논설조차도 70년대 이후에 나왔고 더구나 학술적 연구는 80년대 후반에야 나왔다.[7] 홍범도가 1921년 이후 소련으로 가서 생을 마쳤기 때문에 이 작품이 써진 시기에는 김좌진에 비해 알려진 바도 적고, 관심과 언급의 대상에서도 멀어져 있었다. 홍범도를 부각시켰을 뿐 아니라 그에게 김좌진만한 비중을 부여했다는 점도 주목할 만한 것이다.

『북간도』는 민족애를 기본으로 하면서 모든 우리 소설 가운데서 북간도 조선인의 역사를 가장 넓게 그러면서도 일목요연하게 보여준 작품이다. 다시 말하면 북간도와 그 조선인들은 『북간도』에 의해서 분단 이후 남한에서 비로소 인식의 대상으로 떠오르게 되었다고 하겠다. 그러나 이 작품도 중요한 것들을 빠뜨리고 있다. 먼저, 1932년에 만들어진 만주국의 성격이나 그 시대 8여년간의 역사적 사건들은 거의 드러나 있지 않다. 이 작품이 초점을 맞춘 민족의식과 저항투쟁의 면에서 만주국 시대의 한인들은 보여준 것이 없었는가? 이 시기 항일유격대의 활동이 활발했었던 점도 무시될 수는 없다. 또 이 시대 만주에서도 조선에서와 같은 '자작농창정정책'도 있었고, '황궁요배'나 '창씨개명' 같은 '암흑기'적 상황이 있었다.

또한 일제 강점기 이후의 유이민 현상에 대해서도 보여주는 바가 없다. 작중인물들은 일제 강점기 이전의 함경도 출신 이민들이었고, 그들은 일제 강점기에 조선의 다른 지방으로부터 흘러 들어오는 유이민들과 접촉하는 일도 없다. 한말 이민도 중요하고 항일 운동가도 중요하지만, 일제 강점기 이후 유이민은 더욱 중요할 지 모른다. 왜냐하면 간도 조선인을 대표할 수 있는 것은 오히려 일제 강점기 이후의 유이민이라고 볼 수 있기 때문이다. 간도가 우리 민족에게 중요한 논의의 대상이 될 수 있는 것은 그곳이 조선인 숫자가 많다는 것과 조선인의 수난을 상징하는 장소

7) 신용하, 「홍범도 의병부대의 항일무장투쟁」, 『한국민족운동사연구』 1, 지식산업사, 1986, 34쪽 참조.

였다는 점이다. 살 만한 사람 치고 간도로 간 사람이 몇이나 되었는가? 일제 패망시 간도 조선인의 절대 다수는 일제 강점시대의 유이민이었으며 그 동기의 거의 대부분이 경제적 빈곤이었다.[8] 1936년 일제는 「만선척식주식회사」를 만들고 조선인 집단농장을 세워 많은 조선인들을 계획적으로 이주시키기도 했었다.

3. 역사강담과 리얼리즘

『북간도』는 이한복가(家)와 장치덕가의 가족사를 그려 나가는 형식을 취한다. 중심에 놓이는 것은 이한복가이다. 가족사 소설이라고 할 수 있다. 결국 가족사를 통해 만주의 역사를 보여주려는 것이다. 그러나 이 작품이 드러내는 중대한 특징은 이들 가족의 삶이 역사를 드러내 보이는 것이라기보다는 작자가 알고 있는 역사를 말하기 위한 수단으로 이들 가족의 삶이 이용된다는 것이다. 여기에는 두 가지 문제가 있다. 하나는 사건의 메커니즘 문제이고 다른 하나는 전형성의 문제이다.

이 작품의 사건들은 화자가 만들어 놓은 도식에 따라 시작하고 움직이고 정지한다. 여기서 화자는 역사 강담사(講談師)적인 모습을 지닌다. 작중 사건들은 그 자체의 메커니즘에 의해 전개되는 것이 아니다. 사건의 전개를 지배하는 것은 작가가 알고 있는 북간도의 정치적 사건 혹은 정황(政況)이다. 정치적 사건이 발생하거나 정황이 바뀌면 작중인물들이 일으키는 한 사건은 중단되고 다른 사건으로 넘어간다. 간도에 어떤 사건,

8) 한 조사에 의하면 만주 이민 동기로 ① 본국에서 경제적 곤란으로 인하여 14.9% ② 집에 돈이 없으므로 16.4% ③ 생활난으로 35.8% ④ 본국에서 사업 실패로 12% 등이다. 이 모두가 같은 말의 다른 표현이다. 이밖에 본국의 정치적 이유로 3.4%, 사업의 성공을 위하여 0.5% 등이 있다. (이훈구, 『만주와 조선인』, 평양숭실전문학교 경제학연구실, 1932, 101~104쪽 참조)

상황이 벌어졌는가를 예증해 주는 기능만 한다면 작중인물이 일으키는 그 사건은 더 이상 의미가 없는 것이 된다. 작중 인물들이 일으키는 사건은 실재한 역사적 사건을 상징하는 기능도 하고, 역사강담을 부드럽게 하는 기능도 한다. 또, 중대한 역사적 사건의 현장에 허구적 작중인물이 끼여들어 중요한 일을 하기도 한다. 이한복은 종성부사(鍾城府使) 이정래(李廷來)에게 백두산 정계비(定界碑)의 존재를 알려주고 현장을 안내하는 중대한 일에 동원된다. 그런 이한복이기 때문에 정계비를 거론하기 이전에 월경죄로 문초 받는 자리에서 일개 농민에 불과하면서도 부사에게 “사또님은 눈두 귀두 없읍메까?”라고 말할 수 있는 힘을 부여받는 것이다. 한복의 손자 창윤이는 일본이 꾸민 큰 정치적 사건인 마적단 장강호(張江好)의 훈춘 습격 사건의 현장을 직접 체험하는가 하면, 또 다른 손자 창덕이는 일본인이 꾸민 천보산 광산촌의 마적 습격 사건의 한 피해자가 된다. 뿐만 아니라 창덕이는 불분명한 동기로 중광단에 들어가 군자금 모금운동도 하고 김좌진 장군 휘하에서 청산리 백운평 전투에 직접 참여하고 장렬히 전사한다. 그는 또한 장현도와 함께 용정 대화재 사건의 피해자이기도 하다. 창덕이는 작품 내에서 지엽적인 인물이고 잠깐씩 나타나지만 역사적 사건 현장에는 가장 많이 동원된다. 이한복의 증손자 정수는 간도에서의 대사건이었던 간도 조선인 독립선언식에 참여했을 뿐만 아니라 독립선언문을 직접 등사하기까지 했으며, 간도지방 최대의 독립군전투의 하나였던 홍범도 부대의 봉오동 전투에서 홍범도의 연락병으로 참전하여 전과를 올리고, 나중에는 ‘청림교 사건’에도 관여한다.

작중인물들이 일으키는 사건 다음에는 반드시 장황한 역사적 배경 설명이 따른다. 작중인물들은 정치적 상황, 사건으로부터 전혀 자유로울 수 없고, 화자로부터 해방될 수도 없다. 작중인물은 독자와 직접 소통을 할 수 없고 사건들은 그것들이 가지는 메커니즘에 의해 그 전말을 스스로 드러내지 못하고 작자(화자)의 통제를 받는다. 제1부에서부터 대체로 각 장은 작중인물이 일으키는 허구적 사건(때로는 실재한 역사적 사건)을 제시하는 것으로 시작하고 뒤에 그 사건의 역사적·정치적 배경을 설명해 나가는 형식을 취하고 있는데, 그 배경 설명의 정도는 제4, 5부에서 더욱 심하다. 제4, 5부에서는 대부분의 분량이 역사적 사실의 설명에 주어지며, 작중인물의 개인적 사건은 더더욱 줄어든다.

결국 여기서 작자는 전지적 화자로서 가공적인 사실을 만들어 가면서 역사를 알아듣기 쉽게 이야기해 주는 이야기꾼, 역사 강담사가 되어 있는 것이다. 모든 것은 작자가 다 알고 판단한다. 작자는 현재의 일을 추적, 묘사하는 것이 아니고 자신이 다 알고 있는 지나간 일을 이야기해 주고 있다. 문장에서도 그의 이런 입장을 분명하게 드러낸다.

(1) 아직 히로시마와 나가사끼에 원자탄이 투하되지 않았으나 일본의 항복은 시간을 다투고 있었다(하, 314쪽)
(2) 그러나 이 섬은 우리 나라 영토였다(상, 14쪽)
(3) 우리 나라와 청국 사이에는 서로 이민을 철거케 하는 비공식 협정이 맺어진 모양이었다(상, 185쪽)
(4) 그러나 만만이 물러설 이등(伊藤)이 아니었다(상, 185쪽)
(5) 세계의 약소민족들만이 아니었다. 열강들도 박수를 보내고 있었다(하, 90쪽)
(6) 진주했다는 내색을 일시나마 내지 말자는 생각에서일까?(하, 162쪽)
(7) 장작림이 쉽게 승낙할 까닭이 없었다(하, 192쪽)
(8) 주인태의 소개라고 해서만이 아닐 것이다(하, 169쪽)
(9) (일본측은) 이런 견해인지도 모를 일이었다(하 253쪽)

그 수는 엄청나게 많거니와 몇 개의 유형의 본보기를 뽑아 본 것인데, 작자의 강담사적 모습을 보이는 것이다. 이런 문장은 제4, 5부에는 더욱 많아진다. (1)은 화자가 과거사를 이야기하고 있음을 보여준다. (2)이하에서 '우리 나라' 사람으로서의 화자의 위치와 그에 입각한 주관적 역사 해석이 나타난다. 이들 문장은 모두가 작중인물의 생각이 아니라 화자의 생각을 나타낸다. 그런데, '…모양이었다', '…에서일까?', '…은 아닐 것이다', '…지도 모를 일이었다'는 자주 나타나는데 특히 제4, 5부에서 더욱 자주 나타난다.[9] 이것은 해석과 판단의 권리는 확보해 두면서, 확신이 서지 않아 판단을 유보하거나, 판단의 결과를 온건하게 표현함으로써 듣는 이의 반감을 줄이려는 생각을 가질 때 흔히 쓰이는 어미다.

이 작품에 제시된 역사적 사실은 잘 조사된 것으로서, 홍범도의 일부 전투상황 같이 부분적으로 부정확한 것으로 드러난 것도 있기는 하나, 거의 정확한 것 같다. 화자는 역사 강담사로서 모든 것을 알고 판단하면서, 북간도라는 일정한 공간 속에서 흘러가는 시간 가운데에 필요할 때마다 작중인물들을 적절히 배치함으로써 쉽고 재미나게 북간도의 역사를 이야기해 주고 있는 셈이다.

이 작품에서 사건의 메커니즘 문제와 함께 전형성도 큰 문제거리가 된다. 전형성의 문제란 보편성과 개별성을 결합시킴으로써 일정한 시대, 집단의 대표적 문제를 형상화했느냐에 관한 것이다. 엄격히 말하면 사건의 메커니즘 문제도 전형성의 문제에서 벗어나는 것은 아니라고 할 수 있지만, 여기서는 논의의 편의상 분리했을 따름이다. 그려진 사건들이 전형성을 지니려면 근본적으로 그것들이 그 스스로의 메커니즘에 의해 전개되어야 한다.

이 작품에서의 사건들은 거의 대부분 웬만큼 간도사를 알고 난 사람들에게는 낯선 것이 아니다. 중요 역사적 사건들을 알려주기 위해 예(例)로서 꾸며 놓은 것들이라 할 수 있기 때문이다. 작중인물에게는 그들만의 개성, 그들만의 독자적 삶은 당연히 없다. 생명을 가진 사람들이라기보다

9) 작품 여러 곳에서 '부정(不逞)선인'이 나오는데, '불령'의 오자를 교정 당시 발견하지 못한 듯하다. 그러나 이 1967년 삼중당판(상 · 하)이 『북간도』의 최선본인 만큼, 지적해 둘 필요가 있겠다.

만들어 놓은 인형들이라고 하는 편이 옳을 것이다. 한마디로 대부분의 인물들과 사건들은 개별성이 없고, 도식적이고 상식적이다. 이한복의 아들, 손자, 증손자는 당연히 이한복적이다. 민족 주체의식이 있고 저항적이며, 따라서 민족적 갈등, 정치적 상황 때문에 수난을 겪는다. 이 집안의 사람들 사이에는 그들이 산 시기의 민족·정치적 상황만 다를 뿐, 그들의 성격, 가치관에는 아무런 차이도 없으며, 따라서 아무런 갈등도 없다. 장치덕과 그의 손자 현도, 그리고 증손자 만석(장치덕의 아들 두남이는 어린애로서 잠깐 나올 뿐이다)은 온건·중도적 인물로서 현실에 적응하면서 실리를 추구하는 인물이다. 그들 사이에도 물론 성격·가치관의 차이나 갈등이 없다. 최칠성과 그의 아들 삼봉은 이한복가의 사람들과 늘 대립적이며 자신들의 이(利)를 위해 부당한 일, 반민족적 행위도 불사하는 부정적 인물이다. 이 작품에서 최칠성의 손자 동규만 예외적으로 그의 부조(父祖)와 같은 성격을 지닌 인물이 아니나, 중요한 일을 하지 않고 슬며시 사라져 버린다. 독자로서는 이 작품 속의 인물들의 본질이나 행위 방향의 이해, 혹은 유형화를 위해서 깊은 분석적 사고는 필요하지 않다. 민족 수난기에는 어느 곳에서든 세 가지 유형, 즉 민족적·저항적, 반민족적·굴종적, 그리고 그 중간의 온건·실리적 인물형이 있다는 상식 이상을 필요로 하지 않는다. 누구나 읽기만 하면 금방 각 인물의 모든 것을 설명할 수 있고 유형화 할 수 있다. 이런 인물들을 통해서는 독자의 가슴에 간도의 역사가 생생하게 다가오기가 어렵다.

사건들 역시 도식적·상식적이다. 간도에 관한 일정한 역사 지식을 이미 가진 사람들에게는 낯선 것이 없을 것이다. 저항 단체나 독립군이 관여하는 사건이니 이렇게 될 것이고, 일본인이 관여하는 사건이니 저렇게 될 것이며, 최삼봉이 주도하는 사건이니 이럴 것이고 이창윤이 주도하는 사건이니 저럴 것이라는 예측이 이 작품에서 빗나가는 경우는 거의 없다.

이처럼 형상화 방법도 문제이지만, 선택된 사건이나 인물의 대표성은 더욱 문제거리라고 할 수 있다. 앞에서도 말했지만 간도의 중요성은 그

곳이 민족 수난의 표상적 장소였다는 점에 있다. 궁핍한 식민지 땅이 된 조선에서조차도 밀려난 사람들의 땅이 간도이다. 우리에게 있어서는 궁핍이 간도의 본질이고, 궁핍한 사람들이 간도의 주인이다. 간도를 말한다는 것은 궁핍을 말하는 것이다. 물론 항일투쟁을 말할 수도 있다. 그러나 그것은 부차적인 문제에 속한다. 궁핍과 궁핍한 사람들, 조선땅에서 밀려온 궁핍한 조선 사람들이 궁핍과 싸우면서 어떻게 살아남는가, 이것이 간도를 대표하는, 전형적 상황 혹은 전형적 인물이 될 수 있을 것이다. 이 작품은 작중인물들이 중국이나 일본의 관·민·군과 관련하여 일정한 반응을 일으키는 모습을 그리는데 초점을 맞추고 있다. 작중인물들은 대부분 국가보훈처에 등록되어야 할(여러 실명 인물들은 실제로 되어 있지만) 독립 유공자들이고, 일부는 반민족 행위자들이다. 그들이 자신의 개인적 삶을 위해 고통스런 투쟁을 보이는 부분은 극히 적다. 굳이 있다면 제1부 정도에서라고 하겠다. 특히 제4, 5부는 그런 것과 관련이 거의 없다. 등장 인물들의 간도에서의 삶은 그리 궁핍한 것이 아니다. 그들에게 고통을 주는 것은 경제적 문제가 아니라 민족적 갈등이었다. 더구나 중요한 것은 간도 조선인의 대다수를 이룬 1910년 이후 유이민이 없고, 그들의 궁핍도 없다는 것이다. 이한복·최칠성·장치덕가의 사람들은 간도의 '고참'일 수는 있지만 간도의 전형적 인물들이라 하기에는 여기에 그려진 모습들로서는 미흡하고, 그들을 포함한 다른 인물들이 보여주는 사건들 역시 간도의 전형적인 것이라고 하기 어렵다. 안수길의 작품 가운데서 간도의 전형적 인물·상황을 보여주는 데서 일정한 성취를 이루었다고 평가할 만한 작품으로는 그의 초기작인 「새벽」과 그 속편인 「새마을」 정도가 있다고 생각한다.

'중국 조선족'들이 오늘날에 있어서도 가장 관심을 가지고 있는 것은 그들의 궁핍한 삶과의 투쟁의 역사였다. 1992년 「중국조선족청년학회」가 동북 3성(省) 조선족 이민들로부터 수집, 정리한 『중국조선족 이민실록』은 전부가 해방 전까지의 궁핍한 삶의 기록이다. 여기에는 그들의 '항일

투쟁'에 관한 것은 수록되어 있지 않다. '우리가 어떻게 궁핍 속에서 고생하면서 살아 남았는가'가 「중국조선족청년학회」 젊은이들의 관심거리임을 알 수 있다. 그 모두가 북간도 조선인들의 생생한 삶의 역사를 보여주며, 전형적 인물과 상황을 발견케 하는 기록들이거니와 그 중 하나를 옮겨 두고 싶다.

최헌순 가족

최헌순, 녀, 1905년생
길림성 화룡현 화룡진 신원하남로 29번지 거주

나의 고향은 조선 함경북도 혜문이다. 우리 아버지가 나에게 지어준 이름은 최분돌인데 후에 농민들을 위해서 녀성공작할 때 부르기 좋지 않다구 전대장이 최헌순이라구 고쳐주었다.

조선에 있을 때 살림살이라는게 형편없었다. 그저 농민으루 있으며 숱한 고생을 했다. 우리 아버지 내 세살 때 세상뜨구 우리 어마이 홀로 네남매를 자래우다가 내 14살때 중국으로 들어왔다. 그때 참 고생스레 걸어왔다. 우리 어마이는 짐을 많이 이구 왔다. 가루구엿이구 이구 왔다. 그때 려관이란건 보이잖구 주막집이 있었다. 오랑캐령이란데로 오니까 그런 주막이 있었다. 거기서 되는대로 누워자구 미시가루를 풀어 요기를 한 다음 계속 걸었다.

오다가 보면 길옆 나무밑에 돌각담을 만들어놓은게 있었는데 그게 치성을 하는데였다. 우리 어마이는 오다가 그런 돌각담을 만나면 두손을 마주 비비며 "숱한 식기(식구)를 데리구 가는데 아무쪼록 무고하게 해줍시사, 많이 도와 주십사!" 하면서 그냥 절을 꿉석꿉석 하는 것이였다.

중국에 금방 와서는 우리 삼촌집에 있었다. 우리 삼촌네는 저기 작은 혜문이란데서 살았다. 거긴 산골이라도 무서운 산골이였다. 거기 와서 보니깐 마음에 안들었다. 우리 삼촌네가 소개해서 조양천이란데루 이사했다.

조양천에 와서 허태준이란 길주사람네 토지를 부쳤다. 집은 새로 지었다. 조선서 한전만 부치다 나니 여기와서 처음엔 벼농사를 지을 줄 몰라 애먹었다. 그래두 애쓴 보람으루 쌀이 그립잖게 살았다.

이 조양천 철길은 우리가 들어온 후에 놓은 것이다. 철길 놓기 전엔 생활이 괜찮았다. 물고기랑 먹으며 살았으니까. 일본사람들이 들어와서 철길을 놓으면서부터 그들의 압박과 착취를 받다보니 점차 살기가 어려워졌다.

어느해인가 우리가 금방 한해 농사를 다 짓고 낟알을 거두는데 일본놈들이 마차를 가지구 와서 두마차 골똑 실어갔다. 그러니 우리 집에 뭐가 남았겠는가. 한해 농사를 다 털리운 셈이었다. 참, 일본놈처럼 악독한 건 세상에 없다.

일본놈들은 부역도 많이 시켰다. 우리 집 령감도 동성비행장 닦느데 끌려나갔댔다. 그때 우리 시어마이(시어머니)가 편치 않아서 우리 령감이 못가겠다 하니 무조건 가야 한대서 할 수 없이 갔댔다. 령감이 가서 며칠 안돼서 시어마이가 병이 중해졌다. 그래 내가 장밤 걸어서 동성비행장에 가 시어마이가 당금 세상 뜨는데 하며 울고불고하여 겨우 령감을 데리고 왔다. 그런데 조양천어구루 오니까 쏘련군대가 온다하면서 길 량옆에 사람들이 쫙 서있었다. 그 중간으루 쏘련군대들이 오는 것이었다. 경찰서 문앞에 오니깐 경찰들이 말짱 총을 땅에다 눕혀놓구 칼두 싹 눕혀놓구 기척을 한 채 서있는 것이였다.

이렇게 광복을 맞이했다.[10)]

역사, 사회, 민족문제를 테마로 하는 작품에서는 특히 리얼리즘의 성취가 가장 중요한 논의거리가 되지 않을 수 없다고 본다. 이 작품은 리얼리즘의 성취와는 먼 거리에 있다고 할 수 있다. 앞에서 말한 '사건의 메커니즘' 문제와 전형성의 문제가 해결되어 있지 않기 때문이다. 이 작품은 역사 강담과 친화성을 가진 소설이라 할 수 있다.

4. 안수길의 북간도사 인식

앞에서 『북간도』에 나타난 북간도상, 형식 및 전형성에 관하여 검토해

10) 중국조선족 청년학회 편, 『중국조선족 이민실록』, 연변 인민출판사, 1992, 20~22쪽.

보았거니와, 여기서는 이 작품에서 드러나는 안수길의 북간도사 인식에 관하여 검토하고자 한다.

이 작품은 1870년대이래 북간도의 우리 민족사의 모습을 폭넓게 보여주고 있기는 하나, 한편으로 작자 안수길의 역사 인식의 허약성을 드러내기도 한다.

안수길은 북간도의 조선인사를 혈연 민족주의적 역사관에서 파악하고 있다. 혈연 민족주의적 역사관은 역사에 대한 민족화해론적, 보수우익 민족운동지도자 중심적, 반공 이데올로기적 시각을 특징으로 한다. 이것은 처음부터 역사 인식의 깊이를 제한하는 것이 된다. 혈연 민족주의에서는 혈연이 민족을 구성하는 단위가 되며, 민족의 단결이 민족문제를 해결하는 기본조건이 된다. 단군의 자손이란 점이 한민족의 구성원이 되는 필요 충분조건이 되며, 여기에는 어떤 역사적 계급적 조건도 문제가 될 수 없다. 민족 단결의 기본이 되는 것은 민족애와 민족 구성원간의 용서, 화해이다.

『북간도』에서 작중 화자인 안수길은 철저히 민족화해론적 시각을 고수한다. 반민족 행위자에 대하여 때로는 작중 피해자가 용서·화해하고, 때로는 작자 자신이 용서하기도 한다. 작자의 용서는 작중인물과 독자간의 화해를 이끌어 내는 것이 된다. 반민족적 행위를 일삼던 노덕심은 죽을 때 "힌옷으 입혀줍소꼬망"[11]이라고 말한다. 그가 죽자 창윤이는 "한때 가졌던 적개심을 날려보내"고 "암담한 마음으로 오직 노덕심이의 명복만을 빌면서 상여 뒤를 따라 올라"간다.[12] 여기서 숨어 있는 뜻은 일부 민족구성원들이 일시적으로 반민족행위를 할 수 있지만, 본질적으로 민족의식을 가지고 있는 만큼, 용서해야 한다는 것이다. 비봉촌 사람들은 청국인과의 관계가 좋아지자, 지금껏 청국인 지주에게 붙어 자신들을 괴롭히던 '얼되놈' 최참봉에 대해 "청국사람과의 사이가 그렇거든 다소 눈꼴이 사납다기로 최참봉이와 반목할 필요도 없"다고 생각하고 그를 용서한다.

11) 『북간도』(상), 224쪽.
12) 『북간도』(상), 225쪽.

물론 이에 대해 "최참봉이도 싫지 않았"으므로 화해·공존이 이루어진다. 용서의 이유는 간단한 것이다. 최참봉이 회개하고 좋은 일을 해서가 아니라, 청국인과의 관계도 좋아진 마당에 하물며 동족을 미워할 수 없다는 것이다. 작중인물중 가장 적극적인 항일운동가인 정수는 만석이가 일제의 착취기관인 동척(東拓) 용정지점에 취직한 것을 보고 "그것은 변화가 아니고 진전"[13]이라고, 적극적으로 수용한다. 심지어 일제 경찰이 된 인물과 항일운동가 사이의 민족애도 삽입되어 있다. 조선사람에게 악행을 일삼던 농감의 아들이 일본 경찰이 되어 항일유격대를 추격 중 정수가 머물고 있는 집을 수색하러 왔다. 정수는 그를 반갑게 맞아 주고, 그도 아무런 수색이나 심문 없이 수색대를 데리고 철수한다. 과거의 급우(級友)였고 동족인데 싸울 리도 없고 싸워서도 안된다는 작자의 생각을 엿볼 수가 있다.

여기서 더 나아가, 작자가 나서서 직접 작중인물을 용서하고 민족애를 표명하는 경우도 있다. 1920년 3월 18일 온성군 미포면 장덕동을 공격한 독립군의 활동을 서술한 다음에 "이번 출진에서는 가슴 아픈 일이 생겼었다. 면장의 어머니요, 헌병 보조원의 어머니인 한 할머니를 사살한 것이었다. 독립군의 진주를 경찰서에 신고하려고 했기 때문이었다"[14]고 작자가 말하고 있는 것이다. 이런 상황이지만, 그가 동족이니 가슴 아프다는 것이다. 결국 작자의 시각이 이러하니, 간도에서의 민족운동, 계층·계급적 이해 등을 둘러싼 민족 내부의 갈등은 제대로 드러나 않거나 그 의미가 축소되지 않을 수 없다. 결국 간도 조선인사는 민족내부의 용서와 화해의 역사가 되기도 하는 것이다.

이 작품에서 중심인물들인 이한복가의 사람들은 온건하고 보수적이며, 비공산주의 계열 민족운동과 관련을 맺는다. 이한복은 투철한 민족의식을 지닌 인물인데, 특히 정부(조선)에 순종하는 '온건파'인 점이 강조되고

13) 『북간도』(상), 273쪽.
14) 『북간도』(하), 159쪽.

있다. 육진지방의 한발 재해상황을 파악하기 위해 정부에서 파견한 경략사 어윤중이 구휼품 없이 다녀간 후 주민들의 불만 분위기가 고조되자 이한복은 "그런기 앙이야"하며 조선정부 및 관리를 옹호하는 입장에 서며, 작자도 "한복이도 온건파였다"[15]고 말해준다. 그의 아들 장손이도 아버지처럼 주체의식을 지켰고, 온건하고 너그러운 인물이었다. 민족운동단체가 생긴 시대의 세대인 창윤이는 그 아버지와 같이 민족 주체의식을 가졌으며, 사포대에 입대하였고, 그 후 직접 민족운동 단체에 참여하지는 않았으나 민족운동가들을 지원해 주고 있다. 그는 얼되놈 최참봉의 반민족적 횡포에 대해 "그러나 최참봉이는 아버지 연배"이므로 맞대놓고 싸울 수 없다고 하며 물러선다. 온건 보수적 성격을 잘 보여주고 있다. 창덕이와 정수는 모두 독립운동단체에 참여하여 전사하거나 전공을 세우는데, 이들이 참여한 단체는 상해임정 이래 우익 민족주의 진영에서 간도의 대표적인 정통 독립운동단체로 인정받은 것이다. 작자는 이 인물들을 바로 북간도의 조선인 사회를 이끈 인물형의 표본으로 뽑아 놓는 것이다. 그리고 비봉촌의 훈장, 사포대의 신용팔 대장, 주인태, 윤준희, 이범윤, 김좌진, 홍범도 같은 가공 혹은 실존 인물들은 잠깐씩 등장하지만 북간도 조선인사를 이끌어 가는 지도적 인물로 부각되고 있다.

이 작품에서 항일세력은 "이미 독립운동자 대신에 공산주의자가 일본에 항쟁하는 시대로 변했다"[16]는 작자의 말에서 드러나는 것처럼 '독립운동가'와 '공산주의자'로 엄격히 양분된다. 독립운동가는 독립을 목표하는 세력이고 공산주의자는 공산혁명을 목표로 하는 세력으로 간주되고 있다. 여기서 '독립운동가'는 해방후 남한 정부 혹은 우익 민족운동 단체나 보수주의적 역사학자들에 의해 정통성을 인정받는 독립운동단체의 일원, 혹은 그런 단체원이 아니더라도 그 공적을 인정받는 사람으로 보인다. 작자나 작중인물들은 독립운동가는 민족주체의식에 입각하여 애족항일운동을 전개

15) 『북간도』(상), 37쪽.
16) 『북간도』(하), 278쪽.

하는 긍정적 인물로 보지만 공산주의자에 대해서는 부정적이다.

『작금 양년에 어떻게 갈개는지 마음놓구 잠을 잘 수 없당이까』
『그래요?』
『작년 가을에는 추수폭동이라구 해서 촌에서 가을으 해논 곡식 낟가리에 불을 지르는 거루 위시해서 갈개는데, 나두 수칠거우에 소작으 준 곡식으 타작하기 전에 몽땅 태워버린 일이 있었으니까…』
『옛?』
『그러덩이 시내에 들어와서 동척(東拓)에 폭탄으 던진 모양이군』
『독립군이 아닌가요?』
『독립군? 독립군이문야 어북 좋게? 지금 독립군이 어디에 있능가? 공산당이지』
『그래요?』
정수는 거듭 그래요?를 뇌이지 않을 수 없었다.[17]

여기서 현도는 부유한 친일적 상인이며 정수는 항일운동으로 5년간의 감옥살이까지 했다. 그러나 현도는 이 작품 전체에서 결코 부정적 토운(Tone)으로 그려져 있지 않고, 창윤·정수의 후원자로서 이들 두 인물이 따르는 것으로 되어 있다. 이 장면에서 공산당은 폭동이나 일으켜서 민생을 어렵게 하는 존재로, 한 시대적 골치거리로 비쳐지고 있다. 동척 폭탄투척사건도 그 의미가 묻혀 버리고 있다. 이것은 현도가 긍정적인 토운으로 그려져 온 인물인데다 정수가 "그래요?", "옛?"하고 놀라고 있고, 또 이 사건들이 더 이상 언급되지 않고 있기 때문이다. 여기서 정수의 놀람은 '그럴 수가 있는가'라는 부정적 놀람이다. 당연히 정수는 그 자신 항일운동을 해왔던 만큼 최소한 동척폭탄사건에 대해서는 긍정적 언급을 할 만한 인물이지만 "그래요?"를 되뇌는 것으로 끝낸다. 여기서 공산당을 부정적으로 인식하면서도 그것을 직설적으로 드러내지 않는 안수길의 조심스러움을 읽을 수 있다. 이러한 작가의 모습은 다른 부분에서는 좀더 분명하게 드러난다. 공산유격대원이 된 수돌이를 만난 정수는 유격대의

17) 『북간도』(하), 274쪽.

활동을 '동포끼리의 피를 흘리는 일'로 규정하는데, 이에 한 유격대원이 "피를 앙이보구 어떻게 혁멩이 되오? 동포끼리의 피라지마는, 혁멩 위해서는 동포의 피두 필요한기오"라며 정수에게 적의를 보인다.[18] 공산주의는 동포의 피를 흘리게 한다는 점을 부각시키고 있다. 그리고, "민생단원을 숙청한다는 명목으로 농촌의 양민들이 공산행동대에 테러를 당하는 일이 많"다거나, "민생단원의 이름으로 참살된 양민들"이라는 작자의 말도 나온다.[19] 공산행동대는 '양민'을 '참살'하고 있다는 것이다.

안수길의 혈연 민족주의 역사관은 역사에 대한 비판적 시각의 결핍으로 이어진다. 잘못된 역사적 문제에 대한 분명한 적의에서 비판적 시각이 나오며, 비판적 시각은 문제에 대한 집요한 추적을 이끌어 내는데, 『북간도』에서 안수길은 그런 모습을 보이지 않는다. 작품에 나타난 것은 사실의 비판적 분석 없는 나열이다. 사건들은 다른 사건들과 연결되면서 일정한 역사적 의미를 형성해야 하는데 이 작품에서의 사건들은 거의 그렇지 못하며, 사건들간의 비중의 차이도 분명하지 않다. 나열식 역사기술이요, 나열식 사건서술인 것이다.

이 작품에서 비판적 시각의 결여가 낳은 가장 큰 문제거리는 장사꾼의 현실주의 논리에 대한 것, 만주국에 대한 것, 그리고 민족내적 모순에 대한 것이다.

> 『…그래서 같은 남으 법 따를 바에야 청국법으는 앙이 따르겠다는 말일세』
>
> 마치 결론이나 되는 듯이 얼른 끝을 맺어 버렸다.
>
> 『자네 말두 일리는 있네마는…』
>
> 현도가 그냥 일본법을 따르겠다는 심정이 아님을 알 수 있었다. 그러나 그 말이 그대로 수긍되지 않았다. 그렇다고 달리 현도의 생각을 그른 것이라고 비판할 말을 찾아낼 수도 없었다.[20]

18) 『북간도』(하), 282쪽.
19) 『북간도』(하), 302쪽.
20) 『북간도』(상), 303쪽.

친일로 가는 현도의 살아남기 논리에 창윤이 침몰해 가는 단초를 보이는 제3부 중반 쯤의 한 장면이다. 현도의 논리가 갖는 커다란 함정을 비판할 말을 찾지 못하는 것은 창윤이 아니라 작자 안수길이다. 안수길은 제5부에 가서 창윤이뿐 아니라 정수까지도 현도의 논리 앞에 침몰해 가게 하면서도 그들이 마치 제 할 일을 다하는 민족운동가인 것처럼 그려놓는다. 일본 영사관이 중국 관청보다 조선인을 더 보호해 주니, 일본이 싫지만 일본법 아래 들어가자는 논리 뒤에 있는 일본의 제국주의 논리는 여기서 묻혀있기만 한다. 뒤에 현도가 정수의 자수를 권유하며 "모모하는 사람들도 다 용서를 받고 지금 각 방면에서 지도자로서 활동하고 있는데"라고 할 때에도 창윤은 이에 수긍하고 아들을 자수시키게 된다. 용정 상인들의 논리를 비판적으로 분석함으로써 일본의 정체와 목적, 그것과 조선인의 운명과의 관계를 파헤져 보여 주려는 자세가 이 작품에서는 포기되고 있다고 할 수 있다.

만주국에 대한 비판적 시각의 결여는 안수길에게서는 거의 극복되기 어려운 것으로 보인다. 그는 만주국 이념을 구현하기 위해 만주국 홍보처 감독하에 창설된 언론기관인 만선일보의 기자였고 또 그 용정 지국장도 지냈다. 만주의 농업 유이민들의 참상을 전혀 체험해 본 적도 없으며, 용정 상인으로 분류될 수도 있는 용정의 신문지국장으로서, 만주에서는 상류층에 속하는 사람이었다. 그는 만주국이 내세웠던 구호들에 공감하고 있었던 것 같다. 만주국의 비판을 그는 어느 글에서나 자제하고 있다. 만주국 시대에 대한 향수 때문이거나 아니면 만주국 이념 홍보에 앞장섰던 자신을 부정하는 모순을 보이지 않으려는 생각 때문일 것으로 보이기도 한다. 그의 해방전 마지막 작품인 장편 『북향보』는 만주국이 표방한 건국이념에 공감하여 '북향도장', '농민도장'을 건설하고 '북향정신', '농민도', '개발건설'을 실천하려는 인물들을 그려놓은 작품이다. 이 작품에서 만주국은 조선인의 삶을 뒷받침해주는 확실한 존재로 되어 있다. 작자가 만주 조선인의 이상적 지도자로 내세운 주인공들은 '건국신묘 요배', '궁성요배'(일왕에 대한 요배), '제궁요배'(부의에 대한 요배), '시국성민(省民)의 서사(誓詞)제창'도 열심히 한다. 『북향보』에서 드러나는 것은 안수길의 만주국에 대한 믿음이다. 『북간도』에서는 만주국 건국 후의 구체적 상황은 거의 다루어지지 않거니와, 만주 건국 이후 "경기도 홍성대고 있었고, 직장도 많아졌다"[21]고 설명되며, 주인공들 모두 안녕하게 살고 있는 것으로 되어 있다. 작자는 만주 건국 후의 북간도에 대해 "어둡던 간도도 환히 밝아졌다. 기후도 포근해진 듯했다. 흙도 강도 맑아진 것 같았다. 그러나 북간도는 어두워가고 있었던 것이다. (…) 북간도는 점점 밝아지고 있었다"[22]고 했다. 독립운동이 거의 사라져 어둡기는 하지만 "동경유학생도 많고 정부의 고관이 되는 사람도 늘어나"는 등 살기가 좋아지니 밝아졌다는 것이며, "밝아진 북간도를 찾아 조선 내지에서 많은 사람들이 두만강을 건너 왔다"[23]고까지 한다. 만주국에 대한 비판적 시각의 결여는 결국 만주의 민족현실을 왜곡하고 일본의 정체도 묻어두는 것으로 나타났다.

앞에서 인용한 장면에서 현도가 말한 것처럼 '추수폭동'같은 계급적 갈등문제가 크고, 특히 1930년대 이후로 공산주의자들의 활동이 격화되는 현실에서 작자는 주인공으로 하여금 동포끼리의 피를 보지 말자는 단순논리를 펴게 했다. 민족내적 모순에 대한 비판적 시각의 결여는 당시의 북간도 민족현실을 올바르게 파악, 반영하는 데 큰 제약적 요소가 되었다.

결국 이러한 문제들에 대한 비판적 시각의 결여는 작품내에서 안수길 나름의 역사에 대한 전망을 설정하지 못하게 했고, 그 결과 해방전 북간도의 조선민족사를 패배와 침몰의 역사로 끝나는 것처럼 보이게 했다.

이 작품에서 안수길이 제시하는 역사적 전망은 아무 것도 없었다.

---

21) 『북간도』(하), 305쪽.
22) 『북간도』(하), 303쪽.
23) 같은 곳.

새 아침에는 어떻게 할 것인가? 말쑥한 해가 떠올 것인가? 흐리터분한 날씨에 꾸물꾸물 해가 떠오를 것인가? 그러나 정수는 밤이 다 하고 새벽이 오고 해가 뜰 것이 그저 좋다고만 생각하려고 했다.[24)]

이 작품의 마지막 인물 정수를 통해 맨 마지막 장면에서 보인 말이다. 이것이 결국 5부에 이르는 긴 소설이 도달한 곳, 안수길이 정리한 북간도 조선인 역사의 끝이다. 결국, 작가의 역사적 전망의 부재는 핵심 주인공들을 패배와 침몰로 빠지게 할 수밖에 없었다. 현도에게 설득당하면서 할아버지의 정신을 계승하는 삶의 자세를 잃은 창윤은 정수를 자수시켜 그 자신과 정수가 편안히 살기를 권유했고, 정수도 일제의 북간도 침략이 더욱 심해지고 있는 1920년대에 "부모를 받들면서, 평범하고 조용하게 살고 싶"[25)]어서 일본 경찰에 '제발로 걸어서' 자수한다. 더구나 그는 자신이 전투원이었기 때문에 자수해도 큰 형을 받지 않을까 두려워하는 지경에 이르렀다. 징역을 살고 나온 정수는 수돌이가 "우리와 함께 다시 싸울 생각이 없는가"고 묻자 "하, 하… 그런 열, 다 식어 빠졌네"라고 한다.[26)] 그 뒤 광산촌의 작은 학교 교사로 잘 지내던 그는 일제패망 직전 그곳에 침투한 독립운동가 청림을 만남으로써, '청림교사건'에 연루되어 집에서 체포되어 일 년 가까이 징역을 살다가 해방이 되어 석방된다. 그러나 '청림교 사건'에는 "조선 사람으로 일본의 패전을 의심할 사람이 없"[27)]는 상황이었으므로, 과거와 같은 정열과 기개를 잃은 정수로서도 참여가 가능한 것이었다. 청림의 지도에 수동적으로 따라 가기만 하면 되었던 것이다. 석방된 그가 한 말은 자신의 처에게 한 "아이들은 탈 없소?"뿐이었다.[28)]

24) 『북간도』(하), 316쪽.
25) 『북간도』(하), 264쪽.
26) 『북간도』(하), 282쪽.
27) 『북간도』(하), 314쪽.
28) 『북간도』(하), 317쪽.

5. '망각은 배반이다'

일제강점시대 이민 출신인, 연변 조선족의 한 지도적 학자는 다음과 같이 말했다.

> 망각은 곧 배반을 의미한다고 한다. 눈물겨운 우리 민족의 이민사를 모르고 어찌 우리 민족의 역사를 알 수 있으며, 어제를 모르고 어찌 오늘의 소중함을 알 수 있겠는가?[29]

역사를 왜 알아야 하는가, 그리고 우리 이민사를 왜 알아야 하는가를 일깨워 주는 한편으로 만주 이민이었던 사람 자신들의 절규를 보여주고 있다. 북간도에 사는 우리 민족에게 쓰라린 과거는 결코 잊을 수 없는 것이고, 그것을 잊지 않는 데서 그들은 오늘을 살아가는 힘을 얻고 있는 것이다. 안수길의 『북간도』는 우리로 하여금 북간도의 우리 민족의 존재를 인식시켜 준 작품으로, 그 의의는 크다. 그러나 그들의 어제와 오늘이 우리 가슴 속에 생생하게 살아 남아 있게 하는 데는 실패한 작품이라고 하겠다. 그들의 '눈물겨운' 삶은 안수길의 만주체험의 한계 속에서, 현실과 역사를 보는 시각의 한계 속에서, "~지도 모를 일이었다"는 식의 문장과 태도 속에서, 그리고 일부 똑똑한 인물들, 용정의 장사꾼들, 실존 애국투사들 속에서 제 모습을 드러내지 못하고 말았다고 하겠다. 『북간도』는 시작이라고 할 수 있다. 시작으로는 대단한 것이다. 그 뒤 이 시작을 잇는, 그를 넘어선 작품이 나오지 않고 있는 것이 아쉽다. '망각은 배반이다' — 이것은 『북간도』와 같은 작품을 읽는 우리, 그리고 『북간도』와 같은 작품을 쓰는 작가에게는 깊이 새겨야 할 하나의 명구(名句)가 된다.

29) 정판룡, 「머리말」, 『중국조선족 이민실록』, 8쪽.

가족사와 삶의 두 양식
─ 「통로」, 「성천강」을 중심으로

윤 석 달*

1. 서론

소설 『통로』와 『성천강』은 『북간도』와 함께 작가의 역사인식을 투명하게 드러내주는 안수길의 후기 대표작으로 평가받고 있는 작품이다.[1] 특히 같은 시기에 창작된 안수길의 다른 작품과 관련해서 논의할 때 위 작품들을 '생업의 문학'이 아닌, '사명의 문학'으로 구분할 수 있을만큼 작가의 민족에 대한 애정과 삶의 진실성에 대한 '정언정 명령(定言的 命令)'이 배어있는 작품이라는 주장[2]도 그런 점에서 허사는 아니다.

『통로』와 『성천강』은 두 편의 소설이지만 별개의 작품으로 분리해서 읽기보다는 한편의 소설로 읽어야 될 작품이다. 『통로』는 9장으로 된 '제

---

* 尹錫達, 한국항공대 교수, 주요 저서로는 『문학의 이해』가 있으며, 주요 논문으로는 「한국현대가족사소설의 서사형식과 인물유형연구」 등이 있음.

1) 안수길 창작활동의 시기 구분은 기존 논의(① 민현기, 「안수길 소설과 <간도체험>」, 『한국현대소설사연구』, 민음사, 1985. ② 최경호, 「안수길소설 연구」, 계명대 박사학위논문, 1989 등)에 따른 것이며, 통례로 구분하는 시기는 초기:해방 전 재만 시기(1935-1945), 중기:해방과 6.25시기(1946-1959), 후기: 60-70년대이다. 후기 작품의 대표작은 대체로 『북간도』, 『통로』, 『성천강』을 든다.

2) 윤재근, 「안수길론」, 1977년 9, 10월호, pp.240-243.

1부 만세교'로 끝을 낸 작품이고, 『성천강』은 서장부터 다시 시작하는 작품으로 발표되었지만[3])이 두 작품은 서사구조로 볼 때 동일 작품의 전, 후편에 해당된다. 작가 스스로 밝힌 바는 없으나 이미 '속편'이라고 밝힌 글도 있으므로[4]) 새삼스러운 논의는 아니지만, 두 작품 모두 윤원구 노인의 회고록을 바탕으로 서사구조가 짜여져 있으며, 『통로』가 끝나는 데서부터 동일구조로 다시 『성천강』이 시작되고 있는 점을 고려할 때 이 두 편의 소설은 한 편의 소설로 읽어도 전혀 무리가 없다. 그러므로 『성천강』의 실제적인 서장이 『통로』인 셈이다.

『통로』는 윤원구의 가족사를 중심으로, 증조부－조부－부친－원구의 4대가 어떻게 살아가고 있는지를 보여준다. 증조부는 지방의 관리로 생애를 마치고, 조부는 집을 떠나 부산에서 장사하고, 과거에 실패한 부친 또한 장삿길로 나섰다가 비명횡사하고, 윤원구는 서당과 신식학교에서 공부하는 소년이다.

『통로』에서 전개되는 서사의 중심은 소년 윤원구가 개화문명의 열린 공간인 더 넓은 세상을 향해 닫힌 공간인 집과 고향으로부터 '탈출'하게 되기까지의 한 가족의 가족사적인 운명의 기복에 있다. 『성천강』은 넓은 세상으로 나갔던 소년이 그곳에서 배우고 익힌 문명과 개화의식을 갖고 고향으로 돌아와 '어떻게 사는지'를 보여준다. 두 작품 모두 철저하게 가

3) 『통로』는 『현대문학』(1968.11-1969.11)에 연재되었고, 단행본은 작가의 사후인 1985년 4월에 정음사에서 간행되었이며, 『성천강』은 『신동아』(1971.1－1974.3)에 연재된 장편소설로 단행본은 작가의 생존시인 1976년 6월에 태극출판사에서 간행되었다. 작가의 한 기록에 의하면 소설 『통로』는 대하소설 『북간도』의 완결을 본 후 1년 동안 구상해 왔던 작품으로서 처음 제목은 『만세교』로 하기로 했던 것을 연재로 나가면서 『통로』를 본제목으로 하고, 부제로 <제1부작 · 만세교>로 하기로 했다고 한다.(안수길, 『명아주 한 포기』, 문예창작사, 1977, p.234.)

4) 김현숙, 소설 『통로』의 후기 참조, p.291. 이 소설 「후기」는 작가의 미망인 김현숙 여사의 글이다. 김윤식도 김현숙씨의 글을 인용하여 『성천강』이 『통로』의 속편이라고 단정적으로 적고 있다. 『안수길 연구』(정음사, 1986), p.245. 김윤식은 『성천강』이 『북간도』의 앞 단계에 해당되는 작품이라고 보고 있다.

부장 가계의 가족관계에서 빚어지는 가계의 변화양상을 담고 있다. 그런 점에서 이 소설은 개화기에 소년시절을 보냈던 윤원구라는 한 인물의 일대기이지만 동시에 한 편의 가족사소설로 논의할 수 있을 것이다.

우리의 현대소설사에서 가족사소설로 논의되고 있는 소설은 대체로 가족적인 연쇄관계보다는 주로 세태적인 가족의 역사를 연대기로 보여준다.[5] 기존의 논의에 의하면, 특히 1930년대에 쓰여졌던 몇 편의 가족사소설은 사회 정세와 더불어 융성·절정·전락의 과정을 밟는 한 가족 자체의 운명을 그리려는 가족사소설의 개념[6]을 전제로 하고 있긴 하지만 서구의 가족사소설과는 달리 가족 구성원의 개성의 경도가 뚜렷하지 않을 뿐만 아니라 줄기차고 집요한 인간사의 한 벽화로서의 서사성이 빈곤하다는 평가를 받고 있다. 특히 모계의 중요성을 인정하지 않고 있다든지 유전인자의 결정론과 같은 것은 별로 제기되지 않고 있다[7]는 지적을 받기도 하였다. 그런 점에서는 본고에서 가족사소설로 논의하고자 하는 『통로』나 『성천강』도 예외가 아니다. 그렇기는 하지만 위 작품은 시대의 변화에 따라 이루어지는 가족의 세대교체나 역사의 변화 속에서 부침하는 당대인들의 생활사를 제시하고 있으면서 한 가족의 가계축선 위로 지나는 시간의 흐름 속에서 탄생, 결혼, 죽음의 순환을 세대적인 교체화와 더불어 분명히 드러내고 있다는 점에서 충분히 가족사소설로 다룰만한 근거를 마련해 준다고 본다.

특히 세대를 달리하면서도 동시대를 살아간 조부와 손자가 보여주는 삶의 두 양식, 조부로부터 숙부와 아버지대가 추구했던 장사의 길과 손

5) 이러한 유형의 범주에 드는 작품으로 김남천의 『대하』, 이기영의 『봄』, 한설야의 『탑』, 이태준의 『사상의 월야』를 들 수 있다. 이들 작품들은 특히 봉건사회가 붕괴되어가는 개화기의 역사적 사회적 변동의 실상을 포착하는 데 성공하고 있으며, 시간의 구조도 대체로 순차적인 연대기 구조를 취하고 있다.
6) 최재서, 「가족사소설의 이념」, 『최재서평론집』(청운출판사, 1961), p.237.
7) 이재선, 「현대가족사소설의 전개」, 『한국문학의 해석』(새문사, 1981), p.151.

자대에 와서 교사의 길로 바뀐 삶의 방법은 이 소설의 주요 서사구조가 된다. 조부와 손자가 보여주는 삶의 서로 다른 두 양식이 대립적이 아니라 변화에 순응하는 가계사의 변화로서 그려지고 있다는 점에서 1930년대의 가족사소설과는 다른 양상을 보여준다. 조부로부터 숙부를 포함한 부친대까지 추구했던 상인의 길과 손자대에 와서 교사의 길로 바뀐 삶의 방법은 가계사적으로 볼 때 엄청난 변화를 가져온 것이 아닐 수 없다. 이 변화는 시대적 삶과도 대응되는 문제로서 이는 작가가 이미 『북간도』에서 추구했던 '어떻게 사느냐'라는 삶의 문제와 동일한 것이다.

『북간도』에서의 이정수 가문을 지배하는 사상이 참된 주체성 사상이 아닌, 허영심이 작용한 환상적인 사상에 지나지 못했다고 지적한 바 있는 김윤식은, 아버지 세대가 고향을 버리고 간도로 가지 않으면 안 되었던 아픔과 필연성을 그려냄으로써, 작가적 패기와 야심보다는 작가 자신의 인간적인 뿌리를 캐보고자 한 점에서 『성천강』을 뜻깊은 작품이라고 보기도 했다.[8] 다시 말하면 소설 『북간도』의 실패를 극복하는 길이 바로 『통로』와 『성천강』을 쓰게 만들었다는 것이다. 그런 점에서 이 작품의 보다 자세한 분석이 필요하며 이를 통해 이 작품의 문학사적 의의도 분명해질 것이다.

2. 가족사적 축선과 가계의 변화

소설 『통로』의 가계적 축선은 철저하게 직선으로 축조되어 있으며 서

---

8) 김윤식, 『안수길 연구』, p.262. 김윤식은 <안수길의 인간적 측면에서는 간도보다 함흥, 즉 『성천강』쪽에 일층 마음을 기울였다. 아버지 세대가 고향을 버리고 간도로 가지 않으면 안 되었던 아픔과 필연성을 그리는 일이 『성천강』의 세계이다. 그 때문에 비록 『성천강』의 세계가 『북간도』에 비해 화려하지도 서사시적이지도 극적이지도 않는 대신 차분하고 담담한 점에서 일층 진솔하게 느껴진다. (......) 작품을 제작한다는 작가의식보다도 그 자신의 인간적인 뿌리를 캐보고자 한 점에서 『성천강』은 뜻깊은 작품>이라고 기술한 바 있다.(위 책, p.19)

사구조도 지극히 단순하다. 『통로』에서 『성천강』로 이어지고 있는 윤원구의 회고록에 서술되고 있는 가계를 보면, 1대에 해당되는 증조부는 함흥의 포청 항수(項首)를 지냈고 2대인 조부는 물산객주로, 함흥을 떠나 부산에서 가계를 차려놓고 장사하고 있다. 3대인 부친은 한 때 과거를 보려고 준비를 했던 벼슬지향의 인물이기도 했지만 결국 실력보다는 연줄이 있어야 된다는 것을 알게 되고, 미련없이 과거를 포기하고 대를 이어 장사꾼으로 나섰다가, 장사꾼으로 도중 객사하고 만다. 4대인 윤원구, 그는 어린 나이에 부친을 여의고 조부밑에서 성장한다. 함흥과 주북, 원산, 부산, 서울, 갑산 등지로 거처를 옮기면서 공부를 하고 교사의 길을 걷는 인물이다. 서사의 줄기가 윤원구의 청소년시절로부터 어른이 되어 한 가정을 이루면서 그가 선택한 삶이 그의 가계에 어떤 변화를 주었는지를 보여주는 것이었다면, 격동의 시대, 식민지치하에서 어떻게 사는 것이 최선의 삶인가를 고민하며 살아간 한 젊은이의 시대적 삶은 이 소설을 통해 보여주고자 한 작가의 역사의식의 소산이기도 하다.

『통로』와 『성천강』에서 서술되고 있는 가계사적 축선을 표로 보이면 다음과 같다.

```
1대 ; 포청항수       증조부 =소실(퇴기)          → 『통로』의 허두에서
                      |                              생을 마친다.
2대 ; 물산객주       조 부 = 조모 =부산댁(소실) → 『통로』와 『성천강』에
                      |                              이르기까지 생존
3대 ; 장사꾼      ┌──── 부친 = 모친              → 노일전쟁 중 부친 일찍
       숙모= 삼촌(혁찬) |                            타계 모친은 생존
4대 ; 교사            처=원 구──┬────┐           → 회고록의 주인공이며, 이
                         |      원임  원철(유복자)     소설의 서사적 중심인물
5대 ;                   아들
```

가계사적 축선에서 중심인물은 증조부이며 특징적인 것은 1대에서 5대까지 장손으로 이어지고 있다는 점이다. 장손이란 대체로 부친의 가계를 그대로 전수받는 인물로서 가족의 생계를 책임지고 가문의 뿌리와 줄기

를 표상하는 인물이기도 하다. 장손은 가문의식을 소중히 여기는 가계일수록 가업을 잇는다는 이유 때문에 가족구성원으로부터 특별한 대우를 받기도 하는 인물인데 소설 『통로』는 서두에서부터 이러한 상황이 강조되어 나타나고 있다.

> 조부가 증조부의 맏아들이고 아버지가 조부의 맏아들이고, 원구가 아버지의 맏이다. 장손긁인 것이었다.[9]

> 무엇보다도 귀공자 같던 모습이 거펑어져 갔고 처음에는 몸도 약해졌다. 그렇더라도 일정한 보수가 있는 것이 아니었다. 생활은 더 꼬여 들어갈밖에 없었다.
> 그런 원구 부친의 몰골을 보고 노인들은 더욱 탄식했다.
> "장손이를 이렇게 만들다니......"
> 역시, 원구 증조부를 위주로 지은 이름이었다. 증손이(원구)의 아버지니 장손이 되는 것이다.[10]

이러한 가계사적 중심이 장손으로 이어내려오는 것은 원구의 이름을 '증손'으로, 원구 부친을 '장손'으로 부르는 데서도 확인된다.[11] 원구의 어렸을 적 이름이 '증손'인 것처럼 '장손긁이'를 내세우는 것은 무엇을 뜻하는가. 그것은 가부장제적 혈통을 중시하는 가문의식이라고 할 수 있다. 시골 포청의 항수가 선비정신이니 양반의 위세를 내보일 수 있는 그런 대단한 벼슬아치는 아닐지라도 일반평민이나 장사치보다는 다르게 나름대로 가문의식을 가질 수는 있었을 것이다. 이렇게 가족단위의 혈통에서 철저하게 남자 중심의 가부장적 가계에서는, 모계의 중요성이 별반 인정되지 않는다. 조모와 모친, 숙모와 원구처가 어떤 경우에도 가족사의

9) 『통로』(정음사, 1985), p.14.

10) 『통로』, p.53.

11) 이는 『북간도』에서도 동일하게 나타나는데, 이한복의 가계가 장손으로 내려오는 가계사적 특징을 보여주고 있다. 이한복의 아들의 이름 또한 '장손'이었던 것이다.

변동에 영향을 주지 않는 것에서도 가계의 내력을 그대로 읽어낼 수 있는 것이다.

그러한 가계축선에 따른 집안 내력을 보면 포청 항수였던[12] 증조부와는 달리 조부는 장사꾼으로 성공하고 있다. 조부는 함흥 성내에서 가장 크고 신용이 있는 물산객주가 되었는데 조부가 그렇게 큰 돈을 벌 수 있었던 것은 조부 자신의 남다른 상술 때문에 가능한 것이었겠지만 다른 한편으로는 아들의 뒤를 밀어준 증조부의 권력도 무시할 수 없는 힘으로 작용했던 것이다.

그러나 순조롭게 잘 나가던 조부의 사업이 파산을 하고 난 뒤 서재에 나가서 과거준비를 하던 부친 또한 장사의 길로 들어서게 된다. 부친은 한 때 조부나 증조부 몰래 서울에 올라가 과거시험을 보기도 했었고, 낙방한 후에도 기회를 보며 조부의 장사에는 관심이 두지 않았던 사람이었다. 그런 점에서는 조부도 마찬가지다. 조부의 사업이 번성할 때에 아들을 서재에 보낸 것은 벼슬을 시키겠다는 의도가 있었던 것이 아니라 '외국과 크게 무역을 트는 장사꾼이 되려면 학식이 있어야 된다'는 게 조부의 생각이었다. 조부는 장사꾼답게 철저히 장사꾼으로서의 현실인식에 투철했던 것이다. 아들을 '가게에 나오도록' 한 것은 가부장으로서 아들에게 '장사하는 법'을 제대로 가르치기 위한 것이었다. 부친이 대를 이어 장사꾼으로 나선 것은 예기치 않게 조부의 사업이 망하면서 '탈기하고 있는 아버지, 한숨과 통곡으로 나날을 보내는 어머니, 거지꼴이 되어가는 동생들과 철없는 아들들'을 본 때문이었지만, 그렇게 쉽게 과거를 작파하고 벼슬길로 나설 것을 포기한 것은 따지고 보면 가계적 내력에 의지한 것이며 장사꾼의 아들로서 장사꾼이 된 것은 지극히 자연스럽다.

---

12) 윤원구의 증조부가 포도청의 항수라는 것을 두고 김윤식은 그것은 『북간도』만큼 진실되지 못하다고 지적하고 있다.(김윤식, 『안수길 연구』, p.255) 이는 <상놈> 가계도를 정확히 역사적 사회적 조건 아래서 고찰하지 못한 작가의 주관성으로 인한 것이었는데, 이것이 『통로』의 제일 큰 약점이 되고 있다는 것이다.

원구 부친은 마침내 서문 거리에 나가지 않을 수 없었다. 거리에 나갔다고 하나, 조그맣더라도 가게 하나를 가진 것이 아니었다. 그럴 밑천도 없었으나, 밑천을 얻을 수 있다기로 장삿길엔 백지인 원구 부친이었다. 어머니 편의 먼 친척되는 사람의 포목가게에 우선 사환으로 나간 데 지나지 않았다. 장사하는 법을 배워야 하기 때문이었다.[13)]

'항수'자리에서 물러나 소실에 얹혀 살던 증조부가 타계하고 삼년상을 치루는 동안 부친은 '이젠 제법 한 사람의 장사치로 훈련을 쌓아올리게' 될 정도가 되어 가게 하나를 혼자 운영할 정도로 기반을 잡게 되었고 특히 알게 모르게 조부로부터 물려받은 장사꾼으로서의 수완을 발휘하기도 한다. 노일전쟁이 발발해서 모두들 피난갔을 때에 노서아군대를 상대로 군복바지를 만들어 팔았다는 것은 그런 대표적인 예에 속한다. 그러나 장사꾼이 되기는 했지만 부친은 어설픈 장사꾼이었기 때문에 예기치 않은 죽음을 맞이한 것이다. 부친은 전쟁 중 조선은전을 러시아돈과 바꾸는 이른바 돈장사를 하면 많은 이익이 남게 된다는 것을 알게 되었고 마침 동업자가 생겨 은전을 싣고 연해주로 가던 중 도중에 계획을 바꿔 소장사를 하려다가 뜻하지 않게 소에 받히는 바람에 치명상을 입고 객지에서 횡사하고 말았던 것이다. 숙부 혁찬이 장사로 생활터전을 이룩하는 것도 집안 내력으로 이해된다. 장사꾼의 아들이 장사꾼이 되는 것은 자연스러운 가계사이다. 그런 점에서 숙부도 예외가 아니다.

이런 장사꾼 집안에서 원구는 조부나 부친이 걸어간 길이 아닌 다른 삶의 길을 선택한다. 그같은 그의 선택은 세대의 변화를 의미하는 것이지만 그에 따른 세대간의 갈등이나 반목이 있는 것은 아니다. 조부의 사업실패로 '가게는 물론 안채에 사랑채까지, 거기에 광도 큰 것이 여러 채 있던 큰 집'을 팔고, '서민들이 살던 한촌의 조그만 집으로 이사갔을 때

13) 『통로』, pp.52-53.

에도 서당에 다녔고, 부친이 비명횡사한 후 가세가 몰락하여 아예 함흥에서 주북의 신계리, 궁벽한 산골로 들어갔음에도 공부에 대한 그의 열망은 변함이 없었고, 가족의 누구도 원구의 뜻에 반대하지 않았다.

함흥을 떠나 신계골로 이사한 것은 원구로 보면 더욱 닫힌 세계로 들어가는 것이었고, 그것은 '국운도 기울어지고 있었으나 우리집의 운수도 기울어져, 성안에서 촌으로 옮기지 않을 수 없었다'는 윤원구 노인의 회고대로 성장기 한 소년이 겪게 되는 시대적, 개인사적 좌절에 해당되는 것이었지만 원구의 삶의 방향은 언제나 열린 세계로 향해 있었다. 그러므로 서당공부마저 작파하고 지내던 그가 신계골에서 함흥에 갔을 때 이미 그곳에 밀려온 개화문명을 접하고 충격을 받는 것은 당연하다. 그러한 충격은 그로 하여금 새로운 시대에 대한 열망을 갖게 하였고 신계골을 떠날 결심을 하도록 만든 주요인 되었다.

> 신계골을 떠나야 한다! 울음의 집, 한숨의 집을 떠나야 한다. 권태의 신계골을 하직해야 한다![14)]

> 함흥에서 하룻밤 자고 돌아온 뒤, 원구는 신계골을 탈출할 계획을 며칠을 두고 생각했다. 함흥으로 간다기로 곧 잡혀올 것이다. 그뿐이 아니었다. 이미 바우나 다른 친구들이 멀리 앞장을 서고 있다. 함흥보다 더 <개명(開明)>한 곳을 택하지 않으면 안된다. 바우들에게 뒤진 것을 회복하고 더 앞서기 위해서는 부산으로 가야 한다. 부산으로. 처음 파산했을 때 할아버지와 함께 갔던 서호진. 거기서 본 화륜선, 그걸 타기만 하면 세계 어디든지 갈 수 있다고 한다. 우선 부산으로 가자.[15)]

조부는 어린 원구에게 부친을 대신하여 정신적 지주의 자리에 있는 인물이다. 작품 『통로』에서는 거의 부재하는 조부였지만 소년 원구에게 조

14) 『통로』, p.282.
15) 『통로』, p.283.

부는 언제나 바깥 세상으로 통하는 창구였고, 새로운 세계로 갈 수 있는 통로였다. 원구는 부친보다도 오히려 조부로부터 많은 영향을 입으며 자라난다. 애정표시가 없는 부친은 언제나 무섭거나 어려운 분이었으나, 그 대신에 조부는 어린 원구에게 절대자로서 숭앙의 자리를 차지하는 분이었다. 소년 원구에게 맨처음 화륜선을 보여주며 바깥 세상으로 연결되는 문명의 통로가 있음을 알게 해주었던 매개 인물도 부친이 아닌 조부였다. 원구가 늘 부산에 가보고 싶은 충동을 갖는 것도 그곳에 조부가 있기 때문이고, 조부는 더 넓은 세상, 열린 공간으로 그를 이끄는 표상이었던 까닭이다. 소년 원구에게 부산은 스스로의 삶을 개척해 나가고자 하는 열망의 신개지였고, 호기심과 기대를 채우게 해주는 미지의 땅이었던 것이다.

『통로』에 흐르고 있는 시간은 원구의 유년시절이지만, 증조부의 죽음, 조부의 사업의 번성과 실패, 부친의 과거실패와 장사꾼이 되어 맞이한 죽음, 혁찬숙부의 혼인실패와 장사꾼으로 들어선 일 등을 모두 아우르는 시간이다. 서당에 들어갈 나이의 원구가 경험하고 이해하는 집안의 일들로부터 열다섯살이 되었을 때 집을 떠나야 되겠다고 다짐하기까지의 7, 8년이 그 시간이다. 그 사이 그에게 영향을 주었던 일련의 사건들, 한말 민요(民擾)가 일어나고, 동학당이 들어와 혁찬 숙부를 비롯하여 조모와 모친이 동학당에 들어가게 되고 마침내는 쫓기는 당원들을 집에 숨겨주기까지도 하는 일들을 경험한다. 어린 원구에게는 모두 특별한 영향을 끼치는 인물들과 사건들이다. 그러나 노일전쟁이 일어나 모두들 피난도 가고, 부친과 삼촌이 한동안 숨어살아야 하는 곡절을 겪기도 하는 그러한 시간들은 철저하게 단선적이다. 윤원구 노인이 7순이 되어 자신의 생애 전부를 기록한 회고록의 유년시절에 해당되는 것이 바로 이 『통로』이고 이후 『성천강』로 이어지는 시간은 소년 원구가 어른으로 커가는 성장과정으로 채워져 있을 뿐이다.

『성천강』에서는 주북의 신계골을 떠나 부산까지 갔던 소년 원구가 서울행이 좌절된채 한달만에 다시 신계골로 돌아오는데서 시작된다. 『성천강』의 시간은 신계골－함흥－주북－부산－서울－함흥－서울－갑산의 합정포로 거처를 옮기면서 배우고, 가르치는 일에 주력하는 원구의 일대기이다. 조부와 삼촌이 여전히 장사의 길을 걷고 있을 때 원구는 조부와 부친이 선택했던 생업의 길을 과감히 버리고 자신의 새로운 길을 개척하는 것이다. 그의 길은 교사의 길이었다. 가계사적인 측면에서 장손인 원구가 장사꾼이 아닌 교사의 길을 선택했을 때 '장손긁이'로 내려오는 장사는 동생인 원철이 맡게 된다.

원구가 고북이나 함흥이 아닌, 타지나 다름없는 갑산에 와서 교사생활을 할 때 동생 원철이 찾아와 형에게 털어놓는 심중의 말은 바로 가계적 축선에서 자신이 맡아야 할 일이 무엇인지 확인할 수 있게 해준다.

……그 때 어린 마음에도 이를 악물고 결심했던 모앵입메다. 어떻게 하든지 아버지 원수를 갚아야 된다는 겝니다. 원수를 갚는다는게 다른 게 앙이라, 집으 회복해서 노인들과 식솔들을 펜안히 살두룩 하구, 가문의 지체를 회복해야 한다는 것이었읍메다. 아바지께서 그걸 하려다가 뜻으 못 이루고 그렇게 돌아갔웅이, 그 때 생각으루는 아바지 뜻으 이루어드리는 게 원수를 갚는 것이라구 생각했읍죠. 어린 아아 생각이지마는, 그 생각이 가슴에 맺힌 것으는 죄금두 거짓말이 앙입메다……[16]

그러기 위해서 나는 이런 계획을 세웠던 모양입메다. 무시긴구 항이, 형님으는 원래두 아버지처럼 재주두 있구, 전부터 서당에두 댕기구 있지 않았읍메까? 형님은 그대루 공부르 해서 어떻게 하든지 우리 집의 지체를 높이는 일으 하두룩 해야 한다. 그 대신에 나는 무슨 일으 하든지 돈으 벌어서 살림으 풍성하게 만들겠다고…… [17]

'가문의 지체를 회복해야 한다'는 원철의 말은, 벼슬길로 나아가 신분

16) 『성천강』(태극출판사, 1978), p.481.
17) 『성천강』, p.482.

상승을 꾀해보겠다는 말이 아니다. 단지 가난함을 면해보겠다는 의도로 한 말이다. 식솔들을 편케 살도록 하겠다는 것, 남의 신세를 지지 않고 오죽 잖은 살림살이 때문에 남들로부터 업신여김을 당하지 않겠다는 것, 그것이 증조부와 조부로부터 이어온 가문의 지체인 것이다. 부친이 과거 공부를 내던지고 장삿길로 들어선 것도 바로 그런 뜻이었고, 돈을 벌어 가정을 안돈시키고자 한 것도 따지고 보면 가문의 지체를 바로 세워보자는 의도라는 점을 쉽게 파악할 수 있다. '돈을 벌어 살림을 풍성하게' 해보자는 것은 바로 조부, 부친, 자신의 뜻이며, 또한 장사꾼의 의식을 그대로 내보인 것이다. 그러면서도 그는 형이 조부나 부친과는 달리, '신학문을 하고', 교사의 길을 걷는 것이야말로 진정한 의미에서 '가문의 지체'를 높이는 것으로 이해하고 있었던 것이다. 장사꾼의 길이 가계사적 내력이지만, 형이 다른 길을 걸어갈 때 그 자신은 '정신을 바짝 차리고', 신개척지에서 남보다 먼저 가게를 내고 장사를 시작하는 게 보다 유리할 것이라는 생각을 하는 장사꾼으로서의 삶의 방법을 터득한다. 그럼으로써 선대부터 살아온 고장을 버리고 신개지를 찾아 삶의 터전을 옮겨갈 생각을 할 수 있는 것이다. '장손긁이'로 내려오던 가계사적 삶의 방법은 원구대에 와서 장손이 이어받지는 못하지만, 그 대신 동생 원철이 선택함으로써 결국은 조부, 아버지, 삼촌을 잇는 것이 된다. 이러한 상인의 길은 가계사의 지속을 의미한다.

그러나 4대에 걸친 가족연대기 서술에서 가족 구성원의 세대간의 갈등은 물론 갈등으로 인한 불화조차 발견되지 않으며, 가족의 결속성이 문제로 부각되지도 않는다. 한말로부터 1920년대에 이르는 시기에 이 땅의 역사적, 사회적 변동 속에서 필연적으로 겪게 되는 한 가족의 운명의 기복은 제시되고 있으나 세태적인 가족사를 보여주는데 그치고 있다. 가족의 운명에 끊임없이 영향을 주는 사회나 역사에 대한 서사성이 중요하게 다루어지지 않았던데서 비롯된 것이겠지만 그러한 변동요인이 각 세대간의 정신적인 갈등이나 변화해가는 가족의 운명적인 굴곡과 연쇄관계가 나타나지 않고 있다.

3. 가계사적 삶의 두 양식

1) 지속적 가계사로서의 상인의 길

원구의 선대가 '포청 항수'나 '물산객주'였다는 사실은 가계가 특별히 지체높은 집안이 아님을 보여준다. 그러므로 '항수'의 아들인 조부가 '물산객주'가 되고 그 아들이 서재에 드나들어도 벼슬길로 나아갈 것을 기대하지도 않으며, 그보다는 자신의 가게에 나와 장사하는 법을 배우기를 바랄 뿐, 대대로 신분적 열세를 상승시켜보겠다는 열망이나 노력을 기울이지 않는다. 대대로 한갓 장사꾼이었던 것이다.

장사꾼의 가계였는다는 것은 무엇을 의미하는가. 땅에 뿌리를 내리고 농사를 짓는 정착의 삶이 아니라, 현실의 물질적인 이해관계에 중심을 두고 기회와 수단을 통해 살아가는, 도시적인 삶을 장사꾼의 가계라 할 수 있다면 원구네 집은 그런 점에서 하나의 전형이 될 수 있다. 『통로』나 『성천강』에서는 농사짓는 인물이 등장하지 않는다. 농사짓는 사람이라면 쉽사리 삶의 터전을 옮기지 못할 것이다. 원구의 조부가 집을 떠나 부산으로 가는 것이나, 그 아들들이 함흥으로, 원산으로, 연해주로 거처를 옮기며 삶의 터전을 바꿀 수 있다는 것은 바로 장사꾼의 가계내력에서 비롯된다고 볼 수 있다. 포청의 항수가 비록 대단한 벼슬자리가 아닌, 중인계층의 아전에 불과하며, 선비로서 행세하는 집안은 아니더라도 지방에서는 권세를 부리며 살 때에도 아무런 갈등없이 조부가 상사꾼이 된 것만 봐도 알 수 있다. 잠시 과거공부를 한다고 서재를 드나들던 원구 부친도 그 선대들처럼 쉽게 장사꾼이 될 수 있었다든지 건달과도 같은 생활을 하던 숙부 혁찬도 장돌뱅이로부터 시작해서 장사꾼의 길을 걸어간 것이 바로 그것을 말해준다. 이 모두 지속적 가계사로서의 상인의 길을 선택한 것이라 볼 수 있다.

그런 집안에서 마치 이단자처럼 원구대에 와서 장사꾼의 길을 버리고 교사의 길로 들어선 것이다. 장사꾼이 의미하는 것은 무엇인가? 그것은 이상보다는 현실을 선택하며, 삶의 방법에서 현실순응주의이며 합리적인 사고를 선택한다는 뜻이다. 교사의 길은 그와는 대척적인 자리에 있다. 현실인식에 가장 탁월한 감각을 보여준 인물은 조부이다. 조부는 증조부가 살아있을 때에도, 원구 부친이 장삿길에 나가 비명횡사했을 경우에도 가계의 중심축에 있었다.

> 세상은 변하고 있다. 외국 사람이 들어와 무역을 하기로 되어 있다. 앞으로의 세상은 썩어빠진 벼슬아치보다 장사에 있다고, 그 신념을 술이 거나하면 푸념처럼 뇌었고, 그걸 자신이 실천했다가 실패한 처지였다.18)

그래서 아들이 서재에 다니며 공부하는 것은 말리지 않았는데 그 공부는 벼슬아치가 되라는 것보다 외국과 크게 무역을 트는 장사꾼이 되려면 학식이 있어야 하고, 또 글씨를 잘 써야 한다는 실용적인데 조부의 뜻이 있었다. 그런 조부의 뜻을 따르지 않고, 장사를 배우기 위해 가게로 나오라는 아버지의 말을 듣지 않던 원구 부친은 조부의 사업이 망하고 난 뒤에야 집안 식구들이 거지꼴이 되어갈 때 서슴없이 장사꾼으로 나서게 되었다. 민란 뒤인 그 무렵 거리는 다시 흥성해지고 원구 부친의 가게는 더욱 붐비었는데 당시 조부가 있는 부산에 갔다가 재봉틀을 사가지고 온 부친은 조부가 인식하는 '앞으로의 세상은 썩어빠진 벼슬아치보다 장사에 있다'는 신념을 실천하는 장사꾼이 되어 있었던 것이다.

건달이 되었던 혁찬 숙부도 장사하는게 좋겠다는 식구들의 권유를 받

---

18) 『통로』, p.52.

아들여 다시 장삿길로 나선다. <가까운 촌장으로 행상하게 된 숙부는 이내 재미를 붙이게 됐고, 얼마 지나지 않아 말을 한 필 사도록 장사도 잘됐다. 부근의 행상으로는 제일인자가 된 셈이다> 원구노인의 회고록에 기술된 이 대목은 숙부의 상술이 그만의 것이 아니라, 아버지, 형으로부터 이어내려온 가업의 전승과도 같은 것임을 의미한다. 행상에 재미를 붙이게 되었다는 것, 행상으로는 제일인자가 되었다는 것이 바로 그것을 말해준다. 숙부는 해산물 매매 거간꾼으로 원산에 자리를 잡아 조부가 힘을 못쓰고, 원구가 실의와 낙담으로 방황하고 있을 때 '장손'을 대신해서 가장 노릇을 하기도 한다. 당시 조부는 오랜 세월의 상업근거지였던 부산에서 파산하고, 고향으로 내려가 있었다. '세상은 변하고 있다'고 인식하고 있던 조부였지만 그 변하는 세상에 쉽게 대응할 수 없었던 것이다. 결국 장사꾼으로서의 조부는 파산과 몰락으로 한 생애를 마감할 수 밖에 없었다. 그러나 그 원인은 한 개인의 무능이나 불성실이 아니라 합방후의 급격한 시대 변화, 밀려드는 외래 문물, 왜상인들의 득세를 이겨낼 수 없었다는 것을 보여주고자 한데 작가의 시대인식이 담겨 있다. 혁찬 숙부도 밀려두는 일본상인들과 그들 금력의 압잡이 노릇을 하는 조선상인들의 농간을 감당해내지 못하고 만다. 결국 원산에서 다시 일어서기엔 힘이 부칠 수밖에 없다는 것을 깨닫게 된 숙부는 갑산에서 교사생활을 하는 원구를 찾아가 실정을 토로한다.

> "나두 하루 속히 오고 싶었네. 그러나 어디 그렇게 되던가? 여비가 떨어질 정도로 물건을 갖구 떠난다구 했으나, 물건이라는 게 어디메 내 손아귀에 있는 건가? 구색을 맞춰 여기저기서 뒤를 봐 줘야 되는 건데 뜻대르 되지 않네......전만 같아두 그런 물건쯤은 하루 아침에 나가 수십 짝을 묶어 실릴 수 있었으나, 합방이 된 뒤부터 나두 모르게 내 령(令)이 서지 않게 되더니 경원선 철도가 개통이 된 뒤에는 비랑에 구울러 떨어지는 것 같았네. 그렇갰는 개 왜놈우 상인들이 들어와 관(館)다리 일대에 터를 잡고 판을 피니 죄선 장사군들이 어떻게 맥을 쓰겠는가?"[19]

숙부가 파악하고 있는 시대적 상황은 '왜상인들의 득세'로 '약빠른 사람들'만이 생존해나갈 수 있다는 것이었다. 숙부 스스로 자탄하는 말대로 '왜상인들의 비우를 맞춰주고 어쩌고 해서 그자들의 앞잽이로 영업도 계속하고 돈도 버는 모양이지마는 어디 내야 일본말을 배왔나? 배왔든들 발바리 같은 왜인들의 비우를 맞출 생각은 털끝만치도 없었던' 게 숙부였다. 숙부는 자신이 함흥에서 동학을 믿을 때부터 왜인은 원수처럼 여겼고, 하마터면 목숨을 잃을 뻔했기에 더욱 그렇게 자신의 태도를 확고하게 가졌던 것이다. 결국 장사꾼인 그가 선택할 수밖에 없었던 것은 새로운 곳의 개척이었다.

"지금꺼정으는 회령에 집을 두고 살았으나 상상봉으로 옮겨야 하게 됐네."
"상상봉?"
"두만강 옆 바로 이쪽 땅이야. 저쪽은 개산둔(開山屯)이라는 곳인데, 내가 하는 일이 자네도 알다시피 해산물 무역이 아잉가? 청진에서 보내는 해물을 받아서 상상봉에서 강 건너 개산둔에 먹이는 일이네."
"저쪽은 중국이 아닙니까? 밀수를 한다는 말입니까?"
"하하하, 밀수? 세금을 물기도 하고 그러지 않기도 하고 …… 저쪽은 좀 어수룩하니까 …… 세금 물고도, 이문이 무척 좋은 편이네."
"그렇게 장사가 잘 됩니까?"
"간도 지방에 사람이 여사 뿔어야지 …… 자꾸 늘어가니까, 염어(鹽魚). 건어 등속이 딸릴밖에 ……"
"그래서 이저는 바싹, 강 옆에 옮긴다는 말씀입니까?"
"상상봉은 신개척지야, 대안(對岸) 개산둔을 상대로 생긴 동네거든. 눈치 빠른 장사군들은 벌써 거기로 옮기고 있는 거야. 난 좀 늦은 셈이네."
"알겠습니다. 그런데 북간도에 사람이 자꾸 뿔른다니, 정말입니까?"[20]

19) 『성천강』, p.544.
20) 『성천강』, pp.579-580.

신개척지에 대한 혁찬의 관심은 비단 장사꾼으로서의 감각만이 아닌, '왜놈 등살에 기를 못펴고 사는' 것에 대한 불만도 작용했을 것이다. 그러나 그는 상인의 가계를 이어받은 인물이다. 그 점에 관해서는 원구의 동생도 마찬 가지다. 형이 '공부를 해서 집안의 지체를 높이는 일'을 할 때에 자신은 '무슨 일을 하든지 돈을 벌어 살림을 풍성하게 만들겠다'고 다짐하는 것에서도 확인된다. 갑산에서 '존경받는 교사의 길'을 걷는 형을 만나러 왔을 때 자신의 속내와 처지와 생각을 내비친 것에서 집안의 내력을 보다 분명히 알 수 있다.

"나는 형님도 알다시피, 오새(철) 들어서 이 날 입때꺼정, 남 앞에서 머리를 들지 못하고 살아왔구, 어떨 때에는 맘에도 없이 허리아랫소리(굽실거린다는 뜻)를 하고 살아왔읍메다. 그것으는 우리 집안이 지체가 없구 가난했던 탓입메다. 내가 세상에 나오기 전에 먼 한아방이들이 생존해 계셨을 때에는 그렇지 않았다는 이얘기를 듣기는 했읍메다마는 그기 무슨 쇠용이 있읍메까? 어느 뉘기 선조가 훌륭하지 않은 사램이 있읍메까? 하여튼 간에 내 첫기억에 남아 있는 것으는 빚쟁이가 들이닥치고, 조부님이 방안에서 한숨을 쉬고, 때식(조석끼니)이 간데없구…… 그런 가난한 살림에 대한 것입메다. 빚으 갚기 위해 큰 집이 그보담 작은 집으루 바꽈지고 그 집이 더 작은 것으루 내리가구…… 그러다가 조부님은 전디다 못해 슬쩍 없어진게 후에 알고 보니 부산에 가셨재냈읍메까? 한때에 과거를 보자구두 했다던 재주 있는 부친이 삼춘을 데리고 서문거리에 죄그만 가게를 펴고 나앉았으나 보우계 때문에 일어난 민란과 동학군 잡아옇기에다가, 일로전쟁 등 뒤를 이어서 일어난 난리통에 그나마두 장산들 제대루 될 수 있었겠급메까? 게와 아라사 군대를 상대루 해서 쬐끼틀(재봉틀)루 끼식으는 면할 수 있은 모양이나, 그러장이 아바지께서 얼매나 고생으 했겠읍메까? 그러다가 은전 장사루 아라사두 떠나재냈읍메까? 한창 전쟁 중이니까 총알이 날아댕기는 속으루 목숨으 걸구 나선 겜메다. 그것두 다 우리 자식들으 멕에 살리구 옳게 자리워서 이얘기에 듣던 선조들 못지 않게 지체있게 살두룩 하자는 맘에서일 게 앙입메까? 그러나 아바지는 객지에서 주검으로 돌아왔읍메다……"[21)]

어린 원철이 결심하게 되는 삶의 태도는 어떤 것인가. 아버지가 못다 한 일, 한맺힌 일을 자신이 하여야 하며, 그것이 바로 아버지의 '원수'를 갚는 일이라고 생각하는 것이다. 원철은 자기 형이 어려운 살림살이임에도 불구하고 서울유학을 하고, 학교 선생이 되어 다른 사람들처럼 일인 밑에서 심부름이나 해먹지 않고 지낸다는 것을 긍지로 삼았다. 자신은 비록 장돌뱅이, 날삯일군, 치도판 인부 노릇 등 '고되고 아니꼽기 이를데 없는' 일을 할지라도 '보라, 우리 형님이 어떤 분인지 아느냐?'라는 맘을 먹고 수모나 괴로움도 견뎌낼 수 있었던 것이다.

동생이 형에게 풀어놓는 사설에서도 확인되는 것은 가계사적인 신분에 해당되는 것이었다. 그렇다고 해서 동생이 상인의 길에 대해 자긍심을 갖고 있었던 것은 아니었다. 그것은 조부도 매일반이었다. 노일전쟁 때 아들이 객사하였을 때에도 실의하지 않았던 조부는 만세운동에 가담한 장손이 구금되어 2년의 징역형을 선고받았을 때 갑자기 세상을 뜬다. 기복이 잦은 부산에서의 경제상태에서도 조부는 손자의 학업과 출세를 위해 나름대로는 정성을 다했었다. 그것은 손자 가 아들몫까지 다해줄 것이라는 기대를 갖고 있었던데도 이유가 있었다. 손자가 비록 지방이지만 학교 교감으로 '출세'를 하고, 처자까지 불러 살림을 차리게 되었을 때는 대견하게 생각했던 것도 자신이 상인 출신이었으므로, '장사치는 잘하면 치부하는 수도 있으나 역시 천업이라는 관념을 갖고' 있었던 때문이었다. 그런 가계에서 맏손자가 <사(士)의 길>에 들어서 자리를 잡고 있다는 것을 통쾌하게 여기던 조부였다. 그러나 장손이 징역살이를 하게 되었을 때 조부가 실망했던 것은 그런 가문 또는 가계사의 회복에 대한 기대가 깨지는데 대한 실망이 컸기 때문이었다.

그런 점에서 본다면 시대적 격변기와 함께 대를 이어온 장사꾼 집안의

21) 『성천강』, p.481.

번성과 파산, 흥흥과 쇠락의 가계사가 4대에 걸쳐 잘 드러나고 있는 것이다.

2) 세대교체로서의 교사의 길

소설 『통로』는 소년 원구의 성장과 관련하여 서당과 신식학교에서의 배움의 과정을, 『성천강』에서는 서울유학과 교사의 길을 걸어가는데 서사가 전개되고 있다. 주요 사건에 대한 회상형식의 서술구조이긴 하지만, 성천강의 경우, 모든 사건과 행적이 원구 한 사람를 중심으로 전개되고 있어 서사구조는 지극히 단조롭다.

그러므로 이 소설은 장사꾼의 가문에서 새로운 시대를 맞아 신식학문을 접한 소년이 가계로 이어지는 상인의 길을 버리고, 새로운 가문을 일구기 위해 배우고 가르치는 길을 걸어갔던 지극히 단순한 얘기일 뿐이다. 다만 그 길은 뜻한 바 있었으나 부친대에서는 그 뜻이 좌절되고 원구대에 이르러 세대교체와 함께 변화해가는 가족사라는 점을 확인시켜 주고 있다.

원구의 새로운 세계에 대한 열망은 서당에 다닐 무렵으로부터 시작된다. 사업에 실패하여, 몰락한 조부와 함께 서호진에 나가 난생 처음 바다를 보고, 쌍안망원경으로 처음 화륜선을 보았을 때의 그 경이로운 기억은 이후 원구의 삶을 이끄는 하나의 원동력이 되고 있다.

> 저 배를 타게 되문, 세계 어디에든지 갈 수 있어. 원산두, 부산두, 일본에두, 서양에두…… 어디든지……」
>
> 할아버지는 고개마루에 앉아 담뱃대를 천천히 빨면서 수평선에 시선을 던진 채 말했다. 그 옆에 원구는 멍청하게 수평선을 바라보고 있었다. 원산에두, 부산에두, 서양에두…… 할아버지는 그 이상 말을 하지 않고 담배만 피우고 있었으나 원구의 어린 가슴 속에 걷잡을 수 없는 것이 부풀어오르고 있었다. [22)]

22) 『통로』, p.88.

화륜선 구경은 원구의 생애에서 상당히 중요한 의미를 갖는다. 화륜선은 한갓 새로운 문물의 상징을 넘어 어린 원구에게 열린 세계, 더 넓은 공간이 있음을 깨닫게 해주는 것이며, 그 화륜선이 닿는 곳은 원산-부산-서양의 새로운 문명과 개화된 의식의 세계라는 점을 인식하게 해주는 것이다. 어린 소년이 부산으로 조부를 찾아가고, 다시 서울로 가서 어느 학교에 다닐 것인가 선택의 기로에서 기필코 일본으로 갈 수 있는 한성학교에 입학원서를 내게 되는 것이나 별다른 갈등없이 장사꾼의 가계사를 버리고 과감하게 교사의 길을 선택하도록 만든 것도 어쩌면 화륜선의 세계가 주었던 어린 시절의 충격에 영향받을 것으로 본다.

조부의 사업실패에 이어 부친의 갑작스런 죽음으로 집안이 파산하고, 시골로 내려가 지내는 동안 공부는 작파하고 놀기만 하던 원구가 함흥에서 함께 서당에 다니던 동무로부터 편지를 받고 자신의 처지를 되돌아보는 것도 그 맥은 화륜선의 충격과 상통하는 것이다. 시골에 살면서 무위로 보낸 시간에 대해 자신의 부끄러움을 드러내는 데서 그가 공부에 대한 열망이 어떠한지를 잘 말해준다. 그 열망의 끝에는 화륜선이 가닿는 부산이 있으며 그곳에는 조부가 있다.

> 그러나 원구를 더욱 부끄럽게 만든 것은 그날 밤, 바우네 집에서 바우와 함께 주고 받은 대화에서였다.
> "이러구 가망이 있을 때가 앙이다."
> "어째서?"
> "못 들었니?"
> "무슨 이야긴데?"
> "민 대감이랑 자결한 이야기 말이다"
> 원구가 멍청하게 있으려니 바우는 을사조약 뒤에 조병세, 민영환과 전국 13도의 유생들이 조약 철회의 상소를 올렸으나 뜻을 이루지 못하자, 민, 조, 홍만식 등이 자결했다는 그 동안의 국내정세를 이야기했다.
> 을사의 망국조약이 강제로 체결된 사실은 원구도 신계골로 이사할 무렵엔 알고는 있었다. 그러나 거기 가서 발을 붙이느라고 그 동안의

> 변천은 별로 이야기하는 사람도 없었고 들은 일이 거의 없었다.
> "촌에 가서 지냉이까……"
> "그랬을 끼다"
> 바우도, 원구가 그 동안 얼른 촌아이로 변한 것이 민망한 듯, 그 이상 말하지는 않았다. 그러나 원구는 이래서는 안 되겠다고 생각했다.[23)]

함홍에 가서 확인한 것은 무엇보다도 자신이 시대에 뒤쳐지고 있다는 사실이었다. 그와 같은 깨달음은 소년 원구에겐 새로운 충격이었고, 그것은 닫혀있는 공간이라고 생각했던 신계골을 떠나 '함홍보다 더 개명한 곳을 택하여' 부산으로 가려고 했던 데서 확인된다.

『통로』는 원구가 신계골을 탈출하여 '세계 어디든지 갈 수 있는' 화륜선을 타고 부산으로 떠나가는데서 끝나는데, 『성천강』은 원구가 부산에 내려 조부를 만나는데서부터 다시 시작된다.

그러나 원구의 서울행은 조부의 만류로 좌절되고 만다. 좌절의 이유는 원구가 아직 상제의 몸이라는 것과 집안이 곤궁하다는 것이었다. 조부의 장사가 시원치 않아 아직 원구의 서울유학에 도움을 줄 수 없다는 것이 조부가 원구의 서울행을 만류한 것이었지만 정작 조부 자신은 신학문 자체를 반대한 것은 아니었다. 서울로 가겠다고 했을 때 어쩌면 조부는 일찍 그 아들에 대해 가졌던, '장사꾼이 되려면 학식이 있어야 한다'는 생각을 갖고 있었을 것이다. 그것은 또한 장사꾼 조부의 현실인식이며, '화륜선'으로 표상되는 개화의식, 신문물에 대한 경도였다.

원구가 두번째로 조부를 찾아왔을 때 부산은 이미 일본상인 천지이고, 다시 만난 조부는 몰락해 있었다. 의지할 사람이라고는 조부밖에 없었으나 조부의 형편으로는 원구를 도울 수 없었다. "물론 공부야 함홍보다 한성이 낫지, 서울루 가겠다는 마음을 나무랄 수는 없다. 그러나 네 처지가 서울 유학을 할 수 있다구 생각하느냐"는 조부의 다그침 속에는 처지가

23) 『통로』, pp.281-282.

남들과 같지 않다는 것과 '내가 도움을 줄 수 없다'는, 서운함이 들어 있는 것이다. 이와 같은 조부의 지적은 정확한 것이며, 그것은 '장사꾼의 사상'에서 나온 것이라고 주장하고 있는[24] 논지는 설득력이 있다.

원구의 서울행은 새로운 시대에 편승했다기보다 새로운 삶을 개척하고자 했던 한 개인의 목표의 관철이며 그가 어린 소년이었을 때 조부와 함께 보았던 그 '화륜선'이 상징하는 문명사회로의 다가섬이라고 볼 수 있다. 동시에 쇠락의 길로 들어선 가계를 회복시키고자 하는 열망이 행동으로 표출된 것으로 보여지며, 가족사적인 관점에서 일대 진화의 인물로서 새로운 시대의 주력세대라는 점을 상고할 때 가계사의 세대교체라는 의미를 담고 있다.

원구의 서울행이 가족사적인 면에서 중요한 전환을 이룬다는 것은 그가 조부나 부친의 장사꾼 집안으로부터의 벗어남에 있다. 의식하고 있든 그렇지 않든 그에게는 장사꾼 집안이라는 신분적 조건을 뛰어넘으려는 의도가 있었던 것인데, 서울에 와서 학교에 들어가 고학도 하고, 불교 포교당에서 일도 하며 일본유학을 목표로 한성고등학교에 들어간데서 확인된다. 그러나 그의 일본유학은 한일합방으로 좌절되고 만다.

원구의 새로운 삶은 교사로서의 생활이다. 그는 결코 순탄치 않은 교사의 길에서 보람과 성취감을 느끼며 다른 한편으로 실의와 낙담, 좌절의 고비를 여러 번 겪는다. 그러나 그의 '삶의 길'은 '교사'라는 직분의 수행에서 결코 멀리 벗어나 있지 않다. 한때 집안이 경제적 궁핍에 시달리고 있다는 사실을 새롭게 인식하고 '고향집의 생계'와 '공부하고 싶어 서울로 도망쳐온 누이동생'을 위한다는 명분을 내세워가며 '장사로 돈을 벌어보자'는 불순한 생각을 하기도 하지만 그것은 어디까지나 일시적인 일탈행위일 뿐이지 그것으로 삶의 방향을 바꾼다거나 가계사적 지속을 위해 상인의 길을 선택한 것은 결코 아니었다. '목표만 좋으면 어떤 일도

24) 김윤식, 『안수길 연구』, p.265.

천할 것 없다'고 생각하며 명분을 내세웠던 현실추수 의식은 자신도 모르는 사이에 가업으로 이어온 현실순응적 사고의 일단으로 볼 수도 있겠지만 그가 선택한 길은 교사의 길이다. 돈벌기 위해 계획했던 할빈행이 좌절되자 실의와 낙담으로 '그림자 잡는 생활'을 하다가 자책과 뉘우침으로 낙향해서 다시 자리를 잡은 것도 교사의 길이었다. 누이동생의 혼례일로 갑산까지 갔을 때에 그곳이 객지임에도 불구하고 학교설립을 권유하는 측량기사가 된 옛친구로부터 도와달라는 권유를 쉽게 수락한 것도 같은 맥락에서 이해할 수 있을 것이다. 원구의 본질적 삶은 '교사의 길'이며, 그것은 '어떻게 사는가'에 대한 해답이기도 하다.

원구의 민족사상은 한 시대를 참답게 살아가고자 한 지식인 교사의 표상으로 이해된다. 그는 새로운 문명세계를 동경하며 개화의식을 키워나갔던 학교시절 단발운동에도 적극 참여한 것이나, 교사로서 학생들에게 민족의식을 고취하고자 했던 것에서 소극적 저항운동의 면모를 확인할 수 있었지만 국치 후 함께 뜻을 키웠던 옛친구들이 하나둘 '거국(去國)' 하는데 자신은 그렇게도 못하고 그렇다고 '피나는 싸움'도 하지 못하는 것에 열등감과 부끄러움을 갖는 인물이다.

> "우린 지금꺼정 여기 산 속에 파묻혀 가위 정중지와격밖에 되지 못한 셈이었네."
> "무슨 뜻인가?"
> 신항걸은 천천히 양복 바지 괴춤을 들추더니 깊숙이 손을 넣어 조그맣게 구겨 접은 종이 한 장을 끄집어냈다. 아랫내복 속, 비닐 호주머니에 감춰두었던 것인 듯했다.
> "그건 뭔가?"
> "보게."
> "독립선언서?"
> 원구는 심장이 꿈틀함을 깨달으면서 뇌었다.[25)]

25) 『성천강』, p.515.

친구의 방문은 그동안 교사로서 안주하고 있던 원구의 민족의식을 발동케 하였고, 스스로 만세운동에 참여, 함흥에서의 만세운동을 주도한다. 이 운동에 특히 자신이 가르쳤던 많은 학생들이 자신의 뜻에 동참하게 된 것에 대해 스스로 '교육의 효과'라고 느끼고 자부심을 갖기도 한다. 그러나 그의 민족운동은 지사적 민족의식의 발로가 아니라 교사로서의 행동에 불과했던 것이다. 그것은 앞서 고향에서나 갑산에서의 교사생활을 통해 잘 보여준다. 그러나 그의 만세운동은 한갓 장사꾼이었던 혁찬 숙부가 원산에서 만세사건이 있던 날 '장사로 먼길 떠나는 날 아침에' 자신도 모르게 군중 속에 뛰어들어 만세를 불렀던 것과 별반 차이가 없다. 숙부는 배움없는 민중의 한 사람일 뿐이었지만, 그는 학생을 가르치는 교사였다는 점을 고려하면 그의 행동은 분명 저항운동이긴 했지만 '피나는 싸움'을 한 것은 아니었다. '학동을 가르치는 것에 희망을 걸고 스스로 위로하려' 한다는 것에 '창피함'을 느끼고 있다는 점을 상고하면 더욱 명확해진다. 이러한 교사의 한계에 대해 김윤식은 『성천강』의 '진실성'이라고 보고 있다.26)

그러나 만세운동 후 2년간의 옥살이 끝에 출소하지만 교사로서 일자리를 구할 수 있는 처지가 아니라는 것을 잘 알고 있는 그는, 다시 '새로운 출발'을 하기로 한다. 『성천강』의 마지막 대목은 그 결심을 그대로 옮겨 놓은 것이다.

이렇게 처와 둘째놈을 데리고 나는 성천강 물로 살쪄 있는 정든

26) 김윤식, 『안수길 연구』, p.267. 김윤식에 의하면, 『성천강』은 <함경도 상인 출신의 한 사나이 윤원구가 고향과 서울에서 신식 교육을 받고 나라없는 기간 동안 교사로 성장하고 그 교사 노릇을 하다가 감옥으로 간 이야기에 지나지 않는> 소설이지만, 많은 점에서 진실해 보이는데, 그것은 작가가 이 작품에서 자기의 실재하는 아비상을 그려내고자 했던 것인 만큼 작가가 제일 잘 아는 소재이고 내용이었던 것으로 파악한다. 이는 『북간도』가 상당히 허구적인데 비해 『통로』와 『성천강』은 작가 자신의 가계도에 해당되는 것이라고 보았기 때문이다. (『안수길 연구』, pp.267-268.)

고향의 땅을 떠나, 북쪽 미지의 두만강을 건너기 위해 새 인생의 첫 걸음을 옮겨 놓게 됐다. 1921년 7월 상순의 일이었다.[27]

그러고 보면 원구의 '출발'은 성장과정의 여러 시기마다 되풀이되고 있는 현상이다. '떠남'이란 현실부정이다. 그에게 현실은 언제나 '닫힌 세계'이며 '이곳'을 떠나서 도달하는 '저곳'은 '열린 세계'에 해당된다. 수도 없이 반복된 현실로부터의 떠남은 닫힌 세계로부터의 탈출인 것이다. 학교를 여러 번 옮기고, 직업도 여러 번 바뀌는 것 또한 현실부정과 관련 있다.[28] 그래서 선택한 곳이 또한 북간도였다. 숙부 혁찬이 장사꾼으로 있는 북간도로 그도 가겠다고 나선 것이다. '반드시 교사 노릇 하자는' 것은 아니라지만, '형편보러 가는 것' 아니고, '처와 둘째놈'을 데리고 이민을 떠난다. 1921년 7월 상순, 윤원구 노인의 회고록도 여기에서 끝나고 소설 『성천강』도 끝난다. 두만강을 건너간 원구가 북간도에서 어떤 일을 했는지는 알 수 없다. 그러나 그가 걸어온 길이 교사의 길이었으므로 그곳에서 그가 장사꾼의 길을 갈리는 만무하다.[29] 그의 삶은 처음부터 교사의 길이었던 것이다.

---

27) 『성천강』, p.574.

28) 이를 두고 최경호는 논문 「안수길 소설연구」(계명대 박사학위 논문, 1989. 2)에서 '불안의식'으로 파악한 바 있다.(pp.79-81) 최경호는 『성천강』 전편을 꿰뚫고 있는 것은 불안의식이며 주인공이 미지의 북간도를 선택한 것은 불안의식의 소멸이라고 보았다. 불안의식은 긍정될 수 없는 현실상황에서 표출되는 것임은 분명하지만, 원구의 반복된 전학과 직업의 바뀜은 '불안의식'이라기보다는 새로운 삶을 찾기 위한 모색의 과정일 뿐이다.

29) 이 경우 윤원구는 소설 『북간도』의 제4부에 교사로 등장하는 주인태와 동일한 맥락에서 파악되는 인물일 수도 있다. 특히 신명학교의 교사로 있는 주인태의 행동에서, 일본인 밀정에 항의한 주교사의 삭발이라든지 박문호 등과 함께 지하실에서의 독립선언문 등사, 간도 조선인 독립선언식 거행, 독립군 자금과 무기구입 등에서 보여준 저항운동이 그 점을 말해준다. 특히 『북간도』 제4,5부의 중심인물인 정수의 인격형성에 큰 영향을 끼친 인물로서 주인태는 생계를 위한 직업으로서의 교사라기보다는 민족정신을 고취시키는 인물로서의 교사상을 보여주고 있다.

4. 한계와 문학사적 위상

본고는 소설 『통로』와 『성천강』을 가족사소설의 관점에서 살펴보고 서사구조에서 중요한 두 세대, 조부와 손자의 삶의 길이 어떠했는지, 가계사적으로 어떤 의미가 있는지를 파악하고자 했다. 이 작품들을 가족사소설로 논의하기는 했지만 엄밀한 의미에서의 가족사소설로서는 미흡한 점이 많은게 사실이다. 특히 세대간의 갈등이라든지 가족 구성원들의 상충적인 삶의 태도가 잘 드러나지 않았고 가문의 융성과 쇠퇴 혹은 친족관계의 엄격성도 부족하다. 뿐만 아니라 변동하는 시대와 사회현상에 따라 가족이 보여주는 혈연적 공동체 의식을 전제로 하고 있으면서도 가족 상호간의 숙명적 구속성을 보여주지 않고 있으며, 가족이라는 공동체적 운명이 상당히 약화되어 있다는 점에서 가족사소설의 특징은 그만큼 줄어든다. 특히 『성천강』에서는 한 개인의 욕망이나 좌절이 강하게 노정되고 있을 뿐이다. 가족연대기소설에서 전형적으로 볼 수 있는 탄생, 성장, 쇠퇴의 변화과정이 있기는 하지만 『통로』와 『성천강』에서는 소년기를 지나는 한 인물의 성장기와 청년이 되어 교사의 길을 걷는 한 인물에 치중되어 있어 삶의 다양한 현상은 물론 개인과 사회에 얽힌 여러 가지 사건들조차 많은 인물들의 행위와 사고 속에 적절히 녹아있지 못하고 말았다.

특히 가족사에서 보면 모계의 중요성이 전혀 인정되지 않고 있다. 가부장제적 가계사에서 여자들은 가족구성원이면서도 특별히 설 자리가 없다. 실질적으로 가족의 일상사에 중요한 간섭자로 존재하면서 이사문제, 혼사문제 등 생활을 이끌어가는 극성스러운 조모나 눈물많은 모친, 가련한 숙모가 등장해도 가계사의 흐름에 변동요소로 작용하지 않는 것도 그 때문이다. 조모와 모친은 끊임없이 반목하고, 특히 시집온 첫날 밤 소박을 맞고 친정으로 쫓겨갔다가 '흉한 몰골'로 돌아와 차라리 '시집귀신'이 되겠다며 온갖 구박을 참아내며 살아가는 숙모지만[30] 단지 세태를 드러낼 뿐 가계사의 변화에는 중요한 인물이 되지 못한다.

가족사소설에서 드러나는 가문이나 가족은 단순한 외적 환경이 아니다. 가문이나 가족은 인간의 개체적 욕망과 삶의 독자성을 통제하는 사슬로서 작용하여야 하는데 그런 점에서도 이 소설들은 논의할 만한 점이 적다. 가계사 속에서 민족사의 흐름을 파악하고자 한 작가의도만 돌출해서 드러나고 있다. 그것은 작가의 의도적 선택일 수 있겠지만 인간사의 여러 양상들조차 역사성에 대한 해명으로 제시되지 못한 점은 이 소설의 한계이기도 하다.

『통로』와 『성천강』은 다른 작품에 비해 작가의 자전적 모습이 강하게 노정되고 있다. 자전적 성격의 작품일 때 허구적인 측면은 대체로 약화되기 마련이어서 역동적이지 못하다는 지적을 받기도 하는데 이 작품이 바로 그런 예에 속한다. 두 작품 모두 윤원구가 주인공으로 나오고 있는데, 회고록의 주인공이기도 한, 이 인물은 바로 작가의 아버지를 형상화한 인물로 추정된다. 『성천강』을 단행본으로 펴낼 때 그 허두에 '아버님 영전에 바칩니다'라는 지극히 개인사적 헌사를 붙이는데서도 확인되지만, 상당 부문 작가의 실제 연보와 일치되고 있다.[31] 그런 점에서 이 작품은 안수길의 작가적 내면의 진실성을 드러내는데 성공하고 있다.

그러나 시대적으로 격동기를 살았던 한 가족의 가계사에서 아무리 아버지의 삶을 진지하게 그려내고자 해도 그 아버지가 한 개인의 아버지

---

30) 이에 대해 윤재근(「안수길론」, 『현대문학』, 1977. 10월호, p.269)은 이러한 인물들을 상징적인 인물로서 파악한 바 있다. 코가 문드러져 '몰골이 흉한 숙모'야말로 그런 점에서 끈질기게 살아가는 인물의 상징이며, 그것은 또 민족의 삶에 대한 애착과 연민을 드러내고자 한 작가의식이라고 보았다. 윤재근은 또 그런 상징적 인물로 형을 대신하여 일가의 식솔을 끌고 가는 원구의 동생을 들고 있다.

31) 안수길의 연보는 여러 곳에서 조금씩 다르게 나타나고 있는데, 김국태씨가 작성한 <안수길 연보>(1976년 태극출판사의 <한국문학대전집 10>, 『안수길』)와 최경호, 「안수길소설 연구」(계명대 박사학위논문, 1989.2) 참조.

로서 그친다면 소설로서는 무의미하다. 자전적 인물의 형상화라 하더라도 그 인물이 '한 개인이 아니고 당시의 시대적 의의를 대표하는 하나의 전형'으로서 아버지일 때 소설적 가치가 있는 것이다.[32] 그런 점에서 소설 『통로』와 『성천강』은 시대적 인물의 전형으로 논의할 수 있을 것이다. 『북간도』의 인물들이 허구적인 것처럼 이 소설의 주인공 윤원구도 어디까지나 허구적 인물로서 파악되어야 하는 이유가 거기에 있다.

『통로』와 『성천강』에서 보여주고 있는, 생존위협에 시달렸던 부모세대의 가족사적 체험은 과장이 없어 오히려 탁월하다. 특히 『성천강』은 민족의 수난을 증언하는 것보다 표현하는 쪽을 택했기 때문에, 『북간도』에서는 실패한 인물형상을, 『성천강』에서는 윤원구를 찾아내 성공하고 있다는 견해[33]에 동의할 수 있는 것도 가족사적 체험을 과장없이 정직하게 그려냈다는 점에 있다. 그것은 역사에 대한 해석의 한 방법이기도 한 것이며, 과거의 역사를 편견없이 바라보고자 했던 작가의식의 미덕에서 연유한다. 이 소설은 우리의 근세사의 한 부분이기도 한 간도 개척이민의 전사(前史)로서, 특히 조부와 부친 세대가 왜 고향을 버릴 수밖에 없었는지, 왜 낯선 땅 간도로 가지 않으면 안되었는지 그 통한의 이면사를 한 가족의 연대기를 통해 과장없이 그려내고 있다는 점에서 뜻있는 작품이다. 새미

32) 김윤식, 『안수길 연구』(정음사, 1986), pp. 11-12.
33) 윤재근, 「안수길론」(『현대문학』, 1977, 10월호), p. 263.

추상적 민족주의와 간도문학

강 진 호*

1. 작가의 역사의식과 문학

안수길은 평생 하나의 제재를 천착해 온 문학사에서 보기 드문 작가의 한 사람이다. 1935년 『조선 문단』에 「적십자병원장」으로 등단한 이래로 간도를 소재로 한 작품을 꾸준히 발표하여 그에게는 항상 '간도 문학' '개척 문학' '북방 문학'이라는 관사가 붙어 있다. 대표작 『북간도』를 비롯한 『북향보』나 『을지문덕』은 모두 간도와 만주를 배경으로 쓰여진 작품들이고, 자전적 기록이나 다름없는 『통로』와 『성천강』도 간도로 이주하기까지의 과정을 다루고 있다. 간도는 안수길 문학의 출발점이자 귀결점이고, 안수길은 간도 문학을 대표한다고 해도 과언이 아닌 셈이다. 안수길이 문학사에서 평가되기 시작한 것도 사실은 『북간도』를 발표한 60년대 이후였다. 물론 식민지 시대나 해방 후에도 간도를 제재로 한 많은 작품을 발표했지만 문제의식이나 작품 내용면에서 그리 큰 성과를 얻지는 못했는데, 『북간도』는 이 같은 기존의 한계를 넘어서면서 안수길을 문학사에 우뚝 세운 작품이고, 동시에 60년대 소설의 이정표를 제시한

* 姜珍浩, 고려대 강사, 주요 저서로는 『한국근대문학 작가연구』가 있으며, 주요 논문으로는 「전후현실과 행동주의 문학의 실체」 등이 있음.

작품이었다.

이 글이 안수길을 60년대 문학사와 결부지어 이해하려는 것은 이런 문학적 성과를 염두에 두었다. 『북간도』를 비롯한 안수길의 대표작들은 대부분 리얼리즘의 전통이 극도로 위축되었던 50년대 후반과 60년대라는 상황에서 발표되었다. "아! 50년대"라는 고은의 감탄사를 들먹이지 않더라도, 50년대는 전쟁의 가공할 체험을 미처 소화하지 못한 시기였고, 현실에 대한 거리감각을 가질 수 없었던 때였다[1]. 리얼리즘이 대상에 대한 거리감각과 객관적 시각을 전제한 것이라면, 그것을 전제하지 않은 서사성이란 단편적인 일화나 체험의 나열에서 크게 벗어나지 못할 것이다. 『북간도』는 이 혼미와 절망의 시기에 간결한 묘사와 역사주의적 시각으로, 한때 우리 민족의 한과 고통이 서렸던 간도를 서사적 화폭에 담아낸 작품이다.

이 글은 『북간도』와 안수길 문학이 갖고 있는 이같은 문학사적 성과를 인정하면서 쓰여진다. 하지만 소설을 통해서 지난 시기를 대상화한다는 것은 궁극적으로 오늘을 있게 한 과거를 현재화하는 것이고 미래를 전망하는 일이라는 점에서, 안수길의 성과는 상대적으로 제한적이라는 게 이 글의 입장이다. 역사적 소재로 리얼리즘적 성과를 얻기 위해서는 작가가 역사적 대상과 현실을 투철하게 인식하고 있어야 한다. 현실(現實)이란 어떠한 시각을 통해서 보느냐에 따라서 각기 다른 모습으로 드러나기 마련이다. 현실은 눈으로 보고 느낄 수 있는 표피만을 뜻하는 것은 아니며, 또한 우연하고 순간적이며 개연적 현상으로만 이루어진 것도 아니다. 피상적인 현실 묘사는 왜곡된 현실 반영에 그칠 가능성이 많으며, 문학적으로도 성공할 수 없다. 작품이 성과를 얻으려면 작품 속의 디테일한 묘사가 현실의 역동적 움직임과 유기적으로 결합되어 있어야 한다. 『삼대』가 장광설과 디테일한 묘사로 산만한 느낌을 줌에도 불구하고 리얼리즘 소설로 성과를 얻었던 것은 당대 사회의 움직임을 여러 계기들과의 관계

1) 졸고, 「전후현실과 행동주의 문학의 실체」, 『1950년대의 소설가들』(송하춘 편, 나남, 1994), 참조.

속에서 그려냈기 때문이다. 작가와 독립된 객관적 현실을 인정하면서 그것과 유기적으로 교섭하는 인물을 그려낼 때 현실의 참다운 예술적 형상화는 가능하며, 그래야 과거 역사는 현재적 의미를 갖는 것이다.[2] 안수길의 경우 인물들의 개인사가 지루할 정도로 자세하게 제시되어, 작품은(특히 『북간도』 『성천강』) 마치 민중들의 수난사를 파노라마처럼 펼쳐 놓은 듯한 느낌을 주며, 더구나 간도라는 역사적 공간이 작품의 무대가 되고 만주족과의 갈등이 다루어짐으로써 작가의 민족주의적 시각 또한 두드러진다. 하지만 자세히 살펴보면, 민중들의 곤궁한 삶은 단지 원경(遠景)으로만 처리될 뿐 그들을 거시적으로 조종하는 역사 현실과 유기적으로 결합되어 있지 못하며, 작가의 민족주의적 시각 역시 추상화되어 있다. 이를테면 인물들의 행위는 역사성을 띠기보다는 생물학적 삶에 구속되어 상황과 유기적으로 교섭하지 못하고, 대신 작가의 관념만이 작품에 일방적으로 강요되는 식이다. 이런 점에서 『북간도』를 비롯한 일련의 작품은 뚜렷한 한계를 갖는다.

이 글은 이 일련의 과정을 작가의 역사의식에 초점을 맞추어 살펴보려는 데 목적이 있다. 안수길 문학의 한계는 작가의 추상적 역사 인식에 있다는 판단 때문이다. 우선 식민지 시대를 대표하는 『북향보』를 통해서 안수길 역사의식의 특징을 살필 것이고, 그것이 『북간도』와 『을지문덕』에서 어떻게 변화되고 있는가를 서술할 것이다. 결론부터 말하자면, 안수길 작품을 거시적으로 조종했던 것은 작가 특유의 민족주의지만, 그것이 현실(역사적 사건)과 계기적으로 결합하지 못하고 추상화되었던 까닭에 작품들은 일정한 한계를 안게 되었다는 것이 이 글의 주된 논지이다.

2) 차봉희 편, 『루카치의 변증-유물론적 문학이론』(한마당,1987), pp. 114-124.

2. 간도와 지식인의 양심적 시각

『북향보』는 안수길의 식민지 시대를 대표하는 작품이다. 단편 「목축기」를 근간으로 인물과 사건을 재구성한 이 작품은 <만선일보>에 1944년 12월부터 1945년 4월까지 5개월간 연재되었는데, "일제 강점기 모국어"로 쓰여진 "마지막 소설작품"[3]이라는 지적처럼, 간도라는 특수한 공간에서 쓰여질 수 있었던 작품이다. 하지만 일체의 문학행위가 불가능했던 암흑기라는 특수한 상황에서, 그것도 일제의 괴뢰국 기관지인 <만선일보>에 발표된 것이라는 점에서 작품의 한계 역시 분명한 것이라고 할 수 있다. 안수길이 해방후 이 작품을 숨겼고, 사후에 유족들이 공간(公刊)을 미루었던 것은 이 같은 사정[4] 때문으로 볼 수 있다. 『북향보』를 발굴·공개한 오양호는, 이 작품이 1940년에서 1945년 사이의 문학적 공백기를 대치할 수 있는 유일하고도 중요한 장편소설이라고 평가하지만[5], 필자의 견해로는 이 작품이 본격적인 개척문학이 되기에는 미흡하다고 생각한다. 우리가 『북향보』에서 만주 이주민들의 고투사(苦鬪史)를 만날 수 있는 것은 사실이지만, 작품의 성과는 다음 두 가지 측면에서 1910년대 이광수의 『무정』이나 1930년대 중반의 『흙』에도 이르지 못한 것으로 판단된다. 즉 하나는 '북향촌'을 건설하려는 인물들의 행위가 영웅화되어 있다는 점이고, 다른 하나는 작가의 계몽적 언술이 작품 전체를 지배한다는 점이다. 이 두 가지 이유에서 이 작품은 현실의 핍진한 반영과는 거리가 먼, 단지 작가의 주관적 신념을 특정 인물을 통해서 피력한 것에 지나지 않는다고 할 수 있다. 이 작품에서 주목할 점은 오히려 작품 이면에 놓여 있는 안수길의 만주에 대한 시각과 역사의식이다. 우선 첫 번째 경우를 보자.

---

3) 오양호, 「신개지의 기수들」, 『북향보』(문학출판공사,1987) 해설.
4) 오양호, 앞의 글 참조.
5) 앞의 글, p.336.

정학도를 비롯한 오찬구, 마준영 등 『북향보』의 주요 인물들은 하나같이 지사적 사명감과 높은 이상을 갖고 있으며, '북향 목장'의 건설이라는 구체적 목표를 소유한 사람들이다. '북향 목장'이란, 선조들이 일구어 놓은 터전 위에 자손 만대가 영원히 번영할 수 있는 아늑하고 아름다운 고향을 만들어 보자는 계획 하에 추진중인 이상적인 공동체를 말하며, 정학도는 이 계획을 입안하고 목장의 기초를 닦은 사람이다. 장편 『북향보』는 이 정학도가 자신의 꿈을 미처 실현하지 못하고 한 많은 생애를 마감하면서 본격화된다. 주인공인 오찬구는 이 정학도의 유지를 받드는 인물이며, 그의 모든 행위는 스승 정학도의 꿈을 실천하는데 모아져 있다. 목장 경영이 악화되어 매각될 위기에 놓이자 혼신의 힘을 다하여 돈을 모금하고 농장을 돌보는 행위는 "지행합치의 실천교육, 계발건설에 솔선하여, 실천궁행"하는 정학도의 이념을 구체적으로 실행하는 것이다. 이 과정에서 찬구는 일본 관리 사도미의 도움마저 수용하는데, 이는 '북향목장'을 건설하려는 찬구의 강한 집념을 보여주는 장치로 볼 수도 있지만, 근본적으로는 작가 안수길의 현실에 대한 시각이 깊지 못하다는 것을 말해준다. 또 북향목장에 머물면서 창작 수첩을 만드는 현암 역시 지사적 성격의 소유자다. 작가 안수길을 대변하는 듯한 현암은 "부조(父祖)가 이룩하여 놓은" "만주 개척민의 고투사(苦鬪史)"를 증언하려는 목적을 가진 소설가로, 취재차 북향목장에 들렀으나 찬구 등의 헌신적 행동에 감화되어 학생들을 가르치는 교사로 돌연 탈바꿈한 인물이다. 또 찬구를 사랑하는 석순임 역시 정학도의 꿈을 실현하기 위해 앞장서는 인물로, 심지어 찬구에 대한 사랑마저 목장 건설을 위해서 자제하는 순교자적 희생심을 갖고 있다.

이렇듯 『북향보』에 등장하는 인물들은 대부분 지사적 사명감에 불타며, 그들의 모든 행위는 그 실천에 모아져 있다. 이런 점에서 『북향보』는 정학도라는 위대한 인물의 헌신적 삶과 그의 제자들이 벌이는 한편의 감동적 드라마가 되는 셈이다. 그렇지만 기존의 평가대로 이 작품이 개척문학을 대표한다고 보기에는 석연찮은 점들이 많다. 만주 개척사란 만주족과의 사회·문화적 갈등의 역사라고 할 수 있는데, 작품에서는 이주 조선족 내부의 갈등을 중심으로 서사가 진행되며, 그들이 겪는 고통 역시 만주 개척과 결부된 것이라기보다는 자연 재해를 비롯한 농장 운영과 관계된 것들이다. 물론 이런 점들이 만주 정착 과정에서 극복해야 할 사안이었던 것은 분명하지만, 보다 중요한 것은 이태준의 「농군」(39)에서 볼 수 있듯이 논농사를 중시하는 우리 민족과 밭농사를 중시하는 토착 원주민과의 문화적 갈등이나 경작권을 확보하기 위한 지난한 투쟁이다. 하지만 『북향보』에는 이러한 사실보다는 정학도라는 위대한 인물의 이상과 그 추구 과정에만 초점이 모아져 현실의 핍진한 모습을 담아 내지는 못하고 있다.

두 번째 경우도 첫 번째 사항과 관련되는 것으로, 오찬구 등의 행위는 시종일관 계몽적 신념에 지배되어 있다. 정학도의 꿈을 실행하는 과정에서 보여주는 행동, 일찍이 현경준이 「유맹(流氓)」(40)에서 제시한 바 있는 도박이나 마약 중독자들에 대한 언술은 이광수의 『무정』을 연상시킬 정도의 강한 계몽성을 갖고 있다. 작품 후반부의 '고성회'(일종의 공동 생일잔치)에 대한 서술과 찬구가 산간벽지 마을을 돌아다니면서 목축의 필요성을 강조하는 대목, 그리고 게으르고 거칠은 '육패 부락'을 건전한 마을로 가꾸기 위해서 마을 주변을 꽃과 화초로 가꾸어야 한다는 진술 등은 이상 실현을 위한 작가의 계몽적 의도를 단적으로 보여주는 대목들이다. 그리고 석순임의 태도 역시 계몽성을 벗어나지 못하고 있다. 그녀는 찬구를 사랑함에도 불구하고 목장 건설에 방해가 될까 두려워 마음을 표현하지 못하며 단지 '동지애'로 결합하기를 희망할 뿐이다. 이런 점에서 보자면 이 작품은 숭고한 사명감을 지닌 주인공이 탐욕스러운 이주민들을 계도하여 이상향을 실현하는 한편의 로망스가 되는 셈이다.

그런데 계몽이란 합리적 사고를 바탕으로 비합리적 세계를 타파하는 것이고, 긍정적 인물을 통해서 그렇지 못한 인물을 계도하는 과정임을 감안할 때, 이 작품이 성공하기 위해서는 계몽 주체가 합리적 인식을 갖고 대상을 정확히 이해하고 있어야 하며, 궁극적으로는 주체와 대상의 일체화를 지향해야 한다. 하지만 작품에서는 주체의 일방적 의지만이 피력되며, 대상이 되는 이주 한인들이나 현실적 장애 요인에 대해서는 전혀 언급되지 않고 있다. 이상향을 한 개인의 헌신적 행위로 건설할 수 있다는 발상의 소박함은 차치하고라도, 작품에서는 당시 조선족의 행동을 가로막는 가장 큰 장애 요인이었던 일제에 대한 언술이 한마디도 등장하지 않고 있다. 물론 검열이나 암흑기의 상황을 고려하여 그것을 의도적으로 배제했을 수도 있지만, 문제는 정학도나 오찬구의 행위 속에 그러한 비판 정신이 스며들 틈이 없다는 사실이다. 정학도나 오찬구가 희망이 재만 한인들의 안정된 생활이라면, 작품에서는 마땅히 그들의 고통스러운 생활상이 주목되어야 할 것이고, 아울러 그들의 자발적인 행위를 통해서 문제 해결의 실마리를 찾아야 할 것이다. 하지만 작품 속에서 이주 한인들의 고통스러운 생활상이나 자발적인 의지는 어느 곳에서도 발견되지 않는다. 지식인이자 선각자인 몇몇 인물들에 의해서 목표가 설정되고, 그들을 중심으로 문제를 풀어가는 형국이며, 그런 관계로 민중들의 고통스러운 삶은 배경조차 되지 못하고 있다. 이기영이 『고향』에서 보여주었듯이, 작중 주인공이 자신의 꿈을 실현하기 위해서는 민중 위에 일방적으로 군림하는 것이 아니라 매개적 인물이 되어 그들의 의식을 고양하고 참여를 유도하는 힘겨운 작업을 벌여야 한다. 하지만 『북향보』의 인물들은 하나같이 민중 위에 군림할 뿐이다. 찬구는 정학도의 유지를 받들 뿐이며, 민중들의 실제적 고통에 대해서는 무관심하고, 실상 비현실적인 신념에 사로잡혀 있다. 마을을 돌아다니면서 목축의 필요성을 강조하지만 가축을 구입할 자금 한 푼 없는 농민의 입장에서 보자면 그것은 한갓 미몽이거나 아니면 일제의 축산장려정책을 선전하는 결과밖에 되지 않는 것이다. 이런 점에서 보자면, 『북향보』는 1930년대 중반 민족주의 계열의 소설적 성취에도 미치지 못하는, 오히려 10년대의 『무정』이 보여준 일방적 계몽과 시혜의 수준을 크게 벗어나지 못한 것으로 볼 수 있다.

이러한 내용의 『북향보』를 통해서 우리는 식민지 시대 안수길의 역사의식을 유추해 낼 수 있거니와, 정리하자면 안수길이 관심을 가졌던 것은 개개인의 생존 문제라기보다는 이주민 전체의 생존 문제였다. 북향목장이라는 공동체 건설에 헌신하는 정학도나 찬구의 행위는 개인의 생존보다는 이주민 전체를 문제삼는 작가의 신념을 대변한 것이다. 당시 안수길이 이처럼 집단의 문제에 주목했던 것은, 기자라는 신분으로 만주 일대를 취재하면서 이주 농민들의 비참한 생활상을 직접 목격하고 전해 들었기 때문이다. "우리 농민들의 생활상을 고로(古老)들의 전언과 더불어 기자였던 탓으로 현지 답사 같은 것에 의해 뼈저리게 실감할 수 있었"[6]다는 진술은 이러한 사실을 뒷받침해 주며, 더구나 안수길은 작품 예고란에서 "만주를 고향으로 삼고 여기에 뿌리를 깊이 박자"는 "현시국의 요청"을 수용하여 작품을 쓰겠다고 예고한 바도 있었다.[7] 이렇게 볼 때 『북향보』는, 기자였던 작가 안수길의 취재와 목격담을 바탕으로 당시 만주국의 현실적 요구를 수용하면서 쓴 작품임을 알 수 있다. 이런 맥락에서 보자면, 안수길의 역사의식이란 민중의 시각에 바탕을 둔 것이 아니고, 대신 지식인의 입장에서 이주 한인들의 삶을 고민하는 양심적 수준이었다고 할 수 있다. 하지만 그 역시 일제치하라는 현실적 상황을 고려한 것은 아니었다.

3. 과거의 대상화와 관념적 민족주의

해방후 안수길의 역사의식이 집약된 것은 출세작 『북간도』이다. 간도라는 서사적 공간의 채용과 백두산 정계비를 둘러싼 중국과의 영토 분쟁, 그 와중에서 고통받는 재만 이주민들의 척박한 삶에 대한 서술은 최근세사에 대한 작가의 시각을 집약적으로 보여준다. 『북간도』를 두고, 작가의

6) 안수길, 『명아주 한포기』(문예창작사,1977), pp.245-246.
7) 안수길, 「북향보 연재예고 및 작가의 말」, 『재만한국문학연구』(채훈,깊은샘, 1990), pp.215-216. 재인용.

역사의식이 체험과 결합되면서 이루어진 성과라거나 민족 대서사시라고 평가했던 것은 작품이 지닌 이 같은 특성을 강조한 말이다.[8] 안수길은 간도를 떠난 지 15년이 지난 시점에서 과거의 체험을 대상화하고, 역사적 의미를 재구성할 수 있게 된 것이다.[9]

『북향보』와 비교하자면, 『북간도』에는 작가의 체험이 훨씬 객관화되어 있다. 간도가 지닌 역사적 의미에 주목한 점이나, 이한복 일가 4대에 걸친 파란 많은 삶을 서사의 기본축으로 설정한 점 등은 모두 과거에 대한 거리감각을 전제한 것이다. 물론 『북간도』가 『북향보』와 완전히 다른 서사원리를 갖고 있지는 않다. 『북향보』 시절의 영웅적 인물과 계몽적 언술이, 『북간도』에서는 이한복 일가의 민족주의적 삶이나 간도가 우리 땅

---

8) 『북간도』에 대한 연구로는 다음 글들을 참조하였다. 박창순의 「'북간도' 연구」(인하대 박사,1990), 이재선의 『현대 한국소설사』(민음사,1992년판), 이향임의 「안수길의 '북간도' 연구」(건국대 석사,1987), 홍기삼의 「대상화와 역사의식」(『한국문학』,1977,6), 신동한의 「안수길의 문학」(어문각 해설,1972), 윤재근의 「안수길론」(『현대문학』,1977,9-10), 오양호의 「신개지의 기수들」(『북향보』해설, 문학출판공사,1987), 최경호의 「안수길소설연구」(계명대 박사,1988), 윤석달의 「한국현대가족사소설의 서사형식과 인물유형연구」(고려대 박사,1991).

9) 안수길이 이처럼 간도를 역사적 맥락에서 인식한 데는 여러 계기들이 있겠지만, 근본적인 것은 해방후 자신에 대한 심각한 반성에서 원인을 찾을 수 있다. 「제3인간형」을 통해서 이런 사실을 확인할 수 있는데, 여기서 안수길은 이전의 무기력과 안이한 작품 활동을 되돌아 본다. 속물이 된 소설가 '조운'이나 전쟁으로 파산한, 그래서 생활인으로 전신하지 않을 수 없는 '미아'는 모두 전쟁이 만들어내 새로운 유형의 인간들이다. 이 두 인물을 목격하면서 주인공은 그러면 과연 자기는 어떤 유형인가를 고민는데, 여기서 우리는 변화된 현실에 적응하지 못하고 무력감에 빠져 있던 작가 안수길의 실존적 고민을 엿보게 된다. 이러한 고민은 작가의 평소 지론대로 '어떻게 살 것인가'의 문제와 결부된 것이며, 결국 '어떻게 쓸 것인가?'를 의미한다. 이러한 고민 끝에 안수길이 도달했던 지점이 곧 『북간도』의 세계였다. 다시 간도로 회귀한 셈이다. 하지만 이때의 간도란 이전의 체험적 공간으로서의 그것은 아니었다. '역사적으로는 우리의 땅임'에도 불구하고, '복잡다단했던 세기말에서부터 금세기 초기에 걸친 열강'들의 각축장이 된 곳으로서의 간도였다. 이런 까닭에 『북간도』는 해방과 전쟁을 경과하면서 형성된 작가의 새로운 역사의식을 담고 있는 작품이라고 할 수 있다.

이라는 계몽적 언술로 대체되고는 있지만 여전히 작품의 중심축을 이루며, 또한 식민지 이래 작가의 지식인적 시각 역시 변화되지 않고 있다. 이런 점에서 『북간도』는 『북향보』와 여러 모로 닮아 있다. 하지만 두 작품이 근본적으로 구별되는 것은 『북간도』에는 간도에 대한 작가의 의미부여가 훨씬 두드러진다는 점, 이를테면 대상에 대한 역사주의적 시각이 강화되어 있다는 점이다. 이주민들에게 꿈과 희망의 공간이었던 '간도'가 『북간도』에서는 영토 분쟁을 빚고 있는 역사적 공간으로 변화되고, 작가의 시각 역시 훨씬 객관화되어 있다. 따라서 『북간도』를 제대로 이해하기 위해서는 이전과는 달라진 작가의 시각을 살피지 않을 수 없다.

『북간도』의 여러 서사를 조종하고 인물의 성격을 결정하는 것은 작가의 민족주의이다. 간도를 열강들의 각축장으로 파악하고 그러한 현실과 맞서는 인물들을 중심에 놓은 것은 이 같은 의도에서 비롯된 것이고, 안수길은 실제로 그것을 고백한 적도 있다[10]. 아울러 간도라는 공간 자체가 민족주의적 분위기를 환기한다는 사실 역시 『북간도』를 이해하기 위해서는 빼 놓을 수 없는 대목이다. 간도를 우리 땅이라 믿는 조선족과 정부의 힘을 바탕으로 실제적인 권리 행사를 하고 있는 만주족과의 갈등은 외견상 명분론 대 현실론의 형국을 띠지만 사실은 생존 자체와 결부된 것이고, 따라서 양자의 갈등은 필연적으로 민족주의적 성격을 지닐 수밖에 없다. 작품의 주된 갈등이 이주 한인 대 만주족으로 설정된 것이나, 백두산 정계비의 해석 문제가 중요하게 거론되는 것은 모두 이 같은 상황의 특수성에서 기인한 것이다.

안수길이 간도를 우리땅이라고 주장하는 근거는 다음 두 가지로, 모두 역사적 사실에 바탕을 두고 있다. 이한복을 통해서 표현된 역사적 근거는, 우선 고구려, 발해 등 천년 전까지만 하더라도 만주는 우리 민족의 활동 근거지였다는 점, 다른 하나는 백두산 정계비의 '토문강'이 송화강이라는 점이다. 이 둘을 들어서 작가는 간도가 우리 땅임을 주장하고 만

10) 앞의 「용정·신경시대」 참조.

주족의 횡포에 맞서는데, 실제로 만주 일대는 부여에서 발해에 이르기까지 한민족의 영토였으며, 고구려 유리왕 때에는 압록강변 국내에 도읍을 정하기도 했던 곳이다. 고구려가 망한 후에는 그 유민이었던 대조영이 지금의 길림성 돈화 부근에 나라를 세워 국호를 진이라 하고, 그 뒤 발해라 칭하면서 만주 일대를 지배하였다. 발해가 거란에 망하자 만주 일대는 거란, 금, 원 등의 지배를 받다가 청조가 들어선 이후 청의 지배로 넘어간 것이다. 청의 강희제는 만주 일대를 조상의 발상지라 하여 출입을 금한 후 조선과 국경선을 설정했고, 조선 숙종 때 청의 관리 목극등(穆克登)을 파견하여 1712년 백두산 정계비를 세웠다.[11] 이로써 간도는 조약상 중국의 공식적인 영토가 된 것이다. 하지만, 경계비의 애매한 문구나, 구한말 이래 조선인들의 집단 이주가 본격화되어 많은 조선인들이 만주 일대에 살고 있다는 점이 국경 획정에 여전히 논란거리가 되고 있다. 따라서 안수길의 영토 문제에 대한 지적은 역사성을 갖는 것이고, 또 필요한 일이라고 할 수 있다. 그런데 여기서 우리는 영토 문제를 바라보는 작가의 시각이 다분히 역사적 이상론에 치우쳐 있음을 알 수 있다. 백두산 경계비의 애매한 문구를 송화강으로 해석하는 이한복의 태도나, 그것을 근거로 조정에서 월강금지령을 해제한 것은 모두 역사적 사실에 입각한 행위들이다. 하지만 영토 문제란 근본적으로 힘의 지배를 받기 마련이다. 국가간의 경계란 힘의 역학 관계에 의해서 변하기 마련이며, 더구나 만주 일대는 구한말 이래 열강들의 각축장이 되어, 일본이 집요한 관심을 보였고 러시아 역시 야욕을 숨기지 않았던 곳이다. 이런 상황에서 몰락일로를 걷던 조선족의 권리 주장이란 사실은 무력한 것이며, 현실적인 구속력을 가질 수 없는 것이다. 말하자면 명분상으로는 우리 영토임에도 불구하고 그것을 보존할 현실적 힘을 갖고 있지 못한 형국이다.

안수길이 문제적인 것은 이같은 현실적 상황을 부정하고, 역사적 근거

11) 이향임의 앞의 논문 참조.

를 들어서 간도가 우리땅임을 주장한다는 데 있다.

> 이한복 영감을 중심으로 한 편과 최칠성 영감을 중심으로 한 편이었다.
>
> 한두 사람의 대표를 뽑아 변발 흑복을 시키는 건 무방하다. 그리고 우리들의 토지를 통틀어 그 사람의 명의로 집조를 받은 뒤 마음 놓고 농사를 짓는 것을 마다고는 하지 않는다. 그러나 그렇게 되면 이 지역이 청국 영토라는 걸 스스로 인정하고 들어가는 일이 되고 만다. 우리 땅인 걸 알면서 어떻게 그럴 수 있을 것인가? 이것이 이한복 영감을 중심한 사람들의 주장이었다.
>
> 그건 그렇기도 하다. 그렇다면 무슨 구체적인 방법을 보여다구. 그것은 이상론에 지나지 않는다. 실제 문제로 우리 정부가 뒷받침을 해주지 못하고 있는 이 마당에서 어떡해야 한단 말이냐? 최칠성 영감의 의견은 어디까지나 현실주의였다.
>
> 퍽 건실하고 실질적인 의견 같기도 하다. 그러나 문제는 국토가 우리 것임을 일치단결해 주장하느냐? 남의 것임을 시인하고 들어가느냐의 중요한 고비에 처하고 있는 것이다. 이 지역은 분명히 우리 땅이다. 정부야 힘이 없건, 썩어 빠졌건, 어쨌건 우리 땅인 이 고장, 피땀으로 개척한 이 농토를 남의 나라 땅으로 바치고 그들에게서 토지 문권까지 받는다는 건, 지금은 방편상 편리하다고 할 수 있겠으나 후손에게 청국 사람의 종살이를 마련해 주는 유력한 근거밖에 되지 않는다.[12)]

역사적으로 우리 땅이었으므로 어떤한 희생을 각오하고라도 그것을 지켜야 한다는 이한복의 주장이나, 정부의 뒷받침이 없는 상황에서 그것은 한갓 이상론에 지나지 않는다는 최칠성의 주장은 간도를 바라보는 현실의 두 입장을 대변한다. 이 두 입장이 팽팽히 맞서면서 서사가 진행되지만, 작가는 인용문의 마지막 단락처럼 시종일관 이한복의 입장을 옹호한다. 최칠성의 현실론은 궁극적으로 "후손에게 청국 사람의 종살이를 마련해 주는 유력한 근거밖에 되지 않는다"는 것이다. 작가의 이 같은 편들기로 인해 이한복은 더욱 강직한 인물로 성격화되지만, 문제는 그런 입장

12) 『북간도』(상)(삼중당,1994년판), pp.83-84.

이 이주민들의 현실적 생존 문제를 고려한 것은 아니라는 점이다. 명분론의 입장에서 문제를 바라본 것이며, 따라서 이주 조선족의 입장에서 보자면 한갓 추상적 구호에 불과한 것이다. 생존의 극한에 몰려 있는 상황에서 역사적 명분을 내세워 청나라의 현실적 힘과 맞선다는 것은 스스로 생활의 터전을 포기하는 것이나 다름없기 때문이다.

이한복 일가의 성격이 현실적 계기들을 포섭하지 못하고 경직되어 드러나는 것도 작가의 시각이 이처럼 민중들의 실제적인 삶보다는 민족주의적 이념을 드러내는 데 모아져 있었기 때문이다. 이한복은 타고난 강직함에다 할아버지로부터 물려받은 민족의식까지 갖춘 인물로, "아득한 옛날, 만주는 우리 민족의 발상지였고 천여년 전의 고구려와 그 뒤를 잇는 발해 때에는 우리 판도의 중심지"였다는 할아버지의 말을 행위를 결정짓는 좌우명으로 삼고 있는 인물이다. 조정의 월강금지령을 무시하고 과감히 두만강을 건너서 농사를 지었던 것은 이 같은 믿음이 있었기 때문이다. 더구나 그는 십년 전 우연히 백두산 정계비를 직접 목격한 경험까지 갖고 있다. 그래서 사잇섬 농사가 발각되고 종성 부사 이정래로부터 문초를 당하는 자리에서도 그처럼 당당한 태도를 보일 수 있었던 것이다.

> "예에, 뵈아 디릴 거는 강 건너가 우리 땅이라고 새겨 놓은 빗돌이고, 들려 디릴 거는 나라에서는 어째서 강 건너 우리 땅인 무인지경에다가 옥토르 두구서리 몇 해르 내리 백서엉 굶게 쥑이느냐는 겝메다." (중략)
> "강 건너는 우리 땅입메다. 우리 땅에 건너가는 기 무시기 월강쬠메까?"
> 대담 무쌍한 말이었다. 무엄하기 짝이 없는 말이었다. 관속들이 아슬아슬했다.[13)]

이한복의 강직한 모습은 여러 곳에서 그려지는데, 밀고자나 배신자와

13) 『북간도』(상), pp.27-28.

는 이웃해서 살 수 없다는 생각이나, 청인들의 명령에 항거하여 상투 자르기를 거부하는 장면, 그리고 청인들로부터 손자가 강제로 단발을 당하자 의분을 참지 못하고 끝내 절명하는 모습 등은 비장하다 못해 처절하기까지 하다. 이렇듯 강직하고 민족주의적인 이한복의 성격은 이후 자식들의 운명적 좌표로 전해져, 가령 아들 이장손이 청인의 앞잡이 노릇을 하는 최삼봉과 노덕심의 본질을 꿰뚫고 비판적인 태도를 취하는 것이나, 손자 창윤이 청인과의 갈등 속에서 민족의 주체성을 지켜 나가려는 노력을 게을리 하지 않는 등의 모습으로 나타난다. 창윤이가 청인의 송덕비에 불을 지르고 용정으로 피신하여 사포대에 가담하고, 다시 비봉촌으로 돌아와 사포대를 조직하는 모습은, 자신을 지키기 위해서는 힘을 길러야 한다는 이한복의 민족주의적 성격을 그대로 이어받은 것이다. 그리고 이한복 가계의 민족주의적 성격을 가장 두드러지게 보여주는 정수는 이들보다도 한층 대담하고 적극적이다. 정수는 항일투쟁에 가담해 독립군의 용정 은행 15만원 사건, 봉오동 전투, 청산리 전투 등의 현장에서 적극적으로 활동하다가 두 번에 걸쳐 수감되는 등의 고초를 겪은 인물로 작가의 민족주의적 신념이 가장 강하게 투사되어 있다. 하지만 이 과정에서 작위성을 곳곳에서 드러내고 있음은 여러 논자들에 의해서 지적된 대로다.(이정수의 이 같은 과장된 성격화로 인해 작품의 전반부와 후반부가 서사적으로 단절되고, 결과적으로 작품의 완성도를 떨어뜨리는데, 이미 많은 지적이 있었기에 여기서는 상세한 논의를 생략한다.) 이처럼 이한복 가계의 인물들은 하나같이 민족주의적 성격을 갖고 있다. 이들은 상황에 따라 변하지도 않으며, 갈등 속에서 새로운 모습을 보여주지도 않는다. 작가의 민족주의적 시각이 서사의 근본원리가 되어 인물들의 성격과 운명을 일방적으로 조정하기 때문이다. 또 이들과 대비되는 최칠성 일가나 기회주의적인 장치덕 일가 역시 이한복처럼 고정된 성격의 소유자들이다. 이들 역시 현실주의적 모습이나 기회주의적 모습만을 시종일관 고수할 뿐이다. 이런 까닭에 『북간도』에는 많은 수의 인물이 등장함에도 불구하고 실상은 이한복, 최칠성, 장치덕 등 몇몇 인물만 뚜렷할 뿐 나머지 인물들은 고유의 개성과 운명을 갖고 있지 못하다.

작품 속에서 한 인물이 의미를 지니려면, 작가의 의도를 떠나서 자율성을 확보하고 있어야 한다. 작품 속의 인물, 사건, 상황 등 모든 요소 하나하나는 작가로부터 독립해 그 나름의 생명력을 가져야 하며, 그렇지 않고 작가의 견해나 이념 등이 일방적으로 주입될 경우 작품 요소들은 자율성을 가질 수 없다. 개인적 체험의 변증법적 상승이 중단되기 때문에 사회와 인간의 관계가 올바로 통찰될 수 없는 것이다. 따라서 이런 작품에서는 현상과 본질의 변증법적 과정도, 주체성의 사실주의로의 고양도 찾을 수 없으며, 결과적으로 사실주의적 객관성과는 거리가 먼 형상화로 전락한다.[14] 안수길의 인물이 하나같이 자율성을 갖지 못하는 것은 작가가 현실의 다양한 연관 관계를 계기적으로 파악하지 못하고 자신의 시각만을 일방적으로 강요했기 때문이다. 『북간도』에서 갈등 구조가 왜곡되어 드러나는 것도 결국은 같은 이유 때문으로 볼 수 있다. 이한복을 비롯한 간도 이주민들의 실제적인 문제는 청인과의 영토 획정을 둘러싼 갈등이라기보다는 경작권의 확보 문제였다. 이주 한인들이 동복산이와 끊임없이 갈등했던 것은 경작할 토지를 안정적으로 확보하고 소작료를 낮추기 위한 것이고, 그것이 여의치 않자 변복 흑발을 단행하는 등 만주족의 비위를 맞추었던 것이다. 하지만 작품에서는 시종일관 이한복의 민족주의적 행위에만 초점이 모아져 있다. 예컨대 비봉촌에서 이한복 일가가 뿌리내릴 수 없었던 것은 이웃의 청인 지팡주(地方主) 동복산이의 방해 때문이었다. 경작권을 얻으려면 변복 흑발을 하라는 청인의 요구를, 이한복은 영토문제로 받아들이고 끝내 그것을 거부함으로써 문제의 본질을 왜곡하는데, 이는 당시 농민들의 실제적인 문제를 도외시한 작가의 관념이라고밖에 할 수 없다. 이한복 일가가 그토록 애정을 보였던 농토에 정착하지 못하고 기와 장사나 국수 장사 등으로 농업에서 멀어진 것은 이와 같은 서사 구조 속에서는 필연적일 수밖에 없는 셈이다.

14) 차봉희, 앞의 책, pp.121-122.

이런 점에서 보자면 작가의 민족주의란 현실의 계기적 인식에 바탕을 둔 것이 아니었음을 알 수 있다. 민족주의란 민족사의 전개 과정 자체와 밀착되어야만 입론화될 수 있다는 사실, 이를테면 외적의 침략을 받은 대한제국 시기 민족주의의 과제는 주권을 수호하는 것이었고, 일제 식민지 시대의 그것은 주권을 회복하는 것이라는 사실을 감안하자면 안수길의 그것은 상당히 추상적인 것임을 알 수 있다. 더구나 민족주의란 외세에 대한 저항만을 뜻하는 것은 아니며 인민 주권주의를 본질적 속성의 하나로 갖고 있다는 사실을 감안하자면[15] 민중들의 실제적 삶을 소홀히 한 안수길의 민족주의란 지식인의 관념성을 크게 벗어나지 못한 것이다. 이런 맥락에서 보자면 『북간도』는 리얼리즘 소설이라기보다는 작가의 관념(추상적 민족주의)이 북간도의 이주 한인들을 통해서 피력된 일종의 관념 소설이 되는 것이다.

4. 고구려 중심의 역사관과 영웅주의

안수길이 식민지 이래 간도에 대해서 관심을 가졌던 것은, 거기서 성장하고 생활했다는 체험적 사실 외에도, 장편 『을지문덕』(75)에서 구체적으로 드러나듯이, 간도와 만주 일대를 우리 민족의 활동 공간으로 봐야 한다는 고구려 중심의 역사관을 갖고 있었기 때문이다. 그것이 초기부터 분명한 형태를 갖추었다고는 볼 수 없지만, 『을지문덕』을 발표할 시점에는 어느 정도 형체를 갖추고 있었던 것으로 추정할 수 있다. 고구려를 배경으로 을지문덕이라는 영웅적 인물을 내세워 고구려의 자주적 외교정책을 서술해 냈다는 것은, 그와 대비되는 신라와 백제의 "간교한" 외교정책을 비판하고 한국사의 중심을 고구려로 세우려는 의도를 투영한 것으

15) 강만길, 「독립운동과정의 민족국가 건설론」, 『한국민족주의론 I』(창작과 비평사, 1982), pp.95-97.

로 볼 수 있다. 이런 맥락에서 보자면 『을지문덕』은 간도에 대한 그간의 관심을 최종적으로 정리한 작품이 된다.

『을지문덕』은 외견상 이광수나 박종화의 역사소설과 별 차이가 없는 듯이 보인다. 을지문덕이라는 실제 장군을 모델로 했고, 그의 성격을 지(智)와 덕(德)을 갖춘 대범하고 애족적인 인물로 영웅화했다는 점에서, 과거 이광수나 박종화의 영웅주의적인 역사소설과 흡사하며, 특히 을지문덕이 교활하고 시기심 많은 이치현에게 끊임없이 모함 받고 위기를 당하며 그것이 갈등의 중심을 이룬다는 점에서, 일견 시련과 좌절을 딛고 의연히 부활하는 영웅의 일대기를 그리려는 의도를 갖고 있는 것처럼 보이기도 한다. 하지만 그 이면에는 고구려를 중심으로 민족사를 봐야 한다는 시각이 견지되어 있어 작가의 시선이 머무는 곳은 실상 신라와 백제의 간교한 외교정책과 대비되는 고구려의 자주적 외교정책임을 알 수 있다.

을지문덕을 중심으로 전개되는 고구려의 외교 정책은 범박하게 자주외교라고 정리할 수 있다. 을지문덕이 활동할 당시의 주변 정세는 수나라가 진나라를 정복하여 막 중원을 평정한 때이며, 국내적으로는 백제가 다스렸던 한강 유역을 신라가 빼앗자, 백제가 그것을 다시 찾으려고 벼르던 시점이었다. 이런 국내외의 복잡한 정세 속에서 고구려는 광활한 영토와 왕권을 보존하기 위해서 "북방의 부족들을 더욱 어루만지고 아국에 결속해 떨어지지 않도록"하는 북방정책을 펴고 있었는데, 이면에는 강한 민족적 자부심이 놓여 있었다. 동명성왕이 개국한 이래 고구려는 만주 일대와 요동까지 미치는 광대한 영토를 600여 년이나 다스렸고, 또한 북쪽의 여러 부족들도 실질적으로 지배하고 있었다. 그래서 고구려의 민족적 자부심은 남달랐다고 할 수 있다. 더구나 을지문덕을 비롯한 고구려 지배층은 수나라의 정통성을 인정하지 않고 있었다. 수나라는 실상 북방 오랑캐가 강성해져서 중원을 통일한 나라이기 때문에 그들에게 신하의 도리를 갖춘다는 것은 결과적으로 오랑캐에게 굽히는 것이 되며, 민족적 자존심이 허락하지 않는 일이라고 여겼다. 을지문덕이 수나라 사신을 환대하지 않고 연금하는 등의 강경책을 썼던 것은 이러한 배경에서 나온 행동이었다. 하지만 이 일이 계기가 되어 두 나라 관계는 급격히 악화되고, 고구려는 급기야 전쟁의 소용돌이에 휘말린다. 을지문덕의 비범함이 드러나는 것은 이 지점부터인데, 을지문덕은 침략을 예견하면서 '외유내강(外柔內剛) 정책'을 펴며 국방을 게을리 하지 않는 예지와 자긍심을 갖고 있었다. 겉으로는 수나라에 우호적인 태도를 취하면서 실제로는 수나라에 패망한 진나라 노수(弩手)들은 은밀히 불러들여 쇠뇌[弩]를 양산케 하고, 성곽을 보수·확장하는 등 침략에 대한 대비를 게을리하지 않았으며, 대외적으로는 말갈족을 회유하여 유대 관계를 더욱 강화하였다. 이러한 용의주도함이 있었기 때문에 고구려는 광활한 영토를 보전하고 신라와 백제를 견제할 수 있었던 것이다.

고구려에 대한 이 같은 서술에서 우리는 안수길 특유의 민족적 자부심을 읽을 수 있는데, 수나라를 오랑캐 출신이라고 폄하하는 것이나, 주변세력을 이용하여 영토를 보전하려는 이이제이(以夷制夷) 정책에 대한 서술은 그같은 심리를 단적으로 보여준 것이다. 실제로 고구려는 수도인 국내성을 사방의 중심지로 생각하였고, 주변국을 고구려에 신속(臣屬)되거나 신속되어야 할 대상으로 간주하였다. 고구려 왕은 천제의 아들이자 하백의 외손자인 추모왕(주몽)의 후예로서, 천하만물을 주관할 수 있는 존재였다는 자부심에 차 있었고, 수나라를 단지 힘에서만 인정하였다.[16] 이런 맥락에서 보자면 안수길의 시각은 역사적 사실에 근거를 둔 것이고 실상에 부합되는 것임을 알 수 있다. 안수길이 신라나 백제를 비판했던 것은 두 나라가 이러한 민족적 자부심을 배반하는 정책을 펴고 있었기 때문이다.

작가가 보기에 고구려가 자주외교를 폈다면, 신라나 백제는 수나라와 은밀한 뒷거래를 통해서 신하를 자청하고 그 힘을 빌려서 주변 두 나라를 견제하는 간교한 정책을 펴고 있었다. 즉 수나라가 중원을 통일하자

16) 한국역사연구회, 『한국고대사산책』, 역사비평사, 1996년판, pp.100-101.

신라와 백제는 앞을 다투어 칭신(稱臣)을 요청했고, 은밀히 고구려를 칠 것을 부탁했다. 백제는 1차로 왕효린을 파견하여 고구려 정벌을 청하였고, 그것이 뜻대로 되지 않자 재차 국지모를 파견하여 정벌을 요구하였다. 신라도 이에 질세라 승(僧) 원광이 다듬은 '걸사표(乞師表)'를 바쳤다. 결국 두 나라는 수 양제로부터 고구려 정벌의 확약을 받아 내고야 만다. 물론 이런 정책은 고구려에 비해서 영토가 좁고 힘이 약하기 때문에 어쩔 수 없는 자구책이라고도 할 수 있지만, 작가가 보기에 그것은 도저히 용납할 수 없는 일이었다. 을지문덕을 통해서 피력되는 작가의 비판은 다음 두 가지로 정리할 수 있다. 우선 고구려나 백제, 신라는 동조동근(同祖同根)이라는 점. 비록 현재는 세 나라로 나누어져 적대관계를 유지하지만 근본은 모두 단군의 후손이다. 따라서 외세를 끌어들여 고구려를 정벌하려는 것은 "동기를 미끼로 이리떼를 불러들이는 것"과 하등 다를 바 없는 것이다. 그리고 "칭신" 행위는 궁극적으로 권력을 유지하려는 방책에 불과하다는 점. 사신을 밀파하고 걸사표를 바치는 행위는 민족의 이익을 위한 것이라기보다는 "용상(龍床)을 유지하기 위해" 다른 나라의 "흙발로 이 땅을 더럽히려는" 반민족적 행위에 지나지 않는다는 생각이다. 이런 이유로 을지문덕은 신라와 백제 두 나라에 대해서 수나라보다도 더한 분노를 느끼는 것이다.

> 을지문덕은 남방 두 나라의 알력을 보고 개탄하지 않을 수 없었다.
> "앞을 다투어 외국 군사들을 불러들여 동조동근(同祖同根)인 이 땅을 짓밟히려고 애를 쓰고 있다."
> "동기를 미끼를 이리떼를 불러들이는 것과 무엇이 다르랴?"
> "셋이 힘을 합해도 수(數)가 우세인 수나라 군사를 대항하기 어렵겠거늘 서로 싸우고 있다니…."
> 을지문덕은 용상(龍床)을 유지하기 위해 다른 나라에 진심으로 칭신(稱臣)하고 그 흙발로 이 땅을 더럽히려는 신라와 백제의 왕에게 수 양제가 고구려 왕을 괘씸하게 여기는 것과는 달리 분노를 금할 수 없었다.[17]

여기서 을지문덕의 애족적이고 애민적인 태도와 대비된 신라, 백제의 비자주적이고 외세 의존적인 정책이 확연히 드러나는데, 특히 같은 민족끼리 싸우는 행위는 "좀스러울 뿐"이라는 게 을지문덕의 생각이었다. 이를테면 백제의 무왕이 수나라의 후원을 바탕으로 신라의 가잠성을 함락한 일이 있었다. 이를 설욕하기 위해서 신라는 "이를 갈"고 있었는데, 이를 지켜보면서 을지문덕은 동조동근을 망각한 한심한 처사라고 비판한다. 이런 사실은, 어쩌면 작가 안수길이 분단 현실을 우회적으로 비판하려는 의도까지 가지고 있었던 것으로 이해되기도 하지만, 궁극적으로 작가의 시선이 머무는 것은 고구려의 자주외교노선이다. 따라서 『을지문덕』은 작가의 고구려 중심의 역사관을 을지문덕을 통해서 피력한 작품이라고 할 수 있다.

이러한 고구려 중심의 역사관은 신라 중심의 역사해석과 달리 우리 영토에 대한 넓은 시야와 새로운 해석의 지평을 제공해준다는 이점을 갖고 있다. 신라를 중심으로 한국사를 볼 경우, 『을지문덕』에서 구체적으로 비판되고 있듯이, 우리 역사는 민족 내부의 끊임없는 갈등과 내분의 과정이라고 정리할 수 있다. 신라 중심의 역사 인식이란 사실은 민족 내부의 투쟁과 상호간의 힘겨루기 과정이며, 얼마나 외세를 슬기롭게 이용했는가에 초점이 모아질 수밖에 없다. 고구려가 수나라와 맞서고 있을 당시 신라가 수나라에 사신을 보내서 고구려를 칠 것을 요청했던 것이나, 백제 역시 신라를 견제하면서 뒤로는 수나라에 사신을 보낸 것과 같은 식이다. 말하자면 외세를 이용하여 민족간의 분열을 항구화하고 국가 단위의 이익만을 추구하는 소국적 견지에서 벗어날 수 없는 것이다. 하지만 당시 고구려는 북쪽의 말갈족을 이용하여 수나라를 견제했고, 총력을 기우려 광활한 만주를 방어했다. 고구려를 중심으로 역사를 이해한다는 것은 결국 만주 일대를 포함하는 광대한 대륙을 민족의 활동 근거지로 설정하는 것이고, 반도적인 시야에서 벗어나 대륙적인 시야를 확보하는 것

17) 『을지문덕』(일신서적출판사,1994), pp.212-213.

이다. 이런 점에서 보자면 『북간도』에서 보인 간도와 만주 일대에 대한 관심과 민족주의적 시각은, 안수길이 왕성하게 활동했던 60년대와 70년대의 경직된 사회 분위기에 비추자면, 상당히 진보적인 것임을 알 수 있다.

하지만 이 작품에도 『북향보』 이래 작가의 역사관이 고스란히 투영되어 있음을 부인할 수 없다. 지식인적 시각이 이 작품에서는 영웅주의적인 모습으로 변화되어 나타나는데, 이는 단순히 을지문덕의 성격이 영웅적으로 그려졌다는 사실을 말하는 것이 아니라 역사를 보는 시각이 『북향보』나 『북간도』 이래의 지식인의 시각을 고스란히 유지하고 있다는 말이다. 물론 을지문덕이라는 위대한 장군의 일대기를 서술하려는 목적이었다면 이 점은 당연한 것이라고도 하겠지만, 과연 역사란 한 사람의 영웅이 만들어 낸 것인가라는 질문을 놓고 볼 때 을지문덕의 행적은 역사에 대한 작가 스스로의 한계를 드러낸 것이라고밖에 볼 수 없다. 역사란 한 사람의 영웅에 의해서가 아니라 일반 민중에 의해서 발전되었음을 상기하자면, 을지문덕에 대한 지나친 영웅화는 작가의 시각이 근본적으로는 민중적이지 못한 것임을 말해 준다. 실제로 고구려가 광활한 영토와 막강한 군사력을 지녔음에도 불구하고, 삼국을 통일하지 못하고 나당 연합군에 의해 패망했던 것(668년)은, 사료가 입증하듯이, 연개소문 일가의 권력 다툼에 중요한 원인이 있었다. 민중들의 실제 생활을 돌보지 않았고, 권력 다툼에 눈이 멀었기 때문에 당군이 침략하자 민중들은 항거하기보다는 투항하는 길을 택했던 것이다. 이렇게 보자면 한 사람의 영웅에 의해서 역사가 발전한다는 생각은 지극히 피상적이고 안이한 것임을 알 수 있다.

5. 60년대 리얼리즘의 견인차

작가의 역사의식을 문제삼는다는 것은, 작가가 어떤 시각을 통해서 역사를 보느냐에 따라 역사적 사실이 달리 드러나기 때문이다. 식민지 초창기의 역사소설처럼, 개인적인 관심이나 주관적 취향에서 역사를 이해한다면 작품은 역사를 사인화(私人化)할 가능성이 농후하며, 작가의 목적의식이 지나치게 개입한다면 이념만이 거칠게 드러날 가능성이 많다. 중요한 것은 작가의 이념(역사적 시각)이 역사적 사실과 유기적으로 결합하여 문학적 진실을 제공하는 것이다. 하지만 안수길의 경우 작가의 민족주의적 시각이 작품 속의 인물이나 사건과 유기적으로 결합하지 못하고 있다. 『북향보』에서는 이상적 공동체 건설을 위한 인물들의 신념이 강하게 제시되어, 현실을 규정하는 본질적 요소라 할 수 있는 일제라든가 만주족과의 갈등이 거의 다루어지지 않고 있으며, 『북간도』에서도 간도가 우리 땅이라는 배타적 신념만이 반복적으로 강조되고, 인물의 성격이나 개별 사건들이 유기적으로 연결되어 있지 못하다. 그리고 『을지문덕』에서는 작가의 고구려 중심의 역사관이 을지문덕의 영웅적 성격과 결합되어 민중들의 실생활과는 분리되어 있다. 그래서 민중들의 모습은 한갓 배경으로만 처리되며 주인공은 영웅적 모습을 갖는데, 『북향보』의 정학도나 오찬구, 『북간도』의 이한복 일가, 『을지문덕』의 을지문덕 등은 모두 월등한 능력과 남다른 신념을 소유한 영웅들이다. 이들의 활동무대가 곧 간도이자 만주였던 것이다. 이로 인해 작품은 궁극적으로 역사와 유리되고, 작품의 현실 연관성은 약화된다. 구한 말에서 1945년 해방까지를 시대 배경으로 하는 『북간도』 등의 작품이 현실성을 갖기 위해서는 과거 사실이 단순한 소재의 차원을 넘어서 현실과 긴밀한 관련을 맺고 있어야 한다. 『북간도』 초반의, 간도 이주 조선족의 모습은 궁극적으로 구한말의 역사 속에서 파악되어야 할 사건이었다. 이주 조선족의 문제는 구한말의 역사와 대응되는 것이고, 따라서 작품에서는 물밀 듯이 몰아치는 제국주의 침략 앞에 왜 조선이 그토록 무력하게 대응할 수밖에 없었나가 진지하게 다루어져야 했다. 간도 이주 조선족의 고투사는 결국 외세에 무력할 수밖에 없었던 조선조의 무력한 역사를 대변하는 것이기 때문이다. 하지만 여기에 대한 언술은 추상적이거나 아니면 단편적인 삽화 이상의 의미를 지니지 못한다. 따라서 안수길의 민족주의는 상당히 관념적이고, 역사에 대한 계기적, 구조적 인식을 전제한 것은 아니었음 알 수 있다.

그간 안수길에 대한 평가는, 이상의 검토와는 달리 상당히 긍정적이었다. 권영민은 『북간도』를 "역사의식의 투철성"을 바탕으로 "한국의 농민들이 지니고 있는 땅에 대한 애착과 그 저류에 흐르고 있는 민족의식을 대하적인 구성을 통해 구체적으로 형상화"한 작품으로 고평하면서, 안수길이 전후 소설의 "서사적 공간의 확대"와 "대하적 장편소설의 새로운 가능성을 보여준"[18] 작가로 기술하고 있다. 김윤식과 정호웅도 『북간도』는 "북간도에 이주한 세 집안의 4대에 걸치는 가족사를 통해 한민족의 생존방식을 탐구하고 그 역사를 재구한 5부작 대작"이며, "민족문학의 가장 확실한 거점의 하나"[19]라는 입장을 보여주었다. 물론 이런 평가처럼 안수길이 전후 소설사에서 중요한 역할을 수행했던 것은 부정할 수 없다. 분단이라는 왜곡된 현실에서 간도를 민족사의 공간으로 설정하고 민족적 자존심을 지키는 고투의 과정을 서술함으로써 안수길은 우리의 닫힌 시야를 일거에 확장시켜 주었을 뿐만 아니라, 60년대 리얼리즘의 형성과정에서도 중요한 역할을 수행하였다. 체험적 사실에 바탕을 둔 간결하고 속도감 있는 묘사는, 비록 정치하지는 못했지만, 50년대 문학의 불구의식과 실존적 파탄을 무력화시키기에 충분했던 것이다. 아울러 대상에 대한 거리감각의 확보 역시 60년대 이후 리얼리즘의 부활에 일조했다고 볼 수 있다. 과거사를 체험의 테두리에서 벗어나 역사적 맥락에서 조망하고 서사적 화폭에 담아냈다는 것은 리얼리즘을 향한 중요한 진전인 것이다. 이런 점에서 안수길은 60년대 소설사의 중요한 인물임을 부인할 수 없다. 하지만 언급한 대로 안수길의 역사의식은 그리 적극적이지 못했고, 그것도 추상화된 민족주의를 바탕으로 한 것이었다. 그런 까닭에 만주와 간도를 중심으로 전개되는 민족의 고투사를 역사 현실과 긴밀히 결합시키지 못했으며, 민중들의 핍진한 생활상을 그려내지도 못했다. 이렇게 볼

18) 권영민, 『한국현대문학사』(민음사,1993), pp.148-150.
19) 김윤식·정호웅, 『한국소설사』(예하,1993), p. 378.

때 안수길의 문학적 성과란 상대적으로 제한적일 수밖에 없다. 즉 안수길은 식민지 이래 리얼리즘의 전통을 되살리는데 중요한 기여를 했으나 대상에 대한 인식과 시각의 한계로 말미암아 본격적인 리얼리즘 작품을 산출하지는 못했고, 단지 70년대 리얼리즘을 준비하는 매개 역할을 했던 것으로 평가할 수 있다. 새미

영랑 김윤식 연구

허형만/국학자료원(96)
신국판 값 10,000원

영랑은 "북에는 소월, 남에는 영랑"이라 불리울 만큼 1930년대 한국시 문학의 기수였다. 영랑은 1925년 이후의 KAPF 문학의 와중에도 흔들리지 않고, 1930년대 중반의 모더니즘에도 휩쓸리지 않은 채 오로지 일제 치하에서의 저항정신과 민족적 지조로 일관된 시인의 길을 걸었다. 그럼에도 영랑은 생존시에는 물론 사후에도 정당한 평가를 받지 못해 왔다. 따라서 본서는 지금까지 있어 왔던 영랑문학의 논의들을 확인, 점검함은 물론 남은 문제점에 대한 보완에의 방향을 제시하고, 아직 학계에 구체적으로 알려지지 않고 있었거나, 언급되지 않은 자료의 발굴에도 치중하였다.

〈안수길 선생에 대한 회고담〉

가난 속에 꽃피운 산문정신

박 용 숙*

열 길 물 속은 알아도 한 길 사람 속은 모른다는 속담처럼, 어떤 사람에 대해서 완벽하게 아는 것처럼 말하는 것은 분명 어리석은 일일 것이다. 스핑크스의 그 위협적인 수수께끼의 답도 인간이었던 것은 그 점을 뒷받침하는 것이 아닐까. 아침에 네 발로 걷다가 한 낮에는 두 발로 걷고 저녁에는 세 발로 걷는 동물이 바로 인간이라는 이 수수께끼는 비록 간단하게 표현되어 있긴 하지만 사실 이 속에 내포되어 있는 진짜 내용은 인간이란 무엇인가라는 철학적인 명제인 것이다.

소포클레스보다 더 먼저 유명했던 아리스토텔레스가 예술을 정의하여 인간을 모방하는 행위라고 했던 것도 이런 점을 뒷받침한다. 인간은 전능한 창조주가 자신의 모습(이데아)을 본떠서 만든 것이었으므로 예술가가 그 '인간'을 모방한다는 것은 결국 전능한 창조주의 신비를 벗기는 일이 되기 때문이다. 어쨌든 아주 먼 옛날부터 인간이란, 아니 더 실감있게 말해서 사람이란 매우 신비하고 불가해한 존재로 인식되어 왔던 것임을 알 수 있다.

서두를 이렇게 거창하게 쓰고 보니까, 안수길 선생님에 대해서 뭔가를 쓰는 일이 더욱 어렵고 막연해진다는 걸 실감하게 된다. 사실 우리들 세

* 朴容淑, 동덕여자대학교 회화과 교수, 주요 저서로는 『한국의 시원사상』이 있으며, 소설집으로 『우리들의 초상』과 장편 『순례자』 등이 있음.

대만 하더라도 스승 앞에서는 무릎을 꿇어야 했고 걸을 때에는 그 그림자도 밟을 세라 몸가짐을 다스려야 했던 시절이었다. 따라서 스승을 하나의 인간으로 냉정하게 관찰하거나 이해하기란 결코 쉬운 일이 아닌 것이다.

안수길 선생님과 나의 첫 만남은 서라벌 예술학교에서 이루어졌다. 윤백남 선생이 초대 교장이었던 이 학교는 정부가 피난 시의 임시 수도였던 부산에서 서울로 다시 환도되던 해에 남산 중턱에서 개교되었다. 안수길 선생은 그 때 용산 고등학교에 교편을 잡으면서 새로 문을 열게 된 이 학교 문예창작과의 교수진으로 영입되었던 걸로 알고 있다. 어쨌든 안 선생님과의 이 만남은 결코 우연이 아니라는 걸 먼저 말해야 할 필요가 있다. 사실 나는 1950년에 함경남도 홍남에서 L.S.T 군함을 타고 피난민으로 월남했는데, 당시 나는 중학교 3학년생이었으며 내가 다니던 홍남 제1중학교에는 안봉길이라는 선배 학생이 있었다. 물론 내가 중학생이 되었을 때 그는 이미 그 학교를 떠난 뒤였으나 그의 명성은 워낙 자자했었다. 그는 바로 나의 모교를 전국적으로 유명하게 만든 단거리 육상선수였던 것이다. 그래서 그는 우리들에게 있어 영웅적인 존재였으며 바로 그가 안수길 선생님의 사촌 동생이었다는 사실 때문에 더욱 나의 관심을 환기시켰다. 우리가 소설가 안수길의 존재를 알게 되었던 것은 그 안봉길을 통해서였다. 나는 그때 이미 문학에 뜻을 두었던 시절이었으므로 안봉길을 떠올리는 일은 곧 내게 있어 안수길 선생을 떠올리는 일이나 마찬가지였다.

내가 환도 직후 어느 초가을날, 청파동의 시커먼 굴레방 다리 밑을 지나는 한 쪽 벽에서 처음 서라벌 예술학교의 학생모집요강을 보았을 때 느꼈던 감동은 지금도 잊을 수 없는 것이지만, 실은 그 속에서 '안수길'이라는 이름 석 자를 보지 못했다면 아마 지금의 나와는 다른 그 어떤 운명이 내 앞에 펼쳐졌을지도 모를 일이다. 그 벽보에는 윤백남, 염상섭, 김동리, 박계주, 정비석 등 기라성 같은 문인들과 함께 안수길 선생의 이름이 올라 있었다. 사실 '안수길'의 이름만 안 보였더라도 나의 발길은 '잠시' 그곳에서 머물렀거나 아니면 미련없이 다른 곳으로 옮겨갔었을 것이다. 좀 더 전통이 있는 유명한 대학으로 진학해야 한다는 것은 모든 부모님들의 바람이었기 때문이다.

아무튼 그 서라벌 예술학교에서 나는 처음으로 안수길 선생님을 만나 뵙게 되었다. 그의 첫 인상은 안봉길 선배와 크게 다르지 않다는 느낌이었다. 안봉길 역시 몸집이 안수길 선생과 마찬가지로 호리호리하고, 목이 긴 편으로 날렵해 보였다. 그 때 안수길 선생의 모습은 그 시대를 산 사람들이 대부분 그랬듯이 가난에 찌들은 모습이었으나 얼굴에는 늘 여유 있는 웃음이 있었다. 그는 깡마른 몸집이었기 때문에 남보다 키가 큰 것처럼 보이기도 했으나 실은 큰 키가 아니었다. 하긴 학생이었던 우리들 자신도 가난에 찌들은 몰골이었고, 군용 워커에다 검게 염색한 군복을 입고 다니거나, 아니면 구호물자로 보내진 미국인들이 입었던 헌 옷을 개조해 입고 다니던 형편이었으니 말이다.

언제나 그랬지만 선생님의 강의는 열강이었다. 거기에는 화려한 수사학이나 빈틈없는 논리가 있었던 것도 아니요, 구수한 말 솜씨로 하찮은 이야기를 그럴 듯하게 포장해 가는 흥미진진한 강의도 아니었다. 사실 선생님에게는 그런 능력이 없었다고 말해야 한다. 그러니까 안수길 선생님의 강의는 혼신의 힘이 담겨 있는 몸으로 하는 강의라고 해야 옳을 것이다. 그는 단어 하나를 놓고도 마치 보물을 다듬는 것처럼 이리 저리 굴리며 몇 분씩이나 되풀이하고 더듬거리면서 이해를 구하는 그런 강의였다. 선생은, 문학의 본질이나 개념은 그렇게 간단히 전달되지는 않는다는 것을 몸으로 말하고 있었던 것이었다. 그럴 때면 으레 선생의 그 묘한 입놀림과 제스츄어, 그리고 되풀이되는 헛기침이 또 다른 어떤 묵시적인 언어가 되어 우리의 상상력을 자극하는 것이었다. 그것은 말이 아니라, 우리의 정신을 긴장시키는 힘이고 혼이며, 동시에 문학이란 결코 법 조문처럼 명쾌하게 전달되는 개념이 아니라는 걸 시위하는 것이기도 하다. 사실 선생님의 마른 헛기침은 뒤에 안 일이지만 만성 폐결핵(폐 한쪽이 없는)이 그 원인이었던 것이다.

당시 문예창작과의 강의가 거의 현역 작가나 시인, 비평가들이 담당하였던 만큼, 그 분위기가 매우 자유로웠으며 강사의 개성에 따라 흥미진진하기도 했다. 안수길 선생의 강의도 명강의 중의 하나였는데 선생은 '소설론'과 '창작연습'을 담당하여 소설론 시간에는 주로 발자크, 스탕달, 졸라, 뒤마 등 19세기 프랑스 사실주의 계통의 작가들을 다루었다. 그러나 선생의 강의 중에서 아직도 기억에 오래 남는 것은 모파상이나 체홉, 골고리, 고리끼와 같은 단편소설 작가들에 대한 논의였다. 모파상을 제외하면 위에 열거한 이들은 모두 러시아 작가들로서, 19세기 제정 러시아 시대의 암울한 현실을 비판, 풍자했다는 점에서 공통점을 갖는 작가들인데, 우연의 일치인지는 몰라도 환도 직후의 우리의 현실은 제정 러시아 시대의 현실과 그 내용은 다르지만 시대적 암울함의 농도에 있어서는 크게 다를 것이 없었다. 선생님은 이들을 이야기할 때마다 열정적이고 때때로 말을 잇지 못하고 더듬거리는 선생 특유의 제스츄어가 그 묘한 순간을 메우곤 했다. 그러나 선생이 단편작가에 많은 관심을 보였던 것은 실습의 문제와도 관련되어 있지만, 실은 소설을 기교의 측면에서 논의하기 위한 의도 때문이었다. 사실 50년대의 한국적인 상황에서 우리의 문제를 스탕달이나 발자크와 같이 거시적으로 관찰하고 기술한다는 것은 당시의 여건으로는 불가능했다고 해도 과언이 아니다. 선생님이 단편소설에 큰 역점을 두었던 것은 그런 상황을 간파하셨던 것이라고 보고 싶다. 실은 '소설 연습' 시간에 모파상의 기교를 흉내내는 콩트 창작을 주로 실시했던 것도 같은 맥락에서 이해될 수 있을 것이다.

선생은 산문정신(散文精神)을 높이 샀다. 산문정신은 몸이 곧 펜이 되는 정신이라고 늘 말씀하셨다. 그러나 그 산문정신이 절제를 잃으면 그것은 무모함이고 문학의 향기를 잃게 하는 것이라고 하셨다. 선생이 단편소설에 큰 관심을 보였던 것은 바로 그 절제이고 그 절제가 기교라는 것이다. 모파상의 위트, 체홉이나 골고리의 풍자나 알레고리 등, 그것들은 바로 선생이 역설했던 소설의 기교였다. 그런데 그 기교를 산문적으로 설명하는 일은 어려웠다. 선생의 미묘한 더듬거림도 바로 그 불립문자(不立文字)의 대목에서 나타나곤 했다.

서라벌 예술학교 시절의 선생님을 가장 실감있게 회상하게 만드는 일—이건 나의 기억에서만 존재하는 일이지만—이 하나 있다. 그것은 동기생(1기생)이었던 이열(李烈)과 관계가 있다. 이열의 본명은 인열(仁烈)로서 그는 나와 국민학교, 중학교를 같이 다닌 동창생이었다. 그의 문학적인 천재성은 이미 국민학교 시절에 널리 알려져 있었는데 내가 그의 이야기를 새삼 꺼내게 된 것은, 그가 서라벌 예술학교 시절에 안수길 선생의 특별한 사랑을 받았다는 것 말고도 그가 여러 면에서 선생님을 많이 닮았다는 점 때문이다. 선생과 제자를 비교하는 일이 그다지 바람직하지는 않지만 아무튼 양쪽이 오랜 세월 폐결핵으로 투병하는 생활을 했으며 이야기할 때마다 헛기침을 하는 습관이며, 또 재사형(才士型)의 외모를 가졌다는 것이 그렇다. 이열은 선생이 폐결핵으로 세상을 떠나신 몇 년 후, 그도 같은 병으로 죽었다. 그도 선생님처럼, 한쪽 폐만으로 호흡하면서 여러 권의 시집을 남기고 간 것이다. 선생이 이열을 특별히 사랑했던 것은, 그의 재능도 재능이지만, 같은 운명(지병)의 배를 탄 것에 대한 연민의 감정이 두 사람 사이를 특별하게 만들었던 것이라고 생각된다.

서라벌 예술학교를 졸업한 뒤 나는 중앙대 국문과로 옮겨갔으므로 선생님과는 한 동안 뜸한 사이가 되었다. 그리고 대학을 마친 뒤에는 군 복무를 하게 되어 문학에 대한 열의나 그 분위기와는 다소 거리가 멀어진 생활을 하게 되었다. 그러나 나로서는 그 군 복무가 문학이나 학문에 대해서 더 깊고 넓게 눈을 뜨게 하는 기회가 되긴 했지만. 운 좋게도 나는 전방부대의 군종부에 배치되어 한적한 군인교회에서 복무하게 되었다. 일주일의 단 하루, 일요일에만 예배당의 종을 치고 한 번쯤 청소하는 것 이외에는 별로 할 일이 없는, 그래서 제대로 군복을 갖춰 입을 필요도 없는 그런 생활을 하면서 군 복무를 했기 때문이다. 내가 나의 생애에서 가장 광범위하게, 그리고 가장 많이 책을 읽었던 것도 바로 전방의 그 한적한 예배당에서였다. 나의 관심은 자연히 문학(소설)보다는 철학이나 미학 쪽으로 기울어져 있었다. 그런 생활을 보내면서 1년쯤 지났을까, 나는 전방에 배치된 후 처음으로 휴가를 얻어 서울로 돌아왔다. 무더운 여름날이었다고 기억된다. 우연히 명동 거리에서 안수길 선생님과 마주쳤다. 당시 명동은 명실공히 문화인의 거리였다. 거기에는 저명한 소설가, 시인, 화가, 음악가, 연극인들이 출입하는 단골 술집이나 다방들이 있어서 언제나 그들을 보고 싶으면 명동으로 나가면 그만이었던 시절이었다. 그 때 선생은 한눈에 나를 알아보시고 뺨 양쪽이 찢어질 듯이 환히 웃으시며 다가왔다. 여전히 깡마른 체구였고 얼굴에는 국수 오리처럼 긴 주름이 양쪽 얼굴에 여러 겹으로 패여 있었다. 그러나 선생의 환한 웃음은 신비하게도 그 모든 초췌한 육체의 결함을, 그러니까 결코 건강하다거나 우아하다고 말할 수 없는 얼굴이나 몸집을 나의 시야에서 사라지게 만드는 마술로 작용했던 것이다. 즉, 선생의 웃음은 빛과 같은 것이었다. 세월이 흐르면서 우리는 그 웃음 속에 선비의 초상이 감춰져 있다는 사실을 깨닫게 되었다.

그 때 선생님은 나에게 “박군은 이제 문학을 포기했느냐”고 물었던 걸로 기억된다. 내가 난처한 표정을 짓고 있자 선생은 포기하지 말고 정진하라고 내 손을 굳게 잡아 주셨다. 그것은 나에게 큰 힘이 되었으며, 결국 선생 앞에서 소설을 쓸 것이라고 다짐하기에 이르렀다. 부대로 돌아오자마자 나는 피에타(십자가에 매달린 예수상)를 주제로 ‘부록’이라는 단편소설을 썼다. 그리고 완성하기가 바쁘게 원고를 선생님에게 우편으로 보냈다. 그로부터 한 달쯤 지나서 선생님에게서 엽서 한 장을 받게 되었는데 내용인즉, ‘자유문학’지에 소설이 추천되었으니 휴가 나오게 되면 한 번 집에 들리라는 내용이었다. 그렇게 해서 내가 선생님 댁을 처음 방문하게 된 것은 그로부터 3개월쯤 뒤였는데 그것은 내 작품이 잡지에 실려 발행되는 바로 그 달이었다. 여러 가지 면에서 나로서는 정말 감격스러운 외출이었다. 그러나 선생님의 댁을 첫 방문했을 때 받았던 느낌은 결코 유쾌한 것이 못 되었다. 선생님의 자택은 그 때 안암동의 채석장이 있었던 그 부근이었고 서라벌 예술학교가 화재로 인해 남산에서부터 그 쪽으로 교사를 옮겼었는데 선생님 댁은 학교가 있는 바로 그 옆 동네쯤에 있었으며 그 곳은 바라크집들이 빽빽이 들어차 있는 빈민촌이었다. 내가 선생님 댁을 들어서며 당황했던 것은 쓰고 사시는 가색의 그 궁색함 때문이었다. 선생님의 댁은 물론 바라크집은 아니었으나, 그렇다고 바라크집과 한눈에 구분될 수 있을 만큼 좋은 집도 아니었다. 집구조가 ㄷ자형으로 되어 있었는데 오른쪽에 부엌, 왼쪽에는 선생의 서재 겸 거처하시는 방이 있었다. 그리고 재래식 변소가 바로 서재로 들어가는 그 방과 멀지 않은 곳에 떨어져 있었는데, 그것은 한층 더 집의 분위기를 궁색하게 보이도록 만들었다. 또 ㄷ자형을 이루는 마당은 내가 처음 방문했을 때만 해도 덩그러니 비어 있어서 집의 초라함을 더욱 가중시켰다. 뒤에 그 마당에는 근사한 파초가 심어져서 비록 초라한 집이긴 했지만 결코 범상하지 않다는 걸 시위해 보이는 상징물로서 훌륭한 구실을 해주었다. 선생의 좁고 길쭉한 방 양쪽에는 책으로 가득차 있었으나 방은 언제나 어두컴컴하고 축축한 느낌이었다. 그것은 집 자체가 반쯤은 언덕 아래에 내려 앉아 있는 형편이어서 빛을 쪼이는 면적이 협소했기 때문이었다. 선생님이 앉아서 집필하시는 낮은 책상은 길쭉한 방의 한쪽에 놓여 있었는데 선생님이 거기에 앉으시면 그 뒤쪽에 나 있는 작은 창문을 등지게 되어 있어서 방안은 더욱 어둡게 될 수밖에 없었다. 게다가 그 창문은 창호지를 바른 창문이었으며 거의 햇볕을 받아들일 수 없는 언덕과 맞대어 있었다. 이런 형편이었으므로 여름은 습기가 잘 빠지지 않았고, 겨울은 춥고 음산하였다. 선생님은 그 방에서 세상을 하직할 때까지 그 허약한 몸으로 생활고와 싸우면서 쉴새없이 글을 썼던 것이다.

내가 선생님 댁으로 처음 방문했을 때 당황했던 것은 앞에서도 말했지만 그 초라한 가색 때문이었는데 물론 그 때, 나 자신도 해방촌의 바라크집에 살고 있었던 형편이었으므로 사정은 마찬가지였다. 그러나 나의 머릿속에는 적어도 선생의 서재만은 유리창을 통해 밖을 훤히 내다볼 수 있는 그런 방, 그러니까 이층쯤은 되는 그런 품위있는 서재에서 선생님이 작품을 쓰실 거라는 생각으로 가득차 있었기 때문이다. 물론 우리는 그 뒤에 한잔 술에 거나해지면 선생님의 집을 가리켜 우리들 정신의 성지(聖地)라고 일컫기도 했다. 그래서 선생님이 작고하신 뒤, 선생의 큰아드님인 안병섭 교수가 그 집을 팔고 이사했을 때도 우리는 솔직히 허전함과 함께 섭섭함을 금할 수가 없었다. 선생님은 생전에 여러 차례의 유혹에도 불구하고 결코 그 집을 떠나려 하지 않았다. 그 점을 잘 알고 있었으면서도 별 뾰족한 대책이 없었던 우리의 무능함이 지금도 가슴을 저미게 만든다. 왜냐하면 그 집은 곧 선생의 얼과 문학정신의 상징이었기 때문이다. 지금까지 우리는 해마다 신년 초하루에 선생님의 서재에서 술을 마시곤 한다. 여기서 우리란, 신동한(문학평론가), 남정현(소설가), 최인훈(소설가), 그리고 나를 일컬음이다. 이 중에서 남정현, 최인훈, 그리고 나는 모두 선생의 추천을 받아 문단에 데뷔했으며 선생이 늘상 하시던 입버릇처럼, 우리 셋을 가리켜 '삼바가라스(삼총사)'라고 부르며 우리 셋이 나타날 때마다 만사를 제쳐 놓고 술상을 마련하실 정도로 선생님은 우리에게 끔찍한 사랑을 베푸셨다. 우리는 일 년에 몇 번쯤은 예고없이 선생님 댁을 기습할 때가 있었다. 선생님은 늘 흰색 한복을 입으셨었는데, 그 때마다 환한 웃음을 띄우며 우리를 맞이하셨다. 사모님이 선생님의 건강이나 급한 원고를 이유로 술상 차리기를 주저할라치면, 선생님은 어김없이 책상을 한 쪽으로 밀치고 깔개를 끌어당기며 그 위에 가부좌하시고 앉았다. 그 모습은 한 마리의 흰 학과 같았고, 목이 길고 한 쪽 어깨가 구부정하게 앞으로 휘어져 있는 그 모습을 뒤덮고 있는 흰모시 저고리는 어둠침침한 서재 속에서 전등불처럼 환히 빛났다. 그것은 의젓함이기도 했고, 더러는 고집스러움과도 같은 것이었으므로 사모님도 감히 선생의 뜻을 굽힐 수가 없었으므로 그 때마다 술상은 어김없이 대령이었다.

선생님은 술잔이 거듭될수록 목청이 높아지고 호연지기가 방안을 압도해 갔다. 선생님은 만성 폐결핵의 몸인데도 술이 들어가면 더욱 기가 왕성해져서 선생의 건강을 염려하는 우리를 도리어 호통치곤 했다. 화제의 대부분은 문단과 문학에 관한 것이지만, 선생의 젊은 시절의 삶의 현장이었던 간도(間島)에 관한 이야기가 꼭 양념으로 끼었다. 그것은 신동한 형이 화중에 끼여들 때 더욱 그랬다. 신형의 부친과 선생님이 지기(知己)이고 그곳 용정에 있는 같은 신문사에 근무했었던 탓이었다. 따라서 간도의 이야기는 주로 신형이 끄집어냈고, 그럴 때면 어김없이 사모님이 화제에 끼여들었다. 사모님은 관북 지방의 사투리를 그대로 쓰고 있어서 간도가 화제에 오르게 되면 우리는 모두 선생의 대표작이라고도 할 수 있는 <북간도>에서 살고 있는 듯한 착각에 사로잡히곤 했다. <북간도>에 대해서는 새삼 말할 필요가 없을 것이다. 일제 식민지 통치 기간의 우리 민족이 겪은 비극적인 상황의 압축판이었다고 해도 과언이 아니기 때문이다. 선생님이 간도 이야기만 나오면 신명이 나듯이 연거푸 술잔을 들었다 놓았다를 되풀이했던 것은 그 이야기 속에 실은 선생님의 모든 것이 함축되어 있었기 때문이다. 그 속에는 선생님의 유년, 청년 시절의 삶과 사랑, 그리고 항일정신과 민족주의가 있으며, 또한 선생의 문학수업 시대가 있었다.

선생이 즐겨하시는 화제나 이야기 방식은 전반적으로 서사적이며 근대적이라고 할 수 있을 만큼 굵직하고 분명한 것이었다. 선생님이 '소설작법'에서 '인간형'이라는 개념을 즐겨 말씀하셨던 것도 그렇게 이해되는 부분이었다. 그러니까 선생님이 주장하셨던 소설미학은 새로운 인간형을 창조하는 일인데, 그 인간형이란 서구 근대소설에서처럼 자아론적이며 거기에 민족적인 색채가 가미되는 그런 인간형을 의도했던 것이 아닌가 생각된다. 민족적인 것이 반드시 지사(志士)를 뜻하는 것이 아닐지라도 그러나 선생님의 화제에서 개인의 자질구레한 일상사가 등장할 수 없었던 것은 확실하다. 우리 중의 누군가가 동료의 개인적인 일, 예컨대 사랑이나 실연, 혹은 생활고와 같은 신변잡기 이야기를 꺼내면 선생은 묵묵히 듣기만 하시거나 머리를 끄덕이면서 그런 대목에서는 거의 화제에 끼여드시지 않았다. 선생의 이런 성격을 단적으로 확인할 수 있었던 이야기가 있다. 언제였는지는 정확히 기억할 수 없으나 아마도 우리 나라에서 처음으로 국제 펜대회가 열렸던 때였을 거라고 생각된다. 펜대회가 끝나고 각 나라 대표들이 연회장으로 가고 있었다. 이때 이미 낮부터 거나하게 취한 미당(未堂)이 일본 대표들과 섞여 걸어가고 있었다. 그런데 돌연히 미당은 자신이 들고 다니는 지팡이를 길게 뻗어 앞서 가는 일본 대표(시인)의 목을 걸어서 당겼다. 지팡이의 U자형으로 구부러진 손잡이가 일본 대표의 목을 휘어 감았던 것이다. 일본 대표가 이 뜻하지 않은 사고로 거의 뒤로 자빠질 뻔하자, 미당은 통쾌한 듯이 앙천대소하며 즐거워했다. 그 때 미당과 함께 걷고 있었던 한국측 문인들은 미당의 이 무례한 행동에 대해 저으기 당황하여 어쩔 줄 몰라했다는 것은 상상하고도 남을 것이다. 그 때 안수길 선생도 바로 그 현장에 계셔서 이 이야기를 선생으로부터 직접 들을 수 있었다. 이 사건은 미당으로서는 일종의 해프닝이라고 말할 수 있는 종류의 것이었다. 우리는 이런 해프닝을 보통 기행(奇行)이라고 말해 왔는데 어쨌든 이해하기에 따라서는 그 사건은 논의가 될 만한 가치가 있는 일이기도 했다. 그러나 선생이 이 이야기를 우리에게 전하는 입장은 전혀 다른 시각이었다. 선생이 바라보는 관점에서 그것은 무례함이고, 정신분열증 환자의 소행이었던 것이다. 이 점은 선생의 화제와 그 이야기 방식이 서사적이었다고 앞에서 진술한 점을 다시 상기하게 만든다. 서사적인 것은 수평적인 의지나 시각이므로 해프닝이나 이벤트에서처럼 순간적인 것, 우발적인 것, 말하자면 수직적인 관찰이 요구되는 그런 행위가 좀처럼 끼여들 수가 없는 것이다. 적어도 선생님의 문학이나 인생관에서는 그랬던 것으로 보인다.

어느 이른 가을날로 기억된다. 우리는 주로 광화문 로터리에 있었던 '월계'라는 다방을 아지트로 삼고 있었다. 그곳은 '자유문학'을 발행했던 예총건물과 과히 멀지 않은 곳에 있었으므로 소위 자유문학 출신의 문인들이 많이 몰려들었던 곳이기도 하다. 그러나 뭐니뭐니 해도 '월계'하면 남정현 형을 생각하지 않을 수 없다. 나는 물론, 신동한, 최인훈, 그리고 역시 안 선생님과 관련되는 문인들인 오인문, 유현종 등 여러 소설가들이 뻔질나게 그곳을 출입하고 있었다. 그럼에도 선생님은 그곳에 나타나시는 일이 별로 없었다. 이런 점은 당시의 문단 풍토로서는 예외적인 일이라고도 할 수 있다. 그러니까 선생님은 제자들에게 폐를 끼치는 걸 원치 않으셨던 것이다. 그런데 어느 초가을날, 선생님이 '월계'에 돌연히 나타나셨다. 실은 그 날, 법원에서 세칭 '분지' 사건의 재판이 있었다. '분지'란 남정현 형의 작품 이름인데 그 작품은 반공법 위반 혐의로 재판에 계류 중이었고, 선생은 변호인측 증인이 되어 있었다. 우리는 그때마다 선생님이 변호하시는 걸 열심히 경청하고 있었는데, 그 분위기는 선생님의 서재나 혹은 강의실에서 경험하는 것과는 또 다른 세계였다. 선생님의 변호는 여느 때와는 달리 더듬거리는 일도 없었으며 조리있고 근엄하며 그 어떤 때보다도 신바람이 나 있었다. 그것은 살아 숨쉬는 '북간도'의 얼이 '분지 재판'에서 되살아나는 것 같았다. 선생님은 남정현의 작품을 변호하고 있는 입장이었지만, 실은 소설 '북간도'의 어떤 주인공이 새롭게 법정에 서 있다는 느낌이었을 만큼 선생님에게도 특별한 경험이었다는 것을 눈치챌 수 있었다.

그 날 저녁, '월계'에 들르셨던 선생님과 나는 처음으로 먼 거리를 걸었다. 그러니까 광화문 네 거리에서 종로 3가까지 줄창 걸어온 셈이었다. 그 거리는 젊은 나로서도 결코 짧은 거리가 아니었다. 하물며 언제나 기침을 하며 걷는 쇠약한 선생님에게는 무리라고 해도 과언이 아닐 만큼 먼 거리였던 것이다. 그 많은 시간 동안 무엇을 이야기했는지 지금은 확실하게 기억할 수는 없지만, 분명한 것은 까뮈의 문학을 언급했던 대목이다. 아마 까뮈에 대한 화제는 내가 꺼냈던 걸로 기억되는데 당시 내가 사르트르나 까뮈의 저작을 많이 탐독하고 있었던 탓이었을 것이다. 그러나 그 날, 그 잊을 수 없는 선생과의 데이트에서 유독 까뮈를 화제로 올렸던 것은 순전히 그 날의 재판 때문이 아니었던가 싶다. '이방인'의 주인공인 뫼르쏘, '페스트'의 의사 뤼의 그 행위에서 나는 무상성(無常性), 무목적성, 우연성을 지적하면서 그들을 동양철학에서 일컫는 성인(聖人)의 또 다른 변형이라고 말했던 걸로 기억된다. 사실 그런 주장은 내 나름의 발견이기도 했지만, 길을 걸으면서 그렇게 무거운 화제를 꺼냈던 것은 그 날 재판정에서 받은 선생님의 그 열정적인 변론에 대한 어떤 감동 때문이었다. 의젓함과 근엄함과 신바람, 그것은 물론 제자를 진심으로 사랑했기 때문에 그럴 수 있었던 행위지만 나의 눈에는 전적으로 무상의 행위로 보였기 때문이다. 사실, 소설 '이방인'에는 재판하는 장면이 중요하고 또 분량으로도 많은 부분을 차지하고 있다.

나의 이런 주장에 대해서 선생님이 구체적으로 어떤 반응을 보이셨는지는 분명하게 기억할 수 없다. 하지만 한 가지, 선생이 내가 왜 '무상성'을 화제로 삼았는지는 눈치채지 못했다는 것만은 확실하다. 언제나 그랬지만 선생님에게 어떤 방식으로든 환심을 사고 싶었던 우리들이었으므로 나에게는 그 데이트가 매우 중요한 기회였다. 말로 천냥 빚을 갚는다는 속담이 있듯이 무언가 그럴싸한 말로 선생님을 기쁘게 해 드리고 싶었다. 하지만 그 '뫼르쏘'나 '뤼'의 이야기는 실패였던 것 같다. 물론 그 실패는 전적으로 나의 화술의 부족함 탓이고 어쨌든 내 자신의 무능이 새삼 입증되는 기회가 되었을 뿐이었다.

선생님은 한 쪽 폐만 가지고도 70년의 인생을 사셨다. 그것도 그냥 사신 것이 아니라 가쁜 호흡을 하시면서 연재소설을 쓰시고, 대학 강단에서 후진을 가르치시는 등 왕성한 활동을 하셨던 것이다. 글을 써 본 경험이 있는 사람들은 누구나 실감할 수 있지만 연재소설을 쓴다는 것은 자신의 고혈을 짜 먹는 일이나 마찬가지이다. 사모님이 선생의 건강을 위해 연재소설을 쓰시는 것을 그렇게도 만류하셨건만, 선생은 총을 쥔 군인이 전장에서 죽듯이 문인은 펜을 쥐고 원고지 위에서 죽는 거라고 말씀하셨다. 그리고 임종하시면서도 넉넉한 마음으로 사모님에게 이렇게 말씀하셨다. “여보, 폐 하나만 가지고도 70년 가까이 살았으니 나, 오래 살았지요. 여한이 없구료.”

선생님의 말씀대로 두 개의 폐를 가진 사람도 70년을 채 살지 못하는 사람도 있는 터인데 하물며 폐 하나만 가지고도 70년의 세월을 펜과 씨름하며 살았으니 대단한 것이다. 허약한 몸으로 그렇게 오랜 세월 버티었던 저력이 도대체 어디에서 나왔을까를 생각해 보면 그 해답이 그렇게 궁색하지 않다는 걸 알 수 있게 된다. 두말할 여지없이 그것은 문학에 대한 정열이고 특히 ‘북간도’를 완성하시려는 선생의 그 강인한 의지력이다. 그러나 그보다도 더 주목해야 할 점은 앞에서 선생님을 두고 학 같다느니, 선비라느니 하는 표현을 썼듯이 무욕(無慾)과 청빈의 생활 태도와 그리고 항상 웃는 마음으로 사셨다는 점이다. 선생님이 가정 안에서는 어떤 태도를 지니셨는지는 모르지만, 우리들 제자들에게는 언제나 열린 마음으로 활짝 웃어 주셨다.

역시 연대는 분명치 않지만 선생님께서 정부가 수여하는 문화훈장을 받으신 적이 있었다. 그 때 우리는 선생님이 더러운 정부로부터 훈장을 받으시는 걸 못마땅하게 여겼으므로 그 수상식에 참가하는 걸 일제히 거부했었다. 그때의 우리들의 그 철부지같은 행동은 선생님에게는 분명 충격이었다. 그 날 밤, 선생님은 술을 드시며 몹시 분노하셨다는 말을 들었다. 그러나 우리는 우리대로 우리의 학같은 영원한 선비상인 선생님을 잃은 것에 대해 침통히 여기며 술을 마셨던 것이다. 지금 생각하면 우리의 그 치기어린 행동이 얼마나 부질없는 짓이었는가를 새삼 깨닫게 된다. 선생님 영전에 재삼 용서를 비는 마음 간절하다.

선생님을 저 세상으로 보낼 수밖에 없었던 그 때 우리는 매우 가난한 글쟁이들이었다. 목에다 구멍을 뚫고 기계로 호흡하며 운명을 기다리시던 선생님을 위해 우리가 해 드릴 수 있는 일은 아무것도 없었다. 그것은 지금 생각해도 가슴 저며오는 듯한 기억인 것이다.

선생님이 돌아가신 후, 우리는 당시 조각계의 중견 작가였던 이승택씨를 찾아가 안수길 선생의 흉상제작을 의뢰했다. 우리는 가진 것이 별로 없었으므로 당당한 입장이 되지는 못했다. 그러나 이승택씨는 선뜻 우리의 제안을 받아들였다. 그 때 그가 안 선생님의 사진을 들여다보며 한 말은 아직도 나의 귀에 쟁쟁하다. "정말 선비다운 흉상 하나 만들어 볼 것 같네요."

그는 많은 흉상들을 만들었지만 선비의 이미지를 풍기는 흉상을 한번도 만들어 본 적이 없다며 우리의 제안을 기꺼이 받아 들였던 것이다. 새미

□ 안수길 연보 □

1. 생애 연보

1911	함경남도 함흥시에서 간도 용정의 한인학교인 광명여자 국민고교의 교감과 동아일보 용정 지국장을 지낸 안용호와 김숙경 여사의 2남 1녀 중 장남으로 출생(11월 3일). 유아기 때부터 백일해를 앓음. 아호는 남석(南石).
1916	원적지인 함남 함주군 흥남읍(뒤에 흥남시가 됨) 서호진 190번지로 이주.
1924	고향에서 조모 최씨와 함께 지내면서 소학교(4년제 사립학교였으나, 후에 공립보통학교로 바뀜) 4년을 졸업하고 이 해 봄에 부모와 동생이 먼저 가 있는 북간도 용정으로 감.
1926	만주 간도 용정의 중앙소학교 5학년에 전학한 후 동교 졸업. 다시 함흥으로 나와 함흥고등보통학교 입학(3월).
1927	함흥고보 2학년 재학 중 맹휴 사건이 일어나 주동 학생으로 인정되어 2학기 때 자퇴함.
1928	경성 경신학교 3학년에 보결로 편입(3월).
1929	경신학교 재학 중 광주학생사건 주동자로 일경에 체포되어 15일간 구류된 후 퇴학 당함.
1930	일본 경도 양양중학 입학(3월).
1931	양양중학 졸업(2월). 동경 조도전대학 고등사범부 영어과 입학(3월). 그러나 1년만에 부친의 병환과 학비 문제로 학업을 중단하고 간도로 돌아옴.
1932	용정에서 80여 리 떨어져 있으며 천주교 마을인 팔도구의 천주교

계 소학교인 해성학교에서 교편을 잡으면서, 향리에서 시인 김동명씨의 편달을 받으며 문학 공부에 전념.

1933 건강 회복을 위해 교편 생활을 그만두고 다시 고향 함흥으로 돌아와 석왕사에서 요양. 이 해 말경에 다시 용정으로 돌아감.

1934 약혼(1월).

1935 개화기 때 하와이를 세 차례나 왕래한 바 있는 함흥 지주 김성진의 영애이며 소학교 동창이자 고향의 동광학원 교사인 청주 김씨 김현숙과 결혼(1월). 문단 데뷔. 용정에서 천청송, 이주복, 김국진과 함께 문예 동인지 『북향』 간행.

1936 연길에 가서 운송부에 취직함. 봄에 다시 용정으로 돌아와 용정에서 발간하는 우리말 신문 『간도일보』 기자로 들어감. 장남 병섭 출생.

1937 만주국 안에 '언문' 신문이 두 개나 있을 필요가 없다는 만주국 정부 홍보처의 방침에 따라, 용정의 『간도일보』와 신경의 『만몽일보』가 병합되어 『만선일보』가 신경에서 발족되자 신경으로 가서 편집부 기자로 근무함.

1939 봄에 늑막염으로 약 2개월 간 만철(滿鐵)병원에서 50여 일 간 가료를 받고 퇴원한 후 휴가를 얻어 석왕사 등지에서 요양함. 가을에 다시 『만선일보』로 돌아가 근무함. 이후 해방 2개월 전까지 청부지국을 운영함.

1940 차남 병환 출생.

1945 건강이 악화되어 『만선일보』를 사직하고 부모가 먼저 와 있던 고향 함흥으로 돌아와 대수술을 받음(6월 하순). 이후 3년 간 아버지가 경영하고 있는 홍남시 후농리 과수원에서 요양 생활. 장녀 순희 출생(4월 16일)

* 그런데 『북원』 후기(1944년 2월 21일 자)에서 작가는 "원고 정리 중에 딸 순욱이를 잃어버렸다"고 말하고 있다.

1948 장남과 함께 함흥에서 원산을 거쳐 연천까지 기차로 와서, 한탄강을 건너 비를 맞으며 서울로 옴(7월). 소설가 박계주의 소개로 『경향신문』 문화부 차장(가을). 차녀 순원 출생(3월 4일)

1949 『경향신문』 조사부장.

1950	안암동에 살던 중 6.25동란으로 대구에 피난. 3남 병찬 출생(10월 5일).
1951	1.4후퇴로 부산에 피난. 해군 정훈감실 문관으로 근무함.
1952	피난지 부산에 있던 용산고등학교 국어 교사.
1954	환도하여 서라벌예술대학 문예창작학과 과장 역임.
1955	창작집 『제3인간형』으로 제2회 아세아 자유문학상 수상.
1956	서라벌예술대학 사직.
1957	종암동 123번지 71호로 이사.
1959	이화여대 국문과에서 소설 창작 강의 시작. 중편 「향수」가 「남의 속도 모르고」로 개제되어 영화화됨.
1960	국제 펜클럽 한국 본부 중앙위원에 피선(5월).
1962	한국문인협회 이사로 피선.
1968	서울시 문화상 문학 부문 수상(3월). 『북간도』가 이해랑 연출로 국립극단에 의해 국립극장에서 극화되어 공연됨.
1970	자유중국 초청 펜아시아 작가 대회에 한국 대표로 참석(6월). 1개월 간 대만과 일본을 돌아보고 귀국. 제37차 펜클럽 서울 대회 한국 대표로 참석. 국제 펜클럽 한국 본부 부위원장에 피선(11월).
1971	『북간도』가 KBS TV에서 일일 연속극으로 방영됨.
1972	부친 별세
1973	『통로』와 『성천강』으로 제14회 3.1문화상 예술 부문 본상을 수상.
1974	대한민국 금관 문화 훈장 수장.
1976	예술원 회원이 됨.
1977	만성 폐쇄성 폐질환으로 별세(4월 18일 아침 7시). 경기도 남양주군 화도면 월산리 마석의 모란공원에 안장.
1978	재자들이 청동 흉상을 제작하여 기증함(4월 18일).

2. 작품 연보

1935 「적십자병원장」(단편), 『조선문단』, 8월(현상문예 당선작, 미발표)

「붉은 목도리」(콩트), 『조선문단』, 8월(현상문예 당선작)

1936 「장」(단편), 『북향』(창간호), 4월

「함지쟁이 영감」(단편), 『북향』, 5월

1940 「새벽-어떤 청년의 수기-」(단편), 『싹트는 대지』(재만 조선인 작품집, 만선일보사, 1941년 11월) * 「호가네 지팡」(원래 1935년 11월 작)의 개제

「부억녀」(콩트), 『만선일보』, 2월 13일(상), 14일(중), 15일(하) * 원래 1937년 4월 작

「사호실」(단편), 『만선일보』, 3월

「차중에서」(단편) 『만선일보』, 7월 31일(상), 8월 2일(하) * 원래 1940년 7월 작

1941 「한여름밤」(단편), 『만선일보』, 7월

「새마을」(단편), 『북원』에 수록 * 원래 1941년 10월 작 ; 「새벽」 속편 「벼」(중편), 『만선일보』, 11월

「원각촌」(단편), 『국민문학』, 12월

1942 「토성」(단편), 『북원』에 수록 * 원래 1942년 7월 작

1943 「목축기」(단편), 『춘추』, 2월

「바람」(단편), 『매신순보』, 5월

1944 『북향보』(장편), 『만선일보』, 12월 1일~1945년 4월

1949 「여수」(단편), 『백민』, 5월

「범속」(단편), 『민성』, 9월

「밀회」(단편), 『문예』, 10월

1950 「가면」(단편), 『신경향』, 1월

「취국」(단편), 『백민』, 2월

「상고기」(단편), 『정치평론』, 3월

「초연필담」(단편), 『신경향』, 4월

「낙조」(중편) * 분실

1951 「나루터의 탈주」(단편), 『신사조』, 11월

「시정(市井)」(단편), 『벼』(한국단편문학전집 10, 정음사, 1978)에 수록

1952 「명암」(단편), 『자유평론』

「제비」(단편), 『문예』, 6월

「염서위문」(단편), ?, 11월
「기로」(단편), ?, 12월
「두 개의 발정」(단편), 『중앙일보』
「갱생기」(단편), (『벼』, 정음사, 1978)

1953 「고향바다」(단편), 『해군단편집』, 1월
「제삼인간형」(단편), 『자유세계』, 6월
「쾌청」(단편), 『문화세계』, 7월
「역의 처세철학」(단편), 『문예』, 11월
「향수 속의 적개심」(단편), 『현대공론』, 10월
「찌프차를 탄 며느리감」(단편), 4월 * 제3창작집 『초연필담』(글벗집, 1955)에 수록

1954 『먼 후일』(장편), 『대구일보』
「향수」(중편), 『서울신문』, 8월 7일~9월 11일
「노정(老情)」(단편), (『벼』, 정음사, 1978)

1955 『화환』(장편), 『서울신문』 * 1)『먼 후일』의 개작 2)『내일 피는 꽃』으로 개작 후 단행본 출간(글벗집, 1958)
「도청도설」(중편), 『조선일보』, 7월 23일~8월 3일(10회)
「배신」(단편), 『문학예술』, 12월

1956 『유화과』(장편), 『여성계』, 2월~ * 4월(2회분)
『가장행렬』(장편), 『동아일보』, 3월 27일~4월 26일(31회) * 미완(신병으로 중단)
「소년부도」(단편), 『새벽』, 3월

1957 「대구 이야기」(단편), 『사상계』, 4월
「유산」(단편), 『문학예술』, 6월
『제2의 청춘』(장편), 『조선일보』, 9월 17일~1958년 6월 14일(270회)
「선의」(단편), 『자유문학』, 9월
「파란 눈」(단편), 『신태양』, 11월
「대구에서 온 손님」(단편), (『벼』, 정음사, 1978)
「빈 자리」(단편), (『벼』, 정음사, 1978)

1958 「사루비아 핀 정원」(중편), 『세계일보』
「이런 춘향」(단편), 『자유문학』, 11월

	「유희」(단편), 『자유공론』, 12월
1959	「맹아기」(단편), 『신태양』, 1월
	『북간도』(제1부)(장편), 『사상계』, 4월
	『이토지역』(장편), 『자유문학』, 7월~11월
	『부교』(장편), 『동아일보』, 7월 21일~1960년 3월 31일 * 삼성출판사 간 한국문학전집 16-17에 수록
	『감정색채』(장편), 『국제신보』
	「등교통고」(단편), 『사상계』, 7월
	「풍차」(단편), 『서울신문』, 7월 4일~18일
1960	「소박한 인상」(단편), 『자유문학』, 9월
1961	『북간도』(제2부)(장편), 『사상계』, 1월
	『생각하는 갈대』(장편), 『서울신문』, 1월~1962년 6월 1일(제1부:80회, 제2부:151회)
	「서장」(단편), 『사상계』, 11월
	「좁은 파동」(단편), 제4창작집 『풍차』(동민문화사, 1963)에 수록
	『유성』(장편), 『민국일보』, 9월 1일~(1962)~
1962	「불고기 냄새」(단편), (『벼』, 정음사, 1978)
1963	『북간도』(제3부)(장편), 『사상계』, 1월
	『백야』(장편), 『조선일보』, 9월~1964년 12월 31일(407회)
	『산을 바라보는 사람들』(장편), 『여상』, 9월~1964년 3월
1964	「IRAQ에서 온 불온 문서」(단편), 『문학춘추』, 4월
	『한류』(장편), 『문학춘추』, 9월~1965년 4월
1965	「자라는 전나무」(중편), 『국민신문』
	『내일은 풍우』(장편), 『한국일보』, 7월 23일~1966년 6월 24일(285회)
	「효수」(단편), 『신동아』, 10월
	「미명」(단편), 『사상계』, 12월
1966	「그 뒤에 오는 것」(중편), 『전우신문』, 1월 1일~2월 26일
	「거스름」(단편), 『현대문학』, 5월
	「꿰매입은 양복바지」(단편), 『문학』, 5월
	『초가삼간』(장편), 『여학생』

「집」(단편), 『한국문학』, 가을호~겨울호
「새」(단편), 『신동아』, 10월

1967 「과정」(단편), 『동서춘추』, 5월
「타목」(단편), 『현대문학』, 5월
『연부』(장편), 『대구매일신문』, 1월 1일~12월 31일
『북간도』(제4,5부)(장편) 전작으로 완성, 8월. * 제1부~5부를 삼중당에서 출간
『창을 남으로』(장편), 『동아일보』, 9월 15일~1968년 7월 27일(270회)

1968 「삭발」(단편), 『사상계』, 1월
『통로』(장편), 『현대문학』, 11월~1969년 11월 * 제1부에 해당
「기름」(단편), 『월간문학』, 12월

1969 「향연」(단편), 『월간중앙』, 3월
「나자 머자니크」(단편), 『아세아』, 3월
「철 늦은 꽃」(중편), 『카톨릭시보』, 12월 25일~(1970년 1월)~ * 1969년 12월 28일(50회)
『구름의 다리들』(장편), 『전북일보』

1970 「동태찌게의 맛」(단편), 『신동아』, 6월

1971 『성천강』(장편), 『신동아』, 1월~1974년 3월 * 『통로』 제2부
『귀심』(장편), 『독서신문』
『인간운하』(장편), 『부산일보』, 11월 16일~1972년 12월 1일(298회)

1972 『오동나무 있는 마을』(장편), 『새농민』

1974 「삼인행」(단편), 『현대문학』, 8월
「노부부」(단편), 『문학사상』, 9월 * 「삼인행」 전편(前篇)
『황진이』(장편), 『여원』

1975 『을지문덕』(장편), 『민족문화대계』(한국문화예술진흥원 편, 동화출판공사 간)에 수록
『이화에 월백하고－奇皇后傳－』(장편), 『경향신문』, 4월 1일~1977년 4월 20일(629회) * 미완(사망으로 연재 중단)

1976 「어떤 연애」(단편), 『문학사상』, 1월
「망명시인」(단편), 『창작과 비평』, 9월

「목축기」(단편), 『독서생활』, 6월에 <자선 한국 명작 순례>라는 항목으로 재수록
『동맥』(장편), 『현대문학』, 2월~1977년 5월(14회) * 미완(사망으로 연재 중단)

* 창작집

『북원』(제1창작집), 간도 예문당, 1944
『제삼인간형』(제2창작집), 을유문화사, 1954
『초연필담』(제3창작집), 글벗집, 1955
『풍차』(제4창작집), 동민문화사, 1963
『벼』(제5창작집), 정음사, 1965
『망명시인』(제6창작집), 일지사, 1976
『초연』(작가 사후 마련된 제7창작집), 태창문화사, 1977

* 기타 단행본 장편소설(집) 〈전집, 문고본과 기타 선집류는 제외〉

『화환』(장편소설), 글벗집, 1955
『내일 피는 꽃』(장편소설), 글벗집, 1955(1판) * 1958(2판)
『제2의 청춘』(장편소설), 일조각, 1958
『북간도』(장편소설, 제1부), 춘조사, 1959
『북간도』(장편소설－1,2), 삼중당, 1967
『생각하는 갈대』(장편소설), 선일문화사, 1973
『황진이』(장편소설), 홍문각, 1977
『이화에 월백하고』(장편소설－상,하), 한진출판사, 1978
『내일은 풍우:산을 바라보는 사람들』(장편소설집), 신한출판사, 1982
『통로』(장편소설), 정음사, 1985
『북향보』(장편소설), 문학출판공사, 1987
『을지문덕』(장편소설), 일신서적출판사, 1994

* 수필집

『명아주 한 포기』(유고), 문예창작사, 1977
『북간도에 부는 바람』, 영언문화사, 1987

* 창작집 수록 작품

1) 『북원』
「목축기」, 「원각촌」, 「토성」, 「한여름밤」, 「바람」, 「부억녀」, 「차중에서」, 「함지쟁이 영감」, 「사호실」, 「벼」, 「새벽」, 「새마을」
2) 『제삼인간형』
「여수」, 「밀회」, 「범속」, 「취국」, 「제비」, 「쾌청」, 「역의 처세철학」, 「명암」, 「제삼인간형」, 「목축기」
3) 『초연필담』
「초연필담」, 「염서위문」, 「한여름밤」, 「기로」, 「가면」, 「고향바다」, 「상고기」, 「찌프 차를 탄 며느리감」, 「향수」
4) 『풍차』
「서장」, 「유산」, 「등교통고」, 「대구 이야기」, 「이런 춘향」, 「선의」, 「배신」, 「파란눈」, 「소년부도」, 「도청도설」, 「좁은 파동」, 「소박한 인상」, 「맹아기」, 「풍차」
5) 『벼』(1978년 판)
「IRAQ에서 온 불온 문서」, 「불고기 냄새」, 「시정」, 「두 개의 발정」, 「나루터의 탈주」, 「갱생기」, 「대구에서 온 손님」, 「빈자리」, 「노정」, 「부억녀」, 「원각촌」, 「새벽」, 「벼」
6) 『망명시인』
「망명시인」, 「꿰매 입은 양복바지」, 「노부부」, 「효수」, 「삼인행」, 「나자 머자니크」, 「어떤 연애」, 「귀심」, 「향수」
7) 『초연』,
「초연필담」, 「사호실」, 「토성」, 「풍차」, 「유산」, 「제비」, 「집」, 「여수」, 「목축기」, 「밀회」, 「취국」, 「고향바다」, 「파란눈」, 「원각촌」

3. 연구 서지

* 연구논문

김수영, 「푸로필 안수길－소설가」, 『문화세계』, 1954.1

곽종원, 「안수길론」, 『신태양』, 1955.4

김영덕, 「시대의식과 인간형의 형성－부(附) 안수길씨의 「제3인간형」 시비」, 『문학인』, 문학인동호회, 1956.1

박연희, 「평론의 기준－작가 안수길씨에게」, 『경향신문』, 1958.10.11

박연희, 「신문소설과 본격소설－안수길씨의 『제2의 청춘』을 읽고」, 『조선일보』, 1958.11.11~12

곽종원, 선우휘, 최일수, 「『북간도』 독후감」, 『사상계』, 1959.5

백 철, 「기성작가의 항변 『북간도』－4.5월 작품 best의 순위」, 『동아일보』, 1959.5.22

최일수, 「한계상황의 인간－7월의 창작평」, 『사상계』, 1959.8

백 철, 「역사 사실과 현대작품－북간도 등을 케이스로 해서」, 『자유문학』, 1963.5

구인환, 「이 달의 문제작:소설…안수길 작 「효수」」, 『주간한국』, 1965.10.3

홍사중, 「작단시감－무격식 속의 아필－「효수」(안수길 작)」, 『동아일보』, 1965.10.7

김우정, 「이 달의 문제작 <소설> 안수길 「꽤매입은 양복 바지」」, 『주간한국』, 1966.5.8

백 철, 「우리 문학사에 남을 작품 '북간도' 서(序)에 대하여」, 『북간도』(상), 삼중당, 1967.

최인훈, 「대범한 군자, 안수길－인물데쌍」, 『현대문학』, 1967.1

백낙청, 「작단시감 『북간도』－스케일이 큰 민족사의 기록 외 2편」, 『동아일보』, 1967.10.28

최인훈, 「소설 1년－『북간도』 평」, 『대한일보』, 1967.12.27

김우창, 「<서평> 안수길 저 『북간도』－사대에 걸친 주체성 쟁취의 증언」, 『신동아』, 1968.3

윤병로, 「<특집> 회갑문인 기념－안수길의 문학」, 『월간문학』, 1971.8
신동한, 「민족의식과 윤리성」, 한국현대문학전집 9, 삼성출판사, 1972.
신동한, 「안수길의 문학」, 어문각 해설, 1972
김치홍, 「안수길이 그린 인간상」, 『명지대 명지어문학』 5집, 1972.2
이철범, 「현대문학과 역사의식－『북간도』, 「홍남철수」, 「새」를 중심으로」(상, 하), 『세대』, 1972.9~10
원형갑, 「안수길의 작품세계」, 『제3인간형』(삼중당문고 37), 삼중당, 1975
이광훈, 「안수길론」, 『목축기』(범우소설문고), 범우사, 1976
신동한, 「서민정서와 역사의식－안수길의 작품 세계」, 한국문학대전집 10, 태극출판사, 1976
오양호, 「이민문학론(1)」, 『영남어문학』 3집, 1976.10
이동주, 「실명소설 「안수길」」, 『현대문학』, 1976.11
이형기, 「등산로의 의미－안수길의 문학」, 『풍차/등교통고 외』(삼중당 문고), 삼중당, 1977
김우창, 「민족 주체성의 의미」, 『궁핍한 시대의 시인』, 민음사, 1977
삼지수승(三枝壽勝), 「만주의 한국문학」, 『경희문선』 제3권, 1977.2
염무웅, 「노작가의 향수－안수길 저 「망명시인」, 오영수 저 「황혼」」, 『문학과지성』, 1977.3
백　철, 「여수」와 『북간도』와 『초가삼간』, 『현대문학』, 1977.6
최인훈, 「<특집> 안수길의 인간과 문학－우리는 이제 특권을 잃었습니다」, 『한국문학』, 1977.6
홍기삼, 「<특집> 안수길의 문학과 인간－대상화와 역사의식」, 『한국문학』, 1977.6
김병익, 「웅혼한 선비작가 안수길」, 『교육춘추』, 대구교대, 1977.6
최인훈, 「<특집> 그 사람 그 업적－사회의 역사 담은 완성적 작품세계－안수길론」, 『세대』, 1977.7
윤재근, 「안수길론」, 『현대문학』, 1977.9~10
김영수, 「안수길론」, 『현대작가론』, 형설출판사, 1979.
김진영, 「『북간도』에 대하여」, 『국어교육』 제34호, 1979.2
김영화, 「역사와 개인－안수길론」, 『현대문학』, 1979.4
오인문, 「민족문학의 웅지」, 한국현대문학전집 18, 삼성출판사, 1980

김윤식, 「안수길론—북간도에 이르는 길」, 『속한국근대작가론고』, 일지사, 1981
송상일, 「안수길의 「제삼인간형」—개인사와 민족사의 매개」, 『한국 현대소설 작품론』, 문장, 1981
김영화, 「안수길론—『북간도』의 세계」, 『현대문학』, 1981.8
김주연, 「세속적 엄격주의—안수길론」, 한국단편문학대계 5, 한국문인협회 편, 삼성출판사, 1982
김치수, 「소설 속의 간도 체험」, 『현대문학』, 1982.3
김영동, 「한국소설에 수용된 북간도」, 『새국어교육』 제36호, 한국국어교육학회, 1982.12
김영화, 「안수길의 『북간도』」, 『현대작가론』, 문장, 1983
신동한, 「『북간도』론—안수길의 『북간도』」, 『광장』, 1983.5
민현기, 「안수길의 소설과 <간도>체험」, 『한국현대소설사 연구』, 민음사, 1984
서영애, 「『북간도』 연구—이원적 세계관을 중심으로」, 『어문학교육』 7집, 부산국어교육학회, 1984.12
황송문, 「다시 읽어보는 전후문제작—안수길 지음 「제3인간형」」, 『북한』, 1984.12
채 훈, 「재만 문예 동인지 『북향』고」, 『어문연구』 제14집, 어문연구회, 청주대 논문집, 1985.11
김윤식, 「장사꾼의 후손들—안수길의 『통로』와 『성천강』」, 『정통문학』(창간호), 1985.12
김윤식, 「우리 문학의 만주체험 비판」, 『문학사상』, 1986.1
김윤식, 「우리 문학의 만주체험」, 『소설문학』, 1986.6~7
김윤식, 「『성천강』과 『북간도』」, 동서한국문학전집 12, 동서문화사, 1987
서굉일, 「북간도의 역사적 상황」, 오늘의 역사 오늘의 문학 7, 중앙일보사, 1987
오양호, 「역사적 삶과 그 극복」, 오늘의 역사 오늘의 문학7, 중앙일보사, 1987
오양호, 「신개지의 기수들—『북향보』의 인간상 고찰」, 『북향보』, 문학출판공사, 1987
신동한, 「안수길의 문학세계—<제2의 청춘>을 중심으로, 한국문학전집 18, 삼성당, 1988
이기윤, 「현대 소설사적 의의에 관한 시론—안수길의 『북간도』」, 『한국장편소설연구』, 삼지원, 1990

한승옥, 「'북간도' 3부작 연구」, 『동서문학』, 1990.4
오양호, 「민족의 수난사와 그 정사 의식」, 『북간도』(상, 하), 삼중당, 1993
김우종, 「안수길의 문학세계-<을지문덕>에 나타난 허구와 진실-」, 『을지문덕』, 일신서적출판사, 1994
한승옥, 「안수길 『북간도』 3부작론」, 『한국 전통 비평론 탐구』, 숭실대학교 출판부, 1995

* 단행본

김윤식, 김현, 『한국문학사』, 민음사, 1973
윤병로, 『현대작가론』, 이우출판사, 1978
이재선, 『한국문학의 해석』, 새문사, 1981
김윤식, 『안수길 연구』, 정음사, 1986
오양호, 『한국문학과 간도』, 문예출판사, 1988
이정숙, 『실향소설 연구』, 한샘, 1989
채 훈, 『일제 강점기 재만한국문학연구』, 깊은샘, 1990
이재선, 『한국현대소설사』, 민음사, 1992
최경호, 『안수길 연구』, 형설출판사, 1994

* 학위논문

최정환, 「안수길론」, 중앙대 석사논문, 1981
강영숙, 「안수길 소설 연구」, 영남대 석사논문, 1984
오계실, 「『북간도』 연구」, 단국대 석사논문, 1984
이재동, 「안수길 소설에 나타난 인물 분석전」, 경희대 석사논문, 1984
최경호, 「안수길 소설 연구」, 계명대 석사논문, 1984
서병국, 「안수길의 장편소설 연구:북향보, 북간도, 성천강을 중심으로」, 한국외대 교육대학원 석사논문, 1985
한상면, 「안수길의 초기소설에 나타난 가족의 원형적 체험」, 고려대 석사논문, 1986
황대철, 「안수길 연구:작가의식의 변모를 중심으로」, 경북대 석사논문, 1987

이향임, 「안수길의 『북간도』 연구」, 건국대 석사논문, 1987
조구호, 「안수길 초기소설 연구」, 경상대 석사논문, 1989
최경호, 「안수길 소설 연구」, 계명대 박사논문, 1989
박창순, 「'북간도' 연구」, 인하대 박사논문, 1990
계재성, 「안수길의 "북간도" 연구」, 계명대 석사논문, 1991
김선자, 「안수길 초기소설 연구:주제와 인물을 중심으로」, 중앙대 석사논문, 1991
유충렬, 「안수길 소설에 나타난 고향의 의미 연구:『북원』, 『북향보』, 『북간도』를 중심으로」, 인천대 석사논문, 1991
윤석달, 「한국현대가족사소설의 서사형식과 인물유형 연구」, 고려대 박사논문, 1991
안철현, 「안수길 소설 연구」, 중앙대 교육대학원 석사논문, 1992
김현욱, 「안수길의 소설 연구:실향의식을 중심으로」, 전남대 교육대학원 석사논문, 1993
윤창주, 「안수길의 "북간도" 연구:서술양식 분석을 중심으로」, 고려대 석사논문, 1993
홍연실, 「간도소설 연구:최서해, 강경애, 안수길의 작품을 중심으로」, 건국대 석사논문, 1993
류미영, 「안수길의 초기소설 연구:'북원'을 중심으로」, 연세대 교육대학원 석사논문, 1994
맹주회, 「안수길의 초기소설 연구:작품집 "북원"을 중심으로」, 숙명여대 교육대학원 석사논문, 1994
김창해, 「안수길 소설의 공간 모티프 연구:통로, 성천강을 중심으로」, 단국대 석사논문, 1995

(정리 ; 이상갑)

이 작가, 이 작품

1930년대 민족 현실, 그 아이러니의 세계

— 염상섭 장편소설 『무화과』론

김 종 균*

1. 서언

염상섭은 1928년 2월, 2년간의 궁핍한 동경 생활을 청산하고 서울로 돌아왔다. 서울에 돌아온 염상섭은 동경에서의 창작 경험을 살려 본격적으로 장편소설 쓰기에 전념했다. 이로부터 염상섭의 장편소설 시대가 열리었다. 염상섭은 재동경시 그의 최초의 대장편소설 『사랑과 죄』를 호평리에 마치고, 『매일신보』에 『이심』(1928)을 쓰기 시작하면서 『조선일보』에 『광분』(1929), 『삼대』(1931)를 연재하였고, 이어 『무화과』(1931), 『백구』(1932), 『모란꽃 필 때』(1934), 『불연속선』(1936) 등 10여 편의 장편소설을 신문에 계속 연재하였다. 1936년 그가 만주로 가기까지 서울에서의 8년간의 창작 생활은 실로 염상섭 문학의 황금기였다.

염상섭은 귀국 후 1년만인 1929년 5월 그의 나이 32세에 결혼을 했다. 염상섭의 결혼은 한마디로 아이러니였다. 신부는 방년 19세였고, 그의 처

* 金鍾均, 한국외국어대학 한국어교육과 교수, 주요 저서로는 『염상섭연구』 『한국근대작가의식연구』 등이 있음.

가는 자기네가 살고 있는 북촌과는 정반대인 남대문 시장 근처 죽첨동이었으며, 그의 장인 또한 자기 부친(군수)과는 달리 실업가였다. 말하자면 관료 집안과 상인 집안의 혼인이었다. 염상섭의 결혼식은 전통 혼례식으로 치러졌다. 결혼 후 그는 생활이 안정되었다. 그해 9월 염상섭은 『조선일보』 학예부장이 되었다. 이때부터 염상섭의 창작 생활은 본격적으로 전개되어 동경 생활 2년 동안 재충전된 불꽃 튀는 창작 에너지가 이 기간 8년 동안 완전히 소진되었다.

염상섭은 대한제국 군수의 셋째 아들로 태어났지만 관료적인 것을 극히 꺼렸다. 합병 이후 부친은 군수 자리에서 물러나게 되고, 맏형 염창섭은 영친왕을 따라 동경으로 가 일본 육군사관 생도가 되었다. 염상섭은 자기 집이 몰락하게 된 것은 한일합병 때문이라고 믿었다. 따라서 염상섭은 관립학교를 중퇴하고 사립학교로 전학을 하는 등 항일 감정에 젖어 소년기를 보냈다. 그런가 하면 염상섭은 15세의 소년으로 단신 도일하여 일본 최고의 관립 중학인 경도부립중학를 졸업하고 경응대학에 적을 두기도 했으며, 1919년 오사카에서 스스로 조선독립선언서와 격문을 작성하여 독립 시위를 주동하기도 했다.

염상섭은 언제나 남의 앞에 나서기를 꺼려 2등만 고집했지만 실질적으로는 첫째 가는 행동가였다. 그의 결혼은 당대 시류적 경향과는 크게 벗어나 있었지만 그의 극단적인 보수성과 진보성을 그대로 보여준 한 예가 된다. 항상 옆으로 가기만 했던 염상섭은 횡보아닌 정도만을 언제나 걸어왔다. 일생 동안 돈의 이야기를 쓰면서도 그는 돈을 만지고서는 곧 돈 만진 손을 물로 씻어야 직성이 풀리는 결벽증을 지니고 있었다. 염상섭은 서울 본토박이면서도 죽는 그날까지 자기집 한 칸 없이 서울에서 줄곧 살았다. 염상섭의 유일한 직업은 신문 편집 기자였지만 제 손으로 신문 한장 만들어 보지 못했다. 그는 신여성을 극도로 증오하면서도 신여성과 연애도 하고 결혼도 했다. 염상섭은 일본을 증오하면서도 동경과 경도에서 학창 생활을 했다. 염상섭은 위병으로 고통을 받으면서도 —술을 먹으면 병이 악화됨을 알면서도— 죽는 그날까지 술을 마시었다. 염상섭은 생활이 궁핍하면 궁핍할수록 가난을 결코 탓하지 않았다. 그는 전세집으로 이사를 하면 제일 먼저 자기 성명 석자의 문패를 달고 나서 동네 어구의 선술집으로 달려가 자기가 저 집으로 이사온 아무개임을 알리고 외상을 텄다. 염상섭은 일본을 극도로 미워하면서도 언제나 일본군 장교인 맏형과 친일적인 선배 진학문의 도움을 받았다. 이들은 염상섭 생활의 둘도 없는 후원자였다. 그러나 염상섭은 살아 생전 한 번도 이들에 대해 말한 적이 없다. 일제 말기 극도로 피폐할 때 염상섭은 만주에서 일생일대의 풍요로움을 누리며 살았다. 그러나 그는 친일을 한 일이 없다. 말하자면 염상섭의 일생은 아이러니 바로 그것이었다.[1]

염상섭은 당대 식민지 현상을 아이러니로 보았다. 그의 생애나 1930년대 민족 현실이 또한 그러했기 때문이다. 따라서 여기서는 그의 일련의 1930년대 장편소설을 통해 이를 확인해 보기로 한다.

2. 1930년대 민족 현실

염상섭은 1930년대 민족 현실을 민족의 최대 시련기로 인식하는 한편 극복의 대상으로 인식했다. 염상섭은 민족 현실을 이렇게(일제의 식민지) 만들어 놓은 책임은 전적으로 양반 권력층에 있다고 보았기 때문에 이를 극복할 수 있는 세력은 민족의 주체인 자각한 민중밖에 없다고 여겼다.

> 조선인으로 하여금 기골없고 능력없고 염치없고 생명의 창조가 없게 보이기는 그 본질적 실상이 아니라, 부폐타락한 그 대표계급에 限하는 특유현상임을 입증하기 위하여 의식 우 무의식(意識 又 無意

1) 김종균, 『염상섭연구』(고려대 출판부, 1974) 및 『염상섭』(동아일보 출판부, 1995) 생애편 참조.

識)한 가운데 기다(幾多)의 숭고한 행위가 생겼습니다. — 중략 —

불충한 유사(有司)에게 유도된 가사상태는 순성(純誠)한 민중의 실지 각성으로 말미암아 근본적 개화가 생기게 되었습니다.[2)]

염상섭은 이광수와는 달리 민족의 지도자가 아니라 자각한 민중의 힘에 의해 민족의 자주 독립과 국가의 근대화가 이루어질 수 있다고 믿었다. 따라서 염상섭은 민족의 주체는 민중이라고 보았던 것이다.

<민족>이라는 새 정신에 생명의 큰 길을 발견하게 된 것은 천만다행한 일입니다. 더욱 뼈에 사무치게 고마운 일은 이 의식과 이 성찰과 이 각오(覺悟)와 이 발견이 결코 외래적 자극에만 말미암음도 아니요, 결코 우연적 충동에만 말미암음도 아니요, 결코 일시적 편의에만 말미암이 아니라, 진실로 진실로 깊이서 솟아나는 근원에서 흘러나오고 단단히 지경 다진 터전에서 세워진 것입니다.

—중략— 그 덕에 우리의 민족의식은 가장 예민하고 심원하고 주편하고 순수할 수 있게 되었습니다. 그 덕에 색채가 광선(光鮮)하였습니다. 그 덕에 민족의식 상의 최고 가치를 조성하게 되었습니다.[3)]

염상섭은 3·1운동의 주체를 민중으로 보았고, 자기 자신 1919년 3월 19일 오사카에서 노동자 중심의 독립시위를 벌였으며, 스스로 복음 인쇄소에서 노동 체험 및 노동운동을 벌이기도 했다. 한편 염상섭은 학창 시절 문학보다 역사, 정치, 법률서를 더 많이 탐독하였고, 신문사에서도 정경부 기자로 활약한 점 등을 미루어 보더라도 그의 역사적 현실감이 어느 작가보다 뛰어났었다는 사실을 알 수 있다. 염상섭은 민중을 청년 인텔리를 포함한 민족주의자 내지 사회주의자를 망라한 반봉건적 항일적 성향의 신세대로 보았다.

3·1운동에 대표적으로 나타난 민족의식의 경우 「민족개조론」은

2) 염상섭, 「조선민시론」, 『동명』창간호(동명사, 1922. 9. 3-4) 권두언.
3) 염상섭, 위의 글 「조선민시론」.

그것을 정치적 사건이기 때문에 도외시하고 있지만, 염상섭은 민족적 시련을 극복하기 위한 획기적 사건으로 본다. —중략— 염상섭에게 식민지적 현실은 그 나라의 주인인 원주민이 다른 민족의 종노릇을 한다는 아이러니컬한 정치적 현실이었기 때문에 반체제투쟁으로 극복해야만 할 대상이었다.[4)]

민족의 주체인 민중이 탄압받는 민족 현실은 용납될 수 없는 노릇이나 엄연한 현실인 바 염상섭은 당대 식민지 사회를 권모술수가 판치는 가치 훼손의 사회로 인식할 수밖에 없었다.

웃거나 울지 않고는 먹을 수 없는 세상은 태평세상이 아니다. 건전한 사회가 아니다. 그러나 역시 웃거나 울지 않으면 먹을 수단이 없다. 웃음으로 아첨을 하거나 울음으로 위혁을 하거나 이 두 가지 중에 한 가지 장기도 없으면 이 세상에서는 낙오자이다. 남이 거들떠보지도 않는다. 입에 거미줄을 칠 위인이다. 제왕의 권세로도 달라고 손을 벌이는 마당에도 그러하고 아비가 아들에게도 그러한 것이다. 그러나 웃음도 진짜면 안되는 것이요, 울음도 진국이면 누(陋)해뵈고 추해만 보이는 것이니 웃고 싶지 않은 웃음이어야 쓰고, 날잡아 잡슈하는 울음이 아니라 너를 죽이겠다 하는 칼을 품은 울음이어야 먹을 것이 선듯 나오는 것이다. 만일에 세고(世苦)와 처세에 능란한 사람이면 살살눈웃음을 치는 그 눈속에 방울같은 눈물과 서슬이 시퍼런 칼날이 한꺼번에 번쩍일 것이다. 권모술수라는 것이다.[5)]

극단의 권모술수가 판치는 식민지 사회 현상을 단적으로 지적한 눈물과 웃음의 생태 그것은 무엇인가. 생존이 박탈당한 상황에서 그래도 살아 남으려면 거짓 웃음을 웃어야 하고 거짓 울음을 울어야 하는 현상은 일종의 희극 아닌 아이러니일 수밖에 없다.

한편 염상섭은 소설과 역사는 당대 사회의 진실을 드러내야 하기 때문

4) 이보영, 「민족사를 보는 두 개의 시각」, 『문맥』 제5호(전주문인협회, 1995. 12) p.61.
5) 염상섭, 『무화과』(동아출판사, 1995) p.31.

에 작가나 사가는 상상력에 의해 대상을 관찰하고 서술하지 않으면 안된다[6]고 보았듯이 그는 역사를 쓰는 심정으로 소설을 썼다. 이같은 염상섭의 당대 민족 현실 인식은 그의 모든 작품에 그대로 투영되어 있다. 1927년 『사랑과 죄』를 비롯하여 『삼대』, 『무화과』, 『백구』 등 일련의 장편소설에서도 우리는 이를 확인할 수 있다.

『사랑과 죄』[7]는 봉건 세계의 청산과 근대 사회의 지향성을 동시에 보여주고 있다. 이 작품에는 돈과 성의 일상적 세계와 민족주의와 사회주의의 이념의 세계가 함께 이야기되고 있다. 염상섭은 이념의 문제를 하찮은 일로 치부하는 듯한 숨김의 수법을 씀으로써 엄격한 검열을 피할 수 있었다. 따라서 염상섭은 일상성의 문제를 보다 표면적인 세계로 부각시키는 드러냄의 수법을 쓰지 않을 수 없었다. 말하자면 『사랑과 죄』는 염상섭의 드러냄과 숨김의 창작법에 의해 씌어진 최초의 장편소설이었다.

염상섭은 이같은 이념의 풍속화 수법을 통하여 민족의 주체인 민중의 삶을 이야기하고자 했다. 1930년대 소설들이 파행성을 면치 못할 때 그래도 소설다운 소설을 염상섭이 쓸 수 있었던 것은 이념의 풍속화 창작법 때문이었다. 이는 한마디로 순수작가가 통속소설의 수법을 수용하면서 통속소설을 극복한 예가 될 것이다. 염상섭이 문제 삼은 대표적인 민중은 20대의 사회주의 지하 운동자들과 중산층과 양반층의 후예의 심퍼사이저들이었다.

『사랑과 죄』의 자작 이해춘과 그의 청지기의 딸 지순영의 사랑이나 변호사 김호연과 최진국의 사회주의 운동은 한마디로 염상섭이 당대 사회를 아이러니로 인식한 결과이다. 지순영을 중심으로 한 치정의 세계 역시 봉건적 전근대 사회의 타락을 아이러니컬하게 보여준 한 예이다. 『사

6) 염상섭, 「소설과 역사」, 『매일신보』(1934. 12. 23).

7) 이 작품은 『동아일보』에 1927. 8. 15—1928. 5. 4까지 257회 연재되었다. 염상섭의 첫 대장편소설다운 장편소설로 일본 동경 체재 기간에 씌여졌다.

랑과 죄』는 김호연의 근대 지향적 가치가 중심을 이루고 있지만 이해춘의 봉건적 세계의 타락상과 일상적 세계의 본능적 양상이 표면의 세계로 드러나 있다. 한마디로 『사랑과 죄』는 이념의 풍속화 수법에 의해 씌어진 아이러니의 세계였다.[8)]

『삼대』[9)] 역시 봉건사회의 종식과 근대사회의 지향성을 보여주고 있다. 표면적 이야기는 봉건적 인물의 전형인 조의관의 죽음과 함께 이야기가 끝난다. 하지만 염상섭이 하고 싶었던 이야기는 식민지 사회의 세대인 조덕기와 김병화의 삶이었다. 따라서 염상섭은 『삼대』에서 봉건적 세계와 개화기의 사이비 근대 세계를 지양하고, 민족의 주체인 민중의 세계를 지향하였다. 『삼대』의 아이러니 세계는 한마디로 조의관과 그의 아들 조상훈의 삶이다. 조의관은 돈을 벌자 가문을 빛내려고 정총대(동회장)를 하고, 대동보소를 차리고, 족보에 금칠을 하며, 빌려온 조상의 제사를 유별나게 지내는 한편 아들을 미국 유학시키고 손자를 일본 유학시키지만 아들이나 손자는 조의관의 기대를 저버린다. 채만식의 『태평천하』의 윤직원 역시 가장 기대했던 종학이 사회주의자가 되어 동경 경시청에 체포되었다는 소식을 듣고 '이제 우리는 망했다.'며 졸도하는 것처럼 당대 민족 현실은 한마디로 아이러니 아닌 것이 없었다.

이렇게 『사랑과 죄』와 『삼대』의 세계를 인식할 때 두드러지게 드러나는 부분이 봉건사회의 몰락 현상과 당대 민족 현실의 아이러니 세계이다. 당대 현실의 모순성은 식민지적 현상과 근대화의 과정에서 드러난다. 즉 식민지 정책의 반근대성으로 말미암아 진정한 근대화는 이루어지지 못하고 있다. 한민족의 근대화는 한민족의 주체인 민중에 의해 이루어져야 함에도 불구하고 침략 강탈자에 의해 이루어진다는 자체가 아이러니였다. 더욱 민족 주체가 일제의 탄압을 피해 지하에서 운동을 한다는 사실, 여

8) 이보영, 『난세의 문학』(예지각, 1991.) 참조.
9) 이 작품은 염상섭의 대표작으로 『조선일보』에 1931. 1. 1—1931. 9. 17일까지 215회 연재되었다.

기에 식민지 사회의 아이러니가 있다.

이같이 중산층이 몰락하고 독립 운동자들이 잠적하는 가운데 사회주의자들이 지하운동을 벌이나 결국 이들마저 체포되지만 이들은 끝까지 자신들의 이념 투쟁을 멈추지 않는다. 염상섭 장편소설이 통속소설로 떨어지지 않는 단 한 가지 이유는 사회주의자들과 심퍼사이저의 등장 때문이다. 그만큼 염상섭 장편소설에서의 사회주의자들과 심퍼사이저의 비중은 매우 크다. 염상섭은 이들을 시련기의 민족 현실을 극복할 수 있는 유일한 민족 주체 세력으로 믿었던 것이다.

『사랑과 죄』가 양반 이해춘가의 몰락과 부패의 이야기였고, 『삼대』가 중산층 조씨 가문의 삼대의 갈등의 이야기였으며, 『무화과』가 중산층 후예 이원영 집안의 몰락의 이야기였다면, 『백구』[10]는 박씨 가문의 이야기가 아니라 교사 박영식 개인의 이야기였다.

『백구』는 박영식과 이원랑 및 춘홍의 애증 중심의 이야기와 유경호가 이끄는 갱그단 이야기로 양분되어 있다. 전반부는 주로 박영식과 이원랑의 연애와 신흥 악덕 모리배 이형식의 애증 중심 이야기로 되어 있다. 이 과정에서 박영식은 이원랑을 이형식에게 빼앗기고 실연에 빠지게 되나 기생 춘홍은 이형식의 첩 생활을 청산하고 박영식과 새 삶을 도모한다. 즉 박영식과 춘홍은 애정 어린 연애를 통해 박영식은 실연의 상처를 치유하고 춘홍은 기생으로부터 갱생의 길을 걷게 된다. 한편 중개자 김종호를 통해 유경호와 박영식의 세계가 연결된다. 김종호는 심퍼사이저의 그것을 대행하고 있다. 그러나 김종호는 한낱 인쇄소 직공에 불과하다. 그의 여동생 김혜숙은 이원랑과는 대조적으로 문제적 인물이다. 그는 한 때 박영식을 좋아하기도 했지만 유경호의 갱그단의 일원으로 일한다. 김종호와 김혜숙은 이 작품의 완충지대다. 마침내 유경호, 최만석, 이장한이 이끄는 갱그단은 이형식을 침탈하여 그를 몰락시키고 운동자금을

10) 이 작품은 1932. 11. 1—1933. 6. 13일까지 189회 『조선중앙일보』에 연재되었다. 단행본은 『염상섭전집』5 (민음사, 1987)으로 출간되었다.

마련한다. 이 과정에서 김혜숙, 김경애(여교사)가 기능적으로 작용한다. 그러나 박영식은 중도적 입장을 취할 뿐이다. 오히려 이 기회를 이용하여 춘홍과의 연정에 깊이 빠져 동경으로 떠난다.

이렇게 염상섭의 표면적인 이야기는 양반 가문에서 중산층 가문으로 그리고 다시 중산층 후예와 양반층 후예로 이어져서 미침내는 소시민 개인의 이야기로 발전하였다. 이들 겉 이야기는 발전적이라기보다는 퇴보적이거나 파멸적 구조를 보이고 있으나 이들의 몰락과 부패를 통해 봉건사회와 전근대적 사회의 붕괴 현상을 염상섭은 보여주었다. 하지만 이들과는 적대 관계에 있는 식민지 정책 수행자나 이들을 따르는 브로커형 인물들은 경제적으로 발전상을 보이지만 윤리적으로는 타락한 속물로 전락한다.

그러나 문제적인 사회주의 지하 운동자들과 중산층의 심퍼사이저들의 이야기가 지속적으로 염상섭 장편소설의 속 이야기로 등장한다. 여기에 염상섭의 1930년대 민족 현실의 진실이 놓여 있다. 지하 운동자들과 심퍼사이저는 일제에게 위협적인 존재였다. 따라서 일제는 이들을 경찰력으로 제압하려 했다. 이 와중에 민족 중산층은 몰락하여 심퍼사이저의 기능마저 상실하게 되었다. 중산층의 심퍼사이저가 사라지자 사회주의 지하 운동자들은 친일파 졸부 또는 신흥 악덕 모리배의 재산을 탈취하여 자신들의 운동자금으로 쓸 수밖에 없이 되었다. 사회주의자들은 운동자금을 자신들의 힘으로 얻어내지 않으면 안되게 되면서 보다 과격성을 띠게 되었다. 지하 운동자들은 강력한 폭탄의 제조나 극렬한 집단 테러 행위를 감행하기 시작했다. 따라서 염상섭 장편소설은 일종의 스릴 만점의 탐정소설적인 흥미를 지니며 일반 독자들에게 읽힐 수 있었다.

염상섭은 감추기 수법을 통해 사회주의자들의 이같은 테러 행위는 암시적으로 보일 뿐 통속적 연애 이야기를 나타내기의 수법으로 겉에 드러내었다. 따라서 염상섭의 1930년대 후기 장편소설에서는 겉 이야기가 중산층의 가족 중심의 돈의 이야기에서 개인 중심의 사랑 이야기로 바뀌게 되었다. 심퍼사이저들도 시대에 따라 귀족(이해춘)에서 중산층(조덕기)으로 다시 근대 사업가(이원영)로 바뀌어 왔다. 하지만 이들 민족적 심퍼사이저들과는 달리 친일 브로커형 졸부들은 사회주의 지하 운동자들과의 유대성을 느끼지 못했을 뿐만 아니라 오히려 일제와 더불어 이들을 탄압하였다. 따라서 이들은 지하 운동자들에게 적일 수밖에 없었다.

염상섭이 1930년대 그의 장편소설에 심퍼사이저와 지하운동자 그리고 브로커를 등장시킴으로써 민족 현실의 극복의 의지와 당대 사회가 아이러니함을 극명히 보여줄 수 있었다. 이같은 이념의 풍속화 창작 수법은 그의 장편소설을 문제작으로 만들었다. 당시 장편소설이 통속화되거나 소설적 파탄을 면치 못할 때 염상섭만이 리얼리즘 소설을 쓸 수 있었던 이유도 여기에 있다.

3. 『무화과』, 그 아이러니의 세계

염상섭은 『삼대』, 『무화과』[11], 『백구』를 삼부작으로 구상하여 자신의 역사철학과 아이러니 세계를 보여주려 했다. 염상섭이 식민지적 현실을 누구보다도 먼저 소설로 쓸 수 있었던 것도 그가 문학을 역사철학과 아이러니로 인식했기 때문이었다.

염상섭은 식민지 사회를 무화과의 세계로 보았다. 꽃없는 시대라는 것이다. 꽃없는 데서 꽃을 찾으려는 짓은 일종의 아이러니가 아닐 수 없다. 꽃이란 무엇인가. 나라가 아닌가. 나라 잃은 민중이 나라를 찾으려는 행

11) 『무화과』는 『매일신보』에 1931. 11. 13- 1932. 11. 12일까지 329회 1년 동안 연재되었다. 따라서 염상섭 소설 중 최대의 장편소설이다. 여기서는 『매일신보』본을 기본 텍스트로 했다. 인용문 아래 ( ) 안의 숫자는 연재 회수다. 경우에 따라서는 독자의 편의를 위해 동아출판사판(1995. pp.13-847)에서 본문을 인용하기도 했다.

동 또한 아이러니가 아닐까. 염상섭이 자식에게는 꽃을 주고 싶어하는 심정을 우리는 미루어 짐작할 수 있다. 그러나 당시 민족 현실로 보아서는 한낱 아이러니컬한 짓으로 보일 수밖에 없다. 하지만 염상섭은 이같은 아이러니를 통하여 민족의 자각과 그 극복의 의지를 보여주었다.

> 우리 부모만 하여도 비트러졌으나마 꽃 속에서 나고 꽃 속에서 길리웠다. 그러나 우리는 꽃없이 났다. 무화과(無花果)다. 우리 자식도 꽃없이 났다. 그러나 자식의 일생도 우리의 생애같이 보내게 하고 싶지는 않다. 꽃 속에서 기르고 싶다. 그 책임은 물론 우리에게 있는 것이다. 나는 이러한 축원하는 마음으로 이 소설을 쓴 것이다.
>
> — 중략 —
>
> 그리고 이 소설은 자식을 기르는 젊은 부모의 생활과 마음을 쓴 것이기 때문에 그 자식이 장래에 꽃 속에서 자랄지 혹은 역시 꽃없이 자랄지 거기까지는 쓰지 못할 것이다. 그럼으로 만일 나의 상상력이 허락하고 독자의 흥미가 끊어지지 않으면 자식의 살림과 마음까지도 쓸 날이 있을 것이다. 즉 이 「무화과」는 삼부작의 제이편의 형식이다.[12]

우리는 여기서 염상섭의 식민지 시대의 불행 의식과 이를 극복코자 하는 의지뿐만 아니라 자식에게는 더 이상 불행을 물려주고 싶지 않은 부모의 마음을 엿볼 수 있다.

『무화과』의 이야기는 크게 보아 4갈래로 이루어져 있다. 『무화과』의 첫째 이야기는 당대 중산층으로 대표되는 이원영의 몰락 과정의 이야기다. 즉 봉건적 중산층이 형성한 자산이 근대 민족 중산층에 의해 어떻게 파산되어 가는가에 이야기의 초점이 맞추어져 있다. 이원영의 욕망은 자아 실현에 모아지고 있다. 이원영의 자아 실현은 심퍼사이저적 측면과 근대 사업가로서의 측면으로 나뉘어진다. 이원영의 심퍼사이저적 측면은 그의 이념 실현의 실체였다. 이원영의 첫 심퍼사이저 노릇은 상해에 있

12) 염상섭, 『매일신보』(1931. 11. 11).

는 지하 운동자 김동국의 요청으로 운동자금을 보낸 일이었다. 돈을 전달한 것은 신문사 특파원 원태섭이었다. 이 김동국 사건으로 인해 이원영은 첫 번째 유치장 생활을 하였다. 이원영의 두 번째의 심퍼사이저 노릇은 김동국의 요청으로 서울 지하운동의 아지트 조일 사진관 운영비와 구입비를 대어 준 일이었다. 이 일은 연락원 조정애·사진관 기사 홍·이원영의 관계에서 이루어졌다. 이는 동경의 김동욱 사건, 조정애의 서울 잠입과 연관되어 이 일로 이원영은 두 번째 경찰 조사를 받고 1주일 감금되었다 풀려나지만 조일 사진관의 폭발물 사건이 일어나자 3번째 경찰에 체포되었다. 이원영의 이같은 심퍼사이저로서의 행위는 당대 중산층이 이념적 가치를 획득할 수 있는 유일한 방법이었다. 이원영이 문제적 인물일 수 있는 점은 오직 심퍼사이저에 있다.

이원영의 근대 사업가로서의 측면은 그의 자아 실현의 실체였다. 이원영은 본래 이재동포를 위한 구제사업을 하고자 했지만 삼익사 문제로 신문지상에 오르내리자 신문사 경영을 결심하였다.

> 만주에서 몰려나오는 이재동포를 위하여 큰 농장을 하나 경영한다든지, 국유림불하운동같은 것을 해서 개간산업을 한다든지, 무어나 희생적으로 구제사업을 하는 편이 돈 쓰는 보람이 있겠다고 생각하는 것이었다.[13)]

이원영의 자아 실현체는 신문사 경영이었다. 이원영은 나이 25세의 약관으로 거금의 유산을 투자하여 신문사 이사와 영업국장이 되었다. 그는 신문에 대해 아무 것도 모른 채 신문 경영 실무를 맡게 되면서 사원들의 비웃음과 조롱을 받는다. 그뿐만 아니라 본의 아니게 이원영은 문제의 해직 기자들로부터 오해를 받게 되었다. 이원영은 영업국장 자리를 지키기 위해서는 계속 투자를 해야만 했고, 자신이 해임한 전경리부장 김홍

---

13) 염상섭, 『무화과』(동아출판사, 1996) p. 18

근과 전영업국장 장필승 그리고 사장의 음모와 맞서 싸워야 했으며, 해직 기자의 탄원과 테러에 맞서야만 했다. 이원영은 이 3가지 일에서 해직 기자의 일만 빼놓고 모두 실패한다. 해직 기자들은 자신들이 해직당한 것은 김홍근의 모략인 것을 알게 되면서 이원영에 대한 오해가 풀리고 그를 동정하기에 이르렀다. 해직 기자 중 원태섭과 김봉익은 이원영과 관계를 유지하면서 새 삶을 지향한다. 한편 이원영은 삼익사가 파산되자 신문사에 돈을 댈 수 없게 되자 영업국장 자리를 물러나게 되고, 따라서 김홍근의 책략으로 이탁이 부사장에 앉게 되면서 이원영의 신문사 경영을 통한 자아 실현은 완전히 좌절되고 말았다. 이 과정에서 즉 이원영 · 김홍근 · 이탁이 벌이는 행동은 모두 아이러니컬하지 않은 것이 없다.

이원영의 무능과 김홍근의 권모술수와 이탁의 꼭두각씨 노릇이 그러하다. 이원영은 돈으로 자신의 무능을 은폐하려 하고, 나약한 인텔리로서 심퍼사이저가 되며, 젊은 나이에 첩을 거느리고 그 외에 다른 여인(박종엽, 조정애)들에게 연정을 품지만 모두 실패한다. 이같은 무능과 허세가 결국 이원영의 아이러니 세계였다. 사실 엄격히 말하면 이원영은 중산계층이 아니다. 한낱 나약한 인텔리요, 중산층의 무능한 후예일 뿐이다. 그는 자기 손으로 한푼의 자산도 모은 일이 없다. 그는 자신이 몰락하게 된 이유를 민족 현실과 자신의 무능으로 돌리고 있다.

> 신문사를 탓할 것도 없고, 삼익사를 탓할 것도 없다. 한아는 우리네의 몰락해가는 대세요, 조선의 시운이요, 또 한아는 돈푼있는 집 자식들의 교육이 그랬든 것이라고도 할 것이다. (322회)
>
> 「그러나 사실 그것이 인텔리(지식계급)의 비애요, 프티뿌르(중산계급의 소시민)의 공통한 약점이 아닌가! 생활의 능력과 자신이 없는 남자— 나는 결코 그렇지 안타는 것은 아닐세. 그러기에 자기자신의 그런 비참한 꼬락서니를 남에게 보이기 싫으니까 꼬리를 감추겠다는 게 아닌가?」(316회)

파산당한 이원영은 아무 일도 할 수 없게 되었다. 그는 채련과 더불어 서울을 떠나고자 한다. 하지만 이원영은 조일 사진관 폭발물 사건에 연루되어 서울역에서 경찰에 체포된다. 그는 사오년 징역살이할 각오를 한다.

『무화과』의 둘째 이야기는 브로커들이 벌이는 음모와 모략 즉 그들의 권모술수의 이야기다. 이들의 이야기는 보도 나무 카페와 명월관을 주무대로 하여 이원영과 지하 운동자들을 대상으로 전개된다. 브로커의 대표적인 인물은 김홍근과 안달외사다. 김홍근이 벌이는 첫째 음모는 자기를 경리부장 자리에서 몰아 낸 이원영을 신문사에서 쫓아내는 일이다. 이일의 성취를 위해 시골 갑부 이탁 영감을 서울로 불러와 신문사에 투자하게 하려 한다. 김홍근은 이탁의 환심을 사려고 기생 채련, 여기자 박종엽, 신여성 이문경 등을 꾀어내려 하지만 실패한다. 그러나 이탁은 김홍근의 꾀임에 빠져 거금 3만원을 신문사에 회사하고 부사장이 된다. 둘째 김홍근은 이원영의 심퍼사이저의 비밀을 알아내어 경찰에 고발하거나 이를 홍정거리로 삼아 이원영에게서 돈을 갈취하려 한다. 이 과정에서 그가 보여주는 모략과 중상은 한마디로 당대 식민지 사회의 아이러니를 그대로 보여주고 있다. 이탁과 김홍근이 벌이는 성과 돈에 얽힌 통속적 이야기는 이 소설의 흥미거리 중의 흥미거리다. 여기에는 여러 개의 연애 삼각형이 형성되어 있다.

시골 갑부 이탁은 김홍근의 권모술수에 넘어가지만 본인은 그것을 전혀 모른다. 『무화과』의 화자는 이탁을 삼만원으로 호칭한다거나, 늙은 오입쟁이로 부른다. 그는 자기 아들에게 주려고 산 남자 시계를 채련에게 선물로 주지만 그 시계는 이원영의 팔목에 채인다. 이런 식으로 화자는 이탁을 경멸하거나 놀리고 있다. 이같이 이탁의 행동 자체가 모두 코믹하고 아이러니컬하다.

김홍근은 두 차례 지하 운동자에게 심하게 매를 맞는다. 한 번은 해직기자 건과 원태섭 건으로 탑골 승방에서 김봉익·김병화에게 구타를 당했고, 두 번째는 이문경 위협 건으로 이원영네 사랑방에서 김봉익·한인호·이문경·박종엽이 대좌한 자리에서 역시 김병화에게 구타를 당했다. 이 과정에서 김홍근은 사실상 인간 이하의 취급을 받는다. 하지만 그는 조금도 그에 구애받지 않고 여전히 권모술수를 부리며 사사건건 관여한다. 그의 권모술수는 성공하여 그가 관여하는 모든 일이 성취된다는 데 바로 아이러니가 있다. 그밖에 그가 추천한 이탁을 신문사 부사장을 시키는 일, 이원영을 신문사에서 내쫓으려는 일, 김봉익, 원태섭, 박종엽 등 문제적 기자를 해직시키는 일, 이문경을 위협하여 돈을 갈취하는 일 등은 모두 이루어진다. 김홍근의 권모술수는 그만큼 가치 훼손의 당대 사회에서는 가장 적확한 처세술이었다. 하지만 작자는 그를 타락한 속물, 현세의 출세와 권모술수밖에 모르는 악덕 브로커로 묘사하고 있다.

김홍근의 브로커 행위가 부정적이라면 박종엽의 브로커 행위는 긍정적이다. 박종엽은 중산층과 사회주의 지하 운동자 편에 걸쳐 있는 문제적 인물이기도 하다. 실제로 박종엽은 김홍근 일파와 대결해서 이원영과 김봉익을 옹호하고 있다. 그의 브로커 행위는 이문경을 김봉익에 소개하고, 이문경의 이혼 문제에 관여하여 이문경을 옹호하며, 김홍근의 패륜적 행위를 규탄 매도하는 데 매개적 역할을 한다. 이 과정에서 박종엽은 김홍근에 의해 신문사에서 해직되고, 안달외사의 장학금으로 일본 유학을 떠난다. 여기에 박종엽의 아이러니가 있다. 한마디로 박종엽은 김봉익과 함께 신세대의 진보적 인물의 전형이다.

『무화과』의 셋째 이야기는 중산층과 봉건 양반층의 후예들의 이야기다. 이들은 말하자면 제3세대의 삶으로서 염상섭이 '작자의 말'에서 밝힌 바 꽃없이 태어난 자식들의 "새 사람, 새길"인 것이다. 이들은 구한말 무관의 후예 김보희(채련)와 김완식, 중산층의 딸 이문경 등이다. 이문경이 사회주의 지하운동자 김봉익을 사랑하고, 채련이 중산층 이원영의 첩이 되며, 김완식이 사회주의 운동원 조정애를 사랑한다. 이같이 이들은 신분 계층과 이데올로기를 초월한 사랑의 심퍼사이저가 된다. 이들의 삶 또한 브로커들의 삶만큼 일반 독자들의 흥미를 돋구어 준다. 특히 이들의 고난과 고통의 시기의 이야기 즉 채련이 구한말 무관의 딸로서 기생이 되기까지의 파란만장한 역경이나, 김완식이 철공소 직공이 되어 고생하는 이야기 및 이문경이 한인호와 연애 결혼을 했지만 그의 속물근성으로 파경에 이르는 과정의 이야기는 한마디로 통속소설의 그것과 꼭같다. 하지만 이들은 모두 문제적 인물과 관련하여 자신들의 새삶을 찾는다. 한편 이들은 중산층의 삶이나 주의자들의 삶에서 벗어나 자신들의 새삶을 지향코자 한다.

김채련과 김완식은 어떤 인물인가. 김채련은 한말 육군 참장 정령(正領)의 딸이며, 김완식은 김우진의 외손자로서 한말 시위대 정위(正尉)의 아들이다. 김우진은 벼슬에서 쫓겨나 청주로 낙향했다가 다시 만주로 망명하여 사망하고, 김정위는 현재 복덕방을 하고 있다. 채련과 이원영은 어려서 부모들에 의해 혼약한 사이었지만 이원영 조부가 채련네가 몰락하자 혼약을 일방적으로 파기한 처지다. 여기서도 중산층의 비윤리적 행위를 볼 수 있다. 채련은 기생으로 전락하여 이원영을 만나 그의 첩이 되었다. 김완식은 철공소 직공의 독학생으로 사회주의 지하운동원 조정애와 연정에 빠진다. 김완식은 자신에 대해 다음과 같이 말하고 있다.

> 나는 재산도 없고 배운 것도 없으나 자연히 그 아저씨(이원영—인용자)와 가까운 것이 많은 것을 깨닫습니다. 그러나 우리(조정애와 김완식—인용자)가 그이와도 또 다른 것은 그이는 몰락해 가는 중산계급이요, 무기력한 인텔리가 아닙니까? 만일 그이에게서 돈을 빼서 버린다면 그이는 아무데도 쓸데없는 룸펜입니다. 그럼으로 우리는 당신(조정애—인용자)이 추축(追逐)하는 그들(사회주의자 김동국 일파—인용자)과도 다르지만 그렇다고 아저씨와 유사하면서도 아저씨와도 다릅니다. 통틀어 그이네들은 두 가지 방면을 앞서가는 이들이나, 우리는 그 뒤에 가야할 새 사람이 아닌가? 그리고 우리의 길은 그들이 걷지 않은 새 길이 아닌가[14]

14) 염상섭, 『무화과』(동아출판사, 1995) p.819.

말하자면 김완식은 부르주아도 인텔리도 사회주의자도 아니다. 여기서 말하는 새 사람, 새 길은 무엇을 의미하는가. 김완식은 조정애를 은신 시켜주면서 그에게 사랑을 느낀다. 조정애 역시 김완식을 사랑하지만 자신의 임무를 저버리지 않는다. 김완식은 한낱 철공소 직공에 지나지 않지만 이원영의 보수주의적 삶도 현실적으로 수용하고, 사회주의자 조정애의 삶에서도 숭고성을 느낀다. 하지만 김완식은 몰락하는 중산층보다는 신흥하는 사회주의 쪽으로 기울면서 조정애의 사랑의 심퍼사이저가 된다.

염상섭 장편소설의 문제적 인물들은 봉건적 중산계급 후예의 심파사이저와 무산계급 후예의 사회주의 지하운동자들이었다. 이들은 한마디로 이데올로기적 인물이었다. 하지만 김완식 세대에 와서는 이데올로기보다는 사랑에 무게가 더 실리게 되었다. 따라서 사회주의 지하 운동자들이나 중산계급의 후예들이 경제적인 관계 즉 있고 없음의 대립 관계에서 벗어나 동등한 입장에서 사랑을 추구하게 되었다. 하기 때문에 심퍼사이저의 기능도 돈에서 사랑으로 바뀌게 되었다.

『무화과』의 넷째 이야기는 김동국, 김동욱, 김봉익 등이 그들의 서울 아지트 조일 사진관을 중심으로 사회주의 지하운동을 벌이는 이야기다. 『무화과』의 이념 세계는 김동국으로 대표된다. 그러나, 총지휘자격인 김동국이 상해로 망명함으로써 서울에서의 사회주의 지하운동은 김봉익의 세대가 대표하고 있다.

김봉익은 해직 기자로서 어릿광대 노릇도 하고, 과격한 테러리스트처럼 행동하기도 하며, 인텔리처럼 보이기도 한다. 김봉익은 궁핍한 생활에 젖어 있다. 하지만 그는 철학자나 종교가처럼 달관한 면을 보이기도 한다. 그가 바라다보는 당대 현실은 한마디로 아이러니의 세계였다.

「요샛사람이요 요샛사람의 정의도 내리기 어렵지요만 첫째 쉿내를 잘 맡는 훌륭한 코가 있고, 혓바닥이 프로펠라 돌 듯해야 하고,

얼굴 가죽이 두꺼워야 하고—중략— 하지만 나(김봉익—인용자)는 그 사람들을 미워하거나 놀리거나 흉보거나 안해요, 요새 청년—소위 인텔리분자로서 할 일이 있어야지요, 먹을 도리가 있어야지요, 그 사람들만 나무래겠습니까?」(95)

김봉익은 자본주의의 병폐와 그들의 권모술수와 몰염치를 개탄함과 동시에 식민지 정책과 중산층의 타락을 규탄하고 있다. 그는 신문사에서의 과격한 테러리스트의 과정을 거쳐 어릿광대 노릇도 해보았고, 갑부의 딸 이문경과 사랑도 해보았다. 장질부사에 걸려 죽음의 고비를 넘나들기도 했고, 화장터에서 인간의 마지막 모습을 보기도 했다. 마지막으로 김봉익은 이문경의 사랑을 덮어둔 채 자신의 이념적인 삶을 구현코자 동경으로 떠난다. 이는 독립 운동이나 사회주의 운동의 거점이 서울에서 동경으로 이동됨을 뜻한다. 하지만 그만큼 위험부담도 크다. 이는 목숨을 건 극단의 행위에 해당한다. 그런 뜻에서 김봉익의 화장터의 체험은 죽음에의 초탈을 익히는 한 방법이었다. 김동욱이 동경 경시청에 체포되어 유치장에서 자살을 기도한 사실을 알면서도 그같은 사지로 뛰어든 김봉익의 행위는 실로 비장한 바 있다.

이들 문제적 인물들 즉 김봉익, 박종엽, 이문경 등 신세대는 모두 자신들의 이념 투쟁을 위해 동경으로 자리를 옮긴다. 사회주의 지하운동이 괴멸 단계에 이르자 저들은 식민지적 억압사회를 벗어나 조금이나마 자유로운 세계에서 사회주의 지하운동을 벌이려는 것이다. 여기서 김봉익에 대한 박종엽, 이문경의 사랑의 심퍼사이저 기능이 가치를 획득할 수 있다.

염상섭은 『사랑과 죄』, 『삼대』, 『무화과』의 소설 기본 구조를 중산층의 보수주의자와 무산 사회주의자들의 관계에 두었다. 그 기본 관계의 틀은 심퍼사이저의 기능이었다. 이는 당대 중산층 보수주의자가 취할 수 있는 오직 한 가지 방법이었다. 염상섭의 사회주의 지하운동은 독립운동의 수단이었다. 일제 식민지 사회에서의 독립운동과 사회주의 운동은 꼭같이 탄압을 받기는 매한가지였지만 사회주의 운동은 어느 정도 융통성이 있었기에 이를 이용하여 독립운동을 간접적으로 한 것이 말하자면 염상섭의 문학 독립운동이었다.

『무화과』의 아이러니는 크게 보아 4가지 측면에서 형성된다. 첫째는 식민지적 상황이고, 둘째는 20대의 젊은이들이 민족 사회의 주인격인 점이며, 셋째는 브로커형 인물에 의해 진정한 가치의 세계가 훼손당하는 현상이다. 이밖에 작품 전체가 농담적 언술로 이루어져 있고, 중개적 인물의 극대화를 들 수 있다.

염상섭은 한민족이 일제의 종이 된 민족의 현실이 아이러니컬한 데다가 무경험하고 아직 사리분별이 서지 않은 20대의 젊은이들이 노련한 식민지 통치자들에 맞선다는 것 자체가 벌써 아이러니인데 거기에 민족의식을 망각한 부로커들이 정치, 경제면에서 일제의 앞잡이가 되어 날뛰는 이 현상을 어떻게 아이러니로 보지 않을 수 있겠느냐는 것이다. 따라서 염상섭은 이 작품에서 아이러니컬한 대상에 대하여 처음서부터 끝까지 조소와 비꼼과 농담으로 일관하고 있다. 염상섭은 단 한번도 이들에 대해서는 진지한 참말이나 행동을 보여주지 않는다.

이같이 염상섭은 1930년대 민족 현실을 비꼼·농담·조소를 통해 일관되게 조롱함으로써 민족 시련기의 극복의 의지를 드러내고 있다. 그 현장이 바로 『무화과』였다. 한민족이 일제의 종이 된 것은 전적으로 당시 집권층인 왕족과 양반층의 무능과 타락 때문이라는 것이다. 이를 바로잡으려는 민족의 주체가 민중이기 때문에 이들의 이야기가 문제시되었다. 따라서 염상섭은 『무화과』에서 문제적 인물을 모두 20대로 설정하였고, 그들의 사회주의 지하운동과 심퍼사이저 문제에 초점을 맞추었다. 염상섭은 민중의 힘을 3·1운동에서 확인했던 만큼 한민족의 자주독립과 번영은 이들 민중에 의해서만 이루어질 수 있음을 굳게 믿었다. 3·1운동의 주체를 염상섭은 민중으로 보았다.

조선민족의 생명력이 권력계급 자체의 타락 무신용이 폭로되자마자 민중 자신의 자조적(自助的) 활동으로 말미암아 새싹이 나고 고개를 쳐들고 팔뚝을 뽐내었습니다. 진작부터 이러한 민중의 이러한 자조와 이러한 일치로써 조선이 지지되었던들 어떻게 일찍이 세계적 시험의 민족적 통과를 완전히 성취하였을지 모를 번하였습니다.15)

염상섭은 자각한 민중을 인텔리 소시민층과 사회주의 무산자층으로 보았다. 염상섭은 이들을 통하여 민족의 시련기를 극복하려 했다. 이들은 모두 20대의 젊은이들이었다. 이들은 상반된 사회 신분 계층의 인물들로서 이루어져 있었다. 따라서 이들의 화합과 융화가 무엇보다도 시급했다. 이에서 염상섭은 중산층과 무산자층의 결합의 방법을 생각하지 않을 수 없었다. 그 결과 중산층의 무산자층에 대한 경제적 혜택과 무산자층의 중산층에 대한 적대감의 불식이었다. 이렇게 자본과 이념을 결합시킴으로써 민족 주체의 화합을 이뤄 지상 목표인 일제를 타도해 보자는 것이 말하자면 염상섭의 민족 시련기의 극복 방안이었다. 이는 한마디로 염상섭의 역사철학인 동시에 아이러니의 세계였다.

특히 염상섭은 1926년 재도일 시기를 경계로 사회주의자들의 지하운동과 중산층의 심퍼사이저 행위를 그의 소설마다 끼워 넣음으로써 중산층의 자각을 유도하고, 주의자들을 고무코자 했다. 염상섭 장편소설이 모두 신문에 연재되면서도 통속소설로 전락하지 않은 이유도 여기에 있다.

『무화과』의 문제적 인물들도 모두 이 두 계층의 인물들이다. 이들은 자각한 20대의 민중인 동시에 인텔리들이다. 대표적인 중산층 인텔리 인물은 이원영, 이문경 남매지만 이들과 연관된 대표적인 무산계층 인텔리 인물은 박종엽, 원태섭, 김병화, 김봉익, 조정애, 김동국, 김동욱, 김완식, 김채련 등이다. 이들 문제적 인물과 대립되어 있는 통속적 인물들은 신문사 사장을 비롯하여 전영업국장 장필승, 전경리부장 김홍근이 대표적이지만 이들과 연관된 인물들로는 신문사 부사장이 된 이탁, 카페 보도

15) 염상섭, 앞의 글. 「조선민시론」.

나무를 경영하는 안달외사, 그의 내연의 처 최원애, 이문경의 남편 한인호, 그의 부친 한갑진, 그의 사돈 조용문, 방탕녀 김영자와 이밖에 신여성 신희숙, 장현순, 보도나무집 여급 등이다. 이들은 서로 밀접한 이해관계에 있기 때문에 이해 득실에 따라 끊임없이 상관 관계를 유지한다. 이들이 추구하는 세계는 돈과 성 그리고 현세적인 출세였다.

『무화과』는 성격면에서 보면 교양적 인물, 통속적 인물, 부로커적 인물로 크게 나뉘어 있고, 신분면에서 보면 중산계층의 인물과 그 후예들, 양반계층의 후예들, 무산계층과 그 후예들로 나뉘어지며, 세대별로 보면 모두 20대가 중심을 이루고 있다. 이들 인물의 층위는 크게 보아 3층을 이루고 있는데 과거형 기성 층위와 현재형 기성층위, 미래형 세대층위가 그것이다. 이렇게 <무화과> 전체 인물의 성격을 규정지을 때 결국 문제적 인물과 통속적 인물로 크게 나뉘어진다. 따라서 이 두 인물의 중개자적 인물로 부로커형 인물이 놓이게 된다. 이 작품의 인물면에서의 특징적인 면은 부로커형의 극대화였다. 그 중에서도 김홍근의 부정적 브로커 행위와 박종엽의 긍정적 브로커 행위의 기능과 성격이 주동인물인 이원영, 이문경, 김봉익을 능가하는 것은 이들의 사건 개입과 행동이 매우 아이러니컬하기 때문이다.

5. 결어

이상에서 1930년대 민족 현실과 그 아이러니 세계를 살펴보았다. 아울러 이에 관련된 염상섭의 생애와 작품 중 『사랑과 죄』, 『삼대』, 『무화과』, 『백구』 등에 나타나는 민족 현실도 아울러 논의해 보았다.

염상섭의 삶은 한마디로 아이러니였다. 그가 민족의 현실 앞에서 민족의 일치와 민족 주체를 내세우고 민중의 주인됨을 역설했으나 그의 생활을 지탱해 준 것은 친일파들이었다. 그러나 염상섭은 이와 상관없이 언제 어디서나 한결같이 항일적이었다. 그가 끝까지 저들과의 타협을 거부하고 민중의 힘으로 국권을 회복하려는 의지를 보일 수 있었던 것은 식민지 현실을 극복의 대상으로 인식했기 때문이었다. 이는 그의 역사철학과 리얼리즘 문학 인식에서 비롯되었다.

염상섭의 생활 자체나 당대 식민지적 현실 곧 1930년대 민족 현실은 아이러니 바로 그것이었다. 염상섭은 아이러니를 통해서만 자신의 이상적 창작 세계인 리얼리즘의 세계를 창출할 수 있다고 믿었다. 이같은 염상섭의 창작 세계가 오로지 담겨 있는 장르가 다름 아닌 그의 장편소설이었다.

이같은 염상섭의 현실 인식과 창작 방법은 숨김과 드러냄의 수법으로 나타났다. 이로써 염상섭은 계급문학의 지나친 사회주의 이념의 추구와 민족주의 문학의 경직된 항일성, 또는 이 양자가 함께 가지고 있는 생경한 계몽성을 탈피할 수 있었을 뿐만 아니라 1930대 장편소설의 파행성을 면할 수 있었다. 따라서 염상섭 장편소설이 통속소설에서 벗어나 문제적 리얼리즘 소설이 될 수 있었던 것도 이데올로기를 추구하면서도 이데올로기를 극복하는 아이러니의 세계가 그에게 있었기 때문에 가능했다. 그 구체적인 한 예를 우리는 『무화과』에서 확인할 수 있었다.

『무화과』는 중산층 이원영가의 몰락 과정과 조선조 무관 관료의 몰락 후예들의 생활 양상을 중심으로 이들과 연관된 통속적 인물과 사회주의 운동자들의 활동 양상이 아이러니컬하게 전개되었다. 사회적으로 양반계층은 이미 몰락했고, 민족 중산층은 몰락 과정에 있으며, 일제와 야합하는 정치, 경제 브로커들은 부를 축적하는 과정에서 통속화되어 가고 있었다. 한편 문제적 인물인 심퍼사이저와 사회주의자들은 일제의 탄압에 의해 함몰 직전에 놓여 있었다. 보수 중산층과 진보 무산층이 몰락하고 일제와 결탁한 브로커들만이 상승하고 있는 일 또한 아이러니가 아닐 수 없다. 이 과정에서 아이러니컬하게도 민족 중산층과 사회주의 지하 운동자들이 돈과 이념을 매개항으로 하여 결탁 내지 유대를 가짐으로써 민족 현실 극복의 의지를 보여주었다.

『무화과』는 중산층으로 대표되는 이원영과 사회주의자로 대표되는 김동국 그리고 당대 정치, 경제 브로커로 대표되는 김홍근으로 이어지는 욕망의 삼각형이 기본틀이 되어 수다한 크고 작은 욕망의 삼각형으로 구성되었다. 중산층은 욕망의 좌절과 상실에 빠져 도피적 삶을 지향하게 되고, 브로커적 현실주의자는 일제와 함께 자신들의 욕망을 성취하며, 사회주의 지하 운동자들은 일경의 탄압을 받는다. 하지만 이들은 결코 자신들의 욕망을 포기하지 않는다. 이는 염상섭이 『무화과』에서 보여준 참주제지만 실상 소설적 흥미는 이들이 벌이는 통속적 연애와 현세적 출세였다.

염상섭이 『무화과』에서 하고자 한 이야기는 식민지적 현실이 얼마나 우리의 삶을 훼손시키는가였다. 물질적, 정신적으로뿐만 아니라 윤리적, 경제적으로 식민지 민중이 어떻게 파멸의 길을 걷고 있는가를 보여주는 데 있었다. 『사랑과 죄』가 도전의 세계였다면 『삼대』는 투쟁의 현장이었다. 하지만 『무화과』는 파멸의 과정만이 드러나는 폐허와도 같은 패전장의 현장이었다. 여기서 『백구』의 사랑의 세계가 의미를 획득하고 있다. 새미

오늘의 문화 이론

'바흐친'에서 '바흐찐'으로[1)]

— 바흐찐 수용의 오류와 초기 저작부터 다시 보기를 위한 서설

최 건 영*

1. 바흐찐 수용의 오류

주로 1920년대-1960년대에 자신의 저작을 집필한 러시아의 인문학자

* 崔建永, 연세대 노어노문과 교수, 주요 논문으로는 「미하일 바흐찐의 초기 저작과 폴리포니 소설론의 기원」 등이 있음.

1) 최근까지 '바흐틴'이나 '바흐친'이라는 표기가 주류였으나 이제는 노어 전공자가 아니더라도 '바흐찐'이라는 표기를 사용하는 경향이 늘고 있다. 본 원고에서는 '주체적 수용'의 상징적 의미를 담기 위하여 이러한 구분을 시도한다. 비주체적 수용의 한계를 의미하는 뜻에서 사용한 '바흐친'이라는 표기는 단순히 '러시아 원전을 토대로 한 연구 번역이 아니라는' 뜻에서 사용된 것이 아님을 밝혀 둔다. 서구나 일본의 예를 보아도 러시아와는 무관한 국문학자나 영문학자가 다양한 각도에서 바흐찐론을 발표하고 있으며, <국제 바흐찐 학회>만 보더라도 참가자의 반수 이상이 러시아 전공자가 아니다.
얼마전까지만 해도 <외래어 표기법>이라는 규제 하에 프랑스어나 러시아어 등의 우리말 표기를 '영어' 식으로 해왔다. 러시아어·폴란드어 등 슬라브 권의 언어 및 불어, 인도네시아어 등은 영어와 전혀 다른 음가를 가진다. '꼬부랑 글씨'라고 영어만 있는 것이 아니다. 최근들어 전공자의 표기를 존중하는 풍토가 생겨나고 있는 것은 그나마 다행스러운 일이다. '몽마르뜨', '푸꼬', '모스끄바' 등의 표기가 문예지와 일간지에도 등장하기 시작했다. 된소리 표기도 가능하다는 것은 우리말의 장점이다. 'Polska'라는 국가명을 '폴란드'나 '폴랜드'라고 영어식으로 표기하기보다는 '뽈스까'라는 원음을 존중하는 북한식 표기가 우리말에 더 가깝다는 것이 필자의 생각이다.

만년의 미하일 바흐찐

미하일 바흐찐(1895－1975)은 매우 겸허한 사람이었다. 프랑스나 미국의 학자들이 형식주의자 프로이트주의자 구조주의자 후기구조주의자 신마르크스주의자 신역사주의자 실존주의자 기호론자 등 화려한 자리매김을 해 왔지만, 정작 자신은 단 한번도 그러한 것을 언급한 적이 없다. 1950년대 말 자신의 1929년 저작을 재발견하고 찾아와 알게 된 꼬쥐노프나, 말년에 자신과의 대담을 녹음해 두겠다고 찾아온 두바낀의 질문에 자신을 <철학자>라고 대답한 것이, 학자로서의 자신의 영역을 표현한 유일한 예가 된다. 그러나 이 한 마디는 인간 바흐찐과 그의 저작, 나아가서는 그의 사상 체계 전반을 이해하는 데에 중요한 의미를 갖는다.

꼬쥐노프의 발언이나 두바낀의 녹음 기록이 알려진 것은 최근 수년간의 일이고, 시기적으로는 그의 초기 저작(비록 거의 모두가 초고의 형태지만)이 사후 공개된 이후의 일이다. 바흐찐을 당시 1960년대 중반에 쏘련 밖에서 최초로 소개한 프랑스의 또도로프나 끄리스떼바는 물론, 70-80년대에 '바흐찐 산업'을 주도한 미국의 연구자들도 이러한 초기 저작과 최근의 일련의 자료(증언 회고 인터뷰 녹음 등)를 조금더 일찍 접했다면, <대화> <카니발> <폴리포니> 혹은 <대화적 상상력>과 같은 개념으로 제각기 바흐찐의 이론을 섣부르게 이름짓지는 않았을 지도 모른다. 바흐찐의 사상 체계 전반의 테두리 안에서 그의 소설 이론이나 카니발론이 가지는 의미와 그 성격 규명이 이제서야 본격적으로 가능하게 된 것이다.

지금 우리가 알고 있는 것처럼 바흐찐을 누구보다 먼저 깊게 이해하고 연구한 것이 1960년대 말의 프랑스 구조주의 학자들만은 아니다. 이미

1929년의 그의 첫 단행본 『도스또옙스끼 창작(創作)의 제문제』는 당시 루나차르스끼를 비롯한 비평가와 도스또옙스끼 연구가들의 주목을 받아서 적지 않은 파문을 불러일으켰음을 당시의 자료를 살펴보면 쉽게 알 수 있다. 루나차르스끼의 장문의 서평만 하더라도 당시 문예지 『노브이 미르(新世界)』에 실린 것이고 그 이후에도 그의 저작집이나 『문학 유산』씨리즈 등의 출판물을 통하여 여러 번 소개되었으며, 이러한 출판물은 당시 사회주의권 국가들은 물론 유럽이나 일본의 러시아문학자들에게도 유통되고 있었다. 꼬쥐노프가 백방으로 노력한 덕에 1963년에 이 도스또옙스끼론이 『도스또옙스끼 시학(詩學)의 제문제』라는 이름으로 개정 증보 출판되었을 때에도 러시아는 물론 같은 슬라브권의 폴란드나 불가리아의 학계에 큰 반향을 불러일으켰다. 곧이어 러시아의 저명한 학자들의 이름으로 『문학 신문』에 바흐찐의 학위논문을 출판해야 한다는 내용의 탄원서가 발표되고 1965년에는 『프랑수아 라블레와 중세 르네상스의 민중 문화』라는 제목으로 그의 <라블레론>이 출판되었다.

한편 1960년대 중반 사회주의권의 건실한 출판유통구조 덕분에 누구보다도 먼저 불가리아에서 바흐찐의 두 저작만을 읽고 (그 단계에서 바흐찐의 이름으로 출판된 것은 두 권의 저작뿐이었다) 프랑스로 건너간 끄리스떼바는, 바흐찐의 두 저작만을 접한 한계를 고려하더라도 후에 바흐찐 왜곡의 '원흉'으로 지탄받아 마땅한 형태의 소개를 시작했다. 끄리스떼바는 자신의 이론에 바흐찐을 교묘하게 흡수시키면서 오히려 자신의 이론 쪽을 부각시키는 형태로 각광을 받기 시작한다. 텍스트의 상호 연관성이나 텍스트간의 상관관계는 바흐찐에 의하면 '콘텍스트'와 '목소리' 간의 상관관계에 의해 규정되는 바 늘 구체적이고 역사적인 것으로 이해되어야 하지만, 적어도 초기의 끄리스떼바는 이것을 기성 요소의 기계적 결합이나 인용의 모자이크라는 내용으로 왜곡했다. 한편 또도로프의 경우는 어떠한가. 그가 프랑스로 건너가 1968년에 집필한 『환상 문학 서설』을 통해 단 한번도 바흐찐의 이름을 언급하거나 인용하지 않고 장르 이론, 대화 이론 등 바흐찐을 교묘하게 자신의 저작에 융해시켜 응용/적용하고 있다. 차츰 바흐찐을 공개적으로 소개해야 할 단계에 이르자 그는 바흐찐론을 출판한 것은 널리 알려진 그대로이다.

프랑스에서의 바흐찐과 그 '구조주의'적 이론은 급기야 미국으로 번져 가게 된다. 그러나 처음에는 졸속 번역과 발췌 번역이 문제가 되어 가령 도스또엡스끼론은 에머슨에 의한 새로운 번역이 뒤늦게 다시 나오는 과정을 겪기도 한다. 이렇게 시작된 바흐찐 소개는 '바흐찐 산업'이라고 불리게 될 만큼 번창하여 1980년대 이후 일대 붐을 불러일으킨다. 구조주의자 실존주의자 등에서부터 포스트모던의 선구자까지 온갖 형태의 '모더니스트' 바흐찐이 대량 생산되어 문학이론 언어이론 사회학이론 영상이론 페미니즘이론 등에 적용되고 방대한 연구 논문과 출판물이 쏟아져 나왔다. 그러나 최근에 와서는 클락·홀퀴스트의 평전 내용 중의 오류가 밝혀지고, 영어판 번역의 부적당한 용어 선택이 여러 번 지적되었다. 가령 미국을 대표하는 바흐찐 연구가의 한 사람인 에머슨은 작년 여름 모스끄바에서 열린 제7회 국제 바흐찐 학회의 폐막식 강연 「번역자가 본 영어권에서의 바흐찐」에서 '이제서야 그 의미가 확실해진 용어가 한둘이 아니지만' 자신의 기존의 번역이 정전으로 되어 있고, 오역이 있어도 상업적인 이유로 새로 개정판을 내는 것이 그리 용이하지 못한 것이 미국의 현실이라며 자신의 번역에 대하여 언급하였다. 또한 카니발과 대화로 대표되는 끄리스떼바의 해석과 그 이후의 서구에서의 바흐찐과는 다른 새로운 바흐찐이 부각되고 있음을 인정하는 한편, 지금까지의 서구 바흐찐 연구와는 전혀 다른 러시아 레오니드 바뜨낀의 연구가 가지는 중요성과 초기 저작의 의미를 강조하기도 했다.

결국 러시아(정확히는 당시의 '쏘련')와 동구 등의 슬라브 세계와는 다른 형태의 '서구'에서의 바흐찐 소개는 초기 단계에서 두 저작에만 치우친 나머지 바흐친의 전체 사상 체계에 대한 조망의 시각이 결여될 수밖에 없었다. 그러나 프랑스나 영미의 바흐찐 연구는 그 전달 언어와 출판유통망을 통해 널리 알려진다. 한국에서는 이들의 -- 특히 프랑스와 미국과 같은 '문화 강대국(?)'들 -- 바흐찐 연구가에 의한 논리를 그대로 좇아 러시아 내의 연구를 깎아 내리거나, 심지어는 <구조주의자> 혹은 <포스트모더니스트>로 무비판적인 수용이 지속되어 온 것이 사실이다. 한편 이들 서구와는 달리 언어적으로나 학문 교류 면에서 우리에게 덜 알려진 폴란드나 일본의 경우에는, 서구와는 전혀 다르고, 때로는 서구의 바흐찐 수용에 대하여 비판적인 독자적 연구가 진행되어 왔다. 이 두 나라에서는 서구보다 앞서 도스또옙스끼론(일어판 1968, 폴란드어판 1970)과 라블레론(일어판 1973, 폴란드어판 1975)이 번역 출판되었으며, 최근 수년만 보더라도 바흐찐의 저작 자체를 다룬 (무분별한 이론 적용이나 개괄적 소개가 아닌) 학술적 단행본이 폴란드에서 4 권, 일본에서 2권이나 출판되었다.[2)]

앞서 언급한 그대로, 국내에서는 미국 학계의 번역은 물론, 미국 학계 중심의 논문을 토대로 바흐찐 소개서가 나오는가 하면, 클락·홀퀴스트의 바흐찐 평전은 발췌되어 출판되기도 했다.(반드시 출판되어야 할 저작이지만, 성급한 발췌 번역은 그 자체가 저자들의 의도를 '왜곡'하는 것이 될 수도 있다) 일부 번역된 바흐찐의 논문집은 체계적인 소개가 아닌 이상 바흐찐 이해에 혼란을 줄 수 있으며 번역서마다 다른 번역 용어는 러시아어를 모르는 독자를 안타깝게 만든다.(가령 미국에서 편집 번역된 바흐찐의 논문집 『대화적 상상력』이나, 『라블레와 그의 세계』가 마치 바흐찐이 발표한 책의 제목으로 생각하고 있는 오류를 국내의 바흐찐 관련

2) 최근 수년간 일본과 폴란드에서 단행본으로 출판된 바흐찐의 '저작에 관한' 연구서로는 『바흐찐－'대화'와 '해방의 웃음'』 (쿠와노,1987), 『미완(未完)의 폴리포니－바흐찐과 러시아 아방가르드』(쿠와노, 1990), 『마르크스주의자 도그마와 정교적 콘텍스트 사이의 바흐찐』(보즈느이, 1993), 『언어와 문학에 관한 철학사와 미하일 바흐찐』(쥐우꼬, 1994), 『대화와 대화주의－이데아·형식·전통』(까스뻬르스끼, 1994), 『경계(境界)의 보편주의－교육 콘텍스트와 미하일 바흐찐의 문화 기호론에 대하여』(비뜨꼽스끼, 1991) 등이 있다.

글에서도 볼 수 있다). 바흐찐의 단행본 저작을 제외한 논문만을 여덟 권의 저작집에 담은 일본과 같은 체계적인 소개는 아직 어렵지만, 현재 진행 중인 <라블레론>의 번역이 조만간 완성되고 초기 저작을 그 첫 권으로 하는 논문 저작집의 번역이 나오게 되면 이러한 상황은 차츰 극복될 것이다.

결국 지금 당장은 주로 영어 판을 통해 일부 바흐찐의 저작을 접해야 함이 어쩔 수 없다고는 하지만(우리말 번역이 있어도 오역된 부분이 너무 많아서 이를 무시하고 영어 판에서 인용하는 것이 불가피하다는 의견도 있다) 바흐찐의 저작 자체에 대한 해석까지도 미국의 연구에 의존한다면 곤란하다. 영어권에서 나온 논문이나 독어, 불어의 영어판 논문에서 중역하여 우리말로 소개하면서 이것을 "바흐친이 실제 활동했던 러시아에서 오늘날까지도 바흐친의 자국어로 씌어진 이렇다 할 비평 논문이 거의 생산되지 못하고 있는 독특한 학문적·수용사적 상황에 비추어"[3] 불가피한 것으로 이야기한다면 이는 단순히 서구 연구가들의 거만한 논리를 확인없이 맹종하는 오류가 될 뿐만 아니라, 러시아의 바흐찐 연구자들에 대하여는 학술적 내용을 토대로 한 '비판'이 아니라 무지와 몰이해만으로 들이미는 '비난'이 되는 것이다.

이미 김욱동 교수의 『대화적 상상력』(문학과 지성사, 1988)에 대한 서평에서 설준규 교수가 지적했듯이 "(김교수의 입장의 대부분이) 미국 학계의 주된 경향에 의지하고 있음을 염두에 둘 때, 급진적 잠재력을 지닌 사상이 미국 같은 사회에서 수용되는 방식의 한 단면을 일깨워 주는 동시에, 그런 사회의 이론이 제아무리 실증적 엄정성과 포괄성을 띤 것으로 보이더라도 그것이 통째 우리의 것으로 수용될 수 없음을 다시금 확인시켜 준다"[4]는 사실은 앞으로 바흐찐의 저작이 추가 번역되면서 더욱 명확해질 것이다. 바흐찐의 저작은 최근 수년에 이르러서야 그 전체가

3) 여홍상 엮음, 『바흐친과 문화 이론』(문학과 지성사, 1995), p.ix.
4) 설준규, 「대화론인가 대화주의인가」, 『창작과 비평』, 1989 봄, p.409.

공개된 특수한 경우이고 현재의 시점에서는 아직 러시아어판 전집의 간행도 이루어지지 않은 상태임을 고려할 때, 성급하게 바흐찐을 수용하면서 오류를 범한 서구 연구자들의 시행착오를 교훈으로 삼을 수 있다면 국내에서의 바흐찐 수용은 좀더 주체적이고 비판적인 것이 될 가능성도 있다고 기대해 볼 만하다.

2. 비판적 수용의 출발점 — 바흐찐을 전후한 러시아적 배경의 이해

서구의 바흐찐 연구자들 사이에는 바흐찐이 알려지기 시작한 1960년대 중반 이래로 줄곧 쏘련과 최근 수년 러시아의 바흐찐 연구에 대하여 비판적이거나 아예 무시하는 태도가 지배적이었다. 이데올로기적 제한 때문에 이렇다 할 연구가 나올 수 없다고 못박거나(뻬레스뜨로이까 이전), 러시아 종교 사상사를 중심으로 한 '러시아인이 아니면 이해할 수 없는' 바흐찐만을 고집한다고 하면서 (뻬레스뜨로이까 이후 지금까지) 러시아에서의 바흐찐 연구를 깎아내리기 일쑤였다. 창립 이후 처음으로 러시아에서 열린 제7회 국제 바흐찐 학회에서도 이러한 현상은 더욱 두드러져서, 카니발 폴리포니 페미니즘 마르크스주의 등과 관련시켜 바흐찐을 논하거나 푸꼬 데리다 비트겐슈타인 등과의 비교연구가 서구 발표자들에게 많았던 반면, 종교 철학적 러시아 사상과 초기 저작에도 비중을 둔 러시아의 발표자들 중에는 서구의 바흐찐 연구를 '속류 사회학화'된 것이라고 비난하거나 바흐찐을 서구 사상가로 둔갑시키지 말라는 식의 편협한 애국주의까지 있어 매우 대조적이었다.

바흐찐의 '대화 이론'이나 '카니발론'이 현재의 사회적 모순이나 지배담론에 대항할 수 있는 문화 이론으로 가능성을 가지고 있는 것은 사실이지만, 그 이론 자체를 두고 볼 때 먼저 생각해야 할 점이 있다면, 그것은 바흐찐 자신은 <대화>나 <카니발>을 하나의 체계적 중심 개념으로 생각하지는 않았다는 면이다. 미국에서 홀퀴스트가 바흐찐의 주요 논문을 번역 출판하면서 붙인 <대화적 상상력>이라는 개념이 마치 바흐찐을 이해하기 위한 핵심 개념인 것처럼 알려져 있지만 그것이 얼마만큼 바흐찐의 사상을 대표적으로 표현하고 있는지는 매우 의심스럽다. 바흐찐의 대표적인 저작으로 전세계의 학계에 소개되어 있는 <도스또옙스끼론>(1929, 1963)과 <라블레론>(1940, 1965)의 경우에도 두 저작 이전과 이후의 바흐찐을 포함하는 사상 체계 전체에서 파악되어야 할 단계에 와 있다. 이러한 검토 작업은, 첫째, 이 두 저작은 어디까지나 바흐찐의 이론을 각각 러시아와 프랑스 두 작가의 소설에 "적용한" 일종의 응용론에 가까운 것으로 그 "원론적인" 것은 역시 그 이전 1920년대 전반의 초기 저작을 살펴보아야만 더욱더 정확하게 파악될 수 있으며 둘째, 두 저작을 통해서 소설론의 형태로 전개되는 가령 바흐찐의 문학 이론이나 유토피아론 자체의 성격 규명이라는 과정도 필요하다는 인식에서 시작되어야 한다.

필자의 연구가 아직 그 단계에 이른 것은 아니나, 바흐찐이 1924년경 이전에 쓰기 시작한 듯한 「행위 철학을 향하여」나 「미적 활동에서의 작자와 주인공」과 같은 초기의 원고를 접할수록, 1920년대 후반으로 가면서 바흐찐이 사회학적 언어이론을 거쳐 소설론, 카니발론으로 전환하는 구체적인 프로쎄스와 배경을 당시의 구체적인 "콘텍스트"에서 파악해야 할 필요성을 절감한다. 어쩌면 지금까지 알려진 '대화' '카니발' '폴리포니' 등의 개념까지도 초기의 바흐찐이 가졌던 문제의식이나 철학적 구상 속으로 수렴되어 해석될 수 있는 어떠한 틀이 마련될 지도 모른다. 분명한 것은 바흐찐이 상대로 한 것은 당시 1920년대의 형식주의 마르크스주의 프로이트주의 등만은 아니었다는 점이다. 당시의 러시아에서 이러한 사상과 대화하면서 청년 바흐찐은 서구의 고전은 물론 독일의 철학, 베르

자예프 등의 러시아 종교 사상까지 두루 접하는 한편, 장장 이천 년의 세월 속에서 검증되어 버티고 있는 <아리스토텔레스>로 대표되는 서구 사상 전체에 도전하고 있었던 것이다. 이것은 가령 당시의 러시아 작가 안드레이 쁠라또노프(1899-1951)가 혁명 이후의 막연한 이상주의가 아닌, 과학과 종교, 혁명과 성, 개인과 전체 등의 문제를 아우르는 유토피아 사상의 비전 속에서 소설을 쓰고 있었던 것에 비교될 수 있을 것이다.

혁명 후 '1920-30년대 시공간' 이라는 구체적인 콘텍스트 내에서 바흐찐의 출발점을 살펴보아야 하는 당위성은 그 밖에도 또 있다. 당시의 바흐찐은 새로운 체제에 순응하는 속류 사회학적 어용 비평가들은 물론 형식주의자들의 단점도 간파하고 있었다. 야꼽쏜이나 슈끌롭스끼 등의 형식주의자들이 문학 언어의 내재적 구조성을 분석하고 있을 때 바흐찐은 러시아는 물론 세계의 고전문학, 철학 사상 등을 섭렵하며 인문학자로서의 길을 내딛고 있었다. 지금까지의 연구가들은 가령 언어론 소설론 축제론 기호론 등으로 그의 저작을 해석해 왔지만, 적어도 초기 바흐찐의 관심은 <창조> <인격> <책임> <자유>와 같은 지극히 철학적이고 문화론적인 거대 담론의 영역이다. 결국 바흐찐은 '비인간화'된 인문주의 그 자체를 문제로 삼았던 것이 아닐까. 러시아의 인문학자 쎄르게이 아베린쩨프의 표현을 빌리자면, 바흐찐은 '인간 문화의 통일체를 위해 어떻게 예술적 현실과 그 특성의 기반을 마련하고, 그 문화의 통일체에 참가하여 그 통일의 법칙에 따라 의미 생성이 가능한가를' 문제로 삼았던 것이다. 20년대 후반으로 가면서 문학 이론을 전개하게 된 것도, 역사적인 것을 포함한 인간 문화(人間 文化) '전체'라는 영역 속에서 문학 '전체'를 염두에 둔 것으로 볼 수 있을지도 모른다. 바흐찐의 초기 저작을 보면, 이러한 문화 전체로서 하나의 통일체라는 틀로 바흐찐을 재조명해야 할 필요성을 느낀다.

이러한 초기 바흐찐의 구상은 당시 형식주의자들의 활동이 일종의 <작은 시간> 속의 창작으로 의미를 가지는 것처럼, 초시간적인 <큰 시간>

속의 활동으로서 보다 보편적이고 불변적인 것을 찾으려 했던 노력으로 보아야 할 것이다. 기호론자는 이 '전체'를 <意味的 形成物로서의 인간적 전체>(일본의 기호학자 磯谷 孝)라고 표현하기도 하는데, 그 환경 안에서는 인간도 의미적 형성물인 것이다. 이러한 바흐찐의 문화 이론적 측면은 직접 간접으로 70-90년대에 이르는 러시아 내의 문학자 기호학자 문화인류학자에 지대한 영향을 끼친 것이 사실이다.[5] 대표적인 예로 중세(中世) 러시아문학[6] 연구가 드미뜨리 리하쵸프의 <문화적 에콜로지>, 유리 로뜨만의 <문화 기호론>, 레프 구밀료프의 <유라시아 문화론> 등을 우선 꼽을 수 있다. 이러한 러시아 내의 바흐찐 수용은 흔히 서구의 학자들이 언급하는 것처럼, 러시아 혁명 이후의 '사회주의' 지성의 모놀로그성에 대한 비판의 수준에서 바흐찐의 <대화주의>를 논하거나, 당면한

5) 러시아 국내의 연구가에 끼친 바흐찐의 영향이나, 러시아 내의 바흐찐 연구의 수준에 대하여는 외국이나 한국의 일부 학자들에 의해 과소 평가되기도 한다. 그러나 <따르뚜 학파>처럼 널리 알려져 있는 경우뿐만 아니라, 1950년대 말부터 바흐찐을 만난 3인이 지금까지 출판한 연구서를 면밀히 검토하면, 바짐 꼬쥐노프의 소설사 연구, 쎄르게이 보차로프의 시학, 게오르기 가체프의 문학사 및 문화 연구 등에서 바흐찐의 이론이 창조적으로 계승되어 그 영역을 넓혀가고 있음을 확인할 수 있다. 그외에도 이바노프, 로뜨만, 또뽀로프, 유리 만, 빤첸꼬, 리하쵸프 등은 물론, 슈빈, 뚜루빈 등의 비중있는 학자들의 연구도 바흐찐의 저작이 없었다면 지금과는 다른 모습이었을 것이다. 바흐찐의 저작과 사상 자체에 대한 연구에 대하여도, 최근에 화제가 된 논문집 『철학자 바흐찐』(모스끄바: 나우까, 1992)의 출판으로 수많은 철학자들이 꾸준히 바흐찐의 사상 체계를 연구해왔음이 증명되었고, 근년에는 마흐린, 비블레르, 레오니드 바뜨낀 등과 같은 학자들의 심도 있는 바흐찐 연구가 쏟아져 나오면서, '카니발' '대화' '폴리포니' 등의 서구와는 전혀 다른 각도에서 바흐찐의 사상체계와 문화론이 조명되고 있다.

6) 18세기 이전의 러시아문학을 '고대 러시아문학'으로 보는 견해도 있으나 시기적으로 11세기에서 17세기에 이르는 약 7세기에 해당하므로 우리말로는 '중세 러시아문학'으로 보는 것이 타당하다. 러시아는 240년간 타타르의 지배를 받았다. 르레쌍스와 종교개혁을 겪지 않은 채, 중세적 요소를 그대로 보존한 상태로 18세기에 이르러 뾰뜨르 대제에 의한 급격한 근대화·서구화를 맞게 된다. 바로 이 중세적 요소가 서구에서는 아시아적 요소로 오인되기도 한다.

현재의 러시아 문제에 대한 극복의 차원에서 제시되고 있는 것으로만 볼 수는 없다. 그러한 논의의 차원을 넘어서 보다 근본적인 대안으로 바흐찐의 사상을 해석하거나, 응용하는 노력으로 평가하는 것이 더욱 진실에 가깝다.

중세 러시아문학 연구에 바흐찐의 사상을 문화 이론적으로 적용했던 리하쵸프는 가령 '생물학적 에콜로지'뿐만 아니라 '문화 에콜로지'의 필요성을 강조하면서 자신 고유의 '대화론'을 펼치고 있다. 그는 러시아 고유의 문화적 전통을 중시하면서도 러시아 문화의 활성화를 위한, 서구를 비롯한 외국과의 지적 교류의 중요성을 강조한다. 한편 마르크스주의적 입장에서도 바흐찐을 새롭게 해석하려는 노력을 볼 수 있다. 그 동안 공식적 마르크스·레닌주의가 서구 마르크스주의를 비난해 온, 마르크스주의에 관한 왜곡된 이데올로기 공간 속에서 국내의 '이단'으로 탄압 받아 온 러시아의 마르크스주의자들이, 이제는 새롭고 자유로운 마르크스주의 운동을 전개하기 시작한 것이다. 그 대표적인 인물로는 보리스 까가를리쯔끼를 들 수 있다. 그가 말하는 '자본주의에 대한 민주주의적 대안으로서 사회주의'는 현재의 러시아에서는 일종의 아나크로니즘으로 들릴 수도 있지만 바로 그러한 조건 하에서 나온 것이므로 더욱 더 진정한 민주주의를 생각하는 진지성 자체가 가치있는 것으로 평가받아 마땅하다. 그는 그의 저서 『생각하는 갈대』에서 "과거의 문화를 하나의 전체로서, 즉 하나의 독립된 체계로서 이해해야 하며, 발전을 안정된 전진의 과정으로서가 아니라 문화들의 대화를 통한 역사적 경험의 복합적인 축적으로 이해해야 한다"[7]고 말하면서 바흐찐을 마르크스 변증법의 발전과 부활에 새롭게 공헌한 인물로 평가한다. 까가를리쯔끼는 또한 비블레르, 구레비치, 바뜨낀 등 일찍이 철학적 문화 이론을 검토해 온 연구자들의 바흐찐 연구를 논하며, 바흐찐 사상의 마르크스주의적 해석을 시도하고 있다. 사

7) 보리스 카갈리츠키 (안양노 옮김), 『생각하는 갈대』(역사와 비평사, 1991), p. 328.

실 바흐찐의 언어 철학과 라블레론만 보더라도 바흐찐에 대한 마르크스의 영향을 부인하기는 어렵다. 그러나 이는 바흐찐이 마르크스를 세계 문화의 일부로 인식했던 차원의 문제이기에, 마르크스주의를 중심 축으로 그 연장선에서만 바흐찐을 해석하려는 시도와는 근본적으로 다르다. 바로 그러한 의미에서 바뜨낀, 까가를리쯔끼 등의 바흐찐 해석은 매우 균형있고 진지한 것으로 평가할 수 있다.

이러한 흐름은 대체로 바흐찐의 문제의식을 공유하는 것으로 볼 수 있다. 바흐찐의 대화주의를 단순히 러시아 자체의 모놀로그 주의에만 국한시키는 것이 아니라, 보다 넓게 유럽을 포함하는 계몽주의 전체의 모놀로그 성을 향한 것으로 보아야 할 것이다. 바로 '근대의 초극'이라는 문제의식에 비교할 수 있는 차원의 시각을 우리에게 제공하는 새로운 바흐찐 해석을, 그 방향의 차이가 있을지언정 서구와 러시아의 연구가에게 공통적으로 엿볼 수 있다. 이러한 시각은 특히 그의 초기 저작을 통해 더욱 선명하게 부각되고 있으며, 결국 이러한 초기 저작을 포함한 총체적인 조망이 가능하게 될 때 비로소, 더욱더 정확하고 창조적인 바흐찐 이해도 가능하게 될 것이다.

3. 초기 저작 — 「예술과 책임」「행위 철학」「작자와 주인공」

바흐찐이 발표한 최초의 글 「예술과 책임」(1919) 및, 1924년 이전에 시작한 것으로 추정되는 두 초고(정확히 표현하자면 '초고의 일부'), 「행위의 철학을 향하여」와 「미적 활동에서의 작자와 주인공」 등의 초기 저작을 중심으로 바흐찐의 사상 체계를 살펴보고자 한다. [각각 「행위 철학」과「작자와 주인공」으로 줄여 쓰겠다]

「작자와 주인공」은 바흐찐이 1920년대 전반 혹은 중반에 쓴 것으로 추정되는 바흐찐 초기의 '미완성' 논문이다. 1919년에 발표된 「예술과 책임」을 제외하면 지금까지 알려진 최초의 논문 중 일부로 보이며 바흐찐이 20대 후반에 쓴 것일 것이다. 다만 이는 바흐찐이 의도했던 (혹은 집필했던) 내용 전체는 아니다. 첫 도입부와 본문 부분에 누락 부분이 있는 상태로 남은 원고이며, 논문 전체의 제목도 알 수 없어서 당시 쏘련에서 『문학의 제문제』 1978년 12월호에 공개될 때 편자 쎄르게이 보차로프가 편의상 붙인 제목이 「미적 활동에서의 작자와 주인공(Автор и герой в эстетической деятельности)」이었다.[8)]

1918-20년의 네벨리와 1920-24년의 비쩹스끄 거주 기간에 해당하는 바흐찐의 초기 논문을 연구할 때 또 한 가지 중요한 문제는 위의 초고 「작자와 주인공」과 거의 같은 시기에 진행된 듯한 또 다른 초고 「행위의 철학을 향하여(К философии поступка)」와의 관계를 밝혀 내는 것이다. 이 원고가 1986년에 소개될 때 편자 쎄르게이 보차로프는 여기에 「작자와 주인공」의 서두에 해당하는 단편(斷片) 원고도 포함시켜 발표하였다.[9)] 「행위 철학」의 끝부분과 「작자와 주인공」의 서두 단편 원고에 중복 부분이 있음을 주목하고자 한다. 즉, 보차로프의 해설에 의하면 「행위 철학」(물론 이 제목도 편자에 의한 것)이라는 논문은 바흐찐이 1920년대 초에 현실 세계, 미적 활동, 정치 논리, 종교의 각 영역을 전반적으로 논하기 위하여 착수한 대논문 구상의 서두 부분에 해당한다는 것이다. 이는 '미학'과 '윤리 철학'에 공통적으로 관계되는 일반 문제에 관한 것으로, 바흐찐은 가령 '사건의 세계(Мир события)' 혹은 '행위의 세계(Мир поступка)'

8) 후에 이 논문을 포함한 바흐찐의 여러 논문을 모은 단행본 『언어 예술작품의 미학(Эстетика словесного творчества)』은 1979년에 이어 1986년에 거의 같은 형태로 재출판된다.

9) 「행위의 철학을 향하여」는 1986년에 나온 쏘비에뜨 과학아카데미 연감 『과학 및 기술의 철학과 사회학(영문 제목은 PHILOSOPHY AND SOCIOLOGY OF SCIENCE AND TECHNOLOGY, YEARBOOK 1984-1985)』에 쎄르게이 보차로프의 해설과 함께 소개되었다.

라는 용어로 인간 활동의 영역(世界)을 표현하고 있다. 작자와 주인공의 관계를 다루는 문제의 초고는 이 논문 구상의 '미적 활동'에 해당하는 부분의 일부로 추정된다.

초고 「행위 철학」에 나타나는 윤리학적 핵심 개념은 응답 가능성으로서의 '책임'의 문제이며, 이는 구체적으로 '존재에 대한 非알리바이'라는 개념으로 표현된다. 각 개인이 존재의 유일무이한 '장소'에서 실현되는 유일한 책임에서 벗어날 수 없다는 것과, 자신의 생활이라는 유일무이한 '행위'를 벗어날 수 없다고 하는 알리바이(alibi)에 대하여 인간은 도덕적 권리를 갖지 않는다는 것이다. 바흐찐 자신이 52쪽까지 번호를 매긴 초고 중에서 그나마 앞의 여덟 쪽이 분실된 상태이기에 속단하기는 어렵지만, 바흐찐은 「행위 철학」을 통해서, 그때까지의 근대 철학이, 윤리학 인식론 인식심리학과 같은 이론적 인식의 대상이 되는 세계를 마치 세계 전체인 것처럼 여겨 온 것을 비판하고 있는 것이다. 결국 근대 철학이 이론적 인식(認識)의 세계만으로 해결하려는 방향으로 치우친 결과, 우리 각 개인의 책임 있는 행위가 생성되는 장소의 문제, 각각 독립된 개체라는 '개인'으로서 생활하는 고유의 '역사성'의 문제를 철학이 다룰 수 없게 된 것에 대한 반성에서 나온 문제의식이다.

이론적 인식의 대상은, 사건이 아닌 사물로서의 세계이고, 결국 거기에서는 단일의 의식만이 관여할 뿐이므로 이것은 모놀로그적인 세계 인식이라는 것이다. 이렇게 이론적으로 인식된 세계에 대항하여, 오히려 실제의 행위에 있어서 책임있는 의식, 개개의 주체가 행하는 개별적이고 유일한 존재라는 사건을 문제화함으로써, 이론적인 세계가 오늘날 문명에 지배적으로 존재하는 결과 생긴 '행위의 위기'를 극복하고자 한 것이다. 가령 「작자와 주인공」에서 바흐찐은 진선미(眞善美)에 해당하는 인식, 행위, 관조의 차이에 대하여 "인식에 있어서 '나와 타자'는, 그것이 사고의 대상이 되는 한 상대적이고 교환 가능한 관계가 된다. 이는 인식의 주체 그 자체는, 존재 내에서 일정의 구체적 위치를 점하지 않기 때문이다.

<...> 미적 관조와 윤리적 행위는, 행위와 예술적 관조의 주체가 존재 내에서 차지하는 위치의 구체적 고유성을 빼고는 생각할 수 없다"[10]고 쓰고 있다. 여기서 중요한 것은 타자가 차지하는 공간적, 시간적, 의미적 위치의 상이함이다. 이것을 '작자와 주인공'의 관계에서 설명할 때도 그 근저에 있는 것은 결국 나와 타자가 현실 세계에서 점하는 위치의 다름이라는 문제다.

물론 흔히 지적하는 것처럼, 이러한 문제 의식 자체가 아주 새로운 것은 아니다. 가령 하이데거의 철학이 거론될 것이다. 그러나 바흐찐의 다른 점은 이러한 문제의식을 언어의 레벨에서 재검토하게 된다는 것이다. 이러한 1920년대 초의 '철학적 인간학'에 언어 철학이 보태져서 1920년대 후반에 가서는 이데올로기 기호의 사회학, 소설 이론 등으로 확대 전개된다.

한편 그 이전의 「예술과 책임」(1919)에서도 바흐찐은 학문 예술 생활이라는 인간 문화(人間 文化)의 세 영역은 인격 내에서만 통일성을 획득할 수 있어서, 인격은 이것들을 자기의 통일성에 접촉시키는 것임에도 불구하고, 그 결합 형태가 '기계적이며 외면적인' 것에 그치기 쉬운 점을 지적한다. 생활과 예술이 분리되어서 '인간이 예술 속에 있으면서 생활 속에 없고, 역으로 생활 속에 있을 때는 예술 속에 없는' 현상을 비판하고 있다. 예술과 생활은 '책임있는' 인격 안에서 통일되어 있어야 한다는 것이다.

4. 초기 저작을 통한 다시 보기의 시도 — 소설론의 기원(起源)

도스또옙스끼론의 1929년 초판과 1963년 개정판을 비교 검토하고, 바흐찐의 <폴리포니 소설론>을 연구하면서 필자는 인간의 '의식(сознание)'

10) 바흐찐, 『언어 예술작품의 미학』(모스끄바: 예술社, 1986), p.26.

에 대한 바흐찐의 집요한 관심에 대하여 고찰해 보고 관련된 내용의 논문을 발표한 적도 있다.[11] 바흐찐이 1929년의 저작에서 "각각 독립되어 어우러지지 않는 복수의 목소리와 의식이 존재하며, 이러한 충분한 각각의 가치를 지니는 복수의 목소리에 의한 폴리포니야말로 도스또옙스끼 소설의 기본적 특징이다"라고 선언하면서 도스또옙스끼의 주인공들이 작자의 말이 만든 대상(客體)으로만 머무르는 것이 아니라, 각각이 직접 의미를 가지는 말의 주체라고 주장하는 부분에서[12] 우리는 바흐찐이 '목소리'와 함께 '의식'을 언급하고 있음에 주목하고자 한다. 지금까지 '목소리'에 관한 연구가 있었지만 바흐찐의 사상 체계에서 '의식'의 문제에 관심을 기울인 연구는 거의 없는 듯하다.

그것은 인간 의식이 가지는 폴리포니적 요소를 말한다. 바흐찐은 자신이 비유적으로 정한 <폴리포니>라는 개념이 궁극적으로 소설이라는 장르를 초월해서 더 넓게 적용되어 '폴리포니적 예술사고'라는 문제에 이르러야 함을 암시하고 있기 때문이다. '사고하는 인간의 의식 세계 및 그 대화적 존재 영역'은 모놀로그적인 방법으로는 불가능하며 오직 폴리포니적 접근으로만 예술적 재현이 가능하다고 주장한다. 바흐찐은 1963년의 개정판 「맺는 말」에서 이것을 반복 표현으로 강조하고 있다. 이것은 하나의 세계관으로서의 폴리포니를 염두에 둔 것으로, 폴리포니라는 것이 삶의 사실 그 자체임과 동시에 영원히 추구해야 할 가치로서 존재하는 것이다. '도스또옙스끼는 관념으로 사고한 것이 아니라, 여러 의식, 그 의식들의 목소리를 가지고 사고했다'고 하면서 바흐찐은 소설의 근저에 있

11) 가장 최근의 예로는 「폴리포니 소설의 가능성」(제7회 국제 바흐찐 학회 발표 논문, 1995년 7월, 모스끄바) 및 「도스또옙스끼에서 아나똘리 김에 이르는 폴리포니 소설의 계보」(제 9회 국제 도스또옙스끼 학회 발표논문, 1995년 8월, 오스트리아 가밍市)가 있다. 후자에 대하여는 논문 끝의 '참고문헌'을 볼 것.

12) 바흐찐, 『도스또옙스끼 창작의 제문제』(레닌그라드: 쁘리보이社, 1929), pp. 8-9.

는 존재의 폴리포니성에 관심을 가진 바, 궁극적으로는 인간과 세계의 구성 원리로서의 <폴리포니>야말로 바흐찐이 강조하려던 또 하나의 부분이라고 필자는 생각하기도 했다.

이러한 바흐찐의 의식에 대한 관심의 기원을 찾아서 우리는 도스또옙스끼론 이전의 초기 저작을 살펴보기로 한다. 초기 저작으로 거슬러 올라가서 「작자와 주인공」을 통해서도 우리는 바흐찐의 '의식'에 대한 관심을 확인할 수 있기 때문이다. '미학적인 사건은 두 개의 의식을 필요로 한다'고 생각한 바흐찐은 일반 미학적 차원의 소설 이론을 구축하려고 한 것이다. 바흐찐은 소설이라고 하는 장르만이 가질 수 있는 특권적 지위에 주목했으며 이를 작자와 주인공이라는 '관계'를 가진 두 개의 의식이 만나서, 대화하는 장으로 파악했던 것이다. 소설을 두 개의 의식이 만나는 장소로 파악했다고 하는 것은, 주인공이 작자의 의식으로부터 독립해 있다는 것을 이미 전제로 하고 있다고 볼 수 있다.

소설가가 자유롭게 창작을 할 수는 있지만 소설 속의 인물이 어떻게 자유로울 수 있는가. 작자의 의식이 주인공들의 의식을 느낀다는 것이 어떻게 가능한가. 주인공의 의식에 대하여 작가가 대치할 수 있는 것은 그 주인공과 동등한 또 하나의 의식 세계뿐이라는 바흐찐의 주장에 대하여 가장 먼저 예상할 수 있는 반론은 '그렇지만 그 주인공을 만들어 내는 것은 역시 작자가 아니냐'는 점일 것이다.

한편 「작자와 주인공」보다 조금 더 거슬러 올라가서 지금까지 밝혀진 최초의 소고 「예술과 책임」을 통해서 바흐찐은 "하나의 전체(целое)를 이루는 것은 각기 다른 요소가 그저 공간적 · 시간적으로 외면적인 연결을 하는 것만으로 통일되는 것이 아니라, 내면적으로도 통합되어 있어야 가능하다. <...> 과학 예술 생활이라고 하는 인간 문화의 세 부분의 통일을 '인격'면에서 이루지 않으면 안된다"[13]고 쓰고 있다. 계속해서 바흐찐은

13) 바흐찐이 발표한 최초의 문장 서두에 해당하는 이 부분은 각국 번역판마다 미묘한 해석의 차이를 보이고 있다. 필자의 초벌 번역(논문에 인용된

예술과 생활이 '나' 안에서 '책임'에 의해 통일되어 하나로 되어야 함을 강조하면서 "예술과 함께 하면서도 생활에서 떨어져 있고, 생활에 가까이 있을 때는 예술과 떨어져 있는 경우가 비일비재하다. 양쪽 사이의 통일도 없고 상호 침투도 없이. 그러면 인격 내의 모든 요소에 내적 관련성을 보장할 수 있는 것은 무엇인가. 그것은 '책임'이다. 예술 속에서 체험하고 이해한 것을 자기 속에서 유용하게 하려면, 그것에 대하여 생활 속에서 응답하지 않으면 안된다"고 말한다.[14)]

예술과 생활의 통합의 문제가 러시아 혁명 이후 예술가들이 품었던 가장 큰 이상 중에 하나였음은 당시의 아방가르드 예술 활동을 통해서도 알 수 있으며, 이러한 이상은 러시아 모더니즘 최후의 보루였던 부조리 문학 경향의 '오베리우'그룹이 강제 해산당하는 1930년대 초까지 계속되었다.(그 뒤 1934년에 '작가동맹'이 탄생된다) 바흐찐은 「예술과 책임」을 통해서 예술과 생활의 인격 내 통합이라는 테마를 명확하게 설정하면서 '책임'이라는 개념을 사용하고 있다. 일단 '책임'으로 번역해 본 러시아어 <ответственность>의 어근은 <ответ>인데 이는 '응답'을 뜻한다. 인간이 산다고 하는 것은 인간이 '행위'로 세계에 응답하는 것이라는 의미에서의 책임이다. 이는 '존재라고 하는 사건에 대하여 인간은 결코 알리바이(alibi)가 없다'는 의미에서의 책임이라고 바꿔 말할 수 있다. '응답'으로서

부분)과 같은 부분에 대한 다음의 이득재 번역을 비교해 볼 것.

"전체의 개별적인 요소들이 공간과 시간 속에서 외적 결합을 통해 하나가 될 때 그리고 의미의 내적 통일이 투입되어 있지 않을 때 우리는 전체라는 말을 사용한다. <...> 인간 문화의 세 가지 영역, 즉 학문, 예술 및 삶은 그것들을 그 고유한 통일 속에서 통합시키는 개성 안에서만 통일을 이룬다." 미하일 바흐찐 (이득재 옮김) 『바흐찐의 소설미학(바흐찐 비평 선집)』, 열린책들, 1988, p.17.

14) 「예술과 책임」은 1918년 뻬뜨로그라드 대학을 졸업한 바흐찐이 지방의 네벨리에 교사로 부임한 후(네벨리Невель에는 1918-20 거주) 그곳의 ≪День искусства≫(1919년 9월 13일, 3-4면)에 발표한 '기사'로, 지금까지 밝혀진 최초의 글이다. 인용 부분은 1986년의 저작집 [『언어 예술작품의 미학』(모스끄바:예술社, 1986)]의 7-8쪽에서.

의 '행위'에서 바흐찐이 주목한 것은 언어에 의한 커뮤니케이션의 문제이고, 그 중에서도 소설 '창작'의 문제이다.15)

그러면 왜 바흐찐은 작자와 주인공의 관계에 먼저 관심을 가졌는가 하는 문제로 돌아가 보자. 초기의 저작만을 보면 바흐찐이 도스또옙스끼 소설의 주인공들에 대하여 지금 우리가 알고 있는 그러한 문제를 이미 염두에 두고, 그것을 소설 이론화했을 것이라는 확신을 전혀 얻을 수 없기 때문에 이 부분은 더욱 궁금하다. 당시 신칸트파의 영향 하에 있었던 바흐찐은 단순히 자기와 타자와의 관계를 현상학적으로 해명하여 그것을 소설 이론에 적용하려고 했던 것일까. 당시 바흐찐은 '윤리'의 문제에 관심을 가지고 있었으며 실제 생활에서 벌어지는 자기와 타자의 관계가 소설이라는 텍스트 안에서 재현될 수 있는가 하는 문제의식을 가지고 있었던 것이 아닐까. 바흐찐은 <예술>과 <생활>을 늘 염두에 두고 철학적인 논문을 진행하려고 했다. 적어도 초기의 바흐찐은 철학자이다. 끝까지 그는 자신을 철학자로 자리매김했지만, 이러한 초기의 논문에서 벗어나면 점차로 1920년대 말의 본격적인 소설 이론가로 전환하고 있었다. 문학론의 형태를 빌어서 인간 윤리의 문제와 같은 철학적 고찰을 계속하려고 했던 것일까. 바흐찐이 순수한 철학적 논문으로 일관하지 않고 방향전환을 하게 된 배경은 무엇이었을까. 초기의 논문이 극히 일부만, 그것도 초고의 형태로 남아 있고 1919년에서 1924년으로 가는 과정을 엿볼 수 있는 자료도, 적어도 지금까지는 전혀 없다.

바흐찐이 소설론을 택하게 된 표면적 이유로는 그 이전의 소설 이론이 빈곤한 것에 대한 그의 비판적 태도를 우선 지적해 볼 수는 있다. 「작자

---

15) 예술과 생활의 인격 안에서의 통일이라는 1919년의 이러한 테마는, 차츰 '작자와 주인공의 관계'와 '나와 타자와의 관계'가 표리일체의 개념이라는 소설 미학으로 발전한다. 형식주의 비판에 이르면 이는 <시적 언어>에 대한 비판으로, 언어학과 기호론을 포함하는 '이데올로기 학'으로, 그리고 예술과 생활이 혼돈 속에서 일체가 되는 '유토피아적 카니발론' 등으로 전개되어 나아간다.

와 주인공」 서두에서 바흐찐은 종래의 문학 이론을 구체적으로 비판하고 있기 때문이다. 작가의 전기적인 요소나 사회적인 요인으로 작품을 설명하는 종래의 소설 비평 이론을 극복하고자 했다는 것은, 그가 후일 저서에서 종래의 도스또옙스끼론을 논하고(1929년의 초판), 자신의 소설론에 대한 비판에 반론하는 내용(1963년 개정 증보판)에서도 충분히 헤아릴 수 있다. 바흐찐은 미학적인 기초를 갖는 (초기의 바흐찐으로서는 철학적인 일반 미학에 근거한) 소설 이론을 정립하려고 했던 것이다. 그 출발점을 바흐찐은 작자의 '의식 세계'와 주인공의 '의식 세계'로 설정했다.

이 두 의식의 만남의 장소가 소설이라고 바흐찐은 말한다. 이것은, 주인공은 작자와는 같지 않은 의식을 가지고 있고, 따라서 주인공의 의식은 작자의 의식에서 독립해 있음을 전제로 한다. 바흐찐이 이론적 기본 전제로 제시하고 있는 것은, 미적인 사건이 성립하려면 최소한 두 개의 의식이 필요하다는 주장이다.

> 참가자가 하나뿐일 때에는 미적인 사건이 발생할 수 없다. 그 자신을 초월하고, 그것의 외부에 존재하고, 그것을 외부에서 한정시키는 그 어떠한 요소도 갖지 못하는 절대적인 의식은 미적인 것으로 볼 수 없다. 그것은 단지 미적인 사건에 참가할 수 있을 지 모르나 완결될 수 있는 전체로 간주될 수 없다. 최소한 둘의 참가자가 있어야만 미적 사건은 실현되며, 두 의식은 일치하지 않아야 함을 전제로 한다. 주인공과 작자가 일치하거나, 서로 공통의 가치를 두고 나란히 있거나, 혹은 적으로 존재하거나 하는 경우에는 미적 사건은 종결되며, 윤리적인 사건(공격 기사, 선전, 탄핵 연설, 찬사, 감사의 말, 욕, 자기 변명의 고백 등등)이 시작된다. 잠재적인 경우라도 주인공이 전혀 존재하지 않는 경우에는 인식적인 사건(연설, 논문, 강의)이 된다. 또 하나의 의식이 신의 포괄적인 의식인 경우에는 종교적인 사건(기도, 숭배, 예배 의식)이 발생한다.[16]

이러한 이론적 전제를 논하면서 바흐찐은 초고의 '주인공에 대한 작자

16) 바흐찐, 『언어 예술작품의 미학』(모스끄바: 예술社, 1986), p.25.

의 관계'에 관한 부분을 끝맺는다. 바흐찐은 이러한 이론적 전제를, 실생활에서의 나와 타자의 관계를 현상학적 차원에서 밝히는 논리 전개로 풀어 나간다. 이러한 바흐찐의 현상학적 존재론은 『존재와 시간』과 같이 존재 그 자체의 의미를 묻는 '존재론적 존재론'과는 근본적으로 다르다. 초기의 바흐찐은 신칸트파의 영향 하에 있었기에 '자기 의식'에서 출발은 하지만, 타자의 존재에 대하여 이론적인 근거를 제공하는 식의 유아론 극복의 차원은 아니다. 나도 타자도 이미 존재하고 있는 상태인 것이다. 초기의 바흐찐에서는 미처 이론적으로 전개되지 못하지만, 좀더 엄밀하게 이야기하면, 타자의 존재가 먼저고, 주체는 타자에 의해서 형성된다고 하는 것이 바흐찐의 모델이 된다.

이어서 바흐찐은 <시야의 과잉 избыток>과 거기에서 얻는 <관조 созерцание>의 개념을 전개한다. '나'가 차지하는 장소라는 것은 유일무이하기 때문에, '너'에게 보이지 않는 것이 나에게는 보인다는 것이다. 이러한 시야의 과잉에서 관조가 가능하게 되고, 이러한 관조가 바로 <미적 행위>라는 것이다. '나'는 이러한 관조를 통해서 타자에 감정이입한다. 나는 타자가 체험하고 있는 것처럼 체험하고, 타자의 시야를 자신의 것으로 만들며, 결국 자신의 위치에 복귀하는 것으로 타자의 전체를 <완결시킨다>. 이것이 미적 행위의 기본 구조다. 이처럼 바흐찐은 '나'가 '타자'를 <보는> 데에서 출발한다. '나'가 '타자'에게 <보이는> 것을 출발점으로 해서 자타의 근원적인 관계를 설명하려는 싸르뜨르와의 결정적인 차이가 바로 이 점이다.

다음으로 바흐찐은 공간(외관)에서의 나와 타자의 관계, 시간(내적 인간)에서의 나와 타자의 문제를 전개한다. '나'가 내부에서 느끼는 신체에 해당하는 내적 생활은 정신 (дух), '타자'의 외관에 해당하는 내적 생활은 마음 (душа)으로 구분한다. 인간은 타자를 필요로 하며, 타자를 보고 기억하고 모으고 통합하는 활동을 반드시 미적인 차원에서 필요로 한다는 것이다.

여기에서 다시 한번 이전에 제기한 문제로 돌아가고자 한다. 주인공이 작자로부터 독립하는 것이 어떻게 가능한 것인가. 바흐찐의 논리에 의하면 주인공이 독립한다는 것은, 주인공이 '작자의 의식'에서 독립된 '자기 의식'을 가진다는 것을 의미하는데 어떻게 이것이 가능할까. 주인공이 독자적인 의식을 가진다는 것이 어떻게 가능하다는 것일까. 주인공이라는 것은 그래 봐야 작자가 만들어 낸 것이 아닌가.

실제 생활에서 타자의 의식이 존재한다는 것은 부정할 수 없다. 따라서 결국 문제는 실제 생활에서의 <나와 타자의 관계>를 그대로 소설에서의 <작자와 주인공의 관계>에 적용할 수 있는가 하는 것이다. 다시 말하면, 작자가 만들어 낸 주인공은 실제 생활에서의 타자와 같은 권리를 가질 수 있는가 하는 문제이다. 여기에 대한 바흐찐의 대답은 <'오해'론>이다. 우선 작자의 의지에 대한 오해. 주인공은 작자에게 속박되어 있지 않지만 어디까지나 그 창작 의지의 틀 안에 머무른다. 주인공은 '작자의 구상에서 빠져나가는 것이 아니라, 모놀로그적인 작자의 시야에서 벗어나는 것'이다. 주인공의 전체와 작품의 전체는 어디까지나 작자에 의해서 통일되어 있다는 것이다.

> 작자의 의식이라는 것은, 의식의 의식 — 즉, 주인공의 의식과 그의 세계를 포함하는 의식이다. 초월적인(Трансгредиентный) 제요인으로 그 주인공의 의식을 포함시키고, 완결시키는 의식인 것이다. 만일 그러한 요인이 내재적인 것이었다면 주인공의 의식은 거짓 의식이 된다. 작자는 각각 주인공이 개별로, 또 주인공 전원이 동시에 보고 지각하는 모든 것을 역시 보고 지각할 뿐 아니라, 그들 이상의 것을 보고 지각한다.[17]

또 한 가지 문제는 '작자가 주인공을 만들어 낸다'고 하는 경우 <만들어 낸다>의 의미를 점검하는 것이다. 이는 작자가 주인공을 <발명>한다고 생각해서는 안된다고 바흐찐은 주장한다. 작자는 주인공을 <찾아낸다

17) 바흐찐, 앞의 책, p.16.

(발견한다)>는 것이다. 모든 창작 행위는 대상간의 구조에 의해서 결정되는데, 본질적인 면에서 보면 고안해 내는 것이 아니라, 대상 그 자체 속에 이미 있는 것을 밝히는 행위라고 바흐찐은 말한다. 처음부터 끝까지 순수하게 미적인 요소만으로 주인공을 창조할 수 없으며, 주인공을 '만들' 수는 없다는 것이다. '그는 살아 움직일 수 없으며, 그가 가진 순수한 미적 의식은 <감수>될 수 없다. 주인공을 확고한 어떤 모양으로 형성시키는 작자의 창작 행위에 대하여 자립성이 결여된 상태로의 그 어떤 주인공도, 작자는 생각해 낼 수 없다. 작자라는 것은, 자신의 순수한 예술적 행위로부터 독립된 소여(주어진 것)로서의 주인공을, 작가로서 <찾아내는> 것이지, 자신의 내부로부터 주인공을 <만들어 내는(출산하는)> 것은 아니라'는 것이다.

지금까지, 바흐찐의 폴리포니 소설론(1929, 1963)을 인간 '의식'에 대한 관심이라는 각도에서 살펴보는 데에서 출발하여, 두 개 이상의 '의식'의 만남이라는 미적 활동에서의 작자와 주인공(1924년 경)을 다룬 초고와 '예술과 책임'(1919)에 관한 초기 저작을 통해서 바흐찐 소설론의 기원을 따져 보았다. 이는 바흐찐의 대표 저작으로 알려져 있는 도스또옙스끼론과 라블레론은 자신의 이론을 두 소설가의 작품에 적용한 '응용'에 가깝다고 보아야 하며, 그 '원론'적인 모습은 이와 같이 초기 저작의 고찰을 통해서만 가능한 것임을 확인하기 위해서였다.

초기 저작을 살펴보는 또 하나의 의미는 1920년대 후반으로 가면서 소설 이론으로 전환하기 이전의 '철학자' 바흐찐이 가졌던 문제의식을 살펴 볼 수 있다는 점이다. 결국 1920년 전후의 철학적 관심에서, 1924년경의 「작자와 주인공」으로, 나아가서 1929년의 도스또옙스끼론 초판 『도스또옙스끼 창작의 제문제』에 이르는 소설론으로 전환하게 된 동기는 별도로 생각하더라도 (이 부분은 결국 '형식주의'와의 관계나 러시아 종교철학자의 영향 유무, 정치/사상적 이유 등을 포함한 검토가 필요하겠다), 그러한 철학적 관심 자체의 의미를 검토하는 것이 바흐찐 이해의 중요한 부분이라고 생각한다. 이후 바흐찐의 문학론과 카니발론이 가지는 성격 규명도 이와 관련하여 생각할 때 중요한 의미를 가지며, 경우에 따라서는 바흐찐 사상 체계 전반을 아우를 수 있는 개념의 새로운 틀이 마련될 수도 있기 때문이다.

참고 문헌

Бочаров,С. Г. (1986) Вступительная заметка. М.М.Бахтин, К философии поступка. *Философия и социология науки и техники.Ежегодникб 1984−1985*. 80−82.,

Бахтин, М. М. (1986). К философии поступка. *Философия и социология науки и техники. Ежегодник 1984−1985*. 82−160.

Бахтин, М. М. (1978) Автор и герой в эстетической деятельности, *Вопросы литературы*, но.12. 269−310.

Бахтин, М. М. (1929) *Проблемы творчества Достоевского*. Ленинград: Прибой.

Бахтин, М. М. (1963) *Проблемы поэтики Достоевского*. Москва: Советский писатель.

Бахтин, М. М. (1986) *Эстетика словесного творчества*. Моска:Искусство.

佐佐木寬[Hiroshi Sasaki] (1990).バフチンの出發點「現代思想」, 18-2. 70-75.

鈴木晶[Sho Suzuki] (1988) 作者と主人公「思潮」No 2, 150-159.

Choi, Gunn-young (1995). The Conception of the Polyphonic Novels from Dostoevsky up to Anatoly Kim. In *Japanese and Korean Contributions to the IXth International Dostoevsky Symposium* Slavic Research Center(SRC) Occasional Papers No.59, SRC, Sapporo: Hokkaido University, 52-57.

Morson, Gary Saul (1986). The Bakhtin Industry. *Slavic and East European Journal*, Vol. 30, No.1. 81-90.

Zylko Boguslaw (1992). Autor i bohater w filozoficznej poetyce Michaila Bachtina. *Przeglad humanistyczny*, 1. 89-99.

문학사의 쟁점

한말(韓末)의 〈서사적 논설〉 연구

– 한국 근대 서사문학의 출발점

김 영 민*

1. 머리말

한국 근대 소설사는 어디에서 시작되는가? 우리 근대 소설은 어떠한 모습으로 출발했고 어떠한 과정을 거쳐 발전했으며, 언제부터 오늘날과 같은 모습의 문학 양식으로 정착되었을까? 이러한 질문들은 한국 근대 소설사 탐구의 핵심을 이루는 것들이다. 이 논문의 목적은 궁극적으로 앞의 질문들과 연관된다. 그러나 이 논문은 앞에 나온 질문들 모두에 대한 답을 목적으로 하지는 않는다. 이 논문은 위의 질문들에 답하기 위해 필자가 계획한 여러 논문 가운데 하나이기 때문이다. 이 논문을 통해서 필자는 우선 한국 근대 서사문학 출발기의 모습만을 밝히려 한다. 나머지 질문들에 대해서는 다른 몇 편의 글을 통해 차례로 밝히게 될 것이다.

* 金榮敏, 연세대 문리대 국문과 교수, 주요 저서로는 『한국문학비평논쟁사』가 있으며, 공저로는 『문학이론 연구』 『한국근대문학비평사연구』 등이 있음.

2. 〈서사적 논설〉의 발생과 전개: 근대 서사 문학의 출발

한국문학사에서 근대적 면모를 갖춘 서사는 독립된 서사 양식으로 나타나는 것이 아니라 먼저 논설의 양식으로 나타난다. 한말 개화기에 발간된 신문들은 발행인이나 편집인의 생각을 널리 퍼뜨리기 위한 방편으로 교훈적 우화 등 단형의 이야기를 창작해 싣기 시작했다. 이러한 창작 우화는 논설 난에 주로 실렸는데, 이렇게 우화 등 서사를 활용한 논설의 등장이 한국 근대 서사문학 발생의 씨앗이 된다.

서사를 활용한 논설은 1897년 5월 27일자 『그리스도 신문』 논설 난에 실린 「코기리와 원숭이의 니야기」 등 여러 곳에서 발견할 수 있다. 「코기리와 원숭이의 니야기」는 그 내용으로 미루어 볼 때, 순수 창작이라기보다는 이미 존재하는 이야기를 바탕으로 다듬은 우화일 가능성이 크다. 그럼에도 불구하고 여기서 주목할 것은 개화기 신문의 발행인들이 자신들의 사상 전달의 한 방편으로 직설적인 논설 외에 이러한 허구적 서사 양식을 활용했다는 점이다.

한말 개화기라는 시대적 현실과 연관된 허구적 서사 양식의 논설 활용은 『믜일신문』과 『독립신문』 등에서 본격적으로 나타난다. 이들 신문에 실린 이야기들은 앞의 『그리스도 신문』의 그것에 비해 현실성과 창작성이 두드러진다. 1890년대 후반 『믜일신문』 논설 난에 실린 글의 상당 수는 일상적인 논설이라기보다는 서사 문학의 형식을 취하고 있다. 『믜일신문』 1898년 4월 20일자 논설은 서사의 형식을 취한 대표적 초기 논설 가운데 하나이다. 이 논설의 내용을 요약하면 다음과 같다.

<동도 산협중에 큰 마을이 있고 그 가운데 우물이 있었다. 모든 동네 사람들은 그 물을 마시며 살았다. 서울 사는 서생이라는 사람이 산천을 유람하다가 그곳에 이르러 한 집을 찾아들어가 유숙하기를 청했다. 그러

자 주인이 나와 서생을 욕하며 때리려 하기에 급히 몸을 피해 다른 사람에게 그 사정을 일렀다. 다른 사람 역시 그를 때리려 하자 그는 산중에 몸을 숨겼다. 그가 몰래 동네를 살펴보니 사오 세 유아들은 성품을 온전히 간직하고 있으나, 그외 장성한 사람들은 모두 광기를 발하여 서로 때리고 욕하며 강한 자가 약한 자를 죽이기도 하였다. 서생이 지리를 살펴본 후, 여러 사람이 미친 것은 우물 때문인 것을 알게 되었다. 그는 금으로 사람들 다섯을 꾀이어 명산을 찾아가 좋은 물을 먹이며 수 개월을 머물렀다. 그러자 그 사람들이 맑은 정신이 들었다. 맑은 정신이 든 사람들이 서생에게 백배 치하하고 서생을 이별한 후 동네에 나아가 사연을 설명하고 우물을 급히 없애고 다른 우물을 파 마시자고 제안했다. 그러나 모든 광인이 크게 노하여, 저들이 어떤 미친놈을 따라 미친 물을 먹고 장위가 바뀌어서 조상적부터 몇 천 년 내려오며 먹는 우물을 고치자 하니 저놈은 조상을 욕하는 원수라 하여 죽이려 하였다. 다섯 사람이 여러 광인을 당하지 못하여 그들도 거짓 미친 체하며 지내게 되었다. 하지만 그들은 다시 그 우물을 먹을 수 없었으므로 밤이면 다른 물을 먹으며, 그 우물을 없애기 위해 애를 썼다. 여러 광인들이 그 기미를 알고 다른 물을 먹는다고 시비가 무상하였다. 그러자 다섯 사람은 자신들이 병의 뿌리를 깨달은 바에 차라리 성한 대로 죽을지언정 그 물을 다시 마실 수는 없다 하여 행장을 차리고 서생의 종적을 찾아 길을 떠났다.>

이 논설의 필자는 이야기를 끝맺으며 "그 하회는 엇지되엿는지 일시 이약이로 드른것이니 하도 이샹 ᄒᆞ기로 긔지ᄒᆞ노라" 말한다. 자신이 들은 이야기가 하도 신기해 여기에 옮겨 적는다는 것이다. 하지만 이야기 내용으로 미루어볼 때, 이 이야기는 논설자의 창작임이 분명하다. 또한 이 이야기는 현실과 관계없는 신기한 이야기라기보다는, 현실과 깊숙히 연관된 비판적 내용을 담은 이야기이다. 통상적으로 우화가 그러하듯이 이 이야기 역시 여러 가지 상징과 은유적 요소를 지니고 있다. 미치광이들이 사는 마을이 동도 산협 중에 있었다는 사실과 그들을 깨우치려는 이가 서울서 온 서생이라는 사실부터가 상징적으로 대응된다. '산협'과 '서울'이 대조를 이룬다면 '동도' 와 '서생' 역시 대조를 이룬다. 서쪽 혹은 서구를 상징하는 서생이 동쪽 마을로 와서 받은 대우는 매우 거친 것이었다. 서생은 마을 사람들이 미친 것을 알고 그들을 구제하려 하지만,마을 사람들은 서생을 미치광이라 생각한다. 서생이 구제했던 다섯 사람,서생과 새로운 물을 마시며 이른바 새로운 세상을 경험한 다섯 사람 역시 마을로 돌아와 미치광이 취급을 받는다. 그들이 경험한 새 세상은 이른바 개화된 세상이며 그들이 없애려는 마을의 우물은 낡은 전통의 상징이다. 하지만 그 낡은 우물을 없애려는 시도는 곧 조상을 욕되게 하는 일이며 마을 사람을 죽이는 일로 받아들여진다. 그들은 밤마다 새로운 물을 갈아 마시며 낡은 전통의 우물을 없애려 하지만 뜻대로 되지 않는다. 결국 그들은 마을에 머물지 못하고 서생을 찾아 길을 떠나게 된다.

이 우화에는 개화의 의지가 전혀 받아들여지지 않는 세상에 대한 답답함과 원망이 담겨 있다. 이 우화를 창작한 논설자의 입장이 어떠한 것이었나는 명백하다. 논설자는 개화를 거부하는 세상을 미친 세상이라 생각한다. 하지만 차마 그러한 표현을 직설적으로 쓸 수는 없었다. 그런 상황속에서 논설자가 취할 수 있는 효과적 방식 가운데 하나가 논설에 우화를 활용하는 것이었다. 미친 세상에 대한 치유법이 전통을 거부하고 새로운 문화를 받아들이는 일이라 생각했던 논설자는, 전통적으로 마시던 물을 거부하고 새로운 우물을 파 마시는 일을 제안하는 것으로 그 주장을 대신했다. 이러한 양식의 논설은 우화 등의 서사를 논설의 일부로만 활용하는 것이 아니라, 논설의 거의 전부를 서사로 채우고 있다. 그런 점에서 이와 같은 유형의 글을 우리는 <서사적 논설(敍事的 論說)>이라 부르기로 한다. 「코기리와 원숭이의 니야기」가 어느 시대 어느 장소에서나 통용될 수 있는 시공간적 보편성을 지닌 단순한 교훈적 우화라면, 『믹일신보』에 실린 서사적 논설은 당시대적 문화 양식으로서의 특성을 복합적으로 드러내는 글이다. 그런 점에서 우리는 『믹일신문』에 나타나는 이러한 성격의 글들을 본격적인 개화기 서사적 논설의 출발로 볼 수 있다.

이 시기 『독립신문』에서도 서사를 논설에 활용하는 예는 여러 곳에서 발견할 수 있다. 1898년 2월 5일자 제1면의 기사 한 편을 요약하면 다음과 같다.

<옛날에 기생이라 하는 사람이 자기 집 동쪽에 있는 한 방죽에 고기가 많이 있는 것을 보았다. 그는 방죽의 물 흐름을 맑게 하고 수초를 잘 가꾸어 고기가 살기 좋게 하였다. 그는 좋은 고기를 보면 그 방죽에 사다 넣고 돌보았으므로, 이웃 사람들이 감히 고기를 쉽게 넘보지 못하였다. 세월이 흘러 기생이 죽은 후 그 후손이 가업을 탕진한 뒤 타처로 떠나고, 여러 사람이 바뀌어 들어오면서 방죽에 관심을 가지지 않게 되었다. 그러자 각처에서 어옹이 나타나 좋은 미끼로 고기들을 잡아갔다. 그런고로 고기들이 항상 옛 주인의 덕을 생각하였다. 하루는 방죽 가에 백로가 배회하며 근심스러운 표정을 지었다. 그러자 고기들이 이상하게 여겨, 백로 선생아 무슨 일로 근심하는 빛이 있느냐 하고 물었다. 백로가 답하기를, 내가 오늘 저 산을 넘어오다가 낚시꾼 두셋을 보았는데 그들이 회와 억구풀을 물 근원에 풀어 고기를 모두 기절시키고 그물을 던져 잡아가려 하는 사실을 알았는 바, 나는 본래 자비심이 많아 이를 슬퍼하노라 하였다. 고기들이 그 말을 듣고 애를 태우다가 마침내 살아날 방책이 없는지라 백로를 청하여 애걸하며 살아날 묘계를 가르쳐 달라 하였다. 백로는 고기들에게 산넘어 큰 연못으로 옮겨 그들을 보호해 주기로 약속하고 고기들을 나르기 시작했다. 그러나 백로는 고기를 작은 샘 구멍에도 집어 넣고 바위 위에도 널어 놓아 자기의 식량으로 만들었다. 고기가 태반이나 죽은 이후에, 게 한 마리가 백로에게 부탁해 자리를 옮겨가던 중 바위에 널린 고기를 보게 되었다. 게는 사실을 깨닫고 용맹을 써서 백로의 목을 굳게 쥐었다. 게에게 목을 잡힌 백로는 다시 방죽으로 돌아왔다. 사실을 안 고기들은 분함을 이기지 못하고 죽기로 힘을 써 백로를 물어죽였다. 그 뒤 고기들은 한 고기를 교사로 정하여 어린 고기들을 가르쳐

다시는 어옹과 백로의 해를 받지 않았다.>

이 글은 그 짜임새나 내용으로 미루어 볼 때 역시 전형적인 서사적 논설에 해당한다. 단, 이 글은 논설이라는 양식 표기 대신 "엇던 유 지각한 친구에 글을 좌에 긔지 ᄒᆞ노라"는 일종의 편집자 주가 달려 있다. 하지만 이 글이 『독립신문』 제1면 논설이 실리던 자리에 실렸다는 점과, 같은 신문 1월 27일자 1면을 비롯한 여러 곳에 "엇던 유 지각한 친구에 글을 좌에 긔지 ᄒᆞ노라"라는 편집자 주 아래 일상적 논설 형식의 글이 때때로 실려있는 점 등으로 미루어 이 글 역시 논설을 대신하는 글이라고 보아 큰 무리가 없다. 편집자 주가 없는 논설이 신문사 내부 논자가 쓴 글이라면, 편집자 주가 달린 논설은 외부 필자가 쓴 논설이라고 볼 수도 있다.

이 글이 주는 가장 큰 교훈은 보호를 빙자한 이웃의 침략에 대한 경계이다. 이러한 악한 이웃의 꼬임에 넘어가지 않으려면 문견을 넓혀야 한다. 고기들이 백로의 꾀임에 넘어가는 이유는 그들이 방죽에서만 자란 이른바 우물안 개구리 격이라 문견이 없었기 때문이다. "방죽 가온ᄃᆡ 싱쟝ᄒᆞᆫ 고기들이 엇지 타쳐에 유람ᄒᆞ여 문견이 잇스리요"라는 구절이 이를 잘 보여준다. 그런데 이 글은 앞의 『미일신문』에 실린 서사적 논설 '동도 산협'과 달리 서사의 끝 부분에 글쓴이의 주장이 달려있다. '동도 산협'이 우화를 통해 논설자의 의도를 간접적으로 드러낸 것에 반해 이 글은 논설자의 의도를 다음과 같이 직접 드러낸다.

> 고기도 ᄋᆡ족지심을 발ᄒᆞ여 분긔홈을 못익이여 목숨을 도라보지 아니ᄒᆞ고 원슈를 갑고 동족을 무마ᄒᆞ여 안보홈을 누리엿다 ᄒᆞᄂᆞᆫᄃᆡ 홈을며 ᄉᆞᄅᆞᆷ이 이런 ᄣᆡ를 당ᄒᆞ여 밥이나 먹고 옷이나 입고 지톄 쟈랑이나 ᄒᆞ고 밤낫 업시 시긔 싸홈이나 ᄒᆞ여 동포 형뎨끼리 셔로 잡아 먹으려 ᄒᆞ니 엇지 붓그럽지 아니 ᄒᆞ리요 ᄣᆡ가 되엇스니 ᄭᆞᆷ들을 ᄭᆡ시오 뎌기 ᄇᆡᆨ로 왓소 이 방쥭에ᄂᆞᆫ 게도 업나 하도 답답ᄒᆞ기로 두어ᄌᆞ 긔록ᄒᆞ여 보ᄂᆡ니 긔지 ᄒᆞ여 셰샹에 혹시 분긔잇ᄂᆞᆫ ᄉᆞᄅᆞᆷ이 잇ᄂᆞᆫ지 알고져 ᄒᆞ노라[1]

이 논설자는 지금의 상황이 바로 백로가 온 상황임을 이야기하며, 사람들에게 꿈을 깰 것을 강조한다. 이런 때를 당하여 밥이나 먹고 옷이나 입고 자태 자랑이나 하고 밤낮 없이 시기와 싸움이나 하여 동포 형제끼리 서로 잡아먹으려 하니 어찌 부끄럽지 않느냐는 것이다. 결국 이 마무리 부분은, 보호를 미끼로 방죽의 고기를 다 잡아가는 백로에 관한 우화가 바로 우리 민족에게 닥치고 있는 현실의 고민을 빗댄 이야기임을 직접 확인시켜 주는 것이다.

한말 개화기의 논설이 글쓴이의 논지를 드러내기 위한 서사적 방편으로 꼭 우화만을 사용하는 것은 아니다. 『미일신문』 1898년 7월 29일자 논설은, 해설 부분이 전혀 없는 서사로만 이루어진 논설이다. 이 논설에서 활용하는 서사는 우화라기보다는, 현실에서 일어날 수 있는 일상적 삶의 한 단면을 변용시킨 일화인데, 일화 곳곳에 당 시대적인 상징성이 숨어 있다. 먼저 글의 내용을 소개하면 다음과 같다.

<신진학이라 하는 사람은 본래 미천한 사람이었으나 천품이 총명하고 부지런하며 학문에 뜻이 있었다. 그는 높은 선생이 있다 하면 천리를 멀다 않고 찾아가 배웠으며, 좋은 책을 구해 읽었다. 또 손재주가 있어 무엇이든 정교하게 만들었고 두 팔에 천근지력이 있었으며 가산이 많아 고대 광실에 금의와 육식으로 세월을 보냈다. 그에게 친구가 하나 있는데 이름이 구완식이라 했다. 그는 본래 명문 거족인데 차차 침체하여 지금은 가세가 빈한하고 노복도 모두 달아났다. 그는 의젓하고 점잖으며 예법을 숭상하고 고집이 대단하여 이처럼 곤궁하여도 조금도 변통할 줄을 몰랐다. 장마가 끝난 뒤 하루는 신씨가 구씨의 집을 찾아가니 대문짝은 썩어 자빠지고 울타리는 삭아서 무너졌으며, 부엌에서는 개구리가 해산을 하고 방안에서는 하늘이 보였다. 그런데도 구씨는 건너방 아랫목에

1) 『독립신문』, 1898년, 2월 5일.

초방석을 깔고 관 쓰고 창옷 입고 앉아 예기를 낭독하였다. 신씨가 그를 보고, 지금 이 처지에 예기만 읽지 말고 세상에 나서서 널리 다니고 배우면 그대 품성에 얼마 아니되어 사업도 능히 할 것이라 하였다. 구씨가 그 말을 듣고 정색하여 답하기를 양반 자식이 아무리 죽게 되었기로 장사가 왠말이냐 하며 화를 낸 후 다시 큰 소리로 책을 읽기 시작했다. 신씨는 기가 막혀 아무 말도 안하고 일어서 돌아와 다시는 구씨를 찾지 않았으며, 항상 사람들에게 썩은 나무는 사귈 수가 없다고 말하였다.>

이 논설은 당 시대에 있을 수 있는 이야기를 하나의 사실적 삽화로 그려내고 있다. 논설자는 이 이야기를 사실적 삽화로 처리하면서 두 인물의 이름을 신진학과 구완식으로 설정하여 신구(新舊)의 대립적 삶의 모습을 효과적으로 드러낸다. 등장 인물에 대한 이러한 명명법은 논설적 명명법이라기보다 소설적 명명법이다. 이 글에서는 신진학을 신씨로, 구완식을 구씨로 반복해 호칭함므로써 신구의 대립을 더욱 표면적으로 확인할 수 있게 한다. 아울러 신진학의 삶을 성공적이며 발전하는 삶으로 구완식의 삶을 정체되고 퇴보하는 삶으로 설정한 것 역시, 신구 대립의 가치관의 마찰 속에서 개화 지향적인 신씨의 삶을 긍정적으로 부각시키기 위한 논설자의 의도를 반영한 것이다. 글의 마무리에서 구씨의 모습을 썩은 나무에 비유하고 그렇게 썩은 나무와는 사귈 수 없다는 신씨의 말을 인용한 것 역시 구시대적 삶과 결별을 원하는 논설자의 의도의 상징적 반영이다.

서사적 논설은 사건에 대한 단순 서술뿐만 아니라 대화체나 문답체의 형식을 띠기도 한다. 『믹일신문』 1898년 9월 20일자 논설에는 어떤 사람이 완고당 사람을 만나 문답하는 내용이 실려 있다. 이 글은 "북촌 사는 사룸 ᄒᆞᄂᆞ이 완고당 ᄒᆞᆫ분을 만나 문답ᄒᆞᆫ 말이 가히 들엄직 ᄒᆞ기로 좌에 기짓ᄒᆞ노라"라는 도입의 말로 시작되어 '완고'와 '그 ᄉᆞ람' 사이의 대화로 이어진다. 이 대화에서는 당시 시국에 대한 '완고'와 '그 사람' 사이의 견해 차이가 반영되는데 결국 반상(班常) 구별의 철폐 및 정부와 백성의 협력을 주장하는 '그 사람'의 말을 들은 '완고'가 "벙어리가 황년 먹은 것 같이 아무말도 못하고 가버리는" 내용으로 결말이 난다.

『독립신문』 1899년 1월 31일자 1면에 실린 글 「외국사룸과 문답」 역시 대화체 논설의 한 모습을 보여준다. 이 글이 앞의 『미일신문』 논설과 다른 점은 당시 독립신문의 편집 체제에 따라,[2] 특별히 논설이라는 양식 표시가 되어 있지 않다는 점과, 두 인물의 대화를 직접 인용하고 있다는 점이다.

『독립신문』에는 이밖에도 「주미 잇는 문답」(1899년 6월 20일), 「량인 문답」(1899년 7월 6일) 등 여러 차례 문답형 논설이 실린다. 이런 논설들에서는 「외국사룸과 문답」의 경우처럼 대화가 지문과 분리되기도 하고 혹은 지문 속에 간접 인용으로 섞여나오기도 하는 등 일정한 원칙을 보이지는 않는다.

그런데 서사를 활용하여 신문 편집자의 주장을 전달하려는 글이 꼭 논설 난에서만 발견되는 것은 아니다. 꾸며낸 서사 속에 발행인이나 편집자의 주장과 견해를 집어 넣는 예는 잡보 난이나 내보 난 등에서도 발견할 수 있다. 『미일신문』의 전신(前身)인 『협셩회회보』 1898년 3월 26일자 내보 난에는, 죽었다 다시 살아난 최여몽이라는 사람에 대한 기사가 실려 있다. 기사의 줄거리를 요약하면 다음과 같다.

<남촌 사는 최여몽이라는 사람이 죽었다가 다시 살아났다. 그는 죽어 황천으로 갔다 다시 나오는 길에 피골이 상접한 노인 수십 명을 만났다. 그 노인들의 이름은 이율곡, 송우암 등등이었다. 그 노인들이 말하기를 '우리 자손들이 몇 백 년을 내려오며 우리들의 이름만 팔아 놀고 먹는 고로 우리가 근심하여 이렇게 피골만 남았으니 네가 나가거든 우리의 자손들을 보는 대로 우리를 더 걱정시키지 말아달라'했다. 그가 깨어 일어나니 이미 죽은 지 삼일이 지난 후였다.>

2) 이 무렵 발간된 독립신문에는 특별히 논설 난을 두지 않고 1면에 논설을 비롯한 사고(社告) 등 여러 가지 형태의 글을 실었다.

이 기사는 그 내용으로 미루어볼 때 실제 사실을 취재 기록한 것이라기보다는 꾸며낸 이야기임이 분명하다. 사건이나 사실을 보도하는 내보란에 이러한 창작물을 수록한 배경은 무엇일까? 그것도 죽은 사람이 조상 몇을 만나고 돌아왔다는 일면 황당무계한 이야기를 실은 이유는 무엇일까? 그 이유는 물론 과거 조상들의 근심어린 조언을 현 세대 신문 독자들에게 전하는 데에 있다. 조상들의 이야기의 핵심은 "우리를 더 걱정이나 식히지 말고 이남은 형상이나 부지ᄒᆞ게 ᄒᆞ여달나고" 부탁을 하는 것이다.

개화기 신문의 편집진들이 보기에 조선의 현실은 조상을 크게 근심시키는 현실이다. 조상들은 더 이상 자신들을 근심 속에 몰아넣지 말아달라고 호소한다. 조상의 근심을 현 세대 독자들에게 전하는 방식은 꿈을 활용하거나, 이 기사에서처럼 죽음 후의 세계를 다녀오는 비현실적 이야기 틀을 활용하는 창작 방식이 될 수밖에 없다. 이 기사의 주인공 이름이 최여몽이라는 사실은 그의 이름에 '몽'자가 들어 있다는 점에서 꿈의 이미지를 함께 지니고 있다. 이 신문의 편집자들은 과거와 현재를 뛰어넘기 위한 방편으로 일면 황당해 보이는 이러한 '남촌 사는 최여몽'과 같은 창작 서사를 활용한 것이다.

서사를 활용하는 기사는 논설의 경우와 마찬가지로 대화체 형식으로도 나타난다. 대화체 기사는 1890년대 신문 기사의 특수한 유형 가운데 하나이다. 1898년 7월 1일 『미일신문』 잡보 난에는 다음과 같은 대화체 기사가 실려 있다. 내용을 직접 인용해보면 다음과 같다.

> 아쵸 찰 슈구당에서 늘근 졈잔은 로인 ᄒᆞᆫ분과 ᄀᆡ화에 ᄉᆡ로 맛드린 졀믄친구 ᄒᆞ나와 맛나셔 슈작ᄒᆞᄂᆞᆫ 말이라. (그ᄉᆡ 긔운 엇덥시오) (어 나는 잘잇네마는 어린놈이 역질을 아니 ᄒᆞ엿ᄂᆞᆫᄃᆡ 요ᄉᆡ 동네 마마가 드렷다니 엇지ᄒᆞ면 됴흘넌지 속이 답답허에) (아 그러케 염녀될거시 무어시오닛가 놈이라고 다 역질식힐나구요) (하 나는 역질이라면 긔가나네 어린거슬 다섯지 역질에 일허 바리고 이것ᄒᆞ나 남엇

네) (뎌런 참혹ᄒᆞᆫ 일이 어ᄃᆡ잇소 그 ᄉᆡ로난 우두법이 뎨일 됴습데다 그려 웨 우두 아니 식히시오) (허허 우두가 됴키ᄂᆞᆫ ᄒᆞ다데마는 나ᄂᆞᆫ 그거ᄉᆞᆫ 아니 ᄒᆞ겟네) (왜요 마마에 죽을 어린 ᄋᆞ희를 우두너셔 살녀도 슬여요 웨 아니 ᄒᆞ신단 말이오 나ᄂᆞᆫ 그런소리 드르면 화가납데다) (허 졔명이 마마에 죽을 터이면 우두를 너셔 살니기로서니 얼마 산다던가 다 졔명에 달녓너니 우리나라 사ᄅᆞᆷ은 타국 사ᄅᆞᆷ과 달나셔 죽드ᄅᆡ도 마마를 식혀야 ᄒᆞ너니) (무어시오 ᄒᆞ 답답ᄒᆞᆫ지고 당신 말ᄉᆞᆷᄀᆞᆺ치 ᄉᆡᆼ사가 명에 달녓스면 병드러도 의원이나 약은 다 쓸ᄃᆡ 업겟지오) (어 그러니 아니 쓸슈잇나) (왜써요 다 명에잇서든 병을 약써셔 곳치기로니 몇철 살겟소) (그는 그러치마는 그ᄅᆡ도 죠샹적 븟허 나려오ᄂᆞᆫ 약이야 아니 쓸슈잇나) (올치 알아듯겟소 당신 죠상이 증역ᄒᆞ엿스면 당신도 징역ᄒᆞ고 당신 ᄋᆞ돌 손ᄌᆞ 다 쳥바지 져고리 입힐 터이지오)[3]

아주 지독한 수구당(守舊黨)인 늙은 노인과 개화에 새로 맛을 들인 젊은 친구 사이의 이 대화는 두 세대 간의 의식의 차이를 매우 선명하게 보여준다. 대화의 주체인 두 인물을 노인과 젊은이로 설정하고, 그들의 문화적 배경을 수구당에서 늙었다는 사실과 개화에 새로 맛을 들였다는 사실로 드러내는 점은 글쓴이의 서사를 구성하는 수준이 일정한 정도 이상에 올라 있음을 알 수 있게 한다. 대화 속에서 노인은 역질로 아이 다섯을 잃고도 개화기의 새로운 치료법인 우두를 거부한다. 죽고 사는 일이 모두 제 명에 달렸다는 것이 노인 주장의 요지인데, 이는 이른바 철저한 운명론적 사고를 드러내는 것이다. 그러한 노인의 생각에 대해 젊은이는 반론을 제기한다. 조상이 징역을 가는 등 옳게 살지 못했으면 자손도 옳게 살지 않는 것이 도리냐고 반문하는 것이다. 이 글의 기록자는 물론 개화파 젊은이의 입장을 지지하는 인물이다. 여기서 젊은이의 반론에 대응하는 노인의 결론은 더 이상 제시되어 있지 않다. 노인과 젊은이, 수구 형의 구 세대와 개화 형의 새로운 세대 사이의 차이를 보여주는 것 자체만으로도 기록자의 의도를 충분히 드러낼 수 있기 때문이다. 노인과

3) 『매일신문』, 1898년 7월 1일.

젊은이의 대화 속에서 누구의 생각이 옳은 것인가는 이미 드러나 있다. 노인이 전통적인 치료 법을 따르다가 자식을 이미 다섯이나 죽였기 때문이다. 따라서 이러한 대화체의 기사 역시 서사적 논설과 마찬가지로 교훈적 성격을 강하게 지닌다. 아울러 대화체 문장이 서사를 이끌어가는 한 가지 문체 방식이라는 점에서 보면, 대화체 기사 역시 넓은 의미에서 서사적 기사에 포함된다고 할 수 있다.

서사적 기사는 그것이 실린 지면 등에서는 서사적 논설과 구별된다. 하지만, 서사적 기사 역시 사실 전달이라는 기사의 본령에 충실한 것이 아니라 글쓴이의 의도 전달이라는 논설적 기능에 더 치중하고 있는 글이다. 이런 점에서 보면 서사적 기사 역시 서사적 논설과 크게 성격이 다른 글이 아니다. 따라서 서사적 논설과 서사적 기사는 우리 문학사의 단계에서는 서사적 논설의 단계로 함께 정리하는 것이 옳다.

1898년 3월 30일자 『대한그리스도인회보』에 실린 「부ᄌ문답」 역시 대화체 내지 문답체 서사의 한 예가 된다. 이 글은, 제목이 달려 있다는 점에서 일상적인 다른 기사와 구별된다.

서사적 논설이나 기사에 제목이 달려 있는 경우는 『미일신문』이나 『독립신문』 등에서도 발견된다. 『미일신문』 1898년 9월 23일자에 실린 「호토상탄 여우와 토끼가 셔ᄅ 싱키다」는 서사적 논설에 소설적인 제목을 붙임으로써, 서사적 논설이 독립된 서사로 넘어가는 중간 단계의 모습을 보여준다. 이 글은 『미일신문』 제1면에 실려 있다. 이 글은 내용상 우화적 성격이 강하고, 형식상 근대적 서사 양식의 주요 특징 가운데 하나인 제목이 달려 있는 등, 논설이나 기사에서 분리되어 나가는 독립된 서사 양식으로서의 모습을 갖추고 있다. 하지만 그럼에도 불구하고 아직 「호토상탄 여우와 토끼가 셔ᄅ 싱키다」를 독립된 서사로 보기 어려운 것은 글의 중심을 이루는 서사에 앞서 삼분의 일 가량이 지은이의 해설로 이루어졌기 때문이다. 이 글의 내용을 요약하면 다음과 같다.

<무릇 호랑이라 하는 짐승은 백 가지나 되는 짐승의 어른이 되었으니

그 이유는 지혜와 힘이 백 가지 짐승에 지남이라. 여우의 간사함으로도 마침내 호랑이의 밥을 면치 못하고 토끼의 사오납으로도 호랑이의 밥을 면치 못하니 이로 보면 호랑이의 지혜와 힘이 과연 뛰어나다.

남산에 한 늙은 여우가 있어 세상 풍파도 많이 겪었으나 호랑이를 이길 계책이 없었다. 여우가 하루는 근처의 토끼 굴을 찾아가 한 늙은 토끼를 보고 말하기를, 호랑이가 먹을 것이 없어 곧 우리 동네로 내려올 것이니 내 집은 장차 망하게 되었거니와 그대의 집도 망하리라 하였다. 여우는 토끼에게 두 집이 힘을 합쳐 싸우면 호랑이를 이길 수 있을 것이라 하며 함께 싸울 것을 제안하였다. 이 말을 들은 토끼가 여러 토끼를 불러 의견을 물으니 그 중 한 토끼가 나와 말하되, 작년에 아무 형이 저 여우에게 죽었고 아무 아이가 저 여우에게 죽었으니 여우 역시 우리의 원수라, 우리가 호랑이에게 의지하여 저 여우를 소멸하는 것이 좋다 하였다. 그 말을 들은 천상의 신선 토끼가 훈수하기를, 너희가 저 여우와 협력하여 호랑이를 잡은 후에 다시 여우를 방어하기는 쉬운 일이나 여우를 소멸하고 보면 호랑이를 방어하기는 어려울 것이라 하였다.>

이 글은, 열강의 침탈이 계속되는 한말의 정치적 혼란기 속에서 우리가 취할 방향에 대한 결정이 쉽지 않음을 나타내는 상징적인 글로 해석할 수 있다. 하지만 앞에 제시한 서사적 논설들에 비한다면 상대적으로 논설자의 주장이 거의 표면적으로 나타나 있지 않다. 그런 점에서 논설의 측면보다는 서사의 측면이 강조된 글이라 할 수 있다.

독립신문 1899년 7월 7일자 제1면에 실린 「일장츈몽」 역시 「호토상탄 여우와 토끼가 셔르 싱키다」와 마찬가지로 서사적 논설에서 독립된 서사로 진행되어 가는 새로운 단계의 모습을 보여준다. 「일장츈몽」은 「호토상탄 여우와 토끼가 셔르 싱키다」보다 현실을 직접적으로 반영하면서 소설적 짜임새라는 측면에서도 더욱 발전된 모습을 보여준다. 먼저 글의 내용을 요약하면 다음과 같다.

<향일에 어떤 선비 하나가 본사에 찾아와 자기 꿈 속의 일을 이야기하

거늘, 그 이야기를 여기에 기재한다. 그 선비가 말하기를 내가 평생에 구라파 문명을 보기를 원했는데 초당에 누웠다가 잠이 들어 몽혼이 천만리를 다니게 되었다. 법국 파리에 이르러 몇 십 년 전 덕국 명사 비스마르크의 계책으로 프랑스가 패전하던 말을 듣고, 영국에 이르러 법국 왕 나폴레옹이 구라파 천지에 횡행하다가 영국 바다에서 수군 제독 넬슨에게 패전하던 곳을 구경하고 런던에 이르렀다. 런던을 유람하다가 한 곳에 이르니 큰 돌로 샘물을 덮어 놓고 먹지 못하게 하였다. 그 까닭을 물으니 이 물이 탐(貪) 천이니 착한 사람도 이 물을 먹으면 도적이 되는 고로 물을 마시지 못하도록 덮어놓았다 하였다. 또 다른 곳에 이르는 이번에는 아(啞) 천이라는 샘이 있는데, 그 물을 먹으면 모두 벙어리가 된다 하였다. 이 물을 마시면 아무리 정직한 관인이라도 바른말로 송사를 하지 못하며, 아무리 극진히 간(諫)하던 관원이라도 충직한 말이 사라지게 되니 그 물을 먹지 못하게 덮어 놓았다. 또 한 곳에 이르니 풍혈(風穴)이라는 구멍이 있는데, 이 구멍에서 간혹 바람이 맹렬하게 나오면 들에 풀이 자라지 못하고 쓰러지는 폐단이 있어 정부에서 구멍을 막아 들의 풀을 보호한다 하였다. 내가 말하되 탐천과 아천은 사람에게 해로운 것이므로 막을 필요가 있으나 풍천은 애써 막을 필요가 있는가 하였다. 그곳 사람이 말하되, 군자는 정부의 관인이요 소인은 들에 있는 백성이라. 군자의 좋은 바람이 때를 따라 잘 불면 소인의 풀이 잘 자라려니와 만일 혹독한 바람이 불면 풀을 압제하여 쓰러지게 하느니라. 내가 그 사람의 말을 듣고 크게 기뻐하여 옳다 하는 소리에 스스로 놀라 깨달으니 일장춘몽이라 하더라.>

이 글의 지은이는 꿈 속에서 보고 들은 일을 통해 자신이 하고 싶은 말을 독자에게 전한다. 독일과 프랑스 전쟁에서 있었던 비스마르크의 역할에 관한 이야기나 나폴레옹을 물리치던 넬슨의 이야기도 나라를 방어하는 인물들에 관한 글쓴이의 의도를 보여주는 부분이다. 탐천과 아천이라는 두 가지 샘물과 풍혈에 관한 이야기도 물론 서양의 경우를 들어 우리 현실을 빗댄 것들이다. 이런 비유들은 모두 탐욕을 멀리하고 바른말을 하며 백성을 위하는 정부와 관인에 대한 글쓴이의 희망을 담고 있는 것이다.

이 글 역시 서사적 논설의 성격을 지니고 있다. 그러나 글의 내용과 짜임을 살펴보면 거의 독립된 서사에 가까운 글이다. 이 글의 도입 부분에 첨부된 일종의 편집자 주만 없다면 독립된 서사 양식이라고 보아도 크게 무리가 없다. 이 글에 「일장춘몽」이라는 제목이 달려 있다거나, 도입과 결말 등이 비교적 잘 짜여진 소설적 구조를 보여준다는 점에서 우선 그러하다. 특히 이 글은 서사를 이끌어가는 틀로 꿈을 활용하고 있는데, 꿈으로 들어가는 과정과 나오는 과정이 매우 자연스럽게 표현되는 등 꿈을 활용한 일종의 액자소설의 구조를 갖추고 있다.

서사적 논설이 독립된 서사로 넘어가는 과정에서 보여 주는 또 다른 특색으로 들 수 있는 것이 논설의 길이가 길어진다는 것이다. 이렇게 길어지는 서사적 논설은 경우에 따라서는 연재 발표되기도 한다. 즉 연재 논설이 나타나는 것이다. 『미일신문』 1898년 12월 13일에 발표된 서사논설은 '상목자'라는 사람에 관한 이야기인데 일반적인 논설 길이의 세 배 정도 분량으로 이루어져 있다. 또한 1899년 1월 26일과 27일에 발표된 논설은 앞의 상목자 이야기보다는 짧으나 일반적인 논설보다는 두 배 이상의 길이를 갖고 있으며, 연재 발표되었다는 점이 주목할 만하다. 이 논설의 내용을 요약하면 다음과 같다.

<옛날 서양 어느 나라에 재상이 있었는데 마음은 밝고 착했으나 첩을 좋아하여 객과 노복이 가까이 갈 기회가 없었으므로 세상 일에 대해 들을 기회가 별로 없었다. 어느 겨울 하루는 재상이 늦게 일어나 많은 빈객을 맞으며 오늘 날씨가 훈훈한가 하고 물었다. 사람들이 천기가 온화하여 양춘같다 대답하니 재상이 크게 기뻐하였다. 그때 한 사람이 밖에 나가 굵은 고드름 하나를 종이에 싸 가지고 들어와 재상에게 내밀며 옥순 하나를 얻어 바친다 하였다. 재상이 받아 펴니 얼음이 들어 있음을

알고 깜짝 놀라 유리창에 가리운 백사장을 밀어 밖을 보았다. 나무가지에는 고드름이 맺히고 사람들은 추워 허리를 펴지 못하는지라 재상이 크게 깨닫고 감동하여 빈객을 대하여 눈물을 머금고 말하였다. 내가 요만 부귀를 가지고도 사장 한 겹을 격하여 밖의 천기가 저렇듯 추운 것을 몰랐으니, 구중에 계신 임금께서야 아무리 밝고 어지신들 신하가 아뢰지 아니하면 민간 질고를 어찌 통촉하시리오 하였다. 재상은 화원을 불러 민간 질고를 여러 화폭에 자세히 그리라 하였다. 화폭으로 십 첩 병풍을 꾸민 재상은 그 병풍을 왕에게 가져가 진상하였다. 왕이 그림을 보고 이 그림이 어찌된 이치인가 묻자 재상이 낱낱이 설명하였다. 왕이 말하되 내가 구중에 있어서 바깥 사정을 듣지 못한고로 백성들이 다 호의호식하고 안락태평한 줄로 짐작하였더니 오늘이야 비로소 내 백성의 이러한 어려움을 알았도다 하였다. 왕이 지방 관리를 특별 택차하여 보내고 그 병풍을 편전에 치고 수시로 백성을 생각하며 나라를 다스렸다. 그럼으로 수 년 안에 그 나라가 서양에서 제일 부강한 나라가 되었다.

우리 나라 재상문정에 다니는 손님이 고드름 드리는 이가 한 집에 한 분씩만 되고 정부 대신이 합력하여 민간 질고를 그린 병풍 한 좌를 만들어 진헌할 양이면 곧 대한이 동양의 부강한 나라가 되어 전일에 빈약하던 수치를 가히 한 번에 씻을 줄 아노라.>

이 논설은 글의 시작부터 마무리 직전까지 거의 독립된 서사의 모습을 보이다가, 마무리 부분에서 글쓴이의 희망을 드러낸다. 재상의 집을 드나드는 사람들이 곧고 바른 말을 하며, 재상들이 임금에게 바른 말을 곧게 전하면 그것이 곧 대한이 부강해지는 길이라는 것이 논설자의 생각이다. 이 논설의 필자는 그러한 자신의 생각을 설득력있게 또한 대중성 있게 전달하기 위한 수단으로 이러한 서사적 논설을 연재 집필하였던 것이다. 이러한 연재형 논설은 1899년 2월 21일에서 25일까지 총 5회에 걸쳐 발표된 '노인과 그 아들에 얽힌 이야기' 등 여러 곳에서 발견할 수 있다.

3. 〈서사적 논설〉의 특질과 문학사적 위치

창작적 서사를 활용한 논설이나 기사는, 비현실적 이야기 문학의 틀을 이용한 현실적 고민 표출의 한 방식이다. 서사적 논설은 논설 난과 잡보 난에 실려 있다. 여기서 잡보 난에 실린 글은 당시 신문들이 외형상 사건 기사로 처리하고 있으나 실제로는 서사적 논설에 포함시킬 수 있는 글들이 적지 않다. 서사적 논설은 『그리스도신문』이나 『미일신문』 및 『독립신문』 외에 『제국신문』 등 다른 신문 자료에서도 어렵지 않게 발견할 수 있다. 『제국신문』의 경우 1900년 1월 6일, 2월 20일, 3월 2일, 3월 22일, 1901년 3월 22일, 4월 9일, 5월 23일, 6월 11일자 등 여러 곳에 이러한 유형의 논설이 실려 있다. 지금까지 우리 소설사 연구에서는 서사적 논설의 존재에 대해서조차 언급된 적이 없다. 하지만 서사적 논설은 한말 개화기의 여러 신문이 채택한 보편적 논설 유형의 하나로서, 근대 소설사의 씨앗이 되는 문학 양식이라는 점에서 그것이 지니는 의미를 무시하기 어렵다. 지금까지 살펴본 내용을 바탕으로 서사적 논설에서 발견되는 특색을 요약 정리하면 다음과 같다.

첫째, 서사적 논설은 모두 지은이가 밝혀져 있지 않다. 이들이 신문사 편집진이 집필하는 형식으로 발표되거나, 독자가 투고한 이야기, 혹은 항간에 떠도는 이야기를 채집 수록한 것으로 되어 있기 때문이다. 그러나 그 형식에 관계없이 이 글들은 대부분 각 신문사 편집진의 직접 창작이거나, 편집진과 뜻을 같이 하는 가까운 주변 인물들의 창작으로 볼 수 있다.

둘째, 서사적 논설의 이야기 소재는 우화적 성격이 강하고 비현실적이지만, 비현실적 소재를 다루는 가운데 현실성 높은 이야기를 하고 있다. 비현실성을 이용한 현실 비판이야말로 이 시기 서사적 논설의 핵심 기능이다. 이는 허구를 활용한 현실 표현이라는 근대 소설적 속성과도 적지 않은 연관을 지닌다. 이렇게 현실성을 드러낸다는 점에서 서사적 논설은 근대소설로 다가가기 위한 근대 전환기적서사 양식이라고 볼 수 있다.

셋째, 서사적 논설의 서사 부분 문장은 운문체가 아닌 산문체이다. 아울러 이 산문들은 언문일치가 이루어지지 않는 문어체이다. 서사적 논설의 문장이 산문체 한글 문장으로 이루어졌다는 점에서는 근대성의 특색을 드러내나 그것이 아직 언문일치를 이루지 못했다는 점에서는 전근대적인 문장의 특색을 드러낸다. 그런 점에서 서사적 논설은 문장 역시 근대전환기적 요소를 지니고 있다.

넷째, 서사적 논설에는 꿈을 이용하여 사건을 액자 속에 집어 넣는 기법이 적지 않게 사용되었다. 이는 전통적인 서사문학에서 흔히 사용해온 이야기 창조 기법 가운데 하나를 서사적 논설이 수용하는 모습을 보여준다.

다섯째, 서사적 논설이나 기사에 들어가는 서사적 부분은 서술문에 의존하는 경우가 대부분이지만, 일부 논설이나 기사에서는 대화체나 토론체 혹은 문답체 서사를 활용하기도 했다.

여섯째, 서사적 논설은 초기에는 제목이 없는 경우가 대부분이었으나, 점차 제목이 붙기 시작하면서 독립된 서사문학으로서의 모습을 갖추기 시작한다.

일곱째, 초기에 나오는 서사적 논설들은 길이가 매우 짧다. 이는 이 글들이 독립된 이야기 문학 양식으로 발표된 것이 아니라 논설의 양식으로 발표되었기 때문이다. 따라서 초창기의 글들은 일상적인 논설문의 길이를 크게 벗어나지 않는다. 하지만 서사적 논설은 점차 그 길이가 길어지면서 그것을 연재 형식으로 발표하게 된다. 이렇게 글의 길이가 길어지는 것은 서사적 논설이 독립된 서사로 가는 단계에서 보여주는 중요한 특색 가운데 하나이다.

여덟째, 서사적 논설에는 서사가 시작되기 전이나 후에 편집자 주 혹은 편집자적 해설이 붙거나 서술자의 교훈적 견해가 직접 노출되는 경우가 적지 않다. 이는 서사적 논설을 독립된 서사 단계로 인정하기 어려운 가장 큰 요소 가운데 하나이다.

이러한 특색을 지닌 한말 개화기의 서사적 논설은 외부에서 유입 혹은 이식되거나 뿌리없이 갑자기 생겨난 것이 아니라, 우리문학사의 전통을 면면히 이어오는 조선후기 서사문학 양식의 시대적 변용물이라고 할 수 있다.

한말 개화기 신문에서 발견할 수 있는 이러한 서사적 논설은 특히 조선 후기 야담과 연장선상에서 파악할 수 있는 요소들이 많다. 서사적 논설은 기본적으로 조선 후기 사회상의 변화를 담아내던 야담의 정신과 표현법을 취하고 있다. 전통적인 야담 장르 위에 새로운 세계의 정신과 새로운 표현법을 새로운 매체에 맞추어 변형시킨 것이 한국 근대 서사문학의 출발점이 되는 서사적 논설이다. 새로운 세계의 정신이란 곧 문명개화 시대의 정신이며 새로운 표현법이란 신문이라는 근대적 매체에 맞춘 표현법이다. 이 표현법은 한글의 사용과 언문일치의 지향 등 여러 가지 요소를 포함한다.

서사적 논설의 시작과 마무리에서 발견할 수 있는 편집자 주 형식의 문장들 역시 조선 후기 야담에서도 발견할 수 있는 문장 형식이다. 한 예로 『계서야담(溪西野談)』에 수록된 최생이라는 선비의 일화를 보면, 이 야담의 필자는 서사적 전개를 모두 끝낸 뒤 '이 이야기는 그의 특히 아름다운 행적인 것이다'라는 글을 한 줄 덧붙이고 있다. 이 마지막 문장의 성격은 개화기 신문 서사적 논설의 편집자 주와 크게 다를 것이 없다. 『삽교별집(霅橋別集)』 만록(漫錄)에 수록된 충주 가홍 황희숙이라는 사람의 이야기에는 이보다 더 긴 편집자 주가 실려 있다. 이야기가 끝난 뒤 "내 일찍이 선고(先考)께서 '사람이 신의가 없으면 그의 행실은 논할 것도 없고, 재물도 또한 지키지 못한다.'고 이르심을 들었다. 이제 황희숙의 일로 말하건대 빈손으로 치부를 하여 마침내 향리의 갑부가 되었으니, 이는 오로지 신의가 있던 때문인가 한다. 황희숙이 만났던 노인도 사람을 보는 눈이 있었다고 하겠다."는 내용이 첨부되어 있다.[4] 조선후기 야담에서 발견할 수 있는 이러한 언급은 단순히 형식적인 편집자 주를 넘어 일종의 편집자적 해설의 성격까지 지닌다고 할 수 있다.

이밖에, 한말 개화기 서사적 논설의 필자들이 서구식 교육을 받은 사람들이 아니라 전통적인 한학 교육을 받은 사람들이었다거나, 조선 후기 야담이 한문학의 주요 양식이었다고 하는 사실 등도 서사적 논설과 야담 사이의 상관성을 유추할 수 있게 하는 주요 논점이 될 수 있다.

4. 맺음말

서사적 논설은, 개화기 논설자가 자신의 새로운 세계관을 숨김과 드러냄의 적절한 조화를 통해 독자에게 다가가려 했던 시도의 산물이다. 이는 논설이라는 새로운 시대의 생소한 양식보다는 야담 등 전통적 이야기 양식에 익숙한 독자들에게, 새로운 문화의 유입을 소개하고 주장하기 위해 창안된 당시대적 방편이기도 했다.

소설사적 맥락에서 본다면, 서사적 논설은 전래적 서사 양식인 야담이 근대문명의 산물인 신문의 논설과 결합하면서 생긴 문학 양식이다. 논설이 서사를 활용한다는 것은 글쓴이가 자신의 개인적 주장이나 의도를 드러내되, 그것이 간접적인 방식으로 드러나기를 원했기 때문이다. 하지만 이때 간접적 방식은 꼭 은폐를 의미하는 것이 아니다. 은폐라기보다는 오히려 은유가 더 가깝다. 논설이 서사를 활용하는 것은 은유와 함께 대

4) 이우성·임형택 역편, 『이조한문단편집(李朝漢文短篇集)』(일조각, 1976), 3-11쪽. 참조.

중적 흥미를 끄는 방식이기도 했다.

이 서사적 논설은 뒤에 이른바 「거부오해」 등 무서명 소설의 단계로 진전된다. 무서명 소설은 그것이 표면적으로는 소설이라는 장르를 표방하고 있지만, 내면적으로는 논설을 지향한다는 점에서 서사적 논설과 동일선상에 서 있는 문학 양식이다. 이러한 무서명 소설의 단계를 우리 소설사의 단계에서는 '논설적 서사'의 단계라고 할 수 있다. 서사적 논설은 그것이 표방하는 형식은 논설이지만 내면은 서사로 이루어진 글이다. 반대로 논설적 서사란 그것이 표방하는 형식은 독립된 소설이지만 내면에는 서사적 요소와 함께 작가의 직설적 주장과 견해를 담고 있는 글이 된다.

여기서 다룬 서사적 논설은 그것이 비록 독립된 서사문학 작품은 아니지만, 한국 근대소설의 발생기적 모습을 보여주는 근대 전환기적 서사문학 양식임에는 틀림이 없다. 서사적 논설은 우리 고유의 서사문학 장르가 근대 문학 장르인 무서명 소설로 넘어가는 중간 단계에 위치하는 전환기적 장르인 것이다. 서사적 논설이나, 논설적 서사에 속하는 무서명 소설들의 창작 목적은 모두 서사의 완성 그 자체에 있는 것이 아니었다. 이들의 목적은 서사보다는 논설을 통한 계몽에 있었다. 서사적 논설이나 논설적 서사는 직설적 현실비판에 따르는 부담을 피해가는 방식이기도 하고, 혹은 직설적 비판보다 더욱 효과적으로 현실에 대응하는 계몽적 방식이기도 했다.

서사적 논설이 논설적 서사로 진행되는 과정과 두 양식의 차이, 그리고 논설적 서사와 무서명 소설의 관계 정립 등에 대해서는 다른 글을 통해 밝히게 될 것이다. 새미

▶ 기획 대담

내가 겪은 후기 모더니즘 시운동

대담 : 김경린(시인)
진행 : 한수영(연세대 강사)
일시 : 1996년 8월 24일
장소 : 새미 편집실

한수영 : 선생님을 저희 『작가연구』 대담회에 모시게 된 것을 큰 영광으로 생각합니다. 선생님께서 기꺼이 저희들의 부탁에 응해주신 데 대해서도 감사를 드립니다.

선생님께서는 해방 전부터 모더니즘 시 운동에 투신하셔서 지금까지 50여 년 가까운 세월 동안 시작 활동과 문필 활동을 줄기차게 계속해 오셨다는 점에서 길지 않은 우리 근현대 문학의 역사에 있어서 하나의 큰 귀감이 되는 존재라고 생각합니다. 특히, 해방 이후부터 5,60년대를 거치면서 우리 모더니즘 시 운동을 주도해 오셨다는 점에서 선생님의 살아있는 생생한 체험과 증언들은 후학들에게도 여러 가지로 귀중한 역사적 자료가 되리라고 생각합니다. 저희들이 선생님과 대담을 가지려고 하는 중요한 이유 중의 하나도 여기에 있습니다. 최근의 세태가 사회 각 분야의 원로들의 귀중한 경험이 무시당하고 새로운 것이면 무조건 좋은 것이라는 잘못된 편견이 지배하고 있음을 생각할 때 선생님께서 살아오신 문단의 반세기, 특히 모더니즘 운동에 대한 회고는 연구자들뿐만 아니라 현재 시작 활동을 하고 있는 젊은 시인들과 작가들에게도 여러 가지로 귀한 가치를 지닐 것이라고 생각합니다.

그런 의미에서 저희들의 질문은 대체로 모더니즘 운동의 전개과정에 대한 역사적 내용에 집중되어 있습니다. 이들을 중심으로 선생님께 귀한 말씀을 듣고자 합니다.

우선 선생님께서 시에 관심을 가지시고 문학 특히 모더니즘 시 운동에 투신하게 된 경위에 대해 직접 들어보고 싶습니다.

시단 입문의 경위와 초기 활동

김경린 : 그 경위를 이야기하자면 먼저, 저는 다섯 살 때부터 서당에 다녔는데, 그 서당 선생님이 좀 재미난 분이었던 것 같습니다. 그 선생님께서 가르쳐주시던 시가, 요즘에 생각해 보면 상징주의적인 요소가 강한 시들이었던 같습니다. 다섯 살 때부터 일곱 살에 보통학교에 입학할 때까지 서당에

다니면서, 아시다시피 서당에서는 주로 맨처음에 들어가면 『천자문』을 읽고 그 다음에는 『동몽선습』이라는, 요즘의 동시보다는 조금 높은 수준의 것, 『통감』이라는 역사, 그러면서 차츰차츰 올라가며 『대학』, 『소학』 등을 배우는 과정이 있습니다. 나는 장손이었기 때문에 당시에 할아버지께서 장차 사람이 되려면 다섯 살 때부터 공부를 해야 한다고 서당에 다니기 시작한 것인데, 그때 교육이 주로 이런 정규교육이었지만 그 선생님이 저녁이면 시의 운자를 내어주시면서 숙제를 내주셔서 밤새 시를 지어서 다음날 선생님께 바치곤 했지요. 그런데, 그 당시에 배운 시 중에서도 아직까지도 어렴풋이 기억에 남는 시가 하나 있어요. 중국 한시인데 원시는 잊었지만, '산 위에서 바라보는 저 호수는 나의 술잔이요, 산 위를 지나가는 구름은 솜덩이같더라' 뭐 대충 이런 시였었습니다. 그런데, 그때 어린 생각에도 호수를 술잔으로 비유를 한다든가 구름을 솜덩이같다고 한다든가 하는 것들이 스케일도 크고, 상징성도 강하다는 것을 느꼈어요. 그런 시들을 쭉 배워와서 그랬었는지는 모르겠지만, 아무튼 나중에 모더니즘시를 공부해 보니 유사한 점이 한두 가지가 아니더군요. 일곱 살 때 그 선생님이 갈려가시게 되어 나도 시를 지어 선생님께 바쳤는데, 그 시가 아직도 기억에 남습니다. "今日送先生하니 自然成淚川이라", 그러니까 "오늘 스승을 보내니 스스로 눈물이 시내를 이룬다"는 내용이었습니다. 그런데 그 선생님이 가시면서 "눈물이 시내를 이룬다"라는 표현은 보통 놈이 하는 소리가 아니라시면서 너는 재주가 비상하니 나중에 꼭 문사가 되거라 하셨지요.

그 이후에도 보통학교를 다니면서 좋은 선생님들을 많이 만났습니다. 특히 5학년 때 담임 선생님이 문학을 좋아하셨는데, 그 선생님댁 바로 옆에서 하숙을 할 때 『클라스메이트』라는 잡지를 낸다고 해서 그 선생님을 도와서 글을 모아 등사하는 일 등을 돕기도 했었습니다. 요즈음으로 치면 학급문집 비슷하다고 할까요? 너는 문재가 있으니 문사가 되라, 그런 공부를 하라는 말씀을 그 분도 하신 적이 있었거든요. 아마 그런 일들을 계기로 문학에 어렴풋이 눈을 뜨게 된 모양입니다.

한 : 서당에서 배운 한시가 문학에 관심을 두게 된 최초의 계기였다는 말씀은 선생님께서 모더니즘 시를 주로 써오셨다는 것을 떠올리면 퍽 흥미로운 이야깁니다. 한편으로 보면 에즈라 파운드가 이미지즘 얘기를 하면서 한자의 시각적인 상징성을 말하는데, 그것과 상통하는 게 아닌가 싶군요. 그런데 선생님께서는 문과쪽이 아니라 이과쪽 공부를 하신 걸로 알고 있는데요.

김 : 그것이... 보통학교를 졸업하게 되었지만, 그 당시 그러니까 1930년대인데, 시대적으로 굉장히 불안하고 농사도 잘 안되고 그랬어요. 우리 농촌에서는 보통학교를 졸업하게 되면 주로 가까운 회령상업학교라든가 북경성(당시에는 서울 경성에 빗대 함북 경성을 북경성이라 그랬지요) 농업학교 등으로 진학하는 것이 가장 큰 희망이었지요. 그런데 집안 형편상 갈 수 없었고. 그때 한 삼년 정도 고생이라는 고생은 다 했어요. 노동도 했고, 산에서 장작을 팔아 식량을 마련하기도 하고 공사판에서 일도 하고, 큰 운송점 점원 과자점 점원, 등 많은 고생을 했는데, 고생하면서 느낀 것이 내가 그냥 이러다가는 아무것도 안되겠구나 하는 생각이 나더라구요. 그래서 무조건 월급 받은 것 가지고 석유 한 통을 사들고 들어와서는 중학교 강의록을 구해서 삼개월 동안 집안에 들어앉아서 중학교 검정 시험을 볼 공부를 하기 시작했어요. 집에서는 순사시험을 치루려고 하나 하면서 내버려 두었었어요. 약 삼년 정도의 시간을 보충하기 위해서 그 당시의 고등보통학교 (중학교) 2학년 검정시험을 치루었지요. 2학년 이상이 되어야 공업학교나 상업학교에 갈 수 있었기 때문이지요. 그 시험은 어떻게 다행히 합격했는데 회령상업학교 시험에는 보기좋게 낙제를 하고 말았어요. 그러니 한 일 년 놀 수밖에 없었지요. 그런데

그때 마침 우리 시골에 신작로 공사를 한창 하고 있었는데 그 공사 감독이 굉장히 멋있어 보였어요. 그 사람 말이라면 주위에서 쩔쩔매고 하니 어린 마음에 멋있어 보여, 나도 나중에 그런 것을 해 볼까 하고 그 사람에게 무엇을 공부해야 하느냐고 물어보았더니 토목과를 나와야 한다고 하더군요. 그래서 토목과를 가려면 어디로 가야하느냐고 물었더니 경성공업학교가 있는데 일본놈들만 많고, 경성전기공업학교에는 일본놈들도 많지만 그래도 한국 사람들도 더러 있으니 거기에 가보라고 하더라구요. 경성전기공업학교는 전기와 토목을 같이 배웠는데 거기의 토목과를 지원해서 시험을 치고 입학했습니다.

한 :이상(李箱)이 나온 경성고등공업학교와는 다른 곳입니까?

김 : 이상이 나온 경성고등공업학교는 일종의 전문학교인 셈이지요. 지금으로치면 서울대 토목학과의 전신이라고나 할까요. 경성전기공업학교는 지금 같으면 공업고등학교인 셈이지요. 그래서 이 학교를 다니게 되었는데, 그때도 무엇인가 문학책과 소설책을 열심히 찾아 읽곤 했습니다. 그때 하숙집에 돌을 던지곤 하던 아가씨가 있었어요. 여학교 3학년 학생이었는데 차차 이야기를 하게 되고 그래서 연애를 하게 되었죠. 데이트란 것이 요즘 같은 것은 아니고, 그저 공원에서 만나 멀리 바라보고 그러는 것이 고작이었지만... 그런데 갑자기 하루는 이 처녀가 결혼하게 되었다고 하더라구요. 상대는 서울치과전문학교를 나온 사람이라나요. 나는 겨우 공업학교 다니는 처지이니 상대가 안되거든. 첫사랑인데 실연하게 된 셈이죠. 그때 처음 시를 써 보게 되었습니다. 그러니 아무래도 슬픔의 감정에 완전히 노출된 시 정도였겠지요.

한 : 그럼 본격적으로 시를 창작하신 것은 언제부텁니까?

김 : 그때 청진의 모더니즘 문학운동지로 이전부터 <맥>이 있었는데, 최초에는 서정시로 출발한 것이었지만 후기에 오면서 모더니즘 운동을 하고 있었는데, 할아버지뻘

되는 친척분이 거기에 동인으로 있었어요. 그래서 아까 말한 그 시를 가져가 보였는데 처음에는 막 야단이라더구요. 우선 집에서 하라는 공부는 하지 않고 있다는 것이고 또 다른 하나는 도대체 이게 무슨 놈의 시냐는 것이에요. 시를 쓰려면 모더니즘 공부를 해야 한다 하는 이야기를 하더군요. 그걸 어떻게 하는거냐 했더니 서울가면 일본에서 현대시 운동으로 유명한 『시와 시론』을 빌려서 보라고 하더군요. 그때 비로소 모더니즘 이야기가 나왔던 겁니다.

그래서 그 책을 빌려다 보니 옛날에 어렸을 때 서당에서 배웠던 그런 상징성 짙은 시와 대개 비슷한 거예요. 그래서 아, 이게 내가 할 것이로구나 한 거지요. 그래서 방학 때 쓴 것이 『조선일보』에 발표된 「차창」이라는 세 줄 짜리 시였어요. 그게 비로소 등단작이 된 거지요. 김기림씬가 누가 평을 썼던 걸로 기억하는데, 시세계에서 이런 참신성이나 위트는 살 만하다, 그런데 이 시인은 시의 순수성을 망각할 우려가 있다는 평이었어요. 이것을 보고는 주위에서는 굉장한 것이라고 칭찬을 해주어서 내게도 재능이 있는가보다 해서 그때부터 본격적으로 시 공부를 시작하게 되었습니다. 그 당시 중학교 학생들 동인지인 <시림>이라고 있었는데 거기에 가담하게 되었어요. 그 리더가 평론가로 유명한 조연현이었고 유동준 등이 멤버였지요.

그런데 이들은 모두 서정시만 쓰고 상징성 강한 시가 없었어요. 여기 있어서는 안되겠다 싶어 그래서 청진에 가서 논의했더니 <맥> 동인할 생각을 하고 꾸준히 공부하라는 말을 하더라구요. 그래서 계속 공부를 하고 있었는데, 1939년 『문장』지에서 막 신인들을 배출할 때였었습니다. 정지용의 추천으로 이한직, 김종한 등이 나올 때였지요. 박목월, 박두진, 조지훈 등은 그 후에 나왔지요. 나도 한 번 해보고 싶어 시를 보냈더니 이미 발표되었던 시이니 발표되지 않은 시를 보내달라는 내용이 「후기」에 실렸습디다. 그런데 청진 동인들이 이걸 보고 한창 공부를 할 때이고, 제대로 시를 쓰려면 동인지를 통해서 실력을 기를 일이지 상업지를 기웃거리면 안된다, 한 번 『조선일보』에 나서 인정을 받았는데 굳이 추천받을 필요가 있느냐고 그래요. 그 당시 사람들은 요즘같지 않아서 프라이드가 굉장히 강했어요. 그래서 어쨌든 학교를 졸업하고 일본으로 가게 되었습니다.

제가 일본에 건너 갈 무렵에는 이미 일본의 한글 말살 정책으로 한글말 잡지가 나오지 못하고 우리말로 하는 동인지들이 나올 수 없게 돼버리고 말았습니다. 청진의 <맥> 동인들이 네가 일본에 가니 일본에 가서 동인지 <맥>을 내자 그래요. 원고를 모아 동경으로 가서 한글 활자가 있는 데를 찾아보니 한 곳에서 김용호 라는 시인이 시집을 냈더라구요. 그곳에서 인쇄를 하던 중에 1차 동경 폭격 바람에 인쇄소가 불타는 통에 원고가 소실되어 버리고 말았습니다. 그래서 다시 청진에 연락해서 다시 원고를 모았습니다.

당시 일본에서는 사진 식자기를 가지고 있는 곳이라고는 단 두 군데밖에는 없었는데, 내가 생각해 보기에 사진 식자기를 쓰면 한글을 쓸 수 있을 것 같았어요. '푸른서방'이라는 데를 가보니 사진 식자기가 있더라구요. 그 인쇄소와 이야기가 되어서 인쇄를 하려고 했지만 당시에는 검열과 사찰이 너무 심해서 작업 도중에 경찰에 발각되어 그만 폐쇄당해버리고 말았습니다.

한 : <맥> 동인은 어떤 사람들이 있었습니까?

김 : 김북원이 리더였고요, 신동철, 김조규, 황민 등이 있었어요. 황민은 『문장』지의 정지용 추천 제1호였고, 김북원은 리더격인데다가 그의 형이 토목 현장의 경리 책임자여서 술값은 도맡아 내고, 책도 많이 사고 해서 주위 사람들을 많이 돌보아 주었지요. 신동철은 조선일보에 글을 여러 번 썼지요.

한 : 그때 선생님께서 시를 보여주고 지도받고 하던 분은 누구였습니까?

김 : 김북원이었습니다.

김경린 : 1918년 함북 종성 생. 해방 이후부터 〈신시론〉〈후반기〉〈DIAL〉 등의 동인활동을 통해 모더니즘 시운동을 주도함.

"모더니즘의 기본 원리는 현대 과학문명에 대한 인간의 불안의식을 표현하는 것이고 그 기법은 20세기의 르네상스라 일컬어지는 입체성과 변형의 미학에 있습니다. 후기 모더니즘 운동은 여기서부터 출발합니다."

일본 모더니즘 시단의 풍경

한 : 일본에 건너간 이후의 이야기를 좀 해주시죠.

김 : <맥> 동인지 내는 일도 실패로 돌아간 뒤에, 기왕 일본에 왔으니 일본 모더니즘 시단에서 활동해보자는 생각이 들었어요. 그때가 스물 두세살 정도였는데 일본 시단에서 글을 써 볼생각이 들어 잡지를 찾아보니 모더니즘 계통의 잡지가 둘 정도 있더군요. 하나는 <VOU>이고 또 하나는 <신영토>가 있었는데, 그땐 몰랐지만 『신영토』는 영국의 『New Country』의 이름을 그대로 본따 만든 것이더군요.

한 : 오든, 스펜더 등이 있던 그 『New Country』군요.

김 : 맞습니다. 바로 그 이름을 따서 <신영토>라고 번역한 것이지요. 자세히 보니 사회 의식이 강한 잡지였어요. 그런데 나는 함경도 회령의 소만(蘇滿)국경 지대에 살아서 일본에 의한 반공교육을 철저히 받았었어요. 그래서 공산주의의 '공'자만 들어도 질겁을 할 정도였거든. 그래서 <신영토>는 안되겠다 싶어 그만두었지요. 그 때 주영섭이라고 아마 주요한의 동생인 걸로 기억하는데, 그이하고 조우식이라

"전후 모더니즘 시운동에 대해서 부정적인 평가도 많이 있습니다. 특히 모더니즘이 전후 한국의 구체적인 현실을 기피하거나 외면했다는 비판이 제기되기도 합니다."

한수영 : 1962년 경북 문경 생. 연세대 졸업, 문학박사, 주요 논문으로 〈1950년대 한국문예비평론연구〉 등이 있음.

는 이가 그 동인으로 활동하고 있었어요.

그에 비해 <VOU>는 순수하게 예술지향적인 잡지였어요. 입회를 원하는 사람은 시론 한 편과 시 다섯편을 제출하라고 되어 있어서 시론 「현대시의 새로운 모색」과 「장미의 경기」 등 시 다섯 편을 썼는데, 우편으로 부치는 것보다 기왕이면 리더를 직접 찾아가 보자는 생각이 들더군요.

한 : 『일본근대문학사전』을 보니 <VOU>도 여러 시기로 나누어지던데요, 그 당시의 <VOU>의 리더는 키타소노 가즈에(北園克衛)가 맞습니까?

김 : 그렇습니다. 그 사람은 당시에 일본 문단뿐 아니라 세계적으로 알려져 있던 인물이었어요. 에즈라 파운드와도 상당히 교분이 두터웠고....그 키타소노 가즈에를 직접 찾아갔더니 동인이 되려면 동인 전체의 동의를 얻어야 된다고 하면서 기다리라더군요. 그러면서 하는 말이 조선인은 정치적으로는 불우하지만 문학적으로야 불우할 필요가 있느냐고 하더군요. 한달 후 입회 결정 통보가 왔는데 당시 태평양 전쟁 때는 모더니즘을 탄압할 때였습니다. 모더니즘 속에는 아시다시피 초현실주의, 이미지즘, 표현주의 등이 있는데 프랑스 초현실주의 문학가인들인 앙드레 부르통이나 폴 엘뤼아르 등이 공산당에 입당했기 때문에 그랬기도 하고, 모더니즘이 적국인 영미의 문학이라

고 해서 탄압이 매우 심했지요. 그래서 논의를 하다가 국제적으로 운동을 할 수밖에 없다 해서 일본말과 영어를 동시에 사용 번역해서 발간했어요. 당시 <VOU>는 시인뿐만 아니라 조각가, 화가, 작곡가 등 여러 분야의 사람들이 모여 모더니즘 운동을 하고 있었습니다. 1941년 봄 첫호에 시 「장미의 경기」가 실렸어요.

태평양 전쟁 당시 와세다 토목과에 다니고 있었고 6개월 일찍 졸업을 했는데, 이공과는 학병에서 제외되었기 때문에 무사히 졸업까지 할 수 있었지요. 졸업하고 한국으로 돌아와 보니 (1942년 말 경) 일본 문단에서 활동했다는 이유로 대우가 무척 좋았어요. 최재서가 주간으로 있던 『인문평론』도 우리말 사용이 금지되고 『국민문학』으로 바뀌게 되었는데 이때 편집장이었던 김종한 (일본에서 유명한 잡지 『부인화보』에서 기자로 있던 사람이었는데)이 시를 청탁해서 『인문평론』에 시를 내곤 했지요.

그런데 이때 쓴 시가 모더니즘 시라고 해서, 당시 사상문제를 취급하던 조선총독부의 국민총연맹에서 시가 영미식이라고 통지가 오고 징용장이 나오고 말았어요. 사상불온이라는 이유였지요. 그런데 과학기술자를 징용에서 제외한다는 규정이 적힌 기술자 수첩을 처를 시켜 보내 겨우 징용을 면했지요. 그리고 일본에 협력하는 글을 쓰라는 강요가 굉장히 심했어요. <VOU> 동인은 순수예술지향적이었기 때문에 이런 고민은 안해도 됐었는데, 한국에 나와 생각하니 전쟁 시기에는 도저히 시를 써서는 안되겠다는 생각이 들더라구요. 그런데 『조선일보』 쪽 잡지에서 정 협력하는 글을 쓰지 않으려면 일선에 보내는 편지라도 쓰라 해서 그걸 한 번인가 쓰고 8·15를 맞았지요.

한 : 당시 <VOU>의 리더였던 키타소노 가즈에 말고 다른 사람들과의 교우관계는 없었는지요? 영향받은 문인이 또 있었습니까?

김 : 키타소노가 내겐 절대적이었어요. 그 사람이 무척 인간적이어서 여러 곳으로 발표를 도와주고 작품에 대해 평가도 해주었지요.

그가 편집하던 『신시론』이라는 잡지가 또 있었는데, 거기에 시도 실어주고 그랬어요. 그는 초현실주의적 요소가 강했고 순수하게 일본 시단의 최첨단이라고 자부하고 있었기 때문에 누가 알아주지 않아도 좋다는 주의였어요. 특히 20대 후배들을 많이 발굴해서 발표를 도왔주었지요.

한 : 김병욱 씨가 있었다는 <사계> 동인은 어떤 성격이었습니까?

김 : <사계>는 일본 전통시가 주류였는데 그 중에서도 약간 주지성을 띠고 있었습니다. 일본문단은 다섯 개의 특색있는 동인지가 있었는데 그 동인들 전체가 이를테면 일본 시단을 형성하고 있었던 셈입니다. 김병욱은 『사계』 동인이었는데, 일본서는 그의 시를 읽어보지 못했어요. 정식으로 등단해서 일본문단에서 활동하던 이는 나와 양명문이 있었는데, 그는 그 당시 일본에서 시집을 냈었지요. 조향은 경도에서 나오던 <일본시단>의 동인이었는데 중앙문단이 아니라 지방에 회원들을 가지고 있었지요. 그는 조훈이라는 필명으로 활동했었어요. 그러니까 그 당시 일본시단에서 활동하던 사람들은 나하고 조우식, 주영섭, 김병욱, 김종한 정도라고 할 수 있을 겁니다. 김종한은 아까 말한 대로 『부인화보』의 기자였는데. 나는 그의 시가 상당히 좋았던 것으로 기억되는데 어쩐지 전혀 언급이 없더군요.

한 : 김종한은 이용악과 함께 『이인』이라는 동인지도 내고, 「낡은 우물이 있는 풍경」이라는 시가 비교적 알려져 있지요.

김 : 맞아요. 그 「낡은 우물이 있는 풍경」은 퍽 좋은 시인데... 그런데, 그이가 『국민문학』 주간으로 있으면서 친일 문학활동을 다른 사람보다 좀 많이 했어요. 일본어 시집으로 무슨 상도 타고 싶어 했지요.

한 : 선생님이 귀국하신 후에 <VOU>는 어떻게 되었고, 선생님과는 그 뒤에 어떤 교류가 있었습니까?

김 : <VOU>는 전쟁중에도 활동

을 나름대로 했지만 1943년도에 친미(親美)적이라는 이유로 강제 해산당하고 말았지요. 『신영토』의 경우는 그보다 조금 먼저 사회주의적이라고 하여 해산당하고... 전쟁이 심해지면서 군국주의적인 것 이외에는 탄압받고 전부 해산당할 수밖에 없었어요.

해방 직후의 모더니즘 시단

한 : 그러면 1943년 이후부터 해방을 거치고 47년에 이르기까지는 전혀 시를 쓰지 않으신 건가요.

김 : 쓸 수도 없었고 직장 생활을 하기도 해서 못썼어요. 그리고 해방 이후에는, 앞서 말했듯이 비록 모더니즘이긴 해도 일본어로 시를 썼다는 자책감 같은 것도 있었지요. 또 한 가지 이유가 있다면, 우리 나라에서는 모더니즘 시를 써도 알아주는 사람도 없고 하니 당분간은 세계적인 흐름을 보면서 기회를 보아 써 보자 하고 있었던 것이지요.

그러던 차에 하루는 박인환이 내가 일하고 있던 남대문의 사무실에 찾아왔어요. 1947년이었지요. 박인환의 나이가 스물 두 살이었는데, 나는 처음에 하도 핸섬해서 그가 배우인 줄 알았어요. (웃음) 내 작품을 동경해서 수집해서 읽어보았노라고, 모더니즘 운동을 하려고 하는데 나를 모시고 싶다고 하더라구요. 그래서 그날 저녁에 만나 여러 이야기를 하고 그의 시 「장미의 온도」라는 시를 보여주어 한 번 같이 하자고 의기투합해서 동인이 되었지요.

둘 가지고 안되고 누가 더 없냐고 그랬더니, 김수영을 만나보자 해서 충무로 쪽에 있던 집을 그날로 곧바로 찾아가 만났어요. 김수영의 집은 무슨 음식점 비슷한 것이었는데, 김수영은 너희들이 하자고 하니 나도 같이 하겠다고 무조건 동조했어요. 그 외에도 김병욱이 부산에 있다고 해서 교섭하러 내려갔지요. 김병욱은 당시에 남성여고의 선생을 하고 있었는데 같이 하자고 했더니 선뜻 동의하더군요. 또 김경희라는 이가 서울에 있어서 그도 찾아갔는데 처음 인상부터 약간 좌경적인 느낌이 강했어요. 그는 처음에 다소 시큰둥한 반응을 보이다가 일단 같이 하자고 동의를 해서 『신시론』 1집에는 참가를 했었지요. 그 후에 또 양병식이 들어오고...

동인지 『신시론』을 내자고 합의가 돼서, 박인환이 그 당시에는 뚜렷한 직업이 없어서, 그이가 사방 뛰어다니면서 원고를 모아다가 16쪽 짜리를 만들었지요. 내가 조형미술을 해서 표지도안을 직접했고요. 장만영씨가 그때 산호장 출판사를 하고 있었는데, 고향에서 멜론농장을 해서 돈이 좀 있었거든. 그래 경영은 그가 하고, 나는 출판 경험이 약간 있으니 월급없이 일하겠다고 해서, 퇴근 후에 저녁에 출판사 일을 해 주고 장만영이 대신 무료로 『신시론』 1집을 내주었지요. 그 당시 반응이 상당히 좋았습니다. 뭐, 이런게 다 있나 하고 놀라는 분위기였지요.

한 : 『신시론』 1집 원본을 가지고 계십니까? 구할 수가 없던데요..

김 : 그 때 500부 한정판을 찍었는데, 저도 전쟁 통에 잃어버렸어요. 누군가 소장하고 있는 사람이 분명히 있긴 있을 터인데…

한 : 『신시론』 1집의 내용은 어떤 것이었습니까?

김 : 동인들 각자가 시 한 편과 시론 한 편씩을 실었어요. 지금 기억으로는 김경희는 후기에만 짧게 글을 썼던 것 같고, 김병욱은 시론 없이 시 한 편을 실었던 것 같아요.

한 : 이야기가 자연스럽게 이미 '신시론' 결성 쪽으로 넘어오게 되었는데...신시론에 참여했던 동인들의 모더니즘에 대한 생각은 어땠습니까? 조금씩 달랐지 않습니까?

김 : 박인환과 처음 동인을 시작했던 셈인데, 그가 어느 날 「인도네시아 인민에게 주는 시」라는 걸 가져와서 보라고 하더군요. 그게 『새로운 도시와 시민들의 합창』에 실린 그 시지요. 그런데 보니까 완전히 좌경 냄새가 나는 시더라구요. 박인환은 스펜더를 굉장히 좋아했어요. 그런데 이제 이런 시를

쓸 때는 지났다고 내가 진지하게 충고했지요. 나중에는 그가 내 충고를 수용하고 시 경향이 상당히 달라졌습니다. 임호권도 약간 좌경 색채를 지니고 있었는데 그렇게 뚜렷한 것은 아니었고, 쓰는 시는 상당히 서정적인 시였습니다. 비록 서정시를 썼지만 모더니즘의 논리를 이해하고 또 인정하고 있었지요. 김병욱도 좌경쪽에 다소 기울어 있었는데, 그 사람 시는 퍽 좋았다고 기억이 돼요. 김경희는 아까 말했듯이 1집에만 참가하고 곧 동인에서 떨어져 나갔는데, 그는 일본에서도 『신영토』 그룹들과 굉장히 가까웠어요. 기본적으로 사회주의 사상에 깊이 경도되어 있었던 것 같애요. 그런데 왜 그이와 동인을 하게 됐는가 하면, 김경희는 일본 와세다 영문과 출신인데, 제임스 조이스 연구를 깊이 해서 그쪽으로 상당한 조예가 있다고 소문이 났었어요. 별명이 '조이스 킴'이라고 할 정도였으니까. 그래서 모더니즘 운동을 같이 하게 된 거지요. 그러니까, 그 당시 풍토를 생각할 필요가 있는데, 그 당시에는 어땠는가 하면요, 해방직후에 일시적으로 좌, 우익의 대립이 심했었고 그런 와중에 모더니즘의 '모'자만 들어도 무조건 반갑고 기쁘고 그랬기 때문에 어느 정도 입장의 차이가 있어도 한데 어울릴 수가 있었던 거지요.

한 : 모임에서 이런 문제와 관련하여 논쟁이나 입장 대립은 없었습니까?

김 : 물론 있었습니다. 그러나 그 당시에 이론적인 쪽은 내가 주로 표면에 나서서 글을 쓰고 했기 때문에 대체로 내 이야기가 동인의 생각들을 대표하는 것처럼 돼 있었지요. 내 생각에 제일 빨리 동의한 것은 박인환이었고, 나머지 이데올로기적 성향이 강했던 사람들은 일부 떨어져 나가고 그만 두고 그랬지요. 그런 것이 모두 입장의 차이로 인한 것이기도 했지요. 그런 이합집산을 한 뒤에 『새로운 도시와 시민들의 합창』이 나왔는데, 거기 나온 멤버들이 그 후에 정리된 멤

버들입니다.

한 : 김경희는 그 후에 어떻게 됐는지 혹시 아십니까?

김 : 그는 6.25 이후 어찌 됐는지 모르겠어요. 행방불명된 것 같애요.

한 : 김병욱과 임호권은?

김 : 김병욱은 어떻게 됐는지 잘 모르겠고, 임호권은 전쟁 나고도 만났었지요. 박인환과 내가 같이 찾아가서 보기도 하고… 그는 원래 그렇게 이념적인 사람이 아니었어요. 그런데, 나중에 보니 전쟁 중에 없어져버렸더라구요.

한 : 그럼 이야기를 『새로운 도시와 시민들의 합창』을 만들 때로 옮겨 보지요.

김 : 나와 박인환이 『새로운 도시와 시민들의 합창』을 내자 해서 결정했었는데 그 당시로서는 그 이름도 파격적으로 길어서 무척 이색적이었습니다. 그런데 돈이 없었어요. 그래서 장만영에 다시 손내밀 것 없이 내가 관계하는 기계기술 담당하는 홍성보라는 이가 있었는데, 그이가 기계 판매해서 돈을 좀 만졌거든. 그에게 부탁해서 내가 '도시문화사'라는 이름도 지어서 직접 간판을 내걸었어요. 『새로운 도시와 시민들의 합창』은 500부 정도 만들었어요. 그때는 대개 시집을 그 정도 찍곤 했지요. 그 당시에 우리가 약속한 것이 있는데, 팔리면 시대에 뒤떨어진 것이니 절대 많이 팔리지 않도록 하자, 죽기 전에 유명해지는 게 목적이 아니니까 절대 개인시집을 내지 말자, 에꼴 운동에 주력하되 50년은 먼저 앞서가야 한다… 그런 약속들을 했었어요. 지금 생각하면 퍽 순수했던 것 같애.

그러니 그 동인시집이 얼마나 팔렸는지는 모릅니다. 주변 사람들에게 주고 신문사에 돌리고 그렇게 다 뿌렸지요. 그런데 평이 무척 좋았어요. 그런데 이 시집을 보고 부산에서 조향이 급히 상경해 왔어요. 그가 박인환을 찾아가서 나도 여기 가담하자고 하고 그 다음에 같이 내게 왔더군요. 그래서 '신시론'을 발전적으로 해체하고 다시 시작하자 해서 과거의 '신시론' 멤버에 조향, 이한직 등이 들어와서 새로 만든 것이 '후반기'라는 동인이었습니다. 그래서 각자 원고를 모아서 책을 내기로 하고 인쇄를 돌리다가 그만 전쟁이 나고 원고는 없어져버렸지요.

〈후반기〉 동인의 결성과정

한 : 그러니까 '후반기' 동인은 전쟁 전에 이미 서울에서 결성되었군요.

김 : 그럼요. 이때 이미 '후반기'로 이름이 정해져 있었지요. 우리가 지어놓고도 이름이 너무 근사해서 술까지 먹고 그랬다구요.

한 : 전쟁 직전에 인쇄까지 다 해 놓고 발간하지 못했던 그 동인지에는 임호권, 양병식, 김수영 등의 작품이 실려 있었습니까?

김 : 내 기억으로는 다 포함되어 있었어요.

한 : 그러면 거기에 이한직, 조향 등을 합쳐서 내려고 했는데, 그게 소실된 것이고 그 이후에 <후반기>로 갈라지면서....

김 : 그때 이한직은 작품을 내지 않았던 것으로 기억합니다.

한 : 그러면 부산에서 이봉래나 김규동 등과 같이 <후반기> 동인을 하게 되는 경위는 어떤 것이었습니까?

김 : 조향이 나보다 한 살 위인데다가 그의 고향이어서 기초가 있었어요. 당시 박인환은 경향신문사가 대구로 옮겨 아직 부산에 오지 않았었는데, 조향과 나하고 만나다가 박인환이 오니까 다시 시작하자 그렇게 된 것이죠. 세 사람만 가지고 힘드니까 여러 사람을 생각했어요. 그러다가 김현승이나 조병화 이야기도 나왔는데, 그러지 말고 전혀 새로운 사람으로 하자 하던

차에 박인환이 김차영이란 사람이 동양통신의 정치부장인데 시가 좋아서 같이 하자 했고 김규동이란 이는 「보일러 사건의 진상」이란 작품이 좋았어요. 김규동은 그 때 처음 만났지요. 일부에서는 새로 들어온 사람은 준 동인으로 하자고 주장하기도 했는데 결국 다섯사람이 동인이 되었습니다. 그 당시에는 잡지를 낼 수 있는 형편이 도저히 안됐어요. 그래서 신문에다 글을 많이 발표했지요. 김규동이 연합신문 문화부장을 했는데 김차영이 동양통신 정치부장이었고 연합통신과 동양통신이 같은 계열사였기 때문에 그를 문화부장으로 넣을 수가 있었어요. 그외에도 『국제신문』 『경향신문』 대구에서 발행하던 『태양신문』 등에도 많이 썼어요.

한 : 당시 기성문단이 <후반기> 동인들을 중심으로 한 모더니즘 운동을 보는 시각은 어떠했습니까?

김 : 일반 자연주의적인 요소가 강한 서정시 계통에서 좋아하지 않은 것은 사실이지만 다만 한 가지는 몇 사람 안되지만 우리는 이론적인 무장은 되어 있었다는 것, 그것은 그 쪽에서도 어느 정도 인정해 주었어요. 그리고 잡지·매스컴에서 상당히 많이 지원받았습니다. 당시에 『국제신문』 문화부장이던 이진섭이 '후반기 특집'이라해서 특집을 다루어주기도 했지요.(1952.6.16일 발행)

한 : <후반기> 그룹 내의 이론적인 차이에 대해 좀더 구체적으로 알고 싶습니다. 제가 이해한 바로는 모더니즘 시 운동을 한다는 그 목표는 같은 데 실제로는 <후반기> 동인들의 시론이 조금씩 달랐던 것 같은데….

김 : 아까도 말했듯이 모더니즘 안에는 여러 유파가 있을 뿐만 아니라 동인이긴 하지만 각자의 얼굴이 다 다르듯이 작품이 다 같을 수는 없고 각자 개성을 살리되 다만 우리가 어떤 특정한 이데올로기의 주구 노릇을 해서는 안된다는 원칙에 합의하는 정도였습니다.

한 : 흥미로운 것은 선생님께서 시론을 발표하신 것을 쭉 읽어보면

현대시에서 언어의 이미지와 메타포에 상당한 비중을 두고 계신 것 같은데요, 정작 <후반기> 동인들 중에서도 박인환 이봉래 등은 『주간국제』의 <후반기> 특집에서 보면 엘리엇의 언어 영역보다는 오든이나 스펜더 등처럼 모더니즘이 사회의식을 받아들여 적극적으로 발언해야 한다는 식의 논리를 펼치고 있거든요. 그런 차이들은 어떻게 설명할 수 있을까요?

김 : 해방 직후에 스펜더를 비롯한 오든 그룹의 시론에 경도되었던 성향이 어느 정도 지속이 되긴 했습니다. 그러나 6·25 이후에는 죽음에서 살아났다는 자의식이 우리를 지배하고 있었고 그런 것에 관해서 한창 이야기하고 했습니다. 그러니까 이념적인 것을 내세웠던 사람들도 차츰 자신들의 생각을 바꾸어나가고 있었지요. 조향은 원래 그런 색채가 없었고 이봉래도 일본에서 「일본 미래파」에 있다가 돌아오긴 했지만 뚜렷한 색채는 없었어요. 그 이후에 그런 차이들이 다 해소되고 말았던 것으로 기억합니다.

한 : 이봉래는 특이하게도 진보당 조직 당시 조직책으로 들어가 있기도 했는데….

김 : 그건 그가 조봉암의 사위였기 때문에 그랬을 겁니다. 장인이 진보당을 했기 때문에 거기에 참가했다고 봐야겠죠. 본인 의사나 본인의 정치적 색채 때문은 아니었던 것이 아닌가 합니다.

후기 모더니즘의 이론적 지향

한 : 김기림이 주도했던 30년대의 모더니즘 운동과 50년대의 후기 모더니즘 운동의 변별점은 무엇이라고 생각하십니까? 대체로 전후(戰後)의 모더니스트들이 30년대 모더니즘 운동을 비판하고 부정하는데, 그 이유는 어디에 있는 것입니까?

김 : 우리가 시작할 때 부정해야 할 것은 초기 모더니즘과 청록파라고 생각했어요. 청록파는, 실은 그들이 나하고 다 친구처럼 지낸 사람들이지만, 자연주의적인 요소가

강한 것이어서 우리 전통 사회 속에서는 가능하고 그 나름으로 아름다운 시라는 점을 인정할 수 있으나, 그래서 역사적으로 시사 속에서 일정한 위치는 있으나, 8·15 해방 직후 자유의 물결이 들어오고 현대문화가 일시에 쏟아져 들어오는 시점에서 세계적인 도시의 집중화 현상이 있는데 전원에서 소요하고 있는 시는 이미 낡은 것이 아닌가 하는 것이 우리의 주장이었어요. 그들이 서정시를 완성했다는 점에서는 존경하지만 현대 도시 문화 속에 있는 우리 생활에 있어서는 일종의 소풍시일 뿐이라고 비판했었지요.

초기 모더니즘의 경우에는 시에서 주지적인 성격과 다이나믹한 면은 있었으나 의식의 측면에서 여전히 자연주의적인 요소가 강했었다고 봐요. 모더니즘 기본원리로서 현대 과학문명에 의한 인간의 불안의식이 지금 이 시점에서 필요한 것이고, 또 표현기법에 있어서는 현대 사회가 입체화되어감에 따라 사고가 입체화되니 표현에 있어서도 그래야 하는데 30년대의 초기 모더니즘은 이런 조건들이 충분히 갖추어지지 않았지요.

사실 모더니즘이란 확실한 실체가 있는 게 아니에요. 모더니즘 시나 모더니즘 문학이 따로 있는 게 아니라 그 속에 이미지즘, 초현실주의, 독일의 표현주의, 언어에 있어서의 러시아 포말리즘 등 여러 계열을 포괄하고 있는 것입니다. 다만 현대정신을 포괄적으로 말하는 것으로 모더니즘을 정의할 수는 있지요.

김기림의 초기 모더니즘 시는 주지성과 언어의 세련성은 있는데, 현대 문명에 대한 불안의식이 결핍되어 있어요. 그리고 해방 이후에는 이데올로기적인 시를 썼지요. 모더니즘 정신은 새로운 미적 감각과 새로운 이미지 조성에 중점이 있고 이데올로기와는 먼 것이라는 점이 내 주장인데, 해방 이후의 그의 시는 그런 쪽으로 기울었습니다. 이상은 초현실주의 계열이라고 볼 수 있는데, 다다이즘과 초현실주의적인 요소를 섞어 기성문학의 파괴에 주력했지요. 그러나 자기 작품에 대한 이론을 하나도 남기지 못했다는 점이 무척 아쉽습니다. 정지용은 모더니즘에서 서정시로 돌아가버렸고, 김광균은 해방 이후, 동생이 하던 회사를 맡아 하게 되는 바람에 별 활동을 못하게 되고 말았지요. 『신시론』 1집을 낼 무렵의 우리 주장은 초기 모더니즘의 이런 면을 비판하면서, 의식적인 면에서 현대 과학문명의 불안의식, 특히 그 문명은 도시에 집중되는 것이고 도시인으로서 느끼는 불안의식을 서정을 담아가며 표현하되, 과거의 서정이 아니라 새로운 서정으로 표현하자는 것이었습니다. 그리고 표현에 있어서는 '이미지즘'이라는 말보다는 '볼티시즘'이라 했는데, 그것은 이미지즘에다가 속도감을 덧붙인 것이라고 할 수 있지요.

한 : 4,50년대 모더니즘 시 운동에 영향을 끼친 외국 이론가들이 누구였다고 생각하십니까? 또 선생님께서 개인적으로 영향을 받은 사람은 누구였습니까?

김 : 내 개인적으로는 에즈라 파운드의 영향이 가장 컸습니다. 그 사람은 직접 만나기도 했었지요. 1955년 쯤에 건설부 수도계장으로 있었는데 전쟁 복구 문제로 미국가서 공부할 기회가 생겼는데 거기 선발되어 기술 계통 공부를 하게 되었습니다. 그때 문학 관계 사람들을 만나보고 싶어 미국으로 가기 전에 일본에 들러 키타소노 가즈에를 만나 참고될 만한 조언을 구했더니 에즈라 파운드를 만나보라고 하더군요. 그가 입원해 있는 병원을 수소문해서 전화를 넣었더니 부인이 받더군요. 이전에 <VOU>에다가 파운드가 직접 원고를 쓴 적도 있고 해서 (그때 <VOU>는 외국인에게서 직접 원고를 받아 번역하고 국제판으로 원문을 냈거든요. 피카소나 엘리엇도 <VOU>에 원고를 실었었어요.) 그 <VOU>의 동인이었다고 했더니 만나보겠다고 하더군요. 대망하면서 찾아갔더니 나무 밑에서 앉아서 기다리고 있었어요.

인사를 중국식으로 하더군요. 중국말을 잘했어요. 여러 이야기를 나누었는데, 직업이 무어냐 해서 이런저런 계통에 종사한다고 했더니, 따로 직업갖기를 잘 했다, 안 그러면 원고료에 얽매여 좋은 시를 쓸 수 없다고 하더군요. 그리고 글

써서 팔아먹으면 역사에 안 남는다고 하고 죽기 전에 유명해지길 바라지 말라고 했어요. 사후에도 세 편만 남으면 위대한 것이라고 생각하면서 글을 쓰라고 당부하더군요. 곁에 있던 부인이 '죽기 전에 이 사람이 유명해져서 내가 이렇게 고생한다'고 얘기해서 다같이 웃었습니다. 그 후에도 두어번 더 만났었지요. 나중에 세계 시인대회 때 이태리에 가서 그의 묘소에 가 보고 싶다고 했더니 누군가 바닷가 먼데 있으니 갈 생각하지 말라고 하더라구요. 파운드가 말하길 동양인으로서 만난 것은 당신밖에 없다고 했어요. 한국인들은 어떤 시를 쓰냐 물어서 당신과 같은 시를 많이들 쓴다고 했더니 한국에서도 그런 시를 쓰는지 몰랐다고 무척 좋아했어요.

한 : 선생님 개인적으로는 에즈라 파운드의 영향이 컸던 것 같은데 전체적으로 보면 어떻습니까? 아무래도 엘리엇의 영향이 훨씬 더 컸다고 볼 수 있지 않을까요?

김 : 그런데 사실은 엘리엇이 파운드로부터 영향을 받은 것이니까요. 엘리엇이 『황무지』를 낼 때 원고를 주었더니 에즈라 파운드가 보고 2/3를 삭제한 것이나, 그의 수정을 받아 책을 낸 것을 보면 엘리엇에게 끼친 파운드의 영향은 무척 큰 것이었죠.

한 : 50년대 선생님의 시론을 보면 선생님께서는 이미지와 메타포 이론을 많이 펼치셨지 않습니까? 그런데, 50년대 모더니즘이 30년대 모더니즘을 공격했던 지점 중의 하나가 현대문명에 대한 자의식이 결여되어 있었다는 것인데, 선생님이 쓰신 시론들의 대부분이 언어의 문제에 집중되어 있단 말이지요.

김 : 무슨 말씀인지 알겠어요. 언어 문제가 시에 있어서는 상당히 중요한 문제인데, 그 문제를 다루는 사람들이 없었고 또 언어가 클로즈 업된 것은 아시다시피 러시아 포말리즘이 시초였지 않습니까? 과거에는 언어가 관념적인 요소와 리듬적인 요소밖에 없었고 이 이후에 감각적, 시각적 요소가 다 있다는 것을 주장한 것입니다. 이걸 현대

시에 발현해야만이 시가 새롭다 하는 생각이었어요. 그래서 주로 그것은 언어에 대한 기술 문제였지요. 현대문명에 대한 비판이란 의식적인 문제는 당연히 전제되어 있는 것이니 따로 고려하지 않았어요. 또 하나 참고적으로는 우리 시사를 볼 때 19세기까지의 상징주의 시 이전까지를 의미 전달의 시로 보고 그 이후 소위 20세기 상반기의 모더니즘은 이미지 조형성의 시대라고 합니다. 이미지란 언어와 언어가 연결됨으로 해서 사람들의 가슴 속에 상을 그려주는 것, 다시 말해 독자들에게 느낌을 주는 시입니다. 이게 의미전달의 시, 그러니 모더니즘 시는 이미지 조형성에 의해 독자의 가슴에 하나의 상을 그려서 하나의 느낌의 시라는 것을 주장한 것입니다. 그런 의미에서 이미지란 20세기 상반기에 상당히 중요한 것인데, 내가 말한 것은 언어와 언어가 둘이 접촉함으로 인해서 거기서 발생하는 이미지가 중요하며, 그 이미지를 구성하기 위해서는 그 시인 자체가 가지고 있는 형이상학적인 리듬과 결부되어야 한다, 그래서 그 여과작용을 거쳐 나오는 이미지만이 진정한 이미지인데 형이상학적인 차이를 걸르는 그 과정에서 현대인의 불안의식 등은 자연히 가미될 것이 아닌가 하는 것을 주장했던 것입니다.

그리고 또 한 가지는 현대시를 볼 적에 아시다시피 19세기의 자연주의적인 문학에 있어서는 언어 기교란 것을 많이 썼는데 모더니즘에 와서는, 독자한테 메타포를 많이 씀으로 해서 생각할 여유를 주겠다는 시도를 했던 것입니다. 독자에 따라서는 여러 가지 생각할 여유를 주자는 것이 메타포였고, 그 메타포를 생성하는 데 있어서 이미지를 형성하자는 것이 20세기 상반기의 모더니즘이었어요. 그것이 그 당시에 상당히 멋있다고 생각했는데 결국에 가서는 결과적으로 거리가 독자들과 멀어짐으로 해서 난해성 문제가 생겨나왔어요. 그리고 그것도 이미지 구성에 있어서의 하나의 기술적인 변환에서 오는 난해성이 많지 않았나 싶어요. 그리고 모더니스트들이 어느 정도 엘리트 의식에 도취되어 있었어요. 그러니 독자와 거리가 멀어진 것이지요.

다만 한 가지는 이데올로기가 자유 진영과의 투쟁인 동시에, 두 번의 전쟁에서 오는 불안 의식에 싸여 있는 사람들에게 이미지의 다양성과 같은 생각할 여유를 줄 수 있다는 것이 매력이 되지 않았겠느냐 하는 것, 그래서 메타포에 의한 현대시가 많아졌고 지성인들과 일반인들이 정신의 혼미 속에서 여러 가지로 생각할 여유를 줄 수 있었던 것, 대체로 이런 것들이 모더니즘들의 공헌이라면 공헌이겠지요. 이러한 난해성들이 극복되는 것은 포스트모더니즘에 와서였다고 생각하는데, '구체시'나 '투사시' 이론 같은 것이 모더니즘이 안고 있던 난해성 문제를 나름대로 극복하면서 새로운 현대시 이론으로 등장한 것이라고 할 수 있지요.

후기 모더니즘의 역사적 평가

한 : 전후 모더니즘 시 운동에 대해서 부정적인 평가도 많이 있습니다. 예컨대 50년대 모더니즘 시의 난해성에 대해서 선생님께서 모더니스트로서 비판하시기도 하셨지만 어쨌든 모더니즘 시가 난해하다는 것이 하나의 이유이고, 그보다 더 중요한 것은 당대의 모더니즘 또는 모더니스트들이 당대의 한국 현실을 외면하고 오로지 '세계적인 동시성'을 확보하는 데만 빠져서 구체적인 한국 현실에서 생겨나는 것들보다는 세계적인 조류, 새로운 경향, 이론 등을 일방적으로 추구해서는 현실을 기피하거나 또는 외면하게 되었고, 그래서 결국은 우리 시사에 무엇을 남겼는가 하는 비판도 있습니다. 이런 비판에 대해서는 어떻게 생각하시는지요.

김 : 그 점에 대해서는 나는 이렇게 생각합니다. 하나의 사회환경의 변화에 따라서 사람의 생활도 달라지고 생각도 달라지는 법입니다. 가령 사진기가 나오면서 사실주의의 입지는 현저히 약화되었습니다. 사진만 찍으면 그만이니까. 그에 대한 앤티로서 주장된 것이 물체를 변형해서 본다는 것, 소위 피카소가 말한 입체성을 본다는 것인데, 즉 데포르마숑—물체를 변형해서 보아야 한다는 것이 나오게

되었지요. 그러한 것은 사회의 환경이 변하는 만큼 항상 병행되어 가야 한다는 것을 보여줍니다. 우리 나라 서정시가 한창 나왔을 때에는 전원 사회였고, 그건 외국의 경우도 마찬가지입니다. 그런데 모더니즘이 나왔던 시대는 세계적인 도시화 과정을 밟는 때였고 그때 모더니즘이 나오게 된 것인데 그것도 어느 나라나 마찬가지 아닙니까? 우리나라도 1930년대 비록 일제에 의해서지만 산업화 과정을 거치기 시작했고, 50년대 들어와 도시화 과정을 거치게 되니 우리 생각도 결국은 구라파 사람들이 생각했던 것처럼 도시 문명 속에서의 인간의 생활을 말해야 했던 것이지요. 모더니즘의 기본 틀은 과학 문명에 의한 인간의 불안의식 또 도시 문명의 발달에 의한 인간 순수성의 침해에 대한 불안의식인데 이런 것들은 시대의 변화에 따라 발생한 문화이기 때문에 우리 나라도 도시화 과정 속에서 자생적으로 발생한 것이 아닌가 합니다. 그런 점에서 30년대 김기림 등의 모더니즘도 어쨌든 산업화나 도시화의 시대에 나온 것이라고 볼 수 있죠. 50년대는 비록 전쟁 직후였지만 우리나라 도시화율은 60% 정도였다고 볼 수 있어요. 사회환경과 더불어 생활이 달라지니 그에 따라 사람의 생각이 달라지고 감수성도 달라진다는 점에서 우리가 외국의 것을 무분별하게 직수입했다고는 보지 않습니다. 예컨대, 우리 나라는 서울 파리 동경 등 위도가 비슷한 나라들이고 다 사계절이 있는 나라인데 그런데 각각의 나무를 보면 그 상태가 다 다릅니다. 그렇듯이 문화도 그 나라의 토양, 그 나라의 언어, 그 나라의 관습 등에 의해 언어가 이루어진 것이기 때문이지요. 자꾸 시의 정신적인 면만 생각해서 그런 비판이 생긴다고 봐요. 예를 들어 아파트는 전형적인 모더니즘 건축이고 이것은 편리하기 때문에 사용하는 것이지요. 자기의 생활하고 분리해서 생각할 수는 없는 것입니다.

내 생각으로는 21세기에 이르면 또 달라질 것이라고 봅니다. 특히 건축에서 그러합니다. 재택근무 등으로 생활이 또 전부 바뀌고 생각이 달라지고 그러면 자연히 예술 문화라는 것도 달라질 것입니다.

재택 근무에 따라 집에서 사무실과 거실이 커지고 부엌이 작아지지 않겠습니까. 생활이 바뀌고 사고가 달라지고 이렇게 되면 사물을 보는 눈도 달라지게 되어 있습니다.

한 : 김수영은 해방 직후부터 같이 활동하셨는데, 김수영의 시는 한국 시 역사를 이해하는 데 있어서나 모더니즘을 이해하는 데 있어서 하나의 프리즘 역할을 한다고 할까요. 이를테면 김수영 시의 4·19 이후의 변화를 모더니즘 쪽에서 적극적으로 해석하는 경우에서는 전후의 모더니즘의 한계를 뛰어넘은 모더니즘의 성과라 보는 경우가 있고, 다른 쪽에서는 이것이 모더니즘이 안고 있는 한계를 바탕으로 해서 60년대의 리얼리즘의 성취로 볼 수 있다는 주장을 펴기도 합니다. 물론 후자의 입장은 모더니즘의 부정으로부터 김수영의 시적 성취가 가능했다고 보는 입장인 듯합니다. 대체로 이런 두 시각이 있는 것 같은데 그의 시에 대해서 선생님의 생각은 어떠신지요?

김 : 김수영이 처음에 우리 『신시론』 동인으로 가담했을 때 쓴 시가 이를테면 「아메리카 타임지(誌)」같은 시였는데 우리가 보기에는 실제로 거기에 한 번 가보지도 않고 상상력에 의해서 쓰여진 시였어요. 그러나 그건 그것대로 하나의 새로운 모더니즘일 수도 있다는 생각이었습니다. 조금 아까도 환경의 변화 문제를 이야기했지만 그가 포로수용소에 있다온 뒤 생각이 달라진 게 아닌가 싶어요.

물론 우리 동인들로서는 꼭 이 사람이 일생 동안 모더니즘을 하라는 법은 없는 거니까 그럴 수는 있다고 생각했지요. 수용소에 오래 있는 동안에 생각이 많이 달라졌던 것 같습니다. 자신이 억압받은 데 대한 하나의 저항 심리라고 할까요. 그것이 그가 나온 뒤 민중시 계열과 어느 정도 일맥상통하는 바가 있지 않았겠는가 생각해요. 우리는 원래 그가 골수적인 모더니스트라고 생각하지는 않았었습니다. 얼마든지 바뀔 수 있지요. 그의 삶의 과정이 여러 가지로 현실에 대해 저항하도록 만든 요소가 있었을 것입니다.

한 : 그렇다면 그 말씀은 김수영의 시는 '모더니즘'시라고 보기 어렵다는 말씀으로 이해해도 좋을까요?

김 : 그렇다고 봐야겠죠.

모더니즘 시운동의 현재와 미래

한 : 최근 시의 시적 경향이나 그 세계관적 기반 등에 대한 선생님의 의견을 듣고 싶습니다. 특히 선생님께서는 포스트모더니즘 등과 같은 최근의 신사조를 적극적으로 수용하시면서 이에 대한 이론의 대중화 작업도 펼치시고 계신데, 요즘의 젊은 시인들의 시들에 대해서는 어떻게 생각하고 계신지요?

김 : 젊은 시인들의 시도 많이 읽는 편인데 이렇게 생각합니다. 주의야 여하튼 간에 그의 시 속에 현대 정신이 있느냐, 현실을 보는 정확한 눈이 있느냐 하는 것이 가장 중요합니다. 그런데 대부분의 젊은 시인들의 시를 보면 아직도 서정성이 강하고 그 서정성이 거의 전통적인 서정성일 뿐 … 도시 현대적인 서정성인 경우도 있고 아닌 경우도 있지만 … 요는 현대를 보는 정확한 시각에서 사물을 보고 시를 썼느냐 하는 것입니다.

내가 젊은 시인들에게서 희망을 갖는 것은 최근 2,30대 시인들이 사물을 보는 시각이 과거처럼 감정적으로가 아니고 지적으로 보기 때문에 (그것도 몇 가지 단서를 붙일 수 있는지는 모르겠지만) 그 나름대로 기대할 수 있지 않은가 생각하고 있습니다.

한 : 선생님의 최근 글을 읽으면 과학기술의 발전, 특히 매체의 혁명으로 인한 변화된 삶의 내용을 적극적으로 인정하고 계신 편이신 것 같습니다. '시소설'이라는 장르나 '대화시' 장르의 개척 등은 그런 바탕 위에서 가능한 것인데, 한편으로는 그러한 것이 과학기술의 발전에 맞물린 현실의 변화에 너무 무기력하게 대응한다는 느낌도 듭니다. 과학기술이 주도하고 있는

현실의 변화에 대해서 무기력하게 투항하고 있는 것은 아닌지요. 예컨대 앞서 말씀하셨듯이 현실의 변화를 인정하고 받아들여야 한다는 것인데, 그것의 계기가 하필이면 꼭 서구에서 촉발되어서 우리가 수동적으로 받아들이는 형태가 되어야 하는지 의문이 생길 수 있지 않겠습니까.

김 : 모더니즘이나 포스트모더니즘이라는 말은 우리 작가들이 하는 말이 아니고 평론가들이 하는 말일 뿐입니다. 포스트모더니즘도 모더니즘과 마찬가지로, 즉, 모더니즘이 20세기 상반기의 기계문명의 발달에 의한 인간 존재의 불안의식으로 출발했다면, 컴퓨터에 의한 인간의 존재, 과연 인간이 갈 곳이 어디인가 하는 문제가 포스트모더니즘의 문제의식입니다. 상반기의 불안 의식과는 또 다른 하나의 심각한 문제가 아니겠습니까. 사실 이런 것들은 어느 누구나 다 느끼는 것일 게지만 다만 한 가지는 생활 환경의 발달이 늦게 오는 나라와 빨리 오는 나라의 불균등이 있을 뿐이고, 예컨대 우리보다 늦게 발달하기 시작하는 나라들은 우리보다 그런 것들을 다소 늦게 느낄 것이 아닌가, 다만 한 가지는 그 타임이 달라지니 시각이 달라질 뿐, 결국 공통되는 인류의 문제가 될 것이 아닌가 하는 것입니다.

그런데 중요한 것을 과학의 생산도 기계의 조작도 인간이 하느니만큼 인간을 파괴할 목적으로 지혜와 노동을 제공하지 말도록 해야 한다는 것입니다. 그러기 위해서는 그들의 마음을 순화할 수 있는 시적 메타 언어를 그들의 가슴 속에 심어 줄 필요가 있다고 생각합니다. 그의 구체적인 방법으로서 여러 가지로 모색이 가능하겠지만 과학문명 속에서 터득하는 경험을 모티브로 초현실적인 스토리화의 시세계를 구축하되 그 저변에 시인이 말하고자 하는 메시지가 유추되도록 하는 방법이 고려될 수 있다는 것입니다. <시소설>과 <대화시>의 구상도 여기에서 출발된다 하겠습니다. 그방법이 언어를 다루는 우리의 최대공약수라고 생각됩니다.

한 : 선생님께서는 어느 글에서인가 에콜 운동에 주력한다는 의미

에서 개인 시집을 갖는 것을 크게 염두에 두지 않으셨다고 하셨습니다. 실제로 첫 시집이 나온 것이 1985년인가로 기억되는데, 개인의 시 창작과 에콜 운동은 어떤 상관관계를 갖는다고 보십니까?

김 : 우리 나라 선배들의 잘못은 누구든지 자기 혼자만의 생각에 머물고 말았다는 점을 한계로 지적하고 싶습니다. 하나의 공통적인 시각, 또 그 속에서 여럿이 모여 새로운 내용이 나오는 것이 에콜 운동에 있어서 가장 중요한 것이라는 생각입니다. 외국의 경우를 들어보면, 우리 나라처럼 순수문예지를 상업적인 매체로 생각하지 않습니다. 요즘은 우리 나라도 차츰 그런 방향으로 흘러가고 있는 것 같기는 합니다만, 동인지가 그 나라 문학의 핵심이어야 하는 것입니다. 어느 나라이든지 간에 성격이 다른 동인지들이 정점을 이루어 그 나라의 문화를 대표해야 하는 것입니다.

현대 과학문명 속에서 한 개인만의 생각으로는 시가 부족하지 않을 수 없습니다. 모더니즘 운동에 있어서의 합작시 운동이나 외국의 조시 운동 등도 여러 사람들이 모여 현실을 바라보는 시각 속에서 의견을 통일하고 현실을 바라보고자 하는 것으로 해석할 수 있습니다. 하나의 사조, 하나의 주장, 문학적 방향 등을 인식시키기 위해서는 여러 사람이 모여 의견을 통일시켜야 하는 것이 아닌가 싶어요,.

그래서 나는 우리 나라 동인지에 가장 많이 관계했다는 것을 제 개인적으로는 굉장히 큰 긍지로 삼고 있습니다. 이를테면 요즘 사람들의 경우처럼 월간 잡지 같은 데 한두 편 발표하고 기고만장한 것은 아니었다는 말씀이지요. 그건 상업지에 발표한 것일 뿐이고 문학을 운동으로서 하는 것은 아닙니다. 동인지라는 것은 동인 각자가 사주이며 편집자이며 집필자이며 언제든지 자기 마음대로 글을 쓰고 발표할 수 있어야 하는 것 아닙니까?

우리 나라의 추천제도도 많은 문제점을 발생시키고 있습니다. 물론 다는 아니겠지만 마치 운전면허 따듯이 한 번 등단하고 나면 그만이라는 생각이 많은 것 같애요. 외국의 경우 문인으로서의 인정은 동인지에서 활동하고 인정받아야 합니다. 물론 그쪽은 저널리즘의 수준이 굉장히 발달해서, 그 나라의 동인지들을 쭉 검토하고 분석해서 어느 사람이 가능성이 있다 싶으면 그에게 시집을 내 준다든지 광고를 해 준다든지 하는 식으로 유명해질 수는 있겠지요. 문학을 한다고 할 때 동인지에 의해 자기 문학을 연마하고 자기 의사를 마음대로 발표하고 그리고 그것이 독자의 공감을 얻을 때만이 진짜 문인이 아니겠는가 하고 생각하고 있습니다.

가령 동인지가 많은 프랑스의 경우도 그러하고 일본만 하더라도 명함에 어디 동인이라고 써 둘 만큼 명예로 생각하고 있습니다. 그런데 아직 우리의 경우는 동인지에 대한 긍지나 자부심이 없어요. 문예지도 적어지고 발표할 기회도 적어지니 그렇게 되는 것 같기도 하지만 동인지가 늘어나는 것은 바람직한 현상입니다. 이런 여러 가지 동인지의 이점으로 앞으로는 차츰 동인 중심의 활동에 대한 인식이 달라지리라 생각합니다.

한 : 1957년 『현대의 온도』 이후에는 동인활동이 거의 없으셨는데?

김 : 1957년 이후 60년대에는 산발적으로만 시를 쓰고 1975년 말까지 작품을 쓰지 않았습니다. 물론 여러 가지 이유가 있지만 세계적인 동향이 특별히 새로운 것이 없었던 데다가 포스트모더니즘이라는 사조가 나오기 시작하기는 했지만 이전의 작업에 대한 애착도 있었고 좀 더 세계적인 추세를 지켜보고 싶었고, 그리고 개인적으로도 여러 가지 생각할 여유를 가질 필요가 있었다는 것이 중요한 한 가지 이유였습니다.

또 하나는 내 전공이 토목기술인데 65년 중엽부터 70년대 말까지는 우리 나라의 근대화의 가장 중요한 큰 모멘트였습니다. 이 당시에 근대화 작업의 핵심적인 직장에 있었기 때문에 우리 나라 여러 곳(울산 구미 온산 여수 마산 창원 등)의 공업단지를 설계부터 조성에 이르기까지 책임지고 관여하고 있었는데, 이것도 실제적으로 근대화로서의 모더니즘의 하나가 아닌가 해서 적극적으로 매달리고 있었습니다. 그거 다 하고 나니 문단에 가도 괜찮겠다 싶어서 다시 작품을 쓰기 시작했지요. 근대화 과정이라는 것도 하나의 모더니즘에 속하는 것이라는 것이 당시에는 내 신념이었습니다.

아직도 나는 문단에서 시인이라는 이름을 내걸기에 얼마나 자격이 있을는지 모르겠지만, 다만 조그마한 척후병 역할로 만족하고 싶습니다. 내 시집의 재판 문제도 마찬가지입니다. 팔리지도 않을 책을 자꾸 내는 것보다는 새로운 것을 독자들에게 계속 보여주는 것이 더 옳다고 생각합니다.

한 : 새로운 것에만 탐닉하면 유행을 따르는 시류적인 작업이란 비판을 면키 어려운 측면도 있지 않겠습니까?

김 : 그건 당연한 것이라고 생각합니다. 글쓰는 사람이란 사실 시대를 앞서가면서 독자들을 리드하는 부분이 있어야 합니다. 특히 시가 그러하다고 생각합니다. 사물과 현실의 변화에 민감하게 반응하는 것을 비판하는 시각도 있을 수 있겠지만 또 그런 시각도 분명히 있어야 하는 것도 사실이지만, 현실에 안주해서는 문화가 발전할 수는 없다고 봅니다. 그래서 저는 할 수 있는 범위까지는 새로운 것을 소개하고 보급할 생각입니다. 한 가지 재미있는 일화를 소개할까요? 제가 1967년 말에 건설공무원교육원장을 했었는데, 그 때 공무원 교육에서 우리 나라 최초로 컴퓨터에 대해 교육했습니다. 당시에는 이런 내용의 강의를 할 강사를 국내에서 구할 수가 없을 때였지요. 물론 연수받는 사람들도 이해하기 어려웠을 것입니다. 그러나 그 때에도 이 이야기를 소개하고 알려야 한다는 생각으로 교육했었습니다. 새로운 것은 시대와 더불어 인식될 수도, 망각될 수도 있지만 그래도 누군가

노력하는 사람은 있어야 합니다. 그래서 개인적으로는 문인으로서 명성을 알리겠다든지 벼슬하겠다는지 하는 욕심은 없어요. 죽는 날까지 세계적인 시야를 넓혀 가며 그 속에서 탐구 대상을 탐구하고 만날 사람을 만나고 그러면서 하나의 문화가 발전되어가는 형태가 아니겠는가 합니다.

한 : 옛날 시들 중에서도 선생님의 시의 경우에는 모더니즘 시 중에서도 아주 온건한 편이 아니었던가 싶은데요. 이를테면 다른 시인들의 경우처럼 언어구사나 표현같은 것이 과격하지도 않고 이해하기도 쉬웠던 것이 아니었는가 하는데요.

김 : 이미지 등을 과격하게 사용해서 언어가 표면에 툭툭 튀어나오는 경우는 시를 쓰는 데 있어서 하나의 미숙함이 아니겠습니까.

한 : 마지막으로 현재의 활동이나 향후 계획에 대해서 말씀해 주십시오. 앞에서 미리 말씀하신 부분도 있긴 합니다만...

김 : 요즘은 독서를 많이 하고 있는 편입니다. 항상 세계적인 새로운 시각으로 우리 나라의 현실을 보고, 또 그것을 받아들여야 한다는 생각을 가지고 있습니다. 앞으로도 계속 후배들에게 내 지식을 많이 알려주고 싶다는 것과 세계적인 동향이나, 특히 포스트모더니즘은 다른 분들이 많이 하시고 있기도 하지만, 내가 실제로 모더니즘을 했던 사람으로서 그 일부의 움직임 등에 대해서는 저도 알려줄 의무가 있지 않느냐 생각하고 있습니다. 앞으로도 꾸준히 소신을 가지고 새 이론을 소개하고 시작 활동을 할 것입니다. 열심히 하니까 젊어지는 것 같습니다.

한 : 오랫동안 수고해주셔서 감사합니다. 어느새 벌써 세시간이 넘게 지나갔습니다.

김 : 힘들기보다는 오히려 기쁩

니다. 이제까지 걸어온 길이 상당히 고독하다는 생각이 많았는데 이렇게까지 이해해주시는 분들이 있다는 데 상당히 큰 용기를 얻습니다. 앞으로도 여러분들과 무엇이든지 열심히 하고 열심히 이야기하고 열심히 쓰고 싶습니다. 그런 의미에서 오늘 이 시간이 즐겁고 젊음을 가져오는 시간이었습니다. 나는 사람들이 나이보다 스무살은 더 젊어 보인다고 합니다. 욕심이 없어서 그런지 과로만 하지 않으면 건강에 지장이 없는 상탭니다. 그런데 쉬엄쉬엄 하면 탄력이 안 나와서 가끔 무리를 하게 되지요. 자주 연락해주시고 자주 만나면서 많은 이야기를 나눌 수 있기를 바랍니다.

한 : 오랜 시간 동안 좋은 말씀 들려주셔서 감사합니다. 앞으로도 건강하시고 계속 좋은 시작과 시론, 그리고 외국 이론들을 소개해주셔서 우리 시단을 풍성하게 해주시기 바랍니다. 대단히 감사합니다.

원고를 기다립니다

『작가연구』가 참신하고 진지한 문제의식이 담긴 글들을 기다리고 있습니다.

『작가연구』는 진보적이면서도 유연한 미학, 엄정하면서도 개방적인 문학사를 지향합니다.

『작가연구』는 이론적 깊이와 비평적 통찰을 겸비한 문학 연구를 통해 우리 시대의 주요 작가들을 새롭게 재조명하고자 합니다.

더 나아가 『작가연구』는 '문학의 위기'가 유행어가 되어버린 이 시대에 우리 현대문학의 전통을 끈질기게 성찰함으로써 문학의 위엄을 되찾고 민족문학의 또 한 번의 도약을 이루는 데 일익을 담당하고자 합니다.

『작가연구』의 이러한 편집 취지와 뜻을 같이 하는 분의 글이라면 어떤 것이나 환영합니다.

여러분의 애정어린 관심과 적극적 동참을 부탁드립니다.

* 원고 마감 ; 1996년 12월 31일
* 접수된 원고의 게재 여부는 편집위원회에서 결정하며, 채택된 원고에 대해서는 소정의 고료를 지급합니다. 원고의 반납에 대해서는 책임지지 않습니다.
* 원고는 디스켓과 함께 보내주십시오.
* 주　　소 ; 133-070, 서울시 성동구 행당동 28-7 정우 BD. 402호
  (도서출판) 새 미
  전화 ; 2917-948, 2727-949, FAX ; 2911-628

일반 논문

한국 근대 단편양식과 김동인(Ⅰ)

– 김동인의 소설관을 중심으로

박 헌 호*

1. 문제제기

우리 문학사에서 단편양식1)의 위상은 매우 독특하다. 고전문학에도 이른바 '한문단편'으로 불리는 단편의 전통이 풍부하지만, 근대 소설사에서도 단편의 위치는 결코 장편에 뒤지지 않는다. 아니, 백철이나 조연현

* 朴憲浩, 세명대 강사, 주요 논문으로는 「50년대 비평의 성격과 민족문학론으로의 도정」 「현민 유진오 문학 연구」 등이 있음.

1) '양식'이란 개념은 규정짓기 어려운 개념이다. 보통 형식, 장르, 문체, 사조 등의 개념으로 두루 사용해왔기 때문이다. 까간에 의하면 양식이란 예술 작품들의 구조 내에서의 합법칙성들을 지칭하는 바, 그것은 형식이 지닌 하나의 특질이자 그 구조의 법칙이다. 따라서 양식 개념은 예술방법과의 상호관계 속에서 파악하여야 하며, 특정 작품, 작가, 유파, 시대별로 각기 존재할 수 있는 다의적인 것으로 보았다. 임화도 일찍이 '문학사는 양식의 역사'라고 갈파하면서, 그것을 '시대정신이 자기를 표현하는 형식'이라고 규정한 바 있다. 일견, 까간이 형식의 상대적 독립성에 강조점을 두었다면 임화는 정신의 규정성을 강조하고 있는 것으로 보이지만, 양식을 내용과 형식의 변증법적 통일체로서 파악한다는 점에서 동일한 것으로 보인다. 이 글이 단편소설이라는 일반적 명칭을 놔두고 굳이 단편양식이란 용어를 사용한 것은, 단편 '형식'의 상대적 독립성을 인정하면서도 그것을 시대정신의 통일체로 파악하고자 하기 때문이다.
M. S.까간, 『미학강의』Ⅱ권, 새길, 1991, 365 ~ 372면
임화, 「조선문학 연구의 일과제」, 『동아일보』, 1940.1.19. 참조

의 문학사에 의거한다면 우리의 근대 소설사는 단편 중심의 역사라고 해도 과언이 아닐 정도이다. 물론 이러한 평가를 전면으로 인정할 수는 없지만, 한국 근대 소설사에서 단편의 상대적 우위는 사실의 차원에서 승인되어야 할 것으로 보인다. 따라서 서구문학의 경험에 비추어 볼 때, 이러한 현상은 우리 문학의 특수성이라고 할 수 있다.

이러한 특수성은 근대문학사의 전개과정을 올바르게 이해하기 위한 전제조건의 의미를 지닌다. 양식이란 시대정신이 자기를 표현하는 형태라고 할 때, 그에 대한 탐색은 바로 '그러한 내용으로 표현될 수밖에 없었던 우리 근대문학의 정신사'를 헤아리는 일에 해당하기 때문이다. 이 점에서 근대문학 형성기의 양식 변천과 영향관계는 면밀한 검토의 대상이 되어야 한다.[2] 이식문학사의 극복이라든지 문학사의 연속성 확립의 문제와 연관되어 이 주제가 논구되어 왔음은 그 때문일 것이다.

특히 1920년대는 단편의 융성으로 특징지울 만한 시기다. 이 시기는 1910년대의 부분적 업적들을 계승하면서 본격적인 근대 단편양식을 확립하였다.[3] 김동인, 현진건, 나도향, 염상섭과 같은 작가들의 문제성은 이 대목부터 출발한다. 무엇보다 김동인은 그 자신의 빈번한 '최초주의' 발언과 작품상의 몇몇 특질에 힘입어 그동안 근대 단편의 확립자라는 평가를 받아왔다.[4] 그러나 그 최초성의 의미도 문제려니와, 각도를 달리하면 이러한 평가들 속에 잠복하고 있는 또다른 문제와 대면하게 된다. 즉 김

2) 이 시기의 장르와 양식의 문제를 다룬 선구적인 업적으로는 김윤식의 『한국문학사논고』, (법문사, 1973)와 『한국근대문학양식논고』, (아세아문화사, 1980)가 있다.

3) 1910년대의 단편 연구는 다음의 글을 참조할 것.
이재선의 『한국단편소설연구』, 일조각, 1975.
주종연 『한국소설의 형성』 집문당, 1987.
김현실, 『한국근대단편소설론』, 공동체, 1991.
김복순, 「1910년대 단편소설 연구」, 연세대 박사학위논문, 1990.

4) '최초주의'란 김흥규의 용어다. 그는 「황폐한 삶과 영웅주의」(『문학과지성』, 1977, 봄호)에서 이러한 환상에 대해 적절한 비판을 가한 바 있다.

동인은 단편을 소설의 중심에 놓은 첫 작가라는 사실이다. 선택될 수 있는 하위 양식으로써 단편의 특장이 거론되는 게 아니라, 가치평가의 차원에서 단편의 예술성이 강조된다는 사실은 형성기의 근대 소설로서는 간과할 수 없는 대목이다. 식민지 시기는 물론 적어도 50년대에 이르기까지 우리 소설사에서 단편이 주도적인 위치를 차지한다는 점을 상기할 때 더욱 그러하다. 30년대 문학을 주도한 구인회 작가들이 김동인이나 선배 작가들을 거론하면서 단편의 문제를 중심으로 제기하는 것도 이와 연관이 깊다.[5] 따라서 단편을 중심에 놓는 김동인의 소설관은 그가 근대 단편양식을 확립했다는 주장만큼이나 근대 소설사의 문제적 영역이다.

이와 연관된 문제가 장편에 대한 김동인의 태도이다. 그는 당대 장편의 존재조건이 신문연재소설이었다는 점을 들어 그것의 원천적인 비예술성을 강조한다. 흥미를 요구하는 신문의 특성상 장편에서 작가의 예술성을 기대할 수 없다는 요지다. 그러나 조금만 사실을 들여다 보면—『무정』을 위시로 『삼대』, 『임거정』, 『고향』 등으로 이어지는—문학사에서 의미있다고 평가되는 장편들이 대부분 신문연재소설이었다는 사실 앞에 망연해지지 않을 수 없다. 그에게는 이러한 작품들이 눈에 띄지 않은 걸까? 그렇다면 그 맹목은 어디에 근거한 것일까? 단편에서 출발하여 뛰어난 장편을 일구어낸 작가들이 존재한다는 사실이 오히려 김동인의 문제성을 드러내는 측면이다. 더욱이 이러한 인식이 시대를 건너 30년대의 이태준에게서도 발견되는 것을 보면, 이것이 김동인 개인의 문제가 아님을 알 수 있다.

더 나아가 김동인은 훗날 야담으로 귀착하는 독특한 양상을 보여준다. 그의 야담 창작이 32년부터 본격화된다는 사실은 그것이 식민지 말기에 여타 작가들이 보여줬던 행로와 구별되어야 함을 의미한다. 요컨대 김동인의 야담행을 경제적인 이유와 창작소재의 빈곤만으로 파악하기는 어렵다. 따

5) 「흉금을 열어 선배에게 일탄을 날림」, 『조선중앙일보』, 1934.6.17~6.29 참조.

라서 최초로 근대소설(단편)을 확립했다고 공공연히 주장해왔던 그가 '근대'소설은 커녕 '소설' 이전의 세계로 떨어졌다는, 이 낙차의 아찔함이야말로 한국 근대 문학사의 특수성을 상징하는 하나의 징표일 것이다.

이상의 문제들은 작가 김동인 개인을 해명하는 데 필수적인 사항일 뿐만 아니라, 그가 스스로 천명했건 후대가 인정해줬건 상관없이 한국 근대 단편양식의 확립과정에 결정적인 영향을 미친 작가라는 차원에서도 반드시 해명되어야 할 과제이다. 이 글은 이상과 같은 문제의식 아래 한국 근대 단편의 형성과정 속에서 김동인이 놓인 위치를 탐색하려 한다. 본고의 문제의식이 보다 분명히 해명되기 위해서는 우선 전통 서사물을 포함한 앞 시대 문학과의 관련양상, 1910~20년대의 사회역사적 조건, 그리고 동시대 다른 작가와의 비교와 같은 다양한 과제들이 다루어져야 할 것이다. 그러나 짧은 공부 탓에 이러한 과제를 제대로 다룰 수 없었다. 여기서는 일차적인 접근으로 김동인의 소설관을 분석함으로써 그것이 단편양식의 선택과 맺는 관계를 고찰할 것이다. 아울러 1910년대 문학 상황에 대한 개괄적인 고찰을 통해 훗날의 본격적인 연구를 대비하고자 한다.

2. 1910년대의 문학적 상황과 단편양식의 관련성

1) 반봉건적 사회와 근대적 개인의 관계

김동인이 왜 단편을 소설의 주류로 보게 되었는가를 설명하는 방법 중 가장 일반적인 것이 일본문학의 영향관계 속에서 살펴보는 방식이다. 이것은 김동인이 유학했던 대정기(大正期) 일본 소설이 단편을 중심으로 하였다는 것, 또한 단편의 특성이라고 할 수 있는 밀도 높은 표현양식이 단편을 장편에 비해 보다 예술적인 것으로 인식하게 만들었다는 것 등을 근거로 제시한다.[6] 우리의 근대 문학양식이 서구의 것을, 그것도 일본을 통해 들여왔다는 일반적인 사실을 놓고 볼 때 이런 지적은 타당성을 지닌다. 그러나 이러한 대답은 그 타당성에도 불구하고, 보다 근본적인 문제를 그것과는 층위가 다른 부분의 설명으로 대체하였다는 혐의를 지울 수 없다. 이를테면 일본을 포함하여, 타율적 근대화에 직면한 동아시아의 특정 국가에서, 특정한 시기에 왜 단편이 장편을 제치고 공공연하게 문예 소설의 본령으로 자리잡게 되었는가 하는 질문이 빠져 있다는 말이다. 아울러 이런 관점은 이후의 시대에도 관철되는 단편의 상대적인 우위를 해명하는 데에도 허약할 수밖에 없다. 따라서 일본 대정기의 문학이 김동인에게 영향을 주었음을 인정하더라도 문제는 더욱 증폭된 채 남아 있다. 요컨대 김동인을 비롯한 염상섭, 나도향, 현진건, 카프 계열로 이어지는 단편의 주류적 전개과정에 우리 근대문학의 어떠한 주체적 계기들이 내포되어 있는가가 따져져야 한다.

이와 관련하여 일본 근대소설의 주특징인 이른바 '사소설'(私小說)이 타율적 근대화 과정과 밀접하게 연관되어 있음은 시사하는 바가 크다.[7] 가령 사소설을 예술과 실생활과의 상관성을 둘러싼 이율배반적 모순을 공공연하게 드러내는 장치로 이해하는 히라노 켄(平野謙)의 견해라든지, 현세와의 조화를 거부할 수밖에 없었던 일본문학자들의 '본능적 회피'의 결과로 파악하는 이토 세이(伊藤整)의 견해 등이 이를 암시하고 있다. 즉 일본은 명치유신 이래로 국가, 혹은 천황이라는 공적 생활이 압도적이었던 바, 이러한 압력에 대한 문학자 쪽의 일종의 대항이 '사(私)'의 범람을 초래했다는 것이다.[8] 일본의 특징이라 할 권력주도적인 근대화 과정으로부터 격리된 지식인의 무력감, 그리고 그 결과 창출된 사회에 대한 도피

6) 김동인과 대정기의 일본문학과의 관련양상은 김춘미, 『김동인연구』, 고려대학교 민족문화연구소, 1985에 세세하게 밝혀져 있다.

7) 이에 대해서는 이시자카 미키마사(石阪幹將), 「사소설의 이론」, 오상현 역, 『소설과 사상』, 1993, 봄호와 가을호 참조.

8) 김윤식, 「근대적 자아와 <私>의 개념」, 『한일문학의 관련양상』, 일지사, 1993, 203~204면 참조.

심리 등이 결합하여 비사회적 자아에의 탐구라는 형태를 만든 것이다. 이는 프랑스의 사소설이 '사회화된 사(私)'를 전제로 한 것임에 반해, 일본의 그것이 사회에 대한 단절을 수반한다는 사실에서도 알 수 있다.[9]

그러나 제도적 근대화가 일차로 마무리 되어 제국주의의 단계로 비약한 일본과 식민지 조선은 또 다를 수밖에 없다. 당대 조선은 사회 자체가 반봉건(半封建)의 상태였으며, 그것이 변화될 가능성이 차단된 식민지 사회였기 때문이다. 따라서 당대 조선에는 사회의 반봉건성과 개인이 선취한 근대성 간의 간극이 더욱 확연하다.

> 사회생활 가운데 반봉건성의 두터운 잔재가 침적되어 있는 한 전체에의 관심은 개성을 떠나서는 순수히 시민적일 수 없는 것이다. 왜 그러냐 하면 인간적인 요구를 제출하는 당자인 시민 자신이 개인으로서는 근대적일지라도 사회적으로는 반봉건적이기 때문이다..(중략)..그러한 곳에서는 전체가 아직 개인을 너그러히 포섭할 수 없고, 개인은 또한 전체 가운데 자기의 질서를 발견하는 것보다 그 반대의 질서와 충돌된다.[10]

임화가 자연주의로부터 근대소설의 정초가 확립하게 된 이유를 밝히는 이 대목은, 실상 그것이 단편양식의 형태로 발현된 이유와도 관련이 깊다. 사회에 대한 지식인들의 태도의 차이, 그 변화에 대한 지식인들 자신의 작용가능성의 문제가 장편과 단편의 선택에 영향을 미치기 때문이다.[11] 이런 관점에서 근대인식을 선취한 당대 문학인들이 반봉건적인 사회와 맺을 수 있는 관계는 대략 두 가지로 도식할 수 있을 것이다.

한 길이 『무정』 시기의 춘원이 걸었던 것인데, 그것은 선취된 근대성

---

9) 김윤식, 앞의 글, 195면.

10) 임화, 「소설문학의 20년」, 『동아일보』, 1940.4.13.

11) F. 오커너, 「고독한 목소리」, 찰즈 E. 메이 편, 최상규 역, 『단편소설의 이론』, 정음사, 1990 참조. 오커너는 이 글에서 장편이 한 인물의 세계와의 전면적인 갈등을 다룸으로써 사회와의 연관을 맺지만 단편은 그 본성상 집단사회로부터 거리감을 지니고 있다고 말한다.

을 가지고 대중의 수준에서 그들을 끌고 가는 길일 터이다. 『무정』의 한계를 논외로 하고 말한다면, 이것은 "개인과 전체와의 통일에서 인간을 형성할 수 있는 요소"가 "맹아로써 있었"던 시기의 산물이다. 이 점이 춘원을 후대의 작가들과는 달리 "스케일이 큰 작가로 만든 점"이며,[12] 장편작가로 남아 있게 만든 원인이다. 그러나 한편으로 바로 이 점이 그의 소설을 통속성과 값싼 이상주의에 매몰되게 한 원인이기도 하다. 그 길은 당대의 사회 상황으로 볼 때, 대중의 인식수준과 그들의 반봉건성으로 말미암아 항상 근대성의 수위를 끌어내릴 위험을 안고 있기 때문이다. 춘원은 계몽을 전면에 내세우는 방식으로 시대와 결합하지만, 다른 한편으로는 여전히 옛소설의 흔적을 작품 곳곳에 남겨두는 방식으로 대중과의 결합을 유지한다. 춘원의 장편소설이 지닌 문제점이 자신의 한계에서 비롯됨은 물론이지만 대중 소설가로 자리매김한 그 지위에 의해 반복된다고 보는 것은 이 때문이다.

두번째 길이란 선취된 근대성을 심화, 정제(精製)하는 것이며, 김동인이 걸어간 길이다. 여기에서 사회란 부정되어야 할 대상으로 존재하며, 근대성의 심화는 개인에의 집착 혹은 형식의 근대화로 드러난다. 따라서 이 길은 근대성의 수위를 유지해 나갈 수 있는 장점이 있다. 그리고 근대성의 수위를 높였다는 자긍은, 당대의 민족적 과제였던 근대화에 스스로 복무하고 있다는 인식에 의해 더욱 공고히 된다. 김동인이 빈번하게 최초주의적 자화자찬을 늘어놓을 수 있었던 힘은 여기에 기반한다. 그러나 반면에 이같은 태도는 사회와의 관계를 부차화, 혹은 일면화시킬 위험도 안고 있다. 따라서 사회와 어떠한 관계를 정립하는가 하는 문제는 이러한 입장을 선택한 작가들의 양식선택에도 관련을 맺는다.

사정이 이러하다면 소설양식의 선택은 작가가 사회와 관계맺는 방식에 의해 좌우된다는 전제를 세울 수 있겠다. 특히 1910년대의 상황에서 반봉

---

12) 임화, 같은 글, 1940.4.12.

건적 사회에 대한 개인의 대응방향이 양식선택의 주요항목이라고 말할 수 있다. 여기에서 근대성에 대한 작가의 인식이 중심으로 떠오른다. 근대성을 어떻게 인식했으며 그것을 사회와의 관계 속에서 어떻게 실현해 가는가 하는 문제가, 반봉건적 사회와 근대지향의 개인 사이의 간극이라는 당대의 상황에서 그가 다루는 세계의 폭과 깊이를 규정짓기 때문이다.

2) 지배적인 서사장르와의 관계, 그리고 동인지 방식

다음으로 살펴봐야 할 것이 당대의 지배적인 서사장르와의 관계이다. 주지하다시피, 1910년대의 지배적인 서사물은 신소설이다. 그러나 독서시장의 현황만을 놓고 본다면 활자본 고소설도 무시할 수 없는 형편이다. 1912년부터 1919년까지 간행된 신소설이 대략 110여편이었음에 반해, 활자본 고소설은 같은 시기에 195종에 육박하고 있다.[13] 신소설과 활자본 고소설의 이같은 활황은 몇 가지 시사점을 던져준다. 먼저 고소설이라는 양식의 봉건성이 당대 독자수준을 정확히 반영한다는 점이다. 신소설의 반봉건성이야 진작부터 알려진 사실이지만, 그보다 더 봉건적인 고소설의 활황은 신소설의 '반(半)' 봉건성마저 심각하게 위협하는 것이다.

더욱 중요한 것은 이러한 문학 현실이 근대 문예를 확립하고자 의식했던 당대 문학인들에게 직접적인 부정의 대상으로 존재했다는 사실이다.[14] 양식의 차원에서 볼 때, 일본을 통해 수입한 서구 문예양식 모델이 하나의 긍정적 준거점이었다면, 당대의 문학시장을 주도했던 신소설과 활자본 고소설은 부정적 준거였다고 볼 수 있다. 그런데 이들 소설이 장편양식이었으며 사건을 중심에 놓는 '이야기책'이었다는 사실은 되새겨봄직하다. 특히 '이야기(Story)'는 모든 소설의 공통된 요소이기도 하지만 가장 단순한 요소라는 사실을 주목해야 한다.[15] 일단 "이야기는 원시적인

13) 권순긍, 「1910년대 활자본 고소설 연구」, 성균관대 박사학위논문, 1990, 14면.
14) 대표적인 글이 김기진의 「대중소설론」(『동아일보』, 1929.4.17~18)이다.
15) E.M.포스터(Forster), 이성호 역, 『소설의 이해』, 문예출판사, 1991, 32면 참조.

것"[16]이란 차원에서 그에 대한 상대적 홀시는 분명 근대적이다. 더욱이 고소설이 압도적인 시장지배력를 행사하고 있는 현실에서 그것은 더욱 분명한 준거점으로 작용했다고 볼 수 있다. 말하자면 이야기를 배제하는 것은 아니지만, 이야기를 중심에 놓는 소설에 대한 거리감으로부터 근대문학이 자신의 출발점을 확인했다는 것이다.

김동인이 이인직을 고평하면서도 실제로 그 평가의 대목이 이야기를 제외한 부분--표현기법, 현실성, 배경의 활용--에 집중되어 있다든지,[17] 근대소설 이전의 이야기와 근대소설의 차이점을 말하면서 진실성과 성격을 중심에 세우는 것도[18] 이를 반증한다. 그렇다면 이야기에 대한 상대적 홀시는 근대 문예양식에 대한 관심을 표현기법과 같은 형식적 요소에 치중하게끔 만든 한 요인이라고 할 수 있다.[19]

또한 이야기 과잉상태로서의 신소설이나 고소설에 대한 대항의식은 장편과 단편에 대한 정당한 인식을 차단하는 역할을 한 것으로도 보인다. 서사의 골격을 약화시키고, 소설을 서정화하며, 나아가 장편을 단순히 단편의 집적물 내지는 사건(이야기)의 산만한 연속물로 보는 관점 뒤에 이야기에 대한 상대적 홀시가 배어 있지 않은가 하는 것이다. 단편이 상대

16) E.M.포스터, 같은 책, 46면. 포스터는 이야기란 문자 이전부터 존재해 온 것으로 인간 속에 있는 원시적인 것에 호소하는 힘이 있다고 한다. 즉 이야기가 만들어 내는 분위기는 그 이야기에 대한 좋고 나쁨에 따라 인간을 구분짓는 편협함이라고 한다. 이는 '이야기'가, 시간의 연속대로 정리해놓은 사건의 진술이므로, 세계와 인간에 대한 질서 부여하기의 방식을 담고 있다는 표현이기도 하다.

17) 김동인, 「조선근대소설고」, 『김동인전집』16권, 조선일보사, 1988, 14~18면 참조(이하 『전집』이라 표기하고 권수와 면수만을 밝히겠음)

18) 김동인, 「근대소설의 승리」, 『전집』, 16권, 221면.

19) 특히 고소설의 문체는 언문일치와는 다른 차원에서 '낭독과 묵독'의 문제를 제기함으로써 소설수용의 형태－낭독체란 본질적으로 집단 공유적이요 청각적이지만, 묵독체란 개별 인간의 시각적 독서행위를 전제한다－에서까지 근대적 방식을 자각케 하는 요소가 된다. 이를 뚜렷하게 자각하고 문제화시킨 작가로는 이태준을 들 수 있다. 이태준, 「조선의 소설들」, 『무서록』(깊은샘, 1994) 참조.

적 우위를 확립해가는 과정은 이러한 안목과도 무관하지 않을 것이다.[20]

마지막으로 한국의 근대문학이 동인지(同人誌) 방식을 통해 본격적인 출발을 알렸다는 사실을 점검해야 하리라. 이것은 대중은 아직 근대적 문예에 도달하지 못했다는 것, 당시의 유일한 대중적 발표매체가 총독부 기관지 『매일신보』였다는 것, 그리하여 『무정』에서도 드러나듯 발표매체의 성격이 작품의 성격을 암묵적으로 통어하고 있었다는 것, 또한 자신의 작가로서의 권위를 합법적으로 추인해주는 권위있는 집단(문단)의 부재라는 조건들과 함께 고려되어야 할 것이다.

동인지 방식은 그 자체가 두 가지 의미를 안고 있다. 하나는 사회로부터의 의도적인 격리이다. 이 말은 하나의 역설을 포함한다. 즉 동인지의 동인(同人)들은 출판을 통해 사회로부터 존재증명을 받길 원하며, 자신들의 담론이 사회의 지배적인 담론으로 되기를 원하면서도, 그것이 현존하는 사회의 제 경향으로부터의 의식적 분리를 통해서만이 이루어질 수 있다는 사실을 자각하고 있다. 그러기에 그들은 사회의 주도적인 분자들, 예컨대 지식인 사회나 동일한 영역에 종사하는 문인들을 주대상으로 설정한다. 이것은 단편양식이 아직 사회적 응집이 완결되지 않는 사회나 계층 속에서 그 영역을 발견한다는 지적과 함께 음미되어야 한다.[21] 이러한 현상은 당시 조선에서 필연적인 현상일 뿐만 아니라 그 동인지가 계몽적 태도를 내포하고 있는 원인이기도 하다. 김동인이 신문소설에 보여줬던 적대적인 태도나 훗날 이른바 '교양잡지'(예컨대 『신동아』나 『가정』류와 같이 교육받은 일반인을 대상으로 했던 종합 오락, 교양잡지)의 융성을 정통문학의 쇠퇴와 연관지어 생각하는 것도[22] 이와 연관이 깊다.

---

20) 실제로 1910년대에 『신문계』, 『반도시론』과 같은 친일잡지가 신소설 대신 단편소설을 주로 실은 것도 이들 잡지의 주요 독자층인 학생과 신지식층이 신소설을 저급한 양식으로 판단했기 때문일 것이다. 한기형, 「무단통치기의 문화정책」, 『민족문학사연구』9호, 민족문화연구소, 1996, 참조.('이야기'의 문제는 다음 글에서 보다 상세히 재론하겠다.

21) Ian Reid, 김종운 역, 『단편소설』, 서울대출판부, 1982, 48면.

두번째는 그것 역시 잡지였으므로 잡지의 일반적인 속성을 공유한다는 것이다. "신문을 정치시대의 조선언론을 표현하는 형태라고 하면 잡지는 계몽시대에 적응한 저널리즘 형식"[23]이라고 했던 임화의 지적이 당대 조선 사회에서 잡지가 가졌던 특수한 성격을 지칭한 것이라면, 근대 단편소설의 융성한 부흥지로 지목되는 미국에서의 단편이 잡지 문화의 번성과 함께 비롯되었다는 지적은[24] 잡지와 양식간의 일반적인 관계를 말해주는 대목이다. 따라서 동인지를 통한 단편양식의 정착은 지식층을 독자로 확보, 계몽한다는 욕구를 충족시키는 한편으로 문화상품으로서의 완결성을 획득한다는 현실적인 의미를 지닌다. 당시의 열악한 출판상황을 고려할 때, 이 점 역시 간과할 수 없다.

3. 김동인의 근대관과 소설관의 특질

1) 자아의 절대성과 관계의 부재

근대적 현실이 만개하지 않은 곳에서 근대에 대한 정당한 인식이 만개하기 어렵다. 반봉건적 사회와 갈등관계에 놓인 개인이 선취한 근대성도 사회와의 관계 속에서 반봉건적 요소에 침윤될 가능성이 상존하기 때문이다. 더구나 1910년대 식민지 조선은, 현실의 전체 측면에서 통일적으로 요구하던 근대화에의 의지가 한일합방으로 차단되었으므로 더욱 심한 왜곡의 가능성을 지닐 수밖에 없다. 정치 방면의 봉쇄는 개혁과제 내의 위상에 혼란을 초래하며, 사회 각 부분의 변증법적 관계에 대한 인식을 왜곡시킨다. 1910년대의 '문화운동' 혹은 '문화적 민족주의'의 과정이 이를

22) 김동인, 「소설계의 동향」, 『전집』16권, 참조.
23) 임화, 「개설 신문학사」, 『조선일보』, 1939.11.2.
24) Ian Reid, 앞의 책, 9면.

증명한다.[25] 그러나 또한 사회 전체의 반봉건성은 이러한 왜곡된 인식의 정당성을 추인한다. 근대화의 필요성이 전면적인 까닭이다. "정치운동은 그 방면 사람에게 맡기고 우리는 문학으로"[26]라는 진술의 진위는 여기에 기반한다.

이런 관점에서 당시 문학인들이 공통적으로 내걸었던 '개성' 혹은 '자아의 발견'이란 개념도 점검할 필요가 있다. 개인의 발견이 근대의 뚜렷한 징표란 사실은 상식이지만 이를 어떠한 의미로 내재화시켰는가에 따라, 이것은 근대성에 대한 각 작가들의 인식방식을 측정해주는 바로비터가 되기도 한다. 자아의 개념이 근대성의 핵심범주이며, 근대성에 대한 인식이 근대소설관과 직결된다고 할 때, 단편을 중심에 놓는 소설관을 살펴보기 위해서도 이것은 피할 수 없는 대목이다.

> 그 뒤 1년간 나는 나의 타락하려는 품성과 파산하려는 성격을 억제키에 온 힘을 썼다. 재산은 잃었다. 처도 잃었다. 그러나 나의 고귀한 혼과 순일한 품성과 오만한 성격뿐은 결코 잃고 싶지 않았다... (중략)...그리하여 1년 뒤 나는 나의 이전의 성격을 그대로 보유하여 가지고 다시 원상에 회복하였다. 무서운 정점이었다. 좌일보와 우일보로서 장래의 운명이 결정되는 정점이었었다. 더구나 풍세까지 불리하였다. 이러한 가운데서 그 나쁜 풍세에 거슬러서 자기의 성격과 품성을 보유하여야겠다는 냉정한 자기비판을 내게 주신 신께 감사하지 않을 수 없다.[27]

『창조』 창간 이후 방탕한 생활을 한 결과 많은 빚이 남겨졌고 김동인은 이를 갚기 위해 아버지의 유산을 처분하기로 한다. 위 인용문은 그

25) 이에 대해서는 박찬승, 『한국근대 정치사상사연구』, 역사비평사, 1992, 2장과 3장, 그리고 M.로빈슨, 김민환 역, 『일제하 문화적 민족주의』, 나남, 1990 참조.

26) 김동인, 「문단 30년의 자취」, 김치홍편, 『김동인평론전집』, 삼영사, 1984, 422면. 김동인은 이러한 '실력양성론'의 관점에서 근대 문예양식을 의식적으로 도입한 것으로 보인다. 같은 책, 421면 참조.

27) 김동인, 「조선근대소설고」, 『전집』16권, 34~35면.

땅을 처분한 돈을 가지고 아내가 도망간 뒤에 김동인이 어떠한 심정으로 그 난관을 헤쳐 나갔는지를 고백한 부분이다. 자아에 대한 김동인의 의식을 문제삼으면서 왜 이 대목을 거론하는가. 여기에 그 핵심이 담겨 있기 때문이다.

김동인에게 근대란 자아의 절대성이라고 이름붙일 수 있는, 자기 자신에 대한 무정부적인 몰두와 연관된 것이다. 이것은 그 동안 '유아독존적 사고' 혹은 '아집', '오만함' 등으로 명명되면서 김동인의 성격적 특질로 거론된 바 있다.[28] 그러나 이 부분은 당대 지식인들에게 만연되어 있던 근대성에 대한 파행적 인식의 한 양상을 드러냈다는 데 더 큰 의미가 있다. 즉 반봉건적 사회에 대한 부정의 결과 도달한 개인에의 집착이 자아의 각성단계를 넘어 자아의 절대화에 도달했음을 보여준다. 위 인용문에서 드러나듯이 김동인에게 최대의 목표는 경제적 난관의 극복 혹은 아내에 대한 배신감의 해소에 있지 않고, '자기의 성격과 품성'을 지켜내는 것에 놓여 있다. 이것은 개인의 자기정체성이 지켜야 할 최대의 가치로서 등극한 형상이다. 이러한 인식은 당시의 상황에서는 보다 선진적일 수 있지만[29] 동시에 김동인 문학의 파행적 귀결을 암시하고 있기도 하다.

왜냐하면 김동인의 자아 개념에는 주체적 반성이나 타인과의 관계가 스며들 여지가 없다. 그것은 데카르트적 자아개념이 가장 극단화된 형태다. 이런 관점에서 보자면 '자아'란 세계를 존재케 하는 최초의 출발점이기 때문에, 사람들 사이의 관계가 문제시 될 때에 그것은 '타인'의 문제가 된다.[30] 다시 말해서 '다른 사람'들은 저 길가의 돌멩이와 같이 감

---

28) 김윤식, 「김동인연구」, 『한국문학』, 1985, 1월호 참조.

29) 임화는 춘원이 전체에 관심을 둠에 반해, 김동인이 개인의 입장에 근원을 두었다는 점에서 '개인'으로부터 출발할 수밖에 없었던 우리 근대문학의 특성상 보다 근대적이었다고 평가한다. 「소설문학의 20년」, 『동아일보』, 1940.4.12.

30) L. 골드만, 『인문과학과 철학』, 문학과지성사, 1993, 32면.

각적이고 물질적인 실재에 속한 사물이다. 따라서 세계와 타인은 폐쇄된 대상이며, 자아외적인 사물이다. 여기에 세계와 인간에 대한 변증법적 관계가 게재할 틈이 없음은 당연하다.

이러한 인식은 김동인의 예술관에 그대로 투영되어 있다. 그에 따르면 예술이란, "사람이, 자기 그림자에게 생명을 부어 넣어서 활동케 하는 세계"[31]이며, "자기를 대상으로 하는 참 사랑"[32]이다. 한마디로 "예술은 개인 전체"다. 따라서 작중인물은 작가의 '그림자(分身)'이며, 인물의 운명은 작가의 의지의 소산이다. 이것은 우리 문학사에서, 예술이란 '표현'이라는 표현론적 예술관의 첫 표방이자 가장 극단화된 선언에 해당한다.

이처럼 김동인의 근대관, 그로부터 비롯되는 근대 예술관의 핵심은 자아의 절대성으로 요약될 수 있다. 그것은 동전의 양면으로, 세계와 인간에 대한 관계의 부재를 동반한다. 그가 짐짓 톨스토이와 도스토예프스키를 문제삼으면서 '자기가 지은 세계에서 패배했는가 아닌가'를 문제삼고 있는 것도, 세계 속에서 자아의 절대성이 얼마나 확고한가를 따져봄에 지나지 않는다.

그러나 섬세하게 봐야 할 것은 여기서는 예술조차도 자아에 종속된 '도구'에 불과하다는 사실이다. '자기 그림자'가 사라져도 '자기'는 남는 까닭이다. 그렇다면 '인형조종술'로 요약되는 그의 창작방법론이 의미하는 바도 분명해진다. 그것은 예술에 대한 자아의 우월성이며, 예술에 대한 삶의 우선성이다. 예술과 삶의 변증법적 관계에 대해 한번이라도 생각해 본 사람이라면 이런 말을 할 수 없다. 삶이 조종될 수 없듯이 예술 역시 인형이 될 수 없는 것이다. 만일 조종이 가능하다면 그것은 생명기능으로서의 예술을 망각한 폐쇄된 자아의 배설형식일 뿐이다. 사정이 이러하기에 김동인은 예술을 '위하여' 삶을 내던진 적이 한번도 없다. 무엇보다 중요한 것이 삶이며, 그 삶을 추동하는 자아의 절대성이기에

31) 김동인, 「자기의 창조한 세계」, 『전집』16권, 150면.
32) 김동인, 「소설에 대한 조선사람의 사상을」, 『전집』16권, 139면.

동인은 방탕의 기간에도 자아를 냉철하게 응시하며(그렇게 응시하는 자아를 또한 의식하며), 아내의 출가에도 오로지 자기의 품성과 성격을 유지하기에 혼신의 힘을 쏟는 것이다. 파산 이후 그토록 배척하던 신문소설을 선선히 승락하는 것도 이러한 의미에서 특별한 갈등을 거치지 않고 이루어진다. 먹고 사는 것, 삶이 우선인 것이다. 이러한 분석은 이제껏 그를 규정하는 데 종종 동원되었던 예술지상주의자라는 명명이 허상이었음을 보여주는 동시에 그의 자아관이 얼마나 폐쇄된 세계이며 자족적인 세계인가를 보여준다.

아울러 이것은 그의 편협한 근대관이 단편양식을 중심에 놓는 그의 소설관의 기반임을 추측케 해준다. 장편이란, 흔히 '길이 끝나자 여행이 시작되었다'라는 루카치의 아포리즘으로 비유되듯이, 현실의 총체적인 인식에의 지향이자 현존하는 인간적 관계에의 탐색이다.[33] 다시 말하면 우리가 살고 있는 세계란 알 수 없는 것이며 그럼에도 알고자 하는 소망이 장편의 인식론적 모태가 된다고 할 수 있다. 그런데 세계와 인간에 대한 관계의 부재를 특징으로 하는 김동인의 절대적 자아는 다른 기반 위에서 있다. 그에게 세계란 이미 파악이 끝난 대상일 뿐이다. 따라서 세계에 대한 탐색으로서의 장편양식이 중심에 놓일 수 없다.

여기에서 인생을 분석하는 것이 아니라 현시(顯示)하는 양식으로서의 단편양식과[34] 김동인의 예술관이 만난다. 또한 단소성(短小性)으로 요약되는 단편의 특질이 동인 소설의 특징인 관계의 부재를 양식의 차원에서 은폐시킬 수 있는 것이다. 이러한 인식은 작품에서도 확연히 드러나는데,

---

33) G. 루카치, 『소설의 이론』, 반성완 역, 심설당, 1985.

34) 단편양식의 특징을 인생의 현시로 보는 것은 견해를 달리하는 많은 논자들의 공통된 지적이다. 가령 루카치는 단편(Novelle)이란 "분석으로는 파악할수 없는 무질서의 세계이며 비인과적인 계기들의 세계"라고 하였고, 영미계통의 학자들도 단편이 인생에 대한 "어떤 통찰의 순간에 집중하는 것"이란 견해를 표방하고 있다.
G.루카치, 『영혼과 형식』, 반성완 역, 심설당, 1988, 199면.
Ian Reid, 앞의 책, 47면 참조.

대략 두 가지의 방향을 지니고 있다. 하나는 획득된 근대관을 설파하는 것이며, 두번째는 그가 소설의 참 주제라고 역설한 "인생 문제(를) 제시"[35]하는 것이다. 「약한 자의 슬픔」이나 「마음이 옅은 자여」 그리고 「눈을 겨우 뜰 때」와 같은 작품들은 자아의 각성 내지는 자아의 힘에 의한 세계인식을 계몽하는 작품이다. 계몽의 형식을 취한다는 점에서 김동인은 춘원과 동일한 지평에 서 있다. 다만 춘원의 계몽이-명백한 한계에도 불구하고-사회적에의 지향을 지닌다면, 동인의 그것은 자아의 영역 나아가 예술의 영역에 국한된 것이란 차이를 지닌다. 이런 차원에서 김동인을 근대성의 영역에서 미적 근대성을 파행적으로 분리시킨 비조(鼻祖)라고 부를 수 있다.[36]

다음으로 「감자」나 「배따라기」, 「광염소나타」 등은 인생의 근본문제를 그로부터 벗어난 자아가 제시하는 형식의 작품들이다. 이때 '인생문제 제시'라는 말의 실제 의미는 구체적인 현실 속에서의 문제가 아니라 추상적이고 형이상학적인 문제이다. 이름하여 "운명"[37]이라고 부를 수 있는, 인간의 의지를 뛰어넘는 우연과 외적 조건에 좌우되는, 삶의 불가해함이다. 자아의 절대성에 서 있는 김동인으로서 그가 마주칠 수 있는 인간의 궁극적인 문제란 운명 이외에는 있을 수 없기 때문이다. 때문에 김동인의 소설에서는 한 인간의 영혼 속에 존재하는 모순에 찬 힘들 사이의 내면적 투쟁이 일어나는 법이 없다. 「감자」의 복녀에게도, 「배따라기」의 형에게도 분열된 자아의 투쟁이 일어나지 않는다. 거기에는 인간의 힘과는 무관하게 형성된 환경만이 인간을 갈림길에 서게 할 따름이다.[38] 「광염 소나타」의 백성수에게 영혼 내부의 고통스러운 갈등이 없는 대신 '밖(話者)'으로부터 주어진, 인간의 존재방식에 대한 질문이 도사리고 있

35) 김동인, 「조선근대소설고」, 『전집』16권, 23면.
36) 근대성의 이중적 측면에 대해서는 M.칼리니스쿠, 『모더니티의 다섯얼굴』, 이영욱 외 역, 시각과언어, 1993, 53~58면 참조.
37) "그저 운명이 데일 힘셉데다" 김동인, 「배따라기」, 『전집』1권, 199면.
38) G.루카치, 『영혼과 형식』, 반성완 역, 심설당, 1988, 118 참조.

음도 이 때문이다. 김동인은 이것이야말로 역사를 초월하는 예술의 본질에 부합하는 것이라고 믿었다. 왜냐하면 운명의 형이상학성은 그것이 탈역사적인 만큼 인간의 삶 속에 영원히 떨칠 수 없는 전제로 남아 있을 수 있기 때문이다.[39]

그러나 그것은 동시에 시간이 정지된 세계이다. 운명의 형이상학성은 작품의 탈시간성과 동궤의 것이다. 말하자면 김동인에게는 운명의 현시가 문제되는 것이지, 그것의 전개와 그에 대한 인간의 투쟁과 갈등이 문제되는 것은 아니다. 이 역시 그의 단편양식 선택과 밀접한 관련을 갖는다. 즉 단편은 그 본성상 누증적(累增的)인 것을 다루지 않는 현재의 순간에 관한 예술이며,[40] 비인과적인 계기들의 세계이다. 따라서 자아의 절대성을 특징으로 하는, 그 결과 관계와 시간성이 배제된 그의 근대관은 필연적으로 단편양식을 자기의 표현양식으로 선택할 수밖에 없었던 것으로 보인다.

2) 기교 강조의 원인과 의미

불과 14살의 나이에 일본유학을 간 김동인의 눈에 비친 근대란 어떤 형상이었을까. 무엇보다 기차나 연락선 같은 문명의 이기에 대한 찬탄이 아니었을까. 당시 기차가 근대문명의 상징이었음을 강조하는 것은 새삼스럽다. 김동인은 더 나아간다. 예술가다운 질문을 한다. 자연과 인간이 만든 과학품 중 무엇이 더 위대한가? 하고. 그 답은 "생명없는 위대가 무엇이 그리 훌릉"할 수 없으므로, "사람의 살은 모양의 표현보담 더 위대한 것이 어디 있을까"[41]라고 말한다. 즉 과학품이 보다 위대하다고 평가한다. 그러나 상식적으로 생각하면 과학품보다는 오히려 자연에 생명이

39) 김동인의 성공작들이 오늘날에도 빛을 잃지 않을 수 있는 힘은 여기에 기반한다.

40) N. 고디머, 「반딧불」, 찰즈 E.메이 편, 앞의 책, 279면.

41) 김동인, 「사람의 사른 참 모양」, 『창조』8호, 1920, 8월, 26면.

있는 것이 아닐까. 이 역시 답이 주어져 있다.

> 어떤 작은 과학품이든지 그것은 사람의 혼연한 살아 있는 모양의 상징이다. 예술의 목적이 -- 사람의 살아 있는 모양의 표현 -- 이면 어떤 과학품이라도 부지불각 중에 예술이 되어 버린 것은 정한 일이다..(중략)..사람, 그 물건이 예술의 덩어리라 한다. 그것이 낳은 물건이 어찌 예술의 반대야 되리오. 모든 과학품(이라는 것)이 그 기술에 의하여 예술인 동시에 그 물건 자신도 또한 예술이다. 예술의 위대가 자연의 위대보담 생명이 있고 더 큰 것은 정한 일이 아니냐.[42]

자연의 생명성보다 과학품의 인공성이 더 생명적인 것은 그것이 인간 삶의 표현이자 상징이기 때문이라는 답이다. 자연과 과학을 대비적으로 고찰하는 것이 근대의 산물임은 주지하는 바와 같다. 인간은 자연과 일체화되었던 단계를 벗어나 대자화되면서 근대적 의미의 각성에 도달할 수 있었던 것이다. 이런 의미에서 자연과학의 발달이 끼친 결정적 역할은 자연에 대한 지식의 확대에 있기보다는 인간정신이 정신 자신을 새롭게 인식하도록 만들었다는 데서 찾을 수 있다.[43] 말하자면 자연과학의 발달 결과 세계상은 무한히 확대되었지만, 더 중요한 것은 이러한 확대 속에서 인간정신이 자신 속에 새로운 힘을 깨닫게 되었다는 점, 즉 자기 자신으로의 새로운 집중을 하게 되었다는 점이다.

위 인용문에서 보인 김동인의 의식도 이러한 인식에 기반을 두고 있다. 자연과학의 발달을 인간정신의 지평 위에서 사고한다는 점에서 그렇다. 그러나 모든 과학품을 예술과 동격에 놓는 주장은 선뜻 수긍하기 어렵다. 여기에 근대문명에 대한 식민지 유학생의 찬탄이 배어있음은 당연하다. 그러나 스스로 가장 고귀한 것이라고 믿었던 예술의 자리에 '모든' 과학품을 같이 놓을 때에는 둘 간의 상동성이 전제되어야만 한다. 김동

42) 앞의 글, 26~27면.
43) E.카시러, 『계몽주의 철학』, 박완규 역, 민음사, 1995, 2장 참조.

인은 그것을 예술이나 과학품이나 모두 '사람의 살아 있는 모양의 표현' 이기 때문에 그러하며, 모든 과학품이 '기술'에 의하여 예술이라고 설명한다. 첫번째 전제는 그의 소설관과 관련하여 앞 절에서 살펴본 바 있다. 그렇다면 기술에 의하여 예술이라는 진술의 의미는 무엇인가.

일반적으로 기술은 자연 재료에 노동, 기능, 경험, 지식을 대상화하는 데서 생겨나며, 사회의 자연 지배수준을 재는 척도로 쓰인다.[44] 그것은 대상에 대한 의식적 개입을 통해 재료를 인간적으로 의미있는 사물로 변화시키는 수단과 체계를 통칭한다. 김동인이 모든 과학품이 기술에 의하여 예술이라고 말했을 때의 '기술'은, 이러한 의식적 개입이자 대상에 대한 지배의 개념을 의미한다. 예술이나 과학품이나 모두 '사람의 살아 있는 모양의 표현'일 수 있는 것도 이러한 개입에 의해 대상이 인간적 삶의 투영물로 전환하기 때문이다. 또한 기술을 통한 지배에 의해 인간의 창조성은 증명되는 것이다. 여기에서 김동인의 독특한 근대인식이 드러난다. 즉 대상에 대한 '의식적 개입'의 문제를 중심에 놓은 결과 상이한 범주인 예술과 과학품이 동열에 서는 것이다. 따라서 김동인에 의하면 예술이란 대상(인간의 삶)에 대한 의식적인 개입을 통해서 그것의 살아 있는 모양을 표현한 것이라고 정의될 수 있겠다.

이러한 분석이 흥미를 끄는 것은 김동인이 단편과 장편의 차이를 분석하는 방식, 나아가 그로부터 단편의 예술성을 예시하는 방식 때문이다.

> 장편소설은 비교적 산만한 인생의 기록이다. 그러나 단편소설이란 '단일한 효과를 나타내는 압축된 인생 기록'으로서 단 한 개의 의미를 나타내기 위하여 가장 간단한 필치로 기록된 가장 간명한 형식의 소설이다...(중략)...통일된 인상, 단일의 정서, 보다 더 기교적인 필치—이것이 단편소설의 특징이다. 장편소설은 비교적 산만한 인생의 기록이니만치 정서며 인상의 통일은 필요도 없으며 그런 것을 요구하는 것이 도리어 무리한 일이지만 단편소설에 있어서는 두 가지 이

44) 한국 철학사상연구회 편역, 『철학소사전』, 동녘, 1990, 64면.

상의 정서며 인상은 존재함을 허락하지 않는다…(중략)…어떤 소설을 독료한 後에 독자의 마음에 단일적으로 예각적으로 보다 더 순수하게 감수되는 것은 단편소설이요, 독료 後에 침중하게 광의적으로 산만되게 감수되는 것은 장편소설이다.[45)]

위 인용문에서 나타나는 단편과 장편의 설명은 언뜻 통념적인 방식과 부합되는 듯하다. 특히 단편에 관한 정의는 포우(Edga A. Poe)가 언급한 이래 화석화된 미학이므로 새삼스레 그 인식의 단순함을 문제삼을 필요는 없겠다. 문제는 단편과 장편을 대비하는 방식이다. 위 글에서 알 수 있듯이 장편에 대한 동인의 생각은 대상에 대한 독자적인 인식에서 나온 것이 아니라 단편과의 대비를 통해서 이루어지고 있다. 그 결과 장편을 규정짓는 유일한 용어가 '산만한 인생의 기록'이다. 그러나 정말 단편과 대비되는 장편의 특징이 '산만성'일까. 단편의 통일성만 해도 그것이 "전체를 지배하는 원칙에 의해 각 부분들이 연관지어져 있다는 것을 의미한다면, 단편소설은 통일시켜야 할 부분들의 수가 적기는 하지만, 반드시 장편소설보다도 더 통일성을 가지고 있다고 말할 이유는 없다"[46)] 말하자면 단편에서 말하는 통일성이란 중심을 향해 몰아가는 집중성을 의미할 뿐, 작품 내적 원리로서의 통일성이 꼭 단편에 고유한 것이라고 할 수는 없는 것이다. 장편의 경우에도 현실의 제현상들을 변증법적 차원에서 통일하는 인식의 총화가 필수요건임은 두말 할 나위가 없다.

그렇다면 이러한 인식이 실제로 의미하는 바는 무엇인가. 그것은 장편을 '산만성' 이상으로는 파악할 수 없었던 동인의 인식적 특질 속에서 해명될 수밖에 없다. 요컨대 김동인에 따르면 장편은 삶을 있는 그대로의 형식으로 담아내는 양식이라는 말이 된다. 삶이 존재하는 방식 그대로 예술의 자리에 오르게 되면 작가란 창조자에서 일개 증인의 위치로

45) 김동인, 「소설학도의 서재에서」, 『전집』16권, 213면.
46) N.프리드먼, 「단편소설은 왜 짧은가」, 찰즈E. 메이 편, 앞의 책, 205면.

격하(?)하게 된다. 그것은 대상에 대한 지배의 수준에 미치지 못함은 물론, 의식적 개입에도 미달할 것이다. 이런 의미에서 단편의 여러 양식적 특성들은 소설에서 작가를 창조자의 위치에 올려 놓는 필수적인 요소이자, 그것을 대상에 대한 의식적 개입으로서의 예술로 만드는 관건이다. 김동인이 염상섭을 평가하면서 "한 장면의 대점(大點)과 주점(主點)을 파악하여 가지고 불필요한 자는 전부 약(略)하여 버리는 조리적(調理的) 재능이 그에게는 결핍"[47]되어 있다고 말한 까닭이 여기에 있다. 서술의 산만은 의도의 약화를 초래하기 때문이다. 기교와 플롯의 중요성은 이 대목에서 솟아오른다. 이것이야말로 흐트러져 있던 삶의 재료를 작가가 의식적 개입을 통해 예술로 승격시켰음을 증명하는 증거이기 때문이다. 이 때문에 김동인은 "소재를 문예로 화(化)케 만드는 유일의 방도는 기교"[48]라고 단언한다.

기교의 강조는 이외에도 당시의 시대적 상황에서 또 다른 의미를 지닌다. 하나는 당시의 지배적 서사장르였던 신소설이나 활자본 고소설과 관련된 부분이다. 즉 사건 중심의 고소설에 대항하여 작가의 '의도(주제의식)'를 중심에 내세우기 위한 형식적 거점의 역할을 하였으리란 추정이다. 특히 신소설이 고전서사물의 낡은 양식을 답습했다는 사실은,[49] 근대소설의 형식적 표상으로써 기교와 플롯이 강조되는 기반을 제공했다고 보인다. 앞장에서도 잠시 살펴봤지만, 기교가 대상에 대한 의식적 개입이라는 '기술'의 관점에서 비롯됐다는 지금까지의 분석이 이러한 추정을 가능케 한다.

다음은 기교의 강조가 근대적 직업인으로서의 작가의 전문성을 확립하는 계기가 되었다는 사실이다. 주지하듯이 근대적인 의미의 작가가 된단

47) 김동인, 「조선근대소설고」, 『전집』16권, 25면.
48) 김동인, 「소설계의 동향」, 『전집』16권, 197면.
49) 임화, 「개설 신문학사」, 『조선일보』, 1940.2.8.

는 것은 자신의 이름을 작품에 표시하여 스스로를 상품으로 정립해간다든지, 작가로서의 전문성을 증명하는 일과 깊은 관련을 맺는다. 더욱이 애국계몽기 이래 '문필가'의 범람으로, 역설적으로 '작가'의 전문성이 확립되지 못한 당시의 상황에서 근대적 작가로서 직분의 논리를 확립한다는 것은 반드시 필요한 일이었다. 1910년대에 초기 근대단편을 일구었던 사람 중에 끝내 문학활동을 업으로 삼은 이가 이광수밖에 없다는 사실이나,[50] 작가의 권위를 인정해주는 권위있는 집단(문단)이 형성되기 이전이라는 사실이 이를 뒷받침한다. 작품에 이름을 밝히는 것은 신소설 때부터 비롯되었지만, 작품 내적 전문성의 증명은 몇몇 현상응모의 심사자에게만 기대는 수준이었다.[51] 따라서 기교의 강조는 예술가로서의 숙련성을 강조하면서 직업에 엄격함을 부여한 근대적 노력으로 평가할 수 있다. 그가 출판상황이나 저작권 문제 등에 대해 누구보다 예리한 감각을 소유하고 있었던 점도 근대문학의 제도적 장치에 대해 남다르게 예민했음을 보여준다.[52]

이상과 같은 상황들을 고려하면서 김동인의 기교 강조를 정리한다면, 한편으로는 근대 문예양식의 확립을 의식했다는 측면과 함께, 다른 한편

50) 양건식, 현상윤, 백대진, 진학문과 같이 10년대 단편의 정수를 보여줬던 사람들 대부분이 작가의식을 뚜렷이 지니고 창작을 한 것은 아니였으며, 넓은 의미의 문필활동, 나아가 계몽활동의 일환으로 작품을 창작했음은 주지의 사실이다. 당연한 귀결로 이들은 20년대 이후에 작품창작에서 손을 뗀다. 김복순, 앞의 논문, 참조.

51) 당시의 대표적인 심사위원이 춘원이었다. 당시의 현상응모와 그 영향에 대해서는 주종연, 앞의 책, 132~152면 참조.

52) 김동인, 「조선의 소위 판권문제」, 김치홍 편, 앞의 책, 참조. 이외에도 그의 많은 문단 회고기에는 당시의 서적상과 출판현황에 대한 날카로운 고찰이 곳곳에 배어 있다. 이런 관점에서 그가 '최초주의'적 발언을 빈번하게 반복하였던 것도 단순히 오만함 때문이 아니라, 자신이 종사하는 직업의 사회적 의미와 그것이 근대적 의미를 획득하기 위해 필요한 요건을 인지하고 있다고 자부하는 사람의 업적과시로 보인다.

으로는 파행적 근대인식으로 말미암아 그것이 특정한 부분에 대한 집착으로 귀결되었다고 평가할 수 있다. 기교와 플롯의 강조를 통해 근대적 전문작가로서의 직분의 논리를 확립하였으며, 단순한 이야기로부터 근대소설로 나아가는 형식적 거점들을 마련한 것이 그의 공적이라면, 바로 그 기교의 강조가 근대에 가장 적합한 양식인 장편을 산만한, 혹은 단편에 비해 비예술적인 양식으로 인식케 만든 장본인이기도 하다.

그러나 이것을 개인적인 어리석음이라고만 말할 수는 없다. 왜냐하면 이러한 왜곡된 인식의 뒤안에서, 반봉건적 사회에 섬처럼 놓여져 있던 지식인의 근대화를 향한 우울한 조급증을 읽을 수 있기 때문이다. 낙후된 사회 속에서, 그나마 사회의 타영역과의 관계없이, 오직 형식의 영역에서만 근대성의 첨단을 걷고자 했던 식민지적 파행성이 "지금의 국제소설계는 단편소설 전성"[53]이라는 어처구니없는 오독을 가능케 한 것이다.

4. 마무리

이 글은 김동인이 왜 단편양식을 소설의 주류적 양식으로 설정하게 되었는가 하는 문제를 탐색하고자 하였다. 먼저 당시의 문학적 상황을 살펴본 결과, 봉건적 상태에서 식민지가 된 필연적 귀결로 반봉건적 사회와 근대지향의 개인 간에 올바른 관계가 정립될 수 없었던 것으로 보인다. 이는 개인에게 근대인식의 파행성을 초래하면서 소설양식의 선택에도 불구적인 양상을 드러내게 하였다. 즉 이광수의 장편이 계몽과 구소설적 양식으로 각기 시대성과 대중성을 획득함으로써 불구성의 한 측면을 노정하였다면, 김동인으로 대표되는 단편양식은 개인에의 집착과 형식의 세련화를 절대적인 가치로 내세움으로써 사회와의 관계정립이라는 과제를 남겨둔 셈이다.

53) 김동인, 「소설작법」, 『전집』16권, 161면.

다음으로 1910년대를 지배했던 서사장르인 신소설과 활자본 고소설의 반봉건성은 근대 문예양식의 형성을 의식했던 작가들에게 부정적 준거로 작용함으로써, 장편양식에 대한 상대적 홀시와 형식에 대한 과도한 집착을 낳는 계기가 되었다. 특히 사회적 완결성이 이루어지지 않은 사회에서 동인지로 출발했다는 사실도 단편양식과의 친화성을 두텁게 하는 것이었다.

그러나 김동인 자신의 독특한 근대관과 그로부터 비롯되는 근대소설관이 보다 더 직접적인 요인으로 작용하였다. 관계와 시간의 부재를 특징으로 하는 그의 자아관은 더 넓은 세계로의 탐색을 차단하였고, 그가 소설의 참 주제라고 설파했던, 운명의 현시를 목적으로 삼음으로써 필연적으로 단편양식을 자기의 표현양식으로 선택할 수밖에 없었다. 특히 대상에 대한 의식적 개입을 의미하는 '기술'을 근대예술의 핵심적인 사항으로 인식한 결과 단편이 장편을 제치고 가장 예술적인 양식으로 자리잡게 되었다. 이는 전문작가를 탄생시키는 근대적인 의미의 직분의 논리를 구현한 의미도 지니지만, 근대성의 핵심을 비켜가는 파행성을 노정한 것이기도 하다.

이상, 단편양식을 중심에 놓는 김동인의 인식구조를 살펴보았다. 그러나 이것을 한국 근대 단편양식의 특수성을 해명하는 논리로 일반화하기에는 미흡하다. 김동인을 출발점으로 하여 이후의 작가와 작품을 계보화할 수 있는 일반적인 원리가 개발되어야 할 것이다. 한국 근대문학의 특수성에 대한 심도깊은 통찰이 요구되는 대목이다. 이런 과제는 먼저 작가들에 대한 양식론적 관점에서의 재평가로부터 출발해야 할 것이다. 이 글의 문제의식은 여기에서 비롯하였다.[54]

---

54) 글 앞머리에서 밝혔지만, 이 글은 김동인에 대해서도 아직 완결된 논의라고 할 수 없다. 여러 사정상 제기했던 문제조차 제대로 다루지 못하였다. 두번째 글은 『광산 구중서 박사 회갑기념논문집』에 게재할 예정이다.

이념없는 주관성과 소시민적 장인의식
– 박태원 소설의 현실인식과 글쓰기 태도에 대하여

차 혜 영*

1. 문제제기

구인회의 멤버이자 이상과 쌍벽을 이루는 모더니즘 소설가로 알려진 구보 박태원(1910--1986)과 그의 소설에 대해서는 그동안 많은 연구가 축적되어 왔다. 대표작으로 알려진 「소설가 구보씨의 일일」에 대해 심리소설, 혹은 모더니즘의 대표적 기법인 미학적 자기반영이라는 시각에서부터 월북 후에 쓰여진 『계명산천은 밝아오느냐』과 『갑오농민전쟁』에 대한 리얼리즘적인 평가에 이르기까지 연구의 시각은 실로 광범위한 영역에 걸쳐 있다. 그리고 이런 광범위한 시각을 가져올 수밖에 없을 만큼 그의 소설 자체가 내부적으로 다양한 경향을 갖고 있는 것이 사실이다. 「누님」이라는 시로 등단을 해서, 미숙한 습작의 단계를 보여주는 「적멸」 「수염」을 거쳐 모더니즘 소설이라고 지칭되는 여러 가지 방법적 실험 의식을 보여주는 「피로 」「거리」「딱한 사람들」「소설가 구보씨의 일일」을 거쳐,

---

* 車惠英, 한양대 강사, 주요 논문으로는 「〈임꺽정〉의 인물과 서술방식연구」「이상소설의 창작원리와 미적전망」 등이 있음.

『천변풍경』 이후에는 이전의 모더니즘적 경향과 상반되는 「사계와 남매」 「골목안」과 같이 하층민의 일상에 대해 연민어린 시선에 기초한 자연주의적 관찰과 묘사를 보여주기도 하고, 이후 일제 말기에는 『여인성장』 『금은탑』의 통속적인 경향을 보이는 장편과 중국고전의 번역에 몰두하기도 했다. 해방 후에는 「춘보」과 같은 리얼리즘적이고 역사적인 시각을 보여주는 소설을 집필하고, 월북 후에는 잘 알려진 『갑오농민전쟁』 등을 집필하기도 하였다. 한마디로 그의 소설은 모더니즘에서 리얼리즘, 기교주의적이고 세련된 단편에서 사회 역사적인 전망을 담지한 대하장편에 이르기까지 소설의 전 범위에 걸쳐 있다고 할 수 있다. 이렇게 변화무쌍하고 어찌보면 산만하고 잡다하다고까지 할 수 있는 다양한 소설 세계에서 가장 박태원다운 문학적 특징, 박태원이 보여주는 새로움은 무엇인가. 그리고 그 다양한 전체 소설 속에 흐르는 일관성과 내적 논리는 무엇인가. 또 이러한 개인으로서의 작가 박태원이 갖는 문학사적인 위상은 무엇인가와 같은 문제들이 논의의 핵심으로 제기될 수 있으며, 그의 소설에 대한 현재까지의 연구도 이런 관점으로 종합될 수 있다.

여기서 그간의 박태원 문학에 대한 연구의 몇가지 대표적인 관점들을 검토해 볼 필요가 있다. 첫째는 박태원의 소설이 보여주는 특징을 주로 문학적 기교와 실험에서 찾고 그것을 모더니즘 소설로 유형화하는 관점이다.[1] 이는 그의 평문 「창작여록, 표현, 묘사, 기교」에서 개진된 그의 문장에 대한 섬세하고 의식적인 배려, 의식의 흐름 수법 등 초기 소설에서 보여주는 기교적인 실험과 미적 자의식 등을 거론하고, 이러한 실험과 서구 모더니즘의 기법과의 유사성에 의미를 부여하거나, 최근에는 이런 제반 모더니즘적인 특징들을 자본주의 혹은 근대가 야기한 도구적 합리

1) 이는 현재까지 박태원의 소설을 보는 가장 일반화된 관점이라고 할 수 있다.
최혜실, 「<소설가 구보씨의 일일>에 나타난 산책자」, 『관악어문연구』13집(1988)
나병철, 「박태원의 모더니즘적 연구」, 『연세어문학』21집(1988)
명형대, 「박태원의 공간시학」, 『겨레문학』, 1990.봄.

성에 저항하는 미학적 저항으로서의 미적 합리성으로 의미화하는 데까지 이른다.[2] 이것은 대개 유진.런의 논의에서 제기된 서구 모더니즘의 규범과 프랑크푸르트학파에 의해 개진된 합리성과 저항의 관점에 입각하고 있는 것이 특징이다. 그러나 이 경우 서구 모더니즘이라는 이론적 규범과 박태원 소설의 단순대비에서 얼마나 진전될 수 있는가의 문제, 그러니까 이론적 규범과 그것에 미치지 못하는 원전미달의 작품의 확인, 그 미달의 원인으로서의 식민지적 변이태, 서구와 동경으로부터 유입된 사조로서의 모더니즘의 확인 이상으로 얼마나 더 나아갈 수 있는지에 대해서는 회의적인 편이다. 둘째, 박태원 전체 소설의 변화와 다양성을 문제삼을 경우 '모더니즘 작가에서 리얼리즘 작가로의 전환'으로 그의 문학적 삶을 규정하는 관점이다[3]. 이는 결과론적 혹은 목적론적 시각에서 최후의 완성태를 상정하고 그 이전의 소설들을 그 완성태로 오기까지 지양되고 부정되어야 할 과정들로 보는 태도라 할 수 있다. 모더니즘에 대한 서구적인 정의를 선험적으로 적용하고 그 원전미달을 확인하는 형태, 또 『갑오농민전쟁』과 같은 최후의 작품을 완성태로 보고 그에 준거해서 이전의 것들을 재단하는 태도는 모두 공통적으로 '외삽된 기준'을 적용하는 태도이다. 그러한 관점으로는 박태원 소설의 내재적 추진력을 밝혀내기 힘들다. 또 최근에 이르러서는 박태원의 소설에서 근대적인 것과 전근대적인 것의 공존을 지적함으로써 박태원의 소설, 나아가 1930년대 모더니즘 소설의 내재적 추진력을 밝혀보려는 시도를 들 수 있다[4]. 이는 근대에의 의식적 지향과 '어머니의 세계'로 통칭되는 전근대적인 세계에의 정

2) 강상희, 「구인회와 박태원의 문학관」, 『박태원소설연구』(깊은샘, 1995)
나병철, 「박태원소설의 미적 모더니티와 근대성」, 전게서.
3) 윤정헌, 『박태원소설연구』(형설출판사, 1994)
장수익, 「박태원소설의 발전과정과 그 의미」, 『외국문학』, 1992.봄.
4) 류보선, 「이상과 어머니, 근대와 전근대--박태원 소설의 두 좌표」, 전게서.
이선미, 「구인회의 소설가들과 모더니즘의 문제--이태준과 박태원의 경우」, 『근대문학과 구인회』(깊은샘, 1996)

서적 경사를 드러내보임으로써 모더니즘 소설 내부의 착종과 현상적 다양성을 보여주는데 기여하고는 있지만, 이것으로는 박태원 소설에서의 미적 주체가 보여주는 세계관적 원리, 현실대응 방식의 특성과 내적 논리를 설명하기에는 미흡한 것으로 보인다.

본고는 이런 문제의식을 저변에 견지하고서 그의 전반기 소설을 고찰하려 한다. 이는 모더니즘을 기법 실험 자체의 의미 부여, 미적 합리성으로 도구적 합리성에 저항한다는 기존의 연구들을 무언가 그의 소설 내부에서부터 되짚어 보겠다는 의도이다. 이 되짚음은 서구 모더니즘의 규범과 박태원 소설의 단순대비가 아닌, 이 시기 그의 소설이 보여주는 기법 실험과 글쓰기의 특징을 통해서 그것이 잠재적으로 견지하고 있는 현실대응의 원리, 세계인식의 원리를 추론코자 함이다. 이런 원리가 밝혀진다면, 이후의 시기에 그가 보여준 변모의 성격과 내적 논리의 일단을 해명하는 실마리가 밝혀지지 않을까하는, 그리고 더 나아가 그의 소설이 보여주는 특징이 문학사 속에서 어떤 위상을 갖는지, 당대 다른 모더니즘 소설과의 공통성과 차별성은 무엇인지에 대해 어느 정도 실마리를 제공해줄 수 있지 않을까하는 기대에서 출발한다.

이를 위해 본고는 먼저 그의 고현학(考現學, modernology)에서 출발하고자 한다. 고현학은 박태원 스스로가 현대적인 글쓰기의 모범이자 자신만의 독특한 방법론으로 선언한 창작방법론이라고 할 수 있다. 때문에 여기에는 자신의 글쓰기를 스스로 이전의 글쓰기, 그리고 당대 다른 작가의 글쓰기와 구분짓는 근거가 잠재해 있다고 볼 수 있고, 그것이 적용된 작품을 산출함으로써 자신의 의식적인 선언, 의도 외에 그 의도가 사회 역사적 맥락 속에 관철되는 방식을 동시에 보여준다고 할 수 있다. 이는 소설이라는 장르 자체가 창작방법의 선언과 반드시 일치하지 않는 사회적 무의식적 강제력이 관철되는 장르이고, 이런 강제력과 작가 개인이 연관되는 고유의 논리와 방식을 내재적으로 담지하는 것이기 때문이다.

2. 인식의 객관성의 근거찾기로서의 고현학

먼저 조금 돌아서 그의 습작기의 소설 몇 편을 보자. 다른 작가의 경우와 같이 박태원의 초기 습작 형태의 소설은 이후의 보다 성숙하고 세련된 작품들에 크게 미치지 못하는 미숙함을 드러내기도 하지만, 그럼에도 불구하고 이후의 그의 소설이 보여주는 다양한 면모의 잠재적인 형태들을 앞서서 보여주고 있다는 점이 특징적이다. 자기자신을 소설의 대상으로 삼으면서 보여주는 도도하고 자신만만한 자의식, 그 자의식의 근저에 자신과 타인들을 구분짓는 우월성의 근거를 예술에서 찾는 태도는 「수염」에서 그 단초가 보이고, 이는 「소설가 구보씨의 일일」「피로」「거리」등으로 이어진다. 그리고 「꿈」과 「최후의 모욕」에서 보이는 전근대적 인물들과 소외된 하층민들의 세계는 후기의 「골목안」「사계와 남매」「길은 어둡고」 등에서 보다 구체화 되어 나타나고, 소설의 소재를 찾아 노트와 단장을 들고 서울 거리로 나가, 거리에서 보고 들은 것을 그대로 기록한다는 그의 소위 '고현학'의 형식을 보여주는 「적멸」은 이후 「소설가 구보씨의 일일」이나 「애욕」「식객 오참봉」에서 반복된다. 이와 같이 그의 습작기의 몇 편의 소설은 그 미숙성에도 불구하고 이후 소설의 다양한 경향들의 단초를 보여주고 있다는 것에 그 의미가 있고 이는 역으로 그의 소설적 변모가 시기적 변모이기 이전에 내부적으로 처음부터 공존하는 경향일 수 있다는 말도 된다.

그러나 기존의 연구에서 이런 이후의 경향을 보여주는 초기 소설 부류에서도 제외되어 있던 소설이 있는데 그것은 바로 「행인」이다. 이는 작품 연보에서도 수필로 분류되어 있을뿐더러 문학적 허구의 형태로 보기엔 거의 무리할 정도로 정제되지 않았기 때문인 것으로 추측된다. 그러나 이 미숙한 작품이 겉보기와는 달리 이후의 박태원의 글쓰기 태도에서 아주 중요한 국면을 암시하는 것으로 판단되기에 주목할 필요가 있다.

그의 글쓰기의 방법론이 고현학 혹은 미적 자의식이라 하여 「적멸」이 관찰과 그에 입각한 기록이라는 방법을, 「수염」이 자신의 그런 글쓰기라는 예술 행위에 대해 갖는 오만한 자신감을 예고한다면, 「행인」은 그러한 글쓰기의 이면에 전제된, 혹은 그러한 글쓰기 방식을 배태시킨 '대상 세계에 대한 주체의 인식 방법'의 일단을 암시적으로 보여준다고 여겨지기 때문이다.

> 그 사람은 여러날 동안 길을 걸었다. 발이 아프고 고단할 때 아무렇게나 주저앉아 쉬고 쓰러져 자고 마음 내킬 때 오십리 백리 길을 걸어 여러 날 그저 앞으로만 나가는 동안에 그는 자기가 지금 어떠한 곳을 걷고 있는지를 잊었다. 어데로 가려고 이나그네 길을 나선 것인지도 물론 잊었다. 잊은 채로 그대로 그래도 그는 길을 걸었다.
> 언뜻 그가 정신차려 사면을 둘러 볼 때 그는 자기가 있는 곳이 얼마나 이상한 풍경으로 꽉 찬 곳인지를 알았다.
> 이상한 풍경---
> 그것은 나이진득한 햇발말고는 아무것도 없는 풍경이었다.
> 그는 동쪽을 바라보았다.
> --까마아득하니 하늘 끝닿은데 그는 서쪽을 바라보았다.
> --까마아득하니 하늘 끝닿은데.
> 그는 다시 고개를 돌려 남쪽 북쪽을 바라보았다.
> --까마아득하니 하늘 끝닿은데.
> ....
> 그는 그의 눈을 의심한 것일까. 몇 번이나 그의 눈은 참 것을 찾으려는 욕구로 빛났다. ―그의 눈에 비친 풍경은 이미 요전 순간까지의 '그 풍경'이 아니었다. 5)

이상은 「행인」의 시작과 결말 부분이다. 나그네가 끝없이 길을 가고 '한층 더 이상한 풍경'과 마주하는 것이 내용의 전부인, 이 짧은 이야기의 핵심은 '낯설음'이다. 주체 밖의 대상 세계의 사물들이 그 주변의 관계망들로부터 떨어져나온 상태에서, 이전까지 익숙해 있던 것들이 주는

---

5) 박태원, 「행인」, 『신생』, 1931.12. 『이상의 비련』(깊은샘, 1991)에서 재인용.

낯설음의 감정인 것이다. 이 낯설음은 서사구조와 그것이 야기한 어조에까지 영향을 끼치고 있다. 「꿈」 「최후의 모욕」 등이 이야기의 단편성에도 불구하고 하나의 사건과 그 사건을 중심으로 얽혀있는 인간관계와 심리가 표출되는 일정 정도의 안정된 서사구조를 갖고 있고, 「적멸」 「수염」 역시 자신의 이야기 혹은 자신이 보고 들은 이야기를 기록하는 고백의 안정성과 자신감이 존재하는 반면에, 이 「행인」은 그런 안정된 서사구조를 결여하고 있다. 인물의 설정도 확실치 않고 인물이 외부 세계에 대해 보이는 그 낯설음이 어디에서 기인하는지도 확실치 않다. 소설 속의 인물이 갑작스럽게 낯설은 진공상태 속에서 외부 세계에 직면해 있듯이, 소설의 서사구조 역시 서사구조가 가져야할 안정된 관습과 지평으로부터 동떨어진 채 진공상태 속에서 전개되고 있는 것이다.

한 주체가 익숙해 있던 대상에 대해 어느날 갑자기 낯설어한다는 것은 무엇을 의미할까? 여기에는 대상이 대상으로 존재하면서 관계맺고 있는 관습지평들을 한꺼번에 괄호쳐 부재로 친 상태에서 대상과 인식주체가 마주한다는 사실이 전제될 것이다. 「행인」이 단초적으로 제기하는 것은 이와같이 '몇번이나 참 것을 찾으려는 욕구'와 그 욕구에 끌려 다시 바라볼 때마다 '요전 순간까지의 풍경을 벗어나 한층 더 낯설어지는 대상'의 문제, 즉 인식의 객관성의 문제라 할 수 있다. 이는 결국 기존의 관습지평들을 부재로 친 진공상태하에서 대상 자체의 자기동일성의 문제, 대상을 인식하는 인식주관의 문제, 그 대상을 인식함에 있어서 객관성의 근거를 어디에 세우는가의 문제 등을 아우르고 있는 것이며, 이런 인식의 객관성의 근거를 찾고자하는 문제의식이 박태원의 고현학을 근본적으로 추동시키는 힘이라고 할 수 있다.

따라서 문제는 고현학이다. 고현학이란 '현대인의 생활을 조직적으로 조사 연구하여 현대의 세태풍속을 분석 해석하는 일'을 말하고 이 고현학의 대상은 외부의 대상세계, 곧 풍속이다. 이를 위해 구보 박태원은 책상 앞에 앉아 창작을 하는 대신 한 손에는 대학노트를 들고 한 손에는 단장을 들고 서울 거리로 나갔던 것이다. 그런데 고현학에 대한 그간의 연구들을 보면, 박태원이 주장하고 언표한 고현학을 그대로 수용하고 그 이상으로 깊이있게 탐색하지 않은 측면이 있다. 즉 고현학의 의도는 객관적인 관찰과 그에 입각한 기록이라는 것이었고 그가 거리로 나간 것에서 보이듯 그 대상은 외부의 세계이다. 그런데 정작 고현학을 직접 언표하고 적용한 가장 모범적인 예라고 하는 「소설가 구보씨의 일일」 등의 작품은 당대 경성이라는 도시에 대한 풍부하고 상세한 묘사도 물론 존재하지만, 보다 근본적인 대상은 소설가 구보 자신이다. 때문에 이 소설은 경성이라는 대상세계에 대한 객관적 기록이 아니라, 작가 자신을 소설의 대상으로 삼는 미학적 자기반영의 산물이라 할 수 있다. '대상 세계와 그것의 풍속에 대한 객관적 관찰과 기록'이라는 의도와 결과물로 주어진 자기대상화, 자기반영성은 분명 서로 모순되는 것이다.[6] '현대인의 생활을 객관적으로 조사 연구하여 기록한다'라는 이 문장을 풍속의 충실한 기록, 세부묘사의 정확성의 차원에 국한시킨다면 이는 자연주의와 다를 바 없게 된다. 『천변풍경』등이 결과적으로 자연주의적 세태묘사로 나아간 측면이 있지만 그 의도와 결과 사이에는 위와 같은 단절이 존재하고, 결과 자체도 「소설가 구보씨의 일일」과 같은 자기반영과 『천변풍경』과 같은 자연주의적 묘사로 양극화 된다. 때문에 고현학의 출발 자체를 다시 고구하여 그것이 대상의 객관성에 집착하는 태도의 의미를, 또 그런 태도가 어떻게 이런 상반된 결과를 가져왔는지를 살펴야 할 것이다. 즉

6) 이러한 모순에 대하여 김윤식은 "서울 거리를 배회하되 오직 자기 자신을 대상으로 하여, 자기만이 관찰하고 판단한 단일 시점에서 기술함이 고현학의 순수형태"라 하여 「소설가구보씨의 일일」을 최정점에 놓고 「애욕」과 『천변풍경』을 전지적 시점과 생활의 개입으로 인해 퇴보한 형태로 규정할 뿐 이 두 어긋남 자체에 대해서는 언급하지 않고 있다. <「고현학의 방법론」, 『한국현대현실주의소설연구』(문학과지성사, 1990)> 또 최혜실은 자기반영과 심리소설에 치중해서 "경성공간의 재구는 주체의 방심상태를 나타내는 과정에서 나온 부산물"로 보고 있다. <『한국모더니즘 소설연구』(민지사, 1992)>

인식의 객관성을 주장하는 층위와, 결과로서 주관성이 전면화된 층위간에 개재하는 논리를 탐색해야하는 것이다. 이를 위해 여기서는 고현학을 선언하고 주장한 내용과 그것이 그의 작품 속에 적용 혹은 관철되는 방식 간에 몇 개의 층위를 구분할 필요가 있다.

1. 고현학을 주장하고, 고현학을 주장하는 자기자신을 소설의 대상으로 삼는 심리소설, 심경소설, 사소설이라 칭해진 부류의 소설로 「적멸」 「피로」 「소설가 구보씨의 일일」이 이에 해당한다.
2. 고현학이라는 방법론을 의도적으로 소설에 적용하여 작품을 창작한 부류의 것으로 「애욕」과 『천변풍경』이 이에 속한다.
3. 위와 같이 선언을 하거나 의도적으로 적용하지 않은 채 고현학에 내포된 인식방식이 작품 속에 내재적으로 관철되고 있는 부류의 소설로 「행인」 「누이」 「오월의 훈풍」 「옆집색시」 「진통」 「보고」 「향수」 등이 이에 속한다.

위에서 제기한 인식의 객관성을 주장하는 층위와 결과로 주어진 주관성의 문제를 살피려면 셋째 부류의 소설을 검토하는 것이 우선적이다. 앞질러 말한다면 셋째 소설에서의 문제의식과 인식론적 특성 때문에 첫째와 둘째의 작품 경향이 결과적으로 발생한다고 보이기 때문이다. 셋째 부류의 문제의식을 보여주는 최초의 작품이 위에서 분석한 「행인」이다. 「행인」에서는 위에서 언급한 대로 주관과 객관에 대한 문제를 단지 문제 자체로서 그것도 주체에게 다가오는 낯선 충격이라는 형태로 제기할 뿐이지만 이후의 작품에서는 인식의 객관성의 근거찾기의 문제가 다각도로 탐색된다.

먼저 「누이」를 보자. 이 소설은 소설가인 내가 치마를 염색하는 여학생인 누이를 지켜보면서 자신의 셔쓰도 염색해 달라하고, 그 댓가로 누이의 양말을 사주겠다고 약속하는 내용의 대화의 전말을 기록한, 상세한 보고서의 형식으로 되어있다. 나의 눈에 비쳐진 누이의 표정과 말, 행동, 누이와 자신과의 사이에 오고 간 대화를 옆에서 엿들은 자가 기록을 하듯이, 나의 감정이나 주관적 판단을 최대한 억제한 채 상세히 기록되어 있다. 이러한 작위적일 정도의 객관성에의 노력과 주관 배제의 태도는 '누이'라는 객관적인 대상을 바라보는 방식, 그것을 그리는 시각의 갱신을 요구하는 것으로 해석해 볼 수 있다. '누이'라는 대상 자체가 객관적으로 존재한다거나, 그것을 있는 그대로 그릴 수 있다는 전제를 회의하면서, '누이'라는 대상은 '나'라는 주관의 눈에 다가오는 방식으로만 그 존재를 확인할 수 있을 뿐임을 선언하고 그것의 실예를 그대로 보여준 것이다. 그 결과 이 소설은 '누이'라는 전체의 상이 그려지는 것이 끝없이 방해받고, 유보되면서 그 누이는 단지 주관의 눈에 이러이러하게 보이는 것일 뿐임을 상기시키는 것이다. 그 대상에 대해 독자는 어떤 전체의 상도 제공받지 못하고 주관의 눈에 보여진 보고에 의해서 단편화된 상태로만 인지할 수 있을 뿐인 것이다. 누이라는 대상에 대한 주관적 감정과 선입관을 배제한 '객관적'인 보고서는 이렇게 파편화된 모자이크와도 같은 보고서로 되어버린 것이다.

왜 이런 결과가 발생했을까? 왜 대상의 객관성을 향한 충동이 주체에 의해 파편화 되고 엿보여진 보고서로 되고 말았을까? 이는 객관성의 근거를 찾는데 있어서 이전까지 유지된 사고 체계, 관습지평과 명백하게 단절하려했기 때문이라고 볼 수 있지 않을까? 즉 기존에 객관성을 상정하는 지평과 박태원이 여기서 '객관성'을 설정하는 지평간에 어떤 차이가 존재하는 것으로 볼 수 있다는 것이다. 「누이」의 객관성에 결핍된 것은 대상의 '총체성'이다. 그러나 대화의 내용을 사실적으로 재구성하여 마치 있는 그대로인 것처럼 보이는 것을 거부하고, '물어 보았다' '나는 생각하였다' '일러주었다'라는 종결어미로 일관함으로써 관찰과 전달의 주체인 주관의 비보편성, 비절대성을 끊임없이 인지시키는 것에서 보이듯, 이 총체성은 결핍이 아니라 의도적인 거부에 가깝다. 즉 대상의 객관성은 눈으로 본 것, 감각으로 지각한 것—이것이 고현학의 최초의 충동이다—의 차원이며, 객관성의 분명한 구성요소 혹은 그것의 근본적 전제라고 여겨졌던 총체성은 주체가 가진 관념, 선험적 이념으로 구성한 차원이라는 것, 총체성은 주체가 대상에게 부여 혹은 투사한 것이지, 대상 자체가 가진 속성은 아니라는 것을 선언하고 있는 것이다. 나아가 대상 자체가 총체성을 담지하고 있는지 아닌지는 알 수 없다는 것, 다만 사물의 객관적 인식과 묘사를 위해서는 주체가 가진 선입견, 선험적 이념, 가치지평들을 무화시키고 대상 자체를 '관찰'해야만 한다는 것, 그리고 이 관찰의 객관성은, '구성'의 차원－총체의 상을 정립하려는 구성의 차원에는 주체가 가진 관념이 투사될 수밖에 없으므로－이 아니라 '감각'－대상과 주관이 만나는 가장 분명한 계기는 바로 감각이다－이 그 최종적 근거라는 것을 주장하는 것이다. 그러한 선험적 이념을 배제시킨 「누이」은 한 대상이 주체에게 지각되는 방식과 과정을 실험적으로 소설화해서 보여주고 있는 것이다.

고현학을 의식적으로 선언하고 추동시킨 근저에는 그 출발부터 바로 이와같이 인식의 객관성의 근거를 찾고자 하는 충동이 개재해 있고 이 충동은 이전까지 객관성을 규정했던 인식방식에 대한 반발, 거부를 내포하고 있다. 이전까지 객관성을 규정했던 사유방식이란 대상을 보이는 그대로가 아니라 '아는대로', 즉 주체가 가진 선험적 이념의 가치지평에 의해 투사된 총체성이 지배하는 방식이라는 것이다. 이런 선입견, 선험적 이념의 가치지평을 괄호쳐 무화시키고 대상 자체와 진공상태 속에서 만난다는 이런 방식은 「행인」에서 이미 그 단초를 보여준 것이며 이런 인식의 객관성의 근거찾기에서 추동된 고현학은 근본적으로 현상학적 환원[7]의 원리에 기초해 있다고 할 수 있다. 이에 근거해 대상의 객관성과

7) 현상학적 방법이란 대상들과 내용을 대함에 있어서, 철학자나 학자들에게 문제가 되는 것은 그것들의 가치나 실재성 따위를 따지지 않는 데 있으며 그것들이 스스로를 드러내는 그대로, 의식의 순수하고도 단순한 표적으로서, 의미화로서 그것들을 서술하고, 있는 그대로 그것들을 드러나게 하며 보이도록 해주는 데 있다. 이는 결국 두 가지 목표, 즉 절대적이며 객관적인 토대를 찾는다는 목표와 의식의 주관성에 대한 분석이라는 두 가지 관

그 대상을 의식하는 의식 주관성이 만나는 종합의 상태를 '지향성' 개념이 담지한다고 할 때, 이런 종합의 상태를 보여주는 작품들이 「진통」 「보고」 「향수」 후기의 「여관주인과 여배우」이다.

「진통」은 한 남자의 짝사랑에서 비롯된 착각의 전말을 그리고 있다. 여기에는 남자의 눈으로 관찰되고 그 관찰에 의거해 추측된 여자의 모습과, 여자에게 반하고 몰두하는 관찰의 주체인 나의 모습, 그리고 관찰의 대상인 여자와 관계맺으면서—이 관계는 순수하게 남자의 의식속에서만 일어난다-- 나의 내면에 일어나는 감정의 파장이 교차 서술되고 있다. 이는 후기의 작품 「여관주인과 여배우」에서 악단의 여배우들의 생활이 관찰자인 나의 시선에 의해 제시되는 측면과, 그 여배우들에게 이끌리는 주체의 시선과 감정이 교차 서술되는 것과 통한다. 「진통」에서 아마도 여급으로 추정되는 아래층 여자(대상)의 실체는 나의 착각과 추측에 의해 파편화된 채 제시되어 있고, 그것들을 재구성해서 대상의 모습을 완성하는 것은 독자의 몫으로 남겨져 있다. 대상은 주관의 개입에 의해서만 제시되어 있으며, 엄밀한 의미에서의 대상 자체, 대상의 본질은 없고 주관의 눈에 의해 분산 왜곡된 채, 보이는 현상 자체가 본질을 대신하고 있는 것이다. 그리고 대상을 바라보는 주체의 감정과 심리 역시도 고립화되어 존재하기보다는, 대상을 향해 열려있을 때, 그 여자에게 귀와 시선이 집중되고, 그리로 향해 있을 때 형성되는 것이다. 「보고」에서도 관찰자인 일인칭 서술자가 술집 작부와 살림을 차린 친구를 찾아가 '가족을 생각해서 현재의 상태를 청산하라'고 설득하려 하지만 그들이 사는 모양, 그러니까 '몇가지 살림기물, 단정한 책상과 목각종이, 일력'같은 것들에서 받은 주관의 인상 때문에 그들을 비난할 수 없고 그들의 행복을 빌고 싶은 마음이 생겼다는 내용이 서술되고 있다. 여기서도 친구인 최군이 작부와 살림을 차린 것은 봉건적인 가족 윤리에 의해 규정되지도 않고, 김

심사에 의해 추동되는 것이다. 피에르.테브나즈, 심민화 역, 『현상학이란 무엇인가』(문학과지성사, 1992)

동인이나 염상섭의 소설에서와 같은 개인의 근대적인 자아각성의 시각에서 규정되지도 않고 있다. 작부와의 동거는 외부의 어떤 선험적 기준에 의해서 규정되지 않은 채 다만 아무 선입견 없이 무사심하게 바라보고 지각하는 주체에게 다가오는 대로, 그 주체에게 불러일으키는 감정의 파장대로 서술될 뿐이다.[8)]

이러한 소설들에서는 대상은 바라보는 주관의 선입견, 선험적 이념으로부터 벗어나서 주관과 내밀하게 만나고 있다. 이 만남 속에서 대상은 이념에 의해 재단되지 않은 채 순수한 자기의 모습으로 제시되며, 그 대상과의 만남의 과정을 통해서 주관의 감정, 심리가 촉발되고 전개되며 이 둘은 상승작용을 하면서 종합되어 있다. 그러나 이러한 종합은 아주 애매모호하고 위험한 것인데, 그것이 결코 오래 지속될 수 없는 긴장을 내포한 종합이 따라서 새로운 딜레마를 야기시키기 때문이다. 주체가 가진 선입견을 배제하고 대상의 객관성에 다가가기 위해, 아는대로가 아니라 보이는 대로를 외치고 거리로 나갔지만 이 '아는대로'가 아닌 '보이는대로'란 결국 주체의 눈에 들어온 사물이고, 주관의 의식에 비쳐진 대상인 것이다. 기존에 객관성이라고 여겨져온 것은, 선험적 이념의 투사에 의해 구성된 총체성에 다름아니므로, 이 선험적 이념, 가치지평을 선취 혹은 내면화하고 있는 보편적이고 집단적인 주체에 의해 구성된 객관성인 것이다. 이러한 기존의 객관성의 준거를 거부하고, 그것을 현상학적 환원의 원리에 입각한 '지각', 혹은 주관의 의식에 현상하는 것으로 대체했을 때 결국 그 객관성의 준거는 사적이고 개별적인 주관으로 떨어지고

8) <보고>와 같은 소재를 다룬 1920년대의 소설에서 주관, 내면 서술되는 경우는 '나'가 아니라 일반적으로 가족과 구식 아내를 버린 '친구 최군'일 경우가 많다. 이 경우는 선택과 결단 행위의 실행자이고 일반적으로 '근대적 자아각성'이라는 이념, 가치지평에 입각한 경우이다. 그러나 박태원의 소설에 와서는 행위의 실행자가 아닌 바라보는 자의 내면이 서술되고 있고 이는 대상에 대한 판단 이전에 대상을 그대로 수용하는 내면이고, 대상이 자기에게 다가오는 방식에 의해 규정되는 내면이다.

마는 것이다. '엄밀한 객관성의 근거찾기'로 추동된 고현학은 그 최종적인 준거로 '개별적이고 사적인 주관'에 귀착되고 마는 것이다.

이런 위험한 긴장을 유지하지 못하고 사적이고 개별적인 주관에 함몰되는 경우는 「옆집색시」 「오월의 훈풍」 「향수」등이다. 「오월의 훈풍」에서는 주인공이 어린시절 기순에게 입힌 상처로 인해 그녀가 불행에 빠질 수 있으리라는 생각 때문에 생긴 죄책감이라는 감정과, '그는 행복하다, 아들낳고 딸낳고 ..분명 어머니의 기쁨이 있을 게다'라고 하며 그 죄책감으로부터 놓여 나오는 심리적 추이를 그리고 있다. 여기서는 '죄책감'의 감정으로 주체와 불편하게 구속되어 있는 현실, 그 현실이 주는 억압에 대해 속물적 행복을 설정하고 그 행복으로부터 주체를 자발적으로 소외시킴으로써 그 억압으로부터 벗어나는 과정을 보여준다. 「옆집색시」에서도 여학생이 아닌 성숙한 여인의 모습으로 성장한 옆집 색시에게로 향하는 주체의 감정이 그려지고 있다. 그러나 이 감정은 앞의 소설들에서 비록 주관의 의식속에서나마 이루어지던 대상의 재구성, 대상과 주관의 만남과 함께 제시되지 못하고 있다. 그리고 대상 역시 풍금소리와 함께 불러일으켜진 주체의 그리움이나 향수같은 감정을 일으켜주는 도구적 역할을 할 뿐이다. 여기서도 주체는 원산 해수욕장에서 그녀를 놓치고 후회하는 것에서 보이듯, 대상과의 거리를 전제하고 그 대상을 손잡을 수 없는 것으로 설정한 상태에서 대상을 향해 불러일으켜지는 기억, 연상, 그리움 등의 감정을 향유하는 것이다. 이러한 방식은 「향수」에서 주인공이 동경에서 기생과 연애를 하면서도 그 기생이 보여주는 쪽진 머리, 노랑저고리, 흰 고무신에서 불러일으켜진 자신의 향수를 사랑하고, 현재 그 애인을 기억하면서도, 과거라는 시간적 거리감에 의해 보장되는 대상에 대한 접근 불가능의 상태에서만 가능한 우울과 향수라는 주체의 감정을 향유하는 것으로 이어진다. 앞서의 「진통」 「보고」 혹은 후기의 「여관주인과 여배우」 등에서 가까스로 견지되던 주관과 대상의 만남 혹은 종합, 그러니까 대상은 주관에 의해 주관은 대상에 의해 서로를 규정하고 드러내주는 방식은 쉽게 사라져 버리고, 결국 위와 같이 개별적이고 사적인 주관만이 전면화되고, 대상은 주관의 내면에서 일어나는 심리적 파장들을 그리기 위한 수단으로만 제시될 뿐인 것이다.

인식의 객관성의 근거를 찾는 것에서 추동된 고현학은 그 객관성의 근거를 인식주관의 감각적 확실성에 기초한 '주관성'에 귀착시킬 수밖에 없게 되고, 이러한 주관성은 그 출발부터 선험적 이념, 집단적 가치지평과의 결별을 전제했기에 그런 이념과 가치지평을 담지한 집단적 주체가 아닌 '개별적이고 사적인' 주관성, 내면성이 그 본질인 것이다.

3. 이념없는 주관성, 순응주의적 주체

그래서 이제 문제는 '주관성'이다.

그간의 연구에서 주관성의 문제는 모더니즘의 주요 특징으로 부각되어 왔었다. 박태원의 소설에 나타나는 주관성을 미적 자의식 혹은 자기반영성의 징표로서 모더니즘의 주요 원리중 하나로 의미부여해 왔고, 나아가 식민지 룸펜 지식인의 불안한 내면 심리의 묘사로서 넓은 의미에서의 반영론적 시각에서 시대적 규정성 속에 포괄시키기도 했었다. 이러한 의미규정과 더불어 이제 필요한 것은 박태원이 보여주는 주관성의 구체적인 성격과 내용, 즉 그 주관성 속에 관철되는 현실대응의 원리와 역사적 규정성을 확인하는 것이다. 이를 위해서는 박태원의 주관성을, 전대의 소설 속에서의 주관성 뿐만 아니라 동시대 모더니즘 소설에서의 주관성과 비교하여 그 공통성과 차별성을 확인하는 것에서 시작하는 것이 유리할 것이다.

이 주관성, 혹은 내면이란 우리 소설사 속에서 박태원에게서 처음 등장하는 것은 아니다. 우리는 일상적 인간이 속한 삶의 세계를 유한함과 속악함으로 의미화하고, 그것에 대해 대타적인 영원성의 세계를 예술적 허구로 자립화시킴으로써 주체가 가진 예술적 열망이 자아 외부의 모든 공동체적 이념적 가치에 반하는 광기로까지 치닫는 자아의 내면, 즉 낭만주의적 주관성의 극단화된 모습을 김동인의 소설에서 이미 보아왔다. 또 카프 계열의 리얼리즘 소설에 나타나는 재현에 있어서의 핍진성과 개연성을 위해 봉사하는 주인공의 내면 묘사, 그리고 고백과 반성적 사유를 통해 대상세계는 물론 자기자신의 내면까지를 냉담하게 관찰하고 소설화하는 주체의 내면성을 염상섭의 소설에서 이미 보아왔다. 때문에 이상이나 박태원의 모더니즘 소설에 등장하는 주관성, 혹은 내면이란 그 자체로서 시초의 것, 새로운 것은 아니다.

박태원의 주관성, 내면의 새로움을 살핌에 있어 그것이 고현학, 즉 인식의 객관성의 근거찾기로부터 출발한다는 사실은 아무리 강조해도 지나치지 않다. 이 말은 그의 주관성, 내면에의 집착이 소설의 사건 전개에서 핍진성을 도와주는 그럴법함이나 개연성에서 유래한 것도 아니고, 세계를 속악함으로 보편화시키고 그 속악함을 구원할 수 있는 유일한 가능성으로 보편화시킨 낭만주의적 주관성과도 거리가 멀다는 것이다. 박태원의 주관, 내면은 '이미 존재하고 있는 대상세계'와 그것을 인식하는 문제에 촛점을 두는 것에서 출발하고 있는 것이다. 이런 인식론적 문제틀에서 주관, 내면은 외부의 대상세계를 인식하는 객관성의 최종적 근거이기 때문에 전면화되는 것이다. 이러한 주관은 당연히 대상세계의 속악함과 유한함을 대신할 만한 어떤 보편적 원리, 선험적 이념도 보유하지 못하고, 오히려 그러한 원리를 거부한 그야말로 투명하고 냉담한, 텅 빈 주관이다. 주관이 어떤 보편적 원리를 내면화하고 있다면 그것이 대상을 객관적으로 인식하는데 방해 요소로 작용하기 때문에 그런 선험적 이념들을 모두 탈각한 상태의 순수한 주관은 투명한 내면이고, 그런 내면을 통해 '지각'된 대상만이 객관적인 대상인 것이다. 따라서 이념적 판단을 배제한 '감각'만이 주관과 객관을 이어주는 최초의 매개이고 바로 그런 이유에서 객관성의 최종적 근거로 자리잡는 것이다.

이렇게 어떠한 선험적 보편적 이념과도 단절된 채 무사심하게 텅 빈 내면은 문학사 속에서 박태원의 소설에 처음 등장하는 경우라고 할 수 있는데, 이런 내면이 현실과 관계맺는 방식은 '순응주의'라고 할 수 있다. 주체가 가진 내면의 이러한 성격은 기존 연구에서의 '산책자' 유형과 비교가 가능하다. 기존의 연구에서는, '거리를 목적없이 떠도는 산책자가 생활에서 한발 물러선 아웃사이더적인 특성 때문에 온갖 모순의 집결지인 경성이라는 공간을 객관적으로 드낼 수 있고 이런 점이 모더니즘의 비판적 잠재력중의 하나'[9]라고 보고 있다. 그러나 이러한 비판적 잠재력은 적어도 박태원의 경우에는 가능성의 차원에 그칠 뿐, 그의 무사심한 내면은 존재하는 현실 전체에 대한 무차별적 긍정으로 나타난다. 대표적으로 「소설가 구보씨의 일일」에서 구보가 보여주는 판단 유보의 태도, 마지막에 가서 갑작스럽게 긴장을 풀어버리는 어정쩡한 화해, 그리고 후기의 소설들에서 보이는 대상세계에 대한 무차별적인 연민과 긍정의 태도로 미루어 볼 때, 박태원의 내면은 대상과의 거리감각하에서의 현실비판보다는, 이념을 거부한 주관이 현실에 대해 '순응'의 방식으로 관계맺고 있는 것이라고 할 수 있다.

이러한 순응주의적 현실대응 방식은 그의 주관성의 출발 자체에 내재하고 있는 성격이라고 볼 수 있다. 박태원의 내면이 대상에 대한 인식의 객관성의 문제에서 출발한다고 했을 때, 이런 문제틀은 대상의 존재 자체를 이미 주어진 소여로 인정한 상태에서 문제를 출발시키기 때문이다. 그의 초기소설에서 대상이 갖고 있는 모든 조건들을 괄호쳐서 무화시키고 진공상태 속에서 바라보는 '인식'의 문제에서는 객관성의 근거를 찾는다는 본질이 유지될 수 있었다. 그러나 순수한 인식주관이 아닌 삶과 관계맺는 개인으로서의 주체가 '서사'의 틀 속에서 현실적으로 존재할 때는

9) 최혜실, 「한국현대모더니즘 소설에 나타나는 '산책자'의 주제」, 『한국문학과 모더니즘』(한양출판, 1994) p.33.

선험적 이념과 가치지평을 무화시킨 진공상태의 주체, 즉 텅 빈 투명한 내면의 주체는 결국 현실에 무방비상태로 노출된 채 주어진 현실을 고스란히 받아들일 수밖에 없는 순응주의적인 주체로 되는 것이다.

주관, 내면의 이러한 성격 때문에 박태원의 소설은 모더니즘 이전의 소설과도, 또 동시대 모더니즘 소설가인 이상과도 분명한 변별성을 갖는 것이다. 이런 선험적 이념, 공동체적 가치, 보편적 원리를 탈각한 내면으로서의 주관성은 동시대 모더니스트인 이상의 소설에도 동일하게 나타나는 주관성의 모습이다. 물론 이상의 내면의 출발이 박태원— 고현학으로 대표된 인식의 근거찾기, 현상학적 환원, 개별적이고 사적인 주관에서 근거를 세우는—과 같지는 않다. 이상의 주관성의 출발과 근원이 어디인지, 그 수순은 어떤 과정을 거쳤는지는 고를 달리하여 살필 문제이지만 적어도 그것이 도달한 성격, 공동체적 가치지평을 철저히 탈각한 내면이라는 공통성은 분명하다. 그러나 이상 소설의 주관성이 박태원과 같이 공동체적 가치, 보편적 원리에 의해 보증받지 못하고 오히려 그것을 거부하는 것이 분명함에도 불구하고, 그 내면을 현실, 삶의 세계와 이분법적 대결의 구도하에 설정하는 것이 특징적이다. 대결은 힘의 우위를 쟁취하기 위한 싸움이기 때문에 주관은 자신의 우월성의 근거를 가져야한다. 이상 소설의 경우 이 근거를 선험적 이념이나 공동체적 가치와 같은 주관 외부의 힘이 아닌, 시 창작과정에서 드러나는 바와 같은 자신만의 관념의 독자성에서 찾는다. 이 '관념'의 독자성 때문에 그의 주관성은 '꽉 찬', 강력한 내면을 형성하고, 이 관념을 무기로 이상은 거대한 현실과 싸워 나가는 것이며, 이런 미학적 싸움의 과정이 그의 소설 창작 과정이라고 할 수 있다.[10)]

그러나 박태원에게 있어서의 주관성은 현실과의 대결에 의해 유지되는 내면이 아닌, 현실을 주어진 소여로 인정한 상태에서 그것을 인식하고

---

10) 졸고, 「이상 소설의 창작원리와 미적 전망」, 『근대문학과 구인회』(깊은샘, 1996) 참고.

받아들이는 주관성이기 때문에, 여기에는 대결의 구도도, 그 대결을 가능케해줄 주체가 가진 고유한 무기도 처음부터 부재하는 것이다. 이는 앞서 지적했듯이 주관성의 출발에 내재하고 있는 본질적 원리 때문이라고 할 수 있다. 박태원의 고현학이 근거하고 있는 현상학적 환원의 원리에는 현실과의 대결의 구도가 결코 들어설 수 없다. 현상학 자체가 주관과 객관, 주체와 객체의 이분법의 구도를 회의하고 무화시킴에서 출발하는 인식방식이기 때문이다. 엄밀한 객관성이 주체와 대상의 이분법적 전제에서 출발하는 데카르트적 사유 방식과 달리 과학의 엄밀성을 지각, 지향성에서 찾는 현상학은 이분법의 구도를 다시 회의함에서 출발하기 때문이다. 그러나 현상학에서의 지향성 개념이 의식주관성에 함몰되거나 경험주의로 나아갈 소지가 있는 모호한 긴장의 상태이듯, 박태원의 고현학이 배타하고 있는 이율배반성, 즉 객관성을 향한 충동과 결과로서의 주관성은 결국 『천변풍경』처럼 자연주의적인 세태묘사나, 「소설가구보씨의 일일」처럼 주관의 극단화와 미학적 자기반영의 형태로 양극화될 수밖에 없는 것이다. 어쨌든 이런 현상학적 환원의 원리에서 출발한 박태원의 주관성이 현실과 관계맺는 방식은 낭만주의적 주관이 보여주는 보편화에 입각한 도피도 아니고, 이상 소설에서의 주관성이 보여주는 '부정성'도 아닌, 현실에 대한 '순응'이 그 본질이라고 할 수 있다.

4. 소시민적 장인으로서의 글쓰기 태도

고현학에서 출발해서 그 귀착지인 주관성의 성격, 그 주관성이 현실과 관계맺는 방식으로서의 순응주의까지를 살폈다. 이제 문제는 박태원만의 변별적 특징으로 보이는 이 주관성이 그의 소설 작품 전체 속에 어떻게 관철 혹은 단절되는지의 문제, 그러니까 그의 전체 작품 속에 흐르는 박태원의 글쓰기 태도는 무엇인가, 그것이 갖는 사회 역사적 의미망은 무엇인가 하는 것이다. 이는 박태원의 소설이 보여주는 독특성이 어떠한 보편성과 맞물리는가의 문제와도 관련된다. 고현학이 '관찰의 기록'이라 할 때 앞장에서는 관찰의 문제로부터 출발했다면 여기서는 이제 '기록'의 문제로부터 출발해 보자. 현실에 대해 순응주의로 관계 맺는 주관성의 글쓰기의 태도[11]는 무엇이고 그것은 어디에서 유래하며, 무엇을 징후적으로 드러내는가?

여기서는 「소설가구보씨의 일일」을 검토하는 것에서 출발하기로 하겠다. 이 소설은 같은 시기에 쓰여진 「피로」 「거리」나, 식민지 시대 말기에 쓰여진 「음우」 「투도」 「재운」 등 소설 쓰는 자신을 대상으로 삼은 자기 반영류의 소설들 중 가장 정제되고 깊이있는 모습을 보여주는 것으로 평가된다. 이 부류의 소설들은 앞 장에서 고현학에 대해 살피면서 그것을 의식적으로 선언하는 층위, 의식적으로 작품에 적용하는 층위, 그것이 관철되어진 층위로 분류했을 때, 첫 번째 부류, 그러니까 고현학을 의식적으로 선언하고 그러한 자기자신을 소설의 제재로 삼는 경우에 해당한다. 이 때의 고현학은 의식적인 주장하에 그 본질적 의미가 작품 속에 적용되거나 충분히 녹아 있지 않다 그렇기 때문에 고현학의 내용적 본질-그러니까 인식의 객관성의 준거의 문제-을 직접 다루지는 않지만, 글쓰는 일에 대한 자의식, 그러니까 소설을 쓴다는 행위가 박태원 자신에게 어떤 의미인지를 보여준다는 점에서 박태원식의 주관성이 사회역사적으로 자리잡는 한 방식을 엿볼 수 있게 해준다.

---

11) 여기서의 '글쓰기 태도'는 소설의 서사적 전개와 관련된 스토리, 문체나 표현의 방법에서 비롯되는 작가의 개성적인 스타일만을 지칭하지는 않는다. 또 작가의 '세계관'이 갖는 의식적 결단과 선택 혹은 '창작방법'이 갖는 글쓰기의 방법만으로도 환원될 수 없다. 그것은 개인으로서의 작가가 자기 토대에 대해 취하는 의식적 무의식적 반응과, 토대로서의 공동체가 개인을 규제하는 다층적인 통로가 작품을 통해서 결합 혹은 착종되는 방식을 말한다.

우리는 앞에서 「오월의 훈풍」「옆집색시」「향수」 등의 소설을 보면서, 거기 등장하는 주인공들이 일상의 삶에 거리두고 행복과 결별함으로써 이루어진 자발적 소외를 댓가로 자신들만의 우월성의 영역을 확보하는 것을 보았고, 그 우월성의 근거는 자신들이 소설가라는, 예술가라는 사실에 기인하고 있음을 잠깐 살폈었다. 「소설가 구보씨의 일일」의 구보나 「피로」「거리」의 일인칭 주인공 '나' 역시 마찬가지의 성향을 보여준다. 그들은 모두 일상의 행복에 대해 거리를 두고, 예술 영역 그러니까 소설쓰기의 영역을 고립화시켜 그야말로 거기에 칩거한다. 이 고립은 그 자체가 자기 예술 행위의 우월성을 위해 초래한 자발적 소외이면서, 동시에 외부 세계에 능동적으로 참여할 수 없는 '무력감'에 의해 강요된 성격이기도 하다. 그렇기 때문에 이 주인공들은 「거리」에서 밀린 방세 때문에 이루어진 가족의 위기에 내가 보이는 태도에서 보이듯 항상 무기력하다. 이런 '무기력'을 두고 기존의 연구에서는 경제공황 등의 사회 역사적 원인에서 비롯된 식민지 지식인들의 실업과 궁핍에서 그 원인을 찾고, 이런 모더니즘 소설이 당대 현실을 일정정도 반영하거나 혹은 그 당대적 현실에 의해 규정받고 있는 한 증거로 다루어왔다[12].

그러나 실업과 궁핍이야 식민지 시대의 지식인 일반을 규제하는 삶의 조건이었음은 주지의 사실이다. 현진건의 「빈처」에서 보이듯 지식인, 예술가, 작가들이 일상적 유용성의 기준에서 밀려나 있음은 박태원의 소설에서 처음 나타나는 현상도 아니며, 또 그것이 작품 속에서 중요한 제일의적 원인으로 제시되지도 않은 경제공황과 같은 사회적 원인을 지적하는 것만으로는 박태원 소설의 핵심에서 멀어지는 일일 뿐이다. 그렇다면 지식인, 소설가 주인공들이 보여주는 이 무력감은 어디에서 기인하는 것일까? 이들의 무력감은 자신들이 '사회적으로 무용한 인간'이라는 자각에서 온다. 그의 소설에 나타나는 실업 지식인들에게는 이전 시대에까지

---

12) 나병철, 『근대성과 근대문학』(문예출판사, 1995), p.212-219.

보이던 사회적 가치에의 지향과 자존심이 없다. 즉 일상적 세속적 행복을 희생하고 그로부터의 감내, 감내했기에 더욱 자부심을 부여해주던 정신적 가치, 그러니까 한 사회, 한 민족의 정신적 지향성을 드러내주고 그것의 맨 앞자리에 서 있다는 자부심, 그러한 지식인 자신이 공동체에 대해 갖는 선각자로서의 희생 정신과 계몽에의 사명감이 부재하는 것이다. 이들은 이광수 식의 문사 개념에서도, 소설가 이전에 한 지식인이고 논객이었던 이전의 작가 개념에서도 이미 너무나 멀리 떨어져 있는 것이다. 그렇기 때문에 박태원의 소설에서의 무력감은 이중의 차원에서 기인하는 것으로 볼 수 있는데, 일상적 행복으로부터의 소외와 이전 시대까지 지식인들의 자기정체성을 구성하던 제일의적 요소였던 '사회적 윤리적 가치로부터의 소외'가 그것이다. 그리고 이 후자의 원인이 박태원 소설의 본질적 핵심을 드러내 주는 것은 물론이다.

「소설가구보씨의 일일」에서 구보는 소설쓰기에 강한 집착을 보이고, 소설 쓰는 일, 소설가로서의 자신을 작품의 대상으로 삼으면서 글쓰기에의 욕망을 강력하게 드러낸다. 그러면서도 정작 '어떤' 소설을 쓰고 싶은지, '무엇'을 쓰고 싶은지에 대해서는 한 번도 물음을 제기하지 않는다는 것은 아이러닉한 사실이다. 초기의 「적멸」에서부터 후기의 「음우」 「투도」 「재운」에 이르기 까지 이 부류 소설의 대부분이 자기자신의 정체성은 다만 글을 쓰는 사람일 뿐이고, 따라서 어떤 글이건 글을 써야한다는 초조감만을 드러내고 있을뿐, 어디에서도 그의 소설관, 소설에의 가치기준은 찾아볼 수 없는 것이다. 그러나 이 아이러닉함, 즉 '어떤' 소설이 아니라 그냥 소설을 쓰겠다는 무목적적인 글쓰기에의 욕망이 바로 박태원의 글쓰기 태도의 핵심이라 할 수 있다. 그렇기 때문에 당대의 비평가 임화가 30년대 후반의 소설을 평하면서 박태원의 소설을 들어 내성과 세태의 분열을 언급하고, 말하려는 것과 그리려는 것의 분열을 지적하는 것은[13]

13) 임화, 「세태소설론」, 『문학의 논리』(서음출판사, 1989)

박태원 글쓰기 태도의 본질을 제대로 지적한 것이라고 할 수 없다. 박태원에게는 임화가 말한 바의 '말하려는 것'이 없다. 말하려는 것이란 작가가 가진 이념의 차원이고, 사회와 역사에 대해 설정한 집단적 가치를 작품 속에 투사하는 것이기 때문이다. '말하려는' 것 없이 다만 무언가를 그리겠다는 의지, 무엇이 되었건 '잘 그리겠다는 의지'만이 존재하는 것이다.

대상에 대한 탐색이나 대결이 아닌, 존재하는 대상을 인정한 상태에서, 그 대상을 '그리는 것'에 관심을 둔다는 것은, 어떤 일이 그 일이 대표하는 '가치'에 의해서가 아니라, 그 일의 '숙련도와 전문성'에 의해서만 결정되는 방식과 관계있다. 이런 방식으로 표현된 박태원의 글쓰기에 대한 태도는 철저히 전문가, 장인의식에 기초한 소설가의 태도이다. 소설을 쓴다는 것이 공동체의 앞날을 인도하는 선각자로서의 행위가 아니라, 다만 하나의 기능인, 전문가일 뿐이라는 의식의 표현인 것이다. 이는 어떤 일이, 그 일의 가치를 근원적으로 결정해주고 인도해줄 집단적 차원, 이념적 차원의 가치평가를 괄호쳐 부재로 친 상태에서, 그 일이 대변해줄 보편타당한 이념 때문이 아니라, 다만 그 일을 얼마나 '합리적이고' '세련되게' '전문적으로' 했는가하는, 일의 숙련도에 의해 그 가치가 결정되는 전문가로서의 소설가 개념의 표현인 것이다. 이를 김윤식은 '가치중립적 글쓰기'라고 했지만, 앞서 고현학에서의 인식의 객관성에의 욕망이 순응주의에 기초하게 되듯이, 이 때의 가치중립성이란 기실은 존재하는 가치의 인정, 순응의 표면적 형태일 뿐이다.

순응주의적 주체의 글쓰기를 지탱시켜주는 것은 이와같은 가치중립성을 표면화한 전문가로서의 작가 개념이고, 이는 근대 이후 자본주의가 야기한 '합리화의 흐름'이 예술, 특히 문학의 영역에서 현상하는 방식의 하나라고 할 수 있다. 합리화란 무엇보다도 제가치 영역들의 분화 및 개별화의 필연적 흐름으로 특징화될 수 있다. 정치, 학문, 예술 등 제반의 개별 영역들이 그것들을 하나로 통어해주던 공동의 이념 혹은 가치체계로부터 결별하고 각각의 분야가 자율적이고 전문적인 자기 질서와 흐름을 갖는 것을 말한다.[14] 이러한 합리화의 운명은 예술의 영역 역시 피할 수 없기는 마찬가지인데[15] 그 단적인 표현이 근대 이후 등장한 '예술을 위한 예술' 즉 자기목적적 자율성에 근거한 예술, 개념이다. 이것은 예술이 합리화의 방식에 몸을 싣는 고유의 논리이면서 동시에 합리화의 운명에서 자신을 지키려는 몸부림이기도 하다. 주술성, 보편적이고 선험적인 가치, '진'과 '선'을 그 자체에서 함유하고 있는 '미'로서의 칼로카가티아가 더 이상 예술에 속하지 않을 때 예술의 가치, 예술의 자기정체성이란 결국 예술 고유의 매카니즘에의 충실성 뿐이다. 따라서 이제 예술이 유의미한 것은 예술 작품을 통해 표현되는 어떤 '의미' 때문이 아니라, 다른 모든 전문적 영역들처럼 기능의 '숙련도'와 '세련미' '전문성' 때문인 것이다.

요컨대 이렇게 자율적이고 고립화된 예술의 질적 차별성, 자기 정체성은 외부의 선험적 이념이 아닌 자기 내부의 고유한 매카니즘에 의해 결정되고 이 고유의 매카니즘은 결국 기교와 방법이다. 그 기교와 방법은 의미를 '더 잘' 전달하려는 목적에서가 아니라 자기자신을 위해 소모되기 위해서, 소모되어 늘 새로운 것으로 갱신되기 위해서만 존재하는 것이다. 모더니즘 예술에서 기교가 그토록 전면화되는 이유, 그토록 사활을 걸고

---

14) 막스.베버, 이상률 역, 『직업으로서의 학문』(문예출판사, 1994), p.53--56.

15) 프랑크푸르트 학파는 이러한 피할 수 없는 합리화의 운명이 가져오는 파괴적인 결과에서 인류를 구원할 마지막 희망을 예술의 영역에서 찾고자 했고, 그 근거를 예술이 가진 주술성의 힘, 즉 주술이라는 말이 은유적으로 지시하는 신이나 초월적인 이데아, 공동체의 앞날을 예견하고 가야할 길을 밝혀주는 힘에 두고 있다. <M.호르크하이머/M.아도르노, 김유동 · 주경식 · 이상훈 역 『계몽의 변증법』(문예출판사, 1995)> 우리 모더니즘 문학 연구에서 도구적 합리성에 저항하는 미학적 저항으로서의 미적 합리성을 말할 때 그 근거를 여기에 두고 있는 것이 대부분이다. 그러나 이상이나 단층파의 유항림, 혹은 경향은 약간 다르지만 허준의 경우와 달리, 이러한 미학적 저항의 측면을 박태원의 소설에서 찾아보기는 어렵다. 몇 단계의 변화와 다양한 경향들 속에서도 유지되는 '순응'의 현실대응 방식 때문이다.

기교에 집착하는 이유도 바로 여기에 있다.

그러나 근대의 예술가들이 '예술을 위한 예술'을 오만하게 선언하고 기교에 강박적으로 매달리는 태도의 이면에는, 주술성과 결별하고 이제 더 이상 진리의 현현체일 수 없는 예술 자신의 운명을 바라보는 원한섞인 반항과, 그것이 바로 자기 시대의 운명임을 자각하는 체념섞인 냉담한 순응의 모습을 동시에 갖고 있다. 따라서 이러한 시대적 운명을 타고난 근대 이후의 예술가들은 세계 속에서 보상도 댓가도 없는 길을 택한 자의 광기와 위악의 모습을 보여주면서 끝없이 자신을 소모시키는 악마주의에서부터 감각적이고 경쾌한 딜레탕트의 모습, 그리고 주술로부터 해방되어 그 주술의 주인이었던 신, 이데아, 초월적 진리, 공동체적 이념의 종속물의 지위에서 격상되어, 그런 신 혹은 초월적 힘과 대등한 '창조자'로서의 천재의 우월감으로 표현되기도 한다.

박태원의 이념없는 주관성이 보여주는 전문가로서의 글쓰기 태도는 그 배면에 바로 이러한 '예술을 위한 예술' 개념을 체현하고 있다. 그의 소설에 나타난 기교와 실험은 그 자체의 새로움이나 독특성 때문에 의미가 있다기 보다는 예술의 영역에서 합리화가 관철되는 고유의 방식과 논리를 보여준다는 점에서, 그 과정에서 근대 예술가가 취하는 태도의 한 전형을 보여준다는 점에서 의미가 있다. 그의 글쓰기 태도는 현실에 대해 부정과 반항, 조롱의 태도를 보이며 예술에 탐닉하는 '천재'의 태도(이는 동시대 모더니스트 이상의 모습에 가깝다)와는 달리, 현실에 대해 '체념'과 '순응'으로 일관하면서 소시민적 성실성에 기초한 장인, 전문가로서의 작가의 태도를 보여준다는 점에서 그 보편성을 획득하는 것이다. 물론 이러한 보편성의 해명을 위해서는 1930년대 중반 이후 식민지 자본주의의 성숙 정도와 사상사적 변동, 문단의 경향 등 다양한 각도에서의 조명이 선행된 후에야 판단될 문제이다. 그러나 적어도 이 시기의 문학이 이광수와 카프로 대표된 계몽의 담론, 그러니까 작가가 선험적 이념, 공동체의 집단적 가치를 선취하고 구현하고자 하는 지식인의 태도와 결별한다는 것, 그리고 그러한 결별 이후 나타나는 제반의 문학 경향 가운데 같은 구인회 회원이었던 이상과 더불어 박태원이 보여주는 글쓰기 태도는 하나의 비교 가능한 전형을 보여준다는 점에서 문학사적 보편성을 획득할 수 있는 것이다. 이러한 '합리화'와 '예술의 자율성'이라는 보편성 속에, 궁핍하고 뿌리없는 천재라는 특수한 개인으로서의 작가 이상이 등재되는 방식이 '부정성'의 파토스였다면, 글쓰기에 대한 소시민적 성실성으로 전 생애를 일관하면서, 경제적으로 여유있고 근대화 과정에서 발빠른 대응을 해왔던 중인 계층 출신의 작가 박태원이 그 보편성에 등재되는 방식은 '순응주의'에 기초한 전문가로서의 글쓰기 태도라 할 수 있는 것이다.

5. 남는 문제

그렇다면 이러한 식민지 시대의 소시민적 장인의식으로서의 글쓰기 태도, '순응주의'적인 현실대응의 방식, 그것을 근본적으로 추동시킨 인식론적 객관성의 충동과 계층적 기반이 해방 이후 북한에서의 『갑오농민전쟁』에까지 이어지는 창작 활동상의 변화와는 어떤 관계가 있을까? 이는 기존에 '생활'의 발견에 따른 현실주의로의 이념적 변모, 모더니즘에서 리얼리즘으로의 전환 등으로 논의되어 온 부분이고 또 박태원 개인 뿐만 아니라 월북작가들의 내부적 차별성과 공통성, 해방공간이 작가에게 가한 작용과 반작용의 문제, 이념적 전환과 맞물리는 예민한 부분이기에 본고의 논의 범위를 벗어나는 문제이다.

그러나 해방 이후 북한에서의 창작 경향을 살핌에있어 소설의 서사적 스토리의 차원과 위에서 논의한 글쓰기 태도의 차원을 구분지어 생각해 본다면 적어도 해방 후의 소설들을 세계관의 변모, 이념의 전환만으로 설명할 수 없는 점이 있다는 것은 분명해 보인다. '글쓰기 태도'란 소설의 서사적 내용이나 작가의 의식만이 아닌 한 개인으로서의 작가가 자기가 속한 시대 및 사회적 공동체에 대해 갖는 의식, 무의식적 태도의 총체를 이르는 것으로 볼 수 있다. 그렇다면, 여기에는 '세계관'이 갖는 의식적 결단과 선택의 범위, '창작방법'이 갖는 글쓰기 방법의 범위를 넘어서서, 혹은 그 두 범주가 포괄하지 못하는 개인으로서의 작가가 자기 토대에 대해 취하는 무의식적 반응 혹은 토대로서의 공동체가 개인을 규제하는 다층적인 통로를 볼 수 있는 가능성이 생길 수 있을 것이다.

박태원의 소설중 해방 후 북한에서의 작품들은, 소설의 서사적 층위에서는 더 이상 현실에 대한 순응의 태도를 보이지 않고, 대결과 승리의 모습까지 형상화되어 있는 것이 사실이지만, 각도를 달리하여 이 소설들이 쓰여진 사회적 맥락을 고려해 볼 필요가 있는 것이다. 그럴 때 스토리상에 전개된 사회 역사적 전망이 식민지 시대에 쓰여진 사회 역사적 전망과 과연 등가일 수 있는가? 식민지 시대에 주로 카프 작가들에 의해 쓰여진 소설에 나타난 이러한 전망들은 그 소설이 쓰여진 사회적 맥락에서 보면 억압의 대상이었고, 기층 민중이나 집단적 공동체의 원망을 이념의 차원에서 구현하고 있는 '선취된 보편성'을 가질 수 있었다. 그렇기 때문에 그 소설들이 갖고 있는 사회 역사적 전망과 그것으로 표현된 작가의 세계관은 선택과 결단의 차원이었던 것이다. 그러나 박태원이 이러한 전망에 기초한 소설을 쓸 때의 사회적 맥락에서는 그것이 더 이상 억압의 대상이 아니고 열려진 가능성 중의 하나, 혹은 더 나아가 존재하는 현실에서 유일하게 주어진 지배이념이었다고 볼 수도 있다. 그렇다면 이 때에는 동일한 전망, 동일한 세계관을 위해 어떤 선택이나 결단이 없이도 '받아들일 수 있'거나 '받아들이기'를 강요받았을 수도 있었다고 추측해 볼 수 있을 것이다. 따라서 적어도 이 시기의 박태원의 소설은 세계관의 의식적 선택이거나 방향 전환, 혹은 의식 각성의 산물이 아니라, 주어진 전망, 강요된 전망의 수용으로 볼 수 있고, 이는 식민지 시대를 일관한 '체념'과 '순응'의 논리의 연장선상에 있다고 볼 수 있을 것이다. 받아들인 대상(전망)은 변화했지만 주어진 것을 '받아들인다'라는 태도, 순응과 긍정의 현실대응 방식, 그리고 그 전제하에서만 가능한 장인으로서의 글쓰기 태도는 그대로 유지되고 있다고 추론해 볼 수 있을 것이다.

물론 이러한 추론은 많은 실증적인 증거를 필요로 하는 비약일 수 있고, 또 자본주의와 더불어 생성된 예술에서의 합리화, '예술을 위한 예술'에 근거한 순응주의적인, 소시민적 장인으로서의 글쓰기 태도가 사회주의 사회에서 어떻게 관철되는가에 대한 보다 상세한 이론적 접근이 필요한 것은 사실이다. 그러나 월북 문인들이 정치적 문제 때문에 대부분 숙청을 당했던데 비해 박태원만이 작가적 생명력을 끝까지 유지했다는 것, 『갑오농민전쟁』과 같은 대작을 그토록 오랜시간에 걸쳐 집필할 수 있었다는 것은 그의 장인, 전문가로서의 끝없는 글쓰기 욕망과 현실대응의 방식을 말해준다고 하겠다. 글쓰기의 가능성, 글쓰기의 자유를 얻기 위해, 주어진 현실을 받아들이는 순응을 댓가로 지불해야 하고, 그 순응을 감추거나 최소한 인정하지 않기 위해 세계에 대해 냉담한 거리를 취하는 방식을 말이다.

이는 어쩌면 애초부터 신으로부터 추방당하고, 선험적 이념과 결별한 주관을 갖고 태어날 수박에 없었던 근대의 예술가들이 자신의 예술을 지키기 위해 전문인으로서, 장인으로서의 예술가를 자처하면서 예고된 운명일 것이다. 그 운명에서 식민지의 모더니스트로부터 출발해서 사회주의 사회로 월북한 개인으로서의 작가 박태원도 그렇게 자유롭지는 못했던 것이 아닐까? 새미

최명익 소설 연구

— 「비오는 길」을 중심으로

채 호 석*

1.

최근에 들어서 연구의 관심 폭이 넓어지기는 하였지만, 여전히 1930년대 후반의 문학은 대단히 흥미 있는 영역이 아닐 수 없다. 1930년대 후반의 한 작가, 그것도 그리 많은 작품을 발표하지 않은 작가인 최명익에 대한 연구만 해도 수십편에 이르는 것을 보면[1] 이 시기 문학에 대한 관

* 蔡昊晳, 카톨릭 대학 강사, 주요 논문으로는 「김남천 창작방법론 연구」 「리얼리즘에의 도정」 등이 있음.

1) 최명익 소설에 대한 연구로는 다음과 같은 것들이 있다. 소설사 속에서 단편적으로 언급된 것을 제외하더라도, 서준섭의 『한국 모더니즘 문학 연구』(일지사, 1991)외에 이강언, 「1930년대 모더니즘 소설 연구」(영남대, 87) ; 김진석, 「1930년대 한국 심리소설 연구」(고려대, 89) ; 명형대, 「1930년대 한국 모더니즘 소설의 공간 구조 연구」(부산대, 91.2) ; 강진호, 「1930년대 후반기 신세대 작가 연구」(고려대, 95.2) 등의 박사 논문과 강현구, 「최명익의 소설 연구」(고려대, 84) ; 최혜실, 「1930년대 심리소설 연구 : 최명익을 중심으로」(서울대, 86.2) ; 권선영, 「최명익 소설 연구」(숙명여대, 90.2) ; 심영덕, 「최명익 소설 연구 : 단편집 『장삼이사』를 중심으로」(영남대, 90.8) ; 김겸향, 「최명익 소설의 공간 연구」(이화여대, 90.8) ; 주혜성, 「최명익 연구」(연세대, 90.8) ; 이희윤, 「최명익 연구」(건국대, 91.2) ; 김해연, 「최명익 소설 연구」(경남대, 91.2) ; 임병권, 「최명익의 작품 세계 연구」(서강대, 91.8) ; 신수정, 「단층파 소설 연구」(서울대, 92) ; 김현식, 「최명익 소설 연구」(전북대

심을 알 수 있다. 1930년대 후반의 문학이 흥미 있는 이유는 여러 가지일 것이다. 무엇보다 이 시기는 '전형기'라고 지칭되듯이 1930년대 초반까지의 근대 문학의 모습이 점차 바뀌어가는 시기라고 할 수 있다. 1930년대 초반까지 하나의 절대성으로 존재하였던 사회주의 문학의 지향이 포기되거나 내면화되었지만[2], 그렇다고 해서 어떤 다른 지향점을 내세울 수도

교육대학원, 92.2) ; 이계열, 「최명익 소설 연구 : 작중인물의 변모 양상을 중심으로」(숙명여대, 92.2) ; 권애자, 「최명익 소설 연구 : 작중 인물의 나르시시즘과 그 극복」(전북대, 92.2) ; 윤부희, 「최명익 소설 연구」(이화여대, 93.2) ; 신윤정, 「최명익 소설 연구」(중앙대, 93.8) ; 김정옥, 「최명익 소설 연구 : 등장인물 유형과 서술기법을 중심으로」(전남대교육대학원, 94.2) ; 최강민, 「자의식 소설의 공간 대비 연구 : 이상, 최명익, 손창섭의 작품을 중심으로」(중앙대, 94.2) ; 이윤미, 「최명익 소설 연구」(연세대교육대학원, 94.2) ; 이 호, 「1930년대 한국 심리소설 연구:이상과 최명익 소설의 서사론적 분석을 통하여」(서강대, 94.8) ; 김민정, 「1930년대 후반기 모더니즘 소설 연구 : 최명익과 허준을 중심으로」(서울대, 94.8) ; 김예립, 「최명익 소설 연구」(연세대, 94.8) ; 안미영, 「1930년대 심리소설의 두 가지 양상 : 이상과 최명익을 중심으로」(경북대, 96.2) 등의 석사 논문이 있다. 이 외에도 김치홍, 「최명익의 <장삼이사>고」(명지어문학, 90.6) ; 양문규, 「최명익 소설 연구」(강릉대인문학보, 90.6) ; 김윤식, 「최명익론 : 평양 중심화 사상과 모더니즘」(작가세계, 90.6) ; 유영윤, 「최명익론 : 해방 이전의 소설을 중심으로」(목원어문학, 90.12) ; 장춘화, 「최명익 소설 연구」(대구어문논총, 91.6) ; 김해연, 「최명익 소설에 나타난 여성 소외의 문제」(오늘의문예비평, 92.9) ; 이대규, 「최명익 소설 <무성격자>의 플롯과 장면」(부산대학교 어문교육논집, 92.12) ; 홍성암, 「최명익 소설 연구 : 창작집 ≪장삼이사≫를 중심으로」(동대논총, 93.5) ; 김진석, 「최명익 소설 연구」(서원대 인문과학논집, 93.6) ; 김치홍, 「최명익, 그 우울의 미학」(명지어문학, 94.5) ; 오병기, 「1930년대 심리소설과 자의식의 변모 양상 2 : 최명익을 중심으로」(대구어문논총, 94.6) ; 차혜영, 「최명익 소설의 양식적 특성과 그 의미」(한양대학교 한국학논집, 94.8) ; 박선애, 「최명익 소설 연구」(숙명여대 한국학연구, 94.12) ; 김민정, 「1930년대 후반기 모더니즘 소설 재고 : 최명익과 허준을 중심으로」(한국학보, 94.12) ; 김재용, 「해방 직후 자전적 소설의 네 가지 양상」(문예중앙, 95.8) ; 장수익, 「최명익론 : 승차 모티프를 중심으로」(외국문학, 95.8) ; 문흥술, 「추상에의 욕망과 절대주의 미학 : 최명익론」(관악어문연구, 95.12) ; 진정석, 「최명익 소설에 나타난 근대성의 경험 양상」(민족문학사연구, 95.12) 등의 개별 논문이 있다.

2) 사회주의에 대한 지향이 포기되었는가, 아니면 내면화되었는가를 파악해

없었던 시기이다. 임화가 말하다시피, 이 시기는 말하고자 하는 것과 그리고자 하는 것이 분열되어 있는 시기, 혹은 이념과 현실 사이에 어떠한 연관성도 찾지 못하고 있는 시기라고 할 수 있다[3]. 이러한 시기를 헤쳐나가는 여러 방식들이 1930년대 후반에 모색되었고, 이러한 모색의 다양성, 그리고 그 성과들이 1930년대 후반의 문학에 대한 관심과 흥미를 불러 일으키는 요인이 되었다. 또 하나의 요인은 문학사적 단절과 연속성에 대한 관심이다. 범박하게 말한다면, 1930년대 초반까지의 좌우익 문학의 대립, 그리고 해방 공간에서의 분열 사이에 1930년대 후반이 놓여 있다. 뿐만 아니라, 해방 후에 나타나는 임화와 한설야의 차이, 소위 '모더니스트'들의 이념 선택 등이 식민지 시대와 어떠한 방식으로 연관되는가

내기란 그리 쉽지 않다. 소설 속에서의 이념적 지향이 단순히 작가의 목소리, 또는 작중 인물의 목소리를 통해서 파악될 수는 없는 것이기 때문이다. (덧붙여 말한다면, 사회주의에 대한 지향이 있다고 하더라도, 그것이 곧 사회주의 문학은 아닌 것이다. 이는 루카치에 의해서 이미 지적된 바 있다. 루카치는 비판적 사실주의와 사회주의적 사실주의를 논하면서, 비판적 사실주의에서도 사회주의적 지향을 가진 경우, 보다 높은 리얼리즘적 성취를 달성하고 있다고 하고 있다. 물론 루카치의 이러한 지적을 1930년대 문학에 대해서, 혹은 지금의 문학에 대해서 직접적으로 대입하는 것은 오류일 것이다.) 뿐만 아니라, 카프 시기에 모두 사회주의를 지향하는 문학, 사회주의 문학을 기치로 내걸었다고 하더라도 작가들 사이에서의 편차는 상당한 것으로 보인다. 굳이 나누자면, 사회주의 이념을 포기하는 경우, 사회주의 이념을 내면화하는 경우, 그리고 이전의 변혁론을 수정하는 경우 정도로 나눌 수 있을 것이고, 1930년대 후반에는 실제로 사회주의 이념의 포기(박영희, 백철), 사회주의 이념의 속류화(이기영, 한설야), 사회주의 이념의 내면화와 아울러 변혁론의 수정--이는 인식의 심화라고도 할 수 있다−정도로 구분될 수 있을 것이다.

3) 임화, 「세태소설론」(『문학의 논리』, 학예사, 1939) 참고. 덧붙여 말하자면 이 글에서 임화가 내세운 세태와 내성의 분화는 당시의 문학 속에서 확인될 수 있는 점이 많기는 하지만, 그러나 상당 부분은 임화 자신의 분열로 보인다. 세태소설의 대표적인 작품으로 『천변풍경』을 들고 있음에도 불구하고, 세태소설이 갖고 있는 특징에 대한 서술은 『천변풍경』에는 적합하지 않기 때문이다. 또 하나, 임화가 후에 '생활의 발견'을 논의하는 것도, 소설 발전의 한 방향으로서뿐만 아니라, 임화 자신 속에 내재해 있는 분열을 극복하고자 하는 하나의 노력으로 보아야 한다.

도 중요한 문제이다. 그러나 그럼에도 불구하고 이 시기 문학에 대한 체계적인 연구 성과가 그리 많은 것은 아니다. 1930년대 후반의 문학이 매우 다양하게 분화된 모습을 보이고 있는 것처럼, 이 시기에 대한 연구도 아직 체계화되어 있지는 못하다. 이 시기에 대한 연구들은 대체로 심리소설, 혹은 모더니즘 소설, 세대 사이의 대립 의식과 신세대의 새로운 미의식[4), 전향 소설을 포함한 구카프 작가들의 변모, '국민문학'의 형성 등 1930년대의 특정 주제를 중심으로 이루어지고 있다. 이러한 연구 방향의 차이는 연구 대상이 보이는 모습들이 그만큼 다양하다는 사실에서뿐만 아니라 연구자의 시각 및 입장의 차이에서 비롯한다고 볼 수 있다.

이에 따라 1930년대 후반의 문학에 대해서는 여러 측면에서 접근이 이루어져 왔다. 먼저 카프 작가와 비카프 작가들 사이에 존재하였던 대립이 어떻게 변모하고 있는가를 생각해 볼 수 있다. 카프의 사회주의 이념은 일종의 절대성으로 작용을 하였고, 카프가 가지고 있었던 영향력도 그에 비례하였다고 볼 수 있다. 1930년대 초반에 있었던 두 번에 걸친 카프 검거는 이러한 사실을 방증하는 사건이라고 할 수 있다. 사회주의 이념을 갖고 있었던 카프 소속 작가들뿐만 아니라, 카프에 소속되지 않았던 작가들에게도 사회주의 이념은 하나의 힘으로 작용할 수밖에 없었다. 사회주의적 이념이(적어도 표면적으로는) 더 이상 추구될 수 없는 상황에서, 사회주의 이념의 절대성이 완전히 포기되는가 아니면 내면화되는가에 따라서 카프에 속했던 작가들 사이에 상당한 분화가 이루어졌고, 이에 따라 카프에 속하지 않았던 작가들과의 사이에 존재하였던 차별성도 더이상 이전과 같이 명확할 수 없게 되었다.[5)]

---

4) 신세대 문학에 대한 연구로는 한형구, 강진호의 박사 논문을 참고할 수 있다. 이 두 논문은 모두 신세대의 새로움을 인정하면서도, 문학사적 위치를 규정하는 데에 있어서는 상당히 다른 관점에 서 있다.

5) 여기서의 대립은 구체적으로 말하자면, 이기영, 한설야, 김남천과 이태준, 박태원의 대립이라고 할 수 있다. 이 대립은 1930년대 전반만큼 커다란 의미를 갖지는 못하지만 그럼에도 여전히 대립은 존재하고 있었던 것으로 보

또 다른 연구는 세대간의 차별성을 중심으로 이루어진다. 카프에 속하였건 그렇지 않건 간에 구 세대에 속하는 작가들과 새로이 등장한 작가들 사이에 존재하는 차이, 단지 이념의 차이가 아니라, 세계를 보는 세계관의 차이와 그에 따른 문학관의 차이를 1930년대 후반 문학의 한 핵심으로 보는 것이다. 세대론을 살펴보면 쉽게 알 수 있듯이 1930년대 후반에 등장하였던 작가들이 그 이전의 작가들에 대하여 강한 대타의식을 갖고 있었고, 그에 비해 구세대 작가들은 신세대 작가들의 새로움을 유보하는 입장이었다. 당대의 작가들이 어떻게 생각하였건 이들 사이에 차이가 존재하고 있었음이 사실이라고 할 때, 이러한 차이가 어떠한 의미를 갖는가가 중요한 문제가 된다.

세번째로 들 수 있는 것은 그리고 또 하나 리얼리즘과 모더니즘의 대립이다. 사실 리얼리즘과 모더니즘의 대립은 최근의 연구에서는 그리 커다란 문제로 제기되고 있지는 않지만, 여전히 암묵적으로 전제되고 있는 듯하다. 예컨대 이상이나 박태원, 최명익 등을 다루면서, 한편으로 그들을 모더니즘 작가로 규정하면서 시작하는 연구가 많은 것이나, 구카프 작가들을 다루면서 '리얼리즘'의 잣대로 규정하는 것 등이 그러하다. 하지만 리얼리즘과 모더니즘의 대립 자체는 연구의 전면에 나서지 않고 있는 것이 사실이다.

마지막으로 근대와 반근대, 혹은 비근대의 대립이라는 '근대'의 극복이라는 과제를 어떻게 수행하고 있는가에 초점을 맞추는 연구가 최근에 나오고 있다. 아직은 근대에 대한 정의의 문제, 근대와 자본주의의 연관과 같은 문제에서 합의를 보지 못하고 있을 뿐만 아니라, 이전에 존재하던 문제들을 포괄하는 데에까지는 이르지 못하고 있기는 하지만, 그러나 그럼에도 불구하고 근대와 근대의 넘어서기라는 문제 제기는 이전 논의들

인다. 예컨대 한설야와 이태준 사이의 거리가 전혀 좁혀지고 있지 않기 때문이다. 별도의 논의가 필요하겠지만, 이 시기 김남천은 미묘한 변화를 보인다.

을 넘어서는 포괄적인 문제제기라는 점에서, 그리고 앞서의 문제틀이 그러하였던 것과 마찬가지로 연구의 상황, 더 나아가서는 연구자의 실천적 관심이 투영되어 있는 것이기에 반드시 짚고 넘어가지 않으면 안된다고 보인다.

결국 1930년대 후반을 연구의 대상으로 삼는 경우, 어떠한 연구도 이러한 네 가지의 문제틀에서 자유로울 수 없다. 이 글이 1930년대 후반에 활동하였던 한 작가인 최명익, 그것도 한 작품인 「비오는 길」만을 대상으로 하면서 굳이 1930년대 후반에 대한 연구를 언급한 것도 이 때문이다. 물론 「비오는 길」 한 편이 이 모든 문제 의식을 감당해 낼 수는 없다. 뿐만 아니라, 「비오는 길」 한편에 대한 고찰만으로 비교를 필요로 하는 이 문제들을 해명할 수도 없다. 다만 여기서는 가능하다면 이러한 문제 의식을 통해 1930년대 후반의 다기한 경향들을 정리할 수 있는 기초를 마련하여 보고자 한다.

지금까지의 「비오는 길」에 대한 연구는 대체로 두 가지로 나뉜다. 주인공 <병일>이 갖는 심리적인 갈등에 초점을 두는 연구 경향이 그 하나라면, 구조 분석을 포함한 방법에 대한 연구가 또 하나이다. 물론 이러한 두 연구는 서로 밀접하게 연관되어 있다. 이러한 연구들을 통해서 대체로 다음과 같은 사실들이 밝혀졌다.

「비오는 길」은 1930년대 후반의 지식인의 자의식을 그려낸 심리 소설이다. 「병일」이라는 인물의 자의식은 '독서'로 나타나는 '추상'에의 열망과 '사진사'에 대한 접근에서 보이는 생활 세계에의 편입이라는 욕망 사이의 갈등으로 나타난다. 자의식의 세계를 그린 이 소설은 내부로 유폐되어 있는 자의식과 골방에서 공장으로 오가는 길의 폐쇄성이 동질적인 구조를 보이고 있다. 하지만 <이칠성>과의 만남, 그리고 <이칠성>의 죽음으로 되돌아온 독서에의 매진에 대해서는 각기 다른 평가가 내려지는데, 독서에의 매진은 현실의 구체성으로 다가가지 못하고 현실을 초월하고자 하는 욕망, 결국은 실패할 수밖에 없는 욕망이라는 평가와, 이러한 독서에의 매진, 추상에의 욕망은 현실의 부정적 측면(소설 속에서는 <이칠성>의 욕망, 곧 자본주의 사회에서의 소시민적인 욕망)에 대한 부정성으로 평가되어야 하며, 이러한 부정성이야말로 파시즘을 향해 치닫고 있는 현실을 넘어설 수 있는 가능성이라는 평가가 대립하고 있다. 사실 이러한 평가의 차이는 연구자의 기본적인 연구 시각의 차이에서 비롯하는 것이며, 앞에서 말한 바대로 암묵적으로 존재하는 리얼리즘과 모더니즘의 대립을 떠올리게 한다. 좀더 단순화해서 말하자면 결국 소설이 담당해야 할 것이 현실의 구체적 총체성의 재현이냐 아니면 끊임없는 부정성이냐 하는 데 대한 입장의 차이일 것이다.[6)]

이와 아울러 또 한편으로는 「비오는 길」을 해석할 때에, 소설 전체가 제기하고 있는 문제를 꼼꼼히 살피기보다는 한 부분에만 초을 맞추었기 때문이 아닌가도 싶다. <병일>의 자의식 내부에서의 갈등이나, 생활 세계와 관념의 세계 사이의 대립, 현실에 매몰되어 사는 삶과 이상을 추구하는 삶 사이의 대립이 존재하기는 하지만, 이들 대립의 밑바닥에 존재하는 또 다른 질서를 발견해 낸다면 이와 같은 평가의 차이는 좁혀 질 수 있을 것이다. <병일>의 자의식 내부에서의 갈등이나, 생활 세계와 관념 세계 사이의 대립이 작가 최명익이 작품의 표면에 드러낸 의도, 곧 '의식'의 문제라고 한다면, 이들 대립의 바닥에 존재하는 질서는 작가의 '무의식'의 영역이라고 할 수 있을 것이다.[7)]

---

6) 전자의 경우 양문규의 논문이, 후자의 경우 진정석, 김민정의 논의가 대표적이라고 할 수 있다.

7) 여기서 무의식이라고 말하는 것은 프레드릭 제임슨이 말하는 정치적 무의식에 가까운 것이고 보다 손쉬운 용어를 사용한다면, 내면화된 이데올로기라고 할 수 있다(F. Jameson, *"On Interpretation", Political Unconsciousness : Narrative as a Socially Symbolic Act,* Methuen, 1981). 이 점에서는 "무의식은 타자이다"라는 라캉의 말을 수용할 수 있다. 이 '무의식'의 영역, 혹은 내면화된 이데올로기는 여러 소설 속에서 발견된다. 소설 속에서 찾아내는 것은 그리 어렵지 않다. 박태원의 소설 속에서도, 이태준의 소설 속에서도, 그리고 혹은 김남천이나 한설야의 소설에서도 발견할 수 있다. 하지만, 자본주의의 이데올로기 자체를 발견하기는 최명익의 소설이 가장 적합하며, 또한

때문에 여기에서는 일단 작품 자체가 드러내고 있는 이 '무의식적인' 질서를 밝혀보고자한다. 이 무의식적인 질서, 작품을 구조화하는 질서가 밝혀지고 난 후에야 이 작품에 대한 평가가 올바로 이루어질 터이기 때문이다.

2.

2-1. 「비오는 길」에서 가장 표면에 드러나 있는 것은 두 개의 삶의 방식의 대립이다. 하나는 <이칠성>이 지향하는, 혹은 살아가고 있는 방식이다. 여기서 <이칠성>이라는 존재는 많은 연구자들이 지적한 바 있듯이, "한 개성으로서의 고유한 의미보다는 <병일>의 의식에 비친 불특정한 군중 또는 속물적 생활의 대표자"[8]로서 보인다. 사진사 조수 생활로 몇 년을 지내고, 그리고 이제 독립해서 자기 소유의 사진관을 가졌으며, 앞으로 한 삼 년 지나면, 자기 집도 갖게 될 것이라는 <이칠성>의 꿈, "셋집이 아니고 작으나하게나마 자기 집에다 장사면 장사를 벌리구 앉아서 먹구 남는 것을 착착 모아가는 살림"을 세상 사는 가장 큰 재미라고 생각하는 사고 방식. 이러한 욕망과 사고 속에는 삶에 대한 인간 존재가 어

비록 의식되고 있지는 않지만, 그리고 나중에 보듯이 결국 더 이상 추구되지 못하고 말기는 하지만, 그럼에도 불구하고, 그 문제가 전면에 드러나 있다고 할 수 있다. 이 점 때문에 비록 단편이기는 하지만 「비오는 길」은 「봄과 신작로」와 아울러 문학사적 중요성을 획득한다. 이 정도의 무게를 갖고 있는 것은 김동리의 「무녀도」, 김남천의 「경영」, 「맥」 연작, 그리고 채만식의 장편 소설 정도라고 할 수 있을 것이다. 따라서 중요한 것은 한 소설 속에서 작가의 무의식이 어떻게 구조화되어 있는가를 밝히는 것이고, 나아가 자본주의 사회와의 구조적 동일성을 밝혀내는 것이다. 결국 우리가 소설 속에서 읽어내어야 하는 것은 단지 작가의 의지나, 의도만은 아니다.

8) 진정석, 「최명익 소설에 나타난 근대성의 경험 양상」(민족문학사연구, 95.12), 186면.

떠한 의미가 있는가 하는 물음과 자신의 존재에 대한 자의식은 보이지 않는다. 자신에 대한 반성, 되돌아 봄, 성찰이 없는 삶이라고 할 수 있다. <이칠성>은 자신의 현재 상태에 대하여 부정한다. 그러나 이러한 부정은 질적인 부정이 아니다. 자신의 현재의 삶의 조건을 부정하지 않는 상태에서 보다 나은 상태로의 지향일 뿐이다. 돈 만환과 십만환 사이의 차이에 불과하다. <이칠성>이 갖고 있는 욕망은 자신의 욕망이 아니라 타인의 욕망일 뿐이다. <이칠성>은 왜 '자기 집'이어야 하는가, 왜 돈을 착실히 모아야 하는가에 대해서는 아무런 질문을 던지지 않는다. 타인이 욕망하기에 자신도 욕망하는 것이다.

이러한 <이칠성>의 삶에 대립되고 있는 <병일>의 삶은 <독서>로서 대표된다. <병일>은 자신이 받은 얼마 되지 않는 월급을 쪼개어서 책을 사고, 자신만의 방에서 책에 파묻혀, '활자'의 세계 속에서 살아가고자 한다. '활자' 속에서의 삶은 단지 자신의 생존에 얽매이지 않고, 보다 높은 가치를 지향하는 삶이다. 이 보다 높은 가치가 무엇인지 아직은 알 수 없지만, 그렇다고 해서 <이칠성>과 같은 삶은 의미가 없다. 이 보다 높은 가치를 발견할 수 있는 방법이 <독서>이다. <병일>은 독서 속에서 자신의 존재에 대해 질문을 던지고, 자신의 존재를 논리적으로 규명하고자 한다. 이러한 <독서>은 현실을 초월하고자 하는 욕망의 표현이다. 그리고 그것은 '문자'로 대표되는 추상, 형이상학에 대한 열망이라고 할 수 있다. 이것이 형이상학에 대한 열망인 것은, <병일>이 추구하는 것이 변하지 않는 것, 변할 수 없는 것, 인간 존재가 있기 이전에, 혹은 인간이 존재하기 시작하면서부터 인간에게 부여된 어떤 가치이며, 의미인 듯이 보이기 때문이다. 이러한 <병일>의 지향은 자신의 현존재에 대한 철저한 부정으로 보인다. <병일>이 추구하는 것은 현실 속에는 없고, 단지 '책' 속에만 존재하기 때문이다.

이렇게 본다면, <병일>과 <이칠성>의 삶의 방식의 차이는 존재에 대한 자의식이 있는가 없는가, 그리고 현재 상황에 대한 부정이 조건 내에서의 부정인가 그렇지 않으면, 조건 자체의 부정인가에 있는 것처럼 보인다. 그리고 이 두 삶의 방식은 화해할 수 없는 것으로 그려진다. 그런데 이 조건이 자본주의라고 한다면, 이 둘의 대립은 자본주의적 삶의 방식을 둘러싼 대립이라고 할 수 있고, <병일>의 욕망은 '반자본주의적'인 것, 최소한 자본주의적 삶의 방식에 거리를 두고 있는 것으로 보인다. 이러한 판단은 옳은 것일까. 이 문제는 잠시 유보해 두기로 하자.

2-2. 문제는 이러한 두 개의 삶의 방식이 존재한다는 점이 아니라 <병일>의 내부에서 이 두 삶의 방식이 대립하고 있다는 점이며, 나아가 이 두 삶의 방식 사이에서 <병일>이 갈등하고 있다는 점이다. <병일>은 <이칠성>에 대해 경멸의 태도를 취하면서도 또 한편으로 <이칠성>의 삶을 동경하고 있다. 앞에서 본 바와 같이 <이칠성>의 삶이 존재에 대한 자의식을 갖지 않아도 되는 삶, 그리고 타인의 욕망을 자신의 욕망으로 하는 삶이라고 한다면, <이칠성>에 대한 동경은 <병일> 자신이 붙들고 있는 문제, 곧 인간 존재에 대한 본원적인 질문으로부터 벗어나 있는 삶에 대한 동경이라고 할 수 있다. <이칠성>에 대한 경멸과 끌림이라는 이중성은 <병일> 스스로 인식하고 있다.

> 이러한 사회층의 일평생의 노력은 이러한 행복을 잡기 위한 것임을 어느 때 어느 곳에서나 늘 보고 듣는 것이었다. 그러나 병일이는 이러한 것을 진정한 행복이라고 믿을 수 없는 것이었다. 그렇다고 나의 희망과 목표는 무엇인가고 생각할 때에는 병일이의 뇌장은 얼어 붙은 듯이 대답이 없었다. 이와 같이 별 다른 희망과 목표를 찾을 수 없으면서도 자기가 처하여 있는 사회층의 누구나가 희망하는 행복을 행복이라고 믿지 못하는 이유도 알 수 없는 것이었다.

이처럼 <이칠성>과 같은 인간의 삶과 사고방식에 대한 <병일>의 시선은 이중적이다. 그는 <이칠성>과 같은 삶에 대해서도 그리고 또 한편으로 자신을 신경 쇠약으로까지 몰고 가는 <독서>에 대해서도 거리를 갖는다. 그런데 왜 <병일>은 이 두 개의 삶의 방식 속에서 갈등하는가. <이칠성>의 삶이 경멸할 만한 것이라면, <병일>이 이 두 삶 사이에서 갈등할 이유가 없기 때문이다.

여기에 두 삶이 갖고 있는, 하지만 표면에 드러나지 않는 또 다른 차이를 생각하여 볼 수 있다. 이 차이는 자신의 삶에 대한 의식이, 혹은 삶의 지향이 자신의 삶을 추동하는 힘으로 작용하는가 그렇지 못한가의 차이이다.

<이칠성>의 삶의 방식은 단순하다. 그는 '남들처럼' 살아보고 싶은 것이고, 이 때 '남'이란 직접적으로는 예전 자기의 주인이었던 사진사를 말하는 것이다. '자기의 사진관'을 가졌으니, 이제 목이 좋은 곳에, 곧 '도심의 한 복판'에 사진관을 내고, 몇 년 착실히 일해서 '자기'의 집을 사는 것이다. 이러한 삶에 대해서 <이칠성>은 한번도 반성하지 않는다. 그러한 삶이 어떠한 가치가 있는가를 그는 묻지 않는다. 앞에서 말한 대로 그에게는 자신의 존재 의미라든가, 삶의 가치라든가 하는 물음이 없다. <병일>이 보기에 이러한 자의식의 부재는 불행이다. 인간의 인간됨이 자신의 존재에 대한 의식에 있다고 생각하는 한, <이칠성>의 삶은 불행한 삶이다. 그는 자신의 현재 상황은 부정하지만, 그러나 자신의 욕망과 꿈을 규정하고 있는 현실에 대해서는 부정하지 않는다. 오히려 적극적으로 긍정하고 있다. 다시 말해서 <이칠성>은 자본주의의 현실 속에서 자기 자신이 처해 있는 위치는 부정하지만 자본주의적 삶의 방식은 부정하지 않는다. 개인의 노력에 따른 그만큼의 성공이라는 자본주의 사회의 이데올로기에 <이칠성>은 철저히 침윤되어 있고, 그리고 그는 현실이 자신의 욕망을 좌절시키지 않는 한, 현실 자체에 대해 의문을 던지지 않으며, 가족을 포함한 '자기의 삶', 곧 사적인 공간에 머물러 있다. 그렇기 때문에 <이칠성>의 사고 방식은 자신의 삶을 추동하는 힘이 될 수 있는 것이다. <이칠성>의 삶에서는 자신이 지향하고 있는 삶과 현재의 삶 사이에 질적인 차이가 없기에 <이칠성>의 삶의 지향은 현재의 삶을 추동하는 힘으로

써 작용한다. 물론 이러한 지향은 철저하게 자본주의적인 것이다.

그러나 병일의 삶은 어떠한가 <병일>의 삶은, 생명을 영위하는 방식과, 삶에 대한 의식이 분열되어 있는 삶이다. 그는 '공장'에서 주인에게 수모를 당하면서도 공장에 다릴 수밖에 없다. 생명을 유지하여야 하기 때문이다. 하지만 그 행위에는 아무런 의미가 부여되지 않는다. 반면, 그에게 <가치 있는> 삶은 그의 <방>에서의 <독서>이다. 이 시간에 그는 인간 존재에 대해서 사유한다. 비록 어떤 <답>을 찾을 수는 없지만 그래도 그 행위는 가치가 있다고 생각한다. 이 두 시간 '낮'의 시간과 '밤'의 시간은 철저하게 분리되어 있고, 이 두 개의 시간 사이에는 어떠한 화해의 가능성도 없다. <병일>이 "자신의 일에 분망한" 사람들을 보면서 자신도 자신의 일에 분망하고 싶어하는 것은 바로 이 화해할 수 없는 대립 때문이며 그가 존재 이유에 대한 <답>을 찾을 수 없는 것도 결국은 이 때문이다.

이러한 대립은 앞서의 차이, 곧 존재에 대한 자의식의 여부, 형이상학적 가치의 추구 여부에서 오는 차이보다 훨씬 더 본질적이라고 할 수 있다. 자본주의 사회 속에서, 자본주의 자체가 강요하는 삶의 논리를 자신의 것으로 하지 않았을 때, 삶의 생명력까지 고갈시킬 수 있음이 <병일>과 <이칠성>을 통해서 드러나기 때문이다. <병일>은, 자신의 희망과 목표를 향하여 분투하고 노력하는 사람들이 가질 수 있는 행복을 부러워하지만, 그렇다고 해서 <이칠성>의 행복을 자신의 행복으로 받아들이지 못한다. 받아들인다면, 그 때에는 자신이 경멸하는 삶의 방식에 굴복하는 것이기 때문이다. 하지만 이러한 대립은 끝까지 추구되지도 또 의식되지도 않는다. <이칠성>의 죽음을 통해서, 그는 '다시' <독서>의 생활로 되돌아간다. 자신 속에 있었던 갈등이 <이칠성> 때문이라는 듯이 말이다.

2-3. 이러한 대립은 왜 <병일>이 <이칠성>과 같은 삶에 끌리는가를 어느 정도 알게하여 준다. 하지만, 왜 <이칠성>의 사진관으로 찾아들어가고, 그와 만나고 술을 마시는가를 설명하여 주지는 않는다. 따라서 여기

서 <병일>이 맺고 있는 두 개의 사회적 관계에 대해 살펴볼 필요가 있다. 이 관계를 살펴봄으로써 소설의 전면에 드러나 있지 않은 또 다른 차이, 혹은 대립을 발견할 수 있다.

먼저 <이칠성>과의 관계를 살펴 보자.

<이칠성>과의 관계는 다음과 같은 단계를 거친다.

1) <이칠성>='노방의 타인'=사물 : <이칠성>은 <병일>과는 아무런 관계도 맺지 않고 있다. 이러한 단계에서는 "외짝 거리 점포의 유리창 안에 앉아 있는 노인의 얼굴이나 그 곁에 쌓여 있는 능금알이나 <병일>에게는 다를 것이 없"듯이 <이칠성> 또한 다른 사물과 마찬가지의 지위를 지닐 뿐이다. 그렇기 때문에 그 존재는 <병일>에게는 의식의 대상으로서의 존재가 되지 못한다. 그저 의식 밖에 존재하는 낯선 사물일 뿐이다.

2) <이칠성>=타자 : 이 단계에서 <이칠성>은 단지 '사물'이 아니라 자신의 고유한 삶의 방식을 가지고 있는 '타자'로서 나타난다. 이 타자로서의 <이칠성>은 <병일>이 자신의 삶의 방식을 돌이켜볼 수 있는 거울로서 존재한다. 그러나 이 단계에서 타자와의 관계는 강제되지 않은 자유로운 관계이며, 그러한 한에서 <병일>이 쇠약하여져 있는 신경을 쉴 수 있는 공간을 만들어주는 관계이기도 하다. 이 단계에서 <병일>은 사진사가 늘어 놓는 삶의 이야기, 근본적으로는 자신과 아무런 관계가 없는 삶 속에 빠져 들 수 있고, 그런 한에서 그는 편안할 수가 있다.

3) <이칠성>=<병일>의 삶에 침입하는 타자 : 이 단계에서 칠성은 자신의 삶의 논리로 <병일>의 세계를 재단하고, 충고하면서 삶에 간섭하기 시작한다. 뿐만 아니라 그가 침입해 들어오는 곳이야말로 <병일>이 가지고 있는 틈, 곧 삶에 대한 의식과 삶의 방식 사이의 메꾸어질 수 없는 틈이기도 하다. 따라서 <병일>은 이러한 관계를 지속할 수 없게 된다.

4) <이칠성>=사물 : <이칠성>과의 마지막 단계는 <이칠성>의 죽음으로써 맺어지는 단계이다. 이 단계에서 <이칠성>은 죽음을 맞이함으로써 다시 사물로 환원되고, <병일>은 처음의 단계로 되돌아간다.

또 하나의 관계는 <병일>과 <병일>이 다니고 있는 사무실의 주인과의 관계이다. 이 주인과의 관계는 <이칠성>과의 관계와는 여러 가지 면에서 다르다. 먼저 주인과의 관계는 자유로운, 따라서 언제나 끊을 수 있는 관계가 아니다. <병일>이 생존을 영위하기 위해서 어쩔 수 없이 지속하여야만 하는 관계이다. 그리고 이 관계야말로 <병일>의 삶을 규정하는 본질적인 규정성이다. <병일>은 자신의 노동에서 소외되어 있으며, 그의 일이란 단지 노역에 불과한 것이다. 그렇기 때문에 낮의 삶에서 벗어나 밤에 할 수 있는 독서는 낮에 하는 노동의 철저한 대립물이다. 뿐만 아니라 <병일>은 <이칠성>과의 관계에서 <이칠성>의 삶을 동경하듯이 주인의 삶을 동경하지는 않는다. 주인의 삶에 대해서 그리고 자신에게뿐만 아니라 모든 사람에게 던져지는 시선, 불신자, 감시자의 시선에 대해 구역질을 느끼기조차 한다. 그러나 그럼에도 불구하고 <병일>은 주인에게서 인정받고 싶어 신원보증인을 얻기를 기대한다.

이러한 사회적 관계에 대해 <병일>이 취하는 태도를 통해서 확인할 수 있는 것은 두 가지이다. 먼저 일반적으로 말해지고 있는 것처럼, <병일>이 동경하는 것은 '생활인'의 삶이 아니라는 점이다. <이칠성>이 보여주고 있는 삶은, 그리고 그가 꿈꾸는 삶은 전형적인 소부르조아의 삶이다. 자신이 갖고 있는 생산 도구에 자신의 노동을 투여함으로써 영위하는 삶이기 때문이다. 하지만 앞에서도 말했듯이 <병일>이 주인과 맺는 관계는 자본가-노동자의 관계와 동질적이다. 따라서 <병일>이 <이칠성>과 주인에 대해서 맺는 관계의 다름은 <병일>이 스스로 갖고 있는 의식과 존재 사이의 괴리라고 할 수 있다. 실상 <병일>이 꿈꾸는 것은 표면상으로는 <이칠성>과는 다른 삶이지만, 구조적으로는 동질적인 삶이기 때문이다.

또 하나는 타인과의 관계를 맺고 싶다는 욕망과 자신만의 세계를 갖고 싶다는 욕망 사이의 대립을 발견할 수 있다. 타인과의 관계를 맺고 싶어하는 욕망은 주인과의 관계에서 확인될 수 있다. 주인은 <병일> 자신을 하나의 인간, 자신과 동질적인 인간으로 바라보지 않는다. <병일>이 신원보증인을 얻고 싶어하는 것은 단지 주인으로부터 의심의 눈초리를 받기 때문이라기보다는 주인과 대등한 관계를 맺을 수 없기 때문이다. <병일>은 자신의 존재, 인간으로서의 존재를 믿지 못하는 아니 보지 못하는 주인에 대해서 반감을 갖는다. 그리고 자신이 하나의 인간으로서 대접받기를 갈망한다. '올바른' 인간관계를 형성하고자 하는 욕망, 혹은 한 <인간>로서 대접받고 싶어하는 욕망 때문에 주인의 시선에서 불쾌한 감정을 느끼는 것이다. 그러나 <이칠성>과의 관계에서 <병일>은 <이칠성>을 역시 하나의 인간으로서 만나지 않는다. <이칠성>은 <병일>에게 있어 하나의 대상, 혹은 수단일 뿐이다.

> 한 때에는 자기가 사진사를 찾아가는 것은 마치 땀흘린 말이 누워서 뒹굴 수 있는 몽당판을 찾아가는 듯한 것이라고 생각한 적도 있었다. 그러나 그 곳도 마음 놓고 뒹굴 수 있는 곳은 아니었다.

그리고 그가 자신의 개인적인 공간, 자신의 삶의 공간에 들어오지 않는 한에서만 받아들일 뿐이다. 이 일정한 한계를 넘었을 경우에는 받아들이지 못한다. 이렇게 본다면, <병일>은 타인과의 관계를 맺고 싶다는 욕망을 갖고 있음에도 불구하고, 주인이 자신을 바라보는 방식과 동일한 방식으로밖에 <이칠성>을 대하지 않는 것이다. 따라서 <병일>이 가지고 있는 두 욕망은 양립할 수 없는 욕망이다.

3. 「비오는 길」에 나타나는 이러한 대립들은 다음과 같이 정리될 수 있다.

하나. 자신의 존재에 대한 자의식이 없는 '속물적'인 삶과 자신의 존재의 의미와 가치를 묻는 삶. <병일>은 이 두 삶의 방식 사이에서 갈등한다.

둘. <병일>이 갈등하는 이유는 자신이 바람직하다고 생각하는 삶에 대한 지향(<독서>)이 현재의 삶을 추동하는 힘으로써 작용하지 않는 반면, <이칠성>의 경우, 삶의 지향은 곧 삶의 추동력으로써 작용하기 때문이다. 곧 <병일>은 자신이 의미 있다고 생각하는 행위가 자신의 삶의 조건과는 화해할 수 없는 것이기에 삶의 지향이 가치가 있는 것이건 없는 것이건 화해할 수 있는 <이칠성>의 '속물적'인 삶에 끌리는 것이다.

셋. <병일>은 타인에 대해 이중적인 태도를 취한다. 곧 그는 타인으로부터의 절대적인 자유와 함께 타인에게서 인정받는 삶을 원한다.

이러한 세 가지 대립들 사이에서 표면에 드러나는 것은 첫번째의 대립과 갈등이지만, 보다 본질적인 것은 두번째와 세번째 것이라고 할 수 있다. <이칠성>을 대하는 이중적인 태도와 두 삶의 방식 사이에서의 갈등의 바탕에 두번째와 세번째의 대립이 놓여 있기 때문이다. 그리고 이 두번째와 세번째의 대립은 자본주의적 사회 질서가 배태한 것이라고 할 수 있다. <병일>이 하는 독서 행위라는 것은 그것이 상품으로서의 가치를 갖지 않고서는 삶의 분열을 야기시킬 뿐이다. 사람들 사이의 관계 또한 자신의 공간, 철저히 사적인 공간과 공적인 공간으로 분열되고, 이 둘 사이에 어떠한 통로도 만들어지지 않는다. 그렇다면, <병일>이 타인과 함께하고 싶어 하는 욕망이란 이러한 사물화된 사람 사이의 관계를 뛰어 넘고자 하는 것이지만, 그러나 그것은 또한 철저히 사적 공간을 유지하는 한에서의 욕망이라는 점에서, 처음부터 실현될 수 없는 욕망인 것이다.

이처럼 「비오는 길」에서 우리는 자본주의 사회 질서가 한 개인의 내면 속에 어떠한 방식으로 반영되고 있는가를 발견할 수 있다. 하지만 이러한 반영은 적어도 '작가의 의도'와는 관계 없는 것으로 보인다. 소설의 결말 처리를 살펴 보면 이러한 사실을 알 수 있다. 소설의 결말에서 <이칠성>은 장마통에 번진 장티푸스로 죽는다. <이칠성>이 죽는 시점은 <병일>이 <이칠성>의 '문어의 흡반' 같은 '생활력'을 견디지 못하고 <이칠

성>의 사진관을 찾아가지 않기 시작한 뒤이다. <이칠성>과의 실질적인 관계는 지속되지 않고 있다. 따라서 <이칠성>의 죽음이 문제가 된다면, 그것은 <병일>에게 문제가 되는 것이 아니라 작가에게 문제가 된다고 보인다. 작가가 <이칠성>의 죽음으로 소설의 결말을 맺은 이유는 무엇일까.

<이칠성>의 죽음은 우연한 것이다. 이는 두 가지 의미에서 그러하다. <이칠성>의 죽음이 예비된 것이 아니라 전염병에 의한 갑작스러운 죽음이라는 점에서 그러하다. <이칠성>이 살아나가는 방식이 '축적'과 그 축적의 재미에 있는 것이라고 한다면, 그 축적이 '힘'으로써 나타나기 이전에 <이칠성>이 죽음으로써, <이칠성>의 삶 전체는 의미를 잃게 된다. '내일'을 위하여 오늘을 희생하는 칠성의 삶은 이 갑작스러운 죽음으로 가치를 상실하게 되는 것이다. 또 하나는 '죽음'의 문제가 이 소설의 중심이 아니었다는 점이다. 물론 이 소설을 '죽음' 앞에 선 인간 존재의 무상함을 다룬 소설로 읽을 수가 있다. 극심한 신경 쇠약에 빠져서 죽음의 환영에 사로잡혀 있던 <병일>이, <이칠성>이라는 한 인간의 죽음을 통해서 삶의 무상함을 깨닫고, 또 아울러 <이칠성>의 '생활력'이라는 것 자체도 무력하기 짝이 없음을 인정하면서, 언제 죽을 지 모르는 자신의 삶을 자신이 하고 싶어 하는 일인 <독서>에 매진하는 충실한 삶을 계획하게 된다고 볼 수 있다. 하지만 이러한 해석은 소설 자체에서 근거를 찾아내기가 매우 힘들다.[9]

이제 소설의 마지막 부분을 보자.

> 병일이는 뒤로 따라 가다가 그들이 서문통 안으로 사라질 때까지 바라보고 있었다.
>
> 그들이 보이지 않게 되었을 때 병일이는 공장으로 가면서 -- 산 사

9) 이제까지 나온 어떠한 연구도 이렇게 읽지 않았음도 이러한 판단을 뒷받침해준다. '죽음'과 생활력의 문제가 집중적으로 다루어지고 있는 것은 오히려 「무성격자」라고 할 것이다. 이런 점에서 본다면, 「비오는 길」과 「무성격자」는 상당히 비슷한 구성을 취하고 있는 것처럼 보인다. 그러나 「무성격자」에서 문제가 되는 것은, 「비오는 길」에서 부정되었던 '삶에의 의지'이다.

람은 아무렇게라도 죽을 때까지는 살 수 있는 것이니까. -- 이렇게 중얼거리면서 그는 자기가 어렸을 때 부모 상을 당하고 못 살 듯이 설어하였던 생각을 하였다.

저녁에 돌아갈 때에는 현관의 문등은 이미 없어졌다. 그리고 역시 불이 꺼진 「쇼오윈도」 안에는 사진 대신에 「셋집」이라고 크게 쓴 백지가 비스듬히 붙어 있었다.

어느덧 장질부사의 흉스럽던 소식도 가라앉고 말았다. 홍수도 나지 않고 지리하던 장마도 이럭저럭 끝날 모양이었다. 병일이는 혹시 늦은 장마비를 맞게 되는 때가 있어도 어느 집 처마로 들어가서 비를 그이려고 하지 않았다. 노방의 타인은 언제까지나 노방의 타인이기를 바랐다.

그리고 지금부터는 더욱 독서에 강행군을 하리라고 계획하며 그 길을 걸었다.

<이칠성>의 죽음이 소설 속에서 예비된 것이 아니고 갑작스러운 것이라는 사실은, 작가의 '의도'를 드러내는 부분이라고 할 수 있다. <이칠성>의 삶의 방식과 <병일>의 삶의 방식 사이에 존재하였던 대립 관계를 해소시키는 것이다. <독서>에 매진하겠다는 <병일>의 다짐을 놓고, "개념과 내적 성찰을 통해 근대적 삶의 진정한 의미를 추구하려는 작가 의식의 한 방향성을 제시한 것"[10]으로 볼 수도 있다. 하지만 이러한 결말 처리는 대립을 끝까지 밀고 나가는 것이라기보다는 대립의 한 축을 없앰으로써 대립에 주어졌던 의미를 무화시키는 것이라 하지 않을 수 없다. 이는 한편으로 단지 하나의 계기, 삶의 방식을 놓고 <병일> 내부에 갈등을 일으키게 되는 하나의 계기에 불과한 <이칠성>이라는 존재를 이제까지 존재했던 모든 문제의 근원으로 만들어버리는 것이다. 두 삶의 방식의 대립은 이제 마치 <병일>과 <이칠성>의 대립처럼 그려진다. 그리고 갈등

10) 진정석, 앞의 글, 187면. 「비오는 길」에 대한 이러한 판단은 다른 작품의 평가에서도 일관되게 나타난다. 「폐어인」에서 나타나는 "참고 사는 데까지 살아가"는 것이 최선이라는 결론에 대하여 '대기'의 논리로 규정하면서, 이러한 대기의 논리와 회의주의적인 시선이 전향의 시기에 있어서는 간단치 않은 힘을 가지고 있으며, 비판의 시선을 늦추지 않음으로써, 해방공간에서 좌익과 우익의 소설이 보이는 파탄에서 벗어날 수 있다고 한다.

의 원인은 <이칠성>이라는 존재 자체이다. <이칠성>이 죽음으로써, 그가 추구하였던 모든 가치는 의미를 상실하고, 남아 있는 <병일>, 그것도 <이칠성>을 만나기 이전의 <병일>, 그의 <독서>에 긍정적인 가치가 부여된다.

이러한 해결 방식을 통해 앞에서 제시한 바 있는 세 가지 대립 가운데 가장 표면에 놓여 있는 대립은 해소되는 것처럼 보인다. 그러나 이는 소설의 외관일 뿐이고, 작가의 의도일 뿐이다. 앞에서 살펴 본 대로, <이칠성>을 만난 뒤 <병일>이 갖는 이중의 지향이 사실 보다 근본적인 대립인 나머지 두 개의 대립에서 오는 것이라고 한다면, <이칠성>의 죽음으로써 이 두 대립이 해소될 수 없다. 이 대립은 <이칠성>과는 상관 없이 존재하는 것이다. 따라서 해소되는 듯하게 보이는 표면의 대립도 실상은 해소되지 않는 것이다. 이 해소 방식이 작가의 '의도'라고 한다면, 우리는 「비오는 길」의 배면에 깔려 있는 다른 두 대립은 작가의 '무의식'의 영역이라고 할 수 있다. 그렇다면 우리는 「비오는 길」에서 작가의 '무의식'과 '의도' 사이의 괴리를 발견하게 되는 것이다.

그렇다고 한다면 이 '무의식'과 '의도' 사이의 괴리를 어떻게 해석하여야만 할까. 또 이러한 괴리는 「비오는 길」이라는 작품을 평가하는 데 어떤 의미를 가지는 것일까.

<독서>란 문자 세계 속에서의 길찾기이다. 그 길이 삶의 가치이건, 삶의 의미이건 간에 <독서>은 문자 세계, 곧 관념의 세계, 혹은 허구의 세계에서의 길찾기이다. 관념의 세계로 빠져드는 것은 비단 최명익만이 아니다. 이미 지난 시기에 카프 또한 그에서 크게 벗어나지 않는다. 그야말로 이는 "저개발의 모더니즘"[11]일지도 모른다. 어떤 점에서는 <병일>은 카프의 후손일지도 모른다. 관념으로부터 현실로 향하고자 했던 지향이 현실로의 통로를 잃어버렸을 때의 모습일지도 모른다. 혹은 여전히 현실 저편에 관념의 세계를 두고 있는 한설야와 같은 모습이기도 하다. 관념의 세계와 현실의 세계는 저만치 떨어져 있고, 그 간극은 도저히 좁힐

11) 진정석, 앞의 글 참조.

수 없고, 이러한 이념과 현실 사이의 줄타기에서 <이칠성>을 죽임으로 해서 <병일>이 선택한 것은 이념의 세계, 관념의 세계인 것이다. 하지만 <독서>에의 매진은 중단되지 않는 책읽기이기도 하다. 중단되지 않는다는 것은 욕망이 충족되지 않기 때문이다. 물론 욕망이 충족되지 못하는 것은 그 욕망이 <독서>로부터 나온 욕망이 아니라, <병일>의 경우처럼, 「현실」에 기인한 것이기 때문이다. 충족되지 않는 욕망과 그에 따른 끊임없는 독서란 무엇일까. 그것은 '축적'이다. 현실 속에서의 부의 축적이 아니라, 관념의 세계 속에서의 지식의 축적이다. 이러한 지식의 축적은 단지 어디에 쌓느냐 뿐이지 부의 축적과 동일한 욕망이다. 무엇인가를 자신의 것으로 쌓는 것. 사적 세계의 공고화. 독서에 매진하겠다는 것은 무한한 축적의 욕망이고, 그와 아울러 사적 세계를 완전히 고립된 세계로서 보전하겠다는 의지이다. 바로 사적인 축적의 욕망이 독서에의 매진과 '노방의 타인'을 연결시켜준다. 그 두 가지는 동일한 욕망의 다른 표현인 것이다. 그가 관계를 맺고 싶어했던 타인은 '자기의 세계'를 파괴하는 존재이며, 자신의 축적의 욕망으로 타인의 축적을 부정하는 존재이다. 바로 이 점이 중요하지 않은가. 그가 <이칠성>을 부정하고, 또한 자기가 다니는 공장의 주인을 부정하는 것은 그들의 목표가 '재산의 축적'에 있기 때문이며, '축적'이 그들의 존재를 규정하는 원리가 되고 있기 때문이다. 그래서 <병일>은 <이칠성>을 부정하고, 그와의 만남 자체를 회피하여야 할 것으로 생각하며, 또한 그의 죽음을 '조상'하기는 하지만, 안도하는 것이다. 그러나 <병일>이 추구하는 <독서>에 대한 욕망이 또한 '축적'이라면, 개인의 내면에 쌓아나가는 축적이라고 한다면, <병일>은 실상 <이칠성>을 부정함으로써 자신을 부정할 수밖에 없는 것이다. <병일>의 <독서>이 어떻게 평가되건, 그 평가는 작가도 의식에 떠올리지 않고 있는 이 자기 부정에 대한 인식을 바탕으로 하지 않으면 안되는 것이다.

4. 우리는 앞서 작가의 의도뿐만 아니라 작가의 무의식을 읽어내지 않으면 안된다고 말하였다. 이 때 작가의 무의식이란 억압된 욕망이라기보

다는 오히려 존재에 의해 구조화된 사고 체계를 의미하는 것이다. 그런 점에서 내면화된 이데올로기라고 말할 수 있다고 했다. 최명익이 「비오는 길」에서 말하고자 한 것이 자본주의적 욕망의 부정과 개인의 내면의 확대이고 이것이 작가의 '이데올로기'라고 한다면, 그 스스로 의식하지 못한 채로 작품을 통해서 드러내주고 있는, <병일>의 또 다른 자본주의적 욕망은 내면화된 이데올로기이다. 결국 <병일>의 욕망이나 <병일>이 부정하고 있는 욕망이나 모두 자본주의적 삶의 질서 속에서 배태된 것이고, 또한 자본주의적 질서를 넘어서지 않는 것이다. 그리고 <병일>의 욕망이 반자본주의처럼 보이도록 만듦으로써 '자기 것'에 대한 욕망을 보편화하고 있다. 그러나 그 욕망이 어떻게 배태되지 않을 수 없는가, 더 나아간다면, 어떻게 자본주의를 부정하고자 하는 욕망이 자기 모순에 빠지지 않을 수 없는가, 곧 자본주의의 현상 형태를 드러내주고 있다는 점에 이 소설이 지니고 있는 독자성이 있다고 보인다. 이는 「비오는 길」을 일견 유사해보이는 박태원의 「소설가 구보씨의 일일」과 비교해보면 쉽게 알 수 있다. 평면적으로 비교해서는 곤란하겠지만, 「소설가 구보씨의 일일」에서도 우리는 소시민적 생활에의 동경과 경멸의 이중적인 시선을 발견할 수 있고, 이 시선만을 놓고 본다면 「비오는 길」과의 차별성은 없다. 그러나 「소설가 구보씨의 일일」에는 「구보」의 욕망이, 그 이중성이 어디에서부터 출발하는가를 발견할 수 없다. 모더니즘이 자기 시대와 자기 자신에 대한 자의식에 바탕하고 있는 것이라고 한다면, 「소설가 구보씨의 일일」은 「비오는 길」에 미치지 못하는 것이다. 물론 이는 제한된 측면에서의 비교일 뿐이다. 「소설가 구보씨의 일일」이 갖는 문학사적 의미는 이 욕망의 면에 있기보다는 그의 '방법' 혹은 '기법'에 놓여 있기 때문이다. 그리고 이 '방법'에 대한 논의는 다른 방식으로 이루어져야만 한다. 그러하다면, 이 두 작품을 면밀히 비교함으로써 소위 모더니즘 소설의 두 유형을 정립하는 것이 다음의 일차적인 과제가 될 것이다.

피부에 남은 전쟁의 기억
— 황순원의 『나무들 비탈에 서다』론

김 재 영*

1. 머리말

『나무들 비탈에 서다』가 처음 발표된 것은 1960년 1월, 바로 60년대가 시작되는 시점이었다. 아직 한국전쟁의 상처가 채 가시지 않은 시기에 전장과 전후의 현실을 배경으로 젊은이들이 살아가는 모습을 형상화하여 많은 독자의 관심을 끌었으며, 연재 직후 곧바로 단행본이 간행되었고, 다음 해에는 예술원상을 수상하기도 한 문제작이다. 61년에는 이 작품을 둘러싸고 비평가(백철)와 작가의 논쟁[1]이 있었으며, 원형갑의 비평과 이를 비판한 천이두의 비평[2] 등 평단의 관심도 집중되었던 것으로 보인다. 당시 원형갑의 비평은, 천이두가 잘 지적하였듯이, 로렌스적인 성적 완전성에의 기구라는 자신의 논지에 작품을 뜯어 맞추었고, 따라서 작품에

---

* 金宰瑩, 연세대 강사, 주요 논문으로는 「한설야 소설연구」 「〈임꺽정〉 연구」 등이 있음.

1) 백　철, 「전환기의 작품자세」, 『동아일보』, 1960.12.9～10.
황순원, 「비평에 앞서 이해를」, 『한국일보』, 1960.12.15.
백　철, 「작품은 실험적인 소산」, 『한국일보』, 1960.12.18.
황순원, 「한 비평가의 정신자세」, 『한국일보』, 1960.12.21.

2) 원형갑, 「『나무들 비탈에 서다』의 배지」(상 · 중 · 하), 『현대문학』, 1961.1～3.
천이두, 「『나무들 비탈에 서다』의 기점」(상 · 하), 『현대문학』, 1961.12～1962.1.

대한 심각한 오독을 보여주고 있다. 천이두는 비교적 온당하게 이 작품이 전쟁의 상처에 괴로워하는 젊은이들의 문제를 다루고 있음을 설명해주고 있으나, 실제 작품 해설의 과정에서는 개인의 자의식에 초점을 맞추고 있다.

실제로 황순원의 작품에서 역사나 현실의 모습을 객관적으로 파악하려는 의식은 잘 드러나지 않는다. 그는 해방 이후 몇몇 단편들과 『별과 같이 살다』, 『카인의 후예』 등의 장편소설을 쓰면서 역사와 현실의 문제와 부딪치게 되지만, 그 때도 항상 앞서 있는 관심은 개인의 문제였다고 할 수 있다. 그래서 이 작품에 대한 이해도 실존 또는 존재의 문제라는 관점에서 많이 이루어지고 있다. 물론 이 작품 속의 인물들에게 주어진 실존적인 문제들이 전쟁의 상처와 관련되어 있다는 점은 누구도 부인할 수 없는 것이지만, 그 연관은 아주 막연하게만 처리되고 있어서, 이 작품에서 역사가 개인의 지평에 어떻게 작용하고 있는가는 충분히 논의되지 못한 듯하다.

이 소론은 이 작품이 전쟁이라는 역사적 사건과 개인의 삶을 관련짓는 독특한 방식을 드러내 보려 한다. 그럼으로써 한국전쟁이나 분단의 문제를 다루고 있는 작품들 속에서 이 작품이 차지하고 있는 위치를 가늠해보는 데 도움이 될 수 있을 것이다.

2. 『나무들 비탈에 서다』의 판본

황순원은 개작으로 유명한 작가이다.

> 그는 자신의 작품에 대한 애정이 남달리 강하다. 자신이 쓴 어떤 소설도 출판될 때는 반드시 손질하여 고친다. 초교에서 시작하여 책이 나올 때까지, 그리고 책이 나온 뒤에도 다른 출판사에서 다시 간

행될 때는 또 고친다. 장차 황순원 연구가들은 이 <고침>의 의미를 파악하려면 힘이 들겠지만, 어쨌든 그는 자신의 작품에 대해서 각별한 애정과 성실성을 보여 주고 있는 것이다.[3)]

『나무들 비탈에 서다』도 예외가 아니다. 현재 많은 연구에서 이용되고 있는 문학과 지성사 판본[4)]은 1960년 『사상계』에 연재되었던 첫 발표본[5)]과는 많은 차이를 보여주고 있다. 이 차이는 단순한 자구 수정에서부터, 인물의 성격과 중심 사건의 변화에까지 이르고 있다. 그러므로 어떤 판본을 이용하느냐에 따라 작품에 대한 이해가 전혀 달라질 수 있다. 물론 이 작품처럼 외부의 압력 같은 것 없이, 작품의 완성도를 높이려는 의도에서 작가가 손수 개작을 해나가는 경우, 최종 개작본을 정본으로 인정하는 것이 온당할 것이다. 하지만 오랜 시간을 두고 이루어지는 개작 과정은 사회의 변화에 작품을 적응시켜나가는 과정이기도 하다. 그러므로 80년대에 개작된 작품을 1960년대의 작품이라고 할 수 있는가라는 문학사적 문제가 제기될 수도 있다. 또 이미 『사상계』지에 발표된 작품은 원형 그대로 완강하게 자신의 모습을 지키고 있다. 이를 『나무들 비탈에 서다』란 작품의 초고 정도로 생각해 버리는 것이 온당할 것인가를 생각한다면 문제가 간단하게 해결될 수는 없다. 그러므로 이 작품의 연구에서 개작 과정 자체를 완전히 무시할 수는 없다. 개작 과정 또한 이 작품의 일부로서 다루어질 수밖에 없는 것이다.

이 작품은 사상계사에서 간행한 첫 단행본[6)] 이후 세 차례의 황순원 전집뿐만 아니라, 한국 대표 문학 전집류에도 실리고 있어, 그 개작 과정

---

3) 김동선, 「황고집의 미학, 황순원 가문」, 『정경문화』, 1984,5. 『황순원 연구』(황순원 전집 12, 문학과 지성사, 1985)에 재수록. 인용은 이 책에서 함.

4) 황순원, 『황순원 전집 7 : 인간접목·나무들 비탈에 서다』, 문학과 지성사, 1981. 앞으로 이 책에서의 인용은 인용문 뒤에 쪽 수만 표시함.

5) 황순원, 『나무들 비탈에 서다』, 『사상계』, 1960.1-7. 앞으로는 인용문 뒤에 (연재회수: 쪽수)와 같이 표기함.

6) 황순원, 『나무들 비탈에 서다』, 사상계사, 1960.9.

하나하나에 대한 분석은 그것만으로도 한편 이상의 논문을 요구하는 작업이 될 것이다. 본 소론은 이러한 작업을 의도하고 있지 않으며, 또 그런 꼼꼼한 서지적 분석이 꼭 필요하리라고 생각되지도 않는다. 하지만 주요 인물의 성격과 중심 사건의 변모에는 관심을 가져야 하리라고 생각되는데, 이런 변모의 의미에 대해서는 본문의 서술에서 각주를 이용하여 다룰 것이다. 여기서 우선 지적할 것은 이러한 큰 작품 경개에 대한 개작은 이미 1960년 9월 사상계사에서 단행본이 간행될 때 이루어진다는 것이다. 그 이후의 개작은 대부분 세부의 구체성을 강화하거나 대화의 현실성을 높이는 정도의 수준에서 이루어지는 것이다. 그러므로 문학과지성사의 전집본(이하 전집본)은 사상계사의 단행본과 큰 차이를 보여주지 않는다. 본 논문은 조금이라도 작품의 완성도를 높이려는 작가의 노력을 존중하여 전집본을 텍스트로 사용할 것인데, 이 판본은 81년에 출간되었지만 이에서 보이는 주요 개작은 이미 1960년에 이루어진 것임을 염두에 두기 바란다.

3. 촉감을 통한 세계인식과 전쟁의 상처

『나무들 비탈에 서다』는 전쟁을 다루고 있다. 보다 자세히 말한다면 전쟁을 겪으면서 또 전쟁을 겪었기 때문에 파멸해 가거나 상처받는 사람들의 이야기이다. 이에는 동호, 현태, 선우상사, 김하사, 숙이, 옥자 등 대부분의 등장인물이 포함된다. 그런데 김하사 등 몇몇을 제외하고 나머지 인물들의 삶을 파괴하는 것은 전쟁 상황에서 맞부닥치는 물리력 그 자체는 아니다. 그들의 파멸은 전쟁이 남긴 정신적 상처와 관련되어 있다.

우리는 그 상처의 가장 직접적인 모습을 선우상사에게서 볼 수 있다. 그는 전쟁 중에 적군에 의해 잔학하게 학살된 부모에 대한 기억을 갖고 있으며, 또 그 보복으로 부역자를 뒤에서 총을 쏘아 처형한 기억을 갖고 있다. 그 처형의 순간 쓰러지면서 히죽이 웃었다고 생각하는 부역자의 환영은 그를 내내 쫓아 다니면서 괴롭히며, 그는 결국 그 환영을 이겨내지 못하고 미치게 된다. 이는 전쟁이라는 상황에서 멋대로 자행되는 폭력이 모든 가치체계를 전복시켜 나가는 과정으로서, 결국 그 충격에서 헤어나지 못하는 한 인물을 통하여 우리는 그 깊은 상처를 들여다 볼 수 있는 것이다. 그런데 선우상사의 파멸 과정 자체는 자신의 선택적 행위에 의해 이끌려 지지 않는다. 그런 점에서 그의 상처는 직접적이다. 하지만 이 작품의 두 주요 인물인 동호와 현태는 그 파멸의 과정을 스스로 이끌어 간다.

동호가 죽어가는 직접적인 이유는 남녀관계에 대한 자의식의 과잉 때문이라고 할 수 있다. 물론 이 자의식은 전선이라는 특수상황 속에서 만들어진다. 전쟁이 애인인 숙과 그를 갈라 놓았고, 또 전선이라는 특수상황이 그를 쉽게 매춘부와 관계맺어주기 때문이다. 하지만 이것이 동호가 죽음에까지 이르는 길을 충분히 설명해 주지는 못한다. 왜냐하면 이에 작용하는 전쟁의 영향이 선우상사에게서와 같이 직접적으로 드러나지는 않기 때문이다. 그렇다고 해서 작품 속에서 동호의 죽음이 전쟁의 영향에서 벗어나 있는 것은 아니다. 바로 이 간접화되어 드러나는 연관을 파악하는 것이 이 작품 이해의 핵심으로 생각된다.

이는 현태의 삶에 있어서도 마찬가지이다. 현태는 자살방조라는 행위로 감옥에 들어가게 되는데, 그 자살방조는 전쟁이 남겨놓은 무기력과 절망의 결과라고 할 수 있다. 하지만 전쟁이 그 무기력과 절망을 어떻게 형성하고 있으며, 그것이 또 사건에 어떻게 작용하고 있는가를 물음으로써만 우리는 이 작품이 전쟁과 개인의 관련을 파악하는 독특한 방식에 도달할 수 있는 것이다. 그것이 바로 이 작품이 개인을 통하여 전쟁의 깊은 상처를 드러내는 방식이기 때문이다.

3-1.

이 작품은 2부로 구성되어 있는데, 제1부는 휴전을 전후한 몇 달 간의 전장을 배경으로 삼고 있다. 이 1부의 중심이야기는 동호라는 인물이 남녀관계에 대한 과잉된 자의식 속에서 스스로를 파괴하게 되는 과정이다.

동호는 동료들에 의해 '시인'이라는 호칭을 얻어 듣는 인물이다. 물론 이 호칭은 높은 절벽 위를 걷다 엉뚱하게 "어 춥다"라고 내뱉은 우연한 일화 때문에 붙은 것이지만, 실제로 그는 '시인'이라고 불릴 만한 요소를 갖고 있다. 그것은 다음과 같은 대화에서 단적으로 드러난다.

> 「땅은 리얼하지. 그래도 그 위에 서서 다니는 인간에겐 꿈이란게 있어야 하지 않을까?」
> 「흥 뭣 땜에? 이제 저녁때 나올 반찬이 뻔한데두 혹시나 별것이 나오지 않을까 하는 기댈 갖기 위해서? 그렇잖음 다음 외출날엔 무슨 더 유쾌한 일이 있어주길 바라는 의미에서? 좀 그 꿈이란 소린 집어쳐.」(330)

이 대화는 전사하면서 집으로 흙을 부쳐주기를 당부했던 김하사의 일화에 이어져 나오는 것인데, 동호의 꿈이 있어야 한다는 말은 현태에게 여지없이 반박을 당한다. 실제로 내일 내가 살아 있을 것인가조차 예측 불가능했던 전장의 경험을 갖고 있는 이들에게 동호의 꿈 얘기는 쉬 받아들여질 수 있는 말은 아닐 것이다.

전장에서도 '꿈'을 얘기하는 동호에게는 애인이 있고 그가 간직하고 있는 순결한 사랑이 있다. 그 애인은 현태의 장난끼 있는 다음과 같은 말과 함께 작품에 등장한다.

> 「네가 사랑하는 그애가 어느 정도 네 물건이 돼있느냐 하는 게 걱정스럽단 말야. 순정만으루 깔칠 제껏으루 만들었다구 생각하던 시대는 이미 지나갔어. 무엇이구 직접 여자의 피부에서 얻은 기억을 지니지 못한 한, 제것이라구 생각하는 건 오산야. 그래 넌 그애의 피

부에서 어떤 기억을 남기구 있니?」(268~269)

현태가 펴나게 내세우는 것은 "피부에서 얻은 기억"이다. 이것은 물론 현태라는 인물의 즉물성을 드러내는 농담에 지나지 않는 것일 수도 있지만, 이들이 처해 있는 곳이 전장이라는 것을 고려하면 훨씬 깊은 의미맥락 속에서 읽힐 수 있다. 전쟁은 역사의 커다란 흐름의 한 부분에 위치지워질 수 있는 사건일 것이지만, 실제로 전쟁을 겪어야 하는 개별자들에게 그것은 삶의 우연성, 예측불가능성을 깊이 실감시켜주는 것이라고 할 수 있다. 이 때 사람들은 존재에 대한 확신을 어디서 얻을 수 있을까? 그것은 아마도 감각일 것이고, 그 중에서도 촉감은 가장 강한 실감일 것이다. 현태의 농담은 바로 그러한 촉감에 의지하는 삶의 모습을 보여준다.

동호는 물론 이런 농담에 대답하지 않지만, 이 대화가 있은 얼마 후 애인 숙을 떠올린다.

> 숙이를 생각할 때마다 밤새도록 비빈 입술의 촉감이나, 빰 목덜미 그리고 가슴의 한 부분을 어루만진 촉감도다도 그네의 짝짝이진 눈을 보고 둘이서 티없이 웃은 그 분위기가 더 자기네만의 오롯한 비밀처럼 소중하게 여겨지는 것이었다.(270)

동호가 떠올린 것은 입대 전날 밤, 해운대 호텔에서 함께 밤을 지냈던 때의 기억이고, 이 기억 속에서 은연 중 그는 현태의 질문에 답한다. 동호가 스스로에게 확인시키는 것은 촉감이 아닌 분위기이다. 그는 만져지지도 않고, 볼 수도 없고, 들을 수도 없는 분위기를 소중하게 여기는 인물이다. 이런 인물특성은 전장에서도 꿈을 얘기하는 모습과 통하는 것이라 할 수 있고, 이런 점이 동호가 현태나 윤구와 다름을 단적으로 보여주는 것이기도 하다.

그렇기에 그는 외출 때마다 이들과 함께 술을 마시지만, 이 둘이 '점호'라는 명목으로 찾아가는 위안부에게는 가지 않는다. 그리고 혼자 남은 그 시간은 숙을 떠올리는 시간이기도 하다. 이 회상을 통하여 동호와 숙의 마지막 밤은 작품 속에서 세 번 서술된다. 세 번 모두 동호라는 한 인물의 기억을 드러내고 있는 서술이라는 점에서 이 세 번의 서술이 그 일 자체를 다양한 시각에서 드러내는 것은 아니다. 세 번의 서술을 통하여 우리는 훨씬 구체적으로 그 상황을 인식하지만, 보다 중요한 것은 이 과정에서 보여주는 동호의 변화이다.

두 번째 숙이를 떠올리는 것은 휴전협정 이후 그들의 부대가 <소토고미>에 주둔해 있을 때이다.

> ……동호는 숙이의 모습을 어떤 하나의 열매로서 떠올리고 있었다. 그것은 복숭아였다. 복숭아 중에도 거죽에 털이 없는 신두복사나 털이 있되 살이 너무 말랑거리는 수밀도가 아닌 복숭아였다.(296)

훨씬 촉감에 다가가 있는 회상임을 알 수 있다. 하지만 이것은 구체적인 촉감이라기보다는 전체에 대한 감각적 인상일 뿐이다. 세 번째 회상에서는 아주 세밀하게 당시 상황이 묘사된다. 그것은 동호로서는 복숭아와 같은 비유와는 다른 구체적인 감촉에 대한 느낌을 재생하는 것이기도 하다. 그리고 그는 다음과 같이 말한다.

> 언젠가 현태 그 친구가 말한 일이 있것다. 여자를 자기 것으로 만드는 데는 먼저 그 육체를 점유하느니밖에 없다고. 그러나 이 빌어먹을 놈의 친구야, 그래 네가 지금 뭇사내의 지문이 어지럽게 찍힌 어느 여인의 몸뚱이에서 너 나름대로의 감촉을 얼마큼 즐기고 있을른지 모른다만 그래도 내 입술과 뺨과 손바닥에 남은 숙이의 촉감만큼 순수하고 아름다울 수는 없을 게다.(302)

이 세 번의 회상은 동호의 의식 깊숙히 현태의 농담이 자리잡고 있었음을 보여준다. 그래서 그의 회상은 점점 촉감의 확인에로 나아가고 있는 것이다. 그리고 그는 자기 사랑의 그 순결한 경지를 그 감촉의 순수함과 아름다움으로 내세우고 있다. 하지만 촉감의 비교에서 순수함이나 아름다움이란 것은 어떤 의미가 있을까? 이미 촉감이란 차원에서 우열이 비교된다면 그것은 자극의 강도 차원일 수밖에 없는 것 아닐까?

그런 점에서 이 세번의 회상과정은 동호가 점점 감각의 직접성이라는 현태적인 인식세계로 내려오고 있음을 보여준다. 그리고 그 과정은 전쟁의 경험과 관련되어서만 이해될 수 있다. 실제로 첫번째 회상과 두번째 회상 사이에 이들은 치열한 육박전을 경험한다. 또 현태와 동호는 적의 포위망을 가까스로 뚫고 빠져나오며, 윤구는 포로가 되었다가 도망해 오기도 한다. 그리고 전투 후 그들은 많은 동료의 죽음을 확인한다. 이들은 죽은 동료들을 생각하며 얼굴에 어두운 그늘을 드리우기도 하지만, 그 그늘 안 쪽에 지금 자기는 살아있다는 희열의 빛을 띠울 수밖에 없다는 것을 서로 인정하지 않을 수 없다. 작품 속에서 이러한 경험과 동호의 회상은 연관되어 드러나지 않지만, 우리는 촉감에 다가가는 동호의 회상이 삶과 죽음의 고비를 넘나들었던 그 치열한 전투경험과 관련되어 있음을 어렵지 않게 상상할 수 있다.

그리고 우리는 이와 연관하여 이 작품의 첫부분을 이해해 볼 수 있다.

> 이건 마치 두꺼운 유릿속을 뚫고 간신히 걸음을 옮기는 것같은 느낌이로군. 문득 동호는 생각했다. 산밑이 가까와지자 낮 기운 여름 햇볕이 빈틈없이 내리부어지고 있었다. 시야는 어디까지나 투명했다. 그 속에 초가집 일여덟 채가 무거운 지붕을 감당하기 힘든 것처럼 납작하게 엎드려 있었다. 전혀 전화를 안 입어 보이는데 사람은 고사하고 생물이라곤 무엇 하나 살고 있지 않은 성싶게 주위가 고요했다. 이 고요하고 거침새없이 투명한 공간이 왜 이다지도 숨막히게 앞을 막아서는 것일까. 정말 이건 두껍디두꺼운 유릿속을 뚫고 간신히 걸음을 옮기고 있는 느낌인데. 다시한번 동호는 생각했다.(255)

이 유리의 이미지는 전쟁 자체, 또는 이들이 처해 있는 꽉 막히고 불안한 상황을 감각화하는 상징이다. 그리고 이런 감각화된 상징이 작품 첫머리에서 전체에 대한 훌륭한 조감을 제공해준다고 할 수 있다. 하지만 우리는 이 부분에서 또 다른 점에 주목할 수 있는데, 그것은 이 유리의 비유가 촉감에 기초하여 있다는 점이다. 그런 점에서 이 인용문은 전쟁이 남겨놓게 되는 세계의 감지 방법 또한 상징적으로 보여주고 있다고 할 수 있다. 그것은 곧 촉감만을 믿을 수 있는, 그 촉감 위에 세계를 세우려는 인식경향이다.

문제는 전쟁이라는 극한상황이 강요하는 촉감에 기초한 인식이 일상 전반을 지배해 나가게 된다는 데 있다. 살아 있다는 느낌을 감각의 직접성, 그것도 촉감에 의지해서 느껴나가야 하는 삶의 과정은 만져지지 않는 것, 볼 수 없는 것을 받아들일 수 없게 한다. 그러므로 이들에게 있어서 가장 먼저 부정될 수밖에 없는 것은 꿈이다. 그러한 의미에서 애인에 대한 회상이 촉감의 세계로 내려오고 있음은 이미 동호 내부에서의 갈등을 내포하고 있는 것이다.

이 작품에서 그 갈등을 현실화하는 계기이면서 동호를 죽음으로 몰고 가는 직접적인 행위는 옥주라는 매춘부와 성관계를 맺는 것이라고 할 수 있다. 동호가 옥주를 찾아가는 것은 모두 다섯 번이다. 그는 현태와 윤구에 이끌려서 작부가 나오는 술집에 갔다가, 현태의 장난끼에 의해 아주 피동적으로 옥주와 관계를 맺게 된다.

> 동호는 여인의 손을 뿌리쳐야 한다고 생각했다. 그러면서도 무언가 필사적으로 대어드는 그네의 기세에 마음의 갈피를 잡지 못한 채 그냥 끌려가고 있었다.
>
> --- 략 ---
>
> 그저 자기 몸 한부분이 더러워졌다는 데 더 마음이 쓰였다. 서서 오줌을 누면서 거기를 씻었다. 도리어 더러운 것이 더 넓게 번져나가는 느낌이었다. 담배를 피워 물었다. 몇 모금 빨지 않아 갑자기 목구멍 깊숙이에서 구역질이 치밀어 올랐다. 길가에 쭈그리고 앉았다. 토해도 나오는 것은 별로 없고 헛구역질에 속만 온통 뒤집혔다.(339~340)

이 경험 이후 동호는 숙이와의 관계에서 순수성을 지켜내지 못했다는 가책과 후회에서 벗어나지 못하지만, 한 편으론 그런 것 때문에 괴로워하는 제 자신에게서 벗어나려 한다. 그 자신 "소녀취미에 지나지 않는 그 따분한 결벽성이란 걸 이참에 처치해버려야" 한다고 생각하는 것이다. 그래서 그는 다시 옥주를 찾게 된다.

> 어쨌든 싱거웠다. 이걸 가지고 자기는 그토록 장시간 혼자 씨름을 해왔단 말인가. 어이 없었다.
>
> --- 략 ---
>
> 여인의 얄팍한 뒤어깨를 바라보면서 동호는 무언가 충족되지 못한 아쉬움 같은 것을 느꼈다.(354~355)

> 이 날도 그 행위는 극히 기계적인 동작에 의해 간단히 끝났다.
>
> 그러나 옷을 주워입는 그네의 몸뚱아리를 바라보면서 동호는 무언가 그네와 자기는 친숙해진 것 같은 느낌이 일었다.(359)

두번째 날 그는 싱겁다는 느낌과 함께 충족되지 못한 아쉬움을 느끼고, 그 아쉬움은 세번 네번 째의 만남으로 이어진다. 세번째에 몇마디의 대화를 통해 친숙해진 것 같은 느낌을 가진 그는 네 번째의 만남에서 처음으로 어떤 충족감을 느낀다. 그리고 그는 허탈감 속에서 숙에게 어떤 죄의식도 미안함 같은 것도 느끼지 않는다. 동호가 친숙감을 느끼거나 어떤 충족감을 느끼는 것은 물론 육체의 교섭이 잦아짐에 따라서라기 보다는 대화를 통하여 서로를 알아나가는 과정 때문이다. 하지만 그 과정은 촉감의 직접성 앞에서 꿈이 빛을 잃어나가는 과정이었으며, 몸이 스스로를 배반하는 과정이기도 했던 것이다. 다섯번째 방문에서의 돌발적인 행위는 바로 그에 대한 깨달음과 관련된다.

> 그 때 별안간 방안에서 기이한 소리가 들려나왔다. 아, 아, 아, 아,

하고 여자의 비명도 아니요 신음도 아닌 다급한 외마딧 소리가 점차로 높아지면서 되풀이되는 것이었다. 동호는 어떤 아지못할 힘에 떼밀치우듯이 발걸음을 떼었다. 그러나 곧 서버렸다. 한 상념이 그의 뇌리를 할퀴고 지나갔던 것이다. 육신처럼 야속한 건 없어요, 이 몸뚱아리가 희미하게나마 남아 있는 그이의 모습을 아주 지워버리는 수가 있어요, 나두 모르게 무서워질 때가 있어요. 동호는 자기 가슴에 모래가 확 뿌려지는 듯함을 느꼈다. 삽시간에 그 모래 한 알 한 알이 뜨거운 열기를 띠고 달아올랐다. 그는 종잡을 수 없는 어떤 분노에 몸이 굳어졌다.(382)

자신의 몸뚱아리가 전사한 남편에 대한 기억을 완전히 지워버릴 때가 있다는 옥주의 말, 바로 그 말의 실제 상황 앞에서 동호는 곧 자신의 모습을 보았고, 결국 이들에게 총을 쏘는 행위는 스스로를 용서하지 못하는 행위였다고 할 수 있다. 그는 결국 부대로 돌아와 유리 조각으로 동맥을 끊어 자살하게 된다. 그러므로 동호의 자살은 감각의 확실성이라는 논리 앞에서 이미 파괴되어 버린 자신의 꿈과 이상의 저항이면서 최종적 파탄이라고 할 수 있다.

3-2.

이 작품의 제2부는 전쟁이 끝나고 4년이 지난 1957년, 현태와 윤구가 서울에서 살아가는 모습을 그린다. 여기에는 석기라는 새 인물이 나타나는데, 그는 왕년에 권투선수였지만, 전쟁 중 눈을 다쳐 권투를 포기하고는 술로 나날을 보내는 인물이다. 이들 셋은 매주 토요일마다 주회라는 이름으로 모여 술을 마신다. 이 중 윤구는 양계장을 하고 있지만, 현태나 석기는 아무 일도 하지 않고 빈둥댄다. 하지만 현태 아버지의 사업이 번창하고 있어서 이들은 별로 경제적인 궁핍함 없이 거의 매일 술을 마셔댈 수 있다.

이들은 자주 몰려 다니지만, "만나서는 그저 무의미한 잡담이나 주고받으면서 술을 마시는 것뿐"(391)이다. 현태가 아버지의 돈으로 석기와 윤구의 생활에 도움을 주기는 하지만, 서로의 삶을 제대로 이해하지는 못한다. 이들의 삶을 근원적으로 규정하고 있는 것은 고립이다. 윤구는 무슨 일이 있든 앞으로 자기 손으로 자신을 키워나가는 도리밖에 없다고 생각한다. 현태는 계향이가 죽던 날 자신이 막다른 데 부닥쳤다고 생각하며, 무어든 한가지 자기 손으로 해내고 싶어한다. 다음의 석기의 싸움 장면은 누구도 관여할 수 없는 고립된 삶의 모습을 상징적으로 드러내고 있는 것으로 보인다.

> 한 자가 길쭉한 단도를 빼들고 조금씩 조금씩 다가가고 있었다. 그 앞쪽에 석기가 아까처럼 복싱 자세를 취하고 서 있었다. 그 석기의 눈에는 안경이 없었다. 어슴푸레한 외등 속에 눈을 가느스름하게 뜨고 상대방을 노려보고 있었다. 그러는 그의 입가에는 어떤 웃음같은 게 어리어있었다. 현태는 몸을 일으켜야 한다고 생각했다. 몸을 일으키면서 단도를 빼든 몸의 아랫도리를 안아 쓰러뜨려야 한다고 생각했다. 그리고 거리로 보아 넉넉히 그럴 수 있다고 생각했다. 그런데도 현태는 석기 쪽을 지켜보고만 있었다. 어슴푸레한 외등 속 한자리에 똑같은 자세를 취한 채 입가에 어떤 웃음같은 것을 떠올리고 무엇인가를 기다리고 있는 석기에게서 다른 사람의 간섭을 일체 불허하는 모습을 보았다.(487)

이런 고립의 상황을 더욱 확실하게 보여주는 것은 이들이 자신의 가족과 맺고 있는 관계이다. 윤구는 이미 어렸을 때 부모가 돌아가신 고아이지만 석기와 현태에게는 가족이 있다. 하지만 이들의 가족은 그들의 삶에 한 발도 들여놓지 못하는 인물들이다. 그들은 이들이 갖고 있는 전쟁의 선명한 감각을 공유할 수 없는 인물들이기 때문이다. 현태의 삶은 그것을 확인시켜준다.

현태가 무기력하게 술로 지새는 무위의 나날을 보내는 것은 제대와 함께 시작된 것이 아니다. 그는 제대 직후에는 아버지의 회사에 들어가 제법 열심히 일을 하고 있었다. 그러던 그가 그 모든 것을 때려치우고 술로 날을 지새게 되는 것은 전쟁 중의 어떤 기억과 관련되어 있다. 그것은 작품 첫부분에 나왔던 수색 중 발견된 한 여인과 어린아이를 그가 죽였던 사실에 대한 기억이다. 어느날 길거리에서 아이를 안고 가는 한여인을 보면서 현태는 그 기억을 떠올린다.

> 어두컴컴한 방안에 말라배틀어진 팔을 포대기 밖에 내놓은 채 꼼짝않고 누워있던 어린애와 그 어머니. 내가 다시 내려갔을 때 그 여잔 되레 낮처럼은 놀라지 않았지. 그리고 별로 항거하는 빛도 없었고. 그런데 일어나 나오려는 내 손을 와 잡았것다? 그 손이 뭣을 말하는지 알았지. 하지만 난 해치워버리고 말았어. 현태는 자기 손을 내려다 보았다. 거기 아직 그냥 스며져 있는 여인의 그 약간 떨리면서 땀기운이 돌던 손의 감촉. 그리고 메마른 피부에 온기를 띠고 있던 목의 감촉. 어린 것에만은 손을 대지 않았는데 그것마저 생생한 실감을 갖고 되살아 오는 것이었다. 말라배틀어진 어린 것의 가느다란 목을 누를 때에 받을 수 있는 촉감이. 그날밤 그는 술을 마시고 또 마셨다. 다음날도 다음날도 마셨다.(404)[7]

---

7) 이 장면은 연재본에는 없었던 새로운 부분이다. 연재본에서는 애초에 현태가 여인을 죽이지 않는다. 단지 여인이 붙드는 것을 뿌리치고 온 것으로 되어 있다. 현태는 그것을 그 여인의 생명에 대한 집착에 대한 배반으로 느끼고 있는 것이다.(연재 1: 296) 하지만 전집본에서는 현태가 그 여자를 죽였다는 것이 "해치워버렸지"(273)라는 말로 명료히 표현된다.
이 사건은 작품 후반부의 중심인물인 현태가 무기력과 절망감 속에서 생활하게 되는데 가장 직접적인 영향을 미치는 사건이라고 할 수 있고, 그렇기 때문에 이 장면은 현태에 의해 연재본에서는 한 번, 전집본에서는 두 번 회상된다. 특히 연재본에 없던 인용된 부분은 제대 후 건실하게 살려던 현태의 변화 계기가 설명되는 부분이다.
원래 연재본에는 이런 부분이 없기 때문에 현태의 무기력의 원인은 막연하게 전쟁과 연결될 뿐이다. 작품의 뒷 부분에서 이 사건의 회상이 나타나고 현태가 이에 계속 억눌리고 있음이 드러나지만, 단지 같이 있어 달라고 자신의 손을 붙잡은 여인의 손길을 뿌리쳤다는 것만으로 스스로의 삶을 파괴할 정도로 괴로워한다는 것은 훨씬 설득력이 덜하다고 할 수 있다.
그러므로 연재본에서는 현태가 원래 의욕이나 지향점을 갖지 못한 인물로 그려진다. 그것은 현태, 동호, 윤구 등이 심심풀이 삼아 자신들의 미래를 그려보는 장면에서 나타난다. 여기서 현태는 자신이 사업에 관심이 없으며, 대학에서 사회학과를 택한 것도 달리 전공하고 싶은 것이 없어서였다고 말

현태가 정상적인 삶의 궤도를 일탈하는 것은 이렇듯 전쟁 중에 저질러졌던 살인과 관련되어 있다. 그것도 손에서 느껴지는 생생한 촉감과 관련되어 있는 것이다. 그것은 '피부에 남은 기억으로서의 전쟁'이고 그렇기에 그 누구도 함께할 수 없는 영역이다. 그는 거의 완전한 고립상태 속에서 그 선명한 감각과 대면하고 있는 것이다. 여기서 우리는 다시, 동호를 죽음으로 이끌었던 저 감각의 확실성이라는 전쟁이 남겨 놓은 세계와의 대면 방식을 떠올리지 않을 수 없다. 존재의 근거를 감각의 확실성에서 찾을 수밖에 없는 그이기에, 그는 이 선명한 감각을 버릴 수 없다. 그렇기에 이는 전쟁이라는 비합리적인 특수 상황에 그 죄를 전가시킬 수 있느냐 없느냐라는 식의 의식이나 논리 차원의 문제설정으로는 해결될 수 없다. 가능한 유일한 길은 아마도 감각을 지우는 것이겠지만, 현태에게 그것은 곧 자신을 지워버리는 것이다.

이를 이해할 때 우리는 계향과 현태가 맺게 되는 독특한 관계 또한 이해할 수 있다. 계향은 현태가 쉬고 싶을 때 혼자 찾는 술집에 있는 아이이다. 현태가 그 집에서 휴식을 느끼는 것은 계향의 돌같은 차가움 때문이다. 그 차가움 속에서 그는 어떤 안도감과 홀가분함을 맛본다. 그것은 현태가 이런 차가움과 무감각의 상태를 지향하고 있었기 때문이라고 할 수 있을 것이다. 그는 감각 자체의 마비에서 휴식을 취하려 하는 것이다.

하고 있으며, 대학에 무전공학과가 설치되었으면 좋겠다고도 한다.(연재 2: 384) 하지만 전집본에서는 사회학과가 자신의 취미며, 뭣을 한다면 한번 대규모로 해보고 싶다고 한다.(316) 전집본에서는 현태가 주관이 뚜렷하며 의욕적이었던 인물로 나타나는 것이다.

이러한 차이는 1부의 마지막 장면에서도 드러나는데, 연재본에서는 윤구가 제대하면서 내뱉은 "에잇 인제서야 이놈의 생활도 끝났군."이란 말에 "그럴까. 끝났을까."(연재 3: 390)란 말로 응수하지만, 전집본에서는 "이젠 우리두 우리의 생활을 가져야지"(388)라고 응수한다.

이러한 개작을 통하여 자칫하면 한 인물의 개인적 특성과 관련하여 이해되어 버리기 쉬운 현태의 파멸과정은 전쟁이라는 역사적 사건과 훨씬 밀접하게 연관되게 되는 것이다.

하지만 이런 차가움, 냉정함에의 유혹이 현태를 결국 파멸로 이끈다. 계향이 죽고 싶다고 했을 때 그에게 칼을 주는 행위는 바로 이런 차가움과 무감각의 연습이라고도 할 만하다. 결국 그는 자살방조의 죄명으로 수인이 된다. 이 파멸의 과정에서 현태가 보여주는 것은 생생한 촉감에 대한 저항이다. 그 저항이 곧 윤리감각의 마비로 이어지는 것이다.[8)]

---

8) 계향은 현태의 파탄이라는 마지막 사건에 가장 중요한 역할을 하는 인물이다. 이 마지막 사건과 계향의 성격 또한 심하게 개작된 부분이다. 먼저 연재본을 보면 계향이는 "도무지 감정의 움직임이 나타나지 않는"(연재 4: 389) 찬 돌과 같은 인물인데, "목청은 약간 갈린 목소리"(연재 4: 392)이고, 현태는 "계향이의 목소리가 현재 그네가 구비하고 있는 모든 것 중에서 가장 감정 같은 것을 풍기고 있는 것으로 느껴지곤"(연재 4:392) 한다. 이것은 나중에 나오는 계향이의 돌변에 대한 복선이라고 할 수 있는데, 현태와 계향이가 처음 성관계를 갖는 날 현태는 백자 항아리의 차갑고 매끄러운 감촉만을 느끼고 행위를 끝내지만, 계향이는 그 때부터 열기를 띠고, 눈은 불이 일듯 이글거리게 된다.(연재 6: 417~418) 그리고 나중에는 다시 찾은 현태에게 "날 버리면 죽구 말테야"(연재 7: 399)라고까지 말하고, 사건이 일어나는 날 현태는 계향이의 광채 띤 눈에서 어떤 살의를 느끼고 그 질투심을 이용하여 술집 주인 아주머니 방에 누워 있다 칼에 찔려 죽게 된다.(연재 7: 407~408)

그런데 전집본에는 이런 계향이의 돌변이 없다. 계향이는 처음부터 끝까지 일관되게 감정을 드러내지 않는 찬 돌과 같은 인물이다. 그래서 그의 "목청은 낭랑하고 맑"고(408) 그것은 "현재 그네가 지니고 있는 다른 모든 것과 함께 조금도 감정같은 것을 곁들이고 있지 않다는 것만은"(408) 느끼게 만든다. 현태와 계향이의 첫 정사에서 현태는 백자 항아리의 차갑고 매끄러운 감촉을 느끼는 것으로 끝나며, 현태는 "평상시에 받아오던 그네의 인상이 무너지지 않고 그대로 남아있다는 데 어떤 안도감 비슷한 것을 느끼게"(474) 된다. 연재본에서 계향이가 "날 버리면 죽구 말테야"라고 말하는 장면은 현태가 그날 술집을 아예 찾아가지 않은 것으로 되어 있으며, 사건이 일어나게 되는 날 계향이는 주인 아주머니가 강요하는 면장과의 관계를 거부하여 매를 맞고, 현태와 같이 누워 있다가 "죽구 싶어요"(521)라고 말하고, 이에 현태가 건네주는 단도로 자살하게 된다. 이 마지막 말은 "처음 듣는 감정이 담겨진 말소리"(521)라고는 하나, 이전에 형상화되었던 계향의 성격에서 어떤 돌변을 느끼게 하는 것은 아니다.

연재본의 계향이는 속으로는 비정상적으로 뜨거운 열정을 갖고 있으나, 평상시에는 그것이 표출되지 않는 독특한 인물로 형상화되고 있으나, 현태의 죽음이라는 사건을 이끌어내기 위해 작위적으로 설정된 듯한 느낌을 주기 결국 현태는 두 번의 죽음에 직접 관여하게 되는데, 한번은 살인이며 또 한번은 자살방조이다. 그런데 우리가 주목할 것은 작중 인물 중 어느 누구도, 심지어 서술자조차도 이 두 죽음에 관련된 현태의 행위에 대하여 윤리적인 질문을 던지지 않는다는 점이다. 물론 현태가 그 촉감 때문에 스스로를 파괴하는 과정에 작용하고 있는 것은 윤리의 문제일 것이다. 하지만 이 작품에서 현태가 그 죽음에 윤리적이고 의식적인 반성으로 접근하는 것은 촉감의 생생함에 의해 차단되어 있는 것으로 보인다. 오히려 이 작품은 그러한 문제에 윤리적으로 접근하는 것이 불가능함을 보여주려 하는 것처럼도 보인다. 그렇기에 이 작품에서 형상화되는 전쟁은 피부에 남아 있는 것이라고 할 수 있고, 전쟁의 역사적 의미를 객관적으로 파악하는 방식으로는 접근할 수 없는 개별자들의 깊은 상처만이 문제로 드러나는 것이다.

3-3.

이 작품의 또 하나의 주요인물은 윤구이다. 그는 작중의 누구보다도 전쟁의 상처를 드러내지 않는 인물이라는 점에서, 동호나 현태와는 달리 중심적인 사건을 만들어내고 있지는 않지만, 그런 점에서 가장 독특한 인물이기도 하다. 그는 항상 실리를 생각한다는 점에서 1부에서 이미 그 현실적인 면모를 잘 보여주고 있다. 하지만 그의 본 모습이 충분히 드러나는 것은 2부에 와서이다. 다음과 같은 장면은 그의 이런 면모를 잘 보여주고 있다.

> 윤구는 벌어진 석기의 어깨를 힐끔 바라보면서 생각했다. 평상시엔 유순해 보이다가도 술이 취하면 간혹 횡포해지는 그와 이날밤 단둘이 술상을 벌여놓은 건 잘못이 아닌가. 술값만은 한번쯤 자기가

도 한다. 전집본에서 계향이는 일관되게 자신의 성격을 유지하면서 현태의 자살 방조라는 사건을 자연스럽게 이끌어내고 있는 것으로 보인다.

> 내도 그만이라는 생각에 같이 왔던 것이나, 그것도 어느 정도에서 이 친구가 자리를 뜰는지 모를 일인 것이다. 그리고 여기를 나가서도 자기를 붙들고 또 종삼에라도 가자고 우기면 그 뒷갈망을 어떻게 할 것인가.(393)

그는 친구와 술집에 앉아서도 그 뒷갈망을 생각한다. 그렇기에 그는 현태와의 관계에서도 자신의 실리를 먼저 생각하여 판단하고 행동한다. 그는 자기의 애인이었던 미란이 자신의 애를 배고 소파수술을 받다가 죽어갔을 때, 그것이 현태의 아이일지도 모른다고 생각하면서도 "죽은 미란은 미란이요 자기는 자기대로 앞으로 살아나갈 방도를 강구해야 한다고, 그러기 위해서 어쨌든 궁지에 빠져있는 자기를 그처럼 돌봐주는 현태에게 새삼스럽게 미란의 문제를 가지고 가타부타할 필요는 없다고."(420)고 생각할 수 있는 사람이다. 우리는 그 이기적이기까지 한 악착같은 현실적인 처세를 바람직한 것으로 받아들일 수는 없다. 하지만 작가가 전쟁의 상처를 비껴가는 인물로 그를 설정한 현실감각은 높이 살 수밖에 없다.

그는 동호처럼 순수한 꿈의 세계를 동경하지도 않으며, 현태처럼 즉물적이지도 않다. 그는 계산을 통하여 현실에 대응한다. 항상 그에 필요한 거리를 유지할 수 있는 것이다. 만약 현태의 전장에서의 경험이 그의 것이었다면, 그는 전쟁이라는 특수상황에서 일어난 살인이 죄가 될 수 있는가와 같은 보다 윤리적이고 논리적인 질문을 통하여 결국 그 비합리적인 특수상황에 책임을 전가하는 데까지 나아갈 수도 있었을 것이다. 미란의 죽음에 대처하는 그의 방식을 생각해 볼 때, 이러한 상상이 과도한 것으로는 여겨지지 않는다. 우리는 이러한 과정을 '자기 삶의 합리화'라는 이상한 말로 표현하곤 하는데, 개인의 삶을 윤리와 논리라는 보편적인 문제로 치환할 수 있는 거리를 확보함으로써만 이러한 '합리화'가 가능함을 생각한다면, 그리 이상한 말도 아니다. 그런 점에서 윤구의 삶은 소위 '합리적 이성'의 함정을 보여주는 것일 수도 있지만, 이 작품은 아주 담담하게 거대한 역사의 격랑 속에 휩쓸리는 약한 인간들이 삶을 유지해나가는 그 교활함으로서 그려내 줄 뿐이다. 그 때문에 윤구는 전쟁의 상처를 회복해 나가는 인물임에도 그 스스로 빛을 발하지 못하며, 오히려 동호와 현태의 파멸의 의미를 되새기게 하는 그림자일 뿐이다.

4. 맺음말

『나무들 비탈에 서다』가 보여주는 전쟁의 상처는 아주 얕다. 왜냐하면 그것은 피부에 남은 것이기 때문이다. 하지만, 바로 그 때문에 그것은 의식의 차원에서나 심리의 차원에서 해결될 문제가 아니다. 그런 점에서 그 상처는 아주 깊다고도 할 수 있다. 특히 한 개인의 차원에서는 더욱 그러하다. 그리고 그것은 전쟁을 겪은 그 누구도 벗어날 수 없고 피할 수 없는 상처라고 할 수 있다. 윤구와 같이 그것을 비껴갈 수는 있지만, 그것은 소망스런 인간관계의 회복과는 거리가 먼 것일 수밖에 없다. 하지만 그것이 감각에 뿌리내린 상처라는 것은 그것이 그 당사자들과 함께 사라질 것이라는 것 또한 말해준다.

이 작품의 뒷부분에는 동호의 기억 속에만 존재하던 숙이 등장한다. 숙이 어느날 현태를 찾아 온다. 결혼을 앞두고 동호가 왜 죽었는가를 확인하지 않고는 마음을 결정할 수 없다는 이유 때문이라고 한다. 현태는 처음에는 숙을 계속 회피하지만, 결국 술을 마신 어느 날 사실을 말하고 만다. 그리고 동호의 유서를 전해주기 위해 만난 날에는 숙을 따라 인천에 갔다가 충동적으로 그녀를 범하게 된다. 숙은 이 사건으로 임신을 한다. 그는 현태를 증오하게 되고, 동호 또한 용서하지 못하지만, 현태의 아이를 끝까지 책임짐으로써 이 전후의 상처를 감싸안으려는 모습을 보여준다. 그것이 이 작품의 마지막 장면이다. 어린 아이를 통하여 희망을 떠올려 보려는 안간힘은 가장 상식적이고 그렇기 때문에 안이하다. 하지만 이 작품에서 숙이 잉태한 새 생명은 전쟁을 겪지 않은, 그렇기 때문에 전쟁에 대해서는 아무런 기억도 갖지 않을 수 있는 인간이라는 것만으로도 의미를 획득할 수 있는 것으로 보인다.

하지만 우리는 그 새로운 세대가 전쟁과 분단의 상처로부터 온전히 벗어날 수 있다는 희망이 거짓임을 안다. 그렇기 때문에 이 작품 이후 많은 작가들이 전쟁과 분단의 역사성에 대한 천착을 보여주는 소위 '분단소설'들을 내놓게 되지만, 아마도 분단의 극복을 통해서만 우리 현대사에 대한 제대로 된 해석이 가능할 것이라는 점에서 분단의 역사성에 대한 문학적 천착은 여전히 과제로 남아 있다고도 할 수 있다. 이 작품이 이러한 점을 잘 보여주고 있지 못함을 우리는 황순원문학의 한계라 말할 수도 있을 것이다. 하지만 이 소설은 전쟁을 직접 경험해야 했던 세대의 개인들의 '피부에 남은 기억'을 독특하게 상기시켜 준다. 그리고 그것은 이 작품이 보여주듯 전쟁의 의미를 역사적으로 객관화하는 작업이 다가가기에는 너무도 내밀한 영역일지도 모른다. 아마 이 작품이 세대를 넘어서까지 어떤 공감을 자아낼 수 있는 것은, 역사가 개인들에게 남기는 짙은 기억들 또한 문학의 중요한 영역이기 때문일 것이다. 새미

통곡의 현실, 고소(苦笑)의 미학
– 남정현론

장 영 우*

Ⅰ.

남정현은 한국 서사문학의 주요한 특질이었던 해학과 풍자의 정신을 적절히 활용하여 속악한 현실의 문제점을 예각적으로 고발한 작가라 할 수 있다. 현학과 요설로 이루어진 그의 소설 문장을 읽으며 우리는 그의 선배 소설가인 이상, 김유정, 채만식, 손창섭 소설의 어느 한 부분을 읽는 듯한 느낌에 종종 빠져든다. 남정현 소설의 주인공은 대부분 집안에 갇혀 있다시피 한 채 사회와 적극적인 교섭을 하지 않는 지식인 계층이라는 점에서 「날개」의 주인공과 비견될 만하고, 주위 사람들로부터 숙맥 취급을 받는 점에서는 김유정이나 손창섭 소설의 인물들과 상당히 닮아 있다. 또 그의 작품이 부조리하고 왜곡된 현실을 가차없이 폭로하고 끈질기게 저항하는 인물을 다룬다는 점에서 채만식 소설의 풍자 정신과 긴밀하게 접맥되는 것으로 보인다. 이들 작가들은 30년대와 50년대의 비틀린 사회 상황을 사실적으로 반영하는 한편, 위트와 기지 또는 해학과 풍자의 기법을 종횡무진으로 구사하여 유니크한 작품 세계를 창조한 작가

* 張榮遇, 동국대, 건국대 강사, 주요 논문으로는 「이태준 소설연구」 「역사적 진실과 시적 상상력」 등이 있음.

로 알려져 있다. 이들 작가의 작품에 나타나는 독특한 개성은 주로 기법적 참신성에서 연유되는 것인데, 가령 이상 소설의 두드러진 특징인 지적 재치와 심리주의의 도입, 김유정·손창섭의 작품에 자주 등장하는 어리석은 인물과 시점의 자유로운 선택, 그리고 판소리 사설에 그 연원을 두고 있는 채만식 소설의 점착력 강한 문체 등이 그 보기이다.[1] 남정현 소설이 선배 작가들의 작품에서 발견되는 특징을 상당부분 공유하고 있는 것은 인정되지만, 그렇다고 그의 작품이 선배의 아류에 불과하다고 말할 수는 없다. 그리고 남정현이 한창 활동하던 시기가 이상 등 선배작가들이 살았던 일제시대와 여건의 차이가 있는 것은 사실이더라도, 통시적 관점에서 볼 때 남정현처럼 가열하게 억압된 현실 정치상황을 고발해 온 작가도 그리 흔치 않다. 뿐만 아니라 그의 현실 대응 방식은 시종 풍자로 일관했는데, 이점 또한 여타 작가들과 확연히 구별되는 특징이다. 요컨대 남정현의 소설은 풍자와 해학을 미학적 기반으로 하여 4.19 이후 지속된 군사정권에 가장 강력한 항의를 제출한 것으로 볼 수 있다. 그런 점에서 그의 소설과 삶의 역정에 관하여 '누구보다 민감한 반항 작가로서 그 동안 구원받기 어려운 한국 정치 풍토의 상황악에 대하여 정면으로 선전포고를 일삼아 온 셈'이라 평한 임중빈의 지적은[2] 대체로 온당한 것으로 보인다.

남정현 소설에 주목해 온 연구가들에게서 보여지는 공통점은, 그의 소

---

1) 남정현 소설이 이상·김유정·손창섭·채만식 소설과 기법이나 양식적 측면에서 유사하다는 점은 이밖에도 곳곳에서 확인할 수 있다. 가령 남정현 초기 작품에 보이는 생경한 언어와 세련되지 못한 문체에서 우리는 이상(李箱)을 떠올리게 되며, "—것이다."로 종결되는 어미를 즐겨 사용하는 문장에서는 어쩔 수 없이 손창섭을 연상하게 된다. 그리고 영악한 주변 인물들에 비해 형편없는 바보로 그려지는 남성 주인공의 모습은 김유정이 창조한 숙맥형 인물들과 좋은 비교 대상이 된다. 하지만 이 글의 목적이 남정현과 선배 작가들의 공통점과 차이점을 드러내는 것이 아니므로, 상론은 유보하기로 한다.

2) 임중빈, 「상황악과의 대결」, 『현대한국문학전집·15』, 신구문화사, 1981, p.505.

설이 왜곡된 상황과의 정면적 대결을 통해 민족적 정체성(Identity)과 자긍심의 회복을 주제로 한다는 사실의 승인이다. 이와 같은 주제를 형상화하기 위해 그는 거의 천편일률적이다 싶을 정도로 풍자와 알레고리의 기법을 사용하며, 현실 상황과 등장인물을 일부러 굴절(refraction)시키거나 희화화(caricaturization)하는 작업을 반복한다. 김병걸의 말처럼, 일부에서 그의 소설을 가리켜 '과연 문학이라는 이름에 값어치 하는가, 도식주의의 올가미로 스스로를 구축하고 있는 작가가 아닌가.'[3] 하는 우려와 회의를 제기하는 것도 이런 사정과 무관하지 않다. 그것은 일차적으로 남정현의 소설이 '어떻게'보다는 '무엇을'에 더 많은 관심을 기울이는 리얼리즘 소설의 전통에 의존해 있고 또 실제로 그러한 문학 원리에 의거해 창작활동을 전개하고 있기 때문이라 생각할 수 있다. 잘 알려진 것처럼 그는 「분지(糞地, 1965)」로 필화 사건을 겪는 등 우편향적 반공논리가 횡행하던 시대에 극심한 정신적 · 육체적 고통을 경험하면서도 자신의 문학관과 가치관을 포기하지 않은 몇 안 되는 작가 가운데 하나이다. 「분지」 이후 연작 형식으로 발표된 「허허 선생」이 초기 작품과 얼만큼의 거리를 두고 있는 징후는 뚜렷해 보이지만, 그렇다고 세계관의 근본적인 동요를 감지하게 하는 요소가 발견되는 것은 아니다. 말을 바꾸면 「경고구역」 · 「굴뚝 밑의 유산」 등으로 창작 활동을 시작한 남정현은 「분지」 이후 약간의 변모를 보여주고 있긴 해도 폭로와 비판의 정신을 자신의 문학과 삶을 지탱하는 화두로 삼고 있다고 보아 무방하다.

이 글에서는 기왕의 남정현론에서 여러 차례 언급된 사항에 대해서는 동어반복을 피하려 한다. 오히려 필자가 관심을 갖는 것은 남정현 소설의 거의 모든 주인공들이 과감하게 집(가정)에서 탈출하지 못한 채 갇혀 있는 상황, 갈등의 양상이 부부관계에서 부자관계로 전이된 사정, 지나치게 부정적으로 묘사되고 있는 여성 이미지 또는 너무 자유로와 자칫 혼

3) 김병걸, 「상황악에 대한 끈질긴 도전」, 『분지』, 한겨레, 1990, p.354.

란을 유발하는 시점의 문제 등과 같은 부분의 의미망을 드러내고 해석하는 일이다.

Ⅱ.

「경고구역」[4]에는 남정현 소설의 특질과 성격, 이를테면 냉철한 현실 인식에 바탕을 둔 풍자 정신, 자유 민주주의에의 갈망, 반외세주의 사상 등이 투박하고 거친 모습으로나마 거의 그 전모가 나타나고 있어 주목된다. 이 작품의 기본 구도는 경제적으로 무능한 남편과 육체를 팔아 남편을 사육하면서 그를 무시하는 아내 사이의 대립적 관계로 이루어져 있는데, 이러한 골격은 「너는 뭐냐」까지 변함없이 계속되는 남정현 소설의 기본적 갈등 구조라 할 수 있다. 대학을 2년 중퇴하고 병역 의무를 필한, '탁 바라진 가슴하며 우람한 사지의 근육'(p.15)을 가진 건강한 사내 종수와 '잘룩 오무라지고 말았는가 하다가 활짝 파라솔처럼 시원하게 열린 둔부의 곡선'으로 '거리의 군데군데에서 난숙한 연기'(p.19)를 벌이며 돈을 버는 아내 숙, 그리고 '제임스란 놈에게 짓밟혀 질병의 접대부'(p.11)가 된 종수의 누이 순이 등 세 남녀의 비정상적 모습과 그들이 연출하는 행태는 전후 한국 실상의 희화화라 해도 무방하다. 이 작품의 화자인 종수는 아내가 밖에서 구체적으로 어떤 일을 하는지 구태여 알려 하지 않은 채, 집에서 누이동생의 처참한 몰골을 바라보거나 신문 기사를 보며 공상하는 일에 매달린다.

> 신문에는 늘 '자유'와 '민주'를 좀먹으며 살찌는 자의 모습이, 아니 돈이 없고 빽이 없어 억울한 자의 모습이, 아니 부정부패에 시달

4) 남정현, 「경고구역(警告區域)」, 『자유문학』, 1958. 9. 『한국소설문학대계 · 43』, 동아출판사, 1995에서 재인용. 이하 작품 인용은 괄호 속에 면수만 제시함.

리는 자의 모습이 제각기 다양한 형태로 담겨 있으니까 말이다. 그리하여 종수는 그 신문을 펴들 때마다 온갖 억울한 자를 대신해서 힘껏 주먹을 휘두르며 사자후를 토하는 자신의 장한 모습을 공상해 보는 것이다. 그러한 공상을 향락하는 시간은 도무지 그 시간이란 것이 지루하질 않아서 좋았다.(p.19)

종수는, 마치 「날개」의 주인공이 돋보기 장난을 하듯, 신문을 펴들고 사자후를 토하는 자신의 모습을 공상하는데, 그의 행동은 부패하고 타락한 현실의 모순을 정확히 이해하고 해결책을 강구하려는 의지라기보다 단순히 권태로운 시간을 보내기 위한 행위라는 혐의가 강하다. 실제로 남정현 소설의 주인공 가운데 상황의 개선을 위해 능동적으로 행동하는 사람은 극히 소수에 불과하고 대부분 그런 생각을 가지고 있는 수준을 넘어서지 못한다.[5] 그러나 보다 문제적인 것은 남정현 소설의 주인공이 보여주는 비행동성이 아니라 그들을 위축시키는 외적 폭력의 존재이다. 이를테면 「너는 뭐냐」[6]의 관수는 '똥은 기어이 방에서 싸셔야겠다는 아내의 견해는 확실히 한 번쯤 재고할 필요가 있다'(p.38)고 믿지만, 그러한 관수의 의향은 '아내의 강렬한 특권의식'(p.46)에 의해 번번이 좌절당한다. 「너는 뭐냐」의 아내 신옥은 '<現代>라는 한자 두 자에다 전 생애를 걸다시피 하고 생활신조를 오로지 <現代>라는 한자 두 자에다만 국한'시키는, 가장 현대적인 여성이라 할 수 있다. 그녀가 종교처럼 신봉하는 <현대>의 정체는 "네가 살자면 내가 죽고, 내가 살자면 네가 죽어야 하는 그렇게 엄격한 룰 속에서 아주 조직적으로 빈틈없이 움직이는 그런 일종의

---

5) 「분지」의 홍만수가 미국 여성을 겁탈한 것, 「부주전상서」의 주인공이 아내를 살해한 행위 등을 제외하고는 적극적인 행위를 하는 인물은 보이지 않는다. 「허허 선생」 연작의 허만도 고작해야 '아버님을 연구하여 앞으로 다신 아버님과 같은 사람이 이 세상에 나타나지 못하도록 단단히 무슨 조치를 취할 생각'(「허허 선생 2—발길질」)만 하고 있을 뿐이다.

6) 남정현, 「너는 뭐냐」, 『자유문학』, 1961, 3. 이하 작품 인용은 『한국소설문학대계 · 43』(동아출판사, 1995)를 따르고 괄호 속에 면수만 제시함.

잔인하고 거대한 무슨 기계나 괴물”(p.48)이고, 따라서 그것은 전통적 공동체 사회의 윤리 의식에 익숙한 관수로서는 도저히 수긍하기 곤란한 것이 아닐 수 없다.

남정현 소설의 여성[7]들이 거리로, 다방으로, 재즈홀로 바쁘게 돌아다니는 반면 남성들은 거의 집안에 틀어박혀 있거나 ‘폐기된 물품처럼 매양 그저 무의미하게 공간만을 점령하고 있는 한 무더기의 거추장스러운 부피에 지나지 않는’(「사회봉(司會棒)」) 존재로 묘사된다. 그들이 가정이라는 좁은 울타리에서 유폐에 가까운 생활을 하는 까닭은 자유와 민주, 그리고 통일을 운위했다는 죄목 때문이다. 다시 말해 남정현 소설의 남성들을 무기력한 숙맥으로 만드는 근본적인 원인은 ‘사물에 관해서 좀 관심을 표명하다 보면 어떻게 저도 모르는 사이에 배반 반(叛) 자를 거느린 민족의 씻을 수 없는 죄인으로 낙착’(「기상도(氣象圖)」)되는 괴이한 현실 논리에 기반을 두고 있다. 가령, 「현장」의 이춘궁 박사는 단지 민주제도에 순종했다는 이유만으로 수인(囚人)이나 진배없는 생활을 하며, 「사회봉」의 동문 선생 또한 조국 통일에의 열망을 토로했다는 죄로 해방 이

7) 남정현 소설에서는 어머니를 제외한 거의 모든 여성들이 부정적인 성격으로 묘사되는 특징을 보인다. 남정현 소설의 ‘아내’는 처음에는 남편의 우위에 서 있는 듯하지만, 결국 남편에게 가혹한 린치를 당하거나(「광태」), 살해당하는(「부주전상서」) 비극적인 종말을 맞는다. 또 ‘누이’는 미군에게 육체적으로 짓밟히거나 집안형편과는 전혀 상관없이 재즈에 미쳐있는 남성에 대한 여성의 우위가 가장 극단적으로 드러나는 「너는 뭐냐」의 경우도 심층적으로는 여성을 비하시키려는 의도가 내재해 있음을 부정하기 어렵다. 이를테면 그녀가 아침마다 요강에다 대변을 보는 행위에 대한 장황한 서술은 그녀의 알라존적 허세를 풍자하려는 작가의 의도를 분명히 드러낸다. 뿐만 아니라 「부주전상서」의 화자가 여자의 존재를 우습게 여기는 원인으로 아내가 생리대를 차는 광경을 목격한 사건을 들고 있는데, 이러한 상황 설정을 우의(Allegory)나 풍자(Satire)의 차원에서 해석하려는 것은 무리라 여겨진다. 오히려 그것은 이 작가가 여성 존재 자체를 무시하거나 폄하하는 가부장제 사회의 남근중심주의의 폭력에 얼마나 익숙해 있는가, 그리고 그러한 관습적 사고에 대해 얼마나 무비판적으로 대응하고 있는가를 드러내는 명백한 증거라 생각되는 것이다.

후 20여 년간을 경찰서와 검찰청, 그리고 공판정과 형무소 사이를 전전하게 되었던 것이다. 또 「허허 선생」의 허만은 아버지(허허 선생)의 과거 비행을 누구보다 소상히 알고 있다는 것 때문에 '절대로 사람이 보아서는 안 될 그런 무슨 흉흉한 흉물'(「허허 선생 1－괴물체」)로 취급된다. 말하자면 남정현 소설에서 주변의 배척을 받는 사람은 하나같이 민주와 정의를 무엇보다 소중한 가치로 확신하고 그것을 실천하려는 긍정적 인물들이다. 따라서 그들이 왜곡된 현실을 '종창(腫脹)에서 흘러나오는 고름같이 노리쿠쿠한 악취'(「기상도」)가 진동하고 '피부병 질환과 같이 푸릇푸릇하게 멍든 반점이 전신을 뒤덮'어 만신창이가 된(「광태(狂態)」) 육체로 인식하는 것은 충분히 납득할 수 있는 일이다. 이런 맥락에서 우리는 「부주전상서(父主前上書)」의 주인공이 아내를 죽인 뒤 그녀의 하반신에 흘러 넘치는 피를 보고 "왜 그런지 저는 피로 보이지 않더군요. 그것은 고름이었습니다. 청자의, 저의, 아니 정부(政府)의, 조국의, 좌우간 어디에선가 크게 곪은 부종(浮腫)이 콸콸 무너져 내리는 고름의 강하(江河)"라고 강변하는 것에도 웬만큼 공감을 표할 수 있게 된다.[8]

「부주전상서」[9]는 남정현 소설 가운데서도 작가의 현실 비판인식이 가장 직접적으로 표출되었고, 따라서 남정현의 문학관을 명쾌하게 알려주

---

8) 그러나 남정현 소설의 취약점 가운데 하나를 지적하자면, 주제의 강화를 위해 상황을 지나치게 굴절시킨다는 사실이다. 손쉬운 예로 「부주전상서」에서 주인공이 아내 청자를 살해한 동기로 임신 중절을 내세운 것은 논리적 필연성의 결핍을 스스로 드러낸 것에 불과하다. 또 여러 평자가 긍정적으로 이해하고 있지만, 「너는 뭐냐」의 결말 부분도 주제 의식의 과잉으로밖에 생각되지 않는다. 이런 점은 '지나친 사변적 요설 때문에 주제의식을 흐트려버리고 있다.'(임헌영, 「승리자의 울음과 패배자의 웃음」, 『분지』, 한겨레, 1990, p.371)는 식으로 여러 차례 지적되어 왔다. 뒤에서 다시 언급할 기회가 있겠지만, 남정현 소설을 읽는 독자들은 그의 현란하다고까지 말할 수 있는 현학과 요설을 즐기다 어느 순간 강렬한 토운으로 진술되는 서술자(작가)의 웅변에다 귀를 기울이면 그만이다.

9) 남정현, 「부주전상서」, 『사상계』, 1964, 6. 이하 작품 인용은 『한국소설문학대계 · 43』의 것을 따르며, 괄호 속에 면수만 제시함.

는 작품이라 할 수 있다. 그에 따르면 조국 대한민국은 "한 인간의 상상력을 가지고는 도저히 추정할 수 없는 그렇게 기이하고도 엉뚱한 일들이 출몰(出沒)"하는 "현실에 참패한 픽션, 픽션을 제압한 현실"의 카오스와 진배없는 곳일 따름이다.[10] 카오스적 현실에 대한 주인공(또는 작가)의 분노가 주로 정치인들을 향한 것이라는 점에서 이 작품은 명백하게 정치적 의도를 띤다. 이 작품의 서술자에게 정치인들은 인간이 아닌 악마와도 같은 불온한 존재이고 따라서 그들의 하수인에 불과한 법관들의 판결을 전적으로 불신하는 서술자의 태도는 상당한 설득력을 인정받게 된다.

"눈깔을 앗아 가는 그것은 정치가 아닙니다. 악마들의 장난이지요. 수천만의 생명과 재산이 흔들리는 정치를 악마들의 장난처럼 해서야 되겠습니까. 이 땅에서는 될 수 있는 대로 양심이 없는 것이 양심인

10) 서술자(또는 작가)가 파악하는 조국의 현실은 '외세의 행패로 나라가 두 동강이 나서 망가질 대로 망가'(「기상도」)졌을 뿐만 아니라, '나라의 곳곳을 가로막은 철조망'(「경고구역」)과 '북한엔 뿔 돋친 공산당이 산다고만 알지, 사람이 산다는 사실은 좀처럼 인정하지 않'(「부주전상서」)는 반공 논리에 의해 '이 땅 위에서 민족의 숙원인 통일에 대한 열망이 곧장 불온한 사상으로 낙찰'(「사회봉」)되기 때문에 '대한민국에서 살기 위해선 공산당이 아닌 것'(「기상도」)이 무엇보다 중요한 생존의 조건이 된다. 또한 '4.19 이후 삼천리 방방곡곡에 갖가지 형태의 아름다운 꽃으로서 가슴 설레이게 피어 오르던 자유와 통일에 대한 민중의 열망을 짓부순 5.16 군사 쿠데타'(「광태」) 이후 대한민국은 '사실을 구체적으로 표현할 수 있는 자유'(「분지」)를 박탈당한 채 '민족을 등지고 일신의 영화만을 탐하는 그런 더러운 놈들이 휘어잡고 있'(「천지현황」)어 '헌법은 우리 아기 잡기장(雜記帳). 생각날 때마다 지우고 또 쓰고 하면 되는'(「광태」) 걸레조각과도 같은 것으로 인식될 만큼 국가의 권위가 철저히 불신 당한다. 이런 판국에 대다수 사람들은 '좌우간 대한민국이 아닌 외국으로 가는 여권'(「기상도」)을 얻어 '이방인들의 호적에 파고들어 갈 기회를 찾지 못해 거의 병객(病客)처럼 화색을 잃'(「분지」)을 만큼 아메리카 드림에 현혹되어 있을 뿐 생산적인 활동에는 전혀 무관심한 것으로 드러남으로써 전후 한국은 마치 치유 불가능한 질병에 신음하는 환자로 인식된다. 이와 같은 상황에서 정상적인 상식을 가진 사람이 '흥흥한 웃음'(「굴뚝 밑의 유산」)을 웃거나 '선하던 성미가 무참히 변모하여 거의 짐승이 다 되어버'(「광태」)리는 것은 어쩌면 필연적 귀결인지도 모를 일이다.

지도 모르겠습니다. 그리하여 저는 판사가 그렇게 양심적으로 판결했다고 주장하는 저에 대한 판결도 과히 신용하지 않습니다."(p.166)

하지만 남정현 소설의 작중인물이 부정하는 대상이 정치인이나 그와 공생 관계에 있는 계층에 한정되지 않는다는 데 문제의 심각성이 존재한다. 남정현 소설에서는 우리가 일상 생활에서 흔히 만날 수 있는 화목한 부자, 우애 깊은 형제, 다정한 부부를 거의 찾기 힘든데, 그들에게는 가족 관계를 근본적으로 가능하게 하는 상호 신뢰와 존경심 같은 것이 아예 증발된 것처럼 보인다. 특히 한 가족이 서로 '원수끼리 모여 앉은 판국'으로 묘사되는 「천지현황(天地玄黃)」[11]의 경우 '부모와 자식과 형제와 부부는, 그들은 제각기 서로를 향한 무엇인가 사무친 원한을 견디지 못'(p.209)한 채 허구한 날 분쟁을 되풀이할 뿐 아니라 자식이 아버지를 가리켜 "우리 껍데긴 틀림없이 간첩"이라며 당국에 고발할 결심까지 하기에 이른다. 이처럼 사회를 구성하는 가장 기본적인 단위인 가족 관계를 통째로 부정하고 왜곡시킨 예를 우리 문학에서 달리 찾을 수 있을지조차 의문스럽다. 부자·형제·부부 사이는 사랑과 이해를 바탕으로 가정을 형성하고 가족 관계를 지탱해 나가는 버팀목과도 같은 것이어서, 이들의 관계가 반목과 질시, 모함과 분쟁을 일삼는다면 그 가정(가족)이 붕괴될 것이라는 사실은 명약관화하다. 말을 바꾸면 작가 남정현은 당시 사회가 금방이라도 파탄지경에 이를 것이라는 위기 의식을 가지고 있었던 것으로 보인다. 그러한 위기 의식은 남북 분단, 통일을 오히려 저해하는 극우적 반공 논리, 외세의 간섭과 한국인의 아메리칸 드림, 정치꾼들의 탐욕과 부정 등 사회 전 부문에 걸친 부패 상황을 정치적 감각으로 이해했기 때문에 가능한 것이다. 따라서 남정현의 소설에서 민중의 직접적 투쟁과 그들의 카니발리즘적 보복 행위를 선동하는 목소리가 작가의

11) 남정현, 「천지현황」, 『사상계』, 1965. 6. 이하 작품 인용은 『한국소설문학대계·43』을 따르며, 괄호 속에 면수만 제시함.

육성으로 드러나는 것도 별로 이상한 일이 못된다.

> "벼락은 당신이 만드셔야 합니다. 삽으로 톱으로 낫으로 망치로 벼락은 당신들이 손수 만드셔야 하는 겁니다." (「부주전상서」)

> '우릴 업신 여기는 외세를, 아니 자유를 싫어하고, 민주주의를 싫어하고, 통일을 싫어하는 일체의 세력의 가슴을, 배를 시원스럽게 한번 푹푹 쑤셔 보고 싶을 따름인 것이다.'(「광태」)

남정현의 초기 소설은 미국으로 대표되는 외세에의 누를 길 없는 증오와 그에 대한 저항 의지를 주제로 하고 있다. 이를테면 「기상도」의 화자는 우리 민족이 어처구니없는 상황에 처해 있으면서도 전혀 저항할 의사를 보이지 않는 것도 '외세가 심어놓은 민족 허무주의'(p.220) 때문으로 파악하는 것이다. 이러한 작가의 반미 사상에 어떤 변화의 조짐이 보이기 시작하는 것이 「분지」 이후라는 사실은 현실의 정치적 폭력이 작가의 상상력을 얼마나 구속하는가를 보여주는 적절한 예라 할 수 있다.[12)]

Ⅲ.

「허허 선생」 연작[13)]이 본격적으로 쓰여지기 시작한 것은 1970년 이후

12) 작가가 한국 사회의 구조적 모순을 모두 외세 탓으로 돌리는 것이 과연 타당한가의 문제는 다른 관점에서 분석할 문제이다. 다만, 필자로서는 일제 때 누구보다 악질적으로 조선인을 괴롭혔던 허허 선생이 해방 이후에도 정치적으로나 경제적으로 막강한 위세를 누리는 현실을 풍자하는 「허허 선생」 연작의 밑바탕에 깔린 탈식민지적 역사 인식이 좀더 균형감각을 갖춘 것으로 생각한다.

13) 「허허 선생」 연작은 모두 7편으로 이루어져 있으며 그 순서가 판본마다 약간 차이가 있지만, 본고에서는 『한국소설문학대계 · 43』에 실린 작품을 정본으로 한다.

이며, 이 연작을 통해 비판되는 대상은 '시대의 구령에 발 한 번 안 틀리고 착착 들어맞'(「허허 선생1 —괴물체」)게 처신하여 일제시대는 물론 오늘날까지 '재계와 정계에서의 만만치 않은 실력자'(「허허 선생 2 —발길질, 아하 「발길질」)로 부귀영화를 누리는 허허 선생의 '순 허구와 모순으로 옹친'(「발길질」) 모습이다. 그리고 허허 선생을 가장 강력하게 비판할 뿐만 아니라 '다신 아버님과 같은 사람이 이 세상에 나타나지 못하도록 단단히 무슨 조치를 취할 생각'(「발길질」)에 골몰해 있는 당사자가 다름 아닌 그의 맏아들(長子)이라는 점에서 이 작품의 풍자성이 단연 빛난다. 또 이 연작에서 미국은 여전히 비판의 주된 대상이지만, 이전의 작품에서는 거의 언급되지 않았던 친일파 문제가 강력히 대두되고 있다는 사실에 주목할 필요가 있다. 그리고 초기 작품에서는 작중인물의 대립과 긴장 관계가 부부 사이[14]였는데 반해, 「허허 선생」 연작에서는 부자 관계로 전이된다는 점도 예사로 지나칠 사항이 아니다. 유교 윤리가 지배하는 전통적 농경사회에서 부부 사이는 수직 관계적 성격이 짙었지만, 현대 사회에서 그것은 평등 관계로 바뀌었음은 주지의 사실이다. 그러나 현대 사회에서도 부자 사이의 상하 질서는 여전히 막강한 영향력을 행사하고 있음에 비추어, 「허허 선생」 연작이 하필이면 아버지를 비판·풍자한다는 것은 각별한 의미를 지니는 것으로 보인다. 말을 바꾸면, 남정현 초기소설에 나타난 부부의 갈등과 대립이 동시대적 시각에서의 현실비판적 성향이 강하다면 「허허 선생」 연작 이후의 갈등과 대립은 통시적 관점에서의 역사와 현실 비판이라고 보아도 큰 무리가 아니라 생각되는 것

14) 「너는 뭐냐」에서 가장 극명히 드러나듯이, 남정현 초기소설의 부부 관계는 「날개」의 그것과 유사하게 숙명적으로 발이 안맞는 성격적 절름발이 부부로 그려진다. 경제적으로 거의 금치산자와 다름없이 무능한 남편과, 전적으로 남편을 무시하거나 속이면서 방만한 성을 즐기는 아내 사이에는 회복할 수 없는 불신과 증오의 감정이 가로 놓여 있다. 이것은, 앞서 잠깐 지적한 것처럼, 사회의 가장 기본이 되는 가정의 붕괴를 암시하는 것일 수도 있고, 작가의 여성에 대한 편견의 극대화로 이해할 수도 있다.

이다.

허허 선생은 일제 때 순사(또는 군수)로 재직하면서 누구보다 악질적으로 조선인(특히 독립지사)을 괴롭힌 대가로 일왕으로부터 회중용 금시계(또는 일본도)를 하사 받은 것을 최고의 영광으로 생각하는 전형적인 친일모리배이다. 해방이 되자 동네사람들의 몽둥이를 피해 도망치던 그는 운 좋게 미군 장교를 만나 "미스터 허허 같은 분이야말로 앞으로 이 나라 기둥감입니다. 일본 시대 허허 씨가 훌륭한 일을 많이 한 것처럼, 우리 미국 시대엔 더욱 훌륭한 일 많이많이 해야 합니다."(「허허 선생7-신사고」)라는 괴이한 논리에 힘입어 관직에 복귀한다. 그후 허허 선생은 '무슨 서장이 되고 총장이 되고 사장이 되고 국회의원이 되고 또 장관이 되고 하더니, 어느새 재계와 정계의 만만치 않은 실력자'(「허허 선생3 - 귀향길」)로 환골탈태했을 뿐만 아니라, 친일파인 본색을 감추고 공공연히 독립유공자를 표창하는 엄숙한 식전에서 축사를 하는(「허허 선생4 -옛날 이야기」, 아하 「옛날 이야기」) 역사적 아이러니의 주인공으로 부상한다. 이러한 아버지의 진면목을 누구보다 잘 알고 있는 아들의 눈에 허허 선생은 실물이 아닌 허상이나 유령 같은 존재로 비쳐진다.

> 아빠의 어제와 오늘을, 아니 아빠가 왜 어제처럼 오늘도 잘 살아야 하는가를, 아니 왜 아빠가 죽지 않고 아직 살아있는가를 곰곰이 생각하고 있었다. 하지만 아무리 생각해도 아빠의 넋은, 피는, 알맹이는 불행하게도 우리네, 즉 한국 사람이 아닌 것 같았다. 일본 사람이었다. 서양 사람이었다. 아니 일본 사람 서양 사람을 요리조리 뜯어 맞춘, 그리하여 전혀 소속불명의 허허(虛虛)한 인종 같았다. 그저 말끝마다 '한국놈'을 연발하며 그 한국놈은 별 수 없다고 연일 한국놈을 깎아 내리기에 여념이 없으신 아버지(「발길질」, p.224)

아들이 아버지를 비판하고 부정하는 것은, 효를 무엇보다 강조해왔던 우리 전통 윤리 규범에 비추어 볼 때 결코 있을 수 없는 패륜 행위처럼 여겨진다. 그러나 삼강오륜을 최고 덕목으로 내세웠던 과거 전통사회에서도 임금이나 아버지의 결정적 잘못을 간곡히 간언(諫言)하는 일이 오히려 미덕으로 권장되었던 사실은 정·야사(正·野史) 어디서나 확인할 수 있다. 더군다나 이 작품에 나타나는 '아비 부정'이 사사로운 감정이나 가정사에 국한된 것이라기보다 공적 입장에서 아버지로 대표되는 기성세대의 역사적 과오를 문제삼는 것이어서 아들의 행위를 단순한 효 윤리로 재단하려는 행위는 일종의 논리적 횡포가 된다. 「허허 선생」 연작에서 정작 우리가 주목해야 할 점은 허허 선생의 현실 순응주의적 삶과 그것을 허용했던 우리 사회의 정치 도덕적 불감증이나 몰역사인식에 대한 비판적 성찰이어야 옳기 때문이다.

「허허 선생」에 등장하는 인물들은 '현실에 발을 딛고 옛날을 생활하는' 기성 세대[15]와 그들이 환상적 이야기의 주인공이나 실물이 아닌 허상 같아 도저히 이해할 수 없는 소수의 젊은이 등 두 유형의 성격으로 대별된다. 전자의 대표적 인물로 허허 선생이, 후자의 대표적 존재로 그의 아들이 설정된 데서 우리는 「허허 선생」 연작이 표면적으로 가정사(家庭事)적 이야기의 성격을 띠고 있지만 그것을 민족의 역사와 관련시켜 보다 적극적으로 수용하기 바라는 작가의 의도를 짐작하게 된다.[16] 반복

15) 특히 「옛날 이야기」에 등장하는 '신기료 장수 공영감·시계 수리공 각서방·국서기·박주사·창녀 진이' 등 사회의 하부 계층에 속하는 사람들이 이구동성으로 옛날(일제시대)이 좋았다고 말하는 것은 타기할 만한 회고조의 퇴영 인식과 식민지 노예근성이 당시 우리 사회에 매우 광범위하게 전파되어 있음을 알려주는 사례이다.

16) 로만스(romance)와 소설(novel)의 차이는, 사적(私的) 삶이 사회·정치적 사건에 비추어 해석되느냐 또는 그 반대로 사회적이고 정치적인 사건들이 사생활과의 관계를 통해서만 소설적 의미를 획득하느냐로 구분된다. M. 바흐찐은 후자를 전형적인 그리스 로만스의 특징으로 파악하고 있는데, 이 관점에 따르면 남정현 소설은 로만스보다는 노블에 훨씬 근접한 것으로 보인다. (미하일 바흐찐 지음, 전승희·서경희·박유미 옮김, 『장편소설과 민중언어』, 창작과비평사, 1988, p.290 참조.) 소설은 하나의 일반적 사회적 조건을 예시하기 위하여 개인의 삶으로부터 끌어낸 하나의 보기로 간주되며, 전적으로 현실적인 문제들, 가령 정치적·정신병적·윤리적 문제들과의 상관성에 의해 측정되기 때문이다.

을 무릅쓰고 다시 강조하자면, 「허허 선생」 연작을 통해 제기되는 문제는 허허 선생이라고 하는 허구적 인물의 반도덕적이고 몰역사적인 과거 비행이 아니라, 그러한 작태가 아무렇지도 않게 자행되고 있는 현실에 관한 강력한 이의제기이다. 이 연작에서 거의 유일하게 긍정적 인물로 성격화된 허만이 끊임없이 의아해 하는 것은 아버지가 과연 실존적 인물인가 허상인가 하는 점이다. 그는 아버지를 비롯한 많은 사람들이 '도무지 현실에서 실질적으로 살아 움직이는 오늘의 인물들 같지가 않고'(「옛날 이야기」) '이승과 저승이 한데 어울려서 날조 해놓은 그런 무슨 기이한 형태의 허깨비일지도 모른다는 생각'(「발길질」)에서 벗어나지 못한다. 그러한 인식의 바탕에 일반인의 건전한 상식으로는 도저히 이해하고 용납하기 어려운 부친 허허 선생의 카멜레온적 변신과 처세에 관한 뜨거운 비판과 풍자 정신이 놓여 있다는 것은 거듭 지적되어 온 바와 같다. 실제로 그는 기회가 닿을 때마다 아들에게 "나는 네 나이에 벌써 군수를 했다."거나 "네 애비는 벌써 네 나이에 일본 천황한테 훈장을 받았다는 사실을 명심"(「옛날 이야기」)하라고 자기 자랑을 늘어놓는 과대망상증 환자에 가까우며, 한국인 전체를 여지없이 비하하고 능멸했던 일제의 논리를 공식 석상에서 아무렇지도 않게 내뱉는 식민지 노예 근성의 소유자이기도 하다. 그런 점에서 그는 전형적인 '엉터리'(알라존)[17] 성향의 인물이라 할 수 있다.

그에 반해 허허 선생으로부터 '바보, 천치, 숙맥 또는 절망적인 정신병자'로 취급되는 아들의 성격을 굳이 유형화하자면 '온달형 바보'[18]의 범주에 포함시킬 수 있다. 그는 가족 구성원 모두에게 백안시 당하는 형편

17) 우리 서사 문학에 등장하는 바보 인물은 '숙맥'과 '엉터리'로 유형화할 수 있다고 본다. 이 점에 관해서는 필자의 글(「바보인물의 성격 유형화 試論」, 『동악어문논집』 제28집, 1993)을 참조할 것.

18) '온달형 바보'란, 주변 사람들에게 바보로 인식되지만 실제로는 정상인과 다르지 않거나 그들보다 여러 면에서 뛰어난 사람을 가리킨다. 이에 대한 상세한 논의는 필자의 글을 참조 바람.

이지만 올바른 가치관과 역사 인식을 소유하여 사리분별이 비교적 정확한 지식인으로 성격화되어 있다. 따라서 그가 주변사람들에게 '바보'로 인지되는 것은 허허 선생이 조작한 소문을 맹목적으로 수용한 그들의 잘못일 따름이다. 허허 선생과 그 아들 허만은 부자자효(父慈子孝)의 전통적 윤리 관습으로는 도저히 이해하기 곤란한 갈등과 대립의 관계를 날카롭게 노정한다. 앞서 살핀 것처럼, 허허 선생은 아들을 '그 어떠한 방법으로든 진작 제거했어야 할 오물' 정도로 여기고 아들은 아버지를 이 세상에 다시 나타나서는 안될 유령 같은 존재로 배척하는 것이다. 이들 부자가 주고받는 대화가 늘상 본질에서 벗어나거나 어휘 구사에서 충돌하는 것은 그들의 가치관·세계관이 현격한 차이를 드러냄을 뜻한다. 그럼에도 불구하고 이들 부자 관계가 결정적인 파국으로 치닫지 않는 것이 의문으로 떠오르는데, 그것은 아버지를 비판할 수는 있어도 완전히 부정할 수 없다는 유교 윤리 또는 역사의 연속성에 대한 작가 인식이 개입된 것으로 여겨진다. 다시 말해 우리 사회에는 아직도 일제의 잔재를 청산하기는커녕 그것을 출세의 교두보로 삼아 부귀영화를 누리는 사회악적 존재가 미만해 있다는 현실 인식이 「허허 선생」 연작의 뼈대를 형성하는 것이다. 허허 선생의 성격이 실제를 과장하고 편집광적 자기 확신에 빠진 '엉터리형 인물'로 형상화되고 아들이 세상물정에 전혀 어두운 바보로 성격화됨으로써 이들 모두는 소설의 가장 기본적인 임무들 중의 하나가 모든 종류의 인습을 폭로하는 것, 즉 인간관계들 속에서 잘못 인식되고 그릇되게 상투화된 모든 것을 폭로하는 것이라는 점[19]의 강조에 기여하고 있다. 특히 아들의 경우, 그는 아버지의 탐욕스러운 허위와 위선에 대해 시종일관 이기적이지 않은 단순성과 건강한 몰이해[20]로 대응함으로써

19) 미하일 바흐찐, 앞의 책, p.354.

20) 앞의 책, p.355 참조.
「허허 선생」의 아들 허만은 일정한 직업이 없는 삼십대의 노총각으로 일제시대에 유년시절을 보낸 것으로 나타난다. 그는 삼십이 넘은 나이에도 허허 선생을 '아빠'라 부르기도 하며(「발길질」), 아버지와의 대화에서 "글

작품의 풍자적 효과를 증대시키고 있는 것이다.

「허허 선생」 연작은 직업이 없는 삼십대의 노총각 허만이 아버지의 과거사와 현재 활동을 비판적 시각으로 관찰하여 서술하는 형식을 차용하고 있는데, 그는 W.C.부스의 이른바 '내포저자(implied author)'21)에 해당하는 인물이다. 특히 허만의 경우, 우리는 그의 언행을 허구적 인물의 그것으로 이해하기보다 작가의 육성으로 받아들이려는 충동을 끊임없이 느끼게 된다. 그것은 내포 저자와 화자의 '거리'가 그만큼 가깝다는 사실을 뜻하고, 그런 점에서 그는 '믿을 수 있는 화자(reliable narrator)'로 작가의 의도를 충실히 드러내는 역할을 한다. 그렇다고 우리가 허만의 이야기를 액면 그대로 믿어야 할 책임을 떠맡는 것은 아니다. 오히려 우리는 그의 바보스러운 언행 속에 숨겨져 있는 의미를 캐내어 재합성해야 하는 부담을 감수해야 하는 것이다. 요컨대, 남정현 소설의 주인공은 대부분 '내포 저자'이면서 '믿을 수 있는 화자'의 특징적 요소를 공유하기 때문에 우리는 무엇보다 작가와 화자 사이의 '미적 거리'에 유의해야 하는 것이다. 남정현은 작품의 풍자적 의도를 강화하기 위하여 일인칭 화자를 내세우는 경우가 많은데, 설령 삼인칭 서술자(또는 목격자나 관찰자)가 등장하는 작품이라 하더라도 어느 새 그는 스토리 안으로 들어와 작가적 입장에서 판단하고 평가한다. 그런 점에서 남정현 소설의 화자는 서구의 전통적 시점·화자 이론에 대입시키기 곤란하고, 오히려 신적인 권능과 자

쎄 말입니다.", '—옵소서.' 등과 같은 어투를 자주 사용하는 유아적·전근대적 사유의 흔적을 드러내기도 한다. 그러나 이러한 어투 역시 화자(허만)의 순진한 바보스러움과 허허 선생의 위선과 허위위식을 강조하기 위한 작가적 전략의 하나로 이해된다.

21) '내포 저자'는 독자가 추출해낸 의미뿐만 아니라 등장인물 모두의 고통과 행동 하나하나에 걸린 도덕적이고 감정적인 내용까지도 포함한다. 그것은 예술 형식 전체에 대한 직관적인 파악 그 자체이다. 따라서 독자는 그를 실제 작가가 이상적이고도 문학적으로 창조한 또 다른 모습이라고 생각할 수 있다. (이상의 논의는 Wayne C. Booth, *The Rhetoric of Fiction*, Chicago : the University of Chicago Press, 1961, pp. 73-75를 참조할 것.)

유를 향유하는 옛날 이야기의 서술자에 가깝다고 할 수 있다. 이처럼 현대 소설이론이 제기하는 전지적 시점의 제한 원리를 무시하고 고대 서사의 이야기 방식을 채용한 중요한 원인 가운데 하나가 작품의 풍자성과 관련이 있을 것이라는 점을 짐작하기란 그다지 어렵지 않다. 그러나 풍자의 효과를 작중 인물의 대화나 전지적 시점의 화자에 지나치게 의존할 경우 그 효과가 평면적이 되어 단조로운 인상을 주리라는 점에 관한 유의 사항은 거듭 강조되어도 좋다. 남정현 소설이 기지와 반어, 해학과 역설의 기법을 적절히 활용한 선배 작가의 작품과 여러모로 닮아 있다는 사실은 이미 지적한 바 있거니와, 특히 그의 풍자 기법은 30년대 채만식의 그것과 상당히 유사하다. 채만식과 남정현 소설에서 비난의 대상이 되는 인물이 처음부터 '엉터리형' 인물로 성격이 고착된 점[22]도 그렇거니와, 그들이 과장된 포즈로 떠벌리는 현실 인식이 '과분한 승인의 형식으로 신랄하게 조롱하며 무시하는 것'[23]이라는 풍자의 성격과 부합하는 것이 그러하다. 특히 남정현의 요설에 가까운 문체는 심각한 문제를 전혀 심각하지 않은 것처럼 말하는 '에둘러 말하기(婉曲語法, understatement)'의 한 변형이라 보아도 큰 잘못이 아니다. 또 남정현 소설의 프로타고니스트는 가능한 데까지 세상을 바로잡으려는 풍자의 목적에 부합하기 위하여 고의로 희화화된 인물인데, 이들이 난삽한 관념어와 비속어를 마구 뒤섞어 사용하는 것도 일차적으로 웃음을 자아내기 위한 수단으로 이해할 수 있다. 그러나 남정현 소설이 현학적 요설과 옛날 이야기 방식에 힘입어 뒤틀린 현실을 여지없이 풍자하고 있긴 하지만, 그 자체에 매료된 나머지 주제의 약화를 초래할 우려가 있다. 남정현 자신도 그 점을 의식해서인지 작품 곳곳에 주제를 생경하게 노출하는 경향을 보인다. 말

22) 풍자적인 인물은 '그 인물로 되는 것'이 아니라 애초부터 '그 인물이다.' 즉, 그의 성격은 발전하지 않고 고정되어 있는 것이다.(Arthur Pollard, *Satire*, 손낙헌 역, 『풍자』, 서울대학교출판부, 1978, p.75.)
23) N. Hartman, *Aesthetik*, 전원배 역, 『미학』, 을유문화사, 1969, p.437.

을 바꾸면 남정현 소설에서 우리는 '내포 저자'의 도도한 변설(辯舌)을 좇아 읽는 재미를 만끽하다가, 문득 그가 정색한 채 웅변을 토하는 주장에 귀를 기울이면 작가의 의도를 쉽사리 눈치챌 수 있는 것이다. 바로 이 점이 즐거움과 교훈을 동시에 주는 풍자 문학의 기능에 충실하려는 남정현 소설의 특징이지만, 단일한 기법에 지나치게 의존함으로써 독자의 식상을 초래할 우려가 있다는 점을 간과해서는 안 된다. 「경고구역」 이후 근 40년에 걸친 그의 문학 세계가 풍자로 일관하고 있다는 것에서 우리는 시대 상황과 현실을 이해하고 해석하는 작가의 관점이 예전과 크게 달라지지 않았다는 사실을 우울하게 확인하게 되기 때문이다.

Ⅳ.

남정현은 자신이 발딛고 살아가는 현실이 근본적으로 왜곡되어 있다고 믿고 그 사회악을 교정시키려는 교도관(warder)이면서 바람직한 사회를 동경하는 이상의 옹호자라 할 만하다. 또 그는 공격의 대상을 미칠 정도로 화나게 하지만 독자를 포복절도하게 만드는 자질을 갖춘 인물을 창조해낸 탁월한 풍자가이기도 하다. 그가 우리 시대의 가장 대표적인 풍자작가가 된 배경에는 이야기꾼으로서의 개인적 기질과 함께 파행의 연속이었던 현대사의 비극이 자리하고 있다. 무엇보다 그는 개인과 민족의 주체성을 압살하는 일체의 폭력을 악으로 규정하고 비판하는 데 추호의 망설임도 없다. 1950년대 후반에 등단한 그의 초미의 관심이 외세 축출, 특히 반미적 사상이었던 것 하나만 가지고도 동시대 작가들과 대비되는 그의 개성과 색깔을 짐작할 수 있다. 6·25의 전흔이 곳곳에 남아 있는 상황에서, 그리고 대다수 한국 사람들이 미국을 유토피아로 생각하고 그들이 베푼 은혜에 감읍(?)했던 것이 일반적 흐름이었던 상황에서 미국에 대한 정면적 비판을 감행한 것이 그냥 예사롭게 넘어갈 수 있는 일은 아니었던 것이다. 하물며 미국의 자존심인 펜타곤 당국과 일대 결전을 불사할 뿐 아니라 "예수의 기적만 귀에 익힌 저들에게 제 선조인 홍길동이 베푼 그 엄청난 기적을 통쾌하게 재연함으로써 저들의 심령을 한 번 뿌리째 흔들어 놓"(「분지」)으려는 야무진 생각을 가진 홍만수라는 주인공의 성격 창조는 많은 사람들의 둔감한 의식을 충격하기에 족했던 것으로 보인다. 더군다나 그는 반공을 국시(國是)로 하는 과격한 우익 논리가 횡행하는 상황 속에서도 그릇된 반공 교육을 비판하는 일에도 주저하는 법이 없다. 이를테면 며칠을 굶은 채 건설이 먼저냐 통일이 먼저냐를 가지고 말도 안되는 입씨름을 벌이던 두 인물이 "이래도(배가 고파서 현기증이 나도…인용자) 공산당보단 낫다."(「기상도」)는 말에 덩달아 맞장구치는 것은, 국가 제도와 권력에 항의하는 모든 세력을 공산당으로 몰아붙이는 현대판 마녀 사냥이 당시에 공공연히 전개되고 있었다는 사실의 반증 외에 다른 게 아니다.

지금까지 살펴본 대로 남정현의 소설의 의의는 알레고리와 풍자를 무기로 당대 현실의 가치전도 현상과 속악한 물신주의를 정면 부정해왔던 것으로 요약할 수 있다. 50년대 말에 작품을 쓰기 시작한 그는 처음부터 외세의 침략과 간섭에 강한 저항의식을 보였는데, 그 정점이 필화사건을 초래한 「분지」이다. 작가의 의사와는 전혀 상관없이 북한 잡지에 실린 것이 이적성 문제로 비화되어 문단과 사회를 떠들썩하게 만들었던 이 사건[24]은 선고유예라는 애매한 판결로 종식되었지만, 작가의 창작의욕을 좌절시키고 문학의 무력화를 초래하는 기폭제가 되었던 것이다. 당시 이 사건의 변호를 맡았던 한승헌은 "필화사건은 있어도 불행하고 없어도 불행하다. 앞의 경우에 규제자의 몰이해나 억압 그리고 작가의 수난이 불행이라면 뒤의 경우에는 작가의 무력이 문학 부재의 반사적 안정일 수

24) 「분지」 필화 사건에 대한 자료는 『분지』(한겨레, 1990)에 잘 정리되어 있다.

있어 역시 불행"[25]이라 말한 적이 있거니와, 한국 작가들이 이른바 '레드 컴플렉스(red complex)'의 증후군에 시달리기 시작한 것도 이 무렵을 전후한 시기가 아닌가 싶다. 남정현은 「분지」 이후 4년여 동안 침묵을 지키다가 「옛날 이야기」(1969)로 다시 작품 활동을 시작하지만, 「허허 선생」 연작으로 대표되는 그의 후기 소설은 예전에 비해 그 날카로움이나 직접성에 있어 상당히 완곡하거나 무뎌진 듯한 인상을 주는 게 사실이다.

우리 서사문학에서 풍자와 해학의 전통은 그 연원을 삼국시대까지 거슬러 올라갈 수 있다. 또 조선후기에 다양한 양식으로 출현한 문예 양식에서 풍자와 해학은 민중들의 가치관을 반영하는 데 유효한 장치(device)였다고 해도 지나치지 않다. 필자는 지금까지 남정현 소설의 풍자 정신이 통곡의 현실에 절망한 나머지 역설적으로 고소(苦笑)의 미학으로 변형시켜 왔다는 사실을 논증해왔다. 그러나 그의 작품 세계를 관통하는 풍자 정신이 동어반복적 요소가 강해 유형화에 머문 것이 아닌가 하는 회의는 여전히 남는다. 세미

25) 한승헌, 「남정현의 필화, '분지' 사건」, 『분지』, 흔겨레, 1990, p. 393.

이옥(李鈺) : 시정적 삶의 진실성

정 우 봉*

1. 머리말

인간에 대한 탐구로서의 문학은 하루하루를 살아가는 평범한 사람들과 그들이 엮어 내는 갖가지 삶의 모습들을 정직하게 그려낼 때 그 본연의 임무를 망각하지 않을 것이다. 물론 이러한 일상성에 대한 관심이 현실을 조각내어 그 본질을 은폐시키는 방향으로 기능해서는 안 될 것이다. 그러나 적어도 조선 후기에 있어 시정 공간을 중심으로 펼쳐졌던 일상적 삶의 양태와 생활 감정에 대한 관심은 중세의 전일화된 규범과 미의식으로부터 벗어나 '지금-여기'에서의 삶이 지닌 진실성과 개체의 감정 해방을 추구하는 방향으로 진행되었다는 점에서 그 역사적 의의를 부여할 수 있다.

조선 후기에 이르면 상품화폐경제와 상공업의 발달로 새로운 활력으로 가득찬 도시 문화가 번성하고, 이에 따라 다종다양한 인간 군상이 얽혀 이루어 내는 시정 공간이 더욱 확대되어 가는 추세에 있었다. 17세기 중

* 鄭雨峰, 고려대 국문학과 교수, 주요 논문으로는 「19세기 시론 연구」와 「조선후기 문예이론에 있어서의 형과 신의 문제」 등이 있음.

엽에 1만 5천 호에 불과하던 서울 인구가 100여 년이 지난 18세기 중엽에 이르면 거의 세 배에 이르는 4만여 호로 증가하게 된다. 전국 각도에서 산출된 물산과 재화가 서울로 집중되었으며, 농촌에서 이탈한 유민들 또한 서울로 대거 몰려들었다. 변화해 가는 시대적 추이를 반영하듯 문학 방면에서 도시 시정 공간을 무대로 한 다채로운 인간 군상들의 의식과 감각을 다룬 여러 갈래의 작품들이 출현하였다.

이러한 점에서 18세기 후반에서 19세기 초반을 살다간 이옥(李鈺 : 1760-1813)이라는 인물은 우리의 관심을 끌 만하다. 그는 당대의 시정 공간에 이루어지는 삶의 다채로운 모습과 욕구를 표현하는 것이 문학의 정당한 행위임을 이론적으로 논파하는 한편, 작품을 통해 이를 실천적으로 입증해 보이고 있다. 이론과 실천 두 방면에서 이옥은 조선 후기의 시정적 삶의 진실성을 중시하는 새로운 문학적 지향에로의 일대 전환을 성취하였다.

이옥은 그 생애가 구체적으로 밝혀져 있지 않아 작가의 삶의 궤적을 추적하면서 그 변화 양상을 파악하는 데 난점이 있다. 따라서 본고에서는 작품에 구현되어 있는 작가의 의식에 초점을 맞추어 그가 고민하고 극복하려고 했던 문제가 무엇이었으며, 그것이 어떤 의미를 지니고 있는가에 대해 살펴보도록 하겠다.

2. 18세기 문체 반정과 이옥

이옥은 자가 기상(其相)이며, 호는 문무자(文無子)·경금자(絅錦子) 등이며, 본관은 전주(全州)이다. 그의 부친은 진사에 급제했을 뿐이고, 일생을 경기도 남양주에서 은둔하며 지냈다. 조부 역시 현달한 관직에 오르지 못한 것으로 보아 그의 집안은 과거를 통하지 않고서는 입신할 수 없

었던 당시 사정에 비추어 한미한 가문이었던 것으로 추정된다.[1)]

이옥의 생애에 있어 가장 중요한 사건 가운데 하나로 정조 시대의 문체반정에 연루되어 끝내 벼슬길을 포기해야 했던 것을 들 수 있다. 이옥은 1790년 31세가 되던 해에 생원시에 합격하여 서울에 올라와 성균관 유생으로 있었다. 당시 그는 순정하지 못한 것으로 인식되던 패사소품체(稗史小品體)로 글을 써 올려 정조로부터 과거에 응시할 자격을 일시 박탈당하게 된다. 연암 역시 『열하일기』를 저술하여 정조로부터 문체가 괴이하여 문풍을 타락시킨다는 지적을 받은 바 있다. 같은 시대를 살았던 두 사람은 서로 만날 기회는 없었지만, 봉건 해체기의 역동하는 변화를 같이 호흡하면서 그같은 변화를 적절하게 담아내는 데 유효한 소설투의 문체를 구사하였다.

이 때의 사정을 『실록(實錄)』에서 다음과 같이 전하고 있다.

> 임금이 대사성 김방행에게 이르기를,
> "성균관 시험의 시험지 중에 만일 조금이라도 패관 잡기(稗官雜記)에 관련되는 답이 있으면 비록 전편이 주옥 같을지라도 하고(下考)로 처리하고, 그 사람의 이름을 확인하여 과거를 보지 못하도록 하여 조금도 용서가 없어야 할 것이다. 엊그제 유생 이옥(李鈺)의 응제(應製) 글귀들은 순전히 소설체를 사용하고 있었으니 선비들의 습성에 매우 놀랐다. 지금 현재 동지성균관사로 하여금 일과(日課)로 사륙문(四六文)만 50수를 짓게 하여 낡은 문체를 완전히 고친 뒤에야 과거에 응시하게 하도록 하였다."[2)]

문체는 시대 의식과 시대 정신을 민감하게 반영한다는 점에서 작가 혹은 작품의 미의식을 평가하는 차원에 그치는 것이 아니라, 한 시대의 이념과 질서를 통합·관리하는 차원에서 정치성을 강하게 띠게 된다. 이런

1) 이옥의 생애와 문학 세계를 전반적으로 다룬 것으로 김균태, 『이옥의 문학 이론과 작품세계의 연구』(창학사, 1986)가 있다.
2) 『정조실록』, 16년 10월 19일 기사 참조.

점에서, 오늘날도 크게 다르지 않겠지만, 중세 시대에 있어 문체 문제는 종종 정치적 사건으로 비화되었다. 더구나 중세적 봉건 질서가 해체되어 가던 조선 후기의 상황을 고려할 때 변화해 가는 시대적 추이를 반영하는 문체 또한 다기한 양상으로 분화될 수밖에 없었다.

위의 인용 자료에서 보듯 본래 과거 시험에 사용되던 과문(科文)은 엄격한 격식의 준수를 요구하고 있는 바, 이처럼 폐쇄적인 형식에 고착된 과문에까지 소설체의 영향을 받았다는 데에서 당시 문인지식인들의 패관잡기체에 대한 선호를 미루어 짐작케 한다.

당대에 새로이 유행하는 문풍을 바로잡아 유학의 통합된 이념을 고수하려는 정조의 보수적인 문예정책에 비추어 문체의 다양화는 그 자체의 문제를 넘어 이념의 위기로 받아들여졌다. 그리하여 복고적인 문예 정책을 표방한 정조는 당시의 새로운 문체 동향에 대한 견제책으로 '문체를 바른 데로 돌린다'는 이른바 문체반정(文體反正)을 단행하였다.

이에 따라 정조는 패관 잡서와 중국 서적의 반입을 철저하게 단속하는 한편, 성균관 시험에서 패관잡기체를 쓴 유생을 적발하여 응시 자격을 박탈하도록 했다. 이 때 성균관에서 문학 수업에 열중이던 이옥은 소설체의 문장을 사용했다는 이유로 과거 응시 자격을 박탈당하게 된다. 그는 이 사건을 계기로 과거에 의한 관직 진출이 막히게 되어 평생 벼슬길에 나가지 못하였다.

이옥은 과거 시험에 참가할 자격이 박탈당한 후 충청도 정산현 군적(軍籍)에 편입되었다가 그 후 영남으로 바뀌었다. 그는 이 곳에서 머무는 동안 그 지방의 인정과 풍물을 소상하게 기록한 『봉성문여(鳳城文餘)』를 남기었다. 이옥은 32세에 문체 문제로 견책을 받기 시작하여 이후 36세에는 지방으로 충군되어 갔다가 돌아왔으며, 과거에 다시 응시하여 일등으로 합격하기도 하였지만 역시 문체 문제로 불운을 겪어야 했다.

한편 이옥은 김려(金鑢:1766-1821) 등과 교분을 나누었는데, 그들은 종래의 진부한 형식과 문체에서 벗어나 과감하게 민요 취향과 여류 감정의 작품을 창작하였다. 이옥과 김려는 정통 고문의 고답적인 문풍에 이끌리지 않고 민요풍의 서민적 정취를 작품 속으로 끌어들임으로써 조선 후기 한문학사에 있어 새로운 흐름을 공유하고 있었다.[3)]

그러나 이러한 새로운 문학적 경향은 성리학적 사유에 기반한 도문일치(道文一致)를 추구해 온 보수적 문인 및 지배층의 반발을 불러 일으켰으며 끝내 문체반정을 야기하게 되었다. 결국 이옥은 정조가 추진한 문체반정에 연루되어 과거 진출에의 길을 포기한 채 문학 창작에 전념하면서 소외된 사대부로서의 불우한 삶을 살았다.

1801년 정조의 죽음과 함께 몰아닥친 신유옥사가 일어나자 그의 절친한 친우였던 김려가 함경도로 유배를 가게 되는 등 그의 주변에 있던 인사들이 모두 뿔뿔이 흩어졌던 것으로 보아 그 역시 본가인 경기도 남양주로 내려가 창작과 저술 활동에 힘을 쏟으며 일생을 마쳤던 것으로 추측된다.

이옥의 저술은 대부분 그의 사후 김려가 편찬한 『담정총서(潭庭叢書)』에 모아져 있다.

3. 이옥의 문학 의식 : '지금-여기'에서의 삶

이옥의 대표적 연작 한시 작품인 『이언(俚諺)』은 시정 공간의 서민 부녀자와 기녀의 삶의 한 단면들을 예리하게 포착한 것으로, 전통적 한시의 관습으로부터 멀리 벗어나 우리말 속어와 구어를 자유롭게 구사하여 서민 사회 여성들의 생활 감정과 정취를 다룬 것이다. 『이언』은 여인들의 갖가지 모습을 통해 시정적 삶의 여러 양상들을 섬세하고도 대담하게

3) 이옥과 김려를 중심으로 『담정총서』에 수록된 문인과 그들의 문학세계에 대한 연구로 박준원, 『담정총서 연구』(성균관대 박사학위논문, 1994) 참조.

그려내고 있는 바, 이옥은 그 앞에 붙인 「삼난(三難)」이라는 글을 통해 그같은 작품적 특질이 지닌 이론적 근거와 그 가치에 대해 자신의 입장을 명쾌한 논리와 당당한 어조로 피력하였다.

그는 이 글에서 중세 시대 문학의 전범으로 기능하였던 『시경(詩經)』의 절대적 권위를 부정하면서 시대와 지역에 따른 문학의 개별적 가치를 적극적으로 옹호하는 한편, 남녀간의 정이 지닌 진실성의 문제를 제기하였다.[4)]

> 천지만물은 제각각 천지만물의 성질[性]을 가지고 있고, 천지만물의 모습[象]을 가지고 있으며, 천지만물의 빛깔[色]을 가지고 있고, 천지만물의 소리[聲]를 가지고 있다. 총괄하여 살핀다면 천지만물은 하나의 천지만물이지만, 나누어서 말한다면 천지만물은 제각기 다른 천지만물들이다. —30년이면 세상이 변하고 100리를 가면 풍속이 같지 않은데, 어찌하여 청나라 건륭(乾隆) 연간에 태어나 조선의 한양성에 살면서 짧은 목을 길게 늘이고 가는 눈을 크게 부릅떠서 망령되이 국풍(國風)·악부(樂府)·사곡(詞曲) 짓는 것을 말하고자 하겠는가?[5)]

이 세상에 존재하는 모든 것은 제각각의 성질(性)·모습(象)·빛깔(色)·소리(聲)를 가지고 있다. 결국 모든 존재는 제각각의 고유한 가치를 지닌 개별자이다. 이러한 생각의 이면에는 각각의 개별자들이 어떤 하나의 규범·질서에로 환원할 수 없다는 논리가 자리하고 있다.

요컨대 그는 천하만물을 주재·통할하는 이(理)의 보편성을 부정하고 모든 사물과 경험의 시간적·공간적 개별성을 강조하여 당대의 시정에서 이루어지는 다양한 경험상을 포착해야 한다고 생각하였다. 이에 근거할 때 정통 고문(古文)의 규범적 권위는 부정되며, 성리학적 보편 이념의 선차성과 우월성 역시 부정된다. 이같은 그의 생각은 각 시대와 각 지역의

---

4) 이옥의 문학의식을 조선 후기 시경론의 변화와 관련해 다룬 것으로 김흥규, 『조선 후기의 시경론과 시의식』(고려대 민족문화연구소, 1982)이 있다.
5) 이옥, 「삼난」 중 「일난」, 『예림잡패(藝林雜佩)』(국립도서관 소장본).

차별성에 따른 문학의 개별적 독자성을 적극적으로 옹호하는 것이며, 중세적 관념과 미의식이 설정하는 질곡으로부터의 해방을 추구하는 것이라 하겠다.

이옥의 이러한 인식은 '지금-여기'에서 이루어지는 삶의 모습과 욕구를 표현하는 것이 문학의 정당한 행위임을 시인하게 된다. 그리하여 시정적 인간 군상의 진솔한 삶의 모습, 특히 남녀의 정에 나타난 진실성의 가치를 옹호하는 데로 나간다. 다음의 언명은 이러한 그의 관점을 가장 극명하게 드러내는 대목이다.

> 천지만물을 살피는 데에는 사람을 살피는 것보다 중대한 것이 없고, 사람을 살피는 데에는 정보다 묘한 것이 없으며, 정을 살피는 데에는 남녀간의 정을 살피는 것보다 진실한 것이 없다. --- 대개 사람의 정이라는 것은 기쁘지도 않은데 거짓으로 기쁜 체하고 노하지도 않았으면서 거짓으로 노한 체하며, 슬프지도 않은데 거짓으로 슬픈 체하고, 즐겁지도 않고 슬프지도 않고 미워하지도 않고 하고 싶지도 않은데 거짓으로 즐거워하고 슬퍼하며 미워하고 하고 싶어 한 체한다. 그러하니 어떤 것이 참이고 어떤 것이 거짓인지 그 정의 참모습을 살피기 어렵다. 그러나 오직 남녀간의 정에 있어서는 사람이 태어날 때부터 그러한 것이며, 또한 천도(天道)의 자연스러운 이치인 것이다.[6]

이옥은 시정의 인물 군상들이 살아가는 삶의 참 모습, 그 중에서도 특히 남녀의 정(情)에 나타난 진실성의 가치를 논의의 핵심으로 삼았다. 그는 감정의 진실성과 윤리적 효용에 대한 기존의 시각을 역전시켜 문학행위에 있어 '진정(眞情)'의 가치를 가장 본질적이며 우선하는 것임을 주장하는 한편, 그 구체적인 언술로 남녀의 정을 문제삼고 있다.

그리하여 그는 "천지만물을 살피는 데 사람을 살피는 것보다 중대한 것이 없고, 사람을 살피는 데에는 정보다 오묘한 것이 없으며, 정을 살피

6) 이옥, 「이난」, 『예림잡패』.

는 데에는 남녀간의 정을 살피는 것보다 진실한 것이 없다"고 주장하였다. 윤리적 효용을 먼저 따지기에 앞서 인간의 감정이 본래부터 지니고 있는 본원적 가치를 중시하였으며, 인간의 정 가운데서도 특히 남녀간의 정이 진실하다고 하였다. 그 까닭은 남녀간의 정이야말로 인간의 가장 본원적이고 자연스러운 것이라고 생각했기 때문이다.

이렇게 볼 때 문학이 나갈 지표는 '지금-여기'를 살아가는 사람들이 체험하는 '진실한 감정'을 예민하게 포착하는 것이다. 설사 그것이 비속하거나 도덕적으로 비난받을지라도 긍정될 수 있는 것이다. 그렇기 때문에 난간에 기대어 님을 그리워하거나, 기방에서 웃음을 팔거나, 이불 속에서 정을 나누거나, 달빛 아래에서 사랑을 나누는 것 모두가 진실한 감정이라고 하였던 것이다.

요컨대 이옥은 비속하고 저속한 것까지를 포함한 인간 생활의 온갖 잡사를 문학의 영역으로 끌어 들였으며, 그 중에서도 시정적 삶의 공간 속에서 살아가는 사람들-특히 서민 사회의 부녀자들-의 온갖 감정의 양상들을 아무런 편견이나 선입관없이 애정어린 시선으로 여실하게 그려내었던 것이다.

한편 이옥은 남녀간의 정을 통해 집안의 흥망과 쇠락, 세상의 타락과 융성함을 살필 수 있다고 했는 바, 이같은 그의 생각은 종래의 교화론적·예교주의적 관점을 역전시킨 것이라 할 수 있다. '예가 아니면 보지 말라'고 하는 유가의 통념적인 윤리적 규범과 제약에서 벗어나 남녀 사이의 정이 천지자연의 지극히 자연스러운 이치(天道自然之理)임을 대담하게 선언하고 나선 것이다. 이는 도덕적 보편 원리를 절대적 준거로 삼는 봉건적 가치관의 억압과 속박에서 벗어나 인간의 자연스러운 욕구와 감정의 해방을 지향한 것이라 할 수 있다.

이같은 그의 대담하고도 혁신적인 주장을 실천적으로 증명하고 있는 것이 바로 『이언(俚諺)』이다.

4. 남녀의 정(情)과 『이언』

이옥이 살았던 18세기 후반은 서울의 도시적 성장과 더불어 다종다양한 인간 군상들이 출현했던 시기이다. 그의 말대로 '비단이 넘쳐나고 사람들로 시끌벅적한' 시정 공간에서 살아갔던 여러 부류의 인간 군상을 그가 어떤 시선으로 포착하고 있는가에 대해 살펴보고자 한다.

먼저 '민요풍의 서민적 야취(野趣)'를 구현하고 있는 『이언(俚諺)』은 18세기 후반 서울의 서민 부녀자들이 겪는 일상적 삶의 단면과 그 속에서 체험하는 감정의 갖가지 양태를 섬세하게 포착한 연작시이다. 그 속에는 부녀자들의 복식, 치장, 음식, 노리개, 화장 등을 위시해서 혼인 풍속, 기방 풍경, 세시 풍속, 민간 신앙 등과 관련된 서민 여성들의 진실한 삶의 정취를 유감없이 표현해 내고 있어, 18세기 후반의 한시사에 있어 매우 독특하고도 중요한 자리를 차지하고 있다.

시인은 도시 서민 여인의 생활을 구석구석 찾아서 시적 정황 속에 드러난 미묘한 심리적 양태를 예민하게 포착·시화하였다. 당대의 시정 공간에서 살아갔던 온갖 인간 군상 가운데에서 특히 도시 서민 여성의 생활 감정에 주목하였을 뿐만 아니라, 우리말 속어와 구어를 작품 속에 대거 끌어 들여 민족적 정서를 체현해 놓고 있다. 그 내용과 형식에 있어 기존의 전통적 한시의 관습으로부터 멀리 벗어나 있는 파격적인 작품이라고 할 수 있다.[7)]

이와 관련해 다음 언급이 주목된다.

> 잔을 주고 받으며 붉은 촛대를 켜놓고 맞절을 하는 것 또한 진실한 감정이요, 향기 그윽한 규방에서 사납게 싸우거나 성내는 것 또한 진실한 감정이요, 노란빛 주렴이나 옥난간에서 눈물을 흘리며 바

---

7) 이동환, 「조선 후기 한시에 있어 민요취향의 대두」, 『한국한문학연구 3-4집』(한국한문학연구회, 1979) 참조.

> 라보거나 꿈에도 그리워하는 것 또한 진실한 감정이요, 청루에서 웃음 띄우며 노래 부르는 것 또한 진실한 감정이요, 원앙금침과 비취 이불에서 정을 나누는 것 또한 진실한 감정이요, 서리 내리는 추운 날 다듬이질 하거나 비 내리는 가운데 등불 비추는 곳에서 원한을 품는 것 또한 진실한 감정이요, 꽃 아래 달빛 비추는 밤에 사랑을 나누는 것 또한 진실한 감정이다.[8)]

이옥은 남녀 사이에서 일어나는 갖가지 감정의 양태들을 열거하면서 '선악'과 '시비'를 문제삼지 않고 그것이 지닌 진실성을 거론하였다. 그렇기 때문에 "행실이 단정하여 바름을 얻은 것 또한 진실한 정의 한 모습이며, 방종하고 게을러서 바름을 잃은 것 또한 진실한 정의 한 모습이다"고 하였다.

5언 4구의 시 형식에 총 66수로 구성된 『이언』은 각각 아조(雅調), 염조(艶調), 탕조(宕調), 비조(悱調)로 분류되어 있다. 차례대로 살펴 보도록 한다.[9)]

(1) 「아조(雅調)」의 세계

「아조」에서는 혼례를 올리는 장면, 부부애에 대한 소망, 근검절약하는 생활 등 주로 신혼생활의 새색시가 겪는 일상적 삶의 단면들이 그려져 있다.

검은 머리 쪽을 지어 인연맺으니	一結青絲髮
파뿌리 되기까지 기약했답니다	相期到蔥根
수줍음 없애려니 외려 더 수줍어	無羞猶自羞
석달이나 말 한마디 못 했지요	三月不共言

8) 이옥, 「이난」, 『예림잡패』.

9) 『이언』의 전반적 시세계에 대해 졸고, 「이옥의 시세계」, 『현대문학 474호』(1994.6)에서 다룬 바 있다.

서로 얼굴도 모른 채 시집을 온 신부는 신랑 보기가 자꾸 어색하고 쑥스럽기만 하다. 애써 수줍음을 없애려 하지만 그럴수록 얼굴이 달아 오르고 말도 건네지 못한다. 그래서 결혼한 지 석달이 지났는데도 다정한 대화 한번 제대로 나누지 못하였다.

더구나 시댁에 와서 누구 하나 자기에게 따뜻한 말을 건네는 사람도 없고 의지할 사람도 없는 형편에서, 시부모와 시댁 식구들 눈을 의식하지 않을 수 없는 처지에서 새색시는 불안한 마음을 떨치지 못한다. 한평생 동고동락할 신랑에게 말 건네기조차 부끄러워하는 새색시의 부끄러운 마음이 잘 그려져 있다.

사경에 일어나 머리 빗고	四更起掃頭
오경엔 시부모님 문안 여쭤요	五更候公姥
친정에 가는 날 오기만 하면	誓將歸家後
먹지도 말고 대낮까지 잠잘테야요	不食眠日午

새벽에 닭이 울기도 전에 일어나 머리를 빗고, 닭이 울자마자 시부모님께 아침 문안을 올려야 한다. 새색시가 매일 겪어야 하는 하루의 시작이다. 처음에는 견딜 만하지만 그러한 생활이 계속되면서 참기 어려운 고통 중의 하나는 수면 부족이다. 시어머니의 눈치를 보지 않아도 되는 친정에 가면 먹지도 말고 대낮까지 잠을 자겠다고 하는 여인의 투정이 잘 나타나 있다. 시집살이의 괴로움 가운데 견디기 어려운 졸음을 노래한 민요 「잠노래」와 그 정조면에서 상통한다.

「아조」에서 그려지고 있는 여성은 신혼생활의 설레임에 가슴 조리거나 남편에게 말을 건네지 못하고 수줍어하거나 때로는 투정을 가볍게 부리기도 하는 어린 새색시의 형상이다. 온유돈후한 어조로 그리고 있으면서도 근엄한 투에서 벗어나 새색시의 정감을 참신하면서도 소박하게 묘사하였다.

(2) 「염조(艶調)」의 세계

「염조」에서는 여인의 용모, 복식, 수식, 치장 등을 묘사함으로써 신체의 아름다움에 대한 추구를 노래하였다. 대개는 여성의 외모, 동작, 행동 등을 독자의 눈 앞에 펼쳐 보임으로써 독자로 하여금 여성의 내면적 심리와 성격을 연상케 하는 수법을 사용하였다.

여기에 등장하는 여성은 아름답고 화려하게 자신의 몸을 치장하고 그러한 자신의 외모에 대해 은근한 자부심을 품을 줄 안다. 부끄러움과 수줍음에 시댁 생활이 조심스럽고 불안했던 새색시의 형상이 아니라, 어엿한 여인으로서의 성숙된 모습을 그리고 있다. 그렇기에 시어머니의 꾸중을 듣고서 밥을 굶거나 장도를 찾는 당돌한 저항의 심리를 내 보이기도 하며, 외박하고 돌아온 남편에게 질투의 감정을 숨김없이 드러내기도 한다.

당신은 술집에서 왔다지만	歡言自酒家
창기집에서 왔잖아요	儂言自娼家
어찌하여 한삼 위에	如何汗衫上
연지가 찍혀 있나요	臙脂染作花

양반 사대부가의 윤리 규범에 비추어 보면, 칠거지악에 해당할 대목이다. 그같은 봉건적 규범 문화권에서 비교적 자유로왔던 서민 사회의 여성이기에 남편의 외도에 대해 투기하는 마음을 거침없이 토로하고 있다. 이옥의 말처럼 '혀 끝에 바늘을 감춰 놓은 듯한' 여인의 항변을 읽을 수 있다. 앞서 본 부끄럽고 수줍음 많은 여인의 모습과는 사뭇 다르다. 이옥은 이처럼 투기와 질투를 감추지 않는 것이야말로 살아 숨쉬는 한 인간으로서의 여성이 가질 수 있는 '진실한 감정'이라고 보았다.

부녀자의 생활과 그 속에서 느끼는 온갖 감정들을 그려 내고자 할 때, 여성 자신이 스스로를 아름답게 꾸미고 가꾸는 것은 여성의 생활과 심리의 특징적인 한 단면이라고 할 수 있다.

머리 위엔 뭐가 있나요	頭上何所有
나비 나는 모양의 쌍절 비녀라네	蝶飛雙節釵
발 아래엔 뭐가 있나요	足下何所有
활짝 핀 꽃 모양의 금초 신발이라네	花開金草鞋

이옥은 "부인의 자태, 행동거지, 언어, 복식, 거처는 모두 머리에서 발끝까지 잠결에 꾀꼬리 소리를 듣고 술 취한 뒤 복숭아꽃을 완상하는 것과 같아서 시의 재료를 갖추고 있는 것 가운데 부인만큼 풍부한 것도 없다"[10]고 하였다. 물론 부녀자의 용모, 외양, 동작에 대해 집중적인 묘사를 하는 것이 이상적 여성 형상을 그리기 위함은 아니다. 요컨대 여성의 아름다운 자태를 통해 정숙한 덕과 세련된 교양을 드러내고자 한 것이 아니라, 시인 당대에 살았던 여인들의 미에 대한 가없는 욕구와 그를 통해 표현되는 소박하고도 진솔한 감정을 그야말로 여실하게 보여 주는 데 주안점이 있다.

머리를 꾸미기 위해 꽂은 비녀에는 나비 무늬가 장식되어 있는데, 나비 자체의 화미한 형태가 여인네의 검고 윤기나는 머리를 더욱 아름답게 꾸며주고 있다. 마치 하늘을 날아다니는 나비처럼 화사한 여인의 자태를 연상케 한다. 그리고 발 아래 신발의 코에는 꽃무늬가 새겨져 있으며 금선이 둘러져 있다. 금선혜(金線鞋)는 궁중에서 신지 못하게 금하였지만, 기녀들이 다투어 신었으며 여염집 부인이나 비복까지도 그것을 따라 하였다. 당초 무늬가 수놓아져 있어 여인네의 맵시있는 걸음걸이는 더욱 돋보이고 있다. 마치 꽃밭을 거닐고 있는 것 같은 인상을 받게 한다.

(3) 「탕조(宕調)」의 세계

「탕조」는 주로 기방의 풍경을 노래하였다. 조선 후기에 이르면 도시 문화의 난만한 전개에 따라 서울 시정에 소비적, 유흥적 분위기가 조성

10) 이옥, 「이난」, 『예림잡패』.

되었으며, 도시 유흥장으로서의 기방이 본격적으로 발달하게 된다.[11] 「탕조」의 9번째 작품을 보면 기방에 출입했던 주요 고객의 하나가 포교와 별감이었음을 알 수 있는데, 이들과 같은 중간 계층의 주도 하에 도시의 유흥 공간은 확대되어 나갔다.

내 머리에 대이지 말아요	歡莫當儂髻
동백기름이 옷에 묻어요	衣沾冬栢油
내 입술에 입을 대지 말아요	歡莫近儂脣
입술의 연지 흘러 들어요	紅脂軟欲流

오늘밤엔 촛불 켜지 않아	今夜不張燭
당신 얼굴 보이지 않네요	不見阿郎面
향기로운 숨결만 들려오는데	但聞香氣息
아침에 거울 비쳐 보니	朝來對鏡看
어째서 내 뺨의 붉은 화장	如何臉邊朱
반은 당신 얼굴에 묻어 있나요	一半着郎面

앞의 시는 이옥의 작품이고, 뒤의 시는 이안중(李安中:1752－1791)의 작품이다. 이안중 역시 여류 감정과 민요 취향의 한시 작품을 많이 남기고 있어, 이옥과 유사한 시적 특징을 보여주는 동시대의 인물이다. 위의 두 작품은 모두 남녀간의 애정에 대한 관능적인 묘사를 통해 종래의 근엄한 엄숙주의의 가면을 벗겨 내고 있다.

'내 입술에 입을 대지 말아요 / 입술의 연지 흘러 들어요'라는 여성 화자의 발언은 남녀간의 진실한 애정의 문제가 금기시되었던 당대의 경직된 규범에 대한 대담한 도전이라고 할 수 있다. 이같은 색태(色態)의 자유분방한 표현은 도시 생활의 난만한 전개로 시정적 활기가 넘쳐나고 유흥 공간이 확대되어 나갔던 당시의 변화된 세태를 반영한다.

11) 이에 대해서는 강명관, 「조선후기 서울의 중간계층과 유흥의 발달」, 『민족문학사연구 2호』(민족문학사연구소, 1992.7) 참조.

서방님이 담배 피우며 들어오는데	歡吸烟草來
동래죽을 손에 쥐고 있네요	手持東萊竹
앉기도 전에 빼앗아 감추니	未坐先奪藏
내가 좋아하는 은수복 담뱃대라오	儂愛銀壽福

내 은가락지 뺏고서	奪儂銀指環
옥선추를 풀어 주네	解贈玉扇墜
금강산 그린 부채는	金剛山畫扇
누굴 유혹하려고 남겨 두었나요	留欲更誰戲

기녀와 고객인 남자 사이에 일어난 작은 사건(?)을 해학적인 필치로 그려낸 작품이다. 기방에서 벌어짐직한 장면들을 가볍게 소묘해 보임으로써 기방 풍속의 해학미를 느끼게 한다. 기녀를 대상으로 한 종래의 한시를 보면 흔히 이별하는 님을 그리워하며 자신의 슬픔을 달래는 것이 많이 나온다. 그런데 위의 시는 그같은 정서와는 거리가 있다.

첫번째 작품에서 은수복이란 담뱃대 물부리와 통에 은으로 수복(壽福)의 문자를 새겨 만든 것인데, 『고대본 춘향전』에서 춘향이 이도령에게 담뱃대에 불을 부쳐 주는 장면이 나오며, 신윤복의 그림에서도 기녀가 담뱃대를 물고 있는 장면을 볼 수 있다. 기녀 자신이 좋아하는 은수복 담뱃대를 고객인 상대 남성이 들고 오자 앉기도 전에 재빨리 빼앗고 있는 장면을 포착하여 담뱃대를 둘러싸고 일어난 서로간의 실랑이를 매우 실감있게 그리고 있다.

둘째 작품에서는 기녀의 은가락지를 빼앗은 남성이 기녀에게 옥선추만 풀어주고 부채는 주지 않는 장면을 포착해 놓고 있다. 선추란 부채에 달린 끈 끝에 매다는 장식이다. 부채는 놔 두고 남자들 소용품인 선추만 풀어주는 것에 대해 기녀는 금강산을 그린 그 부채로 다른 여자를 유혹해 보려고 하는 속셈이 아니냐고 하여 상대 남성의 바람둥이 기질을 은근히 원망하고 있다.

이처럼 이들 작품에서 공통적으로 보이는 미적 특징을 해학이라고 할 수 있는데, 이 점은 「아조」에서 시부모님이 며느리의 글씨를 두고 '언문 여제학'이라고 칭찬하는 장면을 통해 문화적 능력에 대한 소박하고도 해학적인 자긍을 노래한 작품과 함께 『이언』이 보여주는 미적 지향의 일단이라고 할 만하다.

(4) 「비조(悱調)」의 세계

「비조」는 다른 곡조에 비해 민요적 정취를 더욱 실감있게 드러내고 있다. 여기에서는 옥비녀를 훔쳐다가 다른 여자에게 갖다 주거나, 아내의 음식 솜씨를 탓하여 밥상을 내던지고 폭행을 가하거나, 노름으로 가산을 탕진하는 등 남편과의 불화와 갈등 그리고 이로 인한 여성의 원망과 서러움의 정서가 매우 생생하게 그려지고 있다. 여성 화자의 불행한 결혼생활로 말미암아 겪게 되는 자기 신세에 대한 서글픔의 정조가 짙게 배어 있다.

당신을 사내라고	謂君似羅海
여자 한 몸 맡겼는데	女子是托身
예뻐하진 못할망정	縱不可憐我
어쩌자고 구박인가요	如何虐我頻
차린 밥상 끌어다가	亂提羹與飯
내 면전에 던진다오	照我面前擲
서방님 입맛이 달라졌지	自是郎變味
제 솜씨가 변했겠어요	妾手豈異昔

첫째 작품에서 시인은 '사나이(似羅海)'라는 민간의 구어투를 그대로 시어로 끌여 들임으로써 기존의 한시 규범으로부터 파격적인 이탈을 보여 주고 있으며, 여성의 신세 한탄을 노래한 민요의 가락을 환기함으로써 한시가 지니는 외적 제약을 일정 정도 극복하고 있다.

남편 잘 만나 행복하기를 소망하였던 신혼 초의 기대는 깨지고, 게다가 남편으로부터 사랑은커녕 구박만 받는 아내로서는 항상 순종만 하고 고분고분하게 참고 지낼 수는 없는 노릇이다. 그래서 무정한 남편에게 '예뻐하진 못할망정 / 어쩌자고 구박인가요' '서방님 입맛이 달라졌지 / 제 솜씨가 변했겠어요'라고 항변한다. 그 항변 속에는 무정한 남편과 철모르는 자식 뒷바라지에 가난한 생활까지를 떠맡아 하루하루 힘겹게 살아야 했던 서민 여성의 고달픈 신세가 짙게 배어 있다.

한밤중 우물에서 물을 긷는데	夜汲槐下井
문득 괴로움과 슬픔 일어나네요	輒自念悲苦
일신이 즐거운들	一身雖可樂
집안엔 시부모님 계신답니다	堂上有公姥

형님형님 사촌형님	시집보다 더할손가
시집살이 어떱디가	다홍치마 걸어놓고
왜고애야 말도마라	돌어올적 나아갈적
고추당초 맵다한들	눈물씻기 다젔었네

전자는 이옥의 작품이고, 후자는 민요 「시집살이요」의 일부이다. 두 작품 모두 눈물로 지새우는 시집살이의 고통과 서러움이 여실하게 드러나 있다. 아무리 자기 한몸이 즐겁다 하더라도 시부모를 모셔야 하는 며느리로서는 시댁에서의 생활이 편안할 수 없다. 그렇기 때문에 한밤중 물을 긷다가 문득 자신의 신세를 떠올려 보고는 괴롭고 쓰라린 심정을 주체할 수 없는 것이다. 다른 시댁 식구들은 잠들었을 한밤중에 혼자 복받치는 울음을 삼켜야 하는 여인의 모습을 선명하게 떠올리게 한다. 3,4구에서 '일신이 즐거운들 / 집안엔 시부모님 계신답니다'라는 여성 화자의 한숨섞인 말을 통해 그녀가 겪어야 하는 시집살이의 괴로움과 그것으로부터 결코 벗어날 수 없는 슬픈 운명을 극명하게 보여 주고 있다.

인용한 「시집살이요」에서도 이와 유사한 정조를 느낄 수 있다. 다홍치마를 만든 것은 예쁘게 치장하여 입어 보고자 하는 것인데, 한번도 입어 볼 기회도 없이 걸어 놓고서 눈물을 씻느라고 다 젖었다는 말 속에서 시집살이의 고되고 쓰라림을 능히 짐작케 한다.

5. 시정 군상의 삶과 「심생전」

이옥은 23편의 전(傳)을 남기고 있는데, 거기에 등장하는 인물들은 대체로 당대 시정 공간을 살아갔던 부류이다. 바둑계의 국수로 이름을 떨친 정운창(鄭運昌), 물건의 감식안이 뛰어난 신아(申啞), 남의 집 잔치상을 보고 그 집의 장래를 점지하는 능력을 지닌 장봉사(蔣奉事), 의협심이 강한 장복선(張福先), 당대의 대표적인 가객이었던 송실솔(宋蟋蟀) 등을 입전하여 시정 군상에 대한 새로운 인식의 전환을 보여 주었다.

이옥의 대표적인 한문 소설인 「심생전(沈生傳)」은 서울 사족 출신의 남자와 중인 출신의 여자 사이의 비극적인 사랑을 소재로 한 작품으로, 특히 빼어난 구성과 섬세한 심리 묘사가 탁월하다. 아울러 이옥은 두 남녀의 만남과 헤어짐의 과정을 묘사하면서 우연성을 철저하게 배제하고 객관적인 서술 시각에 입각하여 사건을 형상화하고 그를 통해 인물의 성격과 행위를 구체적으로 그려 내고 있다.

이 소설의 줄거리를 요약하면 다음과 같다.

> 서울 사족 출신의 심생이 종로 네거리에서 어느 날 우연히 붉은 보자기에 싸서 어떤 처녀를 업고 가는 것을 보고 그 뒤를 따라 간다. 심생은 그날 저녁부터 담장을 넘어 처녀가 있는 방 밖에서 한달 동안을 기다린다. 마침내 심생은 뜻을 이루었지만 심생의 부모가 북한산 절에서 공부하라고 심생을 보내어 이별을 하게 된다. 그 여자는 심생과 헤어진 후 병에 걸려 죽고, 심생 또한 슬픔을 견디지 못하고 무과에 응시하여 벼슬을 지내다가 젊은 나이에 죽는다.

대체적인 줄거리는 조선 초기 전기소설인 김시습의 『금오신화』 가운데 「이생규장전」과 흡사하다. 작품 서두를 보도록 하자.

> 소광통교에 이르러 갑자기 회오리바람이 앞에서 일더니 붉은 보자기가 반쯤 벗겨졌다. 처녀가 보였는데, 복숭아빛 뺨에 버들같은 눈썹을 하고 있었고 파란 저고리에 다홍치마를 입고 있었으며 화장이 화려했다. 얼핏 보아도 절세 미인임을 알 수 있었다. 그녀 역시 보자기 속에서 어렴풋하나마 청년을 보았는데 남빛 두루마기에 초립을 쓰고 좌우편으로 따라 오고 있었다. 보자기 너머로 추파를 던지고 있을 때 보자기가 바람에 반쯤 걷혔다. 버들같은 눈과 별빛같은 눈, 네 눈동자가 서로 부딪혀 놀라기도 하고 부끄럽기도 하였다.[12]

남녀 주인공이 첫 대면하는 장면이다. 작가는 이 장면을 묘사함에 있어 이성에게 호감을 가졌을 때의 설레이는 마음, 한편으로 부끄럽고 떨리는 마음을 매우 생동감있는 필치로 그려 내었다. 고전 소설에서 흔히 주인공의 가문과 신분을 의례적으로 서술하는 것과는 달리 단번에 두 사람의 만나는 장면을 보여주면서 그 순간의 미묘한 심리적 긴장과 떨림의 표정을 예리하게 포착해 놓고 있다.

또한 매일 밤 심생이 여자의 집에 담을 넘어 들어가 방 밖에서 기다리고 있는 줄을 알면서도 선뜻 부모의 혼인 승락을 받지 않았고 더구나 신분적 격차가 있는 외간 남자를 방으로 불러 들일 수 없는 여인이 겪어야 하는 심리적 고통과 갈등의 묘사 역시 돋보인다고 하겠다.

여주인공은 봉건적 신분 관계의 질곡에 온 몸으로 맞서는 춘향과 같은 인물이 아니라, 그러한 구속에서 벗어나지 못한 채 인간의 가장 기본적이며 본능적인 욕망이라고 할 수 있는 사랑의 감정에 휩싸인 일상적인 인물이다. 여인은 처음에 소설 책을 읽기도 하고 바느질을 하면서 잠을 청해 보기도 한다. 또 며칠이 지나서는 일찍 잠자리에 들어 벽에 손을 던지며

12) 이옥, 「심생전」, 『매화외사』.

길게 또는 짧게 탄식을 하는데 날이 갈수록 그 소리는 커져만 간다. 이를 묘사한 장면에서 우리는 봉건 해체기를 살았던 한 여성이 사랑하는 남자로 인하여 감내하고 겪어내야 할 고통의 깊이를 떠올릴 수 있다.

그런데 이 작품이 단순히 두 남녀의 비극적 사랑을 아름답고 섬세한 필치로 그리는데 그치는 것은 아니다. 그 속에는 양반 출신의 남자와 중인 출신의 여자가 불가피하게 감내할 수밖에 없는 신분적 갈등의 문제가 들어 있다.

여자 주인공이 이미 창 밖에서 자기를 기다리고 있는 심생의 존재를 알고 있었음에도 선뜻 맞이할 수 없었던 이유 중의 하나는 서로간의 현격한 신분적 차이였다. 또한 여자가 자기의 부모를 설득하여 심생과의 결합을 주도하였지만, 그 두 사람의 사랑은 행복하게 끝맺을 수 없었다. 심생은 여자가 만들어준 옷을 집안 사람들이 이상하게 여길까 보아 입지도 못했으며, 부모가 절에 가 공부하라고 했을 때 그녀와의 만남을 입 밖에 꺼내지도 못 하였다.

더욱이 여자가 보낸 마지막 편지에서 자신은 뭇 사내를 기다리는 기생의 몸이 아닌데도 시부모를 알지 못하며 낭군의 집 늙은 여종 하나 만나보지 못하였다고 한탄하면서 죽어서 돌아갈 곳 없는 귀신이 되겠다는 말을 통해 두 사람의 사랑을 갈라 놓은 신분적 장벽의 굴레를 선명히 제시해 주고 있다. 양반 사족인 심생과 중인 출신의 여인이 서로간의 애정을 성취하고자 하나 끝내 봉건적 신분 관계의 높은 벽을 넘지 못하고 비극적으로 결말을 맺고 있는 데에서 이 작품이 지닌 시대적 의미를 짐작해 볼 수 있다.

6. 소품체 작가로서의 면모

본래 소품(小品)이란 짧은 길이의 문장에 청신한 문체로 신변잡사를 기록하면서 섬세한 자기 감정을 표현했던 산문의 일종으로, 이념과 격식의 구속에서 탈피하여 개체의 감정을 자유롭게 표출하고자 하는 문학 의식의 소산이었다. 그리고 소품은 하나의 장르 개념이 아니라 작품 내의 분위기, 서술 기법 등에 의해 정통 고문과 구별되는 개념이다.

조선 후기에 들어와 일부 문인지식인들은 이러한 소품체 산문을 통해 작가의 개성을 자유롭게 표현하였으며, 뛰어난 서정성과 참신한 언어 구사를 통해 당대 문단에 새로운 기풍을 조성하였다.

> 세상 사람들 중에는 이옥의 문장을 헐뜯으면서 "이것은 고문(古文)이 아니라 소품(小品)이다"고 말한다. 나는 속으로 비웃으면서 이렇게 말한다. "이런 자가 어찌 문장을 말할 수 있겠는가? 남의 문장을 논할 때에는 고금과 대소를 논할 수 있지만, 소품이지 고문이 아니라고 한다면, 그것은 남의 말을 무턱대고 따라하는 자의 말일 뿐이다.
>
> — 또한 문장을 감상하는 것은 꽃을 감상하는 것과 같다. 모란과 작약의 풍성하고 요염함으로 패랭이꽃과 수국(水菊)을 버린다거나, 가을 국화와 겨울 매화의 고졸하고 담백함으로 분홍빛 복사꽃과 붉은 살구꽃을 미워한다면, 꽃을 안다고 말할 수 있겠는가?[13]

이옥과 그의 절친한 친우였던 김려는 새로운 문체에 대한 탄압이 가중되던 상황에서 서로간의 동지적 결속을 도모하면서 그들의 문학 노선을 줄곧 견지하고 있었다. 이렇기에 김려는 이옥의 문학적 재능을 칭찬하면서 당대인들로부터 비난을 받고 있던 이옥의 작품 성향을 옹호해 주었다. 문장을 감상하는 것을 꽃을 감상하는 것에 비유한 김려는 고문(古文)과 소품(小品)의 독자적 가치를 인정함으로써 정통 고문의 보편적 전범성을 부정하였다.

13) 김려, 「제도화류수관소고권후(題桃花流水館小稿卷後)」, 『담정유고(藫庭遺稿)』, 권 10.

저 산 앞의 돌은 생겨날 때에 못생기면 살펴보고 다듬어도 여전히 못생긴 그대로이고, 돌 위의 소나무는 생겨날 때에 울퉁불퉁하면 늙어서도 여전히 울퉁불퉁한 그대로이다. 그러니 기뻐할 것도 슬퍼할 것도 없다. 소나무 밑의 꽃에 있어서도 생겨날 때는 예쁘고 늘씬하지만 사흘이 지나 가보면 빛깔과 향기 그리고 모습이 온전하지 못하다. 그대가 어렸을 때에는 기녀가 수없이 많았을 것이고, 성년이 되어서는 길에서 여인이 나귀를 막았을 것이다.

이제 겨우 30세를 지나자 옛날과 같지 않은 얼굴로 과거에서 은혜를 입었으니 아름다움은 진실로 오래 갈 수 없으며, 명예 또한 진실로 오랫동안 지닐 수 없다. 일찍 쇠하여 변하는 것은 이치가 그러한 것이다. 그대는 어찌하여 이를 의심하고 이를 슬퍼하는가?[14]

위에 인용된 「경문(鏡問)」은 거울에 가탁하여 늙음을 탄식하는 작중 화자를 경계하는 한편 현실로부터 소외된 작중 화자의 불행한 처지를 우의적으로 표현한 글이다. 거울을 의인화하는 수법, 의인화된 거울과 작중 화자 사이의 반복되는 문답 등에서 소품체 산문의 전형적인 표현 방식을 엿볼 수 있다. 작중 화자가 "옛날의 이러저러한 모습이 언제 이렇게 이러저러한 모습으로 되었는가?"라고 9번에 걸쳐 반복해서 물은 것에 대해 거울이 구체적 사례를 들어가며 대답하는 형식으로 짜여져 있다. 거울과 같은 생활 주변의 사물을 소재로 하여 작가의 내면 성찰을 드러내는 데 치중하였다.

또한 「중어(衆語)」라는 작품에서는 작가 자신이 손수 수수를 심었다가 실패했던 사실을 적어 놓고 있다. 여기서 그는 수수를 심게 된 동기, 재배 과정 등을 상세하게 기술하는 한편, 싹이 나지 않은 것과 몇 개 나지 않은 싹마저 잡초로 잘못 알아 모두 뽑아 냈던 자신의 실수를 통해 느낀 바를 기술하였다.

이 외에도 개를 통해서 고양이의 사특함을 우화적으로 다룬 「각묘(刻猫)」, 강아지풀을 매개로 하여 군자와 소인의 인간상을 대비적으로 서술한 「수어(莠語)」, 매미 울음 소리와 자호(自號)인 매암(梅庵)이 발음상 서

14) 이옥, 「경문」, 『화석자문초』.

로 같은 소리인 점에 착안하여 고향으로 돌아갈 것을 서술한 「선고(蟬告)」 등에서도 즉생활적인 주변의 신변 잡사를 주요 소재로 다루면서 작가 자신의 내면 심리와 갈등을 드러내고 있다.

이처럼 소품체의 대표적인 작가들—박지원, 이덕무, 박제가, 이옥, 김려 등—은 생활 주변의 사물이나 구체적인 체험에 큰 관심과 비중을 두었다. 사대부들의 권위적이며 가식적인 세계가 아니라 자신들의 일상적인 생활이나 서민과 농민들의 꾸밈없이 생동하는 삶 속에서 문학의 주요 소재를 채택했던 것이다. 민속 놀이나 풍습, 시정에서 일어나는 흥미로운 사건들, 지방의 특산물이나 생활 습관 등 종래에는 저속하고 비루한 것으로 치부되어 관심도 두지 않았던 것을 문학의 전면으로 끌어들였던 것이다.

그리고 표현 방법에 있어서도 소품체 산문은 우의적 수법과 해학적 묘사, 가설적인 문답 형식과 병렬식의 나열 등을 즐겨 구사하며, 또한 속담과 속어를 대담하게 구사하거나 경쾌하고 청신한 묘사를 운용하거나 민간의 설화와 풍속을 대폭 수용하고 있다. 이 때문에 당시 정통 문학가들로부터 표현이 너무 섬세하고 자질구레하며 경박하다고 비난을 받았던 것이다.

7. 맺음말

현재 이옥의 생애를 상세하게 재구할 수 있는 자료가 많이 남아 있지 않아서, 작가의 삶의 궤적과 의식 지향을 상호 연계시켜 다루는 데 어려움이 있었다. 여기에서는 편의상 그가 남긴 작품들을 몇 개의 군으로 나누어 그 속에 들어 있는 의식 성향을 추적하는 데 중점을 두었다.

18세기 후반에서 19세기 초반을 살다간 이옥은 집권층에서 소외된 사대부의 일원으로서, 문체반정에 연루되어 평생 벼슬길에 나가지 못한 채 문학 창작과 저술 활동에 몰두하면서 불우한 생을 마감하였다. 그는 유교적